新日本古典文学大系
93

竹田出雲 並木宗輔 浄瑠璃集

角田一郎
内山美樹子
校注

岩波書店刊行

目次

凡例……iii
芦屋道満大内鑑……四
狭夜衣鴛鴦剣翅……一三八
新うすゆき物語……二七八
義経千本桜……三九六

付録……五三七
1 太夫役割 その他 五三九
2 芦屋道満大内鑑 狭夜衣鴛鴦剣翅の登場人物 五四五
3 当麻寺来迎会について 五五二
4 刀剣参考図 五五三
5 謡曲「舟弁慶」抄録 五五四
解説……五五九

凡例

一　底本

本巻には、竹田出雲(元祖・二代目)、並木宗輔(千柳)等の浄瑠璃四作品を収めた。底本には、いずれも初版ないし初版に最も近いと見なされる七行本を用いた。

「芦屋道満大内鑑」　国立文楽劇場蔵本。
「狭夜衣鴛鴦剣翅」　早稲田大学演劇博物館蔵本(ニ一〇-一五七〇)。
「新うすゆき物語」　早稲田大学図書館蔵本。
「義経千本桜」　千葉胤男氏蔵本。

作品名(各本文頁第一行目に掲げるもの)には、内題を採用した。

二　本文は底本を忠実に翻刻することを原則としたが、通読の便等を考慮して、次のような校訂を施した。

1　改行・句読点・文字譜・太夫名略号・底本破損・異版・校異等

イ　底本の浄瑠璃丸本には、段落がないが、曲節を考慮し、場面転換等に応じて適宜改行し、段落を設けた。

ロ　句読点は、底本通り句点「。」のみを用いた。これは語る場合の息つぎの箇所を示し、必ずしも文章上の普通の句読点の位置とは一致しない。

ハ　文字譜の類はすべて採用し、本文の右傍の適切と思われる位置に本文の文字または振仮名と頭を揃えて翻字した。また、句点・ゴマ章・振り仮名があるため、あるいは本文の字形の関係などで、位置を移動させて表記してあるものは適切と思われる位置に収めた。文字譜・振り仮名等が並記してある場合は、前者を右外側とし二行に組んだ。なお、ゴマ章はすべて省略した。

ニ　語る太夫を指定した太夫名の略記略号は、すべて採用し、適切と思われる本文中の位置に収めた。

ホ　底本が破損、書き入れなどにより判読困難の場合は、同版の他本により補った。また、異版の校異も必要と判断した場合には適宜脚注に記した。

ヘ　会話・独白等に相当する部分に「　」を付した。

2　振り仮名等

底本の振り仮名、捨て仮名は再現し、校注者が施した振り仮名は（　）で括った。

底本の振り仮名ないし捨て仮名が本行の送り仮名と重複している場合は、該当する送り仮名、捨て仮名は訂正せず重複をいとわずそのまま翻字した。

（例）　尊《とうとく》くも・見送《リ》り

3　字　体

イ　漢字は原則として現在通行の字体に改め、常用漢字表にある文字は新字体を用いた。

古字・本字・同字・俗字・略字・国字その他で、通行の字体と一致しない異体字は、原則として正字に改めた。

（例）扨 → 扠

ただし、慣用的な字体はそのまま残したものもある。

（例）玉躰(体)

ロ　本来は別の漢字であっても、それが通行の漢字の旧字体・正字等とされている場合には、対応する通行の文字に改めた。

（例）藝 → 芸

ハ　漢字に濁点を振った作り字は、通常の漢字に改め、読み方を（　）で括った振り仮名の形で示した。

（例）共゛ → 共《(ども)》

ニ　特殊な合字は通行の文字に改めた。

（例）ヿ → こと　ゟ → より

ホ　「ヽ・ゝ・〻・〱」等反復記号は、原則として底本のままとした。反復記号は、平仮名は「ゝ」、片仮名は「ヽ」、漢字は「〻」とした。

ヘ　当時の慣用的な字遣いや当字は、現行と異なる場合にもそのまま残した。

（例）百性(百姓)　蜜事(密事)　寄特(奇特)

読者の便宜を考慮し通行に改めたものもある。

（例）詮義 → 詮議　難義 → 難儀

4　仮名遣い・清濁

イ　仮名遣いは底本通りとした。ただし、校注者による振り仮名は歴史的仮名遣いに従った。

ロ　仮名の清濁は校注者において補正した。ただし、問題があると推測されるものには、いずれかに統一することをしなかった。

5　明らかな誤刻・脱字等については、その旨を脚注に記した。

三　脚注

1　初演舞台・現行演出等

イ　初演時の舞台については推定によって注した。現行の舞台については脚注にスペースがあれば触れることに努めた。現行は、主として昭和期を対象とし、語り口等は「芦屋道満大内鑑」四段目「狐別れの段」は、基本的に、豊竹山城少掾・四代目鶴澤清六、「新うすゆき物語」中の巻「園辺館の段」は、八代目竹本綱大夫・十代目竹澤弥七、下の巻「鍛冶屋の段」は、四代目竹本津大夫・六代目鶴澤寛治、「義経千本桜」二段目「伏見稲荷の段」「渡海屋の段」、三段目、四段目「道行」「河連館の段」は、八代目竹本綱大夫・十代目竹澤弥七の演奏レコードを参考とした。

ロ　「義経千本桜」二段目「渡海屋の段」、三段目、四段目「道行」「河連館の段」については、日本古典文学大系『文楽浄瑠璃集』(祐田善雄校注)が現行演出に詳しく、参考とした。他の所収作品の現行演出に関しても、同書の記述を参考としたものがある。

四　本文校訂・脚注は、すべて角田一郎・内山美樹子の共同作業によるものである。解説・付録のみ分担執筆し、各項の文末に担当者名を付した。

芦屋《あしや》道満《どうまん》大内鑑《おおうちかがみ》

享保十九年(一七三四)十月五日、大坂竹本座初演。作者は元祖竹田出雲。題名の「芦屋道満大内鑑」は、直訳すると、芦屋道満は朝廷に仕える臣下の手本、ということになろう。平安朝時代以来の、安倍晴明をめぐる数々の伝承、説話を基盤に、『簠簋抄』(寛永六年＝一六二九)、仮名草子『安倍晴明物語』を経て、延宝(一六七三–八一)頃、山本角太夫系の古浄瑠璃「しのだづま」で近世演劇の舞台に登場した、葛の葉、安倍保名、晴明の物語は以後、浄瑠璃・歌舞伎の多くの「しのだ妻もの」の出発点となるが、安倍晴明父子に対立する芦屋道満は、常に敵役として位置づけられてきた。出雲は、この道満のイメージを一新し、道満を主人公として、三段目の悲劇を展開する。歴史や伝説で敵役扱いされてきた人物(たとえば「三浦大助紅《みうらのおおすけこう》梅靮《ばいたづな》」(享保十五年)の梶原など)の名誉回復を図るのは、この時期の浄瑠璃の一傾向といってよい。

戯曲として最も優れ、今日まで舞台でしばしば上演されるのは、四段目「葛の葉の子(狐)別れ」である。近松門左衛門と、その直接の後継者である竹本座の作者達が、浄瑠璃の主題の中心とみなした親子の恩愛が、情を深く語る名人二代目義太夫(初名政太夫、後に播磨少掾)の芸風と相俟って、感銘深い舞台表現を結実させている。

初演時に、「狐(こ)別れの段」にもまして人気を呼んだのは、四段目の奥、信太の森二人奴(やっこ)の件りである。『浄瑠璃譜』の記載により、文楽の、人形劇としての最大の特色ともいうべき三人遣いが、この二人奴の件りを初演するに当って考案されたことが知られる。信太の森の段の、どの部分が、三人遣いによる演技を必要としたか、現行演出との相違等についても、脚注で触れておいた。

初演時の番付は、未見。『義太夫年表・近世篇』に祐田善雄氏のメモによる太夫役割が掲載されている。付録1参照。

本曲は、近世には全段通しでも何度か演じられているが、四段目のみの上演が圧倒的に多い。昭和五十九年、東京国立劇場、大阪国立文楽劇場での上演は、初段の大序と加茂館、二段目の小袖物狂いと信太社、四段目葛の葉狐別れと道行、信太森二人奴、という、略式の通し上演であった。

底本は国立文楽劇場蔵、七行九十四(実丁九十三)丁本。

「芦屋道満大内鑑」絵尽（東京大学総合図書館蔵）

一 題名の読みは絵尽序文による。
二 原本になし。五段組織の浄瑠璃では初段の「第一」の表示は略し、第二から記すのが慣例。
三 大序（だいじょ）。初演者竹本文太夫。 四 ほえる。
五 青々と樹木のしげったけわしい山。
六 鼻のとがった尾の大きい獣、狐をさす。青嶂のほとりや古林の中から、風雨の音につれて叫び声うなり声の聞こえてくる古狐がある。
七 狐には三つの徳がある。第一はなにごとにも小さい者を先きに立てて大きい者はあとに付き、弱者をいたわる徳があること。第二はその毛の色が土色で、土は五行説に中和の性とされているように、狐は性質が片よらずおだやかであること。第三は死ぬ時には必ずわが生まれ故郷の丘の方向に頭を向けて臥すことで、故郷を忘れず、恩をよく知ること。狐はこのようにふしぎなよい獣である。説文十上「狐、有㆓三徳㆒、其色中和、小㆑前大㆑後、死則丘首」。難波土産五に礼記の同様の文を引く。
八 玄中記に「狐、百歳にして美女となり」とある。その美女が狐とはだれもわからない。
九 日月星即ち天体の運行の度合。
一〇 蘭と菊。「梟鳴㆓松桂枝㆒、狐蔵（かくる）㆓蘭菊叢㆒」（白氏文集一・凶宅詩）。また、花、香の縁語。
※冒頭序詞からヲロシまでは、大序独特の荘重な語り口。最初に漢籍や古文を引用し、その語句と以下の浄瑠璃全段の主題とを照応させてヲロシで語り納め、改めて具体的な事件設定を述べはじめる典型的な大序冒頭形式。
「契りを人に」以下の大意は、狐が人と契った草枕の、その草葉の末にたまる露がこぼれるように、末の世に生れ出て、月、日、星に縁ある名の晴明という天文博士が、天体の運行、陰陽の

[一]芦屋道満大内鑑《あしやのだうまんおほうちかゞみ》

(第[二] 一)

作者　竹田出雲

([三]東宮御所の段)

序詞 風《かぜ》に[四]嘷《さけぶ》[五]青嶂《せいしやう》の外《ほか》。雨《あめ》に嘯《うそむく》古林《こりん》の中チ[六]尖《とが》れる鼻先《はなさき》蔓尾《はびとるを》。[七]小前《ぜん》大後《ご》色中和《いろちうくは》を兼《かね》。死《し》すれば丘《おか》を首《かしら》にす是此《(これこの)》妙獣《めうじう》。[八]百歳誰《はくせいたれ》かしらん女と化《け》し。苔《こけ》の褥《しとね》に草枕《くさまくら》契《ちぎ》りを人に同じうす。葉末《はずへ》の露《つゆ》や末の代に[九]日月星度《じつげつせいど》の光《ひかり》をかゝぐ。昔《むかし》をとへば天地《あめつち》の。めぐみにそだつ[一〇]蘭菊《らんぎく》や ヲロシ へ花ぞ都《みやこ》の。ハル 香《か》に匂《にほ》ふ。

地ウ [一一]朱雀帝《しゆじやくてい》の[一二]皇子《わうじ》 ウ 桜木《さくら(ぎ)》の親王《しんわう》　[一三]東宮《とうぐう》 ウ に立タせ給ひ。[一四] ウ 御息所《みやすどころ》は[一五]左大将橘《さだいしやうたちばな》の朝臣元《あそんもと》方《かた》の 色 御ン娘《むすめ》。中 又[一六]参議《さんぎ》 ウ 小野《おの》の好古《よしふる》の御息女《そくぢよ》六クの君《きみ》と申せしも。ハル 錦帳《きんちやう》にかしづかれ二人《ふたり》の君はもろ[一七]翅《つばさ》[一八] ウ 比《ひ》翼連理《よくれんり》の御かたらひ浅《あさ》 フシ から。ざりし御ン中カ也。

理を明らかにし国の安寧に寄与したが、その由来をたずねると、人間のみならず狐や蘭菊の如き動植物も天地の恵みに育まれていることが分る、と安倍晴明の出生を暗示する。「末の代」「日月星度」「天地」などは、この浄瑠璃の先行作「しのだづま」の母体となった簠簋抄及び仮名草子安倍晴明物語の、晴明出生以前の物語をふまえた表現。「伯道…上人こたへて、いはく。われ、天地のあひだに、身をゝきながら。更に天地の理に闇し。いかにもして、乾坤陰陽の理。日月星のめぐりを、さとり。あきらめんために」(安倍晴明物語)。

時	朱雀天皇の御代
所	東宮御所

一一 朱雀帝、底本振仮名「しゆしやく」。醍醐天皇の第十一皇子。名は寛明。延長八年(九三〇)即位、天慶九年(九四六)村上天皇に譲位。 一二 後の村上天皇。日高川入相花王では、朱雀帝の皇弟が桜木親王。→一二八頁注一。 一三 皇太子の御座所。皇太子に定まること。 一四 ここは、皇太子の妃をいう。 一五 左大将は左近衛府の長官。→付録2。 一六 参議は令外の官。太政官に置かれ、大中納言に次ぐ重職であるが、政治を掌握するような官職ではない。→付録2。 一七 親王にとっては左右の翼の如く。 一八 比翼の鳥は雌雄それぞれ一目一翼で一体となって飛ぶ想像上の鳥、連理の枝は二つの木の枝が結合して木理(もく)が通じ合っているもの。いずれも男女の親密な仲にたとえる。もろ翅の縁で比翼連理と続け、親王が御息所、六の君それぞれと一心同体の深い契りを結ばれた、の意。 一九 朱雀天皇の御代は、平将門、藤原純友の乱などが起り、政情不安であった。 二〇 易学で

地色 されば一九朱雀帝賢王《しゆじやくていけんわう》と申せ共。天ン地の気候陰陽《きこうゐんやう》二〇の狂《くる》ひにや頃日《このごろ》出ヅる月影《かげ》の。二一白虹《はつかう》につらぬかれ甚《はなはだ》光《ひか》りを失《うしな》へば。二二東宮《とうぐう》の御ン方タにおゐて此事評議《へうぎ》有ルべしと勅《ちよく》をうけ。左大将元方《もとかた》小野の好古《よしふる》諸寮《しよりやう》二三の司《つかさ》。末ヱヽ《(ずゑ)》の二四官掌《くはんしやう》迄次第《しだい》を乱《みだ》さず参列《さんれつ》し。昼《ひる》まで残る月影《かげ》の空《そら》を詠《ながめ》て二五取リヽ《(どり)》に。愚意《ぐゐ》を述《のぶ》るも及《および》なき雲を摑《つかむ》がごとく也。

地ウ 左大将二六笏《しやく》取リ直《なを》し。詞「熟《つらく》思ふに二七三千ン世《せ》界《かい》月一トつ日一つ。天竺《てんぢく》で見るも唐《から》で見るも月キ日の光リに二タつはなし。然れば白虹《はつこう》月を貫《つらぬく》此天災《てんさい》。強《あながち》日本の祟《たゝり》共一チ図《づ》には定《さだめ》がたし。万ン一唐《から》天竺の禍《わざはい》なれば心をなやます程が二八失墜《しつつい》。地色ウ なんぞ是といふ形《かた》の見ゆる時。評議《へうぎ》なさるゝ共遅《おそ》かるまじ。此儀は此儘捨《まゝすて》置カれ然るべし」と相イ述《のべ》らる。

地ウ 小野の好古《よしふる》二九正笏《しやうしやく》し。詞「いや〳〵それは理屈《りくつ》一ッ片《ぺん》。三〇聖主《せいしゆ》三一天下《(てんが)》をしろし召ス民をめぐみの御心にははづれたり。まぢかく喩《たとへ》を取ッていはゞ。日ッ月の蝕《しよく》のごとく。此日本の内でさへ東国《とうごく》で見へぬ時も有リ。西国《さいこく》で見へぬ折リも有リ。地中 況《いはん》や

万物の根源とされる二つの気。両者のかかわり方によって万物が生成、変化すると考えられているが、その関係に狂いが生じたものか。
二一 白い虹。故事に「白虹日を貫く」とあるのを月に変えて、東宮に対応する現象とした。安倍晴明物語の安倍晴明天文巻「白き雲あり。日をつらぬけバ、他国より、乱をおこす。つらぬきとをれば、謀(はかりこと)成就す。つらぬきとをらざれば、謀反(むほん)人ほろぶ。秦(しん)の時、燕丹(えんたん)本意をとげざりしハ、つらぬきとをらざる故也」。吾妻鏡・寛元元年十二月二十九日「午ノ一点ニ。白虹貫レ日ヲ」。
二二 内裏の中の東宮御所という仮構の設定と見られる。単に御殿という程度の規模ではないような記述である。 二三 寮は令制で八省に属する役所。その長官は、大学頭(だいがくのかみ)、雅楽頭(うたのかみ)など。 二四 諸役人。普通「かじょう」と読む場合の意味ではない。 二五 各々考えを述べたところで、天体の異変、天下の大事の前兆などということは、一人ひとりの知恵の及ぶ範囲ではなく、とりとめのない僉議である。「雲を摑む」で比喩の語意と白虹をかける。
二六 文官が束帯の時、右手に持つ細長い板。笏の字音がコツ(骨)に通じるのを忌み、長さが約一尺であることからシャクと読みかえたといわれる。「笏取り直す」は公家が威儀を正すさま。
二七 仏語「三千大千世界」の略。この三千世界のどの世界でも、の意。日、月、須弥山とそれをめぐる四大州、六欲天などを総括して一世界といい、その千倍を一小千世界、その千倍を一中千世界、その千倍を一大千世界といい、大千世界は小・中・大の三種の千世界から成るので三千大千世界という。 二八 無駄なこと。
二九 笏を正しく体の中央に持つこと。ここは「笏

さかいを隔《へだて》たる唐天竺《から ちく》。日蝕《にっしょく》共月蝕《ぐはっしょく》共しらずに済《すま》すことも有ルべし。此度《たび》の天変《てんぺん》も其通リ。唐ラ天竺はいさしらず。まのあたりあきらかに見付ヶたる日本の禍《わざはい》ならずとはいひがたし。かくいへばとて其家[一]にあらざる此好古《よしふる》。ぜひを申スも恐レ多く。過ギし比身《ころ》まかりつる天文《てんもん》[二]の博士《はかせ》。加茂《かも》[三]の保憲《やすのり》が娘榊《むすめさかき》の前《まへ》と申者。女なれ共其家にそだち父が伝《つたへ》の片《かた》はしを。存ぜぬことは有《ある》まじと召シつれたり。[四]女なれば恐れも有まじ。召《めさ》れて子細《しさい》を御ン尋[五]有《ある》べうもや」と。御免を受て呼《よび》つたふ声をしるべに。立出る。始《はじめ》て上《のぼ》る雲[六]の上ヱさすが。女の気もよはく。薄氷《はくへう》をふむごとくにて胸はうつせ[七]のうちかけ姿おめず[八]場《ば》うてぬ顔してもそゞろ。ふるふてかしこまる。

左大将きつと見。「加茂の保憲《やすのり》が娘榊《さかき》とは汝《なんぢ》よな。男子《なんし》なれば親が遺跡勤《ゆいせきつとむ》[九]る年ばい。伝《つた》へ知《しつ》たることあらば此度《たび》の天変急度考《べん（きつと）かんが》へ。善ン悪をつゝまずまつすぐに申上ゲよ」と仰《（おほせ）》ける。「是は恐《（おそれ）》有ルお詞。女のことなれば伝へしことはなけれ共兼ゞ《かね（がね）》父上の門弟衆《もんていしゆ》に。教《をしへ》給ひしをよそながら承り置《（おき）》しが。一トつの

二九 取り直し」と同じ。　三〇 当今天皇を敬っていう。
三一 日本国をお治めになる根本としての。天体の異変に畏れ慎む心がなく、民の煩いへの慮りの薄い元方を批判する。

一 天文暦道の専門の家に生れた訳ではない自分が、あれこれと批判を加えるのも。
二 「天文ト者天ノ文ノ事也、日月星ノ善悪ヲ見分テ占ヲスルヲ天文ト云也」(簠簋抄)。天文博士は陰陽寮に属し、天文の事を司る教授。
三 加茂忠行の子。安倍晴明の師。→付録2。
四 官位のない者が親王のお側近く参るのは恐れ多いが、女や子供はその限りでない。
五 お尋ねになりましては如何でございましょう。
六 宮中を意味する語。
七 うつろ。心も空の状態。「打ち掛け」と頭韻。
八 気おくれせず、宮中の雰囲気に圧倒されないように平静な顔をしてはいても。
九 跡目。
一〇 その丸いものを、場合によって月または日とみなし、それを中心に。
一一 中国戦国時代の天文家が、中国全土を天の二十八宿に配当し、各宿星の地上における支配領域を区分したもの。日本にあてはめた説もある。　一二 初歩。
一三 古事記等の神話で日本の島々や神々を生んだ男女の神。
一四 日本書紀一「此の子(みこ)、光華(ひかり)明彩(うるは)しくして、六合(くに)の内に照り徹る。…早(すみやか)

まん丸な物を宙《ちう》につつて置ヶば。其丸い物に自然《しぜん》と東西南北《とうざいなんぼく》上下もさだまる。[一〇]是を月キ日にたとへて。西《にし》は天竺《ちく》東は唐《から》。南は日本北はどこと分野《ぶんや》[一一]といふ物をわかつて。諸事《しよじ》考《かんがゆ》るがまづ天文《もん》の手習《ならひ》[一二]。[一三]伊弉諾《いざなぎ》伊弉冊《なみ》の尊《みこと》天照太神《てんせうたいじん》を生《うみ》給ひ。[一四]此子光花明彩《ひかりうるはしく》六合《くに》の内に照徹《てりとをる》。天に送《をく》つて天上の事を授《さづけ》んと。天に送りやり給ふ是今ン日チの日天子《につてんし》[一五]。当今《たうぎん》[一六]朱雀《しゆじやく》の帝《みかど》様も同じこと。又次《つぎ》[一七]に月読《よみ》の尊を生給ひ。是も明彩《うるはし》さ日の神におとらず。日にならべて天上の事をしらせんと。ともに天に送《をく》りまつる是が今ン日チの月天子《ぐわつてんし》[一八]〔フシ〕。〔地ウ〕日の神にならび給へば恐《おそれ》ながら東宮《とうぐう》〔ハル〕。桜木の親王《しんわう》様も同じこと〔色〕。此度《このたび》〔詞〕の天災《さい》。白虹《はつかう》日をつらぬけば天子のお身のたゝりなれ共。月のたいをつらぬきしは東宮様の御つゝしみ。下モとして上ミをおかすといふ天道のおしらせなれ共爰《ここ》に一つのたすけがござんす。廿八宿《しゆく》[一九]の星《ほし》の内。女《ぢよ》[二〇]と。鬼《き》と申ス二タつの星月のそばを離《はなれ》ず。女《ぢよ》はおんな。鬼《き》はおにといふ字にて。女《おんな》の鬼《おに》は悋気《りんき》の妬《ねたみ》。上ミをおかす禍《わざはい》とは申せど。国を乱《みだ》し民《たみ》をそこなふ迄はなし。女[二一]中方のつゝしみで此禍は。[二二]しなどの風の天マの八重雲《やゑ》[二三]を吹はら

に天(あめ)に送りて、授くるに天上(あめ)の事を以(も)てすべし」。

一五 仏語。太陽を神格化したもの。転じて太陽。この天照大神が現在仏教でいうところの日天子、即ち太陽であって、の意。

一六 今上の朱雀天皇様に該当する。天皇の生前に朱雀天皇とよぶのはおかしいが、近世演劇ではその点は問題にしない。

一七 日本書紀一「次に月の神を生みまつります。一書に云はく、月弓尊(つくゆみのみこと)、月夜見尊、月読尊といふ。其の光彩(うるは)しきこと、日に亜(つ)げり。以て日に配(なら)べて治(しら)すべし。故、亦天に送りまつる」。

一八 仏語。月を神格化したもの。月宮殿に住む。転じて月のこと。

一九 天の四方の星座を二十八座定め、これを宿と呼んだ。その中に女(ヂョ=うるきぼし)と鬼(キ=たまおのぼし)という星宿がある。女宿は四個の星、鬼宿は五個の星から成る。図の通り。

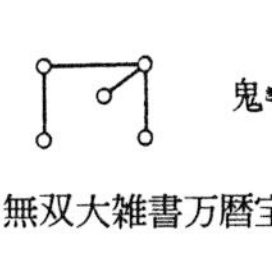

無双大雑書万暦宝

二〇 建天全書の安倍泰邦註解に、二十八宿の星座と七曜の結合のうち「女は月曜に宿す」「鬼は月曜に宿す」とあるのによった浄瑠璃の作り事。

二一 女性の方々。

二二 科戸の風。科戸は風の起こるところ。罪や汚れを吹き払う風。「天の下四方の国には、罪といふ罪はあらじと、科戸の風の天の八重雲を吹き放つ事の如く」(延喜式・祝詞・六月晦大祓)。

二三 幾重にも立つ雲。

ふやうに。さらり〳〵ときへて行クとし[一]つたがましう申上グるも聞(きき)[二]でんぽう。易《えき》は変《へん》易[三]なりとやらん申せば。女[四]の及ぶことでなし。私の父天文の名を揚《あげ》しも。唐士《もろこし》[五]の伯道《はくどう》[六]仙人より。金烏玉兎集《きんうぎよくとしう》[七]といふ書《しよ》を伝へ。近カき君の守護《しゆご》と成リ悪事《あくじ》を善ン事にてんじかへし[八]。かね〳〵其書《しよ》を保名《やすな》殿に譲《ゆづ》らんとは申されしが。急《きう》病《びやう》故に何の遺言《ゆいげん》もなく。館《やかた》の内に勧請《くはんぜう》[九]せし大元尊神《たいげんそんしん》[一〇]の社に其(その)書を納《おさめ》。箱の鍵《かぎ》はみづから扉《とびら》の鑰《かぎ》は母に預ケけ果《はて》られし。哀道満保名《あはれみちたるやすな》両弟子の中チ。いづれに成共(なりとも)書《しよ》を譲《ゆづ》らばかゝる大イじの御ン時の。御用はかゝじ[一一]」と憚《はゞかり》なくいふ事いふてしまひしはさすがに親の娘也。

六クの君御ン褥《しとね》をまろび出(いで)給ひ。「榊《さかき》とやらんの詞のはし。此禍《わざはい》は女の妬《ねたみ》と聞クも恐ろし身がちゞむ。和歌《わか》[一二]三神(さんじん)を誓《ちか》ひにかけ。みづからが心に妬《ねたみ》そねみはなけれ共。御息所《みやすどころ》のましませば。もしはさもしい気も有かと。人のさげしみ恥《はづ》かしし。お情《なさけ》は忘《わす》れがたけれ共お暇《いとま》を給はりて。尼法師《あまほうし》共なしてたべ。父上なふ」と好古《よしふる》の袖にすがりて。泣キ給へば。御息所《みやす》ロも御ン涙。「なふ其云《いひ》わけは君[一三]よ

一 知ったような顔で。
二 聞伝法。聞取法問と同じく、受け売り。
三 易という語には三種の意味があって、第一は普通に使っている平易という意味、第二は変易、第三は不易である。周易や易経の易は第二の変易で、つまり変化の道理という意味である。周易正義「易、一名而含三義。所謂易也。変易也。不易也」。 四 女の私には、天文道、易学の詳しいことは分りません、という立場。実は相当に造詣が深い。女主人公に占いをさせる趣向は先行作の一つ信田森女占(しのだのもりおんなうらかた)にある。
五 唐土。この熟語の「士」の用字例は、新うすゆき物語(三一八頁)、義経千本桜(四七八頁)にも見られる。
六 簠簋抄、安倍晴明物語で晴明の師。太唐荊山の麓に住み、天地陰陽の理を究めんと文殊菩薩に導かれ五台山に至り、天地陰陽五行の理を説き明かされる。
七 宝永七年(一七一〇)版内題、三国相伝陰陽輨轄簠簋内伝金烏玉兎集。陰陽道の天文暦占の経典。簠(ほ)も簋(き)も中国古代の壺形の祭器。輨(かん)は釘、轄(かつ)は楔(くさび)。金烏は太陽、玉兎は月の異称。安倍晴明著と伝えるが疑わしい。安倍晴明物語等では、伯道が「もんじゆの説つたへたまふところ、暦典易典加持典百六十巻をしるし。此中に、天地陰陽日月星辰の吉凶祈禱加持の事、あらゆる、ひじゆつをつくして。いはやのうちに、かくしおさめ」た書物が簠簋内伝として太唐玄宗皇帝から日本の遣唐使吉備大臣に与えられ、吉備大臣は唐土で危急を助けられた安倍仲麿の恩に報いるためにこの書を仲麿の子孫安倍晴明に伝える。晴明は陰陽天文の博士として名誉を顕わして後、入唐して伯道上人から改めて簠簋内伝の口訣(くけつ)を伝えられ、これを

りも自《みづから》が心が猶恥《なをはづ》かしい。[一四]足下《そこ》にお暇《いとま》給はらば自《みづから》も[一五]身をすべり。同じ庵《いほり》のともなひぞや」と同じく褥《しとね》を出給へば。東宮《とうぐう》「しばし」ととゞめ給ひ。「日来《ひごろ》中カよき程有リて互《たがい》に貞女《ていぢよ》の道を守《まも》る。しほらしや頼もしや。何事も[一六]丸《まろ》が心に有リ。[一七]無状《あぢきなき》わざばしし給ふな」と。奥《をく》にすゝめいたはらせ。「女ながら榊《さかき》が訴《うつたへ》謂《いはれ》有リ。其[一八]道満保名《みちたるやすな》とは誰レやらん」とはせ給へば。左大将「さん候《(ざうらふ)》。道チ満《たる》と申スは芦屋の兵衛と申ス某《それがし》が召シつかひ。保憲《やすのり》が門ン弟の第イ一チ番。保名と申スは好古《よしふる》の家来《けらい》。天文《もん》のけいこについに聞カず。委細《ゐさい》好古に御《(おん)》尋ネ」と。申シ上グれば取リあへず。「安倍《あべ》の保名と申スは某《(それがし)》が家来希名《けらいまれな》となのりし者。年来《としごろ》天文ンに心を委《ゆだね》保憲《やすのり》が門人《もんじん》と成リ。師匠《しせう》の保《やす》の一チ字をゆるされ保名と改メ候」と。二人の訴《うつたへ》詳《つまびらか》に聞コし召《(めし)》。「保名道満《みちたる》。其業《わざ》に甲乙《かうをつ》なければこそ保憲《のり》が存生《ぞんじやう》に。いづれへも書《しよ》をゆづらず身まかりけん。此上ヱは左大将の[一九]執権岩倉治部《しつけんいはくらぢぶ》。好古《よしふる》の執権左近《さこん》太郎二人ン立チ合イ。大元尊神《たいげんそんじん》の神慮《しんりよ》に任《まか》せ。いづれ成共《(なりとも)》神の心に叶《かな》はん方へ。金烏玉兎《きんうぎよくと》の書《しよ》をあたへよ」と

金烏玉兎集として秘蔵する。

八 転じ替えし。悪い夢や運命を、他のものに移しかえる。　九 神仏を移し祭ること。

一〇 大元尊は仏語の大元帥明王(だいげんみようおう)＝「帥」の字は通常発音しない)。十六夜叉大将の一つ。国家を鎮護し諸難を除く神。その像は火炎に包まれ、手足に蛇をからませ、刀、戟(げき)などを持ち、忿怒の形相をあらわす。国家鎮護、密教修法の本尊。宮中で正月八日から十四日まで大元の法が行なわれ、敵国降伏の祈願に臨時に行なわれることもあった。陰陽師の家でこれを祀ったか否かは不明。あるいは、中国太古の暦の名「太元」にかけた脚色か。

一一 捨仮名の「ケ」は底本の衍字。

一二「住吉玉津島人丸をいふ」(難波土産)。「和歌三神を誓にかけ。いつはりは申さぬ」(妹背山婦女庭訓四)。→一七七頁注一四。

一三 六の君の略称。　一四 軽い敬意の二人称。御息所は正式の東宮妃で六の君より上位。

一五 東宮妃の位を退き、共に尼となって庵に住み仏に仕えましょう。

一六 私。近世演劇では王朝風の場における公家、貴族等の自称。

一七 無常を観じた行為、即ち出家など、決してなさるな。

※御息所、六の君はともに貞淑で嫉妬心はないが、御息所の父元方には、外戚の威を振おうとする野心がある。榊の占いは当らずといえども遠からずである。

一八 芦屋道満、安倍保名については、本作では先行文芸や伝承とは異なる脚色がなされる。解題および付録2参照。　一九 家老。

のたまへば。御供に候《こう》せし岩倉《いはくら》治部左近太郎。階下《かいか》[一]にひれふし畏《かしこま》る。「治部ノ太輔《たいふ》左近ン太郎とは汝《なんぢ》よな。四海《かい》[二]の悦びは丸《まろ》が悦び。丸ロが歎《なげき》は四海の歎。是[三]おぼろけの業《わざ》ならず必互《かならずたがい》の贔屓《ひいき》をこばみ。神慮にたがふことなかれ」と入御《じゆぎよ》[四]ならせ給ひける。[五]あをげば高き久かたの空に[六]限《かぎ》りはなけれ共。それさへこゝにはかりしる君が。御《み》[七]代こそ

（間《あい》の町の段）[八]

〽[九]うちはへて。世は春[一〇]ならし。青柳《あをやぎ》の。いと[一一]なまめけ[一二]る乗物《のりもの》は。加茂《かも》の保憲《やすのり》の息女榊《そくぢよさかき》の前ヱ。禁裡《きんり》[一三]をさがりかへるさや。[一四]つきぐ〵女中のとりなりも。公家《くげ》[一五]と武家《ぶけ》との間《あい》[一六]の町《てう》。急《いそ》ぐ跡《あと》より「ホヲイヲイ。しばし」と呼《よぶ》に「何用《(なによう)》か誰人《たれ(びと)》かは」と傍《かたはら》に乗リ物を立テさすれば。安倍《あべ》の保《やす》名が草履《ざうり》[一七]取リ。与勘平《かんべい》息《いき》を切ッて走《はし》り付キ。「一チ二丁跡《あと》からちらりと目印《めじるし》。幸《さいはい》とほう[一八]げたのさける程声かけたも。御所《しよ》[一九]の首尾《しゆび》知《しら》ぬ故無礼《ぶれい》

一 東宮の御殿に上る階の下、庭上。
二 日本全土。 三 一通り。いい加減。
四 天皇、皇后、皇太后、あるいはきわめて高位の貴人が、御入りになること。
五 帝、東宮の聖徳を民が仰ぐことと、空を仰ぎみるとを掛ける。「久かたの」は空の枕詞。「久かたの空に限りもなき世かなみつの光のすまむ限りは」(秋篠月清集)。 六 無限にみえる空の天体の運行の理など、人間には理解し難く思われるが、天文道によってそれが計り知られるというのも、天皇の聖徳により国がよく治まっている故であり、御代長久のしるしである。
七 三重の割り句。→解説三。

時	前段の続き
所	間の町通り

八 序中(じよなか)。初演者竹本七太夫。
九 いつまでも続いて。三重の返しと次句への修飾語との掛詞。 一〇 如何にも春らしい。「ならし」は「なるらし」の略。「うちはへて」を受ける。「咲きそめし時よりのちはうちはへて世は春なれや色の常なる」(古今集・雑上)。 一一 糸のような柳の葉と、たいそう、の意の副詞「いと」を掛ける。「青柳のいとうちはへてのどかなるはる日しもこそ思ひ出でけれ」(大和物語)。
一二 「なまめく」「なまめかし」は、近世には女性の色気を表わす用法が一般的。 一三 東宮御所をさしている。御所を退出する帰途。
一四 お付きの女達の身のこなし、あるいは服装。
一五 史実の加茂保憲は公家ではあっても武家とは関係ない。ここは大坂の観客に、近世の京都で身分ある階層のイメージを喚起させたもの。
一六 中間の意に町名をかける。中京区高倉通と

は御免《めん》。此状箱《でうばこ》女中方タお頼ミ申ス」とさし出す。文《ふみ》と聞クより飛《とび》たてど人目のあればし[二〇]と〱と。「ホヲ、いつもながら与《よ》勘平太儀《かんぺいたいぎ》[二一]」と　計《(ばかり)》と紐《ひも》も。[二二]しんく[二三]しんきの[二四]思ひ川《(がは)》[二五]ぬれあふ中カの[二六]玉づさは。[二七]たまさかならであふことは。まれな所が恋の味《あぢ》。文《ふみ》くりかへし読終《よみおはり》「誰《た》そ墨《すみ》すれ」。「ハイアイ」と乗物より硯《すゞり》取出しさし寄《よす》れば。思ひをこむる返事《かへしごと》お認《したゝめ》の。[二八]間《ま》がなすきがな[二九]笑《わら》ひざかりが取リまいて。「ほんに〱けふはまあよい所へ与勘平殿。それはそふといつぞは問《とは》ふ聞ふと思ふた。[三〇]よい折から世間ンにかはつた名はいくらも。[三一]有ルが中カでこなたの名は与勘平《べい》とはたが付ケた。旦那《だんな》様の[三二]物ずきか但シはこなたの望《のぞみ》でか。訳《わけ》の有リそな名じやなふ」と。うなづき合フて問《とひ》かくれば与勘平居《ゐ》なをつて。「成ルほど〱。拙者《せつしや》が名には[三三]因縁《ゐんゑん》由来《ゆらい》故事《こじ》来歴《らいれき》。かる〴〵しうは申さぬ事なれど。問人《とひて》が問イ人じやお咄申さふ。元来《ぐはんらい》拙者が名は勘平《かんぺい》。旦那のおそば近く参る者幾人《いくたり》も有《(ある)》中カに。天道《(てんたう)》[三四]三ン宝の[三五]冥加にもかなつたか。此通リ[三六]無骨《ぶこつ》の身共《(みども)》とかく保名《やすな》様のお気に入リ。身におつしやることはお詞つきが格別《かくべつ》。どふしてくれい

東洞院通の間の南北に通ずる町。地理上の道順を明らかにした詞句ではない。

一七 中間(ちゅうげん)。奴(やっこ)。名の読みは「よかんべい」。底本振仮名「べ」と濁点あり。一八 ここは、口の意。一九 宮中へ召された結果の善悪を早く知りたいために、礼儀知らずの武骨者が大声で呼びとめました失礼は、お許し下さい。演劇性が急速に発達するこの期の浄瑠璃の畳みこむ文体。二〇 しずしずと。二一「御苦労」と言葉少なに言い。二二 真紅。箱の紐の色。二三 辛気。もどかしく思うこと。恋文の箱の紐をとくのも、待ち遠しく、もどかしい。「しんく」と頭韻。↓八六頁注一四。二四 恋の思いが絶えることなく、溢れるほどであることを、川にたとえる。二五 色事をいう。川の縁語。二六 玉章。手紙。二七 偶。まれなこと。「玉づさ」と頭韻。二八 女主人が手紙をお書きになる間と、ひまさえあればの意の「間がなすきがな」をかける。二九 箸がこけてもおかしい、おしゃべりずきの若い女達が。三〇 ちょうどいい機会です。三一 沢山「ある」と取りわけの意の「あるがなか」をかける。三二 御趣向。三三 この四語はほとんど同義で、いわれの意。わざと勿体ぶって同意の語をくりかえす。三四 仏教でいう三つの宝、仏・法・僧。または単に仏の事。「天道三宝」で神仏とほぼ同意。三五 神仏の御加護。気づかぬうちに与えられる恵みであるから、幸運にあった時、冥加にかなうという。三六 文楽の最も特色あるカシラの一つ、与勘平はこの役に始まる。ほかに赤っ面の安敵(やすがたき)などにも使用。

よ勘平。かふしてくれいよ勘平。肩《かた》うてよ勘平。足さすれよ勘平などゝ。よ勘平〳〵と仰《おほせ》がついにいつとなく。与勘平。〳〵と人も呼《よぶ》。我レも又[一]わる勘平といふよりまし。忝《かたじけな》くもたうとくも。拙者が与の字は主君よりの拝領《はいれう》。勘平に与の字の取リ付イた始り。[二]あら〳〵かくのごとくぞ」と語《かた》ればみな〳〵打チ笑《わら》ひ。「何咄さしても。口がる[三]気さくお主《しう》の気に入ル与勘平殿。奉公する身の[四]あやかり者。アレお乗リ物から召シまする」。「[五]ナイない〳〵」とさしよれば。榊《さかき》の前おもはゆげに。「コレ保名《やすな》様への御かへしくはしきことは此文箱《ふばこ》。随分《ずいぶん》早ふ御出を。頼む〳〵」とこなたも帰り取急ぐ折からどつと一トしきり。[六]土砂《つちすな》ぐるめ吹ク風に。保名の文《ふみ》もまきこんで。空《そら》にたゞよひ[七]ひら〳〵〳〵。[八]比良《ひら》や[九]横川《よかは》の方タより吹ク[一〇]天狗かぜとはしられたり。

榊《さかき》の前も[一一]きのどくがり。「なふ与勘平。アレ〳〵文は西へ〳〵と行ク程に。帰りがけに落つく所。見届《とゞけ》て取ッてたも。人手《ひとで》にわたれば互の大じそなたに頼んだ預《あづけ》た。とやかくと隙《ひま》が入リ。[一二]ア、心せかれや乗リ物いそげ」と仰《おほせ》より。[一三]六尺七尺

一 悪(わる)かんべい。「わるかろう」といわれるよりは。
二 おおよそのところ。神仏寺社の由来、霊験譚などを語る時に使われる。ここはわざと大袈裟な言い方をしてみせた。「たゞいまかたり申御物がたり、国を申さば、たんごの国、かなやきぢざうの御本ぢを、あら〳〵ときたてひろめ申に」(佐渡七太夫正本・せつきやうさんせう太夫)。
三 気軽なさっぱりした気性。「気早行 キサク」(書言字考節用集)。 四 人から、あやかりたいと思われるような仕合せ者。
五 はい。奴(やっこ)ことば。 六 土砂もいっしょに。
七 副詞の「ひらひら」に地名「比良」をかける。
八 比良山。滋賀県琵琶湖西岸の山。
九 滋賀県大津市、比叡山にある延暦寺の三塔の一つ、横川谷の峰にある堂塔とその地域をいう。比良も横川も、鞍馬、愛宕などとともに、京都に近い天狗の棲処とされた。「辺土においては比良横川、如意が岳、我慢高雄の峰に住んで」(謡曲・鞍馬天狗)。
一〇 にわかにふきおこる旋風。つむじかぜ。
一一 困りきって。 一二 気のせくことよ。帰りが遅いと後室に嫌味をいわれるのであろう。
一三 陸尺。乗物を舁く男。歩幅を誇張した六尺、七尺にかける。
一四 ぽかんと立ちつくしたさま。
一五 滅法な。とんでもないこと。
一六 つかみどころのないこと。「闇の夜の鴉、月夜の白鷺」(譬喩尽)。
一七 手紙を、人を捕えるように、人格化した。
一八 とんぼ。 一九 「前」は「然」のあて字。
二〇 文がひょいと裏返ったにつれて、高くとび上ったが。 二一 おごり高ぶること。身分不相応に上座につくこと。「高上り法度」は諺。

一トまたげ飛《とぶ》がごとくに行キ過(すぐ)る。跡《あと》に[一四]つつぽり与勘平状箱持ツて忙顔《あきれがほ》。「ヱヽめ[一五]つぽうな当所《あてど》もない闇《やみ》[一六]の夜に烏《からす》追フやうな預ケもの。ヤアしたが風もしづまる。そろ〱と状殿[一七]がさがらるゝ。エヽまちつとじや」と。子供が蜻蛉《やんま》[一八]つる同前[一九]。飛上ガり〱。[二〇]ひよいとかへりやたか[二一]あがり法度《はつと》[二二]。ひよう。〱「[二三]ひよんな役目じや」と文をし。たふて

（加[二四]茂館の段）

ヘ尋ネ行ク。[二五]水上《みな》清き。[二六]片淵《かたふち》や加茂《かも》[二七]の氏人保憲《うぢつとやすのり》[二八]の館《やかた》。保憲死去《しきよ》の其後は。姫《ひめ》の養育《やういく》[二九]髪切リて後室《こうしつ》様と内チ外トの。人のうやまひもてはやしにほこる悪事[三〇]ぞうた[三一]てけれ。

中カ[三二]の間に立チ出(いで)「妼《こしもと》共〱」と呼《よび》わめき。「ヱヽどいつを見ても居眠《ゐねぶり》たそふな顔つき。榊《さかき》は部《へ》屋にか上ヘ[三三]様へ上ガつたを。大きな顔で昼寝《ひるね》して居《ゐ》ぬか。皆《みな》手ンヽ(で)に棒《ぼう》[三四]でも持ツてさすり起《おこ》せ撫《なで》おこせ」と[三五]真綿《まわた》に針《はり》をつゝむ折から。

二二　禁制。「たかあがり…役目じや」は叙事文と与勘平の独語とをからみ合わせた技巧文。叙事文としては、文が風にぱっと舞い上る音をかけ、文が風になびくさまの「ひよう〱」を導き出す。独語としては、武骨者に不似合いな恋文の使者になったあげくに、とんだ文探しの役目まで引受けることになった、ということをおどけた調子で大げさに、身分不相応な高上りなことをして法度に触れた、と笑いとばす、ひょうきんで善意な奴のことば。「ひよう〱」と頭韻。二三　とんだ役目を頼まれた。※奴が主人の恋文を姫君に届け、文が空を舞うなどの趣向は、新うすゆき物語・中巻「紙鳶(いかのぼり)の段」で、一層の洗練をみる。→三二一六頁。

時　前段と同日の午後
所　加茂保憲館

二四　序切(じよぎり)。初演者竹本喜太夫。
二五　水源。賀茂川の上流をさしているが、加茂保憲の邸宅の地点は歴史上は不明。本曲としても地点を明示してはいない。
二六　川の片側が洲や河原で反対側が深く淵をなしている所。川の名と館の主の姓をかけ、賀茂川の水源が清いように、由緒正しい賀茂氏の一族である賀茂保憲、の意。但し保憲はすでに亡く、後室が悪事を企て、現在の状態は清流といえないので、「水上」「片淵」などの表現を用いる。「片淵、加茂」と頭韻。
二七　→付録2。加茂・賀茂は通用。
二八　氏人(うじひと)は古代氏族社会で氏上(うじのかみ)に率いられ氏神を祀る同氏族の人。後には氏神の神事に奉仕する時に特にこの称が用いられ、また神官家の次男以下の者をも氏人と称する。「うぢつと」の訓みは中世からの慣用か。

当家《たうけ》の執権人《しつけん》[一]の皮《かは》きた乾平馬《いぬい》。おそば近く手をつかへ。「御舎兄《しやきやう》治部《ぢぶ》ノ太輔《たいふ》様。蜜《みつ》〻の御用とて御出なされ候」と。いふ程もなく岩倉《いはくら》治部ノ太輔国行《くにつら》。のつさ[二]のさばり上座《しやうざ》につき。「後室《こうしつ》今ン朝《てう》の御所《しよ》の首尾《しゆび》。姫《ひめ》が咄《はなし》聞キ召サつたで有ふの。それに付キ蜜《みつ》〻いひ度キこと有ッて。左近《さこん》太郎と云合《いひ》セの刻限《こくげん》をまたず此通リ。先ヅ是をお見やれ」と懐中《くはいちう》の一ッ通《つう》取リ出し。「平馬も見よ」と投《なげ》やれば後室《しつ》取リ上ゲ押《おし》ひらき。「ハア是はまさしう保名《やす》が筆《ふで》姫が方タへきた文《ふみ》是がどふしてお[三]手には入ッた」。「されば〳〵某《それがし》も何となく。不図《ふと》詠《ながむ》る庭《には》の松が枝《ゑ》に何やらびらつく。又町《まち》の子供《ども》めらが紙鳶《いかのぼり》[四]おとせしかと気を付クれば此文《ふみ》。今ン日桜木《さくらぎ》の親《しん》王《わう》様いかゞ仰《おゝせ》出され候や。心もとなく後程《のちほど》蜜《ひそか》に参り。承《うけたまは》りたく存ジ参らせ候と。文《ふみ》に子細《しさい》はなけれ共元来《ぐはんらい》御鬮《みくじ》といふ物が。ふり物[五]のあぶな物万ン一チ保名に鬮《くじ》が上[六]ガつては。此方《このはう》は童《わらべ》[七]の手を切ッたるも同前ン。どふぞ左近太郎と立チ合ハぬ内此方へ。せしめる思案《しあん》は有ルまいか妹《いもふと》。平馬もちゑを出せ〳〵」と気をいらたでのせはしなし。

二九 未亡人が亡夫への操を立てぬくしるしに、髪形を末端を短く切り揃えた茶筅髪とすること。
三〇 尊敬され、ちやほやされて、心が驕ること、悪事にはびこる意をかける。
三一 見るにたえない状態である。
三二 座敷と奥の間とのあいだの室。
三三 東宮御所に召されたからといって、慢心し。
三四 「棒で叩き起こせ」と言うところを、世間体を思い、とってつけたように「さすり起せ撫おこせ」といった。
三五 真綿に包んだ針で突くように、表面はやわらかにみせて陰険ないじめ方をすること。

一 人面獣心の佞人。「乾」と「犬」をかける。
二 のっさのっさとのさばり。権威をかさに、横柄な態度。
三 お手には、いった。「は」は強調の係助詞。
四 凧(たこ)。上方では、いか、いかのぼり、江戸では、たことよぶ。
五 降りもの。天から与えられる、人力で左右できないもの。偶然に支配されるもの。
六 当るの意。籤の箱の中から突いてとり上げた札が保名に当っては。「御鬮(じく)の立願。…初手に桜をとらしてたべ上らせ給へと再拝祈念」(菅原伝授手習鑑三)。
七 ただでさえ無力な子供が手を切られたように全く手出しの出来ぬ状態。

後室《こうしつ》さはぐ色もなく。「かね〴〵おしりなされた通リ。此[八]金烏《きんう》玉兎集《ぎよくとしう》のことは。夫《おつと》保憲《やすのり》殿存生《ぞんじやう》の内日を撰《ゑらみ》。安倍《あべ》の保名に譲《ゆづり》娘に嫁《めあはせ》名跡《みやうせき》[九]を続《つが》せんと。吉チ日を待ッ内に煩《わづら》ひ付キお果《はて》なされた。まそつとの所を運《うん》のよはい。不仕合《ふしあはせ》な安倍の保名。こなたやわしは芦屋《あしや》ノ兵衛に譲受《(ゆづりう)》ケさせたいと思[一〇]ふたやうに。大イじの所を遁《のが》れた上ゝの強《つよ》い運ン。富《とみ》[一一]でも御鬮《みくじ》でも当タるに気遣イはなけれ共。[一二]まはらふよりは近カ道チと平馬と内証《ないせう》示《しめし》合セ。明ケにくい宝殿《ほうでん》の扉《とびら》や箱《はこ》。[一三]明ケたが思案《あん》落チついて下ダされ」と。[一四]簠簋《ほき》内伝《ないでん》の玉兎集《ぎよくとしう》治部に渡せば恂《びつくり》し。「是はどふして取リ出した。尤扉《とびら》の鍵《かぎ》は其方《はう》が預リなれ共。箱《はこ》の鍵《かぎ》は娘が預リ兼《かね》[一五]て聞ク。大じにかけ肌身《はだみ》を放《はな》さぬ」「サア其放さぬを智略《りやく》にて。[一六]盗人《ぬすびと》の隙《ひま》はあれど守袋《まもりぶくろ》も寝《ね》る内は枕元《まくらもと》へ忍び。鍵の寸方《すんぱう》[一七]うつし取リ拵《こしらへ》し此相鍵《かぎ》」「ハヽアしたり〳〵。さすが治部が妹程有ル。出来《でき》た〳〵有リがたし忝《(かたじけな)》し」と押シいたゞき。「此書《しよ》を道満《たる》にやればあれも出世《しゆつせ》此方《(このはう)》も出世。出世だらけよいことだらけ此状《でう》こそ幸《さいはい》。保名《やすな》めを盗人にする仕様《しやう》も有ロふうまい〳〵」と悦《よろこ》べば。「其[一八]うまいを肴《さかな》に御酒《ごしゆ》一ト

八 →八頁注七。
九 家督。
一〇 願った通りになって、秘書と家督が保名・榊に渡ってしまうという最悪の事態をのがれた。
一一 近世に流行した富籤。番号を記した富札を一般に売り出し、抽籤で当籤者に多額の賞金を与える。富札の売り上げ金から賞金と経費を差し引いたものが興行主の収入となる。営利を目的とした賭博的な籤。営利とは無関係に、神意を問い、事の吉凶を占うのが御籤。
一二 御籤の結果を待つなどという、廻り遠いことをするより、手っとり早い方法を、と。
一三 うまい工夫をして明けました。
一四 →八頁注七。
一五 まえまえから。近世、「予」の意味に通用。
一六 諺「盗人の隙はあれど守り手の隙はない」に「守り袋」をかけ、諺の如く、肌身放さぬ守り袋も寝る時は枕元へ置くので、を略した文章。
一七 寸法。「方」はあて字。
一八 治部の「うまい」は好都合の意。ここは美味の意をかける。

一つまいらぬか」。「それは耳《み》よりともかくも二」と。三馬のあふたる平馬があない四。
五人喰《くい》馬にあいの戸を引キ立テてこそ入リにけれ。
榊《さかき》は我ガつかふ妼《こしもと》をいざなひ「サアよい隙《ひま》」と六部屋を出。「もふ刻限《こくげん》は何ン時《(ど)》キ
ぞ。いはず共気を付ケて小鳥《ことり》共こゝへなぜ出さぬ」。「いや申シお姫様。けふは
おまへのお心は小鳥所《(どこ)》ロじやござんすまいがな。けさの御七所《しよ》様のお詞。千ンに
一トつみくじが道満殿《みちたる》へあがつたら。どうせふとおぼし召シます」。「サアそれ故《ゆへ》
早ふお出なされと文《ふみ》をやつたれば。もふ見へるに間《ま》は有ルまい。お出をしらせ
のお鷹《たか》のため。八なをせといふ小鳥かご。九小言《こごと》いはずと早ふならべい」。「あい」
と手ンヽに持《(で)》チはこぶ一〇飼《かふ》て心のなぐさみと。人に見するは一一鸒鳥《うそどり》よ。二人が中カの。
かたらひは。末長《すへなが》かれと一二尾長鳥《をながどり》。朝夕《あさゆふ》こゝに一三置キまして見つ見せたさの一四かほよ
鳥《(どり)》「それ其一五鶲《ひたき》は伯父《おぢ》様の。一六秘蔵《ひさう》せよとて給はりし。もし保名様気一七がそれたら。
胸《むね》の一八ひたきと一九気が付ィて見るもいや／＼捨《すて》はならず。遠《とを》のけてそちらにおけ」
二〇と得手《ゑて》勝手《かつて》わらふ口《(ぐち)》チヽ囀《さへづ》る鳥。

一 召し上らぬか。 二 相手の提案に不賛成ではない時にいう。 三 治部と気の合う平馬。 四 案内。ここは奥の間へ導くこと。 五 人を喰い殺す馬のように、性質の悪い平馬と気の合う治部とは、中の間と奥の間の間の戸を。このあたり、平馬と馬、人喰馬、合ふと間(あい)が掛詞。振仮名「へ」の誤刻か。 六 節付け「色」に「入」とあるのはおかしい。 七 上皇、三后、皇子、将軍、大臣などをいう。ここは桜木親王。 八 「直す」は、しかるべき場所にきちんと置くこと。 九 よけいな口出しをしないで。 一〇 気晴らし、楽しみのために小鳥を飼っていると人目に見せるのは嘘で、ほかに目的がある。※以下、短い節事風の小鳥尽し。深窓の姫の許に恋人が訪れる合図に、趣向が凝らされる。なお、新うすゆき物語・中巻「紙鳶の段」参照。 一一 鸒。燕雀目すずめ科の小鳥。雀よりやや大きく、雄は背面青灰色、顔面等に紅色を帯び美しく、嘯(そう)を吹くような鳴き声が特色。古くから飼鳥として親しまれ、修辞上、この文の如く、「嘘」の掛詞に使われることが多い。 一二 からす科の鳥。尾が長く、くちばしと頭部は黒、腹は白、背は青灰色。 一三 保名様をお置き申して互いに顔を見たり見せたりしたい。 一四 恋人同士の「顔」にかける。かおよ鳥については、貌(かお)鳥と同じとも、雉、鴛などをさすとも、諸説がある。 一五 燕雀目の小鳥。雀ほどの大きさ。もと火焼鳥と書く。背、翅が赤色であるから、または鳴き声が火打石を打つ音に似るから、といわれる。「秘蔵」と頭韻を踏む。 一六 底本の振仮名「さ」に濁点なし。 一七 心がほかの女性に移ったら。「それる」は、鷹などがあらぬ方向へ飛んでいくことをいう。 一八 火焚き。

二一声高塀《たかへい》の外面《そとも》には忍びくる二二安倍《あべ》の保名《やすな》。参議好古《さんぎよしふる》にみやづかへ二三よせい有ル身にあらねども。二四先祖《せんぞ》は遣唐使《けんたうし》に撰《あらば》れもろこしにて日本ンの名を揚《あげ》し。昔《むかし》おもふも身の恥《はぢ》と編笠《あみがさ》ふかく顔かくし忍びてこゝに立チ寄レば。御ン供《とも》の与勘平《べい》二五鈴《すゞ》付ケし二六小鷹《こたか》を手にすへ走《はしり》付キ。「お旦那《だんな》あれ〳〵小鳥共《(ども)》が囀《さへづ》る。榊《さかき》様お出を待チかねと聞コへた。此方《(このはう)》もお鷹を使《つかい》にしらせん」と。二七拳《こぶし》を放《はな》せば飛上《とび》ガり二八もどり羽《ば》もぢり羽《(ば)》毛をふるひ。鳥の音《ね》に眼《まなこ》を付ケかごをむンづとつかんだり。「ヤレお出なされたしらせの鳥嬉《うれ》しや〳〵妼《こしもと》共。鷹を与勘平に渡し小鳥共かたづきや」と。庭《には》にかけおり裏門口《うらもん(ぐ)》チ明ケて招《まね》けばうなづいて。入ルと二九しめあふ手の内に色と思ひをふくませり。

与勘平鷹《たか》をすへ「コレ三〇妼中《こしもとぢう》。拙者《せつしや》は人ト目有リ帰《かへ》れと旦那《だんな》の仰《おゝせ》罷帰《(まかりかへ)》る。コリヤ鷹よけふも又三一すくち三二むなはらでかへるな。世間《せけん》のたとへとはちがふていつ来《き》ても〳〵。三三鷹骨《たかほね》折ッて旦那のゑじき。三四こらへじやうのよい鷹めでは有ルはい」と三五小おどりしてぞ帰りける。

一九 そんなことになったら嫉妬に胸が燃えると思うと、連想させる鶉を見るのもいやになった。二〇 そばに置いて眺めてきた鳥を、急に見るのもいやなどと勝手気儘なことをおっしゃる、と笑いさざめく腰元達。二一 女達の笑い声、小鳥が色々に囀る声が一際高く、館の高塀の外には。二二 安倍晴明の父。→付録2。二三 余勢あり。勢いのよいさま。自分は参議好古に仕える身で、何の勢力ももたないが。二四 正史の阿倍仲麻呂(六九八―七七〇)は晴明の先祖ではないが、唐朝で重用されたことが有名。安倍晴明物語、簠簋抄等に晴明をその子孫とする。安倍→八頁注七、→付録2。姓の安倍・阿倍、名の仲麿・仲麻呂は両用が通用。二五 鷹の尾に鈴をつける。二六 大鷹に対する小型の鷹、はやぶさ、はいたか、つみ、など。小鷹をつかった小鷹狩では、つぐみ、うずらなど、小鳥をとらえる。二七 鷹を携行するには分厚い手甲をはめた握り拳にとまらせておく。それを拳からはなして飛ばせること。二八 「もとより羽」の略。左右へ羽をつかう鷹の形容(鷹犬詞語彙)。「もぢり羽」は未詳。二九 門をしめると、手をかたくとりあうとを掛ける。三〇 腰元のみなさん。三一 素口。虚口。口にも入れないこと、空腹。三二 空腹。からっぽの腹。「かへるな」は、帰ることだなあ。三三 世間のたとえ「犬骨折って鷹の餌食」とは違い、この鷹は諺の犬と同様、せっかく獲物をとっても、主人に取り上げられてしまうので。三四 我慢強い。三五 序中の段切りと同じく、与勘平の稚気溢れる動きを表わす。

榊さゝやき「御所《ごしよ》の首尾《しゆび》は最前文《さいぜんふみ》で申ス通リ。みくじといふ物は天道次《てんとうし》第運《だいうん》次第。心に任《まかせ》ぬ神ミの掟《おきて》。云ィ出せばぐちなとしからしやんすれど。とゝ様[一]まあ一チ年ンいきてござれば夫婦にも成リ。書物《しよもつ》もお譲《ゆづり》なさるゝ所を御往生《わうじやう》。運《うん》のよはいおまへなれば。けふのみくじも私が心には上ガる迄も気遣ィで。胸《むね》のおどりをコレ見さしやんせ。頼ムは[二]大元尊神《たいげんそんじん》[三]吒枳尼天《だきにてん》。[四]早ふ呼寄《よびよせ》ましていのり祈念《きねん》もさせませたく。左近ン太郎さまはまだ見へぬに。伯父御《をぢご》は[五]とをからきて奥《をく》に酒カもり。一チばいと心がせき早ふお顔《かほ》が見たかつた。サア一ッ心ンに祈誓《きせい》をかけおまへに御鬮《みくじ》の上ガるやうに。共に祈《き》念ンは怠《おこた》らぬ」と力ラを付クるぞ[六]わりなけれ。

「ヲヽなじみなればこそ忝(かたじけな)い。我レも文《ふみ》を見るよりみくじの善ン悪ク。[七]すぐに生死《しやうじ》と定メしがいやるを聞ケばそふでもない。[八]信《しん》有レば徳《とく》有リ[九]神ミは正直《しやうじき》のかうべにやどる。力ラをそへてたべ随分神慮《ずいぶんしんりよ》をあをぐべし。とはいふものゝゑぼし[一〇]千《ち》早《はや》もかけずして。此平服《へいふく》恐レ有リなんとせう」。「幸《さいはい》ゝ父上ェの[一一]素袍《すおふ》ゑぼし。

一　もう。
二　→八頁注一〇。
三　荼枳尼天とも書く。仏教では死人の心臓などを食う羅刹女(らせつにょ)とされ、大願成就を祈る荼枳尼の法は外法(げほう)として忌まれるが、わが国の陰陽道では聖天、弁才天と共に三玉女とされ(簠簋内伝一)、「吒枳尼神ト云吉神」(簠簋抄・下)とも記されて、白狐に跨った美女の姿の像となり、幸福を祈られた。稲荷社などにこれを祭るという。
四　あなたを早くお呼びよせ申して、儀式的な祈りも心での祈願もさせ申したく。「ませ」は変則の連用形。
五　疾うから。早くから。
六　もっともだ、道理である。本来の語意から転じた用法。
七　結果が悪ければその場で死のうと決めてきたが、そなたの言葉を聞くと、そういう風に考えるものではないと気付いた。
八　諺。神仏の加護を信ずれば、必ず利益(りやく)がある。御籤の結果次第で死んでしまおうと思いつめた時は、神仏の加護を考えなかった。
九　諺。加茂保憲の秘書と家督を保名が受けつぐのが正当で、治部は非道であるから、これを横取りしようとする後室や治部の諺の如く、神の加護があるに相違ない、の心。
一〇　巫女、先払いの神人などが着る、白の裾の長い小忌(おみ)の肩衣の一種。
一一　ここは、近世の武士の礼服としての素袍。

わしが部屋《へ》に有ル取ッてこい」。「あい」と急《いそ》げばいそぐたけ[一二]行クより早くもつてくる。「ヲヽ誠《まこと》に〳〵。目馴《めなれ》し師匠《しせう》の素袍烏帽子《すおふゑぼし》。今ン日チ着《ちやく》するといふは吉左右《きつさう》〳〵。[一三]冥加《みやうが》あれ保憲公《やすのりこう》」と押シいたゞき〳〵。着クせんとする所へあたふた奥《をく》へ行《ゆく》女。「何ンぞ」ととへば「左近ン太郎のお出《いで》故。[一四]しらせましに」と走行《はしりゆ》ク。「御傍輩《はうばい》の中カながら。見付ケられてはことやかまし[一五]さゐだが部屋がよい所。いざこなたへ」と打チつれて装束《しやうぞく》へ取リ持チ入リにける。

好古《よしふる》の執権《しつけん》左近ン太郎照綱《てるつな》[一六]案内《あんない》させて座敷キに通《とを》れば。治部《ぢぶ》ノ大輔《たいふ》後室《こうしつ》榊《さかき》乾《いぬい》平馬うや〳〵敷ク。[一七]八《や》くらの机《つくへ》にみくじをのせ両人の中カにすへ置キてはるかにしさつて畏《かしこま》る。

「是は〳〵照綱殿御同道《どうく》と存ジたれ共老足《らうそく》のはか行カず。却《かへつ》て御めんどうとぞろ〳〵お先キへ参つた。親王《しんわう》の仰《おゝせ》とは申ながら遠所《ゑんじよ》の所御苦労《くらう》千万。是は保憲《やすのり》が後家《ごけ》御存《ごぞんじ》の通《とほり》拙者《せつしや》が妹。次ギは榊《さかき》お見知《しり》なされて下されふ」。「いかさま御母子《ぼし》共に名は承《うけたまはり》及《およ》んだれ共おめにかゝるは始《はじめ》て。申さば今日は保憲殿遺跡《ゆいせき》

一二　底本「た」に濁点なし。
一三　お守り下さい、の意。
一四　後室にお知らせ申しに。
一五　腰元の名。

※現在はこのヲクリで太夫が交替し切場となり、舞台装置も変り、大元尊神の宝殿に接する広間となる。初演、再演には太夫交替がないが、ここで宝殿の装置を出すことは演技上必要。

一六　取次ぎの家人に導きをさせて。
一七　神前にものを供える時に用いる四対の足のついた八足の細長い机。「くら」は座の意ながら、この熟語では台座の脚をさす。「一巻八座の机にさら〳〵と。くりひろげ」(日本振袖始一)。

の定《(さだま)》り嘸《さぞ》お悦びなされふ。ャ何治部殿。みくじの次第《しだい》を日の内に親王《しんわう》へ申上るためなれば。御支《し》度能《たくよく》ばいざみくじをお取なされまいか」。「イャ先《まづ》お待なされ。仰《(おほせ)》のごとく今日は名跡《みやうせき》の相続《さうぞく》。[一]未来《みらい》の保憲も嘸《(さぞ)》大悦《えつ》。迚《とて》ものことに彼金烏《かのきんう》玉兎《ぎよくと》集《しふ》を取出し。神前ンに備《そなへ》置其まへにてみくじをとらば。保憲直《じき》に譲《ゆづる》心。まづ書《しよ》を先へ取出してはいかゞござらふ」。「それはともかくも御勝手《かつて》次第」。「アレ後《こう》室《しつ》。左近太郎殿も御同心。扉《とびら》をひらくはそなたの役早ふ〳〵」と有ければ。母は清《きよ》めのから[二]手水《てうづ》[三]注連縄《しめなは》ほどき立寄て。[四]海老錠《えびぢやう》ぴんと扉《とびら》をひらき「コレ榊《さかき》。扉は開《ひら》いた中の箱《はこ》はそなたの預《あづかり》。錠明《(あけ)》て書《しよ》を取出し御神前ンにお備《そなへ》申しや」。「あい」といらへてしと〳〵とあゆむとすれど気は空《そら》に。[五]口は経《きやう》やら祓《はらい》やら只一ト[六]時に一生の。年を寄セたる浦島《うらしま》が[七]あけてくやしき箱共しらず。[八]恐レみつゝしみ取出し二人の中にすへおき。鍵《かぎ》にてひらく箱の内見るよりはつと驚《おどろ》けり。後室《こうしつ》そしらぬふぜいにて。「コレ何をうぢ〳〵してゐやる。御両所のお待かね早ふこゝへ持ておじや。アレ[九]まだいの[一〇]おれに計《(ばかり)》ものいはせだまつてゐどころじや有

一 死んであの世にいる。
二 水を汲まないで、柄杓で水を手にかける形をするなどで、手を清めたことにすること。
三 神前などに不浄なものの侵入を禁ずるために張る縄。ここは大元尊神を勧請した社に張りめぐらされたもの。
四 近世行われた錠の一種。海老のようにまがった形の部分があるのによる名称。大きな扉に用いる頑丈な種類。
五 口に唱えているのも仏教のお経か神道のお祓いかわからない状態で。
六 浦島が一瞬で老人となったように、若い榊も心労のあまり一生の年を一時にとる思い。
七 浦島から、箱を明けて思いがけぬ悪い事態が起ることを導き出す。
八 恐懼しつつ。祝詞的な古風な表現。「禱(よごと)を聞しめせと、恐(かしこ)み恐みも申したまはく」(台記・別記・中臣寿詞)。
九 まだそんな風にぐずぐずして、の意。
一〇 「おれ」は近世中期の上方では女性の自称として用いられることも多い。「おれと夫婦に成てたもらば。とゝ様をらく〳〵と養たい」(新うすゆき物語・下)。

まい。がてんがゆかぬ」と立寄ッて「ヤアこりやどうじや。太切《たいせつ》な家の秘書《ひしよ》此内にござらぬ」と。聞て驚《おどろく》左近太郎ほつと溜息《ためいき》つく計《(ばかり)》。治部ノ大輔声あらゝげ。「ヤア後室《こうしつ》。ないといふてことが済《すむ》か。両人は鍵《かぎ》預り外にしらふものがない。[一一]全議《せんぎ》して身の垢《あか》ぬけ。左近も是にお居やれば兄弟とて容《よう》赦《しや》はならぬ。一チ巻《くはん》の有所《(ありしよ)》いはねば[一二]骨《ほね》をひしいでいはす。何ンと〳〵」と[一三]仕組《しぐみ》の詞後室榊が膝《ひざ》引よせ。「コレ今のを聞《き》きやつたか。[一四]現在《げんざい》おれが兄弟でも容赦《ようしや》のならぬ[一五]お上沙汰《かみざた》。そなたとても其通《(そのとほり)》娘の遠慮《ゑんりよ》成ませぬ。サア誰《たれ》に盗《ぬす》んでやりやつたぞ」。「是は母様のお詞共覚へぬ。わしが盗んで誰にやろ」。「イヤやりたがる其相手《あいて》も此母がにらんで置イた。[一六]たけ〴〵しういやつても盗《ぬすん》だは慥《たしか》〳〵いやとはいはさぬ。肝心《かんじん》しまりの中の鍵《かぎ》はそなたの役《やく》。[一七]仮《け》令外《れうそと》におろした錠《ちやう》の相鍵はいつでも仕《し》やすい。[一八]大胆《だいたん》な相鍵してよふも[一九]目をぬいたなア。有リやうにいはぬと骨《ほね》をぽき〳〵折ッていはす。サアぬかせ出しおれ」と腕《うで》まくりする[二〇]きつさうに。榊《さかき》は[二一]とかふ泣計《(なくばかり)》さしうつむいていらへなし。

一一　詮議。「全」はあて字。
一二　強く押しつぶすこと。「骨をひしいで白状さす」は、自白を強いる時の脅迫の常套句。
一三　治部が後室と言い合せの上で、声をあららげ厳しい言葉遣いをしてみせる。
一四　まさしく兄である治部大輔でも、妹の自分に。
一五　公の事柄。
一六　ずぶとくしらをきっても。「盗人たけだけし」の順序をかえていったもの。
一七　言ってみれば、私が預かっている外の扉を相鍵して開くことはいつでも容易にできるが、内の箱の相鍵を、榊以外の者がこしらえられるはずがない、の意。
一八　ずぶとい。厚かましい。
一九　この母をうまうまとだましたな。
二〇　吃相。血相。ただならぬ表情。
二一　とかくの言葉なく、の意。「無く」と「泣く」と掛詞。

「ヤア後室《こうしつ》手ぬるし〳〵。ひつくゝつて鴨居《かもゐ》[一]へつり上ゲ白状《はくでう》さするは治部が得[二]物。そこのかれよ」とひしめく所へ。榊が部屋より平馬が高声「同類《どうるい》をとらへし」と。保名が胸ぐら引立る「是は難題狼藉《なんだいらうぜき》たり。はなせ〳〵」も放《はな》さばこそゐぼし素袍《すおふ》も引[三]しやなぐり。座敷へ[四]どうと打すゆれば榊ははつと胸ふさがり。左近太郎も[五]一座の手まへ顔色《がんしよく》かはつて。「コレ保名。かはつた所で対面《たいめん》いたすけふをいつと心得て此所《(こゝ)》へはどふしてきた。忝くも桜木の親王《しんわう》。保憲《やすのり》が跡目《あとめ》相《さう》続《ぞく》の御差図《さしづ》。芦屋兵衛安倍の保名。伽藍鑯《がらんせん》[六]の鬮《くじ》に任《まかせ》秘《ひ》書相伝《しよさうでん》は時の運《うん》。弟子《でし》と〳〵の立合《(たちあひ)》[七]は後日の心よからじと。御賢慮《けんりよ》をめぐらされ治部殿と某《それがし》二人が名《みやう》代《だい》。左近太郎が鬮取《くじとり》気遣ィで和殿《わどの》[八]はきたか。親王《しんわう》の御下知《げぢ》[九]背《そむく》といひ主人《しゆじん》小野の好古卿《よしふるきやう》。顔までよごす不届《ふとゞき》者サア云《(いひ)》わけせねば左近[一〇]が立タぬ。性根《しやうね》定《(さだめ)》て返答《(へんたう)》あれ」と理の当然《たうぜん》にさし付ヶて[一一]。云ィ分ヶならぬ身の誤《あやまり》[一二]恋にこゝろを苦《くる》しめり。治部大輔せゝら笑ひ。「保名《やす》のどろめ[一三]と道満《みちたる》と同日《どうじつ》にいふも勿躰《もつたい》ない。さすが治部が聟《むこ》程有ッて潔白《けつぱく》に身を守《まも》り。こんな所へ出しやばらねば盗《ぬす》人といはるゝ

一 部屋の上部にあって、引戸、障子、襖などをはめるみぞのついた横材。
二 得意とするところ。
三 ひきちぎってとり。 四 →八〇頁注一七。
五 左近太郎自身に大目にみてやりたい気持があっても、同じ小野好古の家臣として、対立する左大将家の岩倉治部などの手前、きびしく対処せざるをえない。
六 寺院に備えてある御鑯をいうが、ここは神前における鑯。
七 直接、二人が鑯をとって争う形は。
八 親しい間柄の男性二人称、君。武家ことば。
九 御命令。
一〇 保名の名代であり、小野好古家の執権をつとめる自分の立場がない。
一一 さし当り、それとはっきり。
一二 恋仲の榊の前のところへ、彼女の言葉に従って来たと言う訳にはいかず、恋故に屈辱に堪えていることをいう。
一三 人を罵倒する語。道楽者。人間のくず。「まだこの上に、どろめが何をしださうやら」(女殺油地獄・中)。
一四 文語文系の浄瑠璃の時代物で、治部大輔のように身分のある人物の打消しの語に、助動詞「ぬ」の代りに関東系の「ない」を用いる例は少ない。ここは敵役の荒々しさ、俗悪さを強調するための用法。治部は老年を口実に、左近太郎の追求をかわしているが、このあたりのせりふでは、弱々しい老人とは似もつかぬ精悍な本性をかいまみせる。
一五 どれあい。野合。密通の者共。くさりあっている奴ら。 一六 いじめせめたてる。
一七 欲の皮のひっぱった。
一八 もう一方の手で榊の髻をつかみ。

恥もかゝず。自然《しぜん》と極《きはま》る師匠《しせう》の後胤《あとつぎ》くじ取リも糸瓜《へちま》も入ラない。一四ヤコレ後室《こうしつ》誰レ
に遠慮《ゑんりよ》してお居やる。一五どれやいめらを全議《せんぎ》して巻物《まき》を渡されよ」と。(地ウ)己《をのれ》が盗取《ぬすみと》
リながら人をせたげる一六欲《よく》一七(ハル)づら兄弟。後室保名が襟首《ゑりくび》つかみ引ッぷせれば榊《さかき》のま
へ。「是なふしばし」と寄ル所を「ヱヽ(中)めんどうな邪魔女郎《じやまめらう》」と。一八たぶさを片手《かた》
に二人を捻付《ねぢ》(色)。「(詞)ヤイ恩《をん》知ずの罪人《ざいにん》一九めら。師匠《しせう》といひ親といひ目をぬいてくさ
り合ッ罰《ばち》の報《むく》ひは早い物。エおれが産《うん》だらかふは有ルまい。元をいへばいづみ
の国信太《しのだ》二〇の庄司《しやうじ》二一に囉《もろ》ふた娘。二二なさぬ中とわけ隔《へだてまゝ》継子根性《こゝんじやう》二三親くらい。日来《ごろ》かはい
がる此母をよふ皮《かは》二四にしおつたなア。儕《おのれ》は又過ギ行《ゆか》れた師匠の名乗《なのり》の一字をもら
い。ホヽ結構《けつかう》二五なお弟子《でし》殿。死《しな》れた夫《おつと》を謗《そしる》じやないが。娘にあまいあほう故《ゆへ》二六しゆ
らの種《たね》をつくらする。ヱヽ(地ハル)につくい奴原《やつばら》腹ゐせに」となごり二七情《なさけ》もあら二八拳《こぶし》。目鼻《はな》
もわかずぶちふせしは地獄《ぢごく》の呵責《かしやく》まのあたり。閻魔王《ゑんまわう》に親あらばお袋《ふくろ》(フシ)なンどゝ
云《いひ》つべし。
(地ハル)榊《さかき》は涙せきあへず「恥《はづ》かしき御疑《うたが》ひ。ちいさい時よりお世話《せわ》に成リ誠《まこと》の親《をや》より

一九 特に罪業深く地獄に堕ちる者をいう。
二〇 現在の大阪府和泉市及び泉大津市にかかる地域。信太社とも呼ばれる聖神社の神域一帯が、古代から歌枕で知られる信太の森。↓九八頁注六。
二一 荘司。荘官。古代中世に荘園領主から任命されて、年貢の徴収、上納、治安維持等に当った役人。中央の領主から派遣される場合もあるが、現地の有力な土豪が任ぜられることが多い。
二二 お前(榊)がおれ(後室)のことを、血のつながりのない親子関係と思い。
二三 親を喰らい殺す不孝者。
二四 上べだけの冷やかな扱いをする。親身でないこと。「皮に不レ為と肉(み)にさしやれ」(譬喩尽)。「かはいがる」の頭韻から導き出した。
二五 皮肉。「結構な弟を持ち。人にも知られし粉屋の孫右衛門…馬鹿を尽したこの刀」(心中天網島・上)。
二六 修羅。仏語の「阿修羅」または「修羅道」の略。ここは激しい怒り、闘諍(とうじよう)心。とくに女性の嫉妬や嫁・継子への憎しみなどにいう。「修羅燃すそなたを呼びに来るも弥陀如来」(心中宵庚申・下)。
二七 名残情。上べだけの情。「なげの情」と同じ。
二八 「あらぬ」と「荒い拳」をかけ、形ばかりの情容赦もせず、拳で乱暴に。
※この時期の浄瑠璃には継母の悪を扱ったものは非常に少なく、とくに竹本座では、継子のために献身的に尽す継母の話が圧倒的に多い。本作の場合は、もともと中世的な古風な題材という条件、先行作の一つ信田森女占の影響などもあって、例外的に継子いじめが見せ場となっているが、三段目や四段目の中心的趣向ではなく、序切でいわば幕明き劇的に扱われている。

百倍《ばい》の。御恩《をん》をあだに思はねどはからぬ今のうきなんぎ。保名《やす》様にとがはない
ぬすまぬしらぬ[一]いひ分ヶには。此身一つをともかくもお心はらして給はれ」と
泣《キ》わぶ。るこそせつなけれ。
「アヽコレ御身の云ィわけには及ばぬ。来《きた》るまじき此所へ参りたる保名が不運《ふうん》。
おぼへなき身の打擲《てうちやく》も師匠《しせう》のつれ合ィ手むかひならず。好古卿《よしふるきやう》への[二]面晴《めんばれ》保名が
家名《かめい》はよごるゝ共。五臓《ざう》六ッ腑《ぶ》はよごれぬ腸《はらはた》引出して申わけ。[三]かいしやくた
のむ左近殿」と[四]さしぞへずはとぬきはなす。其手にすがつて榊の前刃物《はもの》もぎ取
り「なむあみだ」と。喉《のんど》にがはとつきたつる「コハはやまつた生害《しやうがい》や」と。保
名が仰天《げうてん》照綱《てるつな》もあきれ。はてたる計也《(ばかりなり)》。
手負《をひ》はくるしき。気を取なをし「はやまりしとは[五]おろかの仰《(おほせ)》。[六]よしなき恋《こひ》につ
ながれていひわけたゝぬ御切腹《せつぷく》。[七]そもやおくれてあられふか。母様も伯父《をぢ》様も
[八]御不肖《ふせう》ながらきいてたべ。弟子《でし》の中にも保名様。[九]氏《うぢ》といひ器用《きよう》といひ。そちと
めあはし[一〇]すゑ〲はと。のたまひしこともあつたゆへ。父《ちゝ》のおことばにあまへ

一　言い訳。責任は私一人に負わせ、どのようにでも処罰して。
二　疑いを晴らすこと。恥をそそいで面目を立てること。
三　介錯。本来は傍らにあって世話をし助けることで、ここは、切腹の時、首を切って死を助けること。
四　差添え。武士の差す大小のうちの小刀。
五　疎か。通り一ぺんなことをおっしゃる。
六　出世を控えたあなたが、つまらない女性問題のために。
七　私一人どうして生き残ることができましょう。
八　「御不承」のあて字。おいやでしょうが。
九　家柄も、自身の才能も、申し分ない。
一〇　将来は跡つぎに。

ておふたりの。[一一]目顔《かほ》ぬすみし母のばち。天罰《てんばつ》といふものにや御しよを帰《かへ》りのみちすがら。おまへからたまひしふみ俄風《にはか》にとられしも。今わかれんとのしらせかや玉兎集《ぎよくとしう》の行がたも。[一二]すいりやうはしつれ共どふも。〳〵いはれぬ相手《あいて》。清《きよ》き心は天道やかみほとけを[一三]証拠《せうこ》にして。[一四]しんでゆく身がいひ分ケなごりおしの保名さま。左近様頼上《たのみあげ》ます」[一五]と声もなみだも[一六]せりつめし。[一七]此世の苦患《くげん》四苦《く》八ッ[一八]苦やいばの氷《こほり》なごりの霜きへてはかなく成リにけり。

保名は死骸《しがい》にすがり付キ前後ふかく歎《なげき》しが。元来正直《ぐはんらいしやうじき》つきつめたる胸に思ひの[一九]気も散乱《さんらん》。むつくと起《おき》て。「ホヽホヽホヽハヽヽヽヽこりやめでたいどふもいへぬ。ハヽヽヽヽアヽ面白《おもしろ》い」と正気失《うしな》ふ高笑ひ。左近[二〇]興《けう》さめ「コレ保名。照綱《てるつな》じやが覚へてゐるか心を定メ取なをせ」と。制《せい》すれば猶きよろ〳〵ごゑ。[二一]「よしや世のなかしんだがましかいの。生《いき》て思ひをコリヤよい〳〵。ヘヽヽヽヽハヽヽヽヽ」けら〳〵笑ひに一座もうろ〳〵。治部大輔そこ気味《きみ》わるく立ッし[二二]ほなければ[二三]仏頂《ぶつちやう》づら。「エヽ一人《ひとり》はくたばるひとりはちがう。気ちがひの守《もり》は

一一 目付き、顔つき。ここは目と同じ。
一二 継母と伯父の悪と推量しても、子としてあからさまにできない。榊の述懐は直接には保名に向かって言われている。
一三 証人になっていただいて。
一四 私が死ぬことで玉兎集紛失の責任をとります。
一五 という声も涙もこの世での最後のものとなって。
一六 ぎりぎりのところまでせまること。「逼迫セリツムル」(書言字考節用集)。上の「声、涙」と下の「此世」と両方にかかる。
一七 此の世での最後の激しい苦しみ。断末魔。
一八 氷のような刃で自害し、わずかに残っていた霜が消えるように最後の息で言い終えると、はかなく死んだのであった。「刃、氷、消え」は縁語。
一九 とり乱し精神が分裂すること。
二〇 ぎょっとすること。
二一 「流れては妹背の山のなかに落つる吉野の河のよしや世の中」(古今集・恋五)を踏まえる。持統天皇歌軍法四のさとのわらんべの歌に「よしや世の中。しんだがましかいの。いきてそはるゝ。わしや身でもなしノウコレなんとしよ」。
二二 機会。きっかけ。
二三 愛想のない顔つき。

左近ン太郎全議《せんぎ》して帰られよ」と。行クを引キとめ「ヤア是全議が残リ申シた。こと相済《すむ》までまづまたれよ」。「イヤ其元《そこもと》は若役老人《わかやくらうじん》が儀は御容赦《ようしや》。はれやれけふはびつくりの仕《し》つゞけ。それゆへか腹《はら》もがつくり。年寄《としより》と紙袋《かんぶくろ》は入レにやたてらぬ。内へいんで入レませふ」とぬすみ取ッたる巻物《まき》を腹《はら》にかこつけ立帰る。

「ハヽアいぬるは〳〵。おれもいの。ヤなんじや。独《ひとり》はいなさぬ。なんのいとしいそなたをおいて独《ひとり》は行カぬ。サアおじやたゝしよ」と榊《さかき》がうちかけ花摺《はなずり》衣《ごろも》。きくのしげ縫乱菊《ぬいらんぎく》の乱《みだれ》心やみだれがみ。肩《かた》に打チかけくる〳〵〳〵。くるひ出ヅるを「コリヤやらぬ」と。とむる平馬をふみ飛《とば》しすがる後室《こうしつ》取ッてなげ。はりのけぶちのけ。恋《こひ》に苦《くる》しむ恋のあた。恋しき人はころされても。恋〳〵妻《こひ〳〵づま》のこい中カは何のはなりよぞシヤ。ほんにヱ天はひゝそう。ひそう比翼《ひよく》の鳥のくち〳〵。地は又ならくの底《そこ》も離《はなれ》ぬ連理《れんり》の榊《さかき》。さかき〳〵とさかのぼる。狂人《きやうじん》くるへば不狂人《ふきやうじん》。左近太郎がとゞむる袖《そで》ふり切リ〳〵くるひ行《(ゆく)》恋路に迷《まよ》ふぞはかな

一 労力を要する困難な仕事を引き受けるべき、若い者のつとめ。 二 からで力のない状態。 三 紙袋は物を入れなければ立たせておけないように、年寄も体力が乏しいので、食べなければ、気力を立てられない。「年寄と紙袋は入れねば立てらん」(譬喩尽)。「たてる」は他動詞ラ行四段活用。「内裏様も喰にや立てらぬ」(妹背山婦女庭訓二)。 四 空腹にかこつけて腹をおさえ、実は巻物を懐に隠して。
五 立たせてあげよう。幼児に使うことば。
六 近世の女性の衣服。上着の上にはおる長小袖。
七 萩や露草の花の汁を布地にすりつけて染めた衣。榊が身につけていた美しい衣、の意。
八 菊の花の長い花弁が入り乱れて咲く乱菊の模様が、ぎっしりと刺繡された打ち掛け。花摺衣の縁で菊を導き出すが、花摺衣の古代の素朴な美しさに対し、近世の華麗な衣装は、花模様で分厚く刺繡を施したものがふさわしい。
九 乱菊のみだれ咲くさまから、狂乱した心、乱れた髪を導き出す。 一〇 身にまといつけ。「くるくる」はまといつけるさま。「狂ひ」と頭韻、掛詞。 一一 恋の悩みのために正気を失う。
一二 恋という、身の仇となるもの。
一三 「殺され」は「恋」と頭韻。
一四 濃い仲。親密な仲。「恋仲」と掛詞。
一五 殺されても決して離れない。
一六 「しゃほんに」は相手を嘲りつぶやく時などにいう。これがまあ。「虎も顔をあかめ。しゃほになま見られぬとふり切て」(世継曾我二)。
一七 仏語に無色界の第四天を非想非非想処天という。その語順を変えて七七調の詞章にしてある。この天は三界九地の頂上で有頂天《(うちようてん)》ともいわれている。頭韻で「比翼」を導き出す。
一八 比翼の鳥、連理の枝は→四頁注一八。白楽

けれ。
乾《いぬい》平馬仕《し》すまし顔《がほ》。[24]「仏ヶもない堂《だう》にござらずと左近殿も御帰り」と。いはせもはてず飛《とび》かゝり[25]そつくびとらへてもんどりうたす。後室《こうしつ》猛《たけ》つて[26]「こりや狼藉《らうぜき》どふ仕《し》やる」。「ヤア狼藉とは儕《をのれ》[27]ばら。盗人《ぬすびと》のばけあらはれた是を見をれ」とさしつくる。「ムヽそれは榊が預ヵつた箱の鍵《かぎ》」。「ホヽ榊が鍵《かぎ》は今《も》一つ爰《(ここ)》に有ル。盗人ばゞめが立[28]まふ内おとしおつた此相鍵《あいかぎ》。よふ榊を殺《ころし》たなァ。主従《しうぐ》共に猿《さる》[29]つなぎ御所《しよ》へひくうで廻《まは》せ」と。ねめ付られて二人ッはわな〳〵。逃《にげ》じたくする所へ息《いき》を切ッて与勘平《べい》。「ヤア奴来《やつこき》たか〳〵」。「[30]ない〳〵[31]内証台《ないせうだい》所で女中に聞たにつくいばゞめ。[32]保名様の御名代《みやうだい》きやつは拙者《せつしや》に下さりませ」。「ヲヽともかくも」と抜《ぬき》はなせば平馬ものがれぬ死物《しに》ぐるひ。二タうち三打かなはじと奥《をく》をさして逃《にげ》て行ク。ばゞが首筋奴《くびすぢやつこ》が片《かた》手[33]「きやつといはずとにやんとなけ」。[34]猫《ねこ》またばゞめが[35]成敗《せいばい》は[36]是よ〳〵此注連縄《しめなは》」。明[37]ヶた扉《とびら》の上ェにかた〳〵引ッほどき。首《くび》にまとへばはね廻ハるのら猫古《ねこふる》猫する〳〵蹄《わな》。縄先《なはさき》左リの手にからまき。ちよ

天の長恨歌に「天に在っては願はくは比翼の鳥となり、地に在っては願はくは連理の枝とならん」による。　一九 鳥のくちばしから、恋人の口を連想。　二〇 奈落は地獄。奈落の底は地底の最も低い所。二人の仲は天の最も高い所、地の最も低い所までも、離れることはない。

二一 連理の枝から榊の枝を連想。　二二 恋人の名を呼んで逆上した状態になる。　二三「狂人走れば不狂人も走る」(諺草)。→一七一頁注三八。狂人の保名が狂い歩くのを止めようとして、狂人でない左近太郎も右往左往すること。

二四「仏も無ひ堂へ参つたやうな」(譬喩尽)。

二五 首筋をつかんで投げ、ひっくりかえす。「そっ」は「首」にかかる接頭語。

二六 怒って猛々しい態度をとること。

二七 お前たちのことだ。

二八 あれこれ動きまわるうちに。

二九 猿を二疋つないでおくように、二人をつないで縛り。

三〇 はいはい。奴ことば。「内証」と掛詞。

三一 事件の実情。

三二 御主人に代って自分が敵を討ちたいので。

三三 与勘平の片手で首筋をつかまれ、きゃっと喚くのにかぶせていう。

三四 年老いて尾が二つに分れた化け猫。老女に化ける話が多いところから、性悪の老女を罵っていう。　三五 仕置き。処刑。

三六 このやり方が猫に相応だ。

三七 注連縄の結びめを解き、堂の開いた扉の上にかけて垂れた一方の先を首にまきつけると、老いた野良猫のようにはねまわるのを、他の一方の縄先を与勘平の左手にまいて引くと首にかけた罠がしまって、するすると扉の上方につり上る。

いと引ヶば七転《てん》八ッ倒《たう》ぐつと引ヶば目玉《だま》もぐつと。ぬいてとつたる一チくはんのむくひは目《め》のまへもがきじにこゝちよかりしありさまなり。左近ン太郎は平馬をおつつめてうどうつたる太刀《たち》かげに。首《くび》はとんでからだは乾猫《いぬいねこ》とならんでしゝてげり。「コリヤ〳〵やつこ。保名《やすな》にはやく追《おつ》ついて。子細《しさい》をかたらば正気《しやうき》に成ルべしいそげ〳〵」。「ない〳〵」と別《わか》るゝ跡《あと》へばら〳〵〳〵。取リまく下郎うんざいめら。なぎたてきりふせ残党《ざんたう》どもむら〳〵ばつと追ッちらし。

心しづかに刀《かたな》をおさめ。出《いで》ゆく武士《ぶし》に仁義《じんぎ》あり。やつこにすぎた忠《ちう》義あり。かへりし伯父《おぢ》に全議《せんぎ》有リ。しゝたる娘に不《ふ》義あれど恋《こひ》にはゆるし有明《ありあけ》の。月のみやこに照綱《てるつな》が武勇《ぶゆう》の。ほまれぞ世にたかき

一 眼球がとび出るのと、人目をうまくかすめる意の「目を抜く」を掛ける。
二 金烏玉兎集の一巻を盗みとった報い。
三 「ちょうど」と読む。擬音。
四 戌と亥の中間即ち北西の方向に、犬がすわりこんだような有様で、古猫の後室の死骸と並んで。方角の乾と犬と人名をかける。
五 「死してんげり」と発音。
六 後室に使われている下部達。
七 「うんざい」は「有財餓鬼(うざいがき)」(→五二頁注二)を略した「有財」の転じた語。とるにたらぬやつら。
八 群れをなして攻めよせたのが、ばらばらに逃げ散るさま。五段組織の時代物、初段の終りには、立役方と敵役方の闘争場面を設けるのが定石。
九 以下、仁義、忠義、詮議、不義、と義尽しの後に立役方の「武勇のほまれ」を称揚。「義理に清める時代事」(竹豊故事・下)、「武道の矢声は家に伝はる根づよい竹本」(浪花其末葉)といわれる竹本座時代浄瑠璃の典型的表現。
一〇 親が正式に認めていない仲の不義密通ではあったが、恋であるからには、厳しく咎むべきではない。浄瑠璃作者の基本姿勢。
一一 許しありと明け方の意をかけ、月を導き出す。
一二 月宮殿。ここは都の美しさをたとえた言い方。
※夜がほのぼのと明ける頃、加茂家のお家騒動も、榊の死、保名の狂乱の悲哀はあるが、悪事を企んだ後室と一味の者が、左近太郎、与勘平の武勇によって滅ぼされることで、一応の決着をみる。

第二

（岩倉館の段）[一三]

地ハル大《おほい》なる者《もの》の己《をのれ》を立ッるは奢《おごり》の基《もとゐ》。ウ此字《じ》をわくれば一チ人ンの者《もの》と中訓《くん》ず。ウ岩倉治部《いはくらちぶ》ノ大輔《たゆふ》主君《しゆくん》左大将の仰《おゝせ》を蒙《かうむ》り。ウ保憲《やすのり》が秘書《ひしよ》を首尾《しゆび》ハル能《よく》うばひ。己《をの》がやかたにウ預カり置キフシ邪智《じやち》をめぐらす折リこそあれ。

地ウ兼《かね》て密事《みつじ》の相談《さうだん》には河内《かはち》ノ国の郷侍《がうざふらい》[一四]。ウ[一五]石川悪《あく》右衛門角前髪《すみまへがみ》[一六]の[一七]ハル部《へ》屋住《ずみ》なれ共《(ども)》。悪に馴《なれ》たる強気《がうき》の若者《わかもの》。ウ招《まね》きに応《おう》じ中入リきたる。ウ跡《あと》につゞいて芦《あし》屋ノ兵衛道満《みちたる》。ウ舅《しうと》の館《やかた》案内《あない》に及ばず。ハル一ト間《ま》へ通ヲれば治部《ちぶ》ノ大輔色出向《(いで)》カひ。「詞よくぞ〱両人。今ン日は左大将殿もろ共密《みつ》ゝの相談《さうだん》なれ共。主人《しゆじん》は大内チの御用によつて御不《ふ》参《さん》。某《それがし》が諸事《しよじ》承ッて申シ談《だん》ずる子細《しさい》有リ。サア〱地ウ是へおとをりやれ」とハル挨拶《あいさつ》すれば悪右衛門。遠慮《ゑんりよ》もなく色上座になをり。「詞コレ〱道満《みちたる》殿かたい〱。聟舅《むこしうと》の[一八]礼儀《れいぎ》は常《つね》かやうの時の相談《さうだん》は。額《ひたい》と額すり合ハさねば談合《だんかう》[一九]がおへかぬる。但《たゞし》お

時	序切の数日後
所	岩倉治部大輔館

一三 初演者は二代目竹本義太夫(播磨少掾)。後世、芦屋道満大内鑑の通し上演としては、三段目を除く、初・二・四段目通しの形が多く、その際には三段目に直接繋がるこの二段目前半、「岩倉館、親王御所北門、御菩薩池」も省かれる。

一四 郷士。近世の郷村在住武士。城下町に住む家中武士に対する。この場合は、土豪としての旧家郷士。「ごうざむらい」とよむ。

一五 「しのだづま」以来の敵役。「かはちの、ぢう人、石川あくゑもんのぜうつね平と、いふもの有、是は天下に其名をあらはし、今日本に一人の、うらかたのめいじん、あしやのどうまんほつしが、おとゝ也、国は、はりま、いなみの、ぢう人也しか、兄のだうまん、ちやうかにつかへ、すか所の、りやうちを給はる、其いせいによつて、弟つね平も、かわちの、しゆごと也、石川こほりに、きよぢうし」(しのだづま)。

一六 元服前の若者が、前髪を立てながら、額髪のはえぎわを剃り、額の両側を角ばらせた髪形。

一七 親がかりの状態。

一八 儀礼的な遠慮などは普段何もない時のこと。

一九 相談ができるものではない。

手を取リ申さふか」。「いかにも御意《ぎよい》に任《まか》さん御免《めん》あれ」と。三人ン[一]鉄輪《かなわ》に膝組《ひざくみ》合ハせ治部ノ大輔《たゆふ》小声に成リ。「扠《(さて)》兼〻《かね〲》も云フ通リ。保憲《やすのり》が家の秘書《ひしよ》。金烏玉兎《きんうぎよくと》集《しう》。道満《みちたる》保《やす》名両人ンの弟子《でし》の中チへ。神慮《しんりよ》に任《まかせ》かの書《しよ》を譲《ゆづり》。[二]天文《もん》陰陽《をんよう》の両道をつがせよとの御ンこと。万ン一保名にかの書《しよ》が渡らば。好古《よしふる》はよからふが此方《こち》の旦那《だんな》は大イ望《もう》叶はず。聟《むこ》道チ満《たる》の残念《ざんねん》も推量《すいりやう》せしにサアちゑもあれば有ル物。妹後室《いもふとこうしつ》が相鍵《あいかぎ》の働《はたらき》で首尾《しゆび》能《よく》うばひ。榊《さかき》が[三]いたづらの文《ふみ》を拾《ひろ》ひ保名《やすな》に悪事をぐはらりとぬりしが。不便《ふびん》は妹の後室《こうしつ》人手《(で)》にかゝり相イ果《はて》。姪《めい》榊の前ヱも其夜に自害《じがい》」と聞イて道満《みちたる》もはつと驚《おどろ》く計《(ばかり)》也。悪右衛門[四]しやゝ《(しや)》り出。「ヱ、知レた保名がしわざ。治部殿[五]全議《せんぎ》なされぬか」。「ヲ、身共もそふは思へ共。きやつもそれより行キ方《(が)》タ知レず。此全議《せんぎ》も打チ捨《すて》置ク。捨テ置カれぬはうばひ取ッたる玉兎集《ぎよくとしう》。早速主従《さつそくしう〲》打チ寄リ内証《ないせう》で読《よん》で見ても。ちんぶんかんにて合点《がてん》ゆかず。其方とくと此書《しよ》をそらんじ天《あめ》が下《した》の大イト師《ぼくし》となり。主君《しゆくん》の望叶《のぞみかな》へよ」と件《くだん》の秘書《ひしよ》を取リ出し。渡せば道満飛《とび》しさりうや〱

一 三つ鉄輪に。鼎の足のように三人が互いにむかいあってすわり。
二 天文道と陰陽道。→六頁注二、→付録2。
三 ふしだら、不義などの意。
四 「しゃしゃりいで」。「ゝ」は「〱」の意。
五 「詮議」のあて字。

敷ク手にさゝげ。「日来《ごろ》の願《ねがひ》今ン日成就《じやうじゆ》是もひとへに主君の厚恩《かうをん》。忝《(かなじけな)》し」と紐《ひも》をとく〳〵[六]おしひらき。一ゝに拝見《はいけん》し横手《よこ(で)》を打チ。「ハヽ、保憲《やすのり》のおしまれたるも道理〳〵。[七]荊山《けいさん》の伯道《はくどう》が伝《つた》へし。[八]天地陰陽《ゐんやう》の数《すう》。[九]暦算[一〇]推歩《れきさんすいほ》の術《じゆつ》迄も掌《たなごゝろ》をさすがごとし」と。押戴《おしいたゞき》おしいたゞけば悪右衛門肝《きも》をつぶし。「扠《(さて)》も妙《めう》かな見《み》て人に見せれば又格別《かくべつ》。[一一]あかりをはしる芦屋《あし》殿」としたり顔に悦ぶにぞ。治部ノ大輔[一二]ゑつぼに入リ。「さつそくながら[一三]尋ネふは。主君《しゆくん》の御息女《そくぢよ》御息《みやす》所桜木の親王《しんわう》の御ン胤《たね》を。御懐胎《くはいたい》のやうすもなし。何ンと其術《じゆつ》も有ルならば。一ト行《くだり》聞キたし」と[一四]きほひかゝれば。「ヲヽ[一五]積善《しやくぜん》の術《じゆつ》はおこなひやすし。毛《け》色白き女狐《めぎつね》の生血《いきち》を取リ。御息所《みやす》の寝所《しんじよ》の下タ[一六]陽《よう》に向《むか》ふて土中《どちう》に埋《うづ》み。[一七]吒枳尼《だぎに》の法《ほう》を行《おこな》へば。若カ宮懐胎《くはいたい》うたがひなし」と。聞クに悦ぶ治部ノ大輔「できた〳〵。イヤできはできたがなんと悪右《あくゑ》。狐《きつね》の[一八]さいかくどうせふぞ」。「それは気遣イなさるゝな主君の領分《れうぶん》[一九]石川郡《ごほり》。其外カ[二〇]五畿《き》内狩《ないかり》まはさば[二一]白狐《びやつこ》の五疋《ひき》や十疋は。手の中チに覚エが有ル」。「それならば御懐胎《くはいたい》は案ンのうち爰《こゝ》に一トつの難儀《なんぎ》は。六の

六「解く」に「疾く」の意をかけ、急いで解くさま。
七 →八頁注六。
八 天地の運行に関わる陰陽の理と数の意味との関係。
九 こよみを作る基礎としての日月運行の度数。
一〇 天体の運行をはかること。天文、暦などの計算をすること。
一一 一読で直ちに理解する意。「明り、芦屋」と頭韻。「走る足」と「芦屋」と掛詞。
一二 得意になって思わず笑みをうかべ。
一三「たずにょう」と発音。聞きたいことは。
一四 意気ごんで問いかけると。
一五「積善」はよい行ないを積み重ねること。道満は、左大将の野心は別として、若宮の誕生は天皇家の安泰、国家の静謐につながるので、そのような善事をもたらす術ならば、といった。
一六 狐は陰の獣とされるので陰陽和合の効果を狙った(→五一五頁三行目)。三四頁三行目も同じ発想。
一七 →一八頁注三。外法とされながら、現世利益を願って吒枳尼の法による祈禱が行なわれた逸話が多い。ここは狐との関係で吒枳尼の法が出るのであろう。白狐を霊獣とする記述は古代以来、多くの文献にみえる。なお、「しのだづま」では、どうまんほっしが、弟石川悪右衛門の妻の病気平癒のために、「わかめぎつねの、いきぎも」を病人に与えよと教える。
一八 才覚。工夫して手に入れること。
一九 河内国。金剛山地と羽曳野(はびきの)丘陵との間を北流する石川の中下流域。現在の大阪府南河内郡太子町、河南町、千早赤阪村の全域と羽曳野市の一部分、富田林市の東半に相当する。
二〇 山城、大和、河内、和泉、摂津の五か国。
二一 底本振仮名「びやつは」と誤る。

君親《しん》王の御寵愛《てうあい》他《た》にこへたれば。自然《しぜん》きやつが先《さき》へはらむと。外戚《ぐはいせき》の権威《けんゐ》を好《よし》古《ふる》にとられ主人《しゆじん》は有ッて[一]なかし物。所詮邪魔《しよせんじやま》はかの[二]めろさいうばひとらふと思へ共。[三]大内チのまもりきびしく盗《ぬすみ》出すに時節《じせつ》なし。かの[四]俗説《ぞくせつ》に。蛙《かいる》の背《せ》に思ふ人の名を書《かい》て。[地ウ]しきゐの内へ[五]ほりこめば必《かならず》出ると[ハル]いふこと。古《ふる》き書《しよ》物で見たる故《ゆへ》。[ウ]其法を行《おこな》へ共[六]聾《つんぼ》ほどもきかず。[ウ]頃日《このごろ》はやる[七]呼《よび》出し病《やまひ》も六クの君には取リつかず。[ウ]たそやたその[八]歌の徳《とく》にて。[ウ]疫病《やくびやう》の神ミもたゝらぬは是がほんの臆病神《をくびやうがみ》。[ウ]なんとかの書《しよ》に呼《よび》出す法はないことか[フシ]いかに〳〵」と問《とひ》かくる。

「[詞]ヲヽ[九]有ル共〳〵。六の君をおびき出し其上ヱの御思案《しあん》聞キたし」。「さればうばひおほせなば長ガふ邪魔《じやま》を[一〇]ひろがぬやうに。ぶち殺《ころ》して仕廻《しまふ》[一一]がてん。[地ウ]其術《じゆつ》頼ム聟《むこ》殿」と[ハル]人のそしりも[一二]しらがの親仁《おやじ》。[ウ]共に[一三]腰《こし》おす悪右衛門「扠《(さつて)》ッも[色]妙計《めうけい》。[ウ]殺《ころす》とは手みじかな[ハル]上分別《ふんべつ》」と[一四][フシ]そゝりかゝれど。

[地ハル]返答《へんたう》もせず膝《ひざ》[色]立テなをし。「[詞]是は又舅《しうと》殿の詞共覚《おぼ》へず。主君《しゆくん》は子[一五]故《ゆへ》のやみに悪《あく》行《ぎやう》をつのらるゝ共。そこをしづめるが執権《しつけん》の役《やく》。御息《みやす》所御懐胎《くはいたい》の祈禱《きたう》ならば。

一「なかりし物」の音便形「なかっし物」をさらに略した言い方。「流し者」にかけ、島流し同然に、権力の中枢から疎外される、の意。
二「めろ」は女を罵っていう語。「さい」は助詞「さえ」の上方語。　三 桜木親王の御所をさす。
四 この俗説を記した古い書物は未詳。仮空の書か。　五 ほうりこむ。投げ込む。　六「聞かず」と「利かず」を掛け、全然ききめがない、の意。
七 月堂見聞集二十九・享保十九年五月晦日の次の条にみえる左の流言蜚語のあてこみ。「同年九州の地、夜に入家々の戸をたゝき候へば、開き候と其者絶入仕候、是は去年五月の中旬の比に御座候、此間は備中備後地へうつり候由、或者おしへて曰、たそやたそわが名を知らでいふ人にいづくへ行ぞこゝは神也と、右の歌を書付門戸に張る、依レ之近き比は少計うすらぎ候由、備中国の便宜に申来候なり、一説、筑前小倉へ参候人の申候は、九州地の事、実なる事無レ之候、小倉より京都の辺にては、右の説種々申伝候、あの地にては何の事無レ之よしに候」。
八 歌の威徳ぐらいに恐れをなし、人に害を与えることもできないとは、疫病神でなく臆病神で何の役にも立たぬ。「疫病」と「臆病」の語呂を合せた。
九 金烏玉兎集には懐胎の法とか人を誘い出す術などは記されていない。
一〇「ひろぐ」は、「する」を罵っていう語。
一一 合点。心づもり。
一二「白髪」と「知らず」をかける。
一三 悪事などを、側から勧め助けること。
一四 あおりたてるようにすること。
一五 子を思うあまりに、正しい判断、理性を失うこと。「人の親の心は闇にあらねども子を思ふ道にまどひぬるかな」(後撰集・雑・藤原兼輔)。

[一六]非常《ひじやう》の大赦《しや》か[一七]生《いけ》るを放《はなつ》[一八]善根《ぜんごん》こそ。御願成就《ぐはんじやうじゆ》成ルべきに是はまさしく六の君に。非業《ひごう》の死《し》をさせ罪《つみ》につみをかさぬる上ェは。[一九]七チ鬼神《きじん》の責《せめ》を受ケ御懐胎《くはいたい》存ジも寄ラず。[二〇]天に口有リ地に耳《みゝ》有リ好古《よしふる》など聞コへなば。安穏《あんをん》で置クべきか時には却《かへつ》て不忠の至《いた》り。此謀計《ぼうけい》は[二一]無用〳〵」といひほぐせば。

「ヲヽ汝《なんぢ》が一チ言ン能ク推《すい》せり」。「イヤ拙者《せつしや》はおためを存ジての諫言《かんげん》」。「イヤサ諫ン言ンだて[二二]おけ〳〵。察《さつ》する所好古が家来《けらい》左近ン太郎に。おことが妹花町《はなまち》をよめにやつたる故。一ッ家《け》の主《しう》と敬《うやま》ひ六の君をかばふのか」。「ハテそれは舅《しうと》殿のまはり気」。「[二三]イヤサうたがひ請クるも胸《むね》一トつ骨《ほね》折ッてうばひたる。玉兎集《ぎよくとしう》も娘築《つく》羽根《ばね》も取リかへし聟舅《むこしうと》の縁《えん》を切ル。お家の大イじを妹に見かゆる不所存《ふしよぞん》左大《(だい)》将殿へ申シ上ゲ。[二四]今目に物見せる」と立ッを引キとめ「アヽ是〻。妹などが縁《えん》にひかれ不忠《ふちう》を存ズる道満《みちたる》ならず」。「サアそれならば只《たゞ》今術《じゆつ》をおこなふか。なんと〳〵」ときめつくれば。

「人の命を断《たつ》ことは陰陽道《をんようどう》の禁《いましめ》なれ共。舅《しうと》の疑念《ぎねん》をはらす為」と硯《すゞり》引よせ。[二五]呪《じゆ》

一六　朝廷の大事または災害など非常事件の際、有罪者をことごとく赦すこと。「中宮御産の御祈によつて非常の大赦行はる」(平家女護島二)。
一七　放生。殺生の対。いったん捕えた鳥・魚などを逃がしてやること。旧暦八月十五日に放生会が行なわれる。
一八　よい果報をもたらすよい行ない。
一九　陰陽道、修験道、仏教の一部の書に記すムダナン鬼等の鬼神(岩田勝『神楽源流考』)。
二〇　「天に口あり人を以て言はしむ」(譬喩尽)。
二一　おやめなさい。
二二　やめろ。
二三　疑いを受けるのも、お前の心がけ次第。
二四　思い知らせてやる。
二五　のろい。「咀」は正しくは「詛」。再版本には「咀」に文字譜「ウ」なし。

一　護符。おふだ。七三頁五行目には「じんぷう」と振仮名。
二　易の占いの三百六十四種がこの三尺六寸四歩(約一一〇センチ)に籠められているという意。歩(ぶ)は分(ぶ)と同じ。易は陽爻(⚊)と陰爻(⚋)とから成る。三爻ずつで☰、☱、☲、☳、☴、☵、☶、☷の八種(八卦という)をつくり、さらにそれを複雑に組み合わせて占いに用いる。「道満席を打て。ハアヽ思案もあれば有物。…三百六十四爻(かう)の占(うらかた)時の一字につゞめたり」(弘徽殿鵜羽産家二)。
三　出典未詳。易経・繫辞伝では正北方の卦は坎(かん)。坤は☷☷純陰の卦、乾は☰☰純陽の卦であるところから、北は坤といったか。
四　この貼り場所は三段目に「築地の裏門北向の柱に張」(七一頁)とあるが、具体的な位置関係はあいまい。以下「迷ひ出るに疑ひなし」まで、

咀《そ》の文ンをしたゝめ。「此神符《じんぷ》を六の君の住給ふ北の門の礎《いしずへ》より。三尺六寸四歩去てはり付クる。則《(すなはち)》三百六十四爻《かう》の占《うらかた》此寸尺にとゞまる。北は坤《こん》の卦《け》向ふてはるは乾《けん》の卦。是陰陽交躰天地未《み》分の一つ。迷《まよ》ひ出るに疑ひなし刻限は酉。うばひ取に利有去《(さり)》ながら悪事《じ》千ン里。慎《つゝしみ》が肝要《かんよう》〳〵いづくで殺《ころ》す御思案ぞ」。「ヲヽ、それはぬからぬ都はなれし御菩薩《みぞろ》池は。究竟《くつきやう》のはめ所底《そこ》もしれぬ池水へ。石をくゝつてずぶ〳〵はなんと〳〵」。「したり〳〵面白し其役は此悪右衛門。うばひ取てしづめにかけん。首尾よふ仕《し》おほせなば治部殿兼《かね》〴〵頼置《(たのみお)》ク。伯父《おぢ》信《しの》太《だ》の庄司が所領　某《(それがし)》拝領《はいれう》仕リ。かれが娘葛《くず》の葉を拙者《せつしや》が女房にくれるやうに。元方卿の権威《けんゐ》にて仰付《(おほせつけ)》られ下さるゝお執成《とりなし》頼《(たのむ)》ぞや」。「成程《(なるほど)》治部が呑《のみ》こんだ必《(かならず)》ぬかるな仕そんずな」と。神符を渡せば受取きうな所へ取まぜて。仲人やら所領やらつかみづらはる鷲《わし》くまたか。烏丸《からす(ま)》通リ桜木の御所をさしてぞ

(親王御所北門の段)

尤もらしい文句であるが浄瑠璃の作りごと。五 現在の夕方七時前後。「酉」と「取る」をかけた。六 諺。悪事は包み隠しても必ず人に知られるものであるから、万事慎重にしなければいけない。七 上賀茂神社の東、鞍馬・貴船への道筋、現在の京都市北区上賀茂狭間町にある深泥《(みど)》《(ろ)》池。池底に泥が数メートルにわたって堆積。「御菩薩池」と書くのは、行基がこの地で修法した時、池上に弥勒菩薩があらわれたとの伝説による。八 ちょうどよい。九 題材は平安時代であるが、荘園制度を正確に踏まえた表現ではない。近世的に元方が大名、庄司はその家臣で、土着の地を領分にしてもらっている関係に扱ってある。一〇 互いに急いでいるところへつけこんで、重要な事柄に関する相手の諒解をとりつける時にいう。一一 貪欲。欲の皮のひっ張ること。「つかみ」は所領を奪い取る意で、爪の鋭い鷲・くまたかを導き出し、烏と続く。一二 京都の南北に通じる通り。今の内裏の西側に面する。ここは烏の烏にかけた。一三 三重の割り句省略型。→解説三。※悪右衛門を部屋住みという設定にしたのは、嫡子でないために独立できず、元方の権威を頼み伯父の所領横領を思いつくという筋道にするためであろう。天下に外戚の権威を振おうとする元方と、わずかな所領に望みをかける悪右衛門、両者の中に立って野心をあおりたてる治部大輔、三人三様の悪の間で複雑な立場に置かれた道満の行動が注目される。

時	前段と同じ日の夕刻から夜
所	烏丸通り、桜木親王御所北の小門

一四 御所内から聞こえてくる琴歌を三味線の三

けふこずは。あすはちりゆく。よそのかぜ。あだなるはなの名にしおふ。桜木の親《しん》王の御所の築地《ついぢ》をもれ出ヅる。琴《こと》の音色《ねいろ》もなまめかし。かの桜木のあだ花をちらしてのけんと入相《いりあひ》の鐘を相図に石川悪右衛門。刀ぼつ込裙《すそ》をきりゝと短《みじか》夜に。せけばせく程たへ間もなき人通り。見とがめられじと或はあらはれ或はかくるゝ星明《ほしあか》り。ちらり〳〵とちらめくにぞ恋とや人もとがむらん。

上《かみ》の町《ちやう》より小挑灯《ちやうちん》ぶら〳〵来タる二人リづれ。「こりや叶はぬ」とかたへに忍べば立どまり。「なんと出ぬぞや」。「出ぬ共〳〵。こつちの目の出ぬのにあつちのよいめの多《おゝ》いので。不断《ふだん》一六するゑられいつのおりはか勝利を得ん。今夜はいんですご〳〵と双六よりねたが勝《かち》」と。つぶやき通れば「ヲヽ、さいさきわるきやつばら」と。行過る迄見送《おく》リ〳〵。用意の神符取出し立寄ル後《うしろ》に又人声。はつと驚《おどろき》立のけば声高ゝ。「名誉《よ》ふしぎなすい出し。けんべきやはれ物に此膏薬を張付クれば奇妙〳〵」と売て行。

下り歌で表現。「名にしおふ」から節付けにナヲスとあり、義太夫節に戻る。楽屋から琴の音も少し聞かせる。※この場で唄が多いのは、初演者内匠太夫の美声を聞かせる意図があったか。 一五 はかなく散りやすい花、即ち桜を、名として持つ桜木親王。 一六 土塀。瓦葺きの屋根をつけたものが多い。 一七 桜木親王の愛する女性、六の君をあだ花のように散らしてしまおう。花は寵愛する女性の意。 一八 日没時につく寺の鐘。「山里の春の夕暮来てみれば入相の鐘に花ぞ散りける」(新古今集・春下・能因)をふまえた表現。 一九 無造作に差すこと。 二〇 裾を短くからげることと晩春の短夜をかける。 二一 星明りがちらちらするのと、星明りのもとでちらほらと出たり隠れたりするのをかける。 二二 恋のために人目を忍ぶ姿と、人はみとがめるであろう。 二三 上は京都では内裏のある北部。中世以後の呼称。 二四 これはいかん。 二五 博奕でいい賽の目が出ない。ここは箱形の双六盤を使う場合。 二六 双六の進行中の勝負どころの「おりは」で賽を振ると、いつも一番悪い「一六」の目が出て、自分の駒は同じ箇所に置き据えられたまま動きが取れず、勝利の得ようがない、という意味。 二七 双六遊びの要所の「下り端(折羽)」と機会の意の「折」をかける。 二八 「すごすご」は「寝た」にかかる。しょんぼりと。「すごすご」と「双六」をかける。 二九 二人が双六盤に向い、一方が白、他が黒の駒を一定の排列に従って並べ、賽筒に入れた二個の賽を交互に振り、現われた賽の目によって駒を進め、早く相手の地内に駒を進め終った方を勝ちとする。 三〇 道行く人の言葉から吉凶

[一]辻占《つじうら》よしと竪横《たてよこ》見廻し人跡《じんせき》たゆれば。六の君の住給ふ北の小門にたゝずみ。道満《みちたる》が教《をしへ》に任《まか》せ懐中の[二]曲尺《かねさし》取出し。一尺二尺三尺六寸爰《(ここ)》らが四歩と。目分量《ぶんりやう》に神符を張付《(はりつけ)》。築地の陰《かげ》に身をひそめ今や出ッると待居《(まちゐ)》たる。[三]かこつらみはみなまこと。[三]たへし。あふせのうきなかを。[四]いつそいはぬも。身一つの物にさそはれ出ッるとは。思ひがけなく六の君。裏《うら》の小門をそつと[五]明気《(あけ)》も空蟬《うつせみ》のもぬけのから。お側《そば》の女中はそれぞ共[六]しらずしらべる琴の糸。[七]ふみをしのぶのャわしや大江山。[八]いまだ。ならはぬかちはだし。立やすらひておはします。

時分はよしと悪右衛門。築地の陰よりぬつと出ッれば六の君。「なふかなしや」と声立テ給ふを引ッとらへ。「[九]おとぼね立《(たて)》な」と[一〇]握拳《にぎりこぶし》をさるぐつは。してやつたりと引ッかたげ御菩薩《(みぞろ)》が池へと

（御[二]菩薩池の段）

を占う辻占のつもりで、目が出ないとの言葉から、六の君を誘い出すのに幸先が悪いと思った。
三一 奇特(きどく)なこと。不思議なこと。世にもまれな、不思議な程よく利く。膏薬売りが、節をつけて唄いながら売りあるく。
三二 吸い出し膏薬。でき物、はれ物の膿を吸い出す膏薬。　三三 痃癖。肩こり。
三四 奇特に同じ。不思議な効能があります。

一 膏薬売りの吸い出しに効能があるとの言葉から、誘い出すのに幸先がいいと思い。
二 一尺が三〇・三センチに当る物さし。これより二寸五分長いのが鯨尺。
三 絶えし逢瀬の憂き仲。
四 我が身一人の心にこめて言わぬ、と六の君の身体が呪法で誘い出される、とをかける。「身一つの」までが三下り歌。
五 心が虚ろな、蟬のぬけ殻のような状態で。
六 「知らず、調べる」と頭韻を踏む。
七 「大江山幾野の道の遠ければまだ文もみず天の橋立」(百人一首・小式部内侍)を踏まえる。
八 「いまだ」まで三下り歌。出てはみたものの、まだ、徒歩で行くことに馴れていないため、小門のあたりにたたずんで。大江山の歌の「文―踏み」から、「徒歩」へと続く。
九 音骨。声。罵っていうことが多い。
一〇 握拳を猿轡のかわりに口へおしこみ。

時	前場の続き。深更
所	御菩薩池

二 太夫は竹本義太夫。

へいそぎ行《(ゆく)》
[一二]石川や蟬《せみ》[一三]のおがはを横《よこ》ぎれに。息《いき》つぎあへず悪右衛門六の君を肩《かた》にかけ。目ざすもしれぬ[一四]鞍馬《くらま》[一五]口恋ならぬ欲《よく》の[一六]ふかみ草。廿日[一七]亥《ゐ》中の[一八]月しろも。東の山に[一九]あかねさす。それを力ラの。目覚《(めざまし)》によく〳〵すかして[二〇]みぞろ池[二一]こゝなんめりと。どつかとおろせば気もきへ〴〵。「こはそも誰レなれば情《なさけ》なや。身に覚《(おぼえ)》もなきことにかゝる憂《うき》めを見するぞや。ゆるしてたべ」と泣キ給ふ。
「ハテめろ〳〵とやかましい。[二二]とちめらうにかゝつて此侍《さふらい》[二三]の形《なり》を見よ。都《みやこ》から此池へもゆつくりと一チ里半ン。[二四]かち荷《に》持チ同前《どうぜん》で肩《かた》も足も草臥果《くたびれはて》た。暫息《しばらくいき》をする間合掌《がつしやう》して待ておれ。是究竟《くつきやう》の床机《しやうぎ》[二五]ござめり」と。道しるべの立テ石に腰《こし》をかくれば。「なふ[二六]武士《もののふ》ならば物の哀《あはれ》は知ル筈《はづ》。たとへいかやうに成ルとてもいとはぬ。かふ〳〵した[二七]いりわけと[二八]たんのふさして殺《ころ》してたべ」。「ヲヽ、[二九]我レが此世《よ》に長居《ながゐ》をすれば。御息所《みやす》の邪魔《じやま》に成ル故。此池へしづめにかけて殺《ころす》のじや」。「ヤア扨《(さて)》は御息所《みやす》の云付ケでか。妬《ねたみ》しつとは女のならひ。」とは云ながらこ

一二 ここは賀茂川の異称。石川悪右衛門にかける。
一三 下鴨神社の境内を流れる小川。賀茂川に流入。「石川やせみの小河の清ければ月もながれを尋ねてぞすむ」(新古今集・神祇・鴨長明)。
一四 京都市北区。賀茂川の西岸。岩倉を経て鞍馬に至る。御菩薩池は上賀茂神社の東、鞍馬・貴船への道(丹波街道)のほとり。「鞍馬」に「暗い」をかける。
一五 美しい女性を背負って夜道を走るのも、恋ではなく、深い欲のなせるわざ。
一六 牡丹または藪柑子《やぶこうじ》の異名。牡丹は二十日草、藪柑子は二十日待草ともいい、次の「廿日亥中」を導き出す。
一七 亥の刻の上刻と下刻との間。亥は現在の午後十時頃。「亥中の月」は、亥の刻に東天に上ることから、旧暦二十日の夜の月をいう。
一八 ここは月の意。 一九 茜さす。普通は「日、昼」などの枕詞。ここは、廿日の月の光がさしてきて、の意。 二〇 「見る」にかける。
二一 「なんめり」は、断定の助動詞「なり」(または「なる」)に推量の助動詞「めり」がついて音便化したもの。ここであるらしい。
二二 女を罵っていう語。
二三 発音は「サムライ」(初心仮名遣・元禄四年、篆字節用千字金宝・延享二年)。
二四 荷をかついで歩く人足。
二五 「ござめれ」とあるべきところ。「にこそあるめれ」の転じた「ござんめれ」をさらに省略した言い方。…であるようだ。
二六 「武士《もののふ》」はものゝあはれしるといふは偽りそらごとよ」(平家女護島二)。
二七 入り組んだ事情。内情。
二八 堪能。十分納得すること。 二九 お前。

ろさふと迄は思はぬに。どうよくなむごいつれない人心」とかつぱと臥《(ふし)》て。泣キ給ふを取ッて引ッぷせ。「詞あまければつき上りめんどうな悔事《くやみ》」と。あたりの石をひろい上ゲ裙《すそ》にくゝり袖《そで》に捻込《ねぢこみ》おし込ムにぞ。「なふ悲《かな》しや」と取付《(とりつき)》給ふ。糸より細《ほそ》[二]きよは腕《がいな》[三]へしわげ。[四]やつと任《まか》せとつかんでさし上ゲ。池のふかみをうかゞふ折リから。汀《みぎは》にしげる芦《あし》わらより。によつと非《ひ》人《にん》[五]の大[六]男とんで出《(いで)》。悪右衛門がよは[七]腰《ごし》「[八]さしつたり」とけかやせば。うんとのつけに反《そり》かへるを。又引ッかづきどうどのめらせ。つゞけぶみにぽん〳〵と。踏《ふみ》付ケられても強気《がうき》者。よろぼひながら立チ上ガり。「[九]推《すい》参成ル乞《こ》食《じき》め」としがみ付クを身をかはし。[一〇]ずつとしづみさまたにかけ。かる〴〵と引ッかづきそこよ。こゝよと持チまはり。青《あを》み切ッたる池《いけ》水へざんぶとこそは打チこんだり。水をくらふてあぶ〳〵とうきぬしづみぬ漂《たゞよ》ふ間《ま》に。六の君の御手を引キちり打チはらひ「いざ。召シ[一一]給へ」とせなかさし向ケ負《おい》奉り。足に任《まか》せて一さんに行キ方タ。知ラず

一 胴欲。無慈悲、残酷で、情を知らぬ。
二 弱々しい腕。
三 強くおしつけてまげ。
四 物を持ち上げる時などのかけ声。
五 近世の身分体系で賤民身分として位置づけられたもの。浄瑠璃、歌舞伎では、由ある人物が落ちぶれたり、人目を忍んで非人に変装するなどの設定が多い。
六 特に大男との設定は、信田森女占・初段の悪右衛門を懲らしめる大男の奴(狐の化身)の影響か。
七 腰の、左右の細くなったところ。
八 「心得た」と蹴返したので。「さしったり」は、待ち構えていた、との気持を表わす語。
九 無礼な。
一〇 急にぐっと身を低くして悪右衛門を股にかけ。「さ」は「股」の接頭語。
一一 お乗り下さい。
一二 太夫は竹本和泉太夫。
一三 和泉国と「居る」を掛ける。
一四 神社の周囲にめぐらす垣、転じて神社の意。信太の社とよばれる聖(ひじり)神社をさす。
一五 聖神社は小高い山上にあって、人里から離れているが、ここの信太の里は広い意味。
一六 煩悩の塵。仏菩薩が衆生を救うために智光を隠し和らげ、煩悩の塵にまみれた俗世に交わること。和光同塵。仏が日本の神と現ずる本地垂迹説にも応用される。

(信[一二]太社の段)

〽成リにけり。

ハルフシ昔《むかし》よりこゝに和泉《いづみ》[一三]の神[一四]中がきや。信太《しのだ》[一五]の里に年シふりて塵《ちり》[一六]ウにまじはる宮[一七]ハルばしら。ウ和光《わくはう》の影《かげ》もあきらけき是も神ウの誓《ちか》[一八]ひとて。ウ[一九]つき〲迄も色当世《たうせい》の。地中[二〇]かゞ菅笠《すげがさ》を[二一]一チやうの鄙《ひな》ウにめなれぬとりなりの。葛《くず》ウの葉《は》姫と聞[二二]コへしは。スエテ信太《しのだ》のハル庄司《しやうじ》が深《しん》[二三]窓《そう》に。中[二四]ひとゝなりたる秘《ひ》[二五]ウ蔵《さう》娘。ハル[二六]心にふかき立願《りうぐはん》ウのかちゞひらふて神詣《かみまふで》[二七]ウ千早《はや》ふり袖[二八]うちかけも。都ウに希《まれ》な品かたち。中フシ花も色にや恥《はぢ》ハルぬらん。

地ハル[二九]外めづらしき色女子《をなご》共。「詞申ゝ《(まうしまうし)》姫君様。俄《にはか》[三〇]ごとのお供《とも》にて我レゝ迄も気ばらし。

地ウそもまあけふの産宮詣《うぶすなまふで》[三一]ウは何ハルのおため」と色[三二]ほのめけば。「詞ヲヽかたらねばしらぬも尤《もつとも》。頃日《このごろ》は毎夜《まい》〱血筋《ちすぢ》にはなるゝといふ心がゝりな夢《ゆめ》見る故。都《みやこ》にましますす姉榊《あねさかき》の前様の身の上に。悲《かな》しいことは有ルまいかとそれ故の神ミまいり。皆もとも〲願《ぐはん》[三三]ごめしてたも。地ハル頼む〱」とはらから[三四]を。フシ思ふ心ぞやさしけれ。

一七 宮柱は神社の柱、転じて神社。影は光。信

時　前段の何日か後
所　和泉国信太神社

太神社が昔から俗塵のただ中にあるのも、神仏の威光が俗世の人の近づき易いように和らげられ、輝きわたっているゆえんである、の意。
一八 衆生を救う神の誓願。風雅集にみえる和泉式部の夢の告げに熊野権現の歌「もとよりも塵にまじはる神なれば月の障りも何かくるしき」の月から次句の「つき〲」を導き出す。
一九 お付きの女達も現代風に。
二〇 加賀笠。加賀国産の女性用の菅笠。我衣に「内へ絹糸ぬひ奇麗也」とあるように、十七世紀末から十八世紀中頃の女性の花やかな風俗。
二一 女達がそろって現代風の加賀笠をつけた花やかな服装が、田舎では珍しい。
二二 申し上げるのは。
二三 館の奥深くかしずかれて。「信太、庄司、深窓」と頭韻を踏む。
二四 成長した。次の「秘蔵」と頭韻を踏む。
二五 底本の振仮名「さ」に濁点なし。
二六 心に深く願立てをしているので、乗物ではなく、徒歩で。「かちゞ、神詣」と頭韻をふむ。
二七 神の枕詞「千早振る」と娘の「振袖」をかける。
二八 振袖の打掛け姿も、鄙には稀どころか、都にも稀なほど美しい姿・容貌で。
二九 外出の機会の少ない屋敷勤めの女達。
三〇 「ごと」を添えて、その事柄を名詞化し、際立たせる。
三一 出生の地にある守護神に詣でること。
三二 やさしい声で言う。
三三 姉上の無事を、心中で祈って願立てをして。
三四 兄弟姉妹。

「[詞]おまへの其兄弟《きやうだい》思ひ神〻も納受《なうじゆ》[一]あそばさいでは。それはてつきりさかゆめ[二]。にくてらしい前髪《まへがみ》[四]がおまへにきついほれやう。お嫌《きらひ》なさるゝ程[五]しこりかゝつて女房呼《よば》はり。[地ウ]其悪右衛門様にはなるゝといふ夢《ゆめ》[ハル]のつげ。[ウ]お悦びなされ[色]ませ」。「[詞]ヲヽよふこそ[六]いはひなをしてたもつて嬉《うれ》しい。あの人に思ひきらるゝは此上もなき悦び。追付《おつ(つけ)》爺《とゝ》様母様もお出の筈《はづ》」。「[地ウ]それならば待合せ[七]御一ッ[ハル]しよに御参詣《さんけい》。此間ダ[ウ]にちりのこる花を[ウ]御覧《らん》もお慰《なぐさみ》」と。[ウ]手ンゝ(で)に敷《しく》や毛氈《もうせん》[八]の朱《あけ》[ウ]は都のから錦《にしき》。[ウ]打チこんじたる女中の遊《あそ》び皆ゝ[トル]幕《まく》にぞ[三重]〽入にける

小[九]袖物狂ひ

[一〇][ハル][狂言小歌]「恋よ恋。我レ[ウ]中[一一]ぞらになすな恋。[下]こひ風が。[ハル]きては。[引][下ウ]たもとに。[下][一二]かいもつれ。

[一三][詞][ナヲス]思ふ中をばふきわくるあら。心なのあらしにつれて。うら吹かへすかたみの小袖。見るに思ひのます故にこそ[一四][フシ][二人]くるはすれ。[一五][ハルフシ]くるふはたそや。我[中]レはそも。

一 お受けいれになって、祈りをかなえて下さるに違いありません。 二 現実に起るべきことと逆の夢を見ること。ここは、血筋に離れるという不吉な事柄を思わせる夢は、逆に吉事の予兆に相違ない、の意。 三 ひとりで、相手があって相撲をとっているさまを演じてみせるもの。悪右衛門の太った荒々しい容姿を相撲取りに見立て、相手と無関係に恋人気取りでいる意をこめていう。 四 若衆。 五 夢中になって。
六 凶事と思われたことを、逆にめでたい事の予兆として言い直すこと。言葉の呪力により現実に凶が吉に転じると期待して、葛の葉も喜ぶ。
七 底本は「待」を「侍」と誤刻。再版本「待チ合せ」。
八 毛氈の朱の上に、女達の衣装が交じり合い、田舎には珍しく赤地の錦のように華麗である。唐錦は、大和(やまと)錦に対し、中国渡来の錦またはその製法を模して作った錦。
九 葛の葉姫と腰元達が幕の内に入ると、演奏者にツレ竹本内匠太夫が加わって、景事となる。「小袖物狂ひ」は景事の題名。現行演出では舞台転換なく、「恋よ恋」から「かたみの小袖」まで、誰もいない舞台で語られ、「見るに思ひの」で榊の前の打掛けを肩にかけた保名が登場。初演は付舞台に出語り出遣いであろう。時も所も流動しつつ進行し、後半には信太社に来ている情景になる。清元の「保名」(深山桜及兼樹振(みやまのはなとどかぬえだぶり))・文政元年(一八一八)江戸都座)に改曲され、歌舞伎舞踊としても名高い保名物狂。
一〇 狂気の保名の歌声ではじまる。太夫の独吟。「恋よ恋」から「かいもつれ」まで、狂言・金岡や枕物狂にみえる。「恋よ恋。我中ぞらになすな恋」の詞章は、世阿弥作の謡曲・恋重荷にもみえ、室町期に流行の小歌を転用したものとされる。

安倍《あべ》の保名がやすからぬ。胸《むね》にせまりしかず〳〵より。いづくをさして」いづみぢによるべの水もうたかたの。たゞよふ姿みだれがみ素袍袴《すおふはかま》。ふみしだきうかれあるくぞ。たゞならね

〇詞「是〻物とはふ。もし其あたりへ十八九の娘のかいどりづまで。しやなら〳〵とゆかぬか。ヤア〳〵しらん。ヲヽ其尋《(たづぬ)》る人こそ。芝蘭芙蓉《しらんふよう》の花のかほばせ姿《すがた》は物が。およびなき。よしのはつせの。うす桜《ざくら》。さらしなこしぢの月雪《ゆき》も。ながめははるか下照衣通《したてるそとをり》。神のゐにしのさかきとは。我ガ恋《こひ》人のあだし名か。あだな契《ちぎり》に云《いひ》かはしたることのはを思ひ。やるさへ悲《かな》しけれ

〇小歌ふけゆくかね別《わか》れの。鳥《とり》も。ひとりぬる夜は。さはらぬ。物を。柳《やなぎ》の糸《いと》のみだれ心いつ。いつ忘《わす》れふぞ。いつのはるかおもひそめけり。アヽ去年《こぞ》の何ン月幾日《いつか》やらヲヽそれよ。はなのゐんや。はなのゐん。てら〴〵の。かねつくやつめは。にくやな。こひ〳〵て。まれにあふ夜《よ》は。日の出るまでも。寝《ね》よふとすれど。まだ夜ぶかきにごん〳〵〳〵。こん〳〵〳〵と。つくにまたねられず。

二「中空」を①空、②うわの空、③中途半端、いずれの意にとるかで解釈が変る。現時点で一応最も古い出典「恋重荷」の場合は筋立てから③の意にとり、この句は「ああ恋よ恋よ、恋は恐ろしいものだ。軽はずみに恋をしてはならぬ」(日本古典文学大系『謡曲集・上』「恋重荷」注)と解されるが、金岡や枕物狂の方は②の意にとり、「恋を擬人化して呼び掛けた歌で…わたしの心を上の空にしないでおくれ」(同右補注)と解すべきものとされる。本曲も狂言に依っているので後者の如く解すべきであろう。

三 からみついて。

一三 恋人同士の仲を引き分けるように、我が身に添えている形見の小袖を吹き分けるとは、ああ思いやりのない嵐よ。「あら、嵐」と頭韻。

一四 ここから太夫とツレの二人同音の語りとなるが、詞章は保名のことばの続き。

一五 狂わせるのは形見の小袖、狂うのは誰か、私か、私は本来の安倍のやす名という安らかな名とは似ても似つかぬ悩みの数々が胸に迫り、我を失って、どことあてどもなく迷い出で。

一六 和泉国へ向う道。「出づ」にかけ、「いづく」と頭韻。この辺で文章が一人称から三人称に転ずる。掛詞で続くが仮りに「 」を付けておく。

一七 神前に置かれた瓶に入れた水。神霊がよるという。泉、水、うたかたは縁語。

一八 水の泡のただようように頼りなくさまよう保名の姿は。 一九 発音「スオウバカマ」と濁る。素袍(→一八頁注一一)の長袴の裾を踏みつけて、心も空に歩きまわる正気を失った有様である。現行、「加茂館の段」で加茂保憲の装束を借りて着た葛の葉模様の素袍袴。 二〇 係助詞「ぞ」の結びは「たゞならぬ」とあるべきところ。近世は結びの句形を自由にしている。

寝ぬ夜うらみの旅《たび》のそら。よさのとまりはどこがとまりぞ。草《くさ》をしきねのひぢまくら〱。ひとりあかすぞかなしけれ。〱。葉ごしの〱幕《まく》のうち。昔《むかし》こひしきおもかげやうつりがや。其おもかげにつゆほども。似た人あらばおしゑてたべ。おちこち人《ひと》に物とはんヲウイ。〱」とまねけば招《まね》く与勘平《よかんべい》やう〱にはしり付キ。「是は〱正躰《しやうだい》なき旦那《だんな》のありさま。人の見るめも恥《はぢ》給ひ。サアお帰《かへ》り」といさめすかしてひく手をはらひ。かしこにしげる榊《さかき》のゑだに。かたみの小袖うちかけて。「あれ〱〱。ゑだにゆかしき人は見へたりうれしや」とて。よぢのぼれば。さかきのゑだは身をとをし。あいぢやくは胸《むね》をこがす。「こはそもいかにあさましや」とせんかた涙《なみだ》にふししづむ。「こはなさけなき御ッありさま。心なき草木《さうもく》をこがれ給ふもまよひのそら目《め》」。「何そらめとはことおかしや。心あればこそ時《とき》をたがへずそれそこに」。「どれ。どれどこに」。「しんじつ君《きみ》にあひたくば。しのだなるやしろにあゆみをはこびて。七日《なぬか》なん〱七《なゝ》よさ。こもらば御利生《りしやう》まさしくあらた

二一 物問おう。一寸お聞きしたい。里人への呼びかけ。上の○印は主演の太夫のしるし。二二 裾を引く衣装の褄をとり上げ、歩きやすいようにすること。二三 知らん、という里人の答えを保名が繰り返すことば。「芝蘭」にかけ、保名は里人が「芝蘭のようにかぐわしいか」と言ったととりちがえる。二四 芝草と蘭草。かおりのよい草。二五 ここは蓮の花の異称。「芙蓉のかんばせ」は典型的な美貌のたとえ。二六 何が及ぼうか、何も榊の姿に及ぶものはない。二七 謡曲・藤栄「吉野竜田の花もみぢ、更科越路の月雪」の一部を変えたもの。謡曲で桜と紅葉をうたうところを、榊の前の若さにふさわしく、桜のみとした。現行曲、この辺から省略が多い。二八 初瀬。長谷。奈良県桜井市。長谷寺の門前町で、吉野とともに桜の名所。二九 うす紅の桜。榊の前の初々しさを強調。三〇 長野県北部、更科郡および更埴市などを含む一帯。姨捨(おばすて)山など月の名所で知られる。三一 北陸道。雪の名所。三二 名所、歌枕の桜、月雪の眺めも、榊の前の美しさにははるかに劣る。三三 古事記などにみえる天稚彦(あめのわかひこ)の妻、下照姫。劣る意の「下」にかける。三四 古代の美女の代表である衣通姫。允恭天皇の妃。美しい肌の色が衣を通して光り輝くといわれ、玉津島明神として祀られる。三五 玉津島明神から神を導き出し、神に縁ある榊という常緑樹の名にも似ず、はかなく散るとは、恋人の名は実体のないいつわりか。三六 はかない契り。「あだし、あだな」と頭韻。三七 以下「またねられず」まで狂言・花子による。詞章は和泉流のもの(狂言集成本)とほぼ一致する。但し近世に刊本で読まれた狂言記の台本では、現行の和泉流、大蔵流演出と異なり、主人

に。恋《こひ》しき人にはあひも見もせ。[一四]め中ヵにことさら榊のゐだに。君《きみ》が小袖《こそで》を打チきせきせて。まがふ方タなき榊《さかき》の前非情《まへひじやう》とは与《よ》勘平《べい》」。「ナイ。〳〵」。「汝《なんち》こそ草《くさ》よ木よ」と。かたみの小袖身にそへてないつ笑《わら》ひつさま〴〵にくるひ。みだるゝばかりなり。[一五]

始終幕《しじうまく》の[一六]物見より。覗《のぞ》き見とれて葛《くず》の葉《は》は賤《いやし》からざる都《みやこ》人。何故《ゆへ》かゝる乱《みだれ》心と幕《まく》しぼらせて立チ出ヅれば。姫《ひめ》を見るより狂人《くるひど》は「なふなつかしの榊《さかき》の前エ」と。いだき付ヵんと立チ寄ルをつき〴〵の女押隔《をしへだて》。「是ゝ麁相《そさう》せまいぞ。あなたに覚エもないことをめつさうな気ちがひ殿。それとめさつしやれ奴殿《やつこ》」。「いやとめておりまするお気遣イなされますな。語《かた》るも主人《しゆじん》の恥《はぢ》なれ共一ト通《とを》り聞イて下ダさりませ。手前《てまへ》の旦那《だんな》が思ひ人におくれ給ひ。それより正気《しやうき》を取リみだし御らんのごとく物狂《ぐる》ひ。其恋《こひ》人に[一七]あなたがとんといきうつし。直《すぐ》な目にさへ見違《ちがゆ》るに乱心《らんしん》では[一八]尤《もつとも》と御了簡《りやうけん》。重ゝ《じう〳〵》あまへたお願《ねがひ》なれ共こがるゝ人に似《に》た姫君《ひめぎみ》。

公は愛人花子の形見の小袖を肩にかけ、さばき髪で登場する。浄瑠璃の保名はここに想を得たものであろう。因みに花子は、狭夜衣鴛鴦剣翅にも新うすゆき物語にも扱われ、近世に最も人気のあった狂言曲目である。ここは、保名が小歌を歌ったり独り言を言ったりする有様。三八 朝を告げて別れをうながす鳥の声。「ふけゆくかね」は、夜更けても来ぬ人を待ちつつ聞く鐘。平家物語五「待宵のふけゆく鐘の声聞けば帰るあしたの鳥はものかは」(新古今集所収歌には語句に異同)。三九 一人寝る夜は、鐘が鳴っても、鳥が鳴いてもかまわない。四〇 閑吟集冒頭の歌の後半が、この狂言小歌とほぼ共通。柳の葉が糸のように風に乱れるのと同じく、私の心も恋ゆえに乱れて。四一 和泉流・花子では以下「寝乱れ髪の面影。あゝ扠かの人の面影を。いつの春か見初め思ひ初めて忘られん。花の宴」となる。四二 ここは狂言にない浄瑠璃の詞。「はなのゐんや」から再び花子に依る。

以上四一頁

一 ここで普通の浄瑠璃の地合に直り、「よさのとまり」からやや調子の高い二上り歌で舞台の動きが活発になり、主人公が信太の宮に近づく。
二 夜。「よさのとまり」から「葉ごしの」まで狂言・靫猿による(岩波文庫・大蔵虎寛本が近い)。
三 木の葉の間から幕の内にちらりと、かつての榊の前のなつかしい面影が見えたように思う。
四 恋人の薫きしめた香の匂いがこの小袖に移り残っているように、榊の前の面影を写した人、ほんの少しでも似た人があるならば。
五 遠くの人にも近くの人にも。

やさしきお詞かけ給ひそみやすきは人心。しぜん狂気《きやうき》もしづまれば此上ヱもな
き慈悲《じひ》心。お側《そば》の女中お執成《とりなし》」とよぎなく頼めば
葛《くず》の葉《は》は。まだうらわかき心よりいらへなければ妼《こしもと》共。「姫君のお詞で。あの
気ちがひがなをるならばそれはきつい善根《ごん》」。見れば見る程よい男恋故《こひゆへ》と聞《き》き
や女子気《ご》《(ぎ)》は。かたむきやすきいな船のいなにはあらず葛の葉も。「それがまあ
あられもない。どういふてよからふやら」と恥《はづ》かしながら立チ寄《よっ》て。「恋しう
思《おぼ》し召《めす》方タがお果《はて》なされて。狂気《きやう》とはおいとしぼやおせうしや。世には又忘《わす》れ
草《ぐさ》も有ルならひ。お心を取リなをし最早《もはやウ》お帰り遊《あそ》ばせ」と。いへば保名《やすな》も心を
しづめ。よく〳〵見れば榊《さかき》ならず似《に》たりと思ふ執着《しうぢやく》に。つれて心も正気と成リ
面目《めんぼく》なげにさしうつむき。しばしこたへもなかりしが。
やう〳〵に顔を上ゲ。「ヤイ与勘平《べい》。おれは正気に成ッたるぞ」。「ヤア扠〻《(さてさて)》嬉《うれ》し
や忝《(かたじけな)》や。是もひとへにあなたのおかげ。お礼〳〵」と主従《しうぐ》手を下《さげ》悦《(よろこ)》ぶにぞ。
葛《くず》の葉《は》もおもはゆげに「田舎《いなか》そだちのみづからが。ちよつとお詞かけたとてお

六 △印はツレの太夫のしるし。
七 「正体　シヤウダイ」(饅頭屋本節用集)。
八 謡曲・女郎花「剣の山の。上に恋しき。人は見えたり嬉しやとて。行きのぼれば。剣は身を通し磐石は骨を砕く。こはそも如何に恐ろしや」を作りかえた。
九 「せんかたなし」と「涙」を掛ける。
一〇 ものの区別がつかず、見まちがえること。
一一 保名が歌う有様。　三 七夜。　一三 験。神仏の霊験がはっきりとあらわれるさま。
一四 句切り点とは別の形の小さな丸。再版本も同じ。他に例を見ない。用途不明。
一五 ここまでで「小袖物狂」の景事は終り、ツレの内匠太夫は退き、和泉太夫は御簾内に移って蔭語り、人形も手摺舞台に移って蔭遣いになる。
一六 外を見るために幕に明けた穴。
一七 あの姫君が。与勘平の話す相手は腰元達。
一八 恋人と思って抱きついた失礼も、無理のないことと、寛大な気持でお許し下さり、さらにその上に厚かましいお願いですが。

一 染み易き。影響されやすい。
二 ひたすら。
三 若々しく世なれていないの意と、葛の葉の縁語の「裏」をかける。
四 ここは、善い果を招くであろう善の業因。
五 腰元達の詞と地の文がまじりあう。
六 同情したい気持になる。「傾く」は舟の縁語。
七 刈り取った稲を積む舟。「最上川のぼればくだる稲舟のいなにはあらずこの月ばかり」(古今集・東歌)による。葛の葉も内心いやではなく。

心のおさまるとは。ホヽヽヽヽヽヲヽ恥《はづ》かし」と顔をあかめ。「早速《さつそく》ながらちとお尋《たづね》申シたいは其お小袖《そで》みづからが慥《たしか》に覚ヱの有ル模様《もやう》。今又おつしやる榊《さかき》とは。もし加茂《かも》の保憲《やすのり》様の」「ヲヽ其娘の榊の前ヱ」。「ヤア、そんなりや私《わたし》が姉《あね》様」と聞クに保名も「聞キおよぶ。信太《しのだ》の御息女《そくぢよ》葛の葉殿か是は〳〵」と驚《おどろき》しが。「拙者《せつしや》は榊の前ヱと深《ふか》ふ契《ちぎり》し安倍《あべ》の保名《やす》」と。聞クに今更《さら》よそならぬ姉の噂《うはさ》に驚《おどろ》かれ。「頃日《このごろ》あしき夢《ゆめ》の告《つげ》は。榊《さかき》様の身の上ヱかお果《はて》なされしいりわけを。聞カせてたべ」と取リ付ケば。

「ヲヽ聞キ度《た》キは尤《もつとも》ながら。こゝは往還《わうくはん》人めも有リ。幸《さいはい》の幕《まく》の内委細《いさい》あれにて咄《はなし》いたさん。此上ヱは妹御《いもとご》を榊《さかき》と思ひ神ミかけて」と。めもとでしらせ詞さへ岩《いは》木ならねば葛《くず》の葉も。ほころびやすき幕の陰《かげ》。伴《ともな》ひてこそ入リにける。

女子《おなご》共口チ〻(ぐち)に。「猫《ねこ》に鰹《かつを》の幕ばいり。仮令《けれう》姉聟《あねむこ》なればこそ。手放《ばな》してやられもする。さつきのやうに狂気《きやう》ならば。かんまへて油断《ゆだん》がならぬ。是に付ケてもとかく手柄《がら》は奴殿《やつこ》。当座《たうざ》の気転《きてん》で恋の乱心《らんしん》しづめるとは。家《ゑ》原《はら》の文珠《もんじゆ》も及ば

八 知らぬ男性に親しく言葉をかけるなどと、そんなはしたないことが…。
九 おかわいそうに、お気の毒に。「いとほし」の転で、親しみをこめた言い方。「せうし」は笑止。
一〇 かんぞう(萱草)の別名。恋の悩みや死別の悲しみを忘れさせるもの。
一一 こだわり。無心に狂う状態から、似ているが違う、といった判断が生じて日常性へ引き戻された。
一二 あの御方に御礼を、と与勘平が主人を促す言葉。
一三 恥かしそうに。
一四 変らぬ恋の誓い。榊は神の縁語。
一五 保名が葛の葉への思いを、目遣いで知らせるばかりでなく、言葉にまで表わすのに対し、葛の葉も無感情な岩木ではないので、幕の縫い目がほころび易いように、その心もほどけて。
一六 二人が幕にはいることを、奉公人が年季を勤めあげ結婚して新居を持つ宿ばいりに見立てた。
一七 これがたまたま。
一八 「構へて」の転。決して。
一九 堺市家原寺町にある高野山真言宗の一乗山家原寺の本尊文殊菩薩像。行基作と伝える。文殊菩薩は釈迦如来の脇侍で智を司るという。

ぬちゐ。殊《こと》に名迄才覚《かく》らしいかはいらしい男や」と。せなかをとんと与勘平。「旦那《だんな》の狂気《きやう》以来《このかた》はかはいらしいにこりはてた。なふいやゝ勿躰《もったい》なや」と幕の〽こかげへ逃込《にげこむ》折《リ》から。

信太《しのだ》の庄司《しやうじ》夫婦づれ私領《しれう》の内は気さんじに。供《とも》人かるく娘をしたひ是も社《やしろ》へ詣《まふで》くる。つき〴〵の女さし心得。「親旦那《だんな》おふた方《タ》御参詣《さんけい》」としらするにぞ。幕《まく》しぼらせて葛《くず》の葉姫姉《ひめあね》の小袖《そで》を打《チ》かけて。只《たゞ》其儘《まゝ》の榊《さかき》の前《ヱ》と。まがふ計(ばかり)の詰袖にて思ひ有《リ》げに立《チ》出《ヅ》る。

娘《むすめ》の目《め》馴《なれ》ぬとりなりに心を付《ク》れば「申《シ》母様。此小袖見覚《おぼへ》てござりますか」。「どれ〳〵」とよく〳〵見て「是をしらいでよい物か。此母が若《わか》ざかりに。物好《どのみ》に縫《ぬは》せた小袖《そで》。かたみに見よとて姉《あね》の榊に送《をく》りしが。そなたはどふして着《き》てゐる」と父《ちゝ》もろ共にふしん顔《がほ》。「されば此小袖に付《キ》。悲《かな》しい咄《はなし》を聞ました」とわつとさけべば父母《ちゝはゝ》も。心ならずとはいかに。やうすはいかにととへど答《こたへ》も「泣《ない》てゐて済《すむ》ことか」と。夫婦《ふうふ》いらてば保名《やすな》見かねて幕《まく》の内よりずつと出(いで)。

一 気転のききそうな。
二 ねえ与勘平さん、となれなれしく背中を叩かれて。与勘平と呼びかけの「よ」をかける。
三 この場合は、甚だしく不都合なこと。
四 与勘平退場。太夫交替、竹本文太夫になる。
五 ここは、自身の所領の意。
六 気散じ。気楽に。
七 脇下をふさぎ、袖を短くつめた成人の服装。娘は結婚がきまると振袖から詰袖に改める。榊は保憲生前に保名との結婚が決まり、袖を詰めていたことが分る。
八 服装、身のこなし。
九 特に趣味の誂えで。
一〇 終止形や体言止めの後の「とはいかに」は、浄瑠璃では強い不安や驚きを表わすことが多い。「あへなく成給ふと。聞て恟(びっくり)り、とは何故に、とはいかにと」(ひらかな盛衰記三)。
一一 「無い」にかける。
一二 苛立ちあせること。

詞「ヲ、御両親《りやうしん》の御ふしん尤《もつとも》。拙者《せつしや》は加茂《かも》の保憲《やすのり》が末弟《ばつてい》安倍《あべ》の保名《やすな》。御息女《そくぢよ》榊《さかき》とは兼て夫婦の約束《やくそく》。後室《こうしつ》の悪心ンにて家の秘書《ひしよ》を余人《よじん》にうばひとられ。加茂《かも》の家断絶《だんぜつ》といひ。一三夫婦の義理に榊《さかき》の前ヱは其夜に自害《じがい》。某《それがし》も無念骨髄《むねんこつずい》にてつし。それより物狂《ぐる》はしく成リ思はず当所《たうしよ》をへめぐり。地ウ各《をの〳〵》に御ン目にかゝるもハルふしぎの縁《ゑん》」と。語《かた》れば母は声を上ゲウ「なふ葛《くず》の葉。頃日《このごろ》の夢咄《ばなし》かほどにもあふ物か。ウ是も夢《ゆめ》ともなれかし」と身をスエテ投《なげ》ふして。中泣キしづむ。ウ父はさすがに得《ゑ》一四なきもせずハル胸《むね》迄せぐる涙を色とゞめ。詞「扨《さて》は聞キ及ぶ保名《やすな》殿か。姉《あね》が此世にながらへ居《ゐ》ば。一五いかめしく聟舅《むこしうと》の名乗《なのり》合イもいたすべきに。地中悲《かな》しきけふの対面《たいめん》老イて子に別《わか》るゝ程。ウ至《いたつ》てハル悲《かな》しき物は中なし」と。ウ老《おひ》の涙にフシむせびいる。

詞「ヲ、御ン歎《なげき》は尤なれ共。地中葛《くず》の葉殿がましませばハル姉《あね》とおぼして色慰《なぐさ》み給へ。詞只《たゞ》今申スはいな物なれ共。榊《さかき》におくれよに便《たより》なき某《それがし》。地中何とぞ御ゆるしをハル蒙《かうむ》り妹御を。ウ婦妻《ふさい》に申シ受ケたき願《ねがひ》」と色聞キもあへず。詞「成ル程世間《せけん》に有ルならひ。なれ共一ト

一三 夫婦の節義のために、即ち妻として夫である保名の身の言い訳を立てるために、の意。
一四 泣くこともできず。
一五 儀式ばって、晴れがましく。

つの難儀《なんぎ》は身共が甥《おい》石川悪右衛門。葛《くず》の葉を望《のぞ》め共娘も嫌殊《きらひこと》に又。礼儀知ラず
の悪党者《あくたうもの》故返答《へんたう》もせず捨テ置ケば。急《きう》にあつ共申されず」と老《おひ》の返事《へんじ》もするど
げに。にべもしや《(しゃ)》ゝりも嵐《あらし》にひゞき貝鐘《かいがね》の音トせこ鼓《つゞみ》間近き。森《もり》の方タよりも
年《とし》ふる白狐《びやつこ》のかけ来タり。葛《くず》の葉保《やす》名がまん中カへ。助《たすけ》てくれといはぬ計《(ばかり)》にか
くれ入ル。

「フウよめた。今きこへし貝鐘《かいがね》は狐狩《がり》。飛《ひ》鳥懐《てうふところ》に入ル時は狩人《かりうど》も是をとらず。
殊《こと》に白狐《びやつこ》は妖物《ようぶつ》にて唐士《もろこし》にては阿紫《あし》となづけ。我ガ朝《てう》にては専女《とうめ》御前。宇賀《うが》の
御魂《みたま》の神使《しんし》にて恩《をん》を知リ怨《あた》を報畜類《むくふちくるい》。助ケてやらん」とかたへなる祠《ほこら》の扉《とびら》押シ
ひらき。いだき入ルれば嬉しげに四足《そく》をひそめかゞみゐる。時に向《むか》ふの堤伝《つゝみづたひ》
真黒《まつくろ》に成ッてかけ来タるは。まがひもなき悪右衛門あふては邪魔《じやま》と幕へ保名
は。忍びゐる。
程なく石川悪右衛門人夫《にんぶ》引キつれ件《くだん》の白狐を見失《うしな》ひ。きよろ〳〵眼《まなこ》に成ッて
はせ付キ。「是は〳〵伯父者人《おぢじや》。一ッ家《け》さらへて花見か遊山《ゆさん》からやましい。拙《せつ》

一　素行の悪い者や反抗的な者をいう。
二　「あっ」は承諾の言葉。はい。今までは悪右衛門を無視してきたが、娘を他へ縁付けるとなれば、はっきりと断り、諒解を得ておかぬと、石川の家の体面がからんで面倒なことになる。
三　きびしく取りつきにくいこと。
四　「にべ」は鮸(にべ)のうきぶくろから製するにかわ。「しゃしゃり」はさらりとして粘り気のないこと。にべもしゃしゃりもなしで、愛想のない、そっけないさまをいう。
五　再版本「しや〳〵り」。　六　「あらず」にかける。
七　法螺貝と陣鐘。　八　勢子(せこ)が獲物を追い立てるために打つ鼓。勢子は狩場で鳥獣をかりたて逃がさぬようにするための人夫。
九　諺「窮鳥懐に入る時は猟師もこれをとらず」。
一〇　ふしぎな獣の意。説文に「祅(「妖」に同)獣也」。→四頁注七。
一一　狐の異称。捜神記に、狐が美女になって阿紫と自称し、男を空墓に招き入れて妻になっていた話を伝える。
一二　燕石雑志に「きつねの異名をまよはし鳥といふは、人を魅(まどは)すものなればなり。又伊賀専(いがたうめ)ともいへるよし、新猿楽記に見えたり。一説に、伊賀にて白狐を専御前(たうめごぜん)と唱ふるといへり。是は伊賀といふ文字につきていふ歟。信じがたし。専(たうめ)は和名太宇女(たうめ)、老女の一称なるよし、和名抄に見えたり。唐山(もろこし)の古説に、狐は千古の淫婦なり。その名を阿紫といふといへれば、こゝにも専と呼にやあらん、河海抄に、刀女(たうめ)は狐なりといへり」。
一三　倉稲魂(うかのみたま)。稲の精霊を神格化したもの。伏見稲荷の祭神、広く農耕の神として信仰され、狐をつかわしめとすると言われる。

者《しゃ》は左大将の仰《おほせ》を受ヶ近国《きんごく》を狐狩《がり》。同じ御領《れう》を預ヵつてもこなたは仕《し》合セ。妻子《さいし》を引つれ[一七]あぢやらるゝ去リながら。葛《くず》の葉を嫁《よめ》にもらへば聟《むこ》也甥《おい》也。舅《しうと》の代《かは》りに二人前《ふたりまへ》の働《はたらき》気遣ィ召サるな。見付ヶた狐も取リ逃《にが》し[一八]ぎゑんわるふ思ひしに。願ふ所の女房狩《がり》。けふ一チ日は休《やすみ》にして。つれ帰つて腰膝《こしひざ》さすらせ。[一九]此間ダの草臥《くたびれ》やすめ。葛《くず》の葉おじや地ハル」と[二〇]立チ寄庄司《しゃうじ》中ヵに立チふさがり。色「詞[二一]下タゝの婚礼《こんれい》でも[二二]吉チ日を撰《ゑらむ》が身いはひ。いかに一ッ家《け》なればとて娘も得心《とくしん》せぬことを[二三]踏《ふみ》付ヶたしかた。[二四]かれにもとくとがてんさせ。其うへのこと」ゝいひもあへぬに「ア、[二五]おかれい。今度《こんど》に限《かぎ》らず嫁《よめ》入リのさいそくは度《たび》ゝなれ共。[二六]うんだ物がつぶれた共一言《ごん》の返答《へんたふ》せず。[二七]又ぬつくりと[二八]つままふでや。もふそふ〳〵はだまされぬ。地ウ[二九]あふた時に笠《かさ》ぬげじやそれけらいハルども娘を引ッたて」。ウかしこまつてせこの者ばら〳〵と立チかゝる。「無《む》ウ躰《たい》はさせぬ」とさゝへる庄司《しゃうじ》夫婦をば。首《くび》筋《すぢ》つかんでし[三〇]り居《ゐ》にねぢすへ。中ウ[三一]めつぽうやたらにあれ出《だ》すにぞ保《やす》名主従《しうゞ》ハルたまりかね。ウ幕《まく》の内よりとんで出デ葛《くず》の葉親子をうしろにフシかこへば。

一四 狂言・釣狐などにみえる。近松作・天鼓(元禄十四年)初段の釣狐の件りに「ことに狐は世の常の獣に変はり。天竺にては斑足(はんぞく)太子の塚の神。大唐にては吒枳尼天(だきにてん)。我朝にては稲荷大明神と現はれ。恩をなせば恩にて施こし。仇をなせば其百倍いの仇をなす」。
一五 勢いの激しいさま。「まがひも」と頭韻を踏む。
一六 全員引きつれて。 一七 うまいことを。
一八 縁起。 一九 近日来。
二〇 文章法の句点を入れると、「立ち寄る。庄司中に立ち」となるが、浄瑠璃本の句点は音楽記号で語りの息継ぎであるから、ここに句点のないのは息を入れずに語るところ。
二一 身分の低い者。一般庶民。
二二 各々自分自身の祝いと思い、吉日を選ぶものだ、の意。吉日は何か事をなすに当り、その事柄と干支の日と人の性などの組み合せにより、陰陽五行説に基づく吉凶が定められているもの。
二三 甚だしく侮った。 二四 あの者。娘をさす。現在のように男女の別はない。
※悪右衛門の傲慢で無遠慮な態度に対し、昔気質の庄司が怒りを堪えてこの場を無事に切り抜けようとするのは、悪右衛門が元方の気に入りであるのを考慮してのことであろう。
二五 措かれい。ごまかしを言うのはやめなさい。
二六 「膿(んう)だ物が潰れたともいはぬ」(譬喩尽)。一向に音沙汰のない時にいう。
二七 うまうまと。
二八 だまそうということか。
二九 よい機会は逃がすな、の意。譬喩尽にもみえる。
三〇 尻もちをつかせた状態で。 三一 むやみ。

「ヤア儕《おのれ》は安倍《あべ》の保名。[一]できた。姉《あね》がくたばつた故妹《いもと》をせ[二]ゝりにきたか。じたい儕《おのれ》には全議《せんぎ》[三]の有ルやつよい所で出くはした。加茂《かも》の後室《こうしつ》を殺《ころ》したも慥《たしか》にきやつ。それを引キ込ム伯父《おち》は同罪《どうざい》。信太《しのだ》の家を断絶《だんぜつ》さして此悪右衛門が押領《おうれう》するサア。[四]け二さいめ姫《ひめ》を渡せ」とおつ取リまく。「いや身に覚ヱもないことをさま〴〵とほ[五]ざいたり。コリヤ〳〵奴《やつこ》。爰《(こゝ)》は保名《やすな》が受ケ取ッた汝《なんち》は各《をの》〳〵御ン供《とも》せよ。随分ぬかるないそげ〳〵」。かしこまつて親子を伴《ともな》ひ立チ出ヅる「のがさじやらじ」と悪右衛門。けらい引キつれかけ出すを「どこへ〳〵」と立チふさがり。「伯父《おち》に手むかふ無道人《ぶとうじん》悪右衛門とはよふ付ケた。サアならば通《とを》つてみよ」。「いやめんどうな蚊《か》[六]とんぼめ。先《まづ》きやつからぶちのめせ」と一チ度《ど》にどつと寄ルやつばら。取ッてはなげ〳〵向ふやつをおとがい[七]蹴上《け》ゲ。左右方《さうはう》へかゝるをとびちがへ刀《かたな》の鍔《つば》にてすかうべくだき。手をつくして働《はたら》け共ついに大勢《ぜい》おりかさなり。手取《(ど)》リ足取《(ど)》リ四方《はう》へひつぱり。上ゲつおろしつ子供遊《どもあそ》びの亥《い》[八]の子餅《こもち》。二三度《ど》四五度《ど》もんどり打タせ。「サア邪魔《じやま》ははらふたり。葛《くず》の葉《は》をうばひとれ」と跡《あと》

一　うまいことをやったな、の皮肉。
二　つついてたべる、ちょっかいを出す、の意。
三　「詮議」の当て字。
四　若者を罵っていう語。「け」は接頭語。
五　「ほざく」は、「言う」を卑しめた言い方。
六　弱い相手を嘲っていう語。
七　頤。
八　亥子は旧暦十月の亥の日に新穀でついた餅を食べて祝う行事。行事の一つとして子供達がわら束や石で地面を打ちまわる亥子突きが行われ、丸い石の回りに何本も縄を付けたものを引き上げては落として地面を打つ。ここはそれをさしていったもの。

をしたふて追ッかくる。保名《やすな》は五躰《たい》もくだくる計《(ばかり)》手足《あし》もひしがれ目くるめき。くるしき息《いき》をほつとつき。「ヱヽ儕《をのれ》悪右衛門。いけてかへさじ比興者《ひけう》。かへせ〳〵」と立チ上ガつてはどうどまろび。よろぼひ立ッてはかつぱとふし。無念《むねん》〳〵とはがみをなし男泣キに。泣キけるが。「必定《ひつぢやう》葛《くず》の葉《は》もうばはれつらん。もはやいきてかひなし」とさしぞへ逆手《さかて》にぬきはなし。既《すで》にさいごと見へける折リから。何として遁来《のがれきた》りけん葛《くず》の葉《は》それと見るよりも走付《はしりつ》キ。「是待ッたはやまるまい」と声かけられてふり返《かへ》り。「こなたはどふしてきたことぞ。両親《りやうしん》は怪我《けが》はないか」。「はて親達《たち》はどふならふ共おまへに心ひかされて。しのぎの中カをきた者を。見捨《すて》て置イてしなふとは聞コへませぬ」とかこつにぞ。保名も始終《しじう》をつぶさにかたり「扨《(さて)》危《あやう》きことかな」と。互《たがい》にいだきすがり合イわりなきいもせと成リにける。

かゝる所へ与勘平《よかんぺい》息を切ッて馳帰《はせかへ》り。「各《をの〳〵》を御ン供して府中《ふちう》の辺《へん》迄送り届《とゞ》け。主人《しゆじん》の身の上ェ心もとなく。取ッてかへす道にて悪右衛門にでつくはし。しば

九「非拠」の転じた語で、不都合の意。但しここは卑怯に同じ。
一〇 物語の成行きに伏線となる語句。
一一 鎬は刃物の刃と峰との境界に稜を立てて高くしたところ。ここは、鎬を削る、即ち刀の鎬を削り合うような激しい斬り合いの中を、の意。
一二 この辺、古風な非演劇的叙事的文体であることに注意したい。
一三 一通りでない。切っても切れぬ夫婦仲の意。
一四 和泉市府中町とその周辺の地域。槙尾川の右岸。古代の和泉国国府の所在地で、熊野街道から大津街道、槙尾街道、牛滝街道が分岐する交通の要地。近世の府中村は幕府領その他。

らく戦《たゝか》ふ其間ダによふもしたふて葛《くず》[一]の葉様。御心底《しんてい》とゞきし」と悦《よろこ》びいさむ向《むか》ふより。又むら〳〵と悪右衛門大勢《ぜい》引キつれどつとかへし。葛《くず》の葉《は》を見るよりも「扠《(さて)》こそ〳〵。推量《すいりやう》にたがはぬ女が不所存《しよぞん》。保名《やすな》主従《しうじう》討《うつ》て取リ。姫をうばへ」と下知《げぢ》すれば与勘平《べい》。「最前《さいぜん》手なみは見せ置《おい》たにしやうこりもなきうざいがき[二]。此奴《やつこ》が引導《いんどう》[三]にてこゝでしのだ[四]の土《つち》となれ」と。わつとおめいて切ッてかゝれば只一人《たゞ(いちにん)》に切立られ。「みなこい〳〵」と跡《あと》を見ずして逃《にげ》て行《(ゆく)》。

保名夫婦は大きに悦び。「天晴《あつぱれ》手柄《てがら》奴《やつこ》殿長追《ながをひ》は無用也」。「きやつらが逃《にぐ》るも与[五]勘平拙者《せつしや》が追《おは》ぬも与勘平。御夫婦中も与勘平是もひとへに信太《しのだ》の神の御恵《めぐみ》と。旦那《だんな》を祝《しゆく》し。御出《しゆつ》世を松[六]の葉《は》の」「ヲヽ。住吉《すみよし》[七]に隣《となつ》たる。津の国安倍野《あべの》[八]は我ガ本国。暫《しばらく》かしこに引こもり。時節《じせつ》を待《また》ん」といさめ共。たつ足さへもよろ〳〵と。かぜにもまるゝ柳[九]の枝を。杖《つゑ》よ柱《はしら》と葛《くず》の葉が。夫《おつと》の手を引《(ひき)》いたはりてあぜ道。細道《ほそ》チまがひ[一〇]道チ。石津《いしづ》[一一]川を打渡リ是より先キは道[一二]もよし。西へ〳〵と入ル日につれて行《(ゆく)》もよし。人め忍《しの》ぶ

一「来る」に「葛」をかける。
二 有財餓鬼。仏語で六道の中、三悪道の一、餓鬼道に堕ちた餓鬼の一種。多財餓鬼とも言い、食物が全く、或いは殆ど得られぬ無財餓鬼、小財餓鬼に対し、ある程度食物の得られるものをさす。ここは単に人を罵っていう語。
三 葬式の時、導師の僧が死者の迷いを去り、彼岸の浄土に導くために、成仏の法語を唱えること。
四「信太」と「死」をかける。
五 以下、「与勘平」と「よい」をかける。
六「待つ」に「松」をかけ、謡がかりの節付けで夫婦の縁を寿ぐ謡曲・高砂を連想させ、謡曲にいう高砂住吉、相生の松の由来から住吉を導き出す。なお、松葉は狐の縁語。
七 大阪市住吉区の北部から中央部が近世の住吉村。北は阿倍野村(現阿倍野区)、天王寺村(現天王寺区)。住吉大社は現住吉区住吉二丁目。日本書紀にその名がみえ、古代、中世、近世を通じ、さまざまの伝承、文芸の舞台となった。祭神は現在は筒男三神(住吉三神)と神功皇后。
八 阿倍野の名称は古代阿倍氏居住の地によるともいわれ、安倍晴明誕生の地との所伝もあり、現在も晴明通の地名がある。「しのだづま」に「(やすなの父あべのぐんじやすあきは)あべのなか丸より、七代のこうゐん…四天わう寺と、すみよしとの、あいに、一つの、しやうをひらき、代々、こゝにすみ給ふ、扠こそ、此所を、あべのゝさとと、なづけたり」。近世中期の阿倍野村は天領で、北、東、西は天王寺村、南は住吉村に接する。村の中央部を南北に通ずる阿倍野街道に面した阿倍王子神社境内に安倍晴明の産湯を汲んだと伝える産湯の井、同社の北方

は夕暮《ゆふぐれ》よし一三かれよし。是よし与勘平。夫婦をいざなひ津の国《くに》や安倍野を。さしていそぎける

（現在の飛地境内）の安倍晴明神社社地は安倍晴明誕生の地と伝える。
九 か細い保名の姿を柳の枝にたとえ、葛の葉が保名の杖とも柱ともなって、の意。
一〇 道かどうかはっきりしないところ。
一一 堺市南部を北流する川。近世石津川下流域の大鳥郡上石津村等に川の清流を利用した布晒し業が栄えた。石津川を越え、和泉国から摂津国へと向かう。
一二 この前後、「みち」「よし」の語を拍子よく繰り返し、軽快に、一気に段切りに持ち込む。時刻が、たそがれ時という設定。
一三 「かれ」は夕暮の縁語「たそがれ」の略で、たそがれ時がよいの意から、掛詞の代名詞「かれ」の意になって、あれもこれもみな都合よく。

第三

（左大将館の段）[一]

[二]鴻飛《こうとん》で冥々《めい〳〵》弋者《よくしや》なんぞ慕《したは》んや。左大将橘《さだいしやうたちばな》の元方《もとかた》は桜木《さくらぎ》の親王《しんわう》の御ン契浅《ちぎりあさ》からぬ。六の君《きみ》を失《うしなは》んと御菩薩《みぞろ》が池《いけ》の底《そこ》[三]ふかき。工《たくみ》も案《あん》に相違《さうい》して御行方《がた》の知《しれ》ざれば。我身にかゝる後難《こうなん》[四]を恐《おそ》れて心安《やす》からず。家《いゑ》の雑掌早船主税《ざつしやうはやふねちから》[五]。野袴《のばかま》[六]にわらぢがけ庭上《てい》にかしこまり。「御菩薩《みぞろ》が池の非人《ひにん》めがうばひ取し六の君。草《くさ》をわけても尋出《たづね(いだ)》し御ほうびに預《あづか》らんと。洛中洛外《らくちうらくぐはい》はいふに及《およば》ず在々《ざい》所々《しよ》の非人小屋《ひにんごや》。野臥《のぶせり》[七]の乞食《こつじき》迄かたはしに責《せめ》とへ共《(ども)》。それかとうたがふ手がゝりも候はず。さつする所ロ風[八]をくらひ当地《たうち》を去《さり》しにうたがひなし。此上ェは京近《ちか》き隣国《りんごく》を一ト吟味《ぎんみ》御所存《しよぞん》いかゞ」とうかゞひける。左大将黙然《もくねん》と打チらなづき。「ホヽウぬけめない全議《せんぎ》[九]の仕方《しかた》去リながら。腕《うで》に覚《おぼへ》の悪右衛門池《いけ》へぼつぱめ[一〇]泥《どろ》水を呑《のま》せしは。非《ひ》人ンながらおこのやつ[一一]。都《みやこ》に居ずは近江[一二]

時	二段目「御菩薩池」の何日か後
所	左大将橘元方館

一 三段目は主人公をめぐる義理の葛藤が描かれる点で、近世戯曲的性格の顕著な一段であるが、上演回数は少ない。この「左大将館」（三段目の端場）の初演者は竹本喜太夫。

二 大鳥がはるかな空に飛べば狩人も追って行くことができない。揚子法言・問明篇の語。この三段目の主役芦屋道満を大鳥に比し、悪人たちのはかりごとにはまらなかったことを意味する序詞。弋は、矢に紐をつけた狩猟具。

三 底の知れない御菩薩が池に、ひそかに沈めて殺そうとの深い企らみも。「ふかき」は掛詞。

四 事後におこる災難。

五 近世では、公家の家司（けい）即ち事務的な家務をつかさどる者をいう。

六 武士が旅行などに着用する、裾に縁どりをした小袴。　七 野宿。

八 悪事がばれたと思いすばやく現場を逃げ去る時にいう。

九 「詮議」のあて字。

一〇 投げこみ。

一一 烏滸の奴。馬鹿者の意から転じて、しれもの、たいした奴。

一二 近江国、現在の滋賀県へ行く道。転じて近江国そのもの。

路《ち》か[一三]若狭《はかさ》丹波《たんば》路《ち》[一四]五畿《き》内残《ないのこ》らず。さがし出してよき一ッ[一五]左右《さう》。早船《はやふね》と呼名字《よぶみやうじ》も時[一六]に取ッてさいさきよし。頼ムは[一七]汝我《なんぢ》ガ主税《ちから》よ」。「ハヽアお気遣遊《づかひあそ》ばすな」と。[一八]御《ぎよ》意《い》に乗《のり》出す早船主税《ちから》御前を立ッていさみ行(ゆく)。[一九]小広間《ひろま》の[二〇]杉戸《すぎど》押《をし》ひらき。執権岩倉治部《しつけんいはくらぢぶ》ノ太輔《たゆふ》声をかけて「是ヽ主税。あてもない他《た》国クの全議《せんぎ》遠《とを》道より近カ道チに。此治部が老眼《らうがん》でにらみ付(つけ)た全議《せんぎ》が有。此筋道をたゞす迄旅用意《たびようい》いらぬ物」と。[二一]主税《ちから》は次《つぎ》へ岩倉が座敷キへ通《とを》れば左《さ》大将。「ヤア治部ノ大輔たゞ今の詞のはし。何かはしらず近道とは聞カぬ先《さき》からこゝちよい。サアちかふよつて其いりわけ。近カふ〱」と主従《しうぐ》が膝《ひざ》と〱をつき合せ。「此年《とし》迄ねらひ付ケた心の的《まと》。百に一トつもはづさぬ眼力《がんりき》。六の君のかくれがかぎ出した近道チ。あんまり近《ちか》さに聞イて恟《びつくり》あそばすな。外カでもない御家来《けらい》うち拙者《せつしや》には現在《げんざい》の聟《むこ》。芦屋兵衛道満《みちたる》といふ鼻《はな》の先キの近道」。「いや〱芦屋《あしや》親子《おやこ》は無《む》二の忠臣《ちうしん》。何をもつて二タ心ロとは」「アヽ殿《との》あまい〱。忠臣顔《がほ》に得《ゑ》[二二]てはまる。[二三]夜前《やぜん》四つ過《すぎ》門をたゝくは娘《むすめ》の築羽根《つくばね》。夜中《やちう》といひ[二四]かちはだし何故《ゆへ》に

[一三] 発音はワカサ。助詞以外でも、「は」を「わ」に通用。
[一四] 山城、大和、河内、和泉、摂津の五か国。
[一五] 一報。
[一六] この際、事の速やかな解決を連想させ、幸先即ち縁起がよい。
[一七] 「主税、その方は左大将が力と頼む者であるぞ」の意。「主税」と「力」の掛詞。
[一八] 主人の仰せに従い、気に入られていることで張りきって出て行く。乗ると船は縁語。
[一九] 城または館の内で、公式の行事や大勢の会合が行なわれる大広間に対し、小規模な会合などを行なう部屋。
[二〇] 杉の一枚板、または黒塗りの框(かまち)に杉の板をはめこんだ戸。小広間からこの座敷へ通ずる廊下の扉。本手摺の下手際であろう。杉戸は実際に装置しているかどうか不明。
[二一] 「次へ立ち去る」をト書き的文章での省筆。「次」は漠然とした表現。理屈上は雑掌の控え所へ行ったことになるが、屋敷の間取りを想定した上での文句ではない。下手に退場するであろう。
※主君の前で岩倉が主税にくだけた調子で言葉をかけているのは、執権と雑掌の身分差が大きいことと、この場合の事情とによる。
[二二] だまされるものです。
[二三] 昨夜十一時近く。この場を初夏(→六三頁一一行目、庭の新樹)、たとえば立夏四月節頃とすれば、上方で四つ半は十一時すぎる(日本の時刻制度)。
[二四] 素足で歩くこと。この場合は乗物にも乗らず、外出の身仕度も調えずに、駆け出してきたこと。

かへりしと。やうすを聞ヶば女の[一]おしきせ悋気《りんき》からの女夫《めうと》喧嘩《げんくは》。其悋《りん》気の根元《こんげん》が某《それがし》の見付ヶ所。芦屋兵衛が屋敷《やしき》には[二]陰陽《をんよう》の守護《しゆご》神《じん》吒枳尼天《だぎにてん》を勧請《くはんじやう》。不浄《ふじやう》けがれを忌《いむ》と云立《いひたて》。家内《けない》の[三]上下はもちろんつれそふ女房も寄付《よせ(つけ)》ぬ。かの吒枳尼天《だぎにてん》の囲《かこい》のうち。世を忍《しの》ぶ女の泣声《なき(ごゑ)》。それからおこつた娘が悋気《りんき》全議《せんぎ》といふはこゝのこと。世を忍ぶ女とはうたがひもない六の君。主《しう》の仇《あた》を助置《たすけおく》不《ふ》所存者《しよぞんもの》に娘はそはさぬ。他人《たにん》と成ッて此治部《ちぶ》がきつと全議仕《つかまつ》る」と。かたるも[四]よしや芦《あし》屋が難儀《なんぎ》。[五]蟻《あり》の穴《あな》から堤《つゝみ》のくづれうたてかりける評議《へうぎ》也。

左大将やゝ分別《ふんべつ》し。「ホヽさすが老功《らうこう》尤《もつとも》な目の付ヶ所。殊《こと》に兵衛が妹《いもふと》は左近太郎照綱《てるつな》が女房。妹聟《むこ》の主《しう》の命ムウ〳〵そこを思ひ助《たすけ》なば。すぐに先へ渡す筈《はづ》。我屋敷にかくすとはムウいや是治部。[六]あやまつて疑《うたが》へば人も我も共に亡《ほろ》ぶ。今一チ[七]応根《おうね》をおして」と聞もはてず。「ホヽうたがはしくば娘が咄《はなし》。御前ンにて申させんとお次《つぎ》迄同道《どう〳〵》」。「何築羽根《つくばね》を同道とやそれは幸《さいはい》。左大将が目矩《めがね》をもつて祝言《しうげん》さした築羽根。悋気《りんき》の肩《かた》を持ッ顔《かほ》で[八]底《そこ》たゝかせて聞ク[九]むね」と。主従《しう〴〵》うな

一 お仕着せは主家から奉公人に季節に応じて支給する着物。ここは着物に関係なく、お定まりの意。
二 陰陽道の守護神。→一八頁注三。
三 家来は士分の者から下部(しもべ)はした女まで言うに及ばず。
四 仕方がないの意の「よしや」に、植物の「葭(よし)」を掛ける。葭は葦とも書き、あし(芦・葦)の異称。「善し悪し」など、縁語、掛詞に用いる。ここは主人公の姓に掛ける。「よしあしびきの山姥が、山巡りするぞ苦しき」(謡曲・山姥)。
五 ささいな事が破滅の原因となるたとえ。妻の嫉妬というつまらぬ事がきっかけとなって大事が洩れ、致命的に困難な状況に立ち至り、このような形で問題にされるとは、うとましい次第である。
六 諺。「あやまってうたがへば却てわざわいを招くと云う」(けいせい咬𠺕吧恋文(じやがたらぶみ)二)。
七 究極を確かめること。念をおすこと。
八 洗いざらいしゃべらせ。
九 つもり。胸の内。

づき呼《よび》に立ッ親の指図《さしづ》に。[一〇]築羽根が思ひの数《かず》や[一一]みなの川《(がは)》。[一二]恋《こひ》ぞつもりて淵《ふち》と読《(よ)む》うたて悋気の[一三]まはり縁《えん》過て御前ンへ出《(いで)》にける。

「コリヤ築羽根。そちが身の上エ元方卿《もとかたきやう》お聞なされ。親が案《あん》ずる苦《く》もたすけ中なをしてくれんとな。[一四]有がたふ存《ぞんじ》お礼申せ」。「いや〳〵礼《れい》に及《およば》ぬ。主《しう》といふ名はあれど畢竟《ひつきやう》元方は仲人役《なかうどやく》。夫婦間《あい》の[一五]もや〳〵是に限《かぎ》らず幾度《いくたび》も[一六]聞キうち。悋《りん》気のおこりをとつくりと聞キぬいて。もめる気をやすめてやらふ何ンと嬉《うれ》しいか。サア底意《そこい》残《のこ》さず打あけて語《かた》れ聞《(きか)》ん」と有ければ。

「是は〳〵有がたいと申さふか[一七]おはもじと申さふか冥加《みやうが》ないお詞。[一八]高《たか》いも卑《ひく》いも夫婦いさかい。みす〳〵男がわるふても女房ならでは非《ひ》に落《おち》ぬ。[一九]そこをおもひやり給ふも御息所《みやすどころ》様といふ。お独《ひとり》の姫《ひめ》君を親王《しんわう》様へ上ゲなされ。お中のよいがよいうへに若《わか》みやをでかしたい。どふかかふかとおぼし召《(めす)》お心から。わたしがこと迄捨置《すておか》れず忝い御挨拶《あいさつ》。お詞に[二〇]つき上り[二一]続聾《つゞきつんぼ》もなふしやべると。おわらひ草《ぐさ》も顧《かへりみ》ず。一から十迄申上ましよ。まああの兵衛道満《みちたる》殿は。嫁《よめ》入せぬ其先

一〇 指図に従うの意の「つく」と「筑波ねの峰より落つるみなの川恋ぞ積りて淵となりける」(後撰集・恋三・陽成院)を掛ける。百人一首では第五句が「淵となりぬる」。
一一 男女川。常陸国、現在の茨城県筑波山に発する川。歌枕。
一二 「恋ぞ積りて淵」と歌に詠まれたように、築羽根の夫への恋の思いがつのる余り、困ったことに嫉妬の廻り気、邪推がすぎ。
一三 部屋の周囲二方以上にめぐらした縁側。「廻り気」にかける。
一四 「な」は、相手の注意、同意などを促す間投詞。「道満との仲直しをしてやろう、とおっしゃるのだよ」。
一五 ごたごた。
一六 聞いている、これもその範囲のこと。
一七 おはずかしい。
一八 身分のある方も下々も、夫婦喧嘩といえば、はっきり男の方に非があっても、妻が悪いと決めつけられるものですのに。
一九 その女のつらい立場を。
二〇 つけ上り。「続き聾」と頭韻。
二一 相手の言うことなど聞こえないかのように、のべつ幕なしにしゃべる。

の。つつとまへから目利《めきゝ》して。わしが男に[一]極札文玉《きはめふだふみ》づさは数《かず》しれず。付[二]ヶまい物かほれまい物か。まづ第一器量《きりやう》がよふてやせもせずふとりもせず。男一ッ疋《びき》武芸《ぶげい》にすぐれ奉公《ほうこう》に私《わたくし》せず。歌を読《よん》で詩《し》[三]をつくつて手[四]も見ごと学《がく》[五]はよし。茶の湯《ゆ》立花《りつくは》[六]扇[七]の手打囃子《はやし》[八]はぬけ物[九]。まだ肝心《かんじん》の芸を落《をと》した。陰陽道《をんようどう》は見通《どを》[一〇]しの卜筮《うらかた》。ほんにぬしの[一一]芸揃《げいぞろ》へかぞへ立ッればよみかる[一二]た七坊《なゝばう》[一三]に蠣付《あざ》[一四]キ。ことの多《おゝ》いきつ[一五]すい男こがれ[一六]しのとした所を呼《よび》いけた御仲人《なかうど》。それからは又嫁《よめ》入ッを待ッほどに〳〵ちいさい時正月を。待《まつ》たはいそ[一七]〳〵急《いそ》ぐ月日に追ッ付ィて。嫁入ッしたはおとゝしの。ア、おとゝしの。あんまりの嬉《うれ》しさに忘《わす》れにくい月日をば」。「ヲ、此親《おや》が覚《(おぼえ)》てゐる。三月六日」「アイ其弥生《やよひ》〳〵」。「コリヤヤイ其やよひもよい程[一八]に取おけ。前置《まへおき》が長ガ過ギて殿《との》も親も退屈《たいくつ》な」。「イヤ長ふても退屈でもいはねばき[一九]こへぬ。あの草双紙《くさざうし》[二〇]の物がたりも。序文《じよぶん》を聞《(きか)》ねば末《すへ》の段がさばけぬ[二一]。御退屈《たいくつ》にござんしよが。祝言《しうげん》の口びらきお聞なされて下さんせ。三月[二二]は花のゐん散《ちり》やすいといふ心で。取[二三]ッ結《むす》びもせぬ月と人の思ふはあやまり。[二四]詩経《しきやう》といふもろこし

一 刀剣などを目利きして、誰々の作との保証を記した札。ここは、自分の夫と宣言して札をつけておいた、の意。 二 恋文をやらずにいられようか。 三 漢詩。 四 手跡。 五 学問。漢学をいう。 六 花道。生け花。もと、花のある木を立てるところからいう。 七 仕舞などを舞うこと。 八 能の楽器、鼓、笛などで演奏すること。 九 ずば抜けている。 一〇 目に見えぬ吉凶を占いの兆(かた)によって見通すすぐれた占い者。 一一 女が夫や恋人をさしていう語。あの人。 一二 カルタによる賭博の一つ。天正カルタ四十八枚中イス札十二枚を除く三十六枚またはそれに鬼札を加えた三十七枚を用いる。 一三 『近世上方語辞典』に「役札で、七の札と坊主(十の札)が揃うことか」。 一四 蠣は天正カルタのハウ(棍棒)の一の札。役札に用い、点数五十の強い札。蠣付きは『近世上方語辞典』に「スベタ(無点)の札数枚(七枚、九枚)に、アザが加えられること。これで勝となる」。 一五 生粋。もっとも純粋なの意。えりぬきの男。 一六 焦がれ死にするところを、お上のお声がかりで婚礼の話がきまり、蘇生させて下さった。 一七 磯々。「富士は磯」の略で、とうてい及ばぬことをいう。子供が正月を待つより、はるかに待ち遠しい。次の「急ぐ」と頭韻。 一八 いい加減にやめろ。「やよひ」と「よい」と語呂を合わせた。 一九 話が通じない。 二〇 通俗の読み物。 二一 分らない。 二二 絶狩剣本地・初段・嫁入りの件りに「花の三月よけぬれは。皆吉日ぞ其外にいむは申の日」とある。根拠未詳。無双大雑書万暦宝(安政六年)には「陰陽日、此日婚礼よろし」として各月の日を記す中に「三月、卯辰」がある。

の書《ふみ》に。[二五]桃《もゝ》の夭《よう》ゝ[二六]たるその葉《は》蓁《しん》ゝ[二七]。この子《こ》こゝに帰《とつぐ》と。かたいやうに聞コゆれ[二八]ど仮名《かな》でいへばつい嫁入。其夜しん〳〵[二九]しつぽりと寝《ね》てからが猶《(なほ)》よい男。こんなくはほうな[三〇]目にあふも殿様の皆おかげと。閨《ねや》へはいるたびごとに御所の方を三度礼拝《らいはい》。有がたい[三一]に気が付《(つい)》て。此有がたいあんばいを。妼《こしもと》どもがそび[三二]かふて[三三]配分《はいぶん》さしてはなるまいと。主《ぬし》の行ヵしやる所《ところ〳〵》ゝ跡から[三四]築羽根《つくばね》[三五]鯨《くじら》に[三六]鯱《しやちほこ》。いかれぬは勧請《くはんじやう》どころ女子《おなご》は不浄《ふじやう》近《ちか》よるなと。[三七]七里けんばいきらはるゝ天女様《てんによ》が気ぶ[三八]さゝに。或《ある》夜そつとさし足で立聞《(たちぎき)》すればさゝやく声。扠《(さて)》はとく[三九]はつと気がのぼつて。ふんごんでせんさくしよか。イヤ〳〵慥《たしか》に見届《とゞけ》てと。其夜はわざと色目[四〇]に出さず。明ヶの夜も又明ヶの夜もな」。「ムウ二度《ど》も三度もためしてとは。しんぼうづよいよふこらへた。此左大将ならかんにん得[四一]せまい。シテしてどうじや」。「サアし[四二]びりきらしたかはりには。神仏《かみほとけ》にかこつけてかくしくろめる妾《てかけ》の[四三]こそ部屋《べ》。しかもなま[四四]若ィ女子《おなご》のい[四五]たづらそふな舌《した》つきで。ないつくどいつし[四六]くさつたがこらへ袋《ぶくろ》の[四七]やぶれかぶれ。男の胸ぐらかふつかんで」。「コリヤ娘お

二三 婚礼は勿論、縁談を取り結ぶことさえも。
二四 中国最古の詩集。四書五経の一つ。
二五 詩経・国風に「桃之夭夭其葉蓁蓁之子于帰」。このあとの句は「其の家人に宜しからん」。
二六 若く美しいこと。 二七 葉のさかんなさま。
二八 漢文に対する仮名文。日常の言葉。平たく言えば、要するに嫁入りのことだから、桃の月三月に婚礼を忌むというのは誤り。
二九 「蓁々」に夜の更けるさまの「深々」をかけ、次の「しっぽり」と頭韻。
三〇 果報。前世の善行によるこの世での仕合せ。思いもよらぬ程の仕合せ。
三一 有難い、ということからふと連想して。
三二 ちょっかいを出して。 三三 その結果、夫の愛を腰元達にも分け与えるようなことになっては。 三四 「付く」に掛ける。
三五 邪魔に思われても付きまとって離れないことのたとえ。「鯨鯢(くじら)に鯱」(譬喩尽)。
三六 しゃち(鯱)に同じ。いるか科の哺乳類。鯨を襲って食用とする。
三七 「七里結界」の変化した語。密教で障魔を入れないため、七里四方に境界を設けること。転じて、忌み嫌って近づけないこと。
三八 疑わしく思われるので。天女様は吒枳尼天をさす。→一八頁注三。 三九 カッと。
四〇 表情。そぶり。 四一 できないだろう。
四二 長い間じっと我慢した。
四三 隠しておく部屋。
四四 「なま」は未熟な状態であることを示す接頭語、ここは軽蔑の意をこめる。
四五 男をたぶらかすような甘い口調。
四六 「くさる」はその動作を卑しめていう接尾語。
四七 堪忍袋が破れた意と、もう、どうなっても構わぬ、の意をかける。

れじやはやい」。「イヤおれとはいはさぬ」。「コリヤてひどい八月[一]の風でそばがたまらぬ」。「ホヽ、ちつと[二]たまるまい。よふぬけ〳〵とだましやつたの。サアこなたの有がたがりやる。箱入[三]妾《てかけ》こゝへ出しや。おそいとおれがまくし[四]出すどうじや〳〵」とふりまはされ。

「是は親をどふするぞ。ゆふべのをもちこして悋気《りんき》の二日酔《ふつかゑひ》じやな。性根《しやうね》も眼《まなこ》もさまして見よ御前じやが馬鹿《ばか》者」と。つき放《はな》されて「サアそれ〳〵。まつ其やうににらみ付《(つけ)》妾《てかけ》とは勿躰《もつたい》ない。吒枳尼天《だぎにてん》を守護《しゆご》のため八百[五]八狐《やぎつね》宿直《とのゐ》の御番《ばん》。うたがふな人ではない狐ゝとうそ[六]八ッ百ク。男のむごい気に成たも妾めがさするわざ。にくい無念《むねん》な口おしい」と声も心もせきのぼす。顔《かほ》は上気《じやうき》に目も血走《ちばしり》悋気《りんき》さかだつ悋気のはなし。咄《はなし》[七]かふじてあら涙。人目遠慮《ゑんりよ》もない[八]じやくり畳《たゝみ》たゝいつ身もだへし恨歎《うらみなげ》くぞいぢらしし。

左大将治部に眴《めくばせ》し。「ホヽそちがのが皆道理《みなどうり》。胸のくつたく[九]はらしてやらふ。ヤア誰《たれ》か有《(ある)》。芦屋兵衛に急用《きうよう》有《(あり)》たゞ今参れと申てこい。はや〳〵」と使《つかひ》を

一「八月の風で蕎麦荒(れ)る」(譬喩尽)。旧暦八月の強風で蕎麦が被害を受けることから「蕎麦」と「側」をかけ、周囲の者は閉口する、の意。
二 夫と口論しているつもりの築羽根は、自分の追求に夫が困ったと錯覚して、ホヽと冷笑して「少しは閉口でしょうよ」と言い返す。
三 大事に囲っておく妾。
四 たたき出す。
五「明神の神躰に等しき兕なれば。八百八狐付添て。守護する寄瑞に疑なし」(本朝廿四孝四)。宿直は、主君のもとに夜間に詰めていること。
六 道満の「八百八狐」の詞を揶揄した。
七 嫉妬の思いをぶちまける話が昂じて大粒の涙を流し。
八 人目の遠慮も「無く」と「泣きじゃくり」とを掛ける。
九 屈託。くよくよ思い悩んでいること。

立《（たて）》。「コリヤ築羽根《つくばね》。兵衛が来《き》しだい異見《いけん》して装束《しやうぞく》の間《ま》で盃《さかづき》[一〇]さしよ。機嫌《きげん》なをして奥へいけ」と。詞に上て落トさるゝ夫《おつと》のなんぎと露《つゆ》しらず。はつと嬉《うれ》しさ畳《たゝみ》に額《ひたい》。「築羽根[一二]が身の一期忘《ごわす》れまい御情。爺《とゝ》さま悦《よろこ》んで下さんせ外の挨拶《あいさつ》千声より。お上のたつた一声がつれ合へ釘《くぎ》[一三]がきく。ほんに〳〵お主《しう》の光《ひか》[一四]りはきびしい物。[一五]親の光りは七十《なゝそじ》のつむりのはげた光りじや」とほゝゑみたつておくへ行ク。

「サア邪魔《じやま》もかたづいた芦屋が来るに間《ま》も有まい。此治部がぞんずるは。組手《くみて》[一六]の者をかくし置《（おき）》引くゝつて御せんさく」。「アヽ老人《らうじん》だけ息《いき》みじかい。拷問《がうもん》は奥《をく》[一七]の手大剛《かうふ》不敵《てき》の芦屋兵衛。そこつの手むかひあぶな物。何ごとなげに気をゆるさせ身が前ヱへ引キ付ケ置キ。留主《るす》へまはつて岩倉《いはくら》はかれが屋敷《やしき》の勧請所《くはんじやうどころ》。ぶちこぼつて全議《せんぎ》〳〵」。「ハヽアあつぱれ〳〵御ふんべつ。出来《でき》た〳〵」とうなづく所へ。「兵衛殿御出仕《しゆつし》」とよばはる声に左大将。「治部ぬかるな」といひ捨《すて》。席《せき》を立チにけり。

一〇 仲直りの盃をさせてやろう。
一一 「落す」は白状させること。妻をおだて上げ、それを手がかりに夫を白状させる。「上げる」「落す」で釣り責めの拷問を連想させる。
一二 額を「突く」にかける。
一三 釘を打ちつけたように確実な利き目がある。
一四 威光は大したもの。
一五 諺「親の光は七光り」をふまえる。
一六 道満と組打ちする相手。
一七 最後の手段。

一 速やかなさま。
二 貴殿。あなた。男同士に用いる。
三 装束をきちんと着用する方法。但し大雑書(明暦四年刊)にも「あたらしき物をきてむかふかたの事」など衣装に関する吉凶を述べた条があり、ここの「衣紋の儀」は左大将から道満にそのような事柄を下問する意かも知れない。
四 蹴鞠。平安朝貴族が好んだ遊戯。
五 では、そう致しましょう。

急《きう》御用《よう》気づかはしと芦屋《あしや》兵衛《ひやうへ》道満《みちたる》[一]する〳〵と打チ通《とを》り。「ヤア舅《しうと》殿是に御ン入リか。あはたゝしき御ン使《つかひ》御用筋《すぢ》気づかはし。貴所《きしよ》[二]には御存ジ候はぬか」。「イヤ何ごとも承《うけたまは》らず。そこの出仕《しゆつし》召《めさ》れなば装束《しやうぞく》の間《ま》へ通《とを》せと有ル。御用の筋は衣《ゑ》[三]紋《もん》の儀かさなくばお好《すき》の鞠《まり》[四]の儀か。まあお目にかゝられよ」。「[五]しからばさやう」と立チけるが「[六]イヤ何ものでござる。夜前《やぜん》女ばう築羽根《つくばね》が何やらむしやうに腹《はら》を立テ。イヤ是は内証《ないせう》[七]まづ御前ンへ。御用しまふて御意《ぎよい》[八]得たし後刻《ごこく》〳〵」と[九]入リにける。

しすましたりと治部ノ大輔《たゆふ》[一〇]玄関《げんくはん》へつつと出《(いで)》。「是ゝ主税《ちから》。暫時《ざんじ》もいそぎの大イせつ御用御ン[一一]召《めし》がへの馬ひかれよ」。「承《(うけたまは)》る」といふ間《ま》もなく逸《いちはや》[一二]驄《あしげ》[一三]に鞍置《くらおい》て。引ッ立テ来タるを引キよせて「[一四]馬上《ばしやう》御免《めん》」と乗リうつれば。築《つく》羽根おくよりはしり出「爺《とゝ》様やらぬ」と立チふさがる。「ヤアこざかしいなぜとめる」。「[一五]なぜとはおろかやうす残らず聞キました。おまへを全議《せんぎ》にやつてはな。女房の口から訴《そ》人《にん》[一六]も同前夫《どうぜんおつと》へたゝぬ義がたゝぬ。娘の身にも成ッてみて待

六「いや、なに。ものでござる」。言いにくいことを言い出す時の口調。歯切れ悪く、「えゝと、あのことですが」というほどの意味。　七 私事。
八 お目にかかりたい。　九 道満は上手へ退場。
一〇 玄関の舞台装置があるのではない。「玄関へつっと出」の語りで、治部が本手摺下手へ歩み寄るとそこが玄関に見立てられる。同時に前手摺へ下手から主税が登場して治部の前にかしこまると、そこが玄関先の地面ということになる。主税のような端役の登退場は詞章に示さないことがある。
一一 主君の御乗替え、即ち予備の馬。
一二 早速の意の「いち早く」に、ひときわ駿足の意をかけ、「はや足」に「葦毛」をかける。
一三 葦毛。馬の毛色。白色の地に青や黒などの毛が混ったもの。
一四 主君や貴人に対しては下馬するのが礼儀であるのに、主君の館の玄関から馬上で出かけるのは僭越であるから、一こと挨拶した。振仮名「しゃう」濁点なし、「馬上盞　バシヤウサン」(書言字考節用集)。
一五 なぜとめるかはわかりきったことではないですか。お尋ねになるのはおろかですよ。
一六 夫を訴えたと同じことになる。「訴人」は、動詞「訴人す」の語幹。
一七 泣き顔。　一八 馬の足先にある硬い角質の爪。馬に蹴殺させるぞ、の意。
一九 馬の首の左右。「ひたと」と頭韻。
二〇「両手をかける」と「かけ声」の掛詞。馬を停止させる時は、普通、「どうどう」とかけ声をかける。
二一 三頭。馬の背の尻の方の高くなったところ。三途即ち地獄道、餓鬼道、畜生道の三悪道、または死後に渡るとされる三途の川にかけ、「冥

ッてくだされ待《まち》給へ」と。手をあはすればから〳〵と笑《わら》ひ。「夫《おつと》とは誰《たれ》を夫ト。もどつたれば縁《ゑん》はきれた。他人《たにん》の全議《せんぎ》に何ほへづら。そこ立チさらずは蹄《ひづめ》にかけん」と乗《のり》出す馬の平首《ひらくび》に。ひたと両手をかけ声《(ごゑ)》もかよはき女の足《あし》ふみしめ。引キとゞむれば又かけ出す馬のさんづも子の身には。めいどのかしやくと恐《おそ》ろしき。父がじやけんのうなり声「はなせ」。「はなさじ」「のけ」「のかじ」と。命《いのち》おしまぬ築羽根《つくばね》が。身は捨《すて》おぶねあら磯《いそ》の波《なみ》にもまるゝごとくにてひいつ。ひかれつはづみを取ッてあぶみのはな。はたとあつればそりかへり。あつとさけんでもだゆる娘父は。いさみの鞭《むち》あをり打チ立テてこそ

（道満屋敷の段）

〽別《わか》れゆく。隔《へだつ》る中カの。あしがきや。芦屋《あしや》が屋敷キ一トかまへ吒枳尼天《だぎにてん》を勧請《くはんじやう》所。庭《には》の新樹《しんじゆ》のかげもれて。入リ日まばゆきのきのつま中居《なかゐ》。茶《ちや》の間《ま》がとり〴〵に掃除《さうぢ》

途の苛責」につながる。　二二 三悪道の苦しみ。
二三「捨て身になって」と「捨て小舟」をかける。
二四 乗る人のない置き去りにされた小舟が岩の多い磯ばたの荒波にもまれるように。
二五 治部は引戻されながら呼吸をはかって馬上の振動を利用し鐙の先で。「はな、はた」と頭韻。
二六 鐙。馬具。鞍の両側につるして、鞍に腰を下ろした時に両足を載せる。馬を疾走させる時は鐙で馬の腹を蹴る。
二七 当て身をくわせたので。当て身は柔術の一種。相手の急所、ここは鳩尾《(みぞおち)》を突いて気絶させ、または激しい苦痛を与える。
二八 障泥。鞍の下から馬の両脇腹に垂らし、泥のはねを防ぐ毛皮または革の馬具。動詞「あふる」は馬を鞭打ったり、鐙で蹴るなどして急がせる意。ここは両方に掛ける。
※築羽根は、簠簋抄、安倍晴明物語で、道満と密通し夫を死に至らしめる晴明の妻梨花を、作り変えたもの。夫を愛する余り嫉妬に狂い、策略家の父親に利用されて夫を裏切る結果となる築羽根を、浄瑠璃作者は「いぢらし」(六〇頁一一行目)い妻として描く。

時　**前段の続き**
所　**芦屋兵衛道満の屋敷**

二九 三段目切の口、初演者は竹本文太夫。舞台、本手摺屋体、正面座敷の中央の襖が開かれていて奥に吒枳尼天勧請所の扉付きの板囲いがある。扉は開閉できる装置。↓六八頁注二一。
三〇「隔つる中」で主人公と妻、舅との関係がしっくりせぬ状態を表わす。「隔て」と次の「葦垣」及び語り出しの「別れ」は縁語。
三一 葦を結い合わせて作った粗末な垣。次の「芦

は常《つね》と一夕清《ゆふぎよ》め。しやんとしまふて「アヽしんど。奥様《をく》がお留主《るす》なりやどこもむ二さいといはれまいで。御奉公《ほうこう》に気がはる」。「三それはそふよ此奥様。お里《さと》へふいとおかへりじやが此しまひはどふつくの」。「イヤ四ふかふあんじやんな。日来《ひごろ》お中ヵのよい御夫婦。一チ日二日《ふつか》はたつ腹《はら》も五ひとりとなをるおひとりね。さびしさによびにやつた。もどりましたですも六ぞいのふ。家になふてならぬものは。七上《あが》り框《がまち》と女房と八世話《せわ》にもいふじやないかいのふ」。「ほんにそふじや。こちらもしゆびよふ奉公勤《つとめ》。相応《さうおう》なよい男の。上ガり框に成リたい」と口《ぐち》チゝ。なまめく折リこそあれ。九供襠《ともかづき》のかいぞへも一〇梨子地《なしぢ》蒔《まき》たる一一鋲乗物《べうのりもの》一二しきだいへ舁《かき》いるゝ。「一三それなんといはぬかのはや奥様《をく》のお帰りじや」と。ざはめきよつて戸をひらけば。築羽根《つくばね》ならで兵衛が妹《いもと》。左近太郎照綱《てるつな》が妻《つま》の花町《はなまち》身すぼらしげに立チ出《いづ》る。「ヤアこりや奥様《をく》がちがふたは一四」と。一五明イたる口の乗物舁《かき》はとつかは急ぎかへりける。

女子《おなご》共袖引あひ「いつものおさとがへりとはちがふて。つきぐ\もない一六裸乗《はだかのり》

屋」を導き出す修辞。
二二 軒のはし。軒端。
二三 奥勤めの腰元と下女との中間に位置する女。「お妼の長門殿。それから中居お茶の間」(苅萱桑門筑紫𨏍(二))。
二四 茶の間は、台所と奥の間との間にあって、家族が食事などする部屋。またその茶の間の雑用を勤める女。本曲では少女。

一 夕方の掃除。「言ふ」にかかる。女達がおのおの、夕方の掃除は日課である、と言いながら。
二 汚いと言われまい、と思って。
三 それはそうだけれど。
四 深う案じやるな。あまり心配することはない。
五 おのずとおさまる。「ひとり寝」と語呂を合わせた。
六 「済まうぞ」の転じた言い方。けりがつくでしょうよ。
七 家の上がり口の縁にわたしてある化粧横木。
八 平易なたとえ。諺。
九 被衣(かづき)を被った供の女の付添い。被衣は女性が顔を隠すために頭から被るひとえの衣。近世中期までは供の女も被衣を被ることがあった。
一〇 梨子地の蒔絵をした。梨子地は蒔絵の一種で、漆塗の面に金銀の粉を蒔き、その上に黄色の透明な梨子地漆を塗ってとぎ出し、梨の実の肌の感じを出したもの。ここは、付き添いの供の女も「無し」にかける。
一一 近世、高位の女性の乗物。全体が青漆で縁に黒漆を塗り、鋲を飾りに多く打ったもの。
一二 式台。客を送迎し、挨拶する玄関先の板敷。

物つつともちかけそして又。いにしなの[一七]ひつしよなさ[一八]花町さまのお顔《かほ》もちも。どふやらすまぬわけらしうて[一九]ひよんなことじや」とつぶやく声。聞はつつて[二〇]お茶の間《ま》が。「こちの奥様お帰りでさびしうてわるいに。かはりにさられさんし[二一]たりやにぎやかになつてうれしい」。「ヱ、こゝなはつさいつか[二二]く物をいやんな」と。しかるを聞クも身のつらさ花町《はなまち》が目は涙。「ヲ、みなの推量《すいりやう》にちがはず。[二三]あかぬ中カにもそはれぬ義理《ぎり》。夫《おつと》左近《さこん》太郎殿いとまやるとの悲《かな》しい詞。我ガ身の上の歎《なげ》きよりせつなきは今の噂《うはさ》。兄嫁《あによめ》の築羽根《つくばね》様おさとへとはきのどくや。[二四]兄《あに》兵衛様はお屋敷《やしき》にか」。「アイ。旦那《だんな》様は御前《ごぜん》からよびにきて。さきほど出仕《しゆつし》なされました」。「父《ちゝ》うへも御一ッしよにか」。「イ、ヱ。将監《しやうげん》様は御隠居所《ゐんきよじよ》にお休《やすみ》なされてござります。どれおしらせに」と立《たつ》を引キとめ「是なふ。お気やすめの仮寝《うたゝね》おこしませずとわしが往《いと》。したが常《つね》とはちがひひとりはどふやら。皆《みな》の衆《しゆ》ちからにきてたもや」としほ〳〵として入リにける。

門前《もんぜん》に轡《くつは》の音トいなゝく声も[二五]高《たか》〴〵と。「左大将《さだいしやう》の仰《おゝせ》をかうむり岩倉治部《いはくらぢぶ》ノ大輔《たゆふ》国

一三　それ、なんとまあ、言わないことではない。さっきに言った通り。
一四　間投詞。「ワ」と発音。
一五　女達の明いた口がふさがらない、と乗物舁きが乗物の入口を明けたままませかせかと、を掛ける。
一六　立派な鋲乗物と不相応に、供の者のいないみすぼらしい様子をいう。
一七　乗物舁きの帰り際。
一八　用捨のない無愛想なさま。
一九　落ちつかぬ、心配な事情がありそうで、とんだこと。
二〇　聞きかじりして。
二一　離別されなさったのなら。
二二　発才。軽はずみで、こましゃくれた少女。
二三　前後周囲を慮らずに自分の考えで勝手にしゃべるのはよしなさい。
二四　心苦しい。困ったこと。

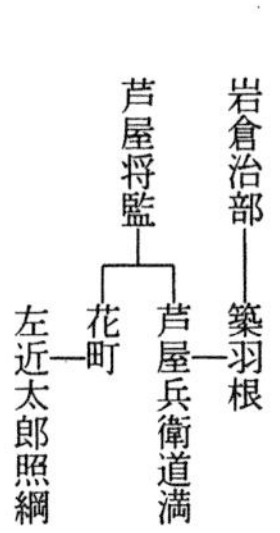

二五　馬の嘶きと治部の声と両方にかかる。

行《つら》。全議《せんぎ》有ッて向《むか》ひし」と股立《もゝだち》[一]ながらつゝと通り。「ヤア〳〵将監《しやうげん》はいづくに有ル。罷出《(まかりいで)》[二]よ」と権柄《けんぺい》[三]なる。物にさはがぬ芦屋《あしや》将監しづ〳〵と立チ出《(いで)》。「ヤア治部殿何かせんぎ候とな。近比《ちかごろ》[四]御太儀《たいぎ》千万」といはせもはてず「ヤアおちつきじまん[五]せうし〳〵[六]。全議《せんぎ》の筋はいふに及《およ》ばずおぼへがあろ。吒枳尼天《だぎにてん》の勧請《くはんじやう》所。ぶちくだいておち付カせふ[七]」とおくをめがけかけゆけば。「是ゝまたれよしばし〳〵」と引キとゞめ。「ムウ此うちをせんぎとはヱ、きこへた。加茂の保憲《やすのり》が家の秘書《ひしよ》。金烏《きんう》玉兎《ぎよくと》となづけし奇《くしひ》[八]の一チ巻《くはん》。左《さ》大将の御ン下知《げぢ》にてせがれ兵衛が手にわたり。陰陽道《をんようどう》を伝《つた》へつぐ家の重宝《ちやうほう》。去《(さる)》によつてかくのごとく別殿《べつでん》をかまへおさめ置《をく》。もしは他見《たけん》[九]もいたさすか疎略《そりやく》にもして置クかと。おうたがひの吟《ぎん》味《み》ならば御無用《むよう》にあそばせ」。「イヤサ治部が全議《せんぎ》は各別《かくべつ》[一〇]此内に女があると。築《つく》羽根《ばね》めが悋気《りんき》から腮《あご》[一一]たゝいたであらはれた。其女とは六クの君あらがはずともこゝへ出せ」。「是は存《(ぞんじ)》もよらぬこと。嫁《よめ》がいはふが誰《たれ》がいはふが此方《(このはう)》に覚《(おぼえ)》ない。殊に吒枳尼《だぎに》は天部《てんぶ》[一二]のあら神《がみ》。けがれ不浄《ふじやう》を忌《いみ》給へばせがれが外カは親をも

一 袴の左右のあいている部分を縫いとめた所。この股立の下からつまみ上げて袴の紐に挟み、いわゆる股立をとった、活動しやすい状態で馬に乗る。その股立をとったままで座敷に通り。
二 出て来い。相手の動作に謙譲の意を添えた命令形。主君や公権力の側からの言い方。
三 権威をもって振舞うこと。上使の権威をかさに、股立をとったままの相手を見下した態度。
四 甚だ。
五 内心不安であるのにわざと落ち着いて泰然とかまえてみせること。
六 笑止。気の毒だ。これからあわてることになるという皮肉。
七 一件落着させる意と、落ち着かせてやる、との皮肉。
八 「奇(く)し」は霊妙であるの意。「くしひ」は語の成立関係未詳ながら、名詞形で、「ひ」は「び」と濁るのであろう。「其の御霊(ミタマ)奇妙(クシビ)にして」(多度大神宮略縁起)。
九 人に見せたりするか。
一〇 そんなことではない。
一一 しゃべることを卑しめていう。
一二 仏語で六道すなわち地獄、餓鬼、畜生、修羅、人間、天上の、迷いの世界の中では最上の天上に属する、欲界六天以上、色界、無色界の諸天その他の存在。あら神は荒神。吒枳尼天はわが国の陰陽道では弁才天と並称されるが、仏教では鬼神、羅刹女であった。本曲では両方を混用している。→一八頁注三。

入《(いれ)》ず。まして女性《によしやう》を此内にとは治部殿の気のまはり。[一三]かはいげに何嫁がうそを築羽根おかれい〳〵」。「ヤアおぼへなくば戸をひらけ内を見せぬはくさい〳〵」。「イヤあけてお目にかけたふても見らるゝ通錠《とをりぢやう》をおろし。鑰《かぎ》をせがれが懐中《くはいちう》いたせば御苦労《くらう》ながら帰宅《きたく》まで」。「ヲヽその鑰《かぎ》治部が持参《ぢさん》せし」とずつと寄《よつ》て大ィの錠《ぢやう》。老《おひ》の拳《こぶし》の古力《ふるぢから》ヤアゑいうんと一トねぢに[一四]さしも手づよき[一五]鈕《つば》がなものほつきと劈《さけ》てとびちつたり。

将監《しやうげん》見るより岩倉《いはくら》が肩骨《かたぼね》つかんではねかへし。「[一六]びろうなり治部ノ大輔《たゆふ》。鑰《かぎ》であくればいひぶんないなぜねぢ切ッた。年《とし》こそよつたれ芦屋《あしや》将監留主《るす》をあづけし[一七]せがれへたゝぬ。サア此うちへつまさきでも入レてみよ」と[一八]反《そり》うつてねめ付ク。「ハヽヽヽばけのかはがはげかゝるでやけと出て[一九]ぴこつくか。ねぢきらふがぶちわらふが岩倉《いはくら》が私《わたくし》ならず。左《さ》大《(だい)》将の御ン差図《さしづ》使《し》者《しや》を切ル気で反《そり》うつたか。主《しう》を切ルかサアぬけ」と威光《ゐくはう》をかさにきめつけられ。主《しう》といふ字《じ》に[二〇]うつ反《そり》のやいばもなまり手もたゆみ息《いき》をつめてひかへゐる。

一三 可愛想に嫁が何か言い立てたような口ぶりだが、あれが嘘をつくはずはない。「うそをつく」と「築羽根」の掛詞。邪険な父親と対照的に舅は嫁と心が通い合っているという設定。
一四 きわめて頑丈な。錠の縁で「さす」を掛ける。
一五 壺金。開き戸の開閉のためにとりつけた輪形の金具。戸の枠に打ちつけた肘金をここにさしこんで開閉をする。
一六 尾籠。無礼。
一七 上使が鍵を持参して明けたのならば問題ないが、盗賊同然にこじ開けるのを傍観していたのでは、親といえども、武士として息子に面目が立たない。
一八 刀の峰のそっている部分を上に刃を下にして鞘尻を高く反りかえし、すぐ抜ける態勢になって。
一九 じたばたするか。
二〇 そりを打った刀の刃も鈍り。

「ホヽ一ちつとそふも有ルまい」と二囲《かこい》のとびらふみひらき。かけいれば女性《によしやう》の声わつとさけぶをひつさげ出《いで》。「大がたりの三いきぬすびとコリヤ六クの君を見ておけ」と。さしつけられてハアはつとあきれしばかり詞なし。花町《はなまち》かくと見るよりも父《ちゝ》が四さしがへわきばさみはしりよつて「是治部殿。六クの君の御家来《けらい》左近《さこん》太郎照綱《てるつな》が女房ひかへてゐる五厄病《やくびやう》の神《かみ》でかたきとやら。そなたのせんぎで姫君《ひめぎみ》様。おもひがけなふこゝで逢《あふ》は六優曇華《うどんげ》の七花町《はなまち》。サア尋常《じんじやう》にわたしや〳〵」。「ヤア八ほざいたり九ひつさかれめうぬにわたしてよい物か。そこ立チさらずはまつぷたつ」と刀《かたな》の柄《つか》に手をかくれば。花町チもぬきかけてたがいに一〇ぎしむまんなかへ将監《しやうげん》わけ入リおしとゞめ。「花町チはうけとる気治部殿はわたさぬ気。あらそふはてはたがいのきつさき其姫《ひめ》にあやまちあつては。お使者《ししや》のおちどこゝが一トつ一一のりやうけん所《どころ》。六クの君是に御ン入リとは神《しん》もつてぞんぜぬそれがし。見届《とゞけ》られしうへなれば我レにあづけおかるゝ共。おちどにならずことにもならず。一二ものゝふの義は他人《たにん》より親子《おや》の中カがなをはれわざ。親にもかくすせがれがし

一 そう強く出られたものではあるまい。ざまを見ろ、の意。
二 小さな神殿に雨風を防ぐ屋根付きの簡単な板囲いがしてあるのであろう。鞘堂(さやどう)の略式の形。
三 「いき」は相手の厚かましさを罵る接頭語。
四 予備の刀。
五 諺「疫(やく)病の神で敵取る」(譬喩尽、増補俚言集覧など)。自分が手を下さなくても、うまく目的を達するめぐり合わせになること。
六 仏教で三千年に一度花を開くといわれる仮空の植物。きわめて得難い好機をいう。この花を印度産くわ科いちじくの一種と見る説がある。その植物は花は毎年咲くが、外には見えにくい。
七 優曇華の「花」と自身の名をかけて、私は何と好運なことよ、の意。
八 何を言うか。
九 引き裂かれ。女を罵っていう。
一〇 りきんで詰め寄る。
一一 料簡をつけるべきところ。治部が寛容さを示すべき妥協点。
一二 武士というものは、親子の間で一層、なれ合うことなく面目を重んじるべきである、の意。「血筋は猶しも恥多し」(日本賢女鑑六)。

んていたづぬるまであづけられい。コレ手をさげる治部殿」とわぶるも聞ヵずせゝらわらひ。「一三義のしやばるのと人らしいぬすびとのどうるいならぬ〳〵」。「イヤことをわけていひ聞ヵすにあづけずはあづけぬまで。一四舌《した》のねがのび過《すぎ》る奉公《ほうこう》ひいた隠居《ゐんきよ》の身。一五使者《しや》よばはりも二度《ど》とはゆるさぬ一六いひがゝりなれば是非《ぜひ》あづかる」。「ホ、ならばあづかれ」と姫《ひめ》をゆん手《(で)》にわきばさみ。馬手《めて》にかたなぬきはなせば親も娘《むすめ》もぬきあはせ。切リあふ中ヵにたへ〴〵の息《いき》もくるしき六クの君。見るめは一七あ〳〵花町チが一八うてばひらき将監《しやうげん》が。切ッてかゝればふりかへりたゝかふ一九強気《がうき》おとらぬ勇気《ゆうき》。気も二〇夕陽《せきやう》のかげうすく胸《むね》は二一ときつく二二暮《くれ》六つの。二三かねのこゑ〴〵「六クの君わたせ〳〵」と追《おつ》つめ〳〵。切こむ太刀《たち》筋《すぢ》人顔《がほ》もおぼろ〳〵に見へわかず。

芦屋《あしや》兵衛道満御所《みちたるごしよ》をさがりの帰り足《あし》。つつとよつて岩倉《いはくら》が首筋《くびすぢ》つかんで二四狗子《ゑのころ》なげころ〳〵二五ころび打ッたりけり。おきあがつて「コリヤ道満《みちたる》。なんとして今もどつた此治部が帰るまで。御ぜ

一三「義者張る」を分けて揶揄した言い方。「義者張る」は、本来は、義理立てするの意だが、力みかえる、というほどの軽んじた用法が多い。それをさらに分けて、もののふの義、などと力みかえってみせて、主君を欺く盗人の一味でありながら、人間並みの言い草は、厚顔無恥だと冷笑する。

一四 余計な悪口が過ぎる。

一五 主従の公式な関係はないはずの自分に対し、上使と称して大きな顔をするのも、一通りは我慢するが、それ以上となれば黙っていない。

一六 一旦、言い出した上からは。

一七 ひやひや。「花町」と頭韻。

一八 打ってかかると治部は身を引き。

一九「強気」は治部の形容。「勇気」は親子の形容。

二〇 気も「せく」にかかる。

二一 動悸がする。「時撞く」をかける。

二二 この場を初夏とすれば(→五五頁注一三)現在の七時過ぎ。ただし、六の君と縁語の修辞なので厳密な時刻指定ではない。

二三 鐘の声と親子の声をかける。

二四 まともに組んで投げるのではなく、小犬を投げのけるように首筋をつかんで投げること。

二五 転びを打つ。横にごろごろと転がること。

んはたゝさぬ約束《やくそく》じやが。ムウ扠《(さて)》は[一]ぬつぺりいひぬけたな。サア其ぬけやういへきかん」。「ホヽ人をだしぬき。あとへまはるぬつぺりは[二]わぬしがこと。御前《ごぜん》をはやく退出《たいしゆつ》せしは女房が嫉妬《しつと》のまちがひ。ことあらはれしと推量《すいりやう》し[三]しんていつゝまず申シ上ゲ。主人《しゆじん》の手まへさつぱりと埒《らち》あけたり。埒の明《あけ》やう聞キたくは立チかへつて主人《しゆじん》にきけ。去《いに》やうがおそければ[四]棺桶《くはんおけ》でおくらすぞ」。「ホヽ棺ン桶とは[五]よふいはふた[六]はかいきがしておもしろい。立チかへつて又来《く》るまで六クの君あづけたぞ。コリヤ詞つがふたおぼへてゐよ」とあとをも見ずしてにげかへる。

道満《みちたる》は姫君《ひめぎみ》のちり打はらひ。御ン手を取リざしきへ。うつし奉る。

将監《しやうげん》道満《みちたる》に打チむかひ。「桜木《さくらぎ》の親王《しんわう》様御寵愛《てうあい》の六クの君。このごろ見へさせ給はぬとて。御ン父好古卿《ちゝよしふるきやう》の御愁傷《しうしやう》。たづぬる姫《ひめ》をかくし置キあまつさへ今の[七]しだら。親にもしらさぬ汝《なんぢ》がしんていぶかし」と有リければ。「ハア御ふしんの段《だん》御尤《もつとも》姫君《ひめぎみ》をかくまひしは。左大《さ(だ)》イ将殿へ御忠節《ちうせつ》道満《みちたる》が今ン日チまで。胸《むね》に

一 口先でぬけぬけと。
二 和主。親しい間柄の男性二人称で、和殿とほぼ同じ。但し、対等ないしそれ以下の相手に対する呼び方を、道満が舅であり上役である治部に対してするのは、二人の関係の決裂状態を意味する。
三 心底。
四 生きて帰らせないぞ、との嚇し。
五 よく祝ってくれた。不吉な嚇しにひるまない強気の言葉。
六 「墓行き」を、能率の上がる意の「はかいき」にかける。「掛乞に行く門出に、はかゆきの立酒。この世に残らぬ〳〵と。祝ふほどなほあはれ世の」(女殺油地獄・下)。
※治部は徹底した現実主義の辣腕家で、人力の及ばぬ事柄に対する畏れを持たない。が、その強気にもかかわらず、この不吉な言葉は彼自身の運命を予告する結果となる。
七 ていたらく。状態。好ましくない場合にいう。

おさめし忠義《ちうぎ》の紐解《ひぼとき》[八]。妹《いもふと》もそれにてうけたまはれ。あさましや左大《(だい)》将殿官禄《くはんろく》[九]ふそくなきお身が。下タ〻におとつたる娘をあてに出世《しゆつせ》ののぞみ。御息所《みやすどころ》御懐《くはい》姙《にん》おそなはるも。六クの君が有ルゆへころしてしまふに御しあん一ツ決《けつ》。談合相《だんかうあい》手《て》は治部ノ大輔《たゆふ》それがしをひそかにまねき。陰陽亀卜《をんようきぼく》[一〇]の奇〻妙〻《きゝめう〱》[一一]人をよび出す[一二]秘文《ひもん》を書《かゝ》せ。築地《ついぢ》の裏門北向《うらもんきたむき》の柱《はしら》に張《はり》。六クの君をそびき出し[一三]石川《いしかは》悪右衛門にいひつけ。御菩薩《みぞろ》がいけにてうしなはんとの御ンくはだて。とゞめても承引《せうゐん》なき主従凝《しうぐこつ》たる非道《ひどう》の悪念《あくねん》。六クの君をころしたとて御懐姙《くはいにん》あるべきや。かへつて人のうらみの報《むく》ひつゐには悪逆《ぎやく》あらはれ。御ン身の滅亡《めつぼう》をかるまじいかゞはせんと肺肝《はいかん》[一四]をくるしめ。しよせん主人《しゆじん》ののぞみのごとく御所《ごしよ》はそびき出《(いだ)》すとも。お命《いのち》をうしなはずは後日《ごにち》のなんぎは有ルまじと。さきへまはつて御菩薩《みぞろ》[一五]が淵《ふち》悪右衛門を池《いけ》へ取ッて投込《なげこみ》。六クの君をたすけたる其こもかぶりは此道満《みちたる》。[一六]ねんなふたすけまいらせしが。父御《ちゝご》の方タへ戻《もど》しては主人《しゆじん》の悪事《あくじ》あらはす道理《どうり》。とやせん覚悟《かくご》[一七]は吒枳尼《だぎに》の御殿《ごてん》。供物《ぐもつ》をもつて今ン日チまで養《やしな》ひ申ス我ガ心は。主《しゆ》

八 深く包んできた忠義の心底を説き明かすこと。
九 官位と俸禄。地位も経済力も。
一〇 亀甲を焼いてその裂け目により吉凶を判断する占い。古代・中世に神祇官の卜部がこれを行なった。太平記二に「卜部ノ宿禰、大亀ヲ焼テ占ヒ、陰陽ノ博士、占文ヲ啓テ見ニ」とあり、ここも陰陽亀卜と重ねて、占いの総称とする。
一一 きわめて不思議な効力のある。
一二 秘密の呪文。
一三 さそい出し。
一四 肺臓と肝臓。転じて、心の奥底。
一五 「見る」と掛ける。
一六 念無う。やすやすと。
一七 ここは、判断の意。「とやせんかくやせん」にかける。

人《じん》を大じとおもふゆへ心躰髪膚《しんたいはつぷ》[一]をわけられし。父《ちゝ》にもしらさずかほどまで忠義《ちうぎ》をつくす道満《みちたる》が。心を無下《むげ》になし給ふき[二]よくもなき御主人《しゆじん》や」と忠《ちう》義にあつき[三]涙《なみだ》の色。父《ちゝ》もかんずる計《(ばかり)》なり。六クの君なみだながら「道満の心づかひ。けふまで命《いのち》ながらへしは[四]なさけのうへの罪科《ざいくは》ぞや。たま〳〵女の道チにかなひ親王《しんわう》様のおそひぶし。あかぬちぎりをむごらしやおなじみやこに有リながら。父母《ちゝはゝ》の御かほをも見ることとかなはぬ世[五]のなかに。いけておもひをさせんよりころしてやいの[六]」とふししづみ。なげき給へば花町《はなまち》も。「御ンことはりや」とばかりにて共に。たもとをしぼりしが。

道満かさねて「ヤア〳〵こしもと[七]共《(ども)》。六クの君様奥《おく》の亭《てい》へともなひ申シ。御ン[八]湯《ゆ》をひかせ奉りお髪《ぐし》[九]もあげよ。こよひはせけんうちはれて御ンうさばらしにまひうたひ。夜《よ》とともなぐさめまいらせよ」「あい」と一チ度《ど》に[一〇]うはでうし。「おゆるしが出たはやりうた一チ[一一]あがり諷《うたを》ぞや。姫君《ひめぎみ》様よりこちらがなぐさみ。いざ御ン立チ」とざゝめき[一二]にさそはれ。おくに入リ給ふ。

一 「身体髪膚、之を父母に受く」(孝経)。
二 曲もなき。情ない。
三 厚き。「熱き涙」をかける。
四 情ではあるが、かえって罪つくりである。「情の罪科」は有難迷惑の意にもなるが、ここは原義に即した用法。
五 この世に生かして置いて。「世の中」は、この世の意と、世の定めの意を兼ねる。
六 相手に対し言葉を強調する語。間投詞の「や」と終助詞の「い」「の」。この一句のみ近世の女性の俗語的表現で、姫君の幼稚な一面を表わす。
七 本曲では中居と茶の間の女たちも腰元としているようである。
八 御入浴おさせ申し上げ。
九 下げ髪をかき上げた髪形にせよ。この芝居の時代設定は平安朝だが、実際の風俗その他は近世のものとして描かれるので、六の君の髪形も、髪を結ばずに裾まで垂らす平安風のものでなく、近世の身分ある女性の下げ髪、即ち前髪を横にふくらませてから束ねて背に垂れ下げたものであろう。
一〇 声や音の高い調子。浮き立った気分をいう。
一一 三味線の本調子の一の糸を二律上げたもの。
一二 底本に再演時の太夫役割の書入れが少しあり、この箇所に再演時に三ノ切を語った二代目政太夫を表わす「政」の書入れがみられる。初演時にもここで太夫が文太夫から切場の義太夫に替った可能性はある。

地中ウ花町《はなまち》はあと見おくり「さつてもうれしいたハルのもしい。兄様《あに》のお一三心《こゝろ》入レ。ウ聞《きい》て一四さらりとわたしが胸《むね》も打チあけて色申シませふ。詞さきほどは父《ちゝ》うへに一五ふつつりさられもどりしと。いふたにはわけが有ル。地ウ照綱《てるつな》殿のいとまのしるし是見給ハルへ」とふところより。取リ出《(いだ)》し中さしよすれば。「ムウ詞是はたゞ今いひ聞カした。人をつり出《だ》す秘文《ひもん》の神符《じんぷう》是をいとまのしるしとは」。「サアそれをしるしといふわけは。姫君の此間ダ見へさせたまはぬやかたの騒動《さうどう》。方ゝへたづねにゆくやら神《かみ》仏《ほとけ》へ願《ぐはん》だてやら。地ウまじないの祈禱《きたう》のとうろたへた上ヱにまだうハルろたへ。猫《ねこ》のまじないと取リちがへ。ウ一六ほの〴〵の歌をさかさまにまではつたれど。其秘文《ひもん》に色気のつかず。詞はるか後に見付ケ出した照綱殿はさすが目高《めだか》。是はうはさに聞キおよぶ陰陽《をんよう》の妙術《めうじゆつ》。今此術をおこなはん者道満《みちたる》より外カにない。主人をうしなふ敵《(かたき)》の妹そふことならぬいとまやる。とはいふ物のそひたくば此しるしのせんぎして兄が首《くび》切ッてこい。アヽかしこまつたきつてこふと受ケあふたわしが此口。ばちがあたつてゆがまぬがふしぎじや。地色ハル何もかも一七兄がいにりやうけんして下さ

一三 御心底。御配慮。
一四 私の兄上への疑いもさっぱり晴れた、と、私の方の胸中もさっぱり打明けて、を掛ける。
一五 すっぱり。取りつく島もなく。
一六 「ほのぼのとあかしのうらのあさぎりにしまがくれゆく舟をしぞ思ふ」。古今集・羇旅に、よみ人しらずとし、左注に「このうたは、ある人のいはく、かきのもとの人まろがうた也」と記す。中世以後この歌に関しさまざまの俗説が生まれ、近世には呪文として唱えられることもあった。ここもその一例であるが、ねこのまじないの意味は未詳。
一七 兄甲斐に料簡して。兄であるから、と思い寛容な計らいをして。

んして。六ㇰの君様お供すりやどこもかしこもおさまります。父うへもよいやうにお詞そへて給はれ」とおもひあまりしねがひなる。

「ヤアうつけ者。六ㇰの君もどしてよければ道満《みちたる》がとをもどす。一 主人の悪名《あくみやうろ》露顕《けん》をはゞかり心をくだくに気がつかぬか」。「アヽ申ㇱそこの所もしらぬでない。ハテ左大将《さだいしやう》様の悪事じやといひさへせねば」。「ヤアすむとおもふなすまぬ〳〵。おのれも将監《しやうげん》殿の子でないか。武士《ぶし》二 の禄《ろく》をくらひながら道満《みちたる》が詞なんと聞ㇰ。六ㇰの君に御ン湯《ゆ》をひかせお髪《ぐし》もあげよといふたはな。此あかつきに御ン首《くび》三 を」「エイあなたをや」四。「ヲ近《ちか》ごろいたはしくはぞんずれど主命是非《しうめいぜひ》におよばず」と。胸《むね》はなみだにくもり声。花町《はなまち》はつと気もおちてとかふ。五 いらへもなき居《ゐ》たる。

将監《しやうげん》は兄弟《きやうだい》の心をくんでひかへしが。「ヤア道満。左《さ》大将の御下知かしこまつたとうけあふたか」。「なるほど〳〵あらはれしうへはせんかたなく。先刻《せんこく》たしかに御前ンにて」「アヽそこつ〳〵。六ㇰの君をうしなへば左大将のお身の大じ

一 疾ぅ戻す。とっくに自分が戻している。

二 武家に生まれたものは、常に死に対する覚悟がなければならぬのに。

三 御首を討つ。取あげ髪(嫗山姥三)またはかき上げ髪はその支度。首を切る時に下げ髪は邪魔になる。「成敗のかき上げ髪。介錯の支度じゃはいの」(妹背山婦女庭訓三)。

四 あのお方。六の君。

五 応えも「無き」と「泣き」をかける。

と。忠節《ちうせつ》の九《こゝの》つ梯子《ばしご》六八つ迄《まで》のぼりつめ。今一トつをやりかねて御ンくびを給はらんとはムウムきこへた。異見《ゐけん》しても聞キ入レない主人《しゆじん》にほつとあいそつかし。後日《ご》チの罪科《ざいくは》にあひ給ふを見物《けんぶつ》する分別《ふんべつ》な」。「コハ仰《おほせ》共ぞんぜず。伍子胥《ごししよ》七は諫《いさめ》て誅《ちう》八せられ眼軍門《まなこぐんもん》九にかけられしが。呉王《ごわう》一〇の恥辱《はづかしめ》を見て笑《わら》ひしとや。毛唐人《けたうじん》一一のりやうけんと道満《みちたる》が心は各別《かくべつ》一二。主《しう》の恥辱見物《ちじよくけんぶつ》するのぞみなし。首《くび》うつて御前ンへさし上ゲ其場《ば》をさらず切腹《せつぷく》いたす」。「ム、はらを切ッて相ィはつれば主人《しゆじん》の咎《とが》がのがるゝじやな。其方《はう》が腸鳶烏《はらはたとびからす》のためにはならふが。主《しう》のためにはちつともならず。こゝをよく分別《ふんべつ》せよ。主命《しうめい》もそむかず姫《ひめ》もころさずことをおさめる仕《し》やうが有ル。将監《しやうげん》がしあんには。六クの君の首《くび》うつてお命《いのち》がたすけたい」。「ヤ是親人《おやびと》。首《くび》うつてたすけとはお詞《ことば》がまぎらはし」。「イヤサまぎらはしいことはない。六クの君の首うつてたすけよといふ事」と。聞クより花町《はなまち》さしよつて。「アヽねがふ所の御りやうけん御ン首うつてたすけとは。此花町チがおそれながら六クの君の御ン名《な》をかり。兄様《あに》の手にかゝれば両家《りやうけ》のお主《しう》へ忠義《ちうぎ》も立チ。しん

六 横木の九段ある梯子。普通の梯子。
七 中国春秋時代、楚の人。呉王を助けて功があり、呉王夫差に越王勾践を許すべからずとたびたび諫めたが容れられず、かえって讒にあい殺された。史記・伍子胥列伝に詳しく、さらにこれに潤色を加えた太平記四の「備後三郎高徳事、付呉越軍事」がよく知られ、浄瑠璃作者も太平記に依っている。
八 「誅す」は主君が臣下を討つこと。
九 軍営の門。陣門。史記及び太平記では、伍子胥は死に臨み、我が眼を呉の東門の上に懸けよと言った。
一〇 後に呉が越に敗れた時。太平記四に「遂ニ呉王ヲ生捕テ軍門ノ前ニ引出ス。呉王已ニ面縛セラレテ呉ノ東門ヲ過給フニ、忠臣伍子胥ガ諫ニ依テ、首ヲ刎ネラルル時、幢（ハタホコ）ノ上に掛タリシ一双ノ眼、三年マデ未ダ枯レズシテ有ケルガ、其眸（マナジリ）明ニ開ケ、相見テ笑ヘル気色（キショク）ナリケレバ、呉王是ニ面ヲ見ユル事サスガ恥カシクヤ思ハレケン、袖ヲ顔ニ押当テ首（カウベ）ヲタレテ過給フ」。
一一 外国人を卑しめた言い方。
一二 格別。全く違う。伍子胥の言動及びこれを称した中国人の考え方が、日本近世の封建道徳で強調された「君、君たらずと雖も、臣以て臣たらざるべからず」（→五二九頁注一七）の思想と喰い違うから。

だ跡《あと》でつれあいにでかしおつたとほめらるれば。それをみらい[一]で夫婦《ふうふ》のたのしみ。ヤイ道満《みちたる》此六クの君を見ちがへな」と。詞すがたもはやあらためおもひ切ッたるかくごのてい。将監《しやうげん》なみだをはら〳〵とながし。「花《はな》の中《うち》の黄舌花《うぐひす》ならずして香《かんばし》とは。おとがことよまこと有ル左《さ》近《こん》太郎につれそへば。心も剛《かう》に忠《ちう》義を立テお命《いのち》にかはらんとは。でかしたりさりながら。おことも十人ン並《なみ》[二]なれど姫《ひめ》君には似《に》もつかず。殊《こと》に目《め》がしこい左《さ》大将殿うけとられねばやぶれのもとそちがのぞみはかなはぬぞ」。「そんなら外カに誰人《たれ(び)》トぞよふ似《に》た顔《かほ》がござりますか」。「有ルとも〳〵。外カまでもないかふならんだ中《うち》に有ル」。道満《みちたる》とがめて。「此中チとはさしづめ妹《いもふと》花町チより外カにはなし」。「イヤある〳〵。億兆《をくてう》の人おなじからずといへ共《(ども)》。似《に》た顔《かほ》もあれば有ル物。六クの君のおもざしに寸分《すんぶん》ちがはぬ其顔《かほ》が。天地《てんち》の間ダにたつた一トつ」。「ムウどれ其一トつは」。「ヲヽ六クの君によふ似《に》たは。将監が此首」といふにおどろく計《(ばかり)》なり。

一 未来。来世。その夫の言葉を来世で夫婦になれる保証と思い楽しみに待つ。夫婦は二世とする仏教思想による。

二 容貌などが人並みである、が本来の意だが、転じて、相当よい、の意に用いる。

地色ハル「ヱ、父上[三]よつぽどなことおつしやれ。玉のやうにすきとをるお顔《かほ》と。六十にあまつたしわだらけのしらがつむりと。まだ其うへに姫[四]ごぜと男とそくばく[五]といはふか。お月キ様と泥亀《すつぽん》ほどちがふたお気[六]はのぼりは色しませぬかゑ」。詞「ホヽ、ちがはぬ所をとくときけ。兄《あに》は主命《しうめい》うたねばならずうたしては妹《いもと》がたゝず。中《なか》を取ッて某《それがし》六クの君をつれてのく。すりや親とても見のがされず追《おつ》かけて道満《みちたる》が。将監《しやうげん》をうつ間ダ姫はのがれ落《をち》給はん。中シわけにはしらがの此首。右のやうす申シなば忠義《ちうぎ》にかへて親をうつ。二タごゝろなき道満左大将殿ぐつともいはれず。[七]それなりけりにことはすむ。[八]とゝろはげた此首でも身がはりになればなりやうが有ル物」と。地ハル一トつの命チを兄弟にわけて忠義《ちうぎ》を立テさする親の慈悲《じひ》こそ有リがたき。

地ハル道満はつとおそれ入リ「我レヽを御ふびんのあまり。お命チをすてんとはもつたいなや恐《おそ》ろしし。詞道チをまもるは忠孝《ちうかう》のたゞ二タつ妹がしんていとふにおよばず。不孝《ふかう》[九]とよばれ忠義は立ッまじ」。「地ハルアイ兄(あに)様そふでござんす。父《ちゝ》うへの仰(おほせ)

三 冗談も休み休みおっしゃい。
四 女性。
五 はなはだ。
六 逆上して頭がおかしくなられはしませんか。
七 それ以上追求されない時にいう。
八 ところどころはげた。まだらにはげた。
九 道満の言うところは「忠臣を孝子の門に求む」(後漢書・韋彪伝)との儒教道徳の理想論。

でも此ことばかりはそむかにやならぬ。ハテ兄弟は他人《たにん》のはじまり他人につれそふ花町《はなまち》。心〻《こゝろ〴〵》に忠義を立テる」。「ヲヽでかした某《それがし》とても其とをり幾《いく》たび仰《おゝせ》有ルとても。いつかな承引《せうゐん》仕らぬ」とことばをはなつて申シける。「ムウ親の心を無《む》下《げ》にして兄弟《おとゝい》共に承《せう》引せぬな。ハア、ざんねん是非《ぜひ》がない。[二]道満《みちたる》がうたねば御前ンすまず。自害《じがい》しては犬死《いぬじに》。[三]はてなんとせふ役《やく》に立タぬことといふ手間《てま》で。[四]経《きやう》陀羅尼《だらに》の一ッぺんでもあなたのおため」と立ッて行ク。口に[五]随求陀羅尼《ずいぐだらに》の文《もん》[六]バラ〳〵サンバラインヂリヤ。親子のこゝろもばら〳〵〳〵[七]につれて其夜も。

(奥庭の段)[八]

ふけわたる。月かげくらき。植込《うへごみ》の。裏の高塀枝《たかへいゑだ》さしてしげりし松の音《をと》するは。風か。[九]あらぬかしのびこむ女心《ごゝろ》のたくましき。枝を[一〇]たよりにつたひ来《く》る。花町《はなまち》は待人《まつひと》のそれかと思ふうかゞひ足。ひらりととぶは女の姿《すがた》。何者《もの》なるぞとはしり寄顔《よりかほ》を見れば兄嫁《あによめ》の簗羽根《つくばね》。「ヤア花町様か」。「なんじや花町チかとは。

一 せわ焼草、譬喩尽などにみえる諺。
二 自分が命を捨てようと言っても、それは道満が討つのでなければ、主君に対する言い訳が立たず。　三 どうにも仕様がない。
四 単に陀羅尼というのと同義。陀羅尼は仏教の呪文・まじないの文句を意味する梵語の音訳。「未来を助くる経陀羅尼授け得させん」(鯛屋貞柳歳旦闘・四)。
五 唐の不空訳「普遍光明清浄熾盛如意宝印心無能勝大明王大随求陀羅尼経」所説の九陀羅尼の中、上巻最初の大陀羅尼が大随求陀羅尼と呼ばれ、その精髄をとった短い呪文。随心真言などとも呼ばれる。不空訳の「金剛頂瑜伽最勝秘密成仏随求即得神変加持成就陀羅尼儀軌」所収の同文(割注で漢訳付き。大正新修大蔵経二十、密教大辞典の「随求菩薩」参照)「唵(オーン)跛囉跛囉(バラバラ)、三跛囉三跛囉(サンバラサンバラ)、〈如来智心利益衆生〉、印捺哩野(インドリヤ)、尾戍駄額(ヴイシユツダネー)、吽吽嚕嚕左黎(フーンフーンルルチヤレー)、〈心仏及衆生是三無差別〉、娑婆賀(スヴアーハー)」。漢訳は「如來(ニヨライ)の智心は衆生を利益(リヤク)し、心と仏と及び衆生、この三には差別無し」(福井文雅氏訓読)。
六 再版本は、梵字に振仮名。
七 陀羅尼の文に三人の心が喰い違っていることをかける。

時	その夜中過ぎ
所	道満屋敷の奥庭

八 初演者二代目竹本義太夫(→七二頁注一二)。舞台、本手摺、正面裏庭、上手際に奥亭の障子屋体の端、下手際に草木の茂み、奥は高塀、そ

ヱ、ほんに[一一]こなたはなふ。人の女房の風《かざ》[一二]うへにもおかれぬど[一三]う畜生《ちくしやう》。よふも〳〵太切《たいせつ》な夫《おつと》の訴人《そにん》。[一四]あつかはづら火[一五]にこりずとしのび入ッたも親がさしづか。六ヶの君様たすけふかと気づかひで吟味《ぎんみ》にきたか。地色ハル なんとそふであらふがな」と。ウ 腹《はら》だつまゝのあく[一六]て口聞《(ぐち)》クにあやまる身のせつなさ。中「女ウのさが[一七]なき悋気《りんき》より夫トのなんぎ。姫君様《ひめぎみ》うしなふては道チたゝずしのび入ッた心はな。お身にかはつてしぬる合点《がてん》つれあいの妹御《いもとご》の。お手にかゝれば築羽根《つくばね》が本望《ほんもう》サア切ッて下さんせ」と。ウ おくれ[一八]かきなできよ[一九]げなる首《くび》さしのぶれば。詞「ホヽウ得《ゑ》切ルまいと思やろがほんに切ルぞや」。「ハテ夫トの屋敷《やしき》へもどつてしぬるが。親とひとつでないいひわけサア切ッて」。「ヱヽなんの切《きろ》ぞいの心はしれたうたがひははれました。地ウ わしがけふもどつたは兄様《あに》を夫トのうたがひ。そち計《(ばかり)》では心もとないこよひ八[二〇]つを相図《あいづ》にして忍《しの》びいらふ。詞 ヲヽござれと約束《やくそく》左近殿がうしろだて。地ウ おまへとわしが心を合《あは》せ姫《ひめ》君様たすける」と。二人ンが談合《だんかう》物陰《かげ》より。地ウ うかゞふ芦屋道満《みちたる》が。耳《みゝ》[二一]にこたへる八つのかね[二二]すはやと松の枝《えだ》おしわけ。しの

の下手寄りに貫の木をかけた裏門、塀に沿うて木立。前手摺は庭。

九 いや違うようだ。
一〇 外から高塀によじ登り、塀の方へ茂った松の枝にとりついて幹をつたって降りてくる。

一一 あなたは、まあ何という…。
一二 風上(かざかみ)。
一三 「どう」は罵りを表わす接頭語。人を罵る「畜生」をさらに強調。
一四 厚顔無恥。厚皮面から熱い面、次の諺の焼け面を連想。
一五 諺「焼け面火に懲りず」。性懲りもなく同じ失敗を繰り返すこと。ここは厚かましい意に用いた。
一六 再版本は「悪ク て口(ちぐ)」と表記し、「にくてぐち」と読ませるようである。
一七 はしたない、意地が悪い、妬み深い、などの性質にいう。
一八 おくれ毛。
一九 潔い覚悟の程を見せて、髪の乱れを直した首を。
二〇 初夏として(→五五頁注一三)午前一時過ぎ。

二一 「道満(みちたる)」と頭韻。
二二 さあ、時刻だ、と待ち構えているところへ。「松」と「待つ」をかける。

ぶ出立《でたち》[一]は夜まはり[二]の装束《しやうぞく》りゝしき甲頭巾《かぶとづきん》[三][色]。[詞]「ヤアござんしたか待チかねた」とい[四][地ウ]ふ声高しだまれ〳〵と仕《し》かたでとゞめ。[ウ]ふはとどんだるあし軽《かろ》ゞ[ウ]うなづきあふて[ハル]三ン人ン一ッ所《しよ》。勝手《かつて》おぼへし廊下《らうか》の[ウ]脇道鼻息《わきみちはないき》もせずしの[フシ]びこむ。

[地ウ]時もたがへず又高塀《たかへい》の屋根《やね》にすつくとたちつけ[五]羽織《はをり》[コハリ]。[ウ]おなじ出立《でたち》の甲頭巾《かぶとづきん》塀《へい》[下]を[六]おりふし人はなし。[ウ]心やすしと門口《もんぐち》[七]の貫《くはん》の木そつと明ケ[ナヲス]かけて。[ハル]退足《のきあし》[八]の勝手《かつて》ま[九][フシ]でしすましたりとしのびこむ。

[地ハル]さきへ入ッたるしのびの者六の君をうばひ取リ。[ウ]廊下《らうか》をつたひ立チ出ヅる道満手《みちたるて》[一〇]。鑓《やり》おつ取ッて[色]「ヤアどこへ〳〵。[詞]顔《かほ》はかくせど左近《さこん》太郎尋常《じんじやう》[一一]にお供《とも》はせで。盗《とう》賊同前《ぞくどうぜん》のふるまひ刃物《はもの》[一二]よごしに命《いのち》はとらぬ。姫《ひめ》をおいて立かへれ」と[地ウ]声かけられてへんじもせず。[ハル]姫《ひめ》を奥《おく》へおしやり〳〵無《む》二無三ンに切リかゝる。さし[一三]つたりと鑓《やり》取のべつけば[一四]ひらいてうつ刀《かたな》。はつしとはねてすき間《ま》[一五]なくゆん[一六]手《(で)》のわきばら馬手《めて》へずはとつきとをせば。うんとさけんでどうど[一七]ふす。[ウ]花町チ見るより夫トのかたきのがさぬと切付クるを引ッぱづし。片《かた》手につかんで[色]ねぢふすれば。

一　身ごしらえ。
二　夜警の服装。この場合は、いわゆる火事装束同様の、甲頭巾、背の裾の割れたぶっさき羽織、裾を紐で膝の下にくくりつけ、下部が脚絆(きやはん)仕立てになったたっつけ袴という、活動しやすい身ごしらえをいう。
三　上部がかぶと型をした頭巾。火事装束。
四　地の文と詞の交った文章。
五　「立ち」と「裁ち着け羽織」をかける。たっつけ羽織は、たっつけ袴の時に着る背の割れた羽織。「たがへず、高塀、たちつけ」と頭韻。
六　「降り」と「折節」をかける。
七　裏門口。
八　忍び出る時の手順がよいようにすっかり調えた。
九　すっかり調えた意の地の文と、「うまくいった」との独白をかける。
一〇　九尺柄を普通とする長さの槍。長柄(ながえ)の対。
一一　まともな形でお連れすることもできないで。罵って言う語勢。
一二　一人前の武士として刃物で渡り合う価値のない相手。卑怯な奴を斬っても刀が汚れるだけだ、の意。
一三　心得た。
一四　槍を突っこむと身を引いて斬りつける。
一五　すかさず。
一六　左脇腹から右側まで。
一七　一気に倒れるさま。

「ア、その娘《むすめ》[一八]あやまちすな」と頭巾《づきん》をぬげば父《ちゝ》将監《しやうげん》。「ハツハアなむ三ンぼうはやまりし」と。驚《おどろ》く道満《みちたる》花町チも共に。うろつく計《(ばかり)》なり。将監《しやうげん》深手《ふか(で)》にちつともひるまず。「年寄《としよれ》ば腕《うで》のはたらき汝《なんぢ》にはおとりしがおとらぬは謀《はかりこと》。兄弟《きやうだい》をふびんに思ふ親の了簡《りやうけん》を聞カぬゆへ。裏門《うらもん》よりそつとぬけ出《(いで)》又我ガ内へしのびこむ。親の心を天道《てんとう》もあはれみ給ひしか。左近《さこん》太郎が来《く》るともしらずしのびこむ某《それがし》を。左近ン太郎と心得《こゝろへ》て妹といひ兄といひ。我ガ子をだますも我ガ子のかはいさ。つきとめられしは本望《ほんもう》ぞや。さきだつていふごとく六クの君を落《おと》せし将監《しやうげん》。親ながらうちとめしとしらが首《くび》さしあぐれば。道満《みちたる》が忠《ちう》も立チ花町チが[一九]夫婦の中カ。兄弟中カも違《ちが》ふなと心をくだきし我ガさいご。悲《かな》しとばし思ふなよ。なきあとのとむらひとて僧《そう》[二〇]もよぶな供養《くやう》もすな。兄弟《きやうだい》中カよくしてたもるがめいどのみやげでおじやるは」と。声も涙にむせかへれば花町チ悲しさやるかたなく。「[二一]ふたりがふたりで父うへとしらぬ不孝《ふかう》の五[二二]逆罪《ぎやくざい》。[二三]わぶるにかひなき御さいごや」と。わつとさけびふしまろびなげき。くやむぞ

一八 怪我をさせるな。

一九 夫婦の仲ももとの如く納まる、を略した。

二〇 僧を呼び万部の経を読んでもらうにもまさって、迷いが晴れ、成仏する、の意を強めた言い方。

二一 二人とも申し合わせたように。「二人が二人で悲しいさいご」（一谷嫩軍記二）。

二二 五逆罪の一つである父殺し。五逆罪には諸説があるが、普通「父ヲ殺ス。母ヲ殺ス。阿羅漢ヲ殺ス。和合僧ヲ破ル。仏身ヨリ血ヲ出ス」（書言字考節用集）。

二三 如何に詫びても、どうにもならない。

あはれなる。

道満《みちたる》泪おしぬぐひ「ヱ、しなしたり〱。某[一]武芸《ぶげい》の余力《よりよく》にて陰陽亀《をんようき》[二]卜《ぼく》の道を明《あき》らめ。天ン地の変化《へんくわ》人ン間ンの禍福指所《くはふくさす》をちがはさず。又は箱《はこ》に入レてかくせし物も[三]算籌《さんぎ》をもつて占《うらな》へば。[四]柑子《かうじ》なれば柑子としり鼠《ねずみ》なれば鼠としる。妙術《めうじゆつ》を得たる身が。わづか一ト重の甲頭巾《かぶとづきん》父ともしらずはやまりしは。[五]陰陽師《をんようじ》身のうへしらず。子の身として親をうち忠節顔《ちうせつがほ》は不孝《ふかう》の不孝。天の[六]証罰《しやうばつ》またんより道満《みちたる》是にて生害《しやうがい》」と。さしぞへに手をかくれば「やれまてとめよ花町チ」と。父が詞も妹がすがるも「いや〱はなせ〱」とせり合フたり。

「是ゝ道満早《みちたるはや》まるまい」と声をかけて左近ン太郎。姫君築羽根《つくばね》ともなひ出《いで》。

「やうすは奥《をく》にてうけたまはる親としらず手にかけしは。天道《てんとう》がよく御存知落《ぞんぢらく》命《めい》有ッては不孝のうはぬり。自害《じがい》をとゞまり臨終《りんじう》の。まよひをはらすが孝行《かう〱》ぞ」とさま〲におしとゞめ。

「御老躰《らうたい》の命にかへ六クの君の御かいほう。かれと申シ是といひ有リがたき御か

一　道満が、もともと陰陽師や僧ではなく、武芸に達した立派な武士であった、という設定は、先行作と異なる本作の特色。

二　→七一頁注一〇。

三　算木。易占に用いて卦を示す具。陰及び陽をあらわす三寸程の方柱形の木を、三本ずつ、計六本用いる。「算木　サンギ〈本名、算籌〉」(書言字考節用集)。

四　先行諸作で知られた晴明・道満占術競べの場面を踏まえた文章。「さらばとて、奥より長櫃一合に、大柑子十五を入て、鏗(おもり)をかけて出されたり。道満、やがて、うらなひ申ていはく。これ、大柑子十五有べしと、申す。天皇以下公卿臣下、此事をしろしめされし人々は、さては と、おぼしめさるゝ所に、晴明立よりつゝ。加持し替て申す様これは、ねずみ十五ひきありと、うらなひ奉りたりと申す。晴明、うらかた仕損じたりと、人〱色をうしなひ給ふ。衛府の官人、立よりて蓋をひらくに、案のごとく、ねずみ十五疋かけ出て。四角八方ににげうせて。大柑子は、ひとつもなし。簾中も階下も、ざゝめきたり」(安倍晴明物語)。

五　「陰陽師身の上しらず」(諺草)。「敵役は身の上しらぬ陰陽師」(役者艶庭訓)。

六　照罰。神仏が人の行ないをあきらかに見届けて罰すること。

うおん。せめて一トつは報《ほう》ずるため。恨《うらみ》有ル左《さ》大《(だい)》将なれども御親子《しんし》の忠義《ちうぎ》をかんじ。親王《しんわう》の御前ンへは沙汰《さた》なしに仕《(つかまつ)》らん。御安堵《あんど》有ッて往生《わうじやう》あそばせ。コレ姫《ひめ》君様築羽根《つくばね》殿いづれもよつて御ンいとまごひ。ちかふ〳〵」と取リまはせばくるしき中カにもにつことわらひ。「ヲ、忝《(かたじけな)》い聟殿。主人《しゆじん》の名も出《で》ずせがれも存命《ぞんめい》。今こそうれしい[七]隠居《ゐんきよ》の宿《やど》がへ。[八]安楽《あんらく》せかいでたのしまん」と。鑓《やり》引キぬけば老《おひ》が身のもろくも息《いき》はたへにける。

人ゝ[九]かなはぬ道チなれど今さらしたふわかれの涙《なみだ》。おしみ悲《かな》しむ声ゝ《(ごゑ)》に[一〇]八《や》こゑもつげて明《(あけ)》わたる。治部《ちぶ》ノ大輔《たゆふ》は刻限《こくげん》ぞと門内《もんない》へつつと入リ。「ヤア六クの君まだうたぬな。サア此[一一]検使《けんし》が見るまへで[一二]すつぱりいはしはや渡《わた》せ。はやふ〳〵」とのゝしつたり。おりあしければためらふ間ダ鑓《やり》おつ取ッてうしろより。「なむあみだ仏ッ」と[一三]築羽根《つくばね》が念力背骨《せぼね》へぐつととをり。「ぎやつ」と一ト声[一四]岩倉《いはくら》治部日来《ごろ》の[一五]がむしやも急所《きうしよ》のいた手《(で)》。只《たゞ》一ト鑓にしゝ[一六]てげり。築羽《(ば)》根死骸《しがい》に立チならび鑓《やり》の穂《ほ》先《さき》を[一七]逆手《さかて》に取リ。のどぶへにおしあつる道満《みちたる》よつて鑓もぎ取リ。

七 隠居所の引越し。死を淡々と受けとめている。
八 西方極楽浄土。楽隠居などの語をふまえた表現。
※親子の恩愛、とくに親の子に対する献身的な行為の詠嘆を頂点におく、竹本座系の作劇法の典型。
九 人の力で止めることのできない死出の旅。
一〇 たびたび鳴く声。とくに暁に度々鳴く鶏の声。
一一 公の資格で処刑、殺傷、その他の事件を実地見分すること。
一二 六の君の首を斬って早く渡せ。
一三 「突く」にかける。
一四 「言ふ」にかける。
一五 我武者。気強く、向う見ずなこと。
一六 「死してんげり」と読む。
一七 自分の身体の方に向けて、のどぶえにあてて自害しようとする。

「某《それがし》への云《いひ》わけか[一]ふなふてはかなはぬ筈《はづ》。左《さ》大将の悪逆《あくぎやく》も皆《みな》此治部が入性根《いれじやうね》。はやいかおそいかのがれぬさいご。所もかはらず日もかはらずそちが親我レが父。たがいの子共《(ども)》が手にかゝ[二]るためしは末代《まつだい》よもあらじ。不孝《ふかう》の姿《すがた》をあらためん」とさしぞへぬいてもとゞりはらひ。「芦屋《あしや》兵衛道満《みちたる》今ン日チより武士《ぶし》をやめ。陰陽《をんよう》の博士《はかせ》となつてかたち[三]もかゆれば名もあらため。道満《みちたる》[四]と書《かく》二字《じ》の読《よみ》[五]を音《こゑ》[六]にて芦《あし》屋の道満《どうまん》。刀《かたな》いらぬ」となげすつれば築羽根《つくばね》も我ガ黒髪《くろかみ》。切ッてすつる[七]身ながらへて。舅《しうと》と親の菩提《ぼだい》[八]のほつしん[九]。照綱《てるつな》大きにかんじ入リ「ア、尤《もつとも》のりやうけん。名もすがたもあらたむれば不孝《ふかう》の人口《じんこう》[一〇]のがるゝ道理《どうり》。元《もと》より陰陽亀卜《をんようきぼく》の達人存命《たつじんぞんめい》有ルは国家《こつか》の宝《たから》。父尊霊《ちゝそんれい》も満足《まんぞく》ならん。扨《(さて)》此治部《ぢぶ》は検使《けんし》の役うたれし死《し》がいのいひわけ有リや」。「ホ、ウ其儀は心やすかるべし。将監《しやうげん》殿の手にかゝつて。かくのとをりと申シなばさしてとがめも有ルまじき。何から何まで親の慈悲遺言《じひゆいげん》まもつて御ン首《くび》を。主人《しゆじん》の方《かた》へ持参《ぢさん》せん照綱《てるつな》には六クの君。やかたへ急《いそ》ぎ御ン供《とも》」と

一　そのようにしなくてはすまないはずである。夫に対する「親とひとつでないいひわけ」(七九頁八行目)が、当初に築羽根が覚悟していた以上に悲惨な形で実行されたことによる。なお、狭夜衣鴛鴦剣翅四段目切参照。
二　手に掛かって殺される意と、斯かる(このような)例の意、をかける。
三　「かたちを変える」「さまを変える」などは出家の意。単に武士から陰陽の博士に転身したのではない。段切りに「ぼだいの道に入る夫婦」とある。
四　歴史に名高い芦屋道満は、かくして誕生した、という語り物の本領としての由来譚。文字の分析と結びつけた名義の解釈も、浄瑠璃の重要な趣向の一つ。「平(へい)とひらとの読みちがへ。声によむ字を読みに読みめいどへ。急ぐ一もんじ」(田村麿鈴鹿合戦四)。なお、「道満」の漢字を訓読の「みちたる」から音読の「どうまん」にする名前のかえ方は、安倍晴明物語二に「安倍の童子治明(はるあき)」から「晴明(せいめい)」になったとするのに準じた本曲の作りごと。
五　訓(くん)。
六　音(おん)。
七　捨てるはずの命を。「髪を切って捨てる」にかける。
八　煩悩の迷いを断って悟りの境地に達することから、死後の冥福をいう。
九　発心。「発菩提心」の略。仏道に入ること。
一〇　世人の噂。人の口の端にかかること。

別るゝ袂《たもと》ぬるゝは袖《そで》。一一ひかるゝ心はなれぬ恩愛《をんあい》聟《むこ》一二よ。わが子よ嫁娘《よめむすめ》とゆふべは呼《よば》れ暁《あかつき》は。つゆときへ行ク魂《たま》一三よばひ輪廻《りんゑ》一四流転《るてん》の空《そら》一五はれて。清《きよ》きさいごは一チ一六念不生迷《ふしやうまよ》はぬ道チは則身則仏《そくしんそくぶつ》一七。一八ぼだいの道チに入ル夫婦姫《ひめ》一九を。いざなひ行ク夫婦。孝行忠義《かう〱ちうぎ》二タ筋を一トつ血筋《ちすぢ》にむすぼれし親子の。別《わか》れぞ哀《あはれ》なる

一一 「引く」は袖の縁語。
一二 全段のヤマ場三ノ切を、親子夫婦の愛別離苦を詠う詞章でしめくくる例は、浄瑠璃全般、特にこの期の浄瑠璃に多くみられる。「情よあたよ敵みかた。人間うゐのきどあいらくは無常の。にはの一トおどりおしへてかへる子は仏とさとりて。わかれわかれけり」(大塔宮曦鎧三)。
一三 人の臨終または死の直後に、その名を呼んで魂をこの世に還らせ、蘇らせようとする習俗。「出んとしては。ふり返り見るも。見するもなき玉呼ひ。無常の。風に盛りを待たで。吹散(ふきちら)したる依者(あしや)定離」(義経新含状三)。
一四 車の輪がめぐるように、衆生が三界六道の迷いの世界を生きかわり死にかわりすること。「流転」も同じ。
一五 輪廻の迷いが晴れて悟りを得、澄み切った空のような清らかな臨終。
一六 一念の妄心が生じない、悟りの境界。
一七 現世の体そのままが仏であること。
一八 父の死を契機に仏道に入った道満夫婦。元祖出雲の作には、主人公の出家により、事態が一応の解決をみる脚色が多い(横山正説)。
一九 現世の忠義に専念する左近太郎夫婦。

第四

(保名住家の段)[一]

[二]となり柿《かき》の木を。十六七かと。思ふて。のぞきやしほらしや。色づいた。十六七かと。思ふて。のぞきやしほらしや色づいたかけて[三]おる賤《しづ》[四]があさ機《ばた》。あさはかに。[五]なんの織《おろ》ぞいの。[六]おいさきい[七]はふいとし子に。[八]千筋《ちすぢ》万ン筋よみいれて。[九]大名島《だいみやうじま》おりてきせふの所も。[一〇]安倍野《あべの》のあしがきの。[一一]間近《まぢか》き住吉天王寺《すみよしてんわうじ》。[一二]霊仏《れいぶつ》霊イ社《しや》にあゆみをはこび。父《ちゝ》は我ガ子の出世《しゆつせ》の祈《いのり》母は心を[一三]染機《そめばた》の。[一四]しんきしんくを竪横《たてよこ》に。[一五]さおな車《ぐるま》の[一六]手ずさびも。子にせわおるとぞ見へにける。

母は[一七]機屋《はたや》を立チ出て。「コレ〱[一八]坊稚《ぼんち》のふもとゝ様こいつにはわるいくせが有ル。只虫《たゞむし》けらを殺《ころ》したがる。今から殺生好《せつしやうこのん》でろくな人には成ルまい。必《かならず》蜻蛉《やんま》つるなよ。[一九]ねぎやいなごを殺《ころす》なとおしかりなされたを忘《わす》れてか。たつた独《ひとり》の与《よ》勘平《かんべい》は京へ行ク。留主《るす》の間ダに池《いけ》へもはまるか疵《きづ》でも付イたら母は云分《(いひわけ)》なんとせふ。

一 四段目の口。「子別れの段」「狐(きつね)別れの段」「狐(こ)別れの段」とも呼ばれる。初演以来繰り返し上演されて名高い一段。太夫の役場が端場と奥に別れる。端場は冒頭の歌により通称「隣り柿の木」。初演者竹本七太夫が好評で、「四の口となり柿の木の大当聞ぬか。三太夫の得手物、越前の鉢木、政太夫の楠、七太夫の柿の木」(音曲猿口轡)と称された。

時 前段から六年後
所 阿倍野の里、阿倍保名侘住居

二 機屋の中の女主人公の歌声。類歌、歌舞伎の黒御簾音楽の在郷唄。 三「かけておる賤が麻はたあさましやまどほにだにも君がきまさぬ」(夫木和歌抄)。 四 ここで歌から義太夫節に直る。「賤があさ機」は庶民の女が麻布を織る機。「浅はかに」を導き出す序詞に用いている。 五 心をこめずに織ることなど、どうしてできようか。 六 生い先。成長。「織ろぞい」と頭韻。 七 予祝する意。「いとし」と頭韻。 八 可愛い我が子の立派な成長を予祝する心を、千筋万筋の一筋一筋に数えるように織り込んで、出世を思わせる大名縞に織って着せましょうね。 九 こまかいたて縞。 一〇 ちょうどその大名に縁のある大名塚のある安倍野。大名塚は、大阪市阿倍野区、阿倍王子神社南東、北畠公園内にあり、北畠顕家の墓といわれている。 一一 四天王寺。天王寺は、天王寺区四天王寺町一丁目、和宗総本山、山号は荒陵山、本尊は救世観音。聖徳太子建立の寺として古代以来、庶民の信仰を集め、特に浄瑠璃にはしばしば扱われる。住吉・阿倍野→五二頁注七・八。 一二 葦で編んだ粗末な垣。保名の侘び住居をさす。「安倍野」と頭韻で、次の「間」の縁語。

〈詞〉必《かならず》ゞ庭《には》より外《そと》でわる[二〇]あがきしてたもんなや。サアこゝへおじや〳〵。[二一]さきにから間も有ル乳《ちゝ》吞《のん》で昼寝《ね》仕《し》や」。「そんならかゝ様晩には。[二二]松虫塚《まつむしづか》へ虫をたんと取リにいくぞや」。「ヲ、やすいことそれもとゝ様[二三]つれござらふ。〈地ウ〉小言《こごと》いは〈中〉ずと[二四]〈歌ウ〉ねんねこせ〳〵。[二五]〈ウ〉いとしい者《もの》を誰《たれ》がいよ。〈ウ〉ねんねこせ〳〵。ねんねがもりは〈ウ〉どこへいた。〈ウ〉山をこへて里《さと》へいた。さとのみやげに〈ウ〉何もろた。[二六]〈ナヲスウ〉でん〳〵だいこに[二七]ふりつゞみ」。[二八]〈地中〉楽《がく》も[二九]はやしも〈ハル〉いらばこそ。〈ウ〉手《て》間《ま》隙《ひま》とらずすや〳〵と。〈ウ〉母に添寝《そひね》の〈ウ〉おさな子は。〈フシ〉いかなるよい夢《ゆめ》見るやらん。

「[三〇]〈詞〉おか様内にかい。〈ホ〉添乳《そへち》なされてじや。[三一]頃日《このごろ》の雨《あめ》つゞきでめつきりと木綿《もめん》の直《ね》がよいが。織《をり》だめがあらば[三二]一ッ疋《びき》でも[三三]半ン疋でも売《うら》しやんせんかい。〈地ウ〉ヤアゑい」と[三四]〈ハル〉おちがいおろして腰《こし》打チかけ。「ついでに火をもらふてさらば一ッぷく〈色〉いたさふか」。「[三五]〈詞〉アいたしてもらふまい子共の寝《ね》入リ口。[三六]かさ高に物いふて下さんな。けふは又[三七]けしからぬついに見駲《なれ》ぬ木綿《もめん》かい達《たち》が。ないといふに立チかはり入リかはりこなたで三ン人ン。そして家の内や人のかほを。きよろ〳〵とがてん

一二 霊験あらたかな仏閣と神社。
一三 種々に染めた糸を機(はた)にかけて織ること。思いを託して織ることにかける。
一四 「辛気辛苦」に「真紅」をかける。さまざまに思い煩う心を竪糸に、真紅の糸を横糸に織りなして。「しんき深紅(しんく)をないまぜの」(五一三頁六行目)。→一一頁注二三。
一五 「梭(さ)を投ぐる間」の末三字に漢字「車」を当てた謎ことば。梭は機織で緯(ぬき=たていと)を通すための道具(→一一二頁図)。梭を投ぐる間でほんの短い間。十行本「さおなぐるま」。百合若大臣野守鏡三「さをなぐるまの。世のわざも」。
一六 ここは手業の意。再版本「手談(ずさみ)」。
一七 機屋の舞台装置、現行では正面の居間に続く上手の障子屋体。庭に面しては腰高障子窓で限られている。葛の葉は現行初演では黄色の石持(こくもち)に黒襟、黒繻子の帯、前垂れ、襷がけ、髪は島田。 一八 ぼうや。 一九 ばった。
二〇 いたずら。 二一 さっき乳を呑んでから。
二二 現阿倍野区松虫通一丁目。松虫は音をきくために飼っておくもの。能の松虫は、阿部野の松原で二人連れの一人が、松虫の音があまり面白く聞こえたので、その音を慕い行き、ついに空しくなった物語。夢幻能。摂陽群談でこの伝説の主人公を葬ったのが松虫塚、と伝える。なお摂津名所図会では「むかしの官女塚なるべし。松虫も官女の名なるべし」という。
二三 再版本「連レて」。
※柿の木、松虫、機の音、秋の季節感が漂う。
二四 子守唄の節付けになり、葛の葉は童子を抱いてあやす。「ねんねこ」「ねんね」は幼児語で、寝ること、「ねんね」は赤子のこともいう。「ねんねこ〳〵ねんねこせ。…のゝさまのみやげにはでん〳〵太こにしやうのふえ」(天神記一)。

のいかぬ木綿《もめん》買達《かいたち》では有ルはいの」。「ハテそふいはしやりますな。合点《がてん》一がいかいでから高《たか》が天下の町チ二の借屋《しやく》に住《すむ》木綿かい。気遣《づかひ》なことはござりませぬ。かふうろ〳〵と見まはすも。アヽどふやら機《はた》に器用《きよう》そふなおか様の顔《かほ》じや。定《さだめ》ておりだめがあらふ売《うつ》てほしやと思ふからなんとうつて三くさりませぬかい」。「サアしだい〳〵にさむふは成ル。夫《おつと》の肌着《はだぎ》よ四表《おもて》がへよ。子にもさつばりきせたけれど。繰《くる》も績《つむぐ》も織《おる》もそめるも手一トつで。内の肌《はだ》さへふさぎかねる。売木綿《うるもめん》はいかな〳〵切《きれ》一ッ尺《しやく》ござらぬ。ない所に長居《ながゐ》せずとつと丶いんでくだされ」と。あいそなければ立チあがり。「ハテおかさまそふも五ぎどふにいはずとも。仕《し》事《(ごと)》は心につれる物じや。六気たけをながふ心のはゞひろふ。詞に七つやも有ルやうに其内織《おつ》て下さりませ。又御無心に参らふ」と。我ガ挨拶《あいさつ》を八しほにしてすご〳〵出て帰《かへ》りけり。

「アヽやかましやよしないことに隙《ひま》とりしが。うれしや九日あしも一〇八つがしら。夫トの帰りは間もあらふ。一一七つの墨《すみ》へはとゞく手の片付《(かたづけ)》て饗《もうけ》せん。ねんねこ

二五 こんなにいとしい者を、ほかにこれ以上の者がいると言えようか。参考「ねん〳〵〳〵や。…かはいものを誰がいの」(彦山権現誓助剣八)。　二六 子守唄から義太夫節に直る。でんでん太鼓は柄のある太鼓の両側に鈴や玉をつけ、柄を持って振ると鈴が太鼓の面に当って鳴るように拵えた玩具。　二七 もと雅楽の舞楽で舞人が持つ柄のついた鼓。これに似せて作った玩具のでんでん太鼓の類をいうことが多い。

二八 雅楽のこと。振り鼓からの連想。

二九 能楽の囃子。立派な楽や囃子など不要。

三〇 人妻に対する軽い敬意をこめた呼び方。

三一 木綿の製造過程で、糸及び布を天日に干す必要があるので、雨が続くと生産が需要に追いつかず、値上りする。俳諧類船集の綿《(タワ)》の条「大和河内摂津よりは木綿を出す」。

三二 布帛、絹織物の長さの単位、近世には五丈二尺。現在は六丈。いずれも鯨尺。

三三 二端《(たん)》で一疋。半疋は一端、着物一枚分。

三四 「うちがい(打飼)袋」の転。旅行や外出の時、食料その他、或いは金銭などを入れて背負う袋。

三五 相手の言葉の一部を鸚鵡返し、おおむね皮肉または好意的でない表現。「是非あづかる。ホヽならばあづかれ」(六九頁四行目)。

三六 大袈裟。大きな声で。　三七 変なことよ。

一 納得がいかない、素姓が疑わしい、といったところで、このお上の目の行き届いた日本国内。

二 ここも題材の平安朝ではなく近世大坂の町を想定。借屋住みは、家持ちの町人より一段階下の庶民。仲買人達が各地から買い取った木綿は大坂の木綿問屋に集められ、大坂は近世中期ま

ねゝこ」とたゝ[一二]き付ヶ。又機《はた》前にさしかゝり。となり柿《かき》の木を。十六七かと。思ふて。のぞきやしほらしや。げしう[一三]はあらぬ。つま[一四]はづれ。老人夫婦の旅姿廿《はたち》[一五]余りにおとなびて。娘めく人かいはうし旅とてもまだ泊経《とまりへ》ぬ。足もかろげにそんじよそこと[一六]人のおしへのかどの口。「コリヤ〱こゝよ」と父の老人二人ンを近づけ。「保名の有所《しよ》聞《(きく)》とひとしく。是迄《(これまで)》同道はしたれ共。此方《(このはう)》よく〱思へばわかれて早六年ン。長の年月生キ死《(しに)》の問《とい》おとづれもせず。こそかはらね共。保名の心底《しんてい》はかりがたし。先《(まづ)》某《それがし》一人《(いちにん)》たいめんし。所存を聞て其うへで。母も娘も呼出《よび(いだ)》さん。しばらく爰《(ここ)》にかげかくせい[一七]であないせん頼《(たのみ)》ませふ。物申さん」と内に入《(いり)》。見れ共《(ども)》〱人はなし。「扠は保名は他出《たしゆつ》召《(めさ)》れ。あの機音《(はたおと)》は召つかひか。御免あれそれへ参る」と窓《まど》に立寄《(たちより)》顔[一八]見合セ。扠も似たりと惘《びつくり》[一九]しけうさめかどへかけ出ヅれば。女も窓の戸引立テておる手拍子《びやうし》の音すめり。「ヤレ〱かゝよ娘よ奇妙[二〇]〱。娘の葛《くず》の葉《は》があそこに。機おつてゐるはい」とあきれ顔。「ア、つ[二一]がもない是爰《こゝ》に居る葛の葉が。何のあそこに機おつ

で、全国木綿市場の中心をなした。

三 再版本、十行本も同じ。「くださる」の俗語、奴言葉「くんさる」。 四 上着の着替え。

五 没義道。邪険。 六 綿布の縁で「着丈」にかける。次の「心のはゞ」も布の幅にかける。

七 愛想、うるおい。上出来の織り布に光沢があるのとかける。

八 きっかけ。普通は相手の言葉をきっかけに立つが、ここは葛の葉がろくに応答しないので。

九 日の光、時刻の見当を言うのに使う語。

一〇 午後二時になった頃。 一一 七つの終り即ち五時半すぎ頃には、機織り仕事の手もまわるから、それを片付けてから夕飯の用意をしよう。「墨」は「墨色の夕暮れ」を略した言い方。もと、墨色で吉凶を占う路傍の易者が仕事をしまう夕暮れの来客に、墨色の見分けがつかなくなったからまたあしたおいでとことわることから、口実をつけて客を帰らせる意味の俗言。

一二 軽くたたいてあやし、寝かせること。この後、「隣柿の木」の唄が子守唄を兼ねるので冒頭より文字譜の指定が低音になる。

一三 「異(け)しく」の音便。卑しくない、なかなか立派な。下手から庄司夫婦、葛の葉姫登場。

一四 着物の褄のさばき方。転じて動作、態度。歌の十六七の娘の様子から次の老人夫婦と娘の様子に言いかけた。

一五 娘にしてはやや老けた感じをいう。現行ではこの句を省き葛の葉姫は二段目と同じく緋の振袖着付、白地の帯。十代の姫の拵え。若い扮装は初演時も同様か。

一六 どこそこ。「そこですよ」と。

一七 いで案内せん。では来意を告げよう。「こんにちわ。ごめん下さい」。

一八 現行、桟のはまった機屋の小窓から姉さん

てゐる者ぞ。広《ひろ》いせかいに同じ人間似た人もあらいでは。ア丶げうさんなこと計《(ばかり)》」。「いやなふた[一]いがい物の似たといふは。烏《からす》と烏雪と雪。其だんではない正銘《めい》正真《じん》の娘の葛の葉よ。うたがはしくは覗《のぞ》いてお見やれ」。「それはけう[二]がる似た人や。娘もおじや」とさし足し。忍ぶま[三]ぢかき窓障子《しやうじ》。やぶれに二人ンが息《いき》をつめ。のぞけば見かはす顔計《(ばかり)》か。「どなたじや誰《たれ》じや」といふ声迄《(まで)》。似[四]はせぬやつぱりほん〴〵の。葛の葉も肝《きも》つぶれ母の手を引《(ひき)》逃出ッる。「なふ〳〵おやぢ殿物がいはれぬ。あちらがまことの葛の葉か是がほんの葛の葉か。親の目にさへ今となり子にど[五]まくれて気が迷《まよ》ふ」と。なげ[六]首すれば葛の葉も。「か丶さまお道理私《わたし》が心にさへ。[七]おれがあの人かあの人がおれかとおもはれて。俄《にはか》に胸がや[八]るせない。と丶様どちらをどふといふ。分別なされて下されと。袖《そで》にすがれば引よせて。三人顔を詠《ながめ》あいためいき

[九]へついたる折からに。

[一〇]立帰る安倍《あべ》の保名それと見るより。「ヤア庄司殿御夫婦か」。「お身は保名かな

被りの葛の葉が顔を見せる。

一九 興醒め。意外さにあきれ。

二〇 何とも不思議なこと。二一 とんでもない。

※「隣柿の木」の端場はこの作品中、唯一の世話場で、庄司夫婦の言葉遣いなども、二段目やこの段の奥(保名の登場以後)と違い、庶民的である。庄司親子三人の登場以前には、保名、葛の葉の固有名詞も使われていない。不審な木綿買によって、平穏な家庭に、わずかに不協和音が漂ったあとへ、時代物の人物である庄司、葛の葉姫が来訪し、二人葛の葉の異常な状況が生じたところで、主人公保名の登場。引き締ったすぐれた構成。

一 大概。以下は似ても似つかぬたとえの烏と鷺、雪と墨を利かせたもの。

二 興がる。驚き入った。大変な。

三 「間近き、窓」と頭韻。

四 似ているのではなく、これはまあ、ほんものの。母親のひとりごとから「葛の葉」を掛詞にして地の文へ移る。「見くらべる程生写し、似はせでやつぱりほん〴〵の。勝頼様じやないかいのと」(本朝廿四孝四)。

五 とまどい。

六 投げ出すように首を前に傾け、思案に尽きたさま。

七 女性の自称。↓二〇頁注一〇。

八 せつない。身のおきどころのない気持。

九 ヲクリの返しの句。

※四段目口の奥。場面続く。太夫交替。初演者竹本義太夫(播磨少掾)。通称「子別れ」「狐(こ)別れ」がこの奥をさすだけにも使われる。音曲口

ふなつかしや〳〵」。「それは此方《このはう》も御同前。先《まづ》おくへいざ御あんない」と立《たつ》たもとをひかへ。「まづまづ急に渡《わた》す物有リ。コレ預《あづか》りの葛の葉つれて参つた。わたし申ス聟《むこ》殿」と引合されて葛の葉は。さすが二人リの親《をや》のまへ一一いはで心をしれかしの。顔にゑしやくぞこぼれける。

保名大きにいたみ入《いり》。「是は〳〵。拙者《せつしや》が留主《るす》のうち早葛の葉に御たいめんなされ。衣服《いふく》をきせかへ今つれてきたやうに見せ。此保名をこまらせておわらひなされふためか。女房も女房今はじめてきたやうに。一二しよていをつくつてなんじやの。ハヽヽヽ此申シわけこそ段《だん》〳〵。御息女葛《そくぢよくず》の葉《は》と夫婦に成リ是に有ルこと。先《せん》年ン信太《しのだ》の宮《みや》にて悪右衛門狼藉《らうぜき》の時。すでにことなんぎに及び生害《しやうがい》仕《つかまつ》らふと存ズる所へ。早速《さつそく》この人がかけ付ケさま〴〵の介抱《かいほう》。それより一ツ所《しよ》に立チのき所〻漂泊《ひやうはく》し。此所の住居《すまゐ》はや五年ン。安倍《あべ》の童子《どうじ》と申ス五さいの男子《なんし》をもうけ。一三おとなしくおいたち申スに付ケ是をちからにおわび申さば。孫《まご》にめんじ我ガ不《ふ》行跡《かうせき》御めんもあらふか。けふはまいらふあすはおわびにまいらんと。口チで

伝書に播磨少掾が門弟順四軒のここの語りを「人情第一」に語るべき曲が「おもしろく聞えて気の毒」と注意したと伝える。

一〇 保名、下手から登場。現行、浪人暮しを表わす黒縮緬の肩入れの着付。一本差し。編笠を持ったやつしの扮装。

一一 思いのたけを、口では言わないが。

一二 すました様子をして。

一三 子供が年齢よりおとなびて利発なこと。

は申せ共何かしよぞんにまかせず。一チ日〳〵と相ィのび今さらおわび申さふ詞《ことば》もない。重《ぢう》〻の不調法《ぶちやうはう》孫《まご》にめんじ御堪忍《かんにん》有ルやうに。母様おとりなしなされ下され」と。身をなげふしてわびにける。

「いやさいひわけ所ロ《(どこ)》でない。きて見たればふしぎたら〳〵[一]。まづあの機《はた》[二]おる人をひそかにのぞいて見ておじやれ」。[三]「げにも〳〵女房は爰《こゝ》に居《ゐ》る誰《たれ》か機《はた》をお[四]るらん」と。つぶやきながら立チよつてそつとのぞいてびつくりし。色をちがへ立チかへり「あそこにも葛《くず》の葉《は》こゝにも葛の葉。コリヤどうじやこはこはいかに」とてんどう[五]し。奥《をく》を見てはあきれ顔《(がほ)》こなたを見てはけうさめ顔《がほ》。物をもいはずたつつゐつ思ひがけなきおどろきにたゞぼう[六]。ぜんたる計《(ばかり)》なり。

「ヲヽたうわくのていしごく[七]せり。我レも信太《しのだ》にてわかれし後チ悪右衛門がざんげんにて。[八]重代《ぢうだい》の所領《しよれう》没収《もつしゆ》せられ。[九]よしみの山の片《かた》さとに世を忍《しの》び住《すむ》其内に。貴殿《きでん》のことを恋《こひ》したひこがれわづらふ此娘《むすめ》。五年ンの年《とし》月キ色〻かん病肝《びやうきも》[一〇]をこがす所。[一一]不慮《ふりよ》に頃日《このごろ》貴殿のありか聞クとひとしく。たちまち病気《き》平愈《へいゆ》[一二]し夫婦が

一　あまり好ましくないことが続くさま。「阿呆のたら〳〵書散し」(冥途の飛脚・上)。
二　一旦止んでいた機音が、このあたりからまた聞こえている。この芝居の前半、機の音が、浄瑠璃の演奏を妨げぬよう留意されつつ、効果的に使われる。
三　底本、句点不明瞭。再版本明瞭。
四　「ノル」は不審。再版七行本「ハル」。
五　転倒。
六　現行曲、ヲロシという大時代な曲節(絵本太功記十「武智も仰天し只忙。然たる計也」と同様)で驚きを強調。
七　至極。もっともである。
八　先祖代々。二段目の悪右衛門のことば「信太の家を断絶さして」(五〇頁三行)参照。
九　大阪府泉南郡田尻町吉見の春日神社旧域の小丘。山名はなく、単にお山と呼ばれていたが、現況は人家建てこめて山形をとどめない。
一〇　夫婦が心を悩ましていたが。
一一　思いがけなく。
一二　現行はヘイユウと発音。
一三　「興」と「今日明日」をかけ、興が醒めるどころではない、と強調。
一四　冷静に。
一五　身体が二つに、二人の如くに分れる病という。中国明代の本草綱目十巻十二「人参付方」の項に、離魂異疾という病気を説明して、本人が自身の身外に自己と同じ身体が並んでいるように覚える症状とし、その治療の薬方を記す。これとは別に、古く六朝小説以来の文芸、説話類では、実際に同一人物が分れ出て行動し、またそれを怪異の物のなすわざとするなど、種々の話になっている。近松浄瑠璃にも双生隅田川の

召シつれきて見れば。思ひもよらぬ二人ンの葛《くず》の葉《は》[一三]けうもあすもさめはてしが。[一四]しりぞいて分別《ふんべつ》するに離魂病《りこんびやう》[一五]といふ病《やまひ》有リ。俗《ぞく》には影《かげ》[一六]のわづらひといひかたちをふたつにわくるといへ共。それも一トつ軒《のき》をばはなれず。時《とき(どき)》ゝかたちを合ハすといへばそれでもなし。まさしく是は変化《へんげ》のしよゐか又は天狗《てんぐ》のわざなるべし。我ガ娘に引キ合ハせ誠《まこと》[一七]をもつて理をおさば。[一八]たちまち姿《すがた》をあらはすべし性根《しやうね》をぼうずる所でなし。保名《やすな》心を付ケられよ」「気を付ケ給へ聟《むこ》殿」と。[一九]夫婦ちからを付ケ給へば「仰《おゝせ》迄も候はず。我レも加茂《かも》の保憲《やすのり》にしたがひ是式《しき》の邪正《じやしやう》[二〇]をたゞすこと。[二一]一ツ句一ツ指《し》の手段《しゆだん》に有リ。きつとしる[二二]しを見せ申さん各《をの〳〵》はしばしの内。見ぐるしく共此物置キにひそかにお忍《しの》び下さるべし」と。[二三]よぎなき詞に人ゝも「[二四]かまへてしそんじたまふな」と。[二五]あやぶ心の物置キのすだれを上ゲて忍《しの》ばるゝ。

[二六]保名《やすな》ことなきふぜいにて内に入リ。「是は〳〵坊主《ばうず》めがあがきくたびれ。此ふんぞつてねたなりはいの。童子《どうじ》が母はおはせぬか今かへりし」と呼《よば》はれば。

吉田少将の御台所が二人になる病は天狗のしわざに構想された。危害を加えるものもあり、逆に殊勝なものにもなる。本曲はその後者であるが、父が二人の葛の葉に驚く成行きなど唐の小説離魂記に似ている。

一六 倭訓栞「かげのやまひ」の項に「離魂病也」。

一七 真実に照らし、道理を明らかにするならば。妖怪や変化は心の迷い、混乱につけこむから。

一八 このあたり、現行曲は独特のノリ間(ま)の語り口。三代目鶴沢清六の「狐(こ)別れの段」、大正六年二月御霊文楽座上演時(太夫二代目豊竹古靭太夫、後の山城少掾)朱入り本に「大和ジ」と注記。「狐別れの段」曲風の大成者とされる大和掾(内匠太夫。初演時は他の段を語る)の音遣いと間(ま)、いわゆる大和風の特色はこの段随所にみられるが、ここは特にそれが際立つ箇所、の意の注記。四行後の「お忍び」にも同様の書入。

一九 ここから「忍ばるゝ」まで、古浄瑠璃を意識した文体。世話場「隣柿の木」とは一変し、

二〇 妖しいことの正体を明らかにするには。

二一 陰陽家としての保名が唱える一句の呪文、一寸したしぐさでなしうるてだてを弁えている。

二二 験。明らかな効力を発揮してお目にかけよう。

二三 保名がひたすらに言うので。 二四 必ず。

二五 「あやぶむ心」の名詞化。再版本、現行曲も同じ。あやぶみながらも。「物置き」と「心をおく」をかける。

二六 以下、この場面には現行演出を抄記する。三人を下手の物置に忍ばせてから、内に入る。三代目清六本に「保名門口にてクジ(九字)キル」。

一まへだれたすき。取リあへず。二「いつよりけふのおかへりはおそかりし。おはださむにはなかりしか」。「いや〱空《そら》もあたゝかに住吉《すみよし》へさんけいし。三かへりは例《れい》の天王寺《てんわうじ》。なふ思ひもよらず四六時《ろくじ》堂《だう》のまへ。お身の父庄司《ちゝしやうじ》殿御夫婦にはたと行合《ゆきあい》。日来《ごろ》のふとゞき胸《むね》につまつてあいさつをしかねたれば。あちには一ッ向《かう》うらみのけもなく。ありかをきいた故娘《ゆへむすめ》にあはふため。たづねきたれ共見る通リつれ衆《しゆ》も有リ。此衆をかた付ケ日くれにはそれへまいらふ。たべ物の用意《ようい》は無《む》用洗足《ようせんそく》の湯《ゆ》を頼《たのむ》と。五中カゝ（なか）心とけたるあいさつ一トつ二タつものいふと思ひしが。かいつまんでも五年ンのはなし思はず時をうついた。お身も久ゝ《ひさぐ》のたいめんさぞ悦《よろこ》び。身も大イけい」と物がたれば。「それは何よりお嬉《うれ》しや日くれとて間ダもなし。用意無用《よういむよう》とのたまふ共なんぞせずは成ルまいか」。「いや〱孫《まご》をつき出しおめにかけるが馳《ち》走《そう》の一チ番《ばん》。お身も髪《かみ》に櫛《くし》でも入レ衣服《いふく》も着《き》かへ。六しほたらとしたていを見せませぬそれが馳走の第《だい》二番ン。はやふ〱身は夜《よ》と共の物がたり。此くたびれ

一 前垂、襷を取る間もなく、まず出迎えて。「取りあへず」は「取る」と「まず」の意をかける。三味線の調子が上り、上手の機屋から葛の葉がしとやかに出、姉さん被りをとり、前垂、襷を外しつつ坐る。

二 ここの葛の葉の保名に対するせりふは詞でなく地合で、文末を「なかりし。か」と「狐詞」といわれる特殊な技巧で聞かせる。九行後の「色」の「成ルまい。か」も同様。初演時は疑問。

三 この家のある阿倍野は住吉と天王寺との中間であるから、天王寺は帰り道に当らないが、住吉参詣のあと天王寺参詣をして帰る意であろう。

四 四天王寺内の六時の勤めをする堂。六時の勤めは晨朝《じんじよう》・日中・日没《にちもつ》・初夜・中夜・後夜《ごや》に念仏、誦経などを行なうこと。

五 かえって。

六 所帯やつれした様子をお目にかけぬことこそ。

七 ここの葛の葉は、狐詞や異様なイキ扱いからくる一種の妖気を漂わせながら、優美で気品高く、非の打ち所のない妻として演じられる。

八 心の奥と奥の間をかける。保名は自ら心の迷いを払うように、床の間から御幣をとって払い、上手の障子を明けて一間へ入る。この一間は先刻まで機屋、今は機屋とはみなさない。

ではつゞくまい日くれ迄《(まで)》一ッ睡《すい》せん」と。いひつゝ女房のなりふぜい[七]見れ共《(ども)》おどろくていもなく。髪《かみ》とり上グる其すがたどッこに一トつの云《いひ》ぶんなし。但《たゞし》は娘をつれてきた庄司《しやうじ》夫婦がなんぞではあるまいかと。まよふ心[八]の奥《をく》の間《ま》に忍《しの》びて事をうかゞひける。

[九]妻《つま》は衣服《いふく》を。改《あらため》てしほ〳〵と奥より出。ふしたる童子《どうじ》をいだき上ゲ。乳《ち》ぶさをふくめだきしめていはんとすれどせ[一〇]ぐりくる。涙《なみだ》は声にさきだちてしばらく。むせび入リけるが。

「はづかしやあさましや年シ月キつゝみしかひもなく。おのれ[一一]と本性《ほんしやう》をあらはして妻子《つまこ》の縁《ゑん》を是切リに。わかれねばならぬ品になる。父御《ちゝご》にかくといひたいが互《たがい》にかほを合ハせては。身の上ヱかたるもおもてぶせ[一二]。御ン身ねみ[一三]ゝによく覚父御《ちゝご》にかくとつたへてたべ。我レ[一四]は誠《まこと》は人間《にんげん》ならず。六ク年ンいぜん信太《しのだ》にて悪右衛門に狩《かり》[一五]出され。しぬる命《いのち》を保名《やすな》殿にたすけられ。ふたゝび[一六]花《はな》さくらんぎくの千ンねんちかき狐《きつね》[一七]ぞや。あまつさへ我レ故《ゆへ》に数ケ《すか》所《しよ》の疵《きづ》を受ケ給ひ。生害《しやうがい》せ

九 ゆったりとしたハルフシで葛の葉が正面の暖簾を分けて出る。髪はしけの下った大ぶりの丸髷、派手な花模様の着付。下手むきに坐ったまま、狐手をするとドロドロで門口の戸が自然に閉まる。
一〇 こみあげてくる。
※このあたりで抱いた子を布団に寝かせる。
一一 葛の葉は「おのれと」狐の本性を現わした訳ではない。この文章は先行作に引きずられた表現。古浄瑠璃・しのだづま及び近松の百合若大臣野守鏡の女主人公は、まさに一瞬油断して、おのれと本性を現わす。「あさましやかなしやな。年月つゝみしかひもなくあだなるかたちを見せけるかや」(百合若大臣野守鏡三)。
一二 恥ずかしい。
一三 寝耳。ここで抱いていた子を寝かせる演出もあり、寝ている子に頬ずりする演出もある。
一四 「我は誠は」と凄く言い、「人間、ならず」と狐詞。
一五 「かりー、いだされ」と狐詞。以下随所にこの種の詞の技巧。
一六 再び命をとり戻した意と、狐の縁語蘭菊(→四頁注一〇)の花をかける。
一七 「キンネ」と呑んで発音。ここで大ドロドロの鳴物で人形遣いもろとも沈んで隠れ、一瞬で白狐の精を表わす白毛の着付、しけつき島田の葛の葉に変って出る。なおこの早替りの別法に、はじめ枕屏風の後ろにかくれ、白狐の縫いぐるみを枕屏風の上にちょっと出して引っ込め、改めて白毛の着付に変った葛の葉が枕屏風を倒して現れ、人形遣いの裃も早替りという演出もある。

んとし給ひし命《いのち》の恩《をん》を報《ほう》ぜんと。一葛《くず》の葉《は》姫《ひめ》のすがたと変《へん》じ。疵をかいほう自害《じがい》をとゞめいたはり付キそふ其内に。むすぶいもせのあいぢやくしん夫婦のかたらひなせしより。夫《おつと》の大じさ大イせつさ二ぐちなる三ちくしやうざんがいは。人間《にんげん》よりは百クばいぞや。四ことにおことをもうけしより右《みぎ》と。左《ひだり》に五つまと子と。だいて寝《ね》る夜のむつごともゆふべのとこを限《かぎ》りぞと。しらず野干《やかん》の六通力《つうりき》もいとしかはいにうせけるか。今わかるゝとて父《ちゝ》ごぜのわざでもなく。元《もと》より名をかりすがたをかりし葛《くず》の葉殿。恩《をん》はあれ共《(ども)》うらみはなし。庄司《しやうじ》殿御夫婦をまことのぢい様ばゞ様。葛の葉殿をしんじつの母《はゝ》と思ふてしたしまば。七さのみにくふもおぼすまじわるあがきをふつつとやめ。手《て》ならひ学文《がくもん》せいだしてさすがは父の子ほどあり。器用者《きようもの》とほめられよ。八何をさせても埒《らち》あかぬ道理《どうり》九よきつねの子じやものと。人にわらはれそしられて。一〇母が名迄も呼《よび》出すな。常《つね》ゞ父《ちゝ》ごぜの虫けらの命を取ル。ろくな者には成ルまいと一一たゞかりそめのおしかりも。母《はゝ》が狐《きつね》の本性《ほんしやう》を受《うけ》ついだるかあさましやと。胸《むね》に釘《くぎ》はりさすごとく。一二なんぼう悲《かな》しかり

一 クズノハビメと発音。秋永一枝の論考がある。なお「いほはた立て山びめの手をりの。にしき」(酒呑童子枕言葉四)。
二 おろかで道理を弁えないこと。
三 残害は、いためそこなう、そこない殺す。畜生残害は、互いに噛み合い傷つけ合う畜生の境界をいうが、ここは畜生の愚かさを強調。女主人公が「愚痴なる畜生残害」との自己認識を持っている。「大方、生ける物を殺し、痛め、闘はしめて遊びたのしまん人は、畜生残害の類なり。万の鳥獣、小さき虫までも、心をとめて有様を見るに、子を思ひ、親をなつかしくし、夫婦を友なひ、嫉み、怒り、欲おほく、身を愛し、命を惜しめること、ひとへに愚痴なる故に、人よりもまさりて甚だし」(徒然草一二八段)。
四 白毛の着付に変ってからは人形も専ら、狐の精の反日常的な動作の中に情愛をこめてみせる。このあたりは薄ドロドロの鳴物で狐手、片足立ちから、両足を折って宙に浮いた形で童子の周囲をめぐり、夫のいる一間に近づき名残を惜しむなどのしぐさを見せる。
五 夫と子。百合若大臣野守鏡三の「みぎは(右羽)にわが子ひだりは(左羽)にとのごをねせしむつごとも。けふといふけふあらはれて。あだとなりたるつばさの身」は「地色」の節付け。
六 人間以外の通力を持つものが、人を真に深く愛するようになった時、通力は失われるという、懐硯五・織物屋の今中将姫、または西欧の「人魚姫」とも共通する思想。通力を失った時、形は狐でも本性は人間に生まれ変っている。狐の本性を留める「しのだづま」、もと人間が鷹の体を借りた百合若大臣野守鏡の女主人公、などと異なる本曲の悲劇性。
七 きっと憎からず、即ち可愛いとお思いになる

つるに。成人《せいじん》の後迄《(まで)》も小鳥一トつ虫一トつ。無益《むやく》の殺生《せつしやう》ばしすなゑ。一三必《かならず》〳〵わかるゝ共。母はそなたのかげ身にそひ。行ク末長《すへ》ガく守《まも》るべし一四とはいふ物のふりすてゝ。是が何とかへられふなご一五りおしやいとをしや。はなれがたなやこ一六ちよれ」とだき上《(あげ)》。だき付キだ一七きし。めて思はずわ一八つと泣《なく》声に。保名《やすな》一ト間を走出《(はしりいで)》「しさいは聞イたり何故《ゆへ》に。童子《どうじ》をすてゝやるべき」と呼《よば》はる声に庄司《しやうじ》夫婦。葛《くず》の葉もまろび出《(いで)》「はなちはやらじ」と取付ケば。一九いだきし童子《どうじ》をはたと捨《すて》かたちは。きへてうせにける。

庄司目をしばたゝき。「ヱ、扨《(さて)》夢《ゆめ》計《(ばかり)》かくと知《しつ》たらば。ふか二〇〳〵尋《たづね》こず共仕《し》やうもやうもあるべきに。むざんのしだいを見ることや」と。夫婦がくやめば葛の葉も手持《てもち》ぶさたに見へけるが。

「ア、そふじや何はともあれかくもあれ。みづからが姿《すがた》と成リみづからが名をなのり。うんでもらひしこの坊《ぼん》は取リもなをさぬ我ガ子也。とゝ様かゝ様おまへがたのためにも。真実《しんじつ》の孫じやと思ふてくださんせ。コレ坊稚《ぼんち》今から此母が

だろう。

八「何をさせても埒あかぬ」は泣く泣く言う。このくどきで直接泣く箇所は少ない。播磨少掾の音曲口伝書に、この子わかれの段でむやみに泣くのは語りではないとして、「一雫づゝなみだをぬぐひては名残をいふ心なり」とある。

九「道理よきつねの子じゃものと」は哀感のこもる派手な節付けで親しまれ、瞽女唄の「葛の葉」にもほぼそのまま取り入れられている。

一〇 あおむけに倒れて手足をバタバタさせ、動物の本能的で切ない情を表現。

一一 一寸した。保名は深い意味ではなく言った。

一二 どれほど悲しかったか分らない。

一三「必ゝ」は「そなたのかげ身にそひ」にかかる。

一四 そうは言うものの。内心を特に言い表わす独白の手法。

一五「なごりおしやいとほしや。はなれがたなやこちよれと。なみだにぬれしつばさにて。かきよせ〳〵かきなでゝ。はがひのしたのぬくめどり」(百合若大臣野守鏡三)。

一六「こちよれ」と坐って狐手を動かすと、童子が寝たまま宙に弧を描いて葛の葉の懐へ飛び移る。仕掛けではなく人形遣いが手に持ったまま素早く移動させる。

一七 三味線が独特の合の手を弾き、童子に頬ずり。

一八 山城少掾は本文通り「わーっと」と語るが、「クワイと」と、狐の声で語る人もいる。

一九 童子を手放し手摺の下に消えると、同じ人形遣いで縫いぐるみの白狐が出、二の手(前手摺)即ち屋外で振り返りながら、しおしおと下手小幕へ入る。

二〇 うかうか。思慮のないさま。

身にかへていとしがる。今迄のかゝ様のやうに。かゝ様〳〵と[一]しなつこしう頼《たのむ》ぞや。ヲヽよい子や」とだき給へば。

乳《ちゝ》をさがして「いや〳〵〳〵。此かゝ様は[二]そでない」と膝《ひざ》をはいおり見まはして。「かゝ様。〳〵」と呼《よび》さけべば。保名《やすな》たへかね大声《おほごゑ》上ゲ「たとへ野干《やかん》の身なり共。[三]物の哀《あはれ》をしればこそ五年ン六年ン付キまとひ。命《いのち》の恩《をん》を報《ほう》ぜずやいはんや子迄《まで》もうけし中。狐《きつね》を妻《つま》に持ッたりと笑《わら》ふ人はわらひもせよ。我レはちつともはづかしからず。別《わか》るゝ共あいたいにて互《たがい》にがてんの其うへは。うせもせよきへもせよ此まゝにてはいつ迄も。はなちはやらじヤア葛《くず》の葉《は》。童子《どうじ》が母よ女房よ」と[四]あいの襖《ふすま》を引キ明クれば。向《むか》ふの障子《しやうじ》に一ッ首《しゆ》の歌。[五]恋しくは。尋ネきてみよいづみなる。[六]しのだの森《もり》の[七]うらみくずのは。

「ハア扨《さて》は一ッ首《しゆ》のかたみを残し。つれなふもかへりしな我レになごりは残らず共。童子《どうじ》はふびんに思はずか」と。おくにかけ入リ表《をもて》に出《いで》狂気《きやうき》のごとくかけめぐれば。童子《どうじ》も父《ちゝ》の跡《あと》に付キ「かゝ様どこへいかしやつた。かゝ様なふ」と

一　「しなつこらしく」の意。なれなれしく。
二　そうでない。ちがう。
三　人間と同じく、深く感ずる心があるからこそ。
四　正面上手寄りの襖を明けるとその奥の障子に歌が書かれている。歌舞伎では葛の葉役の役者が左文字を書いたり、筆を口にくわえて書くなどのケレンも行われてきたが、文楽は原作通りの余韻を残した演出。
五　再版本「恋しくば」。現行曲も同じ。※簠簋抄には「清明ガ母ハ化来ノ人也…童子三歳之暮歌ヲ一首連ネ給テ曰ク恋クハ尋ネ来テ見ヨ和泉ナルシノダノ森ノウラミ葛ノ葉ト読給テ掻消様ニ失ニケリ」。安倍晴明物語は、これに潤色を加え、妻に去られた安名の悲嘆をこまやかに描く。歌は「母一首の歌を、障子にかきつけける／恋しくはたづね来て見よ和泉なる篠田の森のしのび〳〵に」。古浄瑠璃・しのだづまでは、妻がやすなに書置を認め、童子に名残を惜しみ、障子に簠簋抄や本曲に同じ「恋しくは」の歌を書く場面が、全曲中の重要な聴かせどころ。
六　和泉国信太郷(和名抄)の森。古代より歌枕で知られる。丘の上に聖(ひじり)神社があり、信太社、信太明神とも呼ばれる式内社。祭神は素戔嗚尊の孫の聖大神。社地は現在の大阪府和泉市王子町、近世の王子村で、享保期は天領であった。また、その西二キロ程の平坦地に現在の社名葛葉稲荷神社、別名信太森神社があって、元禄九年正月写本「泉邦四県石高寺社旧跡并地侍伝」(『和泉市史』所収資料番号一六九六)に社名を若之御前之宮として、古歌の信太の森をこの所としている。社地は同市葛の葉町。本曲の信太森と信太の宮は、名称と地理との関係が明らかでない。延宝二年板古浄瑠璃・しのだづまでは山の方になっている。

かつぱとふし。[八]〔ウ〕声をはかりに足《あし》ずりし身をもだへ歎《なげ》くにぞ。〔ウ〕庄司《しやうじ》夫婦葛《くず》の葉も。〔ウ〕共に哀《あはれ》〔フシハル〕とりみだし前後《ぜんご》[九]〔中ノル〕。ふかくに歎《なげ》〔ハル〕かるゝ。〔地ハル〕庄司《しやうじ》歎きをとゞめんと思ひ「ヤア保名ふかく〔色〕也。〔詞〕狐《きつね》計《(ばかり)》が葛の葉で我ガ娘は葛の葉ならずや。殊《こと》に残《のこ》せし一ツ首《しゆ》の歌。[一〇]〔地ウ〕恋《こひ》しくは尋《たづね》きてみよと読《よん》〔ハル〕だれば。〔ウ〕いつでも信太《しのだ》へさへ行ケば出合《(いであ)》フにうたがひなし。ヱ、みれんさん〳〵〔フシ〕ひけうしごく」と[一一]いさむる所へ。

〔地ウ〕けさより立[一二]チまふ木綿《もめん》かい一〔ハル〕つに成ッてつつ〔色〕と入リ。「〔詞〕ヤア安倍《あべ》の保名葛《くず》の葉《は》。信太《しのだ》の庄司《しやうじ》見付ケたく〳〵。かくいふは石川悪右衛門殿家来《けらい》。荏柄《ゑがら》の段《だん》八チ」。「滋賀楽雲蔵《しがらきうんざう》」「落《おち》合イ藤次。主人《しゆじん》の御[一三]心をかけらるゝ葛の葉をかくし置ク。保名は密夫《まおとこ》[一四]同前討《どうぜんうち》ころして姫《ひめ》をつれ来タれと。頃日《このごろ》こゝに徘徊《はいくはい》しけふで[一五]つくはせたは百年め。女房が有ッても首《くび》がなふては済《すむ》まい。畏《かしこまつ》たと葛《くず》の葉を渡せ〳〵」とよばはつたり。〔地ウ〕老人《らうじん》夫婦あし[一六]よはの殊《こと》に歎《なげき》に気〔ハル〕もおくれ。とはうにくれて立〔チ〕さはぐ保名はつと心付キ〔色〕「〔詞〕申シゝさはぐまい。葛《くず》の葉は童子《どうじ》をいだき御夫婦を

七 葛は風が吹くとその葉が裏返り、白い裏をみせるので、「裏」「恨み」などとかけて歌に詠まれることが多い。「秋風の吹きうら返す葛の葉のうらみても猶恨めしきかな」(古今集・恋五)。なお新古今集・雑下の左の贈答歌は、信太森と葛の葉を詠み合せた初出例とされる。「和泉式部、みちさだにわすられてのち、ほどなく敦道親王かよふときゝてつかはしける。赤染衛門／うつろはでしばし信太の杜をみよかへりもぞする葛のうら風。返し。和泉式部／秋風はすごくふくとも葛のはのうらみ顔にはみえじとぞ思ふ」。

八 声のある限り。

九 現行曲中オトシ。このあたり、特に古浄瑠璃風の古風な文体。

一〇 再版本「恋しくば」。現行曲も同じ。

一一 勇みをつける。励ます。

一二 徘徊する。うろつく。この段は四段目の口で、愁嘆場とはいえ、切場ではないので、全般に語りの運びが早いが、ここからは特に早くなる。

一三 山城少掾は「みこころ」、「おこころ」と語る人もある。

一四 保名を聟として、父庄司も認めているからには、その妻の葛の葉に心をかける悪右衛門の方が不義、間男であるが、それを逆にいう敵役の横車。

一五 出合わせたのは運の尽きる時だ。

一六 足弱。女すなわち葛の葉姫。

一 姿をかくせ。「た」は完了の助動詞で、催促の意を含めた命令の用法。　二「遠い所」の略。

三「かたみこそ今はあたなれこれなくはわする

かいほうし。裏《うら》口を出てかげ[一]かくしたとを[二]いへ逃《にぐ》るに及ばず」と。裾《すそ》引ッからげつつ立上《たちあ》ガり。「愚《ぐ》者《しや》に向《むか》つて返答《へんたう》なし。葛の葉がほしくば此保名を首《くび》にしてつれて行ケ サアこい」と。[三]かたみこそ今はあだなれ幸《さいはい》と。おりかけし[四]布機《しもはた》の[五]躡踏掛板《まねきかけいた》。[六]巻竹《まき(だけ)》よ[七]滕《ちきり》[八]梭《ひ》[九]筬《おさ》よ[一〇]籰《わく》なんど。はづみを打ッてなげかけ〳〵。ためふところを「[一一]まつかせ」と[一二]親機《おやはた》ゑいとこぢはなし。「咎《とが》有ル者を[一三]成敗《せいばい》の[一四]磔《はつつけ》といふ[一五]はた物の。あんばい見よ」とふりまはし日来《ごろ》には似ぬ強勢《がうせい》も。狐《きつね》や力ラそへぬらんはげしかりける働《はたらき》也。

落チ合ィは逃《にげ》じたく段《だん》八雲《うん》蔵なま[一六]兵法《びやうほう》。あばらと眉間《みけん》に大疵《きづ》受ケの[一七]たりまはつてし[一八]ゝてげり。

人ゝかけ出《いで》手《て》柄《がら》〳〵といさめども。葛《くず》の葉はいさみなく「何をいふてもわたくしに。乳《ちゝ》がなふてはいつまでも此子がなじまふやうがない。あつちにあつてもいらぬ乳《ちゝ》もらふてほしい」となきければ。「ヲヽ道理《どうり》〳〵それまでもなく一たびはたづねあはではかなはぬ義理《ぎり》[一九]。夜みちを行クもたど〳〵しあけなば[二〇]夫婦《ふうふ》

る時もあらましものを」(古今集・恋四)。織機の具は葛の葉を思い出させ悲しみを増すものゆえ、当座の敵を防ぐに使ってしまうのも幸いと。
四 下機。木綿を織るのに用いる丈の低い機。
五 機躡、招木。織機の部分。足で踏む。
六 糸をつむぐ道具。捲筳(まきたけ)。綿をまきつける竹棒。糸繰り機にかける際に、竹棒を抜き取って、綿が筒状になっているのを機にかけてつむぐと、均等に細い糸ができる。
七 織機の部品。「縢(ちきり)」は機を織るにたていとを巻くの木なり」(和漢三才図会)。
八 杼。織機の部品。経(たていと)の間に飛んで緯(よこいと)を入れる道具。八六頁八行目「梭を投ぐる間」の梭(さ)に同じ。
九 織機の部品。薄い竹片を櫛形に列ねて作り、長方形の枠に入れたもの。経(たていと)をその目に通して整え、緯(よこいと)を通すたびにこれを圧して、布の織目を密にするために用いる。
一〇 織機の部品。糸まきの枠(わく)。「籰(わく)は糸を絡むところの器なり」。なお、注四―一〇は一二二頁図参照。
一一 心得た。
一二 織機を支えている骨組か。
一三 処刑。
一四 刑罰の一つ。近世の場合は、罪人を柱に縛りつけて槍で突き殺すもの。死刑の中でも特に重科ある者に行われた。
一五 機物。原義は機(はた)。今昔物語集十六ノ二十六話など参照。
一六 なまはんかに武術を習得しているために。「なま兵法大疵のもとひ」(せわ焼草)。
一七 のたうちまわって。
一八 「死してんげり」と発音。
一九 道理。
二〇 「夜だにあけば尋ねてきかんほとゝぎすしのだの杜(もり)のかたになく也」(後拾遺集・夏・能因)。「泉邦四県石高寺社旧跡并地侍伝」(→九八頁注六)所引の歌は「尋て聞せ時鳥」。
二一 「たづねて(行こう)」という庄司の言葉から

童子《どうじ》をつれ」。[二一]たづねてきませ和泉《いづみ》なる信太《しのだ》の。森へと[二二]

道行信太の二人妻[二三][二四]

[二五]こゝに。あはれを。とゞめしは。あべのどうじが母上《はゝうへ》也。もとよりその身は[二六]ちくしやうのくるしみふか。き身のうへを。かたりあかしてつまにさへ。そふにそはれず住《すみ》なれしわが[二七]ふる。さとへ。かへろやれ[二八]我ガすみすてし。[二九]一ト村の。かりのやどりは秋《あき》ぎりに立チ[三〇]まぎれたるいろ。[三一]〳〵きくも。[三二]此身しるかとはづかしく。[三三]足《あし》つまだてゝちよこ〳〵。ちよこ〳〵とつまだてゝ。し[三四]よていみだるゝ[三五]はぎすゝき。はつと思ひてとりなりをつくり。つくらふ笠《かさ》の内。[三六]かたふく日かげまばゆくて。[三七]しのぶ身のさはりは。こゝの人ざとかしこのゆ[三八]きゝ。それに。いやなは。いぬのこゑぞつとした。ぞつとそげた[三九]つ[四〇]露《つゆ》しぐれ。[四一]ふりみふらずみ。てりふりに。我レはふるすへかへる身をよめり〳〵とさとの子の。あの[四二]いたゐけを見るにつけ跡《あと》にまします父母《ちゝはゝ》に預置《あづけ》イたるおさな子の。

掛詞で地の文へ移って、尋ねて来ませ(と障子の和歌に書き残された)和泉国の信太の森へと。二二「急ぎ行く」の句の省略型。→解説三。

時　前段の続き。前半、日暮れから夜半まで
後半、翌朝から夜更けまで
所　阿倍野から信太の森へ

二三 この道行は、前半を狐葛の葉の道行、後半を葛の葉姫・童子・保名の道行とする。付舞台(平舞台)の出語り出遣い。出語り初演者竹本和泉太夫、ツレ竹本内匠太夫(後の大和掾)。前半、葛の葉の道行は「乱菊の段」などと呼ばれ、現在も上演頻度が高い。本曲は四段目のみの上演が圧倒的に多いが、そのうち「狐別れ」(保名住家)のみとする例があるのは適当でない。現行、平舞台は使わない。幕明くと本手摺を浅黄幕で隠してある。　二四 紛らわしい二人の人物を登場させる二人何々の趣向は、元祖竹田出雲が好んで用いたもの(森修説)。四段目の終り近くにも、二人奴の見せ場がある。

二五 冒頭から「身のうへ」まで、「しのだづま」道行の文をそっくりとり入れた。現行、「あべのどうじ」から二上り説経。→解説三。　二六 仏教で畜生は愚痴で互いに殺傷し合い、また人に使役されるなど苦しみの多い境界。　二七 狂言・釣狐の「往のうやれ、戻ろうやれ、我が古塚へ」などによる。　二八 二上りを本調子に直し、説経風の節付けから本来の義太夫節に戻り、気を変えてハルフシの弾き出しとなる。現行、ここで浅黄幕を振り落すと、本手摺中央に三人遣いの出遣いで狐の顔の葛の葉が立っている。黒塗りの笠をかぶり、金茶色に裾模様の着付、髪は島田、手に杖。　二九 一叢の木々や草の茂る。

(一〇七頁へつづく)

ちぶさ尋《たづね》てさこそなげかんふびんやと。涙《なみだ》に道チも見へわかず。こゝはいづく
と[一]しら露もちくさに。すだく虫《むし》の声《こゑ》猶《なを》かなしみの[二]ますかゞみ。[三]水に。うつして。
わがすがた[四]かいしよ有リげに行クの[五]ぢを。そよ〳〵そよぐ野《の》[六]分《わけ》につれて。[七]あわ
[八]やおくてに。から〳〵からり。[九]ひかぬなるこの。音《おと》すればもし狩人《かりうど》の有やらん
と。あはておどろきふりかへる[一〇]小《こ》鳥《とり》おふ家《や》はとざししてそれと。とがむる人だ
に[一一]もないて身をもやくやむらん。今はくやまじなげかじと。いへど[一二]みだるゝら
んぎくをわけつゝ行ケば。ほどもなく我ガ住《すむ》森《もり》の。下タかげに[一三]立チやすらふと。
見へけるが草《くさ》がく。れし。[一四]て
〽[一五]こゝにあはれを。とゞめしは。あべのどうじが母上《はゝうへ》の。ひとりは跡《あと》にとゞま
れど。尋《たづね》るうみの[一六]かた〳〵の。ひとりは人のたねならぬ。其うきことに。身を
恥《はぢ》て。[一七]こひしくは尋ネ。こいとのことのはに。書捨《かきすて》たるをかたみ共。それをし
るべにくずのはは。保名《やすな》諸《もろ》共諸[一八]袖《そで》に。[一九]ほだしのたねの。いとし子を。すかしい
ざなひ[二〇]いづみ成ル。[二一]しのだの

一「知らず」にかける。　二 真澄鏡。「増す」にかけ、鏡から水を導き出す。　三「其時やかん、と有こかげの、いけみづに、姿をうつすと思へば、其まゝ、女のすがたと成」(しのだづま)。現行演出でも、ドロドロで、ちょっと飛んで我が姿を水鏡に映してみる。　四 甲斐性あり。働きのあること。積極的なこと。心の悲しさとうらはらに、張りきった様子で、の意。「かいしよ有げな。女子のしよてい」(本朝廿四孝・道行)。　五 野路。　六 秋頃に吹く激しい風。　七 粟。驚きや危機感をあらわす感動詞「あわや」にかける。　八 晩稲。おそく実る稲。　九「庵りさす外面の小田に風過ぎてひかぬ鳴子の音ぞ聞ゆる」(玉葉集・雑三)をふまえる。　一〇 実った稲や刈り取った作物を喰い荒らす鳥獣を追うための番小屋。　一一「無い」と「泣いて」をかける。誰も見咎める者はないが一人で泣いて、身の境界を悔やむのであろう。　一二 心は乱れる。「乱菊」にかける。　一三 立ちどまっているように見えたが、突然、草の茂みに紛れて姿が見えなくなり。　一四「うせにけり」を省略した型。→解説三。現行、ここで道行を終り、次は「二人奴の段」となる。

時　翌朝から夜更けまで
所　阿倍野から信太の森へ

一五 道行の後半。背景が変って遠く海の見える場面か。初演者は前後を通して語っているが、太夫を前後で替えた例(天明元年・稲荷芝居)もある。　一六 片方。二人のうちの片方、童子の産みの母。　一七「恋しく、来い、言の葉」と頭韻。　一八「諸共」と頭韻。二つの袖に。童子の手を引くさまをいった。　一九 狐葛の葉の心を、人界に繋ぎとどめるたね。　二〇「出づ」にかける。　二一 葛の葉姫・童子・保名、平舞台に登場。

〽もりへと。こゝろざし。ふりかへり見るゆん[二二]でもめても。里とをく。[二三]遠里《とをざと》おのや[二四]浅香《あさか》がた。あべのも跡《あと》に。[二五]なにはづの。みつの[二六]うらかぜはげしきにかぜばしひくなひかさじと。せなに[二七]おふてふきり〳〵す。[二八]きりはたりてふ。おる[二九]賤《しづ》がやの。[三〇]おさのおと堺《さかい》のまちも出はなれて。[三一]心細道《ほそみち》わけまよひゆけば。[三二]かすかに。[三三]ゆふづく日。人がほさへもちら〳〵と。くれぬさきよりともす火は。[三四]神〻の御とうかいや[三五]白ラ菊《ぎく》の。花に露《つゆ》ちる秋《あき》の野《の》か。あれこそ[三六]さのにともす火の。入リ江〳〵に[三七]あびきのこゑ。風にさそはれゆく道の。梢《こずへ》まばらにうらがれて。たゞ何となくさびしきに。[三八]おばなやさし。くまね。くにぞ。それをたのみの[三九]力草《ちからぐさ》。しげる百草《もゝくさ》道チくさを。[四〇]ひく手にすがりあひらしく。ゆびさすかたに。[四一]又ちら〳〵と物がしらすぞ哀《あはれ》なり。[四二]思ひにヤ。こがれてもゆる。のべのきつね火(ひ)さよふけてそれかあらぬか[四三]はゝきゞか。まがふかたなく子ゆへのやみにはゝもあこがれともす火と。[四四]はしりつく〴〵見渡《わた》せばかげもすがたも[四五]なきこがれゆく[四六]大《おほ》とりの。[四七]はがいかさねてひな鳥《どり》をいだきかゝへて[四八]玉《たま》ぼこの。[四九]よるかたわかぬたび

それぞれ一人遣い、全身出遣い。
二二 左手も右手も。　二三 遠里(とおさと)小野は歌枕。現大阪市住吉区と堺市に跨る、遠里小野(おりおの)地域。享保期の遠里小野村は天領その他。村の中央部を南北に阿倍野街道(熊野街道)が通じる。　二四「浅香潟、阿倍野、跡」と頭韻。歌枕の浅香の浦。現堺市浅香山町と大阪市住吉区浅香町辺とされる。享保期の浅香山村は天領。浅香山稲荷神社がある。　二五「成る」にかける。難波津、御津は古代の難波の港。古代の御津は、摂津国、住吉郡と西成郡のうちで、現大阪市住吉区・住之江区の海浜地帯から南区・浪速区付近までも含む広大な地域とされる。　二六「御津の浦」に「浦風」をかける。　二七 負うという。「虫の音(ね)の。機織るおとの。きりはたりちやう。きりはたりちやう。つゞり刺せてふきりぎりすひぐらし」(謡曲・松虫)。　二八 機を織る音の擬声語。　二九 庶民の家。　三〇 筬。→一〇〇頁注九。　三一「心細い」と「細道」をかける。　三二 江戸冷泉(→解説三)は「ゆふづく日」までの七五調一句にかかるのであろう。　三三 夕陽。　三四 神社の御灯か、いやはっきり分らない。　三五「知らず」をかける。　三六 現大阪府泉佐野市の北西端部。近世の佐野村は岸和田藩領。海運業、漁業で栄え、当地の豪商唐金屋は日本永代蔵にも扱われた。　三七 網引き。地引き網を引くこと。　三八 尾花。薄。　三九 雄日芝(おひしば)または風草(かぜくさ)の異名。ここは、力とするもの。以下、「草」を重ねた修辞。　四〇 葛の葉姫が道草を引く手に童子がすがり。　四一 ちらちらする光を童子が指さすのは、母にゆかりの火と子心に虫が知らせるため。　四二「さよふけて」まで、地唄「狐火」の引用。　四三 箒木。箒草の異名。信濃の園原にあったといわれる伝説上の木。「園原や伏

なれどいそぐ心に道ばかも。ゆくての森《もり》をめあてにてしばし。つかれをはらしける。

（草別れの段）

誰《たれ》にとひ誰にとはまじいはくすの。千枝《ちゑ》にわかれて物思ふ我も思ひにこがくれて。保名《やすな》夫婦稚子《おさな(ご)》をさま〲いたはり介抱《かいはう》し。「アヽしんどや」と葛《くず》の葉《は》が薄折敷足休《すゝきおりしきあしやす》め。「ヲヽならはぬ旅路《たびぢ》草臥《くたびれ》も尤《もつとも》。向ふがおことが生《むま》れ古郷《こきやう》。こちらに見ゆるが往昔《そのかみ》夫婦の契《ちぎり》をむすびし信太《しのだ》の社《やしろ》。ふと馴《なれ》そめし故にこそ。互《たがい》にかゝるうきめにあふも覚悟《かくご》のまへ。とかく只《たゞ》。世の中に歎《なげき》はなきに悦びを。もとむればこそ歎とはなると読《よみ》しも今身の上」。「ヲヽそふでござんすともあぢな縁《ゑん》から苦労遊《くらうあそ》ばし。おまへにそひたい〲とわしがりんゑのふかき故。悪右衛門にさゝへられ二親《おや》迄も思はぬ流浪《るらう》。昔《むかし》の花の住家《すみか》へ立寄も人目恥《はづ》かしく。どふかかふかとあんぜしに。ちやうどうす暮《ぐれ》よい時分《じぶん》。何とぞ尋《たづね》かのな

屋に生ふる帚木のありとはみえてあはぬ君かな」(新古今集・恋一)。狐火か、いや違うか。箒木のように、ありとみえて近づくと消えるものか。いや、まさしく母狐が子故の闇に、魂が胸の火となって体から迷い出て灯す火に違いないと。四四 走りついて、つくづくと。掛詞。四五「無き」と「泣き」をかけ、母または三人が「泣く」と大鳥が「鳴い」て空を行くをかける。四六 堺市鳳北町一丁目、大鳥神社(和泉国一の宮)を詠みこむ。四七 羽交。ここは、つばさの意。四八「玉鉾の」は「道」の枕詞。ここは雛鳥を抱きかかえるさまから掌中の玉を連想か。四九「玉」から「うば玉の夜」を連想し、「寄る」とかけたか。どちらを目当てに行くべきかも分らぬ。

時　道行の続き
所　信太の森近くの原から森の中へ

一 道ばかがゆく、即ち道がはかどる、と、三人が歩み行く先の、行く手をかける。
二 道行終る。
三「後の別れの段」ともいう。初演者竹本和泉太夫。詞章には歌枕による古名信太の森と現況による信太の原を混用している。舞台は前手摺に野道、本手摺に木立を背景に野菊の咲き乱れた草むら。人形は手摺舞台使用。

かの母御《はゝご》にめぐり合ィ。此子の思ひもはらしてやりたし。一トつには又私《わたし》も云《いひ》たいことは山〻」。「成ル程片時《へんし》もいそがん」と親子夫婦手[一三]を引キ合ィ。かのかくれ家《が》はいづくともしられずしらぬ乱咲《みだれざき》。菊《きく》のうね[一四]〳〵そこよ爰《こゝ》よと押《おし》わけかきわけ。「童子《どうじ》が母やい」。「童子の母御《はゝご》いなふ」とよべどさけべどこたへさへ。こととふ物は秋《あき》[一五]の風。野辺《のべ》にしほるゝ葛《くず》の葉《は》の。[一六]恨《うらみ》のたねや残すらん。

「扠《さて》はふつつと思ひ切リ。最早《もはや》あひも見もせぬか。ヱヽどうよくな心やなしし成リ共かたちをあらはし。此世の思ひをはらさせよ」と。泣キくどけば葛《くず》の葉《は》も声《こゑ》を上ゲ。「神通《じんつう》とやら得《ゑ》た身にて是程したふがきこへぬか。たつた一ト言《こと》童子《どうじ》に詞をかはして下され。此子はかはいふないことか」と。草場《くさば》にどうどふしまろべば。わきまへしらぬ稚子《おさなご》も。共に泣《なく》こそ哀《あはれ》なり。そよと吹風《ふく》。身にしみて。心ぼそき折《をり》こそあれ。我ガ子のきづなにからまれてあらはれ出《いで》し童子が母。顔《かほ》も姿《すがた》も葛《くず》の葉《は》に。又葛の葉の二面《ふたおもて》二めんのかゞみにひとりの影《かげ》うつし。見たるがごとく也。

四 思いをはらすべを誰に問おうか、いや誰にも問うまい。岩楠のように人には言わないで千々に物思うほかはない。音曲口伝書に「芦屋道満四段目へたれにとひたれにとはまじいはふじの。此地合加太夫ぶしなり」。
五 古来、信太の森で名高い「千枝楠(ちえのくすのき)」をさす。和泉名所図会に「高さ八丈許周り五丈株の太さ五尋(ひろ)枝葉四方にわかれて千枝万柯あり…根株こと〴〵く石の形也」。葛葉稲荷神社境内に現存。街道筋の平地にあり、東南の丘上の信太社へは二キロ弱。
六 「いづみなるしのだのもりのくすの木のちえにわかれてものをこそおもへ」(夫木和歌抄)。
七 「木隠れる」と「思いにくれる」をかける。
八 「なげきにはなげきはなきを悦びをもとむればこそなげきとはなれ」(夫木和歌抄)。
九 ここは、執着、煩悩の意。→五一一頁注一〇。
一〇 邪魔されて。
一一 薄暮。
一二 草むらとか穴とかいうのを避けた。→一一六頁注七。
一三 歩みを急いで森の草むらの中へはいって行く。
一四 畑の畝のように起伏する中を。
一五 「非ず」にかける。
一六 →九八頁注七。恨みの種に植物の種をかける。

保名《やすな》見るよりはしり寄《より》。「やれなつかしやゆかしやな。いとしかはいの子をふりすて。いづくの浦《うら》いづくの里《さと》にすまれふぞ。いか成ルあやしきかたち成リ共いとふまじ。せめて此子が智恵《ちゑ》づく迄そだてゝくれよ」とかこつにぞ。

「ほんに誠《まこと》に今迄は此葛《くず》の葉《は》に成リかはり。夫《おつと》への心遣殊《づかひこと》に身腹《はら》もいためずに。よい子をもふけし悦びは。よその歎《なげき》と成リたるかや。人にかぎらず虫《むし》けら迄親子《おや》のわかれ。悲《かな》しなふてなんとせふ。ましてや是は心よふそひとげてゐる中ヵへ。思ひがけなきみづからがぼか〱といたゆへに。たうわくしての家出《いゑで》かや。けふもけふとて此子がの。うみの母《はゝ》はなきともしらず。やつぱり此葛《くず》の葉を。実《まこと》の親と思ふて心よふあそべども。乳《ちゝ》をさぐつてかゝさまなふと。泣《なく》が悲《かな》しい〱」とわつと計《(ばかり)》にふししづむ。

母はむせびたへ入《(いり)》しがやう〱に涙《なみだ》をおさへ。「誠《まこと》のかたちをあらはしておめにかゝるも恥《はづ》かしく。以前《いぜん》のごとく葛《くず》の葉《は》様のすがたにて申シわけ。おふたり共に聞イてたべ。此母が野干《やかん》の身でさら〱夫《おつと》の色香《いろか》に迷《まよは》ず。御恩《をん》をおくる

一「ほかほか」「ふかふか」(九七頁注二〇)と同じく、考えなしに行動するさま。「いた」は「行った」。
二 どうにもならぬ。
三 道理、筋道。ここは成り行きに近い意。
四 果報拙き者。不運な者。
五 いろいろ果報拙い例もあるが、その中でもとりわけて。一通りでない時にいう。
六 大人に成長して。
七 思うに違いない。「らめ」は推量の助動詞「らむ」の已然形。係助詞「こそ」を省略した形。
八 ナヲスは四行前「げにや」の文字譜「文弥」を義太夫節の地色ハルに直す指定。即ち「げにや」から「ふししづむ」までは古浄瑠璃文弥節風の悲哀に満ちた曲調で語られる。
九 淫婦。太平御覧所引玄中記に「五十歳の狐、淫婦となる、百歳の狐、美女となる」。古来、老狐が美女と化して男を迷わす話は多い。
一〇 →一八頁注三。
一一 釈迦牟尼仏の身体をいう。身体という点では、人間と相通ずるので「仏躰にひとしき人間」といった。

ため計《(ばかり)》。年月《としつき》をかさねしに去《さり》二がたき因果《ゐんぐは》のたねを身にやどし。古巣《ふるす》へも戻《もど》られず。我ガ子につながれくらす内思はず此身のざんげをば。いはねばならぬ義理《ぎり》三と成ル。人にしられて一チ日も人界《にんがい》の交《まじは》りかなはず。扠《(さて)》こそ古郷《こきやう》へ帰《かへ》りたり。猶《なを》此上ヱにも保名《やすな》様恨《うらみ》をはれて此子の行末《ゆくすへ》。葛《くず》の葉《は》様頼ミ入ル」と童子《どうじ》を膝《ひざ》にだきかゝへ。乳《ち》ぶさをふくめせなをなで。

「げにや誠《まこと》に此子程《ほど》。四くはほうつたなき者《もの》はなし。五あるが中にも畜生《ちくしやう》の腹《はら》をかりしも前世《ぜんぜ》の業《ごう》。六おとなしう成末ゝ《(なり)すへ〴〵》は。みやづかへするとても野干《やかん》の子とてあなづられ。心苦《ぐる》しう思ふらめ七。それも誰故《たれゆへ》此母が人ならぬ身のかなしさよ」と。あるひはなげき恨《うらみ》わび。身もだへしてぞふししづむ。

保名《やすな》八もせきくる涙《なみだ》をとゞめ。「汝《なんぢ》が詞尤《もつとも》なれ共。婬《いん》九ふと変《へん》じあまたの人をたぶらかさば。吒枳尼天《だぎにてん》一〇のとがめも有ルべし。是はまさしく仏躰《ぶつたい》一一にひとしき人間《にんげん》をたすくるに。天のとがめもなどかあらん。サア〳〵安倍野《あべの》へ同道《どうぐ》せん」。「いや〳〵。それは思ひもよらぬこと。色におぼれ我ガ子に迷《まよ》ひ。此身をしら

（一〇一頁からつづく）

三〇 霧が立ちこめて見分けのつかぬ狐の棲みかのあたりに、咲き乱れた色々の菊も、この身のことをいろいろ聞き知っているかと恥かしく。三一 初演は、この合の手で狐の顔の葛の葉が平舞台へ下手揚幕から登場であろう。一人遣いの全身出遣い、両手を人形の裾から突込んで差上げ遣い。三二 狐と蘭菊の縁（→四頁注一〇）により。三三 狐の動作をあらわす。「いのやれ、古塚へ、あしなかを、爪立てゝ」（狂言記・こんくわい）。三四 所体。なりふり。次の「とりなり」にほぼ同じ。三五「脛」と「萩」をかける。三六「笠、かたふく」と頭韻。三七 現行曲では三下りではない。※現行演出ではこのあたりで笠をとると人間の顔になる。初演は小ヲクリの詞句で人間の顔になるであろう。笠をぬぐのは少し先か。三八 往来の人目の意。三九 肌寒くなる。狐は犬を恐れる。四〇 晩秋のころ、しぐれのようにさっと降る雨。四一 降ったり照ったり。日が照る中に降る雨を、狐の嫁入りという。四二 子供らしく、無邪気なさま。

れた其上ェに。二タたび人ン間ンに交《まじは》る時は。五万五千の眷属《けんぞく》にうとまれ剰《あまつさへ》。[一]尽未来際畜生界《じんみらいざいちくしやうかい》を出《いで》やらぬ。其くるしみにはかへがたし。なごりはつきじさらば〱いとをしの此子や」と。顔《かほ》にあて身にそへて泣キしづみ〱。「今は泣《ない》ても悔《くやみ》てもかへらぬ事」と立チ上るを。「こは情《なさけ》なし今しばし」と取付《とりつく》をふりはらひ。すがり付をもぎはなし。「此姿《すがた》ゆへとゞめ給ふ。いで〱愛着《あいぢやく》のきづなをきらん。誠《まこと》のかたち是御らんぜ」といふかと思へば忽《たちまち》に。年《とし》ふる白狐《びやつこ》と身を変《へん》じ「我ガ子の身の上ェまもらん」と。見返《かへ》り〱なつかしげに草《くさ》の。しげみへかくれける。

「なふ心づよきわかれやな。其かたちをもいとひはせじ。今しばししばし」といへど其かひは。[二]嵐《あらし》につるゝ[三]こたまのひゞき。[四]草《くさ》ぼう〱たる信太《しのだ》のはらの。草ぼう〱たる信太のはらに。おもかげ計《ばかり》や残《のこ》るらんおもかげばかりや

（[五]信太の森の段）

一 未来の辺際を尽す意。永遠に。底本振仮名「みらいざい」。

二「非ず」にかける。

三「コタマ　ヤマビコ（山彦）に同じ、山の反響」（日葡辞書）。

四「草茫々としてただ、しるしばかりの浅茅が原と」（謡曲・隅田川）、「松風ばかりや残るらん、松風ばかりや残るらん」（謡曲・松風）など謡曲の終局部にならった文章。節付けの二上り歌の出典は未詳。「残るらん」で本調子、義太夫節の地中ウに直す。

時　前場の続き
所　前場に近接する野中の街道

五 太夫交替。前後二段に分れる。前半を「童子

〽残るらん。折リからこゝに。旅乗物《たびのりもの》[六]石津《いしづ》の方タよりきたりしが。若党《わかたう》[七]立チ寄リ小腰《ごし》をかゞめ。「保名様《やすなさま》にて候な。御ン行衛《ゆくゑ》を尋《たづね》んため主人芦屋《しゆじんあしや》の道満《どうまん》はる〴〵くだり候」と。聞クより夫婦目を見合セ。「ねがふ所の御ン尋ネそれへまいつて対面《たいめん》」と。女房《ばう》にさしぞへ渡せばりゝしげに脇《わき》ばさみ。乗物間近《まぢか》くつつと寄《より》。「姉様《あね》の敵《かたき》おぼへがあろ。サア芦屋殿是へ出て勝負《せうぶ》〳〵」と声《こゑ》かくる。「こは狼藉《らう》」としもべども立チさはげば。「ヤア〳〵さはがししづまれ」とゆたかに出ヅる芦屋の道満。斬髪《ざんばつ》[八]に僧衣《(そうえ)》の姿保名見るより「ハアきこへた〳〵。身に覚《(おぼえ)》有ル敵持《(かたきもち)》ゆつくりと夜が寝《ね》られず。さまをかへてたすかる気か。衣《ころも》は着《き》ても敵はかたき。是成ルは身が女房葛《くず》の葉《は》。姉榊《あねさかき》が相果《あいはて》しは加茂の家につたはる秘書《ひしよ》。汝がうばひし故《ゆへ》ならずや。陰陽奥義《をんようおうぎ》の望《のぞみ》をうしなふ保名《やす》が鬱憤《うつぷん》はれやらず。丸腰《ごし》を相手《あいて》は死人も同前サア元《もと》の武士に立チかへり。尋常の太刀打」とつめかくればちつともさはがず。「お身達《たち》が恐《おそ》ろしとてさまをかゆる道満なら

問答の段」または「童子物語の段」とも呼び、初演者竹本義太夫。三重の返しで幕明くと、舞台は後半の段切りに演ずる大カラクリを仕込んだ野山の遠景のある場面。親子三人が心残して街道に立ち戻ったところから始まる。

六 石津川（→五二頁注一二）下流域の石津郷。近世の上石津村、下石津村。所属は幕府領その他。

七 小身の武家の従者。仲間、小者と同じく、出替り奉公人として召抱えられた。

八 元結を結わない有髪の僧の姿。

ず。拠《よんどころ》なき主命《しゆう》父将監の忠死に付キ。かくのごとく薙髪《ちはつ》一せり。又ッ《（まつた）》榊の前の生《しやう》害《がい》は後室并《こうしつならび》に岩倉がなす所。かの家の一チ巻《くはん》某《それがし》が手に入リし疑ひは二さる事なれど。うばひ取リしなンどゝは保名共おぼへぬ一チ言《ごん》。某が心は左《さ》にあらず。互《たがい》に他事《たじ》三なき弟子《でし》兄弟不慮の難儀に世《よ》をせばめ。地ウ此和泉路《いづみぢ》に漂泊《ひやうはく》と聞キつる計（ばかり）ハル仕官の身。心に任《まか》せず年シ月キを過《すご》中せしが。ウ此度《たび》桜木《さくらぎ》の親王《しんわう》の御賢慮《けんりよ》にかなひハル奉り。大内小博士《こばかせ》四に任《にん》ぜられ。ウ生国津の国芦屋五の庄《しやう》をたまはつて。ウかの地《ち》へおもむく折リに幸《さいはい》尋ネ来タりし色其子細《しさい》は。詞先師加茂の保憲一チ字を譲《ゆづ》りし秘蔵《ひさう》六の弟子《でし》。保名《やすな》の継《つぐ》べき家の重宝《ちやうほう》我ガ方に置クは道にあらず。かへしあたへん心底《しんてい》にて是迄持参《ちさん》いたせし」と。地ウ乗物《のり》の内よりうやうやしく取リハル出し。「此書を考《かんがみ》七八道をひらきふたゝび帰洛《きらく》いたされよ。ウ此上ヱにも我ガ心底うたがはしくは九ともかくも」と。詞すゞウ一〇敷キ其ありさま保名はつと平伏《へいふく》し。しばしスエテ詞もなか中りしが。

「詞浪人《らうにん》の心の僻《ひがみ》なさけ有ル芦屋殿に。卒忽《そこつ》の雑言《ざうごん》今更悔《さらくやむ》かひもなき。地ウ色にまよ

一 髻（もとどり）を切って法体となった。
二 もっともであるが。
三 隔てのない。親しい。
四 明経博士を大博士と称するが、小博士については平家物語十一・遠矢の「小博士晴信」を屋代本に「陰陽師晴信」と記すことから、陰陽道の博士をいうか、とされる。
五 現兵庫県芦屋市。↓付録2（芦屋道満）。
六 底本振仮名「さ」に濁点なし。
七 照らしみて判断を下し。「考」に「鑑」の意味を加えた訓読。「考ふ」は陰陽、天文等に関して占い、判断を下す時に用いることが多い。
八 陰陽道の悟りを開き。
九 如何ようとも、存分になろう。
一〇 潔い。
一一 世に出る。立派な身分になる。
一二 お行儀よく。おとなしく。形容動詞。
一三 小児が物を貰った時などにいう。ありがとう。
一四 底本「書キ付チ」。再版本により改めた。
一五 ↓八頁注七。三足の烏は太陽の中に住むと伝えるめでたい鳥。
一六 知れるんだよ。「の」は感動詞。
一七 信じられないようなこと。

以下一一二―一一三頁

一 社寺に奉納する額で馬の絵をはじめその他の絵、字などを書く。
二 お言葉なかばですが。
三 「子を養ひて教へざるは父の過ちなり」（古文真宝前集一・司馬温公勧学歌）によるか。
四 四書五経など、確たる漢籍の典拠。

ひし身の越度《おちど》大内のきこへといひ。主人小野の好古卿《よしふるきやう》御ン憤《いきどをり》はゞかりあれば。保名《やすな》が出世《しゆつせ》一一の望《のぞみ》はなし。何とぞ世悴《せがれ》をもり立テ家名をつがせ申シたし。御芳志《はうし》の賜《たまもの》童子《どうじ》にゆづり給はれ」と。先非《せんび》をくゆる夫婦がねがひ。「ハテ親子の間ダはいづれにても其方の心まかせ。童子《どうじ》爰《(こゝ)》へ」と招《まね》かれて。葛《くず》の葉《は》嬉《うれ》しくいだきよせ。「アレよその伯父《おぢ》様が。結構《けつかう》な巻物《まきもの》そなたにやろとおつしやる。行儀《ぎやうぎ》一二にそこへかしこまりや。ヲヽそふじや〳〵時宜《じぎ》申しや」。「是は〳〵おとなしい成《せい》人《じん》して学文《がくもん》せい出し。親の名をあげられよ」とわたせばいたゐけ両手に受ケ。「爺《とゝ》様めんたし一三仕《(つかまつり)》まする」といたゞき〳〵。巻《まき》の表紙《ひやうし》を打チまもり。「コレよその伯父《おぢ》様此書一四キ付ケは金烏《きんう》玉兎《ぎよくと》。金一五ン烏といふはお日《ひ》様の中カに有ル二ン足《ぞく》の金《こがね》のからす。玉兎《ぎよくと》とは又お月キ様の中カで餅《もち》をつく玉《たま》のうさぎ。月キ日を記《しる》せし此巻物。天地《てんち》の間ダにあらゆること是を見ればしれるの一六」と。舌《した》もまはらぬ五つ子《(こ)》一七のきよつとしたことといひ出すにぞ。夫婦もおどろき道満《どうまん》も。あまりのことにこわげ立チ顔《かほ》をながめて居たりしが。

五「しのだづま」で母狐が森で童子と別れる時、やすなに「此若、世のつねの、にんたいならず、せいじんの其後は、人をたすけ、よを道引、天下に一人の、物と也候はん」といい、母狐が形見として「天ち日月、人間せかい、あらゆることを、手の内にしる」「りうぐうせかいのひふ」と「鳥けだ物のなくこゑ、手に取ごとく」理解させる名玉を童子に与える。本曲はこれを踏まえながら、古浄瑠璃の民話性を脱し、竜宮や鳥獣の世界を切り捨て、童子が専ら人間界の諸現象、「神道王法」に対する博識を示す形に、近世化、合理化した。　六 未詳。　七 白狐の通力。後漢の司馬班固の撰書・白虎通(白虎通義)にかけた。
八「天地のなかに一の物あり。かたち葦牙のごとし。則化して神となる。国常立尊これなり。それよりこのかた天神七代地神五代なり。彦波瀲武鸕鷀草葺不合(ヒコナギサタケウガヤフキアハセズノ)尊の御子、神武天皇よりぞ人代とはなりにける」(古今著聞集一ノ一)。国常立尊から伊弉諾・伊弉冊尊までを天神七代、天照大神から武鸕鷀草葺不合尊までを地神五代という。　九 神代に対し、人代になってからの天皇。神武天皇以後。
一〇 地神二代目の天忍穂耳命(あめのおしほみみのみこと)の子。地神の三代目であるが、天孫として降臨したので、人王のはじまりというのであろう。「天照太神の御孫。天津彦火瓊々杵の尊と申こそ代々に王(みき)たる。始なれ」(日本振袖始一)。
一一「仏法のはじまりは?」。以下すべて起源に関する問答。
一二 記紀にみえる素戔嗚尊の歌「八雲立つ出雲八重垣妻ごみに八重垣作る其の八重垣を」が三十一字の和歌のはじめとする江戸期の通説。
一三 和漢三才図会の「芸能・詩」に「楽書に云」として「夫れ楽には必ず章有り、楽の章之を詩と謂

「おどろき入ッたる童子《どうじ》の発明《はつめい》。尤世《もつともせ》上の子供《ども》にも四つ五つで大ィ字《じ》を書《かき》。絵《ゑ》[一]馬《ま》などに上グるも有リ是は各別《かくべつ》。月キ日の異名《い(みやう)》の理《り》をわきまへ。天地のことをしるせし書《しよ》とは。さすがに保名《やすな》のおしゑかたおいさきが思はれて。夫婦にもさぞ御満悦《まんゑつ》」。「イヤ御[二]中言《ちうげん》に候へ共《(ども)》。父《ちゝ》[三]おしゑざれば子愚《ぐ》なりと本[四]ン文《もん》はぞんじながら。日かげ者の艱苦《かんく》の渡世《とせい》何をおしゆることもならず。やりばなしにそだてしせがれ。たゞ今の一チごん親ながらふしぎはれず。かれをうみし母親《はゝをや》は当所《たうしよ》に年シふる白狐《びやつこ》なるが。先《せん》年ンたすけし恩《をん》を思ひ葛《くず》の葉が姿《すがた》と化《け》し。我レをはごくむ此年頃狐《としごろきつね》としらず相ィなれて。出生《しゆつしやう》したる此童子《どうじ》。白狐《びやつこ》の才《さい》を受ケつるやらん。はづかしき身の懺悔《さんげ》」と。聞クより道満《どうまん》手を打ッて。「扠《(さて)》こそ〳〵。尋常《よのつね》[五]ならぬ人相《にんさう》かやうのためしはもろこしにも。美《び》仙娘《せんろう》といふ狐《きつね》。南京城外《なんきんじやうぐはい》の民《たみ》[六]黄琢《くはうたく》が孝心《かうしん》をかんじ。妻《つま》と化《け》して一ッ子《し》をうむ。其子の名は黄継聡明叡智《くはうけいそうめいゑいち》かくれなく。朝《てう》につかへて高官《かうくはん》たり。此童子《どうじ》もまつ其ごとく一チを聞ィて十をしる。秀才《しうさい》いかで黄継《くはうけい》にはおとるまじ。白狐通《びやつこつう》[七]をそなへし才智《さいち》試《こゝろみ》に物とはん」と。

ふ、則ち詩は太昊之世より始る」。但し太昊は後出の伏羲のこと。

一四 中国古代の伝説上の帝王。岳父尭帝とともに理想的天子、国家の諸制度を定めたとされる。

一五 漢詩の平声と仄声。転じて漢詩をもいう。「平仄に合う」は漢詩を作る法則に合う意から、つじつまが合う意。

一六 以下、地の文と詞が混じり合い、問いを省いて答えだけが矢つぎばやに並ぶ文章。

一七 一つ一つ取りたてて質問する。

一八 琴の数多い絃で演奏する意と、琴の起源を調べる意をかける。

一九 中国伝説上の帝王の中でも最も古い三皇の一人。史記冒頭の三皇本紀・伏羲氏に「三十五弦の瑟を作る」と記す。

二〇 「琴(きん)のこと(琴)」。「箏(さう)のこと(琴)」に対する語。和漢三才図会に「黄帝始て琴を作る。或は神農或は伏羲或は帝俊と云ふなどの異説これ有り。琴の長さ三尺六寸六分」。

二一 六絃のやまとごと。十三絃の箏の琴より小型。和漢三才図会に「相伝て云、日本武尊始て作る。小弓六張を双(なら)べて音を成す」。

二二 弓の縁語「引く」から、その縁語「臼」にかけて鈿女を導き出す。振仮名に濁点なし。清音の碓女(うすめ)＝米つき女)を濁音の鈿女(うずめ)に通じ用いた。

二三 日本の神事芸能の中心たる神楽の起源を、天岩戸における天鈿女命の神がかりにおく伝承は古い。浄瑠璃では式三番叟の冒頭に「それ豊秋津洲の大日本…地神の始天照す太神(おおんがみ)。岩戸に籠らせ給ひし時。…庭神楽。神すゞしめと木綿襷(ゆふだすき)。太祝(ふとのりこと)の神歌や」。

二四 懐竹抄・横笛篇に「馬季長暁天堤上を行く。水中に竜鳴く。二声天に登る。其声甚だ奇妙なり。後たくみて木を構えて之を吹く。似ず。よ膝《ひざ》の上ェに色いだき乗《のせ》。詞「コレ童子《どうじ》。此日本《ひのもと》のはじまりおぼへずや」と尋ヌれば。

「ハテしれたこととはしやる。[八]天ン神ン七代イ地神ン五代イ。[九]人《（に）》ン王のはじまりは神武天皇《じんむてんわう》と皆《みな》いへど。[一〇]瓊ゝ杵《にゝぎ》の尊《みこと》をはじめとする」。「ヲ、つまびらかにきこへたり。サテ[一一]仏法《ぶつぽう》は」。「大聖世尊釈迦牟尼仏《だいしやうせそんしやかむにぶつ》。あまねく日ッ本ンにひろまりしは忝クも聖徳太子《しやうとくたいし》」。「ムウ儒道《じゆどう》はいかに」。「大イ聖人孔子《せいじんこうし》なり」。「三ン十一チ字《じ》のことのはは」。「[一二]八雲《やくも》たつ出雲《いづも》の御《み》やしろ素戔烏《そさのを》の御ン神ミ。八重《やへ》がきつくる詠歌《ゑいか》のはじめ。地ハル詩《し》はからうたと是《（これ）》をよみ。[一三]ウ楽《がく》の章《しやう》を元《もと》として[一四]舜《しゆん》のつくりはじめ給中ふ」と。[一五]ウ平仄《ひやうそく》あはせし受こたへ「[一六]管絃楽器《くはんげんがつき》も[一七]それ〳〵に。ハルわけてたづぬる琴《こと》の緒《を》の[一八]かずをしらべて[一九]伏犧《ふつき》の作《さく》。[二〇]琴《きん》のことは三ン尺《じやく》六寸ン[二一]和琴《わごん》のはじめは弓六ク張《ちやう》。中キンウ[二二]ひくや[二三]鈿女《うずめ》の神楽歌《かぐらうた》。ウ笛《ふへ》は[二四]竜《りやう》の吟《ぎん》ずる調子《てうし》こちらが[二五]持遊《あそ》びぴハルい〳〵鳴《なる》。[二六]一チウ文笛《もんぶへ》や[二七]笙《しやう》の笛鳳凰《ほうわう》の鳥の形《かたち》。[二八]鵜殿《うどの》の芦《あし》は篳篥《ひちりき》の[二九]舌鼓《したつゞみ》うつ。中波《なみ》の声[三〇]琵琶《びわ》の形《なり》はハル近江《あふみ》の湖《みづうみ》。[三一]一チ夜の中チに駿河《するが》の富士《ふじ》山[三二]孝霊《さんかうれい》五年ンにはじまるとは。ウ今辻《つじ》ゝで女夫《めうと》のよみ[三三]売《うり》年ン代イ記《き》にかいて有ル。[三四]ちんぷん漢字《かんじ》のはじめは[三五]蒼頡《さうけつ》[三六]いろはにほ

りてたくみて竹を鐫（き）りて之を吹く。其声相似る。故に笛を竜吟と云」。
二五 モチャソビと発音。ぼくたちのおもちゃ。
二六 きわめて安価な単純な作りの玩具の笛。
二七 和漢三才図会に「世本に云、随、笙を作り長四寸、十二の簧（した）は鳳の身に像る。…按ずるに作者随とはすなはち女媧氏の臣なり」。
二八 鳥の連想で地名の鵜殿。和漢三才図会に「篳篥太小有、其簧は山城鵜殿〈淀之近処〉芦（よし）を以て之を作るを上とす」。
二九 簧（した）から舌鼓を導き出し、鼓の音を波の音にたとえる「波の声」と続く。
三〇 波の縁で琵琶湖、楽器の琵琶と続き、琵琶湖と富士山が一度に出現したとの説を導き出す。
三一 和漢三才図会に「富士山…相伝ふ孝霊帝五年始て見る。蓋し一夜に地拆（さけ）て大湖と為る。是れ江州の琵琶湖（みつうみ）也、其土大山と為る、駿州の富士也」。なお、多武峰延年詞章・小風流富士事に「人皇七代孝霊ノ御宇ニ、一夜ノ間ニ涌出セル八葉九尊ノ霊山ト承候」。
三二 第七代の天皇。孝安天皇の皇子。
三三 事件の噂話や巷談、俗謡の類を、瓦版の刷り物にして読みながら売り歩くもの。二人一組の連れ節で売り歩くこともある。
三四 意味が通じない、難解の意の「ちんぷんかん」と「漢字」をかける。　三五 黄帝（中国古代の伝説上の帝王、三皇五帝の一人）の臣。「鳥の跡を観て始て文字を作る」（和漢三才図会）。
三六 漢字に対し、仮名のいろは四十七音を漏れなく、繰り返さずに読みこんだいろは歌、或いは平仮名のいろは自体、弘法大師の作との伝説がある。「伊呂波は、弘法大師作せる所の由申伝るか。これは昔より伝来の和字を伊呂波に作り成さるるの起り也」（釈日本紀）。

へとは弘法大師《こうぼうだいし》。墨《すみ》[一]は薛稷筆《せつしよくふで》[二]は蒙恬《もうてん》つくりしいはれ有馬筆[三]。人《にん》形がひよつこり口から出次第《でしだい》とひ次第。[四]雛祭《ひなまつり》[五]は嫁入《よめり》の手ならひ[六]兜《かぶと》は武芸《ぶげい》けいこの始《はじま》り。サ、天ンか前《まい》かの穴《あな》[七]一チは天ン下法度《はつと》の白痴《ばくち》[八]のはじまり。紙鳶《いかのぼり》[九]は養生《やうじやう》[一〇]の始《はじめ》」終《おはり》にけ[一一]しとみなく。神ン道王法《とうわうほう》一チヽに問《とふ》にしたがひいひわくる。童子《どうじ》が口[一二]をかりそめに腹《はら》をかしたる母狐《はゝきつね》。そばにありとはしらぎく[一三]の花《はな》の。まに〳〵見へつ。かくれつきへて。かたちはなかりけり。

「ハアげにも〳〵うたがひなき。狐の守護《しゆご》する希代《きたい》[一四]の童子《どうじ》。簠簋《ほき》[一五]内伝《ないでん》の書《しよ》を明[一六]らめ保《やす》名の虚名《きよめい》[一七]を晴《はら》されよ。其儀を祝《しゆく》して道満《どうまん》が身不屑《ふせう》[一八]ながらゑぼし親[一九]。晴《はれ》[二〇]明《あき》らむるの字《じ》をもつて晴明《せいめい》と名《な》のられよ」と。あふぎをひらきあをぎたてあをぎたつれば夫婦が悦《よろこ》び。もとより先祖《せんぞ》は安倍《あべ》[二一]の仲麿名字《なかまろみやうじ》をついで安倍野《あべの》の出《しゆつ》生《しやう》。童子《どうじ》を安倍の晴明《せいめい》とは此時よりもなづけたり。

道満《どうまん》かさねて「いづれもにたいめんし。日来《ごろ》のねがひ達《たつ》するうへは早ャ帰国《きこく》とぞんずれど。ついでながら信太《しのだ》[二二]の 社《やしろ》是よりはいかほど有リ」。「イヤわづか半ン[二三]

一 漢事始(和漢事始のうち)に「古今原始にいはく。戦国の時、薛稷始て墨をつくる」。薛稷は唐の人、字は嗣通。黄門侍郎となり、要職にあったが事に座して死を賜う。書及び画に卓越。
二 蒙恬は、秦の始皇帝に仕えて武功があったが二世皇帝の代に死を賜う。始めて筆を使ったと伝える。和漢三才図会所引博物志「秦の蒙恬始めて筆を造る」。
三 「いはれ有り」と「有馬筆」をかける。有馬筆は摂津国有馬の名産人形筆。立てると軸の中から人形が出る仕掛けになっている。
四 人形が筆からひょっこり出ることと、問うにまかせて答えが口をついて出ることとをかける。
五 人形から雛祭と続く。雛(ひいな)遊の記に「遠つ国の外までも、雛遊びをいとなみ…夫婦むつまじき容体(ありさま)を、仮にうつしもてあそぶ女の教草なれば」。浄瑠璃の外題「粟島譜(けい)嫁入雛形」(寛延二年竹本座)など、雛祭と婚礼を結びつけるのは近世の通説。
六 稽古。筆の縁で手習いという。以下女子の雛祭から男子の端午の節句へと続く。
七 子供の遊び。地上に線を引き、銭をまいて、別に手に持つ一枚を相手の指定する銭に当てたものを勝とする方法、穴を掘り銭を投げて穴に入れれば勝とする方法などがある。大人の博奕に似るということで禁じられ、後には銭の代りに、むくろじの皮をむいたつぶなどを用いた。守貞漫稿に大坂市中に貼り出された「御法度…あないち…其外一切かけの諸勝負」の制書を載せる。
八 「博奕」の当て字。再版本の用字は「博痴」。
九 凧。続博物志による俗説。「春の時分町人の子共、いかのぼりを揚る事多し。異国にもある事也。童幼の紙鳶(左訓とびのぼり)も、幼児は内に常に陽熱盛なる故、春陽の時節其気いよ

道チあまり保名《やすな》案内《あんない》仕らん。地ウ月の夜《よ》すがら道チすがら咄《はなし》も且《かつ》はハルなぐさみがてら。乗《のり》物やめていざ同道《どう〳〵》葛《くず》の葉《は》は親達《たち》の。ウたづね見へんもはかられず。こゝにて待《まて》」と[二四]夕月夜《ゆふづきよ》いそがぬ[二五]芦屋《あしや》に打チつれて[二六]信太《しのだ》ヲクリの

[二七]〽森《もり》へとわかれゆく。

フシハル時もこそあれ。中 地ウ悪右衛門葛《くず》の葉をうばハルひとらんと。手の者《もの》引キぐし色おつかけ来《きた》り。詞「コリヤ〳〵藤次《とうじ》。あしよはを同道《どう〳〵》すればとをくはゆかじと思ひの外カ。保《やす》名《な》めはにぐる共[二八]鼻《はな》が[二九]おてきを手に入レよ」と。地ハルきよろつく眼《まなこ》に[三〇]乗《のり》物中見付ケ。「ヤウア物くさし」と立チかゝり戸《と》をおしあくれば葛《くず》ハルの葉親子。ウはつとおどろき逃《にげ》出ヅる「どつこいさせぬ」とねぢこみおし入レ。「ウおか様に子添《こぞへ》迄保名《やすな》をいけどるよき人質《じち》。いそげ〳〵」と乗《のり》物かゝせ引ッかへす色むかふより。「詞コリヤまて〳〵やらぬ奴《やっこ》[三一]がやらない乗物まて」と棒《ぼう》[三二]ばなつかみ。「[三三]こりや〳〵よい〳〵よい所へちやうど参つて[三四]与勘平《よかんべい》。[三五]ひげが手なみわすれたかしやうこりもなき悪右衛門。サア乗物おいてつつぱしれ。命《いのち》たすけてこます[三六]のがそつちのためにも与勘平《よかんべい》。

〳〵太過する故に、紙鳶を造りてたかく是を揚て童児(左訓わらんべちご)に見せ、口を開かしめて内熱を上に洩して病を生ぜしめざらん為也と、続博物志に見えたり」(町人囊)。
一〇 子供の健康法の始めの意と、始終をかけ、問答から、普通の地の文になる。 一一「けしとむ」は、つまずく。終始、すらすらと。 一二「口を借り」て話す意と、人間の胤にふとした縁で腹を貸した意の「かりそめ」をかける。 一三「白菊」と誰も「知らぬ」意をかける。 一四 世にもまれな。 一五 ↓八頁注七。 一六 明らかに読み解き。 一七 無実の悪名。 一八「肖」の誤り。再版本も同。 一九 名付け親。 二〇 ↓八四頁注四。 二一 ↓一七頁注二四、↓付録2。 二二 半里。 二三 現在の聖神社(↓九八頁注六)。 二四「言ふ」にかける。 二五「足」にかける。 二六「信太の森」は「信太の宮」とあるべきところ。 二七 太夫交替。以下「二人奴(にに んや)の段」とも呼ばれる。初演者竹本七太夫。後には掛け合いで語ることが多い。人形の三人遣いの始まりとして著名な段。現行では「童子問答の段」を省き、「狐別れ」または「道行」から三重でこの段へ転じ、舞台は正面に「信太社」の額を掲げた朱の大鳥居、奥に社殿。
二八 男が同輩以下に向かって、自分を指して尊大ぶっていう品の悪い語。 二九 お敵。遊女と客の関係にいうが、ここは単に愛人の意。
三〇 道満が乗ってきた乗物。現行、鳥居前に乗物が置かれている。「童子問答の段」で道満と保名が「半道あまり」隔たった信太社へ「乗物やめて」徒歩で向かうのであるから、道満が乗捨てた乗物が信太社の前にある現行の装置は、原作からみれば不合理である。
三一「奴、やらない」は頭韻。「やらない」「つつぱ

たゞし首《くび》にかへる気でごはりますか」とねめ付《(つく)》る。「ヤアすいさんなる番椒《とうがらし》めうぬが命チは天井守《てんじやうまも》り。奴豆腐《やつこどうふ》に切リくだけ」と主従《しう〲》ぬきつれうつてかゝるを。かいくゞり〱切ルよりはやい手づかみ料理《りやうり》。取ッてはなげ〱「さつてもあんばい与勘平《(べい)》」にぐるをやらじとおふてゆく。道チ引ッちがへ又こゝに。京《きやう》よりかへる与勘平《(べい)》。刀《かたな》の鞘《さや》に状箱結付《じやうばこゆひ》ケひよこ〱来タるを。葛《くず》の葉悦び。「ヲヽ手がら仕《し》やつたでかしやつた。悪右衛門は逃《にげ》おつたか大勢《おほぜい》とたゞひとり。そなたに怪我《けが》はなかつたかや」。「ヱヤア是は何おつしやる。奴《やつこ》めは旦那《だんな》の御用《よう》一昨日《おとゝひ》の朝《あさ》京都《と》へのぼり。左近《さこん》太郎様に御目にかゝりお返事《へんじ》は此状箱《じやうばこ》。安倍野《あべの》迄もどつて見れば思ひがけない庄司《しやうじ》様御夫婦。おまへのお噂《うはさ》かののやうす。びつくりすぐさままいつたはたつた今。手がらのての字《じ》びやくらい覚《おぼへ》ごはりませぬ」。「又あの人の卑下《ひげ》をいやる。悪右衛門が大勢《ぜい》追ッぱらやつた気味《きみ》のよさ。此葛《くず》の葉がよふ見てゐる」。「なんぼ見てござらふが覚ヱない与勘平《(べい)》。褻《け》にも晴《はれ》にも髭《ひげ》一チ人ン。葛の葉様なら二人《ふたり》も有ルは

しれ」「ごはります」など奴言葉。
亖 乗物の上についた担い棒の先端。　亖 重い物などを持つ時のかけ声と、呼びかけをかねていう。　亖 名前と、都合がよい、をかける。次行も同じ。　亖 髭面は奴の代名詞。
亖 …してやるの意。相手を軽んじた言い方。

一 奴が蕃椒を肴に酒を飲むので、奴を卑しめていう語。与勘平の赤面からの連想もあろう。
二 とうがらしの変種で、実が上を向いて成るところからいう。命が天上すなわちあの世行き、の意をかける。
三 薬味のとうがらしからの連想。豆腐を四角く切った形が、奴の着物の紋に似るところからの名称という。新うすゆき物語「奴風箏」の挿絵(三二六頁注一六)参照。
四 具合がいい、の意に、料理の縁で燗酒・田楽などを売り歩く呼び声「あんばいよし」をかける。
五 「よし」と「与勘平」をかけて、詞から地の文へ。
六 節付けの「岡崎」は近世初頭に流行した岡崎踊をとり入れた曲節。「ひよこ〱」で普通の義太夫節に直す。
七 例の。狐のことをさす場合が少なくない。「稲荷前をぶら付いて彼の玉殿につまゝりやせぬかの」(仮名手本忠臣蔵六)。↓一〇四頁注一二。
八 決して、の意。白癩は肌の白くなる癩病。もし、これが嘘ならば白癩の病になってもよい、の意を表わす誓いの言葉。
九 褻は平常、晴は正式の意。略式も正式も。普段着もよそいきも。　一〇 狐に化かされぬようにするまじないのしぐさ。

づ。但《たゞし》おまへがかのではないか。めつたにそばへよらしやますな」と[一〇]睫《まつげ》ぬらせば。

「ヱヽ何いやる。そなたこそど[一一]ぎ〳〵とまぎらはしい与勘平《(べい)》」。「イヤおまへが」「イヤわ[一三]がみ」と。あらそふうしろへむ[一二]ら〳〵と取ッてかへす悪右衛門。「アレにがすな」と下知《げぢ》をなす。「ヤアよふこそ〳〵石川殿。手がらの覚ヱなかつたにさしにきた[一四]心中者《しんぢうもの》め。[一五]とてもさしてくだんすならまへがみがよかろ物。[一六]すりこくつたき[一七]おとこ首《くび》ァ[一八]ゑいはまゝよ。[一九]高野《かうや》六ク十那智《なち》八チ十と[二〇]つてくれん」とぬきはなし。切ッてかゝればさしもの大勢《ぜい》たつ足《あし》もなくにげて行ク。

葛《くず》の葉は童子《どうじ》をいだき。「是ゝあぶない長追無用《ながおひむよう》もどりや〳〵」と身をあせる。ゆん手《(で)》の畝《あぜ》より落合《おちあい》藤次。「サアしてやつた」とひんだかへ中《ちう》にひつさげかけりゆく。[二一]おばなかやはらんぎくのしげみにあり〳〵与勘平《(べい)》。「こりやさせぬは」となげのくれば。ひるまずぬいてうちかゝるを。「[二二]まかせておけろ」が[二三]さそくのはやわざ切[二四]リ立テ〳〵。追イまくる。

[一一] 紛らわしいさま。 [一三] そなた。
[一二] 大勢むらがっているさま。
[一四] 恋人に真実を尽す情の深い人。皮肉な逆説。
[一五] どうせ相手になって、手柄をさせて下さるなら、前髪の若衆がいいのになあ。野郎歌舞伎や元禄歌舞伎でさかんに扱う奴の念者と若衆を暗示。
[一六] 前髪をあらけなく剃った。二段目、即ち六年前の悪右衛門は角前髪。現行ではここでも同じく敵役系若衆の拵え。 [一七] 粗野で武骨な男の首では嬉しくない。 [一八] よいわ。
[一九] 諺。高野山や那智山のような僧侶社会では、年をとっても若衆として男色の相手をする者がいる、の意。譬喩尽に「紙一帖ノ数ノ事也。俗ニ若衆ノ年増ノ事トス」。 [二〇] 首を。
[二一] 「尾花萱原」から狐の縁語「乱菊」を導き出す。
[二二] 奴言葉。「ろ」は間投助詞。任せておけ、合点だ、とばかりに。
[二三] 早足。すばやい足の運び。「おけろ」を奴言葉から転じて、奴の意とし、奴が俊敏な動きで刀を抜いて対応し、の意。
[二四] 三重で斬り合い暫くあって、追いつつ退場。

一 立役方の危急の場へ、助け手となるべき人物の化身が忽然と現れ、続いてその人物自身も駆けつける趣向は、弘徽殿鵜羽産家四の二人小ゆるぎ新左衛門によるか。
二 「芦屋道満大内鑑抔は人形遣ひはなはだ上手となり与勘平弥勘平の人形は足左りを外人につかわし人形の腹働くやうに拵めし也是を操り三人懸の始と云ふ」(浄瑠璃譜)といわれるのは、この箇所と考えられる。寛延元年(一七四八)再演の親子《おやこ》は前後《ぜんご》敵《てき》の中ヵのがれんかたなく乗《のり》物の。戸《と》を引キ立テて入ル所へ。二人ンの奴は敵《てき》をはらひ東西《とうざい》より立チかへり。「こゝはあやうし〳〵」と乗《のり》物片手《かたて》にさし上ゲしは。肩《かた》もそろひの六ク尺《しやく》ゆたか手がらも対《つい》の大はだぬぎ。一ト息《いき》つきしはあうんの二王《わう》げんぶくしたるごとく也。

童子《どうじ》は物見に顔《かほ》さし出し。「かゝ様あれを見さつしやれおれが兵衛《べい》がふたりに成ッた。奴《やつこ》がぶんじて与勘平《(べい)》」と手を打チたゝけば。

「げに〳〵そふだ〳〵。わこの詞《ことば》で奴《やつこ》のせんぎ。コリヤそやつ。ソレ〳〵乗リ物おろしてそこへ出《で》おろさ」。「何さ〳〵せんぎとは与勘平《かんべい》。うぬが五たいもサア持出《もちだ》せろ」「ヲヽサでるは。〳〵〳〵。サア出《で》たは」。「おれもでるは。サアでたは」と奴《やつこ》と奴が顔《かほ》見合せ。「おれがわれか」。「われがおれか」「はなのあなの不掃除《ぶさうぢ》迄。みぢんもかはらぬだいなしだいもん」。「でつかりするた三ン里の灸《やいと》すりむけたまでちがはぬ〳〵」。「つくね奴の同作《どうさく》じや」とたがいに。あきれしばかりなり。

人形役割の番付の挿絵に、二人の奴が諸肌脱ぎで駕籠を舁き上げているところがある。左側の奴が狐の化けた方で、その後方に狐葛の葉が現れて指図するさまである。その狐の奴が左手で舁き棒を持ち上げ、右手は横に伸ばして正面向いて両足踏んばって大見得を切っている。この演技には左手の担当者が必要。現行演出では、乗物を二人がさし上げるしぐさは、ここではなく段切り（一二〇頁注八・※）で見せるが、演じ方も変っている。

三 六尺ゆたかな二人の大柄な背丈と、駕籠舁きの陸尺をかける。
四 着物の両肩を脱いで、上半身裸になること。
五 二人が片手で乗物をさし上げる演技の間、主遣いと足遣いはそれぞれ両手がふさがっているが、左遣いは片手があいているから、その手を使って「一息つき」と腹を大きくふくらませる手妻を見せる工夫もできたであろう。
六 阿吽。仏語で阿は口を開いて発する声、吽は口を閉じて発する声、出る息。吽は口を閉じて発する声、入る息。寺院の二王、狛犬など、この二つの形を配する。
七 寺門などに安置された、仏法守護の一対の神

葛《くず》の葉立チ出《いで》「此せんぎは仕《し》やうが有ル。是こちらな与勘平《べい》。そなたはいくつで奉公《ほうこう》して。何国《どこ》の生《むま》れじやそれきかふ」。「此髭《ひげ》めは丹波《たんば》[二一]の生《むま》れて[二二]ゝうちぐりがせ[二三]つかんつよく。十一でお家《いへ》へまいり足《あし》手[二四]かいさまにせい出しても。高《たか》が下《げ》らうのせい[二五]一ッぱい[二六]二合半《がうはん》のも[二七]つさうあたま。すりこぼ[二八]つたは十四の春《はる》壱[二九]両《りやう》二歩《ぶ》の切米《きりまい》[三〇]に。ちがひない[三一]〳〵おまへ様もお聞キなされてごはりましよ」。「成ルほど〳〵ぬし[三二]の咄《はなし》にちがひない」。「サア此奴《やつこ》が身ぶんはすんだ。そやつは又どつから出た」。「どこから出たとは天[三三]ンからふらず地《ち》からもわかず。木のまたからはなを出られずおさだまりの穴《あな》から出た」。「なんじやあなから。はれよふ出たなあ。シテ切リ米イはなんぼ[三四]とりや」。「身が切リ米イは十二[三五]文ンひ[三六]んねぢ紙《がみ》の灯明代《とうみやうだい》。本社拝殿玄関前賽銭箱《ほんしやはいでんげんくはんまへさいせんばこ》[三七]の皮覆《かはおゝい》。金紋《きんもん》大総《ぶさ》かくれあらない受領《じゆれう》[三八]神にぶつ仕《つか》へる。鳥井《とりゐ》[三九]の馬場《ばゞ》先《さき》[四〇]かゞとうしつかとぶんつけた。二合半《がうはん》の小豆飯《あづきめし》[四一]色こそかはれ品《しな》[四二]こそかはれ。其お子産《うん》だ白狐《しろこ》女郎《ぢよろ》はおらが中間《なかま》の寄親《よりおや》[四三]殿だ。たのむにひかれずぬつと出た。奴《やつこ》が出生《しゆつしやう》[四四]穴《あな》かしこ人にかたるな。おみなへし[四五]枯《き》

像。一般には金剛力士の異名とされる。

八 前髪を剃ること。髪型だけは剃り下げ奴で、ほかはさながら阿吽の仁王をみるようなたくましさ。

九 乗物についた窓。

一〇 小児が家の下僕をよぶことば。「べい〳〵といふからは。定めて主の子といふ様な事」(彦山権現誓助剣八)。

一一 奴の与勘平が二つに分かれていいな。

一二 「…だ」「出おろさ」「持出せろ」、また「五体」など、わざと四角ばった言葉遣いが奴言葉。

一三 若子、和子。主家の男児、また良家の男児を呼ぶ言葉。

一四 よかろう。

一五 この場面は非常に好評を得た。延享二年(一七四五)、役者紋二色(江戸)に「面躰年ばい背恰好、胼(あかがり)の繕ひ迄、寸分違はぬ二(ふた)奴子、近年のはやり物野干兵衛では有まいかと」。

一六 奴、中間(ちゅうげん)などが着る無地の筒袖の着物。多くは紺色。

一七 中間や駕籠かきなどの着る筒袖の上っぱり。

一八 どかっと。大きくべったりと。

一九 膝頭の下の少し凹んだ所。灸のつぼ。

二〇 土を練り固めて作った人形の奴。子供の玩具に大量生産したので同作という。

二一 丹波は京・大坂人にとって草深い田舎であるが、丹波から京坂の都市へ行商や出稼ぎ奉公に来る者は多い。

二二 父打栗。丹波栗の異名。出落(てておち・でておち)栗ともいう。父親にかける。

二三 折檻。しつけ。但しここは、父の家での暮しが辛いので、の意。

二四 さかさま。しゃちほこ立ちして頑張ったところで。

二五 精一杯と、次の盛切り一杯をかける。

二六 武家の下級奉公人、奴など。一日五合の扶持米を朝夕二回に食べるところからいう。

二七 物相(盛相)は飯を盛って量る円頭形の曲物の器。物相頭は物相のような剃り下げた円い頭。

二八 元服したのは。二合半盛切りの物相飯を食う奴の身で、

梗《きやう》かるかや[一]われもかう。[二]身はらんぎくにあそべ共咄《はなし》の尾花はいつかな出《だ》さない。悪右衛門主従《しうぐ》は此与勘平に打《チ》まかせ。親子《おやこ》の衆《しう》のお供《とも》してつれてのいたが与[三]勘平《(べい)》心得《こゝろへ》たるか」といひければ。「さつてもさつぱり申《シ》たり。中間《なかま》うちのしり[四]持《(もつ)》とはたのもしい[五]野《や》干平《かんべい》。さしづにまかせお供せふ。悪右衛門の[六]若鼠《わかねずみ》あなづつてわなにかゝるな。よそながら一ッ曲見物《きよくけんぶつ》」と童子《どうじ》をせなに生《おひ》[七]しげる。葛《くず》の葉《は》がくれ草《くさ》がくれしのびて[八]へことをうかゞひゐる。

石川が手足とたのむ藤次《とうじ》藤内《とうない》市八《いつぱち》源太。うでにおぼへの[九]早縄《はやなは》[一〇]じつてい狐《きつね》とらぬ捕手《とりて》の不覚《ふかく》。[一一]だましよつてはつしと打《ッ》。ひらりととんで乗物《のりもの》の上《ヱ》にかる〳〵[一二]ちよこ〳〵足《あし》。しそんじたりとおつ取《リ》まき。四人《ン》が四《よ》すみに手をかけてぐつとあぐればにつことわらひ。「[一三]まつりすぎてのおみこし[一四]だいこ[一五]しちやうさやようさ。あれ〳〵[一六]しのだの神《かみ》いさめこゝにきこへて。笛《ふゑ》たいこ[一七]天罰《てんばつ》神《ン》罰《ッ》ひしいでくれん」と身はいなづまの通力《つうりき》じざい。はた〳〵はつしと蹴《け》たを

前髪を剃って物相頭となったのは。　二九 一両二歩はふつう下女の年給とされ、中間、奴はこれより高いはず。元服はしてもまだ十四歳なので低い給金。本曲の六年後の鵜山姫舎松三(元文五年・豊竹座)に、一年の極め日に草履取りが「是迄二両二歩の給金。三両になされて下され」と願う場がある。　三〇 俸禄として与えられる米。転じて給金。　三一「違いない」と奴言葉で「はいはい」を意味する「ないない」をかける。　三二 夫から聞いていた話。　三三 人間が生れ出るはずのないところを並べる。「君もまんざら木のまたからも生レ給はじ。父も母もなふて叶はず」(猿丸太夫鹿巻毫四)。　三四 どれほどとるんだ。「…りや」はこの頃の男伊達が好んだ言いまわし。「さふいやれば仕様が有るぞや。仕様が有とは何とすりや」(容競出入湊・新町橋)。　三五 神仏に灯明代を、おひねりにして献ずる最小単位が十二文。ここは稲荷神社の灯明代。　三六 銭を紙に包み、端をひねったおひねり。　三七 灯明代から神社のことにことばを導いた。本社にも拝殿にも社務所玄関にも賽銭箱の皮覆いにも宝珠形の金色の紋や大総がついていて明らかかな。　三八 正一位稲荷大明神のこと。　三九 伏見稲荷か他の稲荷社で、鳥居前の馬場の入口に稲荷の使の狐像があったのによるらしい。以下その像がお供えの小豆飯を受ける見立て。　四〇 足のかかと。奴言葉の言いまわし。「ぎんみをとげてわたし申さふ。かゝとうをふんづけていざ。いざ〳〵うけ取なされてよく。ごはりまらする」(加増曾我一)。前の「あらない」「ぶつ仕へる」も奴言葉。「ふんづけて」は、稲荷の狐像が腰をおろした身の前に両下肢を揃えてしっかりと地を踏まえている姿をいう。　四一 狐が好むとされる。与勘平の扶持米の白飯に対し赤飯

す拍子《ひやうし》。太鼓《たいこ》の拍子も「面白《おもしろ》や。小歌《こうた》ぶしにてかへろやれわがふる。つかへもどろやれ。我ガ古《ふる》つかへかへろやれ」。「かへせ。〳〵」とつばなの穂先《ほさき》。乱《みだ》るゝすゝき秋《あき》の野《の》の花をちらして〽あらそひけり。狐《きつね》の所為《しよゐ》に。魂《たましゐ》うばはれ五躰《たい》ふぬけてよろぼふやつばら。引キよせ〳〵ねぢ付ケふみ付ケ「命がはりの早剃刀《はやがみそり》。あらみのおこぞりいたゞけ」と耳鼻《みゝはな》かけてごそ〳〵。ずんぼろ坊主《ばうず》にすりこぼちよはごしぽん〳〵つゞけぶみ。四人ンは命《いのち》から〴〵にあたまかゝへて逃《にげ》はしれば。「こん〳〵くはい」けい悦《よろこ》びの。なくねも野路《のぢ》の夜嵐《よあらし》に立チまぎ。れてぞ失《うせ》にける。

道満保名《どうまんやすな》は下向《げかう》道チ葛《くず》の葉親子《おやこ》与勘平《べい》。右《みぎ》のあらましかたるにぞ「是もひとへにしのだの明神《みやうじん》。擁護《おうご》のしるし有リがたし」とかへりもうしの遥拝《ようはい》三ン拝。「なをゆくさきは草《くさ》ふかき敵《てき》の伏兵《ふくへい》気遣《づかひ》也。挑灯《ちやうちん》ともせ与勘平《べい》」。「ない」と返事《へんじ》は以前《いぜん》の奴《やっこ》。向《むか》ふにたちまちあらはれ出《いで》。「道チのあかりは我レらの得物《ゑもの》。野山《のやま》も一ト目に照《てり》かゝやく千ン畳敷《でうじき》の大燭台《しよくだい》。

であるから「色こそかはれ」という。四二 飯の色の違いから、野勘平の赤面と、白狐の狐葛の葉との対照へ。四三 ここは、親分という程の意。四四 ゆめゆめ人に語ってはいけない。間投詞「あな」を狐の穴にかける。四五 僧正遍昭の「名にめでて折れるばかりぞ女郎花われおちにきと人に語るな」(古今集・秋上)をふまえる。

以上一一九頁

一 草の名を「我」にかけて「身」を導き出す。二 蘭菊に遊ぶ狐の身ではあっても咄の中で化けの皮をあらわすようなことは決してしない。薄の尾花と狐の尾をかける。三 よかろう。掛詞。四 腰押し、肩入れをするとは。五 与勘平に狐の野干をかける。底本はここ以外すべて与勘平。寛延元年(一七四八)再演番付の人形役割も両人とも与勘平。後年の番付では狐の方を弥勘平、やかん平、やっこ野干平などと区別する。六 若ぞうの意と、狂言・釣狐などで狐の罠に仕かける若鼠の油揚げをかける。七「負う」にかける。八 狐の野干平を残して三人は草むらにかくれる。※現行、六行目「草がくれ」までで打切り、段切りの文句「こゝに泉州信田の森、葛の葉稲荷と今の世に、伝へまします御威徳と、敬ひまつるぞありがたき」を添えて終幕としている。九 捕り縄。一〇 十手。一一 野干平の後ろからそっと寄る意。一二 →一〇一頁注三三。一三 肝心の事がすんでしまってから大さわぎをすること。「祭過ぎてのとちめんぼう」。一四 台越。輦台(れんだい)で川を越すこと。四人にかつがれた恰好を見立てた。一五 上方で祭の神輿をかつぐときのかけ声。ちょうさや、ようさ。一六 信太社の神慮を慰める神楽。

地ウ それは蠟燭《らうそく》十二挺《ちやう》是は狐《きつね》の千ン丁立《ちやうだて》。畠千町《はたけせんちやう》里千ン町《さと》」千ン年ン功《こう》ふる友呼《ともよび》声。すがたはきへてともす火の千ンとう万灯満々月《まんどうまん〳〵げつ》。ひかりもみつる晴明親子《せいめいおやこ》しゆつせの門を和泉路《いづみち》やしのだの。もりのふることを。あらたにうつす筆《ふで》のあとかたり。つたへてしるとかや

一〇〇頁注四―一〇参考図

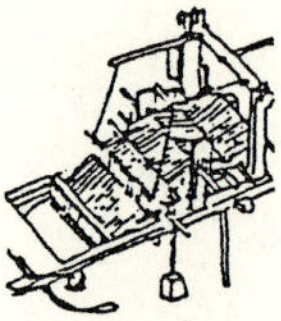
下機

捲筳

杼

籆

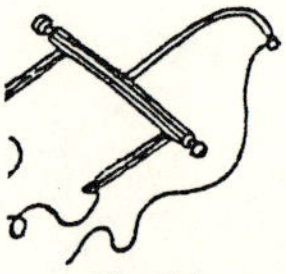
機躡

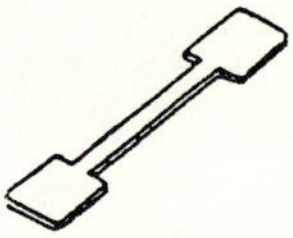
縢

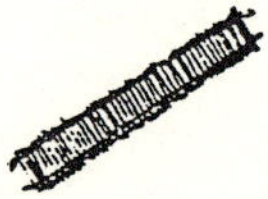
筬

一七 太鼓の音から、「てんばつ」を連想。
一八 狂言・釣狐「此様な心面白い時は。小歌節で古塚へ戻らう。…いのうやれ。わが古塚へ」。
一九 ここから捕手の言葉。節付けも狂言の小歌ぶし風から、普通の義太夫節に直すが、文意は四人の捕手を蹴倒して小歌節で帰る狐を、四人が「やるまいぞ〳〵」と追うことになる。
二〇 茅花。チガヤの花。刀や槍の切先をチガヤの白い花穂にたとえる。草叢に倒れていた四人が狐の小歌の間にようやく起き上って刀を向ける有様。 二一 花々しい戦いの形容。
二二 新身。新刀。 二三 御髪剃(おこうぞり)。真宗で在家の者が仏門に入る時、門主が頭に剃刀をあて剃髪に擬する儀式。 二四 耳鼻も一緒に剃り落し。 二五 のっぺらぼう。
二六 弱腰。腰の、左右の細いところ。 二七 狐の鳴き声「こん、くゎい」と「会稽」をかける。会稽は越王勾践の故事、会稽の恥をすすぐから、喜ばしいことの連想。
二八 神仏へお礼参りすること。報賽(ほうさい)。
二九 遠く隔たったところから拝むこと。
三〇 はい。奴ことば。 三一 「立ち」にかける。
三二 「熠燿 カヽヤク」(書言字考節用集)。
三三 文意は、畳千畳も敷ける程の大広間に十二挺の大燭台で蠟燭を灯したのも明るいが、こちらは野山も一目に照り輝く千挺立ての狐火の行列で。千畳敷も千挺立ても非常に多いことを意味する大数表現。

一 狐火の行列についてはさまざまの伝説がある。「狐の火を灯す事は衆人の知事なり。…馬の骨を咥へて灯すと申諺に候らへども。慥成(たしかなる)

第五

（[六]京、一条の橋の段）

慎《つゝしみ》を知て慎《つゝしま》ざれば禍《わざはい》遠《とを》きにあらずとかや。陰陽師《をんようじ》安倍《あべ》の保名《やすな》浪〻《らう〱》の身の年月も。早八才の晴明《せいめい》に自然《しぜん》と妙術《めうじゆつ》そなはれるを。古主《こしう》へいひ立テふたゝび帰参《きさん》をねがはんと。[七]西の京の旅宿《りよしゆく》より妻子《さいし》引つれ行《(ゆく)》道も。ゆきゝとだへし[八]一条《でう》の橋詰《はしづめ》にさしかゝり。

「あれ〱向ふへ見ゆるは左近太郎。是幸《さいはい》」といふ間《ま》程なく互《たがい》に行《(ゆき)》あふ橋の上。「ヤア照綱《てるつな》殿いづかたへ」。「ヱ保名殿御親子《しんし》御揃《そろ》ひ。ハテよい所でお目にかゝつた貴殿《きでん》帰参《きさん》の儀。御聞届《とゞけ》有て御赦免《しやめん》。其うへ御子息《しそく》。才智《さいち》すぐれし段[九]ことない御賞美《しやうび》。何とぞ天下の博士《はかせ》にもなるべき間ダ。明朝《みやうてう》は参内《さんだい》させ其趣《おもむき》を奏問《そうもん》せん。先ッ今ン日召《めし》よせ。対面《たいめん》なされんとの仰《(おほせ)》。それ故《ゆへ》御子息《しそく》迎《むかひ》の為《ため》。今御宿所《しゆくしよ》へ参る所。先ッは[一〇]吉左右《きつさう》拙者《せつしや》も満足《まんぞく》仕《(つかまつ)》る」。「ハア、是は〱冥加《みやうが》に余《あま》

事は誰も存申さず候。小雨など降る夜は。多く灯す事に御座候。…或夜五十も百も並び夥敷(おびたゞしく)灯して向より来り候」(想山著聞奇集一)。

二 この場面について、初演時の絵尽の序文に「与勘平に又与勘平の二人妻手づまに目をおどろかす狐火てりかゝやかし」とある。奴二人と葛の葉二人のどちらにも手妻があるうち、特に段切りに狐火で蠟燭の火を多数ともし連ねる仕掛けが見ものという文である。

時　前段から三年後
所　京、一条の橋

三 晴明(はれあきらむる)(→一一四頁八行目)の形容。

四 「出づ」にかける。

五 昔からよく知られている信太の森の葛の葉狐の物語を、新しい構想のもとに書き著わした本曲が、後世に語り伝えられるであろう、の意。

六 初演者竹本内匠太夫。

七 平安京の朱雀大路より西。京の中では辺鄙な地域。

八 京市街地の北端。その中央部を流れる堀川にかかる一条戻り橋(→一三三頁一行目)。なお和漢三才図会に「安陪晴明の社、堀川の西一条大路の北に在り。即居宅の地と云」とあり、安倍晴明を祭神とする晴明神社が、京都市上京区堀川通一条上ル晴明町に現存。

九 格別の。

一〇 よい知らせ。

る仕合《し(あはせ)》。好古公《よしふるこう》の御憐愍《れんみん》は申スに及バず。偏《ひとへ》に貴殿《きでん》の御執成《とりなし》」といふに葛《くず》の葉《は》共に悦び。「おなじみとて捨《すて》置カれず。段《だん》ゝの御せわお礼は詞につくされず。此上ながら御前《ごぜん》の首尾《しゆび》よろしう頼ミ上《(あげ)》まする」。「アヽなんの〳〵懇意《こんい》の中にお礼は無益《むやく》いざ同道《どうく》仕らふ」。「ハアいや〳〵。先年《せん》当所《たうしよ》を立チのきて。主君《しゆくん》の御用をかきたる某《それがし》。いかに御赦免《しやめん》なればとて。御召シもなきにおし付て参るは憚《はゞかり》。せがれさへ出世《しゆつせ》いたせば。拙者《せつしや》が儀は苦《くる》[一]しからず。罷帰《まかりかへつ》て明日の吉左右《きつさう》を待チ申さん。コリヤ女房。せがれにつきそひ早ャ〳〵参れ。御くらうながら頼ミ入ル」。「スリヤぜひ共お帰りか。しからば御両所伴《ともな》ひ帰らん。さらば」「〳〵」と立かへれば。

保名も跡へ引かへすはるか向ふへ悪右衛門。あまたのけらいに長櫃舁《ながびつかゝ》[二]せ先にすゝんであゆみくる。「シヤくせ者しさいぞあらん」と保名は忍んでうかゞふ所へ。ほどなく来る悪右衛門。件《くだん》の櫃《ひつ》を橋のなかばにどつかとおろさせ。主従《しうじう》[三]あたふたおしひらき取出すは藁《わら》人形。家来共口《(くちぐち)》ゝに。「見た所が風の神[四]。はや

一　どうなってもさしつかえありません。
二　長持と同じく二人でかつぐ長方形の大きな箱で、足がついている。
三　あわただしいさまと、「蓋」とをかける。
四　風の神送りの藁人形。はやり風が蔓延する時、その疫神の藁人形を作り、かね太鼓ではやして川へ流す風習があった。

り病のさたもないに。旦那《だんな》こりや何なさるゝ」。「されば〳〵子細いはねばがてんゆくまい。是ぞ日ごろくい〳〵[五]思ふ六の君を。呪咀《じゆそ》のためいぜんも術《じゆつ》にて呼《よび》出し。肝心要《かんじんかなめ》でしくぢつた。それ故今度《こんど》は丈夫《ちやうぶ》にしかけ。居[六]ながらころりとやるつもり。かの道満《どうまん》の内股《うちまた》[七]がうやく。頼んではかへつて妨《さまたげ》。ふだんはし〴〵聞覚へた術をおこなひ。是を見よ此《(この)》ごとく。四[八]十四本の釘《くぎ》を打《(うち)》呪咀の文《もん》を書付《(かきつけ)》。此川へ打込《(うちこむ)》思案《しあん》。コリヤ〳〵けらい共。御菩薩《みぞろ》が池にこりはてた。そこらに非《ひ》人《にん》はおらぬか」と。せんさくさせて「よいは〳〵おらぬは重畳《ちやうでう》[九]。サア用意」と聞《(きく)》より保名とんで出《(いで)》。前後《ぜんご》のけらいを取て投《なげ》のけふみとばし。人がたもぎ取《(とり)》「聞ィた〳〵残らず聞た悪事の根組《ねぐみ》[一〇]。殊《こと》に段ゝ意趣《いしゆ》有中《(あるなか)》。遁《のが》れはあらじかくごせよ」。「ヲ、是を露顕《ろけん》せられては。主君《しゆくん》の大望後《たいもうご》日の仇《あた》。此方のかくごよりうぬがからだに暇乞《いとまごい》。それけらい共のがすな」と打てかゝれば心得たりとぬきあはせ。かゝればはらひ裙《すそ》をなぐれば飛ちがひ。付入《(つけいれ)》ば打[一一]ひらき秘術《ひじゆつ》をつくし働《はたらき》しが。運《うん》の極《(きはめ)》か橋[一二]板に。けしとむ所を付入付込《(つけいりつけこみ)》。ばつた〳〵大勢寄ッてか[一三]

五　くよくよ。気がかりでならぬ。
六　六の君が御所にいるままの状態で殺す。
七　敵方の小野家とも気脈を通じている奴。
八　人体を構成する骨の関節が四十四あるとする説。ただし『神道大辞典』では二十回釘を打つとあり、四十四と定まっている訳ではない。
九　結構だ。好都合である。
一〇　たくらみ。
一一　さっと引き。
一二　橋板のつぎめにつまずいてよろめく。
一三　殻竿。籾を打って脱穀する農具。二本の竿のつながったもので、むしろの上のもみをたたく。そのように、めった打ちに斬り。

一　厳重に封をつけ。
二　川を流れる溺死体に見立てた表現。
三　初演者竹本喜太夫。本手摺は御殿、桜木親王を中心に群臣列座。前手摺は広庭、葛の葉親子が平伏している。
四　天候もおだやかに宮中も平穏で。　五　内裏。
六　平安朝時代、正月二十一日頃の子の日に宮中の仁寿殿で行なう宴。題を賜わって漢詩を作る。この作品には朱雀帝も関白太政大臣藤原忠平はじめ左右大臣も出ないので、仁寿殿の子の日のらさほ切リあへなく息はたへにけり。「ハヽアきみよふくたばつた」。「ヤ跡の難《なん》儀はどふなさるゝ」。「ヲヽサ合点此櫃にしがいと人がた相住《(あひずみ)》させ。ふかみへづぶ〳〵気遣するな」と。主従《しう〴〵》櫃《ひつ》へおしこみねぢ込ミ秘《ひー》封《ふう》を付ケ。「サア〳〵かゝれ」と手ンゝ《(で)》に昇《かき》上ゲ。ざんぶと打チこむ川流《なが》れ。「サアしすました〳〵。もの共《(ども)》来タれ」と引キつれて。我ガ家をさしてぞ

（大内の段）

〽行ク空《そら》の。雲井《くもゐ》のどけき大内やま内宴《ないゑん》をおこなはれ。群臣諸卿《ぐんしんしよきやう》参列《さんれつ》し君をことぶき奉る。

桜木の親《しん》王御ンしとねにつき給へば。つゞいて左大イ将橘《たちばな》の元方《もとかた》。参議《さんぎ》小野の好古《よしふる》御座近《ちか》く伺公《しこう》して。葛《くず》の葉親子を御階《みはし》に召シつれつゝしんで奏《そう》せらるは。「愚臣《ぐしん》が家来《けらい》安倍《あべ》の保名《やすな》がせがれ晴明。今ン年ン八才いまだ幼稚《ようち》と申せ共《(ども)》。陰《をん》

御宴とは限られない。便宜的な漠然とした設定である。

七 ここは、天体に異常がある時、陰陽寮より密封して奏聞すること。　八 占や算。算木を置いてする占い、占い者。　九 大道易者。

一〇「あくち」は、幼鳥のくちばしの付け根の黄色いところ。くちばしの黄色い年少の、意。

一一 底本の字形「こは」とも読める。再版本は明瞭に「とは」。

一二 晋、呉都の人。字は士竜。兄陸機と共に文才をもって知られる。晋書に「六歳にしてよく文を属す」。「陸雲、六才」は頭韻。

一三「ぶみ」の濁音は晋書を「六歳にしてぶんをよくす」とも読むのに準じた特例。再版本の振仮名「ふみ」。なお、「ぶ」の右傍の○印は用途不明。再版本にはなし。

時　前段の続き。正月
所　宮中

一四 言葉もずけずけと遠慮なく、顔も上気し。

一五 鈴振り。巫女を卑しめて言う語。

一六 よくしゃべる女。　一七 緩怠。無礼千万。

（一三一頁からつづく）

二〇 王子神社。ここは熊野詣の途における遥拝の神祠、熊野王子九十九所をいう。

二一 納受。祈りを御受け容れ下さい。

二二「れい」とよむと普通は仏具をさすが、ここは神事の祈禱に用いる鈴(すず)であろう。

二三 一字金輪。大日如来が最初の三摩地に入って説いた真言。また「勃嚕唵(ぼろん)」の種子(しゅじ)の

陽道《ようどう》に妙術《めうじゆつ》を得〔ウ〕れば。則《すなはち》帝都《ていと》に居住《きよぢう》させ芦屋の道満両家として。天下の安危《あんき》を[七]密奏《みつそう》せば。〔地ウ〕御代長久の基《もとゐ》共なり候はん」と言《ごん》上〔ハル〕あれば。左《さ》〔ウ〕大将聞〔色〕キもあへず。「コレ〳〵〔詞〕好古《よしふる》其保名《やすな》とは加茂の保憲《やすのり》が末弟《ばってい》。陰陽未熟《をんようみじゆく》のうつけ者。先年都をちくてんし。[八]うらやさん[九]辻八卦《つじばつけ》に身命《しんみやう》をつなぐと聞ク。其中カにもうけたる晴明とやら。[一〇]あくちもきれぬ小せがれ。陰陽道《をんようどう》の妙術《めうじゆつ》[一一]とはことおかしき奏問《そうもん》。〔地ウ(い)〕今一ッ天下にならびなき芦屋の道満有ルからは。占《うらかた》〔ハル〕も御祈禱《きたう》も一チ人ンで有〔色〕リあまる。〔詞〕コリヤ〳〵せがれ願ひは叶はぬ。退参《たいさん》せよ」と無法の詞。〔地ハル〕聞キかねて葛の葉「こは心得〔ウ〕ぬ御仰《おんおほせ》〔色〕。〔詞〕おさなき者とてあなどらば。もろこしの陸雲《りくうん》[一二]は六ク(り)才にて。[一三]文《ぶみ》をよくし書《しよ》をそらんじたる例《ためし》もあれば。一チ概《がい》にはいはれぬ物。それになんぞや雲つくやうな形《なり》をして。ちいさいものをやりこめ〳〵。ヱなんじやの。〔地ウ〕あたどんくさい」と詞[一四]〔ハル〕もずつかり顔〔ウ〕も色立チ(だ)せき上〔色〕グれば。「〔詞〕ヤアす[一五]ゞふり[一六]のべり〳〵め。元方に向カってくはんたい[一七]至極。アレ引ッ立テよ」と下知《げぢ》すれば。〔地ウ〕親ン王「しばし」としづめ〔色〕給ひ。「〔詞〕元方の詞一チ理有リといへ共。好古《よしふる》の心無下《むげ》

梵字一字で表わされる五仏頂尊の一つ。仏像は宝冠を戴き金輪を持し、結跏趺坐して手に智拳印相を結ぶ。「一字金輪」以下は仏教の密教、修験道系の神仏への祈りとなる。鈴の音「ちりりん〳〵」と脚韻。

二四 奈良県吉野郡にある山(四五七頁注八)。修験道の行場で蔵王権現を祭る金峰山寺と、金山毘古命(かなやまひこのみこと)を祭る金峰神社いわゆる「かねのみたけ」神社がある。「きんりん」「金峰」と頭韻。また、この辺「りん」「せん」「げん」と脚韻。古浄瑠璃ないし中世芸能以来、神おろし、祈り等は、爽快な拍子の聴かせどころ。

二五 修験道の本尊。役行者が金峰山中で修行中に感得したと伝える日本独特の仏。

二六 しのだづまの祈りに「くまのにみつの御やま、たきもとにせんじゆくはんをん、かんのくら(神倉)には、りうぞう(竜蔵)ごんけん」。

二七 大和・河内にまたがる葛城山脈。金剛山を主峰とする。金剛山頂に金剛山転法輪寺、葛木神社がある。修験道の行場。「かづらき七たい」は未詳。しのだづまに「かづらき七だい、こんがうどうじ、こもりかつての、大みやうじん」。

二八 金剛童子。童形の忿怒尊。阿弥陀仏の化身といわれ、修験道で護法神として重んじられる。

二九 奇妙。不思議な能力を持つ童子とて名高いの意の「名に立つ」と、地名の「竜田」をかける。

三〇 奈良県生駒郡斑鳩(いかるが)町にある竜田神社。竜田は紅葉の名所。　三一 紅葉の縁語。錦を織るという糸筋の。「あらし吹くみむろの山のもみぢ葉は立田のかはの錦なりけり」(百人一首・能因)。　三二 三巻き。謡曲・三輪「その糸の三綰(ゎ)げ残りしより、三輪のしるしの」を踏まえる。

三三 奈良県桜井市の北部にある三輪山。山全体が麓の大神(おおみわ)神社の神体とされる。

にもなるまじ。所詮論《しよせんろん》は無益《むやく》。おさなき者が妙術《めうじゆつ》を目前に見るならば。かれらが願ひにまかすべし」と下《しも》をめぐみの御ン詞。末世《まつせ》に村上天皇とあをがれ給ふもことはり也。

折リこそあれ左近太郎照綱《てるつな》。長櫃《ながびつ》御前ンに舁《かき》すへさせ。「貢《みつぎ》を納《おさむ》る近郷《きんがう》の百性共。一条の辺にて此櫃をひろいし所。下タにてひらき見んこと上《かみ》を憚《はゞかり》上覧《しやうらん》に備《そなへ》奉る」と訴《うつたふ》れば。諸卿《しよきやう》もあやしみ元方は胸《むね》に覚ヱの有ル長ガ櫃。「コリヤ〱左近見ぐるしい雑物《ざうもつ》大内の穢《けがれ》持ッて立テ」と。いらてば親ン王とゞめ給ひ。「中《うち》のしれざる長ガ櫃是ぞ幸《さいはい》。道満晴明《どうまんせいめい》立チならび中《うち》を未然《みぜん》に考《かんがへ》させよ」と。仰《(おほせ)》に元方力及ばず。「コリヤ〱小せがれ。もし汝仕《なんぢし》損《そん》ぜば遠島《ゑんたう》さすが合点《がつてん》か」と。勝手だらけな詞づめ。「それ〱」と有リければ非蔵人《ひくらうど》の申シ次ギ。司天台《してんだい》に扣《ひか》へたる陰陽《をんよう》の頭芦屋《かみあしや》の道満ン。装束《しやうぞく》改メ召シに応《おう》じてしづ〱と御階間《みはしま》近《ぢか》く座につけば。

元方打チゑみ。「ヤレ待チかねた見どをし殿。是此櫃《ひつ》の中《うち》を考《かんがへ》あのちつぺいめを

三四　奈良市東部にある山。麓に春日大社などがある。安倍仲麿の歌「天の原ふりさけみればかすがなるみかさの山にいでし月かも」を踏まえる。「三わげ、三わ、三笠」と頭韻。

三五　月が「澄む」と、晴明の故郷に近い住吉神社をかける。

三六　住吉の神と神神楽をかける。

三七　宜禰。神に仕える者。ここは神楽を奏する神職。

三八　小鼓を打つと、「打ったり舞うたり」の晴明が体を激しく動かして祈るさまをかける。

三九　「ひらり」と頭韻で梅の花が「ひらくる」を導き出す。

四〇　梅宮神社。京都市右京区梅津にあり、酒解(さかとけ)神、大若子(おおわくご)神、小若子神、酒解子(さかとけのこ)神を主神とする。

四一　謡曲・忠度「花は根に帰るなり」による。花が根に帰るように、魂よ帰れ。

四二　呼子鳥。父保名の魂よばいをする子、の意も含む。

四三　僧侶、修験者の持つ杖。上部は錫、中部は木、下部は牙または角で作り、頭は塔婆形で六個または十二個の輪がつき、振ると音がする。

四四　しのだづまや宇治加賀掾の晴明神おろし等にもみえる慣用的表現。愛宕山は京都市右京区にある山で、山上に愛宕権現の社がある。

四五　京都市左京区にある山。中腹に松尾山鞍馬寺がある。都の北方に当り、北方を守る毘沙門天即ち多聞天が本尊。

四六　以下、四天王は帝釈天の外将で仏法を守護する。東方の持国天、南方の増長天、西方の広目天、北方の多聞天。

四七　如意は意のままになること。如意の珠即ち如意宝珠は、一切の願いが意の如くかなう宝の珠で、ここは「珠」と「駒」を言いかえ、天馬空を行く如く意のままに、の意。参考「文珠菩薩のしゝの駒御手の如意は鞭と成」(曾我会稽山三)。

以上一三一頁

ひしいでたも」。はつと答《こた》へて道満ン。「コレ〳〵晴明。先《(ま)》ッ其方から考られよ」。「イヤ其元《(そこもと)》から言上《ごん》あれ」。「然らば拙者《せつしや》申シ上ゲん」と眼《まなこ》をとぢ。九方角をくり時刻を合せつつしんで。「ハ、ア是は正しく二人ンの躰《たい》。一チ人ンは仮《かり》に形《かたち》をもふけし物。今一チ人ンは三十有余《ゆうよ》の男刄にかゝりし死がいにて候」と。言上《ごん》すれば元方うなづき。「ヲ、今にはじめぬ汝が考《(かんがへ)》そふで有《(あら)》ふ。サア〳〵せがれはなんと〳〵」。「はつ」といふより袂《たもと》のうち。ゆびくりかへせば道満ンが。察所《さつ》寸分たがはず「なむ三宝。先ンをこされし口惜《(くちをし)》や」ととゞろく胸をおししづめ。しばらく思案《しあん》し。「成程道満申さるゝ通《(とほり)》。一人ンはかりの形今一人ンは三十有余《ゆう》の男刄にかゝり候へ共。いまだ落命とは見へず魂魄《こんぱく》五躰をさらざれば。つゝがなし」といふに恟《びつくり》「コレ〳〵晴明。此道満が申所汝が胸一〇にてつしなば有《(あり)》やうに申されよ。元占《うらかた》は一躰の気一一をかんがゆれば互に合《(あふ)》まい物でなし。少《(すこし)》にても相違《い》せば汝が身の一大じ。今一応工夫《ふう》あれ」ときの一二どく顔にうらどへば。葛の葉は猶気遣《(きづかひ)》。「コレ〳〵晴明。両方の考《(かんがへ)》一致《ち》したとて恥にはならず。なまなかそち

一 醍醐天皇第十四皇子。天慶九年(九四六)兄朱雀天皇の譲位を受け即位。醍醐天皇、村上天皇の治世を、後世、延喜天暦の聖代と称える。
二 気をいらだてあせること。
三 島流し。近世の刑罰としては死罪について重い。
四 蔵人所の職員。天皇の側近に仕える蔵人の下にあり、殿上で雑用を勤める。
五 陰陽寮の唐名。
六 中務省に属する陰陽寮の長官。平安中期以後、安倍・賀茂両家の家職。一一〇頁六行目に道満を博士とすることと齟齬する。
七 →五八頁注一〇。
八 子供を卑しんでいう語。生意気な子をやりこめてくだされ。
※簠簋抄以来の晴明、道満の占術比べを継承した場面となるが、両者の間に、対立意識や敵愾心がないのが本作の特色。
九 方角、日時に陰陽、五行、干支、易の八卦などを配して判断する。
一〇 考えるところの図星であるならば。
一一 古代中国の思想で生命力発動の源泉。天地の気、人身の気、天子の気など。占いは、具体的現象が現れる以前、あるいはこの場合のように隠蔽されている状態で行われるので、その現象を生み出す原質としての気を考えることになる。
一二 困惑した表情でそれとなく注意するように問う意。

が我《が》をはつて品かへんとばし思やんな。みぢんでもちがふては。大じの所じやとつくりと気をしづめて申あぎや。ふたを明《(あけ)》ぬ其内は云直《(いひなほ)》してもしなをしても。隙《ひま》が入《(いつ)》ても大じない」と。そばからあぶ〳〵井戸のはた子を思ふ身ぞ道理なる。

[一]滝《たき》口にさしひかへ始終《しじう》を聞《(きき)》ゐる悪右衛門。折よしとつつと出《(いで)》。「陰陽《をんよう》道に妙術《じゆつ》を得し者がいひなをしはならぬ〳〵。もしふたあけて死がいが出ばゆるさぬが合点か」と。おのれがおぼへしたり顔元方に目とめを見合《(みあはせ)》。あざける詞を耳にもかけず。「母様気づかひなさるゝな。[二]とてものことに刀疵たち所に平愈《ゆ》させ。御覧に入ん」とひたゝれの[三]袖をむすんで肩《かた》にかけ。[四]へいはく取てらいはいし。「なむ[五]大聖文珠薩埵《たいしやうもんじゆさつた》。[六]一たびむすびしきゐんをたがへず。力をそへてたび給へ」と伝へ受たる[七]太山玉《たいさんぎよく》の。[八]密法《みつぽう》[九]生活続命《しやうくはつぞくめい》の秘文をとなへ。諸神諸仏をくはんじやうある。

一 滝口所。清涼殿の東北、御溝水(みかわみず)の落ちる所にある宮中警固の武士の詰所。 二 ここまで来た上は、の意。 三 神事に奉仕する物忌みのしるしとしての襷がけをかたどる。

四 幣帛。紙または布帛を木にはさんでたらした御幣。陰陽道の占法は神仏習合思想に立脚しているから、神道の幣帛で仏名を唱える。

五 大聖は仏の尊称。文珠薩埵は文殊菩薩に同じ。諸仏の智恵をつかさどる菩薩。

六 簠簋抄、安倍晴明物語で、晴明は入唐し伯道上人に仕え、伯道は晴明の身長に等しい文殊菩薩像を作る。晴明帰朝後に文殊堂が焼失したため、伯道は晴明の死を悟り、「一たびむすびし、師弟の契約、いかでか、すつべきとて…日本にわたる」(安倍晴明物語)。しのだづまでは、はくとう上人は少年はるあきら(後の清明)に金烏玉兎の書を伝え、文殊菩薩と現れ、清明は蘇生の祈りで「なむ、大しやうもんじゆぼさつ、一度むすびし、していのけいやく」という。ここの文章は以上の先行作を踏まえているが、本作の幼児晴明は、伯道とも文殊菩薩とも師弟関係を持たないので、一般的に智恵をつかさどる文殊菩薩との機縁、即ち仏縁を言うに留まる。

七 簠簋抄に「太山符寸王ノ法」。安倍晴明物語では文殊堂焼失を怪しんだ伯道が「雲気をみるに、死気あり。太山府君の法を、おこなはるゝに。壇上に、晴明がすがた、かげのごとくに、うつりしかば、さては、人のために、ころされし事、うたがひなし。敵をとりて、あたへんと。八字文殊一字金輪調伏の大法をおこなひ」日本に来る。 八 密教で行なう修法。注七引用の「八字文殊一字金輪調伏の大法」を言いかえたものか。

九 伯道は晴明の塚を穿ち大小の骨を拾い集め「生活(シヤウクワツ)続命(ソクメイ)ノ法ヲ行給ヒシ故ニ清明蘇

晴明蘇生の祈[一〇]

[一一]きんじやう。さいはい。〳〵。うやまつて申奉る。[一二]神はもとより正直のかうべをてらす[一三]日の本の。いともたつとき宮所。[一四]いすゞのながれきよらかに。[一五]かげをうつして。[一六]三くまのは。[一七]ことさかを[一八]はやたまを。[一九]ひりやうごんげん[二〇]王子ごんげん九十九所。[二一]なふじゆ有て給はれと。[二二]鈴《れい》おつ取てちりりん〳〵。[二三]いちじきんりん[二四]金峰《ぶ》山《せん》　[二五]蔵《ざ》王《わう》権現[二六]りうざうごんげん。[二七]かづらき七たい[二八]こんがうどうじ。我もどうじの。其ひとつ。[二九]きめう〳〵と名にも。[三〇]たつ田の。もみぢばや。[三一]にしきおるてふいとすぢの。[三二]三わげ残《のこ》りて[三三]三わの山。[三四]三笠の山にほの〴〵と月。[三五]すみよしの[三六]かみかぐらきねが[三七]小つゞみ。[三八]打たりまふたりへいはく。取かへひら〳〵ひらり。ひらり[三九]ひらくる[四〇]梅の宮。[四一]花はちりてもねにかへるかへれや。かへれ[四二]とよぶこ鳥。[四三]錫杖《しやくぢやう》取てふり立《たて》〳〵。[四四]高き御山はあたご山。[四五]くらま山には[四六]多《た》門天持《ち》国増長広目《こくぞうちやうくはうもく》の。四天王にも先立て。[四七]神道如意《によい》の駒に鞭《むち》を。打かけ〳〵。雲に

生ス」（簠簋抄）。※安倍晴明物語、簠簋抄では道満が晴明の妻と通じ秘書を盗み見、晴明を殺し、伯道が晴明を蘇生させる。「しのだづま」では、やすながだうまんに殺され、せいめいは「しやうくわつそくめいの法を、おこない、哀、父上をそせし、ならせ奉らん」と壇を飾り、「ごへい、おつとり、なむ、につほん、大小のじんき、たゞいま、くはんじやう申たてまつる」と神降しの祈りになる。

一〇 「晴明蘇生の祈」は節事の名称。前手摺に壇を飾るであろう。
一一 謹上再拝。謹んで繰り返し礼拝し奉る。
一二 「神は正直の首にやどり給ふ」（諺草）。
一三 「照らす」の縁語「日」から日本を導き出し、日本の中でも至尊の神宮、伊勢大神宮は、と続く。
一四 五十鈴川。伊勢大神宮の内宮前を流れる。御裳濯川（みもすそがわ）。
一五 五十鈴川の清流に伊勢大神宮の内宮の影を映すことから「影」と同義の「隈（くま）」、三熊野と続く。
一六 熊野三山。紀伊の熊野にある本宮（熊野坐神社）、新宮（熊野速玉神社）、那智（熊野那智神社）の併称。
一七 事解之男神（ことさかのおのかみ）。事解は夫婦の契りを放（さか）り離れる意。伊弉諾命が黄泉国（よもつくに）を出る時、伊弉冊命に夫婦の道を断つと言い、身を掃った時に生れた神。熊野三山各十二所の祭神の中にこの神を祭る。
一八 速玉之男神。伊弉諾命が伊弉冊命の黄泉国における醜い姿を厭うて離れ、唾した時に生れ出た神。熊野速玉神社、熊野那智神社などの祭神。
一九 飛滝権現。那智山の那智大滝を神体とする飛滝神社。現在は熊野那智大社の別宮。

（一二六―一二八頁へつづく）

乗《のり》[一]三千。せかいをめぐるゐだ天王[二]。[三]くじやく明王大ゐとく[四]。見せしめ給へと又ふり立テてがら[五]。〳〵こんがらせいたか[六]。[七]不動愛染《ふどうあいぜん》[八]。扨《(さて)》[九]王城《わうじやう》には加茂[一〇]八[一一]はた。[一二]まさるめでたき山王[一三]ごんげん多賀[一四]の神。たとへ[一五]定業限命《ぢやうごうげんめい》なり共。[一六]抜苦《ばつく》与楽のまゆをたれ。一たび蘇生《そせい》せさせてたべと。[一七]かんたんくだきひたゝれをあせにひたして〽いのりける。

[一八]行力修法《ぎやうりきしゆほう》のしるしにや東西《とうざい》より数多《あまた》の烏《からす》。むら〳〵さつと飛《とび》きたり櫃《ひつ》の上ヱに寄リあつまり。暫《しばらく》鳴声愁《なくこゑうれい》をよび又立チ上ガつてくる〳〵。くるり〳〵と飛《とび》めぐり。悦《よろこ》びの声かまびすく四方にわかれて飛去《とびさり》けり。晴明《せいめい》こくうを礼拝《らいはい》し「疑《うたが》ひもなき蘇生《そせい》のしるし。サア〳〵ふたをひらかれよ」と聞キもあへず悪右衛門。「ヤアちつぺいめが[一九]ほでてんがう。明ケて恥《はぢ》をかゝせん」と。櫃《ひつ》のふたに手をかくれば。めり〳〵はつしと打チくだき。によつと出たる安倍《あべ》の保名《やすな》。悪右衛門が[二〇]がんづかつかんでどうど打チ付ケ足《そつ》下にふまへ。「左《さ》大《(だ)》イ将と心を合セ六クの君調伏《てうぶく》の此人トがた。遁《のが》れぬ所」とふみ付ケ〳〵。

一　三千世界。→五頁注二七。
二　韋駄天。仏教守護神。増長天八将軍の一。足の速いことで知られる。→五二七頁注一八。
三　孔雀明王。毒蛇を食う孔雀を神格化した明王。密教で尊崇する。
四　大威徳明王。密教で尊崇する五大尊明王の一で北方に位置し、白牛に乗る。ここは、悪を降伏する大威、善を守る大徳を見せしめ給え、の意にかける。
五　錫杖の音。「こんがら」を導き出す。
六　矜羯羅、制吒迦。不動明王八大童子の第七、第八。不動明王の左右の脇侍。
七　不動明王。五大尊明王の一で中央に坐し、悪魔・煩悩を降伏するため、忿怒の相を示し、右手に剣、左手に索(さく)を持ち、背に火炎を負う。密教でもっとも尊崇される。
八　愛染明王。愛欲に染まる煩悩を浄化する明王。三面六臂、忿怒の相。後には愛欲をつかさどる仏として遊女などからも信仰された。
九　皇居のある京及びその周辺。
一〇　京都市北区上賀茂にある賀茂別雷(わけいかずち)神社と左京区下鴨にある賀茂御祖(みおや)神社。賀茂の御生(みあれ)に始まる四月の賀茂祭は著名。
一一　八幡。京都府八幡市にある石清水八幡宮。祭神は応神天皇・神功皇后・比咩大神。武家が特に崇敬する神社。八月十五日の放生会が名高い。
一二　真猿。猿のこと。「増さる」と「猿」をかけ、猿を使者とする山王権現を導き出す。
一三　大津市坂本にある日吉(ひえ)神社の祭神。比叡山の守護神。
一四　滋賀県犬上郡多賀町にある多賀神社。祭神は伊弉諾命、伊弉冊命。寿命の神として信仰された。
※蘇生の祈りにふさわしく、はじめに黄泉国と

二一剣難《けんなん》ふしぎに蘇生《そせい》の保名。しやばにふたゝび二二戻《もど》り橋《ばし》此時よりぞなづけける。始終《しじう》を聞ィて左近《さこん》太郎。「ヲ、一チ度《ど》にこりぬ二三天めいしらず」と高欄《かうらん》に手をのばし。左《さ》大将をかいつかみひつかづいて投《なげ》付クれば。道満《どうまん》「しばし」と押《おし》とゞめ御前ンに向カひ。「罪《つみ》人とは申シながら御息所《みやす(どこ)》ロの御ン父《ちゝ》。命チの儀は御赦免《しやめん》」と恐《おそ》れ。入ッて願《ねが》ひける。「ヲ、神妙《しんべう》也道満《どうまん》。汝《なんぢ》が願ガひにまかせ遠島流罪《ゑんたうるざい》。悪右衛門は保名《やすな》親子《おやこ》が心任《まか》せにはからふべし」と。仰《(おほせ)》を聞クよりいさみをなし。「儕《おのれ》に討《うた》れし保名が敵本望《かたきほんもう》とげるも此保名」と。づだ〳〵に切リはなせば。親ン王御《ぎよ》かん浅《あさ》からず晴明《せいめい》に官位《くはんゐ》をさづけ。道《どう》満ン諸《もろ》共天下《(てんが)》の博士《はかせ》末ヱの代《よ》迄も晴ィ明ィと。云《いひ》つたへ書キ伝《つた》へ。家の二四波風《なみかぜ》うごきなき御代《みよ》に羽《は》をのす二五雛鶴《ひなづる》の。二六亀《き》卜《ぼく》の八数《はつすう》二七大八洲《(おほ)やしま》君万歳《ばんぜい》の寿《ことぶき》に。民千歳《せんざい》の五こく成就富《じやうじゆとみ》さか。ふるこそめでたけれ

関係深い事解之男・速玉之男命の神名を掲げ、放生会、御生と生命を寿ぐ賀茂、八幡、まさるめでたき山王権現、寿命の神多賀神社で締めくくる。
一五 前世から定まる業報により命数が尽きているとしても。
一六 仏が衆生の苦しみを抜いて福楽を与える慈悲の御まなざしを注いで。
一七 肝胆。肝臓と胆嚢。転じて心の底。「肝胆を砕く」は、心を尽し懸命に事を行なうこと。
一八 このあたりを、しのだづまでは「仏神、のふじう、まし〳〵けん、ふしぎや、にくしゝむらをくわへてのきし、さとのいぬ、とびからすが、しゝむらあるひは、かいなを、くわへ来りけり、せいめいいよ〳〵いさみをなし、せめつけ〳〵、いのりける」。
一九 悪ふざけ。　二〇 髪束。もとどり。
二一 「付け」と「剣」と韻を踏む。剣で命を落とした保名が。
二二 娑婆に戻ったとの掛詞。しのだづまにも「扠こそ、一条もどりばしの、ゐんねん是也」。
二三 天罰を思わぬ悪人。
二四 波風も立たぬ程平穏に治まった世。以下は一曲の終結部の祝言。
二五 優秀な幼児晴明をたとえていう。
二六 鶴の縁で亀卜を導き出す。亀卜は亀の甲を焼く太古の占い方。八数は易の八卦と関連させて占いを意味する。
二七 日本国の異称。陰陽博士の道満、晴明が日本の安寧に寄与したことを述べる題名及び大序の冒頭部と対応させ、占いに重要な八の数と、日本国の異称大八洲を関連させた。

右[一]之本頌句音節墨譜等令加筆候
師若針弟子如糸因吾儕所伝泝先
師之源幸甚

竹[二]本筑後掾高弟 (壺印) 印

予以著述之原本校合一過可為正本者
也

竹[三]田出雲掾清定

京二条通寺町西へ入丁　正本屋 山本九兵衛版
大坂高麗橋二丁目出店　山本九右衛門[四]版

一 この奥書の文は、新うすゆき物語底本奥書と同文。→三九一頁。
二 竹本筑後掾(前名義太夫)は竹本座創立者で、正徳四年(一七一四)没。高弟のうち初代竹本政太夫が享保十九年(一七三四)二月に襲名して二代目竹本義太夫を名乗っている(→解説二)。下に壺印と角印がある。壺印は「竹本」の文字入りのものらしい。角印の文字も不明ながら、竹本筑後掾藤原博教を表わす「博教」か。
三 元祖竹田出雲の子二代目竹田出雲。本作の作者として内題下に名を掲げている出雲は元祖。
四 「門版」は破れを別版で補う。捺印の有無不明。

狭夜衣鴛鴦剣翅
<small>さよごろもおしどりのつるぎば</small>

元文四年（一七三九）八月十五日、豊竹座初演。作者は並木宗輔。『太平記』二十一「塩冶判官讒死事」、高師直が塩冶判官の妻に邪恋をしかける話を扱うが、推理小説的作法による意外の展開。「仮名手本忠臣蔵」の先行作の一つとして知られる。

近松没後の浄瑠璃には「菅原伝授手習鑑」「義経千本桜」「仮名手本忠臣蔵」など合作の名作が多い。合作が真の成功を収めるには、個性的な作者の指導力を必要とする。右三名作の中心作者である並木宗輔（千柳）は、作者生活の前半期、豊竹座で単独作八作、立作者として十九作を執筆。本作はとくに、緊密な構成、謎が謎を生む展開、鋭い人間観察など、並木宗輔の個性の色濃く表れた単独作である。

並木宗輔は、元文四年、本作のほかに「奥州秀衡有鬠壻（おうしゅうひでひらうはつのはなむこ）」を単独で執筆したが、翌元文五年二月、「鶊山姫舎松（ひばりやまひめすてまつ）」（中将姫雪責、単独作）限りで豊竹座立作者を辞し、寛保二年（一七四二）には歌舞伎作者に転ずる。それは結果的には、豊竹座と対立する竹本座に立作者として迎えられ、「義経千本桜」などが生み出される前段階であった。この重大な転換期にさしかかる直前、豊竹座時代の並木宗輔劇作法の頂点に位置づけられるのが、本作である。

竹本座の「芦屋道満大内鑑」などのロマンティックな情趣とは対照的に、豊竹座時代の並木宗輔の作は写実的で暗い。本作が優れた内容を持ちながら、大坂の人形浄瑠璃に再演記録が見当らないのも、そうした作風と関わりがあるであろう。「奥州秀衡有鬠壻」も大坂で再演記録なく、淡路のみに残る。但し、豊竹座の紋下太夫で、座本（経営者）をかねた豊竹越前少掾は、まれにみる美声家、東風とよばれる華やかな曲風を創始した。本作も、竹本座（西風、地味）の「芦屋道満大内鑑」や「新うすゆき物語」より派手な節付けで語られ、その面で大衆性をも確保し得たと考えられる。

底本は早稲田大学演劇博物館蔵、七行百丁本、西沢九左衛門版。翻刻は今回がはじめてである。

「狭夜衣鴛鴦剣翅」絵尽（九州大学附属図書館蔵）

一 本曲の題材、太平記二十一・塩冶判官讒死事で重要な役割を果す和歌「サナキダニ重キガ上ノ小夜衣我妻ナラヌ妻ナ重ネソ」に基づく題名。「さよ衣」は夜着。夫婦仲睦まじいおしどりにあやかるように、夜着に鴛鴦の絵や縫いとりを施したものを「おしのふすま」という。一方、曾我物語五・貞女が事、同・鴛鴦の剣羽の事は、王の邪恋のために殺された夫と跡を追って入水した妻が鴛鴦に生を変え、剣羽で王の首をかき切る話。太平記、曾我物語の二つの挿話は、ともに人妻に対する権力者の邪恋を扱うが、同時に「鴛鴦の剣羽」の語は、睦まじかるべき男女、夫婦の間に、殺意、亀裂などが生じる三段目、四段目の構想を暗示する。外題の読みは薄物正本の表紙の振仮名「狭夜衣鴛鴦剣翅(さよごろもおしどりのつるぎば)」による。 湯上恋姫籬(ゆあがりこひのひめがき)」による。

二 底本になし。→四頁注二。

三 初演者豊竹和佐太夫。

四 この序詞「撫育するを」まで、太平記二十七の文を引用。太平記では「恵」をケイと読む。

五 四方の海の内。天下。

六 「ず」の濁点、底本のまま。

七 史実では足利貞氏の次男が尊氏、その弟が直義。

八 右兵衛府とともに兵衛府の一つで、宮門の警備、巡検、行事の守護などに当る左兵衛府の長官。足利直義は暦応元年(一三三八)以後左兵衛督。

九 豪荘な建物、そびえ立つ高殿は如何にも権威あるさまで。「大夏」は「大廈」。太平記二十七では、足利直義が天下の政治を司り、権勢比類ない状態の時を追憶して「大廈高墻(こうしよう)ノ内ニ身ヲ置キ」と述べる。

一〇 直義が政権の座にあった時は、その邸宅の所在地から三条殿とよばれた。「将軍(尊氏)是ニ驚カセ給ヒ、三条殿へ使

[一]狭夜衣鴛鴦剣翅《さよごろもおしどりのつるぎば》

（第[二]一）

作者　並木宗輔

（[三]足利直義館の段）

[序詞][四]夫仁《それじん》とは恵《めぐみ》を[五]四海《しかい》に施《ほどこし》。深《ふか》く民《たみ》を憐《あはれむ》を仁《じん》といふ。夫政道《それせいとう》とは国《くに》を治《おさ》め。人《たみ》を憐《あはれみ》善悪親疎《ぜんあくしんそ》を分《わかた》ず。撫育《ぶいく》するをせいとうと[六]称《しやう》ずと云《うん》〳〵。爰《こゝ》に[七]足利《あしかゞ》の次男《じなん》[八]左兵衛督直義卿《さひやうへのかみたゞよしきやう》。度《ど》ゞの武功《ぶかう》に士卒《しそつ》をなびけ。[九]大夏《たいか》高楼《かうらう》おごそかに[ヲロシ]へ[一〇]三条殿《さんでうどの》と敬《けい》せらる。[ユリ]

[地中][一一]浮雲《ふうん》の富《とみ》[ウ]に身をわすれ昼夜《ちうや》[ハル]をわかぬ[一二]淫楽《ゐんらく》に。[一三]弁佞邪智《べんねいじやち》のやから[ウ]を近《ちか》づけ。追《つい》[一四]従面諛《しやうめんゆ》の詞[ウ]をもちひ。[一五]鎌倉《かまくら》[ウ]よりの[一六]御添人《そへびと》。[一七]旧臣《きうしん》譜代《ふだい》の家人《けにん》をにくみ[中]。[一八]讒《ざん》をかまへてじめつさせ智謀《ちぼう》[ウ]の[一九]ゑだは[二〇]折《おり》よくば。御舎兄尊氏将軍《ごしやきやうたかうぢしやうぐん》[ウ]も討亡《うちほろ》ぼして我儘《まゝ》に。

ヲ以テ仰セ被レケルハ」（太平記二十七）。※ここまで（冒頭の四行）は、太平記に述べるところの足利直義像と合致する。直義（一三〇六―五二）は兄尊氏（一三〇五―五八）を助けて室町幕府を樹立し、軍事を司る尊氏と政務を執行する直義という二頭政治を、幕府発足当初は成功させていた。一一 浮雲のようにはかない富。太平記二十七で、直義にとり入った僧妙吉侍者の栄華を「浮雲ノ富貴」と形容する。一二 酒色にふけるさま。以下、本曲の直義像は史上のそれとは相違する。史上の直義には、敵役化すべき要素はあるが、

時　**新田義貞が討死した暦応元年（一三三八）以後のある時**
所　**京三条、足利直義館**

本曲のような遊蕩惰弱な面は認められない。作者は太平記を、文章の細部まで活用するほど熟知しながら、故意に別の描き方をしている。↓付録2。一三 言葉巧みに主人にとりいる家来や、悪知恵にたけた者ども。一四 その人の面前でこびへつらうこと。一五 鎌倉にあって天下を治める尊氏将軍の意。この設定は史実と異なり、江戸に徳川幕府が置かれている近世の状態を想起させる。一六 ここも近世の付家老、即ち幕府が御三家などに、その政治の監督のために付けておく家老の意に近い。一七 古くからの家来。一八 直義が幕府に、自分の周囲に付け置かれた旧臣譜代の家人について讒言して自滅させ。一九 策略をあれこれとめぐらすさまを、枝葉の茂るのにたとえる。二〇 枝の縁語「折」に、時節の意をかける。二一 後出の仮名書きに「てんが」と濁る。↓二〇一頁一三行、二一一頁一行、二七二頁四行。二二 時代浄瑠璃の大序は、内裏や将軍ないし最

二一天下をのまん下工《したゞくみ》ぎやくゐの。ほどこそ恐《おそ》ろしき。

二二かべにみゝ有ル世の中《なか》と。しらで密事《みつじ》をだん二三かうの。膝元《ひざもと》さらぬじやよくの武《ぶ》士《し》。二四薬師寺《やくしじ》次郎左衛門公義《きんよし》。むほんをすゝむる二五ばかゐんぎん御ンまへに頭《かうべ》をさげ。「さきだつて御ひろう申上し。去ル《さんぬる》藤島《ふぢしま》二六のたゝかひにて。落命《らくめい》有し義貞《よしさだ》の若後家《わかごけ》。二七勾当内侍《かうとうのないし》を伴《ともな》ひ。二八塩冶判官高貞《ゑんやはんぐはんたかさだ》夫婦。二九御ンみかたにふくし罷《(まかり)》登《のぼり》。則《すなはち》今ン日御ンめ見へ乞《こひ》ねがひ候へば。君にもかね〴〵見ぬ恋にあこがれ給ふ。内侍君《ないしぎみ》を御ン手に入レ。其うへぶ三〇さうの塩冶判官《ゑんやはんぐわん》。みかたにくだるは竜《りやう》三一に水。御太望《ごたいもう》は心のまゝ。三二御たいがん然るべしそれにつき。かのないし君と引がへに御ン渡し有べき旨《むね》。やくだくなされし鬼丸《おにまる》三三の太刀。御用意《ごようゐ》いかゞ」とうかゞへば。「されば其太刀のぎは。其方《そのほう》も存《(ぞんじ)》の通三四高武蔵守師直《かうのむさしのかみもろなを》。三五義貞《よしさだ》が首取かへりし三六ぐんかうに。望乞《のぞみこひ》うけ所持《しよぢ》すれば。うばひ取ッてわたさんため。三七淵辺伊賀守《ふちべいがのかみ》にはからふべき由《よし》。いひつけおきし」との給ふ所へ。

いがのかみ景忠《かげたゞ》。三八三九同腹中《どうぶくちう》のわる者作《ものづくり》。四〇太刀をたづさへいかめしく御ンそば近《ちか》

高権力者の館、大寺社などに、百官百司、諸大名が居並ぶ厳かな幕明きであるべきところ、本作は、冒頭のみ詞章、節付けとも大序形式に則るが、舞台は三条殿とはいえ、公の場ではなく、館の一室で直義が薬師寺と密談をするところから始まる破格の形式である。絵尽初丁には「大名衆」が居並ぶ絵があるが、文意とは異なる。
二三 談合。「膝とも談合」の慣用句をふまえる。
二四 太平記では師直の許に出入りする人物。直義の寵臣との設定は本作の創作。↓付録2。
二五 馬鹿慇懃。ここは主君におもねるさま。
二六 現福井市内。太平記二十・義貞自害事。新田義貞(一三〇一―三八)最期の地藤島の城は、越前国名蹟考に「今の西超勝寺の屋敷是なりとぞ」とあって、福井市藤島町西超勝寺の地とされるが、福井市の丸山に藤島城の一があり、「西超勝寺内并に林村にある二砦址と合して藤島城と総称せしにあらざるなきか」(藤田精一『新田氏研究』)との説もある。
二七 後宮十二司の一つ内侍司の三等官掌侍(ないしのじょう)四人のうち第一位のもの。天皇への奏請、伝宣を職掌とする。近世文芸では専ら、世尊寺経尹の娘、一条行房の妹(または娘とも)で後醍醐天皇に仕え、義貞に妻として賜わった勾当内侍をさす。↓付録2。
二八 塩冶高貞。佐々木貞清嫡子。出雲守護、後に出雲隠岐守護。暦応四年(一三四一)没。↓付録2。
二九 足利方に帰服し、北国から都へ上ってまいりまして。 三〇 無双。 三一 強い者が一層勢いを得ること。 三二 お会いになるのがよろしゅうございます。 三三 太平記十六に新田義貞が鬼丸・鬼切二振りの太刀を持って奮戦した記事がある。そこでは「鬼切鬼丸トテ多田満仲ヨリ伝タル源氏重代ノ太刀」といい、三十二では義貞が建武二年にこの刀を得て「是ゾ聞ユル平氏

く謹而《つゝしんで》。「師直《もろなを》がやかたへ立《(たち)》こへしに。鬼丸の太刀我君《(わがきみ)》の。御所望《しよもう》と申ては何かとひま入リ。ことに師直《もろなを》はかまくらへ[一]さんきんのるすの内。[二]あだやすくは渡すまじと。存付《ぞんじつく》よりぐあんをめぐらし。師直《もろなを》が妻女《さいぢよ》は某《(それがし)》が姪《めい》なれば。おとづれがほにかれめをたらし。君此度《たび》御ン太刀を作《つく》らせ給ふ其てほんに。鬼丸の太刀なりかつかう。かぢに見せたき御望《おんのぞみ》。少《すこ》しの間と姑《しうとめ》にもふかくかくさせおぢめいの。よしみごかしにうばひ取リ。罷《(まかり)》かへり候」とさし上れば直義《たゞよし》卿。「ヲき[三]たいの働《はたらき》まんぞく〳〵。此太刀《たち》あれば何かはご[四]せん。へんしもはやく塩冶《ゑんや》をめしよせ。望《のぞむ》にまかせ是を遣《つか》はし。内侍を受取リしんてい見とゞけ。其しなによりみつじをあかし。ねがはくは師直《もろなを》が。かまくらよりかへらぬ内に企《くはだて》たし。薬《やく》師寺《しゞ》いそいで降人《かうにん》の。塩ン冶もろ共内侍《ないし》を是へ。たいめんせん」と仰《(おほせ)》にしたがひ。「ハッ」トこたへて次郎左衛門。お次《つぎ》にたてば直義《たゞよし》は。[五]呉《ご》王《わう》がせいしをこそだいへ。まねく思ひに[六]はまる恋《こひ》。ふちべは塩冶《ゑんや》が初《はつ》げんざん。なんでも心を引見んとてぐすね引て待ッ所へ。薬師寺にいざなはれ出《(いで)》くるすがた。

ノ家(北条時政から時行)ニ伝ヘタル鬼丸ト云フ重宝也ト秘蔵シテ持レケル」とあり、そのほか鬼丸にまつわる所伝異説は多い。現在、御物に銘国綱とある名物鬼丸国綱の太刀が存在する。

三四 足利家の執事。観応二年(一三五一)直義方との戦いに敗れて死ぬ。→付録2。

三五 師直が藤島合戦で義貞の首を取ったというのは、史実ではなく(→一五九頁注一六)、作者の創作。

三六 軍功。

三七 大塔宮の殺害者として知られる人物。→付録2。

三八 淵辺伊賀守の名は、太平記諸本に源五、義博などとあるが、景忠とはみえない。

三九 謀叛の一味。原義は同じ腹から生れた意。

四〇 いかにも悪者らしい面構えの意を、次の「太刀」の語に関連させて、「いかもの作り」などになぞらえていう。

一 関東の尊氏将軍の許へ上方から師直が、恐らく直義の代理に参勤するという設定は、近世の幕藩体制における将軍と御三家の関係などを想定させるもので、室町時代にはありえない。

二 「徒(あだ)や疎(おろ)か」と同じく、いい加減には、容易なことでは。

三 希代。比類なくすぐれた。

四 期せん。待つ必要があろうか。

五 中国春秋時代、呉王夫差(ふさ)との戦いに敗れた越王勾践(こうせん)が、天下第一の美女西施(せいし)を献じ、呉王夫差は姑蘇山上の姑蘇台に西施を置いて遊蕩に耽り、亡国の基となった。太平記四・呉越軍事。

六 耽溺する意で、次の「淵」の縁語。

勾当《かうたう》のないしは恋[七]のおもはゆと。見せて心につるぎばや[八]。跡にいもせのつがひ[九]鳥。塩冶判官《はんぐわん》高貞《たかさだ》につまのかほよ[一〇]も旅《たび》やつれさしうつ。むいて三人が。しら[一一]すへ通るを。ふちべが声かけ。「アいやこれ〳〵ゐんや殿。降人《かうにん》[一二]に似合《にあは》ぬ帯刀《たいたう》。御《ン》め見へ相すむ迄。此方《このはう》へあづからん」と。とがめられてもけじめ[一三]をとらず。かほも詞もやはらかに。「こは御尤《ごもっとも》いかにも」と。ふたこしぬいておふ〳〵[一四]に。渡す心は韓信《かんしん》[一五]や。またためさん[一六]ととつたるかたな。するりとぬけば女房ないし。思はずはつとおどろきの。ふぜいにゐんやは猶《なを》おちつき。「はれざは〳〵とし[一七]どけない。から[一八]にんのしんていを。引《キ》見んためになさるゝ事。めづらしさふにこりや女房。ないし様も御ぜんがちかい。おしもにござれ[一九]」とけんたい[二〇]に。おそれ入《ッ》て押《おし》なをれば。あきれしかほをやくし寺《じ》が。「いやなふ〳〵ふちべ殿。しんていをさぐり見るにはぢよさいもなふ[二一]。某《それがし》がいろ〳〵とためし見ぬいたよしにめされ」と。いはれてぬからず「いやなんの。かず〳〵ためして見るにおよばぬ。一事《いちじ》がばんじうたがひはれた。さて殊外《ことのほか》見事なおかたな。げに

七 恋の手管に恥かしそうにうつむいていると見せて、内心の害意を隠す。「勾当、恋」は頭韻。
八 鴛鴦などの尾の両脇にある羽。剣の先に似るところからいう。ここは曾我物語五・貞女が事、同・鴛鴦の剣羽の事による。しそう王の邪恋のために死を遂げたかんはく夫婦が鴛鴦のつがいとなり、「鴛鴦の衾の下なつかしげにたはぶれけり。これも、かれらが精にてもやと御覧じけるに、此鴛鴦(をし)とびあがり、思羽(おもひば)にて、王の首をかきおとし、淵にとびいりうせにけり。それよりして、思羽をば剣羽とも申なり」。
九 鴛鴦の縁で「妹背の番ひ鳥」という。
一〇 塩冶判官の妻の名を「かほよ」とするのは尊氏将軍二代鑑を受けついだもの。
一一 座敷の前庭の白砂を敷いたところ。現行の舞台ならば、本手に座敷、直義の座所、二の手白洲の下手から勾当内侍・塩冶夫婦登場。
一二 武装解除が降服の前提条件であるから。
一三 「けじめをとる」は、機先を制して違いをはっきりさせてしまうこと。角ばらずに、の意。
一四 応々。素直に。
一五 股くぐりの故事で名高い韓信の如く、大望の前には小事の辱しめをものともしない。
一六 韓信の縁で「股」と「再び」の意をかける。
一七 行儀がわるい。はしたない。
一八 降人の心底。
一九 「しもに居る」は、「下(した)に居る」に同じ。貴人の前に立ちはだかるのは失礼であるから、座り、または身を低くして控えよの意。
二〇 謙退。へり下って。
二一 如在もなく。手ぬかりなく。

[一]打物《うち》はもつ人の。きりやう程《ド》と申が。さすがなだかきゑんや殿のおさしまへ。[二]ホヽヲあつぱれわざ物[三]きれませふ。おもどし申す」とへらず口。さやにおさめてさし出せば。「[四]まづもつていづれもの。うたがひはれて拙者《せつしや》がたいけい[五]。なを此うへは御ぜんへよろしく。お取つぎを」といひつゝも。れいぎみださぬ尊《そん》敬《きやう》に。

やくし寺あらため御ぜんに手をつき。「ごらんのごとくないし君。我君の仰《（おほせ）》にしたがひ。はる〲の御上京。ひとへにゑんやのはたらきおうたがひをはらされ。御ほうびの御意《ぎよゐ》くだらば。とり次《ギ》申せし我ゝ迄。しやうぜん[六]のめんぼくこれにすぎず」と。ねがへば直義《たゞよし》うちとけ詞。「これさゑんしう[七]。勾当内侍《かうとうのないし》は。[八]なんていのきうぢよにて色《いろ》[九]ごのみと聞およぴ。恋こがれたる折に幸《さいわい》。やくし寺《じ》が取つぎにて。ゑんやはんぐはんたかさだはにつたの家《いへ》を見かぎり。直義がみかたにくだらんとのねがひ。まことしからず思ひし所。けいやくへんぜずさつそく同道《どうぐ》。たのもしきしんてい近比《ちかごろ》[一〇]〲しうちやく[一一]申《ス》。此うへたがひに心を

一　打ち鍛えた武器。太刀、長刀、槍など。
二　差前。差料に同じ。刀。
三　切れ味鋭い刀。
四　底本「色」の字に「詞」が重なって印刷されている。誤りがあるらしい。
五　大慶。
六　生前の面目。これ以上に名誉なことはございません、の意。
七　塩州。塩冶判官への友達あしらいの呼びかけ。「州」は人名の頭字などに添え、親しみをこめて呼ぶ表現。
八　南朝の帝後醍醐天皇に仕える宮女。
九　ここは好色というより、色恋の道にたけた、の意。勾当内侍は、太平記では、官軍の大将である新田義貞の進退を誤らせた傾国の美女。↓付録2。
一〇　はなはだ。口語的言いまわし。
一一　祝着に思います。「申す」と謙譲語を添えて、まだ主従関係が成立していない塩冶判官への軽い敬意を表わす。

おかず。主従《しうゞ》うちとけ内侍《ないし》とは。ふう婦のかたらひむつまじう。だいてねよふといふしやうこに。[一二]其方《そのほう》よりのぞみのかへ物。鬼丸《おにまる》のたち[一三]つゝがなく。これわたさん」と差出《さしだ》し給ふを。はつと立《たち》より受取ッて押戴《おしいたゞけ》ば女ぼうも。ないしも共にすりよつて。[一四]ためつすがめつ見るたちは。うたがひもなきにつたの重宝《ちやうほう》。なき其人のかた見かと思へば三人かほ見合せ。[一五]あはれもやうす目のうちの。涙をかくすばかりなり。

こなたは色《いろ》に[一六]いらちの大将《たいしやう》。[一七]たはいないしにきをうばゝれ。[一八]じんかん高《たか》ぶる[一九]けんみやくを。見てとるやくし寺《じ》。「いやなにゑんやふうふのしゆ。ねがひのすじもおめ見へも。事すんだればないしぎみ。おくごてんへ伴《ともな》ひて。[二〇]わつさりと我君に。御《ご》しゆをすゝめ[二一]すはいを[二二]かたふけ。御婚礼《ごゝんれい》の御ンことぶき。いざ同《どう》道《ぐ》」とすゝめられ。はつとゑんやは[二三]ゆうよのてい。女ぼうひつ取リ「いや申。それではおまへ詞がちがふ」。「[二四]何がちがひ申た」。「はてごけいやくのかへ物は。にしきのふくろと此御ンたち。二色《ふたいろ》のはづ一色《ひといろ》の。[二五]にしきのまもりも取リそろ

一二 ここも相手を見下す言い方をやわらげて、そちらの意。
一三 間違いなく。
一四 いろいろな角度からよくよく見る。「矯める」はじっと狙う。「眇める」は片目を少し閉じて狙いみる。「眼力光らす松王が。ためつすがめつ窺(うかがひ)見て」(菅原伝授手習鑑四)。
一五 哀切の情をよびおこす。「もやうす」は「もよほす(催す)」。
一六 苛ち。情欲にかられるさま。「色」と頭韻。
一七 「他愛ない」と「内侍」をかける。「大将、たはい」と頭韻。
一八 腎肝。性的な欲情が昂ずるさま。
一九 見脈。脈搏を調べること。気配を察してという意味を薬師の縁語で医者の所作の表現にしたもの。
二〇 気分を変えて打ちとけるさま。
二一 数盃。
二二 読みはカタムケと考えられる(→一六五頁一二行目)。
二三 猶予。ためらう様子。
二四 薬師寺の言葉。
二五 新田義貞は太平記二十によれば、討死の時、鬼切・鬼丸の二振りの太刀と「金襴の守」を身につけていた。

へ。おくだしなされ其うへにて。御《ご》しうげんを」と[一]いはせも立《（たて）》ずいがのかみ。「なるほど先《さき》だつてよりねがひの由。折ふしせんぎを[二]いたいて見れ共。よしさださいごのみぎりより。[三]にしきのふくろのまもりのと。いふやうな[四]さたかつふつなし。くびにそへて其たちばかり。持かへりしは高《かう》の師直《もろなを》。かつせんの其《その》ばにて[五]ふんじつせしか取リのこせしか。やうすを聞《（きか）》ふも尋《（たづね）》ふも。いまにては師直《もろなを》が。かまくらへさんきんの。るすなればとにかくしれず。よしそのふくろは有ッてもなふても。たち一ふりが大《おほき》なかへ物。まづうち〳〵の御しうげん。はて高《たか》のしれたにしきのきれはし。せんぎをするでも有まい」と。いひほぐせば。[六]「いやさればたかのしれたきれはしでも。おやくそくにさうゐが有ッては。うち〳〵のごしうげん。まあなりにくいやうな物で」と。聞て両人「とはなぜに」。「[七]さればいなあないし様」と。見やる詞はたうざのまにあひ。がてんゆかねばないしはしゞうさしうつむいておはします。やくし寺《じ》ふちべはきをいらち。「何がどうして。まづ其うちに。何が有ッてご

一「言はせも、伊賀守」と頭韻。

二「いたして」の音便。

三 錦の袋だとか、守りだとか、と。

四 風聞は一向に聞かない。

五「紛失　フンジツ」(書言字考節用集)。

六 かほよが開き直る。

七「ですからねえ、内侍様」と同意を求めるように内侍を見やって、はっきり言えぬ事柄を、この場をとりつくろって言うが、内侍の方は事情が分っていないので、の意。
※このあたり、言葉の一部、とくに語尾等を略しまたは打ち切った言い方が多い。浄瑠璃本来の文語文体からは破格であり、口語的文体ともいえるが、同時期の歌舞伎のせりふのように日常会話的なものではなく、むしろ七五調の叙事文体の枠内に、幾人もの人物の複雑な思惑のからむ口語のやりとりをはめこむための手法。
八 ありのままに。
九 薬師寺、淵辺への呼びかけ。
一〇「死人(しびと)に文言(もんどん)」(譬喩尽)。「しぶと」は「しびと」の俗語。わざと卑俗なことばを使わせた。
一一 火中。
一二「また改めて直義様と夫婦になりたい、と内侍様のお願い。ねえ、そうですね」と内侍に同意を求め錦の袋の実態をはっきりさせないように言い紛らすかほよの言葉に、内侍も夫も、相槌といっても、うまく調子を合わせることができずただうなずくばかり。
一三 薬師寺、淵辺は、隠している訳ではなく、ないのが実情なので、約束を楯に強く要求されると返事に困り、黙っていると。
一四 反故。ほぐ。書き汚しなどした不用の紙。
一五 あげよう。直義の身分にはふさわしくない

しうげん。ならぬしさいはさあどうで」と。といつめられて「いやあのなに。其内《うち》にはかいた物」。「かいた物とは」。「これ我つま。ないし様も何きよろ〱。もう八有様《ありやう》にいはねばならぬな九あいづれも」。「そふ共〱。はやくいはれい」。「サア其なかにはよしさだ様と。たがひにかはるなかはらじの」。「ヱヽきしやうが有ルといふ事か。それこそほんの一〇死人《しぶと》のもんごん」。「いや其もんごんに二世三世。そこを一一くはちうのはいとなし。一二又あらためてとなあ申。ないし様のおねがひ」と。いひまぎらかす詞のあいづち。ないしもおつともうなづく計《ばかり》。こなたの二人は一三ないのが有やう。へんとうこまればたゞよし聞かね。「やれ女其まもりを此方《このはう》に。かくしおしみて益《あき》なき一四ほうご。さいぜんふちべが申せしごとく。やうすをしつたる師直《もろなを》が。鎌倉《かまくら》よりたちかへらば。さつそくにたづねて一五おまさん。万一きやつも一六しらじといはゞ。此たゞよしが一七ゐせひをもつて。くさをわけ土《つち》をうがち。せんぎしだして恋人《こひびと》の。望《のぞみ》はかなへる気遣《きづかひ》むやう」と。一八のがれがたなく見へければ。

程砕けた表現。
一六「知らず」とあるべきところ。
一七 威勢。
一八 この場で内侍を渡すことを、いやと言われぬ成りゆき。

一 即座に。 二 畢竟。結局のところ。誓紙を入れたという守り袋など、所詮、無益なものですが。つまらぬことにこだわる愚かな女性の御願いを。 三 御愛執。直義卿の内侍様への御執心の深い御気持を、私共風情も汲みとって知ることが出来まして。 四 恐悦。恐れながら、この上もない仕合せでございます。 五 直義を主君と立てた上で、直義のお声がかりで祝言の延引を認めさせようと工作する。 六 御簾中。公家、大名などの夫人を敬っていう語。 七 不吉です。シク活用終止形の慣用語法。 八 諸卒。直義に従う兵達が、どう思うかと考えると。 九 心苦しい。困惑する。 一〇 最上吉日。ここは祝言にもっともふさわしいめでたい日。陰陽五行説に基づく日の吉凶は、近世には大雑書などで一般向けに説明されている。「日どりの事寅の日をいむべし暦の上段にてはやぶると云日をいむとるといふ日を用ゆべし」(女重宝記二・しうげんの巻)。なお、→五八頁注二一。 一一 巍巍堂堂。巍巍蕩蕩に同じ。巍は山の高くそびえるさま。巍巍も蕩蕩も広大なさま。いかめしく立派に、の意。 一二 千鶴万亀。千秋万歳に同じ。「くはく」は正しくは「かく」。 一三 めでたいことや、直義の自尊心を刺激するような言葉を。 一四 直義をおだて上げる。文法上は連体形で次の「詞」に続く。

ゑんやはやがてすゝみ出《(いで)》。「こは有がたき御ぢやう。ひつきやうゑきなき物なれ共。くよ／＼ぐちなるによぎのおねがひ。御ン聞とゞけくだされんとはないし様にごあいしう。ふかき御しよぞんはゞかりながら。くみしられて私《わたくし》夫婦が。きやうゑつはいか計《(ばかり)》。それにつき我君へ。御《ご》けんりようかゞひ申たきは。やくし寺《じ》ふちべの御両人。さつそく今ン日御《ご》こんゐん取まかなはんと候へ共。いまのよでかくれもない。ごゐせひつよき都《みやこ》のしやうぐん。たゞよし卿《きやう》のごれんちう。降人《かうにん》の姿《すがた》其まゝ。御《ご》しうげんとはいま／＼しゝ。あまりと申せばかるはづみ。しよそつの思ふ所もきのどく。近日《きんじつ》さいじやう吉日《(きちにち)》をゑらみ。おもむきよりゐぎあらため。ぎゞどう／＼たるむかひの御ンこし。こひうけてごふう婦なか。せんくはくばんきをことぶきて。御《ご》ゑんをむすび申たし」と。かざりならべてたてのぼす。

詞にぐもうの物いはひ。「ヲ尤ゝ《もつとも／＼》しからば渡《わた》せしおに丸の。たちはかならずたのみのしるし。きん／＼吉日相あらため。ぎしきのむかひをつかはさん。そ

一五 愚蒙の物祝い。愚か者ほど縁起をかつぐのが常で、の意。 一六 結納。 一七 このあたり、主従関係の成立によって、「其方」の意味も前出とは変る。→一四二頁注一一・一四三頁注一二。 一八 粟田口。京都市東山区三条白川橋から蹴上あたりまで。東海道の京への出入口であり、古来刀工の居住地、また刑場の所在地でもある。この地名が喚起する三つの連想が以下の戯曲の展開に生かされていく。 一九 究竟。ちょうどよい。 二〇 居住。住む家。 二一 領掌。

※この大序には、一般の時代物の儀式的な発端と異なり、さまざまの課題や疑問が提起される。㈠まず京都にある直義が、鎌倉の将軍尊氏に対して企てる謀叛の成行き。㈡塩冶判官の足利方への投降は「夫婦がうはべの辞儀会釈」と、本心からのものでないことが暗示されるが、それによって惹起されるべき波瀾。㈢塩冶判官、勾当内侍が、取り戻そうと心を砕く義貞所持の錦の袋の行方と実体。㈣その事情を詳しく知るという高師直の不在。㈤さらに、錦の袋をめぐる直義方との交渉で、判官、内侍より、判官の妻かほよが、もっとも主導的な立場をとるのは何故か、など、推理劇的な本作にふさわしく、謎をはらむ多くの伏線が敷かれる。

二二 初演者豊竹湊太夫。増補浄瑠璃大系図「此時序切の大役を勤めて追々町中の評判もよく」。

二三 前段末との割り句「御前を立つ」に十二支の辰をかけ、巳から午未申と神事の日を導き出す。

二四 四月の第二申の日。現在は四月十四日。前々日午、前日未の日も神事は行なわれている。

二五 日吉大社(ひえ大社とも)。滋賀県大津市坂本本町日吉山王社の総本宮。祭神は大山咋大神、大己貴大神。延暦寺創建の後は比叡山延暦寺の

れまでしかとないしをば。其方《ほう》[一七]ふう婦にあづけおく。則《すなはち》なんぢにあたふるやかたは。あはたぐち[一八]にてくつきやう[一九]のあきやしき有リきよじう[二〇]とせよ。こんれいすぎばおんしやうは。こふによるべしなを此いご。やくし寺《じ》ふちべとしよじばんたん。しめしあはせてちうきんを。はげむべし」との上ゐはうれしく。はつとりやうじ[二一]やうあらためて。いたゞきなをすおに丸の。「此御ンたのみにしつかりと。ごけいやくせし姫君《ひめぎみ》を。あづかり申ておいとま」と。ふうふがうはべのじぎゑしやく。わかれて。ごぜんを

(坂[二二] 本 の 段)

〽たつみ[二三]むま。ひつじをすぎてなかの[二四]さるひよし[二五]のまつり。さんわうのみこしもはまに[二六]しゆつげんし。きせんくんじゆはさか本《もと》[二七]へ。さはらば[二八]ひやせひや[二九]あせをかきてはやせ[三〇]のむらおとこ。天神[三一]ざけのゑいきげんしんよをふつておひまはる。こゑ山[三二]のはにひゞかして。きくに心もいさましき。

地主神として、日吉山王、山王権現とも呼ばれ、延暦寺衆徒が、強訴のために京市中へ山王の神輿を舁ぎこんだ御輿振は名高い。二六 現代は山王七社の神輿七基午後二時本社発、約四キロの下坂本七本柳(旧八柳)の浜から琵琶湖上二十丁の唐崎沖へ船渡御、夕刻坂本の若宮の浜に帰着し約二キロの本社へ還御。旧時も同様。

二七 比叡山の麓、延暦寺・日吉大社の門前町。

二八 「障らば冷やせとて江州日吉山王祭〈四月中ノ申ノ日申刻〉抜刃(ぬきみ)供奉荒き神事なり」(譬喩尽)。「神輿を振て天子に敷訴する事…凡十度…今におひて神輿の渡御は疾威(あらあら)しく出て、さはらばひやせなどの俗言も其遺風なるべし」(近江名所図会)。三体詩抄などにもこの句があり、中世までは日吉山王祭の神輿渡御に武具の荒々しい護衛がついたが、近世では舁き手の掛け声に残った。「ひやせ」はつめたい刃を当てよの意。近寄り過ぎて掛け声に驚き避けて冷汗をかく人々に、舁き手は酒機嫌で追いまわすようにさえ見える。

時　四月の中の申、日吉山王祭の日
所　江州坂本

二九 冷汗。「冷やせ」と頭韻。「汗をかく」と「神輿を舁く」が掛詞。「汗、八瀬」と脚韻。

三〇 山城国愛宕郡八瀬村。現在は京都市左京区八瀬。八瀬の村人は禁裏駕輿丁として、また日吉山王祭にも駕輿丁として勤仕した。

三一 八瀬の村人は八瀬天満宮(天満天神社)の氏子なので、その神輿勤仕に日吉山王社が振舞う酒を天神酒といったのであろう。八瀬天満宮には山王社が併祀されているが、菅原道真(九〇三没)が天満天神になる以前は、その山王社が八瀬の氏神だったというゆかりがあるらしい。

ゆきかふなかにきぬかづき。天下《てんが》のしつしむさしのかみ師直《もろなを》がつま当麻《たへま》ごぜん。おつとはかまくらさんきんのるすはひそかのかみもふで。のり物やめてげぢよはした。一ぼくつれたひげづらは。ひらかなもじにかたかなのまじりしごとくほそみちを。かくじになつてあゆみくる。げににぎはひはおのづから。しもべも一つのみ過《すご》ししうの使《つかひ》ももつれあし。きかゝるみちのとをりがけ。かづきの内をさしのぞき。「ても見事。ちよい〳〵やつちや」とふとも〳〵を。ふつつりいはす手さきをはらひ。よければすりよりもつれよる妼《こしもと》共口々《くちぐち》に。「りよぐはいものどなたと思ふぞ。忝《かたじけな》くもしつけんしよくの」と。いはんとするを「やれそさういふなおなご共。しのびまいりの道のふせふ。けらいのたに助もきつぱをまはしてそりや何事。わるいものはよけてとをせじやかまふな」と引つれゆくをくだんのやつこ立ふさがり。「なんだわるものだかまふな。あのよひ女ぼうをほめるがわるものか。ひねる手さきをぴんとしられたはちと曲《きよく》がない。わるものゝくせなをしてもらを。身

※「其輿丁の勢ひ実に当るべからず、互に意の如くならざるに至ては終に鉄拳を交え、或は携ふる竹杖を以て撃合ひ、喧噪叱咤瓦礫を降らすなど忽ち一の激戦場と変じ、傷者亦尠からず、茲に於て森林山腹等に充満せる幾万の観客中、或は恐怖するあり、或は壮快と呼ぶあり、其声湧くが如し」(社務所稿の「近江日吉祭次第」民俗芸術二ノ三)と興奮のるつぼと化した群衆の中で、喧嘩口論が生じても不思議はない場面設定。

三 比叡山の山の端。

一 女性が顔隠しに頭から被るひとえの衣。

二 執事。語義は多岐にわたる。もともと平安朝時代は公家・武家の家政執行者の長をさしたが、室町幕府の職名として、とくに高師直について執事というときは、将軍補佐の要職を意味する。なお鎌倉幕府の執権の別称として用いられることもあり、本作でも執事と執権とを、ほぼ同義に用いている。濁点なし。シッシと発音(日葡辞書)。

三 下女・端女。そのほか妼(腰元)・なかゐ(仲居)は当然で、ここには述べずに後文に出す。

四 一僕。一人の下部の男を連れている、その下部の髭面は。無理な語法ながら一僕と髭面は同格。後出の「たに助」をさす。髭面は奴の風姿。

五 女達をひら仮名の続け書きの曲線に、奴を片仮名の直線に見立てる。

六 後出の「くだんのやつこ」「かに蔵」。

七 主の使いで折目正しくすべきところを千鳥足で。

八 役者などへのほめ言葉。

がだんなは今日のおやく人あらりよぐわい[一六]ながら。ゐくはうをはなにかけるではないが。女中《ぢよちう》をいな物にかけて見たい。ちよつとおはだのあぢ見よか」と。ゐぢにかゝりしほでてんがう[一七]。よけてもにげても付まとふ。つねからたんきなこなたのけらい。「もふかんにんがならない[一八]」と。いひさまぬいて「おどすか[一九]きるか」ちよいといはするこびんさき[二〇]。さけのきにつれちけふり[二一]の。ぱつと眼《まなこ》にとび入ッて思はずどふどたをれふす[二二]。

はつとおどろきたへまごぜん。妼《こしもと》なかゐもうろたへる。「そりや切ッたは」とゆきゝ[二三]もさはぎ。たに助も女中のともいかゞはせんときもうろ〳〵。かくとしらせばじんじのやくにん[二四]。やくしじ次郎左衛門公義《きんよし》。ゑんやはんぐはんたかさだけんくはと聞《(きく)》よりかけつけて。手おひを見ればやくし寺《じ》がざうりつかみ[二五]。次郎左衛門きよつとして。「ヤアおのれは身がけらい。かに蔵《ざう》めでないか。公用《かうよう》の使《つかひ》さき事をしだした[二六]相手は何もの。にげたかたゞし切とめたか。物をぬかせうろたへもの」と。あせるほどなをつき上リくるしきていの息《いき》づかひ。「いや

九 つねる。「ふとも丶」と頭韻。
一〇 慮外者。無礼者。
一一 ここは執事と同じ。→注二一。
一二 粗相。軽卒に主人の名を出すな、の意。
一三 不請。いやいやながらすること。辛抱すること。忍び詣りの途上であるから、本来の身分からいえば許せない無礼も、我慢せざるを得ない。
一四 切刃。刀の刃の部分。「切刃を回す」は左手で刀を鞘ごと少し回して引き抜き易い体勢をとること。
一五 「…だ」は、浄瑠璃では奴の言葉、または特に下卑た言い方をする時に用いる。
一六 あら慮外ながら。ああ憚りながら。大時代な言葉つきで主人の威光を誇る。
一七 いたずら。意地になってしつこくからむ悪ふざけ。「ほで」は腕。
一八 「…ない」も、浄瑠璃では奴の言葉、または下卑た言い方をする時に用いる。
一九 切るなら切ってみろ、との挑発に、たに助は小鬢先に一寸切りつけた。
二〇 小鬢先。「小」は接頭語。鬢のはし。
二一 血煙。血ケムリと読んだ可能性が強い。
二二 「撻 ダウド」(書言字考節用集)。
二三 通行人。
二四 神事警固の役人。近世、日吉祭では、大津代官が奉行を勤め、大津町奉行所総出で警固に当った。「役人、薬師寺」と頭韻。
二五 草履摑み。草履取りの中間をさげすむ言い方で、せりふではないが、叱りつける気持。
二六 非は相手方にあると決めてかかる。祭礼の場につきものの喧嘩沙汰が、警固の役人の対処の仕方で深刻な事態となる。

にげはいたさず相手はこれに」と。かけでるやつこ押《おし》のけてたへまごぜん。かづきおしあげゑしやくして。「これは〱お久《ひさ》しや薬師寺《やくしじ》様。ひよんな事が出《しゆつ》来《らい》いたし。[一]おまへにも御くらう。扠《(さて)》きのどくなは私《わたくし》。其かに蔵《ざう》とやらが。さけのきげんか道のじやましてすれつもつれつ。あんまり見かねて手まへけらい。たに助めがはものざんまい。ちつとさはつたかすりきず。[二]けがにいたしたおわびには。ゐしやにゐしやかけ手まへよりきずのやうじやうさせませふ。いくゐにも御りやうけん」と手をすり給へば。「ムゥ相手はこなたの御けらいか。はて扠ゝ[三]よじんかとぞんじたに。何が扠〱《(なにがさて)》」。「あの御りやうけんなされてくださりまするか」。「いやまあそふは[四]ゑいたすまい。しつけんしよくの[五]ごないほう。けんくわ両せいばいしつてゞ有ふ。うつくしいかほをしてべり[六]〱〱と。手まへからゐしやをかけふ。あの次郎左衛門はゐしやをゑかけまいかな」。「アいやさやうではござりませね共」。「いやさこれおつしやんな。其元《(そこもと)》の[七]くちべにゝのるやうな。やくし寺《じ》ではござらぬ。あつたら口[八]にかぜひかさふより。げ

一 あなた様にもお手数をおかけしますが、それにしても私も困っております。
二 過失で傷をつけた。
三 余人。誰かほかの者かと思いましたが、あなたなら、何の何の、とがめだては…。「致しません」という結語を期待させて煮え湯を飲ます。
四 出来ませんね。相手が相手だけに、の気持を含む。
五 御内方(内宝とも)。天下の政道を預かる執権職の御夫人ならば、武家の大法、喧嘩両成敗を知っていらっしゃるであろう。
六 女がよくしゃべるさまを蔑んだ表現。
七 女性のあまい言葉にだまされる。「べににのせたはわしがせん」(鶊山姫舎松三)。
八 無意味、無用なことを長々としゃべる時にいう。

らうめをこゝへおだしなされ。ひげくびけて〱けつぶしてくれふ。うつくしい男たらしのめつきで。御りやうけんなされて下さりませとは。おつらのかはがあつふ見へます」と。いはれてくはつとせきのぼし。身がまへせしがいや〱。しのび参《まい》りのおりあししと。むねなでおろしなをも手をさげ。「さあそれは御尤《ごもつとも》なれ共。御ぞんじの通り夫《おつと》はかまくらさんきんのるす。戻《もど》られてやうすをきかれ。るすのまのかみ参り。まあ此身が[九]おものあやまり。けらいはかくべつわたしをふびんとおぼしめし。いくゐにも[一〇]おひざをだく」と。すりより給へばつきとばし。「其[一一]つゝじかけのわびくはぬ〱。夫《おつと》のるすにであるく女ぼう。ろくな事はしださぬもの。さほどにけらいをかばひ給ふは。ァ聞へた。るすの間のおとぎやく。つとめたやつでかなござらふなふゐんや殿」。[一二]さやうといはれずこしをおり。[一三]ておひのちをばぬぐひやり。「見ればあさきずこれならば。[一四]りやうけんあれ」と袖ひけど。やくし寺《じ》はいひがゝり。「たに助とやらこれへでろ。[一五]まつぷたつにしてくれん」と。いきほひこんでのゝしれば。たへ

九 第一の。表沙汰になって、夫の耳に入ると、留守中に神詣でなどした私が、まず第一に悪い、ということになります。夫や家人に極度に気兼ねして暮すたへま御前の日常を窺わせるが、それ故の消極的対処が、かえって事態を紛糾させる。
一〇 嘆願する。「おひざをだきに三人が中合せて参るから」(心中二ッ腹帯・下)。
一一 つつもたせ(美人局)式の。お膝を抱くとの媚びた言い方を、故意に悪意的にとった。
※直義に謀叛を勧める薬師寺にとって尊氏からの付け人である師直は目の上の瘤だが、表向き執権職に対抗できないので、些細なことで妻女に意地悪く当りがけをする。太平記の軍記物の世界を離れた、閉鎖的な近世封建官僚間の卑小な角突き合いを思わせる。
一二 このあたり、登場人物の心理に作者が立入って述べる並木宗輔の特色ある文体。「見ればあさきずこれならばりやうけんあれ」も、声に出したことばとみるべきか、そのような塩冶の心持を、袖を引くという形で表わしたものか、微妙。
一三 手負いの血をば拭いやり。
一四 勘弁しておやりなさい。
一五 「…ろ」も、浄瑠璃では下卑た言い方。ここは薬師寺の憎々しさを表わす。

まごぜんもこたへかねけらひをよびよせ涙をふくみ。「そちはいやしいしもべなれ共。ふだひのものゆへふびんに思ひ。さま〴〵おわびを申て見れ共。お聞入ﾚないうへはかばふがふしぎと自《みづから》が。心にさはる御一ごん。いさぎよふお手にかゝり。けがれた詞をきよめてくれ。主《しう》となりけらいとなる三世のきゑんもあさかりし」と。涙にくれての給ふにぞ。

たに助はちにひれふし。「めうがにあまる御仰《あふせ》。かずにもあらぬ此しやつくび。うちおとさるゝは。おしからねど。ごかうおんのだんなおく様。おわかれ申がざんねんな」と。めをこすり〳〵。「もふおいとまおさらば」と。やくし寺《じ》がめどをりに。どつかとざしてくびさしのべ「さあ。あそばせ」と。けなげなる。

心にはぢず次郎左衛門。「ヲよいかくご」とぬきはなし。おどり上つてうつたちを。てうどうけたる横身《よこみ》のたに助。「やあだましたかてむかひか」と。いはせも立《(たて)》ず「ヲ。なんで又やみ〳〵とうたれふぞ。およばずながらお相手」と一はねはねて立上る。「しやこしやくなるげらうめ」と。かさにかゝればかい

一　譜代。
二　叱ろが不思議。
三　前世、現世、来世にわたる、主従の深い縁。「きゑん」は機縁。
四　「しやっ」は、卑しめ、または強めていう接頭語。
五　御厚恩。
六　目通り。さしのべる首筋が薬師寺の目の前になるように横向きにすわるのであろう。
七　さあ、お斬りなさい。文章としては、たに助のことば。色の節付けとしては、たに助の無言の態度。たに助の役柄を重くし過ぎないように配慮した作曲。
八　たに助に関する説明は、「健気なる」で終り、節付けも、フシオチで区切りとなるが、文意は健気なる心に対して恥じず、反省せず、と続く。
九　横向きのままのたに助。「てうど」は、刀と刀が打ち合う音。
一〇　手向いか。
一一　しゃ、小癪なる。何を、生意気な。
一二　高圧的に、一刀両断と切り付けると、潜るようにして避け。
一三　たに助の方で薬師寺を付け回す恰好で。
一四　たに助は死んでもともとだが、薬師寺はそういう覚悟がないので、かえって守勢に消極的になり。

くゞる。よれば切かけはらへばうけとめ。一三つけつまはしつしばしがほど。げらうなれ共たに助が命をすてゝ切こめば。やくし寺《じ》は一四身をかばひあしらひかねて見へければ。

ふかき心のゑんやはんぐはん。一五何思ひけん後《うしろ》へまはり。やつこがほそくびぬきうちに。水もたまらずうちおとす。はつと驚《おどろく》女中がた。やくし寺《じ》は一六いきでし心地《こゝち》。たへまごぜんは一七はぎしみはぎり。にくやと思へどせんかたなく。にがみをふくんで「中お侍《さむらい》。ついにあひ見もいたさね共。おなをきけばゑんや殿とや。もとはにつた殿の御けらい。此たびやくし寺《じ》殿のおかげにて。一八みかたへうらがへりのお侍《さむらい》。一九ついしやうにすけだちとは。いやはやあつぱれなおはたらき。二〇だますにてなしこしぬけのするわざ。其お手ぎはでは。二一義助《よしすけ》殿を見すて。かうさんなされたも尤《もつとも》」と。二二ぞんぶんいへ共そらみゝつぶし。「いざ次郎左殿。二三じんじも相すんだれば。これよりすぐきたく二四仕《(つかまつ)》らふ」。「げに〳〵よしなき事にひま入リ。御どう〳〵申さふ。二五まづおさきへ」。「いや其元《そこもと》」。「はてたゞいまのお

一五 推理小説的といわれる並木宗輔の浄瑠璃で好んで用いられる言いまわし。「何思ひけん引起し鎧の塵を打はらひ〳〵」(一谷嫩軍記二)。↓二一四頁一三行。
一六 生き出し。生きかえった。
一七 歯ぎしみ歯ぎり。
一八 この足利方に鞍替えした。
一九 追従に助太刀。
二〇 騙すとなれば手段は選ばぬ。うまく騙せるなら、どんな方法でもよい。後から切り付けた卑劣なやり方をいい、「腰抜けのする業」と続く。
二一 脇屋次郎義助(一三〇六-四二)。新田義貞の弟。上野国新田郡を本拠とする。右衛門佐などを経て刑部卿。後醍醐天皇の王政のために、兄義貞とともに戦い、鎌倉幕府攻め等に武功を顕わし、建武政権が足利尊氏に敗れて後は、建武三年(一三三六)東宮恒良親王及び尊良親王を奉じて義貞とともに北国へ赴き、暦応元年(一三三八)越前藤島で義貞が討死の後も、南朝のために奮戦、吉野で後村上天皇の勅を蒙り、伊予に下り、南朝方勢力を指導したが、暦応五年同地で病死。
二二 存分言えども空耳つぶし。たへま御前が言いたい放題に悪口を言うのも、聞かぬふりをし。
二三 神事。
二四 帰宅。
二五 新参の塩冶が薬師寺を立てて遠慮するのに対し、薬師寺が、今のお礼に貴殿がお先へ、と譲る。このあたり、薬師寺がつまらぬ意地から理を非に曲げてたに助を殺し、塩冶も、目的があるにもせよ、卑劣なやり方で薬師寺にへつらっているだけに、役人同士の厳めしい言葉遣いや儀礼が、如何にも空々しく軽薄なものに描かれる。

礼」と。[一]じぎ合《あふ》内にて[二]おひのかに蔵《ざう》。みけんのきづにはちまきしめ。あとにつゞいてゆかんとす。みちをふさいでたへまごぜん。「おまちあそばせやくし寺《じ》殿。さいぜんのお詞に。けんくは両せいばいと仰《あふせ》られたをおわすれか。てまへのけらいは手にかけて。相手をつれていなふとは。はてごかつてなされやう。[三]まあそふはゑいたすまい。手わたし有ルかさもなくば。此方《ほう》よりなはかけふか。たゞしは其元《そこもと》おあいてか」と。[四]こづま引あげ身をかため。つめかけられても口へらず。[五]「いやもふそれはいら[六]ぬ物。わるい事は申さぬ。よしになされ。とても女わらべの手にあふやうな。かに蔵《ざう》めでもござらず。又某（それがし）もおとなげなふおあいてにもなられず。はてやすい[七]事こなたの御けらい。あしこ[八]したゝぬやつなれ共。命をすてゝはたらけば身共ほどなものでも。すこしは手にこたへる。主人《しゆじん》のやくに立る命と。しに物ぐるひとはそれほどちがふ。まして手まへのけらいはこなたのたに助とはちがひ。たべさせ物もふ[九]んだくに御《ご》らんの通り[一〇]しこぶつならまれ付。[一一]とうろうがおの百ちやうふつてもけ[一二]もない及《およ》ばぬ〳〵。

一 辞儀合う。譲り合って。「イサ御案内。お先へと互に辞義合い南与兵衛。いそいそとして内へ入」(双蝶々曲輪日記八)。
二 手負いの。
三 先刻の薬師寺の意地の悪い言葉の鸚鵡返し。→一五〇頁九行。
四 小褄。「小」は接頭語。着物の褄の端。
五 いろいろと道理に合わない理屈を言い。
六 無用だ。そんな意地立ては、やめた方がよい。
七 そちらも困難、こちらも困難だが、結局は容易なことだ。あなたさえつまらぬ我を張るのをやめれば、それで済むことだ。
八 足腰立たぬ程、弱い奴。
九 ふんだんに。
一〇 頑丈な。
一一 蟷螂が斧。弱者がかけはなれた強者に手むかうこと。弱いたに助でも、主人のためでなく自分の命を守るためには、あれだけの働きをするのだから、まして強いかに蔵が命がけで力を振えば、女童の太刀打ちなど蟷螂が斧で。
一二 問題にならない。

一三はなはさんでおかへりが其元《そこもと》のおためじや〳〵」と。一四にくてい口になをたまらず。「とうろうがおのでもかまでも。夫師直《おつともろなを》いまにもかへり。けんくはのばしよにゐ合《あは》して。けらいはうたれさき様の。相手はぶじでゐまするど。いはれふ物かやくし寺《じ》殿。こなたのやうに助だちをたのんで。ひきやうなはたらきいたさぬ。およぶまいがおよばふが。おわたしあれ」とせりかけられ「はて扨《さて》一五せふしせんばんな女中。大けがまく一六つて夫《おつと》まで。つらよごさするを見る様な。よい〳〵のぞみならば」との〻しつて。かに蔵《ざう》よびよせ「こりや。相手はたかのしれた女。しつけんでもやんげん一七でもゐんりよはない。ふんごんでどうばらゐぐつていきのねとめよ。一八うぬがきれもの覚《おぼえ》有ルか」と。ぬかして一九めくぎをふきしめさせ。二〇ねたばまできをつけて押《おし》出《いだ》せばたへまごぜん。身がまへして立むかひ。詞をしづめて「かに蔵《ざう》二一とるぞよ」。「女見事とるか」。「とるぞよ」。「とれよ」といひさまに。はつしと打《うつ》をかいくゞる。すかさずくるをとびちがへ。「ゐめんどうな女め」とおどり上ッてきりこむかたな。ひつぱづしてうでさき

一三 鼻挟んで。恨みは胸のうちだけのことにして。
一四 憎体口。にくまれぐち。にくて口。
一五 笑止千万。困った婦人だ。
一六 「まくる」は、「する」を罵っていう語。
一七 薬研(やげん)。製薬に用いる金属性の器具。薬おろし。「しっけん、やんげん」と脚韻。揶揄した言い方。
一八 お前の刀は斬り合いができるように刃がつけてあるか。主人の供をするときの心得の通りにしてあるかと確かめているのである。かに蔵を信用していないことがわかる。
一九 目釘は刀の中子(なかご)の目貫(めぬき)の穴に柄(つか)の表から挿し通し刀身を固定させる竹製の釘。斬り合い中に抜け落ちて刀身が柄から抜け出すことが稀にあるので、斬り合いの前に湿らせておくとふくれて抜け落ちが防がれる。
二〇 寝刃は切れ味を鈍らせておく平素の刃の状態をいう。斬り合いをする前日には寝刃を研ぎ起して斬れるようにしておく。ここは、そのようにしてあるかを実際に刃を見て確かめている。いよいよ信用できないかに蔵なのである。
二一 捕縛するぞ。

つかみ一あてあて。我身をおもりのほねひしぎ。かさなりどふどふしたるは女ながらもたくましき。

ときのやうには花むらさきのかゝへおびにてしつかとしばり。ひきおこせばかに蔵《ざう》げんなり。やくし寺《じ》はじだんだふんでもゑんやがてまへ。おとなげなくもより付《つか》れず。一言まつてとぎしむ内。ゑもんつくろひ。たへまごぜん。「みなさんこれに」といひすてゝ。なは付《(つき)》引たてあしばやに。其ばをはづすはつめいに。詞じちより人じちを。とられた主《しう》は口あく計《(ばかり)》。あとでしやふもなかりけり。

事をおさめるゑんやはんぐはん。「たかのしれたげらうのかうろん。此ゐしゅかへす仕《し》やうはさま〴〵。御心にかけられな」といひなだむれば「げにまこと。大切《たいせつ》なのぞみ有ル某《それがし》。きでんのしんていもさいぜんのすけだちにてちうせつあらはれ。大事をあかしみかたにたのむにたより有リ。もと其元《(そこもと)》をまねきしも。ふちべいがのかみと某《それがし》。たゞよし卿《きやう》へむほんをすゝめ。尊氏《たかうぢ》しやうぐんをほろ

一 当て身を喰わせ。
二 うつむきに倒れた相手の背中の上に乗り重なって動かせず、自分の体重で相手の体を骨がひしげる程強くどっと押さえつけた有様は。
三 捕縄の用意がある訳ではないので、当座の用に、江戸紫のしごき帯を役立てて。
四 藍色の勝った紫色。江戸紫。
五 しごき帯。合わせた褄を引き上げ、引き上げた部分が前に垂れるように結ぶ。その形が抱えたようになる。
六 読みはイチゴンか。「待て」という一ことばを歯ぎしりするような怒り声で出したまま力んでいる内。「ぎしむ」は力む意に「ぎしぎし」という擬音を利かせた語。
七 着物の襟などを折目正しく直し。余裕のある態度。これまでいじめられてきたたへま御前が、芯の強さを見せる。たへま御前の人形は、女方遣いで豊竹座の立物、藤井小八郎、元文元年(一七三六)、和田合戦女舞鶴で、女武道の板額を遣ったことは著名。
八 外す発明に。勝ったところで、この上紛糾しないように、速かに退く利発さに。「足ばや、其の場」及び「はづす、はつめい」と韻を踏む。
九 喧嘩両成敗、との言質を与えているので、家来自体をとられることになった。「詞質、人質」も同音を重ね、この前後、韻を踏んで拍子よく早いテンポで、たへま御前の一行を退場させる。
一〇 間の抜けた様子。「明く、跡で」と頭韻。
一一 仕よう。仕方。
一二 下郎の口論。中間(ちゅうげん)、奴は口さがなく、喧嘩口論も日常茶飯事とみられていた。
一三 この意趣。封建官僚の陰湿な体質が出てい

ぼすくはだて。師直《もろなを》がるすを幸《さいはい》。一七ぐんぜひあつむるへうぎまち〳〵。きでんのたづね給ふ。にしきのふくろも師直が手に有ッて。我君へさし上ず。地ウこれをも何とぞるすの内に一八ばひ取ルしあん。近日《きんじつ》一九御しゆくしよへ参つてハルみつ〳〵二〇色申だんぜん。二一詞北国《ほつこく》のわきやぎやうぶよしすけ。もしきうにせめのぼりはいたすまいか。地ウ此儀はごじぶん御ぞんじ」と。二二ハルとふあさみよりふかみへ引こむゑんや色はんぐはん。詞「いや其儀はきづかひあられな。よしさださいごより二三につたがたはちり〴〵ばら〳〵。にしきのふくろさへ取リかへしてくだされなば。一ぽうふせぐは某《それがし》。地ウまづ師直《もろなを》をほろぼすけいりやく。二四ウあらまほし」とハルさうだんなかばへ。ウ二十きあまりの手ぜひにてフシときをどつとぞ上《(あげ)》にける。

地色ウすは何ものとさはぐ所へ。ハルにつたのかしん二五四郎兵衛《(しらうびやうゑ)》たかのり。ウもとはゑんやがいもとむこまつさきにすゝみ二六色大おん上。詞「やあそれなるゑんやはんぐはん慥《たしか》にきけ。よしさだ卿《きやう》のおんをわすれ。勾当《かうとう》のないしを引つれ。二七てきがたへかうさんしたるうろたへもの。二八からめ取ッてきたれよとよしすけ卿の上ゐをうけ。い

る。
一四 小事にこだわる暇はない、の意。
一五 貴殿の心底も、最前の助太刀にて、忠節顕われ。
一六 頼りになる。
一七 軍勢集むる評議。どのようにして味方の軍勢を集めるか、さまざまの意見がある。
一八 奪い取る思案。
一九 御宿所。御宅。
二〇 申し談ぜん。御相談いたそう。
二一 普通北陸道の七ヶ国、ここは脇屋刑部義助が居る越前をさす。
二二 問う浅み。浅みは水の浅いところ。薬師寺の「思慮の浅い質問」に掛け、相手の浅慮を利用して、油断させ、深み即ち破滅に引込む。
二三 新田方は。
二四 考えてほしい。考えたいものです。
二五 太平記では、塩冶判官が高師直の讒言を知って妻子郎党と共に都を出奔したことを、判官の弟四郎左衛門貞泰が師直に密告、師直の言を信じた尊氏は、判官に討手を差し向ける。この塩冶の弟の裏切りを踏まえて、尊氏将軍二代鑑では、塩冶判官の弟四郎左衛門尉高則が、判官の妻かほよと、嫁入り以前に契りを交したことを悔やみ、故意に判官の不興を受けて家出する。本作の判官と義弟高則が一時敵対関係となる設定もこれを受けついだもの。
二六 →一八九頁注一〇。
二七 敵方へ降参。
二八 生捕りにすること。無理な命令なので、この言い方には四郎兵衛の底意がある。伏線である。

ぜんのよしみにむかふたり。はぢを思はゞはらをきれ」とかい〴〵しくもよばゝつたり。

ちつ共おくせずすゝみ出《(いで)》。「やあおこがましや四郎兵衛。なんぢは我いもうとはつしもを。とがもなきにりべつし。ちなみを切ッたるぎりしらずみちしらずを相手にふそく。[一]すねぼねたつしやににげかへれ」といはせも立《(たて)》ず「[二]おろか〳〵。さきだつて[三]かうさんすべきしやうねと。見すへたゆへ女ぼうにひまくれた。其後《そのゝち》やうすを聞《(きけ)》ば。[四]兄弟《きやうだい》一しよに都《みやこ》へのぼり。直義《たゞよし》が[五]ろくをはむよし。いやはや[六]けうのさめたこしぬけ共。[七]かたなよごしと思へ共上ゐにまかすかくごせよ」と。ぬきはなせばこなたもぬきもち。打《うち》こむたちをうけながし。[八]ひじゆつをつくすしゆれんの手の内。[九]何とかしけん四郎兵衛たち打おとされ[一〇]さしぞへを。ぬかんとするをぬかしも立ず。[一一]こじりがへしにどふどのめらせのつかゝる。けらいはしうをうたせじとぬきつれかゝるをやくし寺《じ》が。立ふさがつて「ゑんや殿。此もの共は某《それがし》がさいぜんのおんがへしに」と。ずはとぬいたるたちかぜに。

一　脛骨達者に。逃げ足早く。
二　初霜の離別は、とがめるだけおろかだ。
三　兄の塩冶が降参する性根に違いないと見極めたので、卑怯者の妹である妻に暇をやった。
四　兄妹。
五　禄を食む。家臣となって俸禄を受ける。
六　興の醒めた。あきれ返った。
七　刀で斬る値打ちもない相手。
八　秘術。
九　故意に負けるのを伏せた表現。
一〇　指添。武士の大小のうちの小刀。
一一　鐺(こじり)は刀の鞘の先端の部分。相手の指添の鐺をてこにして。

[ハル]おそるゝざうにんゆん[一二]でめて。[フシ]にぐるをしたひおふてゆく。
[地色ウ]あとさき見廻しゐんやはんぐはん。くみしきしたかのりを取ッて引立[色]ちり打は
らひ。「扠《さて》〳〵あやふき出合《であひ》。[ハル][一三]人なき内にしんていをあかし申[色]さん。[詞]某シかた
きへかうさんせしは。我君よしさだごさいごのせつ。なん[一四]ていよりくだされし
たからぢついとうの御《ご》[一五]りんし。[一六]にしきのふくろに入レ御《おん》くびにかけられしを。
おに丸のたち共にてきの手にわたる。此[一七]りんしなくてはよしすけ卿《きやう》。ぎへいを
上給ふ事かなはず。さるによつてかうとうのないしと心を合せ。かうさんとい
つはりまづ一色《ひといろ》のたちをばいとり。てきのき[一八]やうちうはかりしつたり。近〻《きんく》
たゞよしかまくらにおしよせ。たからぢとど[一九]しいくさ。そのきよにのつてよし
すけ卿。ぎへいを上させんと心[二〇]せくはかのごりんし。[地ウ][二一]じゞつをうつさずばいか
へし。あとよりきこ[二二]く仕《つかまつ》らふ。[ウ]此むねよろしくおとりなし」としゞ[ハル]うを聞て
[色]四郎兵衛。[詞]「扠はさやうかきよ[二三]ごんでないか」。「[二四]はてくみしいたきでんをたす
くる我しんてい」。「[地ウ]尤《もつとも》〳〵そふとはしらいではつしもを。[ハル]おもどし申てめ[色]ん

一二 弓手馬手。左手右手。
一三 大序に提起された疑問、伏線、近世戯曲用語で「仕込み」の一部の「ほどき」が始まるが、塩冶の妹、高則の妻の所在など新たな疑問も生ずる。
一四 南帝。南朝の帝。後世の用語を便宜使用。
一五 綸旨。蔵人が勅命を奉じて書いて出す公文書。
一六 太平記二十、藤島の戦いで痛手を負い、自害した義貞の首を、大将尾張守高経に献ずる場面、「コレゾ其死人ノハダニ懸ケテ候ヒツル護リニテ候、トテ、血ヲモ未ダアラハヌ首ニ、土ノ著キタル金襴ノ守(マブリ)ヲ副ヘテゾ出シタリケル。尾張守…開イテ見給フニ、吉野ノ帝(ミカド)ノ御宸筆ニテ、朝敵征伐事、叡慮所レ向、偏在ニ義貞武功一、選未レ求レ他、殊可レ運ニ早速之計略一者也ト遊バサレタリ」。
一七 近世戯曲の宝物詮議の趣向。幕藩体制による秩序が保たれ、戦争も謀叛もなく、権威の象徴となる事物が極度に重んじられる近世の設定である。
一八 胸中。
一九 同士戦さ。同士討ち。
二〇 心急くは、かの御綸旨。
二一 時日を移さず。早急に。
二二 帰国。ここは北国の義助の許へ帰ること。
二三 虚言。
二四 はて組み敷いた貴殿を助くる我が心底。

ぼくない」。「いやそこ所でないやくし寺《じ》が。見ぬうちはやく」といふ内に。とつてかへせし次郎左衛門。「やあ〳〵ゐんや。くみしいたるかたきをたすけどこへやるぞ」といはれてはつと。とやせんかくやと心もそら。たかのりこゝはゐんやがしゆび。あはすが則《すなはち》ちうぎぞと。思ひつめてどつかとざし。「ゐぜんのよしみを思ひせつぷくせよとはまだしものいちごん。やみ〳〵とくみしかれ何めんぼくにながらへん。世を見かぎりしくすのきも[一]。につたの御うんを見[二]はからひ。さいごにおもむく某《それがし》も。思ひはおなじちうぎぞ」とさしぞへぬいてわきばらへ。ぐつとつき立《たて》引まはし。「さあかいしやく[三]」と手を上る。ふびんや我よりちうぎのもの。ころすはおしやかはいやと見れば。見かはす[四]いとまごひ。「そのくびとらん」とやくし寺《じ》が。立かゝればおしのけて。口にとなふるねぶつと共くびはろくぢ[五]に打おとす。
「ホヲ、いしくも[六]おてがら」と。ほめらるゝほど心は涙。取ッてかへせしけらいの大ぜひ。主《しう》のしがひを見るよりも。しを一どう[七]と打かくる。「しやこざかし[八]」

一 楠正成(?―一三三六)は、後醍醐天皇から、兵庫で義貞と共に尊氏・直義を討つべく勅を蒙った時、むしろ一旦敵を京都に入れ、兵粮を尽きさせて、義貞は大手、正成は搦手から一挙に攻めて足利方を壊滅させる策を奏上したが、坊門宰相清忠の反対により用いられず、勅に従い兵庫へ下り、建武三年五月二十五日、湊川で奮戦の末、「七十三騎ニゾ成リニケル。此勢ニテモ打破ッテ落チバ落ツベカリケルヲ、楠京ヲ出デシヨリ、世ノ中ノ事今ハ是迄ト思フ所存有リケレバ、一足モ引カズ戦ッテ、機已ニ疲レケレバ、湊河ノ北ニ当ッテ、在家ノ一村有リケル中ヘ走入ッテ」切腹した(太平記十六)。
二 見極め。
三 介錯。切腹する人の傍らに居て苦痛を短くするために首を切ること。
※一旦組み敷いた相手を逃がすところを味方に咎められ、相手に促されて、心ならずも首を打つ、筋は異なるが、設定、修辞等、一谷嫩軍記二段目「組打」に極めてよく似ている。
四 見交わす。
五 陸地。大地。
六 見事に。
七 死を一同と。主従、味方同士などが、戦場で生死を共にする決意を表わす言葉。
八 小賢し。生意気な。「しゃ」は間投詞。

とやくし寺が。切はらへばゑんやもぜひなくぬきつれ〳〵なぎふせて。ともなひかへる九ねいじんぎしん。一〇あくにそまればあくにそみ。むほんといへばいちみにくみし。一一しゝしんぢうのむしともしらず。一二はだにつけたるやくし寺が。一三とらのゐをかりや狐《きつね》となり。みかたにばけてたゞよしの一四三でう。口へと立かへる

九 佞人薬師寺と義臣塩冶。
一〇 相手(薬師寺)が悪に染まっておれば、それに合わせて悪に染まった振りをして。
一一 獅子身中の虫である塩冶を、それとも知らず。
一二 名前の「薬」の縁で皮膚に付けたという比喩。味方にしたつもりの。
一三 薬師寺は虎の威を借る狐であるが、塩冶もそれに調子を合わせ、直義や薬師寺におもねり、味方に化ける狐となって。
一四 三条殿直義の邸宅の所在地。三条小鍛冶が稲荷明神の相槌で小狐の太刀を打つ話(謡曲・小鍛冶など)から、狐、三条口、と連想。
※目的のために手段を選ばぬ塩冶判官を、作者は一応義臣と称するものの、大義親を滅す式の悲壮感も、知謀の勇士の爽やかさもなく、狐の化かし合いといった醒めた、白けた描き方である。

第二

(相合傘の段)

いもせより。のもせの。くさも。かくろいて。すゞしくくもる。にはかあめ。ふつてわいたる恋のみち。あひやいがさに。あいぼれの。すがたなまめく女中づれ。

れき〳〵ぶしのたびもどり。あとについたるともまはりともに。つられてぶら〳〵と。よいめ見るめの。ゑんりよなく。ぬれかけて見るもみぢがささすてひくての。もつれあひ。あしだにいしの「ヲあぶな」と。もたれかゝりて「ほんにまあ。どなたかはぞんぜね共。おやさしいお詞に。あまへてわりなきおかさのごむしん。あまぐを取りにはしらせし。めしづかひは何をして。たゞしはみちがちがひしか。おかげでしのぐ私《わたし》はしあはせ。おなどのあしのだら〳〵と。おいそぎのみちやらしらで。ぶゑんりよな事ながら。でよたが御《ご》ふせふゆるし

一場所は塩冶判官屋敷に近い路上から門前へ移動し、続いて邸内の奥庭の隔ての透垣外に転じて節事が演じられた後、再び門前へもどる。演じ方を推定すると、二段構えの手摺舞台の前手摺に路上から門前を当て、本手摺に奥庭の透垣外を当てて、装置は能楽の作り物程度の簡易な形の門を前手摺の上手際に、同様に簡易な透垣を本手摺の背景に置く程度であろう。門前から奥庭に転ずるところは、節付けが「三重」でなく「ヲクリ」であるから引幕で場面を転ずる方法にはしない。初演者は豊竹越前少掾。この「相合傘の段」のような端場は、後世には、紋下太夫は語らないのが普通であるが、芦屋道満大内鑑の役割から見ても、享保・元文期にはまだそのような慣習は定着していなかったであろう。

時	五月二日
所	京、粟田口

二「よられつる野もせの草のかげろひて涼しく曇る夕立の空」(新古今集・西行)の叙景歌の上五文字を「妹背より」に変え、なまめかしい雰囲気で語り出す。三野の面。野づら。「妹背」と脚韻。夫婦連れに対する男女連れの比喩に転用。四表立たずひそかで。五雨の縁語「降る」と、突然に始まったの意を掛ける。六相合傘。七相惚れ。「相合傘」と頭韻。

※相合傘の色事は、室町物語・しぐれ(永正十七年写)以来の文芸の一趣向で、近世の歌舞伎、浄瑠璃でもさかんに行われた。ここの大意は、熱い仲の夫婦連れよりも野中の道連れでひそかに好意を寄せあっている男女は見た目も涼しくさわやかだが、それが俄雨で相合傘ともなると案外に深い相惚れの恋路にもなる。それに似ていまここに、と舞台に筆を移す。

てへ」と。詞づかひもめづかひも。一六さはらばおちんふぜひなり。一七とりつくしゆびとづにのつて。「いや此ほうもたびづかれ。ずいぶんしづかにあゆむがかつて。一八そもじのやうなうつくしい。お人にふつと道《みち》なかで。であふてかさる丶かさもしあはせ。一九もりてよそにや。しられなんど丶。いはれて見たい心であらふなあかさよ」。二〇「いへ〳〵かさが心には。二一やどりもこ丶らかぎりなりと。いふたらいつそうれしかろ」。「はれわつけもないおかへりの。二二二三ところをせめてしらんとて。あとをしたふてゆくきであろ。まこちらもならくのそこ二四迄《まで》は。おくりとゞけてまいらすしんてい」。「ほんにそふかへ」。「そふならうては」。「二五ごふせうながら」。「はてなんの。かならずゑんりよごむやう」と。つけこむ恋のみちくさや。二六

なびけることば。しつぽりと。二七ふるで二八ぬれで二九ゞあはたぐち。ゑいぐはのゆめを三〇むすびかけ。じつとしめたるかさの手を。はなしのつまりは。三一「ほんにまあ〳〵わりなきごむしん。よふこそ御くらうおさらばへ」と。いひすてやしきの

一八 供廻り。「ともに」と頭韻。 一九 美女が一行に加わって、供の者達も目の保養をする意と、主人の武士が、供の者の見る前も憚らず、の意を掛ける。「よい目、見る目」と脚韻。
二〇 くどきにかかる。傘の縁語。
二一 紅葉傘。中央は青土佐紙、外は白紙張りで、糸装束があり、柄は籐巻の雨傘で、高級品。
二二 傘をさすと、二人の差す手引く手即ち一挙一動につれて、の意をかける。
二三 女の足駄に石が挟まったので「まあ危い」と。「もつれあひ、あしだ、あぶな」と同音を重ねる。このあたり、頭韻、脚韻を踏み、縁語、掛詞を多用して、拍子よく浮き浮きした気分を出す。なお、この「足駄」云々は口調子からの失当であろう。女は雨具用意のないはず、しかし女人形の基本形式の足無しならば外見に矛盾は出ない。男は旅装のわらじばきである。 二四 御無理な。
二五 私のような者と出合ったのがご不運、おいやでしょうが我慢して下さいね。「許してえ」「おさらばえ」(一六三頁一三行)など、女性の馴れ馴れしい言葉遣い。 二六 「露を含みし桜花、触らば落ちん風情なり」(長唄・京鹿子娘道成寺)。女性のたおやかで、色気のあるさまをいう。
二七 取付く首尾と図に乗って。 二八 勝手。好都合。いくらでも、ゆっくり歩く方が助かるのです。 二九 「げにも姿は羽束師の、漏りてよそにや知られなん」(謡曲・三輪)。傘の縁語「漏る」から、忍びの通い路を扱う三輪の文句を導き出す。「知られなん」「なんどと」が掛詞。
三〇 口説(くぜ)、述懐等で、小道具を擬人化し間接的に相手に語りかけるのは、歌舞伎、浄瑠璃の常套的手法。 三一 謡曲・三輪の「契りも今宵ばかりなりと」を踏まえる。 三二 訳もない。何をおっしゃる。

もんのうち。ついとはいれば口あんごり。あきれて[一]つゝぽり。ことばもいでず。のこりおふげにきよろ〳〵と。のぞきまはればしもべがあとに。めひき袖《そで》ひきわらふもしらずからかさを。うつかりかたげて。「てもよい[二]女ぼうとりはづした。こゝらへはいるとしつたらば。仕やうもやうも[三]あつたら物を。おしいものを」とさしのぞき。[四]つゝたうなぎをいしかきの。あひへにがせし思ひにて。しもべがてまへも[五]きのどくと。うそ〳〵見まはす[六]へらず口。「此やしきはそれがしが。かまくらげからにとをりしときまで。あきやしきで有りけるが。いまたれひとのすみかぞ」と。見やるうちにもしや又。かの女ぼうのおもかげが見へてくれかしでよかしと。[七]心はさきへぬけがらのたちわづらふ。てゐる所へ。

内より人のあしおとは。[八]それかあらぬかそれにはあらで。[九]とりなりしやんとしたてよき。[一〇]おものしらしき女ぼうが。表《おもて》へ出《(いづ)》るたもとをひかへ。「[一一]そつじながら物たづねん。此やしきはどなたの[一二]ゐたく」と。[一三]つきほなければわきみちか

二三 謡曲・三輪の「帰る所を知らんとて、苧環（をだまき）に針を付け、裳裾にこれを綴ぢ付けて、跡を控へて慕ひ行く」を踏まえる。 二四 此方も奈落、地の底まで、徹底的に。口説の戯れ言と見えて後の伏線。 二五 お嫌でしょうけれど。
二六 「恋の道」に、「道草」を喰い口説（くぜ）しながら歩む、を掛け、草の縁語「靡ける」を導き出す。
二七 色恋の情緒こまやかなさまと、雨にしっとりと濡れる、を掛ける。
二八 降るにつけて、濡れるにつけて、しっぽりとなびけることばをかけて。掛詞のため句を転置。 二九 諺「濡手で粟」。降る雨のおかげで、美しい女性を苦労せず手に入れる、と思い。地名の粟田口と、粟飯一炊の夢をかける。
三〇 謡曲・邯鄲を踏まえた修辞。蜀の国の青年盧生が邯鄲の宿の主人に借りた枕で、仮寝の夢に帝王となり五十年の栄華を極めるが、目覚めて、人生の歓楽も粟飯の一炊の夢にすぎぬと悟る。「栄華の夢を結びかけ」は、美女を手に入れる夢を見かかったところで、の意。 三一 女が手を振り「放し」と、「話」の終りをかける。

一 なすところなく立ちつくすさま。
二 女房。女性の意。 三 「あったのに」と、惜しいものをむざむざとの意の「あたら」を掛ける。
四 釣った鰻を石垣の間へ。 五 心苦しい。具合が悪いと思い。 六 言い訳のために不用なことをいう。→一五四頁注五。 七 心は夢中で今の女性のところへ飛んでしまい、抜殻のような体だけが立ったまま、ぐずぐずしているところへ。
八 彼女か、別人かと期待をもって見ると、彼女ではなく。 九 身のこなしがきりっとして、服

らとふ共しらで。「されば此おやしきは北国《ほつこく》より。此たび都《みやこ》へ引こし給ふ。ゑんやはんぐはんたかさだ様のおやかた。何ゆへのおたづね」ととがめられて「いや。なに。まづそもじは[一四]みうちしゆか」。「いへわたしは[一五]まきのじゞうと申て。このおやしきへはひごろおでいり」。「ム、しからば[一六]てうぢやう。[一七]せはながらいま此内へはいられし。女中をちよつとよびだして」と。いはせも立《（たて）》ず「ヱ。[一八]いやわ其女中をよびだしてなんの御《ご》やう」と。ふしんなかほにゆきつまり。「いやわれらちつと心あて。たづぬる人におもざしが。にたによつて。つい一め見たいによつて。たのみたい」と[一九]どぎつく詞に。「はれわつけもない。[二〇]あなたは則《すなはち》やかたのあるじ。ゑんやさまの[二一]きたのだい。かほよ様と申てかくれ[二二]まがひもないおかた。せつかくこゝへ[二三]よびだしまし。おあひなされてせんない事。ことにたゞいまおはかより。[二四]げかうあそばしおくたびれ」と。きいてしばらくこくびをかたむけ。「ム、なるほど〳〵。[二五]月の二日はよしさだのめいにち」。「はてい[二六]な事をよふごぞんじ」。「ヲしつたはづ某《それがし》こそ。さんぬるふぢしまの[二七]がつせんに

装もよく身に合った、如何にも衣服の仕立てを仕事にしているらしくみえる女性が。

一〇 御物師。裁縫を専門に公家・武家に仕える女。ここも、御所桜堀川夜討三ノ切（弁慶上使、元文二年）のお物ぬいおわさも、その館に丸抱えの奉公人ではなく、親しく出入りする女裁縫師という設定。

一一 卒爾ながら。突然で失礼だが。

一二 「居宅（きよたく）」の湯桶訓み。

一三 彼の女のことを直接に聞くきっかけがないので。

一四 御内衆。この館に仕える人か。

一五 牧の侍従。太平記では「元ハ公家ノナマ上達部ニ仕ヘテ、盛ナリシ御代ヲ見タリシ女房、今ハ時ト共ニ衰ヘテ身ノ寄辺（ヨルベ）無キマヽニ、此武蔵守ガ許ヘ常ニ立寄リケル侍従ト申ス女房」で、軽率な話により師直の情欲をかき立て塩冶讒死を惹き起させる脇役の老女にすぎないが、浄瑠璃では、近松関係のつれ〴〵草では若い恋する女に、兼好法師物見車では親孝行な娘に作り変えられ、尊氏将軍二代鑑の侍従は塩冶判官の弟高則の妻で、かほよと高則の愛を争う。

一六 重畳。幸いだ。

一七 世話ながら。世話をかけるが。

一八 自分。複数の意はない。

一九 どぎまぎする。

二〇 あの御方。

二一 北の方。この用語は太平記「北ノ台ハ、事ノ外ナル事哉、ト計リ打ワビテ」などによる。

二二 正真正銘塩冶様の御夫人であって、あなたの「たづぬる人」などではありえない。

二三 お呼び出し申し、お会いになったところで、無駄なことです。

二四 神前、仏前などを退出すること。一六四頁七行目は、都から地方へ行くこと。

二五 新田義貞は暦応元年（延元三年＝一三三八）閏七月二日没。

二六 異な事。変ったこと。

二七 合戦。「が」の濁点、底本のまま。

て。よしさだのくび給はりし。てんかのしつけんむさしのかみ。かうの師直《もろなを》といふもの。今かまくらよりさんきんのかへるさ。かのかほよとやらをとちうにて。ふつと見るよりはてよき女ぼう。又有ルまじきと思ひそめ。れんぼにひかされうか／＼とあとをしたふてきたれ共。いひよるたよりなき折から。幸《さいわい》なんぢでいるとあれば。何とぞ此恋一《(ひと)》せわたのむ」と。聞てびつくり。「ヲめつさうな事ばつかり。今私《わたくし》が申せしをなんとお聞《(きき)》。あなたにはれつきとした。ぬしの有ルお身じやぞへ」。「さあそれなればこそなかだちたのむ」。「いやそれはごむたい」。「むたいと共に」「はてわやくな。師直《もろなを》様共いはるゝおかたが。人のつまにれんぼあそばし。ごせいとうはどこでたつ物。わたしはそんな恋のなかだち。仕《し》やうぞんぜずおゆるし」と。ふりきるを「これ。しからばふみの取つぎ」。「いやなりませぬ」。「そんならちよつとたゞ一め。見せて」とすがれば「是はしたり。一めはおろかとつくりと。ごらふじてからたかゞあだぼれ。とてもかなはぬよしになされ。ヱヽがてんのわるいおかたや」と。詞するどに

一 帰途。
※初段でさまざまの角度から観客に関心を持たせてきた高師直が、主人公として登場する。太平記の筋書通り、塩冶の妻に非道の恋慕をしかけるが、太平記で描かれる好色で無教養な中年男ではなく、若く(二二六頁七行)、美しい妻を持ち、権力者だが歌道に達した(一七三頁一三行)風流人という設定である。
二 底本で「と」は「思」の横に小字で書かれている。脱字を補ったものか。
三 無体でも何でもよいから。「みだい(御台)と共に」の駄洒落。
四 無茶苦茶な。
五 天下の政道を預かる執権職の。
六 所詮、徒惚れ、どのみち叶わぬ恋ですから、一目見るのもおよしなさい。
七 慮外者。さし出たことをいう。
八 尊氏将軍の御前会議で塩冶の件が問題になった、そのことを、あれこれ誇張して。鎌倉の尊氏、京の直義、二人の支配者の意志を操作できる最高の実権を握る師直の立場を表わす。
九 三国志、後漢書などで知られる呂布。後漢の人、字は奉先。剛勇無双で董卓と父子の約をなし、董卓は呂布の協力を得て権勢を振い天子を蔑ろにするが、董卓の寵妃貂蟬に心奪われた呂布は、遂に董卓を殺す。
一〇 全く違っていること。根も葉もないこと。
一一 釈迦でも堪らぬ。お釈迦様でも手のほどこしようがない。
一二 途方にくれる。
一三 実正。間違いなく。「我」はお前。

はねとばせば。むつといかりをかほにあらはし。「やあすいさん[七]なりじゞうとやら。ぬし有ル女に恋すればこそ。手をすつてたのむでないか。此師直《もろなを》はうまれて此かた。いひだした事ついにへんぜず。ことさら思ひきられぬこひぢ。なかだちならずはぜひにおよばぬ。[八]かまくらのひやうぎにおひれをつけ。ゑんやがかうさん心へず。ゐんぼうのくはだて有リと。直義卿《たゞよしきやう》へあしざまにざんして。たちまちゑんやを押《おし》こめ。女ぼうを我手にいれん」と。[九]りよふにおとらぬよこぐるま。つゝ立上ればあはておしとめ。「ても大それたむりいふおかた。[一〇]まんざらな事なれどもしつしのおまへが。ざんげんをおつしやつては[一一]しやかでもたまらぬ。ゑんや様はことに新《しん》ざん。ごなんぎをしたまへば。たよるかたなきわたしも[一二]めいわく。おまへにも又よつぽどごたんりよ。さいぜん見給ふ御かたが。ゑんや様のおくさまやら。見さだめもせずそこつなほれやう。人たがへであらふもしれず。ついたゞ一めごらふじやる。ほどの事ならしゆび見合せ。おめにかけふ」となだむれば。「ム、[一三]じつしやう我見せるかよ」。「なるほどちよつと

一 タワムレゴトと読む。絵尽、この仮名遣に「もろのふがたはむれ」。 二 早う。
三 親しみをこめて軽く打つさま。
四 「はいの」は「わいの」。この方はまあ…、私は本気と思い、つぶさなくていい肝をつぶしてしまって。 五 「ば」の濁点は点一つ。
六 嵩高。人数が多く、人目に立つ。
七 家来たち下手に退場。
八 案内。「門内」と韻を踏む。
九 ひそかにささやき合って。
一〇 薄物正本の題名による。底本は題名なく、二四丁表四行末「色ヲクリひそめきあへてこそ忍び入ル」から五行初「じゞうはやがて」と続く。美声家越前少掾の節事の聴かせ場。色ヲクリで両人は前手摺の上手際の装置の門を通って退場し、すぐに奥手摺の上手から登場。
一一 透垣。すいがい。邸内に設けられ、竹や板を間を透かせて張った垣。師直が恋の垣間見をするところから、節事の題名が生まれた。
一二 欠点まで顕わに見られてしまうこと。
一三 化粧をしていない顔。太平記では、侍従が「サラバ師直ニ此女房ノ湯ヨリ上ツテ、只顔ナランヲ見セテウトマセバヤト思ヒテ、暫ク御待チ候ヘ、見ヌモ非ズ、見モセヌ御心アテハ、中スヲモ人ノ憑マレヌ事ニテ候ヘバ、ヨソナガラ

とをめから。御らんなされておかへりあらば」と。聞ておもても詞もやはらげ。「まづかふおどして見せた物。あんまりきみがかほばせを。見たい計《(ばかり)》[一]のたはふれごと。いよ〳〵[二]はやふこりやたのむ」としと[三]ゝ。打《うた》れて[四]「ヲあなたはいの。あつたらきもをつぶした」と。いひつゝもなをねんおして。「それほど見たくば[五]見せませふ。かいま見計《ばかり》でたんのふし。かならずおかへりあそばせや」。「ヲ一め見たらば其まゝすぐに。思ひはらしてたちかへる」。「しからばおともの人はか[六]さだか。ひそかにおひとりおしのび」と。いへば「尤《(もつとも)》こりやけらい共。なんぢらはそれむかふの松かげにたちやすらひ。おつゝけむかひに来《きた》るべし」と。[七]おひやり其身はうれしげに。じゞうがあ[八]なひもんないへ[九]ひそめき〳〵てこそ忍び入ル。

[一〇](湯《ゆ》上《あがり》恋《こひの》姫《ひめ》籬《がき》)

じゞうはやがて。すい[一一]がきのひまよりうちをうかゞへば。折ふしゐんやが女ぼ

先(ツマ)其様ヲ見セ進(ヤ)ラセ候ハントゾ慰メケル」。
一四 御湯浴みをなさり。太平記「御台ハ御湯ヒカセ給ヒ」。
一五 前栽。座敷に面した庭の植え込み。ここは前栽のある庭先の意。
一六 見ているうちに興醒めがし、見劣りする。
一七 むさくるしい様子でうとましいでしょう。
一八 相手の気をある方向に向けるように次々としゃべりかけること。
一九 耳にも入らぬさま。風の縁で「震ひ」と続く。
二〇 ただわけもなく震い出し。「空吹く風」と頭韻。
二一 太平記「師直、物ノ怪ノ付キタル様ニ、ワナワナト振ヒ居タリ。サノミ程ヘバ、主ノ帰ル事モコソトアヤナクテ、侍従師直ガ袖ヲ引キテ、半蔀(ハジトミ)ノ外迄出デタレバ、師直縁ノ上ニ平伏シテ、何(カイ)ニ引立ツレ共起上ラズ」。節付けは十行本「ウコハリ」。
二二 心苦しく。困って。
二三 脇目にぞっと「恐気(けとわ)が立つ」と、侍従が「こは如何」と心配する(警戒する)をかける。
二四 「心を置く」と「奥の一間」をかける。
二五 誰が調べる琴の音であろうか。塩冶の妻の姿はなく、奥から爪音のみが聞こえてくる。塩冶の妻の美貌を最初に語った時の、「在明ノ月ノ隈ナク指入リタルニ、南向ノ御簾ヲ高クカ、ゲサセテ、琵琶ヲカキナラシ給ヘバ」を踏まえる。太平記で侍従が師直に塩冶の妻の美貌を最初に語った時の、
二六 「松の葉」などに収める歌謡「小夜ごろも」に、「きぬぎぬに交す形見のさよ衣、妻こひかねし鹿の声に、乱れ乱るゝ糸萩の、結ぼれやすき玉の緒の、寄る手引く手に物思ふ身を、せめてあはれと暫しなりとも」。

うは。ゆよりあがるを「これさいはい。おなごのきりやうを見[一二]さがされ。恋のさめるはねおきとゆあがり。[一三]たゞがほ見せて師直《もろなを》に。うとませばや」とそばにたちより。「中〳〵。かのおかたがたゞいまお[一四]ゆをひかせられ。つい此むかふの[一五]せんざいに。ゆ上りのていあれごらんぜ。あなたの事にてましますか」と。きいて師直《もろなを》とびたつばかり。かきに取つき「ヲあれ〳〵。あれ共〳〵其人よ」と。めをもはなさずながめいり。よねんなければうしろから。「なんとすがほはかくべつに。見[一六]ざめがせふがあいそがつけふが。[一七]うるさかろが」とたく[一八]しかけ。さましかけてもそら[一九]ふくかぜ。[二〇]そゞろぶるひにひざわな〳〵。[二一]たゞ物のけのつきたるごとく。じゞうはき[二二]のどくたもとをひかへ。「さのみほどへばあるじのおかへり。人こそとがめ参らせん。ヲしつこや」と引はなせば。師直《もろなを》はうつとりと見つめし両のまなこもすはり。[二三]ぞつとわきめにこはいかゞと。心をお[二四]くのひとまの内。ほのかにた[二五]れがつまおとの。しらべと共に我こゝろ。[二六]みだれ。みだるゝ。いとはぎの。むすぼれ。やすき。[二七]たまのおの。「[二八]よるてひく手に物

二七 玉の緒。魂を結びつけておく紐の意から、生命のこと。緒は「結ぼれ」の縁語、玉は「寄る」の縁語。
二八 ここから主語は師直。前行の「我こゝろ」も師直の心。聞こえてくる「小夜ごろも」の歌に、師直が自身の思いを托していう。以下、節事では歌と人物の言葉と、心情表現を含む地の文とが混じり合い、明確に「 」はつけ難い。

一「無㆓正体㆒シヤウダイナシ」(合類節用集)。
二 侍従の「しのばせ給へや」にかけて「小夜ごろも」の歌の続き。「忍ぶ山しのびかねたる人目の関を、道しるべせよ忍ぶ草の、いつそ露とも消えなば消えよ、だいじかさ、あるにかひなき捨小船」。忍ぶ山は岩代国信夫郡、現在の福島市にある山。 三 うらぼし科のしだ類。のきしのぶ。また、忍ぶよすが。「ゆくすゑの忍ぶ草にもありやとて露の形見もおかむとぞ思ふ」(拾遺集・清原元輔)。 四 (露と消えても、恋故なば)少しも構わない。「いつそつゆ共」から、詞章は「小夜ごろも」で節付けは義太夫節に直り、ここから歌の詞章を師直の言葉として言わせる。「さ」は念を入れる意の助詞。
五 元値にしかねる。儲けがないどころか、元値もとれない。もとの状態より悪くなる。
六 邪慳に。愛想なく。 七 悋気か。侍従が愛想なく突きのけたのを、妻のやきもちに見立てた。
八 我折れ。参った。恐れ入った。
九 狂言・花子の中の小歌による。「そこで某が、山の神が姿を小歌に謡うた。小歌人の妻見て我が妻見ればく、深山の奥の苔猿めが、雨にしよぼぬれて、ついつくばうたにさも似た」(狂言

思ふ身を。せめてあはれとおもへや」とかつぱとふしてぞ。なきしづむ。じゞうはおどろき「これ申。申〳〵[一]しやうだいない。人めをしのばせ給へや」と。あきれながらに手をとれば。しのぶやま。しのびかねたる。ひとめの。せきを。みちしるべせよ。[三]しのぶぐさ。いつそつゆ共きへなばきへね。「[四]大事かさ。いつそころせ」とよりそへば。

「ヲうたてやのなまなかに。ひよんな事をば見せてから。[五]もとねにしかねるなさけなや」と。こへ[六]びつしよなくつきのくれば。「ヤヤ。[七]りんきかこりやが[八]をれ。いまの手つきも身ぶりもこゑも。山のかみにいきうつし。そのまゝ[九]みやまの[一〇]こけざるこざるが。あめに[一一]そぼぬれて。[一二]ひつつくぼうて。かいつくぼうて。ム、。ハ、〳〵〳〵。やれ〳〵[一三]しやうしなゐけんだて。[一四]おかしませ〳〵。又いま君がゆ上り見れば。[一五]かうばい色《いろ》の[一六]ことなるに。[一七]こほりのごとき[一八]ねりぬきの。[一九]ゆかたのつまをかうかいどり。ぬれがみの。ゆくゑながくも。かゝりしを。かぜにちらせて[二〇]つぼのうち。しやなら〳〵と。とびいしづたひ。

記)。凱陣八島四「とつとみやまの其おくやまのこけざるこざるがあめにそぼぬれてひ。ひつくばふてかいつくばふて」。 一〇 年をとってやせ衰えた猿。 一一 しっとり濡れて。 一二 うずくまる。「ひっつくばふ」「かいつくばふ」の「ひっ」「かい」は接頭語。 一三 笑止な意見立て。ここは、馬鹿々々しい意見などするのは、の意。
一四 お止めなさい。
一五「只今此女房湯ヨリ上リケリト覚エテ、紅梅ノ色コトナルニ、氷ノ如クナル練貫ノ小袖ノ、シホ〳〵トアルヲカイ取ッテ、ヌレ髪ノ行ヱナガクカヽリタルヲ、袖ノ下ニタキスサメル虚(ソラ)ダキノ煙匂フ計ニ残ッテ」。太平記の文では「紅梅」は紅梅襲(がさね)の衣装の形容だが、ここは彼女の上気した顔色をいう。
一六 格別の色合い。 一七 白くつやつやした。
一八 生糸を経(たて)、練糸を緯(ぬき)として織った絹。
一九 絹の浴衣というのは、太平記の文を踏まえたための無理な表現であるが、紅梅襲を浴衣に変えたのは近世風俗。 二〇 坪庭。中庭。
二一 化粧を落して、さっぱりと清楚な。「素顔」と頭韻。 二二 顔と、顔佳花即ちかきつばたの色よきを連想させて、塩冶の妻の名を掛ける。
二三 雲の鬢。雲のように美しい髪型。「雲鬢花顔」(長恨歌)。 二四 柳のようにほっそりと美しい眉。「芙蓉は面の如く柳は眉の如し」(長恨歌)。
二五「たゆし」は力ないさま。このあたり、湯上りの楊貴妃の悩ましい美しさを叙した長恨歌を踏まえる。「温泉水滑らかにして凝脂を洗ふ。侍児扶け起せども嬌として力無し」。
二六「はちす葉のにごりにしまぬ心もてなにかは露を玉とあざむく」(古今集・夏・遍照)。
二七 すらりとして。蓮の花の清楚な美しさから連想。 二八 きりっとして。 二九 千金にも換えエツヱうつくしや。す[二一]つきりすがほに。あらひみがきの色《いろ》よきか[二二]ほよは。ならびなきく[二三]ものびんづらや[二四]なぎのまゆ。[二五]たゆきはだへはうすものゝ。ひとへもおもきつ[二六]ゆのたまにごりにしまぬはちすばの。す[二七]ふわりとしてしや[二八]んとして。わらふみかづき物いふはな。げにせ[二九]んきんにもかへじとのたとへはなか〳〵い[三〇]そべのちどり。ともよびかはさばかけりてゆかん。つばさほしや」とかきのうち。立たりゐたりながめいり。はなれがたなく見へければ。

じゞうはほつともてあまし。い[三一]なすし[三二]あんにくれたけの。ふ[三三]しみばうきをさ[三四]かしまに。これく[三五]つきやうのまじないと。たつるやいなや。おつとつて。ふ[三六]りかたげたる竹ばうき。きゝめ見へねば。

じゞうもぜひなく。さ[三七]ゝへ取上ふ[三八]きやうじんともに。くるふてつれいでんと。立ならべば「ヲできた。[三九]きみとちとせの[四〇]もろしらが。いもせのゐ[四一]んの。つきそふかたち。いざ〳〵[四二]こかげにちりつもる。かずの[四三]おちばをかきねへ」と。[四四]よる身よせぬ身かきわけて。[四五]あなたへざらり。こなたへざらり。ざらり〳〵と。か[四六]

じ。非常に価値のあるたとえ。三〇「磯」は及ばぬことをいう。磯、千鳥、友は縁語。
三一 往なす。帰らせる。
三二「思案に暮れる」と「呉竹」を掛ける。
三三「毎日伏見に通ひ竹箒を買求めて洛中売まはりて」(本朝桜陰比事三)。三四 逆さま。箒を逆さに立てるのは、長居客を帰すまじない。
三五 究竟。ちょうどよい。三六 師直の姿態を能楽で物狂いが狂い笹をかたげる姿に見立てた。
三七 押さえて箒をとり上げ。「笹枝」と「支へ」を掛ける。三八「狂人狂へば不狂人も狂ふ」(譬喩尽)。三九 箒を持って並んだ姿を、能・高砂の尉と姥に見立てる。四〇 諸白髪。夫婦揃って白髪になるまで長生きし添いとげること。共白髪。四一 文字譜の「キン」は不明瞭。文字譜でなく彫り残しか。四二 木陰。「来」と掛詞。
四三 落葉を「掻き」と、「垣根」をかける。「木陰の塵を掻かうよ」(謡曲・高砂)。高砂の尉は手に熊手を持ち姥が箒を持つ。
四四 垣根即ち透垣に寄って、塩冶の妻の姿を見ようとするのを、侍従が寄せまいとする。
四五 謡曲・芦刈の「芦辺も。乱るゝかたを波あなたへざらりこなたへざらり。ざらり〳〵ざら〳〵ざつと」により、その妻と離れている男の物狂いに師直の心情を托す。
※越前少掾は「謡の名人にてしかも美声」(浄瑠璃大系図)、享保後半以後の初演曲の大部分に、能・狂言からの趣向や詞章が活用され、能を近世化した節事の一段を設けることも多い。本曲も二段目前半に三輪、邯鄲、狂言・花子、高砂、芦刈、及び恋重荷(一七四頁四行目)と、謡曲や狂言による詞章や趣向が多用されている。
四六「朝夕に、掻けども落ち葉の尽きせぬは」(謡曲・高砂)。

けどもおちばの。つきせずつきず。とやせんかくやと。とほうにくれたゞ。うか〳〵と立まはり。思はずよれば。よせじとてへだてのかきにとりついて。「ほれたがにくいか。たゞしはかはいか。いやなんともない。ほかへは。なびかぬ松かへを。それはその〳〵なるまい事じやはへ。まつのおもはく。はづかし」と。おちばごろものそでそへて。かほにかざせば「ゑいゑやさ。はおりはくろい。くろいはをりはこゝにある。とよへ。こゝに〳〵」ともんぐわいへひけば。ひかれてつまづくひやうしころりとこけてゆめうつゝ。くるひくたびれじゞうも共にしばし。いきつきゐたりける。

かゝる所へしもべがこへ〴〵「だんなおむかひ〳〵」と。出(いで)くるあしおとねみゝにふつと。おき上つてあたりをながめ。「ゑゝ我ながらあさましや」と。聞てよろこびじゞうは立より。「やあおまへはごほんしやうになり給ふか。けしからざりし今のおすがた。よしなきあだぼれふつゝりと」。「いや思ひきられ

一 侍従が隔てるのと、隔てとなる垣を掛け、主語が師直に転じ、師直が侍従にとりすがって次の歌になる。
二 「かはい」は「可愛」、「松かへ」は「松が枝」。
三 松の思うところ。「いかでなほありとしらせじたかさごの松のおもはんこともはづかし」(古今六帖)。
四 「松に言問ふ浦風の、落ち葉衣の袖添へて」(謡曲・高砂)、「秋の夜の月の影こそこのまよりおちば衣と身にうつりけれ」(後撰集・秋中)。浄瑠璃のこの箇所は、装飾句として「落葉」にも「添へて」にも具体的な意味はなく、師直が侍従の箒持つ手の袖をつかんでわが顔の前にかざして、顔をかくして恥かしがる様子。
五 新大成糸のしらべ・三下りの部に収める歌謡「くろいはおり」に、「くろいはおりはゑいゑやさ、はおりはくろい、くろいはおりはこゝにあるとよへ」。これは侍従の歌。侍従は師直が恥かしがる様子をしたのを幸いに門外へ連れ出そうとする。歌意は、遊興中の好ましくない客を早く終らせて送り出そうとする情景を歌ったもので、遊里歌。「黒羽織」で無粋な男客の外出着を思わせる。
六 ここまでが節事「湯上恋姫離」。夢うつつの師直を侍従は介添えして足早に上手へ退場し、すぐに前手摺上手際の門から登場。以下舞台は再び門外。
七 常軌を逸した。
八 あられもない。本来あってはならない。
九 「師直…侍従ヲ呼ビテ、君ノ御大事ニ逢ウテコソ捨テント思ヒツル命ヲ、詮ナキ人ノ妻故ニ、空シク成ランズル事ノ悲シサヨ。今ハノキハニモナルナラバ、必ズ侍従殿ヲツレ進(マヰ)ラセテ、死出ノ山三途ノ河ヲバ越エンズルゾト、或時ハ

ぬ思ひはました」。「ヱ。そしたら何を又おくやみ」。「さあなさけなや此師直《もろなを》に は恋といふ。[八]あられぬやまいがつきたるぞや。此まゝに打《うち》おかば。こがれ〳〵 てついにはしせん。[九]天下《(てんが)》の大事にすてん命。せんなき人のつまゆへに。むなし くなりゆくくちおしや。いまはのきはにもなるならば。かの女ぼうをしでのみ ちづれ。[一〇]さんづのせ[一一]ぶみはかならずじゞう。なんぢをめしつれなかだちさせ思 ひ。こんだるわが一ねんしゝてはらさん思ひしれ」と。いかりのまなこにうら みの涙こゐも。ことばも姿もかほもしやうきと見へねば。 又おそろしくそこきみわるさに一寸《すん》のがれ。「のふさほどにまでおぼしめさば。 [一二]なるならざれはぞんぜね共。ひたすらに申て見ん。まづ今日はおかへり」と。 [一三]いなすをてがらにうけあへば。「やあなかだちをしてくれんとや。それはまこ とかやれうれしや。[一四]ゐれいもたちまちくはいきのこゝち」と。ぞく〳〵立《(たち)》より 「さもあらば。ふみしたゝめん」と取リよする。けらいにもたせしく[一五]はいちう すゞり。[一六]もみぢがさねの[一七]うすやうはた[一八]しなみのよきうたびとも心のほかよ恋の

目ヲ瞋《(カイ)》ラカシテ云ヒヲドシ」(太平記)。
一〇 三途の川。亡者が死後、冥途の旅の途中で渡るといわれている川。渡所が、山水瀬、江深淵、橋渡と三つあり、三瀬川《(みつせがわ)》ともいう。
一一 瀬踏み。踏み込んで、歩いて渡れる浅瀬を探ること。師直と塩冶の妻が三途の川を渡るに先立ち、侍従に瀬踏み、道案内をさせる、の意。
一二 うまくいくかどうかは分りませんが。
一三 とにかく帰らせることさえできれば、と思って。 一四 違例もたちまち快気の心地。「違例」は病気。 一五 懐中硯。筆、墨と組合せた携帯用の小型の硯。
一六 紅葉重ねの色紙。表は紅、裏は青、表は赤、裏は濃い赤の二説あり、女房の五衣の襲《(かさね)》に準じ、表は黄、裏は蘇芳との説もある。太平記本文をふまえた表現。→付録2(高師直)。
一七 鳥の子紙を薄く漉いたもの。
一八 嗜みのよき歌人。→一七七頁注一二、→付録2(高師直)。

一 下書きなしに直接色紙にすらすらと。日ごろ歌道、文事に親しんでいることを暗示。
二 何はともあれ、返事がほしい。後の伏線。
三 侍従にとっては、降って湧いたような難儀なめぐり合わせで。「降り合せ」と「振り合せ」を掛け、諺「袖の振り合せも他生の縁」を導き出す。
四 他生の縁。注三の諺は、見知らぬ同士、袖を触れ合った程度の交流を持つのも、前世からの因縁に基づく、の意。「縁」と「塩冶」を掛ける。また侍従と出会って、深い関わりが生じた。
五 家来への呼びかけ「来いよ来い」に、謡曲・恋

ふみ。打つけがきのつら〳〵と。つらねしたゝめしつかりと。ふうじて「じじうこれ此ふみ。見せてとにかくへんじをまつ」と。のつぴきさせねばぜひなくも。うけとるなんぎはふりあはせ。たしやうのゑんやはんぐはんが。やしきのもんぐち「まづおさらば」。「さらばけらい共。こひよこひ。われなかぞらに。かんまへて。なすなこひ」かぜが。身にしみて。ぞつとさむけのやみつきやこひの。おもにゝかたをかす。しもべにひかれ。やう〳〵とわかれて。こそは

（塩冶判官高貞屋敷の段）

〽たちかへる

ゑんやはんぐはんたかさだがやしきの内の物ずきは。きれいをおもにかうとうのないしのゐまをあらためて。たてきるしやうじふすまどのおくより口にちよつこりと。へきる一まにふだんぎやく。やくし寺がみつ〳〵にむなしくきこんつき山の。百じつかうやわらふらん。

重荷などの「恋よ恋」をかける。　六 中空は、謡曲・恋重荷に依っているので、中途半端、軽はずみの意と解される。→四〇頁注一〇。　七 構えて。決して。決して軽はずみに恋をしてはいけない。謡曲の「恋よ恋、われ中空になすな恋」に、この口語を挿入することで、近世的戯画化をみせる。　八「なすな恋」に「恋風」をかける。狂言・金岡、枕物狂に「なすな恋、恋風が」の形の詞句が見られ、近くは五年前の芦屋道満大内鑑の二段目道行にもその形で使われている。→四〇頁。　九 恋の重荷に肩を貸す。「恋の重荷」は恋ゆえに労苦することのたとえ。この謡曲の題名を詠みこむことで、竹本座の芦屋道満大内鑑の「小袖物狂ひ」が狂言によるのに対し、こちらは能による、との意識が窺われる。　一〇 下部の肩によりかかり、手をひかれて。

時　五月二十日
所　塩冶判官高貞の屋敷

一一 初演者豊竹河内太夫。並木宗輔の推理劇的作法が顕著に見られる一段。
一二 好みは。
一三 さっぱりと清潔な感じを専らとする。
一四「公道」は質実なさま。「勾当内侍」にかける。
一五 障子と襖で仕切ったお部屋。　一六 奥への入口の所に。「置く」と「奥」を言い掛けた。
一七 隔てを設けて仕切る。　一八 薬師寺は気根も尽きる程、熱心に尊氏への謀叛の計画について訪れているが、塩冶は本心からの一味ではないので。　一九 気根が「尽きる」と「築山」を掛ける。
二〇 百日紅。さるすべり。季語は夏。
※「笑ふらん」まで二段目第二場面の序（二ノ切のマクラ）。舞台、本手摺は塩冶家の一室。奥

[二一]ぬしの有ル花をめざしに恋のたね。[二二]まきのじゞうは[二三]きのどくのすぢを[二四]かうけの師直《もろなを》に。たのみかけられたかさだがつまに[二五]ゑんじよのなかだちも。[二六]ぬのをへるほどゆきゝする。やかたはひごろおでいりとめにたゝぬのを取ゑにて。ずつと通つて[二七]おく口のしゆびを見合せゐる所へ。

[二八]ちやのまきうじのこしもとが一間《ま》へゆくを。「これおべん[二九]ぢよろ物たのまふ。おくがたかほよ[三〇]ごもじ様に。じゞうがひそかにおめもじと申上てくださんせ」と。聞て「ヲヽ[三一]じゞう様の。此ごろはめつき[三二]りときやくしんらしい。かほよ様はないしぎみのおそばに。[三三]わたしらまじくらおとぎ。おまへもいつものか[三四]る口ばなし。さあ〳〵あれへきなされ」と手をとれば。「いやまあ。ちよつとたちながらおたづね申事がある。それしまふてからそこへゆこ」。「そんならしばらくまちなされ」と。きがるについと[三五]入ルふりも。いづれ[三六]くなしとうらやまし。

じゞうはけふこそ思ひのたけわつゝくどいつごがてんを。[三七]させましやうはから〳〵と心。だくみの其内に。ゑんやはんぐはんたかさだがつまのかほよとなに

中央に勾当内侍の居間に通ずる障子、その左右は襖。本手摺の上手障子屋体に薬師寺が出ている。この屋敷では内侍のために奥の広間を改装して、障子と襖でいくつもの室に区切ってある。その入口の端を小さく仕切った一間にいつもの客の薬師寺が内密に迎え入れられているのであるが、長く待たされて退屈しきっている。前手摺は庭で、下手に築山の百日紅。夏の昼下りである。所と時とを定め、勾当内侍が奥深く守られていることと、薬師寺がたいせつな客扱いのようで実は軽んじられている様子を示す序の文。百日紅もあとで演技に必要になるのを何げなく述べ添えてある。ここまで終ると障子をしめて薬師寺をかくす。次に下手から侍従が登場する。

二一 百日紅の花の縁で「主のある花」即ち塩冶の妻かほよを目当てに、と続く。「目」に「芽」をかけて、種の縁語。　二二 「まきの侍従」と「種を蒔く」をかける。　二三 人妻への恋の仲立ちという、困った筋合いの事柄を。　二四 権威を意味する高家と、高師直をかける。高師直から権威づくで頼みかけられて。「頼み、高貞」と頭韻。

二五 恋文。「艶書 エンジヨ」(書言字考節用集)。

二六 「布経る程来る」(譬喩尽)。「綜(へ)る」は経(たていと)を整える意。緯(よこいと)を通す毎におさを経の目にそって上下させるように、頻繁に来ること。

二七 おく、くち。奥の御主人方と、端近の間にいる召使いの女達と、両方の様子。

二八 茶の間は台所と奥の間との間にあって、家族が食事などする部屋。そこの雑用や食事の給仕をする女で、ここは年若い娘。下手から登場。

二九 女郎。女性の名の下に付けて、軽い敬意を表わす。「内儀おさん女郎をそゝのかし」(大経師昔暦・中)。　三〇 御文字。御前を意味する女房詞。「おめもじ」も、お目通りを意味する女房

たてる。[一]さくらの花の。いろつやに[二]むめがゝふくむ[三]かたからがい。みどりのいとのやなぎごし。うちかけのすそ。しなやかに立出《(いで)》[四]て。「なふじゞう殿。自《みづから》にあはんとは又いまのしなならずや」。「あいなるほどさやう。今日は私《わたくし》が申ス事。とつくりと」「アいやこれ。けふもまたあのひとまに。やくし寺様と我つまと[五]取こもりござうだん。あたりの物おとはなしのおじやま。やはりせんどの事ならばかさねて聞《(きか)》ふ其内に」と。すげなふいふて入《(いら)》んとすたもとをひかへ「しばらく」と。とゞむるこへもおくへのゑんりよ。詞ずくなに「これ申。此中《ちう》のおへんじ申てまいつたればな。又[六]きやうきのごとくやまひがおこり。よい此うへはかまくらへいひつかはし。しつけんしよくの[七]ゐせひをもつて。そくじにはからふむね有リと。ざんげんもしかねまじき[八]きつさう。こゝは大事とうつてかへ。ぜひなかだちをしおふせんと。いひなだめてまいりしが。どふしあんいたして見ても。なるとならずと尤《もつとも》なへんじで事をおさめずは。[九]小事《しやうじ》より大事のお身のごなんにならふ。まあ此ゑんじよをごらんあれ」と。ふみとたんざく

詞。　三二 侍従様としたことが。
三三 隔心。すっかり他人行儀におなりですね。
三三 私共も御一緒にお話相手。
三四 出入りのお物師が、女主人のお伽に世間話などを面白おかしく聞かせる場面は、御所桜堀川夜討三ノ切にもみえる。　三五 正面奥の障子へ。　三六 苦なし。苦労のない若い女。
三七 おさせ申す方法は、こう、こう、と。

一 「梅がかを桜のはなに匂はせて柳がえだに咲かせてしがな」(後拾遺集・春上・中原致時)及び太平記で塩冶の妻の美貌を述べた「梅ガ香ヲ桜ガ色ニ移シテ、柳ノ枝ニサカセタランコソ、ゲニモ此貌(カタチ)ニハ譬ヘメ」を踏まえ、顔の美しさ、髪の匂いやかなこと、ほっそりと姿がよいことを表わす。
二 髪油の梅花香の香りの意も含む。
三 片笄。女の髷の形。髪の根元を締めて、その先を上へ回し、根元にさした笄に巻きつけたもの。「かた笄の濡髪にさいた白羽の鏑矢は」(苅萱桑門筑紫轢三、享保二十年)。「緑の黒髪」の縁で「柳」に続く。
四 正面奥の障子内から登場。
五 引き籠り。
六 太平記に、侍従が師直を塩冶館の垣間見から「兎角シテ帰シタレバ、今ハ混(ヒタ)スラ恋ノ病ニ臥沈ミ、物狂ハシキ事ヲノミ、寐テモ寤(サメ)テモ云フナンド聞ヘケレバ」。
七 威勢を以て即時に計らう旨あり。権力を行使して、早速、重大な処置をとることになろう。
八 ただならぬ顔色、表情。語源は気相(きそう)、血相(けっそう・きっそう)、吃相(きっそう)と三説がある。

さし出せば。かほよはいかゞ思ひけん。しばらくしあんし。「どれ其たんざく」と手にとつて。[一〇]もどせし文にそへしうたよんで見れば。「[一一]かへすさへ手やふれけんと思ふにぞ。わがふみながらうちもおかれず。ホヲ、さすがは[一二]かどうのたつじん。[一三]ふぼくしうのせんじや共いはるゝ人のよみかた。[一四]わか三じんのおそれも有リへんかしませふどれすゞり」と。仰《おふせ》られしくじゞうは[一五]かいたち。はや御がてんが参りしかと。すつてあてがふ[一六]すみいろはうすいか[一七]こいかのたんざくを。うらがへしてふでばやにかきつらねて。

「これじゞう。これですまずは其うへは。やぶれてもくづれてもうんのきはめぞ[一八]かさねては。取つぎむやう」となげだし給へば。はつといひつゝ取あげてぎんじて見れば。「[一九]さなきだにおもきがうへのさよごろも。我つまならぬつまなかさねそ。ムゥすりやどう有ッてもなびかぬお心」。「はてしれた事。ふでとるさへ。なんといひわけ有ふぞいの」と。涙にくれし御ン有さま。「ヲ御もつとも〳〵。せめてはこれでもくち[二〇]ふさげつかひのき[二一]ぼにいたしましよ。いつときな

九 こんなつまらないことで、大望ある御夫婦の。
一〇 先にかほよが師直に戻した師直の恋文に、今回また師直が添えてよこした歌。
一一 太平記掲載の和歌。薬師寺次郎左衛門の歌集、元可法師集に収める。↓付録2(高師直)。
一二 師直を歌道の達人とする並木宗輔の設定。↓一七三頁一三行目。太平記で描く、無教養で歌道に暗い師直像が史実と必ずしも合致しないことは、近世の諸書でも指摘。
一三 夫木集。夫木和歌抄。藤原長清撰の和歌集。延慶三年(一三一〇)頃成立。三十六巻。師直を夫木和歌抄の撰者の一人とするのは全くの仮構であるが、近世の版本夫木和歌集抜書(西順)奥書に「夫木和歌抄と名付…長清法名蓮照存生之間は秘蔵して不及外見逝去之後高駿河守依所望一本書写す其後高武蔵守師直一本書写す」とあるのを踏まえた脚色。宗輔は既に尊氏将軍二代鑑三ノ切でも、師直に「夫木集の撰者たる此師直。末代記録にとゞまるも天下のため主君の為」と言わせている。なお仮名手本忠臣蔵の師直も敵役であるが、歌道には明るい人物との設定。
一四 ↓八頁注一二。和歌三神に誓った神罰起請文も行われ「人のかたより、うたをかけられて、返歌をせぬ物は、これより、たうりてんのこなたなる、山のふもとに、むりやうこうをへて、したなきじやしんとむまるゝ物、人のかたより文をえて、ふみの返事をせぬものはまうもくに、むまるゝ物」(浄瑠璃十二段の草紙)といった俗信もあった。
一五 「かい」は接頭語。身軽に立つ時にいう。
一六 墨色は薄いか濃いか。「濃いか」と「恋歌」をかける。
一七 師直がよこした恋歌の短冊を裏返して。

り共はやいがしゆび」[一]と。口もからだもかるはづみ[二]。又のめもじ[三]をいひのこし
いそ〳〵として出《いで》てゆく。
あとにかほよは物あんじ。さしうつむいてゐる所へ。「たゞよし卿《きやう》より御上使《ごじやうし》」
と。[四]あんないさして。師直《もろなを》が母《はゝ》かうじゆゐん。かしらのゆきにおき[五]わたのれい
ぎみださずすぐ[六]通《どほ》り。であいがしらにかほよごぜん「おつと[七]のかはり」とこと
はりたて。出《いで》むかへば。さしのぞき〳〵。「ム、そもじはゑんや殿のごないし
やうかほよ殿よの。おとにはきけどけふはじめて。ヲツヲまがふかたなきごき
りやうやれうつくしや〳〵。みづからはとうじ[八]天下《てんが》のしつけんしよく。かうの
むさしのかみ師直《もろなを》がはゝ。此たびのじやうし。せがれ師直《もろなを》におふせ付《つけ》られし所。
さんぬるころより物思ひなるびやうきにうちふしいつかうにまくら上らず。そ
れゆへみづからせがれがみやうだい。さて上意《じやうゐ》のおもむきよのぎにあらず」と。
せきをあらため。
「いつぞやゑんやはんぐはん。かうとうのないしをともなひ我君へさし上《あげ》んと。

一八 二度と取次をしてくれるな。
一九 太平記掲載の和歌。→二一九頁注二〇、→付録2(高師直)。
二〇 普通は口止めのために与える物。ここは、師直にとやかく言わせないようにする材料。
二一 規模。面目。「父の苗氏を給はれば。勘助が身の規模は立つ」(本朝廿四孝三)。

一 首尾。好都合。
二 ここは、軽くはずむ、軽妙の意。「からだ」と頭韻。
三 目文字。口の縁語。またお目にかかります、と言いのこし。「言ひ残し、いそいそ」と頭韻。
四 案内。取次ぎの家人に導きをさせて、の意。
五 頭に雪を「置く」と、「置綿」と掛詞。置綿は真綿を引きのばして作った冠り物。もと初老の女性が防寒用に用いた。白髪の上に綿帽子をつけ。
六 直接部屋に通り。
七 「夫の代りに私がお目にかかります」と断りを言って。
八 当時。現在。今、天下に名高い、という気負った表現。

それをいひたてみかたにくだり。其のちないしのむかひつかはさるれ共。吉日ゑらみあとより〲とさいさんのへんとう。たゞよし卿《きやう》もつてのほかなる御きげん。また今日も相かはらぬへんとうならば。おくへふんごみ。ないしをひつたてかへるべしとの仰《おほせ》。ゐぎなくおわたしあればてう[九]じやう。さもなくば事のやぶれ。なにゑんや殿はれいの[一〇]たぎやうかさく[一一]びやうか。るすであらふがびやうきであらふが。ゑんりよはいたさぬやおないぎ。なるならざれのへんとうめされ」と。[一二]ぎつといはれてむつとする。[一三]ことばとがめのずつけりと。「いやおつとゑんやはやかたにあれ共。御口上のとをりを申シ聞《きか》すにおよばず。ないしぎみをわたすせつは此方《このはう》のぞむ一いろ。おわたしあらんとのごけいやく。そのさたは[一四]それなりけりにあそばして。ひつ立《たて》きたれの御上ゐは御ッ物わすれか。たゞし又おつかひのごそうか。其ざにおはせぬおまへゆへ。ごぞんじもなく[一五]かさおしに。[一六]上ゐごかしも事とし[一七]な。あすが日おこしをいれますればたゞよし卿のみだい所。かみにたつおかたをば。おとしよりてもひ[一八]めごぜの。口からふ

九 重畳。結構だが。
一〇 他行。外出中。
一一 作病。仮病。自分に会わぬ口実に、お定まりの居留守を使うのか、病気と偽るのか。
一二 ぐっと。切口上に。
一三 相手の言葉、他行か作病か、にこだわり、ずばりと言ってのける。
一四 そのまま放置すること。頬冠り。
一五 高圧的に。
一六 何でも上意である、と権威ずくで押し切ろうとするのも、事と次第によったもの。
一七 将来、というより、明日でも、御輿入れ、ということになれば、内侍は。
一八 女性。あなたも御年寄りとはいえ、女性の口から。

んごみひつたつるとは都《みやと》ぢよらうにあはぬお詞。御口上もとつくりと。よふ聞かためていつなりと。又でなをして」といはせも立《たて》ず。「やあすいさんなりゑんやのないぎ。かうさんの其日よりもつてうじて。こしもと迄つけおかるゝは何のため。ないしをめあてにおかみのおなさけ。そろ〳〵おいどがあたゝまり。めだれを見ての口ごたへか。いなかかたぎはまに合《あひ》にくい。よじんのつかひとちがひ。かまくらよりせいとうあづかる。師直をうんだ此はゝ。ふんごんでひつたてかねふか」。「あれまだむりな事ばつかり。ごけいやくのにしきのふくろ。おもどしないうちいつかな〳〵」。「ムすりやどふあつてもわたさぬか」。「まあおりもあろまつてござんせ」。「いやまつまい。其へんとうならいまひつ立《たつ》る。一まはこゝか」と立上れば。「そふはさせぬ」と身をへだつ。「いやちよこざいなとめだて」と。押《おし》のくる手を引もどし。「かふとめかゝればこんりんざい」。「ヲがづくなら通つて見しよ」。「いひがゝりならなをの事」と。身をたてになりかせになる。「ヱ、めんどうな」とはねたをせば。ねながらもすそ

一 都女郎。優雅な京の女性。都上﨟。
二 直義卿の仰せになる趣を、十分に、早とちりしないように、確実なところをよく聞いた上で。
三 大切に扱い。降人の塩冶に不相応な鄭重な扱いをし。モッチョウジと読む。
四 尻が温(ぬく)もり。安心して大きな顔をするようになり。
五 目垂れ。相手の弱味につけこんでの。
六 田舎気質。神経が太く、ずうずうしいやり方。
七 通用しない。
八 こちらも、どんなことがあっても…。
九 鼻の先であしらった返事。上使に対し、渡さぬと正面切っては言いにくいこともある。
一〇 正面奥の障子へ向かって言う。
一一 猪口才。生意気。
一二 我づく。我を張って通さぬということなら。
一三 「金輪際通さぬ」との言葉にこだわって、無理に通ろうというなら、なお通さない。このあたり、口語を用いながら、日常会話とは別の、浄瑠璃特有の省略の多い、テンポの早い文章で、互いの気持が昂ぶっていくさまを表現。
一四 楯になり枷になる。一間へ踏み込もうとする相手の前に立ち塞がり、左、右にまわって、相手の動きを邪魔する。

にはひまつはれ。一五おひ木をからむ。ふぢかづら。

身うごきさせねばこゑあらゝげ。「女にいひ付《つけ》さまたげさせ。ないしをわたさぬゑんやはんぐはん。二心にきはまつたり。このむねおかみへごん上《じやう》せん」と。よばゝる。こへが聞へてや。ゑんやはおどろき一六とんで出《いで》。うむをいはず女ばうをとつて引よせ一七さげおをとりなは。しめ上《あげ》ても「いや〱〱。にしきのふくろをもどさぬうちは。ないしはわたさぬ〱」と。身もだへ。するを「ヲかしまし」と。上使が一八けだつる心をさとりひつたてゝ一九かたにはの。百じつかうにからみつけ。めまぜでしらせど身をもがく。

なくもわめくも二〇まどをにして。ゐぎをあらため上使にむかひ。「某《それがし》ふた心でなきしやうこにじやまする女ぼうをしばりつけ。仰《おほせ》にまかせないしぎみをおわたし申さん。かならず〱。御うたがひくだされな」と。身の二一めんぱれに手ばしかきはたらき見せれば。上使も胸《むね》はれ。「いやなふすなをにおわたし有ルを。此方からも二二なんのりふじん。二三とてものことにないし君ごとくしんとのお詞を。

一五 老木に藤のつるがからむさまに見立てた。
一六 上手障子屋体から登場する。
一七 刀の下げ緒を当座の捕縄として。
一八 毛立つる。興奮したさま。
一九 片庭。部屋の片脇の狭い庭。一八五頁七行目に「小庭」。「ひったてゝ」の「ヲクリ」は、本手摺の室内から前手摺の下手片庭の百日紅の立木の所へ女房を引っ立てて行き、括りつける人形のしぐさに対応した節付け。
二〇 庭と室内と間を隔てているので構わず。
二一 面晴れ。疑いを晴らすために。
二二 理不尽。主君の御台所ともなるべき方を力ずくで引ったてることなどする気はありません。
二三 しかし、どうせのことなら、内侍君御自身から、行くことを得心しているとの。

うけたまはりたしゑんや殿。ごあんないを」といふうちに。一まをひらきないし君。

立出給ふ御ンよそほひ。かゞみにつらきおもやせは。わうしやうくんが物思ひ。こゝくにむかふこゝちにて。こへも涙に打しほれ。「なふみづからが心をためし。ゑんやふう婦にうたがひはれば。たゞいましろへ入ルべきぞ。ともなふてたべつかひの人。とくしんなふてはるぐへの都へなんののぼられふ。はんぐはんよきに取まかなへへんしもはやふ」との給ふにぞ。

はつと上使も手をつかへ。ゑんやも時をまちゑしふぜい「さやうおぼさばなにかはごせん。ごようゐとてもこれよりすぐ」と立ッて。一まのしやうじのかげ。よろひどをしをふところにかくし。もち出《(いで)》上使のかたへ。せをさしむけてないしにむかひ。「これはこれ。御一だいのまもりほんぞん。おまくらもとにおかれしが。今よりこれをおはだにそへられ。たゞよし卿《きやう》をごたいせつ。ごほんそうにごゆだんなく。御そひぶしのゆめのまも。じつと付そひナ。つきそひ給

一 正面奥の障子内から登場。
二 鏡にやつれた顔が映るのを、見るのが辛いその様子は、丁度。「かゞみ」云々は文飾。舞台に内侍の部屋を装置してあるのではなく、鏡が出してあるのでもない。「面痩せ、王昭君」と韻をふむ。
三 王昭君。王牆、字は昭君。前漢、元帝の宮女。後宮第一の美女であったが画工に賂いをせず、醜く画かれたという。匈奴に悩まされた元帝が、懐柔のために匈奴の王、呼韓邪単于に宮女を与える際、美女を惜しみ画像によって彼女を胡国へ送った(前漢書、西京雑記等)。謡曲・昭君、説経節・王昭君などに脚色。
四 胡国。北方の野蛮国、匈奴。
五 こうして私の心を見届け、塩冶夫婦への疑いも晴れるならば。
六 けいせいぐぜいの舟に「はこざきのやかたの大手口」、同じ場所を「こよひ城へしのび入」。
七 期せん。条件が揃うのを待つ必要があろうか。猶予することはない。
八 正面奥の障子。
九 九寸五分の反りの無い短刀。敵と組んで鎧ごしに刺す用途からの名称。武家の女性には護身用。
一〇 これは他ならぬ、一生大切になさる守り本尊の仏像。
一一 御奔走。大切にすること。愛情を傾けること。
一二 「付きそひ」に「突き」をかけ、この短刀で直義を突くようにと、しぐさで示して渡す。

ふ。[一三]ごほぞん」としかたでわたすくはいけんを。[一四]こなたのすきよりやくし寺《じ》が。見る共[一五]しらず上使《し》はなを。しらぬが仏《ほとけ》「ヲやれ〳〵。しん〴〵ふかきおかたをば。よしなきうたがひもつたいない。ごようゐあそばす其内にどりや自《みづから》も一はしり。立かへつておむかひの。御のり物を」と立上れば「それはごくらう。しからばまづ。ごようゐは一まにてお心。しづかにめさるべし」と。ないしをおくに。入レたてまつり。

「せつしやもおとものようゐをいたさん」。「ヲさやうがよかろ」と手ばしかく。[一六]事をのばさぬとしよりの。上使《し》は「早《はや》くおむかひの。こしいそがん」と立かへる。

あと見おくりてゐんやはんぐはん。「ヲあぶなや」とむねなでおろし。一いきほつと[一七]つぎのまの。やくし寺《じ》しゞう聞ながら。日《ひ》吉《よし》でけらいがかうろんより。師直《もろなを》一家《いつけ》に[一八]しゆくゐをはさみ。わざと出《で》合《(あは)》ずい[一九]まのさ〳〵「なふゐんや殿。[二〇]見うけたていが今日《(こんにち)》は。ことのほか取こみそふな。もはや[二一]ばんけいおいとま

[一三] 御本尊。「ホゾン」(日葡辞書)。
[一四] 上手障子屋体の障子を細目に明けて薬師寺が覗き見る。守り本尊の仏像の如く上使には思わせ、実は自分の体の陰で守り刀を渡し、直義を刺すことまで指示するのを、薬師寺に見られる。仮名手本忠臣蔵七段目、由良之助が読む文が二階と縁の下から読まれる場面、双蝶々曲輪日記八つ目(引窓)で、与兵衛が母に見せる長五郎の人相書を二階から長五郎が覗き、その姿が下の手水鉢に映るのを与兵衛が見付ける場面などと共通する人物配置。
[一五] 塩冶は知らず、上使はなおもって知る筈もなく、仏を渡すと思いこんで。諺「知らぬが仏」と仏像をかける。
[一六] 俗に年寄りは気が短いと言うのを踏まえる。
[一七] 息を「継ぎ」と「次の間」を掛ける。
[一八] 宿意。遺恨。
[一九] 上使が帰った今、のそのそ出て。
[二〇] お見うけしたところ。
[二一] 晩景。夕方。

申」と。かへりじたくは一[一]きほひと。「されば〳〵にはか事。ないし様をたゞよし卿《きやう》の御ッやかたへ入レたてまつる。其まかなひにとりまぎれて。[二]おかまひも申さず」と。[三]そらあひさつにそらとぼけ。「なるほどさやうに見うけ申ス。それにつき。ちよと[四]ぎよいゐたし」と。[五]ちうごしにひぢはりかけ。「あらため申におよばね共。ごじぶんは某《それがし》が取つぎにてごぜんのしゆびもます〳〵。しかるにさいぜんないし君へ。わたされしまもりごほぞん。さて〳〵[六]きめうなめいさくぶつ。ありや[七]もんじゆでござるか[八]ふどうのりけんか。[九]つきそひ給ふの身ぶり手つき。いやはやけうがさめてきもがとびでる。さだめて上使のおひぼれめもいちみでござらふ。[一〇]たゞしは。ほつこくのよしすけへのちうぎか」と。いはれて[一一]はつととむねのまにあひ。「いやこれはそこもとへのほうこう」。「とはどふして」。「されば〳〵。なにとぞたゞよし卿《きやう》をなきものにし。こなたを都のしやうぐんとあふがんためさ」。「あのせつしやをや」。「なるほど」。「トハかたじけなし。くはぶんとおれい。申たいが其手はくはぬ」とぬきうちに。ぱつしと

一 この点も調子に乗ってうまく運ぶぞと思い。
二 会わずに待たせていたことへの挨拶。
三 上べだけ鄭重にあしらう挨拶に、薬師寺の方も上べはとぼけて調子を合わせ。
四 御意得たし。御話がある。
五 素早く斬りかけられる姿勢。
六 奇妙な名作仏。世にも珍しい名工の手になる仏像。刀の銘作をかけた皮肉。
七 文殊菩薩。釈迦の脇侍。智を司るといわれるところから、内侍に直義卿を殺す智恵を授けたのか、の意。
八 不動明王が右手に持つ、煩悩や悪魔を切り砕く鋭い剣。
九 塩冶の言葉としぐさを再現してみせる。→一八二頁注一二。
一〇 それとも北国にいる脇屋義助への忠義か。
一一 「と」は接頭語。胸がどきっとすること。

打《うつ》を一二さそくにうけとめ「まゝまつたく〳〵。一三しんもつていつはりなし。一四りやうじあるな」といくゐにも。だましすかせどみゝにもふれず。「ふるだぬきの一五こつてうめ。一六たのまぬ事におのれがなんで。ないしにはものをわたさふぞ」と。又うちかけられゐんやもぜひなく。はらひのけてぬきはなし。「ム大事をしつたらぜつたいぜつめい。一七うんのきはめ」とはじめにかはり。一八しゝふんじんのいきほひなせばこなたも一九しれもの二〇つまどを二一こだて。切はらへ共てきゝのゐんや。やくし寺《じ》が手におよばゞこそ。たちは二二小にはへはねおとされ。はつととびのくひやうしにしよくだい。二三うんに二四かなへのあし付《(つき)》かな物。二五てうどうけたる一ごのはやわざ。すぐにうちつけにげ足《あし》を。ならくまでもとおつかけゆく。見やる女房《にようぼ》は二六さるつなぎ。「これ。なふ〳〵」とこへばかり。あせれどかひなきおもてには。やくし寺《(じ)》がけらいがゐ合《(あは)》せ。ゐんやとたゝかふたちおとつばおと。一づに思ひきをせいて。「けがはないかふかくはなきか」と。のびあがりとび上り。「たれぞ二七こいがし此なはを」。とおくを見やればこれもまた。めの

一二 早足。すばやい足の運び。
一三 神以て。神かけて。
一四 聊爾。粗相。過ち。
一五 骨頂。
一六 薬師寺を将軍にするなどと、自分から頼んでもいない事のために。
一七 薬師寺の運の尽き。秘密を知ってしまったからには生きて帰れないぞ、の意。
一八 獅子奮迅。
一九 したたか者。「女もしれ者ひつぱづし逃ても逃さぬ源蔵が」(菅原伝授手習鑑四)。
二〇 開き戸。下手に廊下の隔ての低い戸を装置か。
二一 小楯。身を隠すための有り合わせのもの。開き戸の陰にまわって切り払う。
二二 片庭。→一八一頁注一九。
二三 運に叶う。運よく。「叶う」に「鼎《(かなえ)》」を掛ける。
二四 鼎。物を煮る青銅の器。半球形のものには三本足がついている。ここは鼎のような三脚の金物の燭台。
二五 チョウド。塩冶の刀と薬師寺の燭台が打ち合った音。咄嗟に、運よくそこにあった三脚の金物の燭台で、塩冶の切り込む刀を受けとめたのは、薬師寺としては、一生に二度とない早業であった、の意。
二六 後ろ手に縛られ木につながれている。
二七 来てほしい。

はなされず。ふしぎやな。しやうじへうつる人かげは[一]かぶと。づきんのくせものが。たちをひつさげぬきあしさしあし。こはそもいかにと見る内に。あとよりないしが見つけしふぜい。「何やつなれば鬼丸《おにまる》の。たちをうばふ[二]大たんもの。おのれとうぞくのがさじ」と。こへかけ給へばかほよも共に。「やれぬす人よ。であへ〳〵」とこへかぎり。たけれどとゞかずくせものは。さすがぬき身の[三]ど うぶるひ。[四]むさ共よらずともしびの。[五]あをちかないしも。ふるふがごと。く。立よるすがたの[六]びやいさあぶなさ。こなたに見るめの[七]きもたましゐも。とびでるばかりじだんだふみあせれど。もがけど。身うごきならず。「ゑゝなさけないしばりなはこしもと共はどこにゐる。人はこぬかゑんや殿はなぜおそひ」と。おもてをながめ。またふりかへるしやうじの内。はつしとあはせてたがひのやいば。ひかせず。ひかずためらふありさま。「これ〳〵〳〵ないし様。こはい事もなんにもない。大事のたちじやぬすまれまいぞ。ゑんや殿。わがつま」とよぶも。かひなく。こゑかれて。もだへくるしむせつなさはいかなる。

一　上部がかぶと型をした頭巾。火事装束の一部であるから、衣服もこれに相応したものであろう。→八〇頁注三。

※この場面、近松門左衛門作・弘徽殿鵜羽産家・初段、藤壺が曲者に殺害されるのを、藤壺の乳兄弟清滝が、「庭の枯木に猿しばり」に繋がれたまま、見て焦る場面を作り替えたもの。「廊下の障子に影うつり…刀ひつさげそろり〳〵と忍び込。影はあれ〳〵なむ三宝すは事こそ。よい〳〵此清滝が見付し物おのれいけておかふかと。心は先へ我身を忘れかけ出ん。〳〵と身をもんでハアそうじや。身はしばられてゐる物をのふ御番衆。〳〵とさけんでも声たゝずしのびは寝所にはや入たり。エヽお枕長刀有物を母上はねいつてか。なんの事しばりなは引ちぎらんとねぢつ。しやくつゝ我力。我腕くびに喰入て。心計につなぎ犬柱をめぐるにことならず。ねまに太刀音はた〳〵〳〵。血はとんでさつ〳〵と紅葉を画(ゑが)くがごとくなる。障子押明母治部卿。何者か忍び入藤壺様を切殺し。わらはもふか手と計にてかつはと臥てたへいれば狼藉者も逃るかげ」。弘徽殿鵜羽産家では、曲者が忍び入ろうとする影法師が廊下の障子に映るのを清滝が見て焦る描写が長く、室内での動きは外からは見えないものとして描かれないが、本作では、曲者がすでに室内に入っている状態から始まり、内侍と曲者の動きが逐一、居間の障子に映るのを、かほよが見て焦る。弘徽殿は語り物的、本作の方が演劇的であるといえる。但し、本作でも当時の照明技術、及び人形という条件から、細かな動きを鮮明に障子に映し出すことは困難で、観客にかほよの心情に焦点を合わせた浄瑠璃の文章を聴かせてイメージを喚起し、視覚面の不足を補う語り物の方法が基本にあることに

せめにも。ぢごくにもたとへがたなきうきめなり。「ゑゝさいぜんから。なぜあのかたなはめにかゝらぬ。これできれとてやくし寺《じ》が。うちおとされたは[九]なはきるかたな」と。あしをのばし[一〇]ひきよせかきよせ。[一一]ほとけだをしに我身をどふど。こけてさがしてうしろ手に。ひろいとつてしばりなは。きる内むざんやないしをば。とつて引よせさし通したちをうばふてくせものは。ゆきがたしらずにげうせたり。

はつと見るめは[一二]してうのかなしみ。なはゝほどけどかひもなく。すぐに一まにかけ入て。見るもあへなきしがいにすがり。「ゑゝむねん口おしや」と[一三]あしずり。してぞなきしづむ。

かく共しらでかうじゆゐん。きのせくむかひのともまはりおもてに。またせはしりいり。「さあ〳〵ないし様のおこしらへはできたか。おのり物おくへいれうか。ゑんや殿はどこにぞ」と。きほひかゝつて「はあこれは。かほよ殿もなはほどかれ。とくしんのてい[一四]てうぢやう〳〵。さいぜんたがひに[一五]詞をあらし。

変りはない。なお松崎仁「障子にうつる影―影絵演出の諸相」参照。
二 不敵者。
三 胴震い。抜き身を持ったまま、震いわななき。
四 むやみに。そう簡単には内侍に近寄らず。
五 煽ち。風で揺れ動くこと。内侍と曲者が実際に震えているのか、灯が風に揺れて障子に映る影が震えてみえるのか、はっきりしない、という風に描く。 六 非愛さ。ひやひやすること。
七 「気も」と「肝魂」をかける。
八 互いに力を入れて刃を打ち合わせたまま、動きがとれずにいる有様。
九 縄切る刀。以下、縛られたまま刀を拾い取って縄を切るまでの細かい描写。弘徽殿鵜羽産家から離れ、かほよの縄が切れたことが新たな展開の伏線となる。
一〇 引寄せ、かき寄せ。
一一 仏像のように直立したまま倒れること。縛られたまま倒れるさま。
一二 四鳥の別れは、孔子家語・顔回の「桓山の鳥四子を生む。羽翼既に成り、将に四海に分れんとす。其母悲しみ鳴きて之を送る」による親子の悲しい別れ。ここは永別の悲しみの意。
一三 死骸にすがりついてうつむいたまま、足先をはげしく動かしてくやしさに身もだえの様子。
一四 重畳。よかったですね。
一五 荒い言葉で言い合い、それが心苦しい、ばつが悪いと。

それきのどくとうつむいてか。やれ〳〵しやうき[1]なさあおくへ。おむかひのよし取ついで」と。いひつゝたちよるしやうじのかげ。ないしのしがいを見てとびのき。はつとふわく[2]。「こりやどうじや」と。涙にしづむ女房を。引おこして「これおないぎ。此ひめぎみはたが切ッた。かたきは何者《もの》うちては」と。せきにせいてもなきしほれ。「さあ其かたきを何ものと。しつたらなんのかうしてゐよふ。ゐゝはらのたつ口おしい。むねんなはいの」と取ついて。たはい[3]涙の身もだへにもてあま[4]したる計《ばかり》にて。取つくしまもなき所へ。ゐんやはやくし寺《じ》うちもらしけらいを四五人きつてすて。一まづしあんとちがたな引さげ。すご〳〵と立かへれば。

女ぼう見るよりとび付《つく》思ひ「ヱおそかつた〳〵。これ何ものやら一まへしのび。ないし様を手にかけて。たちをうばふて」。「やあにげたか。そりやドヽ。どつちへ」とかけよつて。しがいを見るよりしつてんばつとう[5]。思はずしらず。おもてをさして。おどり出れば「アヽこれ〳〵ゐんや殿。上使《し》をすておきいづく

一 小気。
二 当惑。
三 「他愛ない」と「涙」をかける。
四 上使も手のほどこしようがなく。
五 七顛八倒。

へ立のく。せんぎがかゝつたにがしはせじ」と。こゑかけられてふりかへり。「やあ立のくかとはそこつの一ごん。ないしのかたきたち[六]のありしよ。さがし出してむねんをはらす。せんぎがかゝつたとはそりやいづくに。手がゝりあらばはやく聞たしさあ聞ふ。どふじや。なんと」ゝ女ぼうも共にすりより。せり立《たつ》れば。

「ヲせんぎの手がゝりほかにはなし。うたがひはごへん[七]に有リ」。「なに某《それがし》に」。

「いやせんぎが八ぶこなたにかゝつた」。「ム、そりや又なぜに何をめあて」。

「はて何をとは其ぬきかたな。ちにそまりしを。さげて帰《かへり》しわけきかふ。それがふしん」といはれて。はつとゆきつまり。「いや此かたなは」。「さあどこから。あかりをたてず立のかば。女ぼうとらへてがうもん[八]せふかなんと。〳〵」[九]とつめられてもやくし寺《じ》とかうろんの。わけはいはれぬ一大事。おぼへならてもふう婦はしりごみ。いひわけもなきおりからに。

やくし寺《じ》がとちうのしらせ。聞よりふちべいがのかみ。手のもの引つれ大おん[一〇]

六 太刀の在り所。

七 御辺。武士が相手をさしていう時が多い。

八 拷問。

九 詰めかけられても薬師寺との喧嘩の理由は。「言はれぬ、一大事」と頭韻。

一〇 読みはダイオンジョウ(大音声)か。日葡辞書「ダイヲンジョウヲアグル」。

上。「やあゐんやはんぐはんたかさだ。ふた心をさしはさみ。たゞよしきやうをがいせんたくみ。たゞいまやくし寺《じ》のうつたへによつて。めしとつてきたれよとの御上ゐ。はやうらおもては。[一]とへはたへに取まいたればのがれぬ所。ぢんじやうになはをかゝれ」とよばゝつたり。思ひがけなく上使《し》もびつくり。ゐんやはこたへる詞なく。はぎしみしてつゝ立上り。「[二]ヱのこりおふやさいぜんに。やくし寺《じ》めをうちとめなば[三]かくろけんにはおよぶまじ。事あらはれたは百ねんめ。うでかぎりに切じに」と。かけ出《いづ》るをかうじゆゐん「やれまち給へゐんや殿。ふた心の覚《おぼえ》あるなしは[四]かくべつ。さしあたつてなんぎはみづから。うけ取にきたないし君はころされ。そのせんぎのかゝつた其《そこ》もとはうちじにし。かへりてなんと申上ふ。さしづめごないほうかほよ殿になはをかけ。[五]しうころしのざいにおこなふ。なんとそれもかくごのうへかいかに。〱」といはれて。はつとすゝみもやられず。「なんとおいやる。[六]せんぎのあかりたゝねば。女ぼうをしうころしのつみにおこなふか」。「くどい〱。[七]むかひにきた上使《し》のめん

一 十重二十重。
二 残り多や。残念な。
三 かく、露顕には及ぶまじ。
四 格別。別として。
五 主殺しの罪に行なう。主殺しとして処刑する。
六 内侍殺しの詮議に関し、自分(塩冶)の身の潔白が証明されなければ。
七 内侍を迎えとる上使に、落度があったと言われぬように、恥をすすいで面目を立てるために。

ぱれ。[八]いひわけたとふがたつまいが。ないぎをとらへけいにおこなふ。とてものがれぬ命ならば手むかいせずなはかゝり。たゞよし卿《きやう》の[九]ごぜん出。しうころしでないあかりをたて。[一〇]ぶしのあくみやうまぬかれてこそ。誠《まこと》ある侍《さむらい》なれ。此まゝでうちじにし。覚なき女ぼうになんぎをかけ。[一一]せめせちがはせ。うきめをかけるが[一二]ほんゐか」と。[一三]きのひかさるゝおしへにがつくり。[一四]見かはすつまに心ひかされ。我はのがれず。せめてはと。思ひなをして「なふ御上使《し》。ないしをころした覚へはなけれど。大事をやくし寺《じ》に見付《(みつけ)》られいひわけたゝず。某《それがし》さへなはかゝれば。女ぼうには御かまひ有まいか」。「何が扠《(なにがさて)》〳〵。[一五]いひわけさへたつたらば。命にかへて[一六]助《たすけ》てしんぜふ」。「ホヲくはぶん〳〵忝《かたじけ(な)》し。しからば手むかひいたさじ」と。刀《かたな》をすてゝどつかとざす。「なふ情《なさけ》なや自《みづから》を。かばふてなはをかゝらふより。かなはぬ迄も切ぬけてひごろのねがひをかなへてたべ。此身はせめてもころされても。命はおしまぬ〳〵」と。すがればゑんやも打しほれ。「[一七]つねていの女ぼうなら。[一八]しをともと

八「いひわけたとふがたつまいが」は「ないぎをとらへ」の次に言うはずの句を、口ことばの勢いで先に言ったもの。塩冶の弱味を押さえた強引な言葉であるが、上使が来た時、かほよの縄が解かれていたことで、かほよに関しても完全な言い訳は立ち難くなっている。
九 十行本「ごぜんに出」。
一〇 武士の悪名。武士の身で最も重い罪である主殺しの汚名を。
一一 ひどい責め苦に合わせ。近世、主殺しには鋸引きのうえ磔の残酷な刑罰が定められていた。
一二 本意か。
一三 気の惹かさるる教え。一番気になるところを突いた示唆。
一四 見交わす妻。
※天下の執権高師直の代理として、母からじゅ院は情理を弁えた適切な取りさばきを見せる。まず直義の重臣の中で難しい立場にある師直に、上使の役目に関して落度があったと言われぬように手を打ち、塩冶の身柄を薬師寺、淵辺に渡さぬ工作をし、同時に塩冶の夫婦関係に立ち入った示唆を与えて、塩冶の反応を見届ける。以下段切りまで、直接に謎を含む言葉で、或いは間接的表現で、複雑に伏線が張りめぐらされていく。
一五 内侍受取りの上使の役目を果せなかったことの弁明さえできるなら。
一六「助て」の「て」は十行本で補う。底本は「助」の草体一字。
一七 常体の。普通の夫婦関係における妻ならば。
一八 死を共と勧めんなれども。一緒に死ぬよう、覚悟を促すはずだが。

すゝめんなれ共。其方がおやには。大おんうけた某《それがし》。さいぜんおことになはかけたも。ふかきしよぞん有ッての事。今又我がなはかゝるも。何とぞ命をのばゝらせ。大もうじやうじゆさそふため。一いろならずかず〳〵の。ねがひを一つもかなへずに。しぬる心のむねんさを。すいりやうしていきながら へ北国《ほつこく》にまします義助卿《よしすけきやう》へ。申わけしてくれ。たのむぞよ。くにをでるせつあしてまとひと。うりうはんぐはんにあづけおいたむすめのこと。其外《そのほか》さいごにあいたきもの。いはずとそなたもしつてのとをり。よきにたのむ」といふこへも。涙にくもる計《ばかり》なり。

よはみを見こんでうしろへまはるふちべはさきがけまんがちに。ゑんやがこがいな「とつた」とかゝるを。ひつぱづして取ッてふせ。「ぶしがかくごのなはかゝるに。だましどりとはきつくはい」と。かたてにつかんではるかになげのけ。「さあ御上使《し》。さいぜんごけいやくの通り。女ぼうにおかまいなくば。なはかけ給へ」と手をまはす。「ヲきづかひあるな一たんのやくそく。へんずる

一 上使への応対で、万一事が紛糾しても、女房には一切責任がないとの立場がとれるような心づもり。
二 其方(かほよ)の命を生き延びさせて。
三 具体的には一五九頁に述べられている事柄。
四 足手まとい。
五 瓜生判官。→二三〇頁注一七、二四〇頁注六・※。塩冶の舅。
六 自分勝手に。
七 小腕。肘から手首までの部分。
八 騙し捕りとは奇怪。騙して捕えようとは、許せない。

やうなばゞではござらぬ。ごないほうは自《みづから》が。[九]よめ子と思ふて大せつがる」といふもいち[一〇]もつ「に[一一]ゝなる取《とり》なは。これへ」とこはれていがのかみぜひなくさしだすはや[一二]なはを。とつてかけたはしつけんの。け[一三]んゐをかうの師直《もろなを》が母の手ぎはぞけなげなる。

「なふかなしや」と取すがる。かほよはふちべがひきのくれば。「やれあらだてまいこれ女中[一四]。いまだしや[一五]うじもさだまらず。つみのき[一六]よぢうはごぜんのへうぎ。なかずとあとより我やかた。師直《もろなを》かたへお出あれ」と。恋のたすけかゐんやをば。引たてさせるなさけなさ。かけよればつきもどす。すがればはらふ。つかのま。も「はなれじなふ」となくこへに。見かへるおのこはひたんの涙したふ。かほよはせきくる涙。むねにせまりしゆ[一七]いげんにお[一八]しから。ざりし命をば。ながらふつらさ。かなしさはとゞむる。かひも。有りやなしやと跡に。心やのこるらん

九 嫁子。「こ」は接尾語。嫁に同じ。
一〇 一物。嫁子という言葉は、実は心中に期するところがあって言われている、の意。「一、二」と続けて、「荷」にかける。「心に一物。荷物は先へ」(伊賀越道中双六・六)。
一一 伊賀守への言葉。あなたにとっては荷になるだけの不用の捕縄を、こちらへ貸して下さい。「これへと、乞はれて」は頭韻。伊賀守としても、上意を受けた塩冶逮捕の先をこされるのは不面目であるが、かうじゅ院に押し切られて、すごすごと捕縄を渡す。
一二 早縄。捕縄に同じ。
一三 「執権、権威」と韻を踏み、権威を「甲に着る」と「高師直」をかける。
一四 女性。御婦人。かほよと特別な関係にあると淵辺に思わせないために、故意に一般的呼称を用いる。
一五 塩冶の生死。
一六 軽重(きょうじゅう)か。罪の重い軽いは直義公の御前会議できまるのだから。「キャウヂュウ(軽重)」(日葡辞書)。「つみの軽重(きやうちう)明白たり」(博多小女郎波枕・下)。
一七 遺言。
一八 「君がため惜しからざりし命さへながくもがなと思ひけるかな」(後拾遺集・恋二・藤原義孝、百人一首)をふまえる。

第三

(四条河原の段)

しやうばつもかみがにごればおのづから。しもはあくたのさらしばしよ四でうがはらへ。もちはこぶ。四《し》二《に》すんばしらさかけづり。ときもかまはずくれかたに。かけるなまくび情《なさけ》なや。ふだのおもてにあり〳〵とゑんやはんぐはんたかさだ。かうさんをしながらふた心をさしはさみしゆへ。かくのごとくにおこなふと。かきしるしたはたゞよしの。おふせをうけてしつししよく。むさしのかみのげぢとかや。

しもべはくびをかけしまい。「なんと思ふぞでくない。いつもあさはんごにざつぷりいはすを。くれかたになつてのせいばい。しつししよくがやみほうけとき取ちがへた物であらふなあ」。「いやさ師直《もろなを》殿のびやうきに付。おふくろのかうじゆゐんとりさばきをめさるゝ。女の事ゆへよるするのがよいそふな」。

時　五月末ないし六月初めの某日
所　四条河原

一 初演者豊竹駒太夫。駒太夫風の創始者として名高い美声家。この当時はまだ若手で、越前少掾の三ノ切に対し、その端場を語ることが多い。
二 賞罰も上が濁れば。為政者である直義、師直が、野望や好色、非道の恋慕に心奪われるようでは。川上と、上に立つ為政者の意をかける。
三 下流と、被支配階層の意をかける。
四 四条河原の獄門首を晒す場所。
五 獄門台の柱が幅四寸に二寸で、「四二」に「死に」をかけた。文化以降の写本で伝わる刑罪大秘録(『古事類苑』所引)の獄門台の絵も四寸に二寸らしい角材の柱で、その解説には四寸角と記している。
六 鉋を逆にかけた。不吉なさま。
七 五行後にもあるように、通常、処刑、梟首は朝行われた。「けさはほんのかしく(ノ首)が墓(千日墓所ノ獄門)へかゝつた」(八重霞浪花浜荻・新屋鋪)。
八 生首。切ったばかりの首。「情なや」と頭韻。
九 獄門台の脇の罪状を記した獄門札。
一〇 執事職。シッシショクと読む。
一一 下知。直義の言葉に従い、直接には執事武蔵守師直の命令によってなされたとのことだ。
※ここまでマクラ。幕が明くとさらし首をのせた獄門台はすでに設置されていて、下部たちは高札を立てる作業をしているところであろう。

「何ばかつくす。[一五]まおとこのせんぎでさへ[一六]ひるめさるゝでないか」。「さあそれはまあ[一七]おとこじやによつてひるする。[一八]まを女ぼうならよるうむ」と。あだくちいふて「いやよるのついでに夜どをしに。くびのばんよひのあいだはきづかひ有まい。こかげへよつてひをともし。[一九]これ〳〵なげて夜をあかさふ。みなこい〳〵」とさい[二〇]まぐり。しうじの[二一]三のならずもの。ひきつれだつて松かげへさいめ〳〵あらそひたかりゆく。

[二二]ゆだんはよひの[二三]うちかぶと。見ぬいてきたか[二四]かけるとはや。うかゞひよつたる侍《さむらい》はくろしやうぞくにほうかぶり。こしに[二五]大だら[二六]さしもげにりゝしきなりでごくもんの。[二七]木にとびつかんのぼらんと。あせれどせん[二八]かたないちゐを。[二九]ふるひだしたかかたへのはしら。ひんだかへてゆすりかけ。うめて間《ま》もなきつちはねおこし。ぐつと一いきぬき上《(あげ)》て。[三〇]三つびしなりにおりわぐれば。[三一]ほぞはよぢれて手のとゞく。[三二]くびの大くぎねぢ切て。なんなくぬすみおしかくし。にげゆかんとする所に。

それがこのマクラ一杯で終って、次の文句「くびをかけしまい」となる。さらし首の作業全部が終ったということである。

一二 端役の中間、奴の名には「…ない(内)」とつく者が多い。　一三 ばっさり。斬首。

一四 暮れ方になっての成敗。　一五 間男。姦通罪。

一六 昼、しなさるじゃないか。

一七 間投詞の「まあ」と「間男」をかける。

一八 「苧麻(おま)を績(う)む」は、からむしの茎の皮の繊維から作った糸を繰る、巻きとること。女房が夜なべ仕事に苧麻を繰ることだが、「間男(おま)」にかけて姦通の意に用いることが多い。「御留守の間おたね様。真苧を御績みなさるゝと」(堀川波鼓・中)。

一九 賽(さい)。博奕のこと。人形が賽を投げるしぐさを見せた。

二〇 出しゃばり。先を争って。「賽」にかける。

二一 双六盤の勝負遊びで二個の賽の目が共に四と出るのを朱四(しゅうし)、共に三と出るのを朱三(しゅさん)と呼んで、たいへん有利な目である。ここは双六盤を使わないさいころばくちである。朱四とか朱三とか話しながら無頼漢たちは誘い合い連れ立って松の木蔭へ賽の目争いに集まりに行く。

二二 番人の油断は宵の内と、内兜を見透して来たか。

二三 兜のまびさしの内側、即ち前頭部。ここに矢が当ると致命傷となるが、油断して、仰向き、兜が後へずるなどすると射込まれる。転じて、「内兜を見抜く」は弱点を見透すこと。

二四 首を獄門に。　二五 幅の広い大刀。

二六 刀を「差す」と、見るからにいかにもの意の「さしもげに」を掛ける。

二七 刑罪大秘録に「長二間二ツ切一本高サ六尺内

「くびぬす人よあ[一]ますな」と。[二]くだんのばんにん一どきに。とつてかゝるを二三人。けかへしけとばしはねこかし。つゞいてくるをかた手なげ。「たゞものならずうちとれ」と。切てかゝればくせものは。切はらひ〳〵。すきまににげゆく[三]ひてうのあしもと。「そりやにげるは」と大ぜいがおめきさけんでおふてゆく。

又もうかゞふ。ふたりづれげに[四]うき。くものはれまなく。思ひにしづ[五]みしのびよる。まきのじゞうとかほよとが。これも同《おなじく》ほうかぶりお[六]とこでたちの一こしも。さすがのぶしをごくもんに。こよひかけるときくにつけ。おぼろ月かげさへぬ内。ぬすみとらんとさし足し。こかげへよつて見上れば。ごくもんだいはおれくづれ。こひしき人のくびはなし。こはそもいかにち[七]におちて。すなにやまぶれ給ふかと。あなたこなたをさ[八]がすれど。ありしよしれねば二人はほつと。[九]つきほもなくて牧《まき》のじゞう。「申かほよ様。ゑんや殿のくびうつて。かけると聞たがうそかいの。此からうさつでわけしれん」と。よみくだせばまぎれ

二尺五寸ホト根入」とあるが、元文期の大坂の獄門台の高さは本曲によって地上六尺(一八一センチ強)だったと知られる。寛延二年(一七四九)、八重霞浪花浜荻・絵尽参照。

二八「せん方ない」と「無い知恵」をかける。

二九 知恵袋の底をはたいて、ようやく思いついたか。一方でりりしい侍と言いながら、作者の皮肉な姿勢。

三〇 ひし形の半分、即ち三角状になるように。

三一 木組みのはめ込み用に一方の木の先につくる小さな突出部をほぞ(枘)と呼ぶ。獄門台では二本の柱にほぞを作り、さしわたす台板にほぞ穴をあけてはめ込む。

三二 首に打ち込んでとめていた二本の大釘。

一 うち洩らすな。逃がすな。

二 例の。先刻の。

三 飛鳥。

四 まことに、空が浮雲で曇っているのと同様に、憂いの晴れることもなく。

五「しづみ、しのび」と頭韻。

六 男装して刀を一本さし。刀を「差す」と、あれほど立派なの意の「流石」とかける。

七 地に落ちて。

※晒された首をその妻や恋人が盗む話は、近世には実説としてもあり、浄瑠璃でもしばしば脚色された。元祖竹田出雲の大内裏大友真鳥、並木宗輔等の文武世継梅など。

八「さがせど」とあるべきところ。

九 取付く島もなく。

もなく。一〇ゑんやはんぐはんふた心によつて。かくのごとくにおこなふと。かいてたてたは聞しにちがはず。とはいへまた此所にくびのないのはふしぎやと。とほうにくれしがかほよごぜん。「これはまさしくみかたたか。又はなさけ有さ一一ふらひが。はぢをかくしてしんぜふと。ぬすみとりしと覚《おぼえ》たり。さはいへいづくへもちゆきしぞ。有リ一二しよしりたや聞たや」と。かけめぐり給ふにぞ。じゞうはともになきしほれ。「とてもの事ならいひ合せ。とも〴〵ぬすんでくれはせで。あ一三だちがはらでひとり子に。はぐれし心かほよ様」。「いづくをあてにじゞう殿。たづねふぞいの」と取すがり。なげく涙はか一四はかぜに。なみのうちくるごとくにてむねに。一五せをうつ計《ばかり》なり。

なげきのなかへばんにん共。くびぬす人を取にがし。すご〳〵かへるむねんのあまり。ふたりのなりをすかし見て。「扠《さて》はきやつめら同《どう》るいよ。又取にがすないけどれ」と。おつ取まはせば二人はびつくり。「こは何事り一六やらうじ有ルな」とせいしても。「ヤアのがれぬ〳〵。ほうかぶりに一本ざし。おなじでた

一〇「詞」とあるが、両女いずれの発言とも限られない。次にかほよごぜんの発言が出るから、ここは両女の共通の心の内の表現と見られる。
一一 読みはサムライ。一九五頁八行目「侍」に「さむらい」と振仮名。
一二 首の在り所。
一三 陸奥国安達郡安達太良山東麓の野原。非常に広大で、黒塚、一つ家などに鬼が住むと伝えていた。「ひとり子」は「一つ家」にかけた表現。敵地で頼りにしていた只一人の人の比喩。
一四 賀茂川の川風。「涙は乾かず」と掛詞。
一五 川の浅瀬のように波打つ。
一六 聊爾。粗相。

ちはさいぜんのくびぬす人のどうるい」と。かさにかゝれば「ア、これ〳〵。我〻は女のたびだち。よるのみちゆへ身のようじん。なんにも覚《(おぼえ)》はないはいなふ」と。やはらでかゝれどこはばるしもべ。「覚《(おぼえ)》なふてもぬす人を。取にがしたあやまりを。くろめるためじやなはかゝれ」と。取かゝるをそり打かけ。「ちかよつてけがすな」と。おどせばさすがおどされて。さうなくもよりつかずひしめく所へ「はい〳〵。かたよりませい」とさきばらひ。くるのり物はしつけんしよくのはゝごと見付《(みつけ)》かさだかに。女を取まきこと〴〵しく「申上ます。師直《もろなを》様の仰《(おほせ)》をうけ。ひぐれにかけたるごくもん。またゝく間《あいだ》にぬすんでにげのき。あとにのこる二人の女。どうるいにきはまつたり。御せんさくくだされよ」と。むほうな詞も聞すてがたく。

のり物かたへにたてさせて。しつけん師直《もろなを》がはゝかうじゆ院《ゐん》。ふたりの女中をそれぞとは。とをめつかふてしづ〳〵立より。「なんといふくびぬすまれて其どうるい。手ごめにしたとはホヲでかした〳〵さりながら。本人取にがしたと

一 柔らかな女らしい応対で切りぬけようとするが、下部の方は強硬で。
二 差している刀の反りを上向きにして、抜く構えを見せ。
三 左右なく。むやみに。
四 大袈裟に。
五 遠目に見定めておいて。
六 取り押さえた。

はち[七]かごろざんねん。其ぬすまれたときはなんどき」。「いやかけると其まゝたつた今」。「ムゥ其あいだそちたちは何してゐたぞ」。「ヱヽ」。「いやさけんぶ[八]つしてかないたであらふ」。「いへ〳〵とらへんとぞんじ命かぎりに」。「にげたであろうろたへものめ。くれてからまだ一ときすぎるやすぎずとをくはゆくまい。[九]らくちうをかけめぐつていけどつてきたれ。わが[一〇]ともまはりもむかふのまつかげ。地ウまちあはすうちたづねよ」といウひ付《つけ》られてなハルぎなたもち。手[一一]ふり[一二]ろくしやく「いけどつて。此のり物にあみかけん」と。フシいさみすゝみてかけりゆく。

地色ウふたりの女中もどさくさまぎれ。のがれんものとそウつとたち。ハルはしり出《いだ》せば「アヽこれ〳〵まつた」とからじゆゐん。よびかへして「やれ〳〵色めづらしや。詞ゐんや殿の御ないほう。かほよ殿と見付しゆへ。わざとけらいをちらしました。一人は此ほどやしきへ見へるじゞうか。大[一三]事ないほうかぶり。取地ウッてこゝへ」といはれてぜひなく二人共。しハルのびをといてか色ほよ御前。「詞師直《もろなを》殿のごぼこうよな。いつぞやはすげなきたいめん。夫《おっと》ゐんやもついにはうたれ。あとかくさ

七 近頃。甚だ。
八 見物してかな、いたであろう。
九 洛中。
一〇 かうじゆ院の供廻りの者達も、向うの松陰に、用が済むまで待機するその間、一緒に探索せよ。
一一 手をふって先払いする徒歩(かち)の者。
一二 陸尺。乗物を舁く者。
一三 気遣いなことはない。その頬被りを取って。

んと参りしに。くびもよじんにぬすまれすご〱かへるかなしさを。御すいりやう」と計《(ばかり)》にて涙。さきだつふぜひなり。

「ヲかなしいはどうり〱。さま〲取なしいたせ共。やくし寺《じ》がふた心とたつていふのにたゞよし卿。身をけがさすまいためないしをば。ゑんやがうつたとうたがひかゝり。ぜひなきさいごはみなのふうん。師直もいか計《(ばかり)》[一]きのどくがつておりますす」と。あいさつあれば「いや申。なんの師直殿《もろなを》がしやうしにおぼさん。まこと道有ルおかたなら。一おうもさいおうもせんぎひやうぢやうか[二]らうのやく。かる〲しくくびうつたは。自《みづから》へのつらあてか。なさけをしらぬおまへのごしそく。おうらみにぞんじまする」と。ずつけりいへば「ヲどうり〱。さりながら。我子の師直はかまくらよりのつけびと。[三]ほかのしつけんとはちがふといへ共。たゞよし卿はたかうぢ卿のごしやてい。おもき上ゐにこなたのつれあひ。ふた心のいひわけたゝず。[四]かくごのさいごはてんとうがしやうじき。かならずうらみてくださるな。世のうきつらさをいはふなら。いづくも

一「気の毒」はこの当時としては、心苦しい、困った の意に用いることが多いが、ここは次行に「笑止」と言い替えているので、現在の気の毒とほぼ同義。

二→一三八頁注一六。

三ほかの執権よりも、直義に対して発言力がある。ここも執権を家老とほぼ同義に用い、付け人は近世の付家老に近い。

四覚悟の最期は天道が正直。塩冶も身に覚えのある罪状により、覚悟の死を遂げたので、師直が面当てに不正な計らいをした訳でないことは、天道が御存知です。

おなじうらみはあれど。思ふほどにはゑいはぬ。聞へぬ人じやうらめしいと。思ふはこちからこなたに有ル」。「[五]とはなんでへ」。「なんでとはよそ〳〵しい。しるまいと思ふてか。そもじを見そめてより思ひにしづむ我子の師直《もろなを》。きやうき共なり正気《しやうき》共。[六]なりはつ[七]まかふしかのあし。やせおとろへたはいはずとも。じゞうのはなしできいてゞあらふ。[八]きそう[九]てんやく。[一〇]かぢくすりさま〳〵に手をつくせど。しだいにおもるやまひのゆか。それといはねば自《みづから》が。とふにとはれぬいろのみち。つれないへんじのたびごとに。[一一]今もしに入ルしのびなき。見るおやの身のかなしさは。いか計《ばかり》と。思《おぼ》すぞや。人のきこへをはゞかり。ごぜんづとめのみやうだいも。日のくるゝまで此ばゞが。[一二]はんときやすまずかへる[一三]とよとぎ。[一四]せいこんきれても我子のねがひ。かなへてやりたいかほよ殿。なさけらしいへんじをば。してやつてくだされ」と。たのむ詞のさきうちおり「ア、これ申。[一五]ちかごろおまへにあはぬお詞。おつと有ル身にふぎいひかけ。それかなはぬとてこひやみを。[一六]しやうしと思ふてかなよふなら。てんがのはつ

五 とは何でエ。へ(エ)は文末の間投詞。
六 「正気ともなり」と「形(なり)」をかける。
七 妻恋う鹿の細い足のように。
八 貴僧。祈禱の効果が期待される年功を積んだ優れた僧。
九 典薬寮は宮内省に属し医薬を司る。ここは高級な医師の意。
一〇 加持。祈禱の意。
一一 今も死に入る。
一二 半時休まず、帰ると夜伽。御前勤めから帰宅して、一時間と休息せず。
一三 寝ずに病人の相手をする。
一四 精根切れても。精も根も尽きる程、疲れ果てているが、その自分の苦しみより。
一五 道理を弁えたあなたに似合わぬ、甚だ無理なことをおっしゃる。
一六 笑止と思うて叶ようなら、天下の法度は。

とはみなくらやみ。しつししよくもなさるゝ身で。おつしやるほどお子のはぢ。なぜ御ゐけんをなされぬ」と。いひほぐせば「なふ。おろかなことをいふ人や。ぶんぶ両どう心にかね。せいとうあづかる師直《もろなを》が。はぢゐけんでやむほどなら。恋のやまひはおこらぬはいの。一づに思ふはよきものゝふのならひ。此みちにまよひかゝるは。くはこぜんじやうよりのゐんねん事。ぬし有ルときならわしもいはぬ。今はひとり身たれにゑんりよ。二どのよめ入リ有《ある》ならひ。世のうきふせうとあきらめて。きゝいれてくだされ」と。我子のこひにかこちなきもつれ。よりそひたのむにぞ。

かほよはせつなさきのどくさせんほうつきて「申おふくろ様。よめつてくれとはなんの事。師直《もろなを》殿にはたへまごぜんといふ。ごほんさいあると聞《きく》。其手まへも有ルぞかし。おまへがわしをよびとつて。どふなさるゝ事ぞいの」と。りづめをいへば「せばい〳〵。てんしには十二人たいふに四人。した〳〵にさへめかけてかけは有ルならひ。それきづかひな事なし」と。なんのきもなくいふ詞。

一　ここは反対の意見を述べること。
二　そんな分りきったことは言うだけおろかだ、の意。
三　勇敢な武将で、歌道のたしなみもあり、政治の実権を握る師直像を、改めて強調。
四　恥じしめ意見することで。
五　「まことやたけきものゝふも恋にやつるゝならひ有」（出世景清二）。
六　過去前生。「いかなる過去の因縁やら。俊徳様の御事は寝た間も忘れず恋憧(こひこがれ)」（摂州合邦辻・下）。
七　憂世における、致し方のないめぐりあわせ。
八　ここでは、心苦しいの意。
九　為ん方。なすすべ。
一〇　嫁入(よめ)って。「嫁入(よめ)りて」の音便形。
一一　礼記に「古者天子后立㆓六宮㆒。三夫人。九嬪。二十七世婦。八十一御妻」とあり、太平記二十一に「禁裏仙洞ノ美夫人、九嬪更衣達」と見える。「王様には十二人。こちとら風情にも色と女房は有リ内じや」（夏楓連理枕・百間堀）。
一二　ここは古代中国の支配階層としての太夫。周代の官位では卿(けい)の下、士の上の地位。「太夫(だいぶ)に二人の妻」（艶狩剣本地二）。

一三むしにあたつてかほよごぜん。ひざたてなをしこへあらゝげ。「すいさんなりおふくろ。一四いづもほうきのれうしゆ。ゑんやはんぐはんたかさだが女ぼう。めかけ手かけのほうこうせふか。としにあはぬ一ごん」と。はらだちがほはいとゞなを。花かもみぢかいろつやの。さかりをみだすごとくなり。

さすがのらうぼもくちごもり。せきめんせしがしあんをきはめ。「あやまつたく〱。よいとしして手をさげる。かふわびことをするからは。てかけといふてはよびますまい。からのむさしのかみ師直《もろなを》がほんさい。やどのつまにするかほよ殿。たゞしそれでも一五ふそくなかへんとうしだいこつちにも。しあんが有ルが」と一六いろかほそんじ。

一七事になりそな一八きつさうを。見てとるじゞうは上手《じやうず》もの。一九やがて二人の中おしわけ。「さあ〱是からなかうどのわたしがやく」と。らうぼをおさへ「中かほよ様。アヽわるいごがてん。なんとまあ心へてぞ。おまへのお主《(しう)》よしさだ様ごさいごのせつ。くびとつたも師直《もろなを》様。又ゑんや様のくびうつて。ごくもんにか

一三 気にさわってむっとし。
一四 出雲伯耆の領主。塩冶判官高貞は、史実では隠岐守、出雲守護であるが、太平記二十一の「塩冶判官高貞ハ船路ノ大将トシテ出雲伯耆ノ勢ヲ率シ」など(十七にも同様の記述)によるか。仮名手本忠臣蔵でも「伯州の城主塩冶判官高定」(初段)とする。
一五 不足なか。これほど重んじても不足だというつもりか。
一六 顔色、気色。
一七 互いに面子にこだわり、大事の起る危険のある。
一八 気相。険しい顔色。→一七六頁注八。
一九 即座に。

けたも[一]あなた。それほどむごいつれないおかたが。よく〳〵おまへにほれてなりやこそ。まくらもあがらぬやまひのゆか。其まくらの上らぬ所を。[二]たゞひと思ひにナ。思ひはらさして上ましたらば。御ほんぶくのたね[三]なあおふくろさま」。「それ〳〵。思ひをはらさするが[四]かんじんかんもふ。[五]ごけごもあんまりいやでは有ルまい」。「あれお聞なされたか。[六]思ひをはらすがかんじんじやといな。ホヽ〳〵。こりやわたくしが一しほのおたのみ。おねがひナ申《まうし》」と。のみこますれば「ほんになふ。[七]にしきのふくろたちのありしよ」。「さあ其ぎんみもあなたになあ」。「ヲしてもらへばなをさいはい。いかにもよめつて参りましよ」と。[八]打うるおふてにはかのとくしん。「[九]てうじやう〳〵うれしうござる。[一〇]でゑ。ちよと[一一]ごむしん」と[一二]じゞうがはものぬきとつて。「かほよごぜんにかためのしうぎ。何がな[一三]たのみとおもへ共。とちうの事ゆへもち合《あは》せず。せめてこれを」とごくもんの。[一四]かうさつちうからかつしと切とり。なげ出し給へば。「あのこれがくだされものか。たのみか」とふしぎをなすを「これ〳〵。

一　あのお方、即ち師直様。
二　暗に師直を一思いに討てと勧める。
三　なあ、お袋様。このあたり、浄瑠璃の技巧としての鎹詞(かすがいことば)。→二五二頁注九。
四　肝心肝文。「もふ」は「もん」をなまった口ことば。
五　後家御。かほよをさす。
六　かうじゅ院の思いは恋の思い、侍従の思いは復讐の念。
七　侍従が「わたくしが一しほのおたのみ」と言うほど師直への復讐を第一に考えるのに対し、かほよは初段から終始一貫、錦の袋と鬼丸の太刀の奪還に執念を燃やしている。
八　なごやかな気分になること。
九　重畳。結構だ。満足だ。
一〇　どれ。前を受けた上で一転する口調子の語。現代語の「それでは」を上に略した趣の感動詞。
一一　失礼します。お借りします。相手の承諾を待たずにいきなり勝手に借用する際のあいさつことば。
一二　侍従の差している刀。かうじゅ院は懐剣を持つだけなので。
一三　結納。婚約が成立したしるしに婿嫁両家が取り交す金品。
一四　高札、中から。
一五　古今の。またとない。
一六　七珍万宝。

それこそ[一五]こゝんのひきでもの。ぶしは[一六]しつちんまんぼうより。しゝてのあとまで名《な》をおしむ。ゑんやはんぐはんふた心と。[一七]しるしたなをばたのみに[一八]しんずる」。「ハはつ」と。いたゞく心と心。[一九]いはずかたらずいちもつの。[二〇]ある日くる日をやくそくし。わかれて。こそは

([二一]師直館の段)

〽かへりける[二二]あづさゆみ。ひけどひかねどむかしより。心をきみにうばゝれて其なをながすものゝふは。かうのむさしのかみ師直《もろなを》。ゑんやがつまをこひやみ[二三]とさたより[二四]たんげきゝめなく[二五]けふかあすかいしんゑきも。おもきやまひのゆか。くすりはたんげきゝめなく

ともに[二六]しんかんくだけ共。ぶしにあはぬ[二七]おふぎをば。聞て[二八]めいゐもさぢをすて。まいりつかふるものまでも。あいそを[二九]つぎの一間にてあつまりそしる計《ばかり》也《なり》。

一七 記した名をば、結納に進ずる。二心で処刑したのではないことにする意。
一八 お上げします。
一九 獄門札をかほよに渡した真意は、かうじゅ院も言わず、かほよも結納を受け取って嫁入りを承諾した底意は語らず、互いに胸に一物ある状態で。「いはず、一物」と韻を踏む。
二〇 「一物有る」と「或る日」をかける。「ある、くる」と韻を踏む。「来る日」は近い未来の日。近日中の或る日を約束して。

時　前段の数日後。六月初めの某日、夕刻から明け方
所　高師直の館

二一 推理劇としての本作のクライマックス。端場と切場にわかれる。端場の初演者は豊竹河内太夫。
二二 伊勢物語二十四段の歌「梓弓引けど引かねど昔より心は君によりにし物を」の最後の部分を言い替えた。
二三 取沙汰。恋病みとの噂が聞こえて以来。
二四 医家の二流、和家・丹家のうちの丹家。丹波家。「和気丹下の妙薬秘薬」(粟島譜嫁入雛形三)。
二五 今日か明日かの命と。「明日か」と人名の「飛鳥井」をかける。神易は易占の一種。飛鳥井の易占も協力して治療の方法を求める。
二六 心肝。「しんゑき」と韻を踏む。
二七 内実のところ。武士ならば軍法の奥義とあるべきだが、似合わしからぬ道ならぬ恋の病いとの内実を。
二八 名医も手の施しようがないと匙を投げ。
二九 「愛想を尽かす」と「次の間」をかける。

のけばげにたにんとたれかいひそめて。へだてられたるたへまごぜん。おつと師直《もろなを》大びやうにいかなる事かかいほうを。しうとめぎみにおさへられときおり〳〵の見まひをも。ことはりたつるあひのかべ。だいすのもとにたゝずみて。「これみなのもの。ごびやうかへとをりたしと。はゝごかうじゆゐん様へねがふてたも。そちたちがてまへまでめんぼくない」とかほそむけ。うちしほれたるいたはしさ。心なき身もあはれしり。かくとおくへぞいひいるゝ。

しらせとつれてかうじゆゐん。さのみはつらきていもなく。「ヲヽよめご。又見まひかきどく〳〵。師直《もろなを》のびやうきもかはらず。たゞうか〳〵とうつゝのそらごと。さぞそもじもあんじで有ふ」。「ごすいりやうくださりませ。こしもと共にたづねてもしかと申さず。へやにいるにもいられず又お見まひ。さきほどよりのお心もち。おねつのやうすおしよくはなんぞ。すゝみしか」とたづぬれば。「いやすゝむといふほどの事もなく。やうだいはけさの通り。びやうにんのそばもきづまり。しばらくこゝではなしましよ。なんとよめご。つれ合《あひ》ほ

一 一心同体の夫婦も「離(の)けば他人」(譬喩尽)とは誰が言いはじめたものか、まことに他人同然に隔てられ。「隔てる」から「雲の絶え間」を導き出す。
二 止められ。
三 入室をしうとめが拒絶する。病室との間を壁が隔てるように。
四 台子。茶の湯に用いる四本柱の棚物。風炉、茶碗、茶入れ、水差しなどを載せておく台。
五 御病架。病室。
六 心ない下々の者も。腰元たちをさす。
※舞台は上手障子の一間が病架。中央が、台子のある次の間。病室との隔ては襖障子。下手は廊下。
七 知らせにきた腰元と連れ立って。
八 嫁を夫に会わせないとはよほど意地の悪い姑かと思うと、出てきた様子は、必ずしもそのような冷酷なところもなく。
九 奇特。感心な。
一〇 御食は、何ぞ進みしか。

ど大[一一]せつないものはないの」。「さやうでござります共」。「まあいは[一二]ゐは申おさめ。しにわかれのごけになつた心と。たが[一三]ひにそくさいでゐてもそふにそはれず。ごけになつた心とは。どちらがかなしいものであらふぞいの」。「さ[一四]あれば。いやもふそれは。しにわかれのごけになろより。たがいにそくさいでりべつしたのは。[一五]われてもすへにあふといふたのしみがござりましよ」。「それ〳〵。おなじ事なら。いきてわかれたがよいなふ」。「わたしもさやうにぞんじまする」と。たとへばなしのづにのせて。はゝおやや[一六]がてざをあらため。「よめご。ちとこなたへむしん有リ。きゝとゞけてくだされふか」。「あのもつたいない何によらず。ごゑんりよなふおふせられてくださりませ」。「かならずひかさぬぞや」。「ゑ」。「いや命のむしんではない。師直《もろなを》がびやうきほんぶくのすぢ」。「とはみゝよりな」といさむかほいろ。しげ〳〵と打ながめ。「つねからていせつなこなたゆへ。いひだしかねてよもやまばなし。むしんといふはほかではない。有やういへばこなたにの。ひまがやりたい。さ[一七]られてくだされ」。「それは」と

一一 「大せつない」の「ない」は接尾語で、「大切なる」を強めた言い方。
一二 祝いは申し納め。ここは、縁起でもないことを言うが、の意。「御祝義は中納め軍の習ひ。もし討死遊ばさば」(相模入道千疋犬三)。
一三 互いに、即ち夫婦とも息災でいても。
一四 受け答えのはじめに慎重の意をあらわす接続詞「されば」に、ためらう気持が加わった表現。この場合のためらいは意外のことに対する驚き。現代の口語には言いかえられない。強いて言えば「それはまあ」。
一五 「瀬を早み岩にせかるゝ滝川のわれても末に逢はむとぞ思ふ」(詞花集・崇徳院、百人一首)を踏まえる。
一六 即座に。
一七 離別されて下さい。姑から離別を言い渡す姑去り。

おどろきすりよれば。「これ〳〵。しにわかれをせふよりいきてのわかれ。われてもすへにあふでないか」。「さあそれは事により。おつとのためになる事ならば」。「ヲヽ。命のためになるはいの」。「あの[一]わたしがさらるゝとかへ」。「[二]おいの。わけをいはねばがてんゆくまい。せがれ師直《もろなを》かまくらよりかへるさ。ゑんやがつまを見そめてより。ものゝけの付《つき》たるごとく。日にいくたびか[三]おこりざめきのふとくれけふとすぎ。しだひによはるあさのつゆ。きゆるじせつをまつばかり。[四]ときなるかなゑんやはんぐはんつみ有ッてしざいにあふ。ごけになつたをさいはいに。じゞうをたのんでよびむかへるやくそく」。「ゑ」。「ヲ[五]ふみつけたし様《やう》とはらがたとふが。こゝをよふ聞てくだされ。わしが子とては師《もろ》直《なを》ひとり。てん共ちとも月共花共。思ふてくらすおひの身からは。もしもの事があつたらば。なんとせふと心はくらやみ。むごいしかたのしうとめも。[六]子ゆへのやみとりやうけんして。さられてくだされたへま殿」と。のつぴきならぬりべつには。[七]あつ共ぐつ共こへ出《(いで)》ず。[八]五ざうをふるひしたをまき。しやくり上

一 私が離別されると、ですって？「かえ」は疑問を表わす終助詞「か」と間投助詞「え」が重なった口語的表現。次の「おいの」も口語。切迫した対話。
二「おい」は相手に同意を示す感動詞。「の」は念を入れる終助詞。老人の用語。はい、そうだよ。
三 発歇。熱が上り下りすること。「休作 ヲコリサメ〈病に就きて言ふ所〉」（書言字考節用集）。
四 得難い機会にめぐり会った時にいう。
五 踏みつけた仕様、と妻のそなたとしては腹が立つはずだが。
六「人の親の心は闇にあらねども子を思ふ道にまどひぬるかな」（後撰集・藤原兼輔）を踏まえる。
七「あっ」は諾の意。「ぐっ」はことばにつまる意。応とも否とも、といった通り一遍の言葉では言い表わせない女主人公の心理状態。
八 五臓を震い舌を巻き。

たるかこちなき見る[9]めも。ともにふししづむ。
[10]とかふ涙のしたよりも「せつなる[11]おふせやなさけなや。女のあかれて[12]さらるゝとは。[13]ふぎにまさりしはぢなれ共。おつとのびやうき本《ほん》ぶくのたねにと有は[14]正じんの。[15]いたかはなせのごなんだい。むねにせまれど此うへは。仰《おほせ》にまかせさられましよ。あとへごけをよびいれて。ごふうふなかよふおふくろ様。[16]まごゞをだいておたのしみ」と。[17]つら打がふも尤《もつとも》と。おもへばこたへる詞なく。さしうつむきししうとめの。心を思ひ身を[18]思ひ。ながいもならずうぢ／＼と。[19]ぜひなき[20]ゑんのはしづたひ。我へやさして入けるは。見るめはかなきふぜひなり。
げになげきをば。よろこびに取なすものは[21]なかうどの。やくそくちがへずまきのじゞう。[22]ばしなふうぞく[23]けんぺいに。とりつぎいらずのすぐ通《どほ》り。それと見るよりはゝおやは。涙を見せず[24]ちそうにかけより。「これは／＼おなかうど。けさはさう／＼の[25]お人。びやうにんにもよろこばせ。よめごのお出をまつてゐ

九 見ている姑の目も。
一〇 とかくの返事もなく、涙にくれていたが。「無く」と「涙」をかける。
一一 切なる仰せや、情なや。
一二 飽かれて。
一三 姦通は死刑に当り、人妻のもっとも恥ずべき行為とされているが、夫から魅力がないと思われ放逐されるのは、それ以上の恥辱だ、と言う。女性の立場からの近世的な発言。
一四 まさしく。
一五 痛か放せ。ものを奪い合う時などに、一方が他方を痛めつけて、手を放させようとする言葉を譬喩的に用いた。
一六 孫御。お孫さん。
一七 つら当てを言うのも当然だと。「打がふ」は「打交ふ」で、相手の「痛か放せ」に対する意。
一八 従来は慎みのある応対をしてきた嫁姑の仲で、最後に嫌味を言ってしまったことを悔やみながら、改めて自分の惨めさを思い。
一九 仕方なく立っての意と、夫婦の縁はどうにも仕方のないものでの意をかける。
二〇 「夫婦の縁」と、「縁側」の端を通って、をかける。たへま御前、下手の廊下伝いに退場。
二一 「仲人の役」から、「約束」に掛け、「仲人のそらごと」という諺もあるが、牧の侍従は約束を違えずに、の意。
二二 蓮葉な身なり、様子。
二三 権柄に。大きな顔をして。
二四 馳走に。お愛想に。
二五 使いのお人をよこされて。

ます。もふ見へますか」とのあいさつに。「[一]なるほど〳〵。[二]たがひにやくそくの通り。[三]あなたもせけんを思ひ。ついきのまゝでおのり物。あまりぶれいとお次《つぎ》にてちよと[四]よめ入のかり出立《でたち》。あれもふこれへ」といふ内に。すがたは花をかざれ共。心に鎧《よろひ》[五]はだにたち。むねに[六]ゆみやのつるしめて。ひかれよりたるおんなぎはかほよといへど顔ににぬ。心の内ぞたくましき。やがてじゞうがかしづきて。御供申せばはゝおやは。[七]さしのぞき〳〵。「[八]さくらの色に梅のかんばせ。師直《もろなを》が恋やみもむりではござらぬ。まあ一ッときもはやふ我子にたいめん。こちへ〳〵」と手をとりて。びやうかのしやうじひらかせて。ともなひいれば。からの師直きゝしにたがはずやまひのゆか。けうそくにたすけられ。[九]にくだつしたるかほ色を。すこしははぢるけしきにてさしうつ。むきてゐたりしが。「[一〇]なふめづらしやかほよごぜん。我はづかしくも。ゐ[一一]んのちうわうが[一二]だつきに[一三]なづみし思ひ。[一四]じんからもふさぎがたく。[一五]じめつせんとかくごのごうびやう。はゝのなさけの有がたく思はずもいもせのかたらひ。

一 底本「なるぼと」、濁点の付けちがい。十行本「なるほど」。 二 互いに今回のことは目立たぬように、と約束した通り。

三 あのお方、かほよ様も、夫の非業の死後、日数も立たずに派手な嫁入りをしたのでは、世間体も悪いので、全く、嫁入仕度もなしに、普段着のままで。 四 仮りごしらえながら婚礼にふさわしい服装をして。

五 肌に太刀。心は武装し、刀も密かに身につけ。

六 弓、矢、弦、引く、は縁語。

七 花嫁の被る綿帽子の内を。

八 太平記二十一で、塩冶判官の妻の美貌をたとえて「梅ガ香ヲ桜ガ色ニ移シテ」云々という。

※上手一間の障子を開くと、脇息にもたれた師直の姿がみえる。絵尽に病い鉢巻を着けた姿が描かれている。

九 肉脱。頬の肉が落ちてげっそりやつれた。

一〇 お久しぶりです。

一一 古代中国、殷の最後の天子。夏の桀王とともに悪しき帝王の代名詞。太平記三十・高倉殿(直義)京都退去事付殷紂王事に、史記などを潤色した説話を載せる。

一二 妲己。紂王の寵妃。紂王を迷わせ奢侈と残忍な悪行を尽さしめた。周の幽王の妃褒姒とともに、毒婦型の傾国の美女の代名詞。

※師直がかほよを妲己に比する言葉には、裏がありそうである。

一三 溺愛した。

一四 人口。世人の噂、悪しき評判。 一五 自滅。

一六 今、死しても。 一七 天下。

一八 執事。→一四八頁注二。

一九 座も湿れば。師直の「今死しても」「面目もな一六いましゝても心のこらず。一七てんがの一八しつしをあづかる身が。有まじきやまひのゆか。めんぼくもなきたいめん」と。はぢをしつたる心ねは。ひどうといへどにくからず。

一九ざもしめればこしもと共。「それまづ二〇ながへ二一さんぼう」と。二二ひしめくをはゝおやが。ねまのかけひきめでしらす。さし心へて一まのしやうじはた／＼／＼と引たつる。

じゞうは二三けうさめ「アヽこれ／＼。御ふう婦のおさかづきよめごのあいさつ。二四しきほうしらぬおそばしゆ」とわめくをおさへて。「大事ない／＼。恋やみには手ばしかふ。とことらすがめうやく。こなたやおれは二五なかうどぶん二六三国一のてびやうしを。二七うちにつこりとおくのまで。二八せんしうらくでのみかけふ。ござれ」とむりに手を引て。伴ふはゝは二九上手もの。女はくせもの三〇まはしもの。三一いはぬが花の。三二ちんざしきふけゆく

〽三三そらやおぼろかげ。

き対面」など、婚礼にふさわしからぬ言葉で、座敷の雰囲気が陰気になったので。

二〇 長柄の銚子。祝宴・儀式に用いる長い柄のついた酒の容器。

二一 婚礼の儀式用の盃を載せた三方。

二二 婚礼の三三九度の盃事にとりかかろうと、ざわめき立つのを。

二三 あきれて。　二四 婚礼の式作法は女の心得として重視されていた。詳しい手引書などもある。武家奉公をしながら、その心得のないお側衆、と詰る。

二五「仲人は宵の内」の諺通り、この場を遠慮して。　二六 天竺、唐、日本で第一の意。婚礼の祝宴で「三国一じゃ、聟取りすました」と手拍子を打って唄う。

二七「うち」は接頭語で、打ちくつろいだ喜ばしい気分を表わす。「見せるも見るも打につこり。ヲヽ夫は嬉しや悦ばしや」(本朝廿四孝二)。「手拍子を打ち」とかけ言葉。

二八 婚宴で謡われる謡曲・高砂の最後の部分「千秋楽は民を撫で…」から、祝宴の終り、興行などの目出たい納まりをいう。めでたい打上げに一盃飲みましょう、の意。

二九 以下、「…もの」をくりかえし脚韻を踏む。

三〇 侍従の実体を暗に示す。

三一 双方の胸の中は言わぬが花で、母は奥の離れの亭座敷へ侍従を伴った。

三二 亭座敷。離れ座敷。「言はぬが花の離れ座敷」と韻を踏むのを念頭に置いて、「離れ座敷」を師直の豪邸にふさわしく「亭座敷」に換えた。

三三 太夫が交替して、三ノ切、初演者豊竹越前少掾。

くもる心の[一]たへまごぜん。[二]しうとめ君のきづよきも。おつとの心のつれなさと。おもへばさすがいもせの中。たゞつらにくきはゐんやがつま。[三]「ほんさいさらしてよふも〳〵。[四]夜も日もわかずあんじたるびやうきのもとはこひやみとや。ヘヱ、うらめしや。ねたましや。いつそふんごみ一うらみ」と。かけゆきしが「まてしばし。もしや夫《おっと》のびやうきがおもり。我ゆへなりといはれては。これまでなさけのおふくろへ。みちたゝずぎりたゝず。とはいへおつとをねとられて。よそにみなしてゐられふか」。どふせふ[五]かこふしやうじのかげ。きいては[六]らする事もやと。たち聞すればかほよがこゑ。「申〳〵。[七]もふねいつてかへ。おもはねばこそ君はまどろめじやな。申〳〵」とおこすおと。[八]「ゑあたばらのたつあのおこしざまは何事ぞ。うれしやおつとはねいつてそふな」と。又みゝよすれば。「ヲしんき。たぬきねいりふるい〳〵。[九]でゑそへぢしてあげましよ」とよりそふていは。「ゑゝねたましやつらにくや」と。身をもみあせれどせんかたも。[一〇]涙はむねの[一一]せとをこしわつと計《(ばかり)》に。ふししづむ。


一「曇る」「雲の絶間」は縁語。たへま御前、下手廊下から登場。

二 姑の冷酷な仕打ちも、所詮、夫の無情な心から起ったことと思うと姑を恨む訳にいかず、その冷たい夫も、さすがに夫婦の仲だけに、憎み切れず。

三 本妻を去らせて、よくもよくも厚かましく嫁入ってきたものだ。「よふも」と「夜も」で韻を踏み、後半の言葉を略して感情の昂まりを表わす。地の文とせりふ、独白と心中のつぶやきを、どこまでとみるかは微妙。

四「ただつら憎きは塩冶が妻」と言いながら、知らず知らず夫への恨み言となる。

五「こうしょうか」と「障子」をかける。
※たへま御前は上手一間の前で立聞き。障子は閉めたままで、かほよの声だけが聞こえる。二段目切と同じく、人形浄瑠璃の語り物性を生かした舞台の使い方。
六 心を晴らす。「晴らす」とあるべきところ、活用形の不安定な江戸時代特有の語法。
七 もう、寝入ってかえ。
八 十行本も同じ。あた、腹の立つ。
九 どれ、添乳してあげましょ。
一〇「せん方もなし」と「涙」をかける。
一一 瀬戸。海や川が陸や島の間で狭く急流になっている所。船が瀬戸を越えるように、涙が心の抑制を越えて。

やう〳〵心をとりなをし。「あゝみづからほど。世にあぢきなきものあらじ。おさなきときよりふた親《おや》にわかれ。心よからぬおぢの手で。十九のはるまでそだてられ。此やへよめつていくとしか。はゝごへつかへおつとのきがね。其しんぼうもあはとなり。さられていづくへ。ゆくべきぞ。此ばでしんではしうとめの。つらあてとやおもはれん。よしやくさ。ばよ。ならんさが見ん。うらみはつきじ」といひすてゝ。かけゆかんとする所に。かつし〳〵とあいのしやうじ。けはなすおとにふりかへり。見ればかほよがうちかける。たちうけとめてかうの師直《もろなを》。「やあ不てきの女。何ゐしゆ有ッて」といはせもたてず。「ひけうなりむさしのかみ。せんげつ廿日よひやみに。あはたぐちのやしきへしのび。かうとうのないしをころし。今なんぢがまくらに有ルおに丸の。たちをぬすみし其とがゐんやにゆづり。よふごくもんにかけたな。見だそふためによめつてきた。ぶしにあはぬひけうもの」と。切かくればうけながす。

「なむ三ぼう」とつまのたへま。ひつかへしてかけ入ルを。「まて」とこへか

一二 女主人公の述懐。美声家で女性を語ることを得意とした越前少掾の聴かせどころ。人形は藤井小八郎。

※少なくともこの時点でのたへま御前の苦悩は、近世社会のどこにでもみられる、一人の妻の悲しみであり、夫を愛し、誠実に生きようとする意志を、踏みにじられ、疎外され続ける痛みであって、かほよ、侍従、かうじゆ院が策略を秘めて行動しているのとは別次元で描かれる。

一三 幾年。

一四 姑が面当てと思われるかも知れないので、この家を出て死のう、の意。

一五 伊勢物語三十一段の「むかし、宮の内にて、ある御達の局の前を渡りけるに、何のあたにか思ひけん、よしや草葉よ、ならんさが見むといふ」による。ここは、夫もかほよも、今はしたい放題だが、自分の恨みで将来はどうなるか、見よう、の意。「くさ。ばよ。」の二つの句点と「キン」は底本の形に崩れがあり、十行本参照。

一六 間の障子。上手一間と次の間即ち舞台中央の座敷との、隔ての襖障子。師直、かほよは争いながら中央へ出てくる。

一七 意趣。恨み。

一八 見出そうために嫁入(めよ)って来た。

[一]けまきのじゞう。物かげよりとび出《いで》「さまたげなさば一つき」と。やりさきするどにつゝかくる。[二]両ほういどむまんなかへ。かけでるはゝは心もそら。[三]「やれはやまるなさうほうまて」と。あなたをせいしこなたをば。とゞめかねてぞ見へにける。

師直[四]いらつてたち打おとし。女をはねのけはつたとねめ付《つけ》。「やあ心[五]へぬ一ごん。此おにまるのたちは。よしさだいごのばしよより某《それがし》が手にわたり。へんしもはなさぬめいけん。ぬすみとつたとはなんの事。ぶしがとうぞくといはれてはまつだい[六]のかきん。しづまつてやうすをいへ。じゞうもやりさきゆるめよ」と。いへ共きかず[七]「いや／＼／＼。女ぼう手ごめがせつなくば。いそいで其たちこつちへわたせ。[八]自《みづから》ふみのなかだちせしも。よしさだ様のごさいごに。おくびをとつた師直《もろなを》。ちかよつて一うらみと。すゝめたうへにたちをぬすみ。からたうのないし様をころしたるせきあく。あらそふてもあらそはせぬ」。「いや覚《おぼえ》ない」。「そりやひけう」と。せり合《あふ》うちにつまのたへま。[九]何思ひけんつゝ

一　初演時の人形役割では、たへま御前と侍従が藤井小八郎だが、ここからは侍従は別人が遣ったのであろう。あるいはこの場の最初から、別人か。
二　師直とかほよ、たへまと侍従が、それぞれ挑み合う真中へ。侍従と母は正面の襖を明けて出るのであろう。
三　やれ、はやまるまい、双方待て。
四　苛立ち、あしらうのをやめて一気にかほよの太刀を打落し。
五　心得ぬ一言。以下は、師直の意志と感情が、他のどの箇所よりも、生な形で表わされた言葉。それだけに、観客の疑問がつのる。観客に不審の思いを起こさせて、次第になぞ解きに導く手法。
六　末代の瑕瑾。死後まで家名の傷となる。
七　侍従はききいれず、たへま御前を突こうとしている槍の構えをゆるめないで。
八　以下、勢い込んだことばの省略表現。恋文の仲立ちをしたのも、近寄る機会をつくってせめて一突きなりとして恨みをはらし給えとすすめてのこと。その上なお太刀を盗み勾当内侍様を殺したのもお前のしわざにちがいない。その重ね重ねの罪悪にも報いるためであったのだ。いくら弁解しても言いのがれさせないぞ。
九　→一五三頁注一五。

かけし。やりさきとつて我と我で[一〇]にわきばらへ。ぐつとつきたてかつぱとふす。「こはきやうきか」ととりつくしうとめ。じゞうかほよもびつくりし。物にさはがぬ師直もかけよつてだきおこし。「[一一]うろたへたか女ぼう。りんきでしなば折あしし。たゞしぬすみのおぼへ有ルか」と。いはれて手おひはいきはりつめ。「覚《おぼえ》ある〳〵。これ女中がた。せんげつ廿日よひやみに。あはた口の屋しきへしのび。たちをぬすみしとがにんは。ほかにないわしじやはいの」。「やあそりやどふして」とすりよるはゝおや。「[一二]ホウおまへはごぞんじないはづ。みづからがおぢふちべいがのかみ。ある夜まいつていふやう。しゆくんたゞよしかぢにいひつけ。あまたのたちをうたせ給へ共。御心にかなはず。おに丸のたちしばらくかしてくれよ。てほんに見せたきとのたのみ。おつとのるすとはいひながら。げんざいおやのかたはれ。[一三]きづよふもいはれず。かしたをすぐにゑんやにわたし。二たびもどさぬおぢのよこしま。かまくらよりおつとがかへりたづねにあはゞなにとせん。[一四]しよせんばいかへすよりほかなしと。かぶとづきん

一〇 「わがでに」は自分の手でしたことを強調する言い方。「我が手(で)にした事」(夏祭浪花鑑六)。
一一 師直が妻に直接話しかける言葉は、全段を通じてこの一言のみ。
一二 以下、たへま御前の物語とくどき。初段以来の謎が謎を生む事件展開の中で、たへま御前がかなり重大な役割を演じ、鬼丸の太刀を奪い返すために人まで殺していたことが明らかになる。
一三 冷たく、だめです、とも言えず。
一四 所詮、奪返すより外なし。

でかほかくし。しのび入ッてうばひとり。かへるを見付《みつけ》て女中のはむかい。ぜひにおよばず一かたなに。さし通《とを》したがかうたうの。ないし様で有たよの。いづれのがれず我とがを。ゑんやへ[一]ゆづれば其ごけが。我やへよめつて我を又。しなねばならぬやうになす。かたきとかたきは[二]くるまの両《りやう》わまはるゐんぐはゝぜひないが。きこへぬぞや師直《もろなを》殿。[三]そうべつ女といふものは。おとこひとりをたのみにし。つらいきがねのしんぼうを。くにも思はずくらしまする。恋やみとはゆめにもしらず。おそばのとぎのかなはぬも。わかいどうしの[四]めをとなか。やうじやうのためとをざけらるゝと。きらはるゝとはしらいでの。おつとのかはりに我いのちとつてたべと[五]仏《ぶつ》じんへ。きせいをかけたがくやしいはいの。女ぼうにはいくせの思ひをさしながら。[六]しうとめざりにさらすとは。むごひ共[七]どふよく共。かなしいうへにめんぼくなさ。すがたをかくししぬるきで。かけでる所にぬす人よばゝり。しさいをきけば我身のとが。おつとへかけるはもつたいなしと。我となのつてやりさきのくつう。かくまで思ふ女ぼうは心にいらず。

一 罪をなすりつける結果になっていることをさす婉曲表現。
二 諺「ゐんぐはは車のわのごとし」(毛吹草)。
三 惣別。いったい。
四 女夫仲。
五 仏神。初段の「ひそかのかみもふで」(一四八頁二行目)参照。
六 姑去り。姑の意志で嫁を離別することだが、世上では夫にも離別の意志がありながら、煩わしさを避けて姑に離別を言い渡させる場合もあり、ここもたへま御前はそのように受けとめて、夫のやり方があまりにも冷酷だと恨む。「姑去りは心得ぬ。…有徳な町人の聟に成つて。義理も法も忘れたな」(仮名手本忠臣蔵九)。
七 胴欲。無情。ひどい。

八 さすてきの女をしたひ恋やみとは。あんまりむごい我つま」と。しやくり上《あげ》たる心ねを。思ひやりつゝ人〻も。さすがのおつとも打しほれ。詞なければはゝおやは。涙にこへも。ふるひながら。

「ヲヽ其うらみ尤《もつとも》〻。子にほだされた此はゝが。おつとに百ばゐにくからふ。九 そこいをいふてきかしたら。しにもせまひしうらみもせまい。あかしてわけをいはぬはの。一〇 こなたのおぢごいがのかみ。たゞよし卿《きやう》へむほんをすゝめ。かまくらをほろぼさんたくみ有《あり》と聞《きく》よりも。しだいにへだてるふう婦のなか。けふはいなすか。あすはさるかと。そばで見るめの 一一 ひやいさ 一二 いとしさ。いや〳〵 一三 むかふどしでいはしたら。ぎりにもいきてはいられまい。しうとめざりはおつとにひかれ。しぬる心も有まいと。ころすまいためばつかりに。一四 むがふつらふいひました。師直《もろなを》をうらみず共。わしをうらみてくだされ」と。子にかはる身のいたはしさ。

手おひはなをも涙にくれ。「つねからうみのはゝ様より。まさりし御おんのお

八 指す敵の。当の敵の。

九 底意。

一〇 たへま御前が夫に疎んぜられたことには、政略的な理由があり、彼女も関わった鬼丸の太刀争奪も、たへま御前は知らぬながら、その理由に繋がる事柄だったことを明かす。夫婦関係を政略の道具とみなす師直と、夫にすべてを賭けるたへま御前との溝は深い。

一一 非愛。ひやひやすること。

一二 たへま御前が、可愛想で。

一三 向う同士。直接、相対で、師直に離別を言い渡させては。

一四 「むごく、つらく」の音便。冷酷に、意地悪く。「かういふ事がいやさに。むごふつらふいふたのが。無憎かつたでござんしよなふ」(仮名手本忠臣蔵九)。

まへにたいし。なんのおうらみ申ませふ。つれ合《あひ》にも一たんは。にくふさがな[一]ふいふものゝ。おぢのあくゆへさらるゝと。きけばしつともうらみもなけれど。すぐにゑんやのあのごけが。よめつてきたのがしゆら[二]のたね。アヽそれも思ふまい。とかくゐんぐはゝ我ひとり。せめてふびんと一ぺんの。ゑかう[三]はなして給はれ」とよはる。涙のないじやく[四]。り。

見るめかなしくしうとめは。「これ師直《もろなを》。いままでこそゑんりよ[五]。もはやたすかるすぢ見へず。とても事にさいごの思ひで。手おひのむねをはらさして。やつてたも」と仰《おほせ》にしたがひ。かたなおつとりつゝ立上り。「やあそれなるかほよとやらにとふ事有り。それへ出よ」と詞をまちかね身がまへし。「あはれを思ふてしばしはゆうよ。おつとのかたきぢんじやう[六]に。しやうぶをするか」とつめかけたり。

「ヲヽけなげなりさりながら。たづぬるとはそこの事。おつとゝいふはよしさだか。たゞしはゑんやかいかに〳〵」。「ホヲ事おかしのとひ事。おつとはしれ

一 憎まれ口や、はしたない恨み言を。
二 仏語で、絶えず闘いが行われている阿修羅の世界、修羅道から転じて、怒りや嫉妬心に苛まれる状態。女性にいうことが多い。
三 回向は。夫にとって自分の死など、さほど嘆く事柄でもないだろうが、せめて回向だけは、の意。
四 泣いじゃくり。「涙」と頭韻。
五 伊賀守の娘分ということで、心を置いてきたが、もう、生きのびる可能性はないのだから。
六 尋常に。
七 寵愛する女。側室。但し太平記二十では勾当内侍は「北の台」と正室扱い。
八 十行本「ゆかず」。
九 俄かの時雨。
一〇 袖の香の芳しさに、自分も見とれたが、その姿は。
一一 芙蓉の眥。蓮の花弁のように切れ長の、涼しげな目尻。
一二 丹花。赤い花。または丹果で、頻婆《びん》など赤い果実。「丹花の唇」は美人の唇のたとえ。太平記二十一、塩冶の妻の美貌を述べた「コボレカヽリタル鬢ノハヅレヨリ、ホノカニ見ヘタ

たゑんやはんぐはん」。「やあそりやいつはりじや」。「いつはりとは」。「いやあしるまいと思ふか。まさしくなんぢがかうとうのないし。じゞうといふがゑんやがつまで有ふがな」。「いやそれは」。「いふまい〳〵。ゑんやはんぐはんたかさだほどの侍《さむらい》が。おのれがしゆくんのおもひ[七]ものかうたうのないしを。ないしといふてかうさんせふや。がてんゆ[八]がずとかまくらよりとつてかへす折から。あはた口にてに[九]はかのしぐれ。色よき女がかさのむしん。ともにさしあふ袖《そで》[一〇]のかに。見とれるすがたはふ[一一]ようのまなじりたん[一二]くわのくちびる。いなかものに[一三]にせれ共。しぜんとのこるくも[一四]のびんづら。はて心[一五]へずとわかれしあとにて。そのなをとへばゑんやがつまのかほよといふ。扠《さて》はまさかのときのためを思ひ。取かへてのかうさんにくさもにくし。あらはしてくれんずと。た[一六]びくたびれを恋やみにし。な[一七]るとならずとへ[一八]んかんを。とつてくれよとたのんだは。し[一九]ゆせきをちからに見ださふため。まんまとじひつの此たんざく。おもきがうへのさよごろも。これ[二〇]しんこきん十かいのうた。又其むかしなり[二一]よししんわうへ。か

ル眉ノ匂、芙蓉ノ眸(マナジリ)、丹花(タンクワ)ノ脣ル」による。

一三 似せるけれども。文語下二段「似す」から口語下一段へ移る中間の形。

一四 →一七一頁注二三。ここは雲井即ち宮廷の女性の気高い髪型の意。

一五 心得ず。

一六 旅疲れの心身の状態を恋病みのように見せかけて。合理性への配慮を怠らない並木宗輔の作風。

一七 恋は成就してもしなくても、ともかく。

一八 返翰。

一九 手跡を力に見出そうため。二段目で見た恋歌応酬の真の意味が、師直自身によって、解き明かされる。

二〇 新古今集・釈教歌に、寂然法師の「十戒歌よみ侍りけるに」不邪婬戒の歌として「さらぬだにおもきがうへのさよ衣わがつまならぬつまなかさねそ」。十戒は仏教で保つべき十の戒め。ここは大乗の戒律に定める十重禁戒。不殺戒・不盗戒・不婬戒・不妄語戒・不酤酒戒・不説過罪戒・不自讃毀他戒・不慳戒・不瞋戒・不謗三宝戒。→付録2(高師直)。

二一 成良親王(一三二六‐四四)。「なりなが」とも。後醍醐天皇の第七または第八(他の説もあり)皇子。元弘三年(一三三三)足利直義に奉ぜられて鎌倉へ下り、建武二年(一三三五)征夷大将軍に任ぜられ、延元元年(一三三六)北朝の光明天皇の皇太子に立てられるが、翌年廃せられ、太平記によれば、金崎城落城後、尊氏、直義の計らいで、東宮恒良親王とともに毒殺された。本作は近松の相模入道千疋犬と関係が深く(→二四二頁※)、ここも将軍の宮成良親王の活躍を描くその近松作品の影響を受けたものか。

いて上《(あげ)》たるうたのしゆせきと。まがふかたなしこれ見よ」と。ふるきたんざくしんたんざく。あはせ見せたるさよ衣《どろも》。我ふでなればすてもおかれず。とり上はつと身をひやす。せんぽうつきてひざたてなをし。「すいりやうにたがはず自《みづから》がかうとうのないし。これなるじゞうが誠《まこと》のかほよ。ないぎが手にかけころしたは。四郎兵衛が女ぼうすなはちゑんやがいもうと。かくだん〳〵にいれかはりかうにんにいでたのも。おに丸のたちにしきのふくろ。取かへさふため一つには。たゞよしむほん有ルと聞。すゝめ上《(あげ)》てどしうちさせ。ほつこくよりよしすけ殿をせめのぼさんはかりこと。しそんじてゑんやもうたれ。隠《かく》しとげたる我〻が。すがたもなをもあらはされ。三つに一つのねがひもかなはず。うんにつきたるふたりがいのち。とつてなんぢがてがらにせよ。あさましの身のはてや。つたなきにつたの御うんや」と。じゞうもろ共こゑをあげ。さいごまつ身のかこちなきことはり。とこそ見へにけれ。

一 さよ衣の歌。

二 二段目切で師直がかほよに贈った「かへすさへ手やふれけんと思ふにぞわがふみながらうちもおかれず」をもじっていう。

三 四郎兵衛高則に離別された妻初霜。

四 「シャウザ(上座)」(日葡辞書)。

五 太平記二十に、流れ矢に当り生害した義貞の首を取ったのは氏家中務丞重国で、死に臨んでの頼みを受けたこともなく、義貞とも知らなかった。「腹ヲキリ討死ヲ仕リ候ヒツル体、何様尋常ノ葉武者ニテハアラジト覚エテ候。コレゾ其死人ノハダニ懸ケテ候ヒツル護リニテ候トテ、血ヲモ未ダアラハヌ首ニ、土ノ著キタル金襴ノ守ヲ副ヘテゾ出シタリケル」。

六 南帝即ち後醍醐天皇の綸旨。序切の塩冶判官と四郎兵衛高則の対話に符合する。太平記に「吉野ノ帝ノ御宸筆」とあるもの。↓一五九頁注一四・一五。

七 妻のある男が、ある目的のために偽の恋煩いとなる趣向は、本作以前に元祖竹田出雲作・七小町(一七三七年初演)の大伴黒主、宗輔関係作では、同じく太平記物の楠正成軍法実録(一七三〇年初演)の備後三郎にも見られるが、師直の行動はそれらより、はるかに複雑でスケールが大きい。

八 「さし」は接頭語。動作に念を入れる趣を添える。

九 述懐。くどくどと愚痴や恨みをいうこと。第一音は濁らない。

一〇 一礼。礼儀を正した挨拶。重い謝意をこめる場合が多い。「父の命を助けたり。…佐々木に逢て一礼をと。思ふ間もなく」(ひらかな盛衰

師直《もろなを》いかゞ思ひけん。めざす女中の手をとつて。しやうざへなをし。うや／＼しく。「見しにたがはずかうたうの。ないしにてましますよな。さんぬるころふぢしまのたゝかひに。ふりよによしさだながれやにあたりごしやうがいのせつ。御くびたまはらんとかけゆきしに。そのほうかたきながらも。見こみ有ルさむらいたのむ事あり。我くびにかけたるにしきのふくろに。なんていのりんし有リ。ひそかにかうとうのないしへわたしくれよ。かならずひとづてにいたしくれなとくれ／＼のおたのみ。それとしれなばふた心といはれんと。ふう婦の間《あいだ》もふかくかくし。れんぼに事よせふぎにまぎらし。じきにおわたし申さんため。御《（ご）》てうだいなされよ」と。にしきのふくろを取出しさしわたせば。ないしはゆめかとうれしさもおしいたゞき／＼。「さふ共しらいでうらみしゆつくはい。ゆるしてくだされかたじけない」と。はじめにかはるれいにじゞうも共によろこびながら。「さほどみち有ル師直《もろなを》殿。いかにたゞよしの仰《（おほせ）》と有ッても。おつとゑんやをごくもんにかけさらしくびもその夜にぬすまれて。あと

記二)。
二 獄門に懸け、晒し首も。近世には、身分ある武士の場合、体面を重んじ、死刑に行なっても梟首はしないのが普通であったから、とくにこういう恨みを述べた。

一 現在。まさしく。
二 病室の壁の一隅に締り戸を作っているという設定である。
三 運。この開き戸から引出されてくる人物に幸運が開けることを予告する。舞台装置としては上手障子屋体の内、正面見通しの奥の壁と想像される。
四 初演時の人形役割は、高師直が中村勘四郎、塩冶判官は中村勘四郎と桐竹助三郎。塩冶を二人がどう分担したか未詳だが、少なくとも師直、塩冶が顔を合わせるこの場面は、勘四郎が師直、助三郎が塩冶を遣ったであろう。
五 →二一五頁注一〇。
六 この師直のせりふは、「やあ首盗人めは」から「かに蔵めよな」までが表向きの発言、「わざと日暮に…人に面を知らすまいため」は、人々にそれとなく底意を伝える言葉。
※棠陰比事・下・崇亀認刀などに、奉行が殺人の嫌疑のかかった者を処刑したと見せて、実は牢死者または死刑確定者の首を斬ってこれに代え、真犯人の出るのを待つ趣向があり、近松の弘徽殿鵜羽産家(→一八六頁※)にもその変型が見られる。本作の着想もこれらの作から影響を受けていると思われるが、犯人探しではなく、ある人物を表向き討ったことにして実は命を助けるために、複雑な身替りの手段を用いる点に特色

とむらふたよりなくかなしみつのる今の思ひ。なはかけしお袋《ふくろ》より。うつたこなたがうらめし」となげゝば。「ヲヽどうり〳〵。なれ共ゑんやはげ[一]んざいふた心。たゞよしのにくしみつよく。たすけるにたすけられず。其かはりにはくびをぬすみしとがにん。さきだつてとらへおきたり。せめてそれをはらゐせにきりなりともつきなり共。心まかせにいたさせん」と。しづ〳〵たつて一[二]間のしまりど。[三]うんのひらきのかくしぢやうおしあけて引出し。「くびぬす人めはこれこいつ」と。つきはなせばないしじゞう。「[四]やあ我つまか」「ゑんやか」と。すがればおつともゆめ見しこゝち。「我くび我[五]でにぬすみしも。師直《もろなを》殿のおなさけ」と。かたりよろこぶ計(ばかり)なり。

かさねて師直《もろなを》こゑはり上(あげ)。「[六]やあくびぬす人めはたれぞと思へば。女ぼうたへまが。日吉《ひよし》さんけいのせつなはかけかへりし。やくし寺《じ》次郎左衛門がけらいかに蔵《ざう》めよな。わざと日くれにかけたくび。かけると其まゝぬすんだは。人におもてをしらすまいため。はて[七]おふどう者《もの》。心まかせに此たちで。[八]せいばいめさ

があり、同じ作者の一谷嫩軍記（宝暦元年＝一七五一）二、三段目の構想へとつながっていく。

七 横道者。不敵な悪者。

八「成敗召され（処罰しなさい）」と言って投げ出して与えたのは、あの鬼丸であった。表向き新田方に鬼丸を渡すことはできないので、首を盗んだ科人を斬る刀を貸し与えると称する。

※初段以来の多くの謎は、ここですべて明らかになる。初段から三段目まで単一プロットによる整然とした推理劇という浄瑠璃は、他に例がない。

九 師直のことば。　一〇 尊氏追討の薄墨の綸旨。綸旨はすき返しの薄墨紙に書くのが正式。

一一 木綿付鳥（ゆうつけどり）。鶏の歌語。「言ふ」にかける。濁音化してゆうつげどり・ゆうづけどりとも言い、夕告鳥とも書いて、夜明けを告げる意と夕方を告げる意に場合によって使い分けられている。底本は「つ」に濁点がある形で、時刻は明け方前の暗い夜の内。

一二 鶏の「鳴く音」と女房の「泣く声」をかける。重病人や重傷者の命の絶えるのが夜明けの鐘の音や鶏の声の聞こえ初める時刻に多いという世間の通念に寄せた表現。

一三「たいせつさ」を強めた口ことば。

※師直が難問を見事に解決する一方で、たへま御前は空しく死ぬ。妻としてひたすら夫を愛する以外に、師直をめぐる天下国家の情勢には全く無知な彼女が、気づかぬうちに尊氏、直義、新田、三つどもえの抗争の渦に巻き込まれ、破滅に追いやられていく。しかし、無視され、疎外され続けたにもかかわらず、夫の偉大さを理解できなかったことを詫びて死ぬ姿は清々しく、作者が最も力を注いだのも、女主人公の人生を描くことであったと思われる。

れ」となげだしやつたはくだんのおに丸。はつといたゞきゑんやはんぐはん。「かに蔵《ざう》がくびを某《それがし》になされ。おたすけなさるゝ御かうおん。おれいは申つくされず。ないし様りんしの袋《ふくろ》もおてに入ッたか」。「これなふこゝに」とにしきのふくろ。明《あけ》んとすれば[九]「ヤア明ヶまい〳〵」。まん一其《(その)》りんし[一〇]たかうぢついとうのうすずみなれば。此ばでやられずゆるされず。あけずとやつぱり其まゝ〳〵」。「げに尤《もつとも》」と三人が。うなづきさゝやきほつこくの。よし助殿へのおんみやげ。へんしもはやくと[一一]ゆふづけどり。[一二]なくねと共にくるしむ女ぼう。ふびんやさいごとかけよる夫《おつと》。手おひは見上《(みあげ)》見おろして。「あやまりました我つま。一しやういはぬ恨《うらみ》事。そふとしつたらいふまい物。あんまりおまへが[一三]たいせつなさ。たとへあいそがつきやう共。ふびんと思ひりやうけんして。此世できれてもみらいでは。ふうふと思ふて下されと。いふこへ計《(ばかり)》がうきよのなごり。わつとなきだすしうとめに。[一四]いもせの中も共涙。[一五]身にかゝらねど三人も。はしりよりつゝもらひなき。「しんだとい

一四 妹背。夫婦。 一五 夫や姑のように涙の雨が降りかかる身、即ち直接のつながりを持つ身ではないが。並木宗輔には、自他の関係を峻別する表現が多い。「思ひ。やるせも涙の雨。身に降かゝるを身に受けて。ぬいでかしたる笠印」(田村麿鈴鹿合戦四)。

一 師直が悲しみを振り捨てて三人を。
二 挨拶。ゆずり合い。
三 五常。儒教で人として常に守るべき五つの道。仁義礼智信。 四 無常の嵐。「五常、無常」と韻を踏み、儒教、仏教の思想を対比させる。
五 師直が妻に、自分も近いうちにそなたの所へ行く、という心をこめて、直接には塩冶への呼びかけとする。 六 師直と塩冶が、遠からず死の戦場で再会しようと。このあたり、せりふと地の文が混じり合う。
七 「武士《もののふ》の心は弥猛《やたけ》」と続く類型的修辞を匂わせながら、「心は闇」と表現。
八 月の都(→三九〇頁注三)。とは言うものの月明かりのない夜の内に、人目を避けて闇にまぎれて出て行く。
九 無常観を表わす詞章はありながら、人物の動きは詠嘆的でなく、行動的、劇的である。本曲と同年の二月初演の宗輔作・奥州秀衡有鬠壻三にも、「おさらば。さらばも。松ふくかぜ。ゆふべの嵐。はげしくもつまの。詞にいさめられ館を。はしり出てゆく」と、同巧の段末がある。八月の本曲の方には、足許が暗くて「つまづきいでゝゆく」という詞句に、現今の文楽で段切りの人形演技に慣用されて拍手喝采を受けているつまずきの型が察せられる。

ふはながらへて。思《ウ》ひがけなきさいごや」と。共《下》にうれへのたびでたち。かな《ウー》しみすてゝ見《ハル》おくるも。てきにれい有ㇼみかたにじぎ有ㇼ《色》[二]。五《ハル》[三]じやうまもれど[四]むじやうのあらし「たれ《ヒロイ》しも。のがれずそ[五]なたも我《色》も。おつ[六]ゝけたがいにせんじやう」と。い《ウ》ひかはしたるもの[七]ゝふの。こ《ハル》ゝろは。や《クル》みのあけちかく月《キン》[八]の。みやこを夜《ウ》の内にはし[九]り。つまづきいでゝゆく

一〇 初演者豊竹湊太夫・豊竹駒太夫。平舞台の出語り、出遣い。
一一 扇二本を開いて頭上に立てる女性の髪飾り。舞踊用。絵尽に絵がある。
一二 三段目切の師直家の悲劇を、よそ目に見て、ともかく敵方の都をのがれ出て、の意。「うきめ、よそめ」と脚韻。「のみぞ、のがれ」と頭韻。
一三 勾当内侍・かほよ・塩冶判官の三人連れ。
一四 「新田」の由縁と、やつす姿は誰に「似た」を掛ける。
一五 「知らじ」と「白地の扇」を掛け、三人が扇売り、団扇売りに身をやつして、人目を忍ぶさま。
一六 「知らじ、言はぬ」、「扇、団扇」が対句。
一七 人倫訓蒙図彙に「奈良団は…京は油小路中立売上ル丁にあり当世大坂長町につくる。野人童子の持領(もちりやう)として判物(はんじもの)さまざまのゑをかく。代物三銭にして涼風をもとむ」。
一八 うちわの判じものの如く、どちらが塩冶の妻でどちらが御主人か、同じく物売り女に身をやつしているので、分りにくい。 一九 主従三世の縁の勾当内侍と、夫婦二世の縁。 二〇 「妹背の縁」と「塩冶」をかける。 二一 勾当内侍。
二二 太平記では、勾当内侍、塩冶判官にとって、越前は故郷ではない。本作としての設定である。
二三 唐錦。中国渡来の錦。錦の袋と鬼丸の太刀を取り戻し、故郷へ錦を飾る意をこめる。
二四 「太刀の柄(かつ)」と「束の間」をかける。
二五 平家の侍斎藤別当実盛。白髪を染めて出陣

第四　[一〇]道行古郷の扇笠(あふぎがさ)[一一]

[一二]うきめをば。よそめにのみぞ。のがれいで。やつすがたの[一三]みたりづれ。たれに[一四]につたのゆかりとも。ひとは[一五]しらぢのあふぎうり[一六]いはぬ。うちの[一七]はんじもの。[一八]どれがつまやらおしうやらさん[一九]ぜと二世のあさからぬいもせの[二〇]ゐんやふう婦なか。かしづく[二一]ひめももろともに。[二二]こきやうへいそぐ[二三]からにしき。ふくろと[二四]たちのつかのまも。おそばはなれぬ女ぼうの。あとにおつとがつきそひて。[二五]さねもりやくのみちしるべ。ゐちぜんさしてゆくそらも。みやこのそらは[二六]きもそらに。[二七]のこへ〳〵やまこへ。さと〴〵を。[二八]こしぢはるかに[二九]かへるやま。[三〇]せみのしぐれのすゞさは[三一]いきのまつばら。[三二]まさるともしばしやすらふ。[三三]みちくさに。「あふぎめせ〳〵。うちはめさぬか。[三四]すみゐさいしき[三五]いろ〳〵」と。ことばをかざる[三六]くさのたね。

した挿話(平家物語七)で名高い。ここは若い女の守り役をする男。平家女護島一で実盛が「我ら六十に余り色けをはなれ。奥方女中を預る実盛といふもの」。

時　前段の続き。六月初めの某日
所　都から越前への道行

二六 気も空。都をのがれ出るまでは、気が気でなく、の意。口拍子よく、「空」を重ねる。
二七 フシヲクリで、現行文楽の道行では、浅黄幕を振り落すなどして、舞台に人形が姿を現わす。初演もここまでは人形なく、ここで登場であろう。三体の人形それぞれ一人遣い。
二八 「越路」と「越え」をかける。越路は北陸道、または北陸道に通う道。
二九 帰山。越前国の歌枕。位置については諸説があるが、鹿蒜(かひる)川下流北岸の帰村、現福井県南条郡今庄町南今庄の南にある山とされている。「帰る」と掛詞。
三〇 蟬時雨。多くの蟬がいっせいに鳴く声。
三一 生の松原は筑前国の歌枕。現福岡市西区の今津湾岸にある松原。神功皇后伝説で知られる。新古今集・離別「すずしさはいきのまつばらまさるともそふるあふぎの風なわすれそ」。この道行の趣向の扇売りもこの歌による。
三二 「松原」と頭韻。涼しさに生き返る心地は、生の松原に勝るとも劣りはしない。
三三 休んで道草を喰う意と、道中の慰みに扇をお買い下さい、をかける。三四 墨絵、彩色。
三五 色彩が豊かなことと、さまざまに売り口上の言葉を飾る、をかける。三六 「稼業(すぎはひ)は草の種」(譬喩尽)。これも身すぎで売物の宣伝に言葉を飾り、の意。草から武蔵野を導き出す。

[一]「むさしのに[二]ひとむら。ずゝきほにいでゝ。[三]○みだれあひたるうちはもあり。
[四]△よしのはつせの。はなもみぢ。いまをさかりと見ゆるもあり。○つきのめいしよは。おふけれどいろは。さま〳〵しなのなる。[五]△おばすてやまや[六]さらしなの。さやけきつきは。これ。ぞこの。[七]△とくさをわけてさしもげに。みがゝれいづる[八]そのはら[九]やみかはにかけし。やつはしの。さはべににほふ。かきつばた。やゐやまぶきとうすむらさきのふぢのはな。いろかあらそふあふぎもあり。[一〇]△ふじとみほとに[一一]たごのうら。[一二]あ。づま。からげの。[一三]しほごろも。[一四]きつれてしほを。くむもあり。やなぎにゆきのふりかゝり。ゐだもたはむやし[一五]いはりと。つもれるかげに。しらさぎの。ものわびしげにつゝくりと。とまりたるふぜいもあり。
[一六]○とやでのわしがゐをこのみ。みやまをわくるところに。△ひとむらだけのそのしたに。[一七]あさるうさぎを見つけつゝ。○まいちもんじに[一八]おとすを見て。うさぎはたにへにげんとするを[一九]○ぼつかけ〳〵△ひつかいつかんでいはほにのぼり。ひきさきくらふそのけしき。さもすさまじくかきしもあり。[二〇]みすのひまより[二一]からねこ

一 以下、売りことばの美文。古浄瑠璃・和国びじん哥諍并こそでうり(『古浄瑠璃正本集』八)の「こそで」を「うちは」に変え、文章をわずかに改めて流用し、新作曲ながら数箇所に原曲の節付けの面影を残す。舞台は両女の舞踊に塩冶判官も適当に参加して舞う。
二 新続古今集「岡のべの一むら薄穂に出でゝ」、隆達小歌集「武蔵野の、ひと本(も)薄、独寝も」。
三 ここから、○湊太夫、△駒太夫とかけ合い。はじめからここまでは二人の斉唱。
四 吉野初瀬。謡曲・藤栄「吉野竜田の花もみぢ、更科越路の月雪」の一部を変えたもの。初瀬は長谷、奈良県桜井市。吉野とともに桜の名所。
五 姨捨山。古今集、大和物語の「我心なぐさめかねつ更科やをばすて山にてる月を見て」で名高い月の名所、歌枕。位置等に諸説があるが、現長野県東筑摩郡坂井村と更科郡上山田町・埴科郡戸倉町の境にある冠着(かむりき)山をさすという。
六 「更科、さやけき」と頭韻。
七 木賊。しだ類トクサ科の多年草で、木地や爪などをみがくのに用いる。ここは謡曲・木賊の「木賊かる。園原山の木の間より。磨かれ出づる秋の夜の月影をもいざ刈らうよ」を踏まえ、生えている木賊を磨かれた鎌で刈る、その鎌のように冴えた月の意。
八 現長野県下伊那郡阿智村大字智里園原。「園原やふせ屋におふる帚木のありとはみえてあはぬ君かな」(新古今集・恋一)によって知られる歌枕。
九 謡曲・杜若「こゝぞ名にある八橋の。沢辺に匂ふ杜若。花紫のゆかりなれば」。八橋は伊勢物語の東下りで名高い三河国八橋。現愛知県知立市八橋町五輪付近一帯が想定されている。
一〇 花の藤の縁で、富士と三保とに田子の浦。

の。つなをひかへしによさんのみや。すがたを見そめ。れんぼの。やみにまよふかしは木の。[二二]ゑもんながしのまりのには。[二三]ごしよのおにはのあふぎがさ」。
[二四]ひとめをつゝむいまのうさ。[二五]こはさあやふさおそろしさ。[二六]すぎしはつこひきみとわが。しのびあふたことおもひだす。[二七]あきしのゝさと[二八]むらがらすかはい〳〵のこゑきくときは。[二九]いとし子のこと。おもひだす。ながめてとをる[三〇]けいのうら。よそにはあらじあしのはの。みだれさはぐを見る時は。くぜつしたことおもひだす。なぐさめられて[三一]みちばかぞゆく。たびの。うきねも。[三二]きのふけふ[三三]あすはの。じやうへと

(辻[三四]能の段)

〽いそがるゝ
「[三五]われはのまじと思へども。〳〵むしがきかぬぞぜひなき。ハヽ〳〵〳〵」[三六]きげんじやうごの。まひうたひ。[三七]ひとりきやうげんひとりのふゆき[三八]ゝの。なさけ有

三保は羽衣伝説で名高い三保の松原。現静岡県清水市。前掲の古浄瑠璃では、「ふぢとみをとをそめわけて、すそは、たごのうらなれや」とあり、その方が文意が通り、「すそ」から次の「あづまからげ」への続きも自然。 一一 現静岡県富士市南部の海浜。西に三保の松原、北に富士山を望む。歌枕の田子の浦は、現在の田子の浦より西、富士川河口西の蒲原、由比あたりの海岸という。謡曲・融「田子の浦、東からげの潮衣、汲めば」。 一二 東絡げ。着物の背縫いの裾をからげて帯にはさむこと。 一三 海人が海水を汲む時に着る衣。 一四 「着る」と「来連れて」をかける。 一五 柔軟なさま。 一六 鳥屋出。 一七 餌をさがす。 一八 激しく降下する。「すごもる鷲の気もたけく。一もんじにおとすと見へしが」(釈迦如来誕生会二)。 一九 追っかけ。 二〇 源氏物語・若菜上、六条院の蹴鞠の折、柏木衛門督が、光源氏の妻女三の宮をかいまみて、恋に煩悶する場面。唐猫の綱がからんで御簾の端がひき上げられ、女三の宮の姿が見えた。 二一 中国渡来種の猫。 二二 柏木衛門督と、蹴鞠の曲鞠の一、衣紋流しをかける。和国の引用は「まりのには」まで。 二三 源氏物語の王朝風から御所を導き出す。「お庭、扇笠」と頭韻。

時　道行の続き
所　足羽郊外の街道

※ここ(二二行目)まで物売りの歌と舞踊、三人の登場人物のだれがどの文句を歌っているかという区別はできない。また、二人の太夫は○と△で区別されているが、それをそれぞれの舞踊にあてはめるのも無理である。

(二三六―二三七頁へつづく)

たけにのんで〔ウ〕其日をこ〔一〕しぢがた。どこをし〔二〕やうどに。〔フシ〕ぶら〳〵と。の〔三〕へいとふ
なる世〔四〕わたりなればのへいと。たれかな〔ウフシ〕づけたりや。
〔五〕〔地色ハル〕ゆきかふきせん立〔色〕どまり。「〔詞〕ハヽアのへいがこゝでまふそふな。こんくわいのき
やうげんなら。〔地ウ〕ちよつと見よか」といそ〔ハル〕ぎの人も。〔ウ六〕まづ口あけにつ〔七〕りぎつね。
〔ウ八〕おけのわぎれにやれぎんちやく。〔中〕まとひつけたる。き〔フシ〕つねわな。〔地色ハル〕さげてひよろ
〳〵〔色九〕まかり出《いで》。〔狂言詞〕（猟師役）「やれ〳〵おぢぼんが。〔一〇〕せつしやうのみちをふつ〳〵とまれと
〔二〕いはしましても。きつねをつりやむ事はなるまい。まづこゝらにわなをはつて
おきませふ。やあ。ゑい〳〵。（整理役）〔三〕これいらふまい〳〵〳〵。（猟師役）〔一三〕なふ〳〵おぢのごぼ
う。きつねわなをずん〳〵にふみおり。〔一四〕とつとあなたへすてましてござる。
（伯父御坊役）おふ〳〵〔一五〕一だんの事でおりやる。ゐけんを聞入《ききいれ》られ何〔一六〕かしうちやく申た。さら
ばもはやいとま申さふ。ちと又〔一七〕やまへもおでやれ。〔一八〕べちにちさうはおりないが。
〔一九〕こぶにさんせふよいちやを申そ。〔ウタイ〕こぶにさんせふ。〔詞二〇〕よいちや〳〵。
ワワワッハヽヽ。さても〳〵。人間《にんげん》といふものはあさましいものでござる。おぢ

一 越路潟。北陸道の海浜と、「其の日を越す（過どす）」をかける。
二 先途。目標。どこと定まった目当ての働き場所もなく。
三 のへいとう。「野平等　ノヘイトウ」（雅俗幼学新書）。ここは、野風俗、のふず、のふぞう、などと通ずる、投げやり、野放図の意か。
四 謡曲・道成寺の「道成（みちなり）興行の寺なれば、道成寺とは名付けたりや」のもじり。「のへい」に野平を当てておく。
五 行き交う貴賤。
六 まず立ち止まる意と、最初の出し物をかける。
七 大蔵流、和泉流では「釣狐」、鷺流と狂言記では「こんくわい」と呼ぶ。
八 桶の輪切れに破れ巾着。輪の切れはしが罠、破れ巾着が餌の若鼠の油揚げの代用。
九 罷り出でたる者は、といった狂言風の表現を地の文に用いた。一〇 殺生の道。狐を釣ること。
二 お言いになっても。親しみをこめた軽い敬語。
三 いろうまい。見物人が、狐罠をいじるのをとめる言葉。野平が猟師の役柄とともに場内整理役も兼ねている独り芸の面白さ。
一三 伯父の御坊が来かかったのに呼びかける。狐が猟師の伯父、白蔵主という僧に化けている。
一四 ずっと向うの方へ。
一五 取りわけ結構なことです。
一六 どれほど満足か分りません。祝着申した。
一七 寺の意味。一八 別に馳走は。
一九 昆布に山椒、よい茶をさし上げよう。この三つ並べるのは室町頃の慣用。
二〇 この詞のうちに猟師は別れて立ち去ったことになって、次の大笑いになる。

ぼうずにばけてゐけんをいたいたれば。まんまとだまされてござる。[二二]さすれば心にかゝる事はござらぬ。まづいそいでかへらふ。[歌キン]あしなかをつまだてゝ。ちよこ〳〵〳〵とつまだてゝ。[色][二三]わい。[詞]やあ。なむさんぼう。すてたると思ふたれば。身が戻《もど》るみちのまんなかにかけておいた。くん。〳〵。[二三]ゑむまくさいは〳〵。たゞ一くちに。くはふか。いや〳〵〳〵。[二四]おふくのけんぞく共が。命をうしなふたも此ねずみゆへじや。いそいでかへらふ。とは思へども。はあ。なにとせふなあ。はらだちや一うちうつてのけふ。[二五][ウタイハル]うたれてねづみねをぞなく。

[下]こんくはいの。なみだなりけり。くわい。〳〵。

[詞(口上)]こゝでなかいり。[二六]わなへのとびいり。[地ウ]のどへもとび入ᵣᵢでんじゆ事」と。[ハルフシ]こしかゞむれば人[二七]だちは。「[ウ]そりやこそぜにじや」と[色]一もんおしみ。「[詞]やらぬがこつちのでんじゆ事。[地ウ]たゞなぐさんだ」とくち〴〵とり〴〵[フシ]わるじやれいふてたちされば。「[狂言詞]これは見にげか。やるまいぞ。〳〵。[詞]ほい。みなにげたは。てもきついめにあはせた。ぜにといふとあし[二八]がはやい。[二九][地ウ]きつねぶくもありそな

二二 この箇所、狂言記は「この上は天下は我が物ぢや。小歌節で往なう。踊節いのやれ。古塚へ。あしなかを爪立てゝ」とあるから、歌は伯父御坊の狐が歌っている。人間にばけて足なかわらじをはいた姿ながら、安心して本来の狐の歩きぶりになって小歌を口ずさむ有様。

二三 「わい」は満足した喜びの声。「やあ」は一転して、意外の驚きの声。

二三 「ゑ」は感動詞。底本のゴマ章に長く引く記号が使われている。うまそうなにおいだぞ。

二四 オオクと読む。多く。

二五 狂言記は「節うたれてねずみ、音(ね)をぞなく。我には晴るゝ胸のけぶり、こんくわいの涙なるぞ、悲しき。くわい〈中入。鼓座へとび入る〉」。

二六 罠へのとび入りの伝授事をお目にかけるについては、喉へも入れてやらねばならぬと酒代を求めた。

二七 人だかり。

二八 銭の異名。晋書・隠逸伝・魯褒銭神論「無足而走」。徒然草五十一段「多くのあしを給ひて」。

二九 釣狐からの連想で稲荷の使いである狐がもたらす福徳。思いがけず金などが入ること。

一 歴々。立派な身分のある人達。

二 雲霞の如く大勢。謡曲・舟弁慶の「主上を始め奉り、一門の月卿雲霞のごとく、波に浮かみて見えたるぞや」のもじり。

三 今度は確実に酒が飲める、と大いに張り切って、改め直す装束、と言っても、特にある訳ではなく、夏冬共通の。

四 無一物でも男には百貫文の値打ちがあるとい

物」とうつとり。見やるむかふより。

「やあれき／＼の大ぜいが。うんかのごとく見へたるぞや。たしかにのめる」ときほひにきほひ。あらためなをすしやうぞくもなつふゆなしのひとへ物。まんざらはだか百くはんの。あてとはなしにあみがさの内より。出す百八の。じゆずとづきんにやれあふぎさしてそれぞと見へわかぬ。はなかけめんのかによい物。ひつかぶつたるつぎぎれのしやぐま。がしらはとももりの。はくは此よになぎなたの。ほさきばかりをたけづゐに。ゆはへつけたることよりさへ。くはんぜにあらぬくはんじんのへい。ふなべんけいをぞはじめける。「てんてれつくてん。ひぴうりうり。つくてん／＼。そも／＼これは。くはんむ天わう九だいのかうゐん。たいらのとももりゆふれいなり」。のふのなかばへさきばらひ。あすはの御《ご》じやうしゆよし助卿《きやう》。うりうはんぐはん御ともにて。「御通りのみちかたよれ」と。いへ共のへいはそらみゝつぶし。一しんふらんにはり上《あげ》て。「こゑをしるべにいでぶねの。ゑい。いや。はつあ

う世間の言い草もあるが、もちろん百貫文もの報酬をあてにしてのことではなく、独り能のみすぼらしい道具を出しはじめる。「当て、編笠」と頭韻。 五 数珠の玉の数。「百貫」からの連想。この数珠と頭巾と扇は、舟弁慶ではワキの弁慶が用いる。その扇もこの野平のは破れ扇である。

六 はっきり何の面、と識別できないような鼻欠け面。面はシテの知盛の霊が用いる。

七 一つで二つ以上の用に兼ねあい役立てるもの。

八 赤く染めた白熊の毛の鬘。能で鬼畜類などに用いる。現行では知盛の霊は黒頭で鍬形頭。ここはつぎぎれをつないだものを鬘の代用とした。節付けの「せッヲクリ」は十行本に「セワヲクリ」。↓解説三。 九 魂魄はこの世に無いのだが、能のその役柄の持つ薙刀の穂先。

一〇 細く切った紙をより合わせた紐。商品でなくて自家用に作るが、作り方が悪いと切れ易い。

一一 こよりの別名「観世縒《かんぜより》」の略。ここでは作りのよいのが観世、粗末なのがこより。その観世から能の観世流へ言い掛ける。

一二 寺院や仏像の造立、修理のための寄付をつのることから転じて、物乞い、乞食。乞食芸を演ずる野平。「観世、勧進」と韻を踏む。

一三 舟弁慶の後シテの出の演奏である早笛の、太鼓の譜てんてれつくてん、つくてん／＼、及び笛の譜ひひうりうり、を口で真似る。

一四 以下ウタイの文は謡曲・舟弁慶の詞章。↓付録5。

一五 先払いの者が、下手から登場する。

一六 御城主。近世の大名領国を想定した表現。足羽は↓二二七頁注三三。義助は↓一五三頁注二一。 一七 瓜生判官保。越前杣山の城主。↓二四〇頁注六・※。 一八 聞かぬふりをし。

一九 野平が声を張り上げて「声を知るべに出で舟

てん／＼。こゑをしるべにいでぶねの。とも〻りがしづみし其ありさまに」。

程なくちかづくのり物の。

御さきぞなへはうりうはんぐはん。にがみのまじるかたおやぢ。ともびと引つれ「こりやだまれ。かたよれすされ」とたちかゝれば。「なぎなた取なをしともへなみのもん。あたりをはらひうしほをけたて。あくふうをふきかけ」すなかけられて。「まなこもくらみ」。せいするぶしもやまねばほつと。「ぜんごをぼうずるばかりなり」。たいこはうちあげまいばたらき。めんぬぐ。あいだも
「てんてれつくてん。ひぴうりうり」。

うりうはめばやくこへいからし。「やあ己《おのれ》は我むこゑんやがけらい。八まん六郎。しうにひまくれちくてんせしどろぼうめ。まかりしされ」ときめつくれば。

「いや／＼／＼某《それがし》よりむこ殿の。うらがへりせしどろぼうに。なぜごゐけんはめされずや。此ほうはふた心の。しうをもたねばてんぢくらうにんうんしや

の」のノリ地の謡を謡う。
二〇 太鼓の打切打返（うちきりうちかえし）とかけ声のまね。
二一 →付録5。
二二 以下、節付け、修辞とも、謡曲と浄瑠璃がからみ合う。
二三 一行の先頭。下手から瓜生判官と供侍たち登場。乗物はまだ出てこないであろう。
二四 堅い老人で、一筋縄で行かぬ感じをいう。
二五 知盛の所作と野平の動きをからませ、野平を供侍達が制しかねるさま。
二六 能の舞台は「ばかりなり」で伴奏の太鼓を打ち上げ、謡なしの囃子による知盛の舞働きを見せる。ここの野平も舞働きを少し入れるであろう。 二七 知盛の舞働きの後は、弁慶の見せ場になるので、舞働きの中途から面を脱いで弁慶に変る用意をするが、口では知盛の舞働きの太鼓、笛の真似を続ける。
二八 笛の譜に韻の通ずる「瓜生」をかける。娘が塩冶判官の妻かほよという設定。
二九 目早く、声怒らし。
三〇 八幡六郎。太平記二十一・塩冶判官讒死事では、塩冶の信頼する二十余人の郎党の中心人物で、塩冶の妻子を預かって奮戦、最後にこれを刺し殺し自害する前に、子供を一人だけひそかに逃がすなどの処置をとる。近松の碁盤太平記では大星由良之介の前名に用い、仮名手本忠臣蔵では由良之助の父、尊氏将軍二代鑑では塩冶判官の執権の名に用いる。
三一 主に暇くれ逐電せし。家来の方から主人に暇を出して駈け落ちした不届き千万な奴。「ちくてん」の「て」は清音。「泥棒」は「泥坊めが事思ひ切り」（ひらかな盛衰記二）の場合同様、盗賊の意でなく放蕩な悪者。
三二 罷り退れ。謙譲語の「罷る」を相手の動作に

うびと。てんがに。おそるゝひとはなし。かたよつてよかそつちから。よけてとつとゝお通り」と。あざけりながらにまひかける。

「やあすいさんなるくちごたへ。それぶちのめして御のり物。とをせ〳〵」のげぢにしたがひ。たちよるしもべがあたまをこぶしで。「てれつくつゝてん」。「とつた」とかゝるを「つゝてんてん」。もんどりうたしてこしぼねぽう〳〵。「やつあてん〳〵。其ときよしつねすこしもさはがず」。手にあまれば。みなおきあがつてそり打かけ。「どつこいやらぬ」とつめかくるを。「おしへだて。うちものわざでもかなふまじと。じゆずさら〳〵とおしもんで。とうぼうごうざんぜ。なんぼうぐんだりやしや。さいほうほつぽう」八ぽうへ。いのるひやうしにくるまなげ。あごつき。むなおり。ひぢおとし。たせひがゝりを事共せず。けとばしけたをしよせつけねば。

うりうはせきたち。「ゑゝおくれたるやつばらかな。たかのしれたるふうらいもの。なにほどの事あらん。しんざんの我けらい。ゐぬかいもん八いづくに有

添え、相手を卑しめ、強く、退れと命ずる。
三三 裏切り。
三四 天竺浪人雲上人。天竺浪人はよるべのない浪人、宿なし。ここは天から雲の上、宮中を連想し、武士より貴い雲の上人だ、としゃれた。

一 節付けは「文弥」。古浄瑠璃の古色蒼然たる節回しで滑稽味を強調。
二 こっちは道を片寄るのはいやだ。そっちはもし片寄ってもよいのなら、そっちからよけてさっさとお通りなさい。
※八幡六郎の野平は、才能はありながら、虚偽に満ちた封建官僚体制に安住できず、酒を伴侶に気儘な暮しをする皮肉な人物、同じく並木宗輔作・南蛮鉄後藤目貫の後藤(現行曲義経腰越状の五斗)と相通ずる。
三 太鼓の譜を言いながら、太鼓の代りに下部の頭を打つ。と、また別の下部が「とった」とかかってくる。「つゝてん」の「ゝ」は二つとも字形がまぎらわしいが、「とった」および「もんどりうたして」との関係からどちらも促音と見る。太鼓の正確な手と限らず、人形の演技にかけやすいように口拍子をつくっているのであろう。
四 鼓の譜「ぽ」と、腰骨を打つ音をかける。
五 舞働きの最後の手、打上打返の部分を真似た。「やっあ」と促音。六 →付録5。
七 素手でとり押さえることができないので。
八 刀の柄に手をかけて鞘尻を高くそらせて。ここは、転ばされて起き上りざまの動作。
九 謡の弁慶の所作と、六郎が捕手をおし隔てるのをかける。一〇 謡の「打ち物業にて」を「打ち物業でも」と言い変え、刀を抜いてかかっても、

ル。ほうこうはじめにきやつうちとれ」。「かしこまつた」といふよりはやく。
一六めつかうみぢんとぬきうちに。うつてかゝるをなぎなたで。しやんとうけとめ
「おゝ〳〵やさしや。其うちこみで某《それがし》が。のふのあい手にならふとは。一七の
ぶといおかた」と一八右《みぎ》さばき。はらへばすぐによこなぐり。「どつこいまかせ」一九
ととめたる竹づゑ。二〇ふしくれだつたるうでぼね手二一のうち。ぜんごにくばるまな
このひかり。てなみにおぢてしもべはつゝ二二くり。二三つく〳〵つけこむたいこのき
ざみ。二四かたなをひかせずおし二五だすろびやうしちからをあはせ。おふねをこぎだ
すひやうしにつれて。もん八わざとあとじさり。すきを見すましむ二六いきうち。
二七ぱつしとぬからぬなぎなたの。ほさきはとんでそげたるたけやり。ぐつと一つ
きつかれてもん八。「うん」と二八ゑじかり「またひくしほにゆられながれ。又ひ
くしほにゆられながれて。あとしらなみとぞなりにけり。二九いやあつくてんて
ん」三〇とつきすてゝ。あせをぬぐふてたちのけば。
うりうはおひのはがみをなし。「ゑゝにつくきげらうめらうぜきもの。ふみこ

自分はとり押さえられないぞ、と嘲る。
二 五大明王―不動(中央)、降三世(東方)、軍荼利(南方)、大威徳(西方)、金剛夜叉(北方)に悪霊退散を祈るところ。→付録5。 三 北方、八方。謡曲の文章を適当に略し、語呂合せ。
一三 武術の型の名四種。 一四 多勢がかり。
※現行の演能の型は、前掲の祈りの文句につれて次のように見られる。「ワキ(弁慶)は子方(義経)を両手でおさえ、シテ(悪霊)に向かって数珠を烈しくもんで祈る。シテは一度左回りに笛前へ逃げ、目付柱へ出、薙刀を振りあげて子方にいどむが、ワキの祈りに負けて後退し、また立ち向かうが近づけず、大小前へ祈り退けられ」(日本古典文学大系『謡曲集・下』)。人形舞台は能舞台のような奥行きがないから、能の通りの動きはできない。また、車投げ以下の武術の型をその通りに演ずることも人形にはできない。しかし三人遣いの初期として、これらの表現には一人遣いではできなかった写実味の演技を工夫するように配慮がされているであろう。
一五 犬飼門八。
一六 真向微塵と。頭上正面から微塵になれと。
一七 野太い。厚かましい。「能」と韻を踏む。
一八 「右さばき、払へば」まで野平、「すぐによこなぐり」が門八の動作。右の方へ相手の刀をはらいのけると、相手はその刀の向きを返して横さまに野平の右胴へ切りこんでくる。
一九 合点だ。野平の動作。 二〇 薙刀の柄(え)の代りの竹杖ながらその竹の節が固くて刀を受けとめても切れ落ちないことと、腕のふしくれだったたくましいさまをかける。 二一 腕前。
二二 ツックリと促音。なすところなく立ちつくすさま。次の「つくつく、つけこむ」と頭韻。
二三 太鼓のきざみ、即ち小さい音を連続して打

ろさん」ととびかゝるを。「やれしばらく」とこへをかけ。わきやぎやうぶよし助あそん。立出《たちいで》給ふゆうび[二]のさう。「はつ」とぜひなくとゞまるうりう。さすがにふてきの六郎も。[三]くはんじんたいどにおそれてや思はず。つちにうづくまる。

たいしやう御こゑおだやかに。「ヲ聞しにまさる八まん六郎。あつぱれのはたらき。ゐんやがみれんのしよぞんを見かぎり。[四]こくゐんしたるとふうぶんにたがはず。世をへつろはぬ身のぎやうさ[五]。たのもしきぎしや[六]のたましい。かんじてもあまり有ﾘ。某《それがし》此たび。あによしさだの弔《とむらい》いくさ思ひたち。わざとのや[七]まのかりにことよせ。しそつをなびけよるはまた。ぐんりよにまなこをさらす折から。なんと此よしすけが。げぢにしたがひぶ[八]をはげみ。なを上《あげ》んとは思はずや。さあらば今のはたらきを。[九]さいはいめ見への手はじめとし。引あげてめしつかはん。うりうのけらいもさつ[一〇]こんもの。ほうこうはじめにそこつのさいご。[一一]もうとうゐこん有べからず」と。[一二]なつけしたしむめいしやうの。詞にうり

つ時の譜。二四 竹杖の先につけた薙刀の刃で相手の刀を押さえるように小きざみに打ち続けて自由に引かせない。うっかり引いたら正面から薙刀で切りつけられるのである。
二五 謡曲の「弁慶舟子に、力を合はせ、お舟を漕ぎ退け」を踏まえ、舟子が舟の艪を押すと、野平が門八を押していくのをかける。
二六 無意気打ち。打ちこむ意気込みを感じさせないようにして突然打ちこむこと。
二七 野平はぬからず、はっしとうけとめた拍子に、粗末なこよりでゆわえていた薙刀の穂先が抜けて飛び、先の殺げた竹杖が竹槍となって。
二八 「ゑじかりまた」は、がに股。門八は股をひろげたまま尻もちをつく。後文から見て、ここであおむきに倒れて死んだ振りになるはず。修辞は「股」を謡曲の「また引く潮に」にかける。その箇所の現行演能の型は「シテは祈られて反り回って膝を突き」(前掲書)。謡曲はここの詞章で悪霊が波間に消え去って終曲する。
二九 「いやあ」は掛け声。能の終りに、大鼓小鼓に合わせて太鼓が打ち、最後に太鼓のみが一つ打つ、合頭《あいがしら》を真似た。
三〇 門八を倒れたまま放置しておく。

一 脇屋刑部義助朝臣。ここで乗物から出た様子にして登場。この少し前に下手際に乗物を出して留めておく。乗物は江戸時代の駕籠。
二 優美の相。器量備わった名将の形容に用いる。
三 寛仁大度。
四 国遠。主家を離れて放浪している意。次の瓜生判官館の場に塩冶が「まかりかへり」(二四一頁六行目)と言っているので、本作の塩冶は越

うははぢいるばかり。六郎なをもかうべをすりつけ。「はゝあ有がたきごぢやう。ふしんていなるゐんやがけらい。にんぴにんともおぼしめさで。御めしかゝへ給はらんとは。めうがにあまりしぶしのめんぼく。しかしながら。ぶこつのやつかれ。[一三]さむらひぶんにはおつてのぎ。まづとうぶんはおざうりつかみ。おふせつけられくださるべし」と。[一四]ひげの詞に「[一五]ともかくも。それ〳〵」とおふせのうち。[一六]御さしがへの一こしを。うりうがとりつぎ[一七]れいぎをたゞし。てうだいすればよし助卿《きやう》。ごきげんはなはだうるはしく。「ヲまんぞく〳〵いざうりう。八まん六郎ともせよ」と。[一八]おんのり物のそばちかく立より給ふ後《うしろ》より。「おゝい〳〵」と女のこへ。何事なりと見る内に。[一九]ないしはたちとにしきのふくろたづさへつまづきはしりつき。「なふなつかしやよしすけ様。ゐんやふう婦と心をあはせ。みづから都へ入こみしも。此ふたいろを取かへさんはかり事にていくせのなんぎ。まんまと手に入ㇼ人めをしのび。

前の人物に設定されており、従って家来の六郎も同様であるから、国を離れているわけではない。
五 行作。ふるまい。
六 義者。
七 野山の狩にことよせ士卒を靡け。史上の脇屋義助の、北陸にあって日々戦乱に明け暮れた状況とは異なる。
八 武を励み、名を上げんとは。
九 幸い、目見得の。
一〇 昨今者。昨日今日召し抱えられた者。譜代の家来が殺されたように遺恨に思うことはない。
一一 毛頭。
一二 家来がなつくように親密な心づかいをする。
一三 侍分には追っての儀、まず当分は御草履摑み。
一四 卑下。
一五 よいようにせよ。六郎への言葉。次の「それ〳〵」は瓜生または近習への言葉。
一六 差替。予備の刀。
一七 六郎が礼儀を正し。
一八 下手際に留めてある乗物のそばへ歩み寄ろうとする。
一九 勾当内侍。上手から登場。

一 家名を上ぐる瑞相。
二 莫大の高名。「た」には濁点なし。
三 先非。
四 愚案に相違。私達の考えが浅はかでした、と。
五 深慮か。
六 内侍に乗物に乗るようにとねんごろにすすめて。「たて」は強めの接尾語。次の文句のうちに夜を日についでいそぐみち。あの見へわたるもりの内。やくし寺《じ》ふちべがおつてのもの。大ぜいに取まかれ。ゑんやふう婦がふせぐまに。これうばゝれじとみづからは。あとをも見ずして。にげのびし」と。よし助卿に二色を。わたし給へばおしいたゞき。

「うたがひもなきたちはおに丸。げに。此にしきのふくろには。たからぢついとうのごりんし。ふたゝび我手に入ルからは[一]かめいを上るずいさう。女中の身として[二]ばくたいのかうみやう。よしなきうたがひゆるさせ給へ」と。[三]せんぴを。[四]ぐあらたむ御詞《おんことば》。ゑんやふう婦をうたがいし。うりうはもとより八まん六郎。あんにさうゐと人ゝの[五]じんりよをかんずる計《ばかり》なり。

よし助かさねて。「これよりすぐに引かへし。いさいのはなしはじやうちうにて。まづないしにはたびづかれ。御のり物に」と[六]すゝめたて「こりや〱六郎。なんぢはむかふのもりへかけつけ。ゑんやふう婦をたすくべし」と[七]いひつけ。たちとふくろを手にもち。うりふと共にのり物の。さゆうをしゆごし御ッしろ

乗物を舞台中央に移して内侍を乗せる。
七「いひつけ」の四字にかかる「ヲクリ」の節付けは用例がとぼしいが、行列を揃えて退場する演技の開始を思わせる。 八 しずしず。
九 犬飼門八。
一〇 権柄言うて。威張った口をきいて。
一一 鳥が飛び立つ準備をするように、動き出す用意をすることを、卑しめていう。 一二 横着者。
一三 こう、問いかかれば絶体絶命。
一四 手詰めの問状。「問状」は罪を厳しく問いただすこと、拷問と同義に用いる場合もある。
一五 偽る方なく。
一六 いかにもその通りです、本当の事情を申しましょう。

（二二七頁からつづく）
二四 三味線の合の手の間に売り物を片付けて歩行の身仕度。「人目を包む」は扇笠の縁語。詞章は道を行く三人の本来の旅情描写へと転ずるが、やつしの軽快さは二上り音頭の間(四行後のナヲスまで)も続く。
二五 憂さ。「…さ」を重ねて韻を踏む。
二六 過ぎし初恋。敵地を脱け出す恐ろしさから、人目を包み忍び逢った時のこわさを思い出す。以下上方唄「鳥辺山」の詞章の言い変え。
二七 秋篠の里。大和国添下郡。現奈良市西大寺の北にあるが、北陸道の同地名は未詳。
二八 群鳥。むれをなしている鳥。「村」にかけ、「里、村」と続く。「かわい〱」で、鳥の声と「可愛」をかける。
二九 塩冶夫婦の娘ゆふなぎ。四ノ切の伏線。

入リ。ぎやうれつくづさぬ御とも人つれて。[八]しと〱すぎ給ふ。

あとにのこりし八まん六郎。おふせをうけて一こしぼつこみ。しりひつからげる其内に。かたへにふしたるうりうが[九]けらい。うぢ〱うごめききづの口。おび引しめてにげじたく。

六郎すかさずとびかゝり。「どつこいさせぬ」とそつくびおさへ。「おのれはきのふ都より。やくし寺《じ》殿のおひきやくだと。[一〇]けんぺいいふて通りしげろう。けふはれき〱うりうのけらい。がてんゆかずと思ひしゆへあとでせんぎをせんために。さいぜんわざと竹のつきずて。それよい事に此あさ疵《きづ》でしんだふり。一ぱいくはして今そろ〱。[一一]はねづくろいする[一二]おふちやくもの。さあ有やうにはくぜふせよ。[一三]かうといかゝればぜつたいぜつめい。いやでもおふでもきかねばおかぬ。つゝまずいはゞたすけてくれん。ひつじやうおのれやくし寺《じ》より。まはしものであらふがな」と。ほしをさしたる[一四]てづめのといじやう。

[一五]いつはるかたなくかほあからめ。「[一六]なるほど〱やうすを申さん。其かはりに

三〇 気比の浦。敦賀湾海浜。気比松原として名高い景勝地。古くは気比神宮(現敦賀市曙町)に属した。気比の浦をよそに眺めて通るが、風景を見るにつけ、よそごとでなく切実な思いが湧く、の意。「景」と「気比」をかけ、「あらじ、芦の葉」と韻を踏み、同音の「足の羽」の乱れさわぐに目的地足羽(あすは)での事件を予想させる。三一 道がはかどる。三二 昨日、今日、明日。旅の憂き寝もはや数日で。「明日」と「足羽」をかける。　三三 足羽は福井市付近の総称で、安居、庄、和田、波羅密、藤島、高木、勝虎の足羽七城があった。本作では近世の大名領国における如き一つの城を仮想。

三四 舞台面は段末の演出との関係が複雑なので想定が困難であるが、一案を示す。前手摺には街道の路面の絵、本手摺には崖の絵がはめこまれ、その後ろに遠見の松並木の造り物を装置し、背景に遠くの森や山を描く。崖の絵手摺の上手際は池の絵になっていて、その前に接してはねつるべの仕掛け物を装置。初演者豊竹和佐太夫。三五 狂言・こんくわい(釣狐)「次第われは化けたと思へども〱、人は何とか思ふらん」(狂言記)のもじり。以下ここに用いられる狂言の文句は狂言記の本文に近い。　三六 機嫌上戸。酔って上機嫌になる癖のある男。下手から野平登場。三七 狂言の複数の登場人物を一人で演ずること。近世初期の俳諧などにも見え、滑稽物真似芸の伝統としては、古代以来のもの。野平が大道芸の辻能で、独り狂言、独り能を演ずる。三八 往来の人に情があって何銭か投じてくれれば、その収入の有りたけ全部を飲んでしまうその日暮しで。「有り」は情、収入、両方にかかる。

は命をたすけ。よし助卿《きやう》へおとりなし。ごほうこうに」といはせもたてず。「ヲ[一]あやまつてあらたむるはくぜうならばとりつぎせん。かならず〱いつはるな」と。うでさきゆるめ引おこせば。「かくさとられて何をかつゝまん。きのふひきやくにきたりししさいは。やくし寺《じ》とうりうはんぐはん。心をあはせかねてのないつう。よしすけ殿をだましうち。いよ〱きうにとたのみのぜう。まがな。すきがなよしすけ殿を。うたんとねらふうりうはんぐはん。それにつきそふ某《それがし》」と。聞ておどろく八まん六郎。すは我きみの一大事。ろし[二]のあいだもゆだんならずと。あとふりかへれば[三]なみまつの。このまはるかに見ゆるぎやうれつ。ゆたかなていにまづおちつき。「ヲでかしたよくゆつた。何かの事はさしおきて。先《まづ》我きみへちうしんし。其うへにてなんぢが事も。よろしくひろう[四]」と立上れば。「おせはながら」と立(たち)さまに。するりとぬいてうしろより。まつぷたつにとおがみうち。「それがつてんじや」とうけとめて。はらへばむねんときりこむかたさき。づゝかりきら

一 「過ちて改むるに憚る事勿れ」(論語・学而)。
二 路次。道の途中。
三 舞台では松並木の向うを小人形などが通るのであろう。絵尽に「よし介の家来、道中 此所大かざり大当り〱」。
四 披露。お伝えしよう。

れていぬかいもん八。ほう〳〵おきるをけとばしけたをし。たちのく内にもきづかひたへぬ。きみの大事と松かげにめのはなされぬぎやうれつは。はるかになればきのせくうち。又打かけてくるかたな。ぱつしとおとしたゝみかけ。切つけ〳〵きりたをし。

うごめくからだの。あしくびを[五]とつてさかさまいけみづに。どさりとなげこみ「我きみへ。いでちうしん」と見。あはすぎやうれつ。「御のり物は此じゆんどう。ちかみちから」といそげばすべる。みちなきみちをむ二む三。のぼればふかきがけのはたほつと。[六]一いきつぐみづの。はねつるべをばち[七]からぐさ。ひらりとむかふへとびこへて。このまをか。きわけ

([八]瓜生判官館の段)

へゆくそらや。こしぢのゆきに。身をこらし。あによしさだの[九]おんできあしかゞ一家《いつけ》をほろぼさんと。わきやぎやうぶ卿よしすけあそん。あすはのじやう

五 字形はクルであるが、ハルの誤刻ではあるまいか。
六 はね釣瓶から水を汲んで飲み、一息つぎ、そのはね釣瓶にとりついて。
七 すがりつくもの。

時　六月七日
所　瓜生判官保の館城

八 端場は初演者豊竹駒太夫。
九 「ヲンデキ(怨敵)」(日葡辞書)。

にたてごもりくはんぐんをあつむる中。ゐんやがしうとうりうはんぐはんたもつ。としは六十一二をばあらそふぶしも世につれて。其なをながすしらきぢよがは。かまへにとりしやかた城《じろ》。ようがいよりものずきにはのきぐさもかへり花。ふた心とやうたはれん。

こよひ大しやう義助《よし》卿しやうだい中にはかのもやうし。内のさうじはおくがたの仰《おほせ》きびしくそとまちは。おつとうりうが見まはりてみちのもりずなまきずなに。心の竹のはうきめもむねのほこりにうづもれて。ちさうのかいもないしやうの手くばりせんと立かへる。

でむかふつまも。どうぶくの中にまじりしまごむすめ。引つれ出《いで》ておつとにむかひ。「こよひまれ人のしやうだいうちまはりのそふぢ申わたし。やう〳〵たゞ今しまいおかへりをまつ所。此子が父《ちゝ》ゐんやはんぐはんたかさだ。つまのかほよともろ共おたのみ申事有りとて。おつぎ迄《まで》参りております。おあいなされて。ついでにかの事おはなしもや」とたづぬれば。「なにむこやむすめがま

一 官軍。南朝方の軍勢。 二 年齢の六十一、二と、新田の家中で一、二を争う重臣の意をかける。 三 浮名を流す。よからぬ評判が立つことになる。 四 白鬼女川。日野川の中下流の近世における名称。現日野川は福井市を貫流し、足羽川を合わせ、福井市北辺中央部で九頭竜川に合流。「流す」の縁語で川、白鬼女で鬼女伝説の暗い連想を呼びおこす。 五 構え。城の要害となるように川を利用。 六 邸宅と城とを兼ねたもの。瓜生判官保がこの地方の豪族で杣山城主である史実、太平記十九の「杣山の麓瓜生が館」などの記述を踏まえた脚色。ただし瓜生判官保は、新田義貞討死以前に死んでいるので、本曲で義貞死後のここに登場するのは仮構。また杣山は足羽の西南約四〇キロの地であるが、本作のこの館城は足羽城下にある設定。 七 要害よりも物好きに、庭の木草も帰り花。「要害」は城塞のそなえ。軍事上の配慮よりも風流趣味に傾いた館城の拵えは瓜生判官の士気の頽廃を暗示。 八 木草。 九 秋、冬などに草木が狂い咲きに花を咲かせることで、二度咲く意から、二心を導き出す。この場の季節を秋冬に設定しているのではない。 ※瓜生判官保は太平記十七・十八によれば、新田義貞とともに北国落ちした義助を手厚くもてなすが、尊氏に欺かれて一旦は寝返り、後、再び南朝方に復帰する。寝返りの件は、太平記の仮構とも言われ、復帰以後の瓜生判官は建武四年（延元二年＝一三三七）一月、義助の子義治を擁し、金崎城救援の戦いで奮戦して討死、生き残った一族は以後も新田方救援に尽力する。太平記十八には瓜生判官の母の烈女譚、瓜生判官老母事付程嬰杵臼事の一章も設けられ、瓜生一族は名誉ある扱いがなされている。

いつてゐるとや。いかなるたのみかしらね共。たいめんすべしさりながら。ながが〳〵へだゝるおやこのなか。二〇きやうちうもはかりがたし。大事を二一むさとおいやんな」と。ハルフシしめしあはする。おりからに。

地色ウかつてぐちより忍んやはんぐはん。ハル女ばうかほよを引色つれ。「詞おかへりを見うけ。よびだしをまたず二二すいさん。地ウごめんをかうむらん」とハル二三しきれいしてざに中なをり。「詞まことに都よりまかりかへり二四すんかを忍ねば。しみ〳〵とおれいも申さず。まづもつてこれなるむすめゆふなぎ。国をまかりいづるせつ。あし手まといと御ふう婦へあづけ。今二五見かはすほどのせいじん。ことにうまれついての二六物いはず。さぞごめんどうにおぼしめされんなふ女ばう」。「さやうでござります共。ぢいさまやばゞ様のおかげで大きうもなり。きりやうもあがる。十一の二七としよはで。わたしがせほどになりました」と。地ハル子に二八けいはくもふたおやへ。フシせわのれいとぞきこへける。

地色ウしうとはんぐはんきげん色よく。「詞まごを二九あひするはおひのたのしみくらうとは

一〇 請待申す俄かの催し。「請待」は招待。「シャウダイ(請待)」(日葡辞書)。 一一 「奥方、仰せ」と頭韻。 一二 ここは、外郭(そとぐるわ)。 一三 貴人を迎える時に車寄せの左右に高く盛る砂。 一四 庭や道に新しい砂をまくこと。 一五 「心の丈」と「竹の箒目」をかける。型通りの盛り砂、まき砂にまで心遣いをしているが、その実、まき砂を整えるはずの箒目も、ほこりのような心中の害意に汚れたところを残してしまい。 一六 馳走の甲斐も内証の。「無い」と「内証」をかける。密々の計画の配備をしようと。 一七 前句「うづもれて」までは人形登場前の語りで、音楽上の段落となる。文法上は文脈が続いての「立かへる」で段落となる。「地色」の語りで瓜生判官が奥手摺下手から登場。 一八 同腹中(一三九頁注三九)、夫の謀叛に同心の意と、謀叛人の老夫婦の間に、の意をかける。「まじりし、孫」と頭韻。この文以後、寛政十年(一七九八)比良御陣雪升形(めいしよごじんゆきのますがた)七で一部流用。 一九 後文で順次わかっていくが、塩冶・かほよ夫婦の子、名はゆふなぎ、十一歳。 二〇 胸中。 二一 考えなしに、やたらに言いなさんな。 二二 推参。おしてまいりました失礼を、お許しいただきとうございます。 二三 式礼。挨拶。 二四 寸暇。 二五 見交わす。見違える。 二六 無口。生まれつき無口で。少女にこのような性格設定をしているのは、浄瑠璃では珍しい。比良御陣雪升形ではこの文なし。 二七 年弱。その年の春夏に生まれたものを年強、秋冬に生まれたものを年弱という。今の言葉で言えば、まだ遅生れの十一なのに、すっかり大人びて、の意。 二八 軽薄。子供にお世辞をいうのも。 二九 愛する。可愛がる。

思はず。まづふう婦共一けんごでちやう〳〵。扨《さて》何かたのみたきとの事。やうすはしらねどおやこの中。地ウゑんりよなくいハルふてお見やれ」と。詞について「色二さん候《ざうらふ》。詞おたのみ申たきとはよのぎでもなし。ごぞんじのとをり某《それがし》ぎ。二つなき命をまとにかけ。せんていのごりんしおに丸のたち。かたきの手に入《いり》しをばひかへし。三につたのいゑのちじよくをすゝぐ大かう。あつぱれよし助卿《きやう》の御きげんにあづからんといさみすゝみしもぞんじのほか。いかなる事かまかりかへりてより一どの御たいめんもなく。たつて御め見へねがへ共。御しやうゐんなきはいかに。と申てからしうとけらい。おうらみも申されず。さいはいこよひごしやうだいとうけ給はる。地ウ御たいめん有ルやう四きこうよろしくおとりなし。ハルひとへにたのみたてまつる」と。ウかほよも共に手をさぐれば。ウおつとの詞をまちかね。ウさしでるしうとめもの色〳〵しく。詞「これむこ殿。五りやうてうは木《き》をゑらみりやうしんはしうをゑらむといふ。てがらをてがらと思はぬしゆくん。六つかへてからなんのせんなし。わびことせずとなふ七我つま。地中しあんもあウろ」とふ

一 堅固で重畳。達者で何よりだ。
二 そのことですが。
三 新田の家の恥辱を雪ぐ大功。
※近松の相模入道千疋犬三段目で、脇屋義助は兄新田義貞の鎌倉攻めに先立ち、敵方に入り込み、命がけの働きをするが、帰郷後、義貞の不興を受け、対面も許されない。重臣の妻達が義貞の狭量を諫めると、義貞は義助が不興を許されたければ、妻の父で鎌倉方の功臣安東入道を味方につけよと命ずる。本作の塩冶が理由も解らぬまま疎んぜられ、その難題解決をめぐって劇が進行する点、右の、近松作品に学ぶところ。
四 貴公。
五 良鳥は木を選み良臣は主を選む。左伝の故事に基づく蜀志の成句で、近世の武士道徳では潔しとしない二君に仕える行為を、正当化する時に引かれる言葉。「良禽は木を撰ですみ。忠臣は主を撰で仕ふといふ」(大仏殿万代石楚三)。
六 仕えてから。仕えたところで。
七 ねえ。間投詞。

きこむど[八]〔ハル〕つきを「はて扠〔色〕これおく[九]。はやい〔ウ〕〳〵」とめでしらせ。「〔詞〕一たんわび
をして聞入なくんば其うへでは。〔地ウ〕はからふむねも有ルべし」と。〔ハル〕つるぎふくみ
し一ごんは。のちにぞ思〔フシ〕ひやられたり。
〔地色ウ〕ほどなく「大しやう御入《おんいり》」と。〔ハル〕とり〴〵しらするおくづかい[一〇]〔色〕。「〔詞〕まづゐんやふ
う婦は。しゆび見合《あはせ》てよび出さん。〔地ウ〕しばらくかつてへたゝれよ」とつぎへおひ
やり。ござをあらため[一一]〔ハル〕〔色〕まつ所へわき〔ウ〕やぎやうぶ卿《きやう》よし〔ウ〕すけあそん。八〔ウ〕まん六郎
一人《いちにん》めしつれ。ゆふ〔ウ〕びのよそほいひろにはの[一二]〔ハル〕。ふう〔フシ〕けいながめ入給へば。
〔地色ウ〕はんぐはんふう婦まごむすめ。しきれいしてざにつけ申《まうし》。「めうがにあまる御
らいりん」とへ〔ウ〕いふくすれば。大〔ハル〕しやうかんばせ〔色〕うるはしく。「〔詞〕まことに此た
び都より左兵衛のかみたゞよし。ふちべやくし寺〔じ〕なんどゝいふ。ねいかんのや[一三]
からを引つれ。かねがさきのじやう[一四]にこもり。〔地ウ〕[一五]きん〳〵あすはのじやうへせめ
よせんく〔ウ〕はだて有ルよし。此〔ウ〕ほうよりさかよせ[一六]によせんと。さと見とり山[一七]〔ウ〕のめ
ん〳〵。ぐん〔ハル〕りよをめぐらすといへ共我心一《いっ》[一八]〔色〕けつせず。〔詞〕しかるに其ほうこよひ

八 毒気。
九 奥。妻をさす。
一〇 奥使い。腰元であろう。
一一 御座を改め。御席をととのえて。
一二 客室の前の広い庭。
一三 佞奸の族。邪悪なへつらい者共。
一四 金崎城。現福井県敦賀市金ヶ崎町にあった山城。建武三年(延元元年＝一三三六)、新田義貞が、後醍醐天皇の東宮恒良親王、一宮尊良親王を奉じ、南朝方の拠点として戦う。翌年三月、北朝足利勢の攻撃により落城。義貞、義助は脱出して再起をはかり、足利方の拠点とする足羽七城等を攻めるが、暦応元年(延元三年)七月、藤島の戦いで義貞討死。
一五 義貞の死後、足羽城にある義助と金崎城の足利勢とが戦った記述は太平記にはなく、史実としても知られていない。足羽の城々はむしろ足利方の拠点である。太平記には見えぬが、落城後北朝方の手中にあった金崎城を南朝方が一時奪回したこともあり、また園太暦・観応二年(一三五一)八月六日条の「於北国、武衛禅門在越前国金崎城」の記述から、兄尊氏と不和となった足利直義が一時金崎城に拠ったことが知られる。本作でこれらの史料を作者がどの程度活用しているか未詳。
一六 逆寄せ。逆襲。
一七 里見、鳥山。ともに新田氏族。新田勢の中心戦力として、太平記に度々その姓が見える。「中ニモ里見、鳥山ノ人々ハ、僅ニ二十六騎ノ勢ニテ、丹波路ノ方へ落ケル敵三万騎…追ケル間」(太平記十五)。
一八 一決せず。

ひそかに[一]めうけいをつたへんとのしらせ。[二]かくぎよのみづをゑしこゝち。[三]じよりきを得《ゑ》たり」との給へば。「こは有がたき御上ゐ。[四]としまかりよりし某《それがし》がけいりやく。なにほどの事の候べき。[五]たゞところにひさしくすみなれあんないぞんじたがとりへ。しんていのほどひそかに申上ん」と。物有げにいひなす内。ゑんやふう婦はらうかづたひ。のれんのかげにたゝずみて。きゝあはすればいくさのひやうぎ。[六]じぶんはやしとざをかまへ。みゝをすましてきゝゐたる。きげん見合せうりうはんぐはん。「さいぜんより申上んとぞんぜしが。[七]ごけんりよをはゞかりさしひかへまかり有ル。此たびむこゑんやはんぐはん。[八]ごしやきやうよしさだごさいごのせつ。てきにとられして[九]てんしのうすゞみおに丸のたち。[一〇]ばひかへしてかへりしは。あつぱれのかうみやうちうぎのほどをおぼしめし。ごたいめんなし下されよ」と。[一一]よぎなくいへばよしすけ卿《きやう》。すこし[一二]ふけふの色見へて。「[一三]おこがましやうりうはんぐはん。[一四]しんきやうのあたをほふずるに。りんしもたちも何かせん。よしそれとても[一五]いゑのちやうほう。

一 妙計。
二 涸魚（こぎよ・かくぎよ）。水のない所で苦しむ魚。「我等籠鳥ノ雲ヲ恋ヒ、涸魚（カクギヨ）ノ水ヲ求ムル如クニ成ッテ」（太平記十九）。
三 助力。
四 年、罷り寄りし。年をとっております。
五 瓜生は土着の豪族。建武三年十月、金崎城に入った義貞は瓜生一族の救援を期待して、義助に「千余騎ヲ副ヘテ瓜生ガ杣山ノ城ヘ遣ハサル」（太平記十七）。杣山城は現福井県南条郡南条村にある。
六 時分早しと座を構え。
七 御賢慮を憚り、さし控え罷り有る。
八 御舎兄義貞。
九 天子の薄墨。→二二三頁注一〇。
一〇 奪ひ返して帰りしは、天晴の高名。
一一 ひたすら願うさま。
一二 不興。
一三 さし出がましい。
一四 親兄の仇を報ずるに。何を措いても討つべき仇であるから、あえて「綸旨も太刀も何かせん」と言う。
一五 家の重宝。

取かへしたはてがらなれ共。まことゐんやがちうぎを思はゞ。しんていあらは一六すきたいのみやげ。いはず共ぢさんするはづ。一たんてきへかうさんしながら。かるぐ\しくたいめんとは思ひもよらず。よし助がこのむ一色(ひといろ)のみやげ。よくふんべつしてもちきたれ。其ときめでたく一七たいがんせんと。きつと申わたされよ」と。一八わけしなもなくざを立給ひ。「六郎きたれようじ有ﾘ」と。一九にべなくおくへ入給へば。「はつ」とこたへて八まん六郎。何と取なす二〇しなもなく。二一もみ手をしほにゐしやくして。御あとしたいおくに入ﾙ。

二二とびたつほどに思へ共。うりうふう婦は口をとぢ。おしていはざるざんねんさ。こたへかねてゐんやはんぐはん。かつてぐちよりかけ出(いで)て。御あとはるかに打ながめ。こぶしをひざにうち付く\。二三どふどふしたる心ねを。思ひやりつゝつまや子が。すがればしうとしうとめも。ともにしほるゝ計(ばかり)なり。

しばらく有ｯてかほふり上。「へヱヽぜひもなき世の中や。二四せんくん此世にましまさば。ぜんだいみもんのかうみやうと。有がたき御《ぎょ》ゐをうけ。二五はたわたりの

一六 希代。世にもまれな。
一七 対顔。
一八 事情を詳しく言おうともせずに。
一九 愛想もなく。
二〇 すべ。方法。
二一 瓜生へお愛想のもみ手をしつつあいさつして。「しな、しほ」と頭韻。
二二 塩冶としては、義助に訴えたいことが数々あって。
二三 どうど伏したる心根を。
二四 先君。新田義貞。
二五 周辺。朋輩。

人ゝにも。うら[一]山れんと思ひしに。たる[二]事しらざる今のしゆくん。みやげが一つたらざるとは。たかうぢか。たゞよしが。くびとつてこぬとのごなんだい。そりやあんまりじやよしすけ卿《きやう》。かまくらたかうぢのやかたには。に[三]つきほそかはきらいしどう。しやりんのごとくぜんごをかこひ。都[四]のしやうぐんたゞよしには。な[五]んぶもゝのゐかうらへすぎ。き[六]らほしのごとく立ならべば。り[七]やうにつばさ有ルとてちかよる事かなはふか。其くびとらぬくせ事。のぞみが一つふそくせしとは。いひたいがいの我まゝ。しよせんはらかつさばき。めいどにましますよしさだ卿へ。御《(おん)》め見へいたすまで。女ぼうむすめ必《かならず》なくな。す[八]だいのしうに見すてられ。何めんぼくにながらへん」と。さしぞへに手をかくれば。「なふこれまつて」とつまや子が。ひだりやみぎに取すがり。しうとしうとめもろ共に。「た[九]んりよしごく」とせいしても。思ひつめたるぎ[一〇]しやの一づ。とゞめかねしをむすめのゆふなぎ。涙と共に手にすがり。「申とゝ様まあまつてくだされ。たつた一ことといふ事有リ」と。いふにすこしはき[一一]もたるみ。「何

一 羨まれん。
二 相模入道千疋犬の脇屋義助(→二四二頁※)は義貞から理不尽に疎んぜられても、恨みを述べたてるようには描かれていない。善の側の主従でも、必ずしも信頼関係で結ばれていない並木宗輔の設定。塩冶が策略のために足利方に降る時、義助の諒解を得ず、八幡六郎にも打明けていないのも、作者のそのような姿勢に基づくものであろう。注八の通り塩冶は譜代の臣ながら、義助とは「今の主君」という表現で、義貞の戦死後主君と仰ぐことになったばかりの関係を示している。
三 仁木、細川、吉良、石堂、車輪の如く。いずれも足利軍及び足利政権の枢要にある家々。太平記十七で、後醍醐天皇を擁し比叡山に立て籠る義貞らを討つために、尊氏、直義が京から差し向けた軍勢の大将の中に四家の姓が見え、京での戦いで「仁木・細川・吉良・石堂ガ勢二万余騎ハ、朱雀ヲ直違(スヂカヒ)ニ西八条へ推寄スル」ともある。
四 鎌倉の尊氏、都の直義という規定については→一三八頁注一五。
五 南部、桃井、高、上杉。太平記十九・奥州国司顕家卿并新田徳寿丸上洛事に「鎌倉ニハ上杉民部大夫・同中務大夫・志和三郎・桃井播磨守・高大和守以下宗トノ一族大名数十人」とあり、南部は顕家の許に馳せ加わった奥州勢にその名がみえる。
六 綺羅星のごとく。
七 竜に翼。強い者が、さらに無敵の強さになるたとえ。
八 数代の主。ここでは塩冶判官は新田家譜代の家臣との設定になる。初段から三段目までの塩冶判官は、「いづもほうきのれうしゆ。ゐんや

といふ。ちゝにいふ事有リとな。何なりとさあいへ」と。つかの手はなせば「いや申。[一二]そつじな事ながら。おまへの心とのさまの。お心とちがふた様に思ひます」。「そりやなぜに」。「さればいの。みやげが一つたらぬと有ルお詞には。ちつと思ひあたつた事も有リ。まあよふしあんあそばせ」と。[一三]おふた我子にあさせをば。ならふ心でひざくみなをし。「いか様。なんぢがいふ通《とほり》。思ひちがいのせつぷくなれば。そこつと人にわらはれん。はて[一四]はつめいな事をいふたなあ[一五]ごりやうしよをはじめ女ぼう。某《それがし》までもきのつかぬ所。きをつけたそちは。なんぞ思ひあたりでも有か」。「あい。ちつとばかり」。「とはどのやうな事なるぞ」と。ぢいばゞ二おやなかに取まき。「[一六]けな子じやいへ」と[一七]こまづければ。むすめはざちうのかほながめ。「さまでもない事ぎやうさんさうにと。おしかりもき[一八]のどくまあぢいさまをおくへやり。あとで聞てくださりませ」と。心をおけばうりうはんぐはん。「いやしかりはせぬ[一九]くるしうない」と。いへ共きかぬむすめが[二〇]かぶり。ゑんやは[二一]やがて「いや申。つねからごふびんをくはへ

はんぐはんたかさだ」(三段目二〇三頁二行目)とあって、一応、太平記に見られるように南朝と北朝、新田と足利の天下争いの渦中における南朝方の有力な大名として扱われていたが、四段目では、新田家と塩冶との関係が近世の大名と一家臣のように変化し、太平記との距離が大きくなる。太平記・塩冶判官讒死事に基づく構想は、初段から三段目までの戯曲構成が緊密であるだけに、三ノ切で完結してしまったと言える。

九 短慮至極。

一〇 義者。

一一 気も弛み。

一二 失礼ですけれど。

一三 「負ふた子に教へられ浅き瀬をわたる」(毛吹草)。子供や知恵分別の劣ったと思われる者から、意外によい忠告を受けた時にいう。

一四 発明。利口。

一五 御両所。お二人。舅夫婦をさす。

一六 感心な子。お利口な子。

一七 機嫌をとり、言うようにしむけること。

一八 心苦しい。困ります。

一九 さしつかえない。

二〇 首を振るので。

二一 即座にひきとって。

られても。ぎやうぎたゞしき其《そこ》もとゆへ子心にもゑんりよ。ことに我きみにもおまちかね。しばらくおくへ」と。いふに「げに〳〵おきやくの事。はつたりとわすれし。ていしゆのでぬはぶさほう」と。にはかにきがつきとつばかは[二]。ごぜんをさしてはしりゆく。
あとにしうとめあまみ[三]を見せ。「さあ二おやにしんじつの此ばゞゑんりよはない」と立よれば。又かほながめ口ごもり。「あの。ついでに。ばゞ様もちつとの内。おくへいて下さりませ」と。いふにむつとの色かほそんじ。「なんじやわらはにもたつてゆけか。そりやなぜに」と。詞とがめをかほよはひつ取《とり》「あゝこれ申はゝ様。あの子がいひにくがるなら。まあおくへゐて下さりませ。うみのおやとはちがひます」と。りづめにあふてふせうぶしやう。「ほんにせかい[四]にいふ通り。まご[五]かをよりゑのころを。かふたがましじや」とあつからうた[六]ら〳〵いひすて[七]
〽おくへ入《いる》かげを。

一　俄かに気がつき。
二　あわてふためくさま。トッパカワと発音。
三　甘味を見せ。如何にも優しそうにしてみせ。このあたり、大人達は下心があってちやほやするが、子供はおだてに乗らない。
四　世界。ここは世間に同じ。
五　「孫を養《はご》ふより猧《ゑのころ》飼へ」（譬喩尽）。「孫を飼《かを》より狗とは誰がいひ初《そめ》た」（田村麿鈴鹿合戦四）。
六　悪口たらだら。
七　太夫交替。切場、初演者は豊竹越前少掾。

かほよはとつくと見とゞけて。「さあたれもないとゝ様なりかゝなり。何いやつても人にもいはず。そなたのちつとの思ひあたり。どふした事ぞ」とたづぬれば。さしうつむいて物をもいはず。しあん[8]こむねのあと思ひ。さきを思ふて「申かゝ様。とても事におまへも。あつちへゐてくだされ。とゝ様計《ばかり》にいひたい」と。いふにびつくり「ヲ[9]きやうと。[10]こな子は何をいふ事ぞ。かくす事も人による。ぢい様ばゞ様おひのけて。わしにまであちゆけとは。そりやあんまりじやゆふなぎ。げんざいの此はゝにきかさぬ事ならたかゞしれた。[11]いはずとおきや」と[12]はゝきゞの。ふしだつかほに[13]きのどくの。[14]ゐだはしほるゝ計《ばかり》なり。

[15]がんしよくかはつてゐんやはんぐはん。「やあおとなげなき女ぼう。としはもゆかぬむすめが詞。もちゆるにたらね共。まさしく今せつぷくのばしよ。さしとめた心ね。又一ことで思ひあたる事もあらんと。[16]しをとまつて詞をまつ。[17]いはゞ一生けんめいの所。[18]じやまひろぐか[19]げどうめ」と。きめ付《つけ》られてぜひなく

八 小さい胸一杯に、あれこれ思案し。
九 気疎(けうと)。意外と当惑の気持を表わす。まああきれた。
一〇 この子。お前という子は。
一一 言わないでお措き。
一二 箒木。発音はハハキギ・ハワキギ・ホウキギの三種のどれを使ったか不明ながら、ハワキギの可能性が大きい。アカザ科の一年草で、乾燥させ箒として用いる。ここは「母」と掛詞で、箒の柄が節くれだっているように、とげとげしい母の顔、の意。
一三 気の毒。心苦しく、当惑して。「木」と掛詞。
一四 箒木即ち母の、枝葉に当る子。植物の縁で「しおれる」と言う。
一五 顔色変って。
一六 死を止まって。
一七 言うまでもないが、あえて言えば。菅原伝授手習鑑四の「いはゞ太切ない御首」と同じ言い方。
一八 邪魔ひろぐか。「ひろぐ」は「する」を罵っていう語。
一九 外道。大切な事の障害となる奴、の意。

も。うぢ〳〵と立上り。「ヲヽよい事の[一]とゝ様計《ばかり》のきにいつて。かゝにはゑんりよしたがよい」と。むすめにあてことねすりごと[二]。ひんしやん[三]としてかつてぐち。入《いる》かほ見せてのれんのかげ。しのびてやうすをうかゞひゐる。ちゝはあたりを見まはし。「さあたれもなし。との様のごたいめんなされぬすぢ。思ひあたりはどうじや〳〵」と。ひそ〳〵とへばむすめのゆふなぎ。「これとゝ様。あのぢい様はかたきと一み。あくにんじやがしつてかへ」と。聞てびつくり「そりやどふして。なんでわりやそふいふ」と。ねぢよりすりよりたづぬれば。「さればいの。此中《このぢう》かたきたゞよしのけらい。やくし寺《じ》とやらからつかひがきてぢいさまばゞ様三つがなは[四]。大しやうよし助様をよび入レてころすさうだん。其のち此ふみがおねまにおちてござつた。もしや此事がとの様のおみゝに入《いり》。おまへにもうたがひかゝり。それでたいめんないやうに。わしや思ひますまあ此ふみを。見てのうへで」とさし出す。とるもおそしとひらき見れば、「何ゝとうげつ[五]七日の夜。いくさへうぎ[六]に事よせ。よし助をよび入レ

一 「の」は終助詞。
二 皮肉。いやみ。
三 つんつんするさま。
四 五徳(ごとく)の三本足のように三人が向かいあって、膝を寄せ合い密々に話し合うさま。
※無口で神経の細い十一歳の少女が、大人の陰謀や裏切りを鋭く観察している。浄瑠璃の子役の類型を脱した宗輔の人物描写。ただし大事の文を落しておく趣向は単純過ぎるであろう。
五 当月七日。道行が団扇の季語から六月とみなされ、六月七日。
六 軍評議。

くびうつてぢさん有べきむね。[七]さうゐなきにおいてはおんしやうはのぞみにまかすべく候。うりうはんぐはん殿。やくし寺《じ》次郎左衛門」と。見覚《みおぼえ》有ルじひつのへんかん。「扠《さて》はしうとはかたきと一みほ[八]い」。はつと思へば。むねせまり。つまはなをしものれんのかげ。せつなきつらさ身にせまり。涙さきだつ計《ばかり》なり。

思ひまはしてゐんやはんぐはん。「ムウさては我きみの。きたいのみやげふそくせしと。仰《おほせ》られたはし[九]うとうりうの。くびの事で有《あつ》たよなあ。とはいへ又此ぎを。どふしてごぞんじ有しぞ。ふしぎ」と見まはすむかふより。「其ぎはせつしやが申上し」と。ぬつと出たる八まん六郎。「なんぢはどふしてしつたるぞ」。「ホヲ、某《それがし》せんころまで。[一〇]つぢのふを世わたりにす。きみお通りのじやまなりとて。うりうはんぐはんのげぢをうけ。きつてかゝるはやくし寺《じ》がけらい。心[一一]へずと取て引よせ口たゝかせ。我きみへ申上《まうしあげ》[一二]こよいうりふを。うちとるむねにてきたりし」と。しゞうを聞て「尤《もつとも》ゝ。さいぜんよりしうとめのこ

七 相違なきに於ては、恩賞は望みに任すべく候。
八 「ほい」は、悪い事態に気付いた時の感動詞。「はっ」は、心が激しく動揺する時の感動詞。浄瑠璃では、二つを並べて用いる例も多い。「生胆が入るといふか。サアそういふ噂。ホイ。ハア。はつと老母は胸も張さく思ひ」(日蓮記児硯三)。
九 舅瓜生の。
一〇 辻能。
一一 心得ず。
一二 今宵、瓜生を。

とばのはし〲。がてんゆかずと思ひしが。いまぞ思ひあたりし」とうたがひはれても。はれやらぬ。かなしみつのるはつまのかほよ。あさましのちゝうへ。なさけなのはゝ様やとこへをも。たてずしのびなき。

おつとはそれとしりながら。しらぬふりにてむすめにさし[一]あて。「こりやゆふなぎ。ちゝがいふ事をよつくきけ。[二]おなごの子は女につき。きみへたいして[三]ふちうのちすぢ。はゝといつしよに。[四]あかぬりべつをせねばならぬ。それ共ぜひちゝにそひたく思ふならばな。コリヤ。[五]そいたくば此[六]一こしをやるほどに。しうとうりうのくびをとれ」。「[七]ゑ」。「いやさこりや。ぢいにもせよおやにもせ[八]よ。どふでたすからぬ命。うたねばゑんはこれぎり。のみこんだか。がてんか」と。つまとむすめへ[九]かすがひ詞。[一〇]ぐわひをしらぬ八まん六郎。「これゐぜんのおだんな。いとしぼさふに此お子に。うりう殿のくびとれとは何たるなんだい。なぜこなたが手にかけぬ。こしがぬけたかうでがたゝぬか。よい〱此[一一]やつこが[一二]うしろ見してうたしてしんじやう。こはい事ないきづかいない。なか

一　直接には娘に向って。
二　「此子娘ならば汝に付け去る品も有べきが。男子の悲しさ身にもかへぬ最惜(いとをし)き子を殺し。将門に繋るゝ血筋をたち」(将門冠合戦三)。
三　不忠の血筋。
四　飽きも飽かれもせぬ夫婦が、離婚しなければならぬ時にいう。
五　前の「そひたく」は、単純に一緒にいたくの意。ここは、連れ添いたくの意で、実は妻に向かっていう言葉。
六　一腰。塩冶が差している脇差を渡す。
七　娘が驚いて問い返す声。
八　かげにいる妻へのことば。
九　鎹詞。鎹は二つのものの間に打ちつけて、つなぎとめる大形の釘で、それに似て、一つのことばで別々の立場にいる二人の人物に聞かせるように話すこと。近石泰秋『操浄瑠璃の研究』では、浄瑠璃の一趣向としての鎹詞について本作の用例をこの語の初出とし、宝暦六年(一七五六)の崇徳院讃岐伝記に、一つの詞を家の内の人物に話しかけると同時に家の外の人物にも話している有様を、地の文で「内と外とへ鎹詞」と称している例があげられている。
一〇　具合。工夫、やりくり。
一一　→二三五頁五行目。
一二　後見して討たせてあげよう。

ずとござれ」と引たつるを。「いらざるさはい」ともぎはなし。「うちかねまじきを見こんでおやがいひつくる」。「あの此子がや」。「おふさ〳〵。いづれがうつても一たいふんじん。かならずしほふせよむすめ。万一手に合《あは》ぬと思ふならば。手引をしてうたしてもしゆくんへいひわけ。がてんがいたか」とめをくばる。

「いやそれでも」と六郎が。さしでるをおしとゞめ。「じやまなおとこ」と引たてゝ。わざとのれんのかつてぐち。つまのしのびしすがたをば。見せて一間へともなひいる。

あとにむすめは。とほうにくれ。あんじわびてゐたりしが。ちゝの詞をそむかじとや思ひけん。一トこしとつてわきばさみ。おくをめがけかけゆくを。「これなふまつて」とかほよはかけより引とゞめ。「しゞうの事はあれにて聞《きく》。そなたにうてとは詞のうら。わしが手にかけぬとの。ふう婦のゑんも。おやとのゑんも一どにきれる。そこを思ふて我つまの。なさけでうてとのおしへの詞。

一三 差配。余計な世話を焼くな、の意。
一四 一体分身。「分身」は、仏菩薩が衆生済度のために身を分かち、仮の姿をとってこの世に現われること。転じて、一つの身体が二つ以上に分かれること。妻、娘のどちらが討っても、親子は一体であるから、二人の身の言い訳が立つ、の意。
一五 為果せよ。
一六 だれを手引きせよというのか明示しない言葉に、後文のかほよの言葉を導く作意がある。

一七 六郎に見せて。

※塩冶が妻に直接話さないのは、親を討てと言いかねると言う以上に、叛逆人の娘と知れた妻に、自分の方から、親を討てば夫婦の縁を切らずに済むと持ちかけるのは、未練がましいと、主君や世間から見られることを慮って、表向き子供に言い付ける形をとるので、鎹詞はそういう屈折した心情を表わす技巧。

一八 言葉の裏に意味がある。
一九 念を押す助詞。
二〇 女の子は女親につくので。

聞とりはとつたれ共。げんざいおやを手にかけふと。思ふ心のかなしさを。すいりやうしてたもゆふなぎ。こんなゐんぐはがあろかいなふ」と。すがればむすめも取ついて。物をもいはずきのどくの。ないてくにする計《ばかり》なり。涙のうちにもはゝおやは。つく〲思ひまはすほど。とてもうたれぬおやの命。此身をかはりとかくごして。「これゆふなぎ。さいぜんとゝ様のお詞に。手引をしてうたしても。いひわけたつとの仰《おほせ》さいはい。とてもそなたやわしが手で。うたれそふなぢいさまでもなし。おりこそあれあの一まに。ござんざけにゐいつぶれ。今よふねいつて。四つのとけいのなるをあいづ。とゝ様の手引して何かなしにふんごみ。くび取給へといひおしへ。つれましてきてたもらぬか。ぶしのつま子はこんなとき。なかぬ物じや」ときをもたせ。すかせばさすがすかされて。「そんならなるほど其通り。中ませふ」とうちしほれ。入ルうしろかげながめやり。「かはいやおやこのわかれ共。しらずおもはずゆくか」とて。身をなげふしてかこちなきよその。見るめもあはれなり。

一 気の毒の、泣いて苦にする。「気の毒」は心苦しいの意。「苦にする」は現代の用い方よりも痛切な意味に用いられている。
二 幸い。 三 主君の御前でお相伴に飲んだ酒。
四 寝入っていらっしゃる。「寝入ってじゃ」。
五 夏、六月の上方では午後十時半頃。
六 あれこれ考えずにひたすら。「何かはなしに落しまして下さんせ」(双蝶々曲輪日記八)。
七 父に言い教えて。上文のどれだけを言い教えるのか不明瞭であるが、切迫した局面が間延びするのを避ける省略話法である。
八 お連れ申して。 九 賺せばさすが賺されて。利口なようでも、子供だけに、の意。
一〇 叛逆者の瓜生の血筋ということもなくなり。
一一 かほよは上手障子屋体の隔ての障子を開いて座を移す。 一二 死に場。
一三 男出立ちと解き流す。男装をするために、と髪を解き、ときおろす。
※浄瑠璃で度々扱われてきた、いわゆる袈裟御前型の身替りを準備する局面。女主人公が身替りの男装のために髪を切る時の感慨も、すでに近松の関八州繋馬三段目などに描かれている。比良御陣雪升形では「袈裟御前とかやいひけるも。髪を殿御のかもじに似せ。夫にかはり死したる例し。それは貞女我は又。父のかはりに此身を捨。死ンで仕まへば血筋も切レ。善にもとづく事もやと」。
一四 小枕。女性が結髪の際に髻《もとどり》の中に入れ、髷を高く、しっかりさせるために用いる具。元結で髻の髪を縛りつける中心となるので、周囲の髪が脱け易い。 一五 甲斐とても夏草の。「甲斐とてもなし」と「夏草」をかける。
一六 夏草の麻を刈り捨てるように無造作に。
一七 女性としては色気もつやもない、老人の父

「あゝよしなの思ひやな。我さへしなば[一〇]ちすぢもきれ。むすめはちゝにそひはてん。一つはおやのきもなをり。ぜんにもとづく事もや」と。おもひなをして[一一]一間のうち。こゝを[一二]しにばとざをしめて。[一三]おとこでたちとときながすちすぢの。かみも。けさまでは。いろつやこのみかをとめて。[一四]こまくらもとのぬけるをも。おしみかなしみなでつけし其かい[一五]とてもなつくさの[一六]あさとかりすて[一七]すげなくも。ちゝににせたる。かみかたち。「これがかほよがなりかいの」と。きりしくろかみ手にもちてくやみ。なきにぞなきゐたる。

[一八]ちしごをくれば四つのしほ。[一九]ひかれよる身は[二〇]げんざいの。むすめが手引におつとゑんや。[二一]もゝだちたかくはちまきも。[二二]りんとしまりしむねのひの。[二三]手しよくをさきへ。てらさして。一間をめがけ。うかゞひよる。

かほよは今がさいごぞと。ともしびけしてようゐの衣《きぬ》。[二四]きやうかたびらと引かづき。口にねぶつの人おとは。[二五]ごさんなれとしやうじの内。すかしながめてこゑはりあげ。「せんくんよしさだ卿《きやう》のおんをわすれ。ふた心をさしはさむ。

に似せた兀僧(がつそう)の髪形。瓜生は絵尽でも、髷を結わず髪を後へなで付けた、兀僧の髪型。「あさ(麻)」と「すげ(菅)」とは縁語。※ここで障子屋体の障子をしめて、かほよの姿をかくす。時間の経過があったことになって次句に移る。

一八 知死期。陰陽家で、干支などにより人の死期を予知する方法、及びその刻限。明応五年(一四九六)本節用集に「知死期 チシゴ〈一二九十子午卯酉三四五丑未辰戌六七八寅申巳亥〉」とある。毎月の一、二、九の付く日と十が下に付く日には子、午、卯、酉の時刻に知死期があるということで、次も同様にして、日と時刻の特殊な順列組合せの型三種から成っている。また、天理図書館善本叢書21所収枳園本節用集では、組合せが九種から成っている。本文の「知死期を繰れば四つの潮」の四つ時は明応五年本では月に九回、枳園本では月に十回あって、この場の七日という日取りはそのいずれにも含まれている。しかしながらここは文脈上かほよや塩冶が知死期を繰っているのではなく、地の文の修辞である。四つ時に仕組んだ作者の意は、邸内が大体寝静まるのと十一歳の少女に無理のない時刻を考え合わせたものであろう。一九「引く」「よる」は潮の縁語。二〇 現在の。ほかならぬ。二一「股立」は袴の左右のあいている所を縫いとめた所。この股立の所からつまみ上げて袴の紐に挟むと、袴の裾が少し上がって活動しやすい状態になるのを「股立を取る」と言い、挟んだ先が紐の上に一センチほど出るのを、さらに強く数センチほど引き上げて袴の裾がそれだけ高く上がるのを「股立を高く取る」という。二二 きりりとしめた鉢巻と、凜と引き締まり燃え立つ精神、をかける。二三 胸の火の縁で、手

うりうはんぐはんたもつ。其身がはりの女ぼう共ようゐはよいか」とこへかけたり。内にははつと思はずとびおき。「そりやまあどふしてしつてぞ」と。かけ出《いづ》れば「やあ[一]身がはりのこしらへおそい〳〵。とてもう[二]たぬしやうね見すへたゆへ。しうとうりうはこりやこゝに」と。さし上《あげ》見せたるおやのくび。「なふかなしや」ととりすがる。[三]こまどの内から八まん六郎。「おばゞのくびもこれこゝに」と。だして見せたるなさけなさ。「やあはゝ様も御一しよに。ございごかいの」と[四]どふどふしぜんご。ふかくになきしづむ。ちうぎ一づのゑんやはんぐはん。[五]ゑしやくもなくはつたとねめつけ。「ひけうみれんの女め。事をわけりをたゞし。むすめによそへいひきかせしをなんと聞しぞ。[六]ふちうふぎのおやをかばひ。おのれが身をすてたすけふとは。しゆくんへたいしいひわけなし。つまと思ふなおつとでないぞ。十三ねんのなじみもこれぎり。[七]うんぢはてたりみさげはてた」と。あいそづかしの。詞になをも「なふなさけない。おやにわかれおつとにさられ。此身はどこでたつ物ぞ。い

燭の灯を先へ、娘に照らさせて。
二四 経帷子のつもりで。死者を葬る時に着せる、南無阿弥陀仏の名号や経文などを書いた衣。
二五 「こそあんなれ」の転。人の気配は、まさしく…、よし来た、の意。塩冶の心持をいう。

一 今頃、何を言うか。身替りの変装はもう間に合わないのだぞ。
二 討たぬ性根。
三 舞台上手奥に、小窓が設けられているであろう。六郎は、すぐに引っ込む。
四 どうど伏し。
五 思いやり。
※浄瑠璃には身替りは必ず有効であるとの論理があった。たとえば前記、関八州繋馬の詠歌の姫のように意図した身替りそのものは成功しない場合でも、別の方法で夫頼平の命が助けられ、彼女の貞節が称えられた。が、ここでは、身替りをめぐるかほよの行為や苦悩はすべて徒労に終るのみならず、父を助けようとしたことで、卑怯未練と、夫の怒りを買う。宗輔は本作の翌年、鶊山姫舎松四段目で「どふ思ひ廻しても身がはりはふるい〳〵」という詞を入れており、浄瑠璃における身替り有効の論理は崩れつつあるといえる。
六 不忠不義。
七 倦じ果てたり。つくづくいやになった。

つそころして給はれ」と。すがればけたをしはねとばし。「けがらはしやいまはしや」と。ふんづたゝいつてうちやくを。見るかなしさはむすめのゆふなぎ。「とゝ様まつて。かゝ様ちやつと。にげていなふ」とあせれどかいも。あらしにこのはふきとばされてせんかたも。涙にくれてちゝのさしぞへ。ぬく手もはやくわがのどへ。ちしほのたきとそめながす。

「やあこりやむすめじがいか」と。おどろくおつとにつまはなをしも。くすりよみづよとうろたへる。なじみはやさしく八まん六郎。かけ出（いで）てだきおこし。「こなたはこりやなんでしぬるぞ。二おやのいさかいがそれほどにせつなくば。仕やうもやうもあらふに」とわつとなきだすこゑにつれ。はゝのかほよ身をもがき。「つねからしやうきに産《うまれ》つき。たにんの事さへくにすれば。ましてやわしがふしよぞんで。うちたゝかるゝをわきめから。見てゐるつらさせつなさが。あまつてしぬるかかはいやな。ちゝのうつ手に取ついて。なきうろたへた其ときは。此身の事は思はいで。いじらしいやらかなしいやら。我からさきに

八 踏んづ、叩いつ、打擲を。
九 逃げて下さい。「い」「のう」ともに終助詞、強く頼み、いそがせる意の女児ことば。
一〇 「甲斐もあらず」と、「嵐」をかける。
一一 塩冶の怒るさまを嵐、ゆふなぎを木の葉にたとえる。
一二 「せんかたなし」と、「涙」をかける。
一三 血潮の滝と染め流す。

一四 猶しも。
一五 仕様模様も。どうにか解決方法も。
一六 小気。気が小さいというより、気が細く、神経質に、の意。
一七 不所存。

※宗輔の作には子供の自殺が度々扱われる。本朝檀特山、和田合戦女舞鶴の場合のように難題解決を意図した死もあるが、南蛮鉄後藤目貫や本作では子供は単に家庭不和が原因で死ぬ。塩冶がかほよを打擲するのも、忠義という名目はあるが、実際には主君の思惑を気にしての妻への当りがけ、といった卑小な行動にすぎず、一般の夫婦いさかいと選ぶところはない。

と思ひしに。あとになつたかかなしや」とこへも。おしまずなきくどく。ともにかなしむゆふなぎはくるしきいきのしたよりも。「なふかゝ様。まつたくわたしはてうちやくが。[一]きのどく計《ばかり》にしにはせぬ。ぢいさまやばゞ様を。ころさしたのもわしがわざ。ふう婦のなかのゑんきるゝも。わしがわざと思へばの。どふもいきてはゐられず。いひわけもわびことも。仕《し》やうがなさにしにまする。わが口ゆへにそう〳〵[二]の。なんぎになるとは思はいで。とゝ様のせつぷくが。あんまりかなしさせつなさに。あとさき思はずいひました。こらへてくだされかゝ様。おまへのためにはおやのかたき。なかずとはやふくびうつて。くつうをたすけくだされ」と。しやくり上《あげ》たるかなしさに。ちゝは身もよもあらればこそ。こたへかねてなき出し。「[三]おろかの事をいふものや。はやさきだつて我きみのおみゝに入リ。とてものがれぬ両しんの命。そちがわざではないはいやい。はやまつた事したなあ」と。なきくどけば「申とゝ様。わしをかはいと思ふてなら。たつた一ことねがひが有ル。聞とゞけてくださるか」と。い

一　つらい、というだけで死ぬ訳ではない。

二　惣惣。みなさん。

三　お前には分っていないのだなあ。以下の言葉に塩冶も追いつめられて、仕方なく舅夫婦を殺した本心が表われている。

ふよりさきに打うなづき。「心にかゝる事あらば。何なり共いふてしね。それをせめてかた見共。思ふてあとでたのしまん。ねがひはなにぞ」とたづぬれば。「あとでせんぞう[四]まんぞうの。くやうをなしてくださりよより。かゝ様となかなをり。[五]もつとのやうに。ふう婦になつてくだされ。おやにはなれ子にわかれ。おまへにまで見はなされ。うろたへさまよい給ふかと。それが。かなしい〳〵」と。なきくるしめば六郎も。かいほうしながらしやくりあげ。「いとしやそれがくになるか」と。[六]ひげくひそらしなきだせば。はゝは身ふしをうちつけて。「おやなればこそ子なればこそ。なりゆくすへのことまでを。[七]よふはあんじてわびしてたもる。かたじけないぞや。わすれぬぞや。かみかほとけかわが子とは。思はぬはいの」とすがりつき。なげゝどかひなきいまはのきは。「とゝさまさらば。かゝさまのこと。たのみまする」といふこゑが。この世のなごりといきたへたり。「わつ」となきだすはゝおやに。つれてゐんやも六郎も。なみだはあめのなは[八]すだれはれまを。またぬふぜいなり。

四 千僧万僧の供養をなし下さりょより。千僧万僧の供養は、千人万人の僧を請じ、法事を行なうこと。「槌松様のみらいの為には仏千躰寺千軒。千部万部の経だらに。千僧万僧の供養なされたより」(ひらかな盛衰記三)。

五 「もと」を子供の言葉で強めていった。

六 髭喰いそらし。口の上髭が勢いよくはね上った、武張った顔でありながら。「斎藤別当実盛。しらが髭喰そらし」(平家女護島一)。

七 よくまあ。

八 縄簾。

いつかなげきのはつべきと。おもふおりからおくにはの。まがきのもとよりせめだいこ。かねのねきびしくうちたてたり。はつとおもへばなげきもよそに。三人ながらたちあがり。さてはうりうがないつうにて。てきの夜うちかごさんなれと。かけゆかんとするところへ。大しやうよしすけゆふ〳〵とたちいで給ひ。「やあ〳〵なんぢら。につぽん六十よしうをあい手どり。いくさをのぞむよしすけ。しのび夜うちの一せうてきにはむかふはおとなげなし。それなるゑんやが女ぼうかほよとやら。二おやうりうが一みのやから。なんぢがてがらにおひちらし。それを三こうにいもせのむすび。ゑんやも四いはひあるまじ」と。おふせに「はつ」と女ぼうは五こづまひきあげおびひきしめ。こおどりしてぬきがたな。ひつさげかけゆくひとまのしやうじ。ぐはらりとあくれば六ひろにはより。こしもと七なかゐがたいこかね。てんでにひつさげたちいでゝ。「よしすけ卿のおふせをうけ。なげきをやめんけいりやく」と。きいてはぢいるゑんやはんぐはん。「げに〳〵おもへばみれんのなげき。たゞよしがこもりたるかねがさきへおし

一　小敵。
二　親瓜生が一味の族を。
三　武士の義理で離別された妻に、主君に対して一つの功を立てたらばもとの夫婦に、という趣向は浄瑠璃でしばしば扱われる。
四　違背。
五　小褄引上げ帯引締め。小褄は着物の褄の端。かほよがりりしいさまをみせる。夫に去られ子を死なせた妻に、武道の手柄を立てて名誉を回復せよと勧めるのも、南蛮鉄後藤目貫三段目と同じ描き方。
六　広庭。
七　奥勤めの腰元と下女との中間に位置する女。
八　分捕高名。戦場で敵の首を取り、武具等を奪い取り、功名を表わすこと。
九　以下六郎が辻能で手のものの鼓にかけた言い回し。
一〇　三地。能で鼓を一句に三つ打つ手組。「一人、二人、三地」と縁語で語呂を合わせ、段切りを口拍子よく語る。
一一　鼓の譜「チポ」「タポ」。
一二　十方、八方、滅法に。ここも語呂合せ。「滅法に」は、めったやたらに。悲しみを紛らそうとする心持。
一三　喜悦の眉を開き。
一四　「婆娑羅」は人目に立つ派手な振舞い、ほしいままの乱脈な振舞い。「婆娑羅絵」は自由奔放に描いた絵だが、ここは転じて春画の意。
一五　古例。鎧色談(明和八年)に「鎧櫃の中に春画の巻物を納めおきて、出陣の時見て笑を含んで

よせて。[八]ぶんどりかうみやう六郎いかに」。「そふとも〳〵。[九]ひとりうつてはつゞみもならず。ふたりつれだつ[一〇]みつぢのひやうし。ごじぶん[一一]ちつぽう」「なんぢはたつぽう。[一二]十ぽう八ぽうめつぽうに。きつて〳〵きりなぐり。ふたゝびにつたのごうんをひらかんいざ。御とも」といさむれば。よしすけ卿《きやう》も[一三]きゐつのまゆ。「いくさにたつには[一四]ばさらゐを。見るが[一五]これいぞ女ぼうきたれ。ゐんやきたれ」と手をとつて。ひつたりあはする。いもせのむすび。「[一六]まくらざうし」と六郎が。[一七]どつとわらへば「わつ」となき。これもむすめがかげなるぞと。ふう婦はかほを見。あはせてうれへにしづめばせめだいこ。かねのひゞきにまぎらしてやかたを。いさみいでゝゆく

出されは(出づればカ)、その日の軍かならず勝利ありと言伝へたり。秘事故実ある事なりといふ人あり。按るにこれ妄説なり」。武家俗説弁に「俗説に。枕絵を具足櫃に入レ置ク事は。武士出陣の砌。是を披見て心鬱の気を散じ。こゝろよく笑を含て門出すといへり。…心ある人誰か一笑せざらんや。抑此ノ…故実。和漢の書に見へず」。

一六　春本を見るようだ、と。

一七　このあたり、和田合戦女舞鶴三ノ切段切りに相似た表現がある。「いかひ御くらう。〳〵の声も涙にふるひ出し。わつとなけばハはつと。礼義にかくす涙の袖」。

※主従、親子、祖父母と孫、夫婦間の信頼関係が次々に崩れ、親と子を失った塩冶夫婦に、家族的尊厳を捨てた性の結びつきだけが、主君によって保証される。初段から三段目には複雑な謎解きを介して、国家的な難題解決、敵同士の和解が描かれ、たへま御前の空しい死も、夫への愛情によって貫かれた行為の結末ではありえた。日常性とのぎりぎりの接点で悲劇的構築を持ち得た三段目までと、その構築が崩壊した四段目とで、狭夜衣鴛鴦剣翅の主題と構想は、分裂を余儀なくされている。

第五

（川[一]辺の段）

[二]ぶんわうゐひんにりよぼうをもとめ。[三]ぐんしとなして[四]四百ねんしうの[五]てんかをおさむとかや。[六]こゝもなに[七]あふこしぢがた。かねがさきのしろちかき[八]ながれにつりをおろす[九]ぎよふ。[一〇]ふりしくあめに[一一]みのぬれて。[一二]たけのこがさにほうかぶり。[一三]いつしんふらんつりざほに。ほそきいとなみはりのさき。[一四]つみもむくいもわするらん。

[一五]わきやぎやうぶ卿《きやう》よしすけあそん。[一六]よしさだ卿《きやう》のあたをふくせんと。[一七]あすはのじやうに[一八]中ぐろのはたを上《(あげ)》給へ共。みかたはこぜひ[一九]京へいはめにあまるたせいなれば。ちりやくをめぐらし[二〇]たゞよしの。たてごもりたるむかいじろ。かねがさきをせめおとさんと。[二一]ゑんやはんぐはん八まん六郎二人をめしつれ。今日《けふ》のふう雨《う》をさいはいに。[二二]しづのすがたとみのにかさ。こしに[二三]ないがまさ[二四]すがげに

時　前段の何日か後、夕刻
所　金崎城近くの川辺

一　初演者豊竹粂太夫。
二　文王渭浜に呂望を求め。文王は中国古代周王朝第一代武王の父西伯姫昌の追諡。渭浜は黄河の大支流渭水の岸。呂望は周建国の功臣太公望呂尚。望は名、呂は氏ともいう。呂望が釣りをしていた逸話をさす句。
三　軍師となして。
四　周代は、武王建国（前一一二二年、諸説あり）から滅亡（前二五六年）まで、注九の太平記の引用に続く文にある如く八百年を越えるが、前七七一年の洛邑遷都を境に、以前を西周、以後を東周と呼び、国が栄えたのは西周三五二年間である。　五「てんが」と濁る。→一三九頁注二一。
六　ここにもそのような釣りをしている人物がある。金崎城にかかる文勢であって漁夫にもかける意。　七　名に負う越路潟、金崎の城。
八　川は地理上に特定できない。
九　漁夫。この釣り人を、太公望に見立てた。太平記三十に、「西伯…渭水ノ陽《(キタ)》ニ出テ見給フニ、太公望ガ半簑ノ烟雨水冷《(スサマ)》ジウシテ、釣ヲ垂ル、事人ニ替レルアリ」。
一〇　降りしく雨。舞台に本水は使わない。
一一　簑。　一二　竹の皮を編んで作った笠。
一三　一心不乱に釣りをする、釣り竿の先の糸のように細々とした、貧しい生業。「糸」と生業の意の「営み」をかける。
一四　釣りに心奪われて、殺生の罪による来世の

やたけごゝろぞたくましき。

よしすけ卿二人にむかい。「我〻三人てきじやうへまぎれ入《いり》。内のようがい[二五]さいけんし中ぐろのはたをおしたて。あいづのふへをふき立《たて》なば。[二六]さとみとり山[二七]おゝだちのめん〳〵。うら道より一時《いちじ》にせめ入。てきをじやうぐはい[二八]のひらばへおひだしうちとるてはづ。何とぞじやうちうへしのび入ルてだてあらば中されよ。かた〴〵いかに」との給へば。

ゐんやはんぐはんまゆをひそめ。「今日のあめこそくつきやうのじせつなれ。此所にて日をくらしくらまぎれに[二九]へいをのりなば。たれしるものも有ルまじ」と。事もなげにこたふれば八まん六郎すゝみ出。「御もつともなりさりながら。夜にいらばなを〳〵[三〇]てきにようじんし。かゞりびをたいてゆだんはせまじ。[三一]てきをたばかりぶじにいらん[三二]はかりこと。あらまほしし」といひければ。「げに〳〵これも[三三]りのとうぜん」としりよをめぐらす計《ばかり》なり。

よしすけ卿あとふりかへり。「あれ〳〵こゝへたはらをせおひくるものあり。

報いも忘れているのであろう。謡曲・鵜飼の「驚く魚を追ひ回し、潜き上げ掬ひ上げ、隙なく魚を食ふ時は、罪も報ひも後の世も忘れ果てて面白や」をふまえる。
一五 脇屋刑部卿義助朝臣。→一五三頁注二一。
一六 義貞卿の仇を復せんと。
一七 足羽の城。
一八 なか黒。新田氏の紋。幅広の一引両《ひとつひきりよう》。足利家の紋二引両に対する。
一九 京兵は目に余る多勢。
二〇 直義の立て籠りたる向城。足利直義のこの事は本作の仮構。太平記などにいう向城は、敵の城を攻める時、それと相対して築く城。足羽からは約五〇キロの遠距離であるから、ここは単に足羽の城と相対する金崎城の意であろう。
二一 塩冶判官、八幡六郎。
二二 賤の姿と簑に笠。「簑」に「見」をかける。
二三 薙鎌《なぎがま》。草などを薙ぎ切る鎌。
二四 鎌を腰に「さす」と、下賤の姿にやつしても「流石」に武士の弥猛心は、とかける。
二五 要害細見し。城塞の備えをつぶさに見た上で。
二六 里見、鳥山。→二四三頁注一七、二六九頁注一〇。
二七 新田氏の一族。上野国新田郡大館邑から起る。太平記二十二・大館左馬助討死事その他に再々その名が見える。 二八 城外の平場。
二九 塀を乗り越えるならば。
三〇 城内は敵(南朝方)に対して用心し。
三一 我ら(南朝方)は敵(城内)をだまして。
三二 「はかりこと」の「こ」は底本・十行本ともに濁点なし。日葡辞書、清音。
三三 理の当然と思慮をめぐらすばかりで、事がきまらない。

さつする所じやうちうへ。ひやうらう[一]はこぶ人《にん》ぶと見へたり。きやつらをうちとりにんぶとなり。しろへいらんにたれかとがめん。地ウはやたそかれに程もなし。ウさいはい〳〵おもて[二]もしれじ。ハルやりすごしてうちとれ」と。こかげ[三]にかくれまフシつまほどなく

色こめだはら。せおふてきたる四人づれ。ウさきのおとこハルがつぶやき色ながら。詞「さあ〳〵みなやすんでゆくべいさ。ふりつゞけの大あめにもちおもりがしてあしはぼう[四]。せいだしてはやくかへつたとて。きのつくだんな[五]ではなしおろしてやすめさ」。「ヲそれ〳〵。なんにもしらぬぐもうじん[六]。ふちべのふちといふじにはしらずとかくふちであろ。いがのかみとはくりのいが。くしや〳〵とつくやうなわろ。あんなしうもつこちとがふうん[七]。やあなにかといふ内ひくれまへ。地ウ大手のもんのしまらぬ内。ウかへりてばんに[八]やあめはふる[九]。ハルゆるりとねべいいざウこい」と。フシ打つれだつてゆく所を。

地ウかくれし三人このま[一〇]ウよりむ二む三[一一]ハルにうつてかゝれば。色「ウこはらうぜき何やつ」

一　兵糧。
二　顔もわかるまい。
三　木蔭。
四　持ち重りがして足は棒。
五　旦那。主人。淵辺伊賀守をさす。
六　愚蒙人、淵辺のふちと言う字には知らずと書く不知であろ。足利方の人夫達が主人をそしるこの件りは、太平記十八・瓜生旗ヲ挙事で、一旦足利方へ寝返って金崎の攻め口にあった瓜生判官保が、官軍への復帰を思いめぐらす折から、陣中で宇都宮・天野らが、やがて新田が足利を滅ぼし天下をとるであろうと「野心ヲ挿ム」噂話をするのを聞き、脱出の決意を固める件りを、世話に砕いた脚色。
七　こちとが不運。「こちと」は、われわれ。
八　晩には。「ゆるりと寝べい」にかかる。
九　雨は降っているのだから。
一〇　木の間。
一一　無二無三に。まっしぐらに。日葡辞書「ムニムサン」。

と。いふてもおもにゝはたらきならず。うごめく二人《ににん》を二人《ふたり》が切ふせ。六郎が手にあと二人《ににん》。[一二]とたんのひやうしにくびうちおとせば。

よしすけ卿。「さいぜんきやつらがはなしのやうす。ふちべがけらいと見ゆるなり。さだめてしろへいで入りのふだか。[一三]きつ手かもちつらんさがして見よ」と。仰《おほせ》のしたよりしがいのくはいちう。さがせばげにも。木ふだに[一四]かはのおふひをかけ。ひもをばおびにゆひつけたり。「すは。これこそ」と八まん六郎。引ちぎつてよむに「何ゝ。にんぶ三十二人の内八くみにわかれ四人づゝ。此ふだをもつてじやうないでいりいたすべきものなり。うらにはふちべいがのかみかげたゞ。[一五]はんまですへしはさいはい〳〵。これさへあればじやうないへ入事《いる》やすしいざいそがん」と。いさみたてば「[一六]あゝしばらく。[一七]其ふだにんぶ四人とかき付《つけ》しが。今ゆくは三人。ひとりにてもふそくせば何かとひまいり。其上に見あらはされてはせんもなし。はてなにとせん」かとせんとあんじわづらひおはします。

一二　途端の拍子。まさにその瞬間に。「二人（ににん）、とたん」と韻をふむ。
一三　札か、切手か。札は次にあるように通行許可の文章が書かれている木札。切手は二つ切りにして割り符を合わせる木札の半片。
一四　革の覆い。
一五　判まで据えしは。
一六　義助の言葉。
一七　城内出入り許可証の木札に記した人数をめぐるこの件りは、太平記十八、金崎城包囲陣からの脱出をはかる瓜生が、関所通行の人夫の数を偽り木札を請い受けて、数を書きかえて通った策略をふまえる。

八まん六郎しばらくふうし。「あれごらんぜかはかみにつりするぎよふ。かれをやとひにんじゆを合さん」。「ヲヽそれぞさいはいそいではからへ」。かしこまつて八まん六郎かはぎしさしてはしりつき。

「やあ〳〵それなるつりするおとこ。我〻はかねがさきのじやうちうへひやうらうはこぶにんぶなるが。四人の内一人みちにてきうびやうおこり一寸もうごかれず。それゆへみんかにやうじやうす。しろへかへるに一人ッふそく。とやかくといひわけせんも。やうじんのさいちうなれば事むつかし。にんじゆさへふだにあへばことなきゆへ。なんぢをやとひにきたりたり。じやうちうまできてくれまじや」といひければ。ぎよふはかさの内よりもかほじろ〳〵と打まもり。「おやすい事じやがわたくしは。うをつる事がふだんのとせい。人をだましてゆく事はあゝいや〳〵。ことさら其日すぎのしんだい。つりやめばくい止《やむ》。すこしもつりのいとまなしゆるしてたべ」とこたへける。

「ヲヽそれはもつともさりながら。なんぢがつりとるうをのあたひ。のぞみほ

一 川上に釣りする漁夫。
二 人数。
三 六郎の「かしこまった」との詞を含む地の文。
四 民家に養生す。
五 使われてもらうために来たのだ。→三五七頁注一二。
六 来てくれまいか。
七 渡世。
八 其の日過ぎの身代。その日暮しの身の上。

どどらせんがそれでもいやか」。「やあや[九]といちんを給はらば。いづく迄も参りませふ」。「ヲいかほどにてものぞみにまかせん。[地ウ]はやきたれよ」とと[ウフシ]もないてたち戻《もど》り。

[詞]「さあ〳〵にんじゆはあいました。これやとはれのぎよふ殿も。これをせおふてくだされ」と。[ハルフシ]俵《たはら》をおはせ。[中]四人ゆくあしあ[ウ]めのあし。[ウ]なをふりしきる[ウ][一〇]入あひのか[トル]ねがさきへと[三重]

〽いそぎゆく。

([一一]金崎城門の段)

[地色ウ]ほどなくしろのもんちかくあゆ[ウ]みよつてゐんやはんぐはん。[ハル][一二]とびらをたゝきこへはり[色]上(あげ)。[詞]「ふちべいがのかみくみしたのにんぶ八つわりの四人ぐみ。ひやうらうもつてたゞ今きじやう。もんひらかれよ」とよばゝれば。[地ウ]ようじんきびしきしろのうち。「し[ハル]ばらくまたれよ其とをり申さん」と。す[ウ]こしま[一三]どりの其内

九 傭い賃。

一〇 「入相の鐘」と「金崎」をかける。先程の人夫が大手の門のしまらぬ内にと言っていたが、その人夫を倒し、漁夫を傭い、相談もするのに手間取って、いま入相の鐘で門は閉ざされたかも知れないと、急ぎ行くのである。

時　**前場の続き。暮六つ頃**
所　**金崎城門前**

一一 初演者、前場から続いて豊竹粂太夫。本手摺正面中央に櫓構えの城門、その左右に塀が連なる。塀には、下手に潜り戸、上手に城内から見越しの松の枝が延び出ている。前手摺は城門外の広場で、この一場の戦闘が展開する所。中でも、櫓と潜り戸と松の枝が演技に活用される。中でも、狭い潜り戸から敵味方が出入りを繰返すおどけた演出に、次には誰が出てくるか期待と笑いの興趣を仕組む。

一二 大手の門の扉は締められていた。

一三 間取り。手間取ること。

に。ふちべはやがて物のぐかためやぐらに上り。「いがのかみがくみ下のもの。で入《(いり)》のふだをこれへ出せ」といひければ。「承《(うけたまは)》る」と八まん六郎くだんのきふだをさし出す。「なるほど〳〵相《さう》ゐなしそれ。くゞりより通せよ」と。げぢをうけてくゞり[一]どあけ。

「一人リ。二人リ。三人」と。よみこんで四人めにふちべがこへかけ。「そいつはまぎれ[二]ものなるぞなはかけよ」。「承る」と内より四五人走《はしり》リ出《(いづ)》ればぎよふはうろ〳〵。「あゝこれ申。どふして我[三]らがまぎれもの。いつちあ[四]とからはいるのでさうおつしやるか」。「いやぬかすまい。しろのにんぶが何ゆへにこしにゑ[五]ふごは付《(つけ)》たるぞ」。「いやこれは」。「これはとはぬす人め。それふみたをしてくゝれ〳〵」。「かしこまつた」と両ほうより「とつた〳〵」ともろうでに[六]。とつてかゝれば心へたりと。右[七]はひだりへひだりは右へ。やりちがへに大《だい》ちにのめらせ。せおひしたはらなげ付《(つけ)》て。「それ[八]にござれ」といひずてに。ゆきがたしらずなりにけり。

一　潜り戸。城門の脇の潜り戸で、邸宅のよりも大きく、実際は身をかがめなくて出入りできる。
二　紛れ者。正当でないのにわからないようにまじりこんでいる者。あやしい者。
三　私。
四　一番後から。
五　餌畚。魚を釣る餌を入れる竹籠。
六　漁夫の双腕に。
七　右の捕手は左へ、左の捕手は右へ。
八　そこに居なさい。倒した城兵への罵声。

やぐらの上よりふちべははがみ。「ゑゝふがいなし取にがせしか。さだめてにつたのまはしもの。しよて三人のやつばらもきづかはしうたがはし。引とらへてせんぎせん。なんぢらはもん／＼をかたくまもれ」といひつけて。[九]やぐらを。かけおり入にける。

じぶんはよしと三人は内のようがいよく見とゞけ。中ぐろのはたさつとおしたてあいづのふへをふきたつれば。うらみちよりさと見鳥《とり》山[一〇]やまなおふだち其外につたの一ぞくら。しだいに近《ちか》づくせめだいこ。[一一]かいがねならしときのこへ天にもひゞく計《(ばかり)》也。

じやうちうにはあけてふためき「すは。御みかたに二心のもの有りて。てきの夜うちぞめをくばれ。[一二]どしうちすな」とさはぎたつ。三人はみのかさぬぎすてじやうぐはいにかけり出。[一三]大将よしすけ御こへたかく。「やあ／＼ゑんや八まん六郎。[一四]じよのかたきにめなかけそ。めざすかたきはあしかゞたゞよし。やくし寺《じ》ふちべ三人ぞ。かれらに出あはゞこんかぎりはげみたゝかひくびをとれ。

九　この間に潜り戸も内から締める。

一〇　山名。新田氏の一族。上野国多野郡山名邑から起る。太平記二十、足羽攻めの義貞の陣の着座順に脇屋義助の次に「此外山名・大館・里見・鳥山・一井…」と見られる。

一一　貝鉦。軍陣で用いる法螺貝と鉦。

※このところ、三人の姿は見えないまま。中黒の旗が塀の内がわに高く差し上げられ、鋭い笛の音に続いて、遠方から攻め太鼓と法螺貝、鉦の音勇ましく、音響効果の仕組み。

一二　同士討ち。前行「すは」以下、見えない城中の声を集約した表現。

一三　潜り戸を内から開いて出てくる。扉はしばらくそのまま開かれている。

一四　爾余。その他。

いざまづこゝへおびき出し三人一所にうちとれ」と。又じやうちうにかけ入て。一つまり〳〵をかりまはす。二かたきのせいはうろたへてとほうしなふ計《ばかり》なり。

三しばらくときをうつす内。八まん六郎たゞ一人《いちにん》あまたのざうひやうむらがるを。四たてのいたにてめつたうち。しろのそとへとおひ出し。五「かずにもたらぬはひむし共。此八まんをうたんとの心ざしがしほらしい。いで一くるめにいとま六をくれん」と。大ぜいあいてにしゆれんのはたらきめざましかりける〳〵しだいなり。

ぐはんらい六郎すこやかもの。むかふにすゝむざうひやう共みけんかたさきあるいはこしぼね。打くだかれてたをれふす。のこるぐんびやう二三人。「もはやかなはぬ八まんゆるせ。七命がだいじ」とかいふつて。八あとを見ずしにげてゆく。

九「ゑゝなんでもないやつばらに。むだぼねおつたやくし寺《じ》か。ふちべがくびをせしめん」と。かけ入ル大手のもんはしめたり。いかゞはせんとしあんをめぐ

一 潜り戸から入る。
二 舞台面にはあらわれない成行きの叙事。
三 「江」は江戸節の略記。
四 楯の板。「楯」は敵の矢を防ぐ兵具。ここは和漢三才図会二十の「歩楯(てだて)」の類。その注に「釈名云、狭而長、曰二歩楯一、歩兵所レ持」。城中で敵兵の持っていたのを奪い取っている。
五 八幡六郎が潜り戸から雑兵を追い出してきて楯を振りまわして奮戦。その間に潜り戸は内から閉ざされる。
六 此の世の暇。
七 八幡六郎と、自誓の詞の八幡をかける。
八 掻い振って。身をひるがえして。「むさい〳〵とかいふつて。みかたの陣へ逃入しを」(日本振袖始二)。
九 文法上の句読点にすると、「何でもない奴ばらに、無駄骨折った。薬師寺か、淵辺が首を」。

らし。うしろへまはす一〇ふたこしや。一一見こしのまつに一二かまひつかけ。つたひ上り
一三てへいのうへやすく〳〵。こへてとび入たり。
一四又も打あひ出たるは。ゑんやとやくし寺《じ》ひばなをちらし。切むすんだる一五てづめ
のしやうぶ。いかゞはしけんゑんやがかたな。つばもとよりほつきとおれ。
一六「なむさんぼう」と松がへに。かゝりしかまのくさりに手をかけ。ぽいと上《あが》れ
ばやくし寺《じ》が。一七のび上つてなぐるたち。けおとしかまをとつてとびおり。さゝ
へる所へじやうちうより。八まん六郎ふちべをぼつかけ一八切て出《いで》。はんじ計《ばかり》ぞ
たゝかふたり。
一九なんなくゑんやも六郎も。やくし寺《じ》ふちべがくび取て。立上る内よしすけ卿《きやう》。
うろたへまはるたゞよしを。じやうぐはいへ二〇おひ出したまへば。ゑんや八まん
両ほうよりたゞよしがきゝうでとり。ねぢふせんとする所へ。「しばし〳〵」
とゐぜんのぎよふ。かけきたつてみのかさを。かなぐりすつればかうの師直《もろなを》。
がてんゆかずとよし助しうじう。身がまへのてい「ヲおどろきはもつとも。此

一〇 腰に横たえた太刀、脇差を、後へ回し背負う形にした。登り降りの邪魔にならぬため。
一一 見越しの松。「二腰、見(三)越し」と続き、脚韻。
一二 下賤の草刈り鎌とみせて身につけていた鎌が、武器の鎖鎌となり、この鎖をつたって登る。人形遣いの特殊な技術の見せどころ。
一三 塀。城門の左右は高い城壁のはずのところを塀にしているのは見越しの松を使うため。
一四 潜り戸が内から開かれて両人斬り合いながら出てくる。
一五 手詰めの勝負。ぎりぎり決着の勝負。
一六 南無三宝。しまった。
一七 塩冶が鎖にとりついて、身軽にひょいと松の木に上ると、薬師寺が伸び上って薙ぎ切る太刀を蹴落し、松にささった鎌をとって、もとのところへ飛び降り、防戦するところへ。さきに飛び越えるために使った鎖鎌を、さらに手のこんだ演技に使って見せる。
一八 潜り戸を内から開いて登場。勇者同士二組の奮戦が続く。
一九 難なく。現代の用法の容易にという意味よりも重く、味方に手負いのような難儀なことがなく無事である意。
二〇 潜り戸から。

たびのうつ手にはたゞよし計《(ばかり)》。此師直《もろなを》にはたかうぢ卿《きやう》よりげちなければ。我は見ぬかほしらぬかほ。なれ共しゆくんのごしやていたゞよし。見へがくれにぎよふのすがた。御たのみをさいはいとじやうちうへ共に入[一]こみ。ねいしやのふちべやくし寺《じ》を。ほろぼさせしはてんがのため。たゞよしの一めいは某《(それがし)》がもらいたし。さあゑんやゐぜんのおん。ほうずる心はあらざるや」と。りづめに「はつ」とゑんやがとうわく。

よし助やがてたゞよしを引たてゝ「これ〳〵師直。にしきのふくろおに丸の。いざへんぽう」とわたさるれば。「ハヽ〳〵はつ」と悦ぶ師直が。ちうぎにめでゝたゞよしも。今よりあくしんひるがへし。ぜんにもとづく[二]あしかゞうぢ。こなたはいくさにかちしゑみ。[三]につた〳〵の[四]しんばしら[五]うごかぬ。しるし[六]ほうねんの。国も豊《ゆたか》にたみ豊《ゆたか》久し。かれとぞ祝しける

一 手短かに成行きを述べるための省略表現。ご一緒に入り込もうとしたのですが、自分だけは見とがめられてはいれなかったものの、あなた方をはいらせることができて、というほどのところ。

二 姓は足(悪し)利氏だが、本来の善に基づくことになり。

三 「にたにた笑み」と「新田」をかける。

四 真柱。塔などの中心を通す柱。

五 新田氏を祖先とする徳川氏の天下は揺ぎない、との意をこめる。

六 豊年。以下、豊の字を重ねて豊竹座の繁昌を予祝する。

※この場には降雨の記述がなく、主要な四名には簑笠を脱ぐ記述を入れて、段切りの見ばえがはかられている。

右[七]俳[八]優曲調者以通俗為
要故随物閏[九]字正字俗字各
為用捨而文句明也且予自
加墨[一〇]譜誠為正本云尒

豊竹越[一一]前少掾

大坂心斎橋本四町目西側　正[一二]本屋　西沢九左衛門

七 右、俳優の曲調は、通俗を以て要と為(な)す。故に物に随って閏字、正字、俗字各用捨を為して、文句明らかなり。且つ、予自ら墨譜を加え、誠に正本と為すと、しか言う。——右の演劇的音曲は、誰にも分り易いことを肝要とする。故にその戯曲に用いる文字も、内容に応じて正統でない字も正字も俗字もそれぞれ場合によって取捨して用い、語り物としての文句がよく分るようにしてある。しかも私が自分で詞章に墨譜を加え、これこそ正(まさ)しく正本と呼び得るものとした次第である。

八 俳優は古訓「わざをぎ」の意で、伎芸をさす。

九 閏位は正統でない天子の位をいうので、ここも正統でない文字。

一〇 広狭両義があるが、ここは広義で、浄瑠璃本の詞章の右脇に付した文字譜、ごま章、句点等、語り方の記号。

一一 豊竹座の紋下(もんした)太夫で、座本、劇場主をかねる豊竹若太夫の受領名。

一二 豊竹座関係の浄瑠璃正本の版元。

新《しん》うすゆき物語《ものがたり》

寛保元年(一七四一)五月十六日、竹本座初演。作者は文耕堂・三好松洛・小川半平・竹田小出雲(二代目出雲)。

近世初期の恋愛小説『薄雪物語』を改作した小説『新薄雪物語』(享保元年＝一七一六)の浄瑠璃化。但し筋立てその他、清水見染めの場面以外は、小説とは全く異なる。

角書に「時代・世話」とあり、鎌倉時代の設定でありながら、時代物の五段組織によらず、世話物風、ないし上方元禄歌舞伎三番続き風の、上中下三巻形式をとる。『当世芝居気質』(安永六年＝一七七七)に、「人でしたことを人形へ引直そふと思へば…薄雪団七といふ浄るりは、元は歌舞伎で仕た狂言を伏向筆《うつむけふで》さきのあやつりを仕組《しくみ》役者のおもひいれを文句に勘弁《かんべん》せし上作、是等《これら》を手本として歌舞伎狂言をあやつりに引直したがよい」という。「団七」は、元禄十一年(一六九八)大坂片岡仁左衛門座の団七の狂言を浄瑠璃化した「夏祭浪花鑑」(延享二年＝一七四五)をさすが、「薄雪」のもととなる歌舞伎狂言は明らかでない。

薄雪の狂言は、元禄期前後の江戸歌舞伎に多く、中でも元禄十三年、江戸山村座「薄雪今中将姫」五番続きは、薄雪姫と中将姫を結びつけた題名が、本作中の巻「当麻寺・五平次住家の段」に影響を与えていると思われるが、内容的にはつながりが薄い。むしろ「団七」と同じ元禄十一年、京都万太夫座三番続「一心二河白道」(坂田藤十郎・大和屋甚兵衛・霧波千寿・水木辰之助ら。作者近松門左衛門)などは、清水見染めの場が類似し、敵役ならそのべの兵衛という人物も登場する点、本作への影響を考慮すべきかと思われる。

成立事情に加えて、明るく開放的な作風が歌舞伎に好まれ、初演直後から今日まで、歌舞伎での上演頻度が高い。人形浄瑠璃でも大正期までは原則として通しで上演、「園辺館」は単独でも上演されたが、昭和期以後は上演が間遠になった。昭和五十五年、東京、大阪の文楽公演で「清水寺・幸崎館・園辺館・正宗住家」と、通し上演。

「園辺館」は、初演者竹本播磨少掾の曲風を伝える西風(竹本座の曲風)の名曲、立作者文耕堂の執筆であろう。薄雪姫・左衛門の恋愛より、二人をめぐる親たちの恩愛と苦衷に焦点が絞られ、幸崎伊賀守、園辺兵衛が、互いに相手の子のために命を捨てて親心の一致を確認し合う「陰腹(かげばら)」のクライマックスには、竹本座の理想主義のすぐれた結実をみる。

底本は早稲田大学図書館蔵、初版七行八十六丁本。

「新うすゆき物語」絵尽（慶応義塾図書館蔵）

時代世話[1] 新うすゆき物語

上巻

(六波羅館の段)

あめつちの中《(うち)》に何国《いづく》か蒼生《たみくさ》[2]の。そだゝぬ里も名に[3]しあふ。都は花の七重《なゝゑ》八重《やゑ》九[4]重ちかき殿作《とのづく》り[5]。六波羅《はら》[6]殿の新館《にゐやかた》。営宮《ゑいきう》たかき長築地《ながついぢ》[7]番所《ばんしよ》[8]大下馬《げば》[9]道具[10]どめ。武家《ぶけ》繁昌《はんじやう》の時津風《ときつかぜ》[11]　枝《えだ》[12]を。ならさぬ春なれや。鎌倉《かまくら》の将軍家《しやうぐんけ》に若君誕生《わかぎみたんじやう》の御祝儀《(ご)しうぎ》とて。近国他国《きんごくたこく》の地頭守護職《ぢとうしゆごしよく》[13]。在京《ざいきやう》の武士の面〻《めん〳〵》。ざゝめく[14]袖に引[15]はゆる長上下《かみしも》[16]も君が代を[17]。ことぶく浜の真砂地《まさごぢ》や思ひ〳〵《(思ひ)》[18]の島台《しまだい》の。折にふれたる松竹梅《せうちくばい》。齢《よはひ》[19]をゆづる舞鶴《まひづる》の。千ン[20]里に羽《は》をのす儀《ぎ》式《しき》なり。

[21]当家《とうけ》の家老葛城民部《からうかづらきみんぶ》ノ丞《ぜう》。一トつ〳〵打詠《なが》め。「ホヽ、何レ《(いづ)》も心をこめられたる

一 時代物と世話物の中間に立つ作柄。解題参照。
二 人民。書言字考節用集「百姓 タミクサ、民タミ、蒼生 同」。
三 名高い。「里も無し」にかける。
四 皇居。「いにしへの奈良の都の八重桜けふ九重に匂ひぬるかな」(百人一首・伊勢大輔)。
五 御殿の建築。
六 六波羅探題。京都に設置された鎌倉幕府の出張機関およびその長官。七 長く続く土塀。

時　鎌倉時代(北条政権時代)。春
所　京都、六波羅探題

八 ここは番人の詰める所。
九 城や社寺の入り口の、下馬のしるし。
一〇 槍、長刀などをそこより奥へ持って入ることを禁じた場所、標識。
一一 時季にふさわしい風。平和で有難い世の中。謡曲・高砂「四海波静かにて国も治まる時つ風。枝を鳴らさぬみ代なれや」。「繁昌の時」にかける。
一二 世の中が治まって平和であることのたとえ。論衡・是応「儒者論ニ太平瑞応一…風不レ鳴レ条」。
※「春なれや」までの冒頭で現徳川幕府の祖たる鎌倉武家政権の繁栄を讃える。
一三 鎌倉・室町幕府の職名。国々に守護を、公領、荘園等に地頭を設置。ここは江戸幕府の旗本大名を想定。
一四 ざわざわと、きぬずれの音を立てる。
一五 長くのびて見ばえがする。
一六 大名旗本の御目見得以上の行事の際の式服。麻地小紋の裏なしの肩衣に同じ地質小紋の長袴を着用。「君が代の長き」を祝する意にかける。
一七 ここでは鎌倉将軍の治世。「君がよはかぎり

洲浜《すはま》[二二]の作意《さくゐ》飾物《かざりもの》。蓬莱山《ほうらいさん》[二三]は付ヶ札《ふだ》の通リ園辺《そのべ》ノ兵衛《ひやうへ》殿の献上《けんじやう》。汀《みぎは》[二四]に遊ぶ鶴亀《つるかめ》は秋《あき》月殿《づき》の献上な。若君の御寿命《じゆみやう》を祝《しゆく》し。其外面白《おもしろ》き取合せ風流《ふうりう》〳〵」。「イヤ只《たゞ》御祝儀《しうぎ》の印シ計《ばかり》」。「何の風雅《ふうが》もない仕合《しあはせ》[二五]」と譲《ゆづり》あふたる互《たがひ》の卑下《ひげ》。「別《べつ》して幸崎《さいさき》伊賀殿の捧《さゝげ》られし。松竹に花橘《たちばな》のあしらひ。近比《ちかごろ》[二六]やさしき物好《ものずき》[二七]。一ト入《しほ》也」と感《かん》ずれば。

秋月大膳つか〳〵と立寄リ。「ム丶ゥ見事〳〵。松[二八]の位《くらゐ》に事を寄セこちらは雛鶴《ひなづる》あちらは立花《たちばな》。何レも〳〵時[二九]の名取リの花を寄《よせ》ての一興《けう》。イヤハヤ。幸崎殿には音に聞へしよい娘御を持《もた》れたれば。此御趣向《しゆかう》もてつきりおむす[三〇]の差図《さしづ》でがな[三一]。器量《きりやう》がよければ物好キ迄。ハツアやさかた[三二]成《なる》思ひ入《いれ》。いやこれ幸崎殿。折角気骨《せつかくきぼね》を折《をら》れし此飾《かざり》も。誉《ほめて》人がなければあだ花。御息女迚《そくぢよとて》も其通り嫁入盛《よめいりざか》りの年《とし》ばいと聞及ぶ。かやうな人を暫時《ざんじ》でも日影の花はあつたらしい[三三]。相応《さうをう》の縁も有レかし。お取持申たい拙者《せつしや》が寸ン志《し》」と指寄《さし》レば。渋川藤馬《しぶかはとうま》のび上り。「こりや尤《もつとも》なる御一チ言《ごん》。誰《たれ》かれといはふより御縁はさし詰《づめ》秋月公。天下《てんが》に名を得

もあらじ長浜の真砂の数はよみつくすとも」(古今集・よみ人しらず)。真砂は細かい砂。洲浜台の上に松竹梅などを飾り、鶴亀を配する。

一八 婚礼や饗応などの時の飾り物。洲浜台の上に松竹梅などを飾り、鶴亀を配する。

一九 鶴の千年の寿命を若君に譲る。

二〇 天下を支配する将軍家の威勢を形容。

二一 六波羅探題北条成時の家老。鎌倉時代の用語ではなく、世話にくだいた語。

二二 浜辺の入りこんだところを模した島台の趣向の総称。

二三 仙人が住むという蓬莱山を模した島台。

二四 水のほとり。

二五 次第。

二六 はなはだ。最近になく。

二七 趣味。

二八 三都遊廓の遊女の最高位の太夫職をさす語。洲浜の作り物の鳥と花樹に評判の太夫の名を寄せた趣向。劇の場面は京都であるが初演の大坂竹本座の観客に対する当てこみで、当時大坂新町遊廓の太夫に雛鶴と立花が栄えていたのであろう。年代は前後するが新町には、元禄十五年(一七〇二)刊傾城色三味線で見ると太夫の次の天神の筆頭にたちばながあり、宝暦七年(一七五七)刊みをつくしにはたちばな太夫、摂陽奇観・文政五年(一八二二)の条には雛鶴太夫がある。

二九 今評判の。

三〇 「お娘」の略。軽い敬意を含むなれなれしい呼び方。

三一 「がなあらむ」の下略。差図ででもござろう。

三二 風流な考案。

三三 もったいない。「あたら(惜)し」の変化した形。

し兵法《ひやうほう》の達人《たつじん》。拙者を始め門弟《もんてい》となり。被官同然《ひくはんどうぜん》につかふる者数しらず。適《あつぱれ》あなたと縁組は。さいさきのよいお家の果報《くはほう》。幸《さいはひ》爰《ここ》に島台の有リ合ハすは。直《す》グさま婚礼《こんれい》の心持チ。よい所での御契約《けいやく》直グにかための取結《むす》び。拙者媒《なかだち》仕《つかまつ》らん」と遠慮《ゑんりよ》もなげに出しやばれば。「ハテいはれぬ取リ持チ。此幸崎が島台はお上《かみ》への献上《けんじやう》。けふの参会《さんくはい》も御祝儀申上ん為いはゞ公用《こうよう》。私の縁ン組の契約などゝは第一が君への無礼《ぶれい》」。とやりこめられてしぶ渋川口を箝《つぐ》んでひかへゐる。大膳おつ取「コレサ藤馬。伊賀殿の御立腹は尤《もつとも》重《かさね》て急度《きつと》嗜《たしな》め〳〵。アいや伊賀殿身も最前《さいぜん》は思召《おぼしめし》もかへり見ず。心に有《ある》儘《まゝ》近比《ちかごろ》麁忽《そこつ》の申シ分ン。是にござる兵衛殿お手前も面目なし。御免〳〵」と苦笑《にがわら》ひ。「何ンの〳〵麁忽も常ゝ心《ここ》ロ安《や》スさ。幸崎殿も何しにお気に掛られん」と。挨拶《あいさつ》取リゝ打やはらく。「いで各《おの〳〵》の伺候《しこう》の様子《やうす》。殿へ申上んず」と民部は。〽座を立入にけり。案内《あない》につれて京都の鎮台《ちんだい》。北条《ほうでう》の成時《なりとき》殿台の飾《かざり》を御覧とて。素袍《すはう》の袂はしちかき。白書院《しろじよゐん》に出給へば皆ゝ。しさつて畏《かしこま》る。「ホヽウ何《いづ》レも関東《くはんとう》の祝儀相述《のべ》ら

一 武芸。
二 家臣。
三 あの方。大膳を敬っていう。
四 幸崎家の今後の繁栄を思わせる仕合せなこと。「幸先」と「幸崎」をかける。
五 以後厳重に。
六 甚だ軽率な申しよう。権勢に驕る大膳一派の無遠慮な結婚申込みを伊賀守が拒絶。大膳の不快感を「苦笑ひ」で暗示。
七 「和 ヤワラク」「柔 ヤハラグ」(室町末筆写・黒本本節用集、宝暦十二年増補改正早引節用集等)。「ヤワラグ」(日葡辞書)。
八 貴人のもとへ参上すること。
九 探題の意。
一〇 直垂(ひたたれ)の一種。
一一 近世、武家住宅内の建物の一つ。柱は白木で漆などを塗っていない書院。「はし(端)ちかき」は、奥殿から表御殿の書院へ出てきたことを袂の「はし」と掛詞にした。
一二 あとじさりして。
一三 満足。
一四 出来(でき)たかどうか、気がかりである。「高麗国分見(ぶんけん)の絵図(ゑづ)。出来(しゆつたい)したるや」(寛保二年豊竹座・百合稚高麗軍記)。
一五 京都市東山区の地名。
一六 鎌倉時代の京の刀工。諸国鍛冶寄の「山城国

るゝ献物祝着《けんもつしうちやく》一三〈〵。扨《(さて)》誕生《たんじやう》の若君の御守リと成ルべき太刀。名作の鍛冶《かぢ》をゑらんで打《(うた)》すべしと。将軍の仰《(おほせ)》を蒙《かうむ》り内ゝ兵衛へ申付しが。一四出来《(しゆつたい)》の程覚束《おぼつか》なし」と御諚有レば。兵衛座を立《(たち)》お次に扣《ひか》へし刀鍛冶。御《(おん)》目通りへ呼出《(よびいだ)》し。「此者は一五粟田口《あはた》に住居仕る。一六来国行《(らいくにゆき)》と申す刀鍛冶。年ン来イ某《(それがし)》が家来分ン。此度の御用に付キ方ゝ名鍛冶を尋求《もと》めし所。当代彼《かれ》にまさる者候はずと承り。御好《このみ》次第を申聞せ。一七鉄床《かなとこ》おろしの一八影《かげ》の太刀。持参致させ候」と披露《ひろう》有レば一九大膳もおとらじと。「某も大切ッの御用と存じ。大和国の名鍛冶。二〇正宗《まさむね》が一《(い)》ッ子《(し)》を呼寄《よびよせ》則《すなはち》御殿へ召連《(めしつれ)》たり。渋川是へ呼出されよ」。「はつ」と御前を二一溜《たま》りの間より伴《ともな》ひ出る血気《けつき》の若者。どでら二二布子《(ぬのこ)》のすゝけ顔。刀鍛冶屋の二三一番息子《むすこ》と銘《めい》を打ざる計《(ばかり)》也。

「ムウ正宗も国行も相おとらぬ名鍛冶とな。たち刀は家ゝの修煉《しゆれん》有と伝ふれば。銘ゝが家の秘事《ひじ》語れ聞《(きか)》ん」と仰《(おほせ)》に国行。「コレ団《だん》九郎。其元《(そこもと)》は二四正宗の子息なれば。家業《かげう》の二五一チまき油断《ゆだん》は有まい。一チゝ申上られよ」。「ム、扨《(さて)》はおれがしるま

鍛冶継図、京粟田口」に記されているが、粟田口物と呼ばれる系統とは別で、粟田口住を示さない伝書が多い。
一七 金属を叩いて鍛える鋼鉄の台。鉄床おろしは、本作では場面によって語義に差異があって、鉄床を使って刀の外形ができた段階から刀工の仕上げが終って研師の仕事に移す前までの諸工程のものを任意にさす。相互に矛盾も見られる。
一八 重要な作刀に際し、査定する見本の刀。鉄床おろしの語と共に、近松作・唐船噺今国性爺・上中巻に拠る。古浄瑠璃・五郎正宗六段目では宝剣と同形の予備品をさす。それが影の意味に叶う。
一九 兵衛の役目を無視した大膳の行為は、封建官僚たる近世の武士の慎むべきもの。権勢に誇る大膳は、伊賀守とも兵衛とも対立する。
二〇 仮構の人物。鎌倉時代の名刀工鎌倉在住の岡崎五郎正宗を連想させる役名。↓三六八頁注四。
二一 待合室。御前を「立つ」にかける。
二二 普通の着物よりやや大きめに仕立て、綿を入れた広袖のもの。布子は綿入れの意。
二三 長男。「こくゐかぢやの一ばん息子」(歌舞伎年代記・享保十五年、名月五人男)。
二四 岡崎五郎正宗の一子は系譜にはないのが普通であるが、刃物目利書(宝暦四年写本。『日本古刀研究五部書』所収)の系譜に「広光」という名に「正宗子九郎次郎」と注し「中ノ下」の位付けにしている。
※本曲の刀剣関係は愛好者には明らかに作り事とわかるように仮構してある。大名はじめ諸家所蔵品へさしさわらない配慮からであろう。
二五 いっさい。

いと思ふてか。コレ烏《からす》の子は黒いじやないか。鍛冶の息子が刀の道にくろとでなふて何ッとせう。おれから申上るぞや」と。居なをつて手をつかへ。「惣じて刀の作りと申すは。[一]冠落《かむりおと》し[二]鎬《しのぎ》作り。[三]高[四]衡刎刃《ひらきりは》[五]平作り。又ッた《(まった)》[六]焼刃《やきば》を申そふならば。[七]乱れ刃《やき》[八]のだれ刃《やき》。[九]すぐ刃鋒《(やき)とがり》。[一〇][一一]大乱れ。[一二]鑢《やすり》に取ては[一三]鏟目《せんめ》[一四]直違《すぢかひ》[一五]横やすり。[一六]横下[一七]鷹《たか》の羽切[一八]り直違《すぢかひ》まだ。此外に鑢目は。家に伝《つた》へし秘密《ひみつ》の口伝《くでん》[一九]あからさまには申されず。何と国行聞《(きか)》しやつたか」。「ヲ、さすが正宗の子程有て若輩《じゃくはい》[二〇]なが奇特《きどく》[二一]〳〵。去《(さり)》ながら今申さるゝは職人手業《てわざ》の一ト通り。誠の名人といふは手は動《うごか》さねど胸にさとりの伝授《でんじゅ》有リ。其伝授の第一は。鎧《よろひ》[二二]どをしの九寸五分。剣《けん》[二三]尺《じゃく》をもつて試《こゝろむ》れば。九寸五分は不吉の寸ン尺なぜ武家の守リ刀とは定めしな」。「サア夫レは」。「ムウそこ迄は合点《がってん》行まい。後覚《こうがく》[二四]の為あらかたを申さば。先ヅ九寸の九[二五]は陽《やう》のつかさ。五分の五[二六]は人ン君ンの位。[二七]飛竜《ひりやう》天に有といひし。九五《きうご》の数《すう》をかたどつて九寸五分。家国天下に至る迄其主《(あるじ)》はみな人君。刀の寸尺人君の位を守リの義を取て。扠《(さて)》こそ武家の守刀。常《つね》ゝかやうな奥義《おうぎ》をしり置《(おき)》。晴《はれ》が

一−五 刀の造りの種類名。慶長十六年奥書元禄十五年版古今銘尽大全の列記と同じ順序。
六 焼入れという工程で作られる刀身表面の各種の模様の総称。→付録4。
七−一一 焼刃のうち刃文(はもん)という類のもので、刃と地肌(じはだ)の境の線の種類名。直刃(すぐやき)は直線的、他は波形の種々の曲線。→付録4。
一二 心(なかご)につけたやすり目の意。心は柄(つか)の中にさしこんで刀身をとめる役目をする部分。目貫(めぬき)という小穴に竹片をさしこんで柄にとめる。→付録4。
一三−一八 鑢目の種類名。挿絵、前三図は刀剣鑑定手帖、後三図は宝暦四年奥書写本刃物目利書による。後者は「直違」の漢字宛て「隅違(スヂカイ)」。

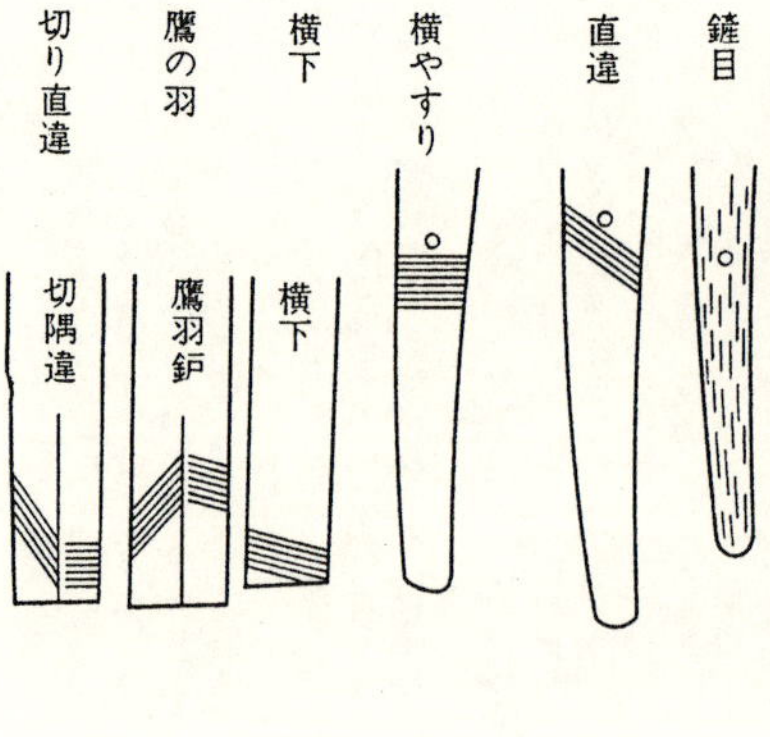

一九 あらわに。後出の調伏のやすり目を暗示。
二〇 底本「なが」。「なるが」の略で俗語。「である

ましき御前でも申ひらくが名作の正銘《しやうめい》なり」と。ウフシ理屈詰《りくつづめ》。
二八地ハル一本ンかたげて顔色ふくらし。詞「じたい今度は親父《おやぢ》がのぼる筈なれど。折リわるふ
病気故。名代《みやうだい》にきた団九郎よふ了簡《りやうけん》して見さつしやれ。若輩《じやくはい》な身共と老功《らうこう》の
こなたと同じ格《かく》にはいはれまい。そちとこちとは相弟子の家筋なればそつちの
事も聞てゐる。こなたの息子の国俊《くにとし》もこなた程に二九うかめはせまい。地ウ云合《いひあひ》づくな
ら息子を爰《ここ》へ出さつしやれ。ハル天晴《あつぱれ》相手に成て色見しよ」。詞「イヤ国俊は世忰《せがれ》なれ共。
家業《かげふ》に疎《うと》く三〇悪性《あくしやう》ゆへ三一勘当《かんどう》して寄セ付《つけ》ず。それは兎《と》も有レ。そなたの親父《しんぷ》正宗は
当世の名人。御用勤《つとむ》る不足なし御意《ぎよい》に入《いつ》て請取めされ」。地ウと功《こう》に誇《ほこら》ぬ名人形気《かたぎ》。
三二ハルゑつぼに入て大膳中うな付キ。詞「其方が申通り正宗は今での上手。三三地ウ彼レに仰付《おほせつ》ハルケも
や」と窺《うかゞ》色へば。詞「イヤ先キ達ッて国行が打上し影の太刀を。見分《けんぶ》ンの上三四兎《と》もかう
も」と仰《おほせ》の内。地ウ兵衛心得次ハルの間より。ウ太刀箱さゝげうや／＼敷《しく》御前《おんまへ》中にさし置
ケば。ウ蓋《ふた》押シひらき太刀取上《とりあげ》て三五ハルためつす色がめつ。三六詞地鉄《ぢがね》のきたひ焼刃の乱れ。「天《あつ》
晴《ばれ》／＼名作也」と取納め。「正宗が打たり共是にまさる事あらじ。のふ兵衛。

が」の意。　二一 殊勝。感心。
二二 軍陣用の短刀。普通九寸五分。↓一八二頁注九。
二三 剣尺は刀剣等に用いる特種な物差。寸法によって吉凶を定める(和漢三才図会二十四)。
二四 後学。将来のためになる知識。
二五 易経で一、三、五、七、九の奇数を陽と見なすのに従って、九が陽の最高の数に当ることをつかさ(司)にたとえた。
二六 易経では陰と陽の両気相関状態を図形にして運勢を判断する。その図形を卦(か・け)と称し、爻(かう)と称する木片二種六爻の組合せで六十四卦を作り、各卦各爻に名称を与えて意義を説く。穂積以貫・周易伝義国字解一「六爻ヲ人品ニ配当スレバ…五ヲ君ノ位トス」。
二七 易経・乾「九五、飛竜在レ天」。周易伝義国字解二「九五ハ君ノ位ナレバ竜ガ天ヘ飛得タルニ象(かた)ドル」。刀の九寸五分にあてはめて不吉ではないとするのは浄瑠璃作者の巧みなこじつけ。
二八 やりこめられて。　二九 熟達してはいまい。
三〇 身持ちの悪いこと。道楽、浮気。
三一 親子、主従、師弟等の間柄を断つ行為。↓四六四頁注六。
三二 思い通りになり、にっこりすること。
三三 正宗に仰せつけられましては、如何。
三四 国行か正宗か、どちらとも決定しよう。
三五 いろいろな角度からよくよく見ること。「矯める」はじっと狙う。「眇(すが)める」は片目を少し閉じて狙いみる。「眼ン力光らす松王が。ためつすがめつ窺(うかが)ひ見て」(延享三年・菅原伝授手習鑑)。　三六 刀身の焼刃以外の部分を地鉄という。地鉄で鍛えの良否を見、焼刃で美を鑑賞する趣の詞句。↓付録4。

まつ此ごとく寸分ン違《ちが》はず急ゝに打《(うた)》されよ。又此影の一ふりは。将軍武運《ぶうん》長久の為子息左衛門に指図《さしづ》して。清水[一]へ奉納《ほうなう》させられよ」と。手づから取て渡さるれば。さすがの大膳心外《しんぐはい》[二]ながら御前を恐れて閉口《へいこう》[三]す。いぶり[四]起《おこ》して団九郎。「ヱヽあッたぶ[五]のわるい。大和からはる〴〵きてこなたに先《(せん)》[六]を取《(とら)》れた。此ぶんでは立《(たち)》にくい」といがみかゝ[七]るを。「ヤア御前なるぞお次へ立テ。国行もおたちやれ」と。渋川にせいせられ二人は私宅《したく》へ立帰る。

成時重《(かさね)》て。「此度のことぶき祝儀の能《のう》を興行《こうぎやう》[八]すべし。なかんづく園辺《そのべ》ノ左衛門は。能狂言に堪能《かんのう》[九]のよし聞伝《つた》へ。召寄《(めしよせ)》て頼まん[一〇]為最前《(さいぜん)》使を立《(たて)》たれば。追付《(おつつけ)》是へ参らん」との給ふ折から。色の盛《さか》りの。美人草《びじんそう》[一一]。そのべ〱と名にうてし[一二]。園辺ノ左衛門が当世姿。供の奴《やっこ》が取リ[一三]なりも主《(しう)》を見まねの男ぶり。水際《みづぎは》立て白洲《しらす》[一四]の前。「コハ端近《はしちか》き御成リ」と。左衛門恐れてひれ伏《(ふせ)》ば。それと見るより成リ時殿。「近ふ〱」とめさるゝにつれて悦ぶ親心。「是ゝ世悴《せがれ》。最前《(さいぜん)》ンより御前《(ごぜん)》の噂《うはさ》。此度お能興行《こうぎやう》に付《(つき)》狂言の役人に加《くは》へられんとの御

一　京都市東山区清水にある法相宗の寺。
二　全く予期に反して悪い結果となること。遺憾。「シングヮイ。ココロノホカ」(日葡辞書)。
三　ここは、口を閉じる意のみ。「薬師寺は言句(ごんく)も出ず。顔ふくらして閉口(へいこう)す」(仮名手本忠臣蔵四)。
四　他人の言葉に素直に従わず反抗すること。ふてくされて。
五　くそ、いまいましい。「あたぶの悪いねすり言(ごと)いひ分あらば直にいやれ」(菅原伝授手習鑑三)。
六　してやられた。
七　くってかかる。「啀(いが)む」は犬などが吠えつき噛みつこうとすること。
八　現代の用語とはちがって、儀式・会合などを催すこと。ここは邸内の演能の会。
九　熟達していること。上手。
一〇　左衛門に狂言を演じさせるのは武士の職責外であるから、主筋ながら特に「頼む」という。
一一　ひなげし。「一名錦被花。本名ハ麗春花〇本朝ノ俗ニ呼ブ所ノ花罌粟(ケシ)也」(書言字考節用集)。
一二　評判された。うたわれた。
※小説・薄雪物語、新薄雪物語で知られた恋人役園辺左衛門(小説では衛門・右衛門(ゑもん))の登場。
一三　身のこなし。「戻(ども)る男の取りなりも。利口(りこう)で伊達(だて)で」(四七三頁三行目)。
一四　庭の、白砂を敷き詰めた所。

意《い》なるぞ。其身の[15]規模《きぼ》父が思ひ出子細なくお請申《(うけまう)》せ」。「ハッ有がたき事ながら。ふつゝかなる[16]はした芸《げい》お請申《(うけまうす)》も」。「イヤこれ〳〵御辞退《じたい》は無用〳〵。常〻《(つねづね)》心がけが有レばこそ御呼出し。此大膳も此年迄《(まで)》。武芸に性根《しやうね》を入たる手間で。鼓《つゞみ》なり共習ふて置イたら[17]よかつつ物。ァ、残ン念」。「ムゥそりや何おつしやる。身共迚《(とて)》も遊芸《ゆうげい》に武士の性根をうばゝれは致さぬぞ」「はておつしやるな。こなたのごとく[18]さるがくはだしに覚へこむは。武芸なんどに気がちつてはいかぬ事さ。何と渋川そうではないか」。「いかにも〳〵。当世は兵法《ひやうほう》より狂言師《きやうげんし》。ハテまさかの時には鼓《つゞみ》かたげて逃るぶん」と。左衛門を嘲《あざけ》る藤馬が雑言《ざうごん》。たまり兼て奴《やつこ》の妻平恐れもなくつつと出。「コレ藤馬とやらきよろまとやら。いかに旦那がおとなしう聞ながしてござればとて[19]図《づ》ない存外《ぞんぐはい》。旦那の遊芸は御器用《きよう》の[20]わざくれ。[21]侍《さふらひ》が武芸をしらいでたまる物か。へ、お手前がちつと覚《(おぼえ)》た迚《(とて)》。秋月様の門弟顔[22]しやらくさい[23]臍《へそ》がおちやゝ」。「ヤァこいつ。[24]ねぐさり野良《やらう》の頰《ほう》げたでこしやくな事ま[25]き出したな。ま一チ度ぬかさばぶちすへるぞ」。「ホ、ウ御自分の様な

一五 名誉。
一六 とるに足りない芸。
一七 「よかりつ」の音便。よかったものを。
一八 能・狂言の役者も顔まけな程に。
一九 途方もない無礼。
二〇 余技。
二一 発音は「サムライ」(元禄四年・初心仮名遣、延享二年・篆字節用千金宝)。
二二 生意気。こしゃく。
二三 臍が茶をわかす。おかしくて笑わずにはおれない。「へそがおちゃや」の「や」は指定の助動詞「ぢゃ」から終助詞化した上方語。
二四 命知らずの相手を罵っていう。「餧 ネグサル、飯ノ熱湿ニ傷(ヤ)ル、也」(書言字考節用集)。
二五 言い出した。

へろ〳〵武士の手くさいにはちくとん計《(ばかり)》手ごはいやつ。手並が見たくば居合イでもしなへでも。鑓《やり》でも棒《ぼう》でもお相手」と。りきみかゝれば左衛門上よりはつたとねめ。「主《(しう)》を指置《さしおき》いはれぬ腕立《うで(だて)》。しされやつ」ときめ付るを秋月おさへて。「其妻平とやらんが口上まんざら無手《むで》共聞へねば。きやつも去ル者爰《(ここ)》は御前のお慰《なぐさみ》。渋川と立合させ稽古《けいこ》の際《きは》を試《こゝろみ》ん」。「ヲヽ、互のはげみ苦《くる》しかるまじはや〳〵」と。成時御ン座を改《あらた》め給へば。さし心得て奥小性。竹刀《ちくたう》しなへ鑓《(やり)》長刀《なぎなた》居合刀に至る迄。取リ揃《そろへ》て持出《(もちいづ)》る。

渋川がしたり顔。「コリヤやらうめ。無礼をほざいた其頬げた。あちらこちらへぶちゆがめ折檻《せつかん》してくれんず」と。袴《はかま》たぐつてひつぱさみ結び置《(おき)》たるしなへの傍《そば》。「サア〳〵うせろ」ととがり声。妻平おめる気色なくつつと寄《(よつ)》て場《ば》にかゝり。両方一チ度《ど》にしなへを取リじりゝ〳〵と立上り。ひかば入ラんづ目くばり気くばり「ヤア」。「ヤア」。「ヤア」と互のかけ声。渋川いらつて打こむしなへ。妻平しづんでしつかと請とめ。「ヤどつこいな」。「ヤア」。「ヤアゑい」と払《はら》ふて打かく

一 腕前の程。 二 ちくとばかり。少しばかり。
三 不意の襲撃に対して正座からすばやく刀を抜いて斬り倒す技能を目的とする剣術の一種。試合は一人ずつその型を演じて巧拙が判定される。
四 しない(竹刀)。剣道の稽古に用いる、割り竹を皮で包んだ袋竹刀。
五 棒術。樫などの棒を武器とする武術。
六 睨み。 七 無用の武芸自慢。
八 「退(がさ)れ」ときびしく叱りつける。「やっ」は強めの助詞。 九 言葉つきからみて全く武芸の心得がないとは受けとれないから。
一〇 妻平を「相当の腕前の者(に相違ない)」と持ち上げて渋川に打ち据えさせ、左衛門に恥辱を与える魂胆。 一一 程度。 一二 さしつかえあるまい。 一三 公式の席を改めて、くつろぐこと。
一四 将軍や大名などの私的な雑務を勤める小姓。儀式、公務の際に仕える表小姓に対する。
一五 「しなえ」「しない」ともいう。→注四。
一六 稽古用に穂先(ほさき)を木製の丸い形にしたやり。「韌(しな)鑓、即ち槌鎗(つちやり)」「槌鎗は木にて円き首をつくり、教閲にこれを用ふ」(和漢三才図会二十一)。七五調の文勢は「竹刀しなへ、やり長刀」となるので、「竹刀」と「しなへ」は同じ物の別称を重ねた表現とも見られる。それにしても舞台へ持出すやりは韌鑓であろう。
一七 反りかえった長い刀に長い柄をつけた武器。但しここは稽古用の木刀をつけたもの。
一八 居合の試合用の刀。長さ約二尺四寸。→注三。
一九 得意そうな顔付き。 二〇 「言う」の罵言、ぬかした。 二一 懲らしめにいためつけてやろう。
二二 袴の股立(ももだち)を取る有様。
二三 試合の場所に竹刀二本が斜め十文字に重ね

る。渋川すかさずてうど請《うけ》。[二六]ひらけば付ケ込《こみ》打テばひらき。[二七]中段下段の太刀さばき。青眼《せいがん》[二八]八双《はつさう》[二九]大どら小どら。[三〇]獅子の洞入《ほら(いり)》。[三一]虎乱入《こらんにう》。打あふ音はぽん／＼どう／＼とゞろく[三二]足なみ。[三三]一チ眼《がん》二心《しん》三足の手煉《しゆれん》を得たる二人があらそひ汗《あせ》をしぼつて打合しが。

何とかしけん渋川藤馬。請太刀[三四]しどろに見へければ。大膳あせつて声をかけ。「[三五]左足《さそく》を入《いれ》て身をひらき。しづんで払へ」といらて共。まけ色だつてたぢ／＼／＼[三六]たぢろく所をたゝみかけ。眉間《みけん》真[三七]額《まつかう》腰骨《こしぼね》せぼね。遠慮《ゑんりよ》ゑしやくもあら[三八]男打すへられてうんと計《ばかり》。[三九]のたれまはるをおこしも立《たて》ず又ふり上るを左衛門声かけ。「ヤレ待《まて》妻平勝負《しやうぶ》は見へた出かいた」と。あふぎ立《たつ》れば[四〇]せき切ル大膳。「イヤサ今の勝《かち》は[四一]勝に立《たた》ぬ。都《すべ》て貴人《きにん》の御前にて兵法をためすには[四二]故実《こじつ》が有《ある》。[四三]先ツ太刀さきを貴人の方へむけざるやうに立まはるが第一の心得なれば。其師伝《しでん》を受《うけ》たる藤馬[四四]あしらへばよい事と。何が下郎のめつた打チ。勝と見た目がハ、、、[四五]腹筋／＼」。「何《なに》此妻平が故実《こじつ》をしらぬとな。コレ此しなへの[四六]力皮《ちからがは》一寸計リ手の内

て置いてある。　二四 来い。
二五 姿勢を瞬間的に低くして。
二六 「ひらく」は後退すること。
二七 剣道で、剣先を相手の目の位置に向けて構えるのが中段。正眼(青眼)の構えに同じ。下段は切っ先を水平より少し下げて構えるもの。
二八 刀、薙刀の構え方の一つ。正面から右に寄せて立てて構えること。八相の構え。
二九 大虎・小虎か。構え方の種類であろう。
三〇・三一 斬合いの技法。
三二 足並み。向かいあう両人の足ぶみ。
三三 剣術でたいせつな三つのこと、第一に目のつけ方、第二に心のおき方、第三に足のはこび方。
三四 乱れるさま。　三五 早足(さそく)を踏んで切りこんで、すぐに身を引き。
三六 「く」底本濁点なし。「たぢたぢ、たぢろく、たゝみ」と頭韻。
三七 額の真中。
三八 荒男。「あらず」にかける。
三九 倒れ、這いまわる。　四〇 せきこむ。
四一 勝ちとして認められない。
四二 心得ておくべき旧例。
四三 底本「ツ」に濁点なし。「第一の心得」にかかる修飾語「先づ」と見ておく。
四四 適当に相手になっていれば、自分が優勢と思い、いい気になり、もとより卑しい下郎のこと故、考えもなく、やたらに打ち据えるのを。
四五 腹筋がよれる。故実を知らぬ左衛門、と嘲笑。
四六 力皮はしないの竹にかぶせた革の袋のことで、竹の力を柔らげる用途。そのかぶせ方を虚鞘と同様に切先より一寸余るように手元で加減して持ち、切先が相手に直接当らない形にした。

にてくつろげ。一虚鞘《そらざや》の心にしたは貴人を恐るゝ兵法のならひ。是でも何と返答《へんとう》は」と。地ウ云詰《つめ》られて口ハルあんごり一フシチ座。しらけて見へければ。詞「イヤ大膳殿。勝負は時の出来《でき》不出来。必《(かならず)》お気にかけられな」と。地ウ寄《(よら)》ずさはらぬ伊賀ノ守。ハル成時左衛門を色近くめされ。詞「最前申渡せし通り。能狂言《きやうげん》の番組はちか〴〵にさだむべし。地ウ其旨用意《むねようゐ》せられよ」とつど二〴〵ハルに云《(いひ)》ふくめフシ御座《(ござ)》を立て入給へば。地ハル渋川藤馬立色上り。詞「ヤイ妻平。太切な御祝儀の場所《ばしよ》なればけふはゆるす。後日の返報《へんぽう》三まだ〴〵うぬには意趣《ゐしゆ》が有《(ある)》。地ウよつく四待てけつかれ」と五尻目《しりめ》にかけて退出《たいしゆつ》す。ハル妻平こらへず色飛かゝるを。詞「どつこい待た早まるまい」と。地ウしづむるそのべが六ウフシ居合腰《ゐあいごし》。地ウ幸崎がハル気を七取リ手。ウ秋月が八打張《(うつ)はり》をハルフシ請ながしたる兵衛が九ハル柔術《やはら》。其ウ一〇あらそひやウ君子なる中弓矢の。ハルみちこそ一一三重

(門前の段)

地ウ一二御祝儀のお能《のう》はて御ハル門ひらけば一三もいや中もや。ウ武士よ坊主よ医者《ゐしや》ハル町人。押シ合イ

一「刀〔の身〕よりも長く余っている鞘の先端」(日葡辞書)。

二 こまごまと。　三 まだまだ(ほかに)うぬには(恋の)意趣があるから待っておれ。

四「待って居れ」を卑しめて言う語。この辺の砕けた言葉遣いは、作者が時代世話を意識したもの。

五 横目で見て。軽蔑、警戒等の気持を含む。

六 居合をする時の、膝を立て腰を浮かした身構え。以下段切りの武芸尽し。

七 武術の一種。捕縛の術。座の雰囲気をうまく取り結ぶ意の「気を取る」に言い掛けた。

八 張《(りは)》は相手の顔などを平手で打つ法。大膳の攻撃的な態度をさす。「張《(りは)》は声と胴の張合《(はりあい)》にて打つべきなり」(文化六年写・寺見流兵法之書目録)。　九 武器を用いないで攻撃・防御する武術。柔道。兵衛の柔軟な態度を表わす。

一〇 論語・八佾に「君子無レ所レ争、必也射乎、揖譲而升下而飲、其争也君子」。君子は射礼の技を競う以外に、人と争わないという。実際には大膳は園辺父子を謀計をもって排除しようとするが、ここは大序の祝言性に則り、支配階層たる武士の君子としての建て前を述べる。

一一 武家政治を讃える結び句が略されている。「こそ」で切るのが段尾の省略句法の定型。

時　前段の何日か後
所　六波羅館の門前

一二 六波羅館で催された将軍家若君誕生を祝う式能。江戸幕府が、大祝儀・大法事の式能を城内本丸南庭の舞台で催し、江戸の名主、家主を陪観させた「町入能《(まちいりのう)》」などを想定。

へし合出来《いできた》る。塀《へい》の外トには休《やすみ》所をちよつと指《さし》かけ水茶屋に。立寄ル人へ酌《くみ》出す。茶の花香《はなが》[14]より長閑《のどか》なる。空に花香をふくみけり。「何と勧進能《くはんじんのう》[15]見るとはちがふて行儀《ぎやうぎ》な事。お能と云《いひ》狂言方は御家中の若侍衆。打揃《そろ》ふた器用《きよう》な衆。取リ分て今日のでき物[16]は花子《はなご》[17]の狂言。第一よい男じやござらぬか」。「ムウあの人をしらずか。御家中で名高い園辺《そのべ》の左衛門殿。今業平《なりひら》[18]ともてはやす色取《いろどり》[19]の水上《みなかみ》。ア貴様やおれも当世[20]をのみ込《こみ》。羽織《はおり》[21]の紐《ひも》もせばふ結《むす》びつつこみ[22]に髪結《ゆ》ふて。ゑもんつくろひ[23]やつて見ても。いつかなそのべの左衛門殿には叶はぬ」。と噂《うはさ》取ゝ《とりどり》立帰る。跡につゞいて。幸崎殿の奥方は。被《かづき》[24]まぶかにしとやかに。妼《こしもと》衆がひんまいて[25]しかつべらしうおてゝ[26]が付て帰るさ[27]を。「ちとマアお休《やすみ》遊ばしませ。ほんにおせいもつきなされずよふ御覧遊ばした」。「さればいの。めづらしいお能見物気ばらしと云《いふ》はもつたいないけれどよい慰《なぐさみ》。是に付ケても娘薄雪[28]。心地あしいとてかはりに籬《まがき》[29]の見へ[30]たれど。見せいで残多《のこりおほ》いは花子《はなご》の狂言」。「さいな申《まうし》[31]。お

一三 ごったがえすさま。
一四 煎じたての茶の芳しい香り。端香。
一五 本来は勧進、即ち寺社、公共施設の維持修復等の目的で浄財をつのるために催される能をいうが、近世の勧進能は能役者の営利的目的で興行された。入場料をとり、桟敷を組んで見物させる勧進能に対し、六波羅探題の館で侍が余技に演ずるので「行儀な」(折目正しい)という。
一六 出来のよいもの。大当り。
一七 狂言の曲名。妻に座禅と偽って愛人花子のもとへ行く男が主人公。
一八 業平の現代版。在原業平は平安朝時代の恋物語の主人公、美男の代名詞。
一九 色事に巧みなこと。水上は水源。色男の元祖の意。　二〇 現代の流行を身につけ。
二一 体が細く見えるように、羽織の紐を、両襟の間をせまくとって結ぶのであろう。
二二 天和・貞享頃、京島原の遊女に流行した髪形で、もとどりに元結を一寸余りも巻いて高く立てる。元禄頃は材木屋の風だったとも伝えるが、本曲の寛保頃の京では町衆から武家に至るまで優男《やさおとこ》の間に流行していたと見られる。
二三 衣服の着くずれを直すこと。また、そのしぐさをして男ぶりをよく見せようとするさま。
二四 女性が顔を隠すために頭から被る単《ひとえ》の衣。両手で上げて支える。　二五 とりまいて。
二六 乳母の夫。　二七 帰り道。
二八 小説・薄雪物語、新薄雪物語の女主人公薄雪、幸崎和泉の娘、十七歳を受けた役名。
二九 小説・新薄雪物語に園部右衛門との恋の仲立ちをする薄雪召使の女房まがきを受けた役名。
三〇 来ているけれど。上品な言い方。籬の方を

姫さまけふに限《かぎ》りお越なされぬほゐなさ。[一]私共が何にもしらぬ事ながら。一ト入《しほ》面白ふ見へてのふ皆の衆も目に付たかや」。「ハテ目につかいで何ンとせう。御家中で今《ま》一人《ひとり》とない園辺ノ左衛門さま〳〵じや」。「サアけさもけさとてお楽《がく》屋《や》入の其風俗《ふうぞく》。かたふ見へて恋しり貌《がほ》。たまつた物ではござんせぬ。お主《(しう)》がお主様なれば。お供に付たお草履《ざうり》取リの妻平殿迄[二]気作《きさく》者。それは〳〵よいお人でござんす」と。[三]問《とは》ぬに落る[四]萩《はぎ》の露ぬれた中カとはしられけり。

「ムウそち達もそふ思ふてか。[五]園辺殿こそ姿心も打揃《そろ》ひ。第一歌《うた》の道を心がけ何に不足《そく》のないお方。若《もし》娘でもお気に入《(いり)》御縁組と有ならばのふ籬《まがき》」。「あの奥様のお気よはい。自慢《じまん》でなしに都は扠置《(さてお)》キ。唐天竺《からてんぢく》でも薄雪様の様《やう》な。器量《きりやう》のよいお姫様今《ま》一人有ふか」。「夫レが定《ぢやう》なら薄雪と左衛門殿。ちとせことぶく三[六]国一をうたふたら嬉しからふ」と[七]なまめきける。

御門ン内からのつさ〳〵秋月大膳。門弟渋川藤馬を[八]引ぐし。「ヤア是は〳〵幸崎殿の奥方。今日はお能見物な。さいぜん[九]広書院《ひろしよゐん》より見請《(みうけ)》申たれ共。息女薄雪殿

見やりながら言っている。 三二「さいな」は女性が親しい相手の言葉を受けて話し出す時の言葉。「申」は尊敬の意を加える語。籬の言葉。

一 残念さ。
二 気軽なさっぱりした気性の人。書言字考節用集に「気早行 キサク」。→一二頁五行目。
三 「問うに落ちず語るに落ちる」をふまえた表現。
四 萩、露、落る、ぬれた等、縁語。人目を忍ぶ妻平との仲を、問わず語りにほのめかす。小説・新薄雪物語で「四十余りの女房」であった籬を若い恋する女に作り変えたところが演劇的。
五 「都の辺深草の里に、園部の右衛門とて齢二十歳ばかりなる優男あり。顔貌世に優れ歌の道情け心ばへ類なかりければ、今業平《(いまなりひら)》とぞ申ける」(小説・新薄雪物語)。
六 三国一は日本・中国・インドの三国でもっともすぐれていること。婚礼の席などで聟・嫁を讃めるのに用いる。
七 艶やかな会話がかわされた。
八 引連れ。
九 館の表座敷。

なんとして見へませぬ。珍《めづ》らしい若侍共が狂言あぢ[一〇]をやりました。併《しかし》人《(に)》ンゝの心がけはさま〴〵。是におる渋川などは目当[一一]が格別《かくべつ》。拙者に附添《つきそひ》武芸一ッ遍《ぺん》。いか様申さば武士たる者がすは御[一二]ン馬先キで。太郎[一三]冠者《くはじや》有ルかやいと申ては。ハ、、、殊更《ことさら》園辺の左衛門などはぬつぺり[一四]といたした頬《つら》で。正真《(しやうじん)》の男[一五]傾城《げいせい》。只《(ただ)》遊芸を好んで武道の心がけはかつもつて[一六]。頬《(つら)》計リが美《うつ(く)》しくて何の役に立物《(たつもの)》ぞ。万ン一薄雪殿を所望《しよもう》いたす共。狂言師を幸崎伊賀ノ守聟などゝは申されまい。爰《(ここ)》らあたりに武芸達《たつし》て器量《きりやう》[一七]すぐれた人品《じんぴん》[一八]よい。何に不足のない聟がな[一九]。有まい物でもござらぬさ。いやこふ申スも伊賀ノ守殿拙者お心やすふ[二〇]申談《(まうしだん)》ずるから。必《(かならず)》お心にかけられな」と脇《わき》[二一]から寄セてしかけるに。

「是はまあ〳〵お心づかひ。思ひがけもない聟撰《えらみ》のお咄《(はなし)》やら御異《ゐ》見《けん》やら。お[二二]しめしに預り忝《(かたじけな)》ふ存《(ぞんじ)》ます。夫ト伊賀殿を始メ私共迄。ずんど[二三]好ィております聟殿が」「ムウそれは耳《み》ゝより誰[二四]かな」。「サアござりますれどかんじんの。娘がずんど嫌《きら》ひます。親の儘《ま》ゝ[二五]にも成ませぬ。ヤア私共は最前《さいぜん》から。ゆるりと休ミ

一〇 なかなかうまいことを。
一一 目ざすところが狂言にうつつをぬかす連中とは大いに相違する。
一二 いざ戦場で、主君の御馬先(「おんまさき」と発音)で命を捨てて戦う時。
一三 狂言の代表的せりふ。
一四 のっぺり。女性的な美貌にいう。
一五 容姿の美しさや人の機嫌をとることで世に用いられる男を罵っていう語。
一六 一向に、ない。
一七 ここは才能、力量。二九〇頁九行目、二九六頁六行目の「器量」は容姿の美しさ(縹緻)。
一八 品性、人となり。風采のよさも多少含まれる。
一九 「がな」は間投助詞。なに不足ない聟がないわけでもございませんよ。
二〇 お親しく語らい合う仲であるから、さしでがましいことも、親切心からあえて申上げる、の意。
二一 自分こそ薄雪姫の聟に最適である、と思わせるよう、間接的に働きかける。
二二 お教えいただき。
二三 大層。
二四 だれですかね。
二五 自由恋愛の許されない武家の娘の結婚に関し、親のままにならぬ、と言うのは、親がその縁談を断りたい時の一般的口実である。幸崎の奥方は大膳の傲慢で押しつけがましい態度、左衛門への悪口などに感情を害し、大膳を小馬鹿にした応答で縁談を拒絶する。

ましたればもふおいとま」と立上り。[一]取ても付《(つか)》れぬ挨拶に会釈《ゑしやく》取リまぜかへらる〻。

折から鍛冶《かぢ》の団九郎。[二]袴肩絹《はかまかたぎぬ》むつしやくしやきよろ〳〵眼コではしり寄《(より)》。「ハア、大膳様是に。お能じや狂言じやといふて。[三]給付《たべ(つけ)》ねば[四]胡椒《こしやう》丸飲《のみ》。胸の一チ物さばけぬ故。気はせく心は[五]有《う》頂天《てうてん》。嘸《(さぞ)》お待かねお呵《しかり》」と[六]もみ手して「扠《(さて)》旦那。彼《かの》一チ儀は」「ア、こりや〳〵だまれ。何家来茶屋のてい主。こな者にちと用事有。[七]われ達は向フの腰かけへいておれ。用が有ラば此方《(このはう)》から」と遠《とを》ざける間を得待タぬ渋川。「コレ団九郎の[八]うつそり。わりや無念なといふ事をしらぬな。大切な此度の御用。来国行《(らいくにゆき)》めに云負《まけ》云こめられ。家業《かげう》の面目失《めんぼくうしな》ひ。第一大膳様御[九]一分ン迄立ぬやうに[一〇]仕《し》くだしたな」。「ハヽヽヽこりやおかしい。恥つらかいたがおれひとりか。[一一]いしこそふに手前秋月門弟でござるとし[一二]やにかまへ。はれ〴〵しい御前で。[一三]仲間《ちうげん》ふぜいの妻平めにした〻[一四]かな目にあふて。嘸《(さぞ)》いたかつたでござらふ」。「いや夫レばかりじやない渋川が恋の敵」。「いや夫レはそふと大

一　(言葉は丁寧だが)取りつく島のない応対に別れの挨拶(会釈)を交えて。
二　着馴れぬ上下(かみしも)が身につかぬ様子。「肩絹」は「肩衣」のあて字。→三四二頁注三。
三　不馴れであること。
四　胡椒の味は、かみ砕いてこそ分るもので、丸呑みにしては分らないのと同様、田舎の鍛冶屋の悴団九郎には、能や狂言の味わいは分らない。それで胸がつかえたような気分で見物させられていたという意味と、前場で来国行に言い負かされた無念さに胸がつかえていることを併せた表現。
五　のぼせ上ったさま。無念さを晴らす相談に早く行きたいとあせりながら能を見物していた状態。
六　相手の機嫌をうかがい話す時のしぐさ。
七　お前達。次の行の「わりや」も「われは」の訛り。
八　ぼんやりしていること。
九　面目。
一〇「しくだす」「成りくだる」等、悪い状態になる時にいう。
一一　えらそうな顔をして。
一二　気取って構えたまではよかったが。
一三　→二九六頁注二二。
一四　ひどい。

膳様。六波羅殿の御覧に入レた影の太刀。近ミ清水の観音《くはんおん》へ左衛門がほうなういたすよし。いよ〳〵こつちはすかたん[一五]」とあたまをかけば。「ヤア面倒《めんだう》な両人。無益《むやく》の長言《ながこと》聞度クなし」と[一六]以《(もつて)》の外カの顔色に。

見て取ル藤馬。「いや申シ大膳様。園辺が奉納《ほうなう》仕《(つかまつ)》る影《かげ》の太刀盗《ぬすみ》取《(とり)》。なんぎをかける分別は」「おつと待た団九が思ひ付た。彼《かの》左衛門が奉納する。影の太刀ひそかに取出し。其太刀の心《なかご》[一七]をすりかへ。調伏《てうぶく》[一八]の鑢目《やすりめ》を入レ左衛門めを調伏してはな」。「ヤレだまれ。左衛門を調伏は廻り遠い[一九]。其調伏の鑢目を左衛門が仕業《はざ》にして。鎌倉殿を調伏する謀叛《むほん》人に仕立テ上《(あげ)》。気ぶさい[二〇]園辺《そのべ》親子のやつばら。科《とが》に取《(とつ)》て落せば日比《(ひごろ)》の大望成就《もうじやうじゆ》。けどられな渋川ぬかるな団九郎」。「ハア、我ミが意趣《ゐしゆ》も遺恨《ゐこん》も一時《(いつとき)》に」。「ヤア人が聞《(きく)》万事は帰つて〳〵」と。くもらぬ顔の[二一]。秋月が。心はかすむ。横雲や打つれ。宿所に。

一五 当てがはずれること。
一六 甚だ不機嫌な、険しい表情に。先日の六波羅館における不面目に加え、今幸崎の奥方から薄雪姫との縁談を拒絶され、大膳は自尊心を傷つけられている。
一七 刀のなかごのやすり目をすりかえること。
一八 人をのろい殺すこと。調伏のやすり目については、下巻「正宗住家の段」に、正宗のことばで「正宗が流儀の直違鑢、右を上げ左をさげて、逆にするが調伏の鑢目、我家の秘蜜」(三八一頁一三行目)とある。古今銘尽大全の正宗銘の図に右下げが描かれているが、逆の調伏の秘法は仮構。

一九 大膳は左衛門を抹殺する方法としては、調伏は「廻り遠い」という。調伏によって相手が殺せるとは必ずしも信じていないが、それを逆に相手を陥れる手段に用いることは有効と考える。
二〇 気にくわぬ。うっとうしい邪魔な存在である。
二一 何くわぬ顔で、晴朗な秋の月という名にもかかわらず、内心は不正(横)な計略によって曇り霞んでいる、の意。

（清[一]水寺の段）

〽帰りける。

筆に書ク共。及ばぬは。清水寺の花盛《ざかり》。地《ぢ》[二]主《しゆ》の花見[三]の花衣花を。かざりて花麗《やか》に一トきは目立《(めだつ)》鋲《びやう》[四]乗物。ぼつとり[五]とした付キヽに轆酌《ろくしやく》[六]迄が男ぶり。お先キ[七]手を振伽羅《ふるきやら》[八]の香《か》の。いと憎《にく》からぬ風情にて。滝《たき》[九]の辺《ほとり》に舁居《かきすへ》させ。幸崎の独《ひとり》姫名は[一〇]薄雪の薄からで。恋を含《ふくめ》る花の顔。糸より細《ほそ》き柳腰[一一]柳桜をこきまぜて。都ぞ春の錦《にしき》なる。

お傍《そば》さらずの妼籬《こしもとまがき》「申シ〳〵姫君様。お部屋の桜咲たれど庭木はどふやらか[一二]たづまつて気が晴《はれ》ぬ。花の名所おほけれど地主権現の花盛リ。ア、又いは[一三]れた物じやない。[一四]木《(こ)》の下タ影を宿としてしばらく床机《せうぎ》[一五]におやすらひ」と。申上れば「ヲ、いやる通り自《(みづから)》が。庭の花とはことかはり一ト入《(しほ)》色も美《うつく》しう。大内人[一六]も見給はん。[一七]及ばぬ詠《なが》めと云ながら」と床机にかゝり乗物より。硯《すゞり》出させ摺墨《するすみ》の

時　前段の一、二日後。三月初または中旬
所　京都東山、清水寺

一 初演者竹本内匠太夫。現在は文楽・歌舞伎とも、通し上演の際もこの段から始める。本手摺、清水寺本堂の掛け造りの高舞台、上手に石段。前手摺、下の道、上手際に音羽の滝。

二 地主はその土地の主である神。寺の建立以前からその地にあった神で、建立後は寺の守護神とされる。ここは清水寺の後方にある地主神社（地主権現）をさすだけでなく、清水寺の桜も合わせた意味。 三 花見の人々が美しい衣装をつけ、花やかに身を飾っている中に。

四 近世、高位の女性の乗物。全体に青漆、縁に黒漆を塗り、鋲を飾りに多く打ったもの。

五 ういういしく、かわいらしいお付きの腰元達。

六 陸尺。乗物を舁く男。

七 行列の先頭を手を振って行く供人も乗物から漂う伽羅の香を振り撒いて。

八 香の名。 九 寺内の音羽の滝。 一〇 名は薄雪というが情の薄いことは少しもなく。

一一 「見わたせば柳さくらをこきまぜて都ぞ春の錦なりける」（古今集・素性法師）。

一二 狭苦しくて。 一三 賞めようがない、最高である。 一四 「行き暮れて木の下蔭を宿とせば花や今宵の主ならまし」（平家物語、平忠度の歌）。

一五 簡単な腰掛け。横に長く数人が掛けられるように作った、現在のベンチに当るもの。

一六 風雅な宮中の方々も美しいと賞翫なさるであろう。 一七 自分などの拙い表現では十分に言い表せない眺めではあるが。

一八 墨の香りもひとしお芳しく濃紅の短冊にこのように書かれた。

[一八]匂ひやます。濃紅《こきくれない》の短尺《たんざく》に。かくぞ見へける「[一九]春毎《(ごと)》に。見る花なれどことしより。咲始めたる。心地こそすれ」。と[二〇]筆ずさみ給ふを見て。「天晴《あつぱれ》お歌なら御器量《きりやう》なら[二一]今の世の小町さま。[二二]せう〳〵の殿御お気に入ラぬはお道理」と誉《ほめ》つ。そやしつてつとり早ふ。[二三]水引通し振リよき枝に。[二四]結《むす》ぶは神の結ぶかや後のゑにしの橋と成ル。詠《ながめ》はいとゞまさりけり。

「サア〳〵是から[二五]観音様へお礼申さふ。お越《(こし)》遊ばせいざ〳〵」。とお手を取《(とりどり)》ゝ妼衆《こしもとしゆ》。「中シ〳〵此坂は急《きう》な坂ゆへあぶないぞ。しづかに[二六]おひろい遊ばしませ。おふみ違《たがひ》なされな」と。[二七]心を付《つき》ゝお[二八]輦《てぐるま》舞台《たい》へ上り観世音頼む心は余所目《よそめ》から。[二九]能《(よ)》イ殿御をで有磯海《ありそうみ》。ふかき願ひの数ゝを。しばし拝《おが》みて夫《(そ)》レよりも。向ふ遥《はるか》に見晴《はら》せばおぼろ〳〵と。見へ分ぬ。[三〇]遠山の腰白〳〵と。「帯したやうに見ゆるは何」。「姫君お待遊ばせや。そこで用意《ようゐ》の[三一]遠目鏡《とをめがね》」と。取出《(とりいだ)》す間《(ま)》もと[三二]けし詠めにあかざらん。「あれは[三三]愛宕《あたご》の山桜手に取ル様に見ゆる〳〵。咲《(さい)》た〳〵まつ盛《さかり》。かりそめなら

一九　詞花集・道命法師の歌。小説・新薄雪物語では園部右衛門が弥生の中頃清水へ詣で、この詞花集の歌を詠じているところへ薄雪の一行が来る。浄瑠璃ではこの歌を姫の作のように描く。
二〇　筆にまかせて書くこと。
二一　小町の現代版。左衛門の今業平(二八九頁五行目)に対応。小野小町は平安朝時代の美女の代表、種々の伝説の女主人公で六歌仙の一人。
二二　並大抵の男性では。小町に焦がれ百夜《(ももよ)》通いをした深草の少将に掛ける。
二三　細いこよりを糊で固め数本合わせて中央から赤白、金銀などに染め分けたもの。
二四　左衛門との縁を神が結ぶのであろうか。
二五　清水寺の本尊十一面千手観音。　二六　お歩き。
二七　お付きの腰元達が気をつけて。掛詞。
二八　「手車」とも書く。人を下にもおかずちやほやと機嫌を取る有様をいう。「主従寄ってお手車に迷惑ながら若狭助」(仮名手本忠臣蔵三)。
二九　よい夫が授かるように祈る姿でありそうにみえる。有磯海は歌枕、富山県の海岸。有名な地名に掛詞で言い落とすことば遊び。地理上の関係はない。「海」と「深き」は縁語。
三〇　類聚本系江談抄四に、都良香の子の在中の詩句「白雲似レ帯囲二山腰一、青苔如レ衣負二巌背一」を翻案した女房の和歌「こけ衣きたるいはほはまひろけむ衣《(ぬき)》着ぬ山の帯するはなぞ」を載せ、謡曲・白楽天にその詩句と和歌を引用する。浄瑠璃作者は江談抄も参照した。
三一　遠目鏡は近世演劇ではさかんに使われる。本曲の二年前、元文四年豊竹座の浄瑠璃・奥州秀衡有鬠壻三段目切でも重要な役割を持つ。
三二　待ち遠しい意の「とけしなし」に「詠め」を掛ける。
三三　京都市北西端の山。

ぬ。清滝《きよたき》や。嵯峨《さが》は右ギ手東寺は左リ。其真中《まん》カは大坂の京橋とやらいふ所。中幽《かすか》に見《(みえ)》やうがな。それ〳〵下へくる人の顔を妛《とつ》から御らうじませ」。「どれ〳〵どこに」と見給へば。深編笠《ふかあみがさ》に一ト腰《こし》は一ト風《(ふう)》有てよい作り。「顔が見たや」といふのがもしや聞へたか。ふりあをのいたは団九郎。「やりおとがいで頬骨《ほうぼね》あれ。憎《にく》てらしい産《うま》れ付。あんな女房に成《(なる)》人はいやな事や」と打笑ふ。次は女中の二人連《(づれ)》さして器量も誉《ほめ》られず。呵《しか》られもせぬかさの内嫁が手を引ク姑《しうとめ》の。楽は極楽《ごくらく》今ははや浮世の世話を白髪《しらが》の親仁。はげたつむりは兀《ごつ》として「阿房《あほう》らしいはなの下。詠めた顔は猶かし」と譏《そし》る下から「くつさめ〳〵」。夫レには似ざる仁躰《じんたい》の。頭《かしら》丸めた十徳姿《(じつとくすがた)》花を詠めて思案顔。跡から追付《(おひつく)》ふたり連《づれ》近付《(ちかづき)》かして物いふたが。邪魔に成ルやらふいと立《(たち)》つれをまいたは風吹《(かぜふき)》に。誹諧《はいかい》の宗匠《そうしやう》顔。花の句寄《よせ》も大かたに揃《そろひ》の。看板《かんばん》仲間《ちうげん》若党《とう》「ソリヤ大名のお水汲《くみ》」。汲《くま》でぞうくる滝の水。みづ〳〵したる男の髪付此比《(このごろ)》はやる三筋元《(みすぢもと)》ゆい。「立派《りつぱ》な様ながどこやらが。いやしいじやないかいのふ籬《(まがき)》」。「あい〳〵ほ

一 京都市右京区清滝川の保津川との合流点に近い地域。「まっ盛り」から同音を踏んで「かりそめ」と言い続けた。かりそめのことでは行けない遠い清滝よ。「や」は詠嘆の終助詞。
二 京都市右京区。清滝の東南、保津川北岸の地域。
三 京都市南区にある真言宗東寺派の総本山。
四 現大阪市中央区。江戸時代元和九年建立の橋。京海道の起点。遠目鏡でも見えるはずがないのを、大げさな言い方で笑いを招く戯文。
五 この辺も地の文と言葉が渾然。言葉の主は姫ではなく腰元達。
六 あごがとがって前方に突き出していること。
七 頬骨が高く荒々しい感じ。
八 婦人。女性に対する敬意を含む呼び方。女の召使いの意ではない。
九 毛吹草などにみえる慣用句「夜目遠目笠の内」の、顔がはっきり見えないためにその女性が美しいように思われる意を利かせた。
一〇 「楽は苦の種」というが、仲の悪い筈の嫁と睦まじく観音詣でをする楽しさは、極楽往生の種である。笠を被っているのはこの嫁姑。
一一 「知らず」を掛ける。
一二 はげたさまをいう。
一三 ただでさえ鼻の下が長いのに、ぽかんと花を眺めた顔は一層間が抜ける。「かし」は念を押す意の終助詞。「をかし」を掛ける。
一四 人に陰口、噂などされるとくしゃみが出るという俗信。徒然草四十七段に有名な一話がある。
一五 人品のよいさま。
一六 近世、儒者、医者、俳諧師等俗人の剃髪者の外出着。黒紗の類で仕立てる。

んに夫レで思ひ出した。それやめてお聞キなされませ。[二五]せんもじのお能の時。花子《(はなご)》なされた園辺ノ左衛門様。よい殿といはふか母御様御覧遊ばし。姫に聟を取ならば此人ならでと御意《ゐ》なされた。アおめにかけたいな。ヲヽ夫レ〲。幸イけふは此清水へ。大切ッなお刀を奉納《ほうなう》にお出の筈《はづ》。[二六]三《(み)》ツ傘《からかさ》の真ン中に山といふ字の紋所。背《せ》も高からずひくからず。お腰の物は[二七]坂田《さかた》風《ふう》に指《(さし)》こなし。くる人あらば御らうじませ。追ッ付爰《(ここ)》へで御ざりませう」と。いはぬ先から[二八]物見たけい女中のくせと延《のび》上り。「夫レ〲そこへそじやないか」。「姫君ちよつとお借《かし》遊ばせ。ヱヽ[二九]わつけもないありや物もらい。左衛門様とは大きな違《ちが》ひ」と。笑ひ尽《つき》せぬ女中の遊《あそび》。

「夫《(そ)》レ又そこへ三人連こなた衆では埒明《らちあか》ぬ。籬が見やう」と指覗《さしのぞく》[三〇]水晶《すいしやう》のきつすい男。「是が誠の左衛門様姫君是で御らうじませ。アヽしたが笠めしてござる故。お顔の見へぬが[三一]気の毒《どく》」と。[三二]詞の花の木のもとに[三三]あゆみくる園辺ノ左衛門。其身は[三四]歌人の名に高く。鍛冶《かぢ》の名高き国行諸共。奉納の御剣《(ぎよけん)》を妻平に取リ

二七 近付きであろうか。副助詞「か」に連語「して」がついて、「物言ふ」にかかる連用修飾の文節。
二八 諺「風吹に灰撒く」のもじり。「灰」と「誹」を掛ける。
二九 師匠。
二〇 句も「そろった」と「揃い」の仕着せを掛ける。
二一 武家の中間《(ちゅうげん)》などの仕着せ。紋が染め出してある短い上衣。
二二 近世武家の下級奉公人。
二三 中間より上位の奉公人。
二四 つやつやした髪恰好の男。「水」と韻を踏む。油をてかてか塗り流行の元結をかけて一寸のすきもないようだが、キザで気品に欠ける。
二五 先文字。女性語で先日の意。
二六 三本傘《(さんぼんがさ・さんぼんがらかさ)》ともいう。紋所の名。小説・新薄雪物語 一「三本傘の五所紋」、また、「紋所も三本傘の内に山といふ字は三笠山といふ心ならん」。
二七 名優坂田藤十郎(宝永六年没)の舞台姿による流行の風姿。小説・新薄雪物語 一「黄金作りの大小を坂田風に差しこなし今様姿の男ぶり」。
二八 物見猛い。物見高い。
二九 とんでもない。
三〇 遠目鏡のレンズから水晶を連想し、「粋」にかける。すっきりして恋知りの最上の男ぶり。
三一 困った、じれったい。
三二 恋心を起こさせるような花やかな詞。
三三 前手摺に左衛門らは下手、住職は上手から登場。姫は本手、清水の舞台の上。
三四 「かじん、かぢ」と韻をふむ。

持《もた》せ。参詣《さんけい》有レば。清水寺の住僧出向ひ。「先以《まづもつて》今日《こんにち》の御参詣私ならぬ公用。一近比《ちかごろ》御苦労《くらう》千万」と慇懃《ゐんぎん》に述《のべ》らるれば。「仰《おほせ》のごとく此度の御剣《ぎよけん》。是なる来国行に仰付《おほせつけ》られ。則《すなはち》此影《かげ》の刀を指上《さしあ》ゲ上覧《しやうらん》に備《そな》へし所。御心に叶ひ此《この》ごとく打チ立テ指上《さしあげ》よとの御諚《ぢやう》。大切ッ成《なる》御剣の手本と定めし此刀。疎《おろそか》になりがたければ。清水の観音に奉納せよと仰によつて。弥《いよ〳〵》御剣成就《じやうじゆ》の御祈念《きねん》頼《たのみ》奉ると。先キ達《だつ》て申通ぜし故二推参《すいさん》と存ぜしに。是迄の御出向ひ三憚《はゞかり》有。ヤ国行はいまだ御対面《たいめん》申スまじ」。「ア、成程〳〵。拙僧は清水寺の住職《ぢうしよく》。四御閑暇《かんか》の砌《みぎり》はお尋《たづね》に預《あづか》らん。シテ五御家名《ごけみやう》はな」。「私粟田口の住人来国行と申者。園辺の家には御家来同然《どうぜん》。以後《いご》はお見しり下さるべし」と。六互の挨拶《あいさつ》聞へねど姿容《すがたかたち》を取寄《とりよ》スる。遠目鏡《とをめがね》にて一ッ心ン不乱《らん》。左衛門の顔を見るよりも身にしみ渡る恋風の。七そよと詞に顕《あらは》れて。「のふ籬。八笠の内とは云けれど殿達は又格別《かくべつ》。笠脱《ぬぎ》給ふお顔付情らしうて九位《ゐ》だかふて。一〇ぼつとりとしてしやんとして。一一どつこに一《ひと》ッ言分ンない。一二元服《げんぶく》した業《なり》

一 甚だ。
二 こちらからお伺いいたすつもりでしたのに。
三 恐縮致します。
四 お暇な時にはお立ち寄り下さい。
五 御苗字。
六 視点が舞台の上の姫に移る。遠目鏡によって上下の空間を演劇的に有効に処理している。
七 目にみえぬ風がそよそよと枝を動かすさまと恋心が思わず言葉に表れたさまを掛ける。
八 「夜目遠目笠の内」(二九六頁注九)とは言うが、それは女性のことで男性は別である。
九 情が深そうでしかも気品があり。「位だかふて」は「いだこうて」と発音。
一〇 ういういしい、かわいらしいところと、りりしいところがあり。
一一 どこにも全く難のつけようがない。↓九五頁二行目。
一二 在原業平が主人公とされる平安期の恋物語、伊勢物語一段に主人公の元服のことがある。↓二八九頁五行目。

平《ひら》様。だかれてねたや」の口元トも。恥かしそふでかはゆらし。

下には挨拶事終《おは》り「然らば此御剣を[一三]宝前へ。献上は国行と貴僧《きそう》に頼《たのみ》奉る」と。剣の箱を御弟子に渡し。「只今申いるゝ通り余り見事の桜の詠め。花曇《ぐもり》とは申ながら今も降《ふり》こん雲の気色《けしき》。雨なき内にしばしが程[一四]神の木とは申ながら。[一五]大慈《じ》大悲《ひ》の花なれば一ト枝折て[一六]家づとには」。「ア、[一七]苦《くる》しからずいか程成共。追付お出《いで》を待申ス。献上は只今祈念《きねん》は後程。後刻《ごこく》〳〵」と[一八]国行諸共《もろとも》登《のぼ》る坂中摺違《すりちが》ひ。

おりる[一九]しよていも乱れたる薄雪姫は恋の花。園辺はかく共露しらず人なき床机《せうぎ》に腰打かけ。「何と妻平。取分《とりわけ》て此桜見事でないか」。「御意の通りいつ〳〵よりも盛《さかり》が見事で御ざります」。「成程〳〵。最前住寺《ちうぢ》に所望《しよもう》致し置たれば手折て帰らん。ハアどの枝を。夫レか。是か」と見廻す内に短冊《たんざく》見付ケ。吟《ぎん》じ[二〇]返じ詠《よみ》返し。「ハテ面白《おもしろ》や此歌の。主《ぬ》シは誰《たれ》共しらね共。結《むす》びとめたる[二一]枝ながら妻平折レ」[二二]「ない〳〵」と。枝を手折《たをれ》ば姫は嬉しく「是籬《まがき》」。「おつと皆迄おつしやりますな。[二三]私次第」と[二四]人しらず。二人契《ちぎり》し妻平が傍《そば》に指寄《さしよれ》ば。思ひがけなく[二五]「爰《ここ》へ

一三 神仏をまつった所の前を尊んでいう語。
一四 地主権現の桜を人が折り取るのは恐れ多いが。
一五 大慈大悲は観世音の広大無辺の慈悲をさす。神の木であると同時に、慈悲深い清水の観音の花でもあるから、大目にみていただいて。
一六 家の者への土産。
一七 さしつかえない。
一八 住持と国行は上手の坂を上り、姫達は下り、坂の中程ですれちがう。
一九 「所体」はなりふり。坂を下りる時裾も乱れ、花が風にもまれるように心も乱れて。
二〇 「返じ」は誤刻。「吟じ返(かえ)し」とあるべきところ。
二一 枝ごと。
二二 はいはい。奴言葉。
二三 私にお任せ下さい。
二四 二人だけでひそかに言い交わした夫である妻平。「つま」(配偶者)と「妻平」をかける。
二五 妻平のことば。「ここへはどう(して来たか)」と言いかけてやめる。

はどふ」と。いふにいはれぬ主人の供先。しらぬ顔して「コレ女中。何ぞ御用でござるかな」。「アイちと申さねばならぬ事」。「身共にな」。「イヱあなたに」一。「とは何事」と園辺ノ左衛門尋れば。「ホヽヽヽ。此やうに中ならば物咎《とがめ》二する女子じやとお呵《しかり》有ふが。其一ト枝は主有《(ぬしある)》花。折てお帰り遊ばすは落花狼藉《らつくはらうぜき》三。本トの様についでお返し遊ばせ」と。無理《り》云《(いひ)》かくるは恋のしかけ。共しらぬ園辺ノ左衛門おとなしやかに。「イヤ是は此住僧の。一ト枝は折て帰れと赦《ゆる》されしを。四花物云《(いは)》ぬ色なれば御存《(ごぞんじ)》なき筈《はづ》」「いや中。お詞のさき折ルは花折よりは無躾《ぶしつけ》ながら。マア枝にこそ寄《(よつ)》た物。私が御主人幸崎の姫君薄雪様。余《あま》り色よき此花を人に折ラせじさはらせじと。五封《ふう》のかはりの短冊《たんざく》ぐるめ。あなたが折レとおつしやる辿《(とて)》心ない奴《やつこ》殿。サア元トの様にして。姫君の御機《き》嫌《げん》直る様にして下され」と。六詞は他人下タ七行《(ゆく)》水妹背《いもせ》の中ぞむつまじき。園辺ノ左衛門気の毒顔八。「其儀ならばまつぴら九誤《あやまり》。余り〳〵面白き歌と云イ手跡《しゆせき》と云イ。屋敷へ帰らば母にも見せ御慰《なぐさみ》の為と存じ。思はぬ不作法《ぶさはう》一〇其段は能《(よ)》キ様

一 あのお方。左衛門をさす。ここまで妻平と籬の会話。「とは何事」は左衛門が横から引取って尋ねることば。
二 とがめだてをしがちな。
三 花を散らす乱暴な振舞い。
四 花は色美しくても物を言わないものですから。
五 封の代りにつけた短冊であるのに、「その短冊ごと折れとあのお方がおっしゃった」といって、無風流な奴殿が折ったのです。奴殿、サア、元のように…。
六 詞は他人むきで実は心の通い合った夫婦仲。
七 ものの下を流れて行く水。人目を忍ぶ恋の形容。「心にはしたゆく水のわき返り言はで思ふぞいふにまされる」(古今六帖五)。
八 心苦しい、困った表情。
九 ひたすら謝り入る。
一〇 その点については、籬からよろしく取りなしてほしい、の意。

に」。「アイ夫《そ》レならば薄雪様の。[11]御堪能《たんのう》遊ばす様に[12]おまへ様。直ゝ《ぢきぢき》にお断《ことはり》おつしやつても。御恥辱《ごちじよく》にもならぬ事。御苦労ながらナア[13]お供の」。「そふじや〱。旦那コリヤござらずば成ますまい」。「ア、いや〱最前《さいぜん》から見受クるに。男とては一ト人もなく。女中計《ばかり》の真中《まんなか》へ若輩者《じやくはい》の参るべき様はなし。[14]親共より物がたき[15]格式《かくしき》なれば参るまじではなけれ共。誰見まい物でもない。[16]人の口には戸が立《たて》られぬ。覚《おぼえ》なき身に浮名を立られ。互の難儀《なんぎ》に成まいとはいはれぬ」と。いふもいらへも[17]こちらへすぐ。「さつてもかたし。そこを落すが肝心《かんじん》」と。口ゝ小声に薄雪も。若此《もし》恋が叶はずば何とせうどふせうと。[18]思ひやます恋の歌人にしらさじしる迚《とて》も。[19]口なし色の短冊《たんじやく》に。[20]筆の立テどもわかちなく。[21]「枝高き。花の梢《こずへ》も折レばおる。及ばぬ恋」と書さして。打しほるれば「申《まうし》何とぞ遊ばしたか」。「いやコレ此歌はやう〱に読《よみ》かけし。が肝心《かんじん》の下の七文字。[22]なるかならぬかしれぬ故。苦《く》になるはいの」と有ければ。「おつと夫《そ》レこそよい手がゝり。わたし次第になされませ」と左衛門が傍《そば》に持て行《ゆき》。「只今の

一一 納得、気の晴れること。
一二 あなた様。近世中期の「おまへ」は現在の「あなた」より敬意が重い。
一三 お供のお人。妻平への呼びかけ。
一四 父親。両親の意ではない。
一五 家のしきたり。
一六 諺。戸は入り口に立てるもの、人の口には立てられないという言葉のしゃれで、人が噂するのをとめられない意。
一七 姫達のところ(下手)に直接に聞こえてくる。
一八 一層つのる恋の思いを歌にこめて、人に知られまい、たとえ知っても口に出さずだまっていてほしいと、梔子《くちなし》色の短冊に。
一九 梔子の実と紅とで交染した赤みのある黄色。
二〇 筆を立てるところ。筆づかい。思い余ってはっきりしない筆づかいで。
二一 小説の薄雪物語、新薄雪物語にみえる歌。小説では、衛門(新薄雪物語では右衛門)が薄雪を見染めることからはじまる。浄瑠璃では本曲のように、女性の方から積極的に男性をくどく形に発想の転換された恋の場面が、近松時代から多くなった。
二二 成るか成らぬか。歌が完成するか否か、と恋が成就するか否かをかける。

通りを姫君へ申たれば。中ゝどふもそんな事では堪忍《かんにん》が仕にくい。爰《ここ》へくるがいやならば此歌の下の七文字。よかろう様にお付なされて下されませ」。と指《さし》出《いだ》せば手に取リ上。「枝高き。花の梢も折《をれ》ばおる。及ばぬ恋と書《かか》れしは深き思ひの有やらん。お心休め」と筆取ッて。「成《なる》とこそ聞ケ」と書付吟《ぎん》じて見たれば。[一]「枝高き。花の梢も折ばおる。及ばぬ恋もなるとこそ聞ケ」。籬はいそ〳〵「此上は直キゝに。成ル[二]とこそ聞ケの一ト口の。お歌のお礼をコレ申。恥かしい事はござりませぬ善《ぜん》は急《いそ》げサア。ちやっと〳〵[三]」と押やられ。恥かしいやらこはいやらときつく胸を押しづめ。しづ〳〵あゆみ左衛門が傍《そば》。裾踏《すそふむ》[四]迄に立寄レど。下タ[五]もへ計《ばかり》[六]下紐のまだ解初《とけそめ》ぬ薄雪姫。さしうつむいて詞なし。「ヲヽ、しんき[七]なことや。其様に恥かしうて是がマア済《すも》ふかい。とはいへ恥かしいもお道理。序《じよ》[八]の始リは籬が役。肝心《かんじん》の三段目は取付《とりつ》[九]ケひつ付《つけ》おつしやれや。申シ左衛門様。おまへ様を武士と見込まし[一〇]姫君のお頼。お聞なされて下されうか」。「何[一一]が扨《なにがさて》〳〵。武士と見込でお頼《たのみ》[一二]身に叶ひし筋なれば」。「御誓言《せいごん》で聞《きき》ま

一　高い枝の梢に咲く花も、折ることが出来ないとは言えないのと同様、近づき難い高貴なお方への恋も、成就すると聞いている。一つの歌を二人で完成させる趣向は如何にも演劇的で近世の恋物語にふさわしい情味がある。
二　「成就すると聞いている」と姫の恋を受け容れるとの一言をこめた歌へのお礼。
三　相手をせきたてる言葉。
四　左衛門が姫の裾を踏むほど近く迄。
五　火が表面に出ないで何かの下で燃えているように心の中で焦がれる思いを言い表せないこと。
六　「下もへ、下紐」と韻を踏み、下紐、解け、雪は縁語。姫の処女らしいはじらいを表す。
七　辛気。じれったい。
八　恋を五段の浄瑠璃にたとえる。三段目切は、全曲のクライマックス。
九　心ゆくまで思いをのべたてること。
一〇　「まし」は相手に対する敬意を表す謙譲語の助動詞「ます」の連用形。見込み申し上げ。次行の「聞ましたい」はお聞き申したい。
一一　相手の意に喜んで従う気持を表す。
一二　私に出来る性質の事柄ならば。文語確定条件法の已然形＋「ば」の形が、口頭語で仮定条件の用法に転化している。

したい」。「ハテ清水の観世音《くはんぜおん》。地主権現《ちしゆごんげん》も[13]御照覧《しやうらん》」。「夫レ聞イて落付た。あの姫君のお頼は。お気に合《あは》ふが合《あふ》まいがおまへと女夫《めうと》に成リたいと。なみ〳〵ならぬお頼」。「コレ〳〵女中何おつしやる。薄雪姫は誰有ふ幸崎の御息女《そくじよ》」。「イヤ申。幸崎の御息女なればおまへに惚《ほれ》なとお触《ふれ》が有ッたか。地主権現も御照覧《しやうらん》と。お侍が嘘《うそ》おつしやつてもおまへは大事ござりませぬか。[14]ついおゝとナ申《まうし》。[15]コレこなお子も物おつしやれ」と。あせる中チにも妻平が。顔見合せていふ事もまぶたとしかたでしらせあふ互の狂言《きやうげん》。「コレ奴殿《やつこ》も奴殿。是程こちらがいふ事を取《とり》持《もた》ふと仕《し》はせいで。何を詠めて[16]うつかりひよん宜《よろ》しう頼む」と云ければ。「是はめいはく。所詮《しよせん》云ても埒《らち》明ぬ。旦那はおかたひ。此恋は叶はぬ。ふつつり[17]思ひきらしやませ」。「スリヤ[18]叶はぬが定《ぢやう》かへ。姫君様[19]何とせう。[20]此儘では一チ分ン立ぬ。サア覚悟《かくご》遊ばせ」といふを誠と涙ながら。「[21]聞へぬつらやどうよくや」と。左衛門が[22]指添《さしぞへ》抜《ぬき》はなせば。「是は短気《たんき》なあぶなや」と。刀[23]ばい取《とり》さやに納《おさむ》る手を取て。「及ばぬ恋を[24]なまなかにしなふと思ひ定めしを。かふおとめ

一三 神仏が御覧になること。御照覧下さい、の意。
一四 ちょっと一言、承知したと、どうぞおっしゃって…。「ナ」は念を入れる助詞。「申」も念を入れる呼びかけの感動詞。
一五 恋の駆引きになれた雛と、初心な薄雪姫との対照。「こな」は連語「ここな」のつづまった語で、「この」の意。「お子」は乳母や年上の侍女が主人の姫、娘を呼ぶ時に、多く用いる。
一六 ぽかんとしているさま。「ひよん」の下に「としているのですか」という意味の語句が省略されている。
一七 思い切りなさいませ。「しゃます」は庶民がおもに使う尊敬語の助動詞。
一八 本当に駄目なのですかねえ。「へ」(え)は念を押す女性語。
一九 どうにも仕様がない。捨て鉢な気持を表す語。「はあ何とせう借りますまい」(女殺油地獄・下)。
二〇 恋を拒絶されたままでは面目が立たない。
二一 「聞こえぬ」は情理を解さぬ、ひどい、「つらや」は非情、「胴欲」は無慈悲などの意。
二二 武士の差す大小のうちの小刀。
二三 奪い取り。
二四 なまじ及ばぬ恋をし(為)て、叶わぬ故に死のうと決意したものを。「為」と「死」が掛詞。

遊ばすは叶へるといふお心かへ。もしもそふならついそふと」。口で云《（いは）》ねど是《（これ）》こふと。じつとしむればしめ返《かへ》し「必《かならず》かはり給ふなよ」。「かはるまいぞ」の手の内に。[一]驪山《りさん》の契りやこもるらん。

何としてやら妻平がにがり切たる顔付にて。「ア丶若旦那やくたい[二]／＼。親旦那より物がたきお家の格式《かくしき》はどこへやら。女中捕《とら》へてじやらりくらり。ちとお嗜《たしなみ》なされませ。と申《（まうす）》はさつきのあふむ返し[三]。薄雪様と二人の御中[四]千秋万歳《せんしうばんぜい》めでたい／＼。うまい／＼[五]やつちや／＼で[六]ごはりまする」と[七]めかすれば。籬が傍《そば》から「[八]あの人はいの」と背中《せなか》をぴつしやり。「こりやたまらぬ」と抱《だき》付ヶば。「よふ／＼見付ヶたちよい[九]／＼」と云れてびつくり。「我を忘れてコリヤ麁相《（そさう）》」

[一〇]とまじめになれば打とけて。跡は笑ひにしどけなし[一一]。

当寺の同宿[一二]石壇《いしだん》とん／＼。「左衛門様まだ是にござりますか。住寺《ぢうじ》申付ヶらるゝは。国行殿もお待兼《（まちかね）》[一三]麁菜《そさい》の非時《ひじ》[一四]も進上[一五]。只今御出下さるべし」と相のぶれば。「是は／＼。只今それへと存ぜし所。御念の入たお使頓《やが》[一六]て夫レへ」。「然ら

一　玄宗皇帝と楊貴妃のロマンティックな恋、の意。驪山は中国陝西省臨潼県の東南にある山。麓に温泉があり、唐の玄宗が驪山宮を置き、楊貴妃を住まわせ、長恨歌にもうたわれた。
二　「益体なし」の略。たわいがない。仕様がない。
三　左衛門の「親共より物がたき格式」(三〇一頁四行目)をそのまま使って言い返した。
四　婚礼の祝儀に「千秋万歳」とうたうことから、二人への祝詞。
五　役者などをほめ、はやす言葉。
六　ございます、の意。奴などが使う。
七　おだて、はやし立てて、気分を花やかにする。
八　あのまあ、このお人のおっしゃることよ。妻平の破目をはずした言い方をたしなめるつもりで、思わず馴れ馴れしい態度をみせる。
九　役者などをほめる時の言葉。
一〇　しゅんとなること。
一一　締まりのないさま。本来は武家奉公の男女の自由恋愛は不義として罰せられる筈であるが、その厳格な規律から解放された気分をいう。
一二　同じ寺に住み同じ師について学ぶ僧。
一三　粗末な菜(おかず)の食事。
一四　僧の午後の食事。「非時　ヒジ〈僧家午時以後ノ食ヲ非時トス〉」(書言字考節用集)。
一五　さしあげたい。
一六　すぐに。
一七　左衛門は僧を早く追い返したく、うわの空で同じような言葉を無意味に並べて言う。
一八　うまく言いくるめるさま。「女子同士の口先

ば御一所」。「イヤ先ヅおさきへ。[一七]夫レへ跡からおつ付最早《もはや》」。口先キで[一八]ちよつぽくさ。いなせておいて「なんと妻平。さすがは出家。[一九]こふした所を御一所にと[二〇]不粋《ぶすい》な所が殊勝《しゆしやう》な。とはいふ物のゆかずば成ルまい」。「そんならおまへはござんすか。大事なくば爰《(ここ)》にゐて」。「いや申シ姫君様。たとへ爰《(ここ)》にござつても。肝《かん》心《じん》の所が[二一]つんと。埒明《らちあか》ぬ事いはふよりこれなあこれ」と耳に口。「そんな事が恥かしい」。「でもおつしやらねば済《(すま)》ぬ事。[二二]ちやつといのとふいの」と。せけばせく程云兼て。「わしが使は此硯《すゞり》」と云《(いは)》ぬ思ひを[二三]延紙《のべがみ》に。[二四]はんじ物やら[二五]ちは文やら。筆の立《(たて)》どもしどけなく。きり〳〵しやんと桜の枝にかけたは何ぞ。[二六]「刃を画《ゑがい》た其下に。心といふ字読《よん》だれば。忍べといふはんじ物。[二七]下《(しも)》の三日に園辺ノ左衛門さままいる。谷陰《たにかげ》の春の薄雪。とは人しれず[二八]打とけて[二九]あふせは石より忝《(かたじけ)》ない」。「必待ぞや」「忍ぶぞや。夫迄《(それまで)》は先《(まづ)》さらばや」と。袖ふり分て行《(ゆく)》跡に。そつとひかへて[三〇]「妻平殿。わし[三一]もそふじやぞ」「[三二]こんだ〳〵。旦那の[三三]夜食《やしよく》のお相伴《しやうばん》。けふのお非時《ひじ》の珍物《ちんぶつ》より

でちょっぽくさ欺して見よ」(延享三年・菅原伝授手習鑑四。再版七行本)。
一九 恋人と語り合っている様子に気付かず、御一所に、などと。
二〇 野暮なところが、俗世に染まぬ宗教家らしく感心だ。　二一 一向に。
二二 人をせかす言葉「ちゃっと」「とう(「疾く」の音便)」によびかけの「いの」がついた形。さあ早く、ねえ早く。
二三 縦七寸(約二一センチ)、横九寸(約二七センチ)程度の小形の杉原紙。奈良県吉野地方から多く産し、高級な鼻紙として使われた。「述べる」にかける。
二四 小説・新薄雪物語に、薄雪から右衛門に靡く心で左の判じ物の文を送る。

谷陰の
春の
薄雪より

二五 痴話文。
二六 左衛門が判じ物を解いて行くひとり言。
二七 二十三日。
二八 「解ける」は雪の縁語。
二九 男女の「逢瀬」に「仰せ」をかけ、石より「固い」に「かたじけない」をかける。「仰せ云々」は判じ物にない句。
三〇 袖を引いて留め。
三一 同様に待っていますよ。
三二 呑みこんだ。奴、男伊達などが好んで使う。
三三 ここは男女の情交をさす。

只一ト色のお振舞《ふるまひ》。いつ喰ふて見ても喰あかぬ」と笑ふてこそは別れ行《ゆく》。薄雪姫は[1]ほゐなげにかげ見へぬ迄見おくりて。桜もさらに目につかず。「コレ申《まうし》。お帰りを待た迚《とて》何の役に立《たた》ぬ事。下の三日の[2]夜《よ》さりはな。今のじや申《まうし》ちやつといの。サア御門迄はおひろい遊ばせ。[3]やいの〳〵」にぜひなくもつれて。〽帰れどかへらぬは。[4]水の流れと。人の身の。[5]先非《せんぴ》を悔《くい》て詮方《せんかた》も[6]千ン手《じゆ》の誓《ちかひ》[7]影頼む。国行が一子[8]来太郎国俊は。父の勘気を赦《ゆる》されんと心に願《ねがひ》の[9]滝詣《たきもうで》。[10]念彼《ねんび》観音《くはんおん》の御名《みな》を唱《となへ》手には[11]樒《しきみ》の一ト枝に。受るや清き[12]法《のり》の水。[13]七度結《むす》びて親と成《なる》父の国行。非時の馳走《ちそう》の酔《ゑい》ざまし音羽《おとは》の流レに[14]手水《てうづ》せんと。坂を[15]折節《おりふし》国俊が爰《ここ》に有共《ありとも》[16]白糸の。滝のもとに立寄て思はず見合す我子の顔。無事なかやいといはんとせしが押シ鎮《しづ》め。「ハアなむ[17]三宝此滝はけがれた穢《けがれ》た滝を見るはしばしも目のけがれ」と。尻目《しりめ》にかけて引返す袖にすがつて「親父様先《まづ》しばらく」。「イヤ親父様とはたが事。此国行子は持ぬ。たとへ子が有ッてから。[18]面《つら》押出して親と呼《よば》るゝ覚へはない。若い人じやが麁相《そさう》は[19]有内《ありうち》。そこ離《はな》され

一 本意無げ。心のこりの様子。
二 「夜さり」は夜と同義。
三 人をせつく時の感動詞。
※ヲクリで姫達退場。舞台は変らずに切場となり、太夫交替。初演者竹本志摩太夫。現行、ここまでを「地主権現花見の段」、ここからを「清水寺の段」と称する。
四 水が逆に流れぬように、人の身も過去の過ちを悔やんでも、元にはかえらず致し方がない。
五 「先非、詮方、千手」と韻を踏む。
六 観世音の、衆生を救うために自ら千手千眼を身に備えようとの誓願。「よろづの仏の願よりも千手の誓ひぞ頼もしき、枯れたる草木も忽ちに、花咲き実なると説いたまふ」(梁塵秘抄)。
七 「影」は庇護の意。
八 史上は父が来太郎国行、子は来孫太郎国俊。
九 滝に打たれて神仏に祈願すること。ここは音羽の滝。
一〇 念彼(ねんび)観音力に同じ。観音の力を念ずること。
一一 もくれん科の常緑灌木。香気があり、枝を仏前に供える。
一二 仏が衆生の煩悩を洗い浄めるのを水にたとえ、滝の水を身に受けるにかける。次行の「結び」は水の縁語。
一三 前生で七度縁を結んではじめてこの世に親子として生れるという、親子の縁の深さを表す。「七度契りて親と成三度むすびて兄弟と生るゝ

よ」と他人向《むき》。振《ふり》きれば又引とめ。「有がたき親の慈悲《じひ》。[二〇]巣父《そうふ》といふ唐人《からひと》の。悪事を聞てけがらはしと耳を洗ひし。潁川《えいせん》の滝の流をだに。けがれしと見し許《きよ》由《ゆう》が例《ためし》を覿《まのあたり》。御勘当の国俊に教《おし》へ下さる御厚恩《こうおん》。そも此上の候べき。若気とは申ながら色に迷《まよ》ふて親を忘れ。御勘当請てより。身の置所[二一]夏の日も冬の日迚《とて》も[二二]只一重。[二三]左まへなる世の有様。[二四]かたらひし女も相果《あひはて》。天罰《ばつ》といふ事が一日〳〵身にせまり。誰を頼でお詫《わび》申さん便もなき親子の縁。[二五]枯《かれ》たる木にも花開《ひら》く。観世音に[二六]立願《りふぐわん》し。七日に満《まん》ずる今日只今。父の御目にかゝる事。有がたし忝《かたじけ》なし此上の御慈悲《じひ》には。御勘気御赦免《しやめん》下さるべし」と涙と共に。かきくどく。

国行も[二七]泣ぬ顔。「ヲ、そふなふては叶はぬ筈。コリヤやいかけがへもなき一人の子を勘当する親の心。子しらずといふ世の諺《ことはざ》。今合点がいかふがな。勘当して早六年。朝夕の[二八]看経《かんきん》にも。そちが身の上安穏《あんおん》にと。祈《いの》らぬ日もなく云出さぬ日とてもなく。案じわづらひ。婆《ばゝ》はおとゝし死めさつた。今はの際《きは》にも何とぞし

とはつたへしが」(大磯虎稚物語四、元禄期)。
一四 手や顔を洗い浄めること。
一五 「降りる」にかける。
一六 音羽の滝の別名。「知らず」にかける。
一七 しまった。
一八 天下晴れて、堂々と。
一九 よくあること。
二〇 以下、許由と巣父の故事に基づく。中国上古尭帝の時、許由(字は武仲)は尭帝から天下を譲ろうといわれて潁川のほとり箕山(きざん)に逃れ、俗事を聞いて耳が汚れたと、潁水で耳を洗った。そこへ巣父が牛を引いて通りかかり、そのような汚れた水を牛に飲ませることは出来ないと、上流に牛を引いて行ったという(史記・伯夷伝、正義所引・高士伝)。国俊の言葉は、人名が入れちがっている。
二一 「無し」にかける。
二二 冬にも夏と同じ単衣(ひとえ)一枚で過ごす。
二三 着物の着方が普通と逆であることから、物事が順調にいかぬこと。
二四 夫婦として暮らすこと。
二五 注六参照。
二六 神仏に事柄の成就を祈り、日数を定めて行(ぎょう)などを行なうこと。
二七 心で泣いて表面は、を省略した表現。
二八 読経。

て根性《こんじやう》が直りなば。赦《ゆる》してやつて下されと。母が末期《まつご》の頼《たのみ》と云ィ。本心を見る上は勘当赦《ゆる》すと云たいが。儘ならぬは義理世界《せかい》。さいつ比《ころ》六波羅へ召シ出され其砌《みぎり》汝が噂《うはさ》。家業《かげう》に暗《くら》き馬鹿《ばか》者故勘当して寄セ付ずと。云放《はな》したは武士の真《まん》中《なか》。国行が詞反古《ほぐ》に成ルもいとはねど。今云《いふ》通り赦さぬはわがかはいさ。やくに立ずと指《ゆび》ざゝすまい為計リ。国ゝに鍛冶《かぢ》も多けれ共取分ケて我家《わがいへ》。其家の子が刀一ト振得《ふりえ》打タいではどふも勘当赦されぬ。何レの鍛冶へも立入てなまくらものでも打覚へ。国俊と銘《めい》を切ッて見せたらば。悦ぶまいか嬉しうなふて。あられうか。世間はれての親子も親子。我子よといはれてくれ。コリヤ此親が頼ムぞよ。さりとては／＼儘《まゝ》ならぬ浮世や」と。老のくりことくり返す。胸の思ひは音羽山。滝《たき》や涙にまけぬらん。

人の歎キを身の幸とくより入込《いりこむ》団九郎。木影より忍び出。折節《おりふし》あたりに人もなし。「サア此隙に」と宝前に。備《そな》へし以前ンの影の刀。蓋《ふた》押シ開《ひら》きて取出す用意《ようゐ》の鑢《やすり》調伏を。父の難儀《なんぎ》と露しらぬ。国俊やう／＼頭《かしら》を上ゲ。「其御歎キは此身

一　仏語の娑婆世界、即ち衆生が煩悩に束縛され、苦しみに堪えて生きている現世を、近世人の世界観に基づき、義理のかせに苦しむ世界と言いかえた。
二　先頃。
三　無駄、無効の意。
四　「われ(二人称)が」に同じ。お前が可愛いから、の意。
五　どう考えても、全く。
六　清水寺の背後の山。思いが山の如く積り、涙は音羽の滝にまさる、の意。「劣らぬ」の掛詞。
七　人を陥れ、歎きをかけることで利益を得る。
八　↓二九六頁四行。
九　団九郎は舞台の上で調伏の鑢目の細工をする。下では親子の恩愛愁歎、上では陰謀が同時進行、互いに相手の存在には気付いていない。
一〇　錆。不始末。身から出た錆。
一一　砥石の粉を塗って錆落しをする方法。身の錆を本心のぬり砥で研ぎ落し。刀鍛冶の縁語による表現。
一二　名工の父が鍛えて(↓二八三頁一二行目)おかれた直焼刃の如き鋭い素質を私も顕わし、遠からず名刀を打って見せましょう、の意。直焼刃は「すぐ刃(やき)」(二八二頁注九)に同じ。
一三　僧の住んでいる所。この日の国行の休憩所

一〇のさびよりおこる事。本ン心の一一ぬり砥《と》にかけ。血をわけ給ふ一二父のきたいの直グ焼刃《やきば》。顕《あら》はすは今の事。現在《げんざい》親の傍《そば》に居て。親と得云《(えいは)》ぬ子の心。御推量《すいりやう》下さるべし」。「ヲ、我とても我子を我子と得云ぬつらさ。そちが思ひの十倍《ばい》ぞや。必《かならず》無事《ぶじ》で」。「親父様御無事でござつて下されませ」。「といふ中チも人がくる早帰れ。サ帰れ〳〵。身共も坊《ばう》一三へ帰らふ」と引。わかれたる別レの涙。親子一四一世の別レとは後にぞ。〽思ひやられたり。

団九郎は正宗が家に伝《つた》へし一五すぢかい鑢《やすり》。常《つね》にかはつて逆《ぎやく》に摺《すり》かけ。一六陽《やう》を欠《かい》て左リをさげ。陰《ゐん》に一七旺《わう》して右を上ゲ一八金剋木《きんこくもく》に命を断《たち》。火剋金《くはこくきん》に世を乱す鑢の摺《すり》かた。天下安穏《あんおん》長久を忽《たちまち》不吉に仕《し》かへるはやわざ。思ふ儘に調伏《てうぶく》し悪事をこむる箱の紐《ひも》。引しむる後《うしろ》より。

「団九郎何一九めさる」と声をかくるは国行也。ぎよつとせしが。「イヤ何是は」。「是はとは」。「イヤ名作《めいさく》のお剣なれば。後覚《こうがく》の為ちと拝見《はいけん》と存ジて。今明《(あけ)》ふとした所」と。二〇ぬつぺりと間に二一合口《(あひぐち)》。「イヤ二二其儀ならば苦《くる》しからず。貴殿《きでん》が父正

にあてられている。

一四 運命を予告する語り物特有の文章。

一五―一八 文意を補うと、団九郎は、父正宗のすじかいやすりの常法を変えて、逆のやすり目の筋を摺りつけてゆく。常法の斜線の左を支え上げている陽気の力を欠除させて左を下げ、右に沈んでいる陰気の力を旺盛にして右を上げた斜線にすると、陰気が陽気に勝つ形になって、金剋木の原理がはたらいて所持者の命を断ち、火剋金もはたらいて治世を乱す呪法になるという家伝秘密の摺り方である。こういう文意である。金剋木・火剋金は、万物は木火土金水の五元素から成るという古代中国の五行《(ごぎょう)》説による相生相克《(そうじょうそうこく)》の論に、金は木に勝ち、火は金に勝つと説くのをさす。江戸時代はこの論を占いに応用することが盛んであったが、浄瑠璃作者山田案山子《(あんざんし)》著の通俗全書、無双大雑書万暦宝(安政六年序)に「奸邪の易者巫女《(みこ)》山伏、みだりに相生相克の義をもって愚昧の婦女童子を惑はし、財帛を得る種とす。ゆめゆめ信ずべからず」と述べている。本曲は有名な鎌倉の正宗のように見せかけながら、大和の正宗は仮構だから、やすり目の論も浄瑠璃の作り事。

一九 「めさる」は「する」の尊敬語。近世演劇では対等及びそれ以下の相手に対し用いることが多い。

二〇 ぬけぬけ。

二一 急場を適当に言い抜ける言葉。

二二 それで箱を明けるのならば、差しつかえない。

宗は。拙者《せつしや》が親国吉が弟子なれば。元は同じ家筋。御不審《ふしん》あらば尋《(たづね)》られよ。サア刀を見られよ」といはれてはいもう。「イヤもふそれには及《(およば)》ぬ事」。「及ばぬ事とは無躾《ぶしつけ》いで。取出して見せ申さん」と。箱の紐《ひも》とかんとする。見付ヶられては百年め。もふかなはぬと後《うしろ》より切かくるを。心得たりとさそくの国行かいくゞつて抜キ合せ。「子細《しさい》はとはぬ汝が悪心。観念《くはんねん》せよ」と無二無三上段下段団九郎。かなはじとや思ひけん高欄《かうらん》よりかけ作りへ。「ヤア逃《にぐ》るとてにがさふか」と。ひつつゞいて貫《ぬき》を足場《あしば》。折から来あはす秋月大膳目ばやきおのこ。すは一チ大事と手練《しゆれん》の手裏剣《しゆりけん》。小柄《こづか》取ル手も見せばこそ。国行が肝《きも》のたばねうんとのつけにどうどおつ。あへなき最期《さいご》はぜひなけれ。団九郎はかけ作りの。難所《なんじよ》をやう〳〵舞台《ぶたい》の下。地獄《ぢごく》で仏にあふたる心地よろこびいさめば。「首尾《しゆび》はどふじや。外に見付た者もないか」。「お気づかひなされますな。思ふやうに調伏《てうぶく》の鑢目《やすりめ》入レ。元トのやうにした所を。此老ぼれが明《(あけ)》ふとしてあぶないこと」。〽死がいの小柄を引ぬいて大膳が手に渡せば。「ムウ

一 国行の父国吉と正宗との関係は仮構。
二 敗亡。あわてること。
三 自分の打った刀を見せようというのに、見る必要がない、とは失礼な、さあ。
四 万事休す。
五 国行は素早い足の動かし方で刀の下を潜り。
六 詳細は聞かぬ。聞く必要がないという意。
七 覚悟。
八 上段下段(→二八七頁注二七)としゃにむに切りこんでくるので。「上段、下段、団九郎」と韻を踏む。
九 勾欄に同じ。てすり。
一〇 崖の斜面から低い方へさしかけて造る建築法。ここは、清水の舞台を支える、崖と直接接した部分。以下、清水の高く壮大な掛作りを低く小さく模擬した装置による演技。
一一 舞台を支えるかけ造りの縦横の木材のうち横木の方。
一二 国行が貫を足場に「降りる」にかける。
一三 遠くにいる敵に打ちこんで殺傷する短剣。
一四 脇差の鞘に添えて差しておく小刀。
一五 小柄を抜きとる手も見せぬほど素早く、達者な腕前で、小柄の手裏剣を国行の内臓の急所に命中させ。
一六 五臓六腑の束ねられた中心部分。
一七 あおのけに。
一八 かけ作りの貫から舞台の下へ音をたてて墜落した。「撞 ダウド」(書言字考節用集)。
一九 はかない、あっけない。
二〇 足場の危険な所を。
二一 諺。きわめて危ない、悪い状態から、突然救われた時にいう。

でかした。[二二]定紋《ぢやうもん》の此小柄。後日にしれては大望《もう》の妨《さまたげ》」と取納め。「ソレ其死骸《しがい》舞台の下。[二三]ちり落《おと》しへ打込《こめ》さ」[二四]。「[二五]まつかせ合点《(がてん)》」とひつ抱へちり落しへまつさかさま。「こいつが為の[二六]南無地蔵」と打込ム跡から引抜《ぬい》て振《ふり》上れば。飛しさつて。「ハアハ、、、[二七]聊爾《れうじ》なされな。コリヤ何となされます」。「我《(われ)》を切《(きる)》」。「とは迷《めい》惑《わく》。お望《のぞみ》の通り調伏の鑓目入《(いれ)》。御用にこそ立テ[二八]仕落《(しおち)》はない」。「サア鑓目を入たる事。他言《たごん》させては大望《もう》の妨《さまたげ》。我を殺せば此事外にしつたる者は。爰《(ここ)》における渋川一人《(いちにん)》」。「ハア扠《(さて)》は拙者めが他言など致《(いたさ)》ふかと」。「サア夫《(それ)》が気遣イさに」。「ハテぜひに及ばぬ[二九]手《て》討《うち》になされ」。「ヲ、不便《ふびん》ながらも覚期《かくご》せい」。「なむあみだ仏」。「[三〇]ム、心はしれた国へ帰れ」。「ハア、、、他言いたさぬ心底《しんてい》は」。「云《(いふ)》に及ばぬ。[三一]当座の褒美《ほうび》は我命《(わがいのち)》サア行《(ゆけ)》」。「はつ」と立帰る。

[三二]牛《うし》は牛づれむまい〳〵と渋川藤馬。「[三三]旦那お首尾《しゆび》は。極上〳〵」。「[三四]シイ」と二人がうなづき合《(あひ)》。「扨ヽ桜が咲た〳〵」と見廻し〳〵。枝に付ケたるはんじ物。「コリヤ何ンじや」と手に取て。「下の三日に園辺ノ左衛門様まいる。谷陰の

二二　秋月家で代々定まっている紋を刻した小柄。
二三　ごみ捨ての掘り穴。
二四　「さ」は武士などが打ちとけた会話で指示的、確認的に軽く強調する時に用いる間投助詞。「むっとなされなうそはないはさ」(仮名手本忠臣蔵三)。団九郎に対し、仲間同士のような言葉を使い、安心させて殺害の準備をする。
二五　よしきた、任せておけ、の意。
二六　「南無」は仏・法・僧の三宝に帰依信順する意をあらわす語。「地蔵」は冥土で衆生の救済にあたる菩薩。舞台下の暗い塵落しを冥土に見立てて、地蔵に世話を頼むの意。
二七　粗相、あやまち。
二八　落度。
二九　主君や親が家臣や子など目下の者を斬ること。
三〇　大膳が刀を振り上げて、団九郎の性根の据わったところを見届ける。
三一　さしあたりの褒美は、お前の命を助けることだ。これで団九郎は、単なる雇われ仕事から、大膳の大望の企ての一味となる。
三二　諺。「牛は牛づれ馬は馬づれ」。同類の集まり易いこと。大膳と藤馬は悪人同士。「馬」と「むまい」をかける。
三三　「御主人、このお成りゆきは」と顔をうかがい、一呼吸置いて「極上〳〵でしょう」と大声で言う。色から詞への節付けで、続けて藤馬の言葉。
三四　「シイ」は大膳が制する言葉。

春の薄雪より。刃《やいば》に心を書ィたるは。ム、扨《(さて)》はきやつらがくさり一合《(あひ)》。忍び逢相《あふあい》図《づ》の艶書《えんじよ》二。三こふ有《(あら)》ふと思ふた。につくし〳〵」と歯《は》がみをなせば「中シ旦那。お心がちいさい。四も五もない何の園辺を打殺《ころ》して」。「ヤアだまれ何事も皆胸に有《(ある)》。コリヤこふ〳〵合点《(がつてん)》か」と。ぐる〳〵巻《まい》て懐《ふところ》に入《(いる)》四共しらぬ園辺ノ左衛門。国行が見へざるは何国《(いづく)》ぞやと妻平召シ連《つれ》。五帰るさの滝の元トにて。「ヤア秋月殿」。「左衛門殿。一両日はお物遠《(ものどほ)》六。御親父《しんぷ》も嘸《さぞ》ゝ」。「仰《(おほせ)》七のごとく息《そく》災《さい》に罷《(まか)》リ在《ある》」。「先ヅは珍重《ちんちやう》八。今日《(こんにち)》是へは何故《(なにゆゑ)》」。「イヤ彼《かの》御剣を奉納」。「ア如何様《(いかさま)》九左様《さやう》」。「シテ其元《(そこ)》トは」。「ちと花を見物と最前《さいぜん》より是におる。貴殿は最早《もはや》お帰りか一〇同道申そふ」。「イヤ左様に存《(ぞんず)》れど。今日是へ召シ連ました。来国行。何国《いづく》へ参りし是を尋《(たづね)》て。跡より帰宅《きたく》仕《(つかまつ)》らん。先ヅお帰り」と挨拶《あいさつ》すれば。「コリヤ藤馬。最前此道をこふいたは国行じやなかつたかい」。「ア丶成程そふでござります」。「ム、一一歌の中山清閑寺《せいがんじ》へかな参つた物。一二儘にして道ゝの物語サアひら一三に同道」。「ハア然らば左様に仕らん。コリヤやい妻平。そちは国行待合せ。同道し

一　男女の私通を罵っていう。
二　恋文。「艶書　エンジョ」（書言字考節用集）。
三　「門前の段」で大膳は幸崎の奥方に「（左衛門が）万一薄雪殿を所望いたす共」と言っている（二九一頁六行目）。
四　恋文が大膳の懐に入るとも。　五　帰り道。
六　しばらく御無沙汰しました。「一両日」はその日数と限らず、慣用のあいさつであろう。「爾来御物遠打過申候」（甲子夜話五十六）。
七　御言葉の通り、父も元気でおります。
※左衛門の破滅をもくろみながら、表面は丁寧で愛想のよい大膳。「古市川宗三郎曰、実悪（じつあく）は叮嚀（ていねい）にするほど悪（にく）し」（役者論語魁・下。市川宗三郎は本作と同時期の歌舞伎で活躍した実悪の名手）。
八　結構です。　九　なるほどそうでした（始めて気付いたように）。　一〇　御一緒に参ろう。左衛門が調伏の鑪目と国行殺害に全く気付かぬうちに、犯罪の現場から離れさせようとする。
一一　清閑寺は今は「せいかんじ」と澄む。京都市東山区山ノ内町にある真言宗智山派の寺。「歌の中山」は清閑寺から清水寺へ行く山道のあたりの通称。歌文に「歌の中山清閑寺」と言い連ね、清閑寺の雅称としても用いる。語源については寺記の伝説がある。「歌の中山は滑谷道（しるたにみち）の北、清水より清閑寺へ行路の西にあり。…清閑寺の寺記云、昔此寺に真燕僧都と云人有。ある夕暮門外にたゝずみて行かふ人を見居たる折節、髪貌（カタチ）めでたき女、只一人行を見て忽染心おこりけれど、物いひかくべき便なくて、清水への道は何れぞと問ければ、女　見るにだにまよふ心のはかなくてまことの道をいかでしるべきといひ捨、やがて姿をみうしなひけるとぞ。女

て帰るべし」と云ば秋月。「コリヤ渋川。そちは歌の中山へナ妻平諸共」。「イヤ[一四]夫レには及ばぬ」。「はて扠[一五]いはれぬ苦《くる》しうない事。コリヤ六[一六]はらでの意趣《ゐしゅ》などゝ。人なきを幸に。ナ口論《こうろん》など致したら手討だぞ。合点《がってん》か」とめでしらせ。「両人共跡から」と口と我名は大膳[一七]人ン。大悪人に打連てそのべは館《やかた》へ帰らるゝ。跡に残ッて妻平が「べん〳〵と待ッてもゐられず。尋てこふ」とかけ出す「コリヤ待テ」。「までとは何ぞ用が有ルか」。「有[一八]ル段か〳〵《(あるだんか)》大分ン有ル。此[一九]鼻《はな》が首[二〇]だけのあの籬。持おつたな〳〵女房に」。「サア持[二一]たが大事か」。「ヤこいつおとが[二二]いのゑらい奴《(やつ)》。何ンぼう強《つよ》い頬《つら》しても其手はくはぬ。天窓《あたま》[二三]から誤《あやまつ》て。渋川様お望ならば上ますと出直せ」。「ハッ、、、まあ成ルまい」。「しかとならぬか」。「くどい」。「ハテそんならなじみだけ[二四]。花聟殿へ祝《いは》ふて若水[二五]〳〵」。と声をあいづに[二六]以前の水汲《くみ》。てん手に手桶。「女房[二七]呼ンだ川へぼつ込メ。〳〵」と。中に取込[二八]メ詰かくる。

妻平ふつと吹出し。「久[二九]しぶりの水なぶり。寄つて見おろ」と尻引からげ大肌《はだ》[三〇]

は化人にて侍りけるにや。その歌よみし処をば歌の中山と云となん」(寛保元年序・謡曲拾葉抄・田村)。　一二 国行のことは放っておいて、話しながら帰りましょう。　一三 是非とも。

一四 左衛門が辞退することば。

一五 無用の御遠慮、国行を探すお手伝いぐらい、気になさらないでよろしい。

一六 渋川に向かって、言葉とは裏腹に、妻平に喧嘩をしかけ、国行の探索を妨げよと示唆。

一七 「大膳」と「善人」をかける。

一八 あるどころではない。

一九 男が同輩以下に向かって、自分を指して尊大ぶっていう品の悪い語。

二〇 首まではまるほど惚れこんでいる。

二一 成程持ったが、それがどうかしたか。

二二 大層な口をきくやつ。「おとがい」は顎。

二三 最初から。　二四 馴染甲斐に。

二五 元旦に汲んで用いる水をいうが、ここは水祝いの水。「和俗の云、年新たに娶し男に、歳首若水を祝ふとて、水を浴させる事あり、是を水いはひ、水かけなど云」(滑稽雑談 一)。石打ちと同じく婚礼習俗の一つ。喧嘩などのもとになるため、近世には天和元年、元禄二年などに禁令も出されたが、さまざまな水のかけ方で続いた。

二六 二九六頁一一行目の「大名のお水汲(みく)」。

二七 嫁取りの習俗にかこつけて妻平に襲いかかる掛け声。　二八 取りかこみ。

二九 子供の時以来の水遊び。

三〇 衣服の両肩を脱いで上半身裸になること。但し近世演劇の舞台では、普通、上着の両肩を脱いで、上半身、緋色などの襦袢姿になる。

ぬげば。「奴《やっこ》めに水くらはせ吠頰《ほへづら》かゝせ」と。[一]左右方一チ度にざんぶと掛《かく》るを身[二]をひらけば。互の骸《からだ》は濡鼠《ぬれねづみ》よろめくきゝ[三]腕《うで》左右に取。[四]もぢりくはせて打付クれば。「もふ赦《ゆる》されぬ」と藤馬が刀。[五]「まつかせ」手桶の[六]そこらは中ゝぬからぬ男。[七]「片手桶にもたらぬ奴原《やつばら》」。[八]五輪《りん》の五つ輪《わ》[九]五躰《たい》の桶[一〇]がはこな微塵《みぢん》。[一一]「よはみそ桶め」とつかんでは投《なげ》付ケ。踏《ふみ》付ケ。滝を[一二]小楯《だて》にひらめかし打あふ刀[一三]の音羽山。大地は忽泥《たちまちどろ》の海。[一四]ふかくを取ラじと根限《こんかぎ》りもみ合〳〵。〳〵いどみしが。刀もがれて渋川藤馬にげ行《(ゆく)》[一五]がんづか。[一六]ひつかづいてどろたの中へ打込メば皆叶はぬと逃《にげ》て行《(ゆく)》。[一七]「のがさじ物」と追かけしが「いや待《(まて)》しばし旦那の御用。国行殿を尋ん」と。爰《(ここ)》に死がいの有ぞとは。[一八]いかでしるべきと読《よみ》たりし。歌の中山こゝろざし足にまかせて急ぎ行。[一九]やつこの。此〳〵此若者。手柄《てがら》もの器量《きりやう》者とほめぬ。ものこそなかりけれ。

一 ソウホウと読む。双方。　二 さっと身を引いたので、左右の水汲み男同士が互いの水をかぶって。　※絵尽に「此所本水のしあいあやつり」。
三 力のよく利く方の腕。普通、右手をさすが、ここは単に相手の腕。　四 腕をねじておいて。
五 「合点だ」と、そこは抜からず手桶で藤馬の刀を受けとめる。以下、桶づくし。　六 底(そこら)、中(中々)、抜ける(ぬからぬ)等、桶の縁語。　七 片手にも足らぬ。問題にならぬ程弱い。
八 両臂、両膝、頭の五か所。すべて円形であるところからいう。「五輪 ゴリン〈五体ニ義同ジ〉」(書言字考節用集)。　九 身体の五つの部分。頭、両手、両足をさす場合が多く、五輪と同意。からだ全体。「五体 ゴタイ〈頭頂。二肘二膝。○筋。脈。肉。骨。皮。毛〉」(書言字考節用集)。
一〇 桶の側面を形づくる細長い板。身体を桶に見立て、金輪を五輪、桶側を五体という。水汲み達の五体を叩けば手桶もこわれてしまった。
一一 「よはみそ(弱虫)」と「味噌桶」をかける。「手桶も弱いがお前らはなお弱いぞ」と手づかみにしてやっつける。　一二 有合せの楯。背後からの襲撃を防ぐために、音羽の滝を背にして。
一三 「刀の音」と「音羽山」をかける。妻平も刀を抜いて藤馬と斬合い。本泥にまみれる演技がある筈。　一四 不覚。海の縁語で「深く」にかける。
一五 髪束。たぶさ。　一六 藤馬のたぶさを摑み、妻平の肩にかずいて。　一七 にがすものか。
一八 三一二頁注一一引用の歌「まことの道をいかでしるべき」に妻平が真相を知らぬことをかけ、段切りの花やかな雰囲気の中に、主人公達の破滅に向う運命を暗示。
一九 「やっ、この」の掛け声と「奴(やっこ)」との掛詞に、「奴」と代名詞「此の」との掛詞を連ねる。

中之巻

(幸[二〇]崎館の段)

二上リ歌 [二一]我は君ゆへ。雲井の紙鳶《いか》[二一]よ。のぼり[二二]。〳〵て今はたゞ。互の契《ちぎ》りかはらぬは。[二三]いとしからふで有まいか。爪音《つまおと》[二四]高き。しらべの糸。人目[二五]も恥も思はくも恋には[二六]あつき薄雪姫。人待ッ暮《くれ》のお気ばらしと裏《うら》[二七]は往来《ゆきゝ》も正親町《おゝぎまち》[二八]。物見[二九]の亭《ちん》の簾《すだれ》の隙《(ひま)》お妐《こしもと》衆《(たち)》立つどひ。詞[三〇]「姫君さまも籬《まがき》殿もあれ見さしやんせ。町〳〵からのぼす紙鳶《いかのぼり》で。空は弥生《やよひ》[三一]の花くらべ五色《(ごしき)》に染る雲の色。地ハル たまつた物じやござんせぬ」。「あれ〳〵。夕日につれて人顔も。朧染《おぼろぞめ》[三二]の雛形《ひながた》いか。もふそろ〳〵引わいな」。「今宵殿御のお忍びに。よふ[三三]のぼつた雛形《ひながた》の衣紋《えもん》[三四]を引とは気がゝり[三五]」。「そこへひいたは思はく[三六]の男にあをひの下簾《すだれ》。御所車[三七]の紙鳶糸[三八]による物なら。なくと読《よみ》たる歌のだい笠[三九]からかさいか」。長地[四〇]「おまへのやうなうつくしい姫君

二〇 初演者竹本此太夫。本手摺、正面座敷、上手に障子屋体、下手に廊下、その後ろに物見の亭、下手際奥に土塀、その空に紙鳶がいくつか上がっている。前手摺、内庭、下手に木戸。

二一 江戸で凧(たこ)、上方で紙鳶(いかのぼり・いか)という。大坂で趣向をこらした紙鳶を揚げることが流行

時　三月二十三日
所　京都、幸崎伊賀守館

した様子は近松の心中刃は氷の朔日(宝永六年)などにみえる。　二二 夢中になって。

二三 紙鳶の縁語で「糸」にかける。

二四 調子の調った琴の糸に爪音を高く響かせて。二上り歌はこの琴の音に合わせた三味線歌。

二五 深窓の姫君でも恋故には、人目も憚らず、羞じらいもなくし、世間がどのように思うかも気にかけず。

二六 薄雪というか弱い名前とは逆に、大胆な。

二七 幸崎邸の裏に面した通りは。

二八 「多い」にかける。正親町小路は平安京の北部を東西に走る。一条大路の南。江戸時代以降、中立売通と称される道路が、ほぼこれに該当。

二九 外を見るために小高く作られたあずまや。

三〇 ここからは腰元たちが紙鳶を指さしたり姫の方へふりむいたりしながら賑やかに交す会話。区切り目は見定めにくいが一案を示しておく。

三一 数々の紙鳶で弥生の桜の満開のよう。

三二 夕日の傾くにつれて人の顔もおぼろになりました。朧染めの衣裳図案の紙鳶ももうぼつぼつ引きおろす様子(お待ちの時刻も近い)ですよ。

三三 恋人を待ち兼ねている姫をさす。「のぼる」は上気しているさま。　三四 前の腰元の言った引きおろされて行く紙鳶の朧染めの雛形を、この腰元は若い男子の衣裳の雛形と見立てて、恋

さま思ひそめて生キながら。角《つの》のはへた坊主《ばうず》いか」。「空にも恋が有レばこそ。思ひ参らせ候べく候と。書イて上《(あげ)》たるこも憎いか」。鶴の。巣ごもり二段獅子《じゝ》。ぼたんの花ぶさ咲《さき》乱れ。尾をふる袖をふる鈴《すゞ》に。神をいさめの太鼓《たいこ》いか。子供をだしによねんなく。親のなぐさむ布袋《ほてい》いか。是見よがしにぶら〳〵と。いつ迄誰を松茸《まつたけ》いか。其外二つ。三つつなぎ。五つ雁金《かりがね》一チ羽鳶《とび》。思ひ〳〵の物好《ずき》いか次第〳〵に引おろすは。錦《にしき》をほつくがごとくにてしばらく。興《けう》にぞ入給ふ。

日も早《はや》西へ。入方《(いるかた)》に「それ〳〵そこへおとなげない。奴《やつこ》がのぼす奴いかほんのてつかい仙人じや」と。笑ふ中チにすた〳〵走《(ばし)》リ。「あのいかのぼすは妻平殿」。「ほんにそふじや。ヲイ〳〵」とよべどまねけど雲かすみ。うはの空ふくかぜにつれふつつと切《(きれ)》たる糸びん天窓《あたま》の奴いか。風に任《まか》せてふうはふはふはと落れば妼《こしもと》はした。ばら〳〵と走リ寄《(より)》。「所こそ有レ此いかの爰《(ここ)》へ落たはよい辻占《つぢうら》。今宵のお首尾《しゆび》もよい事ぞろへ。思ひなしか妻平殿の顔によふ似た奴紙鳶《いか》。籬殿嬉

人を待っている姫から恋人を他へ引き去ろうとする意味に取ったのである。
三五 忍び逢いの後に悲しい別れとなるこの段の成行きを暗示。
三六 思いをかけた男に「逢う日」と、「葵祭」をかける。光源氏の正妻葵の上と愛人六条御息所の車争いを描く源氏物語・葵の巻からの連想。下簾は牛車の前後の簾の内側に懸けて垂らす絹布。
三七 牛車の俗称。腰元がその紙鳶を指さす趣。
三八 「糸によるものならなくに別れ路の心ぼそくもおもほゆるかな」(古今集・羇旅・紀貫之)。「紙鳶、糸」と頭韻。「そこへひいたは」からここまでの大意は、恋人の衣裳を引いたのは源氏物語の車争いのような恋敵の女性かも知れませんね、あの御所車の紙鳶をごらんなさい、いずれにしても「糸による」の古歌のように別れとなるのでしょうか、心細いことです。後の成行きを暗示する引歌。 三九 「歌の題」と「台笠」をかける。台笠は、「参内笠」の略、笠袋に納めた妻折傘。大名行列の道具。紙鳶の意匠。
四〇 古浄瑠璃・一心二河白道で桜姫への執心から怨霊となった清水の僧清玄。坊主頭に角を生やし体は蛇体の清玄を描いた紙鳶であろう。車争いで生き霊となる御息所のことから一転して近世劇の怨霊物へ連想。

一 空にも恋があるからこそ、その空中の恋人に「思ひ参らせ候べく候」即ちお慕い申しております、と恋文の意匠の紙鳶を上げるのであろう、の意。「候べく候」は主として女性の手紙に用い、「候」とほぼ同義。
二 「空の恋」から虚無僧の吹く尺八の曲名「虚空

しかろ」。「アヽざは〱と嗜《たしなま》しやれ。今宵の事がひよつとお上[二二]ミへ聞へては。姫君さまも此籬も大[二三]ていのことでない。こつちの首尾《しゆび》をならした上はそりや聞へても仕様が有《(ある)》。必《(かならず)》ゝ沙《さ》[二四]汰《た》しよ[二五]まいぞ。見れば此紙鳶《いかのぼり》にくゝり付たは何ンであろ」。「ほんにふしぎ」と皆立寄リ。ふうじとく〱[二六]押シひらけば。しのぶ[二七]すつたるうす[二八]やうに書ちらしたは男の文躰《ぶんてい》。「いよ〱今宵忍《しの》ばふとの左衛門様の相図《あいづ》の文。是御らうじませ薄雪様。殿[二九]ぶりがよければ。何から何迄いはふ所のない御[三〇]はつめい。紙鳶に文付て通路《つうろ》[三一]するとは矢[三二]ぶみはおろか。雁[三三]金の文にもまさつた御趣向《しゆかう》。かはいらしい殿御のお文大事におかけ遊ばせ」と。渡せば姫君嬉しげに。肌《はだ》身に添《そへ》て現《うつゝ》なく。「もふ何時で有ふぞい早ふお越《こし》なされいで」。「さつてもきついはづみやう。お出迄は間が有《(あら)》ふおふたりの初恋。肝心《かんじん》のやりくりにおねむなつては気[三四]の毒《どく》。宵《よひ》のうちとろ〱と御《(ぎよ)》寝《しん》なつては」。「アヽわけもない事いやる。思ひ思ふて逢《(あふ)》殿御なんとねて待《(また)》れうぞ。園辺様の見ゆる迄姒《こしもと》共に琴《こと》ひかせ。月[三五]待チ日待をする様に殿御待をせうはいの。サア皆こちへ」

鈴慕(れいぼ)(こくう)」を連想。虚無僧を象った紙鳶。なお尺八の手引書「紙鳶(いかのぼり)」(元禄十二年)がある。

二三 尺八の曲名。子を育てる親鶴の情を表す。この鶴の巣籠り以下、二段獅子、牡丹等、すべて紙鳶の意匠。心中刃は氷の朔日に「菊や牡丹の花紙鳶を。いたゞきあぐる太鼓紙鳶」。本曲より半世紀後の紙鳶全書(一名、風箏全書)に「風箏に百品の製あり。悉くあぐるにいとまあらず」。このあたりから腰元の言葉か叙事文か区別しにくい文体で物尽しの列挙をはかどらせる。

二四 古今端歌大全、新大成糸のしらべなどに三味線曲の「三段獅子」、「紙鳶」に尺八の「獅子踊」を挙げる。

二五 獅子から能・石橋などにより牡丹を連想。

二六 尾をふるのは獅子。袖、鈴をふるのは神楽をする巫女。賤のをだ巻に「袖凧」あり。

二七 神慮を鎮める。

二八 賤のをだ巻に延享・寛延(一七四四―五一)頃大凧が流行し、武家屋敷で三十六枚張りの凧を上げた話を述べ「畢竟は大人の慰にて、子どもの所作にてはなし」という。

二九 後梁時代の布袋和尚。九一六年没。七福神の一人。子供たちと遊ぶ絵が知られていたらしい。

三〇 「菅糸にてたこの数多くつなぎて一すぢのすが糸にてあぐるものあり」(嬉遊笑覧)。

三一 雁(がん)の紙鳶を五つつないだもの。

三二 鳶紙鳶。紙鳶全書の江戸凧の図を掲げる。

三三 趣向をこらした紙鳶。

三四 「ほつく」は、ほどく、ほぐすの意。「錦をほつく」は、不用になった錦の布からその種々の糸ごとに引き抜いてほどいてしまうこと。ここでは種々の紙鳶の糸が相次

鳶風箏

と打連《(うちつれ)》て一ト間の中へぞ。

へ[一]入相も。夜明の鐘《かね》と。[二]おどろかれ。園辺ノ左衛門は[三]けいやくの時たがへじと只一ト人リ。案内《あんない》聞たる姫の寝所《しんじよ》。いく重かこへし人目の関《せき》も。今は一ト重と嬉しくて。しをり戸ほと〳〵おとづるゝ。

籬はそれとさし心へ椽《えん》を[四]とばかは飛石伝《つた》ひ。しをり戸のかけがねきり〳〵しやんと入レまいらせ。「扠《(さて)》まあけふのお文の御趣向《しゆかう》。皆もが[五]をつておりました」。

「されば〳〵唐士《もろこし》の[六]韓信《かんしん》は。[七]紙鳶《いかのぼり》で城内の道のりをはかりしが。此左衛門は紙鳶で薄雪姫の恋の道。[八]ふみ分る合点《がつてん》」といへば籬も打笑ひ。「サア姫君のお待兼《かね》是からは案内いらず。ずる〳〵べつたり」ぴつしやりと。心きかして立切《(たてきる)》襖《ふすま》。つもる事共みつ〳〵に忍びあふこそ[九]わりなけれ。

秋月が家来渋川藤馬。此比《(このごろ)》の生疵《なまきず》にて顔はまだらに膏薬《かうやく》だらけ。[一〇]ちが〳〵と一ト間に通り。「ヤア籬殿奥方にはお休《(やすみ)》ないか。ちとみつ〳〵に[一一]御意《(ぎよ)ゐ》得たい取次イでおくりやれ」と。思ひがけなき渋川に。籬もはつと胸《むね》にこたへ[一二]ひよんな所

いで引きおろされて行くのをたとえた。「にぎるこぶしのつめぎはより。しぼり出す血に泣涙。にしきをほつくごとく也」(津国女夫池三)は、赤糸を引き抜くありさまをたとえたもの。

一五 冒頭からここまでは紙鳶尽しの節事。

一六 奴紙鳶。紙鳶全書の江戸凧の図を掲げる。

一七 奴が自身の小型のような奴凧を上げるさまを、自分の姿を吹き出す鉄拐《(かてつ)》仙人にたとえた。「仙人吐レ気出二現我身一者也」(黒本本節用集)。

奴風箏

一八 雲か霞のように隔たって相手に通じない。

一九 紙鳶が上がる上空に妻平が気をとられてこちらの呼びかけを聞いていないこと。

二〇 紙鳶の「糸」に「糸鬢」をかける。糸鬢は、月代を広く剃り下げ、鬢を非常に細くした髪形。奴や男伊達の風俗。

二一 偶然ながら吉事があるという前知らせ。

二二 主君伊賀守。　二三 不義の科で一通りのことでは済まない。　二四 噂。言いたてること。

二五 「すまい」の変化した形。…してはならない。

二六 「解く」(開く)と「疾く」(いそいで)をかける。

二七 忍草の葉を紙にすりつけて染めたもの。忍ぶ恋、または今宵忍ぶ、の心。　二八 薄様。雁皮ですった鳥の子紙。　二九 男前。左衛門の美男ぶりをいう。　三〇 利口で機転がきくこと。

三一 からくり仕掛の糸のように人知れず通わせる。太平色番匠「天鼓、…是通路事といふて、衣桁の足より台に至り、人隠居て四筋の紐より鼓を打也」。　三二 矢柄《(やがら)》などに結びつけて敵陣に射込み文通する手紙。　三三 漢書・蘇武伝の

へ藤馬づら[一三]と。思へどわざとそらさぬ顔[一四]。「ヲ、どなたじやと思ふたれば藤馬様。顔の疵《きず》で見ちがへたそりやまあなんとなされたへ」。「さればく〳〵。園辺ノ左衛門が奴《やつこ》めを六はらの御前で。手ひどいめにあはしたれば。其意趣《ゐしゆ》かへしを清水で出ッくはし。あつちは大勢こつちは藤馬只一人。日比《ひごろ》手練《しゆれん》したる当身[一五]や[一六]はらで半死させたが。ひきやう未練《みれん》な奴め組しかれながらおれが顔を。くまたか爪《つめ》でかいて〳〵[一七]かきみしつた其疵跡。なんぼ兵法《ひやうほう》[一八]の達《たつ》人でもあゝかゝれてはたまらぬ」と。口から出次第[一九]まつかいなつらをかゝへて間似合《まにあ》ィうそ。籬もおかしさこらへ兼《かね》。「ほんにおまへもきてんがきかぬ。あつちからかくならばこつちからもまけぬやうに。恥をかいたがよいはいな」と笑ふて奥へ走行《はしりゆく》。藤馬は座敷にとほんとして[二〇]「此返事はなぜおそい」と。見やる障子《しやうじ》に影《かげ》ぼうし。左衛門様姫君さまと。女中の声ゝ聞ゆるにぞ。扨《さて》こそ噂《うはさ》に違はずと聞耳たつる後《うしろ》より。幸崎の奥方姿詞もかる〴〵敷《しく》。籬を伴ひ立出。「ヲ、めづらしや藤馬殿。夜中《やちう》と云《いひ》あはたゝ敷ク何事ぞや」と有ければ。「いやお気遣ひな事でなし。

故事。匈奴(きようど)にとらわれ、漢朝への節義を守り続けた蘇武の消息が、雁の足に結びつけた文で故国に知られた話。「古語に伝へしかりがねのつばさの文」(用明天王職人鑑二)。
三四 困る。　三五「月待」はきまった日に月の出を、「日待」は日の出を、待って拝む行事。近世には夜を徹する日待に音曲や遊びを伴うことが多い。

――以上三一七頁

一 日没につく寺の鐘。
※姫の寝所は上手の障子内。→解説二。
二 はっとすること。　三 契約。約束。
四 そわそわして足がよろめく意の「とばつく」と、気のせくさまを表す「とっかは」を一つにした語。
五 気の利いた御趣向に感心、降参しましたの意。
六 漢の高祖の功臣。高祖の天下統一を助けて大功があった。前一九七年没。股くぐりの逸話で親しまれ、奇策を用いる知将として知られる。
七 書言字考節用集に「紙鳶 イカノボリ〈伝云為二軍用一韓信所レ造〉」とある。宋の高承の事物紀原に「これ韓信の作るところ。高祖の陳豨を征するや、信の謀りごと中より起す。故に紙鳶を作ってこれを放ち、もって未央宮の遠近を量り、もって地を穿ちて宮中に隧(は)り入らんと欲するなり。けだし昔の伝へ、かくのごとし。理あるひは然らん」とある。明の七修類藁には「史に見えず。且つ理なし。線の高下あに地の遠近を計るべけんや」としりぞけている。
八「文(ふみ)」と「踏み」をかける。「大江山いく野の道の遠ければまだふみも見ず天の橋立」(百人一首・小式部内侍)。
九 一通りでない。「わりなき仲」は男女の仲がきわめて親密なこと。

みつ〳〵申上たき子細と申《まうす》は。御息女《そくじよ》薄雪様の御身の上。兼ゝ《かねがね》主人も婦妻《ふさい》に申請たき望《のぞみ》なれば。身不肖《せう》なれ共此藤馬が仲人にて。御婚礼《こんれい》取結《むす》びたく。御存《ぞんじ》の通り武芸《ぶげい》においては。肩《かた》をならぶる者もなき大膳殿。聟に取ても不足はあらじ。拙者が内証《ないしやう》にて此事申さん為計《ばかり》。今宵《こよひ》ひそかに参つたり。何とぞお請の御返答《へんたう》承れば。渋川も大慶」と。慇懃《ゐんぎん》に相述《のぶ》れば。「是は〳〵何事かと思ひしに。まあ聞て母も安堵《あんど》。人なみならぬ娘でも。御懇《こん》望《ばう》と有ば親ゝの悦びはいか計《ばかり》。去《さり》ながら夫ト伊賀ノ守も。六はら殿より急《きう》のお召で参られいまだ御前もさがられず。帰られ次第姫にもとくと云聞せ。成《なれ》ならざれは此方から。そなた迄返事しよ」と。寄ラずさはらぬ挨拶《あいさつ》に。藤馬傍《そば》へにじり寄。「憚《はゞかり》ながらそれはわるい御合点。父御のお耳へ入てはもふ表向《おもて》キ。娘は母に付《つく》とはげ世話にも申せば。御母公の吞込《のみ》ミで。何とぞ只今宜しき御返事承りたし。急にお返事聞たいと申スも。藤馬がお為を存るから」。「其為とは何がお為」。「されば。大名でも町人でもせたけのびた娘には。ゑて

一〇 足をひきずるさま。
一一 御目にかかりたい。
一二 とんでもない。
一三 その人を罵って言う語。
一四 何事もなかったような、すました顔。
一五 柔術の一法。拳・ひじ・足などで、相手の急所を突いたり打ったりする技。
一六 →二八八頁注九。
一七 「かきむしる」の変化した語。
一八 武芸。
一九 真赤な顔をしながら、事実と正反対のうそを、とりつくろって言う。正反対の意の「まっかい」さまと「真赤い」をかける。延享三年、役者三好桜、敵役中村次郎三に「工(みたくみ)」の尻がわれてまつかいな庚申堂」。
二〇 手持ち無沙汰にぼんやりしているさま。

一 大層喜ばしく存じます。
二 人並み以下の不器量な。卑下した言い方。
三 縁談が成立するか否か。つまり結婚申込を受いれるか否か。「なれならざれお返事を。サア只今」(国性爺合戦三)。
四 そちら。おたく。方角・人などを指す代名詞。藤馬を直接に呼ぶ二人称代名詞ではない。
五 「夫婦のゑんのきれた時。男の子は夫につき。おなごは女房につくさほう」(和泉国浮名溜池・中、享保十六年)。
六 下世話。俗世間の諺。俗にいうことば。
七 成長した。年ごろの。

虫がつきたがり忍び男を拵《こしらへ》。親〻の顔をよごすは。世間にまゝ有ならひ。そこを拙者が請込《うけこみ》[八]急に御相談《さうだん》と申スが何とお為で有まいか」。「だまれ藤馬。扨《さて》は娘薄雪に忍び男が有《ある》と。あて付《つけ》ていふのか。幸崎伊賀ノ守が娘じや。麁相《そさう》云たら赦《ゆる》さぬぞ」。「イヤおゆるしなされうがなされまいが。[九]まんざらない事は申さぬ。お望ならばおめにかけう」。「ヤア推参《すいさん》[一〇]な娘の詮議《せんぎ》其方は頼《たのま》ぬ。夜中と云《いひ》夫トの留主《るす》にくるさへ[一一]有《ある》に。屋敷の内をやさがしするか。ならば[一二]見事してみよ」と。[一三]なげしにかけたる長刀《なぎなた》おつ取かけ向へば。さしもの藤馬も奥方の気色《きしよく》[一四]に恐《おそ》れはいもうし[一五]。コリヤ手ひどいゆるせ〳〵と逸参《いつさん》に跡をも見ずして立帰る。母上長刀からりと捨《すて》つか〳〵と寄ッて御寝所《しんじよ》の。障子《しやうじ》さつと引明ヶ給へば。雛ははつと気もきへ〴〵。内にはふたりがぐんにやりと。思はずふとん引かぶり。二度の汗をぞ流しける。「是〻左衛門殿かくるゝ事はちつ共ない。姫も爰《ここ》へ呵《しかり》はせぬ。よい事云《いう》て聞《きか》そふぞ」と。常《つね》にかはらぬ母上の詞にいとゞ薄雪も。左衛門も共に底《そこ》きみわるく

八 万事承知の上で引受け。幸崎家に傷のつかぬようにいそいで縁談をまとめましょうという意。
九 全くないこと。事実無根のこと。
一〇 さしでがましいこと。「無礼者め」の意。
一一 来るだけでも礼を失しているのに、その上に。
一二 出来るものならば、自分を討ち取った上で家探しをしおおせてみよ。
一三 近世の家屋では、鴨居などの上を覆った装飾的な横材。
一四 血相。
一五 敗亡。とまどいあわてること。

顔も。得上《(えあげ)》ずひれふせば。「ヲヽふたり共に親もゆるさぬ転逢《ころびあひ》[一]を。此母に見とがめられ当惑《とうはく》は尤《(もっとも)》。今の藤馬が云分ン一チヽ聞てか。無理《むり》でないぞや。娘持ッた親ヽのよい後覚《こうがく》[二]。此事世上へ。聞コへては。園辺幸崎の家の疵《きず》そこを思ふて此母が。今ふたりを夫婦にする」「エヽ」。「ヲヽ嬉しかろ肝《きも》がつぶれう。母も嬉しい〳〵」と。思ひがけなき一チ言《ごん》に。姫も恟《びつくり》左衛門も夢に夢見しごとく。「御両親のお赦《ゆる》しもなきに忍び逢《あひ》しは我誤《あやま》り[三]。まつぴら御免ン下さるべし」と。恐れ入て詫《わび》ければ。

「さればいの。娘がいとしがる左衛門殿の誤《あやまり》にせまい為。今宵俄《にはか》の取結《むす》び[四]」。「サア母様こそ其お心なれ父上が何ンとおつしやろやら。気遣ひに存じます」。「あのいやる[五]事はいの。そこをぬかつて[六]よい物か。よしまた父御がいかやうにおつしやろが。思ひあふた中を夫婦にするをたが何ンと云物ぞ。表向《おもてむき》[七]の儀式《ぎしき》はおつて。今宵はざつと[八]内ヽの祝言《しうげん》を取リむすばん。先《(ま)》ヅヽ祝ふてのし[九]昆布《こんぶ》それ〳〵」と有ければ。お傍《そば》の娀《(こしもと)》[一〇]入かはり立かはり心計《(ばかり)》[一一]の蝶花形《てうはながた》[一二]。銚子《てうし》[一三]くはへ[一四]

一 私通。 二 後学。将来のためになる知識。 三 御定書百箇条に「夫無之女と密通いたし誘引出候もの　女は為相帰男は手鎖」とあり、未婚の男女の密通の場合、男の方が処罰の主たる対象となる。なお武家の場合、各藩の各家の慣習法に基づき、右の幕府の法令よりきびしい処置がとられると考えられていた。少なくとも武家の当主が子女や奉公人の不始末を放置すれば、家事不取締として有形無形の制裁が加えられた。奥方のいう「園辺幸崎の家の疵」とはこのこと。 四 縁結び。 五 何を言うのですか、と軽く相手をたしなめる言葉。 六 伊賀守夫妻の間では、左衛門を聟にすることでの合意が出来ていることを暗にさす。 七 正式の婚礼の儀式。 八 大まかに手早く事を処理するさま。 九 熨斗鮑(のしあわび)の代用とする伸ばした昆布。祝儀に用いる。 一〇 三々九度の式で本酌人と加えの酌人の女が、嫁と聟の間を行き来するさま。 一一 大名家の婚宴の豪華な飾り物などはなく、婚儀の杯事だけの、の意。 一二 祝宴に使う銚子や提子(ひさげ)などに付ける飾り。蝶の形に折った白紙に、紅白の水引を掛けたもの。男蝶・女蝶で一対。婚宴の際は、銚子に男蝶、提子に女蝶を付ける。 一三 酒を入れて杯に注ぐ器。注ぎ口があり、長い柄がつく。 一四 酒を銚子に注ぎ加えるのに用いる器。また婚礼の三々九度の式で、本酌人を助ける加え酌人をいう。本酌人が銚子、加え酌人が提子(ひさげ)を持つ。なお、町家の婚礼などでは、普通、銚子・提子は用いないので、ここは「心計り」とはいえ、武家の婚礼の格式を保っている。 一五 婚礼・出陣などの儀式における献杯の作法。三つ重ねの第一の杯で三度酒を勧め、次の杯でまた三度酒を勧め、さらに第三の杯でまた三度の[15]三〻ン九度《ど》。[16]詞にかざる大島台声[17]高砂や。住吉の。[18]浜松の音と取〻。うたふ折こそあれ。

[19]館《やかた》の主ジ幸崎伊賀ノ守。跡につゞいて六はらの執権《しっけん》葛城《かづらき》民部《みんぶ》ノ丞《ぜう》刀箱携《たづさへ》。秋月大膳園辺ノ兵衛三人を誘引《ゆういん》し。立帰る[20]くつたく顔。思ひがけなき園辺ノ左衛門。俄《にはか》に隠るゝ方もなく。[21]みだい親子も人〻の気色に。驚《おどろ》く計《（ばかり）》也。

伊賀ノ守妻子に近付。「此度娘薄雪と。園辺ノ左衛門に御せんぎ有て。只今皆〻来られしつゝしんで承《（うけたまは）》れ。民部殿大膳殿[22]御苦労《くらう》ざふ。いざ先ヅ是へ」と有ければ。[23]上使の[24]権柄《けんぺい》つか〳〵と上座に通り。「是〻兵衛殿。六はら殿のお咎《とがめ》の段〻子息《しそく》左衛門に。御自分《じぶん》が云聞《（いひきか）》さるゝか。民部《みんぶ》が申シ渡さふか」と聞《（きき）》もあへず大膳。「いや〳〵夫レはいらぬ遠慮《ゑんりよ》。殊《こと》に兵衛殿も我子のせんぎは成まい。したがわるい所に左衛門が居あはされて云訳《いひわけ》が立まい。[25]近比笑止千ン万《ちかごろせうし》」とお為顔で[26]たき付《（つく）》るを。民部は耳《みゝ》にも聞入《（ききいれ）》ず席《せき》を改《あらた》め左衛門に向ひ。「聞《（きけ）》ば其方《（そのはう）》是なる薄雪姫と心を合し。天下《（てんが）》を調伏《てうぶく》せらるゝよし紛《まぎれ》なし」。「こは何故に左様の事

酒を勧めること。

一六 島台はないが、祝儀の言葉や「高砂」の謡を、尉と姥を飾った立派な島台として。

一七 能の曲名。前場で高砂・住吉《すみのえ》の相生《あいおい》の松の精が老人夫婦となって現れ、後場で住吉の松の神が長寿と天下太平を祝す。めでたい曲として、謡の一部が祝儀の席で謡われ、特に「高砂やこの浦舟に帆を上げて」の件りは、婚宴には欠かせぬ謡いもの。「声高く」うたうに「高砂」をかける。「住吉」は謡本では多くの曲に「すみよし」と「すみのえ」と両用の読みがされている。「高砂住吉の」と続く場合はたいてい「すみのえ」である。

一八 住吉の浜から、狂言小謡「ざざんざ、浜松の音はざざんざ」を導き出す。

一九 現行、以下を「詮議の段」または「評議の段」と呼び「うたふ折こそあれ」をヲクリで演奏。

二〇 屈託顔。思い余った顔つき。

二一 奥方と薄雪姫。御台は「御台所」の略。大臣・大将・将軍などの妻の尊称で、中級程度の大名の妻に用いるのは正確でないが、浄瑠璃では古浄瑠璃以来、高貴の夫人という程の意に慣用されている。「此浄瑠璃(仮名手本忠臣蔵)の粗忽といふは…塩谷の室を御台所といひたる也」(忠臣蔵岡目評判)。

二二 「御苦労ぞう」と発音。「御苦労に候」の転じた言い方。御苦労に存じます。

二三 幕府・主家等の公の命令を携えて来る使者。

二四 権威をもって振舞うこと。上使の役目柄、日頃の民部の温厚さとは異なる態度。「入来る上使は石堂右馬之丞。師直が昵近薬師寺次郎左衛門。役目なれば罷通ると会釈もなく上座に着ば」(仮名手本忠臣蔵四)。

二五 甚だ気の毒なことだ。

二六 事を大袈裟に言いたてるさま。

御上聞《しやうぶん》[一]に達《たつ》せしやらん」。「されば此度《このたび》六はらの御用に付キ。来国行に鋋《うた》せたる影の刀に其方が。調伏の鑢《やすり》目を入レさせ。清水へ奉納《ほうなう》したるとうつたへにより。御前にて御吟味《ぎんみ》をとげられしに。弥《いよ〳〵》天下調伏の鑢目に違《ちが》ひなきと詮議《せんぎ》[二]一チ図《づ》にきはまる。サア何国《いづく》の誰が謀叛《むほん》に組《くみ》し。鎌倉[三]を恨《うらみ》奉るぞ有やうに白状《はくでう》〳〵。云訳《いひわけ》あらば我〻が聞とゞけ其通《そのとほり》言上《ごんじやう》[四]せん。是こそ其方が奉納したる影の太刀」と指出《さしいだ》せば手に取リ上。よく〳〵見れば南無三宝《なむさんぼう》。以前見しとは違ひし鑢目。はつと計リに仰天《げうてん》し暫《しば》し。詞もなかりしが。「弓矢神[五]も照覧《せうらん》有レ此左衛門が身に取て。微塵毛頭《みぢんもうとう》覚《おぼえ》なし。さつする所意《ゐ》趣《しゆ》[六]有ル者のしはざ[七]」と。いはせもあへず父の兵衛ずか〳〵とよつて。我子のたぶ[八]さひつつかみぐつと捻付《ねぢつ》ケ。「エヽ儕《おの》レにつくいやつ。是程の事仕出《しいだ》しながら。此期《ご》に及んでいしゆ有者のしはざと。武士の口から未練《みれん》な事よふぬかした。云《いひ》訳《はけ》なくばなぜいさぎよふ切腹《せつぷく》せぬ」と。ぎつぱ[九]にいへど子を思ふ心は同じ[一〇]母上。「なふ伊賀ノ守殿御上使の今のお詞では。さのみ[一一]娘薄雪に御詮議の有ふ筈《はづ》もな

一「シャウブン、または、ジャウブン(上聞) 国王、公方、あるいは屋形に何事かを申し上げること」(日葡辞書)。
二 六波羅殿の御前における役人中の評議が一決した。「一図」は一途。
三 鎌倉幕府。 四 底本「云上」。
五 武士の誓いの言葉。弓矢神にかけて。弓矢神は軍神。具体的には正八幡大菩薩などをさす。
六 含むところ。遺恨。 七 仕業。
八 髻。もとどり。 九 立派と同意。いさぎよく。
一〇 底本「同し」。「ヲナジ」(日葡辞書)。
一一 さして。取りたてて。 一二 あらわに。
一三 筆にまかせて書いたに過ぎぬもの。
一四 全く。単なるなぐさみ書きがお咎めの原因になろうとは夢にも思わなかったの意と、天下調伏などという大それたことは夢にも知らぬの意を兼ねる。 一五 まっ先に。先頭に立って。
一六 中傷し、言い訳の邪魔をすること。
一七 お上の思召し。
一八 宥免。ここは大目にみること。「たつたん王へもれ聞えつれあひにとがめあらふかと。ゆうめんも成がたくなんぎといふは我身一つ」(国性爺合戦三)。

(三三二頁からつづく)

から雛が気が利かぬと思っている訳ではない。

一七 ほかのことならばともかくも。

一八 全く無実の罪を被せられた災難であるとは、誰の目からも明らかなはず。

一九「人のいひなし北山時雨、曇りなければ晴れてゆく」という小歌もあるではありませんか。

し。六はらの御前で。此方《このはう》の娘は存ぜぬとなぜおつしやれなんだ」。「いや〳〵奥方そふでない。幸崎殿も夫レにぬかりはなけれ共。息女《そくじよ》も科《とが》は遁《のがれ》ぬ」と。大膳が懐中《くはいちう》より姫の手跡《しゆせき》取出し。「是見られよ。刃《やいば》の下タに心といふ字を書《(かき)》。左衛門様参る谷陰《たにかげ》の薄雪より。是が左衛門と一ツ所といふ慥《たしか》な証拠《せうこ》。息女の手跡見しりが有ふ」と指出《さし(いだ)》せば。姫は覚《(おぼえ)》のはんじ物云訳《いひはけ》あれど此中で。[一二]あからさまにいはれもせずどふかこふかとためらへば。「これ大事の所じや気をたしかに持《(もつ)》て。覚があらば云訳《(いひわけ)》しや。早ふ〳〵」と心をあせりつき出せば。やう〳〵に顔を上《(あげ)》。「皆様の手前も。恥かしい事ながら。是なる左衛門様にふと馴染《なれそめ》。いつ〳〵の夜に忍びあはんと。書ておくる相図《あいづ》の文人の見るをいとひ。刃《やいば》をゑがき下に心を書たるは忍ぶといふ字。谷影の春の薄雪とは。打とけて忍びあはんと。心をしらする判字物。おろかな女の筆[一三]ずさみお目にとまつて。おとがめにあはふとはゆめ[一四]〳〵しらぬ母さま」。「いや其云訳くらい〳〵。かふいへば大膳が[一五]一チはなだつて。[一六]さゝへこさへする様なれど。[一七]御諚意《ちやうゐ》なれば[一八]ゆうめんなら

その歌の文句のように、二人とも自身にやましいところがないからには、嫌疑も晴れて、の意。北山時雨は京都の北に連なる山地から降ってくる時雨。この歌は藤田徳太郎『近代歌謡集』所収の「麓廼塵」に藤田氏が「とはずがたり」(享保十三年成)によって追加された臼引歌にある。

二〇 そのうちに。「やがて」の変化した形。

二一 世間晴れて祝言をあげ、祝宴でざゞんざ(→三二三頁注一八)を謡うようになるでしょう。

二二 くよくよするのはおよしなさい。

二三 「冥加」は冥々のうちに蒙る仏の加護。気づかぬうちに受けている神仏の恵み。それがあまり過分で、仕合せすぎて、かえって罰を蒙るのではないかと恐ろしい、の意。

二四 嫁である私が夫の両親にお仕えするこそ、人として当然の道のはずですのに、かえってこのようにお世話いただく成行きになって。

二五 刑罰の意。　二六 浮名を流し悪い評判を立てさせることは決してすまい。死に臨んで未練な振舞いがあったなどと笑われて、夫にまで不名誉を及ぼすことにだけはならぬように、と。

二七 本心を言えば、私も。「おれ」は近世中期の上方では女性の自称として用いられることも多い。「おれを睨んだ目元の怖さ」(大経師昔暦、女主人公おさんの言葉)。　二八 無情である。ひどい。真意が聞きわけられないという意から転じて、耳に聞く以外にも用いる。　二九 清水の観音と、目の中の仏(→四六三頁注一三)即ちひとみを掛ける。仏を恨み、目の中から涙がこぼれ。　三〇 その涙は袂にもかかる。「斯かる」と掛詞。「折からに」は浄瑠璃の局面転換の慣用句。「前後ふかくに取乱す。かゝる歎きの折からに庄屋の徳蔵涙片手に欠来り」(日蓮記児硯三)。

ず。これ此刃の下タに心と云《(いふ)》字書イたるがおとがめの第一。心は[一]則《すなはち》なかごとよましむ。刀のなかごに調伏のやすりめを入レさする。互の相図に違《ちが》ふまじ。左衛門さま参る谷陰の薄雪より。今こそは雪氷と谷陰に身をひそむる共。後チには雨あられとなつて名を万《(ばん)》天ン[二]に上ゲよと。左衛門を祝《しゆく》せし判字物と。六はら殿の御眼力《がんりき》で見顕《あら》はされた上からは。[三]ぐつ共すつ共云訳《(いひわけ)》有まい。気のどくながら薄雪も覚悟《かくご》[四]お仕《し》やれ」と。[五]利を非《ひ》にまげる大膳が口さきに云イまはされ。さすがの母もハアはつと。姫に取リ付すがり付。「なんと思ふてあのやうな大それた事してたもつた。もふ外に云訳ないか。有ならば有といや。なければ科《とが》は遁《のが》れぬはいの。万一そなたの身の上に。もしもの事が有ッたらば此母はどふせふ」と。膝《ひざ》に引よせいだきしめ人めも。いとはず泣給ふ。

父もしほるゝまぶた[六]を見ひらき。「ヱヽ未練《みれん》な女房。[七]不所存な娘に何くりこと[八]。見ぐるしく／＼爰《(ここ)》はなせ」と引のくれば。「イヤ御息女のしられた事でなし。云訳たゝねば科は此左衛門一人。去《(さり)》ながら只今にては何を証拠《しやうこ》に。云訳致[九]さぬ

一 ↓二八二頁注一二。
二 万天下。天下四方。
三 一言も。底本「くつ共すつ共」。三三九頁二・三行目も同。仮名手本忠臣蔵六「ぐつ共すつ共」(初版七行本)、「くつ共すつ共」(再版十行本)。
四 覚悟しなさいよ。「お＋動詞の連用形＋やる」は同等及びそれ以下の相手に対する丁寧な表現。
五 「利」は「理」のあて字。道理。巧みな弁舌によって正を邪と言い伏せること。
※小説・新薄雪物語以来の恋文の謎解きが、政治や権力抗争のからむ陰謀に利用される。このあたりから、小説とは全く別の、近世戯曲独自の展開となる。小説・新薄雪物語の薄雪・右衛門の関係は大人同士の恋愛であるが、本曲の恋人達は、政府顚覆計画の主謀者として訊問されても、まともに返答も出来ず、父親に叱られたり母親に泣きついたり、少年少女の域を出ない。中巻以後、戯曲の主眼が、恋愛ではなく、親の子に対する恩愛を描くことに置かれている。
六 目をかっと見開いて叱りつけるさま。
七 不心得。
八 繰言。愚痴。今さら仕様のない事態を、くどくど嘆くこと。
九 「致さん(む)」とあるべきところ。言い訳を致そうにも致すすべがありません。

様《(やう)》もなし。此影の刀を奉納の砌《みぎり》来国行も同道。拙者が業《わざ》でない事は国行がよき証籍《しやうぜき》なれ共。此者も清水より国遠《こくゑん》して今において行方しれず。かれが有家《(ありか)》をさがす迄御前は上使のお取リなし。ひとへに願ひ奉る」と。詞もいまだ終《おは》らぬ所へ。案内《(あない)》につれて清水 轟《とゞろき》坊《ばう》の使僧《しそう》国行がしがい戸板にのせ。「此しがい本堂のちり落しに捨置《(すておき)》候ゆへ。夜中なれ共六はらへ御注進申上候へば。此儀に付て各ゝ《おの〳〵》方是へ御出《(おんいで)》。直《(ちき)》に持て参れとの御指図《さしづ》に任せ伺公《しこう》 仕 候《(つかまつりさうらふ)》」とうつたふれば。人ゝ驚き手燭《てしよく》てらさせよく〳〵見れば国行にまがひなし。「ヲヽ早速《さつそく》の注進出かしたり。殺し人《(て)》は此方より詮議《せんぎ》せん。先ヅゝしがいをかた付《(づけ)》よ」と。民部の詞に随《したが》ふて。使僧は寺に立帰る。

大膳かたほにゑみをふくみ。「かやうの事は昔も其ためし有。佐ゝ木の三郎盛《もり》綱《つな》が藤戸《(ふぢと)》の先陣《せんぢん》を望《のぞみ》。浦の男に海の浅瀬《あさせ》を習《なら》ひ。又もや人にかたらんかと手にかけ海へしづめしとは誰しらぬ者もない。此国行も其通り調伏のやすりめを入させ。蜜事《みつじ》を人に語らんかと切殺し捨たりと。六はら殿のお疑《うたが》ひの立ッは定《ぢやう》の

一〇「証跡」のあて字。証拠と同義に用いた。
一一 故郷を離れること。
一二 清水寺の塔頭《たつちゆう》(=支院)慈心院。本堂の西、門の傍。前に轟橋がある。
一三 本堂の舞台の下にあるちり落し。
一四 重大な、または急を要する事柄を報告すること。
一五 貴人の許へ参上すること。
一六 燭台に柄をつけて、持ち歩きに便利にしたもの。特定の場所や物を照らすのに用いる。
一七 片頬に、かすかに笑いを浮べ。内心の得意な気持が、押さえても表情に現れるさま。
一八 以下、平家物語十に寿永三年(一一八四)九月二十五日の事件として述べる。
一九 近江源氏佐々木秀義の三男。宇治川の先陣で名高い佐々木四郎高綱の兄。藤戸の先陣の高名により、頼朝から備前の児島を与えられた。
二〇 備前児島の西。水島灘に接する狭水道で、藤戸の渡と称したが、近世には水路が閉塞し、地形が変じた。現在の岡山県倉敷市の地名。
二一 一番乗り。ここは、児島に陣どる平家方に、範頼の率いる源氏方の一番乗りとして攻め入ること。
二二 この話は謡曲・藤戸、浄瑠璃・佐々木先陣(近松門左衛門)、蒲冠者藤戸合戦(並木宗助・安田蛙文)などに脚色された。
二三 確実である。

物。一[一]さいおこれば二さいおこると笑止《せうし》[二]な事は云訳《(いひわけ)》の筋も是でさらりと切果《(きれはて)》た」と。[地ハル]聞に左衛門胸とゞろき。[ウ]頼みも力も落果《おちはて》て十方《とはう》[フシノル中]に。[ハル]くれたる計也《(ばかりなり)》。[地色ウ]二人の父は黙然《もくねん》と[ハル]物をも云《(いは)》ず[色]居たりしが。[詞]「何と思はるゝ兵衛殿。此上はもふ云訳所でなし。御上使へ願ひふたりの子を親〻が預り。かゝる悪事に徒《と》党《たう》[三]したるやつばらを糺明《きうめい》[四]させて。一チ〻に白状させうじや有ルまいか」。「実尤《げにもつとも》。幸崎殿のいはるゝ通り。[地ウ]親〻の面《めん》[五]ぱれ」と[ハル]聞もあへず[色]大膳。[詞]「そりや御両人の了簡《りやうけん》ちがひ。此しぎに及びたれば我子にも用捨《ようしや》なくつよふ詮議《せんぎ》はせられうが。万一白状せぬ時は親の詮議がぬるさと人の疑《うたが》ひたち中そ。中を取て両人ながら此大膳が預《あづか》り。[地ウ]随分《ずいぶん》といたはり[ハル]白状させん」と。[ウ]おのがゑて[六]へ引ッかけてふは[七]とのせてものらぬ[色]民部。[詞]「成程云分ン尤なれ共。父御両人の願ひも又もだし[八]がたし。某《(それがし)》がぞんずるには。左衛門は幸崎の家に預け。姫は又園辺の家と。両人の子を取かへて詮議あらば。ゑこひいき[九]のさたもなく双方《さう》の願ひも立ッ」と。[地ウ]いやおふいはさぬ[ハル]了簡に。[ウ]二人の父も心をかんじ忝涙《(かたじけなみだ)》[一〇]にくれければ。[ウ]母上娘に

一　諺。一度災難がおこると、呼応する如く他の災難も生ずるという諺通りで、左衛門が調伏の鑢目を入れたとの疑いに国行の死という災難が加わったことをさす。
二　気の毒に、申し開きの手がかりも、国行の死骸の発見によって、さっぱりと、なくなった。大膳は、詮議のための上使という立場上、左衛門を犯人ときめつけることはせず、むしろ同情的である如くに装っているが、国行の死に関し、左衛門による殺害と思いこませ、それ以上真相の糺明がなされないように、「さらりと切果た」などと決定的印象を与える言葉遣いをする。
三　ある企てのために党を結ぶこと。
四　痛い目にあわせて問いただして。肉体の苦を与える意味の「窮命」を加味した用語。「不義をした科で。此箱に入れ糺明さす」(ひらかな盛衰記二)。
五　面晴。疑いを晴らすこと。恥をそそいで面目を立てること。
六　「得手勝手」の略。自分の都合のいい方向に誘導すること。
七　うかうかと甘言に乗るように持ちかけても。「詞の揖(ちか)。渡りに舟と六蔵は乗せかけられてふはと乗り」(神霊矢口渡四)。
八　無視できない。
九　大膳の言う如く、世間から依怙贔屓があると言い立てられることもなく。
一〇　「かたじけない」と「涙」をかける。

取付て。「そんなりやそなたは園辺殿へゆきやるかや。産《うま》れてより以来《このかた》一チ日片時《(へんし)》も親の手を離《はなれ》ぬにかはいの者やいとをしや。随分《ずいぶん》と云訳してめでたうふたゝび此母に。息災《そくさい》な顔見せてたも」と涙のかぎり声限《かぎ》り。歎けば共に薄雪も。母に取ﾘ付すがり付どうど。ふして泣居たる。

籬は涙の隙よりも。「兵衛様のお情にて。姫君の御介抱《かいはう》にわたしも共にやつてたべ。此上の御慈悲《じひ》」と手を合すれば。「ヲ、夫レ程の事は苦《くる》しかるまじ。のふ幸崎殿。民部殿の了簡《りやうけん》にて互に我子を取かへ帰るが。お身見事世悴《せがれ》左衛門が詮《せん》議《ぎ》しめさるか」。「おんでもない事。いはずばがうもんにかけて此幸崎が白状さする。手前が娘薄雪も。御自分《じぶん》急度《きつと》詮議せられよ」。「ヲヽサ云《(いふ)》にや及ぶ。火水の責《せめ》でいはして見せう」。「見事見るか」。「ヲ、見せる」と。表《おもて》は色だつ親ゝもしほるゝ心を取直し。互に我子を。取かへて引立出る《(ひつたていづ)》園辺の兵衛。「御上使は先ヅおさきへ」。「然らば左様」。「幸崎殿おさらば。御両所御苦労《くらう》せんばん」と。いへど大膳空うそふき挨拶《あいさつ》もなく目礼《もくれい》計《(ばかり)》。引わかれ行《(ゆく)》親子の歎《なげ》き。姫も園辺

一一「かはいの形《(なり)》や、いた〳〵しや」(丹波与作待夜の小室節・上)などと同じく、母性愛を表す浄瑠璃の慣用句。奥方はこの場の前半までは理知的にてきぱきと行動してきたが、「評議の段」では娘かわいさに前後の見境がなくなる。沈着な夫伊賀守とは対照的。

一二 姫にとって最悪の事態であるが、せめて、の意。

一三 言うまでもない。もと「恩でもない」の意。

一四 拷問。被疑者の身体を痛めつけて自白を迫ること。徳川幕府で狭義の拷問と称するのは、囚人を縛り吊り上げて苦痛を与えることで、その他の牢問《(ろうもん・ろうどい)》と区別されるが、ここはもとより広義の用法。

一五 火責めと水責め。火・水を以って苦痛を与えるもの。古来種々の方式で行われたが、法制整備以後の幕府の拷問(牢問)には、どちらも含まれていない。ここも一種の慣用的表現。

一六 気色《(けしき)》ばむ。武士の意地の張り合いであるが、一つは上使の民部及び大膳に対し、格別の計らいで預けられた互いの子を、私情に溺れずきびしく詮議するという姿勢を示す必要がある。

一七 そらとぼけたふりをする。

一八 目つきで会釈すること。

も顔とかほ。じつと見るのがいとま乞《ごひ》。なく〱。館《やかた》を。

（園[一]辺館の段）

〽出《いで》てゆく。

[二]見る石のおもてに物もかゝざりし。竹の[三]やうじもつかはざりしにと。[四]むじつをかこつ[五]菅家《かんけ》の御[六]詠歌《えいか》。[七]いかなれば刀の[八]きよめい立がたく。親と親とに子を取ちがへ預ヶられ。[九]生キる死るのあすしらぬけふの命ぞ頼みなき。

取わけ園辺ノ兵衛の[一〇]簾中《れんちう》。お梅の方の物思ひ嫁は[一一]子といひ預り物。煩《わづら》ひも出よふかと日に幾度《いくたび》か問見舞《とひみまひ》。ほと〱と音トづれて。明クる一ト間の[一二]座敷牢《ざしきらう》。[一三]日影さゝねど薄雪の。きへも果《はつ》べき其ふぜい。

「コレ離心の付ヵぬ。[一四]花むすびでも[一五]ついまつでもはじめて。[一六]なぜ姫の気をなぐさめぬ。[一七]事にこそよれ品こそ有レ。調伏《てうぶく》の謀叛《むほん》のと恐ろしいたくみ事。何ンの姫のしりやらう。我子をよふいふではなけれ共左衛門にかぎり。道ならぬ悪事《あくじ》

一「切腹の段」「合腹《あいばら》」などの通称を持つ「園辺館の段」は全曲のヤマ場、当時の紋下竹本播磨少掾初演。現在まで初期西風の代表的名曲とされている。現行で一時間前後。初期西風の特色として、重厚な切場でありながら、テンポは早く、節付けは地味で、引締った一段である。

時	四月上旬頃
所	京都、園辺兵衛館

二「見る石」は硯のこと。字の偏と旁を分けて言い表した語。硯の面に物を書くのを忌むことは、源氏物語・橋姫の巻に姫君が父宮から戒められるところがあり、河海抄十七にそれを注釈して硯石と文殊の御眼の関係を説き、菅家の御日記にも硯面不レ書とあると述べている。和訓栞には、朱子訓学斉規に机に書いたり硯に書いたりするのは自分の顔に入れ墨をするようなものだとあるのを引く。顔の入れ墨は処刑のしるしだった。いずれも習字に紙を使うのを面倒がったりいたずら書きなどで硯面に書くのを戒めるためのこじつけや比喩である。

三 漢字では「楊枝」。楊柳の枝を材とした歯磨きの道具で、串形の先端をこまかく割って房状にしたもの。ふさ楊枝ともいう。本朝世事談綺二十に、菅家御集の和歌「忘れても竹のやうじを使ひしか願ひし事の叶はざりしは」を引く。竹製では口中にけがをしがちであるから、使わないようにという戒めのため、願い事がかなわなくなるという言い伝えができたものである。

四 無実の罪で配流されたことをなげく。

五 菅原道真（八四五―九〇三）。菅公。学者、政治家として宇多天皇、醍醐天皇に重用され、右大臣に任ぜられたが、左大臣藤原時平の讒言により、延喜元年（九〇一）大宰権帥に左遷。没後雷神と化

をたくむ心はない。[一八]まんざらのむじつ災難《さいなん》とは鏡《かゞみ》にかけたこと。[一九]小歌にも北山しぐれ。曇《くもり》なければはれて行《(ゆく)》とはうたはぬか。[二〇]やんがて[二一]世を広《ひろ》ふざゞんざうたはふ。[二二]苦にもちやんなや」と有ければ。

「もふおつしやつて下さりますな。おやかたへ移《うつ》つてから。毎日毎夜のお心づかひ御《(おん)》いたはり。余り[二三]冥加《めうが》恐《おそ》ろしい。[二四]道を申さば私こそ。御宮仕《みやづか》へ申筈《(まうすはず)》をさかさまな世の中。万に一トつ云訳《(いひわけ)》立ぬに極《きはま》つて。いか成ル[二五]つみにあふとても。左衛門様の名は流すまい[二六]笑はれまいと。心にかくご極《(きは)》めたれば苦に持ッ事はなけれ共。今一チ度逢《あひ》たいお顔が見たいばつかり」。と声《こへ》より涙先キ立テば。

「[二七]有リ様《(やう)》はおれも逢たい見たい。[二八]聞へぬは清水の観音さま。余所《よそ》での事でも有事か。目のまへでおこつた大難《なん》。左衛門夫婦の者はしらぬ。これ〱じやとつい一ト口おつしやつて下さつたら。此うきめは有まい物」と恨は[二九]仏[三〇]袂にも。

か丶る涙の折からに。

園辺《(そのべの)》兵衛しづ〱と立出《(たちいで)》。「姫夕べより逢申さずかはる事もなかりしか。扨《(さて)》お

したと信ぜられて天満天神と祀られ、後世には学問の神として信仰されている。

六 和漢三才図会十五などに「見る石」の和歌の作者を菅家としているが、「忘れても竹のやうじを」の和歌とともに菅家説に疑問が出ている。歌詞にも諸書の引用に少異がある。浄瑠璃としてはこの園辺館の段の冒頭ここまでで一段の主題を示す。

七 どうしてであろうか、菅公同様に、不条理にも。

八 虚名。御剣に関する無実の悪い噂に、申し開きが出来ないまま。

九 六波羅の沙汰次第で、明日はもとより、今日一日の命も不確実な、生死の境に置かれている。

一〇 公家・大名などの夫人を敬っていう語。

一一 嫁は我が子と同じであるから、身の上を気づかうのは当然だが、その上に公に預けられた責任もあるので。

一二 家庭内に格子などをはめて牢の如くこしらえ罪人や狂人、放蕩者などを監禁する場所。但し現在の舞台では上手の一間に、特に格子などはしつらえていない。

一三 うっすらと積った雪が、日が当らなくとも溶けるように、薄雪姫の命も絶えてしまう程、はかない有様。

一四 細い紐で草木の花の形を結んで作る女子の遊び。「歌よみ連歌し、絵書花結あくまで御心情御座す人也」(源平盛衰記二・清盛息女事)、「世の古言に女のありさまほむるとて絵かき花結といふ事有り。この花結は糸をさまざまの花の形などにむすびなして、女子のたはぶれとするなり」(類聚名物考一六九)。次の続松《(まつい)》と共に古典的な優雅な姫君の遊び。

一五 続松。歌がるた。伊勢物語の故事による語。

一六 姫の気持を引きたてるために、わざと、なぜ一緒に遊んであげないのか、と叱るが、本心

(三三四頁へつづく)

身達《チ》が落着《らくちやく》[一] 此程よりつく〴〵思ふに。金輪《こんりん》[二]ならくの底《そこ》迄も。お身や世悴《せがれ》がわざではなく。かやう〳〵と訴《うつた》へし秋月大膳が。けつく[三]物くさし[四]とは察《さつ》すれ共。夫《レ》といふべき証拠《せうこ》もなく。うか〳〵日《ひ》数《かず》をふる中《チ》に御沙汰《さた》きびしく。六はら殿の手に渡りては。いかなる責《せめ》[五]を請咎《うけとが》なき身をやみ〳〵と。責殺《ころ》されんもはかられず。此比《(このごろ)》心に此事計《(ばかり)》[六] 奥共やつつかへしつ。とつつおいつ[七]分別《ふんべつ》し。ひそかに此所《(このところ)》落す所存に一《ッ》[八]決《けつ》せり。雛も姫の供のかくご。妻平〳〵」とめさるれば。「はつ」と答《こたへ》て杖《つゑ》わらぢ。旅の調度《てうど》[九]を取《リ》したゝめ早支度《たく》して畏《かしこま》る。「姫ききやつたか。預《(あづく)》る方《(かた)》は一《チ》門一《ッ》家衆多けれ共。知行《ちぎやう》[一〇]てうだいの衆へはやらぬがひみつ[一一]。姿はさもしい[一二]奴《やつこ》なれ共。心を見込《ン》で左衛門が。草履《ざうり》[一三]とらせた此妻平。在所[一四]は大和当麻寺《たへまでら》[一五]の近所《きんじよ》じやげな。心安ふあれが所にいつ迄も。とはいふ物の近《ちか》い中《チ》よい便《たより》聞《(きか)》せましよ。早ふ爰《(ここ)》をのいてたも用意仕《し》やゝ[一六]」と気をせけど。

しとやかに手をつかへ。「末の末迄思し召《シ》やられて。落《(おち)》よと有《(ある)》御恩徳《おん(とく)》[一七]。あだ[一八]

一　身の納まり。
二　金輪奈落。底の底まで。絶対に。仏説に大地の最下底を金輪際（こんりんざい）といい、地獄を梵語の音訳で奈落という。
三　結句。実は。　四　胡散（うさん）くさい。あやしい。
五　拷問。
六　妻とも幾度となく論じあい。
七　あれやこれやと考えた上で。
八　重大な決定を下す時にいう。
九　道具。必要なもの。
一〇　将軍家に仕えて領地をあて行われている人達。近世でいえば大名、旗本等の武家。
一一　行かせないのが、姫を無事に匿まいおおせる秘訣。
一二　卑しくみすぼらしい。
一三　草履取りとして、身近く仕えさせた。
一四　故郷の田舎。
一五　奈良県北葛城郡当麻町にある真言宗高野派並びに浄土宗に属する寺、二上山禅林寺。万治四年板古今銘尽の「大和当麻系図」に振仮名「やまとたへま」とある。大和名所図会三の「当麻寺」には振仮名「たいまじ」。今はタイマという。
一六　「しやれ」（動詞「す」の連用形＋助動詞「やる」の命令形）を略した「しや」に間投助詞「や」の終助詞的用法を添えたもの。
一七　お恵み。古くはオンドク、近世には普通オントクと発音。現行曲でもオントク。饅頭屋本節用集はオンドク。易林本節用集、書言字考節用集はヲントク。
一八　いい加減には。一通りのこととは。
一九　相談。　二〇　落とし申して。
二一　それはそなたが言うまでもないことです。

おろそかには存じませね共。左衛門様にうきめを見せ一ト人助《(たすか)》つて何にせう。ならふ事なら私がとゝ様と談合《だんかう》[一九]なされ。左衛門様も一所に落[二〇]しまして下さんせ」。「姫[二一]おろかな事いやる。そもじ[二二]を大切ッに世話《せは》やくも。かはいひ左衛門がいとしがる。人じやによつての事じやぞや。あれを残して何ンのうきめを見しよぞいの。其あんじはせず共用意しや。籬何を思案《しあん》顔すゝめてしたくさせぬか」。「アいへそふは[二三]」。「そふはとは姫を連《つれ》て落ぬ気か。なぜ云付る事をそむく」。「御意《ゐ》を背《そむ》くではなけれ共。姫にもなつて御覧《らん》遊ばせ。お預りの姫が逃隠《にげかく》れ致したらお上《(かみ)》[二四]の祟《たゝり》。殿を下主人《げしゅにん》[二五]はしれた事。よし欠落《かけおち》[二六]いたしたとお云訳が立ッてから。取逃《にが》しなされた御ぶ調法《てうほう》。夫レ程のとがはお身にかゝる。其弁《わきま》への ない殿様ではなけれ共。嫁は娘じやと思し召シ。跡のなんをおいとひなされぬお慈悲《じひ》心ン。親御さまの道は立テ共。嫁といはれて一チ日の御孝行《かうかう》。おみや仕へも申されず。大[二七]それたおせはの其上に。又候《(ぞろ)》[二八]や跡の御難《なん》に成ル事を。しつてなんと落られうお供せうと申サれうか。伊賀殿[二九]が聞《(きか)》れてもよふ落《(おち)》た。よふ供した

二二 女性の、対等及びそれ以下の相手に対する丁寧な呼び方。
二三 「いいえそうはできません」と言いかける。
二四 幕府、直接には六波羅殿。
二五 下手人。本来は手を下して人を殺した者をいうが、この場合は単に犯人。お上が、殿様を姫の代りに、天下調伏の犯人として処罰するのは、の意。
二六 たとえ、出奔いたしました、ということで、意図的に上意に背いたのではないとの言い訳が認められなさったところで、公に預かったものを油断して逃がしなされた不始末に対し、それ相応の咎めは。
二七 大それた罪を負って預けられ、恐れ多いほどこまやかにお世話いただいたその上に。
二八 またしても。
二九 籬の言葉は、「おみや仕へも申されず」「よふ供したと申されうか」など、姫、伊賀守の言動に、兵衛に対する謙譲語と、籬の主人に対する敬語を適切に用いて、兵衛、伊賀守、姫、籬自身、各々の立場を整然と述べている。上巻では色事にたけ、浮薄なところもあった籬であるが、ここでは姫に代って、姫の嫁としての舅夫婦に対する義理、人間としての責任を、情理を尽して述べる真摯な人物に描かれる。浄瑠璃作者の女性観を窺わせると同時に、各人物の情と心理をこまやかに語る播磨少掾の芸の特色が発揮されるところ。
※播磨少掾の芸談を門人の順四軒が書き留めた音曲口伝書に「両親の心持、まがきが利口、姫の詞に字あまりあり。前師(筑後掾)のをしへあり。長くばつげ、短くばきれとの事、むかし七夕祭(まつり)に、字あまりにふし相応せしを見るべしと也」とある。

と申されうか。やつぱり此儘指置《まゝさしおか》れ。姫兼々《かねがね》の所存《しよぞん》の通り。生キるも死る《しぬ》も左衛門様と御一ッ所の。願ひを叶へておやりなされて下さりませ」。「ヲ、それ〳〵雛よふいふてたもつた。お志《こゝろざし》をもどく[一]ではなけれ共。是計リは御《ご》赦《ゆる》されて下さりませ」と。落る気色《きしよく》も中カヽ[二]に云出して心奥方[三]も。重《かさね》て詞なかりけり。

兵衛声を上《あげ》。「なんじや落《おつ》[四]まい。女のざい[五]につべこべとりくつ[六]ばつたりな。跡で兵衛が難儀《なんぎ》にあはふと思はふが。いかな〳〵[七]いはれざる気づかひ。コリヤ嫁を娘と思へ共舅《しうと》を親共思はず。いふ詞を聞ぬからは最早《もはや》縁切て他人にならふ。[八]ほへる程縁切《きる》が悲しくば云付る《いひつく》事なぜ背《そむ》く。分別《ふんべつ》しかへ落る気か」。「ア、お供申ます」。「落ます〳〵御機嫌《きげん》直しやつぱり本《ほん》の娘じやと。おつしやつて下されとゝ様」とどうとふして。泣ゐたる。

又も詞のかはらぬ中チと。奥方取々《とりどり》[九]心付《つけ》やう〳〵庭におり立テど。あゆむも足[一〇]のうらわかき。「大事の姫を合点か妻平。兼て雛と二人が中。しらぬではなけ

一 背く。従わぬ態度をとる。
二 容易なことでは、の意と、なまじっか、の意を兼ねる。姫も雛も容易なことでは逃げる気になりそうもない様子で、なまじっか気軽に逃げよと言い出して。
三 遠慮する、心に隔てができる意の「心を置く」と、「奥方」をかける。雛に理路整然と断られ、奥方としては、ものが言いにくくなった。
四 あるいは「おちまい」か。
五 分際で不似合いに。
六 理屈ばった。よくも理屈を並べたてたものだ。
七 どうしてどうして、簡単に咎めなど受けないような目算があるのに、無意味な心配をする。
八 「泣く」を罵っていう語。現行の演出では、「他人にならうわい」と言うと、三味線が泣きの手を弾き、姫の人形が泣き、それを受けて「ヤアほえる程」と言い出す。初演もそうであろう。
九 いろいろと気を付けてやって。
一〇 「足の裏」と「うら若い」をかけ、まだ気分的に幼い姫が、長旅に出る頼りないさまを表現。「つゝ立て。地ぶみの足のうらわかく」(井筒業平河内通五、子供の相撲の場面)。

れ共。若い者の有ならひと赦置《ゆるしおい》たもけふの幸ィ。[一一]女夫《めをと》の者しつかと預《あづく》るぞ」。

「[一二]こや[一三]お冥加《めうが》もない。若《わか》お旦那の奥さまお預ヶなされ。籬殿と不義御赦免《しやめん》。女夫の者とはあんたる[一四]事。首[一五]と胴《どう》とは離れ〳〵に成とても。姫君に手はさゝせぬ。憚《はゞかり》ながら[一六]大船に乗たやうに思しめせ。いざ御出《おんいで》」とすゝむれば。「とゝさまかゝさまおさらば」と涙ながらに立出る。「なふ落付たら取ㇼ[一七]あへず其儘無[一八]事の便ㇼをや」と。影見ゆる迄延《のび》上り見送《おく》る名残行《ゆく》名残。[一九]心ぼそさはよる糸の別れ。〳〵《わかれ》て出て行。

「なふ殿。お詞のあど[二〇]うつて。どふやらかうやら姫は落せしが。あすにも御前より沙汰《さた》有ラば。残つた左衛門は何と成ル。逃《にが》そふにも落そふにも人手には有《あり》。もがいてもあせつても思ふた計《ばかり》。悲しいめは見まいか[二一]案《あん》じすごしがせらるゝ」と。いふも涙にくもり声。

兵衛ゆび折て日をかぞへ。「明日は辰の日禁中《きんちう》ノ御《お》徳日《とくじつ》[二二]。明後日は先ン[二三]君等覚院《とうがくゐん》殿《でん》の御命日。此両日は[二四]裁断《さいだん》の気遣ひなし。此間に伊賀ノ守に出会《であい》。姫が逃たや

一一　妻平と籬を正式の夫婦と認めた言葉。
一二　「こりゃ」の変化した形。これはまあ。奴言葉。
一三　勿体ない(→三三一頁注一三)。「冥加」に「お」をつけるのは一種の誤用の慣用で奴の言葉。
一四　「なんたる」の訛り。下層の言葉。何という有難い事か。
一五　たとえ自分は殺されても、姫君には少しの危害も与えさせない。
一六　諺。中間風情の私が僭越ではありますが、ゆったりと安心した御気持で姫をお預け下さい。
一七　ともかくその場ですぐに。
一八　無事です、との便りを、ねえ頼みますよ。
一九　三一五頁注三八引用の「糸によるものならなくに別れ路の心ぼそくもおもほゆるかな」の歌による。
二〇　合槌をうって。あなたのお詞に調子を合わせて。後の難儀を思わずに姫を逃がすことに対し、奥方は消極的であったことを暗示。
二一　起こりうる悪い事態を想定し心配すること。
二二　衰日(すいにち)。「衰」の字を忌んで徳日という。陰陽道でいう悪日の一つ。万事につけて忌みつつしむべき日。読みはトクニチが普通。
二三　前将軍。
二四　六波羅殿の判決。徳日は天皇の慎みのため、命日は前将軍の供養のために、死刑などの判決を下すことを避ける。

ら此方《(このはう)》から逃したやら。[一]にうがにうに方便《てだて》をめぐらし。対談《たいだん》の品いか程も有べし。案じまい泣まい」と制《せい》する折から。

当番の取リ次ギ罷リ出。「幸崎伊賀ノ守様より御使者《ししや》。御対面《たいめん》有べきか」と窺《うかゞ》へば。「夫レ気遣ひ早通せ。扠ゝ《(さてさて)》思ひ寄《よら》ざる使者。奥も隠《かく》れて口上立聞キせられよ」と。待ッ間程なく伊賀ノ守の使者刎川兵蔵《はねかはひやうぞう》。太刀箱携《たづさへ》立出《(たちいで)》手をつかへ。「主人申越シ候は。預リの左衛門殿御事何とぞ申訳も立《(たち)》。お命別条《べつでう》ないやうと明暮レ願ひ候所。今朝《(こんてう)》思ひ寄《(よら)》ず影の御太刀に。天下調伏《(てんがてうぶく)》の[二]鑢《やすり》をいれしは。我業《わざ》なりと明白の白状によつて。則彼《すなはちかの》調伏の太刀をもつて只今首を討《(うち)》。其太刀を血の付たる儘《まゝ》持せ進上《しんじやう》仕《(つかまつり)》候。然れば此方《(このはう)》の姫も同罪《どうざい》遁《のが》れず。此太刀をもつて[三]首をめさるべし。追付《(おつつけ)》御貴宅《きたく》へ左衛門殿の首を持参《ぢさん》し。姫が首一所に六はらへ指上《(さしあぐ)》べしとの。御事なり」と聞て大きに仰天《げうてん》し。[四]「ハアしなしたり」と計《(ばかり)》に泣も泣れず只おろ〳〵。いかにと見やる奥方も。[五]たもち兼て大声上《(あげ)》わつとさけび入給ふ。

一 入我我入。仏と我とが一体となる境地。転じて、どっちつかずのこと、どちらとも解されること。姫が逃げたとも、兵衛が姫を逃がしたとも、どちらとも解されるように伊賀守に話して、左衛門のことについても方策を立て、話しあう方法は。

二 刀剣の工具。やすりの一種。普通は「せん」と音読。

三 首をお打ちなされよ。

四 しまった。手遅れを悔やむ時などにいう。

五 涙を目の中に保っておくことができず。こらえかねて。

兵衛心を定メ。「お使者立帰ッて申サれうは六。御口上承はり。遣《つかは》さるる太刀慥《たしか》に落手《らくしゆ》仕《(つかまつ)》る。追ッ付御出と候へば御返答《へんたう》七つぶさならず。姫が首討ッて待申《(まちまうす)》と伝《つたへ》られよ。太儀〳〵」と有ければ使者も泣〻帰りける。

奥方まろび出給ひ「扨も〳〵情《なさけ》なや。さだまる過去《くはこ》の因果《ゐんぐは》じやなと。悲しい中に明らめて八了簡《りやうけん》してみても。うらめしいは姫のてゝご伊賀殿。罪《つみ》も同じ罪預カるも同じ親と親。こつちは嫁を娘と思ふて影隠させ。命助ケんと世話《せは》をやく。其日もかへずあちらでは首を切ル。取リ〻九の人心も大てい違ふた事かいの。よし白状したり共やれ夫レを云物かと打けして。聞捨《(ききずて)》一〇になぜ沙汰《さた》なしにして下されぬ。下さつても恩にはきぬ一一聟は子じやないかいの。ヱ、むとくしん一二なむごたらしい。コレ此太刀の是が左衛門が血かいのふ。ア、かはいや」と計リにて。

二タ目共見もやらず前後。ふかくに見へけるが。「南無あみだ仏」のこゑ諸共《(もろとも)》。既《すで》に自害《じがい》と見へければ兵衛驚《おどろき》刀もぎ取。「ヤア死ふとはうろたへ者。子を殺された悲しみはそち計リか。兵衛は嬉しからふ

六「申されんには」の口語化した言い方。以下のように申されよ、の意。

七今、詳しく御返事を申す必要はありません。

八諦めてこらえてみても。左衛門の死そのものは前世の因縁と心を納得させて諦めをつけるとしても、伊賀守のやり方が許せない、の意。

九人心はさまざまというが、それにしても、もう一通りの違いではない。「人心も」の「も」は底本の形では助詞と見られるが、現行の語り方は「人心。」で体言止めにして、「も」を感動詞に扱っている。

一〇聞かなかったことにして、表沙汰にしないように、なぜ計らって下さらないのか。

一一そういう風に左衛門をかばって下さっても、自分達としては、恩とか義理とかいう負い目は感じない。聟は子なのだから、親が子を助けるために心を尽すのは当然であるのに。「恩にきぬ」は、感謝しない、という意味ではない。恩や義理の枠を超え、もっとも深い信頼関係で結ばれている相手に対する心情の表現である。「世話しられても恩にきぬ。ほんのめうと思ふもの」(近頃河原達引・下)。

一二無得心。思いやりのないこと。現行、「むどくしん」と語っている。

かやい。現在伊賀ノ守は子の敵。其上又姫が首討て待テといふにつくいやつ。よし〳〵つら当《あて》追ッ手をかけて。薄雪を目の前でかき首。きやつも一ッ所にコレ此刀で相伴《しやうばん》させん」と刀を見。「ム、是は左衛門が血。左衛門を切た刀で薄雪も一ッしよに切《(きれ)》。ム、科《とが》は同罪《どうざい》となよくゆつた」と。りつぱにいへどまたゝきのかずいやまさる計《(ばかり)》なり。

表《おもて》の方に案内し。「幸崎殿の御出《(おんいで)》」とのゝめくこゑ。「アレ奥はや来たとな。お身挨拶《あいさつ》し恨《うらみ》がましいひきやうな詞。必《かならず》〻おいやるな。追手をかけ帰り次第。首討て対面《たいめん》せう。泣がほせまい」としかり付《(つけ)》。太刀引提《さげ》て入にける。

案内《あんない》させて伊賀ノ守首桶《くびおけ》かゝへ座敷《ざしき》にとをり。「ヤ奥方此程は御目にかゝらず。最前使者をもつて申ス。あへなき次第嘸《さぞ》お嘆《なげ》き。兵衛殿には姫が首討めされしかそれ聞たし。是さとかくのいらへもなく。奥方どうでござる。我も姫が最期《さいご》のてい。みれんにはなかりしか聞て安堵《あんど》致したし。なんとでござる」と気をせく程。つらのにくさと悲《かな》しさと。不祥《ふしやう(ぶしやう)》〳〵にうなづく計《(ばかり)》いかな返事はせざり

一 まさしく。 二 首を掻き切ること。相手を押さえつけて首をかき切るので、尋常に首を討つのと違い、残酷な殺し方とされる。
三 姫と一緒に斬り殺そう。
※奥方が、たとえ左衛門が罪を白状したとしても、伊賀守が沙汰なしにしてくれなかったのがひどい、と恨むのは、いわゆる女の愚痴の表現だが、ここでは、兵衛は奥方以上に逆上している。「詮議の段」では上使の前で「親〻の面ばれ」(三二八頁六行)に、謀叛の疑いのある子を、きびしく詮議し、白状させると言い切ったのに、その言葉を翻し、仮にも左衛門が罪状を認めた点には一顧だにせず、公命によって左衛門を討ったはずの伊賀守を、子の敵として討ち果たそうとする。武士の面目や幕府への奉公も忘れ、一人の父親の愚に返った描き方は、後半の展開の重要な布石となる。
四 いっしょに切れというのか。現行では、「一所に。切れ。ムウ、、。ン。ンン。ン。科は同罪とォなァ」と細かい心理の動きを聞かせる。この語り方は、兵衛がこのあとでこの影の太刀で切腹することを踏まえた演奏表現であるが、ここの詞章の作意もそこにあると思われる。
五 言った。「ユイ、ウ(言ひ、ふ) 話す。これは本来の正しい言い方ではない」(日葡辞書)。浄瑠璃では、滑らかに聞かせるために、丸本に「言う」とあっても、「ゆう」と発音することは多い。 六 涙を、またたきで紛らすこと。
七 だれかが訪問してきた様子があって。
八 大声で呼ぶこと。来訪の様子が尋常でないことを示す。 九 逃がしてやった姫を追いかけさせて、連れて帰ったらすぐに。

けり。「ムウ聞へた。左衛門を某が手にかけし鬱憤《うつぷん》。物いふも[一四]むやくしと思召ス。尤《もつとも》〳〵物申まい何もお尋申さぬ」と。手を[一五]こまぬいて脇目《わきめ》もふらず。ぐつ共いはねばすつ共いはず。ひざをならべて座したるは只木《もく》。像《ざう》のごとくなり。

折もこそ有《あれ》。園辺ノ左衛門我家《わがや》の内も我ながら。我身を忍ぶほうかぶりうらの小門にたゝずみて。声をほそめて「たそ居《ゐ》ぬか。左衛門がひそかに参りしと母人へ申てくれ。誰もないか」と[一六]端《はし》〳〵を風が取つぐ親子の縁。母の耳に聞取て「何左衛門とやまだ生キてか。夢ではないか」と立上る。「是〳〵奥方お待なされ。左衛門は某が手にかけ首は此首桶《くびおけ》に。なんの左衛門がくる物ぞ。万ン一[一七]見へたらばそれは狐狸《きつねたぬき》か。必《かならず》[一八]寄ルまいぞヲ、参るまじと契約《けいやく》を背《そむ》きしは。人間で有まい但しは幽霊《ゆうれい》か。ヤア左衛門の[一九]馬鹿《ばか》幽霊。最期に伊賀がすゝめし一ッ句《く》忘れしか。何に迷《まよ》ふて爰《ここ》へきた成仏《じやうぶつ》の道を忘れしか。[二〇]しやばに名残がおしいかうろたへ幽霊《ゆうれい》早きへろ。なくなれかへれ」と大音上《だいおんじやう》[二一]よそにしらせば打チうなづき。せつかく来ながらすご〳〵と[二二]詞もかはさず顔も見ず。[二三]親にも[二四]永離《あうり》三悪道《あくだう》

一〇 ここは、取次ぎの家人に導きをさせて、の意。
一一 首実検などに供するために首を入れる桶。高さ一尺二、三寸、直径八、九寸のわげ物。
一二 不請々々。いやいやながら。 一三 一向に。
一四 無益し。腹立たしい。 一五 腕組みして。
一六 左衛門の言葉の端が、裏門とは離れているこの座敷に、風に乗ってかすかに聞こえてくるのも、親子の縁であろうか。現行の舞台では、左衛門は上手から出て庭にたたずみ、座敷から姿が見える所に居るが、見えない所に居る人物としての演技が行われる。これは、観客には両方が見えている方が演劇的効果があるという場合に常用される約束事で、詞章もこの演出を予想した趣がある。
一七 姿が見えたとすれば。
一八 狐狸や幽霊などに魅入れられぬよう、「近づいてはならぬ」と梅の方をいましめ、同時に今朝、左衛門に「親の家へ立ち寄ってはならぬ」と言った言葉にかける。一種の鎖詞(→二五二頁注九)。
一九 以下、沈着冷静な伊賀守には不似合いな、ぞんざいな言葉遣いは、生理的な異常を表す。
二〇 娑婆。この世。
二一 間接的に注意を促すと、左衛門も。
二二 母親と。 二三 ここは父親。
二四 永久に三悪道即ち地獄・餓鬼・畜生の苦を離れること。「親にも永離三悪道」(曾我扇八景・上)。ここは、父親とも永い別れとなったの意。三悪道で死別を暗示。
※ここで左衛門を登場させるのは、推理劇的にいえば「底を割る」ことになるが、作者の狙いは、

行方しらず出て行。

園辺兵衛首桶《くびおけ》ひんだかへ立出。「ヤア伊賀殿最前より嘸《さぞ》御待兼《おまちかね》。先刻《せんこく》口上に仰こされし通り。やう〳〵只今支度《したく》致いた」。「何支度なされたとは。姫が首お討なされしか」。「お指図《さしづ》でござる物討タいでは」。「どゞどれ其首お見せなされ」。「ハテいな「イヤ先《まづ》其元《そこ》トのお手にかけられし。世忰《せがれ》左衛門が首から見たい」。「ハテいな事を時宜《じぎ》[一]する人。[二]ひらにまづお見せなされ」。「然らば一所に」「見つ見せう」。「[三]ヲ、ともかくもつかまつらん」と二人《ににん》の中に首桶ならべ。蓋《ふた》引明クればこはいかに。互に一ッ通入《つういれ》たる計リ両方首はなかりけり。

伊賀ノ守につこと笑ひ。「はれやれしばらくも若《もし》やと心をくるしめし。扠《さて》は使《つかひ》の口上をさとり。[四]娘をいづくへも」「アこれ〳〵其跡は申さぬ事。其元トの御心《しん》底《てい》の[五]過分《くはぶん》さは。たつた今うら門迄」「ア、これ〳〵其跡もいはぬ事。子を思ふ親心是程[六]わりふがあふものか。御恩《おん》は忘《わす》れぬ兵衛殿」。「伊賀殿お礼申上る」。「是は〳〵[七]いたみ入」。「此首桶に入《いれ》られしは。預リ物を取にがせし代《かはり》。親が

サスペンス的効果よりも、この後の局面、特に三四〇頁一〇行目「御心底の過分さは。たった今うら門迄」への伏線を明確に敷くことにあったといえよう。狭夜衣鴛鴦剣翅との作風の違い。

一 辞儀。遠慮の意。妙な事に遠慮をする人だ。
二 是非とも。
三 どのようにでも、御意見の通りに。
※娥(よかお)歌かるた三に、弟と息子の嫁の首を入れた筈の二つの首桶を明けると、首の代りにたぶさと笛竹があるので、互いに思いの一致したのを詠歎する場面がある。
四 父親の本音が出るところ。この場ではじめて姫と言わず、娘と言う。
五 有難いこと。
六 木の札などに文字などを書き、中央に印を押し、二つに割って別々に持ち、後日その半分ずつを合わせて証拠としたもの。二つのものがぴったり合うとき、「割符が合う」という。
七 恐縮に存じます。

一チ命めされよとの願ひ書キでござらうの」。「いかにも我首を入《(いる)》る為の此首桶。貴殿《きでん》もさこそ」。「[八]おんでもない其通リ」。「して〱[九]出仕《しゆつし》の御支度《したく》は」。「御覧ぜしたく仕る」と。[一〇]片肌《かたはだ》くつろげ胸押シ分ケ。両肌ぐつとぬぎければ腹かき切て疵《きず》の口。しつかとまいて引ツくゝり肌着《はだぎ》もあけに染なせり。奥方驚《おどろ》きすがり付キ。「なふ情ケないしたく〱とお[一一]上下《かみしも》でもめす事かと思へば。そりやしたくじやない死《(しぬ)》るのじや。預リ人《(びと)》を取リ逃《にが》して腹きらば。伊賀様も同じ腹おまへ一ト人リが早まつて。[一二]若《(もし)》お上の御了簡《りやうけん》逃たらよいはでつい[一三]済《すん》だら。おまへ一ト人リが切リ損《ぞん》か」と。半分ン云《(いは)》せず。「ヤイ〱だまれ。[一四]仮初《かりそめ》ながら天《(てん)》下《が》調伏《(てうぶく)》といふ罪科《ざいくは》。逃《(にげ)》たらよいはで済《すま》ふと思ふか。姫を逃さんと思ふ抑《そも〱》より。腹切《(きら)》んとはかくごのまへ。兵衛一チ人腹切ツたりと思ふかやい。最前伊賀殿より送《おく》られし影の太刀。左衛門が首を討チ。血の付イたる儘《まゝ》持《(もた)》せやるとの口上。首討たる太刀ならば。[一五]物打より[一六]鐔本《つばもと》迄ものりが付クべきに。[一七]切ツ先キに纔《わづか》ののり。扠は首打ツたりとは偽《いつは》り。命を助け代リに伊賀殿[一八]御腹をめされしとは。一ト目見

八 言うまでもない。→三二九頁注一三。
九 主君の許に出勤すること。
一〇 上着の片袖の方にゆとりをもたせ、襟を左右に分け、一度に両袖を脱ぐと。
一一 →三四二頁注三。
一二 もし六波羅殿が、寛容な思召しで。
一三 簡単に。
一四 仮にも。とくに武家政権、軍事政権の許では、たとえ根拠薄弱であっても、一旦謀叛の疑いをかけられた者が、一命を全うすることは、不可能に近い。支配層の一員として、体制の厳しさを身をもって知る伊賀守、兵衛と、社会性が乏しく判断の甘い奥方とが対照的。
一五 「物打」は刀身の部分名称。相手を斬るのに最も多く使う部分で、中央と切先との中間。→付録4。
一六 鍔際。刀身と鍔との相接するところ。
一七 「切先に纔ののり(血)」というのは、切先で薄く腹を切り裂いた状態という設定で、苦痛に耐えてしばらく行動し、目的を果してから改めて深く切って死ぬ決意という、演劇上の仮構の趣向である。これを蔭腹《かげばら》という。
一八 御切腹になった。「御腹」を現行ではオンパラ。

て早《はや》しつたり。お身も其太刀手に取ながら。其気も付カずよまい事[一]。夫レ程理[二]にくらふて兵衛が女房と云《いは》れうか」と。目に角《かど》立れば「いや兵衛殿。そふでない奥方の不《ふ》審《しん》尤《もつとも》。伊賀がしたくも見せ申さん」と。[三]肩衣《かたぎぬ》引のけ両肌《もろはだ》ぬげば同[四]じくぐる〳〵引ンまいたり。

奥方いとゞめ[五]も明れず「両方お心の合《あう》た事。竹をわつて合せた様なと申そふか。子故に命お捨《すて》なさるゝおまへがたは。恩愛《おんあい》も有《あり》じひも有《あり》此母には何が有《ある》。親と云《いふ》名は有リながら是[六]程も子にあい[七]そなく。傍《そば》に居つゝも我夫トのお腹召スも夢現《うつゝ》。子には慈《じ》悲《ひ》なく夫婦の情ケは皆かける。うらめしの身の上や跡に残りて子にあふて。云訳《いひわけ》は何とせん」と夫《つま》子を思ひ身をかこち。心の限りくどき立《たて》取付キ。すがり泣ければ。

兵衛涙押ぬぐひ。「扨《さて》ゝ二人を取かへ預つた其夜より。今日《こんにち》迄の心苦《ぐる》しさ。笑《わら》ひといふ物とんと忘《わす》れた。伊賀殿も嘸《さぞ》あらん。心がゝりの子供は落《おと》す。かやうに覚悟《かくご》極《きは》めたる今の心安さ。六波羅殿への出仕《しゆつし》はすぐに六道《ろくだう》[八]の門出。いざ悦び

一 世迷言。無意味なくりごと。
二 理に暗うて。武士の妻としての道理を弁えず愚かなこと。
三 「肩衣」は肩背をおおう袖なしの短衣。袴と一対にして上下《かみしも》といい、礼服に用いる。伊賀守は上下を着用。兵衛も現行演出では二度目の出から上下をつけるが、上下をつけていないからこそ「出仕の御支度は」「お上下でもめす事かと思へば」(三四一頁二行、五行目)との言葉が出るはずである。
四 この段の前半から、不審を抱かせてきた伊賀守の行動と真意が、ここですべて明らかになる。
五 涙に目を明けていることもできず。
六 これっぽっち。全然。
七 愛情の優しさ。左衛門の死を聞いて死のうとまで思いつめた梅の方が、「子への愛が欠けていた」と反省するのは、矛盾のようにみえる。が、梅の方はここで、自分の盲目的な愛情に対し、より深い人間的信頼感に根ざした夫や伊賀守の愛に打たれて、自分の愛情は利己的なものにすぎなかったと「認知」する。古典悲劇のすぐれた典型をあらわす場面である。
八 地獄・餓鬼・畜生・修羅・人間・天上。生前の業によって死後このいずれかへ赴くとされる。「六波羅殿」と「六道」は韻を踏み、一種の掛詞。
九 無礼者。ここは不届者という程の意。
一〇 以下、現行演出では、奥方の泣きながらの笑い、兵衛と伊賀守の、前者はやや若く、後者は老人で、ともに大きく呼吸する時の苦痛を交えた笑いを、技巧的に聞かせ、「打笑ふ」で中オトシの三味線の旋律に笑いをかぶせて納める。

に一ト笑ひ笑ふまいか」。「ソレよからふ」「奥も笑《わら》やれ。イヤ[九]推参者《すいさんもの》何ほゆる事が有《ある》。夫ト《 》の詞背《そむ》くか」とにらみ付ケられしかられて。涙一所に[一〇]「ハヽヽヽハヽヽヽ」。[一一]虎渓《こけい》の三笑《せう》と名に高き。唐士《もろこし》の大笑ひ夫レも三人「是も三人おとりは。せぬ」と打笑ふ。

兵衛心付キ「幸崎殿時移《うつ》る。イザ同道」と立上れば。「是なふ暫《しば》し」と引キとむるを「未練《みれん》者め」と突飛《つきとば》す。「コレ兵衛殿そふせまい。館《やかた》を出《いづ》る折節は身が女房も其通り。さなあらけなくし給ふな」と。共に[一二]しほるゝ袖の露。萩垣《はぎがき》の影よりも伊賀ノ守の奥方まろび出。「お跡をしたひ[一三]さつきにから垣越《かきごし》に皆聞た。兵衛様奥様娘をお助ケ忝《かたじけな》い」。「のふ其お礼は此方《このはう》からも同じ事。奥様なんと思《おぼ》召《しめ》ス[一四]此あぢきないお姿を。[一五]しらぬ互の子がかはいせめて子供が世に出る迄。生キてござつて下され」と互に[一六]取リ付《つき》つかるゝも。せん方泣ゝなく[一七]時鳥《ほとゝぎす》共に血をはく憂《うき》思ひ。涙にむせんで立けるがきつと目と目を見合セて。疵《きず》の痛《いたみ》によろめく足もよはる心も取リ直し。「いざ」と声かけ突放《つきはな》し。見帰りもせぬ[一八]弓取の。

初演以来の演出であろう。
一一 虎渓は中国江西省廬山にある谷川。虎渓の三笑は六朝時代の晋の恵遠《ゑん》法師・陶淵明・陸修静の故事。「晋の恵遠法師、廬山に白蓮社を結びて居る事三十余年。此の山の麓に橋あり。常に安《あん》居禁足とて、此の橋より外へ出でず。或時陶淵明と陸修静と二人廬山の麓に来る。時に遠法師書を以てまねく。淵明の云ふ、当山は禁酒なり。我常に酒を好む。飲む事をゆるし給はば行かんといひければ、遠師酒をゆるしてけり。扠て此の二人を送り出て、互に物語などし、覚えず虎渓を過ぎたり。二人遠師に向て云はく、禁足は破れたりといひて、三人一度に手を打って笑ふ。世に伝ふ三笑の図是れなり〈廬山記及潯陽記取意〉」(謡曲拾葉抄・紅葉狩)。
一二 涙に袖がしおれる。露と萩は縁語。
一三 先刻から。副詞「さっき」に助詞「に」「から」のついたもの。
一四 甲斐のない。無常を観じさせるような。
一五 献上本の文字譜は「地色ハル」。
一六 すがる妻もすがられる夫も、涙にむせぶほかにどうすることもできない。「せん方なく」と「泣く」「鳴く」が掛詞。
一七 時鳥には冥途の鳥、死出の田長《たをさ》などの異名があり、哀調を帯びた激しい鳴き声から、鳴いて血を吐く鳥といわれた。「死出の田長か時鳥。同じ類《たぐ》ひの。女夫連肩に。掛けたる毛氈は鳴く音血を吐く姿かや」(心中宵庚申・道行)。
一八 武士にふさわしく、死ぬことを目的として。弓と的は縁語。

死るを的《まと》に出《いで》て行[一]やたけ心。ぞ[二]

[三] うすゆき姫道行

[四]旅立に。日のよし。あしを。ゐらばぬは。落人の。身の常なれや。女夫《めうと》がせはに。薄雪姫足はむかふへあゆめ共。心はもとの京に有ル。舅《しうと》の詞用《もちひ》ずば。縁を切ルぞと。おどされて。父上の御わかれ母様のお歎きもしらぬ。[五]かち路《ぢ》を道[六]しるべ右よ左リよ妻平が。[七]はんちやがつぱもくらうせし[八]在所の妹いもと聟《むと》に[九]かゝる身の上頼まんに。[一〇]いなはいはじや去リながら。三とせあまりは音信《おとづれ》も。[一一]たへまをさして行道《ゆくみち》の。[一二]こゝろ〳〵づかひぞ。ことはりなる。見るもいたはし姫君は。[一三]籬《まがき》を竹の杖よりも。忍ぶには先ヅ。[一四]紐《ひも》引しめて。かさ[一五]ぎでら。[一六]小づまからげて引上て。[一七]取なりかろきか[一八]ゝへ帯。むすぶとすれどしや[一九]らどけや。ぱつともすそを[二〇]わやくな風の。アヽ[二一]恥かしや。覚《おぼへ》なき身の悪名《あくみやう》は[二二]きづのかゞみに顔うつすたとへの。[二三]ふしよ一ト夜ねてそれから。逢ず。顔も見

一 はやりにはやる勇ましい心。主君のためでも家のためでもなく、不肖の子のために命を擲つ二人に、武士らしい悲壮美を認めるのが浄瑠璃の姿勢。　二 三重の割り句省略型。↓解説三。

時　前段の続き
所　都から大和国当麻の里へ

三 舞台、野山の背景。前手摺上手に辻堂。恋人同士すれちがいの道行として知られ、富本・歌枕恋初旅(安永八年市村座)などにも改曲されたが、人形浄瑠璃では十九世紀以後、ほとんど上演されていない。

四 二人は竹本内匠太夫・同紋太夫。付舞台(平舞台)に出語り。二上り歌は「落人の身の」まで。「この枕の文句作者竹田小出雲深く案じてつくり出せしが其とき父千前軒奚疑江戸に有けるにわざ〳〵飛脚を以てこの道行の文の添削を江戸まで乞にやりし也奚疑これを見て此まくらの文句のかたはらによろしくといふ褒美の詞を書そへてかへしける故其まゝ芝居へ出せしとぞ」(瑠璃天狗)。寛保元年(一七四一)三月から元祖竹田出雲(千前軒)と子息三代目竹田近江清英はからくり芝居興行のため在江戸。安永八年(一七七九)、近江国源五郎鮒・道行に「日がらゐらはぬ。落人の。旅は人目のつゝましく」。

五 「父上(伊賀守)母様との別れ、歎きの程が思われて悲しい」という姫も、父との別れが永別となったことを知らない、の意と、都を出て知らぬ道を徒歩で行く、と掛ける。

六 右、左と道案内をする妻平の。

七 袖付きの半合羽。「慶長のころ阿蘭陀国(正しくはポルトガル)の人商売のために日本へわたり来るに彼おらんだ人の上にきたる衣服に袖もなくすそ広きものあり…其カッパを似せて紙に

ず。親と〳〵に取リかへて預《あづけ》られたる身なれ共。我は出てゆく。のこるは。そのべ様。ア何とぞ逢たいな。よそのサ。女郎しゆはよその。男と。なんじやいな。あふてねやるちよい〳〵な。[二四]わがみじやない。まちがひだ。[二五]ほうやれほやれほ。[二六]あだくち〳〵も。うさはらし。

[二七]か丶らざりせば何としていつかは爰《(ここ)》に郡《こほり》[二八]山。日はくるれ共町なれば。一ト[二九]夜ながらもとまられず小[三〇]泉とても同じこと。宿からうより是幸《さいはひ》。辻堂が有《(ある)》爰にねて。あすはさう〳〵在所へと。[三一]地蔵《ちぞう》がうしを。押明て。見ればしゆせうな仏様。宿をばかして給はれと。そこに其儘《まゝ》仮《かり》[三二]ぶしの。[三三]しとねは是と妻平がかつぱをしかせまいらすれば。夜ルの物には籬《まがき》がうはぎ。「コレ〳〵そなたは肌薄《はだうす》な風ばし引てたもんなや。マアやつぱり是をきて」。「いや〳〵其お詞があつき故。肌も薄ふは思ひませぬ。[三四]ひらにめして」と打きせ〳〵めをとが左右にとの[三五]ゐして。ねまいと思へど気くたびれ夢や人めを〳〵守ルらん。

て作り油を引てカッパと名付たると也。…はんちや合羽は半合羽のこと成べしもの丶半なることを半チヤと俗に云ならはせり」(瑠璃天狗)。
八 合羽の「黒」と「苦労」をかける。都会に比べて農村の生活は労働に明け暮れ苦労が多い。
九 「このような」と「頼る、世話になる」と両方の意。 一〇 いやとは言うまい。 一一 音信が絶えていることと、当麻の地名(三三二頁注一五)を掛ける。 一二 フシヲクリで付舞台(平舞台)に姫、妻平、籬登場。各一人遣いの全身出遣い。
一三 籬を竹の杖よりも頼りにして。竹と籬は縁語。 一四 笠の紐を引きしめて顔を隠す。寺の名に掛かる。 一五 笠置山頂にある新義真言宗智山派の寺。笠置山は京都府相楽郡笠置町南部。北麓を木津川が流れる。 一六 棲を引き上げ抱え帯で締め、歩き易くすること。「こ(小)」は接頭語。 一七 軽快な服装。「かろき、かか〳〵」と頭韻。 一八 しごき帯。合わせた棲を引き上げ、引き上げた部分が前に垂れるように結ぶ。その形が抱えたようになる。 一九 ずるずる解けること。 二〇 いたずら。 二一 裳裾がはだけて恥かしいと、無実ながら悪名を恥かしく思うと掛ける。 二二 瑕の鏡(=破鏡)と、木津川の水鏡を掛け、ありのままを映すはずの鏡に瑕があって正しく映らないのと同じく、無実の悪名は晴らすすべがない。木津川は三重県山地から京都府南部を流れて淀川に合流。 二三 たとえの一ふし、一くさりと、竹の節(よ)、夜、をかける。
二四 シテ内匠太夫とツレ紋太夫の担当を明示。「わがみ」はお前。 二五 囃し詞。「我は出てゆく」からここまでが三下り歌で、里人達の唄う俗謡が聞こえてくる有様。姫の気持を反映させて、一句を「そのべ様」と替え文句にしている。
二六 歌の卑俗な文句も、旅の憂さを晴らすよす

左衛門みち行[一]

神ならぬ身の。ぜひもなや。そのべの左衛門はかくぞ共。しらで思ひは大和路[二]に出《いづ》る月さへ朧《おぼろ》にて。身の云訳《いひわけ》も晴《はれ》やらぬ。[三]かつら男の妻平が。[四]しるべをもとめよるならば。都のつても[五]尋《たづね》んと思ふ。思ひは。[六]ますらをがやたけ心も恩愛《おんあい》に。ひかされて。我やかたへはいたれ共。母にも姫にも逢《あひ》もせず父のさいごは猶《なほ》しらず跡は。いかゞとあんじくらせし夜ルの道。[七]みちはか行《ゆか》ずやう〳〵と。小泉にきて見れば夜は明《あけ》。ちかくなるかねの七[八]つ。何ごとなき身をば。かゝるなんぎにあふことは。いつのむくひかたがわざか。[九]しらぬ仏と云ながら。辻堂ならば地蔵尊くもりなき身をあはれみて。ふたゝび出世をせさせ給へと伏拝《ふしをが》ミ。ふしおがみ。しばしは爰《ここ》に。ゐながらも恋しき人の辻堂に。有リ共しらず行過《ゆきすぐ》る。[一〇]ほゐなさへいはんかたもなし。

内匠　姫は夢さめ走リ出《いで》。「のふ左衛門様我夫」と。よべどさけべど行過て夫レと。答《こたへ》

二七 こういうことがないならば。
二八 奈良県大和郡山市。初演当時は、郡山藩、柳沢十五万石の城下町。「来ようか」の意をかける。　二九 たった一夜も。世を忍ぶ落人の身。
三〇 大和郡山市。小泉藩は当時大和添下郡の小藩、片桐家の陣屋がある。　三一 細い四角の木を碁盤の目のように縦横に組み違えたものを格子といい、表裏ともその面を摩《す》り(さすり)にした格子を地蔵格子という。地蔵堂に多く用いられたことによる名称。さすりは格子の面と枠の面とが同じ平面になっているものをいう。　三二 仮寝。
三三 下に敷くもの。次行の「夜の物」が夜着、掛け蒲団。　三四 是非、お召しになって。
三五 寝ずの番。この文句の間に格子戸を閉じる。

一 道行の標示が別行で改まっているが、舞台面はそのまま引き続く。シテ竹本此太夫、ツレ竹本百合太夫、出語りの席に加わり、「神ならぬ」から九行後の「フシいはんかたもなし」まで二人同音。「道行二つに四人のかけあひ」(竹本不断桜)。ただし同音は二人ずつらしい。
二 思いは「山のように」積ると、「大和」への道を掛ける。
三 晴れやらぬ月の縁で、月の中に住む美男を連想。
四 縁故の方を尋ねてそこへ行きついたらば。
五 噂。
六 「増す」をかける。勇ましい男の心も。
七 道を歩くはかどり具合。付舞台下手から園辺左衛門登場。一人遣い全身出遣い。
八 旧暦四月の上方では現在の午前三時頃。「何

も泣[一一]ク声に。夫婦驚《おどろき》いだきとめ。せな撫《なで》さすりいたはれば。漸《やうやう》に心付キ。

「扨《きて》は夢にて有リけるか。所はいづく覚へねど左衛門様のおめにかゝり。物いふ間もなく引わかれあすは逢《あは》ふとの給ひしを。現《うつゝ》のやうに思ひしぞや。夢に偽《いつは》りなきならば早ふ逢たい顔見たい」と。かこち涙のはら〳〵落る。[一二]花の露。籬が袖も妻平も。共にしほるゝ気を取リ直し。「必《かならず》歎き給ふなよ。[一三]やがてめで[一四]たうあはせません。お心たしかにおぼしめせ。アレ〳〵とやかういふ中チに夜明鳥のかしましや。サア〳〵お出《いで》」とすゝめられ。[一五]すゝまぬ道をいそげ共。跡に心のひかるゝは。かはい殿御に逢たい思ひ。いとしい姫に逢たい思ひ。[一六]思ひは同じ道筋を。

一チ里隔《へだて》て先キへ行越《ゆきこす》そのべの左衛門。[一七]此うき旅を世に出て。大和めぐりといふならば。[一八]ふるき名所も尋《たづね》たからふ。今は都へつてもがな姫はいかゞくらすぞと。アヽ尋たや聞たやと立とまりては跡見かへり。[一九]足もしどろに行なやむ。

薄雪涙にくれながら。「たゞわすられぬは忍ぶ夜に。枕ならべてねた時の。

ごと」と頭韻を踏む。
九 何時の報い、誰のしわざか知らぬ(左衛門に分らない)と、「知らぬが仏」の諺を掛ける。
一〇 残念さ。ヲクリの間に左衛門上手に退場。百合太夫も退場。
一一 「無く」をかける。
一二 美しい姫の涙。「露」と「籬」「しほるゝ」は縁語。
一三 すぐに。
一四 お会わせ申しましょう。安心しておいでなさいませ。
一五 二人は内匠太夫(姫)と紋太夫(籬・妻平)。
一六 二人は内匠太夫(姫)と此太夫(左衛門)。
※「すゝまぬ道をいそげ共」から三人の道行き振りに合わせて辻堂を徐々に下手へ引き入れる進行の演出。「此所引道具見事々々」(絵尽)。辻堂がはいり切るのと入れちがいに本手摺に左衛門が登場、一人遣い上半身出遣い。付舞台の姫たち三人と前手摺を隔てて距離感の表現。「そのべのさへもん、ひめより一里さきへたどりゆく」(絵尽)。後年には付舞台廃止のため上演効果減少。
一七 今は落人の憂き旅であるが、無実の疑いが晴れ、再び世に出で大和を遊覧するならば。
一八 言づて。
一九 足取りの乱れるさま。

其ことのはも恥《はづ》かしけれど。おまへとわしが其中は。二世や三世はいふ迄もない。[一]つつとこんどの。さきの世迄も。[二]必《かならず》やいのといふたれば。うそじやないかやほんにかと。の給ふ時の嬉しさを。悦《よろこ》ぶ間もなく此さいなん」。「ヲヽお道理」と泣たさをなかで夫婦がため[三]涙。

[四]たつたの。川は[五]かちわたり。すそをからげてきり〳〵しやんと。[六]ゑもんりゝしく。[七]ぬぎかけし。[八]かたおか山の。[九]かた〴〵に。あとや。さきなる。[一〇]うきおもひ。しばしもそでにひるめなく。[一一]涙につゞく町もすぎやがて。[一二]当麻に。

（五平次住家の段）[一三]

〽たどり行

年《シ》ゝ卯月十四日中将姫《ちうじやうひめ》[一四]の御命《イ》日と。大和の国当麻寺練供養《たへまでらねりくやう》[一五]の日に当《あた》り。夫《ト》は鋤鍬《すきくは》取《リ》置て今日御法事の役目にさゝ[一六]れ。留守《るす》は女房の気もはらぬ張物洗濯《はりものせんだく》[一七]取まぜてつゞらの。底《そこ》[一八]の帷子《かたびら》と古《イ》布子[一九]の出替《かは》[二〇]り時。ぢや〳〵[二一]時に火を引て[二二]飯《めし》

一「今度の〳〵ずんど今度の先の世までも女夫（めをと）と契るこの二人」（心中天の網島・下）。
二 必ずそうして下さいね。「必やいのとばかりにて」（花飾三代記七）。
三 涙を目にためて堪える。「たつた」と頭韻。
四 奈良県北西部生駒山地の東麓を南流。上流を生駒川、中流を平群（へぐり）川ともいう。斑鳩（いかるが）町で大和川に合流。紅葉の名所。二人は内匠太夫と紋太夫。
五 徒歩で渡ること。
六 衣紋。左衛門の衣裳。
七 脱ぎ掛けし肩。左衛門の肩脱ぎ姿の意味から故事へ。
八 大和国葛下郡、現奈良県北葛城郡王寺町を中心とした一帯の地。聖徳太子がこの片岡山で乞食に自ら衣裳を脱いで与えた話（日本書紀・推古天皇二十一年）は近世演劇でさかんに脚色された。寛保三年豊竹座、久米仙人吉野桜など。
九 あちらとこちらに。
一〇 二人は此太夫と内匠太夫。
一一 袖も目も涙に乾く間もなく。
一二 現、奈良県北葛城郡当麻町。十八世紀当時は、当麻村。天領。二上山の東南。当麻寺の所在地。→三三二頁注一五。

時　四月十四日
所　当麻の里百姓五平次住家

一三「当麻の段」とも呼ばれる。初演は、道行のシテを語った此太夫と内匠太夫が前後を分担。大和当麻寺の練供養を背景に、百姓の家を舞台とし、同じ世話場でも職人の家を舞台とする下巻「正宗住家」と対照をなす。本作の「時代世話」の構想には欠かせぬ一段であるが、弘化元年（一八四四）以後、上演記録なし。
一四 →付録3。
一五 当麻寺来迎会。→付録3。
一六 指名され。「渡辺福島より兵船の役にさゝれ」（四四二頁六行目）。
一七 布地を洗って糊をつけ、張り板に張って、皺のない状態に乾かし仕上げること。

焼《たく》茶を焼(たく)中二三茶袋の。浮世フシ渡ハルりはいそがしし。

地色ウ門口から「色御用はごんせぬか。詞お内儀様ンよいゐ二四そが有が置二五ィていのかい」。「イヤ此二六中(ちう)の様なはいや」。「イヱ〳〵大分ンよいのでごんす」と。地ウ庭へずつしり門の柱へ二七拐《おうこ》立かけ。二八ハル打チ鑰《かぎ》をしや色二九にかまへ。「詞コレ是でごんす」。「いや夫レよりもこちらの。鯛《たい》と其生貝《なまがい》は何ンぼじや」。「アイ弐三〇匁四分(しふ)ンにして上ゲやんしよ」。「ヲヽ、練供養の三一精進《しやうじん》上ゲ。幸ィ飯《めし》も焼《たい》て有ル三二早鮓《はやずし》にでもせうはいの」。「よふごんせう。夫レはそふと所のならはしといふ物はあぢな物三三でごんす。けふは当麻の練供養といふて。廿五間家《や》のお百性から廿五の菩薩《ぼさつ》三四に成ッて御法事をお勤《つとめ》なさる。是の五平次様は地蔵の役。上ミの田の久蔵殿は三五月光《ぐはつくはう》菩薩にならるゝげな。意路《ゐぢ》の悪い菩薩であろ」と。フシそしる折から。

地ウ今日の三六当家(たうや)に当り三七前ハル廿五軒《けん》が五ッ手に中別れ。ウ主(あるじ)の五平次地蔵の役。月光《ぐはつくはう》の久三八蔵ハル普賢《ふげん》の四郎九郎ウ十《と》千《ち》兵衛は三九勢至《せいし》菩薩。四〇ウ面ンゝ仏に出立(いでたつ)て今朝四一人揃(ひとぞろへ)の色帰りがけ。「詞嗅《かゝ》何ンぞ買やつたか」と魚荷《うをに》を見廻し。「是此鱧《はも》は何ンぼじや」と。四二地ハル錫《しやく》

「気もはらぬ」と掛詞。 一八 底にしまってあった夏物のひとえ。 一九 木綿の綿入れ。四月一日の衣更えで、冬の小袖(ここは布子)を脱いで袷(あわせ)にかえ、五月五日にそれを帷子にかえるので、四月半ばは布子と帷子の交替時期。

二〇 一季、半季の奉公人が、その期間を終えて交替すること。ここは衣類を奉公人に見立てた。

二一 飯などが煮えてふきこぼれる時。この時すぐに火を引かないと飯がこげる。

二二 かまどからたき木の火を引き出して除く。飯をたく時の終りの処理法。次の茶をたくのは別で、そまつな番茶の葉を茶袋に詰めて大きな薬缶(やかん)に入れてわかす。

二三 「浮世袋」にかける。浮世袋は、絹を三角に縫い、綿を入れて上の角に糸を付けたもの。「何の所用なく小児の翫物たり大島求女が説にむかしは遊女とたはぶるゝを浮世ぐるひといひしなり傾城宅前には柳を二本植て横手を結びのれんをかけそれに遊女の名を書て下にうきよ袋といふ物を自分の細工にして付し也これを世にうき世袋といひならはしたる也といへり」(嬉遊笑覧)。この家には子供はいないが「浮世渡り」を出すための修辞。飯はこがさないように気を付けてたき、毎日の番茶の茶袋も作らねばならず、子供の遊び道具の浮世袋までもこしらえて、浮世を渡る家庭の仕事はいそがしい。

二四 鱠。狗母魚。現在、かまぼこの材料などに用いる海魚。ここの魚屋と女房のえそや鯛をめぐるやりとりは、譬喩尽にいう「鮧(ゑそ)無ば鯛にても」を踏まえたもの。同書に「是は和州の人の語也。其訳は和州海無く魚物は皆泉州堺浦より通行す。時に行程七里を以て日々不自由に無し。故然りと誰も在の事故鮧を以て上饌と思へり。

(三五三頁へつづく)

杖《ちやう》の先キに[色]ぶらつかせ。「[詞]ヲ新《あたら》しそふな。精進《しやうじん》上ゲにき[一]つさりと皮鱠《かはなます》[二]と[三]あんぺいにせうかいのふ嗅」。「夫レもよかろが鮓《すし》をせうかと思ひます」。「猶《（なほ）》よかろ。[地ウ]月光勢至普賢も晩方《ばんかた》御《（ご）》来迎《らいかう》[四][ハル]。[色]マアあがりやいの」。「[ウ]ヲ、そふせう」と面《めん》を取ッてど[フシ]や〳〵と内に入《（いり）》。

「[詞]五平《ひやう》晩方迄《（まで）》は待タれまい。作《つくり》[五]し物で[六]ひつかけふかい」と。[地ハル]いへば女房が「あの久蔵様ンのいはしや[七]る事[色]はいの。[詞]けふ練供養の仏に成ッて勿躰《もつたい》ない」。

「ハテお内儀悪[八]い合点。けふはこちらも仏じやによつて魚[九]も喰《くは》れて成仏《じやうぶつ》する。仏相応《さうをう》[一〇]天蓋《がい》は月光がもめる[一一]ぞ。コレ肴《さかな》や。其ゆでた蛸《たこ》一ッぱいおれが所へ付ケておきや。高けりや節季《せつき》[一二]に銭やらぬぞ。又安ふてもやらぬぞ」。「コリヤひどい。[一三]ほとけ頼んで地獄《ぢごく》じや」と[地ハル]口の内。[フシ]つぶやき〳〵出て行。

「[詞]サア此鮹《たこ》で一ぱいせう[一四]おかさん間[一五]ンしてくだんせぬか」。「イヤ酒はまだ買ぬ晩にきて飲《のま》しやんせ」。「是がまあ晩迄堪忍《かんにん》成ル物か。[地ウ]どれおれが一ト走リ買てかふ」と[ハル]棚《たな》な徳利《とくり》。「[詞]イヤそりやそふと観音の太兵衛がまだきおらぬ。[地ウ]次手《ついで》なが

一 きっぱりと。切れ味よく。
二 鯛、鱧などの皮で作ったなます。酒肴。
三 上方の魚料理。「○早あんへい　たい、くずな、ゑそ、かれ、はむ…身ばかりをこそけをろし、扨庖丁にて随分よくをしこなし塩少し、酒すこし入レ水にてのばすなり。此時玉子ノ白みすこし入れよきかげんに合せ、程《（ほど）》よき猪口《（ちよく）》小茶わんの類にとりて蒸《（む）》し葛溜《（くずたまり）》りをかけて出す」（素人庖丁）。 四 晩方においで下さい。菩薩の来迎にかけ、しゃれていう。夕方に行事が終り、晩方にこの当家で酒食を供する。どうせ其の時においでを願うのだが、という意。当麻寺現行は四時開始、五時半終了。 五 さしみ。 六 一杯やろう。 七 何ということを、お言いなさるのか、の意。 八 あなたの理解が間違っている。 九 譬喩尽にもみえる諺。 一〇 仏像などの上にかざす絹蓋。また僧家で蛸の隠語。両方にかけて、月光の役の自分に相応しているから蛸の代金は自分が払うという意。月光は天蓋を吊りさげた竿を手に持つ。当麻寺現行では天蓋を持つのは普賢。
一一 おごる。「入用はおれがもめ」（女殺油地獄・下）。 一二 盆暮または各節句前の収支決算期。
一三 諺。頼りにした相手からひどい目に合わされること。せっかく商売はしたものの、支払いが心配なことと、久蔵の仏姿をかけていう。
一四 お内儀とほぼ同義。 一五 燗。
一六 「料理せい」と「勢至菩薩」をかける。
一七 前髪、月代を剃った俗人の成年男子の頭形。
一八 久蔵の姿が仏と人間の合の子であることから、仏と人間との中間にある天人に見立てた。
一九 「天つ風雲の通ひ路吹きとぢよをとめの姿しばしとどめん」（百人一首・僧正遍昭）を踏まえた表現。 二〇 いつも酒を買いに行く道。「それ生

ら呼《よん》でこふ生姜《しやうが》も有か酢《す》も有か。蛸を料理《りやうり》せいし一六菩薩。留主《(るす)》の中チ喰《くふ》なよ。ど
りやいてこふ」とかけ出《(いだ)》す。天窓《あたま》は一七元服骸《げんぶくからだ》は一八仏天人の。一九雲の往来《ゆきゝ》にあらね共。
二〇酒の通ひ路《ぢ》手に提《さげ》て徳利。二一とく〳〵出て行。
「何ンとかゝ。喰《くら》ひたがる菩薩じやないか。勢至普賢留主の間に喰《く》て仕廻イ鼻
明《(あか)》そふでは有まいか。此地蔵が二二天窓役《あたまやく》尻二三もつてやるはい」。「二四おつと合点。お
内儀さんまな板がないどこへいた」。「イヤ隣《となり》から借《かり》にきて」。「そんなら幸《(さいはひ)》。
爰《(こゝ)》に観音が持ッ二五蓮花《れんげ》が有《(ある)》。蛸《たこ》は天がいまな板は蓮台《れんだい》。普賢は二六生姜《しやうが》をおろすか
〳〵。いで一ト料理《りやうり》」と出刃庖丁《でばぼうてう》を取リ出し。二七どつてう声を張《はり》上て。「二八あら有難《がた》
や勢至菩薩先ッ念仏の六字になぞらへ。喰《くら》ひごたへ有ル様に。足一本ンを六つ
切。下戸《げこ》は茶漬《ちやづけ》の西イ二九方極楽。三〇せめ念仏の拍子《ひやうし》に合せ。三一なまだこ〳〵〳〵
〳〵。三二願以此功徳《ぐはんいしくどく》。三三ちよびとやつたが扠《(さて)》もうまい。地蔵普賢三四まいらぬか」と。
摑《つか》み喰《くら》ふぞ三五無法《むほう》なる。
爰妻平が在所《ざいしよ》ぞと人に尋《(たづね)》て。門口に。立休《やす》らふはそのべの左衛門。「三六案内申ス」

姜おろしや釜の下。たけは手樽を振ってみる。酒の通ひ路ひきかへて」(心中重井筒・上)。通い帳の意を含める。→二七七頁図版。
二一 「徳利」と、早くの意の「疾く〳〵」をかける。
二二 久蔵が怒り出したら、地蔵の坊主頭を幸いに、丸く収める役を引き受け、の意。 二三 跡始末をつけてやろう。天窓の縁で尻。 二四 勢至菩薩役の十千兵衛の言葉。 二五 蓮台と同じ。
二六 来迎会で僧侶達の和讃の唱歌に合わせる勢至菩薩の所作を生姜おろしに見立てた。役を普賢に換えたのは現実離れの意図。→付録3。
二七 濁った高声。 二八 「文弥」は説経風の古浄瑠璃文弥節の節まわしをとり入れたもの。義太夫節では悲哀の情を感傷的に表す時に多く用いるが、「文弥詞」となると、写実的な義太夫節の詞に対し、様式的で古くさい印象を与えるために、むしろパロディ風の文句に用いることが多い。
二九 「菜」にかける。酒をのまぬ人は、蛸を茶漬のおかずに、の意。 三〇 鉦を鳴らしながら、高声で早口にたたみかけて念仏を唱えること。
三一 「南無阿弥陀仏」と「生蛸」をかける。
三二 仏事における読経の最後や、説法の終りに唱える偈(げ)の一つ。「願以此功徳、普及於一切、我等与衆生、皆共成仏道」と唱える。この勤行の功徳を広く一切の衆生に及ぼし、ともに成仏出来るように願う、の意。 三三 一口喰ったが。
三四 召し上らぬか。 三五 尊厳な行事の戯画化に対する観客の感情に応ずる句。
三六 ご免下さい。「物申(ものまう)お頼申しませふと。いふもこは〴〵暖簾ごし。百性の内へ改つた。用が有るなら這入しやんせ」(新版歌祭文・上)。以下、都会人で武士の左衛門の態度が、在所中一家のように遠慮なく暮している百姓達に、取りすました、横柄な感じを与える違和感を描く。

と言入ルれば。「何でござる。用が有ばはいらしやれ」。「然らば御免ン」と内に入。「ちと物お尋《たづね》申たい。京におる妻平が宿元ト一は爰《ここ》でござるか」。「何ンじや妻平。いやそんな人覚へない。嗅《かゝ》しらぬか」。「ハテ京の兄《あに》様の次郎作殿の事じやはいの」。「二ほんに夫レよ。成ル程覚《おぼえ》がござります。其妻平が何として何の」。「イヤ子細有て名は申さぬ妻平に由縁《ゆかり》の者」。「夫レなればマア上らしやませ。シテおまへはどこのお人」。「我は都大宮辺三ンの者。是より妻平が方へ便リいたし其上では。四実名《じつめう》もくはしう申《まうし》お世話《せは》にも預らん。都へ便リ有ならば頼。申ス」

と有ければ。

「なんの〳〵お心やすい事。お宿もなくば何日《いつか》なり共御逗留《たうりう》。先ヅお緩《ゆるり》とそれ五お茶上《あげ》ませ」「たばこ盆《ぼん》」ともてなす女房。そしる十千《とち》兵衛四郎九郎。「何と押六シ付ケわざな頼み様じやないか。たつた今きてまだ近付キにもならずにもふ世話《せは》に成リませう。五平次殿仕合せじや晩から七口が増《まし》てきた。口の次手《ついで》に月光は」と云所へ。酒屋戻《もど》りに徳利《とつくり》のほそい口から我口へ。盃《さかづき》なしに八どぶ〳〵〳〵。

一　自宅。
二　そういえばそうだ。以下、五平次は相手が義理ある義兄、妻平の主筋の人物と悟り、言葉遣いが丁寧になる。
三　江戸時代の大宮通を漠然と念頭に置いた文であろう。今の大宮通と同じで、御所の西方の上京区から下京区への長い南北の道。中間の中京区では二条城でさえぎられている。なお一条通、中立売通の間の大宮通ならば、正親町小路に面した幸崎邸(三二五頁注二八)に近くなる。
四　本名。仮名《けみょう》の対。
五　お茶をさしあげなさい。ここまで五平次の言葉。
六　おしつけがましい。世話になるのを当然のことと思っているような。
七　食べる人。以下「口」を重ねる修辞。
八　酒を飲む擬音。次の「どうじゃ」は頭韻。
九　下腹部、腰部などが痛む病気。
一〇　「居る」をいやしめて言う語。
一一　町内居住の町人で、月々交替に町年寄を補佐して町務をとるものをいうが、ここは当麻郷の中での同種の役割。なお『当麻村誌』に大和では庄屋の補佐役を年寄と呼ぶとある。
一二　代官は、普通、天領即ち徳川幕府の直轄地を支配する地方官(当麻村は天領)。但し、諸藩も領内各地域に代官所を置き、統治に当らせた。
一三　女が上位となって行う交合の法。
一四　注一三の意に、下に置けない、大した女だ、の意をかける。
一五　「失せる」は「来る」を卑しめていう語。
一六　横目で見て。軽蔑、警戒等の気持を含む。来ないかなあ。

詞「どうじや蛸《たこ》を料理《りやうり》したか」。「ヲヽ月光戻つたか。余りわれがおそい故皆喰《く》て仕《し》廻《まふ》た」。「ホヽそふ有ふと思ふてコリヤ。酒屋から戻る道酒は皆呑ンで仕廻《（しまう）》た。コレ地蔵観音の太兵衛めは九疝気《せんき》が起《おこ》て寝《ね》てけ一〇つかる。誰ぞかはりを出してくれと頼《（たのみ）》おる」。「そりや面倒《めんだう》なことじやな。誰ぞ雇《やとは》ざ成《（なる）》まいが」。「ヤ夫レに付ィてまだ云《（いふ）》事が有ル。此月の一一月行司《ぐはちぎやうじ》は観音が番じやげなが。かはつたお触《ふれ》たつた今一二代官所からいふてきた。十六七な娘と廿一二な侍。大切ッなお尋者。一所に居よふが別ゝ《べつく》に居よふが。仮供《たとい》を連《つれ》てゐやうがゐまいがひつつかまへてこいと云きつい御詮議《せんぎ》。女ゴの名は薄雪とやら臼《うす》すき姫とやら。どうでも臼一三を好《すく》からは。一四下にいる女子じやござらぬはいの。男の名は園辺とやら」と。地ハル聞て驚《おどろく》左衛門が顔色《（がんしよく）》中見て取ル五平次。ハル菩薩仲間が顔見合せ。色詞「何ンと爰《（ここ）》らへ一五うせいでなあ。ひつつかまへてよい金に成事じやが。地ウどこぞ爰らにおらぬか」と一六ハル尻目《しりめ》にかけて色小うなづき。詞「よい事が有ルは。観音が名代《めうだい》にあの客人《きやくじん》頼《（たのま）》ふ」。「ヲヽよからふ」と立さはぐ。「アヽやかましい。地ウざは〱云なハルおれが頼ム」と立上る。ウ「コレこち

（三四九頁からつづく）に注文書状に上の如く申越さする也。鯛の上餞たることを知らざるの言也」。二五 置いて帰ろうか。買いませんか、の意。二六 この間みたいに古いのはいや。二七 にない棒。てんびん棒。「おうご」とも。二八 木の握りの先に鉄のかぎをつけたもの。魚屋の商売道具。二九 気取って構え。得意そうに構え。三〇 銀二・四匁におまけしましょう。→四七五頁注二一。三一「精進」は仏事を控えて魚鳥などなまぐさ物を断つこと。「精進上げ」はその期間を終えて、肉食すること。精進明け。精進落し。三二 酢でしめた魚と熱い飯を交互に重ねて一夜押しをして発酵させたすし。三三 奇妙な。面白い。三四 菩提薩埵の略。仏果即ち成仏の道を志し、ついに仏果を得、他を救済し悟らしめる者。→付録3。三五 →付録3。三六 頭屋。村や町で共同で神事・仏事等を行なう場合の世話役などを勤める家。三七 世話役に当っている意から掛詞で「当り前」、当然のことながらの意に続く。三八 →付録3。三九 →付録3。四〇 各々仏の扮装をして。面をかぶって登場する。※実際は寺宝の面・衣裳着用のまま寺外に出ることは許されない。また、面の眼孔の視界は極めて狭くて自由な歩行は不可能。以下、現実離れの仮構によって興味深く劇的事件を仕組む。「めづらしきしゆから大でき」（絵尽）。四一 顔寄せ。現行では当日に人揃はしない。五月八日にネリゾメと称して寺内で打合せをする。四二 僧侶、修験者の持つ杖。上部は錫、中部は木、下部は牙または角で作り、頭は塔婆形。地蔵菩薩の持ちもの。

の人嗜《たしな》ましやれ。たつた今お出なされたあのお方。[一]心もないめつそふな事いはしやんな」。「イヤめつそふじやない。[二]由縁《ゆかり》といふてわせるからは。こんな事にもつかはにやならぬ。だまつてゐおれ」と傍《そば》に寄リ。「今咄《はなし》聞《(きか)》しやる通リじや。人がたらいでめいわくする[三]観音に成ッて囉《もらひ》ませう」。「ハアお心やすい事ながら。拙者《せつしや》は人中へ顔出しはまつぴら御免ン」。「イヤサ面《めん》を着《き》るゆへ人中で有ふとかまひはないひらに[四]頼ム。此装束《しやうぞく》着さつしやれ。そりや始《(はじま)》りの鐘《かね》が鳴ル。ぜひに〳〵」とむりやりに菩薩《ぼさつ》の装束打きせられ。「然らば左様にいたそふが」。「いやでもおうでも頼マにやならぬ」。[五]袈裟《けさ》よ[六]天衣《ゑ》よ[七]面ン[八]後光《ごくはう》[九]蓮台《れんだい》を手に携《たづさ》へて。「其大小も爰《(ここ)》に預る。さつてもよい仏形《なり》よつ程[一〇]下地が有《(ある)》そふな」と。どつと笑ふて面々に。[一一]普《ふ》賢勢至《げんせいし》月光《ぐはつくはう》地蔵観音《ぢざうくはんおん》共に[一二]五菩薩の。数をそろへて。「女房共いてこふぞ。必《かならず》鮓《すし》を仕て[一三]おきやゝ。晩《ばん》には[一四]わがみを鮓にして。おしてやろぞ」としやつく[一五]錫杖《しやくぢやう》ふりならし。立出《(たちいづ)》る折こそ有《(あれ)》。絶《たへ》て久敷キ我家《(わがや)》の軒《のき》。立帰る妻平が薄雪姫を介抱《かいほう》し。[一六]籬《まがき》がたにも小姑《こじうとめ》の門口に

一 無神経な。失礼な。「滅相な」はとんでもない。
二 縁故を言いたてて来なさるからには。
三 困っている。現在の「迷惑」より「当惑」に近い。
四 ぜひとも。
五 僧衣の上に肩から斜めに吊る幅広の飾り布。
六 首にかけて両前に垂らす細長い飾り布。↓二七七頁図版。
七 この練供養の菩薩面は能面よりも大きく、顔全体をすっぽり蔽い込む。
八 菩薩像背部の光輪。
九 観音の持つ蓮座。
一〇 素養。はじめて仏に扮したとは思われないほどよく似合う、の意。
一一 二十五菩薩のうち、観音及びこれにつき添う勢至と、普賢が、この行道のもっとも重要な役。
一二 舞台に五菩薩像が並ぶ。名高い当麻寺の練供養のさまを偲ばせる。社寺の行事の練り物などを演じて見せるのは古浄瑠璃時代からの一趣向。
一三 「おきやれ」の略「おきや」に間投助詞「や」の終助詞的用法を添えたもの。親しみをこめて命ずる言い回し。↓三三二頁注一六。
一四 お前。
一五 地蔵の持ち物。錫杖の頭部につけた数個の輪が立てる音と、人の気を動かしおだてる意の「しゃくる」と、「錫杖」とをかける。↓三四九頁注四二。
一六 籬のためにも。「が」は助詞、「た」は名詞「ため」の略形。近頃河原の達引・堀川の段五行本(現行台本)に「母ではなふて子供のたには。呵責の鬼と思はるゝ」。同箇所が初演の丸本では「子供のためには」とあるが、五行本は「め」を誤

立寄レば。それと見るよりのふなつかしの薄雪か。都の首尾《しゆび》はいかゞぞや我こそ左衛門と着た面ンを。取ロかいはふか待《まて》しばし。月光がいふた詞我ヽを尋《たづぬ》るとや。見付られては身の破滅《はめつ》といはぬ[一七]そのべを園辺共。[一八]知ラぬが仏姫離「おかしい形《なり》や」と[一九]袖覆《おほ》ふ。

「ヤアどいつじや笑ふまい。練供養の仏がおかしいか」。「そふいふは五平次殿か」。「そふ云は[二〇]誰レでやす」。「イヤ次郎作じや」。「ヤア是は〳〵めづらしい」と面ンを取リ。「[二一]夫レからは状通計《じやうつうばかり》互に前髪《まへがみ》以来逢《あひ》ませぬ」。「ホヽ久蔵も無事《ぶじ》なか」。「そりやそふと何ンとして」。「いやちと訳《わけ》有て御主人の姫君を御同道。お世《せ》話《は》に預らずば成まい」。「アノ御主人を[二二]や。ムウそりやまあどふして」。「イヤ[二三]聊《れう》爾《じ》には申されず」。「夫ならつい聞ク訳《わけ》でも有まいまあいて来ませう。マアはいらしやれ嗅[二四]洗足《せんそく》の湯わかしや内へ〳〵」とすゝめ入レ。勢至月光[二五]こう〳〵とさゝやき〳〵。「コレ観音何を[二六]べら〳〵うろ〳〵きよろ〳〵。惣躰《そうたい》観音といふものは跡かまはぬで[二七]尻《しり》くらい。貴様のやうに[二八]べらつくは尻仕廻《しりしまひ》観音じや」と。

脱したのではない。
※初演時の人形役割は、吉田文三郎が大膳、薄雪姫、五平次。この場の薄雪姫は別の人形遣いであろう。「幸崎館」後半の大膳と姫なども同様。
一七 その人を、の意をこめた一種の掛詞。
一八 諺と、左衛門の仏の形(なり)をかける。
一九 口を袖で覆う。女性がしとやかに笑うさま。
二〇 だれですかという意味の男伊達風のことば。
二一 あなたがこの在所を出て以後は、手紙のやりとりばかり、互いに元服前の前髪のあった時に別れたまま、会いませんでしたね。
二二 「や」は係助詞の文末用法。疑問の意。この場合は相手の発言にこだわり念を押す意味が加わっている。「私があなたの御主人をお世話するのですか」。三五九頁六行目の「われ一人でや」(お前一人で捕えると言うのか)も同じ。
二三 軽々しく。うっかりとは。
二四 遠くへの外出や旅から、家、宿に帰った時、汚れた足を洗うこと。
二五 こう、こうした手はずで、と小声でしめし合い。「光」「こう」と韻を踏み、掛詞。
二六 ぐずぐずと悠長なさま。
二七 あとは知らん顔、の意。六観音の縁日は旧暦の十八日から二十三日までの間で、あとは次第に闇夜になることから「尻暗い」に「あとは尻喰え」の罵言をかけていう。「病人を療治すれば、その家内(ちう)の者共が薬師様〳〵と言ふ。さて本腹(ほんぷく)させて後は、尻喰(しりくら)へ観音ぢや」(浮世物語)。
二八 「べらつく」は、ぐずぐずすること。跡をかまわぬ尻喰い観音のはずが、ぐずぐずと未練がましく跡始末ばかり気にする尻仕まい観音など、聞いたことがない、の意。

地ハルいやがる者をむりむたい連《(つれ)》フシて寺へぞ急ギ行。

地ハル妻平姫君を上座《ざ》に色なをし。詞「是に渡らせ給ふは身が御主人。園辺ノ左衛門様の奥方。子細を語れば長い事。[一]ひつつまんで云時は[二]御夫婦ながら不慮《ふりよ》の御難儀《なんぎ》」。「ア申《(まうし)》そんならあなたは[三]薄雪姫さまか」。「とは又どうしてお名をしつた」。「さればいな。此あたりへもおふれが有ッておふたりを尋《(たづぬ)》る」と。地ハル聞よりはつと胸ふさがり。ウ籬も姫もフシ[四]おろ〳〵涙。

詞「コレこはい事も何《(なん)》にもない。コリヤ妹。久しう戻らぬ此在所《ざいしよ》頼ミと思ふはそちひとり。[五]入聟の五平次が心をしらねばうかつにも云にくし。元来《ぐはんらい》此家も田地《でんぢ》も何《(なに)》も。しにやつた親父がおれに譲《ゆづ》つておきやつたれど。産《うまれ》付ィて[六]鍬《くは》持ッ事が嫌《きらひ》ゆへ。[七]我とあの五平次にやつて中間《ちうげん》奉公。おれがお主《(しう)》は[八]わが為にも御主人。地ウ御難儀《なんぎ》すくふは此時節《じせつ》ハル。ウおかくまひ申てくれ妹頼ムスヱテ」と中云ければ。

地ハル「ヲヽお心やすい事お気遣《づかい》遊ばすな。ウ五平次殿も[九]見かけに似合ぬ物事に気の色付人《つくひと》。詞京にいる次郎作殿を随分《ずいぶん》〳〵大事にかけいと云《(いう)》てじや物。地ハル何ンの[一〇]如在《ちよさい》が

一 手短かに言うならば。
二 御夫婦ともに思いがけぬ。
三 あの御方。対話の相手は妻平。
四 狼狽して泣くさま。
五 家つき娘と結婚して、その家に入った聟。
六 百姓の営み。
七 お前。
八 お前のためにも。近世社会の基本をなす家と、付随する資産を譲ってくれた兄に対し、妹夫婦は特別の恩義を感ずべき立場にある。
九 外見は粗野だが、意外にこまやかに心くばりする人。五平次の性格を表す言葉。
一〇 なおざりにすること。決して疎略に思うはずはない、の意。

有ロぞいなふ」と。詞の中チに妻平が眼コをくばつて「ヤア妹。あの大小は誰レがのじや」。「ほんにさつきにこな様の由縁《ゆかり》じやと云て。廿一二な立派《りつぱ》なお侍様が見へました」。「ヤアどれ〳〵」と大小手に取リ。「ヤ是は覚有《おぼえある》左衛門様のお腰の物。扠《さて》は兼〻《かねがね》申シ置た某がしるべを尋。此在所へお出なされたか。姫君様お悦び」。「夫レは誠《まこと》かいづくにぞ早ふ逢《あひ》たいあはせてたも」。「して其お方はどりやどこに」。「[一一]さいなふけふの練供養の人数がたらいでたつた今。観音に雇《やとは》[一二]れてお出《いで》なされた」。「是は興《けう》[一三]がる。いでお迎《むかひ》にコリヤ雛妹。姫君を頼ケたぞ。頓《やが》[一四]て迎《むか》ふて参らん」と逸足《いちあし》[一五]出して。[一六]尋行《たづねゆく》。

跡には姫君二タ女房女どうしは気も置《おか》ず。「してマアおまへはどなたじやへ」。「アイ私は妻平殿の」。「ムゥ兄嫁御さまかいの。いや〳〵[一七]マアお緩《ゆる》りと遊ばせ」と。打とけたる挨拶《あいさつ》に。姫も少シは心とけ「世[一八]の憂《うき》ことにこなた衆迄。いかい[一九]世話に成まする」。「[二〇]あの

一一 さいのう。「さいな」と同じく、女性が親しい相手の言葉を受けて話し出す時の言葉。

一二 この「雇ふ」は、使用する、借りて使うの意。賃金を払って使うことではない。↓三五三頁四行目。「内かたのわろ衆に。此樽持たせてちよつとそこ迄。雇(やと)はかして下さりませぬか」(艶容女舞衣・下)。

一三 とんでもないことだ。「時姫は。酒買に行ましたヤア丶。扠興がる御有様」(花飾三代記七)。

一四 すぐに。

一五 疾走すること。

一六 三重で太夫交替、内匠太夫。舞台は変らない。

一七 まあいよいよ深い御縁ですね、の意を表す感動詞。「此お子は三つなれど。年よはでござんすはいな扠もいや〳〵。そんなりや是とおないどし」(ひらかな盛衰記三)。

一八 このようなつらい境界となり、思いもよらぬ。

一九 大層。

二〇 まあ、何をおっしゃるのですか。

おつしやる事はいの。ほんに大事[一]ないお身ならば。けふの練供養もおがませまし。お気慰《なぐさみ》と思へ共そふもならず。何[二]をこふとのお慰。アヽどふがな」と気を配《くばり》。心[三]をくばつて漸《やう〳〵》と。

供養終《おは》るやおはらずに仏の形《なり》を其儘に。立帰る園辺ノ左衛門。「そなたに逢《(あは)》ふばつかりに漸《やう〳〵》抜《ぬけ》て戻りし」と。姫の傍《そば》へたち寄レば「のふ恐ろしや」と逃《にげ》給ふ。「アヽ是こはい者じやない。おれじや。〳〵」と面ン取レば「のふ我夫《つま》か」とすがり付キ。「おまへに逢たい〳〵の私が心が届《とゞ》いた。よふ顔見せて下さんした。嬉しうござる」と悦び涙。

雛も共に「今も今迚《とて》。おまへの御無事な様子をばお腰《こし》の物でしつた故。お迎《むかい》に妻平殿が」。「何じや往《い》たか。扨《(さて)》は道が違《ちが》ふたか嘸《さぞ》尋ふ。都にござる親達のお身の上に別条[四]ないか。忝《(かたじけな)》し〳〵。お尋者の左衛門夫婦。端近《はしちか》では何事も語られず。奥へ参る」と衣裳《ゐしやう》の紐《ひも》をとく〳〵と。「内儀是を渡し申。薄雪雛いざこちへ」と打連《つれ》〻奥に

一　気遣いのない、危険のない。
二　何をもって適当なお気晴らしのたねとしようか。ああ何かよいお慰みはないかしら。
三　心を配る主体を女房と寺に居る左衛門と両方にかける。ここで時間の経過するのを省略する演出。
四　気遣いなことはないか。

[五]地ウ入口には。[六]ウ月光の久蔵地蔵の五平次。ハル我家の内へ最前よりはいりもせず。始終《しじう》ウをとつくと聞すまし。[七]フシ悦びいさみ飛ンで入《（いる）》。[八]詞「待テ[九]手が悪い。あの左衛門めを訴《そ》[一〇]人《にん》して。我[一一]一ト人リほうびをせしめふ。マアならぬ。練供養の場で云通《（いふとほり）》。御ほうびは半分ンわけ」。「ヲヽ夫レ[一二]ならば猶おれ次第。地ウだまつていよ」と又ハルかけ込ム色「コリヤせくな。詞一人はいつて何ンとする」。「ヲヽ次郎作めが留主《（るす）》こそ幸。片端《かたはし》から引くゝり。代官所へ連て行」。「われ一ト人でや。あつちは侍こつちは百性。殊にめら[一三]うはふたり有。ぜひ[一四]一ト人リは取逃《にが》す。ふたりのめらうはわれくゝれ。左衛門は手覚《てをぼへ》[一五]の此久蔵に任せておけ。手強《てごは》けりやばら[一六]しても金にする。サアこい五平次」。「サア久蔵」。「[一七]だますに手なし仕損《しそん》ずな」と。地ウうなづき〳〵何くはハルぬ色顔付キにて。詞「嚊戻つたぞや。練供養はさつきに仕廻たれど。観音が見へぬ故[一八]一ッ遍《べん》尋ておそなつた。若戻《もしもど》つてか。ハア面ンが爰《（ここ）》に脱《ぬい》で有。シテ次郎作はどこへじや」。「たつた今そこへ用が有ッて」。「そんなら女子衆は」。「さつきのお客《きやく》と近付キ故。一ッ所に奥にでござります」。「ムウ。是月光。今の人爰へおこそふ。

五 左衛門が奥に「入り」と、「入口」をかける。
六 月光の久蔵と地蔵の五平次、菩薩の衣裳のまで面は手に持って登場。
七 五平次の動作。「入らむとす」の省略表現。四行目の「かけ込ム」も同様。
八 久蔵の言葉。
九 やり方がよくない。
一〇 人を訴え出ること。
一一 お前一人褒美をものにしようというのか。
一二 褒美の金だけのことなら、なおさらおれにまかせておけ。おれの家の中のことだ、おれが始末する、の意。
一三 女を卑しめて言う語。
一四 どうしても。どうやってみても。
一五 こういうことに手馴れた。
一六 殺しても。
一七 騙すとなれば手段は選ばぬ。うまく騙せるなら、どんな方法でもよい。
一八 そこらじゅう。ひとまわり。

けふの供養の算用《さんよう》[一]せい。かゝ。用が有サアこい」と。手をひつ立て奥に入。月光は仕済《すま》[二]しがほ。門の戸引立海老錠《ゑびぢやう》[三]をしつかとおろし。「是で逃る気遣ィない」と。つぶやく後《うしろ》へ園辺左衛門。「我に用事は何事」と立出る。見れば一ト腰《こし》はさいてゐるうかつには懸《かゝ》られずと。邪智《じやち》[四]を廻らしもみ手仕て。「けふはマア御苦労《くらう》〳〵。イヤ夫レに付ィてお目にかゝりたいと申ス事余[五]の儀でない。最前ちらと見ますれば。こな様のお腰の物。大小ながら揃《そろへ》[六]じやそふな。縁《ふち》[七]の模様《もやう》は何でやす。見れば腰には脇指《わきざし》計《(ばかり)》。刀はどうさつしやれた」。「イヤ奥に置ィて参つた」。「ハテナ。ちと拝見《はいけん》いたしたい。わしもちと好《(すき)》で干売《ほしうり》[八]みせをさがしても。思ふ様なはない物。銭は得出[九]さずほしうは有。其お腰の物ちよつと拝見いたそふ」と。ずつと寄てすらりと引抜打かくる。かいくゞつて柄元《つかもと》[一〇]をしつかと取《(とり)》。「こりや何とする」。「何とゝはとぼけまい。しるまいと思ふかお尋者《(たづねもの)》。うぬが首を金にする。きらるゝ事がいやならば尋常《じんじやう》[一一]に縄かゝれ。痛《いと》ない様にくゝつてやる」。「ヤア土[一二]ほぜりの分際《ぶんざい》で我を切ルとは事おかし。爰《(ここ)》放《はな》さぬか」ともぎ

一 練供養に関してかかった費用の決算。
二 うまくやった、という顔つき。
三 近世行われた錠の一種。海老のようにまがった形の部分があるのによる名称。大きな扉に用いる頑丈な種類。
四 悪智恵を働かせ。「もみ手」は、相手の機嫌をうかがい話す時のしぐさ。
五 ほかのこと。
六 大刀と脇差の、鞘、目貫、目釘、柄巻などに施した装飾、即ちこしらえが同じであること。
七 刀剣の柄口の金具の鍔(つば)をさす。
八 露店。
九 出すことができず。現在の「よう出さず」。町人、百姓も脇差の携用は許されていた。
一〇 刀の柄の鍔に接している部分。
一一 素直に。おとなしく。
一二 土ほじり。土を掘り返すことを業とする百姓などを卑しめていう語。

取ル拍子《ひやうし》。刃《は》物は庭に落たりけり。わたしては叶はじと取ランとする月光が。襟《ゑり》かい摑《つか》んで投付《なげつ》る。「ヤア[一三]二才めあぢ[一四]をやる。力[一五]づくにはいつかな負《まけ》ぬ」とむしやぶり付ク。投《(なげ)》つ。投られ組《くん》づ転《ころ》んづ障[一六]子《しやうじ》の内。「なふむごたらしい事さつしやる。人を殺して身[一七]が立か五平次殿。分別《ふんべつ》しかへて下され」。「ヤアこ[一八]さしでた。何を儕《(おの)》レがしつた事。だまつておらふ」と突《つき》のけ刎《はね》のけ。左[一九]衛門が刀引提《さげ》て飛ンで出。「五平次が手並《なみ》是見よ」と。[二〇]ずつと寄て肝[二一]《きも》のたばねぐゞつと突通す。刃の光リに月光が此世[二二]《フシ》の光リはきへ失《うせ》たり。

五平次末座[二三]《ばつざ》に押シ直り。「中迄には候はねど。妻平が主人は五平次が為にも主人。御覧のごとく匹夫[二四]《ひつぷ》なれ共すゝ[二五]どき久蔵。最前御姿を見るよりも。欲《よく》に目がくれ訴人《そにん》して。褒美《ほうび》の金取んと云頬 魂《つらだましゐ》。南無三宝と存ぜしゆへ。所詮《しよせん》此五平次御傍《そば》を離《はなれ》ずば気遣イなしと。けふ観音にいたせしも其心。夫[二六]さへ有《(ある)》に薄雪様。一ト人ならずふたりならず。とやせんかくやとつおいつ。彼レに一チ味《み》と思《おも》はせ障子《しやうじ》の内にて久蔵めに。必《(かならず)》御油断《ゆだん》遊ばすなと申シたも爰の事。御手[二七]にか

一三 若者を卑しめていう語。
一四 なかなかうまいことをやる。
一五 刀をとっては相手が侍ではかなわないとしても、力ずくでは、どうして負けるものか。
一六 二人が組んず転んずしている折柄、上手の障子屋体の内で争う声がする。「転んづし」から「障子」へ掛詞。
一七 自分の存在が保てようか。
一八 差出がましいことをいうな。「こ」は目下の者の行動を卑しめる意を含む接頭語。
一九 左衛門の刀を。この刀はこの奥の間に残してあった大刀である。
二〇 組み合っている二人に、左衛門を斬るとみせて近づき、月光の。
二一 五臓六腑の束ねられた中心部分。
二二 生命。「光」が二重の掛詞。
二三 左衛門との主従関係をはっきりと表す。
二四 身分の卑しい男。
二五 鋭敏で手強い。
二六 左衛門を守るだけでも精一杯なのに、その上に。
二七 あなた様に斬っていただこうと。武士である左衛門を立てた言い方。

けんと存ぜし所思ひの外のがむしや者。取リ逃しては一大事とまつ此時宜《しぎ》。姫君様や籬殿柴部《しばべ》屋に忍ばせ置ク。爰《(ここ)》は端近《はしぢか》いざ先ツ奥へ御出《(おんいで)》」と。心とけたる五平次が今こそほんの地蔵顔。

左衛門一礼つど〱に。「もふおつしやるに及《(および)》ませぬ。あれ〱。明《(あけ)》い〱と門ト口たゝくは普賢勢至《ふげんせいし》。先ゝ《(まづまづ)》奥へ」と云つゝ立て。「此死骸《しがい》幸イ」と。面ン打きせて月光を観音に。仕立テ上ゲたる「細工《さいく》は流ゝ《りうりう》。恵《ゑ》心《しん》の作でも及ぶまい」と庭《には》におり。「十千《とち》兵衛四郎九郎戻《もど》つたか。待ッていた」と戸を明れば。「首尾《しゆび》はどうじや」。「コレ是見よ此通り」。「ムウ打殺したかでかした〱。めらうめは何ンとした」。「サア引さかれの分際《ぶんざい》で。月光に手をおゝせ竜田の方へ逃ゲおつた。久蔵一ト人リで心元トないちやつといけ〱」。「コリヤ此儘にしておかれぬ。手柄《てがら》は仕勝《しがち》金は分ケ取。うまい〱」と追ッて行。金をもふけるうまさより。一ぱいくふたおのが身を。うまいとしらぬぞ愚《おろか》なる。

供養《くやう》終《おは》れば妻平は。主人も最《も》早《はやウ》御帰《き》宅《たく》と一文字に立帰り。死がいを見てはつと

一 向うみずで手強いこと。
二 柴は、小さい雑木で薪などにするもの。薪を入れておく所。
三 底本「ぜ」。濁点は衍。
四 地蔵菩薩のように親切な本心を表した顔。
五 礼儀を正した挨拶。→二二一頁注一〇。
六 こまごまと繰り返し言うさま。
七 仏像の細工をする意に諺をかける。ここから対話文になる。上の句「仕立て上げたる」という叙述文からこの対話文への移行の作詞が語り物の文体の特性で、句切りのない語り方と対応する。
八 恵心僧都源信(九四二—一〇一七)。平安中期天台宗の高僧。大和当麻郷の人。比叡山横川の恵心院に住む。往生要集の著者。当麻寺の菩薩面はその作と伝えられていた。
九 女を罵っていう語。
一〇 傷をつけ。
一一 →三六八頁注六。竜田社の前から当麻への道が通じる。
一二 仲間内でも手柄は人に譲れない、の意。
一三 うまうまと一杯喰わされた自身の間抜けさ加減に気づかぬ。
一四 いっさんに。

計《ばかり》。「今日《けふ》観音に成たは御主人。其観音を誰《たが》切ッた誰殺した」。「ホ、子細《しさい》を云《いは》ねば驚キは尤《もつとも》。此五平次が手にかけた。此観音の面をはづし。一五正観音の御面《めん》一六明《めう》」。「ヲ、夫レこそは左衛門が。一七開帳《かいちやう》して拝《おがま》せん」と。薄雪諸共《もろとも》立出て観音の面かなぐれば。一八「仏は久蔵。おまへは旦那薄雪さま。是は〳〵」と計《ばかり》にて悦ぶ事は。限《かぎ》りなし。

園辺ノ左衛門は観音の。面を両手に押シいたゞき〳〵。一九「正法《しやうぼふ》に奇特《きどく》なしとは申せ共。奇特はめのまへ。此面は二〇行法《ぎやうぼふ》人に越《こへ》給ひし。二一恵《ゑ》心僧都《しんそうづ》の作と聞。今《け》日《ふ》思はずも我《われ》観音の姿と成。我に敵たふ仏敵を亡《ほろぼし》たる五平次が。刀は即《すなはち》二二大悲《ひ》の二三利剣《りけん》。我着たる此面を久蔵がしがいに着せ。園辺がさいごの躰に見せ。二人の奴《やつ》ばらたばかりしは。偏《ひとへ》に此面の奇特にて。日比《ひごろ》念じ奉る清水の観音の御身がはり。二四主馬《しゆめ》の判官盛久《はんぐはんもりひさ》が由井の浜にて助かりしも。今の園辺が身の上に思ひ合して有難《がた》し」と。仰《おほせ》を聞て人〻もあつと感《かん》ずる計《ばかり》也。

五平次心付《こころづき》。「是〻妻平殿。だましてやつた普賢勢至《ふげんせいし》月光に得逢《あは》ず。二五取てかへ

一五 聖観世音。七観音または六観音の一つ。普通、観音といえば聖観音をさす。「正」は本当のお顔という次句への縁語。
一六 かおかたち。「面貌(めんみよう)」の当て字。本当のお顔を明らかにしようという意を掛けた。
一七 寺院で厨子の戸帳を開いて中の仏像を拝ませること。
一八 ここは死人の意。
一九 正しい教えには不思議なことはないものだ、といわれるが、仏法の不思議な利益(りやく)をまのあたりに見た。
二〇 とくにすぐれた仏道の修行をなさった。
二一 中将姫行状記(享保十五年)に、恵心僧都が「寛弘元年ヨリ紫雲庵ニ於テ来迎引接菩薩聖衆ノ面又法如比丘尼ノ影ヲ作リ…翌年三月十四日法如尼往生ノ日ナレバトテ迎接会ヲ興行シタマヘリ是レ当麻練供養ノ権輿(ハジメ)ナリ爾ルヲイツノ比(コロ)ヨリカ四月十四日ニ行フ事ニナリヌ」とある。現存の面は鎌倉時代四面のほか多くは室町時代作とされている。↓付録3。
二二 仏の広大な慈悲。また観音を大悲菩薩、大悲観音などという。
二三 鋭い剣。「大悲の利剣」は仏・菩薩の衆生済度の大慈悲を、あらゆる障害を砕く鋭い剣にたとえた表現だが、ここは「大悲の利剣を額に当て」(謡曲・海人)などと同じく、観音の大慈大悲の加護のこもった鋭い剣の意。
二四 平家の侍。平家滅亡後、源氏方に捕えられ、鎌倉由井が浜で処刑されるところを、清水観音の霊験で命が助かる話は、長門本平家物語、謡曲・盛久で名高い。
二五 ひっ返してくるに違いない。

すは定《ちやう》の物。かた〴〵の影を見せても今ン度は大事。御両所のお供して早のかれよ」とせきければ。「[一]おうてやのくには手間隙入《(いら)》ず。退《のい》た跡の此難儀《なんぎ》は」。「ハテいらざる御念。月光と某《(それがし)ゐ》[二]意趣《しゆ》切《(ぎ)》リに云なして死るぶん」。「ヲ、其思案《しあん》とにらんだ。爰《(ここ)》は一[三]チ礼をのべ御両所を和殿《(わどの)》[四]に預る。某に成リかはり御[五]先途《せんど》の役に立《(たつ)》てくれ。月光を切たるは此妻平と。難儀を我身に引受ケて。[六]はら十文字に[七]かきさばきく[八]たばるすべも知たれ共。御供して屋敷を立退《のく》折から。[九]大船に乗たやうに思召せと。親お旦那に[一〇]荒言放《くはうげんはな》ち。預《あづか》つた御両所見捨《(みすて)》てはどうも死ナれず」。「ハテ皆おつしやる迄もない。千両万両にもかはれぬは命なれ共。[一一]用に立ねば[一二]木欒《つぶ》三文にもおとつた物。そふいふ口で五平次でかした。いさぎよく跡でしねとお供してなぜ退《のか》ぬ」。「サア夫レはそふなれども。死《(しぬ)》る計《(ばかり)》が[一三]みめでもなし。[地ウ]ハアどうがな」と詞[ハル]の中チ落[ウ]たる刀手ばしかく。女房吭《のどぶへ》かき切レば。是はと驚[ウ]き立さはぐ。「[詞]ア、寄まいさはぐまい。[一四]心中《しんぢう》じや。〳〵」「[地ハル]とは心得ず」と離[ウ]がひざ。[スエテ]いだき上いたはれば。

一　承諾の意を表す感動詞「おう」に終助詞「て」、間投助詞「や」の付いたもの。
二　五平次自身の個人的な遺恨により斬り殺したということにして死ぬまでのこと。
三　左衛門夫婦のために命を捨てようという五平次の志に対し、あつく礼を述べた上で。
四　あなた、君。近世としては古典的な言葉。このあたり、百姓五平次と中間の妻平の対話が、武士同士のやりとりの如く、改まった文語口調になる。世話、時代と変転する人形浄瑠璃の興趣。
五　御主人の行末。
六　切腹の法の一つ。刃先を左脇腹に突き立て右脇まで引き、いったん抜いた刀を鳩尾《(みずおち)》に突いて縦に臍下へと切り下げるもの。
七　かっさばき。切り裂くことを強くいう表現。
八　死ぬことを卑しめて言う語。中間風情の自分が死ぬことを、わざと手軽くいい表す。
九　→三三五頁四行目。
一〇　広言。大きなことを言ってしまって。
一一　もっとも意義あることのために役立てられないならば。五平次は百姓ながら、義兄の縁によって、主君のために命を捨てるという、封建倫理上最高の価値ある行為を、進んで行なおうとする。
一二　粒三文。わずかな小銭の意。「つぶ」はまた、その黒い種子を羽根つきの羽根の球に用いるむくろじの別名。和漢三才図会に「木欒子　むくろじ」とある。但し木欒子は、本来むくろじとは別の植物もくげんじの漢名で、「つぶ」に「木欒」の字を当てるのは誤用。
一三　ほまれ。ほめたこと。
一四　情死。

「心得ずとは曲《きよく》[一五]もない。五平次殿の目を[一六]ぬいて。女房の小女郎[一七]が。月光の久蔵と間男《まおとこ》[一八]を。夫トや兄《(あに)》様に見付ケられ。有[一九]にもあられず心中[二〇]して死るのじやはいの。是が合点が行ぬか。こふなる上は五平次殿も兄様も。どちらが死ナしやるにも及ばぬ。御一所に立のいて。おふたりの御先途《せんど》のお役に立て下ダさんせ」と。名残《なごり》おしげに夫トの顔。見やる目色も早どみて[二一]息切《いき》レし。見へければ。

離はつと身をくやみ。「はづかしやおさないからお家[二二]にそだち。こふした事も折リにふれ。見なれ聞なれ耳なれながら。お主様大事夫ト大事と思ふばつかり。科《とが》を身に引受ケて。私がよい[二三]死物《(しにもの)》で有ッた物。気が付なんだ死おくれた生キ恥《はぢ》を。[二四]何とすゝがんかとせん」と身をかこち。泣ければ。

左衛門薄雪諸共《もろとも》に「扠《(さて)》は我ゆへみづからゆへ。妻平[二五]とは又各別《かくべつ》に。家来《けらい》よ主よといふではなく。余りにふかきこゝろざし嬉し共いたはし共。命[二六]にかゆる礼も詞も有ルべきか」と。手を合さぬ計《(ばかり)》にておもき歎《なげ》きに妻平が。頭《かしら》を上《(あげ)》かねこらへかねわつとひれふし。泣ゐたる。

一五 情ない。つれない。心が分ってもらえないのか、の意。
一六 うまうまとだまして。
一七 小女郎は普通名詞としては少女または女の意であるが、女性の固有名詞として、博多小女郎(浄瑠璃・博多小女郎波枕)、三国小女郎(浮世草子・けいせい歌三味線その他)、関の小万の朋輩小女郎(浄瑠璃・丹波与作待夜のこむろぶし)、金右衛門女房小女郎(歌舞伎・三千世界商往来)、また狐の小女郎(浄瑠璃・伽羅先代萩三)などがある。
一八 姦通。
一九 居たたまれず。
二〇 ここで再び心中という近世の世話の構想が前面に出る。この段は世話(前半の諧謔味)、時代(観音の身替りと五平次の忠義)、世話(女房の心中を装った死)、時代(地蔵の五平次の出家譚)という構成である。
二一 どんよりと生気のないこと。
二二 幸崎家。少女の時から武家奉公をして。
二三 ここで死ぬには、私が一番適していたのに。
二四 どうやって雪ぎ、何をしたらよかろうか。
二五 主従である妻平の立場とは違い。
二六 命をくれたことに相応する。

五平次涙の目をしばたゝき。「兼ゝの気程有《（きほどある）》女房でかした。よく間男《まおとこ》したよふ心ン中して死だな」と。手を取レば手をとつて。「五平次が女房が久蔵と心中したといはるゝは。死る《（しぬ）》今の苦《くる》しみに。百ばい千倍《ばい》まされ共。いとしいこなさまや兄さまの命には得[一]かへぬ。五平次殿。なんぼう久蔵と心中《しんぢう》しても。やつぱりおまへと女夫《めうと》じやぞや」。「い[二]ふにやおよぶ。此後《のち》いくとせながらゑふが。女房持ず男[三]も立ず。髪《かみ》そつてそなたが後生《ごしやう》[四]一ッぺん。必《かならず》[五]半ン座をわけてまちや。未《み》来《らい》で夫婦になるはい」と。いへば苦《くる》しき手を合せ。片頬《かたほ》につと笑顔《ゑがほ》して。あたり隣《となり》へ聞ケがしに今を限《かぎ》りの声を上ゲ。「久蔵と五平次が女房が。心ン中じや。〳〵エヽ。エヽヽいま〳〵しいなむあみだ」。うんとのつけに久蔵が。死がいのそばにどうどふし。其儘息《まゝいき》はたへた跡。心中と見せる死ざまの最期《さいご》のねんぞあはれ成。

左衛門夫婦兄ふう婦。あへなき死骸《しがい》にいだき付キたへいる計《（ばかり）》のおしみ泣。五平次胸《むね》[六]をなでおろし〳〵。「思へば〳〵心ン中じや。エヽいま〳〵しいといふた最《さい》

一　換えることは出来ない。
二　いうまでもない。
三　男として一家をなし、体面を保つことをしない。男はこの場合、在俗の男性の意。
四　未来成仏を祈ることに専念する。
五　極楽浄土の一つの蓮の台(うてな)に二人一緒にすわるように、席を半分明けて。
六　激しい感情を辛うじて抑える表現。

期《ご》の心の中チいかばかり悲しかりつらん。一ツ生《しやう》ていせつに身を持チかため。[七]賢《けん》女《じよ》のかゞみ共なる者を。[八]不義《ふぎ》者にしてしんぢうして。死ンだといはするかはいやな。女房ゆるせ」と身をもだへ。ぜんごふかくに取みだしくどき。立て泣けるが。

「時こそあれ今日《けふ》ねり供養《くやう》の日にあたり。地蔵菩薩の此なりでかゝる愁《うれへ》にあふ事も。[九]過去《くはこ》遠ゝ《おん〱》の定《さだま》リ事。半ン座をわけよと契約《けいやく》のさいごの詞たがへまじ。名をも夢《む》半《はん》と改《あらため》て直グ[一〇]に[一一]浮世を捨《すて》坊主」と。[一二]髻《もとゞり》ふつつと押シ切て。「とかくいふ間に時移《うつ》る[一三]中宮寺《ちうぐうじ》の住僧《ぢうそう》は我に深きしるべ有。御両所のお供して一トまづ爰《ここ》を立のかれよ。爰を事なふかた付て我も跡よりかけ付ん」。「ヲ首尾《しゆび》能《よ》フして来られよ。いざ御立《おんたち》」と御夫婦を夫婦いたはり立出しが。[一四]一期《ご》名残の別《わかれ》ぞと見帰る兄に見送《おく》る夫ト。互に心恥らいて。めにはこぼさで心には。雨と涙のふる[一五]錫杖《しやくぢやう》。[一六]只願はくは地蔵尊迷《まよ》ひを導《みちびき》おはしませ君を。導《みちびき》立出る。

七 ここは貞女と同義。
八 姦婦の汚名を着せ、「心中して死んだ」と言い立てさせるのが、かわいそうだ。
九 遥か隔たった前世からの約束事。
一〇 即ちその名の如く浮世を夢と見捨てる。
一一 浮世を捨てた出家の身。「捨」は動詞としての働きもあり、掛詞。
一二 髪を頭の頂きで一つに束ねたもの。これを根元から切ると、ざんばら髪の、有髪《うはつ》の僧形《そうぎやう》となる。
一三 一名、斑鳩《いかるが》尼寺または法興寺。もと法相宗、後に真言宗。法隆寺の東側にあり、聖徳太子の建立。尼寺として知られるところから、中将法如尼由縁の当麻寺と対応せしめたものか。
一四 妻平が妹とは一生の別れと思い。
一五 雨のように涙が「降り」かかる意と、五平次が錫杖を「振る」意をかけ、錫杖の音で地蔵菩薩のイメージを鮮明にする。
一六 「唯ねがはくば地蔵尊　迷ひを導き給へかし」(賽の河原地蔵和讃)。清浄無垢の中将姫の極楽往生と対照的に、間男心中の汚名を着て死んだ妻の救いのため、五平次は、六道に迷う衆生を済度する地蔵菩薩を頼って出家する。浄瑠璃における説経の近世化。

下之巻

(正宗住家の段)[一]

[地ハル]名人《めいじん》と呼《よば》るゝ人はおしなべて。[ウ]おのが気生《きなり》[二]に諂《へつらひ》[中]なく。[ウ]つくろひかざらぬすぐ[三]焼《やき》[ハル]刃《ば》。[四]五郎兵衛《(ごらうびやうゑ)》[ウ]正宗とて音《おと》[五]に聞へし刀鍛冶《かたなかぢ》[中]。竜田《たつた》[六][ウ]の里の片辺《かたほとり》[七][ウ]に世渡るわざの剣《つるぎ》[ハル]の刃。[ウ]数多《あまた》鋋《うち》出す名作の中[八]に取分ヶ娘のおれん。[ウ]父が地金[九]の鍛《きたひ》よく器量《きりやう》[一〇][ウ]はつめい[ウ]打揃《そろ》ひ。[フシ]鍛冶には惜《おし》き娘也。

[地中ウ]何の願ひか神棚《かみだな》へ灯明《とうみやう》上ゲて御神酒[ハル]そなへ。[ウ]心にこめて引《(ひく)》鈴《すゞ》[一一]の[ウ]男ぶりさへ色白に。[ウ]鍛冶やの弟子の極[一二]上吉助。[ウ]風呂《ふろ》たき付《(つけ)》て[色][一三]「是はしたりおれん様。[詞]けふは稲荷《いなり》の御縁《えん》日でもなし。何思ひ出して神棚へ備《そな》へ物なされます」。「さればいのしりやる通《(とほり)》。むごい気の有ル兄様《(あにさん)》。親を親共思はず子の身として有[一四]ふ事か。年シ寄《よつ》たとゝ様を。わづかな事をとり[一五]こにして追出し。[地ウ]わしが泣悲《かな》しめば儕《おのれ》も

時	前段の何日か後
所	竜田の里鍛冶正宗住家

一「正宗住家」通称「鍛冶屋の段」、初演者は「園辺館」と同じく竹本播磨少掾。重厚で沈痛な中巻「園辺館」に対し、終局近い下巻にふさわしく、西風ながら軽妙な、さらりとした曲柄。現在は鍛冶場の三味線が一つの聴きどころとなっている。

二 生地(き)のままで飾り気のないさま。

三 刃に沿ってまっすぐな筋の刃文(→二八二頁注九、→付録4)。正宗の一途な気性にたとえる。ただし、相州の正宗の刃文は乱れ焼刃を特色とする。

四 鎌倉時代末の名刀工相州鎌倉住岡崎五郎入道正宗に似せた仮構の人名。本朝世事談綺(享保十九年刊)に「正宗といふ鍛冶八人あり。相州鎌倉に一人、五郎入道と云。…大和に一人あり」とあるが、大和のは名工とされていない。時代も後である。 五 刀を打つ音を利かせる。

六 竜田村は竜田川(三四八頁注四)の大和川との合流点に近い地域。現、奈良県生駒郡斑鳩(いかるが)町に属する。竜田神社、法隆寺にも近く、大和国(奈良県)と河内国(大阪府)を結ぶ交通の要地。竜田藩、片桐且元の陣屋が置かれたが、明暦元年(一六五五)廃藩、元禄七年(一六九四)以後天領。元和四年(一六一八)に街道に沿った一部の地域が町とし

てゝ親とひとつかと。ふんづたゝいつさつしやる。親にさへあれじや物妹にむごいは尤《もつとも》と。云たい事も得云《えいは》ず泣て計《ばかり》居ルわいの。とかく頼ムは神仏兄様の心も直《なを》り。とゝ様内へ戻らしやる様に悲しい時の一六神たゝき。まだ外カに神様を頼マにやならぬ事有レど。いつそ一七てんぽにぢきにいを。是吉助。ほんにそなたは聞へぬぞや。奉公におじやつた其時からの。一八云ずと大方合点《がてん》であろ。傍《そば》へ寄レばどふなされかふなされと。一九おれに物云ハさぬ様にいぢわるふ主《しう》あしらひ。其けらい顔二〇取置イて。おれと夫婦に成てたもらば。とゝ様をらく〳〵と養《やしなひ》たい。幸イ兄様も留主《るす》外カに聞《きく》人もない。サアいやかおふか今返事が聞たい。但《たゞし》鍛冶の娘に惚《ほれ》らるゝが嫌《きら》ひか」。二一やいの〳〵と寄添《よりそへ》ば。

「ア、勿躰《もつたい》ない。親かたの娘御に惚らるゝは願ふてもない仕合せ。二二我らも常《つね》ゝ其心が付ぬではなけれ共。親子げんくはの二三どうぶくらに。二四よい気がましう念《ねん》比所《ごろ》では有まい。兄御の機嫌《きげん》もなをり。親旦那正宗様。首尾《しゆび》よふ内へお帰りなされた上では。はて私迚《とて》も男のはし。おまへの詞は背《そむき》ませぬ」。「しかとさふか

て公認された。 七 一隅に。
八 正宗が生み出した名作は数多いが、その中でも特に出来のいい。
九 →三〇九頁注一二。ここは父からうけついだ性質としつけの意。 一〇 容姿のよさと利発さ。
一一 神棚の鈴から「振る」を連想し、「男ぶり」に掛ける。
一二 評判記の位付けで本来最上位上上吉よりさらに上位の極上上吉に、名前の吉助を掛け、鍛冶屋の弟子としては特上の人物、の意。
一三 どうしたことですか。意外な心持を表す。
一四 あるまじき事。考えられぬ程ひどい事。
一五 口実。
一六 神にせつくようにして頼むこと。苦しい時の神頼み。「雑行《ざふぎやう》ながら神たゝきも不便さから」(けいせい恋飛脚・新口村)。
一七 一か八か、思いきって当の相手に直接言おう。
一八 現代語の「ねえ」に当る間投詞。
一九 わたし。→三三一頁注二七。
二〇 やめにして。
二一 相手の反応を強く求める時の表現。「お心髄に持ってたべやいの〳〵と取り付いて」(絵本太功記十)。
二二 わたしも。
二三 両端が狭く、中央部がまるく太く出ている形をいう語から、まんなか、真最中。
二四 一家の中で娘のあなたと奉公人の私が、いい気なものだと思われるように、恋にうつつを抜かす場合ではあるまい。

や」。「誓文《せいもん》くつされ相槌《あいづち》うたぬ法も有レ」。「そんなら嬉しい幸イけふは。近所の衆がとゝ様の詫《わび》さつしやる筈《はづ》。夫《(そ)》レゝそこへ兄様《(あにさん)》。見付ケられたらのふこはや」と逃《にげ》て内へぞ入にける。

此家の惣領《そうれう》団九郎しぶ／＼顔にて立帰る。つゞいて年寄五人組親五郎兵衛《(ごろべゑ)》を引連《つれ》。跡に引添《そひ》口チゞに侘《(わび)》るも耳《みゝ》に聞入ず。ずつと通つて「是は扠《(さて)》。おれが尻《しり》引出すと。どいつもこいつものらかはく」と。わめきちらしたばこ引よせ大あぐら。丁の者共どや／＼と。遠慮《ゑんりよ》ゑしやくも並《なみ》いる後に。五郎兵衛はおづ／＼とかたみをすぼめまじめ顔。

かくと見るより娘は納戸《なんど》を走出。「のふなつかしのとゝ様おまめな顔見て嬉しい。どこにどうしてござると朝夕案《あん》じくらしたに。よふ戻《もど》つて下さんした。皆様詫言《わびこと》頼《(たのみ)》ます」と取リ付キすがり泣《(なき)》いたる。

「ヲヽこふ丁中《(ちやうぢう)》がかゝるからは必《(かならず)》気遣イさつしやるな。コレ団九郎殿。道ゝもいふ通リ子が親に勘当《かんどう》するは。押シ手勝手《かつて》が違《ちが》ふて侘言も仕《し》にくけれど。傍《そば》か

一「誓文腐れ」を強めた言い方。この神にかけての誓約に背いたら、身が腐っても構わない、の意。かならず。

二 鍛冶などで、弟子が師匠と交互に槌を打ち合うこと、またその役目。二度と師匠正宗の相槌を打たぬ、即ち鍛冶の渡世が出来なくなることになろうとも。

三 苦(にが)い顔。

四 ここは町政を預かる役目の町年寄。村の庄屋の補佐役も年寄と呼ぶが、竜田村の一部は町として扱われており(→三六八頁注六)、作者は大坂の町組織をあてはめたものであろう。

五 近世の町人、百姓の隣保組織。町方では家持町人の五戸一組を原則とし、相互監察によってキリシタンや犯罪者の告発等を義務づけられ、幕府ないし領主に対し連帯責任を負う。成員の相互扶助的機能もあり、ここはそれに該当。

六 意外を表す「是はしたり」(三六八頁八行目)の、やや軽い表現。　七 外へ出ると。

八 なまける。「かわく」は好ましくない物事をすることをいやしめていう語。　九 町内。

一〇 遠慮会釈も「なく内へ入る」と、ずらりと「並んでいる」とを掛ける。　一一 肩身。

一二 おとなしく、しゅんとした様子。

一三 衣服、調度等をしまっておく奥の間。妻や娘の居間としても用いられる。

一四 弓を射る時の左手。「弓を射る時左の手をおし手といひ右の手を苅手(かって)と云」(貞丈雑記)。但しここは、「勝手」を強調するための用法。

一五 通常の親が子を勘当した場合の詫びとは、段取、方式が違って。　一六 気の毒。

一七 家を追い出され、生活の苦労を身にしみて味わいなさったからには。「塩を踏ます」は辛酸をなめさすの意。普通、親が放蕩息子に対して

ら見るめが笑止《しやうし》[一六]な。親父殿も段〻塩《しほ》[一七]ふまれたからは。子の慈悲《じひ》思ひしられませう。地ウ まあ此度は我〻にめんじ。ハル 勘当ウ 赦《ゆる》してやらしやれ」。色「詞 イヤもふ最前《さいぜん》から申《(まうす)》通リ捨置イて下され。大ていや大方で根性《こんじやう》の直《なを》る親父ではない。まあたはけのせ[一八]いらい聞て貰《もら》を。しつての通リ正宗と云てはかくれもない刀鍛冶。刀一チ枚《まい》うつとした[一九]ゝかな金にする。結講《けつかう》[二〇]な手を持ながら細工嫌《ぎら》ひ。是がたはけの第一番。たま〳〵刀鋌《うつ》と内証《ないしやう》で金をくすね。六十の筵破《むしろやぶ》[二一]リからござ[二二]敷の上敷のと。逆馬《さか(うま)》[二三]に入リだして傾城狂《けいせいぐる》ひ。そふつ[二四]よい親持た子の身にもなつてみさつしやれ。夫《(それ)》から夜歩行《あるき》日歩行持起《おこ》[二五]され。すへ備《そな》へられて喰《くら》ひ。十筋《(とすぢ)》の白髪《しらが》を床《とこ》[二六]でゆひ。おれが常《つね》〻白イ[二七]歯《は》を見せいでさへ。歯みがきの銭でもたまる物か。そふほ[二八]つかれては身躰《しんだい》[二九]にやすりをかけ。刀[三〇]を蔵に積《つん》でもたまらぬ〳〵。地ウ どうでまだ二三十年もだい[三一]ハル〳〵を重《かさ》ねずば。ウ あの根性《こんじやう》は直るまい。扠〳〵〳〵子に世話やかす不孝《かう》親父」と。ウ 有事《(あること)》ないことかぞへフシ 立《(たて)》たるにくて口。

地ウ 正宗たまらず丁の者共引ハル 退ケ〳〵ぬつと色 出《(いで)》。「詞 ヤイ世悴《せがれ》め。親[三二]のせりふをか[三三]いて

いう言葉で、次の「子の慈悲」も「親の慈悲」とあるべきところを逆にしたおかしさ。
一八 生来。始めからのいきさつ。いわれ。
一九 相当多額な。 二〇 「講」は「構」の当て字。
二一 六十歳を過ぎて女色にふけること。
二二 茣蓙は藺(い)を緯に木綿糸を経にして編んだ筵で縁のついているもの。上敷はその織り方のきめこまかな上等の品。筵からござ、上敷と、手がこんでくるように、色事にも次第に深入りして、の意。
二三 後ろ向きに馬に乗っているさまから転じて、さかさまなこと。また老人が年齢にさからって若者と同じことをするさま。
二四 精力絶倫な。
二五 女に寝床から身を支えて起こしてもらい、食膳を据え供えられて食べ。女からもちかけられて年甲斐もなく応ずるありさま。
二六 髪結い床。
二七 おれが平素歯磨を使わず白い歯にしない程まで節約しているのに、親父は遠慮なしに使う。その歯磨代金だけでもおれはがまんできない。
二八 「ほつく」は放蕩してうろつきあるくこと。
二九 資産をすり減らし。
三〇 いくらかせいでも、追いつかない。
三一 橙。ミカン科の常緑小高木。「代々」の意で、果実が年を越しても木についているところから、正月の飾りに用いる。「橙を重ねる」は年をとること。
三二 音曲口伝書に播磨少掾の芸談として「正宗の段、団九郎とのせりふ、是を逆さまなる事とおもふて語るべからず。やはり団九郎を親にして正宗を子にして語るべし。湯かげんの所になりて、実躰になすべし」。
三三 そっくりさらえてとる。

取てあんまり図《づー》なふ物いふな。じたい儕《(おの)》レを勘当《かんどう》せうと思ふたに。儕レが強《つよ》さに勘当しられて無念なはい。皆も聞て下され。おれが身躰《しんだい》でおれが刀鋌《うつ》ておれが金取て。おれがつかをが傾城《けいせい》買ヲが。何のかまふ事が有《(ある)》。[地ハル]勘当赦《ゆる》されいでも大事ない」と[フシ]こぶしをにぎり腹立涙《(はらだちなみだ)》。

[詞]「あれ見さつしやれ。何[二]レもが世《せ》話《は》やいて詫言トなかばにも[三]ふやんぐはん。中カゝあれでは直らぬ」。「成程是は団九殿の腹立《(はらだち)》が尤《(もつとも)》。コレ親父殿嗜《たしなま》しやれ。まあ[四]親の身として子に口ごたへが悪い。[五]ひつきやう是は親子の心安立テが余《あま》つての出[六]損《そこな》ひ。是団九郎殿。[地ウ][七]男は当つてくだけじや皆が手を合[ハル]して侘言。此度[ウ]はぜひ了簡《りやうけん》[色]頼《(たのみ)》ます」。[詞]「サア[八]指《ゆび》がきたない迚《(とて)》切ても捨られず。性根《しやうね》を直して細工を情《せい》出ス所存ならば。何レもの詞は背《そむか》ぬ」。[九]「でござるかそりや忝《(かたじけな)》い。コレ五郎兵衛殿。息子殿の一チ言ン背いては侘《わび》したこちらが立ぬぞや。[地ウ]随分《ずいぶん》楫《かぢ》[一〇]をとらつしやれ。先[ハル]ッは団九郎殿早速得心《さつそくとくしん》して下[色]さつて。侘[詞]にかゝつたこちとら迄が立ます。ヤア立ついでに親父殿。必夜《かならずよ》歩行《あるき》せまいぞ。地薬《(ちぐすり)》[一一]を呑《のむ》と思ふて鰻《うなぎ》玉子の

一　「図がない」は途方もない。
二　皆さん。
三　たちまちあの通りわめき立てるのですから、の意。「やんぐはん」は「薬缶」の変化した語という。
四　「子の身として親に口答え」を逆にしたおかしさ。
五　畢竟。結局のところ。
六　失敗。
七　男はいつまでも根に持たず、さっぱりするものだ、の意。譬喩尽にもみえる。
八　肉親の悪人や放蕩者を、簡単に見放すことが出来ない意のたとえ。後の成行きへの伏線。
九　相手の「詞は背かぬ」をうけて、念をおす表現。
一〇　「楫」は舵。船尾に取りつけられた船の方向を正す具。「舵をとる」で折合いよくいくように気を付ける意。
一一　唐薬に対し日本産の薬。
一二　絶って。
一三　だらしない。ここは自制心のないこと。
一四　諺。子は三界の首かせ。
一五　応対、挨拶のさまを表す語。「是へ〳〵。い

類《たぐひ》。三十日程たつてみさつしやれ[一二]。ア、年寄リは能《(よ)》ィがしどがない[一三]。とかく息子殿のいかいおせは。親は三界の[一四]。首かせとたとへに違はぬさらばお暇《いとま》申さふ」と。互におれそれこ[一五]〳〵に打連《(うちつれ)》。てこそ帰りける。

団九郎納《なん》戸より刀箱引ンだかへ立出《(たちいで)》。「エヽ、親父仕合者。今[一六]やなどそなたの勘当。赦《ゆる》す筈はなけれ共。鍛冶の秘蜜《ひみつ》口伝刀の湯[一七]かげん迄。我子に教《おしへ》ぬしぶとい根性《こんじやう》から。死る迄教へはせまいとおれも分ン別して置た。其[一八]おしやらぬがわごりよの果報《くはほう》。急に鋋《(うた)》す刀が有て。手詰《(てづめ)》[一九]に成て赦した勘当。其刀迚《(とて)》外《(ほか)》ではない。先キ達ッて秋月大膳の取次ギせられし。六はら殿の御用の刀。是が則《(すなはち)》園辺ノ左衛門が国行に。調伏《てうぶく》の鑢目《やすりめ》を入させて。清水へ奉納の影の刀。此刀を形にして急ヾに鋋《うた》せいと。六はら殿より直キヾ《(ぢき)》の仰《(おほせ)》。是見られい」と箱指出《(さしいだ)》せば蓋《ふた》押シひらき。刀取リ出しはゞき[二〇]本トより。鋒《きつさきなかご》[二一]心の鑢目《やすりめ》とつくと見。「フゥ成程。来国行が鋋《(うつ)》たる影の刀。焼刃《やきば》[二二]地色[二三]天晴《あつぱれ》見事。此正宗も是程には及ばぬ〳〵。及ばぬながら刀鍛冶ははげみの有ル職なれば。寸ン分ン違《ちがへ》ず此通に鋋立《(うちたて)》ん」。「ヲヽ、夫レ

かにもと。互に。おれそれ床几にならび」(双蝶々曲輪日記二)。

※ここまで、実社会ではあり得ない逆転した言動で観客を笑わせる端場の趣向。

一六 今のような時に。以下の思いがけない事態に対応する心持を表す言い廻し。

一七 刀身に刃を付ける作業では、刀身を赤熱して水または温湯に入れて急激に冷やす。その際の適当な水温を湯加減と言い、各流で秘伝としていた。この作業を焼入れまたは焼刃渡しという。

一八 教えずにいたのが、お前さんにとって幸いし。「おしやる」も「わごりよ」も前々行の「そなた」も、やや目下の者に対する軽い敬意と親しみをこめた言葉遣い。

一九 切羽詰った状態。

二〇 鎺元。刀身には鞘から抜け落ちないようにすべりどめのはばきという金具を鞘口にあたる部分にかぶせてある。刀剣の鑑賞はその金具際から鋒へと目を移して行くのが作法。その金具際をはばきもとという。

二一 →二八二頁注一二、→付録4。刀身の鑑賞がすむと、心の鑑賞に移る。

二二 刀身は、地(じ)の部分が黒みを帯び、刃(は)の部分は白く光る。その境目が焼き方によって種々の形状になるのを焼刃という。単に「やき」ともいい、漢字では「焼」を省いて「刃」一字を「やきば」または「やき」と読ませもする。→二八二頁注六、→付録4。

二三 刀身の、刃ではなく地の部分の、黒みを帯びた色合い。ここで心についての批評を正宗が言っていないことに作意がこめてある。

は能《(よ)》ィ分別《ふんべつ》。[一]云《(いう)》ても六はら殿より将軍家《しやうぐんけ》へ。献上《けんじやう》の刀なれば疎《おろそか》に成ルまい。ヤイ〳〵吉助。云ィ付た細工所の掃除《さうぢ》はよいか。傾城狂《けいせいぐる》ひに身のけがれた親父。風呂がわいたらさつぱりと浄《きよ》めさせい。ア丶結講《けつかう》な親父にか丶つてどつかりと気草臥《くたびれ》。とろ〳〵と[二]見しらそ」と一間に入レば。

妹父に取付キすがり付。「さつきにから嘸《さぞ》腹が立たであろ。此度に限《かぎ》らず常〻から知レて有《(ある)》[三]悪徒《あくとう》な兄様。おまへも因果《ゐんぐは》な子を持たと思ひあきらめ。どんな[四]にくて云《(いは)》ッしやろ共堪忍《かんにん》して内より外《(ほか)》。[五]どつこいもゐて下さんすな」と手を合せ泣ければ。「ヲ丶[六]殊勝《しゆしやう》なよふ云《(いう)》た。したが必《(かならず)》気遣ィすな。そちが孝行にして[七]くれるより。あの悪《わる》者めがかはゆい」と。涙ぐめば「ア丶嬉しや。其お心を聞たれば何ンにも案じる事はない。風呂のわくにも間が有《(あら)》ふ。其間にと丶様と年月つもる咄せう。サアござんせ」と手を取ッて連て。奥へぞ入にける。

[八]水に成リたやヤレサテ。化粧《けしやう》の水に。諸国娘のヤレサテ手に渡ろ弟子と久三[九]をかけ持に。[一〇]一ッ荷に荷《にな》ふ。吉助が。[一一]濡《ぬれ》よりぬる丶濡しごと。「相槌《づち》打ッたり水汲《くん》だ

一 仮にも。
二 「みしらす」は「する」の俗語。一寝入りやらかそう。
三 悪党。
四 「憎て口」の略。憎まれ口。
五 何所《(どこ)》へも行って。「い」は「え(へ)」の訛り。
六 しおらしい。
七 底本「ノル」。十行本「ハル」を勘案した。
八 吉助がこの歌謡をうたいながら登場。相模入道千疋犬四に、「雪になりたやヤレサテ箱根の雪に。とけてながれてヤレサテ三島へおちて三島女郎衆のヤレサテ化粧の水に」他の替え歌もある。
※初演時は「正宗住家」全体を播磨少掾が語ったが、その後はここで太夫交替が普通となった。現行ではここから切場となり、舞台装置も変る。
九 下男の通称。
一〇 天秤棒で一かたげにしてかつぐ荷。天秤棒の前と後に下げた荷を合わせて一荷とする。下記の相槌打つのは弟子の仕事、水汲みは下男の

り。水火の責《せめ》じや」とつぶやきおろす。になひたご水も洩《もら》さぬ親と子の。咄し仕廻《しまふ》て娘のおれん心しよぎ〱いそ〱と。ゆかた片手《かたて》に「コレ吉助。まあ悦んでたも。兄様の機嫌《きげん》も直りとゝ様お帰りなされたからは。そなたの誓文《せいもん》よも忘れはしやるまい」。「ヲヽ誓言《せいごん》は忘れませぬ。男の一チ言ン鎖《かなとこ》よりもかたい〱。したがあんまりさつきやく過る下地をとつくと繕《つくろ》ふて」。「いや〱〱繕ふ事も何ンにもない。見やる通《(とほり)》兄様のあの気では。ながふとゝ様をひとつには置《(おか)》れぬ。三人一ッ所に取て退《のき》一チ日なり共早ふ楽がさせましたい。どうぞ女夫《(めをと)》に成《(なる)》思案《しあん》を」。「急にせいとおつしやるのか。夫レはわたしも合点《(がてん)》なれ共。内かたへ弟子奉公にきて。半季そこらの旧功《きうこう》。槌《つち》の打チ様鑢《やすり》の摺《すり》やうは。大がいに覚へましたれど。肝心《かんじん》の焼刃《やきば》の湯加減《ゆかげん》。あついかぬるいはしる事ならず。夫レではどうも正宗様を。養《やしなひ》ませんあだてがない。さふじやと云《(いう)》て爺御《てゝご》様に仕事させましては。女夫が養《やしなは》るゝも同然。爰《(ここ)》が相談《さうだん》。どふぞおまへの云なしで。親旦那より大事の湯加減お伝へなされて下さらば。

仕事、二つをかけ持ちする意と、天秤棒の前後に水桶を下げていることとを掛ける。「年頭歳暮の礼を兼。一荷に荷ふ藁蘿は」(染模様妹背門松・下)。
一二 娘との色事の濡れよりも、水汲みの仕事でびしょぬれになる。
一三 「たご」は水などを入れて天秤棒でになう桶。
一三 きわめて親密な仲をいう。水の縁で用いた。
一四 うきうきしているさま。
一五 二八一頁六行目の「鉄床」と同じ。→三八二頁注八。
一六 早却。だしぬけ。
一七 土台。ここは、十分根回しをして、の意。
一八 さっさとこの家を出て。
一九 おさせ申したい。
二〇 このお家。
二一 半年程度の。ただし後文にあるように清水寺の場の後で奉公したので、実は一、二ヶ月ほどであるが、場面に似合う文句にする近世劇の慣用法。
二二 本来長年の奉仕をいうが、ここは単に弟子奉公の意。旧功といってもたった半年では。「せがれの時からきうこうなし。命にかへて申上るも師匠の名字をつぎたい望。ばつかり」(傾城反魂香・上)。
二三 工匠の手槌。
二四 →三七三頁五行目。
二五 お養い申そうにも、その手段がない。

誓文ぞ其時は物の見事に養《やしなひ》ます。[一]此分別《ふんべつ》は」。「さればいの我子でも心を見定めぬ中チは。鍛冶の道は伝へぬと兄様にさへ教《おし》へさつしやれぬ事なれば[二]どふ有《(あら)》ふぞ。そなたとわしが夫婦になれば。聟は子も同然つい教へさつしやろ。いつぞはとゝ様の機嫌《きげん》を見て。[三]いふてみよふ」と咄しなかばに兄の声。「アレそなたを呼ンでじやまだ云たい事あれど。どこで咄そふ[四]かぐれもなし幸な風呂の中。先キへ入て待ている用を仕まふて[五]早ふや」と。勝手《かつて》口チより湯殿の戸。[六]しめくゝりなき年ばいも恋の気転《きてん》は各別《かくべつ》也。

折節表に人声して。当所の[七]代官渋川藤馬が弟。[八]案内もなくつつと入《(いり)》。「団九郎[九]宿にいるか」。「ハアどなたぞ」と立出《(たちいで)》。「是は〳〵右内様。御用あらば召シ寄セられいで[一〇]冥加至極《めうがしごく》」とうづくまる。「イヤサ園辺薄雪此辺にかゞみゐる由。大膳殿お聞なされ。夫レ故に毎日〳〵詮議《せんぎ》に廻る。其方《(そのはう)》には刀の儀に付て用事有《(あり)》屋敷へ来れ」。「然らばお供仕らん」と羽織《はおり》引かけ出て行。

吉助は[一一]とつぱかは「エ、[一二]べしてもない用に。うまい咄の腰おつた」と。湯殿の

一　この案は如何。
二　どうかしら。むつかしいの気持をこめる。
三　吉助と夫婦になりたいと。吉助は湯加減を教えてもらったら夫婦になるというが、おれんも、夫婦になる方が先だと譲らない。
四　物陰。
五　早くきてね。
六　しまりのない。まだ一人前の大人としては、言動が整っていない年頃でも。「戸を締める」にかける。
七　竜田も天領であるが(→三六八頁注六)、必ずしもその史実に拘わる必要はない。浄瑠璃では時代物、世話物を問わず、その地の統治を托された人物、領主の支配を庶民に直接に及ぼす機関を代官、代官所と呼んでいる。
八　「物もう」などとも言わず。横柄な態度。
九　自宅。
一〇　わざわざ御越しいただくとは恐れ多い。
一一　どさくさと忙しいさま。「咄破喝破　トツハカハ〈俗語〉」(書言字考節用集)。
一二　どうということもない。大したことでもない。

口に指寄《さしよ》リ風呂の戸明ルも不遠慮《ゑんりよ》と。「おれん様申《まうし》。つい往《い》てこいとおつしやつたは何の御用。私もそこへ参りませうか。おれんさま申れんさま」といへどこたへず「こりやどふじや。一三もたせぶりか一四きしますのか。一五よつ程にもがゝしたがよいはいな。一六其くはたいには手拭《てぬぐい》をかふ一七つくねてかふ丸めて。美《うつく》しい其顔へ一八とん」と明ケたる一九ふろの中。娘にあらで親正宗。はつと驚キ二〇はいもうしししぼりかけたる手拭も。手持ぶさたに見へにける。

「吉助ゆかた」と何気《げ》なき。詞にすこし気も落付キ。「中親旦那お背中《せなか》でも流《ながし》ませうに。早いお上りなされ様」。「ヤイ是がぬるふて入《いら》るゝ物か」。「はつ」と心得さしくべる二一ふし木作りのかた親仁。浴衣《ゆかた》ひんまき風呂の敷居に腰打かけ。「くはつとたけ早ふたけ」と年寄リの気の二二いらくらと。わき返る湯に手を指《さし》込ミ。「ヲヽ是で丁どよい。儕《おの》レも重《かさね》て風呂たく共。此入リ加減《かげん》覚へよ」と。吉助が腕首取リ湯船へぐつとつつ込《こみ》。二三「なんと正宗が二四秘蜜《ひみつ》の湯かげん覚《おぼえ》たか」。二五「何ゝ何とおつしやる」。「いやさ此風呂の湯かげんを。手に覚ずとつくりと心に

一三 恋の手管に気を引いてみるのか。
一四 ものごとがなめらかにいかぬ状態の「きしむ」から転じて、気をもますこと。
一五 そんなにじたばたさせなくてもいいではないですか。
一六 過怠。罰。
一七 手でこねて固め。
一八 手拭いを顔へポンと打ち付けますよ、と言いながら、戸をことりと明けると。
一九 浴室。浴槽ではない。
二〇 廃忘。うろたえること。
二一 節の多い木を焚き口でくべる意と、ふし木作りのように、ごつく頑固な親仁とをかける。
二二 気がいらだつさまと、湯がにえかえるさまをかける。熱湯に手を入れる不合理は仮構。
二三 現行曲では太夫、三味線とも、「ぐっとつっ込」は強く、この正宗の詞で一転し、柔らかに白けた調子でいう。
二四 現行では「秘密の湯、イヤサ秘密の湯加減」と、風呂の湯と刀の湯加減をかけた言い方を強調する。実際の鍛刀法では熱湯は疑問。
二五 現行では「ナナ、ナントおっしゃる」。

覚へ。二度《ふたたび》鍛冶の名を上《あげ》い来《らい》太郎国俊《とし》」と。突放《つきはな》せば仰天《ぎやうてん》し。「ヱ、扨《さて》は今の風呂の湯かげんが。正宗殿の刀の湯かげんか。ハアはつ」と計《ばかり》にてあきれて。詞もなかりしが。

「推量《すいりやう》の通り某《それがし》は来国行が世倅《せがれ》国俊。我《われ》若気にて家業《かげう》にうとく。傾城《けいせい》に身を持くづし勘当受ヶたる其中に。何者共しらず父を討たる其悲しさ。せんぴを悔《くい》ても返らず。何とぞ刀鍛冶の秘蜜をしり。親の家立《たつ》るがせめて不孝の罪亡《つみほろぼ》しと此家《このや》へ奉公。思はずも大切なる家の業《わざ》を伝へ給ふ。正宗殿の所存ンと云《いひ》。我を国俊としられたるには子細ぞあらん」。「ア、[一]愚《おろか》な事云《いふ》人じや。[二]姓《せい》は道によつて賢《かしこし》とやらいへば。こなたが身の上も。国行のおしにやつたも知ッてゐるはいの。折節そなたが刀鍛冶に奉公望《のぞむ》。[三]器量《きりやう》こつがらよい男じやになぜ職《しよく》人ンに奉公するぞと。見れば見る程稚《おさな》顔に見しり有ル。来太郎国俊扨《さて》は此家にたよつて。刀鍛冶の秘蜜をしり。たへたる来の家を[四]取立《とりたつ》る心よな。ア、若いが[五]奇特《きどく》なと。我子の悪者めに引くらべ。心ざしを感《かん》ぜしが。心を感じた計リでは家業の

一 疎か。通り一ぺんなことを言う人だ。
二 「姓」は「性」の当て字。諺。賢明な人間ではなくても、生計の道についてだけは案外に賢いものだ。正宗の謙遜のことば。
三 「器量」は資質や才能、「骨柄」は外見上の体軀。
四 立てる。ここは再興する。
五 珍しく感心な行為や志であること。殊勝なこと。

大事は教《おしへ》られね共。もと此正宗は。其方の祖父《ちい》[六]来国吉の弟子。幼少《やうせう》より旧功《きうこう》せしかば。我子のごとく不便《びん》をかけ[七]一ッ子相伝《さうでん》の秘蜜を。残らず我に伝《つた》へられしが。子より外ヵへ伝へじと[八]神文を書ィたれ共。風呂の湯かげん教《おしへ》まじと。誓紙《せいし》も書ねば誓《ちかひ》も立ず。今日只今ふしぎにも師匠《しせう》の孫に廻《(めぐ)》り逢《あひ》。ふろのゆかげん教るも師匠への恩ン返し。ことに我娘との様子《やうす》も聞ヶば。まんざら他人の様にもなし。必《(かならず)》兄の悪者めに此事を沙汰《さた》せられな」と。聞《(きく)》に嬉しく国俊「二タ度来の家を引おこし。めいどの父に勘当を赦《ゆる》さるゝも。偏《ひとへ》に正宗殿の御厚恩《こうおん》」と。大地に頭《かうべ》を摺《すり》付〳〵忝涙《(かたじけなみだ)》にくれゐたる。刀の御用承り立帰る団九郎。見咎《とがめ》られては事むつかし。「吉助背《せな》すれ早ふ〳〵」と。さあらぬ躰《てい》にもてなせば。門ドロより高呼《(たかよば)》はり。「サア〳〵急に[九]鬧《いそが》しう成ッてきた。けふ中に刀を鋌《うつ》て六はら殿へ指上ゲと。代官所より厳《きび》しい云ィ付。片時《(へんし)》も油断《ゆだん》は成まい」と。せけ共せかぬ名人形気《(かたぎ)》。「こんな事もあらんかと。兼〻《(かねがね)》用意したる[一〇]鑚《かなとこ》おろし。[一一]焼刃《やきば》渡す迄の事。いつもの通両人は相槌《づち》の用意《ようい》せよ。我

六 来系図諸書に国吉—国行—国俊とある。相州の五郎正宗を国吉の弟子とする説は不明であるが、宝暦四年写本刃物目利書に国吉の門下で国行の聟の来国次を「鎌倉へ下り前かどには正宗師」と記す。その国次は鎌倉来(かまくららい)と呼ばれている刀工である。浄瑠璃の正宗は仮構の人物なので、国吉の弟子というのも仮構である。

七 学問や技芸の道に達した人が、その神髄を後継者となる子に限って伝授すること。「この伝授は一子相伝にて、我が子の外へは伝へられず。逃れぬ弟子は親子の契約あつての上、絵図、巻物も渡すこと」(鑓の権三重帷子・上)。

八 神にかけての誓約の文書。後の「誓紙」も同じ。熊野牛王(ごおう)の護符の裏面に書くことが多い。

九 俗書正譌「鬧、いそがし、この訓(よみ)譌(あやまり)なり。さはがしとよみてよし」。

一〇 この場合は、鑚で打ち鍛えて刀身の外形が出来ているが焼きを入れる前である。→二八一頁注一七。

一一 焼入れともいう。高熱の炉で焼いて赤熱した刀身を水槽に差し入れて急激に冷却すると焼刃が出来る。→三七三頁注一七。

もしづかに装束《しやうぞく》せん」と[一]打連《うちつれ》。

（細　工　場）

てこそ入にけれ。

細工場には注[二]連《しめ》引渡し弟子と息子を右左リ。中央《ちうわう》には五郎兵衛《ごらうびやうゑ》正宗。[三]素袍《すはう》の袖清らかに浄《きよ》めの[四]燧《ひうち》切かけ〳〵。[五]鞴《ふいご》にかゝり鑽《かなとこ》に刀をすへ。天地四方を礼《らい》拝し。[六]あふぎ願はくは鍛冶の氏《うぢし》神ン[七]天目《あめま》。一箇《ひとつ》の神慮《しんりよ》に叶ひ我《わが》。今鋌《うつ》刀にて。悪魔降《あくまがう》[八]伏《ぶく》なし給へと。心中《しんぢう》に祈念《きねん》すれば。二人は槌を取[九]リヽにてう〳〵てん〳〵[一〇]陰陽《ゐんやう》の。数に合しててん〳〵からり。[一一]てん〳〵天下《てんが》に[一二]希代《きたい》の名鍛冶秘蜜を尽し。[一三]鋌《うち》納む[一四]既《すで》に焼刃の。湯かげんと[一五]刀を湯船に指入《さしいる》れば。夕紅《ゆふぐれない》の日を海にそゝぐがごとく。湯煙四方に立のぼり物の[一六]あいろも見へざれば。槌投捨《なげすて》団九郎焼刃の湯船に手を指込《さしこみ》。[一七]湯かげんさぐつてみる所を。[一八]鑽《かなとこ》おろし振《ふり》上め[一九]ての[二〇]小がいな打落せば。うんとの[二一]つけにそりかへり。苦《くるし》む声に妹は驚《おどろき》一ト間を走リ出。「ヤア

一　ここで舞台が細工場に変る。節付けは丸本も現行もヲクリ。
二　注連縄をめぐらして。神前や神事等の清浄な場を、外界と区別するため。
三　直垂(ひたれ)の一種。
四　火打石と火打金を打ち合わせて発火させ。切火即ち清めの火を打ちかけること。
五　火をおこすのに用いる送風器。金属の精錬や加工に使用。

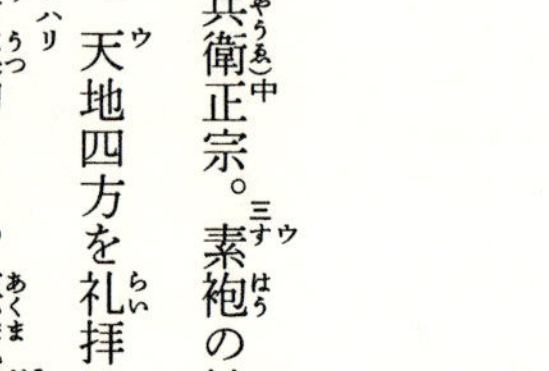
明治四十二年一月、御霊文楽座

六　御願い申上げますことには。祈願の際の特に恭々しい表現。
七　日本書紀二・天孫降臨の章に「天目一箇神(あめまひとつのかみ)を作金者(かなたくみ)とす」。多度大神宮略縁起は「天照大御神。天石屋戸に幽居し時。…天目一箇命ヲシテ雑(クサクサ)ノ刀斧及鉄鐸ヲ作ラ令ム」と古語拾遺を引き、「すべて銅鉄の器物(ウツハモノ)を用て諸物をつくる諸職人ことに鍛冶鋳物仕等は天目一箇ノ大神の御恵に。一日も漏べからざれば。とりわきても斎祭(マツル)べきなり」と記す。
八　神仏の力で威圧すること。
九　それぞれ手に取り持って。以下、実際の工程とは別に、見栄えのする演技のための作詞。
一〇　陰陽の数に合わすことは所伝不明。
一一　刀を鋌(う)つ音と、「天下」をかける。
一二　類まれな名鍛冶の正宗が。
一三　三味線の合の手で、刀を鋌つ演技。宝暦四

兄様かいとをしや。いかに仕落《しおち》[二二]有《あれ》ば迚《とて》あんまりむごいと〻様」と。見れば見[二三]かはす父のいかりの顔ばせに。国俊も詞なく手負《ておい》をいたはる計《ばかり》也。深手《ふかで》も屈《くつ》せぬがむしや者「コリヤ親父。此団九郎に何科《とが》が有て此様にきりやつた。世間の親はな。子に家業《かげう》を譲《ゆづり》たがるに。わごりよは我子に刀の湯かげん。しらすまいとて此腕を切《き》りやつたか。親は仏にたとへし物。おれが為には地獄《ぢごく》[二四]のごくそつ。もふ親子でもなんでもない」と。弓ン手のかいなでむしやぶり付《つく》を引はづし。背骨《せぼね》もおれよと踏《ふみ》付〳〵。「ヤイ世悴《せがれ》め。何の科で切たとはよふも〳〵ぬかしたな。儕《おのれ》常〻渋川藤馬と状通。合点が行ぬと思ひしが。大膳が悪事に組し。園辺幸崎の両家をつぶし。国行が死だも儕が業《わざ》で有ふがな」。「親父そりや何いやる。園辺ノ左衛門が国行に。調伏の鑢目を入させ。清水へ奉納したは誰しらぬ者がない。是程慥《たしか》な事をおれが仕《し》業とは何を証拠《せうこ》」。「イヤ〳〵ぬかしおるまい。云《いふ》に及《およば》ぬ事なれ共。来の家は四筋[二五]にて横《よこ》やすり。最前国行が鋌《うつ》たる影の刀を見れば。三筋にて正宗が流《りう》儀の直違鑢《すぢかいやすり》[二六]。右を上《あげ》[二七]左リを

年(一七五四)竹本座二度目上演の番付に鉄床で鍛えている所の絵がある。
一四 もはや。現行曲はここをゆったりと語り、「湯かげんと」から足取りが早くなる。
一五 実際の工程では、形の出来上った刀身に、刃を付けるための土取(つちどり)という処置をして、高熱に焼いて水槽で冷却する。水は沸騰するから、すぐ手を入れたりはできないことである。水槽の大きさは刀を浸すに足るだけのもの。
一六 文色。色目。ものの様子。実際はそれ程湯煙はたたないが、団九郎が湯煙で父の目が届かないと思い、湯加減を盗む設定。
一七 刀身を入れる前の水温が秘伝なので、後の温度を探っても実際上は無意味。
一八 湯船(水槽)から出したばかりの刀身をさす。絵尽に正宗が振り上げている絵がある。
一九 右手。特に右手を斬ることにしたのは左手を残してこのあと三人遣いの左手の働きを見せる趣向。 二〇 腕の肘から手首までの部分。
※この条は古浄瑠璃・五郎正宗(正徳享保頃刊)に拠る改作。その五段目に、元禄七年成立の随筆・志津三郎物語(写本岐阜県立図書館蔵)の正宗伝説と、籠手切(こてぎり)の名刀の所伝とを取合わせた趣の仮構の脚色がある(三八三頁注一〇参照)。享保四年十一月撰上本阿弥光忠代と奥書のある写本刀剣名物帳芍薬亭本(国会図書館蔵)に「松平加賀守殿、籠手切、…中心(なかご)表に朝倉籠手切太刀なり」とあって、朝倉合戦の時に鎧の鉄製の籠手をはめている手先を斬り落したことで有名になった刀であろう。刀剣名物帳は写本が種々あって、これを籠手切正宗と記したのもある。羽皐隠史著『詳註刀剣名物帳』参照。
二一 あおのけ。 二二 落度。悪い点。
二三 今までと見ちがえる程きびしい。

さげて逆《ぎやく》にするが調伏の鑢目。我家《わがいへ》の秘蜜外ヵに誰《た》ガしる者が有《ある》。大膳に頼《たのま》れて儕《おのれ》が業に極《きはま》つた。何と是でも[一]あらがふか。其悪い事した[二]ほでぶしを。打切ッたは誤《あやまり》じや有まい。ア、わるい事は覚《おぼえ》やすい物か。どふした事にか調伏の鑢目覚て。儕レ大それた事仕出《しいだ》す奴《やつ》に。秘蜜の湯かげん教なば。まだ此上に大きい悪事に組し。腕切《きら》るゝ計リかソレ其首がおちやうも知レぬ。親は夫レが悲しさに手を切たは慈悲《じひ》じやはやい。不断《だん》儕レが根性《こんじやう》の直らぬを見すへた故。六十にあまつて傾城買の真似《まね》をして。金銀をたくはへたは此妹が可愛《かはい》さ。[三]子がなふて泣ク者ないと[四]世話に云に違はず。[五]くつきやうな子が有故に[六]後生《ごしやう》一遍願《べんねが》はせず。涙ばつかりこぼさしをる」と歎ヶば娘も共涙。覚有《おぼえある》罪ミ科《とが》に団九郎も身を悔ミ。誤入たるふぜい也。

始終《しじう》を聞より国俊も感《かん》じ入。「善悪に付子《つけ》を思ふは親のならひ。取分て御親父《ごしんぷ》の心底《しんてい》驚入《おどろきいる》。いかに我子の為なれば迚《とて》。[七]切リも切たり鐫《きたふ》たり。[八]鑽《かなとこ》おろしの是程に切《きれ》しは名作日の本トに。態《わざ》と云ィ心と云又類ィなき。正宗殿。只今の物語

二四 地獄の獄卒は、牛頭人身の牛頭(ずご)、馬頭人身の馬頭(ずめ)。冷酷無慈悲な行為にたとえる。

二五 →二八二頁注一五。古今銘尽の図には五筋に、刃物目利書には三筋に描かれている。四筋というのは実否不明。刃物目利書は相州の正宗に三筋の図を出している。

二六 →二八二頁注一四。

二七 →三〇八頁注一五―一八。

一 抗弁の余地があるか。

二 腕っぷし。

三 「子ならで親は泣カぬ物を」(双蝶々曲輪日記六)。

四 世のたとえ。言いならわし。

五 究竟。立派な男の子があるので安心出来るかと思うと、逆にその子が。

六 現世への執着を離れて極楽往生をひたすら願うべき年頃の父親に心配ばかりかけ。

七 「切リも切たり」は次行の「心」に、「鐫たり」は「わざ(技)」に対応。頭韻を踏む。節付けの「文弥」は古浄瑠璃の文弥節をとり入れた感傷的な曲節だが、ここは感情の高まりを表すのに有効に使われている。→三五一頁注二八。

八 まだ刃を研いでいないのによく切れたという意味。この場合のかなとこおろしは水槽から上げたばかりの刀。上巻以来語義が工程の三段階に分かれている。漢字宛ても上巻には「鉄床」、下巻には「鑽」と変えて、語義の差異に応じているようである。実際は、水槽から上げた後の作業に慎重を極めねばならない。すぐに腕を切っ

にて父が敵も推ィ量に違ひはせじ」。「ヲヽ大膳が所為《しよい》と云ながら。其方が為に世忰めも親の敵同然ン。いか程娘が思ふ共。其敵の妹に添《そは》れもせまい。去《さり》ながら爰《ここ》がひとつ国俊への頼み。親の気と云《いふ》物は悪い子程猶《なほ》不便《びん》な。子の手を切ルは。一命を取程に悲しい。其手を切たは親子の手を切たも同然《だうぜん》。親子の手を切からは。此団九郎と其娘はあかの他人。敵の妹を女房に持《もつ》テといはるゝ事も有ルまい。子の手を切たかはりには。娘と中よふいつ迄も。夫婦の手を必《かならず》ゝ。切てばし下さるな。兄めも疵本《きず》ン服《ぶく》して根性《こんじやう》も直つたら。おれが目をふさがふ共。そなたがおれに成リかはり[九]庖丁《はうてう》でも鋋《うた》して。[一〇]てぼ正宗と成共[一一]左リと成共どふぞいはして下され」と。老のくり言《こと》取まぜて。義づよき親父もたもち兼《かね》わつと計《ばかり》に泣《なく》涙。落て流れて鞴場《ふいごば》の炭火も。消《きゆ》る計《ばかり》也。

かゝる折から園辺ノ左衛門薄雪姫を肩《かた》に引かけ。息を切て走リ付。「[一二]そつじながら此家へちと[一三]御無心が申シたい。御覧の通《とほり》女を連《つれ》。敵に出合《であひ》事《こと》急に及ンだり。暫《しば》らく影を隠してたべ」とほうかぶり取て入ルを見れば。「ヤアおまへは左衛門

たりしては刃は全くだめになるのである。
九 享保の刀剣名物帳に記載の名刀「庖丁正宗」を暗に踏まえた。
一〇 「てぼ」は手の障害。古浄瑠璃・五郎正宗五段目末、湯加減を盗んで正宗に腕を切られたが上手のほまれを取るに至った稀代の名人のてぼう兼光(仮空の人物)の名を暗に踏まえた。
一一 正宗十哲の一人で「左」と系譜に記される名刀工を暗に踏まえた。系譜の「左」は「さ」または「ひだり」と読み、通称は左文字、筑前の左衛門三郎の略称。

※このところ正宗のことばは、表面謙譲しつつ真意は立派な刀鍛冶に育成してくれと頼む親心の表現。この段のはじめには、息子に家を追い出される無力な老人とみえた正宗が、名工の精神の峻厳さと親の慈悲心を行動に現し、大膳の悪にくみした団九郎を改心せしめ、立役方の優勢が回復される。「園辺館」に続き、親の節義と恩愛を基本的主題とする竹本座の浄瑠璃の一頂点。人形の「正宗」のカシラは、この役に始まる。武士的剛毅と同時に洒脱で情味のある老人役。

一二 卒爾。突然で失礼ですが。
一三 御願い。

様か」。「国俊か是は〳〵めづらしや」と。互の難儀《なんぎ》を取まぜて語ルも聞クも涙なり。「何か指置《さしおき》国俊が先ヅ吉左右《(きつさう)》を申上ん。子細は是成ル正宗にたつた今承る」。「イヤ其子細は団九郎が直キにお咄申さん」と。疵《きず》いたみせぬ強気《がうき》者流るゝ血を押シのごひ〳〵。「お見しりもあらん拙者は正宗が世忰《(せがれ)》団九郎。当春六はらに召サれし時。非道《ひどう》とはしりながら。欲《よく》にふけり大膳が悪事に組し。御両所を科《とが》に取ッて落さん為。影の刀に調伏《てうぶく》の鑢目《やすりめ》を入レさせ。其場にて人しれず。国行を討たるも大膳が仕業《しはざ》。此事他言《たごん》いたさじと誓言《せいごん》を立たれ共。御覧のごとく腕《うで》を切落して父の諫言《かんげん》。骨身にしみ本ン心にたちかへる」と。語れば父も妹も悦びあふ時[一]しも有レ。

藤馬が弟渋川右内大勢引具しどつとかけ付。「園辺薄雪両人を此家へ付ケ込ッだ[二]り。物[三]ないわせそこみ入ッ[四]て。家さがしせい」とばら〳〵とかけ入ルを。国俊戸口に立ふさがり。「ヤアどこへ〳〵。儕レらが主《(しう)》の悪事今日只今明イ白に顕はれたり」。「ヲヽ其証拠《せうこ》は爰《(ここ)》に居る。大膳が片腕《かたうで》共頼《(たのま)》れたる。団九郎なれど肝《かん》

一　まさにその時。
二　跡をつけて逃げこんだ場所をつきとめた。
三　物を言わせるな。問答無用。
四　大勢で押して入り。

心《じん》の其片腕を切落され。有の儘《まゝ》に白状した。主従共に首指延《さしのべ》て観念《くはんねん》せよ」と呼はれば。「扨《(さて)》は団九郎めが二心。もふ此上はきやつぐるめに討ッて取レ」と下知すれば。両人[五]ゑたりと[六]影の刀[七]鑽《かなとこ》おろしを打ふり〳〵。「親〻の鑽《きたは》れし刀の切レ味[八]心みよ」と。ひらめき渡る太刀かぜに家来は逃《にげ》て行方なし。「[九]木守《(きまも)》リの渋川右内儕《(おの)》レも敵の片われ」と。引はさみ切付クればあへなく息《いき》は絶《たへ》にける。「ヲヽ出きた〳〵此左衛門も。大膳が非義《ひぎ》非道。六はらへ訴《うつた》へ敵討をお願ヒ申シ。なき親〻の亡魂《ばうこん》に敵の首を手向《たむけ》ん」と。いさみ給へば国俊も「諸共に。[一〇]本ン意をとげ二タ度帰て舅《しうと》殿。始終《しじう》のお礼申シ上ん先ッ夫レ迄のおさらばさらば」。「早おいきやるか追ッ付《(つけ)》めでたふ[一一]吉左右《きつさう》を聞カされよ」。「ヲヽ気遣ひしられな。大膳秘術《ひじゆつ》を尽《つく》す共我剣先キの焼刃にかけ。敵の首を[一二]冠《かむり》落し附添奴原《つきそふやつばら》片はしから。じうわうむじんに[一三]刎刃《きりやきば》」と[一四]門出祝ふ国俊が。詞に[一五]折レなく疵《きず》もなく左衛門夫婦の御供し。いさみいさんで

五 得たり。合点。応戦の意欲を表す言葉。
六 上巻の来国行の作。
七 この場の正宗の作。
八 試してみよ。切られてみよ。
九 樹上に取り残された果実。翌年の豊作を願って、わざと一つ二つ残しておく場合にもいう。「菓樸 キマモリ、キマブリ〈樹上ノ残リ実〉」(書言字考節用集)。ここは渋川右内が一人取り残されたさまを見立てた。
一〇 本望成就、即ち左衛門・薄雪と共に父国行の敵大膳を討つこと。
一一 よい便り。敵を討ちおおせたとの知らせ。
一二 →二八二頁注一。縁語。
一三 →二八二頁三行目の「きりは」と同じ。縁語。
一四 現行「かどんで」。
一五 「折れ」も「疵」も刀の縁語。大膳や付添いの者を討ちはたすという国俊のことばが、その通りに次の場でなし遂げられることを暗示する句。

（[一]二条河原の段）

〽急行《いそぎゆく》。

[二]武士《もののふ》の義は節によるならひ迚《とて》。[三]父の仇にはいたゞかぬ[四]天下《てんが》の政道《せいたう》おごそかなる。六はらの下知によつて今日敵討有べしと。[五]二条河原を場所と定め四方に[六]行馬《やらい》をゆひまはし。[七]検使《けんし》の役は葛城民部の丞。もふけの。床机《せうぎ》に腰打かけ。見渡す左リに園辺ノ左衛門妻の薄雪来国俊。妻平夫婦皆一チやうの白むくに。鉢巻りゝしく出立《いでたて》ば。右の方には秋月大膳渋川藤馬。是も同じく白装束。双方に引別れ汲かはしたる[八]水盃。[九]不定をしめす儀式かや。

民部左右を見廻し。「秋月大膳は天下《てんが》へ対《たい》しての罪人なれば。刑罰《けいばつ》に行《おこな》ふべき所。親の敵との願ヒに付勝負仰付《おほせつ》ケらるゝ。[一〇]面〻首尾よく討負《おゝ》せ[一一]本領安堵《ど》せらるゝが。亡父への追善供養国俊も其通リ」と。[一二]弓も引《ひき》[一三]かた持《もた》ぬ顔。力を添《そふ》る詞のはしぐ〳〵。ハットいらへて取急ぐ運に任《まか》するちしご時。[一四]始めの勝負は国俊藤

時　前段以後のある日
所　京、二条河原

一 初演者竹本志摩太夫。
二 武士たるもののよって立つところは節義にある、と言い慣らわされている通り。
三 「父之讐。弗与共戴天」（礼記・曲礼上）による。「ともに天を」の語句を省略して無理な表現。
四 「不倶戴天」に「天下」をかけ、武家政権による支配の厳正さを讃える。上巻冒頭の「武家繁昌の時津風枝を。ならさぬ春なれや」に対応。
※この敵討の脚色は享保八年（一七二三）奥州白石の百姓の娘二人の敵討に基づく趣向であろう。共通点が、(一)父親の敵討であること、(二)討たれる側が立派な身分のある武家で、しかも剣術の達人であること、(三)討つ側にか弱い女性が二人いること、(四)予め敵討の場所が定められ、矢来を結い、検使が立ち、すべて公権力の管理下で行われていること、等に認められる。白石の敵討は月堂見聞集・享保八年の条などに記し伝えられ、本曲より後、安永九年（一七八〇）の浄瑠璃・碁太平記白石噺に仕組まれて、宮城野信夫の敵討として有名。
五 現、京都市左京区。鴨川の二条通に当たる川原。鎌倉時代の状態は不明。
六 竹や丸太を交叉させて組んだ仮の囲い。矢来。
七 公の資格で処刑、殺傷、その他の事件を実地見分すること。
八 杯に酒の代りに水をついで互いに飲み交わすこと。死を想定した別れの際などに行なう。
九 不確かなこと。生死いずれとも定まらず、あてにならないこと。「ふじょう」と読む。
一〇 左衛門も薄雪も。
一一 幕府や大名が支配下にある者の所領を本来領有権を持つものとして公式に認定すること。

馬。「早ゝ用意」と詞の中チより。刀の目釘をくいしめし。手づから鋌《うつ》たる態《わざ》物携《たづさ》へ検使の前。「御苦労に存奉る」と。一チ礼述てゆう〱と行馬《やらい》に入レば。渋川もぜひなき面《つら》つきゆた〱と。入より国俊声をかけ。「サア遁《のがれ》ぬ所じや念仏申せ」。「ヤア生《なま》くらめがぬかしたり。返り討じやぞ逃廻るな」。「イヤうぬ卑《ひ》怯《きやう》働クな。サアうせう」と抜合せ透間《すき》を見込互の身がまへ。切身を見せてそびけ共。うかつに乗《のら》ぬかけ引気くばり。行馬《やらい》の外より見る人も見らるゝ二人が気を空蟬《うつせみ》。抜て打ッ太刀くゞつて受留《うけとめ》。切あふ太刀音かつし〱かち〱〱

十合計《じふがふばかり》打合しが。

血ッ気の国俊飛込でふたつになれと拝打《をがみうち》。藤馬が肩先キ五六寸けさがけに切さげられ。うんと計リに起上らず。得たりとかけ寄リのつかゝりとゞめをさすが国俊が。手並を感ぜぬ人ぞなき。

警固《けいご》の役人寄リ集《あつま》り。しがいをかた付《づけ》砂場をならし。「御出《おんいで》ぞふ」と呼《よば》はる声ゝ。ちつ共わるびぬ大膳が悪と欲《よく》とをないまぜし。鉢巻引しめのさ〱と。立《たち》

この場合は、具体的には園辺、幸崎両家の大名としての資格回復を意味する。 一三 弓も引き方次第で人知れずわざと当らないようにもできる。対立する両者のうち、自分が好意を持つ側に、それとなく援助を与える時にいう。譬喩尽に「弓も彎方(ひきかた)」。 一三 「弓も引き方」に「肩を持たぬ顔をして」を掛ける。

一四 知死期。人が死ぬと定められている時刻。近世の俗信では干支の組合せなどによる幾通りかの時がある(→二五五頁注一八)が、ここは単に、臨終または死に直面する時、という程の意。

一五 刀の中心の穴即ち目貫に、柄の表からさしこんで、刀身をとめる竹釘。乾燥すると抜け落ちるおそれがあるので戦う前には湿らせておく。とっさの場合は唾でしめらせるが、その恰好が物を食う様子に見えるので「食い湿す」という。本曲の場合、芝居の演技として、国俊が念には念を入れる有様を見せる意味。 一六 業物。名工が鍛えた鋭い切れ味の刀。 一七 底本「延て」。

一八 肩をゆすって余裕をみせるさま。ゆさゆさ。

一九 切れ味の鈍い刀。また、人を罵っていう語。国俊が刀鍛冶であるところから両者をかける。

二〇 如何にも切られ易く見える体勢。

二一 さそいをかける。 二二 蟬の抜け殻。心も空の状態。次の「抜て」の縁語。

二三 刀の柄を両手で握り、頭上からまっすぐに切り下ろすこと。

二四 袈裟をかけたように、一方の肩から他方の腋の下にかけて切り下げること。 二五 してやった。 二六 「刺す」と「流石(さすが)」をかける。

二七 「ぞふ」は「に候」の変化した語。御出場の時刻に候。仕合の番です、の意。 二八 気おくれした様子もない。 二九 色糸をまぜて紐をなうこと。ここは二色の紐をより合わせた鉢巻。

入跡《(いるあと)》より間《(あひ)》もなく裳《すそ》[一]ばししやんと高からげ。一腰ぼつ込《(こみ)》[二]薄雪はつもる[三]恨を晴《はら》さんと。そゞろ嬉しく民部が前一チ礼云もそこ〳〵に。[四]切戸口より入跡に。籬も付て入来《(いりきた)》る。

大膳急度《(きつと)》見。「女子《(をなご)》相手に太刀[五]ざんばいもおとなげなし。左衛門めも妻平めも一所に爰《(ここ)》へ連レてこい。くさりあふた二人の奴ばら。[六]一トつ蓮《はちす》に成仏をさせう[七]ず」と。聞もあへず妻平。行馬《やらい》の内へ飛ンで入《(いり)》。「ヤア舌長《(したなが)》[八]な大膳。臨終《りんじゆう》が近付ク故血迷ふてのたは言か。人にこそ寄レ幸崎の姫君。わごりよふぜいに妻平が介太刀ならねば。爰にゐて介抱《かいはう》[九]するサア尋常《じんじやう》に勝負〳〵」。「ハテどふ云《(いへ)》ばこふ云《(いふ)》[一〇]と達者な頬《ほう》げた。籬も薄雪も死ンでから男の顔。見られうやら見られまいやら。面《つら》共《(ども)》をよつく見置ケ」と。抜身引提《(ひつ)さげ》待かくる。

姫は刀すらりと抜。「幸崎伊賀ノ守が娘。薄雪が敵討を見て置ケ」と。いふより早くはつしと打。「妼《(こしもと)》籬介太刀」と。又切付るを引ぱづしなぐる[一一]拍子に振袖の。ぱつと切ルれば妻平が我身を切ラるゝ心地して。すはといはゞ飛かゝらん

一 裾のはし。普通「裾ばせ」という。
二 左衛門より薄雪の方が敵討の主役に扱われる理由は三八六頁※参照。
三 「つもる」は雪の縁語。
四 矢来の一部を切り開いて設けた戸。
五 「ざんまい(三昧)」に同じ。本気で斬り合いをするのも。
六 「夫婦は来世は一つ蓮」の慣用句を踏まえる。
七 「させんとす」の変化した語。させてやろう。
八 大言壮語する。生意気な口をきく。
九 姫のお世話をするだけ。
一〇 口達者な奴だ。
一一 「薙ぐ」に同じ。横にはらって切る。

と拳《こぶし》を握り冷汗《ひやあせ》の。[一二]氷の剣[一三]とけしなき女の手業にちよつ切《（きり）》と。あばら切《（きら）》れて[一四]せき切ル大膳。姫の肩先切付クれば。かつぱと転《ころ》ぶ手負をいたはる雛も手負。サア一ト打と振上る。敵の向ふへ妻平が[一五]韋《ゐ》駄《だ》天立チに立たりけり。「ヤア[一六]す奴め邪魔ひろぐか。そこ退《のい》て勝負させい。相手にならぬかどふじや〳〵」。「ヲヽ其相手是に有《（あり）》」と。次にひかへし園辺ノ左衛門行馬《やらい》の内へ飛で入《（いる）》。「しやばの暇《いとま》取ラせん」と云より早くずつかと切《（きる）》。しさつて受留《（うけとめ）》。払ふては受ケつ流しつ。切つ切《（きら）》れつ一足去ず。引ケば付ケ込《（こみ）》進《すゝめ》ば退《しりぞ》き。敵に[一七]猛虎《もうこ》の勢イ有レばみかたに飛竜《ひりやう》のかけり有《（あり）》。[一八]太刀かぜ血煙雨あられ命限りに戦《（たたかひ）》しが。大膳に付込《（つけこま）》れ。あやうく見ゆれば妻平かけ寄。主人をかこふてつつ立たり。「ヤア[一九]毛野良又さゝへて邪魔ひろぐか」。「イヤ主人夫婦が立かはり。一ト太刀づゝ手をおゝせたれば。親の敵は討たも同然。是からは又妻平が入かはり。旦那に手を負せた今日只今[二〇]当然の敵討。サアこい」と打てかゝる。「うぬ[二一]果報《くはほう》者。浅疵なれ共大膳は手負。一ト太刀でも合すれば焔魔《ゑんま》の訴へ。サアうせろ」。「ムウ

一二 刃が氷のように鋭く透き通ってみえる刀。前句の「冷」の縁語。
一三 妻平にとってはもどかしい。氷の「解けし」を掛ける。
一四 せいてあせる。
一五 「韋駄天」は仏語で南方の増長天に属する八将軍の一。四天王の八将軍を合わせた三十二将軍全体の長。僧または寺院の守護神で、甲冑を着け宝剣を持つ。足が早いことで知られる。ここも妻平が非常な早さで駆けつけ立ちはだかったさまをいう。
一六 「す」は相手を侮っていう時の接頭語。
一七 猛々しい虎と空をかける竜の闘い。竜虎は、きわめて強大な二者が相闘う時の譬え。
一八 「竜ぎんずればくもおこる」「とらうそぶけば風さはぐ」(毛吹草)の慣用句を踏まえ、天候に異変をおこさせる程の激しい勢いを表す。
一九 男子を罵っていう語。「け」は不快の意を表す接頭語。
二〇 さし当っての。目前の。
二一 幸運な奴。とるに足らぬ下賤の妻平でも、大膳が負傷しているお蔭で、大膳に殺される前に、一度ぐらいはその太刀を受けとめることができるかもしれない、そのことを、閻魔大王の前で、生涯のもっとも名誉ある出来事として訴えろ、の意。

すりや其かすり手を鼻にかけ。用捨してくれいか。イデお手前が気を休《やすめ》ん」と我と我手《わがで》に自身の肩先キずつかと切リ。「サア是で疵は五歩〳〵。イザ参らふ」と詰かけたり。大膳も是迄と一チ文字に飛かゝるを。心得たりと受ケながし蹴《け》立る二人が砂煙《すなけふり》。するどき強気《がうき》の死物狂ひ半ン時計《ばかり》ぞ〳〵打合ける。妻平手練《しゆれん》や勝《まさり》けんなんなく打伏大音《だいおん》上ゲ。「サア〳〵よつてとゞめ〳〵」と呼《よば》れば。皆〻抜キ連《つれ》かけ寄てづだ〳〵に切ちらし。今は恨も晴わたる。月の都に又立チ帰る本ン領に。昔に帰る薄雪が。恋と義理との物語かたり伝へ聞つたへ。今に伝へてかぎりなき君が。御代こそ久しけれ。

寛保元歳辛酉五月十六日

作者
文耕堂
三好松洛
小川半平
竹田小出雲

一　まっしぐら。
二　現在の約一時間。
三　月宮殿の意と、都の美しさをたとえた言い方がある。ここは後者。敵討の終ったのが夕刻で、折しも晴れ渡った空に夕月の差し出てきたことをかけた。
四　流浪の身であったのが再び都に帰り、大名としての所領をとり戻し、昔の如く栄えた。室町から江戸初期の物語や芸能の終結部分にならった文章。
五　「昔の薄雪」即ち小説の薄雪物語、新薄雪物語は専ら恋を描いたが、この浄瑠璃は恋と義理を描くところに、「今の薄雪」の物語としての主旨を置いたことを示した語句。

右之本[六]頌句[七]音節[八]墨譜等令[九]加筆候
[一〇]師若針弟子如糸因[一一]吾儕所伝泝先
師之源幸甚

筑後高弟
竹本播磨少掾[一二]　（壺印）

[一三]予以著述之原本校合[一四]一過[一五]可為正本者
也

竹田出雲掾

京二条通寺町西へ入丁　正本屋　山本九兵衛版[一六]　印
大坂高麗橋二丁目出店　山本九右衛門版　印

六 章句。浄瑠璃の文章。
七 節付け。正本に文字譜として記されたもの。
八 章句の右側に点や線で記した譜。ごま点。
九 加筆せしめ候。播磨少掾の責任において、書き入れさせた。
一〇 師は針の如く、弟子は糸の如し。
一一 わが儕《ともがら》伝うるところによって先師（竹本筑後掾）の源に泝《さかのぼ》らば、幸甚《こうじん》。「吾儕」は「吾」の謙遜の語。
一二 底本は署名の下に「竹本」の朱壺印。その下に朱角印のみえる本もあり。
一三 予著述の原本をもって。この時期の竹本座の正本奥書には、竹田出雲掾の作品であると否とにかかわらずこの文と彼の署名がある。
一四 校合《きょうごう》一過す。一通り校合した。
一五 正本《しょうほん》となすべきものなり。この正本が浄瑠璃の正しいテキストであることを、竹本座座本と紋下太夫が保証したもの。
一六 山本九兵衛、山本九右衛門の下に、それぞれ朱角印。

義《よし》経《つね》千《せん》本《ぼん》桜《ざくら》

延享四年(一七四七)十一月十六日、竹本座初演。大坂劇壇で歌舞伎が不振をかこち(延享四年正月『役者矢的詞』)、人形浄瑠璃が隆盛の極にあった時期の作品。義経と平家の武将達、いがみの権太、静御前、狐忠信などの活躍、一見花やかな舞台に、無常観が漂い、時代物五段組織の構成も整然と整った、浄瑠璃の代表的傑作である。

作者は、正本署名が竹田出雲(二代目)・三好松洛・並木千柳(宗輔)、番付が並木千柳・三好松洛・竹田出雲の順位。立作者や執筆分担については諸説があるが、校注者は、延享二年から竹本座に加わった並木千柳(宗輔)を、実質的立作者、初段・二段目切・三段目の執筆者とみなした。脚注に挙げた、宗輔先行作との関係もあり、特に、全段に伏線を張りめぐらす求心的な劇作法が、「狭夜衣鴛鴦剣翅」などに近く、「芦屋道満大内鑑」「新うすゆき物語」など竹本座系の物語風、開放的な作風と相違すると思われるのである。

初段大序、義経に、後白河法皇の寵臣左大将朝方を通じ頼朝追討の院宣を託した初音の鼓が下賜される。『平家物語』十二等に記す朝廷側の政治的な動きの婉曲な脚色である。序切で、朝方の通報により、頼朝は、義経に川越太郎を上使に遣わし、院宣の件を詰問、また新中納言知盛、三位中将惟盛、能登守教経の首が偽首であることを追及、義経は、三人の探索には手を打ってあると答える。頼朝との戦いを避けて、義経は都を退き、二・四段目で、互いに世を忍ぶ、義経と知盛・教経との出会い、三段目で頼朝側と惟盛の葛藤が展開される。

安徳天皇、平家の主たる武将の生存は、瀬戸内四国地方の伝承や史書の記述(四一六頁注九)から着想を得たものであろうが、意外性と緊張感に富むすぐれた設定で、瀬戸内の要港備後三原の寺僧という、並木宗輔の前歴とも関わりがあると思われる。

文楽では、四段目口蔵王堂と五段目を除き、全段通しで上演され、同じ作者陣による「仮名手本忠臣蔵」「菅原伝授手習鑑」とともに、現在でも人気の高い演目である。

脚注の『平家物語』の引用は、流布本(梶原正昭校注『平家物語』)によった。

底本は千葉胤男氏蔵、七行百丁本、山本九兵衛・九右衛門版。

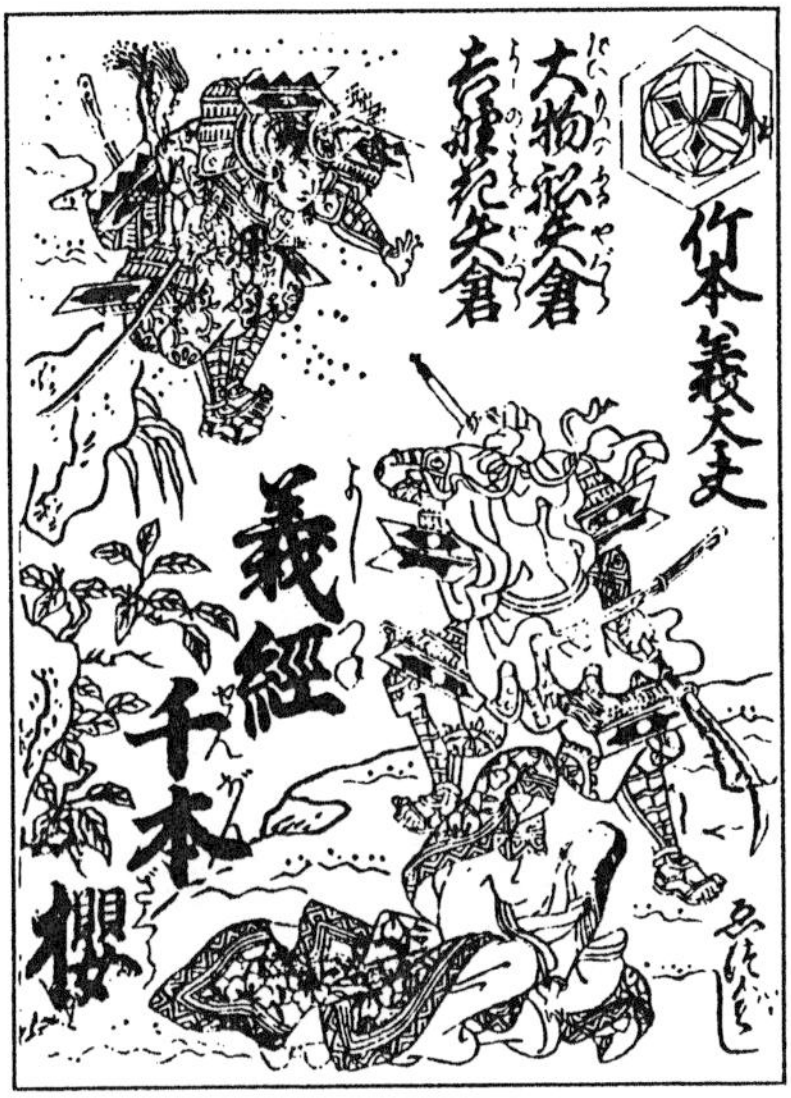

「義経千本桜」絵尽（慶応義塾図書館蔵）

一 大物（だいもつ）の浦。兵庫県尼崎市大物町付近。
二 船の上に高くしつらえた床。ここは小船の舳楼（ともやぐら）（四四八頁注一）。軍記物の浄瑠璃にふさわしく、角書の左右に「矢倉」の字を配するが、ともに本格的な堅固な矢倉ではない。 三 吉野山の名所。佐藤忠信奮戦の場所。「忠信ふせぎ矢射ける所は花矢倉といふ」（大和名所記・延宝九年）。現、奈良県吉野町大字吉野小字辰之尾。横川覚範の首塚の上方にあるやや小高い場所で桜の木が植えられている。 四 吉野山の桜の名所。下（しもの）千本・中千本・上千本・奥千本をまとめてさす。吉野山の桜は蔵王権現の神木として大切に扱われてきた。↓四〇二頁注七。「千本桜（ちもとのさくら）」。長峰より一目に見る桜をいふ」（大和名所図会）。
五 原本になし。↓四頁注二。
六 本曲の重要な人物である佐藤忠信の名を暗示、併せて義経の頼朝に対する忠誠心を称える。
七 中国春秋時代の越の王。↓七五頁注七。
八 勾践に会稽の恥辱を雪ぐ本懐を達せしめた名臣范蠡の、後の名。范蠡は呉を滅ぼして後、越王の許を辞し、斉に行き鴟夷子皮と称し、更に陶に行き陶朱公と称した。
※ここの文は謡曲・舟弁慶（↓付録5）に拠る。
九 「富貴にして驕れば自ら其の咎を遺す。功成り名遂げて身退くは天の道なり」（老子・運夷九）。「大名（タイメイ）ノ下ニハ久ク不レ可レ居ル、功成名遂而身退ハ天ノ道也」（太平記四）。 一〇 史記・貨殖列伝は「扁舟に乗り江湖に浮び」。「一ト葉」は太平記四「楓葉ノ陰ヲ過レバ」云々による。
一一 越王勾践が呉王夫差に献じた傾国の美女。↓一四〇頁注五。 一二 范蠡は呉が滅んで後、西施を五湖に伴ったという。更に西施を湖に沈

[一]大物船矢倉[二]
[三]吉野花矢倉

義《よし》経《つね》千《せん》[四]本《ぼん》桜《ざくら》

(第[五]二)

(院の御所の段)

[序詞][六]忠《ちう》なる哉忠《かなちう》。信成《しんなる》かな信《しん》。[七]勾践《こうせん》の本意《ほんゐ》を達《たつ》す[八]陶朱公《たうしゆこう》。[九]功成名《こうなりな》遂《とげ》て身《み》退《しりぞ》く。[一〇]五湖《こ》の一《ト》葉《は》の浪枕《なみまくら》。[一一]西施《せいし》の美女《びぢよ》を[一二]伴《ともな》ひし。[一三]例《ためし》を爰《こゝ》に唐倭《からやまと》。[一四]四海《かい》やう〳〵穏《おだやか》に[一五]寿《ことぶき》永《なが》き年号《ねんがう》も。短《みじか》く立《たつ》て元暦《げんりやく》と[一六]命《みことのり》も革《あらたまり》。[一七]戸《と》ざゝぬ垣根《かきね》卯《う》[一八]の花も。[一九]皆白旗《みなしらはた》と時めきて。[ヲロシ]へ武威《ぶゐ》はます〳〵。[ハル]盛《さかん》なり。

[地中][二〇]宝祚《ほうそ》[ウ]八十一代の天子安徳帝《あんとくてい》。[ウ]八島《やしま》の波《なみ》に沈《しづみ》給へば。[ウ]後白河《ごしらかは》の法皇《ほうわう》政《まつりごと》を執《とり》行《おこな》[ハル]はせ給ふ。[二一][ウ]昵近《ちつきん》の公卿《くぎやう》は[二二]左大臣《さだいじん》の左大将藤原《さだいしやうふぢはら》の[中]朝方《ともかた》。[ウ]君の御覚《おぼへ》よき儘《まゝ》に己《おのれ》に諂《へつら》ふ者には。[ハル]官位昇進《くはんゐしやうじん》申[シ]下《くだ》し。[ウ]依怙《ゑこ》贔屓《ひいき》の沙汰《さた》大方ならず。[ウ]群臣《ぐんしん》是をいかん共いはゞ[二三]叡慮《ゑいりよ》に背《そむか》んかと各《おの〳〵》[フシ]。[二四]舌《した》をまき筆《ふで》や。

めたとの説話もあるが、ここはただ伴ったのみの故事として解すべきである。早川光三郎『蒙求』「范蠡泛湖」余説参照。 一三 功臣范蠡の故事と呼応する如く、いまここに語ろうとする日本の歴史上でも、頼朝に天下掌握をなさしめた功ある義経主従が、都を退き舟出をするに当り、美女静御前を伴っている、の意。 一四 天下。
一五 寿永。安徳天皇朝の年号。養和二年(一一八二)五月二十七日改元以後、四年八月十四日に文治と改元するまで。但し安徳天皇生前の寿永三年四月十六日には、前年の後鳥羽天皇即位により、京都では元暦と改元して翌年の文治改元に至る。
一六 改元の詔が出され。「革命」の字は、平家の世が源氏の天下に改まったことを考慮に入れたか。 一七 戸じまりの必要がない程平和な世。
一八 空木(うつぎ)の白い花。初夏の花。
一九 家々の垣根に白い卯の花が咲き誇り、巷には平家の赤旗から一変して源氏の白旗が翻り。
二〇 天皇の位。 二一 親しく側近に仕えていること。 二二 左大臣で左近衛大将をかねた藤原朝方。但し流布本平家物語では皇太后宮の大夫朝方(巻三)、三条の中納言朝方(巻八)と名が見える。権中納言参議朝隆の子。皇后宮権大夫、中納言を経て権大納言。 二三 法皇の思召し。
二四 舌を巻き口をつぐむさまと、巻筆をかける。巻筆は、糸などで軸を巻いて飾りたてた筆。
※現行舞台、階上正面に御簾。階上に朝方。
二五 中務省に属し、詔勅をつくり御所の記録をつかさどる内記六人のうち、上位の二人。筆の縁で「内記」「硯」。 二六 宮中の日々の記録。
二七 滝口の武士に院参の趣を申して。滝口は清

時	元暦二年旧暦六月頃
所	後白河法皇の院政が執り行なわれる御所

二五大内記《だいないき》御二六日次《ひなみ》に硯《すゞり》取リ添座列《そへざれつ》する。二七滝口《たきぐち》に案内《あんない》して源氏の大将。二八源九郎判官《げんくらうはうぐはん》義経院参《ゐんざん》の其粧《よそほひ》。五位の二九雑袍《ざつぽう》三〇善尽《ぜんつく》しはでを尽《つく》せし太刀飾《かざり》。供のかざりは三一三国一チ三二西塔《さいたう》の武蔵坊弁慶《むさしぼうべんけい》。三三大紋《だいもん》の袖立テ三四烏帽子《ゑぼし》三五僧衣《そうゑ》を憚《はゞか》る出立チは。げにもゆゝしく見へにける。

大内記取次ギにて「源氏の武士参上《さんじやう》」と。中上れば左大将「いかに義経。此度三六八島の合戦の様子《やうす》。法皇委《ほうわうくは》しく聞し召《(めされ)》ず。天皇の入水《じゆすい》一門の最期《さいご》。御日次《ひなみ》に記《しるさ》れん申上よ」とある。義経「はつ」と承はり。「さん候《(ざうらふ)》今度の戦《たゝか》ひ。三七平家は千騎《ぎ》計《(ばかり)》と見へ。八島の磯《いそ》に陣《ちん》を張《はる》。義経が勢は三八四百余騎《よき》只事にては勝《かつ》事なしと。三九不時《ふじ》に寄《よせ》たる鬨《ときのこへ》に。あはてふためき平家の勢船に取乗沖中《のりおきなか》へ。天皇を具《ぐ》し奉る。

其時城に火を放《はな》ち。明りに眼《まなこ》さませしやらん。四〇能登守教経《のとのかみのりつね》小船《しやうせん》に乗移《のりうつ》り。希代《きたい》の弓力《ゆんりき》四一引詰差《つめさし》詰。四二射《ゐ》たる矢先《やさき》は義経が。馬の先に立ふさがる佐藤次信《さとうつぎのぶ》あばらに受ケ。馬より下にどうど落る。其首取んと菊王丸。船より磯辺《いそべ》に上ガる所。弟

涼殿の東北方にある御溝水(みかわ/みず)の落ちる所で、警固の武士の詰所があった。但し史実では、院の御所は内裏と別に、この時期は六条西洞院にあった。なお軍法富士見西行・大序は、都で法皇御所法住寺殿が成就したことを鎌倉の頼朝が祝うところから始まる。同じ作者宗輔(千柳)が法皇御所を内裏と混同するとは考え難く、意識的に大内になぞらえたものかと思われる。

二八 →五三〇頁注一一。

二九 勅許を得て直衣で参内する時の、直衣をいう。義経は元暦元年九月従五位下となる。

※現行では義経は狩衣。階下に伺候。

三〇 慣用句「善を尽し美を尽し」の言い替え。脚韻を踏む。　三一 印度・中国・日本で随一の意。

三二 東塔・横川(よかわ)とともに比叡山三塔の一。「そもそもこれは三塔の傍に住まひする武蔵坊弁慶にて候」(舟弁慶)。「三国、西塔」と頭韻。

三三 布製の直垂の一種。ここの弁慶の装束は、御所桜堀川夜討三の弁慶とほぼ同じ。「武蔵坊へりぬり取て打かづき。大紋の袴ふみしたき」。

三四 頂辺の峰を立てたままで折らない烏帽子。

三五 宮中では神道との関係で仏教を忌むことがあるので。宮中の例ではないが、軍法富士見西行一、頼朝社参の場に居あわせた僧(西行)に鼓判官が「穢はしき衣を着し御前を恐れぬ」という。

※平家滅亡直後、義経は使を送り、院の御所に追討の次第を報告し、御感に与る(平家物語十)。ここでは義経自身の院参に改めた。

三六 平家の壊滅、安徳天皇の入水は、八島ではなく、壇浦合戦での出来事である。本作では平家物語の本文(流布本)を細部にわたって活用しているので、杜撰故の誤りではない。源平の戦いは、源氏の勝利によって終結したことになっているが、歴史には裏があるとの設定から、あ

佐藤忠信が射《ゐ》かへす矢先キに敵味方。互に不便《びん》の武士《もののふ》を討せし供養《くやう》と相引《(あひびき)》に。其日の軍はさつとひく。[一]明れば敵より出す扇。与一宗高《むねたか》射《ゐ》て落す。箕尾谷《みおのや》景清《かげきよ》[二]錣《しころ》引。敵が感《かん》ずる。味方が誉《ほむ》るされ共。[三]源氏は勝軍。平家は軍兵《ぐんびやう》討なされ[四]能登守《のとのかみ》教経《のりつね》。安芸《あき》ノ太郎。同《おなじく》次郎。二人を左右にひつ挟《ばさ》み海へかつぱと飛入《(とびいつ)》たり。[五]是を冥途《めいど》の門脇《かどわき》教盛《のりもり》。同《(おなじく)》経盛《つねもり》。資《すけ》盛有盛。行盛なんど我レも／＼と続《つゞ》て入ル。新中納言《なごん》知盛《とももり》は。[六]御所の御船《(みふね)》の御供《(おんとも)》とすゝんで海にざんぶと入ル。天皇の御事は[七]やはかと存ぜし油《ゆ》断《だん》の間に。[八]二位の尼上《あまじやう》御ン供し。海へ入しと聞イたる計リ御骸《かばね》をも求《もとめ》得ず。[九]女院計リ助り給ふ。生捕《いけどつ》たる輩《ともがら》は先キ達ツて一ツ紙《し》に認《したゝ》め。叡覧《ゑいらん》に備《そな》へ奉れば。申上グるに及ばず」と事細《こまやか》に述《のべ》らるゝ。[一〇]其弁舌《べんぜつ》を其儘《(そのまま)》に日次《ひなみ》に。しるし留《とゞめ》ける。[一一]朝方にがつたる気色《けしき》にて。「夫レ程の功《こう》有ル義経。[一二]頼朝に対面《たいめん》叶はず腰越《こしごへ》[一三]より追ツかへされた。其科《とが》をいへ聞《(きか)》ん」と。聞クより弁慶すゝみ出。「我君の御為には御ン兄なれ共。[一四]蒲冠者範頼卿《かばのくはんじやのりよりけう》ぬるいお生れ。手柄《てが》がなさに義経公にし[一五]なずを

えて壇浦合戦の語を避け、八島合戦、壇浦合戦それぞれの出来事を、すべて八島合戦に含めた形に作り替えている。　三七「判官又坂西の近藤六親家を召して、八島には平家の勢如何程有るぞと問ひ給へば、千騎にはよも過ぎ候はじと申す」(平家物語十一)。　三八「大臣殿(平宗盛)、侍共に、源氏が勢は如何程有るぞと問ひ給へば、七八十騎にはよも過ぎ候はじ。あな心憂や…中にも取籠めて討たずして、周章てて船に乗つて、内裏を焼かせぬる事こそ口惜しけれ」「判官程なく三百余騎に成り給ひぬ」(十一)。　三九 思い寄らぬ時に急襲をかけた。

四〇 清盛の弟教盛の第二子。強弓で名高い勇将。

四一「差詰め引詰め」に同じ。矢を手早く弦につがえ、次々に弓を引いては射る。

四二 →四三四頁注二。

一 那須与一(下野国那須の住人那須太郎資高の子)の扇の的の晴業は、平家物語では、義経が八島の内裏に急襲をかけた同じ二月十八日の夕刻の出来事であるが、本作ではこの合戦に、はるか後日の壇浦合戦を二重写しに描くために、翌日のこととした。

二 錣は、兜の鉢から左右や後に垂れて首を覆うもの。平家物語十一・弓流の逸話が八島合戦の景清三保谷の錣引として名高い。箕尾谷は武蔵国比企郡三保谷郷(現、埼玉県比企郡川島町大字三保谷宿《みほやしゆく》)の住人。十郎・四郎の関係には平家物語諸本にも異同があり、浄瑠璃・大仏殿万代石楚、壇浦兜軍記では景清と対するのは四郎。景清は上総介藤原忠清の子とされるが、異説あり。平家の残党となって頼朝を狙う物語を

付ケ。あつちの手柄にせふ為に。付キ従《したが》ふ佞人原《ねいじんばら》が讒言《ざんげん》と。気の付カぬは鎌倉殿のぶ詮議《せんぎ》」といはせも果《(はて)》ず。「ヤアだまれ弁慶。仮《たとへ》讒者《ざんしゃ》の業《わざ》にもせよ。一ッ旦《たん》の兄の命《めい》申シ開《ひら》かず。腰越《こしごへ》よりすご〳〵と帰りしは。弟の義経さへあの通リと世上の[一六]見ごらし。理非《りひ》弁《わきま》へぬ麁忽《そこつ》の雑言《ざうごん》。[一七]尾籠至極《びらうしごく》」と誡《いましめ》の詞。「ホヽウ神妙《しんべう》也義経。軍《(いくさ)》の次第を[一八]奏問《そうもん》して。御前ン宜《よろ》しく計《はから》はん」と。うはべは[一九]ぬつぺり取リ持チ顔。[二〇]寝《ね》とりさゝんと底工《そこだくみ》大内記引連レて。御殿ン間深《まぶか》に入にける。

[二一]小部《(こ)じとみ》のかげより左大将朝方の[二二]諸太夫《しよだいふ》。主に劣《おとら》ぬ[二三]人畜《にんちく》の苗字《めうじ》も猪熊《いのくま》大之進《しん》。「コレ〳〵義経殿御油断《ゆだん》〳〵。治《おさま》つたとは云ながら平家の残党《ざんとう》。[二四]小松の三位《(さんみ)》惟《これ》盛《もり》の[二五]簾中《れんちう》若葉の内侍《ないし》。其儘《(そのまま)》に置カず共なぜ片付《かたづけ》て仕廻《しまは》れぬ」。「ホヽウ何事と存ぜしに。女童《おんなわらべ》の事よな。何ン万ン人有ル迚《(とて)》も天下《(てんが)》の[二六]かひにならぬ事。其儘で事はすむ」。「ムウ事済《すむ》とは。どふ成リと成リ次第ならこつちも勝手。身が主人朝方公。若葉の内侍《ないし》に御執心《しうしん》」と。皆迄云《いは》せず武蔵坊。「ヤアならぬ〳〵。[二七]鎌倉殿のお指《さし》図《づ》で縁組はともかくも。平家方の[二八]女房を私に引入ルるは味方も同然《どうぜん》。ならぬ事」

中世近世の多くの戯曲に脚色。

三 以下は平家物語では、三月二十四日、壇浦合戦における出来事。

四 「能登殿是を見給ひて、先づ真前に進んだる安芸太郎(土佐国安芸郡の安芸太領実康の子実光)が郎等に裾を合せて、海へどうと蹴入れ給ふ。続いてかゝる安芸太郎をば、弓手の脇にかい挟み、弟の次郎をば、馬手の脇に取つて挟み、一縮(ひとしめ)縮めて、いざうれ己れら、死出の山の供せよとて、生年廿六にて、海へつゝとぞ入り給ふ」(十一・能登殿最期)。

五 教経の入水を冥途の門出、さきがけとして。平教盛の号「門脇」と「門出」をかける。「門脇平中納言教盛、修理大夫経盛、兄弟手に手を取組み、鎧の上に碇を負ふて、海にぞ沈み給ひける。小松新三位中将資盛、同少将有盛、従弟の左馬頭行盛も、手に手を取組み、是も鎧の上に碇を負ふて、一所に海にぞ入り給ふ」。教盛は清盛の弟で教経の父、従二位中納言。経盛は清盛の弟、教盛の兄、敦盛の父、正三位参議修理大夫。資盛は重盛の次子、維盛の弟、従三位右中将、建礼門院右京大夫集の作者の愛人。有盛は重盛の四男、従四位下右少将。行盛は清盛の次子基盛の子、正五位下播磨守。教経の入水は能登殿最期の終りに記される。

六 安徳天皇の御船。知盛の入水については、「新中納言知盛卿、小船に乗つて、急ぎ御所の御舟へ参らせ給ひて、世の中は今はかうと覚え候」(十一・先帝の御入水)を踏まえつつ、平家物語の本文から離れ、ぼかした形で述べる。知盛は清盛の四男、寿永元年十月三日権中納言となり、新中納言と通称。

七 よもや。　八 二位殿。清盛の妻時子。「尼上」は尼に敬意を添えた言い方。巻十一で詳しく述と云ほぐせば。「ヤアしやらくさいおけ〳〵。左《さ》いふ義経。[一]平《(へい)》大納言時忠の聟《むこ》ならずや。いはいでもそれで知レた。若葉の内侍もチヱ[二]〳〵くつたな」。「ヤアチヱ〳〵くつたとは我君を。雀《すゞめ》のやうにぬかしたりな。コリヤこつちが鳥なら己《おのれ》は蠅《はい》[地色ウ]ぶう〳〵ぬかさずすつこめ」と。[ハル]引摑《つかん》でちよいとほうる音トは[色]どつさり。「アイタヽヽ」「[ウ]ヤレあら立テるな武蔵坊。[三ウ]しされ〳〵」と[フシ]せいする折から。

[四地ウ]御座の間の御簾《みす》巻キ上《(あげ)》左大将朝方。[ハル]あやしの箱引ンだかへ[五]くはん〳〵たる其風《ふ》[色]情《ぜい》。[詞]「ヤア〳〵義経敬《うやまつ》て承はれ。[六]桓武《くはんむ》天皇雨乞《あまごひ》の時より。禁庭《きんてい》に留《とゞ》め置ク初ッ[七]音と名付ケたる鼓《つゞみ》。義経兼《(かね)》[八]て望《のぞ》む由《よし》聞シ召シ及ばれ。此度の御恩賞《おんしやう》に院宣《ゐんぜん》に添《そへ》給はるぞ。拝見《はいけん》せよ」と指出《(さしいだ)》す。[地ハル]義経「はつ」と頭《(かうべ)》を[色]さげ。[詞]「数ならぬ身に及びなき願。[九]雨乞に用《もちゆ》る鼓《つゞみ》[一〇]軍の為にと存ずる所。[地ハル]有がたし〳〵」と箱押シ戴《いたゞき》[中]〳〵。「[ウ]相添《そへ》られし院宣とはいかなる[一一][ハル]勅命《ちよくめい》。[ウ]いで拝見《はいけん》」と箱のふた開《ひら》けば内には[色]鼓計リ。「[詞]ホヽウ院宣とて外になし。其鼓が則《すなはち》院宣。惣じて二つ有ル物を陰陽《ゐんやう》に取。兄弟に像《かたど》る。鼓の裏皮《うらかは》表皮《おもて》。同じ育《そだち》の乳《ち》[一二]ぶくらにかけ合されしは是兄弟。裏《うら》

べる安徳天皇・二位尼の入水を「海へ入しと聞たる計」と、ぼかして表現。
九 建礼門院徳子。高倉天皇の中宮。安徳天皇の母、清盛の女。建保元年(一二一三)十二月十三日崩御、五十七歳。異説あり。「女院は此の有様を見参らせ給ひて、今はかうとや思召されけん、御硯・御焼石、左右の御懐に入れて海に入らせ給ふを、渡辺源五右馬允眤、小舟をつと漕寄せて、御髪を熊手に懸けて、引上げ奉る」(十一)。
一〇 内裏ないし院の正式の記録に記された上は、義経が今語ったところが、表向きの歴史として伝えられたことになる。義経がそれを意図していた真意が後段で明らかにされる(四五三頁注一八)。
一一 苦りきった顔つき。　一二 元暦二年五月十五日から六月九日の出来事。巻十一・腰越に詳しい。　一三 現在の神奈川県鎌倉市腰越。七里浜の西端で、鎌倉への入口。
一四 頼朝の弟、義経の兄、三河守範頼。壇浦合戦当時、周防から豊後にかけて平家の動きを押さえる役割。義経の花々しい武功には比ぶべくもないが、特に頼朝に義経のことを讒言した訳ではない。平家物語は頼朝・義経の不和を梶原景時の讒言によるものとするが、本作では梶原について別趣の脚色を行なうために、讒者の実体については具体的に述べない。　一五 悪口。けち。　一六 見せしめ。　一七 甚だ無礼である。
一八 奏聞。法皇に申上げて。　一九 しらじらしいさま。　二〇 義経を、寝ている鳥を鳥黐《(とりもち)》竿で刺すように、油断させて窮地に追い込もうと。「とりもち」から「ねとり」を導き出す。
二一 蔀戸、即ち格子組の裏に板を張った戸。御所らしい感じを出すための語。
二二 公卿の家で家政を司る職員、家司《(けいし)》。

は義経。表テは頼朝。準《なぞら》へて其鼓を打テと有リ[一三]が院宣也」と聞もあへず。「ハア、其鼓《つゞみ》が院宣ならば。頼朝義経打和《やは》らぎ。睦《むつま》じく禁庭《きんてい》の守護《しゆご》致《いた》せとの 勅《みことのり》 候《ざうらふ》や」。「[一四]イヤそふでない〳〵。君に忠勤《ちうきん》を 抽《ぬきん》ずる義経を。科《とが》有リと追ッかへせし頼朝は。法皇へ敵たふ所存《しよぞん》。兄頼朝を打テとある追討《ついたう》の院宣」と。理を押シ枉《まげ》て兄弟中。同士《どし》打させて仕廻《しまは》ん工《たくみ》。義経はつと当惑《とうわく》し指《さし》うつ。むいて居給ひしが。

「コハ日比《ひごろ》に異なる法皇の勅命《ちよくめい》。仮令《たとへ》叡慮《えいりよ》に背《そむく》共兄を討ッ事存じも寄《よら》ず。頼朝に科《とが》あらば。義経も御刑罰《けいばつ》に罪《つみ》せらるゝが弟の道。所詮《しよせん》此初ッ音の鼓申シ請ねば。院宣も承はらず」と指戻《さしもど》せば。朝方 弥《いよ〳〵》 したり顔。「[一五]綸言《りんげん》は汗《あせ》のごとし。勅命《ちよくめい》を背《そむ》けば義経。朝敵なるが合点か」と。無理《むり》と非《ひ》道に云枉《まぐ》る工《たくみ》と知ッても勅命《ちよくめい》と。いふに返答《へんたう》恐《おそ》れ有リ。只「はつ〳〵」と計《ばかり》也。たまり兼て武蔵坊ずつと出《いで》。「コレサ左大将殿とやら。王様は天下《てんが》の鑑《かゞみ》。無理《むり》云《いは》しやれば天下中《てんがぢう》が。皆無理いふが合点か。無理が有ルなら傍《そば》に居る公家《くげ》の役で

二三 人間の顔をしているが、心は獣同然の。 二四 重盛の長男、三位中将維盛。重盛は館が小松谷にあったので小松殿と、維盛は小松の三位と呼ばれた。 二五 夫人を敬っていう語。史実の維盛夫人は鹿谷事件の中心人物大納言成親の娘。→四〇二頁注九。 二六 害(い)。書言字考に「害 カヰ〈妨ケ也〉」。 二七 後にある如く義経が平時忠の娘を妻としているのを考慮した言葉。 二八 女性。

以上三九八―三九九頁

一 清盛の妻二位殿の兄。→四一八頁注八。 二 「乳繰る」の転。男女の密会をいう。 三 すされ。さがれ。 四 法皇のおられる部屋。 五 緩々。悠然とした。得意気にゆったりとした。 六 桓武天皇、延暦七年(七八八)の雨乞が有名。水鏡に、「みかど御ゆどのありて、御身をきよめて、にはにおりて祈りこひ給ひしかば、しばしばかりありてそらくらがりくもいできて、たちまちに雨くだりて、世の人、よろこぶ事、かぎりなかりき」。 七 →四三〇頁注五。 八 まえまえから。「予」の意味に適用。 九 塵添壒嚢鈔に「雩鼓(アマコヒノツヽミ)ヲウツ事ハ今案歟。所見アル歟。竜神ヲ驚カス心ナルベシ」として文選、礼記を引く。 一〇 戦略に利用するためにと考えていましたことです。戦争との関係には、雨乞とは逆ながら、塵添壒嚢鈔に、黄帝が風雨に苦しんでいた時に、旱魃童子に出会い戦勝を得た話を載せる。 一一 このあたり、法皇の命令である院宣と天皇の勅命及び勅(みことのり)を同一に用いている。 一二 乳袋。鼓の胴の両端、皮の裏側のふくらん

なぜしづめぬ。大敵にもひるまぬ大将よふ一チ言《ごん》でやりこめたなァ。云負《いひまけ》させては此腹の虫が堪忍《かんにん》せぬ。サア出なをして誤《あやま》りや」と腹立ッ儘《まま》の傍若無人《ばうじやくぶじん》。義経はつたとにらませ給ひ。「やおれ弁慶。高位高官《かうゐかうくはん》に対《たい》しての悪口《あくこう》。最前《さいぜん》より無礼の段〻言語道断《ごんごだうだん》そこ立され。我ガ目通りへは叶はず」と。以ッての外の御機嫌《きげん》に。せんかたもなく立チ端《は》なく。誤《あやま》り猪熊《ゐのくま》よい気味とほくそづくを目もかけず。朝方に打向ひ。「日比《ひごろ》の懇望《こんばうかへ》返つて仇《あた》となる鼓。中シ受ケねば君に背《そむ》く。中受クれば兄に敵対《てきたい》。二ッの命《めい》を背《そむか》ぬ了簡《りやうけん》。打テと有ル院宣の鼓。たとへ拝領《はいれう》申ても打チさへせねば義経が。身の誤《あやま(り)》にもならぬ鼓。拝領申奉る」と鼓を取ッて退出《たいしゆつ》す。御手《おんて》の中に朝方が悪ク事を調《しらべ》のしめくゝり実《げに》も名高き大将と。末世《まつせ》に仰《あを》ぐ篤実《とくじつ》の強優《つよくゆう》なる其姿。一チ度にひらく千本ン桜栄へ。久しき

（北嵯峨庵室の段）

へ君が代や。蘭省《らんしやう》の花の時錦帳《きんちやう》の中にかしづかれし。小松ノ三位惟盛《これもり》の御台《みだい》若

だ部分。母の乳房の意をかける。調緒で表皮と裏皮を結び合わせる。一三 十行本「あるが」。一四 後白河法皇は御簾の奥深くにあって姿が見えず、鼓の下賜に伴い、どこまで法皇の意志が示されたのか明瞭でない点に、むしろリアリテイがある。「理を押枉て」云々と、朝方の悪企みとしてはいるが、清和源氏十五段(享保十二年、並木宗助・安田蛙文作)二段目の義経の描き方からみても、義経の没落が、後白河法皇と頼朝の緊張関係にまきこまれたことに起因するとの史実は、作者は熟知していたはずである。一五 綸言即ち天子の言は、一度出れば取り消され得ない。「天子には戯(たはぶれ)の詞なし。綸言汗の如しとこそ承つて候へ」(平家物語三)。

一 立つ機会もなく。立つに立たれず。「なく」を重ねて韻を踏む。二「誤り入る」と「猪熊」をかける。三 ほくそえむ。四 振仮名の「り」は後の再版本及び十行本による。五 鼓の調緒。表皮と裏皮を結び合わせる竪(たて)調と、それを横に締める横調。悪事を熟知してとり納める意をかける。六 誠実で親切なこと。七「千本桜五十余町の桜坂」(右大将鎌倉実記二・吉野山の場)。

時　旧暦八月一日
所　北嵯峨の尼の庵

八 白楽天「盧山草堂夜雨独宿、牛二・李七・庾三十二員外に寄す」の詩「蘭省花時錦帳下、盧山雨夜草庵中」による。蘭省は中国尚書省の異名だが、別に皇后の宮殿の意もあり、若葉の内侍が

葉の内侍《ないし》。若君[一一]六代御前平家都を落しより。今は[一二]蘆山《ろさん》の隠《かく》れ里。[一三]北嵯峨《さが》の草庵《さうあん》に。親子諸共《もろとも》身を忍び。しなれぬ業《わざ》も仏の行《ぎやう》と谷の。流《ながれ》を水桶《おけ》に主ジの尼と[一四]指荷《さしにな》ひ。庵《いおり》の内に立帰り。

「コレ申みだい様。わしが一チ日[一五]たが/\するを[一六]笑止《せうし》がつて。荷ひの片端《かたはな》[一七]お手《て》伝《つた》ひなされ。それ/\お肩《かた》がいたさふな。下ゝ《したじた》のする業《わざ》は夢に見もなされまい。[一八]時代迚《ときよとて》おいとしぼや。アレ何聞てやら六代様のにこ/\と笑ふてじやよふおるすなされたなふ」と。[一九]ほた/\いふてあしらへば。みだい所も打しほれ。「しりやる通リ夫《つま》の惟盛《これもり》様。御一チ門ンと諸共。安ン徳天皇を供奉《ぐぶ》し。都を[二〇]開《ひら》き給ひしより。此庵《いおり》に親子諸共。永《なが》ゝの世話《せわ》になるも。そなたが昔お館《やかた》に。奉公仕やつた少シの所縁《ゆかり》。惟盛様も西海の軍に海へ沈《しづ》みお果《はて》なされた共。又生キてござる共様ゝ《さまざま》の噂《うはさ》なれ共。都をお立なされた日を。御命日《めいにち》と思ふて居る。殊《こと》にけふは舅《しうと》君[二一]重盛《しげもり》様の御命イ日なれば。心計《ばかり》の香花《かうげ》取ッて。[二二]阿伽《あか》の水も備《そな》へん為。手づから水を汲《くみ》ました。取リ分ケ此月はお祥月《しやうつき》。昔の形《なり》で回向《ゑかう》せば。せめて仏

後宮の女性であったことと対応させる。
九 維盛の北の方を内侍と称するのは、本作の仮構であるが、史実では大納言成親の娘で、平家物語二に成親の北の方について「此の北の方と申すは、山城守敦方の女、後白河の法皇の御思ひ人、双びなき美人にて御座しけるを、此の大納言難レ有御寵愛の人にて、下し給はられたりけるとかや」とある。
一〇 「若葉の内侍」の名は、蒲冠者藤戸合戦（享保十五年、並木宗助・安田蛙文作）で六代御前を匿う小胡麻《おぐま》の郡司の娘若葉を受け継いだもの。
一一 平維盛の嫡男。平家物語では巻七・維盛の都落の時十歳、平家滅亡後、十二歳の時、北嵯峨大覚寺の北方菖蒲谷に、母・妹とともに隠れ住むところを北条時政に捕えられ、文覚が頼朝に命乞い（巻十二・六代）、出家して三位の禅師と称したが、三十歳でついに斬られた。平家物語巻十二は「六代被レ斬《ろくだいのきられ》」をもって終る。
一二 中国江西省九江県の南にある山。揚子江・鄱陽湖に接し、古来、詩や画で知られた景勝の地。注八の白楽天の詩を踏まえた表現。
一三 嵯峨野の北部、大覚寺・清涼寺の辺。嵯峨野は京都市右京区。内裏の北西二里程の郊外で、貴族の山荘や文学上の人物隠棲の地として知られる。
一四 棒を通した荷を二人で担ぐこと。
一五 足もとの定まらぬさま、ここは「おたおた」といった意。
一六 気の毒に思い。
一七 オテッタイと促音で言うか。
一八 尊い身分の方が、悪い時代に生まれ合わせて。
一九 愛想のよいさま。
二〇 お退きになってから。
二一 平家物語三に治承三年（一一七九）「七月廿八日小松殿出家し給ひぬ。法名は浄蓮とこそ付き給へ。軈て八月一日《ひとひ》の日、臨終正念に住して失せ

へ追善《ついぜん》」と。[一]けふの細布《ほそぬの》[二]身せばなるさもしき。小袖ぬぎ捨て[三]卯の花色の[四]二つ襟《えり》。うきに憂身《うき》の数〻は。[五]十二単《ひとへ》の[六]薄紅梅《うすかうばい》思ひの。[七]色や。緋《ひ》の袴《はかま》。[八]いでそよ元は大内に。宮仕へせし。[九]はれの絹。引繕《つくろ》ひ。蒔絵《まきゑ》すつたる手箱より重盛公の。絵像《ゑざう》を取出しさら〳〵と。[一〇]仏ッ間にかけて手を合せ。小松の[一一]内府《だいふ》浄蓮《じやうれん》大居士《こじ》。[一二]仏《ぶつ》果《くは》[一三]ぼだいと回向《ゑかう》して。

「コレ六代。そなたの為には祖父《ちい》君。稚《おさな》けれ共平家の嫡流《ちやくりう》。よふ手を合して拝《おが》みやいの。取わけて此絵像《ゑざう》。親子《おやこ》御《ご》迚《とて》惟盛様に生キうつし。ほんに扠《さて》重盛様が今迄生キてござらふなら。平家はよもや亡《ほろ》びはせじ。孫子《まごこ》の為にもよからふに[一四]あなたがござらぬばつかりで。此憂目《うき》を見るわいの」と。絵像《ゑざう》に向ひ在《います》がごとく。くどき立〳〵《くどきたて》かつぱと伏て。泣給ふ。

折節《おりふし》表テへくる足音。[一五]ちやつと心得主ジの尼。[一六]枕屏風《びやうぶ》を引廻し。お姿隠《かく》す間もなく。扉《とぼそ》引明ケずつと這入《はいり》。「コレ〳〵庄屋殿へ判《はん》もてごんせ」。「ハア、夫レは合点がいかぬ。今迄は一チ年ンに一度。[一七]宗旨《しうし》の改《あらため》より外に判の入ぬ独尼《ひとりあま》。殊にこ

給ひぬ。御歳四十三」。史実は七月二十九日、四十二歳とする。三 神仏に供える水。閼伽は梵語で、賓客を接待して敬って供える水。

一 狭布細布。陸奥から調進したと言われる幅の細い布。「錦木はたてながらこそ朽ちにけれけふの細布むねあはじとや」(後拾遺集・能因)。二 着物のみごろの狭い、下賤の。三 卯の花襲(かさね)即ち表は白、裏は青の二つ襟であろう。四 小袖を二枚重ねて着ること。若葉の内侍の衣装は、続く文に十二単衣とあるのは宮廷女性の正装を思わせる文辞で、実際に隠れ家で十二単衣を着するはずはなく、袿(うちぎ)を二枚重ねた二つ衣(きぬ)姿になったのであろう。「卯の花色、うき、憂身、薄紅梅」の頭韻も「憂き」を強調。五 憂き思いが重なる意をかける。六 薄紅梅襲。紅梅の薄いもの。紅梅襲は表紅、裏紫。七「紅梅」の赤、「思ひ」の「ひ」から火、緋を連想。節付けの「冷泉」は女性が手紙を書く時等に用いる優美な曲節。下の「はれの絹」で普通の義太夫節に直す。八「ほんに、それよ」の意。百人一首「有馬山ゐなの笹原風吹けばいでそよ人を忘れやはする」(後拾遺集・恋二)。九 晴れの衣装を、きちんと身につけて。※現行、ウヲクリで若葉の内侍と六代は上手一間へ入り、装束をかえてナヲスフシのところで出る。六代は白絹の着付、白襟、赤地織物の小忌衣(おみごろも)、織物(金襴)の指貫(さしぬき)、赤地織物の丸ぐけ帯、内侍は下げ髪に銀の花櫛、緋の袴に浅黄綸子の着付、白襟、鴇色(ときいろ)無地又は柄物などの精好(せいごう)織の小袿(こうちぎ)、織物の帯。現

なたも[一八]月別《つきべつ》にくる[一九]歩行《あるき》殿とは違《ちが》ふた。マア何事じや聞《(きか)》さつしやれ」。「イヤされば。爰《(ここ)》らの事では有そもないが。此嵯峨《さが》の[二〇]庵室《あんじつ》に[二一]珠数《じゆず》の実《み》で過ギるは付ケたり。表テ向キには仏を見せかけ。内証《ないしやう》へ取入ルと。[二二]小みめのよい髪長《かみなが》を出しかけて。[二三]御所出尼出囲者《かこひ》。[二四]大海《かい》小海と名を付ケ。一ト屏風《びやうぶ》を何ンぼづゝと。仏前の線香《せんかう》を立テて。[二五]くら商《あきない》をするといの。是といふも。[二六]祇王《ぎわう》祇女。仏ケなどゝいふ[二七]白拍子のしや[二八]の果《はて》が。尼に成ッて此嵯峨《さが》に居る故に。夫レで所[二九]がみだらに成ッた迚《(とて)》。人ン別ッの判形《はんぎやう》。此庵《あん》にも其様な。[三〇]じだらくはござらぬかや」。「ヲ、[三一]あの云しやる事わいの。[三二]仏様は見通し。そんなじだらくな事何ンでせう。聞クもけがれるいんで下され」。「ハテいにます。[地ハル]早う印ン判おこさつしやれ」と。[フシ]家内《やうち》を見廻し立帰る。

[三四]お気がつまろと主ジの尼枕屏風《びやうぶ》を押シ[ハル]のけて。「今[ウ]のをお聞[色]なされたか。覚《おぼへ》[詞]もない事いふてきて。そしてマアきみの悪ルい。家内《(やうち)》を[三三]ひつた見廻して。ヲ、是はしたり。今のやつめにおまへのおざうりちよろり一ッ足《そく》せしめられた。ヱ、小盗《こぬす》

行演出は、緋の袴以外は三段目と同じ拵え。両人が着換えに退場中の詞章は、合の手入りではなやかに演奏。
一〇 絵像は現行では、正面上手よりの仏壇の脇に掛ける。初演時は上手一間に掛けたか。
一一 内大臣。浄蓮は→四〇三頁注二一。
一二 仏道修行の結果、成仏すること。
一三 菩提。悟りの境地に至ること。極楽往生。
※現行演出では、「コレ六代」以下、四〇六頁三行目「歎キにくもれ共」までカット。以後も多少カットがある。
一四 このお方。
一五 素早いさま。　一六 枕元に立てる小さい屏風。
一七 宗門改はキリシタン信仰を禁止するための制度で、宗門改人別帳・宗旨人別帳は、戸籍の役割も果した。　一八 月別銭《ぜに》。毎月、各家から取り立てる銭。　一九 町村の役所の走り使い。
二〇 「アンジツ」(日葡辞書)。
二一 数珠の珠をつまぐって、即ち仏に仕えて生活するのは。「実で過ぎる」は「身過ぎ」の掛詞。菅原伝授手習鑑四・北嵯峨隠れ家の段に、門山伏を「五器の実修行」(お供えの食器の実(=米)をわが身の用に求める修行)とあるのと同趣。
二二 小奇麗な女。　二三 御所奉公をしていた女、尼であった女、人の妾、などが、いかがわしいアルバイトをすること。「御所出」「尼出」も、そのように称しているだけであろう。
二四 浮気の女性を水性とする俗説によって、その甚だしいのを海にたとえた語。信田森女占(しのだのもりおんなうらかた)三「男をくふは大海の水だくさんな水性で、とても立まい後家なれば」。
二五 いかがわしい商売。
二六 清盛の寵愛を仏御前に奪われた祇王が、妹祇女、母とともに「嵯峨の奥なる山里に、柴の

人《びと》で有ッた物。気が付カいでとられた」と。いへばみだいも涙ぐみ。「世を忍ぶ身の上は何[一]かに付ケて案《あん》じがたへぬ。扠《(さて)》も〱情《なさけ》なき。親子の身では有ルぞいの」と内は。歎キにくもれ共。外トは春[二]めく物売声。「[三]すげ笠かゞ笠」。ゆす[四]〱一ッ荷《か》打かたげ「笠をお召シなされぬか」と。門ド口より指覗《さしのぞ》けば。「[五]ヲヽとでもない。尼の内に菅笠《すげがさ》が何ンでいろ。うさんなわろじや」と呵《しか》られて。「イヤお気づかひな者でなし。わたしでござる」と笠取ッてはいるを見れば[六]小《こ》金吾《きんご》武里《たけさと》。みだい所は飛立ッ計リ。「[七]此間は便《たより》も聞ずどふかかうかと案ぜしに。サア〱爰《(ここ)》へ」と有ければ。小金吾も手をさげて。「先《(ま)》ヅはみだい所にも御堅勝《けんしやう》。ホヽウ若君も御機嫌《きげん》よき御顔ばせを拝《はい》し。拙者《せつしや》も大悦《ゑつ》仕《(つかまつ)》る。いか様《(さま)》にも今日は。先ン君ン重盛公の御祥《しやう》月《つき》御命イ日なれば。御装束《しやうぞく》を改《あらた》め御回向《ゑかう》をなされしよな」と。仏ッ間に向ひ手を合せ。「此君お一人リましまさぬ故御一チ門はいふに及《(およば)》ず。我ゝ迄も憂艱苦《うきかんく》」と暫《しば》し。涙にくれけるが。

庵をひきむすび、念仏して」いる所へ、仏も尼となって来り、「四人一所に籠り居て、朝夕仏前に向い…往生の素懐を遂げける」(平家物語一・祇王)。 二七 平安・鎌倉期、白い狩衣、立烏帽子、白鞘巻の男装で謡い舞った女雑芸者。遊女を兼ねることが多い。 二八 それ者(しゃ)。遊女などをさす。 二九 嵯峨野の風紀が悪くなった。※祇王・仏の古典的発心譚を、日常的に転倒させる近世的手法。なお近松の暻静胎内捃二・妓王妓女の北嵯峨庵室に、静御前が宿を乞う場にこの場と類似のやりとりがある。
三〇 自堕落。 三一 とんでもないことを、お言いなさる。 三二 「神は見通し」に同じ。曇りのないことは、仏様がよく御存知、の意。
三三 ひたすら。やたらに。

一 こんなつまらないことにまで、傷つけられる。平家物語十二で、維盛の北の方、若君、姫君は、世を忍ぶとはいえ、「或坊に女房達数多」付き添って暮しているのと対照的。
二 まるで春のような。実際の季節は物淋しい秋。
三 菅の葉を編んで作った笠。加賀から多く産出し、品質もよい。
四 ゆさゆさ。嵩(かさ)の大きい、さほど重くないものがゆれるさま。

五 とんでもない。「けあなずり。とでもない物身共に渡し」(菅原伝授手習鑑二)。
六 三段目口に主馬の小金吾武里(四五七頁七行目)とある。平家物語二などに、清盛の側近で重盛に重要な報をもたらす主馬の判官盛国があ

「拙者《せつしや》めも御《(おん)》[八]見つぎの為。思ひ付たる笠商売《しやうばい》。[九]前髪立チの此小金吾。何が仕《し》付ケぬ商売なれば。御推量《すいりやう》下さるべし。扨先ヅ申シ上たきは。主君ン惟盛卿の御ン身の上。いまだ御存命《ぞんめい》にて[一〇]高野《かうや》山に御入と。慥《たしか》成ル都の噂《うはさ》。何とぞ拙者も。若君のお供をして高野に上《のぼ》り。御親ン子の御対面《たいめん》。一トつには小金吾も。再《ふたゝ》び主君の御顔を拝《はい》し申度《たき》願ひ。夫レ故旅《たび》の用意《ようゐ》を致し只今参り候」と。聞よりみだいも夢見しごとく。「何我夫《つま》の高野とやらんに生キながらへてござるとや。夫レは嬉しや有がたや六代計リといはず共。[一一]女子の上らぬ山ならば。麓《ふもと》迄自《みづから》も同《だう》道せよや武里《たけさと》」と悦《(よろこ)》び涙にくれ給へば。

「ヲ、お嬉しいはお道理〳〵。わしもお供したけれど。足手まとひな年寄《としより》尼。夫レならば[一二]日のたけぬ内一ツ時も早いのが」。「ヲ、成ル程[一三]寸善尺魔《すんぜんしやくま》のなき中《(う)》チに。御親ン子倶《とも》に御用意《ようゐ》早ふ。[一四]笠はわたしが手の物早速《さつそく》ながら御用に立《(たて)》ん」と。倶《とも》に用意の折こそあれ。

表テの方に人音足音。尼は心得いつもの通リ仏壇《ぶつだん》の下戸《と》棚《だな》へ。みだい親子《おやこ》御《ご》押シ

り、また武里は巻十に維盛が召し連れた舎人の名。「寿永三年三月十五日の暁、忍びつゝ八島の館をば紛れ出で、与三兵衛重景、石童丸と云ふ童、船に心得たればとて武里と云ふ舎人、是三人を召具して、阿波国結城の浦より船に乗り、…高野の御山へ参り給ふ」。この両者を結びつけ、主馬の判官盛国、または中世以来、説話演劇で知られる主馬の判官盛久の子とする。小金吾の名は、或いは清和源氏十五段二の時忠の執権金沢金吾によるか。なお孕常盤に「小松の執権主馬の判官盛国」。本曲の改作傾城阿古屋の松では、小金吾は盛久の弟。明治期文楽の義経千本桜で増補上演が行われた「北嵯峨庵室」には小金吾と父主馬判官盛久が登場する。

七 このところ、しばらく。

八 見継ぎ。仕送り。

九 元服前で世間知らずの私が、まったく、突然商売を始めたのですから、苦労の多いことは。

一〇 和歌山県伊都郡高野山町、高野山真言宗本山、金剛峰寺。弘法大師空海の草創、大師入定の地。

一一 高野山は女人禁制で知られ、境内の外に女人堂がある。

一二 日が高くならぬうち。現在の時は朝。

一三 よいことには、とかく障害が伴いがちであることのたとえ。

一四 旅装用の笠はわたしの得意の物。この場合「わたし」は町人のことば遣い。

入《(いれ)》つきやる其間もなく。朝方の諸大夫猪熊《いのくま》大之進。家来引具し柴《しば》の戸踏《ふみ》のけどや〳〵と乱れ入。「此庵室《あんじつ》に惟盛のみだい若葉の内侍《ないし》。忰《せがれ》六代諸共《(もろとも)》にかくまひ置ク由。注進《ちうしん》によつてめし捕《とり》に向ふたり。何国《いづく》に隠せし有やうに白状《はくじやう》せよ」と。星《ほし》をさゝれて主ジの尼。はつと思へどそしらぬ顔。「是は又御難題《なんだい》。惟盛のみだいとは所縁《ゆかり》かゝりもなければ。かくまはふ筈《はづ》もなし」と。いふに傍《そば》から小金吾武里《たけさと》。「夫レは定メて庵室違《あんじつちが》ひ。外《(ほか)》を御詮議《せんぎ》遊ばせ」と聞もあへず。「ヤア前髪めが小指出《(こさしで)》た指図《さしづ》。先ヅうぬは何やつ」。「イヤ私菅《すげ》笠売」。「ヤア商人《あきんど》ならばとつとゝ帰れ」と。家来に持タせし絹緒《きぬを》の草履《ざうり》取出し。「コリヤあらがはすまい為に家来を所の歩行《あるき》にして入込《(いり)こま》せ。証拠《しやうこ》の為に取ッたる草履《ざうり》。年寄リ尼めが赤《あか》たれたはき物はきはせまい。サア是でもあらがふか。奥へ連レ行責《せめ》さいなみ白状させん」と。主ジの尼が小肘《がいな》取てぐつと捻上《ねぢ(あげ)》「ソレ家来共。拷問《がうもん》せよ」とあらけなく。引立《(ひつたて)》〳〵一ト間の中チへ入にける。

小金吾は気も気ならず何とせんかとせんと。奥《(おく)》口《(くち)》窺《うかゞ》ひ透間《すきま》を見て。みだい親

一　縁も由縁も。

二　抗弁させないように。

※大之進、尼を引立てて上手一間へ。

三　荷かごをからげていた細引をかなぐり捨て、今旅の用意に拵えた風呂敷包みと、回向していた重盛公の絵像まで。

四　逃がした。

五　棒のはし。

六　笠の内側、最上部に用いる布。

(四二五頁からつづく)

義経主従が伏見街道を南都方向へ行くところへ弁慶が追いつく。堀川御所を仮に二条城辺として、伏見街道はほぼ東南に当る。

二一　西北の菟原や北東の大原(小原)の方向ではあるまい。菟原は丹波国天田郡菟原、現在の京都府天田郡三和町菟原。大原は「おはら」と発音。山城国愛宕郡大原、京都市左京区。都の北東即ち艮《(うしとら)》の方向に当る。「菟原、小原」と脚韻。

二二　小原の、丑寅《(うしとら)》の縁で、そういえば、我が君義経はもと牛若であるから、丑即ち北北東の方かも知れぬ。

二三　いややはり、巳即ち南南東、午即ち南の方

子を出し参らせ幸ィの菅笠荷《に》と。[三]細引《ほそびき》かなぐりふた押シ明ケ。荷底《にそこ》にふたりを入レ参らせ。旅の用意の風呂敷キ包《つゝみ》。重盛公の絵像《ゑざう》迄。取ッては押シ込ミさらへ込ミ。あたふたしつらふ其中チに。尼を一ト間にしばり上《(あげ)》立出る大之進。「さつする所風をくらふてふけらした物であろ。[四]菅笠屋め存ンぜぬか」。「ア、いか様。夫レならば此庵《あん》の裏伝《うらづた》ひを。けだかい女《おなご》が子を連レて。逃ゲたのはたつた今」と。聞ク より猪熊《いのくま》目をひからし。「ヲ、夫レに極《(きはま)》つた。高が女ゴの足なればぼつかけて搦《からめ》とらん。家来二人は是に残り奥の尼めを取逃《にが》すな」と。跡をしたふておつかけ行。

してやつたりと小金吾は心も空に荷を打かたげ。行《(ゆか)》んとするを二人の家来。両方より小金吾が[五]棒端《ぼうはな》取てどつかと引すへ動《うごか》さねば。「コリヤどふなさる」。「ヤアどふするとは胡乱《うろん》者。此荷底《にぞこ》に挟《はさま》れたは女の着ル物」。「イヤ是は誂《あつらへ》の笠の[六]いたゞき」。「ヤアぬけ〳〵とぬかすまい。みだい親子に極つた。ぶち明ケて詮議《せんぎ》せん」と。立かゝる両人が。肩骨《かたぼね》つかんで引退《のく》る。「詮議させぬは曲者《くせもの》」とす

向の吉野あたりも気になる。「よしやよし」(さあなんとも、の意)をかける。

二四 ここにいぬ、といっても飛ぶ鳥ではなし、さほど遠くはあるまい。ここの戌亥即ち西北、酉即ち西は、直接探すべき方向ではなく、単なる掛詞。

※弁慶はほぼ南の方向に目星をつけた。それは当っているのだが、巽の次に、都から隔たった菟原、小原が突然出るのは、まず小原については、吉野忠信二で、義経都落ちの時、弁慶が梶原に一泡吹かせようと、小原の樵の翁に化けて関に近づく件りを踏まえたもの。次に清和源氏十五段・三ノ切で、熊坂長範の後家姥等(うばら)は、夫の敵牛若(義経)の愛妾静を殺すつもりで、卿の君を殺し、これが旧主時忠の娘と知れて、自害する。うばらが夫熊坂の最期を語る時の出立ちが「頭にちよつへいづきんを着し。腹巻しめてこてすね当。身にはは つぴを引結び。弓手についたる大長刀」と、土佐坊に似通う。小原は小原木等で親しまれ、丑寅方向から次の牛若ともつながり得るが、菟原の里は、巽の反対方向の中でも、特に遠隔の地である。作者並木千柳(宗輔)は義経千本桜の下敷きに清和源氏十五段を用い、土佐坊の直平頭巾、牛若から、後家うばらを連想し、巽と逆方向の菟原の地名と結びつけたのであろう。

二五 見当違いなことをしてしまい、の意。「未申へまがる。斜といふこと」(俚言集覧)。「頤(おとがい)が坤(ひつじさる)へ。へろりと成が笑止な」(豊年秋の田一)。 二六 「荒者、あら砂」と頭韻。

二七 旧暦八月後半頃の上方では、午前三時半近く。「とらえる」にかけ、「虎うそふけば風おこる」(国性爺合戦三)などをふまえる。

らりと抜《ぬい》て切かくる。引ぱづしく〱拐《おうこ》をふり上。弓ン手めてへたゝきふせ。急《きう》所《しよ》〱を力に任《まか》せ。たゝきのめせば二人の家来。目鼻《はな》より血を出《(いだ)》しのた打廻つて死《(しし)》てげり。

敵の帰らぬ其中チにと。荷《に》を打かたげ声はり上。「菅《すげ》笠かゞ笠。かさ編《あみ》笠」。網《あみ》を遁《のが》れて。

（堀川御所の段）

〽出て行。

花の姿も引かへて。主従《しうぐ》七騎《き》。駒《こま》のはな。営《たむろ》の岡でかへり咲《ざき》。再《ふたゝ》び御運開《うんひら》かれし。彼頼義《かのよりよし》の。奥州責《おうしうぜめ》。君は八島の勝チ軍《(いくさ)》。国もしづかゞ。舞扇《まひあふぎ》。いや〱どつと誉《ほむ》るこゑ。鯨波《ときのこゑ》とは打かはり賑《にぎは》ふ御所は二条堀川。九郎義経の奥方勇《いさめ》の御催《もよほ》し。中座の御殿ンは卿《けう》の君新殿ンは九郎義経。一ッ方女中が取まけば。かたへにならぶは駿河《するが》ノ次郎。次ギは功《こう》有亀井の六郎。倍臣外《ばいしんと》様《ざま》に至《いた》る迄舞の様子

一 天秤棒。漢字は「枴」または「朸」を当てるのが普通。　二 弓手馬手へ。左右へ。

三 「ししてんげり」と発音。

四 藺《(いぐさ)》や菅などを編んで作った笠。「網」と頭韻で、捕り手の包囲網を脱け出て、にかかる。

五 節付けの「舞」は幸若舞系の舞語り芸。初四句「かへり咲」までに歴史を補うと、前九年の奥州合戦で安倍一族を討つべく花々しく出陣した官軍源頼義は、天喜五年(一〇五七)十一月、黄海で安倍貞任らに大敗し、主従わずか七騎で窮地を脱したが、康平五年(一〇六二)八月、清原武則らの援軍と営岡で出会い、先の敗戦の馬の鼻面を返す

時	旧暦八月後半頃
所	京二条堀川御所

如く、一転して優勢となった、という意。

六 陸奥話記に、「将軍(頼義)の従兵、或は以て散走し、或は以て死傷す。残る所纔に六騎有り。長男義家、修理少進藤原景通、大宅光任、清原貞広、藤原範季、同じく則明等なり。賊衆二百余騎、左右の翼を張りて囲み攻む」。

七 馬の「鼻面」と、冒頭の「花」をかけ、返り咲きの縁語。

八 陸前国栗原郡栗原の宿駅の丘陵地帯、現在営岡八幡宮がある。宮城県栗原郡栗駒町岩が崎。陸奥話記に、「将軍大いに喜び、三千余人を率ゐて、七月二十六日を以て国を発す。八月九日、栗原の郡営崗に到る。武則真人、先づ此の処に軍《(いくだち)》す。邂逅《(たまさか)》に相ひ遇ひて、互に心懐を陳べ、各以て涙を拭ふ。悲喜交《(こもごも)》至る。同十六日、諸陣の押領使を定む」。

はしらね共。「やつちや名人お上手」と。静誉《しづかほめ》るも君誉る色めきてこそ見へにけれ。

御殿ンから御殿への女中の使《つかひ》こなたより。亀井が使者《しや》の御口上互ィに[20]「めでたい」「面白《おもしろ》い」。「お気はつきぬか」「よい慰《なぐさみ》」と。御夫婦中でも[21]礼儀《ぎ》式事《しき(こと)》納《おさま》れば楽《がく》屋より。装束改《しやうぞくあらた》め。静御前ン。[22]広庇《ひろびさし》に立出。駿河亀井に会釈《あしやく》して。御台《みだい》所の御前に向ひ。「御ン望《のぞみ》と有故 拙《つたない》 舞ぶりお目にかけ。おはもじさよ」と述《のべ》ければ。

「イヤノウ始めて見ましたが面白《おもしろ》い事。此間《(このあひだ)》より[23]医《い》の助《たすけ》を請ても。心あしく暮《くら》せしに。我君様のおすゝめでけふは[24]思はぬよい慰《なぐさみ》。そもじには御太儀」と仰《(おほせ)》にはつと辞儀《じぎ》に余り。「其御機嫌《きげん》にあまへ申上ゲたいお願ひ有リ。お取上ゲ下されうか」と物々しげに云上《(いひあぐ)》る。

「ノウ其尋《(たづね)》に及《(およば)》ぬ事願ひとはよそ〳〵しい。近《ちか》う寄《よつ》て物語《(ものがたり)》」と仰に猶《(なほ)》も恐れ入。「お願ひと申スは外でもなし。[25]気の毒《どく》は武蔵坊弁慶《むさしぼうべんけい》殿。何か大きな仕損《しそこな》

九 源頼義(九八八—一〇七五)。頼信の子、義家の父。陸奥守、鎮守府将軍。前九年の役で陸奥の豪族安倍頼時・貞任父子を討つ。義家とともに源氏の誇るべき祖先。　一〇 義経公は。

一一 八島の戦勝により、国内も静謐に治まり。義経の愛妾静御前と静謐をかける。

一二 静の舞は白拍子の男装の舞語りであるが、作者、観客は直接には、延享三年(本作の前年)十月六日から大坂高津新地で四十年ぶりに行なわれた幸若派台頭の女舞興行を連想したか。女舞も軍語りを演じ、延享四年春刊行の役者矢的詞・大坂開口によれば、「義経の北国落もはて太鼓」と、演目に義経都落ち、または古浄瑠璃でも知られる頼義北国落の曲があったと思われる。

一三 近世の戯曲で堀川御所と呼ぶ義経の邸宅は、義経記では六条堀川殿、吾妻鏡では六条室町とする。作者が二条堀川としたのは、二条堀川西入の地に築かれた徳川幕府の京都における権威の象徴、二条城を想定したものか。

一四 現行は、普通の室内。本手、二の手とも畳、本手上手に卿の君、中央に義経。静は二の手で、着付の上に、舞衣・烏帽子をつけて舞う。

一五 卿の君は浄瑠璃では平時忠の娘、義経の北の方の名として知られる。清和源氏十五段(享保十二年)、御所桜堀川夜討(元文二年)等。

一六 義経の雑色。次の亀井とともに義経記四・堀川夜討の場に登場。

一七 亀井六郎重清。紀州熊野出身の鈴木三郎重家の弟。「功」を「亀の甲」にかける。

一八 陪臣。幕府の諸大名の家臣。現行舞台には陪臣外様は登場しない。

一九 外様大名。平家物語十二に「判官には、鎌倉殿より大名十人被レ付たりけるが」とあるを踏まえ、陪臣外様は、近世の幕藩体制を思わせる。

ひした迚《とて》。楽《がく》屋へきて大[一]づけない。ほろ〳〵泣てわたしを頼《たのみ》。[二]つき詰《つま》つた気の細《ほそ》いお人そふで余りと申せばいぢらしし。何とぞお詞添《そへ》られ。我君様の御機嫌《きげん》も直る様。[地色ウ]此事ひたすらお願ひ」と。[ハル]申シ上ればみだいはおかしく君にも笑《わら》ひ。[ウ]駿河ノ次郎[色]ぶつてう顔。[詞]「いやはやか[三]ゝつた事ではない。六郎お聞《き》きやつたか。武蔵坊弁慶共いはるゝ者が。[四]女中を頼ンでお詫言楽屋《わびことがくや》へいて泣ク[五]といの」。「ホウ[六]ちつとそふであろ〳〵。彼レめと馬のあふた伊勢[七]片岡《かたおか》[八]。熊井《くまゐ》[九]鷲《わし》[一〇]の尾《を》軍《いくさ》治《おさま》つてより。休息《きうそく》のお暇で国〻へ帰る。頼みに思ふ佐《さ》藤忠信《とうたゞのぶ》[一一]は。母の病気と有ッて出[一二]羽の国へいぬる。貴殿《きでん》と某《それがし》は相手にならず。どこ打[一三]て舞《まを》ふで舞《まひ》から取入て詫《わび》言《こと》。まそつと懲《こらし》ていつその事。[一四]坊主天窓《あたま》を奴《やつこ》にせうと。[地ウ]いふて見たらば[ハル]猶《なほ》よかろ」と。[フシ]内証評議《ないしやうへうぎ》も猶おかしく。

[地色ウ]みだいは笑ひの内よりも「いか成《なる》[ハル]仕《し》損《そん》じせし事ぞ。[一五]笑《せう》[ウ]止おかしい取なし」と仰有レば義経公。[色][詞]「過ギつる参内《さんだい》の折から禁庭《きんてい》にての我儘《わがまま》。左大臣朝方公への悪ッ口。御家来を踏打擲《ふみてうちやく》。其場《ば》で急度《きつと》呵《しかり》付ケ。我目通リへ叶はぬと申付ケたが夫レ

二〇 以下、口上の内容を要約した表現。卿の君の気を勇ませる催しだったから、その意味で義経からの口上と卿の君からの返事の口上がかわされる。　二一 礼、儀式。礼儀を正した挨拶の口上取りかわしのことが終ると。

二二 寝殿造りの母屋(もや)の外側である庇の間の外側、一段低く、簀子に面した細長い部分。

二三 清和源氏十五段・二、卿の君登場のはじめに「気も重く。物思ふ御顔ばせ。…物むつかしき御ふぜい」。　二四 私は楽しく過ごしたが、あなたは御苦労様です。

二五 気の毒なのは。同情の意。

一 大人げない。

二 柄に似合わず、一途に思い詰める、神経の細いお人らしくて。

三 お話にならない。

四 女性。　五 泣くということだよ。

六 おおかたそんなことであろう。

七 伊勢三郎義盛。義経の家臣。もと伊勢国にあり、後、上野国に移ったという。義経記では、義経奥州下りの途で主従の契約。平家物語では、四国の戦いで義経の片腕となり活躍。

八 片岡八郎経春。義経の家臣。常陸国鹿島郡鹿島郷片岡の出身という。

九 義経の家臣で、武蔵国比企郡熊井荘の出身かとされる。

一〇 鷲尾三郎義久。義経の家臣。平家物語九で、義経が一谷を攻める時、道を問うた猟師鷲尾庄司武久の子で、この時義経が鷲尾三郎義久と名乗らせ、案内をさせた。

一一 佐藤四郎忠信。藤原秀郷の末裔で奥州佐藤

故ならん。手綱赦《たづなゆる》すと人喰《くひ》馬。公家でも武家でもたまらさぬ。[一六]持あぐんだ鯱《しやちほこ》[一七]坊主め。まそつと懲《こら》せ」と御上意に。駿河ノ次郎図《づ》に乗ッて。「じたいあの七つ[一八]道具が大きな邪魔《じやま》。源氏には坊主の大工[一九]が有ルとお家の名おれ。此儀も急度《きつと》止《やめ》る様。仰付《(おほせつ)》ケられ然るべし」と。中上れば亀井の六郎。「イヤまだ七つ道具は御普請《ふしん》の役にも立トが。難儀《なんぎ》な物はあの大長刀《なぎなた》。柄《ゑ》も四尺。刃《は》も四尺。八尺の物を振《ふり》廻すによつて。傍辺《そばあたり》の鼻《はな》がたまらぬ。[二〇]太平の代には役に立ぬ人間ン。兎角《とかく》当分押シ込メて置クがよかろ」と評議《へうぎ》区《まち》ゝ。

みだいは笑止《せうし》と「ヤレ其様に譏《そしる》を聞イたら又おころ。倶ゝ《ともぐ》お詫《わび》」と取なしあれば義経公。「性懲《しやうこり》もなき坊主め。急ッ度異見《ゐけん》し重《かさね》て荒《あら》気を出さぬ様。静も倶《とも》に」と座を立給ひ。駿河亀井と引連レて一ト間へ。こそは入給ふ。

静は嬉しく「サア急《いそ》いで武蔵殿を呼《よび》[二一]まして」と女中を走《はし》らせ。「[二二]御前《(ごぜん)》のお詞添《そふ》た故。有がたう存じます」と挨拶《あいさつ》すれば。「イヤそもじのお願ひ故」と互イの辞《じ》儀《ぎ》も恋の義理。悋気《りんき》嫉妬《しつと》の角《かど》[二三]もなく丸い天窓《あたま》の武蔵坊。妐婢《こしもとはした》に引立られこは

氏、佐藤庄司元治の子。三郎継信の弟。信夫郡の住人で、奥州から義経に従った。
一三 佐藤忠信は出羽陸奥押領使師綱の孫。父元治は奥州信夫荘の荘官。近松の津戸の三郎では「出羽の何某佐藤庄司」。並木宗輔作・奥州秀衡有髱壻でも次信・忠信の父佐藤庄司は出羽の住人。
一三 打ったり舞うたり。忙しく八方手を尽すさま。同僚たちにはどうにも手の尽しようがないため、女性ではあるが静に頼んで舞御覧の御機嫌のよい時につけてのわびごとであろう。
一四 髪を伸ばして剃り下げ、奴頭にしよう。
一五 気の毒だが、おかしい。
一六 たまったものではない。
一七 天守閣のしゃちほこ瓦で広く知られていた怪魚。しゃちこばった様から、喧嘩好きの武蔵坊を連想。
一八 鬼一法眼三略巻(享保十六年)五に弁慶の出で立ちを、「鎧はくろかはおどし好む所の道具にはくま手。ない鎌鉄の棒。さい槌鋸鉞(まさかり)さすまたさすまゝに。ごんげんより給はつたる大薙力」。
一九 「色の黒い武蔵殿は。しつかい田舎大工じや迄。七つ道具の鋸さい槌」(右大将鎌倉実記一)。
二〇 時代物の本流、源平合戦物の人物に、このようなせりふを言わせるところが面白い。
二一 呼び申して。お呼びして、の意。
二二 奥方の敬称。
二三 ぎくしゃくしたところもなく、円満で。「丸い」を導き出す。

い。〱で七尺[一]の体《からだ》も三尺八九寸。四尺に余る大太刀を。引ずらしてぞ這《はひ》出《いづ》る。

妣《こしもと》共口《くちぐち》〻に。「さりとては片意路《かたゐぢ》な坊ン様。アレ御らうじませ。跡[二]ぢより計《ばかり》致されます」と。告《つげ》口いへば「是さ〱。其様に悪ルくいはぬ物。弱身《よはみ》へ付ケ込《こん》でむごいわろ達《たち》。人にはむくひが有ぞよ」と見廻す目玉に。「アレ又睨《にら》まれます」。「コレサ細目《ほそめ》だ。〱」と目顔《めかほ》しかめて。身をちゞむ。

静は手を取リ御前へ連レ出《いで》。「モウ堪忍《かんにん》しておやりなされて下さりませ」と。半分ン笑ひの取なしに。卿《けう》の君はしとやかに。「君は船[三]也臣は水。浪《なみ》立ッ時はおのづから。君のお船を覆《くつがへ》す。家来の業《わざ》迚《とて》云訳《いひわけ》ないぞ。重て急ッ度荒《あら》気をやめ。おとなしう成たらよかろ」と子供[四]異《ゐ》見《けん》に弁慶は。たゞ「アイ。〱」ともみ手して誤《あやま》り入し風情《ふぜい》也。

然る所へ遠見《とをみ》[五]の役人。篠原《しのはら》[六]藤内あはたゞ敷ク罷リ出《いで》。「今日《こんにち》[七]大津坂本の辺《ほとり》を順《じゆん》見《けん》致せしに。忍び〱に鎌倉武士都へ入リ込《こみ》候中にも。土佐坊《とさぼう》[八]正尊《ぞん》海野《うんの》[九]〻太郎

一「七尺ゆたかの大ぼうし」(清和源氏十五段二)。
二 跡ずさり。
三 荀子・王制篇に「君は舟なり、庶人は水なり。水は則ち舟を載せ、水は則ち舟を覆す」。
四 子供に教えさとすような意見の仕方にも。
五 斥候。
※諸大名が堀川御所に参勤し、静の舞を見物する、のどかな日常的時間が遠見の注進で断ち切られる。
六「近江国(滋賀県)野洲郡篠原村に篠原氏あり。それより取るか」(竹田出雲集)。
七 近江国大津と坂本。現在、坂本も大津市。
八 土佐坊正尊には多くの所伝があるが、浄瑠璃では、平家物語八坂系城方本等にみえる、頼朝義経の父義朝の従者として平治物語に描かれた金王丸の後身説をとるのが普通。
九 平家物語七にみえる海野は、吾妻鏡に海野小太郎幸氏、源平盛衰記、読本系平家物語等では名に小異あり。近松の浄瑠璃・団扇曾我、百日曾我では海野小太郎は敵役。海野が土佐坊とともに義経の討手に向う脚色は、他に聞かない。
一〇 土佐坊が頼朝の命を受け、義経を討つべく、熊野詣でと偽って入京したことは、平家物語、義経記にみえる。義経記では「(十月)九日と申すに京に着く。未だ日高しとて。或は四宮河原(現在の京都市東山区山科、大津市に近接)…にて日を暮らす」とある。
一一 武蔵国入間郡川越、現在の埼玉県川越市の住人。坂東平氏秩父の一族。義経記四の「腰越の申状の事」に先立つ章に左の記述がある。「鎌倉には、二位殿、川越太郎を召して、九郎が院の気色よきままに、世を乱らんと内々企み候ふなる。西国の侍共の思ひ付かぬ先に、腰越に馳せ向かひ候へと仰せければ、申されけるは、何

行永。[一〇]熊野詣《まふで》と偽《いつは》り我君の討ッ手に向ふと専《もつぱら》の風聞《ふうぶん》。殊に只今鎌倉の大老[一一]川越《かはごへ》太郎重頼《しげより》。我君へ直談《じきだん》迚お次ギに扣《ひか》へ罷リ有リ。いかゞ計《はか(ら)》ひ申さんや」と尋《(たづね)》申せば卿《けう》の君。「心得ぬ事共や。其川越太郎は[一二]自《みづから》とは故有《(ゆゑある)》人。土佐坊海野《うんの》が討手の様子。しらさん為に来りしか。何にもせよ縁《ゑん》あれば[一三]苦《くる》しうなし通し申せ。其旨《むね》君へも申あげん。次手《(ついで)》に武蔵もお目見へ」と。座を立チ給へば武蔵坊。「討手とはうまし〳〵[一四]我等が世盛《よざか》リ忝《(かたじけな)》い。土佐坊でも海野でも。たつた一ト呑《のみ》一ト攫《つかみ》首引抜《ぬい》て参らん」と。かけ出《(いだ)》すを静は押シ留《とめ》。「ソレそれがモウ悪《わる》い。お上ミの御意《ゐ》も待タずお[一五]とましの坊様ンや」と。むりに引立みだいと倶《とも》に。義経公のおはします奥の〽殿ンへぞ急ぎ行。

程なく入来る武士《もののふ》は。[一六]鎌倉評定《ひやうぢやう》の役人川越太郎重頼。大紋《もん》ゐぼし爽《さはやか》に。としも五十《いそじ》の分別盛《ふんべつざかり》。広庇《ひろびさし》に入来れば。御ン主ジ九郎判官御[一七]装束《しやうぞく》を改《あらた》められ。しづ〳〵と立出給ひ。「ヤア[一八]珍《めづ》らしや重頼。兄頼朝にも御かはりなく。[一九]百候《ひやくこう》百司《し》も恙《つゝが》なしや」と仰《(おほせ)》にはつと頭《かうべ》をさげ。「先ッは御堅躰《けんてい》を拝《はい》し恐悦至《きやうゑつし》極《ごく》。[二〇]右大将に

事にても候へ、君の御諚を背き申すべきにては候はね共、且は知召して候ふやうに、娘にて候ふ者を判官殿に召置かれて候ふ間、身にとりて痛ましく候。他人に仰せ付けらるべしと申しててぞ立たれける。理なれば重ねても仰せ出されず」。このあと頼朝は重忠に義経討手を依頼し、かえってたしなめられる。浄瑠璃先行作ではこの重忠の件り、及び後の「義経都落の事」の記述を潤色して、義経訊問の上使は、吉野忠信では北条時政、清和源氏十五段では畠山秩父重忠である。

三 吾妻鏡・元暦元年九月十四日条に、川越太郎重頼の娘が頼朝の命により義経に嫁ぐべく上洛と記す。一方平家物語十一では、義経は平大納言時忠の娘をも妻に迎え、頼朝の不興を買う。これらをふまえた脚色。 一三 さしつかえない。

一四 自分にとって得意の絶頂。「我ら」は自称で、複数の意なし。

一五 「うとまし」の転で、仕様のないの意。

※現行では、ヲクリで太夫交替、序切となる。

一六 鎌倉幕府の評定衆は、訴訟・政務を合議制で裁決する幕府の最高職だが、創設は嘉禄元年(一二二五)で、川越重頼の死後。ここは江戸幕府の最高裁判所である評定所を念頭に置いて、幕府の重職の意。

一七 現行演出では、義経はこの段はじめは小忌衣、ここで大序と同じ狩衣に着替え、正面襖から出る。なお絵尽では大序・序切とも直垂。

一八 久しぶりだな。

一九 朝廷の百官百司にならい、幕府に伺候する多くの大名、役人をいう。

二〇 頼朝は元暦二年四月二十七日従二位に叙せられ、源二位と呼ばれた。右大将、後に権大納言。

も安全《あんせん》に渡らせられ。諸大名も毎日の出勤《しゆつきん》。地ウ賢慮《けんりよ》安《やすん》じ下さるべし」とハル申シ上ゲれば義経公。中「詞シテ其方は一海野土佐坊同役《どうやく》にて登《のぼり》つらん。但シは外に地色ハル用事有リや」と尋《(たづね)》に重頼「色されば の儀。詞二君に御不審《しん》三が条《でう》。一チヽお尋申上ゲ。御返答《へんたう》によつて海野土佐坊と同役。恐《おそ》れながら過言《くはごん》は御赦免《しやめん》なされ。尋る子細《しさい》御返答《へんたう》」と申上れば「ホ面白《おもしろ》し。此義経に不審《しん》あらば。兄頼朝に成リかはり過言《くはごん》は赦《ゆる》す。尋て見よ申開《ひら》かん遠慮無用《ゑんりよむよう》」と。地ハル仰《(おほせ)》に猶《(なほ)》も色平伏《へいふく》し。詞三「冥加《めうが》に余る仕合《(しあはせ)》。迚《(とても)》の事に御座改《あらた》め下されよ」と。地ハル四席《せき》を立テば大将ウも末座《ばつざ》へさがつて川越ウを。フシ上座へこそは請ぜらる。

地ハル席改《せきあらたま》つて川越ウ太郎「色いかに義経。詞平家の大敵を亡《ほろぼ》し軍功《ぐんこう》五を立テながら。腰越《こしごへ》より追かへされ無念にあらん。但シさもなかりしが六」。地ハルはつと義経袖七色かき合せ。詞八「親兄《しんきやう》の礼をおもんずれば無念ンな共存ぜず」。「ヤア其詞虚言《きよごん》〳〵。親兄《しんきやう》の礼を重《おも》んずる者が平家の首の内新中納言知盛《などんとももり》。三位《(み)》ノ中将惟盛《これもり》。能登《のと》ノ守教経《かみのりつね》。此三人の首は贋《にせ》九者。なぜ偽《いつは》つて渡したぞ。一〇まつ此通の御立ッ腹サア御返答は」

一 海野・土佐坊と同じく、義経討手の役目を受けて。義経も、川越も、一触即発の危機を十分認識しながら、たんたんとした応答。

二 頼朝が義経に不審を糺す上使を遣わすことは、吾妻鏡の文治元年九月二日、十月六日の条と関わるか。以下の問答は、近松の吉野忠信二の時政と義経、並木宗助(並木千柳)・安田蛙文合作の清和源氏十五段二の重忠と義経の件りをふまえ、特に後者との関係が深い。

三 まことに有難い次第でございます。そこまで仰せ下さいますならば、いっそのこと。

四 現行演出では、川越は二の手下手から上手へ進み本手上手に、義経は本手下手に座を移す。

五 この語、「軍」の振仮名に濁点のない再版本が普及しているが、底本の初版本には濁点がある。

六 濁点は誤刻。十行本「なかりしか」。後の七行再版本も同じ。 七 慎んで応対するさま。

八 肉親の兄に対する礼儀。「親兄の礼を重んじ給ひ、まづまづ都をおん開きあつて」(舟弁慶)。「是なるむさしをはじめ。かめゐかたをかいせするがわしのおくまゐ源八兵衛。ぜひこしごへを打やぶりざんしやの口をたゞさんと。ちたびもゝたびすゝみしをたゞしんきやうのれいをおもんじ。すご〳〵かへるよしつねが。心のうちをさつし給へ」(吉野忠信)。「こしごへをかためし時鎌倉ぜいをふみやぶり。ざん者の舌を引さかんと。達而お諫め申せ共。親兄の礼思召しおんひんに引きかへされしを」(清和源氏十五段、亀井の言葉)。

九 大序で歴史に記録されたとした事柄(三九七頁注三六)と異なる事実を川越太郎が述べ立てる。これによって史実が明らかになったという仮構の上に劇を仕組む。本作の大胆な設定であるが、玉葉・寿永三年(一一八四)二月十三日条に、と尋ねれば。「ホヲ、。其云訳《いひわけ》いと安し。贋《にせ》首を以ッて真《まこと》とし。実《まこと》を以ッて贋《にせ》とする[一一]は軍慮《ぐんりよ》の奥義《おうぎ》。平家は廿四年の栄花《ゑいぐは》。亡《ほろ》び失《うせ》ても[一二]旧臣倍《きうしんばい》臣国〻へ分散《ぶんさん》し。赤旗《はた》の[一三]へんぽんする時を待ッ。一チ門ンの中にも[一四]三位中将惟盛は。小松の嫡子《ちやくし》で平家の嫡流《ちやくりう》。殊に親重盛仁《じん》を以ッて人を懐《なつけ》。厚恩《かうおん》の者其数をしらず。惟盛ながらへ有ルとしらば残党再《ざんとうふたゝ》び[一五]取リ立るは治定《ぢぢやう》。又《(まった)》新中納言知盛。能登ノ守教経は古今《こゝん》独歩《どつぽ》の[一六]ゑせ者。大将の器量《きりやう》有リと招《まね》きに従《したが》ひ馳集《はせあつま》る者多《おゝ》からん。さすれば天下《(てんが)》穏《おだやか》ならず。何《いづ》れも入水《じゆすい》討死と世上の風聞《ふうぶん》幸イに。一チ門ン残らず討取リしと。贋《にせ》首を以ッて欺《あざむき》しは。一ッ旦《たん》天下《(てんが)》を[一七]せいひつさせん義経が計略《けいりやく》。と有て捨置カれぬ大敵故。熊井鷲《わし》の尾《を》伊勢片岡。[一八]究竟《くつきやう》の輩《ともがら》を[一九]休息《きうそく》と偽《いつは》り国〻へわけ遣はし。忍びく〵に討取ル手筈《はづ》。かく都に安座《あんざ》すれ共心は今に戦場《せんぢやう》の苦《くる》しみ。兄頼朝は鎌[二〇]倉山の星月夜《ほしづきよ》と。諸大名に傅《かしづ》かれ。月雪花の翫《もてあそ》び。[二一]同し清和の種《たね》ながら。晨《あした》に[二二]は禁庭《きんてい》に膝《ひざ》を屈《くつ》し。夕べには[二三]御代長久の基《もとひ》をはかる。いつか枕を安んぜん浅間しの身の上」と。打しほれ。給ふにぞ。

一谷合戦の後、平氏の首数十が渡された由を記し、さらに十九日の条に、「此の日、中御門大納言来らる。伝へ聞く。平氏讃岐八島に帰り住む。其の勢三千余騎許りと云々。渡さるるの首の中、教経に於いては、一定現存すと云々」とあって、当時から教経の偽首説は存在した。なお吾妻鏡・寿永三年二月十五日条でも、教経は一谷合戦で遠江守義定が討取る、と梟首のことを記す。近世の続本朝通鑑もこの玉葉と吾妻鏡の説に触れ、日本王代一覧にも「或説ニハ。能登守教経モ此戦ニ討レタリト云ヘリ」と記す。

一〇「まっこの通り」と発音。御立腹の主語は頼朝。 一一 平治の乱で源義朝が討たれ、頼朝が伊豆へ流され、平清盛のめざましい官位昇進が始まるのが一一六〇年(永暦元年)。平家滅亡は一一八五年(元暦二年)。 一二 平家に仕えていた者、また平家の武将、侍の家来たちが。 一三 翩翻。赤旗が翻る、即ち平家再興の挙兵。 一四 義経が、まず維盛のことを持ち出すのは、一種の政治的配慮のあることを示す。維盛と頼朝の特別な関係は江戸期有識者に周知の事実で、本作では三段目で詳しく描かれるが、義経は、以後維盛の処置には一切関わらないように仕組まれている。 一五 維盛をもり立てて挙兵するに違いない。 一六 したたか者、油断のならぬ者、の意。 一七 静謐。まずさし当り、天下を平和な状態にしようと考えた。 一八 すぐれてたくましい者達。 一九 四一二頁の亀井の言葉の裏。義経の許に、現在、近臣は亀井、駿河、武蔵坊三人があるのみ。 二〇 鎌倉鶴岡八幡宮後方の山。「星月夜」は鎌倉山を讃美する意味で添える語。「まくら(真暗)」にかけて星月を導き出す。「我ひとりかまくら山をこえ行けばほし月夜こそうれしかりけれ」

げに理《ことは》りと重頼も。思ひながらも役目の説破《せつぱ》。「ムウ扠《さて》は其御述懐《しゆつくはい》有ル故御謀《む》叛《ほん》思し立《たた》れしか」と。いはせも立《たて》ずくはつとせき上《あげ》。「ヤア穢《けが》らはし。謀叛とは何を以ッて何を目当《めあて》」と。御気色《きしよく》かはれどちつ共恐《おそ》れず。「君鎌倉を亡《ほろぼ》さんと院宣《ゐんぜん》を乞《こひ》給ひしに。初ッ音の鼓《つゞみ》を以ッて裏皮《うらかは》は義経。表テ皮は頼朝打《うて》といふ声有《あり》とて頭戴《ちやうだい》有しとは。左大臣朝方公より急《きう》のしらせ」と。聞て義経「扠《さて》は朝方が讒言《ざんげん》せしな。其鼓《つゞみ》の事は某《それがし》兼ての懇望《こんばう》。下ダし置《おか》るゝ場に成て反逆《ほんぎやく》によせたる詞の品。是朝方のはからひとは思へ共。院中《ゐんぢう》より下さるゝ恩物《おんもつ》。請ケ納《おさ》めずは綸命《りんめい》に背《そむ》く。受ケては兄頼朝へ孝心ン立《たた》ずと。望《のぞみ》に望し一ッ挺《てう》なれ共。打ッては鼓に声有リとアレあのごとく。床《とこ》にかざりて詠《ながむ》る計《ばかり》。神ン明イ仏陀《ぶつだ》も上覧《しやうらん》あれ。打チもせず手にもふれず」と仰《おほせ》に川越「ハ、、、はつ」と三拝《ばい》し。「其御誓言《せいごん》の上何疑《うたが》ひ奉らん。二つの仰分ケられさつぱり明白《めいはく》去《さり》ながら。情なきは今一つ。御簾中卿《れんちうけう》の君は平《へい》大納言時忠の娘。平家に御縁組《ぐま》れし心はいかに」。「ヤアおろかな尋。兄頼朝のみだい政子《まさこ》は北条が娘。時政氏《うぢ》は平家に有ラずや」。

（夫木和歌抄）。　二一 同じく清和天皇の後胤でありながら。清和天皇第六皇子貞純親王の長男、六孫王源経基が、清和源氏の祖。　二二 朝廷に仕えて平身低頭し。　二三 頼朝の治める源氏の御代がいつまでも続くための。

※頼朝ないしその代行者に対する義経の述懐は、従来、平家物語、義経記等に収める腰越状の文をふまえ、「野にふし山をすみかとし。又あるときはまん〳〵たるかい上に…命をけいげいのあぎとにかけ」(吉野忠信)と、「戦場の苦しみ」を具体的に述べてきたが、ここでは、まず表向き平和を実現せしめた上で、未解決の難問に苦慮する点に重きを置く。同じ作者の清和源氏十五段の該当部分を掲げておく。「野にふし山を住かとし。命を鯨鯢の鰓にかけ。奢る平家を打亡し。兄頼朝のほうびに。預らんとかい陣せしに。ざん者のわざとて鎌倉へも入れられず。腰ごへより追かへされ漸都のしゆご職。鎌倉殿は手もぬらさず。天下を取る果報人。骨身をくだきし義経は。ぜんぜの悪ごうみてずして。めいどくはうせん六道の。旅出を待つ。重忠と。御物語に浮く涙」。

一 説き破る。役目として問題点を突く。

二 史実では義経は、堀川夜討の当日、頼朝追討の院宣を請い、受けている(元暦二年改元して文治元年(一一八五)十月十七・十八日)。

三 叛逆。頼朝への謀叛の意を託した言葉のニュアンス。　四 恩賜の品。　五 天皇の命令。

六 鼓などを、一つと数える時にいう。

七 神も仏も照覧あれ。

八 平時忠(一一三七―八六)。正二位権大納言。妹滋子

「イヤ夫レは主君ン頼朝。伊豆[一一]の伊東《いたう》に御座有ル時。北条一ツ家を味方に付ケん計《けい》略《りやく》の御縁ン組」。「ヤアいふな〳〵。元ト卿《けう》の君は汝が娘。平大納言へ貰《もら》はれ育《そだて》たは時忠。肉身血《にくしんち》を分ケた親は其方。なぜ夫レ程の事鎌倉にて云訳《いひわけ》せざるや。但シ義経と縁有と思はれては。身の瑕瑾《かきん》と思ひ隠し包《つゝん》だか。卑怯至極《ひきやうしごく》」と仰を聞より川越太郎。居たる所をどつかと居なをり。「ヤアお情ない義経公。清和天皇の末流《ばつりう》。九郎義経を聟に持たは恐《おそらく》日本の舅頭《しうとがしら》。五十に余《あま》る川越が。名を惜《おし》んで禄《ろく》を貪《むさぼ》らふや。今肉縁《にくゑん》[一二]をあかせば。こなたの云訳《いひわけ》するも暗《くらく》。縁者《ゑんじや》[一三]の証拠《しやうこ》と成ル故に。ヲ鎌倉では隠した包《つゝ》んだ。かげに成リ日向《ひなた》に成リ。云くろむれ共御前には讒者《ざんしや》の舌《した》は強《つよ》くなり。智者《ちしや》といはれし秩父《ちゝぶ》[一四]さへ力ラに及ばぬ平家と縁ン組。今に成ツて川越が娘といふて得心《とくしん》[一五]有ふか。卑怯至極《ひきやうしごく》と思しめす御心根《ね》も面目《めんぼく》なし。皺腹《しはばら》[一六]一トつが御土産《みやげ》」と。指添《さしぞへ》[一七]手早に抜キはなす。「ノウこれ待ツて」と卿《けう》の君かけ出て手にすがり。「其云訳《いひわけ》は自《みづから》」と刃物《はもの》もぎ取《(とり)》我ガ咽《のど》へ。ぐつと突立《つき(たて)》どうど伏ス。「是は」と驚《おどろく》義経公静もかけ出《(いで)》抱起《だきおこ》し。「薬よ。水よ」とうろた

が後白河法皇の女御建春門院、同じく妹時子が平清盛の妻二位の尼。平家の天下で権勢をふるったが、壇の浦で捕えられ、文治元年九月二十三日、能登の配所に赴く。吾妻鏡・同年五月十六日条に、「但し時忠の事に於ては死罪一等を寛めらるべきの由、是内侍所無為にして御帰坐は彼の卿の功に依るの故と云々」。

九 頼朝が義経と時忠の縁組を不快としたことは平家物語にみえる。吉野忠信ではこの件りを「平家がたより娘をめとりしともがらをほんぎやくむほんと申さふなら。先御じぶんはたいらの時政頼朝公の御しうと。然らば舎兄頼朝もむほん人にて有べきか」とする。

一〇 時政の姓は「平」ではないのか。

一一 平治の乱後伊豆国蛭が小島(現在の静岡県田方郡韮山町)に流されていた頼朝が、伊東祐親(曾我兄弟の祖父)の娘と契って生まれた子を祐親に殺され、北条時政を頼り、娘政子を妻とする話は、曾我物語等で名高い。

※義経の二人の妻、川越太郎の娘と平時忠の娘を一人の人物とするのは本作の脚色。平家物語十一では、時忠が義経の手に渡った機密文書を取り戻すために、娘を義経に与える。吉野忠信ではこの廻文、清和源氏十五段では天子と時忠密約の綸旨を、義経が故意に失ったことを重要な劇的契機として扱うが、本作ではこの機密文書の件には触れず、頼朝の不審を、単に平家との縁組、及び前作にない平家一門の偽首と頼朝追討の院宣の件に絞る。

一二 卿の君の肉親であることを頼朝の御前で公表するならば。

一三 諺。信用できぬことをいう。

一四 畠山重忠(一一六四―一二〇五)。武蔵国秩父の豪族畠山重能の子。舞曲や浄瑠璃では「秩父ノ庄司次

へて涙より外《ほか》詞なし。

川越は見向キもせず。「出かされた時忠の娘。そふなうては御兄弟。御和睦《わぼく》の願ひも叶《かな》はず。とくに呼出し我手にかけんと思ひしが。[一]我レと最期《さいご》をとげさして死後《しご》に貞女《ていぢよ》と云《いは》せたく。[二]わざと自滅《じめつ》と見せかけし。よふ抜キ身を奪《ばひ》取ッた。適《あつぱれ》健気《けなげ》な女中や」とよそに誉《ほむ》るも心は涙。

義経間近ヵく立寄リ給ひ。「かくあらんと思ひし故。わざと川越が血筋《ちすじ》を顕はし。平家の縁を除《のぞ》かんと。思ひし[三]甲斐《かひ》もなき最期《さいご》。あさましの身の果《はて》よしなきちぎりをかはせし」と。御目に余る涙の色静御前も諸共《もろとも》に。あなたこなたを思ひやり。泣しづみ給ふにぞ。

手負《ておひ》は君を恋しげに。打ながめ〳〵。「一トつならず二つ迄。大切ッな云訳《いひわけ》立《たち》。残る一トつは平家と縁組。[四]其科《とが》わたしが皆なす業《わざ》。恋慕《こひした》ふ身をお見捨《すて》なう。是迄はいかゐお情。世につれないとはかないは。明日《あす》を定《さだ》めぬ人の命。短《みじか》ふお別《わか》れ申シます。静殿。我君様を大切ッに。頼むぞやいの」とせき上《あげ》てわつと計リ

郎重忠」は「智仁の勇士」「四相をさとる」聡明な人物で知られる(→四一五頁注一一)。彼は川越重頼と縁者。義経記四には、堀川夜討の後、さらに頼朝が義経に討手を向ける箇所に、「畠山は先度辞退申したりけれども、重ねて仰せられければ…馳せ向かふ」とあり、ここの「力に及ばぬ」は右の記述をふまえたものか。
一五 頼朝の諒解が得られるはずがない。
一六 なお川越重頼は文治三年、義経との縁により、誅せられる。 一七 脇差。

一 自発的に。
二 川越が自害するふりを見せた。
三 並木宗輔絶筆の一谷嫩軍記・序切でも、卿の君は時忠の縁故に自害。義経は「死ず共済べきに…不便やな。みじかき契りで有しよ」と嘆く。清和源氏十五段では、卿の君は、熊坂の妻に、静御前と間違えられ殺される。右大将鎌倉実記でも、卿の君は「君と親とに捨る命」と父時忠の行末を義経に頼んで死ぬ。
四 本作には前二作の如く、時忠との縁組に機密文書や政略がからまないので、卿の君の死により平家と縁が切れ、頼朝に対する義経の申し開きは立つはずであった。
五 唐の第六代玄宗皇帝(六八五―七六二)。治世の初めは開元の治と称えられ、名君であったが、楊貴妃を溺愛し、安禄山の乱を惹き起した。
六 楊太真。楊元琰の娘。貴妃は、位、相国に比

に。泣けるが。「サア川越殿。平大納言時忠が娘の首。頼朝様へお目にかけ。御兄弟の御和睦《わぼく》。それが冥途《めいど》へよいみやげ」と。首指《さし》のばす心根を。思ひやる程川越太郎。胸にみちくる涙をば呑《のみ》こみ。〳〵《(のみこみ)》傍《そば》に立より。「似合ざる喩《たとへ》なれ共。五玄宗《げんそう》の后《きさき》六楊貴妃《やうきひ》は七馬嵬《ばくはい》が原にて。八歌舒翰《かじよかん》に討タれ。天下《(てんが)》の煩《わづら》ひを払《はら》ふ。御兄弟確執《くはくしつ》とならば万民ンの歎ゲき。清き最期《さいご》も天下の為。でかされた適《あつぱれ》〳〵。あかの他人の某《(それがし)》が九介錯《かいしやく》してしんじやう」と。刀するりと抜キはなす。「ノウ其あかの他人の。お手をかるも深《ふか》き御縁。一〇迚《とても》の事に。たつた一ト言《こと》」。「親子の名乗《のり》は未来《みらい》でせう。さらば〳〵」。「さらば」。「さらば。〳〵」と一一討ッ首よりも骸《からだ》は先キへ川越が。どうど座してぞしほれ居る心ぞ。思ひやられたり。

静御前も義経も歎キに沈《しづ》み給ふ折から。耳《みゝ》を突《つき》ぬく鐘太鼓《かねたいこ》。ときをどつとぞ上にける。「コハいかに」と静は仰天《げうてん》君も驚《おどろき》。「扨《(さて)》は海野土佐坊めが責《せめ》かけしと覚たり。亀井駿河」と仰《(おほせ)》の内よりおつ取リ刀で両人が。表テをさしてかけ出るを「ヤレ待《(また)》れよ」と太郎は呼留《よびとめ》。「一三仰分ケを聞迄《(きくまで)》はと留メ置キしを責《せめ》かけたは。彼

する女官の称。玄宗に愛された傾国の美女。安禄山の乱で玄宗と共に逃れる途中、馬嵬において官軍の兵に殺された。 七 陝西省興平県の西。
八 玄宗の武将。吐蕃を破って功を顕わすが、安禄山の乱に敗れ、賊軍に降って殺された。楊貴妃が哥舒翰に討たれたとの伝承の出所は未詳。なお太平記三十七では、哥舒翰は一旦敗走するが、楊国忠・楊貴妃死後、官軍を集め、安禄山を破る。
※太平記には、官軍の兵が玄宗に楊貴妃の死を求める時「西施呉ノ国ヲ傾シ」例を引くが、清和源氏十五段四に「越の西施と云女。国を亡す基とて。范蠡と云臣下が。南海に沈めし」とあり、西施の話は本曲大序冒頭とも関係する。清和源氏十五段でも本曲でも、女主人公は、西施や楊貴妃とはちがって自ら身を引き、または命を捨てて、禍を未然に防ぐので、「似合ざる喩」と言った。 九 自害を助けて首を切ること。
一〇 どうせこうなるからには、あかの他人と言わず、ただ一言、娘と呼んで。
一一 首を打つか打たぬうちに、川越は、卿の君の死骸とともに、倒れこむように座して。「骸、川越」と頭韻。
※現行、川越は本手正面で首を抱いて嘆き、静は本手下手で亡骸にすがって泣く。
一三 義経が申開きなさるのを。なお清和源氏十五段・大序の頼朝の言葉「ヤア土佐坊…義経がむほんに極らば。首打て参るべし。重忠も一理有り。むほんの実否をたゞす為」参照。

等も[一]讒者《ざんしや》と一チ味《み》の族《やから》。とはいへ両人鎌倉殿の名代《めうだい》。過《あやまち》有ッては敵対《てきたい》するも同前。只速《すみやか》に追ッかへすか。おどしの遠矢で防《ふせ》がれよ。さないと忽《たちまち》義経《ぎけい》の怨《あた》」と。云含《ふく》むれば両人は。「尤《(もつとも)》道理」と呑込《のみこん》で表テをさしてかけり行。義経公も川越が詞至極《しごく》と猶も気を付ケ。「無《む》分別《ふんべつ》の弁慶が心元なし。武蔵〳〵」と呼給へば妼《こしもと》立出《(たちいで)》。「武蔵殿は最前ンより打しほれ居られしが。鯨波《ときのこへ》を聞クとはや。悦びいさんで行れし」と。聞より「こいつ事仕出サん。静参つて急ぎ制《せい》せよ。矢先キ危《あやう》しソレ鎧《よろひ》」。「はつ」と妼《こしもと》持出る。其間に長押《なげし》の長刀かい込ミ。表テへ走《はし》る女武者《むしや》。[二]堀川夜討に静が働《はたら》き末世《まつせ》にいふも是ならん。

いかゞと案《あん》じ給ふ所へ亀井駿河かけ戻《もど》り。「我ゝ味方を制《せい》して[三]的《まと》矢を射《ゐ》させ。[四]玄翁《げんのう》[五]かけやを以ッて敵を[六]みしやぎ。追ッ帰さんと存ぜし所。武蔵坊の無法《むほう》者。大鋸《のこぎり》にて人を引切リ。討手の大将海野の太郎を。[七]てつぺいからつま先キ迄擲《たゝき》砕《くだ》いて候」と。中上れば大将あきれ。川越太郎ははつと計リ。「ヘヱしなしたり[八]ひろいだり。討手の大将討取ッては。[九]御連枝《れんし》和《わ》睦《ぼく》の願ひも叶はず。不便《びん》や娘も

一 讒者は、三段目との関係で故意に名を顕わしていない。吉野忠信、清和源氏十五段また御所桜堀川夜討では、平家物語以来の設定を受けつぎ梶原である。
二 平家物語、義経記でも、土佐坊夜討に際し、当夜手薄な堀川館で、静は義経を助けて、かいがいしく応戦の手助けをする。舞曲・堀川夜討では自ら奮戦し、近松の殩静胎内捃一では、「静さかしき女にて長刀かたげ只一人。御所のめぐりを夜廻りしてときのこゑにおどろき。見れば軍兵堀はたにさゝへたり。扨こそな土佐坊めがよせくさつた。こう有ふと思ふたこと。侍衆は皆留主也殿は御酒のねいりばな。けにもはれにも喜三太とみづから。エイまゝよ此かひなと長刀のつゞく程はきり死。いで殿をおこさんと小門よりつゝと入」と女武者ぶりを描く。
三 的を射るのに用いる練習用の矢。川越の指示通り、おどしのために射た。 四 大形の鉄鎚。多く石を砕くのに用い、玄翁和尚が那須野の殺生石を砕いたことでこの名がある。
五 掛矢。棟木、杙などを打ち込むのに用いる大きな木槌。玄能、掛矢、大鋸とも弁慶の七つ道具の大工道具を思わせるもの。 六 押しくだき。
七 頭のてっぺん。 八 「ひろぐ」は「する」の罵倒語。沈着冷静な川越が、義経の重臣弁慶に関してこういう言葉遣いをするのは、卿の君の無駄死に対する父親の痛恨の情が自制心を失わせたからで、思わず卿の君を「娘」と呼ぶ。
九 御兄弟。 一〇 詮(せん)なき。かいのない。無意味な。十行本「せんなき」。
一一 淮南子・繆称訓「故に人を怨むは、自ら怨むに如かず」によるといわれる(『傑作浄瑠璃集』下)。なお、「道真虚名蒙れ共。君を恨奉らず…皆天命のなす所」(菅原伝授手習鑑・序切)。

一〇全《ぜん》なき犬死《いぬじに》。是非《ぜひ》もなき世の有様」と。悔《くやみ》涙に義経公。「一一古人《こじん》は人を恨《うらみ》ず。傾《かたむ》く運《うん》のなすわざと思へば恨も悔もなし。武蔵が不骨《こつ》を幸に。都を一二ひらかば一三綸命《りんめい》も背《そむ》かず。兄頼朝の怒《いか》りもやすまる。是を思へば卿の君が最期《さいご》。残り多や」と御涙皆夢の世の一四有為《うゐ》転変《てんぺん》。「我も浮世に捨られて一五駅路《あきろ》の鈴《すゞ》の音ﾄきかん。亀井駿河供せよ」と立出給へば。川越太郎一六しほれながら「暫《しば》し」と留《とゞ》め。床《とこ》にかざりし鼓《つゞみ》たづさへ。「君多《た》年《ねん》御懇望《こんばう》有し重宝《ちやうほう》残し置れては。一七取落ﾄされしと申ｽも残念《ざんねん》。院勅《ゐんちよく》に一八打ッといふ声有ﾘとは。皮《かは》より穢《けが》れし讒者《ざんじや》の詞。打ッを拙者《せつしや》が一九しらべかへ。ふたゝび御連枝《れんし》二〇ぐはいの取ﾘ持。長路《ながぢ》の旅の御物わすれ」と心を。こめて指出《さしいだ》す。義経御手にふれ給ひ。「したしき兄弟の因《ちなみ》をば二一打切ﾗるゝも運《うん》のつき。二二結《むす》びかへせよ川越」と。駿河亀井を御供にて二三すご〳〵館《やかた》を出給ふ。御心根のいたはしさ見おくる。人も鎌倉へ二四是非《ぜひ》なく〳〵も立帰る世の成ﾘ行ｷぞ。是非《ぜひ》もなき。二五跡は二六貝がね鯨波《ときのこへ》二七しんどうするも理《ことは》りや。武蔵坊弁慶が二八海野の太郎を討ﾁ取ッて。

一二 退去するならば。 一三 天皇の命令、即ち頼朝追討の院宣を実行しないことの申し訳も立ち。 ※「武蔵が不骨」は不幸であって「幸い」ではないはずだが、義経としては、一応の申し開きは立っても、院宣がからんで、こじれてしまった頼朝との関係が簡単に好転するとは思われず、義経の方で一旦都を退くのが、対決を避ける最良の方法と判断した。その際、全く無駄になるのが卿の君の犠牲死である。清和源氏十五段では右の義経の判断を畠山重忠との対話で詳述している。「咎めもなきに都をひらかば。鎌倉の御ふしんもいかゞ。…でかしたり武蔵房。…コレ〳〵重忠。土佐房が首うつて鎌倉へ送りなば。義経が誤と成べきか。御念迄もなし頼朝の名代。手にかけ給はゞ後日の咎。狼藉のとが非道の罪。天晴君の御おちど。面白し〳〵…土佐房正俊。首打つたるとがにより。都をひらきし趣を鎌倉に披露あれ」。 一四 有為は現象としての存在。生滅変化することのない無為、涅槃の対。世の中の現象がうつろいやすく、はかないこと。「すみ所さへ定めなき有為。転変の世の中やと」(一谷嫩軍記三)。 一五 駅《うまや》の設備のある街道。「駅路の鈴」は、近世、宿駅間の街道で聞こえる馬追いの鈴の音をふまえた句。「伊勢と吾妻の別れ道。駅路の鈴の鈴鹿こへ」(仮名手本忠臣蔵八)。 ※このあたり、栄枯盛衰、有為転変を、身をもって体験した義経の感慨を描く名文。 一六「しほれ、暫し」と頭韻。 一七 あわてて取り落して行ったと世人が。 一八 鼓は皮を打つが、「打つ」の語が、頼朝を「討つ」に通ずると院宣にあるのは。 一九 鼓の緒を調律し変えることに比喩する句。「打つ」という語の意味を私が言い替えて、再び御兄弟の結びつきがうまくいくよ次手《ついで》に土佐坊せしめてくれんと。追ッかけ廻つて正尊《しやうぞん》が。乗《のっ》たる馬の尻辺《しりへ》に乗《のり》。ぼつ立テ蹴《け》立テ白洲《しらす》の庭《には》。館《やかた》もゆるぐ鐘《つきがね》声。「ヤア〱我君やおはする。討ッ手に向ひし海野は粉《こ》にして土佐坊めを生捕《いけどつ》たり。亀井駿河はいづくに居る。武蔵が料理《りやうり》の喰残《くひのこ》し賞翫《しやうくはん》せぬか」と呼《よば》ゝつても。館《やかた》はひつそとしづまつて。答《こたゆ》る人もなきふしぎ。「不思議《ふしぎ》。〱」と見廻す内。

坂東《ばんどう》一チの土佐坊が腰《こし》のうは帯ひき切ッて。馬より飛おり大声上《あげ》。「者共来れ」と下知《げぢ》の内。兵具《ひやうぐ》のつはもの数百人「ソレ。討チとれ」と追ッ取リまく。武蔵も馬より一ッ足飛《そくとび》。太刀も刀も鷲《わし》づかみ。熊鷹《くまたか》づかみの首の骨《ほね》。握《にぎ》るときれる数《す》万力《まんりき》雨かあられか人礫《つぶて》。透間《すきま》を見て土佐坊が武蔵がよは腰《ごし》しつかとだく。「シヤ小僧めが味《あぢ》をやる。腰の療治《りやうぢ》でひねるかもむか。さすつておけろ」のぶり〱どさり。

尻餅《しりもち》ついてもひるまぬ曲者《くせもの》。四尺にあまるだんびら物。討ッてかゝればひらりとはづし。てうど切レば柄先《つかさき》で。しやんと請ケ留《とめ》。「ホ、、、出かす〱。腰をさ

うにお取持ち致しましょう。「(重忠、静に初音の鼓を打たせ)打はやす。跡にぐあひは重忠がしらべ。直するなりかげん。手の内に有リ心に有。はや御出とかけ声にいさんで。都を立給ふ」(清和源氏十五段・二ノ切の段切)。
二〇 ぐわい。具合(ぐあ)。うまく処理すること。
二一 「打切ラる」は鼓の縁語で、「運」と頭韻。「打切ラるゝも讒者のわざ」と言わず、「運のつき」と観ずるのが、この作者らしい。
二二 「結び」と「切ラるゝ」が鼓の縁語。「かへせよ、川越」と頭韻。　二三 義経は史実では十一月三日に都落ち。洛中にいささかの煩いも惹起せず、静かに退去したことで、好感を持たれた。
※現行、「運のつき」辺で義経二の手へ下り、主従三人ゆっくり下手へ入る。
二四 「是非無く」と「泣く泣く」をかける。
二五 以下現行では場面が変り、菅原伝授手習鑑・序切跡の「築地」、仮名手本忠臣蔵三段目(五段物の序切に当る)殿中跡の「裏門」と同様、塀外の場とするが、原作では場面は変らない。近年、太夫、三味線も交替することがあるが、正しい演出ではない。　二六 軍陣の法螺貝と鉦。
二七 震動。館が揺れ動くのも。
二八 「海野、討取」と頭韻。

一 ものにしてやろう。　二 義経記で弁慶が土佐坊の宿所へ赴き、引立ててくる場面の描写、「弁慶土佐坊を掻き抱き、鞍壺にがばと投げ乗せ、わが身も馬の尻にむずと乗り、手綱を土佐に取らせて叶はじと思ひ、後より取り、鞭に鐙を合はせて、六条堀川に馳せ着き」をふまえる。「馬煙立。しらすのには。かけ立てひつ立て引

すつた其かはり。首筋ひねつてくれんず」と。ぱつしとはねて身をかはし。大太刀蹴《け》落《おと》しそつ首摑《つかみ》ぐつと引よせ。

腰に一五ぴつ付ケ。「我君様。御《み》台《だい》様。亀井やい。駿河やい」と引一六ずり廻り呼廻り。尋廻れど人ゝの御行方《(おんゆきがた)》も見へざれば。「扠《(さて)》は此家を落給ふか。コハ何ゆへ」と身の科《とが》と思ひよらねばいふ人も。答《こたゆ》一七る人も梢《こずへ》の烏《からす》泣て詫《わび》する土佐坊を。右を左リへ持チ直《なを》し。

「じたいこいつが逃《にげ》廻り。隙《ひま》取ッた故お供におくれた。己《おのれ》が首の飛方が我君様の御ン行方。よい投算《なげざん》一八」と引ッつかみ。一九直平天窓《ちよつぺいあたま》を頭巾《づきん》ごし。すぽりと抜《ぬい》て空へ投ゲ。二〇「こけたる方は巽《たつみ》の間。二一うばらおはらの方でも有まい。元トは牛二二若丑《うし》の方。二三巳午《みむま》もよしや吉野も気遣《きづかひ》。爰《(ここ)》に二四戌亥《いぬい》や酉《とり》ならで。程は有ルまい追付カん」と。忠義と思ひせし事も。今に成ッては未申《ひつじさる》二五。思ひ違《ちがひ》の荒者二六が。あら砂蹴《すなけ》立ッる響《ひゞき》はとう〳〵どろ〳〵〳〵。踏《ふみ》しめ〳〵踏ならし。義経《ぎけい》の。跡を寅《とら》二七の刻《こく》風を。起《おこ》して追フてゆく

廻す。鐙くつわの音高く手綱を力に土佐房正俊。うごかば一討一刀後《(しり)》に乗たる武蔵が勢ひ。御ぜん間近く大音上げ」(清和源氏十五段)。※現行、弁慶は大紋の袖をたくし上げ、鉢巻を締め、馬上、土佐坊を前に乗せて、登場。

三 一見豪快で、実は淋しい場面である。

四「正尊も大力なりけれども、弁慶に引立てられて」(義経記)。 五 鎧の上から腰に締める帯。二重まわしの白布。これを後から弁慶に摑まれていた。 六 武装した。 七 討手の者達の首を次々と、熊鷹がつかむように摑むと、たちまち首の骨が切れた。 八 人を取っては投げること。

九 弱腰。腰の、左右の細いところ。 一〇「ろ」は奴言葉風の接尾語。腰の療治で、ひねるのかもむのか。どうせ利き目がないのだから、さすっておけ。こちらはお前を打って、振りまわし、投げてやる。 一一 近世、正月の男児の玩具。木製八角形の槌形に紐をつけたもので、引きずり、振り廻す。また古く毬杖《(ぎっちょう)》の遊びで、槌の形をした杖で「ぶりぶり」と呼ぶ球を打つ。

一二 土佐坊を振り廻し、地上へ投げつけた。

一三 長く幅広の大きな刀。大太刀と同じ。

一四 真二つと切りかかるのを、柄の端でしっかと受け留め。

一五 現行は「ひっ付け」と語る。

一六「廻り」を重ね、韻を踏む。 一七「答ゆる、梢」と頭韻。答えるものは梢に鳴く鳥の声ばかり。鳥が鳴くと土佐坊の泣くをかける。

一八 算木や銭を投げて吉凶方角を占うこと。

一九 直平頭巾をかぶった頭を頭巾ごと、の意。直平頭巾は目だけを出して顔を包み隠す頭巾。

二〇 投げ上げられて地に落ちて倒れた首の頭の方角は辰と巳の間、即ち東南だ。二段目口で、

(四〇八—四〇九頁へつづく)

第二

([一]伏見稲荷の段)

時　前段の続き、夜明け前
所　伏見稲荷の鳥居前

吹ク風につれて聞ゆる。ときの声。物[二]すさましき気色《けしき》かな。

きのふは北闕《ほくけつ》[三]の守護《しゆご》けふは都を[四]落人《おちうど》の。身と成リ給ふ九郎義経。数多《あまた》の武士もちり〴〵に成リ亀井ノ六郎駿河ノ次郎。[五]主従《しう〴〵》[六]三人大和路へ夜深《よぶか》に急《いそ》ぐ旅の空。跡ふり返れば堀川の御所も一チ時《じ》の[七]雲煙《けふり》。[八]浮世は夢の[九]伏見道。[一〇]稲荷《いなり》の宮居にさしかゝれば。

亀井ノ六郎おくればせにかけ付ケ。「正しくあの鯨波《ときのこへ》は鎌倉勢(ぜい)。後《うしろ》を見するも無念也。御ン赦《ゆるし》を蒙《かうむ》つて一(ひと)合戦《かつせん》仕(つかまつ)らん」と。申シ上グれば「いやとよ重清。都にて舅《しうと》川越太郎が云《いつ》し鎌倉殿の憤《いきどをり》。明イ白に云開《ひら》き。卿《けう》の君のあへなきさいごも。義経が身の云訳《いひわけ》なるに。はやまつて弁慶が海野の太郎を討ッたる故。やむ事を得ず都をひらくは。[一一]親兄《しんけう》の礼を思ふ故此後は猶以ッて。鎌倉勢に刃向《はむか》は

一　初演者はこの段と道行が竹本文字太夫(番付)。
二　寒々と、凄いような。
三　宮城の北門。
四　昨日まで都の守護に当った花々しさに引きかえ、今は落人の身となって、と続く。
※現行演出では軍陣の太鼓鉦を聞かせて、緋威の鎧姿の義経と、鎧を着した駿河・亀井が下手から出る。現行のこの段にはカットが多い。
五　義経が都落ちの時主従三人とは本作の創作で、平家物語に「五百余騎」、義経記に「一万五千余騎」、吾妻鏡では「二百余騎カト云々」。但し吾妻鏡・十一月六日条に、大物沖難破以後の義経について従う者を武士三人と静の四人とする。
六　京五条橋口から伏見に至る近世の伏見街道は大和の奈良等へ通じ、大和路と呼ばれる。
七　「くも、けむり」。堀川御所も焼き払われ、煙が雲となって棚引く。
八　雲から、浮雲、夢の浮世、とはかなさの連想。
九　夢の縁語「臥し」から、伏見街道を導き出す。
一〇　現、京都市伏見区深草藪之内町、伏見稲荷大社。稲荷山の西麓。創建は和銅四年(七一一)ともいわれ、祭神は宇迦之御魂大神など。
一一　→四一六頁注八。
※最初の義経の言葉は、序切の筋のまとめだが、「やむ事を得ず都をひらくは。親兄の礼を思ふ

ゞ。主従《しう〳〵》の縁も夫レ限《ぎり》」と。仰《(おほせ)》に二人《(ににん)》も腕撫《うでなで》さすり。拳《こぶし》を握《にぎ》つて扣《ひかゆ》る折から。義経の御跡《(おんあと)》を慕《した》[一二]ひこがれて静御前。こけつ。転《まろ》びつ来りしが。夫レと見るよりすがり付キ。「[一三]どうよくな我君」と暫《しば》し。涙にむせびしが。「武蔵殿を制《せい》せよとわしをやつた其跡で。早《(はや)》御所をお退《のき》と聞キ二里三里おくれう共。追ッ付クは女の念ン力キ。よふも〳〵むごたらしう。此静を捨置てふたりの衆も聞へませぬ。わしも一ッ所に行様《(ゆくやう)》に取リなしいふて下さんせ」と。歎《なげ》けば倶《とも》に義経も。情ケによはる御ン心。

見て取ッて駿河次郎。「ヲ、主君ンも道すがら噂《うはさ》なきにはあらね共。行《(ゆく)》道筋も敵の中《(なか)》。取分ケて落行《(おちゆく)》先キは多武《たふ》[一四]の峰《みね》の十字坊[一五]。女儀を同道《どう〳〵》なされては寺中《じちう》[一六]の思はくいかゞ也」と。すかしなだむる時しもあれ。武蔵坊弁慶息《いき》を切て馳着《はせつき》。「土佐坊海野を仕舞《しまふ》てのけんと。都に残り思はず遅参《ちさん》仕る」と。云《(いひ)》もあへぬに御大将。扇を以ててう〳〵と。[一七]なぐり情も荒法師《あらほうし》を。目鼻《はな》もわかずたゝき立《(たて)》。「坊主びく共動《うご》いて見よ。義経が手討にする」と。御怒《いかり》の顔色《がんしよく》に思ひがけなき

故」のあたり、序切の義経と微妙に喰い違う。作者が交替したものであろう。

一二 「したひ、しづか」「こがれ、こけつ」と交互に韻を踏む。

一三 胴欲。無情な。ひどい。

一四 奈良県桜井市多武峰（とうのみね）。藤原鎌足を祀る談山神社がある。近世まで神社と一体の多武峰寺に妙楽寺聖霊院を中核に多くの僧坊を擁し、女人禁制であったが、明治に寺は廃絶。

一五 吾妻鏡・文治元年十一月二十二日「予州。吉野山ノ深雪ヲ凌ギ。潜レテ多武峰ニ向フ。是大織冠ノ御影ニ祈請センガ為ト云々。到着之所ハ。南院ノ内藤室。其ノ坊主ハ。十字坊ト号スルノ悪僧也。予州ヲ賞翫スト云々」。この文中にある如く、義経の多武峰入りは、史実では吉野山潜行以後。

一六 多武峰寺の僧達が、どう思いますでしょう。

一七 「なぐり、なさけ」と韻を踏み、「情もあらず」と「荒法師」をかける。

武蔵坊はつと恐れ入けるが。「此間《(このあひだ)》大内にて。朝方殿に悪口《あつこう》せし迚《(とて)》御勘当《かんどう》。永〻《なが》出仕《しゆつし》もせざりしが静様の詫言《わびこと》で。御免有たはきのふけふ。其勘当のぬくもりが手の中チにほの〴〵と。まださめ切《(きら)》ぬ其中チに。又候《(ぞろ)》や御機嫌《きげん》をそこなふたそふなれど。弁慶が身に取て。ぶ調法《てうほう》せし覚へなし」。「ヤア覚《(おぼえ)》なしとはいはれまい。鎌倉殿と義経が。兄弟の不和《わ》を取結《むす》ばんと川越が実義《じつぎ》。卿の君が最期《さいご》を無下《むげ》にして。義経が討ッ手に登《のぼり》し。鎌倉勢をなぜ切ッた。是でも汝が誤《あやま》りで有まいか。サア返答《たう》せよ坊主め」と。はつたと睨《にらん》で宣《のたま》へば。武蔵は返す詞もなく。頭《かしら》も上ゲず居たりしが。「憚《はゞかり》ながら其事を存ぜぬにてはあらね共。正《(まさ)》しく御所の討ッ手として登《のぼつ》たる土佐坊。いかに御意が重《おも》い迚《(とて)》主君をねらふをまじ〳〵と。見て居る者の有ルべきか。さある時は日本に忠義の武士は絶果《たへはて》なん。誤《あやま》りならば幾重《いくゑ》にもお詫言《わびこと》仕らん。いかに御家来なれば迚余《あんま》りむごい呵《しかり》やう。是といふも我君の漂白《へうばく》[一]よりおこつた事。無念ン〳〵」と拳《こぶし》を握《にぎ》り。終《つい》[二]に泣ぬ弁慶が足《たし》[三]ない涙をこぼせしは。

一　四四二頁一行目などの「漂白」の振仮名はにごりなし。十行本「へうはく」。後の再版七行本も振仮名「ひやうはく」。
二　「うまれた時のうぶ声より外には泣ぬ弁慶が。三十余年の溜涙」（御所桜堀川夜討三）。
三　足りない。持ち合せがないはずの。

忠義故とぞしられける。

静も武蔵が心をさつし「あれ程にいふてじやのに。どうぞマア御了簡《りやうけん》」と。やはらかな詫言《わびこと》の。其尾[四]に付ィて亀井駿河。「御免ン〳〵」と詫《わび》ければ。義経面《おもて》をやはらげ給ひ。「母が病気で古郷《こきやう》へ帰りし。四郎兵衛忠信《（しらうびやうゑただのぶ）》を。我が供に召シ連《つれ》なば武蔵が詫は聞カね共。行《（ゆ）》キ先《（さき）》が敵となつて。一人《（いちにん）》でもよき郎等《らうどう》を力ラにする時節《じせつ》なれば。此度《（このたび）》は赦《ゆる》し置ク」と。仰《（おほせ）》に弁慶はつと計リに頭をさげ。坊主天窓《あたま》を撫《なで》廻し。「是[五]に懲《こり》よ武蔵坊。アヽ静様は重《ぢう》ゞの詫言。いかゐお世話《せわ》」と悦《（よろこ）》べば。「マアお詫がすんでめでたい。是からは此静が君のお供をする様に。取なし頼む武蔵殿」と。思ひ詰《つめ》たる其風情《ふぜい》。

「今詫言頼ンだ迚当[六]《あた》り眼《まなこ》な返報《へんぽう》。義理でもあつ[七]と申シたけれど此弁慶其意《ゐ》を得ぬ。御《（ご）》家来さへ跡先に引別れて行《（ゆく）》忍びの旅《たび》。落付ク所は兼て聞キ置ク多武《たふ》の峰《みね》。是[八]以ッて女は叶はず。夕べにかはる人心なれば。十字坊の所存《しよぞん》も量《はかり》がたし。是より道を引ちがへ。山崎[九]越ェに津の国尼[一〇]《あま》が崎《さき》。大物の浦よりお船にめし。豊前《ぶぜん》

四「尾に付て」は、前の発言者に追随しての意。尾が亀の縁語。
五 諺「是に困(こり)よ道西坊」(譬喩尽)のもじり。
六 本来は、当り散らす目つき。ここは、たちまちお返しを要求して現金な、の意。
七 応。承知した。
八 伏見から大和路を行く予定を変更し、淀川沿いに山陽道、近世の西国街道(山崎通)を摂津国尼崎へ向う。
九 現山崎は、大阪府三島郡島本町に属するが、近世の山崎宿は、島本町山崎、京都府乙訓郡大山崎町両地にかかる。大阪府北東端の天王山南麓。
一〇 摂津国河辺郡。鎌倉時代、淀川分流神崎川河口の船着き場。現、兵庫県尼崎市大物町付近。但し地形変化により、近世の大物と必ずしも一致しない。→四三六頁注一・二。

明治二十五年三月御霊文楽座

の[一]尾《お》形《がた》を御頼《(おんたのみ)》有ふもしれず。夫レなれば長ガの船路《ふなち》。猶以《(なほ)》ッてお供は成ルまい。ふつつりと思ひ切て都[二]にとゞまり。君の御左右《(ご)さう》[三]を待チ給へ」と。いふにわつと泣出し。「今迄お傍《そば》に居た時さへ片時《かたとき》おめにかゝらねば。身もよもあられぬ此静いつ又逢《あは》れる事じややら。行《(ゆ)》キ先《(さき)》しれぬ長の旅跡に残つて一チ日も。何ンと待ッて居られうぞ。いか成ルうきめに逢《あふ》迚《(とて)》も。ちつ共いとはぬ武蔵殿。連レていて下さんせ」と涙ながら我君に。ひし〳〵と抱《いだき》付キ離《はな》れ。かたなき風情也。

静が別《わか》れに判官も目をしばたゝきおはせしが。「只今武蔵が云通《(いふとほり)》。行キ先知レぬ旅なれば。都に残り義経が[四]迎《むか》ひの船を待ッべし」と。亀井に持タせし錦《にしき》の袋《ふくろ》。「夫レこなたへ」と取リ出《(いだ)》し。「是こそ年来《(としごろ)》義経が望《のぞみ》をかけし[五]初ッ音の鼓《つゞみ》。此度法皇《ほうわう》より下し給はり。我ガ手には入ながら一ト手も打ッ事なりがたきは。兄頼朝を討テと有院宣《ゐんぜん》の此鼓。打タねば違勅《ゐちよく》の科遁《とがのが》れず。打テば正《(まさ)》しく鎌倉殿に敵対《てきたい》も同前。[六]二つの是非《ぜひ》をわけ兼たる此鼓。身をも離《はな》さず持たれ共。又逢《あふ》迄の筐《かたみ》共。思ふて朝夕なぐさめ」。と渡し給へば。手に取リ上ゲ。今迄は[七]さり共と思ふ願ひ

一 尾形は平家物語八などに登場する緒方三郎惟義で、豊後の豪族。平家物語十二、また義経記でも、義経は緒方三郎を頼み、西国の船出をする。尾形を「豊前の」とするのは、須磨都源平躑躅(享保十五年竹本座)・三ノ口で、尾形兄弟の妻達が豊前の国宇佐の宮に参詣する場が影響したか。

二 底本「ノル」を「ハル」の欠画と見る。再版および十行本「ハル」。

三 お便り。

四 謡曲・舟弁慶では「都へ帰りて時節を待ち候へ」。義経が乗船に先立って静と別れる設定は、舟弁慶による。↓付録5。義経記は吉野山中での別れを描く。

五 初音の鼓については義経記五で、別れに臨み義経が次のように言って静に渡す。「この鼓は、義経秘蔵して持ちつるなり。白河の院の御時、法住寺の長老の入唐の時、二の重宝を渡されけり。名曲といふ琵琶、初音といふ鼓これなり。…初音は讃岐守正盛給はりて、秘蔵して持ちたりけるが、正盛死去の後、忠盛これを伝へて持ちたりけるを、清盛の後は誰か持ちたりけん。八島の合戦の時、わざとや海へ入られけん、また取落してやありけん、浪に揺られてありけるを、伊勢三郎、熊手に懸けて取りあげたりしを、義経取りて、鎌倉に奉りたりしかば、院の御所へ召されき。平家追討の後、都に在りし時、義経が給はりて、命と共に持たんと思ひつれども、これが最後なれば、奉る」。近松の吉野忠信もこれを踏襲、清和源氏十五段では、義経が都で別れる時、初音の鼓を静に与える。なお現行曲では「ハツネ」の「ツ」を呑む発音にすることが多

も綱《つな》も切レ。鼓をひしと身に添《そへ》て。かつぱとふして泣ゐたる。

亀井ノ六郎すゝみ出《いで》。「長ガ詮議《せんぎ》に時移《うつ》り土佐坊が残党《ざんとう》原。討ッて来らば御大事《おんだいじ》」と。重清に諫《いさ》められ涙と倶《とも》に立給へば。静は其儘《そのまま》我君の御袖《おんそで》にすがり付キ。「[八]わし一人リふり捨られこがれ死《じに》に死ナんより。淵《ふち》川へも身を投《なげ》て。死《しぬ》る〳〵」と泣さけべば。人ゝも持余《もてあま》し。過《あやまち》有ては我君の御名《おんな》の疵《きず》。何とせん方[九]駿河ノ次郎。立寄ッて会釈《あしやく》[一〇]もなく取[一一]て引退《のけ》。幸ィのしばり縄《なは》と鼓のしらべ[一二]引ほどき。静の小[一三]腕《がいな》[一四]手ばしかく。[一五]過《あやまち》させぬ小手縛《しば》り。道の枯木《こぼく》に鼓と倶《とも》に。がんじからみにくゝり付ケ。「サア邪魔《じやま》は払《はら》ふたり。[一六]いざゝせ給へ」と諸共《もろとも》に道をはやめて急ぎ行。

跡に静は。身をもがき。我君の後《うしろ》かげ見ては泣《なき》ないては見。「ヱヽどうよくな駿河殿。情にてかけられたしばり縄《なは》がうらめしい。引ケば悲しやお筐《かたみ》の鼓がそこねう何ンとせう。ほどいて死《しな》せて下され」と。[一七]声をはかりに泣さけぶは目も当テ。られぬ次第也。

い。
六 この鼓について、二つの道のどちらをとるべきか、決断しかねている。
七 そうはいっても、或いはお供がかなうこともあろうかと。謡曲・隅田川「今まではさりとも逢はんを頼みにこそ」を踏まえる。
八 義経記には「如何なる憂目をか見せられん。ただ思召し切りて、これにて如何にもなし給へ。御為にも自らが為にも、なかなか生きて思はんよりもと、掻き口説き…御膝の上に顔あて、声を立ててぞ泣き伏しける」とある。
九 せん方なく駿河次郎は。「せん、する」と「駿河」をかける。
一〇 遠慮なく。
一一 義経にすがり付いている静に手をかけて引離し。
一二 緒。
一三 腕の先、肘から手首までをいう。小手。
一四 手早く。
一五 当座に身投げなどできぬように、小手を縛り。
一六 さあ、どうぞ。鄭重に促す言葉。
※現行は義経主従上手の鳥居内へ。
一七 声を限りに。

落行《（おちゆく）》義経遁《のが》さじと土佐が郎等《らうどう》逸見《はやみ》の藤太《（とうだ）》。数多《あまた》の雑兵《ざうひやう》めい〳〵松明《たいまつ》[一]腰挑灯《こしちやうちん》。道を照《てら》して追ッかけしが。枯木《こぼく》のかげに女の泣声。何者ならんと立寄ッて。「ヤアこいつこそ音に聞《（きく）》。義経が妾《おもひもの》静といふ白拍子《しらびやうし》。縄迄かけて[二]あてがふたはうまし〳〵。此鼓も義経が[三]重宝《ちやうほう》せし。初音といふ鼓ならん。此道筋に判官も隠れ居るに疑《うたがひ》なし。[四]福徳の三年ンめ」と。藤太《（とうだ）》手早く縄《なは》切ほどき。鼓をばい取引ッ立《（たて）》行んとする所へ。

[五]四郎兵衛《（びやうゑ）》忠信。君の御跡《（おんあと）》したひ来て。斯《かく》と見るより飛かゝり。藤太が肩骨《かたぼね》ひつ摑《つかみ》。初音の鼓をばいかへし宙《ちう》に提《ひつさげ》二三間。取ッて投ゲ退《のけ》静を囲《かこひ》。[六]ふんぢかつて立《（たつ）》たるは心地よくこそ見へにけれ。

「ヤア忠信殿よい所へ。よふみへた」と悦べば逸見《はやみ》の藤太。「扠《（さて）》は忠信よき[七]敵《（かたき）》。搦捕《からめとつ》て高名《かうめう》せん」と。ばら〳〵と追取リまく。「ヤアしほらしい[八]うんざいめら。ならば手柄に搦《からめ》て見よ」と。云せも立ず双方《さうほう》より。「捕《とつ》た」とかゝるをひつぱづし。首筋摑《つかん》でゑいやつと。右と左リへもんどり打タせ。透間《すきま》もなく後《うしろ》より。

一 柄をつけて腰に差し、必要に応じて提げる提灯。腰明り。※静の哀切な歎きから一転して、端敵《（はがたき）》藤太を軽快に語る。
二 手に入るように仕向けたとは。
三 珍重した。
四 思いがけない仕合せにいう。
五 →四一二頁注一一。※忠信の登場には、単に下手から出るのでなく、何らかの工夫が、初演時からなされたであろう。現在は鳥居の額から宙吊りで出る額抜けなどを見せることもある。
六 両足を開き、しっかりと踏みはだかって。
七「かたき、からめ」と頭韻。
八「有財餓鬼《（うざいがき）》」(五二二頁注二)を略した「有財」の転じた語。とるにたらぬやつら。
九 茅花。チガヤの花。刀や槍の切先をチガヤの白い花穂にたとえる。「抜く」と「つばな」は縁語。
一〇 甚だ厚かましい、の意。

大勢ぬき連レ切てかゝれば。「心得たり」と抜キ合せ。九つばなの穂先《ほさき》とひらめく刀を。飛鳥《ひてう》のごとく飛越《とびこへ》はねこへかけ廻り。眉間肩骨《みけんかたぼね》なぎ廻ればわつと計《(ばかり)》に逃《にげ》退《のい》たり。おくれて逃グる逸見《はやみ》の藤太が。そつ首摑《つかん》でどうど投ゲ足下《そつか》にふまへ。「儕レ等《(おのれら)》が分際《ぶんざい》で此鼓を取ラんとは。胴《どう》一〇よりあつき頰《つら》の皮《かは》。打破《やぶ》つてくれんづ」と。ぽん〳〵と踏《ふみ》のめせば。ぎやつと計リを最期《さいご》にて。其儘息《いき》は絶果《たへはて》たり。鳥井の本トのこかげより義経主従《しうぐ》かけ出〳〵《(かけいで)》。「めづらしや忠信」と。仰《(おほせ)》を聞よりはつと計リ。「こは存《(ぞんじ)》よらぬ見参《げんざん》」と。飛しさつて手をつけば。亀井駿河武蔵坊。互イに無事を語《かた》りあふ。忠信重《かさね》て頭をさげ。「先ヅはかはらぬ君の尊顔《そんがん》。拝《はい》し申て拙者も安堵《あんど》。某《(それがし)》も母が病気見舞《まひ》の為お暇《いとま》給はり。生国《しやうこく》出羽に罷リ下り永《なが》ゝの介抱《かいほう》。程なく母も本ン復《ぶく》致し。罷リ登《のぼ》らんと存る中チ。君腰越《こしごへ》より追ッかへされ。鎌倉殿御兄弟御中不和《わ》と承はるより。取ル物も取あへず都へ帰る道すがら。土佐坊君の討ッ手と聞《(きき)》

（四四五頁からつづく）
二〇 生地のままで何も塗っていない柄の長刀。白糸で柄を巻いた長刀という説もある。
二一 「判官…かゝる大風大波に、思ひも寄らぬ所へ寄せてこそ、思ふ敵をば討たんずれ、…各の船に篝な燭《(もと)》ひそ。火数多う見えば、敵も恐れて用心してんずぞ」（十一・逆櫓。四四二頁注八引用の後）。
二二 天皇にも最後の御覚悟をおさせ申し、御遺骸が見苦しくないように、と局に言い含める。「新中納言知盛。二位殿に向ひ宣ふやう。今はこれまで候。御痛はしながら行幸を。浪の底になしまゐらせ」（謡曲・碇潜）を踏まえるか。
二三 左右《(さう)》。「そう」と発音。知らせ。天皇への奏上の意味を合わせた用字。
二四 天子の御顔。
二五 大人びた。なお長門本平家物語に、「せんてい御年のほとよりもおとなしく」。
二六 「主上今年は八歳にぞ成らせ御座《(おはします)》す」（流布本平家物語十一・先帝の御入水）。
二七 本来八つは二時に打つ太鼓であるが、いま打つのは、時を表わすのではなく、天子の年齢の数に合わせて縁起を祝う出陣の約束のしらせ。

夜を日についで堀川の。御所へ今ン晩《ばん》かけ付ヶしに。早《(はや)》都をひらかせ給ふと。聞ヶより是迄御跡したひ。思ひがけなき静様の御難儀《なんぎ》を救《すく》ひしは。[一]我《(わが)》存ン念ンの届《とゞき》し所」と。申上れば御悦喜《ゑつき》有リ。「我も当社へ参詣《さんけい》して。今の働《はたらき》委《くは》しくも見とゞけたり。鎌倉武士に刃向《はむか》ふなとかたく申付ヶたれど。土佐坊討タれし上からは其家来を。忠信が討たる迚《(とて)》構《かまひ》なし。今に始メぬ汝が手柄《てがら》天晴《あつぱれ》〳〵取分ヶて。[二]兄次信も我《(わが)》矢面《やおもて》に立ッて討死したるは希代《たい》の忠臣。其弟の忠信なれば。我ガ腹《ふく》[三]心《しん》をわけしも同前。今より我《(わが)》姓名《せいめい》をゆづり清和天皇の後胤《こういん》。源トの九郎義経と名乗リ。[四]まさかの時は判官に成かはつて敵を欺《あざむ》き。後代《こうだい》に名をとゞめよ。是は当座の褒美《ほうび》」迚《(とて)》家来に持タせし[五]御《(おん)》着長《きせなが》。忠信にたびければ。はつと計《(ばかり)》に押シ戴《いたゞき》。頭を土にすり付〳〵《(すりつけ)》。「土佐坊づれが家来を追ッちらせしと有て。御着長《きせなが》を下し給はる其上に。御姓名《せいめい》迄給はるは生《しやう》〳〵世〻《(せぜ)》の面目《めんぼく》。武士の冥加《めう(が)》に叶ひし」と。天を礼《らい》し地を拝《はい》し。悦び涙にくれければ。判官重《かさね》て。「我は是より九州へ立越《(たちこ)》ヱ。豊前《ぶぜん》の尾形《おがた》に心を寄《よせ》ん。汝は静を同道

一　主君を思う一念。
二　大序でも述べられた(三九七頁一二行以下)佐藤次信の忠死。平家物語十一に、「能登殿、其処除(の)き候へ矢面の雑人原とて、差攻(さしつめ)引攻(ひきつめ)散々に射給へば、矢場(やには)に鎧武者十騎計射落さる。中にも真前(まつさき)に進んだる奥州の佐藤三郎兵衛嗣信は、弓手の肩より馬手(めて)の脇へつと射抜かれて、暫しも忍(たま)らず、馬より倒(さかさま)にどうど落つ。能登殿の童に菊王丸と云ふ大力の剛の者、萌黄威の腹巻に、三枚甲の緒をしめ、打物の鞘を外いて、嗣信が頸を取らんと飛んで懸るを、忠信傍(そば)に有りけるが、兄が頸を取らせじと、よつぴいてひやうど放つ。菊王丸が草摺の迦(はづれ)を其方(あなた)へつと射抜かれて、犬居(いぬゐ)に倒れぬ。能登殿是を見給ひて、左の手には弓を持ちながら、右の手にて菊王丸を攫(つか)んで、船へからりと投入れ給ふ。敵に頸は取られねども、痛手なれば死ににけり。此の童と申すは、元は越前の三位通盛卿の童なり。然るを三位被レ討給ひて後、弟能登殿にぞ仕はれける。生年十八歳とぞ聞えし。能登殿此の童を討たせて、余りに哀れに被レ思ければ、其の後は軍(いくさ)をもし給はず。判官は、嗣信を陣の後へ舁入れさせ、急ぎ馬より飛んで下り、手を取つて、如何覚ゆる三郎兵衛…若し此の辺に尊き僧やあるとて尋出させ、手負の只今死に候ふに、一日経書いて弔ひ給へとて」。
三　腹と胸を分け持つ。即ち一心同体の意。
四　義経記五で、佐藤忠信は一人踏みとどまって吉野の衆徒と戦い、義経主従を無事に落ちのびさせる。別れに際し、義経から九郎判官を名乗って戦う許可を得て、「清和天皇の御号を預かる。これをぞ現世の名聞、後世の訴へとも思ひける」とある。

して都にとゞまり。万事宜《よろ》しく計《はから》へ」と。君は静に別れを惜《おし》み「[七]便リもあらば音信《おとづれ》んさらば〳〵」と立給へば。「今が誠の別れか」と立寄ル静を武蔵坊。亀井駿河立チ隔《へだて》押シ隔《へだ》つれば忠信も。我君に暇乞《いとまごひ》互イに。[八]無事をと黙《うなづ》き合イ。歎ク静を押シ退《のけ》〳〵。心づよくも主従《しうぐ》四人。山崎越《(ごえ)》に尼が崎。大物さして出給ふ。

「コレなふ暫《しば》し待ッてたべ」と。[九]行《(ゆく)》をせいしとゞむれば。御行方《(おんゆきがた)》を打守り。「御《(おん》顔《かん)》ばせを見る様で。恋しいわいの」と地にひれ伏シ。[一〇]正躰《たい》もなく泣ければ。

「ヲヽ道理〳〵去《(さり)》ながら。別れも暫《しば》し此鼓。君の筐《かたみ》と有からは。君と思ふて肌《はだ》身《み》に添《そへ》。うさをはらさせ給へや」と。下し給はる御着長《きせなが》。ゆらりと肩《かた》にひつかたげ。なだめ〳〵て。手を取レば。静はなく〳〵形見の鼓肌《はだ》身に添《そへ》。尽《つき》ぬ名残にむせかへり。涙と。倶《とも》に道筋をたどり。〳〵て。

（渡 海 屋 の 段）

〽行空の。

五 大将の着する鎧をいう。義経記では、「(義経が)御辺の着たる鎧は如何なる鎧ぞと仰せありければ、これは継信が最期の時着せ候ひし鎧にて候と申せば、それは能登守の矢たまらず通りたりし鎧にて、頼み所なきに、衆徒の中にも聞こゆる精兵のあんなるぞ。これを着よとて、緋縅の鎧に、白星の兜添へて給はりけり」とあって、義経が鎧を脱いで与え、忠信の鎧を義経が着する。

六 義経記五、吉野山で忠信が衆徒を翻弄し、脱出して都に入る件りをふまえる。

七 文通のできるよすがもあるならば。

八 忠信と朋友たちは、互いに無言で。

※史実の義経は、都から直接、九州を志し、大物浦から出船、難破、漂着後、大和・吉野行となる。平家物語、義経記等、また舟弁慶も吉野忠信もこれに則った叙述であるが、本作では都から、まず大和路へ向い、伏見稲荷で方向転換、摂津国大物浦へと赴く。この行先変更はやや唐突である。

九 静が追って行くのを、忠信が制し。

一〇 現行演奏は「しょうだい」。

※現行演出では、義経主従が上手小幕へ入ったあと、嘆く静に忠信は「君の筐と」で、鼓を恭々しく戴いてから渡し、「ひっかたげ」で三味線が狐の動作を暗示する手を弾き、ドロドロで、忠信は飛んで静の持つ鼓に近づき頬ずりなど。

時　元暦二年八月二十八日あるいは文治元年（八月改元）九月

所　摂津国尼崎大物の浦、渡海屋銀平内

夜毎《ごと》日ごとの入船《(いりふね)》に浜辺《はまべ》賑《にぎは》ふ尼が崎[一]。大物[二]の浦に隠れなき渡海《とかい》[三]や銀平《ぎんぺい》。海《うみ》をかゝへて船商売店《ふなしやうばいみせ》[四]は碇帆木綿《いかりほもめん》。上《のぼ》[五]り下《(くだ)》りの積荷物《つみに》。はこぶ船頭《せんどう》[六]水主《かこ》の者人絶《だへ》のなき船問屋《どひ》[七]世をゆるかせ[八]に暮《くら》しける。

夫トは積荷《つみに》[九]の問屋廻り内をまかなふ女房おりう。宿かり客《ぎやく》の料理拵《りやうりごしらへ》[一〇]。所から迚《(とて)》網《あみ》の物塩《しほ》[一一]がらな塩梅《あんばい》も。あまふ育《そだ》し一ト人リ《(ひとり)》娘。お安《やす》がついの転寝《うたゝね》に風ひか。さじと裾《すそ》に物奥[一二]の襖《ふすま》をぐはらりと明ケ。風呂敷《ふろしき》[一三]わいがけ旅の僧によき〳〵と立出れば。「是はまあお客僧様。今御膳《ぜん》を出しますにどこへお出なさるゝぞ」。「されば〳〵西国への出日和《びより》待ッて。連レ共迄もほつと退屈《たいくつ》。[一四]只居よりは西[一五]町へいて買物《かい》をしてきませう」。「是は〳〵残り多い。外のお客へは鳥貝鱠《とりがいなます》[一六]。御出ッ家には精進料理《しやうじんりやうり》[一七]分ンだつて拵《こしら》へたに。終《つい》[一八]あがつてござらぬか」。「イヤ〳〵。愚僧《ぐそう》は山[一九]ぶなれば精進せぬ。鳥貝鱠《なます》よかろぞや」。「夫レでもおまへ。けふは廿八日で不動《ふどう》様の御縁《えん》日」。「ほんにそふじや。大事の精進。ハテ[二〇]なんとしよしよことがない。いてきませう」とふいと立《(たち)》「あいた〳〵」。「ハアお客僧様何

一 瀬戸内海地域と京・大坂を結ぶ水上交通の要路。近世は尼崎藩領。 二 現、兵庫県尼崎市東大物町東半分と杭瀬南新町西半分の地域という。近世の大物は尼崎藩の城下の町。 三 近世尼崎の水上交通では、淀川水系を上り大坂方面へ向う過書船と、海上輸送の渡海船が活躍した。尼崎渡海船は和漢船用集(宝暦十一年序)に「西宮渡海より小(ちい)さし、日々大坂に往来候」とある小形の船(→四四三頁注一七)で、尼崎・大坂間、その他神戸・兵庫・堺までの諸荷物の輸送に当った。享保十九年(一七三四)尼崎渡海船は二六六艘、近隣諸港の所属船数を大きく上回っている(尼崎市史)。『文楽浄瑠璃集』は常念寺の過去帳その他により、近世の大物町に住む、渡海屋甚兵衛など、渡海屋を屋号とする渡海船業者、多くの名を挙げている。 四 店は碇を下したように安定し、木綿帆のようにしっかりした経営である。「帆木綿」は現行「ほうもめん」と語る。「桑名屋徳蔵松右衛門などいへるは、此菱垣の船頭なり、今も帆木綿といへる織帆は、此松右衛門の工夫より始まりしよし、故に是を松右衛門帆といふ」(雲錦随筆)。和漢船用集には「木綿帆。多く用所、風に遇て破れざるやうに糸をもてあつくさして用」。 五 大坂・京都方面、及び西国方面への上り下りの積荷が絶えず。 六 かじとり。水夫。 七 廻船と荷主の間で荷物の積込み、水揚げ、廻船の手配などの業務を周旋する業。この家のように、手舟も持ち、船客の宿もする。 八 「ゆるかせ」と清む。ゆったりと。 九 渡海船、またはより大型の廻船で大坂・兵庫その他へ輸送する積荷の手配に、米・炭・酒・縄類等々の問屋を廻る。 ※女房は現行では紫紺石持の着付、髪は勝山の世話女房。正面暖簾口から出る。腰屏風の内に

ンとなされた」。「イヤ別《べつ》の事でもないが。ねて居るは爰《(ここ)》のお娘《むす》か。此子の上を踏《ふみ》こへたれば。俄《にはか》に足がすくばつて。ヱヽ聞へた。ちいさふても女子《(をなご)》なれば。虫がしらしてしやきばつた物であろ。ヤア大降《ぶり》のせぬ中チに。いてきませう」と武蔵坊。ばつてう笠ひつかぶりいづく共なく急ぎ行《(ゆく)》。

母は娘の傍《そば》に寄《より》「コレお安。其様に転寝《うたゝね》して。風ひいてたもるなや」と。抱起《いだきおこ》せば目をすり〳〵。「ヲヽ母様。おまへのなさるゝ事見て居て。終《つい》とろ〳〵と一ト寝入《ねいり》」。「ヲヽ夫レならば目をさまして。けさならふた清書キを。とつくりとよふ書イて。とゝ様のお目にかきや」と。子には目のなき親心。手を引《(ひき)》納戸《なんど》に入にける。

かゝる所へ誰レ共しらぬ鎌倉武士家来引具し。「亭主《ていしゅ》に逢《あは》ふ」と内に入レば。女房驚《おどろき》走り出《(いで)》「夫トは他行《たぎやう》何ンの御用」と尋れば。「身は北条が家来相模《さがみ》ノ五郎といふ者。此度義経尾形《おがた》を頼《(たのみ)》。九州へ逃ゲ下《(くだ)》るとの風聞《ふうぶん》によつて。鎌倉殿の仰《(おほせ)》を受ケ。主人時政の名代《めうだい》として。討手に只今下れ共。打つゞく雨風にて船

お安うたた寝。
二〇 料理も所柄、魚の干物などが多いが。
二一 干物の塩加減と「甘ふ」を対照させ、「網、あんばい、あまふ」と頭韻。「あまふ育ちし」は、甘やかされ、大事に育てられた。
二二 衣類や軽い夜具をかける「裾に物置く」、と「奥」をかけ、手拭で頭を包んだ旅僧が上手障子屋体から出る。
二三 「脇掛け」の音便。風呂敷包みを、結び目を前に、はすに背負うこと。
二四 じっとしていても仕方がないので。
二五 大物の西町、現大物町二丁目辺。
二六 和漢船用集に「鳥貝船」として、「摂州尼崎の沖に多くある貝なり。是をひさぐの舟を云」。
二七 「ぶんだって」と読む。特別に。
二八 ちょっとお食べになってからお出かけになっては。
二九 山伏。修験道の行者。役の行者を祖とし、不動明王を信仰する。「当山修験妻帯之儀者、当山之大祖、理源大師之御時、当山一宗妻帯を許給ふ、妻帯肉食之儀ニ御座候」(諸国当山修験宗総触頭鳳閣寺俊温より享和二年に提出の本山修験法臈階級法服之次第。『古事類苑』所載)。
二〇 「何としょう」は、望みを断たれた時にいう(三〇三頁注一九)。御馳走にありつけず、残念だが。
二一 すくんで。
二二 判った。
二三 予感がして硬直したのであろう。
二四 竹の皮で作った粗製の大笠。
二五 六行後の「誰共しらぬ」とともに、並木宗輔(千柳)が好んで用いる表現。→一五三頁注一五。
二六 勉強した手習いの清書を。
二七 「お目にかきや」の縁で「目のなき」(溺愛する意)を導く。
二八 衣服や調度を入れ、時には家族の居間ともなる部屋。舞台正面ののれん口が納戸へ通ずる。
二九 北条時政は義経の討手に上洛した(平家物語十二)。相模五郎は、太平記にみえる北条氏の

一艘《さう》も調《とゝの》はず。幸ィ此家《（や）》に借置《かり》ィたる船。日和《ひより》次第出ッ船と聞ク願ふ所なれば。其船身共が借請艪《かりうけろ》を押シ切て下らんず。旅人あらば[一]ぼいまくり座敷を明ケて休《きう》息《そく》させい。早ふ〳〵」と[二]権威《けんゐ》を。見せてのし上れば。女房ははつと返答《へんたう》に当惑《とうわく》しながら傍《そば》に寄リ。「御大切ッな御用に船がなふて嘸《さぞ》御難儀《なんぎ》。手前のお客《きやく》も二三日以前ンより。日和待チして御逗留《たうりう》。今更《さら》船を断《ことはり》云て。お前の御用にも立《（たて）》がたし。殊に先キ様も武士方なれば。御同船《どうせん》共申されず。何とぞ[三]御了簡《りやうけん》有て。今ン夜の所をお待チなされて下さらば。其中チには日和も直《なを》り何ン艘《ざう》も〳〵。[四]入船の中チを借調《かりとゝの》へて上ませう」「だまれ女。逗留《たうりう》がなれば儕レ等《（おのれら）》には云付ケぬ。所の[五]守護《しゆご》へ権《けん》付ケに云付クる。奥の侍ィがこはふて[六]おのらが口から云にくゝば。身共が直《じき》に云《（いふ）》[七]べい」と。[八]ずんど立《（たつ）》袂《たもと》にすがり。「おせきなさるは御尤《（ごもつとも）》なれ共。お前を奥へやりまして。直《じき》に[九]御相対《あいたい》さしましては舟宿の難儀《なんぎ》。何分ン夫トの帰らるゝ迄。お待チなされて下され」と手をすり詫《わび》れど「ヤ[一〇]アひちくどい女らうめ。奥の武士に逢《あは》さぬは。さつする所平家の余類《よるい》か。義経

一族相模五郎時行からの命名か。

一「追いまくり」を強めて横柄にいう。
二 権力と威光をかさに、ずかずか上りこむので。
三 御辛抱。
四 ここに入港している多くの船のうちから九州行きのできる大型の船を借りてあげよう、という意。
五 平家物語十二に、「さる程に、鎌倉の前右兵衛佐頼朝、…諸国に守護を置替へ、庄園に地頭を被レ補」。近世前期の戯曲で、守護を大名に近い意に用いる例はあるが、ここはむしろ近世の代官に当る職を、平家物語の用語にあてはめたのであろう。
六「おのれら」の訛った言い方。相手を見くだした語。
七「べし」の音便。関東の田舎侍の武張った横柄な口調。
八 ずいと。
九 直接交渉。

明治二十五年三月御霊文楽座舞台図

の所縁《ゆかり》の者。地色ハル[一一]家来ぬかるな油断《ゆだん》すな」と。ウとゞむる女房をは[一二]ね退突退《のけつきのけ》。ウ又取付クをあらけなく踏倒《ふみたを》し蹴《け》色倒すを。戻《もど》りかハルゝつて見る夫ト。ウ走り入て彼《かの》侍ィが色手を取ッて。詞「まつぴら御免ン下さるべし。則チ私此家《や》の亭主《ていしゆ》渡《と》海《かい》や銀平。御立ッ腹の様子[一三]地ハル我等に仰下《(おほせくだ)》さるべし」と膝《ひざ》を折色手をつけば。詞「ムウ儕《(おの)》レ亭主なら云ッて聞さん。身は北条の家来なるが。義経の討手を蒙《かうむ》り。奥の武士が借ッたる船此方へからん為。奥へふん込身が直キに其武士に逢《あは》ふといへば。わが女房がさへぎつてとゞむる故に今此時宜《しぎ》[一四]」。「ヘヱ憚《はゞか》りながら。そりやお前が。御無理《むり》な様に存《(ぞんじ)》られます。なぜとおつしやりませ。人の借《かつ》て置ィた舟を。無理にからふとおつしやりますは。ナア御無理じやござりませぬか。其上にまだ。[一五]宿かりの座敷へふん込《ごま》ふとなされたを。[一六]やらんとおつしやつて女房共を踏《ふん》だり蹴《け》たりなさるゝは。お侍ィ様には似合ませぬ様に存ます。此家に一チ夜でも宿致しますれば[一七]商旦那《あきないだんな》様。座敷の中へふんごましましては。どうも私がお客人へ立ませぬ。どうぞ御了簡《りやうけん》なされて。お帰りなされて下さりませ」。「イヤ素《す》町人め。鎌倉

一〇「ひち」は卑しんだ言い方の接頭語。ひどくくどい。「女らう」は「めろう」と読むのであろう。女性を軽蔑した語。

一一 間違いなく取り押さえよ、の意。

一二「はね退け、突退け」「踏倒し、蹴倒す」と再度脚韻を踏んで文に動きをつける。
※現行、銀平は灰色に紺の木綿荒縞の着付。下手から出て急いで内に入り、相模を上手へ丁寧に押しやり、真中に坐って応対。
一三 私。次々行「わが女房」はお前の妻。
一四 仕儀。
一五 宿泊中の。
一六 妻が止めた、と。
一七 大切なお得意様。

武士に向カつて帰れとは推参《すいさん》[一]。[地色ハル]是非《ぜひ》奥へふん込ム」と[二]そり打かへして[三フシ]ひしめけば。

[詞]「アヽお侍様。夫レはお前の御短気《たんき》でござりましよ。私も船問屋《どひ》はして居ますれど。聞はつつておりますが。[四]惣別《そうべつ》[五]刀脇指《かたなわきざし》では。人切ル物じやないげにござります。お侍様方の二タ腰は身の要害《ようがい》。[六]人の楚忽狼藉《そこつらうぜき》を防《ふせ》ぐ道具じやとやら承はりました。[七]去《(さる)》によつて武士の武の字は戈《ほこ》を止《とゞむ》るとやら。書キますすげにござります」。「ヤア[八]こしやくなやつめ。[地色ハル]あざけるほうげた[九]切さかん」と抜キ打に切付クる。[ウ]ひつぱづして相模が[一〇]利腕《きゝうで》[色]むンずと取。[詞]「コリヤもふ了簡《りやうけん》がならぬ[一一]はい町人の家は武士の城郭《じやうくはく》。敷居の内へ[一二]泥臑《どろずね》を切込ムさへ有ルに。此刀で誰を切ル。其上に平家の余類《よるい》の。イヤ義経の所縁《ゆかり》なんどゝ。旅人をおどすのか。よし又。判官《(はうぐわん)》殿にもせよ。大物に隠れなき。[一三]真綱《まづな》の銀平がおかくまひ申シたら何ンとする。サア真綱が[一四]ひかへた。[一五]ならばびく共動《うご》いて見よ。[一六]素頭微塵《すかうべみぢん》に[一七]はしらかし命を取[一八]リ揖《かぢ》此世の出船《(でふね)》[一九]」と。[地ウ]刀もぎ取《(とり)》宙《ちう》に提持《ひつさげ》[ハル]ッて出《(いで)》。[ウ]門の敷居に[二〇]もんどり打せば。

一 僭越。無礼。
二 刀の鞘をねじって反りを逆にして抜刀のできるよう身構えをすること。
三 家来ともども詰め寄り、騒ぎ立てる。
四 そもそも。
五 大小、即ち刀と脇差は、まず自身の防備。
六 他人の軽率な振舞い、乱暴な仕業によって起る騒乱を。「楚忽」は粗忽。
七 「去」は当て字。それ故に。「夫れ文に、止戈を武と為す。…夫れ武は、暴を禁じ、兵を戢(さを)め、大を保ち、功を定め、民を安んじ、衆を和らげ、財を豊かにする者なり」(春秋左氏伝・宣公十二年)。
八 生意気な。
九 頰桁。顎の骨。
一〇 右手。
一一 わい。
一二 土足で踏み込むことからして勘弁し難いのに。城郭の縁で「切込む」と強く言った。
一三 碇綱の意であろう。「碇のまづな二重たぐって胴をから巻」(唐船噺今国性爺・下)。
一四 止めた。
一五 動けるものならば。
一六 頭。「素」は、四三九頁一三行目の「素町人」と同様に、卑しんでいう時の接頭語。
一七 「割る」「砕く」を船中では忌んで「走らかす」と言う。
一八 船首を左へ向ける時の舵の取り方。「命を取り」に掛ける。現行演出では「とーりかじ」と船中での語調を再現。
一九 船の縁で「出船」という。この世の別れ。
二〇 とんぼ返りさせる。

死入《(しにいる)》計リの痛《いたみ》をこらへ頬《つら》をしかめて起上《おき》り。「亭主《ていしゅ》めよつく覚《(おぼえ)》て居よ。此返報《へんぽう》にはらぬが首[二一]さらへ落す覚悟《かくご》せよ」。「まだほうげたたゝくか」と。庭《には》なる碇《いかり》をぐつと指上《(さしあげ)》。微塵《みぢん》になさんと投ゲ付クれば。[二二]暴風《はやて》にあふたる小船のごとく。[二三]尻《しり》に帆《ほ》かけて主従は跡を見ずして逃ゲ失《(うせ)》ける。

「ホヽウよいざま〳〵」とたばこ盆《ぼん》引よせ。「何と女房。奥《おく》のお客人も今のもや[二四]くやお聞なさつたで有ふな」と。女夫《めうと》がひそめく咄し声。もれ聞へてや。一ト間の襖《ふすま》押シひらき義経公。旅の艱苦《かんく》にやつれ果《はて》たる。御顔ばせ。駿河亀井も跡にしたがひ立出る。「こは存《(ぞんじ)》[二五]よりなや」と。夫トも俄《にはか》に膝《ひざ》[二六]立テ直《なを》し夫婦諸共《(もろとも)》手をさぐれば。[二七]「隠すより顕はるゝはなしと。兄頼朝の不享[二八]を請《(うけ)》世を忍ぶ義経。尾形を頼み下らんと此所に一ッ宿《しゅく》せしに。其方よくも量知《はかりしっ》て。時政が家来を追イ退《しりぞ》け。今の難儀《なんぎ》を救《すく》ふたるは業《わざ》[二九]に似ぬうい働《はたらき》。我レ一の谷を責《せめ》し時。鷲《わし》[三〇]の尾《を》といへる木こりの童《わつぱ》に。山道の案内させしに。山賤《がつ》には剛《かう》なる者故。武士となして召つかひしが夫レに勝《まさつ》た汝が働《はたらき》。天晴《あつぱれ》[三一]昔の義経ならば武士に引上ゲ召シつかは

二一 掻き落す。
※銀平はゆっくり下手へ出て、入口の碇を、相模に向って差し上げる。
二二 急に激しく吹く疾風。
二三 急いで逃げ行くさま。はやて、小船、帆は船の縁語。
二四 悶着。ごたごた。
※上手障子屋体を明け、主従が姿を見せる。義経は現行は白の着付に丹前、駿河・亀井も旅装の羽織袴。
二五 思いがけないの謙譲語。
二六 くつろいで煙草をふかしていた夫も、きちんと坐り直し。
二七 中庸「隠れたるより見(あら)はるゝは莫(な)く、微かなるより顕(あきら)かなるは莫し」による諺。隠すほど一層顕われるとは、今の義経の身の上で。
二八 不興。
二九 町人風情の船商売などには似合わぬ感心な。
三〇 →四一二頁注一〇。
三一 感動詞、ああ。

んに。有ルにかひなき漂白《へうはく》の身」と。武《ぶ》勇烈敷《ゆうはげしき》大将の。身を悔《くやみ》たる御ン詞。駿河亀井も諸共に無念の拳《こぶし》を。握《にぎ》りける。

「是は〳〵有がたい御ン仰《(おほせ)》。私も此かいわいでは。真綱の銀平迚《(とて)》。人にしられてゐますれど高が町人。今日《(こんにち)》の働《はたらき》も必竟《ひつきやう》中さば竈将軍《かまどしやうぐん》。鎖細《ささい》なことがお目にとまつて。我ゝ連《づれ》に御褒美《ほうび》の御ン詞冥加《めうが》に余る仕合《(しあはせ)》。殊に君を見覚へ奉るは八島へ赴《おもむき》給ふ時。渡辺《わたなべ》福島より兵船《ひやうせん》の役にさゝれ。拙者《せつしや》が手船も御用に達《たつ》し。一チ度ならず此度も。ふしぎにお宿《やど》仕《(つかまつ)》るもふかき御縁。去ルによつてお為を存《(ぞんじ)》中シ上たきは。北条が家来取ッてかへさば御《(おん)》大事。一ッ刻《こく》も早く御乗船《(ご)じやうせん》然るべし」と。云《(いひ)》もあへぬに駿河ノ次郎。「我ゝも其心。此天気にて御出ッ船はいかゞあらん」。「ア、それをぬかつてよござりましよか。弓矢打物《(うちもの)》はおまへ方の業《わざ》。舟と日和《ひより》を見る事は舟問屋《どひ》の商売《しやうばい》。きのふけふは辰巳《たつみ》。夜半《よなか》には雨も上り。明方には朝嵐にかはつて。御出ッ船にはひんぬきの上ゝ日和《(ひより)》。数年《すねん》の功《こう》にて見置イた」と。見透《すか》す様に云けるは其道ゝとしられける。

一 界隈。 二 畢竟。 三 町人百姓でも、家の中では将軍のように大きな顔で振舞うこと。

四 渡辺・福島はともに大坂淀川の河口にあった船着場であるが、鎌倉時代には海が大きく入り込み、現在の北区、福島区、中央区などの広い地域に当るとされている。元暦二年二月十六日、渡辺・福島から八島へ向うに当り、義経と梶原景時が逆櫓の是非を激論した逆櫓の松の旧跡は、現福島区上福島町にある。平家物語十一・逆櫓、流布本は「摂津の国渡辺福島両所にて舟揃へし、八島へ既に寄せんとす」とあるが、覚一本では「渡辺神崎」とも記し、源平盛衰記四十一では「大物浦」で舟揃え、軍談議とする。大阪湾内のこれらの地域が現在以上に近接していたことと併せて、作者が流布本を基本に盛衰記を勘案した脚色。 五 指名され。 六 持ち舟。

七 御乗船になるのがよろしゅうございます。

八 平家物語・逆櫓では、渡辺・福島で「水主梶取共、是は順風にては候へども、普通には少し過ぎて候。沖はさぞ吹いて候らんと申しければ」と尻ごみするが、義経は強引に出船させる。このやりとりと、丁度裏返しである。

九 手ぬかりは、決してございません。

一〇 太刀、槍、長刀等の武器。 一一 東南の風。

一二 朝、強く吹く風。「高松の、朝嵐とぞなりにける」(謡曲・八島)。 一三 よりぬきの。

一四 年功を積んで、の意。

一五 計らうように。「計らへ」より丁寧な言い方。

一六 古来、景勝地で知られる須磨と明石、現兵庫県神戸市須磨区と明石市の沖。明石海峡は西海へ向う交通の要路。 一七 沖に碇泊する本船。近世の尼崎港は川口浅く、大船は直接出入り出来ない。→四三六頁注三。

亀井六郎ずんど立「ヲ、銀平出かしたり。其方が詞に付ィて雨の晴間《はれま》に片時《へんし》も早く。主君ンの御ン供仕らん」と申上れば義経公。「船ン中の事は銀平が宜《よろ》しく一五計《はから》ひ得させよ」と。仰にはつと頭《かうべ》をさげ。「只今も申ス通。幼少《ようせう》より舟の事はよく鍛練《たんれん》仕れば。御ン見送《おくり》の為拙者も手舟で。一六須磨《すま》明石《あかし》の辺迄参らん。一七元ト舟の有リ所《(しよ)》は五町余り沖《おき》の方。舟は則チ一八日吉丸一九思ひ立ッ日が吉日《(きちにち)》二〇吉祥《じやう》。我レも雨具の用意《ようゐ》を致し跡より追ッ付キ奉らん女房。君を二一御ン見立テ申せ」と云捨《(いひすて)》納戸《なんど》に入ければ。

妻《つま》は心得《(こころえ)》二二御身をば隠れ簑笠《みの》参らする。「ヲ、心遣ひ忘《わす》れじ」と。亀井駿河諸共《(もろとも)》に簑笠取ッてきせ参らせ。二人も手早く紐《ひも》二三引しめ「二四いざヽせ給へ」と主従三人。打連レ立ッて浜辺《はまべ》に出《(いで)》二五兼て用意の艀《はしふね》二六に召シ給へば。両人も飛乗リ〳〵。「サア〳〵二七船頭《せんどう》仕れ」と。二八もやひほどけば女房。二九門送クりして舟場におり。「御武運《ぶうん》めで度クまし〳〵て。御縁もあらば重ねて御目にかゝるべしさらば。〳〵」に艪《ろ》を押シ立《(たて)》三〇沖《おき》へ出《(いで)》船女房は。いきせき内へ入相《いりあひ》時。

一八 ひらかな盛衰記三ノ切(逆櫓)にもみえる出船に縁起のよい船名。船は名前もまさに日吉丸と申しまして。
一九 「思ひ立つ日を吉日《(きちにち)》とせよ」(譬喩尽)。
二〇 めでたいしるし。「日吉、思ひ立つ日」「吉日、吉祥」と韻を踏み、めでたい縁語を重ねて、出発を促す。　二一 御見送り。
二二 世を忍ぶ御身が人目に立たぬよう、簑と笠をさし上げた。「御身、簑」と韻を踏む。
二三 簑笠の紐。　二四 さあ、どうぞ。
※義経は笠で雨を除けながら、上手浜辺へ。駿河・亀井と雨傘をさした女房が従う。
二五 →四〇〇頁注八。
二六 本船への連絡に使う小舟。はしけ。
二七 船頭よ、舟を出発させよ。この句は平家物語流布本の用字の誤解による。巻十一逆櫓の章に義経が出船をうながして「船とう仕れ」とある。「とう」は「疾う」の意。覚一本「とく〳〵つかまつれ」。源平盛衰記「舟共出せ」。
二八 船を碇泊させるために繋いでおく綱。
二九 門口で見送り、舟着き場まで下りて。
※現行、主従三人を乗せた小舟を船頭が漕ぎ、上手小幕へ入る。
三〇 船は沖へ出、女房は急いで家へ入った。「内へ入り」と「入相」(日没)をかける。
※現行演出では「いきせき」までが口(中とも称する)で、女房は一旦暖簾口に入り、演奏者が変る。以下四四六頁三行目の「飛がごとくに」までが中(次とも)で、また演奏者が変って切場になる。中は端場ではあるが、「幽霊」と通称され、切場と曲風も似通い、重んじられている。但し初演時は冒頭から「飛がごとくに」までが百合太夫(番付)の役場。

「ア、心せかれや」と。一火燧《ひうち》。ならして油さし神棚《かみだな》二おうへに灯《ひ》をてらし。「娘〳〵お安〳〵」と呼出し。「三暮レ方《(かた)》に手習《てならひ》もおきやらいで。今ン夜はとゝ様侍衆を。元ト船迄送クつてなれば。そなたもねる迄爰《(ここ)》に居や。ほんに四ぬしとした事が。千里万里も行様《(ゆくやう)》に身拵《ごしら》へ。もふ日も暮レた。用意《ようゐ》がよくばいかしやんせ」と。よべどぐつ共いらへなし。「若昼《もしひる》の草臥《くたびれ》で転寝《うたゝね》では有まいか。銀平殿〳〵」と呼立れば。

「五抑《そも》〳〵是は桓武天皇《くはんむてんわう》九代の後胤《こうゐん》。平の知盛幽霊《とももりゆうれい》なり。渡海屋銀平とはかりの名。新中納言とも盛と実名《じつめう》を顕《あら》はす上は。恐れ有リ」と娘の手を取。上座《(しやうざ)》に移《うつ》し奉り。「君は正《(まさ)》しく八十一代の帝《みかど》。安徳《あんとく》天皇にて渡らせ給へど。源氏に世をせばめられ。所詮勝《しよせんかつ》べき軍《(いくさ)》ならねば。六玉躰《ぎよくたい》は二位の尼抱《いだき》奉り。知盛諸共《(もろとも)》海底《かいてい》に沈《しづみ》しと欺《あざむ》き。某《(それがし)》七供奉《ぐぶ》して此年シ月。お乳《ち》の人を女房といひ。一ッ天の君を我子と呼《よび》。時節《じせつ》を待チしかひ有ッて。九郎八大夫《(たいふ)》義経を今宵の中チに討取リ。年ン来の本ン望《もう》を達《たつ》せんは。ハア、悦ばしや嬉しやな。九典侍《すけ》の局《つぼね》も悦ばれよ」と。いさめ

一 火燧石を打って神棚と居間の灯をともし、油をつぎ。 二 座敷、または居間。「お上」と書き、「おいえ」ともいう。「お上《(えい)》の真中。どつかとすはれば」(仮名手本忠臣蔵六)。 三 日が暮れるまでに習字をおしまいにせず、まだ勉強していたのですね。 四 うちの人は、どういうつもりか、の意。 五 以下、「平の知盛幽霊なり」まで、謡曲・舟弁慶の詞章に則り、謡風に語る。 ※夕暮時の家庭の気ぜわしさ、という日常性から、舞台は修羅能・叙事詩の反日常的世界へと転換。現行演出は初演以来の伝統と思われる。上手障子屋体が明くと、白地の直垂、白の水干、白糸威の胸鎧、銀の立兜を着した知盛が現われ、「恐れ有」で中央の間へ出て、娘を敬い上手へ。「上座に移し奉り」で平伏。太夫は終始、低音を生かし陰気な語り口。 六 天皇の御身体。 七 お供申上げ。 八 五位の通称。義経は従五位下(→三九七頁注二九)。 九 典侍は内侍司の次官。天皇の乳人《(ちのひと)》はこれに補せられるのを常とした。安徳天皇の乳人は、誕生時に平時忠の北の方が任ぜられ、帥典侍《(そつのすけ)》と称し(平家物語三)、平家物語、源平盛衰記本文に、安徳帝の御乳人と明記されるのはこの人物だが、平家物語後半に大納言佐局《(すけのつぼね)》、「佐」は「典侍」の当て字)として登場するのは平重衡の北の方で、これも安徳天皇の乳人に任ぜられている。巻十一・能登殿最期で建礼門院に付き添い、灌頂巻にも登場するのはこの大納言佐局、謡曲・碇潜にも見える。本曲の典侍局は、時忠や重衡の妻とみなす必要はないが、人物設定の基盤にはこの二人の人物があるのであろう。 一〇 論語・述而の「威あって猛からず」を、平家の軍事上の指揮者であるから、「猛く」と言い替え

る。顔色威《がんしよくゐ》[一〇]有ッて猛《たけく》。平家の大将知盛とは其骨柄《こつがら》に顕はれし。「扨《さて》は常《つね》ゝの御ン願ひ。今夜と思し立給ふな。[一一]わきて[一二]九郎はすゝ[一三]どき男《おのこ》。仕損《しそん》[一四]じばしし給ふな」。「ヲヽ、夫レにこそ術有《てだて(あり)》。北条が家来相模五郎といひしは。我手下の船頭《せんどう》共。討手と偽《いつは》り狼藉《らうぜき》させ。某義経に方人《かたうど》の躰《てい》を見せ心をゆるさせ。今ン夜の難ン風を日和と偽り。船ン中にて討取術《(うちとるてだて)》なれ共。知盛こそ[一五]生キ残つて。義経を討たん也と。[一六]さた有ッては末ゝ《(すゑずゑ)》君を御養育《やういく》もならず。重《(かさね)》て頼朝に怨《あた》も報《むく》はれず。去ルによつて某人数[一七]を手配《くばり》。艀《はしふね》にて跡よりぼつ付キ。義経と海上《(かいしやう)》にて戦《たゝか》はゞ。[一八]西海にて亡《ほろ》びたる平家の悪霊《あくれう》。知盛が怨霊《おんれう》也と雨風を幸ィに。彼等が眼をくらません為。我形チも此ごとく。怪《あやしく》見する白糸威《しらいとおどし》[一九]。此白ラ[二〇]柄の長刀《なぎなた》にて。九郎が首取立帰らん。勝負《しやうぶ》の相図《あいづ》は大物の沖《おき》にあたつて。[二一]挑灯松明《ちやうちんたいまつ》一チ度に消《きへ》なば。知盛が討死と心得。君[二二]にも御覚悟《(おん)かくご》させまし。御骸《(おん)から》見ぐるしなき様に」。「ヲヽ、跡気づかはずとよき奏《さう》[二三]をしらせてたべ」。「知盛早ふ」と勅《みことのり》「こは有がたし」と竜顔《りやうがん》[二四]を。拝《はい》し申せばおとな[二五]しき。八つの太鼓も御ン年[二六]の。数を象《かたど》る相《あい》[二七]

た。
一一 感動の助詞。念を押す意をこめている。
一二 とりわけ。　一三 鋭い。流布本平家物語十一・大坂越に、京の女房が八島の大臣殿宗盛に宛てた文に、「九郎はすゝどき男なれば、如何なる大風大波をも嫌ひ侍はで、寄せ侍ふらんと覚え侍ふ。相構へて御勢共散らさせ給はで、能々用心せさせ給へ」とある。覚一本では「九郎はすゝどきおのこにてさぶらふなれば」。源平盛衰記には直接対応する文はない。
一四 決して仕損じなさいますな。「ばし」は言葉を強調する助詞。右流布本の「相構へて」(覚一本になし)に対応。　一五 「こそ…討ちたるなれ」の音便で、軍記物文体の躍動感を生かす。係り結びの已然形は江戸時代は必ずしも守られない。二行前の「夫レにこそ術有(あり)」は現行による振仮名。初演時は「あれ」かも知れない。
※このあたり、現行演出でも「五郎といひしは」を「いっしは」、「討取」を「うっとる」など軍記物風の音便形を多用。
一六 沙汰。噂が立っては。　一七 元船の周辺に味方の勢を配置しておき、自分は小舟で。
一八 「明くる四日の日、大物の浦より船にて被レ下けるが、折節西の風烈しう吹きければ、判官の乗り給へる船は、住吉の浦へ打上げられ…西の風忽に烈しう吹きけるは、平家の怨霊とぞ聞えし」(十二・判官都落)。なお吾妻鏡・十一月六日条に「行家義経大物浜ニ於テ船ニ乗ルノ刻疾風俄ニ起テ逆浪船ヲ覆之間、慮ノ外ニ渡海之儀ヲ止、伴類分散シテ予州ニ相従フ之輩纔ニ四人」。
※現行、三味線が荒れ狂う夜の海と怨霊の出現を表現。
一九 白糸で札(さね)を綴った鎧。

(四三三頁へつづく)

図《づ》のしらせ。
「早お暇《いとま》」と夕浪に。長刀取リ直し。巴波《ともへなみ》の紋。あたりをはらひ。砂《いさご》を蹴立《け(たて)》。
早風《はやて》につれて。眼をくらまし飛《とぶ》がごとくに
へかけり行。跡見送クつて典侍《すけ》の局《つぼね》。御傍《(おん)そば》に指寄《(さし)》ッて。「今知盛のおつしやつ
たをよふお聞なされたか。稚《おさな》けれ共十善《ぜん》の君。此さもしき御ン姿にては軍神《(いくさがみ)》へ
の恐れ有リ。御装束《しやうぞく》」と立上り。まさかの時は諸共《(もろとも)》に。冥途《めいど》の旅の死装束《(しに)しやうぞく》と心
にこめし納戸《なんど》口。涙隠して入にける。
夜も早次第に。更《ふけ》渡り。雨風はげ敷ク聞ゆれば。「今比《(ごろ)》は知盛の難儀《なんぎ》しやらん
いとおしや」と。ねびさせ給へば一向《ひたすら》に。案《あん》じ詫《わび》たる御ン気色《けしき》。程なく局は山
鳩《ばと》色の御衣《ぎよゐ》冠《かんむり》。うや〳〵敷ク台《だい》にのせ。其身も倶《とも》に衣《ゐ》服《ふく》を改《あらた》め一ト間を出《(いで)》。
「片時《へんし》も早く御ン装束」と御傍《(おん)そば》に立寄リ。賤《しづ》の上着《うぎ》を脱《ぬぎ》かへて。下《(した)》の衣《きぬ》上《(うへ)》の衣。
御衣冠に。至《いた》る迄めさしかゆればあてやかに。始メの御姿《み》引かへて神の御末《みすへ》の
御ン粧《よそほ》ひ。いと尊《たうとく》くも見へ給ふ。

一「言ふ」にかけ、舟弁慶の詞章(→付録5)「いふなみに浮かめる長刀取り直し…」に続き、現行、人形も謡につれて様式的な動き。「飛がごとくに」で団七走りという演技で下手小幕に入る。
※以下切場。太夫交替。初演者は二代目竹本政太夫。なお歌舞伎はことと、四五一頁一一行目で舞台が変るが、現行文楽は、道具に動きはあっても、段切り直前まで一場。
二 十善は、殺生・偸盗・邪淫・妄語・両舌・悪口・綺語・貪欲・瞋恚・邪見の十悪から離れること。仏説に前世でこの十善を保った者が天子に生まれるとされ、「十善の君」は天子の別称。
三 賤しく見すぼらしい。
四 軍神については神・仏・陰陽家各説があり、八幡大菩薩などがよく知られるが、これも源氏との縁が深く、この場合は具体的に定め難い。
五「心にこめし」(ひそかに心で思う)と「装束をこめし(しまってある)納戸」をかける。
六 かわいそうに。
七「御年の程より、遥にねびさせ給ひて、御形厳(いつく)しう、傍(あたり)も照耀く計なり」(先帝の御入水)。
八 麴塵(きくじん)とも呼ばれる淡黄緑色。山鳩色の袍(はう・うえのきぬ)は天皇が日常、また臨時祭の時などに着用する束帯の表衣。「山鳩色の御衣に鬢(びんづら)結はせ給ひて」(先帝の御入水)。
九 十二単衣ないしそれに類する女官の服装に着替え、天皇の束帯の着用次第に則った御召し替えをとり行なう。 一〇 下襲に当るか。
一一 上の衣(きぬ)は袍であるが、束帯の袍、半臂(はんぴ)、下襲、衵、単のうち、袍について平家物語

「サア是からは知盛の吉ッ[一四]左右《さう》を待ッ計リ」と。[一五]そよとの音もしらせかと胸[一六]とゞろかす太鼓《たいこ》鐘《かね》。すはや軍《(いくさ)》真最中《まつさいちう》と君のお傍《そば》に引添《そふ》て。しらせを今やと待ッ折から。知盛の郎等《(らうどう)》相模五郎。息《いき》つぎあへず馳《はせ》付ケば「様子はいかに。早ふ聞せよ〱」と局もせきにせき立ッたり。

「されば兼ての術《てだて》の通リ。暮レ過ギより味方の小船を乗リ出し〱。義経が乗ッたる元ト船《(ぶね)》間近カくこぎ寄セしに。折しも烈敷《はげしき》[一七]武庫《むこ》山颪《おろし》に連《つれ》てふりくる雨雷《いかづち》。時こそ来れと水練《すいれん》得たる味方の勢《(ぜい)》。皆海イ中に飛込ミ〱。西国にて亡《ほろび》し平家の一チ門ン。義経に恨《うらみ》をなさんと声〻に呼《(よば)》はれば。敵に用意《ようゐ》やしたりけん。挑《ちやう》灯松明《ちんたいまつ》ばら〱と[一八]味方の船に乗リ移《うつ》り。爰《(ここ)》をせん[一九]ど〻戦《たゝか》へば味方の[二〇]駈武者《かりむしや》大半ン討《(うた)》れ。事危《あやうく》見へ候。某《(それがし)》は取ッてかへし。主君知盛の御先途《せんど》を見とゞけんと。中スもあへずかけり行。

「サア〱大事が発《おこ》つてきた。さるにても知盛の御身の上気遣はし。沖《おき》の様子はいかならん」と一ト間の戸障子《しやうじ》押シ明クれば。挑灯松明星《ちやうちんたいまつほし》のごとく。天をこが

の文章を承けて「山鳩色の御衣」といい、「上の衣。御衣冠」と別に記すので、或いは上の衣はここでは袍と下襲の間に着する半臂をさすか。※現行では更衣は舞台で見せず、天皇は局を従えて暖簾口へ入り、「神の御末の」辺で装束を改めて出る。現行の衣装も、本文と必ずしも一致しない。

一三 気品高く。　一三 振仮名「く」、送仮名と重複。

一四 よい知らせ。　一五 風などの微かな音も。

一六 胸の高鳴りと太鼓の響きにかかる。

一七 武庫山は神戸市北区、東灘区の六甲山の古名。武庫山颪は六甲山から吹き下ろす風。「あの武庫山颪讓葉が岳より吹き下ろす嵐に、このおん舟の陸地に着くべきやうもなし」(舟弁慶)。

一八 「さる程に、源氏の兵(つはもの)共、平家の舟に乗移りければ」(先帝の御入水)。

一九 先途。最も重大な瀬戸際。「ここを先途と戦ふ」は軍記物の慣用句。

二〇 平家譜代の侍ではなく、急に寄せ集めた武者。四四五頁三行目「相模五郎といひしは。我手下の船頭共」に対応。

※現行では正面奥上手寄りの障子を明けると、遠見で海上に舟いくさ中の数隻の舟の動きを見せる。単純な演じ方であるが、初演も同様であったろう。

一 船上に高くしつらえた床であるが、日葡辞書に「日本の船にある、船尾の櫓(やぐら)、すなわち、高層になった所」とあり、和漢船用集に「凡大船は惣やぐら也。表楼、舳楼あり。矢倉とも書。

せばまん〳〵たる海も一ト目に見へ渡り。数多《あまた》の小船やり違《ちがへ》〳〵。[一]舟矢倉を小だてに取リ。敵も味方も入乱れ舟を。飛越《とびこへ》はねこへて。[二]追つまくつつゐい〳〵声《こゑ》にて切結ぶ。人かげ迄もあり〳〵と戦《たゝか》ふ声ゝ風につれ。手に取ル。様に聞ゆるにぞ。「あれ〳〵御らんぜあの中に知盛のおはすらん」。[三]「やよいづくに」とのび上り。見給ふ中チに挑灯《ちやうちん》松明《たいまつ》。次第〳〵に消失《きへうせ》て沖《おき》も。ひつそとしづまれば。

「是こそは知盛の討死の相図《あいづ》か」と。あまり軻《あきれ》て泣《なか》れもせず途方《とほう》に。くれて立たる所に。入江ノ丹蔵朱《あけ》に成ッて立帰り。「義経主従《しう〴〵》[四]手いたく働《はたら》き。味方残らず討死[五]まつた主君ン知盛も。大勢に取まかれすでに危《あやうく》見へけるが。[六]かいくれに御行方知レず。[七]必定《ひつぢやう》海に飛込ンで御最期《さいご》と存ずれば。冥途《めいど》の御供仕《つかまつ》らん」と云もあへず[八]諸肌《もろはだ》くつろげ。持たる刀腹に突《つき》立テ汐《しほ》のふかみへ飛込メば。「ヤア扠《さて》は知盛もあへなく討《うた》れ給ひしか」。はつと計《ばかり》にどうど伏《ふし》前後もしらず泣ければ。君も見る事聞事の。悲しさこはさ取交《まぜ》て倶《とも》に。涙にくれ給ふ。

小船は舳楼ばかり也」とある。今、戦いが行われているのは小船上であり、「小楯に取り」とあることからも、ここは舳楼(ともや)(ぐら)である。以下、戦士たちの有様は舞台に見えるのではなく、語りと伴奏の表現。

二 さかんに攻勢に出て戦うさま。「かふ船をこぎ寄せて。追つまくつつ戦ふ時」(ひらかな盛衰記三)。 三「やあ」「やい」の古雅な言い方。

※現行、局は落胆し障子を閉める。下手から丹蔵の出。

四 痛烈な攻撃をみせ。 五「また」を強めた語。

六 一向に。 七 間違いなく。 八 上着の両肩を脱ぎかけ、懐ろから腹にかけてくつろげたさま。

※丹蔵、上手の岩の所から海へ飛び込む。

九 前年即ち寿永三年二月、一谷の敗軍以後とする設定であろう。→五二五頁八行目。 一〇 金殿玉楼。 一一 天皇の御食事。「供御を備ふることもなく」(灌頂巻・六道)。 一二 天皇常住の御殿である清涼殿の、殿上人が伺候する殿上の間。ここは、宮中の天皇の御座所という程の意。天上(→四五五頁注六)の栄華の意に通う。

一三 下賤の者の住む、屋根を地に伏せたような低い家。 一四 このままいくと、この海辺の地で、のたれ死になさることになるのだろうか。平家物語風の格調高い表現から、一瞬、近世の日常性に引き戻す。 一五「かくも」といった副詞が省された形。 一六 涙の海川に身体が浮き漂う程。「憂く」にかける。

※フシヲクリへの所、現行「なく〳〵」で太夫三味線の語りを止(と)め、メリヤスの演奏。二人は屋外へ出、屋体を少し上手へ引き海を広く見せ、局は上手の岩から二の手下手まで白布を敷き、天皇はその上を歩み上手へ、局は後から檜扇をかざして従い、平伏して泣き伏すと「いと

局は歎キの中よりも君を膝《ひざ》に抱上《いだき》。御顔《おんかほ》つく〴〵と打守り。「[九]二タとせ余《あま》りは此見苦《ぐる》しきあばらやを。[一〇]玉の台《うてな》と思召シての御住居《おんすまひ》。朝夕の[一一]供御《ぐご》迄も。下タ〳〵と同じやうにさもしい物。夫レさへ君の心では。[一二]殿上《てんじやう》にての栄花《えいぐは》共思ふてお暮《くら》しなされしに。知盛お果《はて》なされては[一三]賤《しづ》がふせやに御身《おんみ》一トつ。置キ奉る事さへもならぬ様に成リ果て。[一四]終《つい》には此浦の土と成リ。給ふかや。上もなきお身の上に[一五]悲しい事の数〻が。つゞけばつゞく物かいの」と。くどき立〳〵身もうく[一六]。計《ばかり》歎キしが。

「アヽよしなき悔《くやみ》ごと。御覚悟急《おんかくごいそ》がん」と。涙ながら御《おん》手を取。なく〳〵。〽浜辺に出けれど。いと[一七]尋常《じんじやう》なる御ン姿此海に沈《しづ》めんかと。思へば[一八]目もくれ心もくれ身もわな。〳〵とぞふるひける。君は[一九]さかしくましませど。死《しぬ》る事とは露しり給はず「[二〇]コレのふ乳母《うば》。覚悟《かくご》〳〵といふて。いづくへ連レて行のじやや」。「ヲヽそふ思召《おぼしめす》は理《ことは》り。コレよふお聞遊ばせや。此日の本にはな。源氏の武士はびこりて恐《おそ》ろしい国。此波の下にこそ。

尋常」と語り出す。語句の省略など不審ながら、初演の演じ方を大体継承していると察せられる。一七 立派な。一八 灌頂巻・六道の建礼門院の言葉に「二位の尼、先帝を抱き参らせて、海に沈みし有様、目も暮れ心も消果てて、忘れんとすれども忘られず、忍ばんとすれども忍ばれず」。一九 賢く。二〇 「主上、あきれたる御有様にて、抑尼前、我をば何地へ具して行かんとはするぞと仰せければ、二位殿、幼き君に向ひ参らせ、涙をはら〳〵と流いて、君は未だ知召され侍はずや。先世の十善戒行の御力に依つて、今万乗の主とは生れさせ給へども、悪縁に被レ引て、御運既に尽きさせ給ひ侍ひぬ。…此の国は粟散辺土と申して、物憂き境にて侍ふ。あの波の下にこそ、極楽浄土とて目出度き都の侍ふ。其へ具し参らせ侍ふぞと、様々に慰め参らせしかば」(先帝の御入水)。なお謡曲・大原御幸に「二位殿…此国と申すに逆臣多く。かくあさましき処なり。極楽世界と申して。めでたき所の此波の下にさむらふなれば。御幸なし奉らん」。※義経が八島の平家を攻めるべく、渡辺・福島の船頭共を叱咤し、暴風雨をついて出船したのと丁度逆に、知盛は難風を危ぶむ義経主従を促して乗船させた。源平の歴史は逆転するかに見えた。が、いつの間にか知盛の率いる平家勢も、安徳天皇も典侍の局も、公に記録された平家滅亡史を、そっくり再現していたのである。

一 きわめて深いこと。一尋は五尺または六尺。「なんなんたる」は「なみなみたる」の転音。見渡す限り水の満ち満ちている海の。「千尋（ちひろ）」の底にぞ沈み給ふ」(先帝の御入水)。

極楽浄土《ごくらくじやうど》といふて結構《けつかう》な都がござります。其都には。ばゞ君二位の尼御を始メ。平家の一チ門知盛もおはすれば。君もそこへ御《み》幸《ゆき》有て。物憂世界《うきせかい》の苦《くる》しみを。まのがれさせ給へや」と。なだめ申せば打しほれ給ひ。「アノ恐ろしい波の下へ。只一人リ行のかや」。「アヽ勿躰《もつたい》ない。此お乳《(ち)》が美《うつく》しう育上《そだて(あげ)》たる玉躰《ぎよくたい》を。あのなん〳〵たる千《ちー》尋《ひろ》の底《そこ》へやりまして。何ンと身もよもあられうぞ。此お乳《ち》もお供する。いとしかはいの育《やしなひ》君。何ンとお一人リやられうぞ」。「夫レなら嬉しい。そなたさへいきやるならば。いづくへなり共行《(ゆく)》わいの」「ヲヽよふ云て給はつた」。と引よせ〳〵抱《いだき》しめ。「火に入《(いり)》水に溺《おぼ》るゝも先キの世の約束《やくそく》なれば。[二]未来《みらい》の誓《ちかひ》まし〳〵て。天《あま》てらす太神《おほんがみ》へ[三]御《(おん)》暇乞《いとまごひ》」と。東に向はせまいらすれば。[四]美《うつく》しき御手を合せ。伏拝《ふしおがみ》給ふ御《み》有リ様。見奉れば気も消《きへ》ゝ《(ぎえ)》。「ヲヽよふお暇乞なされたのふ。仏の御《み》国はこなたぞ」と。ゆび指《ざす》方に。向はせ給ひ。「[五]今ぞしる。みもすそ川の流レには。波の底《そこ》にも。都有《(あり)》とは」と詠《ゑい》じ給へば。「ヲヽ、おでかしなされた。よふお詠《よみ》遊ばした。其昔月花《(つきはな)》の[六]御遊《(ぎよいう)》の折から。かや

二 来世で衆生済度の御誓願にあずかることができるよう、御仏に御約束なさって。「先づ東に向はせ給ひて、伊勢太神宮に御暇申させ御座(おはしま)し、其の後西に向はせ給ひて、西方浄土の来迎に預らんと誓はせ御座して、御念仏侍ふべし」(先帝の御入水)。　三 天照大神との関係は天皇家の先祖と当主との関係であるから、現世限りのもの。「東に向はせ給ひて。天照大神に御暇申させ給ひて」(大原御幸)。
四「御涙に溺れ、些(ちいさ)う美しき御手を合せ、先づ東に向はせ給ひて、伊勢大神宮・正八幡宮に、御暇申させ御座(おはしま)し、其の後西に向はせ給ひて、御念仏有りしかば」(先帝の御入水)。
五 天照大神の皇統に立つ自分が住む所は、日本中どこも都であるが、浪の底にも自分の王土があり都があるとは、今はじめて知った。御裳濯川は三重県伊勢市伊勢神宮内宮境内を流れる五十鈴川の別称で、皇統の意に用いる。「みもすそ川のにごる世に住かひもなき身」(井筒業平河内通二。都を逐われた清和天皇の言葉)。
※「今ぞ知る」の歌は、流布本・覚一本等の語り本系になく、延慶本・長門本・源平盛衰記の読み本系にある。但し、盛衰記では「波の下にも」とあり、義経千本桜の作者は、直接盛衰記によらず大原御幸の「又。十念の御為に西に向はせおはしまし。今ぞ知る。御裳濯川の流には。波の底にも都ありとはと。これを最期の御製にて。千尋の底に入り給ふ」によった。
※現行演出で局は筆をとり短冊に御製を書く。初演にはなかったであろう。
六 宮中における音楽の遊び。ここは宮中四季折々の詩歌を伴う遊宴の意。　七 高倉天皇。
※歌は延慶本・長門本・盛衰記とも、一応二位の尼の詠とみられるが、大原御幸と本曲では帝の

うに歌を詠《よみ》給はゞ。父帝《(ちちみかど)》[七]は申に及ばず。祖父《ちい》清盛公二位の尼君。取わけて母門《もん》
院《ゐん》様。なんぼう悦び給はんに。今[八]はのきはに是がまあ。云《(いふ)》にかひなき御製《(ぎよ)せい》や」
とかきくどき〳〵涙のかぎり声限《かぎ》り歎キくど。くぞ道理なる。
局は涙の隙よりも。御髪《おぐし》[九]かき上かき撫《なで》て「今は早。極楽《ごくらく》への御門出《(おんかどで)》を急がん」
と。帝をしつかとだき上て。磯《いそ》打ッ波にもすそをひたし。海の面テを見渡し
〳〵。「いかに[一〇]八大竜王《りうわう》[一一]がうがの鱗《うろくず》。[一二]安徳帝の御幸《みゆき》なるぞや。守護《しゆご》し給へ」と
うづまく波に。飛入ラんとする所に。いつの間にかは九郎義経。かけよつて抱《だき》
留《とめ》給へば「のふ悲しや。見ゆるして[一三]死《(しな)》せてたべ」と。ふり返つて「ヤアこなた
は」。「声立《(たて)》な」と帝を小脇にひんだかへ。局の小腕《こがいな》ぐつと捻《ねぢ》上。無理無躰《むたい》に引
立〳〵一ト間の〳〵内に入給ふ
かゝる所へ。知盛は大[一四]わらはに戦《たゝか》ひなし。鎧《よろひ》に立ッ矢はみのけ[一五]のごとく。[一六]威《おどし》も
朱《あけ》に染《そめ》なして。我ガ家《(や)》の内に立帰れば。跡をしたふて武蔵坊表テの方に立聞ク共。
しらず知盛声を上。「天皇はいづくにましますす。お乳《(ち)》の人。典侍《すけ》の局《つぼね》」と呼《(よば)》は

御製。本曲の場合、歌意も先注の如く悲嘆を強調すべきではなく、八歳の安徳天皇の帝王としての誇りを高らかに謳ったと解してこそ、父帝、母門院も喜ばれる、との言葉も生き、悲壮感も深まる。浜辺への行幸に白布を敷き、厳かな雰囲気を表わす現行演出も同じ意図に基づく。
八 臨終。「二位殿…いまはの出立と」(碇潜)。
九 「御髪黒うゆら〳〵と、御背過ぎさせ給ひけり」(先帝の御入水)。
※局は帝を抱き、御製の短冊を持って立つ。下手小幕から笠で顔を隠した義経が出る。
一〇 法華経に記す八体の竜神。雨や水を司るとされた。現行ではハッタイと発音。ただし書言字考節用集には「大」に濁点。
一一 漢字を宛てれば「恒河」であるが地理上の河川とは別。仏の国にある大川の無数の魚類。
一二 「十善帝位の御果報、申すもなか〳〵愚なり。雲上の竜降つて、海底の魚となり給ふ」(先帝の御入水)とあり、灌頂巻・六道の建礼門院の言葉に「夢に、昔の内裏には遥に勝りたる所に、先帝を始め参らせて、一門の月卿雲客、各ゆゝしく気なる礼儀どもにて並居たり。都を出でて後、未だかゝる所を見ず。爰をば何(いづ)くと云ふぞと問ひ侍ひしかば、二位の尼答へ申し侍ひしは、竜宮城と申す所なり」とあって、安徳天皇はじめ平家一門が竜宮に生れたように描かれている。
※局は上手の海に短冊を投げ入れ、続いて帝諸共飛び込もうとするところを義経に押えられる。
一三 見逃して。
※義経が天皇を抱き局を引立て、本手上手屋体内へ退場。現行、「一間の」で太夫三味線語り止め、「内に入給ふ」から三行あとの「知盛声を上」までを省略して、メリヤス。下手小幕から弁慶が出て忍び、続いて手負いの知盛が軍兵一人と

り〳〵どうど伏《（ふし）》。「ヱ、無念口惜《おし》や。是程の手によはりはせじ」と。長刀杖《つえ》に立上り。「お乳《ち》の人。我君」と。よろぼひ〳〵かけ廻れば。一ト間を踏《ふみ》明ケ九郎判官帝を弓手《（ゆんで）》の小脇にひん抱《だき》。局を引キ付ケつつ立給へば。「あら珍《めづ》らしやいかに義経。思ひぞ出る浦浪に。知盛が沈《しづみ》し其有様に。又義経も微塵《みぢん》になさん」と。長刀。取直し。「サア〳〵勝負《しやうぶ》」と詰《つめ》寄レば。義経少シもさはぎ給はず。「ヤア知盛さなせかれそ。義経が云事有《（いふことあり）》」と。帝を典侍《すけ》の局に渡し。しづ〳〵と歩《あゆみ》出。

「其方西海にて入水《じゆすい》と偽《いつは》り。帝を供奉《ぐぶ》し此所に忍び。一チ門の怨《あた》を報《むく》はんとは天晴《あつばれ》〳〵。我此家に逗留《たうりう》せしより。なみ〳〵ならぬ人相骨柄《にんさうこつがら》。さつする所平家の落人《おちうど》。弁慶に云含《ふくめ》帝をさぐる計略《はかりこと》。過《あやまつ》て踏《ふみ》こへしに。はたして武蔵が五躰《たい》のしびれ。其上我に方人《かたうど》の躰《てい》を見せ。心をゆるさせ討取ル術《てだて》。我其事を量《はかり》しり。艀《はしふね》の船頭を海へ切込ミ。裏《うら》海へ船を廻しとくより是へ入こんで。始終《しじう》くはしく見届《とゞけ》帝も我手に入たれ共。日の本をしろしめす万乗《ばんじやう》の君。何ン条義経が擒《とりこ》

切り合いつつ出、「天皇は」と語り出す。初演は本文通りのはず。
一四 元結が切れて散らし髪になるほど奮戦し。
一五 簑に編んだ菅または茅の先が毛のように見えることから、鎧に矢が幾本となく刺さった状態。　一六 知盛の白糸威の鎧の、威の糸を血で真紅に染めて。
※知盛、前手摺下手から登場して本手屋体の前に立つであろう。以下知盛の演技は前手摺を家の内に見立てて行なうと推測される。

一 薙刀。これも白柄の薙刀が血に染まっている。
※義経、本手屋体に上手から片手に帝を抱き、片手で局を引き付けて出る。
二 「あら珍らしやいかに義経、思ひも寄らぬ浦波の…とももりが沈みし、その有様に、また義経をも海に沈めんと」(舟弁慶)。
三 「その時義経すこしも騒がず」(舟弁慶)。
※現行人形浄瑠璃舞台では、「義経少しも」から四五三頁九行目「立向ふ」までカットする。
四 そのように血気に逸りなさるな。
五 →四三七頁二行目。「過て」でなく、故意にであるが、「過ちに見せかけて」の簡略表現。
六 「水主楫取共、或は射殺され、或は被ニ斬殺一て、船を直すに及ばず」(先帝の御入水)。
七 お治めになる。　八 天子。孟子・公孫丑にある語。「乗」は車。天子は万の兵車を出すと言われる。　九 反語、どうして。
一〇 「な気づかはれそ」の簡略な形。お気遣いなさるな。義経の情理を弁えた言葉は、しかし、知盛から、帝を守護するために源氏の暴逆と戦う、との大義名分を奪うことになる。

にするい中はれあらん。ウ一ッ旦の御艱難《かんなん》は平家に血を引《（ひき）》ハル給ふ故。ウ今某《（それがし）》が助ヶ奉つたる迚《（とて）》ウ不和《わ》なる兄頼朝も。ウ我誤《あやまり》とはよも中云まじ。ウ必《かならず》ゝ帝の事は一〇気づかウはれそ知盛」と。ハル聞《（きく）》嬉しさは中典侍《すけ》の局。詞「ヲ、あの詞に違《ちがひ》なく先ｷ程より一一義経殿。段ゝの情にて天皇の御身の上は。しるべの方へ渡さふと武士《ものゝふ》のかたい誓言《せいごん》。悦んでたべ知盛卿」と。地色ハル聞に凝《こつ》たる気も逆立《さか（だち）》ウ局を取ッて色突退《つきのけ》。詞「ヱ、無念口惜《おし》や。我レ一チ門の怨《あた》を報《むく》はんと。心魂《しんこん》を砕《くだき》しに。地色ウ今夜暫時《ざんじ》に術顕《てだて》ハルはれ。ウ身の上迄しられしは中一二天命〱。ウまつた義経帝を助ヶ奉るは。一三天恩《おん》をウ思ふ故ウ是以ッて知盛が。ハル恩にきるべ色きいはれなし。詞サァ只今こそ汝を一太刀。一四亡魂《ぼうこん》へ手向《たむけ》ん」と。地ウ痛手《いたで》によろめく足踏《ふみ》ハルしめ。ウ長刀追取リ中立向ふ。ウ一五弁慶押シへだて。ウ一六打物わざにて叶ふまじと。ウ珠数《じゅず》さら〱と押シもんで色「いかに知盛。詞かくあらんと期《ご》したる故。我もけさより一七船手《（ふなて）》に廻り。一八計略《けいりやく》の裏《うら》をかいたれば。最早《もはや》悪念発起《ほつき》せよ」と。地色ハル持たる一九いらたか知盛の。フシ首にひらりと投ゲかくれば。

詞「ム、扨《（さて）》は此珠数《じゅず》かけたのは。知盛に出家とな。ヱ、けがらはし〱。地色ハル二〇抑《そも〱し》四性《せい》

一一 この「殿」は典侍の局の「武士」に対する軽い敬意。敵対関係にあった時は「九郎」(四四五頁二行目)と呼び捨て。

一二 この場合は「運命」(四八三頁一行目など)や一谷嫩軍記三、傾城枕軍談八の「天運」とほぼ同じ。「きのふ迄は叡慮に叶ひ。けふは逆鱗蒙る共。皆天命のなす所」(菅原伝授手習鑑一)。

一三 日本国に住む者として、天皇の恩を思う故の当然の行動であるから、このことをもって知盛が義経に感謝したり、負い目を感じたりする理由は全くない。 一四 平家一門の。

一五 謡曲・舟弁慶(→付録5)の詞章を踏まえる。

一六 打物わざは太刀・薙刀で戦うことだが、謡曲の同じ箇所と状況が逆であるので、知盛の行為をさすであろう。従って、知盛が武器を捨て数珠を受けよ、の意になる。 一七 船の方面。

一八 知盛の「手下の船頭共」(四四五頁四行目)を裏切らせる根回しをしたのであろう。平家物語十一・志渡合戦で、義経が伊勢の三郎に命じ、平家水軍の頼みとする阿波民部重能父子を、たばかって降参、裏切りへと誘導した如く。この伊勢三郎が重能の子田内左衛門に語る、「鎌倉殿の御弟、九郎大夫判官殿こそ…昨日八嶋に著いて軍(いくさ)し、御所・内裏皆焼払ひ、主上は海へ入らせ給ひぬ。大臣殿父子をば虜(いけどり)にし参らせて候。能登殿も御自害。其の外の人々は、或は御自害、或は海へいらせ給ふ」が、大序で義経が院の御所に報告し、公の記録に留められた平家滅亡譚と、そっくり符合する。

一九 角のとがったもの。ここは修験者の持ついらたかの数珠。玉が平たく角があり、揉むと高い音がする。

二〇 「日本ノ四姓(シシヤウ)。之ヲ四家氏流ト謂フ。源・平・藤・橘」(書言字考節用集)。

始《はじま》つて。討ては討タれ。討《(うた)》れて討《(うつ)》は源平のならひ。生《(いき)》かはり死《(しに)》かはり。恨《うらみ》をなさで置べきか」と。思ひ込《(こん)》だる無念の顔色《がんしよく》。眼《(まなこ)》血ばしり髪逆立《さか(だち)》。此世から悪《あく》霊《れう》の相《さう》を顕《あら》はす計《(ばかり)》也。

かくと聞より亀井駿河主君の身の上気づかはしと。追〻かけ付取廻せば。御幼《よう》稚《ち》なれ共天皇は始終《しじう》のわかちを聞ュし召《(めし)》。知盛に向はせ給ひ。「朕《ちん》を供奉《ぐぶ》し。永《なが》〻の介抱《かいほう》はそちが情。けふ又丸《(まろ)》を助ケしは。義経が情なれば。仇《あだ》に思ふな知盛」と。勿躰《もつたい》なくも御涙を浮《うかめ》給へば典侍《すけ》の局倶《とも》に涙にくれながら。「ヲヽよふおつしやつた。いつ迄も義経の志《こゝろざし》必《(かならず)》忘れ給ふなや。源氏は平家のあた敵と。後〻迄も此お乳《ち》が。帝様にあだし心も付ふかと人〻に疑《うたが》はれん。さあれば生《(いき)》てお為にならぬ。君の御事くれ〴〵も。頼置《(たのみおく)》は義経殿」と。用意《ようゐ》の懐剣咽《くはいけんのんど》に突《つき》立名残惜《なごりおし》げに御顔を。打守り〳〵さらばと計《(ばかり)》を此世の暇《いとま》。あへなく息《いき》はたへにける。

思ひ設《もうけ》ぬ局の最期《さいご》。君は猶さら知盛も。重《かさ》なる憂目《うき》に勇気《ゆうき》も砕《くだ》け暫し詞もなか

一 底本「込たる」。 二 筋道。 三 帝の自称。
四 天皇から公家に至るまでの自称。
五 ここは、仇を含む心の意。
六 前世の善行の報いが甚だ大きく、天子とお生まれになったが。灌頂巻における建礼門院の六道物語の最初「我が身平相国の女《(むすめ)》として天子の国母と成りしかば、一天四海は皆掌の儘、…天上の果報も是には過ぎじとこそ覚え侍ひしか」を踏まえる。 七 天皇が平家一門とともに。「まづ一門。西海の波に浮き沈み。よるべも知られぬ船の中。海に臨めども。潮なれば飲水せず。餓鬼道の如くなり」(大原御幸)。 八 三悪道の一つ。畜生道と地獄道の間にあり、常に飢え、渇き、食物や清流は火と変じ、供え物の余りや汚れたものをわずかに食い、あるいは自らの肉体を食うなど、さまざまの苦がある。悪業、特に慳貪と嫉妬の報いで餓鬼道に堕ちると説く。
九 八大地獄の一つ阿鼻《(あび)》地獄。無間地獄。特に重罪の者が堕ち、間断なく苦しみを受ける。
一〇 八大地獄の一つ叫喚地獄。熱湯や火に入れられて、苦しみ、泣き叫ぶ。「阿鼻叫喚」で、火災や戦禍のために逃げ惑い、泣き叫ぶ形容とする。「又ある時は。汀の波の荒磯に。打ちかへすかの心地して船こぞりつゝ泣き叫ぶ。声は叫喚の罪人もかくやあさましや」(大原御幸)。
一一 六道の一つ。阿修羅の世界。須弥山下の大海底にあり、闘争を事とする世界。現世で戦いをしたもの、闘争心・猜疑心の強い者が堕ちるといわれる。「陸の争ある時は。これぞ誠に目の前の。修羅道の戦」(大原御幸)。 一二 三悪道の一つ。禽獣・虫等の世界。強弱相害し、愚痴、貪欲で絶えず恐れ、人に使役せられるなど、苦しみの多い世界。「数々の。駒の蹄の音聞けば。畜生道の有様を。見聞くも同じ人道の。苦とな

りしが。天皇の御座近く涙をはら〳〵と流し。[六]「果報《くはほう》はいみじく一天の主と産《うま》れ給へ共。[七]西海の波に漂《たゞよ》ひ海に。のぞめ共汐《うしほ》にて。水にかつせしは是[八]餓鬼《がき》道。ある時は風波にあひ。お召の船を。あら磯に吹上られ。今も命を失はんかと。多ク の官女《くはんぢよ》が泣さけぶは。[九]あびけうくはん。陸《くが》に源平戦《たゝか》ふは。取リもなをさず[一一]修羅《しゆら》道《だう》の苦《くる》しみ。又は源氏の。陣所《ぢんしよ》〳〵に数多駒《あまたこま》のいなゝくは[一二]畜生《ちくしやう》道。今いやしき御身《(おんみ)》となり人間の憂艱難《うきかんなん》。目前《もくぜん》に[一三]六道《(ろくだう)》の苦しみを請ケ給ふ。[一四]是といふも父清盛。[一五]外戚《ぐはいせき》の望有ルによつて。姫宮を御男宮《(おんをのこみや)》といひふらし。権威《けんゐ》をもつて御位《(みくらゐ)》につけ。天道をあざむき。天照太神《てんしやうだいじん》に偽《いつは》り申せし其悪逆《あくぎやく》。つもり〳〵て一門我子の身にむくふたか。是非《ぜひ》もなや。我かく深手《ふか》を負《おふ》たれば。ながらへ果ぬ此知盛。只今此海に沈《しづ》んで末代に名を残さん。大物の沖《おき》にて判官《(はうぐわん)》に。怨《あた》をなせしは知盛が怨霊《おんれう》なりと伝《つた》へよや。サア〳〵息《いき》ある其中に。片時《へんし》も早く帝の供《ぐ》奉《ぶ》を。頼む〳〵」とよろぼひ立《(たて)》ば。

「ヲヽ我は是より九州の尾形方へ赴《おもむ》く也。帝の御身は義経がいづく迄も供奉《ぐぶ》せ

りはつる憂き身の果ぞ悲しき」(大原御幸)。

一三 衆生が業によって生死を繰り返す六つの世界。地獄・餓鬼・畜生・修羅・人間・天上。建礼門院が平家滅亡により、生きながら六道を体験したと語る灌頂巻・六道を踏まえ、安徳天皇が、天上の果報に比せられる一天の君と生まれながら、人間苦をまのあたりにし、餓鬼道・地獄道・修羅道・畜生道を体験したことをいう。

一四 「是は入道相国、上は一人(いちじん)をも不レ恐、下は万民をも不レ顧、死罪流刑、解官停任、思ふ様に常に被レ行しが致す処なり。されば父祖の善悪は、必ず及二子孫一と云ふ事は、疑なしとぞ見えける」(灌頂巻・御往生)。

一五 母方の親戚。特に天皇の外祖父などを言うことが多い。「故清盛入道、其身帝祖といはれ、摂政関白に非ず、恣に天下を執り行なひ」(源平盛衰記四十三)。「平相国清もり、ちやくししげもりしきよの後、あくぎやく日々に長過し、御門をおしこめ奉り、娘ばら成姫宮をわうじといつわり、御ようちたるをくらゐにそなへ、あんとく天王とがうし奉り」(錦文流作・あつた宮武具揃)。安徳帝皇女説は、すでに平家物語三の「后御産の時、御殿の棟より甑(こしき)を転(まろ)ばかす事有りけり。皇子御誕生には南へ落し、皇女誕生には北へ落すを、是は北へ被レ落たりければ、如何にと噪ぎ取揚げ、落しなほされたりけれども、猶悪しき事にぞ人申しける」に胚胎し、近世の随筆、梧窓漫筆、胆大小心録にも見える。

※現行、「西海の波に」から「畜生道」まで、太夫・三味線が壮烈に語り、人形が仕方話の演技。次の「今いやしき」から「是非もなや」までは近代の長きにわたりカットされてきた。昭和五十六年に復活(綱大夫・弥七演奏レコードはこれ以前に復活)。

ん」と。御手を取て出《(いで)》給へば亀井駿河武蔵坊。御跡《(おんあと)》に引添《そふ》たり。知盛完爾《くはんじ》と打笑《ゑみ》て。「きのふの怨《あた》はけふの味方。あら心安や嬉しやな。是ぞ此世の暇乞《いとまごひ》」とふり返つて竜顔《りやうがん》を。見奉るも目に涙今はの名残に天皇も。見返り給ふ別れの門出。とゞまるこなたはめいどの出船。「三ン途《づ》の海の瀬踏《せぶみ》せん」と碇《いかり》を取て頭《かうべ》にかづき。「さらば〱」も声計《(ばかり)》。渦巻《うづまく》波に飛入てあへなく消《きへ》たる忠臣義臣。其亡骸《なきから》は大物の。千尋《ちひろ》の底《そこ》に朽果《くちはて》て。名は引汐《しほ》にゆられ流《(ながれ)》。〱《(ながれ)》て跡白波とぞ成にける

一 亡者が死後に渡る三途の川を「三途の海」と言い替えた。三途の川を三瀬(みつせ)川ともいうので、次の「瀬踏み」に続く。→一七三頁注一〇。

二 踏みこんで、深さを調べること。

三 「中にも知盛進み出でて。大薙刀を。茎長に取りのべ左を薙ぎては右を払ひ。多くの敵を亡ぼしけるが。今はこれまで沈まんとて。鎧二領に兜二はね。猶も其身を重くなさんと。遥なる沖の。碇の大綱えいや〱と引き上げて。兜の上に。碇を戴き碇を戴きて。海底に飛んでぞ。入りにける」(謡曲・碇潜)。

※現行演出では「めいどの出船」で太夫・三味線が語りを止め、メリヤス。知盛はよろぼいつつ下手小幕へ入り、屋体と内の人物は上手へ引取り、舞台は一面の海、中央に大岩。下手または下手小幕から知盛が小舟を漕いで出、岩に上り、碇綱をたぐって碇を岩の上に引き上げる時「三途の」と語り出す。碇綱を体に巻き、両手で碇を持って一杯に差し上げ、肩にかつぎ、重味に引かれて仰向けに海中へ姿を消す。

四 初演者竹本島太夫。通称「椎(しい)の木の段」。作者がこの場を作るには実地踏査があったという指摘が木谷蓬吟『浄瑠璃研究書』にある。椎の大木と茶店が阿知賀に明治以前から存在したとの伝承によることで、『文楽浄瑠璃集』も同書を引いて阿知賀あたりをふさわしいとしている。が、阿知賀は現下市町内とはいえ、近世には阿知賀村である。本文は茶店を下市村と明記。また、椎の木は本文にはなく、茶店の前で栃の実拾いが演じられるのである。問題は残るが、ただ阿知賀辺を想定しておくと解釈には都合がよい。下市は本来、吉野山蔵王堂方面へよりむしろ大峰山への参詣路で、蔵王堂開帳参り目当て

第　三

（椎[四]の木の段）

[五]三芳野《みよしの》は丹後[六]武蔵《むさし》[七]に大和路《ち》やわけて。名高き金峰山《きんぶせん》[八]。蔵王《ざわう》[九]弥勒《みろく》の御宝物《ほうもつ》。御[一〇]開帳《かいちやう(とて)》迚野も山も賑《にぎは》ふ。道の傍《かたはら》に。茶店構《ちやみせかま》へて出花汲青前垂《くむあをまへだれ》[一一]の入ばなは。女房盛《ざかり》の器量《きりやう》よし。五つか六つの男の子。傍《そば》に付ｷ添《そひ》嗅様《かゝ(さん)》と。[一二]いふで端香《はなが》[一三]もさめにけれ。

[一四]かれ残る。身はいとゞ猶。枝おりや。[一五]若葉の内侍《ないし》若君は。主馬《しゆめ》の小金吾《きんご》武里《たけさと》が。さがを遁《のが》れて[一六]惟盛《これもり》の。若《もし》や高野《かうや》と心ざし。旅《たび》の用意《ようゐ》の小風呂敷《ふろしき》。背《せな》に忍海《おしうみ》[一七]吉野なる[一八]下市。村に着《つき》けるが。

若君六代[一九]疳疾《かんしつ》になやみ給へば幸ｨの茶店《ちやみせ》。「暫《しばら》く床几《せうぎ》へお休《やすみ》」と。内侍《ないし》を誘《いざな》ひ其身も背《せ》負《おひ》し包《つゝみ》をおろし。「お茶」と指図《さしづ》にあい〳〵と。[二〇]あいそこぼれて指出《(さしいだ)》す。

の茶店を出すには、下市村から外れ、六田に近づく阿知賀が適し、北岸と結ぶ渡し場も近いので、四六三頁※、四六六頁注八の解釈も容易。

時　**八月末、前段とほぼ同じ頃**
所　**吉野下市村、街道の茶店前**

五「みよしの」は、吉野の美称で、吉野の地名を持つ三か所、の意もかねる。
六 現、京都府竹野郡弥栄町の吉野の地名。弥栄町、丹後半島中央の金剛童子山、別名熊野山は役行者修行の地といわれ、丹後町との境に吉野山があり、丹後町上山の上山寺は山号吉野山。大和吉野山に比せられる修験道の地であった。
七 武蔵国入間郡の三芳野の里は、伊勢物語に見える歌枕。現、埼玉県川越市的場付近とされる。同市郭町に三芳野神社あり。埼玉県坂戸市にも三芳野の里があった。
八 奈良県吉野郡の吉野山から山上ヶ岳に至る一連の山々。金御岳《(かねのみたけ)》などとも呼ばれ、役行者を開創とする修験道の霊場金峰山寺がある。金峰山頂山上ヶ岳と山麓の吉野山それぞれに蔵王堂があり、本尊蔵王権現像を安置、現在は山上は大峰山寺、山下(吉野山)を金峰山寺と呼ぶ。
九 金峰山寺蔵王堂には、本尊、忿怒の相の金剛蔵王権現が祀られ、権現の過去・現在・未来の三世をあらわす釈迦如来・観音菩薩・弥勒菩薩の三体が厨子に安置されている。　一〇 厨子の帳を開いて秘仏を拝ませること。三体の蔵王権現像は、現在秘仏。　一一 赤前垂は派手で、遊廓等で働く仲居・遣手、宿屋の飯盛女が掛け、水茶屋の女も用いるが、ここは在所女房が出している街道の茶店であるから、地味な青前垂。
※小せん・善太、茶店から出る。
一二 言うので。　一三 茶の入れたて、出花、入端

[地ハル]内侍はつく〴〵[色]見給ひ。「[詞]コリヤこなたも子持チよの。自《みづから》も連《(つ)》レ合《(あひ)》の忘れ筐《がたみ》を伴《ともな》ひしに。道よりなやみて貯《たくは》へし。薬を残らず飲《のみ》きらし俄《にはか》の難儀《なんぎ》。[地色ウ]子持ッた者は[一]相身互《あいみたがい》。[ハル][二]嗜《たしなみ》あらば所望《しよもう》したし」と仰《(おほせ)》に[色]女房。「[詞]夫レはまあいかゐ御難ン儀。わたしが子は生れてより腹痛《はらいた》一トつおこしませねば。何ンの用意《ようゐ》もござりませぬ」。「ハテそれは[三]気の毒《どく》や」。「イヤ中《(まうし)》ほんにそれ〳〵。幸イ此村の寺の門ン前に。[四]洞《ど》呂《ろ》川《がは》の[五]陀《だ》羅《ら》輔《すけ》を。[六]受ケ売ル人がござりますれば。お供の前髪様ンつい一ト走《はし》り」。「イヤ〳〵身共は当所不案内《あんない》。太儀《たいぎ》ながら其方《(そのはう)》調《とゝの》へてくれまいか」。「ヲ、それもお安い事。わたしが調へてきて上ませう。善太留主仕《るすし》や。但シは行か」。「[地色ハル]おれも」としたふ子をつれて。[ウ]器量《きりやう》よければ心まで[七]尊《たうと》い寺の門ン前へ[フシ]薬を買に急ギ行。

「[地色ウ]ハテ心よい[八]女中や」と内侍は[色]見やり。「[詞]コレ六代爰《(こと)》に大分ン木《と》の実《み》が有が。ひろふて遊ぶ気はないか。金吾がひらふが[九]大事ないか」と。[地ウ][一〇]いさめの詞に[ハル]引立られ。「[ウ]おれもひらを」と若君の病[ウ]もわや[ニ]く半分ンの。[ウ]起《おき》立給へば内侍もとも

の香り。女の色気にたとえ、子持ちの人妻と分り、がっかりする。

一四 夫に離れ、枯れ残る木草のように頼りない身である上に、朝方主従から枝を折られるほどの痛手を受け。枯れ、枝、若葉は縁語。

一五 ここから文脈に無理が生じている。「若葉の内侍若君は」を主格とする述格は一句隔てた次の「さがを遁れて惟盛の。若や高野と心ざし」で、「主馬の小金吾武里が」を主格とする述格は二句隔てた次の「旅の用意の小風呂敷。背に忍海」である。その両主格を合せたまとめの述格が「吉野なる下市。村に着けるが」となる。

一六 「逃れて来(こ)し」にかけ、「惟盛、高野」と韻を踏む。 一七 後には「おしみ」。忍海郡は現奈良県北葛城郡新庄町と御所市の一部に当る郡。忍海村があった。「おし」を「負う」にかけ、「忍、吉、下」と「し」を重ね、韻を踏む。

※現行、小忌衣(おみごろも)を着した六代君、小袿(こうちぎ)姿で笠と杖を持つ内侍が、旅装で荷物を振分けに背負った小金吾を従え、下手小幕から出る。

一八 しもいちむら。現、吉野郡下市町。吉野川南岸。幕府領、延享当時は藤堂藩預り。近世には商業がさかんで、一種の町として繁栄した。吉野山へ二里。

一九 小児病の疳。過食や栄養不良によると言い、病状は多様。疳の虫。 二〇 愛敬を振りまき。「あい〳〵」と韻を踏み、「こぼれ」は茶の縁語。

一 同じような立場の者が助け合うこと。「女は相身互事」(心中天網島・中)。
二 常備の薬。 三 困った。内侍の言葉。
四 吉野郡天川村大字洞川。山上ヶ岳への登山口。

〳〵。「サア〳〵ひらを」。「イヤ拙者が」と小金吾が。廿《はたち》に近ヵい大前髪[12]おとなげないも若君の。[13]機嫌《きげん》取榧栃《かやとち》の実《み》を。拾《ひろ》ひ集《あつむ》る折からに。若き男の草臥《くたびれ》足是も。旅立チ風呂《ふろ》敷包《しきづゝみ》。背負《せおふ》てぶら〳〵茶店《ちやみせ》を見付ケ。「ドリヤ休《やす》んで一ぷく」と包《つゝみ》をどつかり床几《せうぎ》におろし。「御免ンなりませ火を一トつ」とたばこ吸《すひ》付ケ。「コリヤ皆様方は開帳《かいちやう》参りでござりますか。わこ様は道草《(みちぐさ)》か。わしらが在所《ざいしよ》の子供とちがひ。御奇麗《きれい》な生れ付キや」と。誉《ほめ》ても咄しかけても。心置ク身はそこ〳〵に。詞数なく拾《ひろ》ひ居る。

暫休《しばらくやすん》で彼《かの》男。「コレ〳〵其落《(おち)》た木《こ》の実《み》は虫入で。見かけがよふても皆[14]ほがら。木に有《(ある)》をお取なされ」と。いふに金吾は。「こな男何をいふ。二丈《ちやう》余りの高木《かうぼく》。かけ上る[15]けづめは持タぬ」。「サそれを心安ふ取リやうがござります」。「ソリヤどふして」。「さらば鍛練《たんれん》お目にかけふ」と。小石拾《ひろ》ふて打ッ[16]礫《つぶて》枝に当てばら〳〵〳〵。若君悦びなやみも忘れ。「小金吾ひらへ」の御機嫌《きげん》に内侍も嬉しく。「ヲヽ[17]よい事してもらやつた。[18]過分《くはぶん》〳〵」と一チ礼も[19]冥加《めうが》に余るとしらざりし。

『大和下市史』所引奈良曝に「下市より吉野泥川へ道筋は五里半」。

五 陀羅尼助ともいう。黄蘗《(きはだ)》やせんぶりの根を煮つめて作った胃腸薬で、小児の疳の虫にも効能がある。苦い薬で、僧侶が陀羅尼を読誦する時、口に含んで眠気覚ましにしたといい、高野山の陀羅尼助も知られているが、「多羅寸計《(だらすけ)》は大峰山上ノ霊薬也」(譬喩尽)とある如く、この地の産が特に珍重された。宝暦元年(一七五一)竹本座の役行者大峰桜に登場する敵役風の立役陀羅助が、文楽の陀羅助ガシラの始まり。

六 販売を引き受けている人。

七 諺「尊い寺は門から見ゆる」に掛け、小せんの心が清らかなことを表わす。

八 女性。 九 「だじない」と発音。かまわないか。「ぶ心中なと人さんの。わらはんしてもだじないか」(朧のかつら川、宮薗花扇子)。

一〇 勇め。気を引き立てる。

一一 我儘。若君の病気というのも半分は我儘のむずかりだから、気分が変れば元気になる。

一二 「若君、わやく」と韻を踏む。 「大前髪、おとなげ」と韻を踏む。

一三 「取るかや」(機嫌を取ることよ)と「榧」をかけ、「とる」と「栃」で韻を踏む。榧は常緑高木、栃は落葉高木。「大なる榧の木多し。凡榧の木一株に数斛《(こく)》の実のると云。吉野の里民其富をかぞふるに榧の木の数を以てす。子にゆつるにも他所の富商の金銀を譲与ふることく榧の数を以てかそへ分つと云」(和州巡覧記)。ただし、本文で拾うのは栃の実の方である。

※現行、道中合羽、笠を手にした男が下手小幕から出る。

旅の男は自慢《じまん》顔。「何ンと手[一]の内御らふじたか。まそつと打て進《しん》ぜたいが。遠《とを》道かゝへお[二]伽《とぎ》中ても居られず。我等は参る」と包《つゝみ》を背負《せおひ》。「御縁ンあらば重《かさね》て」と。いふて其場《ば》を行過る。小金吾木《こ》の実《み》を拾《ひろ》ひ仕舞《しまひ》。「サア是で堪忍《かんにん》なされ。扠ゝ《(さてさて)》今の男は気《き》[三]転《てん》者」と。見やる床几《せうぎ》の風呂敷包《ふろしきづゝみ》。同し色でもどこやらがちがふた様なと走り寄。内改《あらたむ》れば覚《(おぼえ)》なきしか[四]も是は張皮籠《はりかはご》[五]。こちは衣類《ゐるい》の藤箇《ふぢごおり》[六]。「扠は木の実に気を奪《うばゝ》せ。取[七]リかへうせたか但シは麁相《そさう》か。何にもせよ追かけて取かへさん」とかけ出す所へ。向ふよりあたふた戻る以前ンの男。「麁相《そさう》いたした御免ン〳〵」と云つゝ包《つゝみ》指《さし》出《(いだ)》し。「日暮レもちかし心はせく。同[八]じ色の風呂敷キ故。重《おも》い軽《かる》いに気も付カず取ちがへた麁相。道にてふつと心付キ取ッてかへしてお詫言《わびこと》。まつぴら御免ン下され」と。顔に似合《(にあは)》ぬ手[九]すりたいぼう。小金吾は胸落付キ。「麁相《そさう》とあれば云分ンもお[一〇]りないが。万ン一紛失《ふんじつ》の物有ルと赦《ゆる》さぬが合点か」。「何が扠相違《さうゐ》あらば台座《だいざ》[一一]の別れ。御存ン分ンになされませ」。「ムウ其一チ言《ごん》なら疑《うたが》ふに及ばね共。中改《あらた》めて受ケ取ラん」と包をひらき。改め

一四　空洞。
一五　蹴爪。鶏・雉などの雄の脚の後方につき出た爪のようなもの。
一六　柳沢里恭「ひとりね」(享保十年頃成立)に「大和の人、椎をおとして慰む」。
一七　貰いやった。いいこととしてお貰いだこと。
一八　有難う。口語に用いる時は目下への謝意を表わすことが多い。「一礼」は丁寧に礼をいうこと。
一九　神仏から知らぬうちに受ける恵みが、多すぎて恐れ多い、の意。平家嫡流の若君や御台所から丁寧に礼を言われるなどとは、恐れ多い、光栄なことだが、そうとは知らぬ旅の男は。

一　手並み。　二　お遊び相手。
三　気の利いた者。
四　小金吾の心中での言葉と、地の文が混じり合った密度の濃い浄瑠璃文体。
五　竹籠の外側を紙で張ったもの。そまつな品である。
六　藤行李。藤かずらを編んで作った行李。上等の品である。「こちは」は、自分が所持の分は。※この頃の上方戯曲では、この種の取り違えがよく脚色された。「挟箱。ふた引明ればこはいかに。どんざ布子はさもなくて。緞子縮緬…人立の中より片荷かつたる挟箱。取かはりしに紛なし」(南都十三鐘三)。
七　取りかえて行きおったか、あるいは不注意の間違いか。「失せた」は、「行く」を卑しんでいう語。
八　底本「同し」。「ヲナジ」(日葡辞書)。
九　手を摺り、ひたすら詫びるさま(頴原退蔵「浄

見れば相違《さうゐ》もなし。「げに亀相に極《きはま》つた。中シ分ンなし其方《そのはう》の。荷物《にもつ》も持ッておいきやれ」と。床几《せうぎ》に残る風呂敷包。渡せば受ケ取リふしぎ顔。「此中ぐゝりのほどけたは」。「イヤ夫レは最前ッかはつた様には思へ共。もしやとちよつと見た計《ばかり》」と。いふ間にひらく張皮籠《はりかはご》。[一二]引ちらけて袷《あはせ》の袖。浴衣《ゆかた》の間イをさがし見て。悧《びつく》り仰天箇《げうてんこり》打ふるひ。「コリヤどふじやコリヤないは。ないは〳〵」ときよろ〳〵目玉。「何がない何見へぬ」と。傍《そば》も[一三]気の毒目をくばれば。兼て[一四]工《たくみ》のいがみ男。腕《うで》まくりして「コレ前髪殿。此皮籠《かはご》の中に人に頼《たのま》れて高野《かうや》へ上る[一五]祠堂《しだう》金。[一六]廿両入置イた。コリヤくすねたな〳〵。サア出した〳〵〳〵。サ出しやいの」と。[一七]取ても付カぬ難題《なんだい》に。小金吾むつと[一八]反《そり》打かけ。「こいつ下郎めが武士に向つて[一九]何がなんと。今一チ言《ごん》云ッて見よ」と。[二〇]きつさうかはれどびく共せず。「盗人たけ〴〵しいと。[二一]其高ゆすりくはぬ〳〵。[二二]赤鰯《あかいわし》をひねりかけおどして此場をぬけるのか。[二三]ほろうまいそんなこと春永になされ。わづか廿両で[二四]首綱《くびづな》のかゝらぬ内。四の五のいはずと出した〳〵」と。[二五]もがりいがみのねだり者。モウ堪忍《かんにん》

瑠璃難語考」)。「たいぼう」は「はいもう(敗亡)」と同様にあわてるさま。当惑するさまをあらわして「退亡」か。
一〇 「ない」の改まった言い方。
一一 首の台である胴体。首を切られても文句はない。
※現行、「台座の別れ」で笠を捨て、頭の手拭いを外し、合羽を敷いた上に大あぐら、覚悟の程を見せ「御存分に」と語り出す。
一二 「引き散らかして」の転。「ひらく、引き」と韻を踏む。
一三 心苦しく思い。
一四 →四〇〇頁注八。
※現行、「コレ前髪どん」、と凄み、腕まくり。
一五 死者の冥福を祈り、その仏事を続けてもらうために寺に寄進する金。
一六 一九九〇年頃の金額にして二百万円以上。→四七五頁注二一。
一七 思いも及ばぬ。言われても実感のない。
一八 →一九八頁注二一。
※三段目では、同時期の時代物には珍しいほど、金銭が、再三、重要な役割を果す。→四七八頁注八。
一九 相手の言葉をきびしく聞き返す言い方。そんなことを言って後悔するな、の意。「今一言…」は「許しはせぬ」を略した語調。
二〇 気相。血相。
二一 横柄な、地位などをかさにきたゆすり。
二二 錆び刀をひねって見せ。
二三 うまそうな話だが、そんなことは、よほどのんびりした国でおやんなさい。ここでは通用しない。季節の語を転用した罵りのことば。
二四 罪人として縛られぬうちに。
二五 横車を押し、脅迫し、ゆすって金を取る男。

がと抜キかけしが。お二方の姿を見て。じつとこたへて胸撫《なで》おろし。「コレサ若[一]い人そりや其元《そこもと》の覚へ違《ちが》ひ。見らるゝ通リ足よはをお供したれば。仮《たとへ》何ン万ン両落《おち》ちつて有ても。目をかける所存《しよぞん》はなし。とくとそつちを吟味《ぎんみ》召サれ」と。いはせも果《はて》ず。「コレ其《その》足よは連《つれ》たが。盗《ぬすみ》する付ケ[二]目じや。よもやと思はせしてやるが当世《とうせい》のはやり物。何ン万両はいらぬたつた廿両」。「スリヤどふしても身が盗ンだとな」。「ハテしれた事」。「ムウして其盗ンだ証拠《しやうこ》は」。「コレ此皮籠《かはご》の中紐《ひも》なぜといた。あり様マ[三]の荷物《にもつ》に紛失《ふんじつ》が有ルと赦《ゆる》さぬといふたでないか。理詰《りづめ》[四]じや。出《だ》しやいの〳〵」と。せり詰られて小金吾も。もふ是迄と抜キ放《はな》す。内侍はあはていだきとめ。「尤《もつとも》じや道理じや。短気《たんき》な事を仕《し》やつては。わしも此子も倶《とも》に難儀《なんぎ》。無念ンに有ふと堪忍《かんにん》して。あの者のいふ様に了簡《りやうけん》[五]付ケてやつてたも。足弱連《よはつれ》たを災難《さいなん》と思ひ。胸をしづめてたもいの」と。涙にくれての給ふにぞ。血気《けつき》にはやる小金吾も見るに忍びず。「世[六]が代《よ》の時でござらふなら。づだ〳〵[七]にためしてもあきたらぬやつなれ共。何をいふても茅《つばな》[八]の穂《ほ》にもおぢる身の上。

一　相手が小金吾より若い訳ではない。同年輩或いは相手が年上でも、やわらかにたしなめる時などに言う。
二　目の付けどころ。盗人の工夫の仕どころ。
三　お前さん。
四　そちらの論法でこちらも押すのだ。
五　穏便な形で結末をつけて。
六　平家の御世盛りの時。
七　一分試しに斬り苛んでも。現行は「腕も、すねも、づだ〳〵に」と迫るので権太はびくびくし、床几を斜めに立てて小楯にする。権太の性格の表現。
八　チガヤの花。密生する白い花穂が風にゆれるのも、追手かと恐れる。「薄の穂にも怖じる」と同意。
九　自制しつつ歯がみをするさま。
一〇　着服して。
一一　逃がした。どこかへやった。
一二　女を卑しんだ言い方。
一三　目の仏はひとみのこと。無我夢中で他のことは目に入らぬ状態。「どふじや〳〵は口ばかり目には仏もなかりけり」(彦山権現誓助剣六)。「仏なく、手ばしかく」と韻を踏み動きに律動感。
一四　小判の端を揃え、数を数えて。目の縁で耳。
一五　高野山への祠堂金から那智を連想し、俗に年寄りの若衆を嘲っていう「高野六十那智八十」にかこつけて、二十歳近い前髪の小金吾を罵った言い方。那智は熊野三山の一つ那智熊野権現。
一六　すんでの事。もう少しで。
一七　「ひじり取る」は、盗み取る。高野山の僧で廻国勧進などを行なった高野聖(ひじり)にかける。
一八　底本は「取テりよ」。十行本により「取ラりよ」に改めた。
※現行、権太は憎まれ口はきくものの、小金吾

御意の通りに致しましよ。ヘヱ、口惜《おし》ふござりまする」と。こなたは大事の二方を。お供の身なれば無念をこたへ。[九]奥歯《おくば》噛《かむ》程付キ上り。「廿両といふ金あ[一〇]たゝまつておいて。其頬《つら》何ンじや。ホウこはいはく。此鰯《いわし》で切ルか。此目でおどすか。前髪を一ト筋づゝ抜《ぬく》ぞよ。但シもふ金はふ[一一]けらしたか。連レの[一二]めろからせんさく」と。弱《よわ》みへかゝるを首筋つかんで引戻し。用意《ようゐ》の路《ろ》金《きん》いふ程出して睨《にらみ》付ケ。「大切ッなお方をお供した故衒《かたり》取ラるゝ廿両。持ッてうせい」と打付クれば。衒《かたり》のならひ金見ると目に仏[一三]ヶなく手ばしかく。拾《ひろ》ひ集《あつ》めて耳《みゝ》[一四]よみ揃《そろ》へ。「テモ恐ろしい此金を那智《なち》[一五]若衆《わかしう》めにす[一六]っての事。[一七]ひぢり取[一八]ラりよと致した」とへらず口。「其腮《あご》を」と立寄ル金吾を内侍はおさへ。事ない中チと若君引連《(ひきつれ)》。立出給へば是非《ぜひ》もなく跡に引添《そひ》小金吾も。無念ンをこたへ[一九]上市《(かみいち)》の宿《(しゆ)》ク有ル。方へと急ぎ行。

「譬《たとへ》百度にらまれても。一チ度が[二〇]一チ歩《ぶ》につきやせまい。うまい仕事」と[二一]いがみの権太。金懐《ふところ》に押シ入て。[二二]盆《ぼん》やへ急ぐ向ふへずつと。茶やの女房が立ふさ

の刀に恐れ、合羽を被って震える。
一九 上市村。現、吉野町大字上市。吉野川北岸の村。下市村から二里ほど。
※もともと内侍・六代の目的地は吉野山ではなく紀州の高野山である。京都方面から高野へ出るには、当面五条を目ざして行くはずで、「紀州へ行道にあらす」(和州巡覧記)といわれる下市まで来る必要はない。作者は地理上の無理は承知で、つるべ鮨屋へ行かせる必要から下市経由にしたもの。宿を求めて行くのを高野山方向とは反対の上市にしたのも劇場の観客に隣村と思わせる地名を選んだのである。下市と上市との中間には柳の宿と呼ばれた六田の町があったが観客には耳遠い。
二〇 一両の四分の一。
二一 いがみの権太の名は、右大将鎌倉実記三の日南(ひなみ)権太郎から出たかと言われる。
二二 ばくち宿。五人組帳前書に「博奕に似たる儀一切仕間敷、勿論宿等決して仕間布(まじく)候」。

一 坂本の寺の門前を、『文楽浄瑠璃集』は、椎の木茶店のあった阿知賀に近い小路に坂本の地名があり、小路に浄土真宗の浄徳寺があるので、この寺の可能性が強いとして、なお「下市御坊」と言われる願行寺か、下市本山と称する西迎院」も考慮に入れる。浄徳寺はやや山道にかかり、坂本の地名にはふさわしい。但し阿知賀から二キロ近く奥地。願行寺や西迎院も、立地条件から坂本の呼称で不都合はない。
二 声高な口論、ごたごた。 三 権太の方が、まさしく騙りであることが露顕し。
四 釣瓶鮓は吉野の名物で、寛文十一年(一六七一)吉

がり。「コレ権太殿。コリヤどこへ」。「ホ小せんか。わりや店《みせ》明ヶてどこへいた」。「わしや旅人のお頼《たのみ》で坂本[一]へ薬をかいに」。「ヲそりやよい手筈《てはづ》。われが居たら又邪魔《じやま》しやうに。はづしてゐたでまし〳〵」と。いふ胸ぐらを取ッて引すへ。「コレこなたに衒《かたり》さす気ではづしては居ぬぞや。最前ン戻りかゝつた所に[二]わつぱさつぱ。指出《さしで》たら衒《かたり》の正銘[三]顕《めいあらは》れ。どんな事にならふもしれぬと。あの松かげから聞て居た。ヘヱ、こなさんは恐ろしい工《たくみ》する人。姿は産共《うめども》心は産《うま》ぬと。親御は釣瓶鮓《つるべずし》[四]やの弥助[五]の弥左衛門様といふて。此村で口も利《きく》お方。見限《かぎ》られ勘当《かんどう》[六]同前ン。御所《ごせ》[七]の町に居た時こそ道も隔《へだゝ》れ。跡[八]の月から同し此下市に住《すん》でも。嫁《よめ》か孫かとお近付《ちかづき》にもならぬはの。皆こなさんの心から。いがみ[九]の権にきぬきせて。衒《かたり》の権といはふぞや。此善太郎は可愛《かはい》ないか。博奕《ばくち》のもとでが入ならば此子やわしを売て成リと。[一〇]重《かさね》て止《やめ》て下さんせ。何ンの因果《ゐんぐは》で其様な恐ろしい気にならしやつた」と。取リ付キ歎ヶばつき飛《とば》し。「ヤア引にさかれめが又してはよまい言。おれが盗ミ[一一]衒リの根元は。皆うぬから発《おこ》つた事」。「ホこりや大それた事

野山独案内に「瓶(つるべ)鮨。よしの鮎岩をおもしに置鮨のはやくも人にくはれそめてし」などと狂歌が見え、明暦元年(一六五五)毛吹草に「釣瓶鮨。鮎也、柾物ニ入、藤ニテ手ヲスルユヘニ云」。藤蔓の手を付けた容器が釣瓶の形に似るところから、この名がある。文献上の初出は享禄三年(一五三〇)という(『大和下市史』)。

五 下市町で現在も旅館・鮓屋を営む宅田弥助家。篠田統「釣瓶鮓縁起」(大阪学芸大学紀要・自然科学七)に史料紹介と考証がある。元和年中(一六一五―一六二四)に銀札発行にも関わった旧家。宅田家所蔵の天和三年(一六八三)文書に「祖父弥助より代々上り鮨仕候…国々までもかくれなき弥介家」とあり、上り鮨即ち仙洞御所献上の初御用は、享保六年(一七二一)の書上げと綜合して承応―万治(一六五二―一六六一)頃とされる。享保書上げ当時の七代目弥助は、村年寄を勤め、本作弥左衛門のモデルとみなされている。但し弥左衛門・弥介の親子名は、近松の天鼓(五一五頁注一一)にみえる。

六 幕府領で村方を支配する代官所では、「勘当は親より子を、師匠より弟子を、不行跡ゆへ度々異見を加へても更に相用ひず、後々見届け難きに付、親子・師弟の縁を切り追出し遣るを云、兄姉より弟妹、伯父母(をぢをば)より甥姪を縁を切を下々にては勘当と云へども、親・師匠の外は勘当とは云べからず、旧離なり」(地方凡例録)と定義。代官所の扱いとしては、「勘当の儀は親より之を願ふ上は、不行跡の次第を悉しく伺書(上の役所である勘定奉行に対する文書)に認むるに及ばず、平日不行跡にて度々異見を差加へ候へども、取用ひ不申候間勘当致し度旨、親誰の外親類・五人組・村役人一同願出、吟味の上相違なきに付相伺ふ趣に認むべし」とされ、勘定奉行がこれを認めると、当人は村方宗門帳から

聞ねばならぬ。そりや又どふして」。「どふしてとは覚《(おぼえ)》が有ふ。おりや十五の年シ元服《げんぷく》して。親父の云付ケで御所《ごせ》の町へ鮓商《すしあきな》ひ。隠《かく》[一三]し女《びり》の中チに儕《(おの)》レが振袖。見込だが鯱《しやちほこ》[一四]。鱶《ふか》[一五]ほど寝入[一六]ル仏師《ぶつし》達《たち》の。臍《へそ》くりを盗出し。店《みせ》[一七]の溜《たま》り徳居《とくゐ》先キ。身《しん》躰《だい》半分ン仕廻ふてやつたナ[一八]聞へたか。所[一九]で親父がほり出した。無理なわろ[二〇]の。其時因果《ゐんぐは》と此がきが腹に有ッて。親方[二一]はねだる。年貢米《ねんぐまへ》を盗ンで立テ[二二]銀《(がね)》。其尻《しり》がきて首が飛《とぶ》のを。庄屋[二三]のあほうが年賦《ねんぷ》にして。毎日の催促《さいそく》。其金済《すま》そで博奕《ばくち》にかゝり。出ッ世して小ゆすり衒《かたり》。此中《(このぢう)》も親父の所の家尻《やじり》[二四]を切ッて見たれど。妹のお里めと。内の男めが夜通しの鼻《はな》声でとんとまん[二五]が損《そこね》た。又けふのまんのよさ。此勢《いきほひ》[二六]に母の鼻毛《はなげ》をゆすりかけ。二三[二七]貫《ぐはん》目ゑ[二八]じめてくる。酒買《かふ》て待ッておれ。善太よ。日の暮レから寝《ね》おんな。夜通しせねばおれが商売《しやうばい》は譲《ゆづ》られん」と。云つゝ立テば女房取リ付キ。「まだ此上に親御の物迄だましとろとは勿躰《もつたい》ない。マア内へ戻《もど》つて下され」と。すがれど聞《(きか)》ずは飛《(とば)》すを。「コリヤやい善太よ留メてくれ」と。母の教《おしへ》に利《り》口者《こうもの》。「とゝ様内へサアござれ」と。手にまとひ付ク

外され、帳外となる。権太の場合は、そういう法的手続きを経たものではないから、「勘当同然」という。　七 現、奈良県御所市御所。正式には御所村だが、中世の市場町から近世城下町的な形をとり、御所町と公称されることもあった。　八 先月。

九 この分では世間の人は「いがみの権」に箔をつけて「騙りの権」と言うでしょうよ。先刻の一らつなど、確かに、因縁をつけて金をせしめるいがみの段階を越え、明白な犯罪行為としての騙りである。　一〇 二度としないで。「重ねては」の略。　一一 女を罵って言う語。　一二 底本「盗ヲ」。十行本により「盗ミ」と改めた。

一三 隠し売女。「びり」は女の隠語。　一四 鯱が見込むようにお前に執心したのが運の尽きで。

一五 鯱の縁で鱶。「沖でも磯でも行当りに。よふ寝る故にふか七といふ」(妹背山婦女庭訓四)。

一六 深入りしてお前と共寝で鱶のように寝入ってばかり。(そこで金に困って)家中ぐっすり寝入り時に母親の臍くり金を盗み出して。「仏師」は睡眠中の人をいう隠語。

一七 さらに店の有り金も、得意先からの売上げ金も盗み、家の身代を。

一八 な、分っているだろう。「ナ」は間投助詞。お前のためだとあからさまに言わずに納得させる意をこめて「聞へたか」にかかって行く語勢。「敵の首を斗升ではかる程取ても釣合ぬ〳〵。所でやめた。ナ聞へたか」(仮名手本忠臣蔵七)。

一九 と言う訳で、親父が自分を放り出した。追い出した。　二〇 「わろ」は、同輩ないし目上をやや卑しんで呼ぶ語。

二一 小せんの抱え主。　二二 身代金を支払った。

二三 村の年貢納入については庄屋が責任を負うから、庄屋の裁量が働く余地がある。

[一]蔦《つた》かづら子が跡おへば悪ル者[二]は。小手縛《こてしばり》迚《とて》[三]うたてがる。しかも血筋の糸縄《なは》[四]で。[五]「きびたが悪ルい出なをそ」と。鬼でも子にはひかさるゝ。「テモつめたいほで[六]じや」と手を引て女房

（小金吾討死の段）[七]

〽諸共《もろとも》立帰る。

夕陽《せきやう》西へ入ル折から。主馬《しゆめ》の小金吾武里は上市村にて朝方《ともかた》が。追ッ手の人数《にんじゆ》に取まかれ。数ケ所《すかしよ》の疵《きず》を負《おい》ながら内侍若君御供申シ。[八]一ト先《まづ》都へ立帰るを。跡につゞいて数百人。遁《のが》さぬやらぬと追ッかけたり。手疵《きず》は負《おへ》共気は鉄石《てつせき》の武里が。死物狂《ぐる》ひと思ひのやいば。爰《こゝ》に三人かしこに七人はらり〳〵と〽なぎ倒《たを》し

其身は秋の。[九]花紅葉敵は木の葉の其跡へ。追ッ手の大将猪熊《いのくま》[一〇]大之進おくればせにかけ来り。「ヤア死損《しにそこな》いめいづくへ行ク。先ン比《ころ》嵯峨《さが》の奥《おく》にて取リ逃《にが》し。主

※この辺、夫婦の感情的なやりとりで省略が多い。くだくだしいことは観客の察しに任せる手法でもある。実際のこととしてみると、まず盗んだ年貢米は父親の家の分か他家の分か。下市村か御所村か、親の家なら権太の勘当は内証にすぎないので、父親が未進の結末をつけるはず。「内証にて縁を切りたりとも、…年貢未進等の償ひなど表向に成たるときは、内証の旧離は申立には相ならず」(地方凡例録)、他家の分としても、領主側は事故の有無にかかわらず村単位で完全な納入を命じるから、年賦にするからには当面全額の立替えが必要になる。権太の首が繋がるには、事を起したのが下市村の範囲内で、有力者の父親と庄屋との間で何らかの処置がとられるというようなことがあるはず。

二四 家や蔵の裏手の壁を壊して入る盗み。現行はこの一行程カット。

二五 運。「間」と「運」の錯合語かという。「拍子まんが直ってきた」(菅原伝授手習鑑二)。

二六 母の甘さにつけこんでだましかけ。

二七 →四七五頁注二一。　二八 だましとること。

一 「蔦かづら」から、「縛る」と続く。小手は、腕の肘から手首までの部分、縄で縛る際の手首。「子供の手」にかけ、高手小手に厳重に縄をかける時の小手縛りを連想。

二 ならず者仲間では。

三 嫌がる。

四 血筋の糸に、「いとしい」意も含む。

五 気味。　六 手。

※作者がこの一家に、権太を「悪者」と突放して描くかに見えて、ほのかな愛情を感じさせる優

人朝方公の御機嫌《きげん》以ッての外。すご〱館《やかた》へ帰られず。一二庵坊主《あんぼうず》めに白状させ付ヶ廻したる此海道。サア惟盛の御台若君を渡し。腹かつさばけ」と呼《よば》はつたり。

手《て》負《おひ》は流るゝ血汐《ちしほ》をぐつと一ト飲息《のみいき》をつぎ。一三「主馬の判官が躮《せがれ》小金吾武里。息《いき》有ル内はいつかな〱」「ヲ其一チ言《ごん》が絶命《ぜつめい》」と。踊《おどり》上つて討ッ太刀をてうど受ケ留メはつしとはね。ひらりと見せてはくるりとはづし。手練《しゅれん》を尽《つく》せど流石《さすが》は手《て》負《おひ》。内侍若君あぶ〱ひや〱。小石を拾《ひろ》ひ砂《すな》打付ヶ一四及び越《どし》なる加勢も念ン力。手《て》強《ごは》く見ゆる猪熊が眼《まなこ》に入て目当《あて》はくらやみ。一五透間《すきま》に切込ムだんびらに眉間《みけん》をわられて頭《づ》転倒《でんだう》。一六乗リかゝるを下タよりも突鑿《つくきつさき》は諂骨《あばらぼね》。金吾ものつけにそり返る。一七あなたが起《おき》れば石礫《つぶて》。猪熊切ラれ小金吾も。倶《とも》に深手《ふかで》の四苦《く》八苦一八修羅《しゅら》の街《ちまた》ぞ危《あやう》けれ。

一九忠義の天成《てんせい》小金吾がなんなく相手を取て押《おさ》へ。ぐつと突込《つゝとむ》とゞめの刀。サア仕負《おゝせ》嬉しやと。思ふ心のたるみにや。うんと其身も倒《たを》れ伏ス。

れた文章。

七 場面転換。太夫・三味線は変らない。現行は太夫・三味線交替。段名は通称。

八 地理上は上市から吉野川北岸を、北六田(六田への柳の渡しあり)あるいは越部(阿知賀瀬の上への椿の渡し)辺まで引返したか、または何かの都合で追手の目を逃れるため南岸へ渡り、前場から遠からぬ所まで来た、という設定が成り立つ。

※現行は一面の竹藪、下手に坂道。三人下手から出、八行目「追ッかけたり」前後から次頁の一二行目「サア仕負せし」で猪熊に止めを刺すまで、語りを略し、人形の立廻りを見せる。

九 血潮に染まるさま。

一〇 紅葉の縁で、木の葉が散るように逃げ散った。

一一 猪熊は、阿知賀の地名野々熊から思いついた命名という(木谷)。

一二 北嵯峨庵室の尼。

一三 →四〇六頁注六。

一四 及び腰。腰を後ろに残したまま手足の働きを前方に届かせ及ぼそうとする体勢。俗にへっぴり腰。びくびくした態度ながら。

一五 石砂が飛んでこない隙に切り込む幅広の大刀に、小金吾は眉間を切られ、仰向けに倒れた。

一六 猪熊が乗りかかった時、小金吾は下から切先で肋骨を突き、自身もそのまま仰向けにそり返った。　一七 先方。猪熊。

一八 →四五五頁注一一。

一九 忠義に生れついた小金吾のこととて、ついに。

「ノウ悲しや」と内侍若君いたはり拘抱起《かゝへだきおこ》し。「コレのふ金吾〳〵気をはつきりと持てたも。そなたが死で自《みづから》や此子は何と成ル物ぞ。情なや悲しや」と泣入《(なきいり)》給ふ御声の。耳に通つて手負《おひ》は顔を上ゲ。「コレ内侍様六代様。諦《あきらめ》て下さりませ。心はやたけにはやれ共もふ叶はぬ。[一]我君惟盛様は。兼て御出ッ家のお望《のぞみ》。[二]熊野浦にて逢《あひ》奉りしといふ者有ル故。高野山へと心ざしお二タ方をお供したれど。中ゝ此手では一ト足も行《(ゆか)》れず。コレ若君様。よふお聞遊ばせや。御台様を伴《ともな》ひかみやの宿クといふ所に。[三]内侍様を残し。お前は人を頼んで山へ登《のぼり》。とゝ様のお名はいはれぬ。[四]今道心《だうしん》の御出ッ家と尋《(たづね)》てお逢イ遊ばせ。西も東も敵の中。平家の公達《きんだち》と悟《さと》られぬ様。お命めでたう御成人《せいじん》の後。憚《はゞか》りながら金吾めが事思召出《(いだ)》されなば。一ッ滴《てき》の水一ッ枝《し》の花。それが則チめいどへ[五]御知行《ちぎやう》。御成長《せいちやう》待ております。お名残惜《なごりおし》いお別れ」と。いふもせつなき息《いき》づかひ。六代君は取すがり。「死でくれな小金吾。そちが死《(しぬ)》るとゝ様に逢《あふ》事が[六]ならぬは」と。泣入《(なきいり)》給へば内侍はせき上《(あげ)》。「アレ聞てたも子心でも。そなた一人リを

一 平家物語十に、維盛をめぐる章が続く。「小松の三位中将維盛卿は、身がらは八島にありながら、心は都へ通はれけり。故郷に留置き給ひし北の方、稚き人々の面影のみ、身にひしと立添ひて、忘るゝ隙も無かりければ、有るに甲斐なき我が身かはとて、寿永三年三月十五日の暁、忍びつゝ八島の館をば紛れ出で、与三兵衛重景、石童丸と云ふ童、船に心得たればとて、武里と云ふ舎人、是三人を召具して、…高野の御山へ参り給ふ」(横笛)。旧臣滝口入道を訪ね、高野巡礼(高野の巻)、二十七歳で出家、高野を出、熊野へ向う途上、見知りの武士に出会うが危害は受けず(維盛の出家)、熊野本宮・新宮・那智と巡礼、那智籠りの僧にも見知りの者はあったが同情的(熊野参詣)、熊野三山を巡り終え、三月二十八日、那智沖で、妻子への断ち難い思いを、滝口入道の念仏の勧めによって翻し、入水(維盛の入水)、残った武里は滝口入道に励まされ、八島へ帰り、宗盛や二位の尼等に維盛の遺言を伝え(三日平氏)、都の北の方、若君、姫君にも報が伝えられる(藤戸)。

二 熊野への途上、那智でも、見知りの者に会った、との平家物語の記述を踏まえる。

※本作の惟盛は元暦二年(寿永四年)二月の八島合戦前後に、八島から舟で、高野へは行かず、直接熊野浦に着いたような成行きに仕組まれている。→四七七頁注一九。

三 高野山は女人禁制。但し神谷の宿(現和歌山県伊都郡高野町)から女人堂までは行くことができた。近世の高野参詣では、神谷の宿から不動坂を女人堂へ登る不動坂口が、よく使われた。下市近辺から高野へ向うには、吉野川北岸を五条を経て紀州へ入り、吉野川は紀の川と名が変り、南岸の橋本、学文路(かむろ)共に現橋本市)、

力ラにする。惟盛様に逢《(あふ)》迄は。死ヌまいぞ〳〵となぜ思ふてはたもらぬ。御一チ門は残らず亡《ほろ》び広《ひろ》い世界を敵に持チ。いつ迄ながらへ居られうぞ。倶《とも》に殺してたもいの」と歎《なげ》き。給へば。

理《ことは》りと。手負《ておひ》はいとゞ涙にくれ。「先ン君小松の重盛《しげもり》様は日本ンの聖人《せいじん》。若君は其孫君。諸神《しよじん》諸菩薩《ぼさつ》の。恵《めぐみ》のない事もござりますまい。末頼《(すゑだの)》みを思召シて必《かならず》短気《たんき》をお出しなされな。あれ〳〵向ふへ挑灯《ちやうちん》の灯《ひ》かげ。又も追ッ手の来るも知レず。若君伴《ともな》ひ此場《ば》を早ク〳〵」。「イヤ〳〵深手《ふかで》のそなたを見捨置イて。いづくを当《あて》に行ク物ぞ。死ナば倶《とも》に」と座し給へば。「へヱ、ふがひない六代様は大事にないか。此手で死《(しぬ)》る金吾めではござりませぬ。聞入《(ききいれ)》なければすぐに切腹《せつぷく》」。「コレ待ッてたも。夫レ程に迄思やるなら。成ル程先キへ落ませう。必《かならず》死ンでたもるなや」。「お気遣ひ遊ばすな。運《うん》に叶ひ跡より参ろ」。「必《(かならず)》待ッて居るぞや」と。いふ間も近付ク挑灯《ちやうちん》の。灯《ひ》かげに恐れ是非《ぜひ》なくも若君。連レて落給ふ。御《(おん)》心根のいたはしさ。

河根(かね 九度山町)から神谷、不動坂、と行くのが不動坂口。

四 仏門に入ったばかりの人。

五 主君が家臣に領地を宛て行なうこと。ここは比喩。

六 ならぬわ。できないよ。

七 平家物語以来、理想化された重盛像。「日本の聖人たる小松殿」(蒲冠者藤戸合戦二)。

八 将来に望みをかけて。

九 運強く命を全うして。

手《て》負《おひ》は御ン跡見送クり〱。「死ナぬと申せしは偽《いつは》り。[一]三千世界の運借《うんかつ》ても。何の此手で生キられませう。内侍様。六代様。是が此世のお別レでござります」と。思ふ心もだんまつま。[二]知死期《ちしご》も六[三]つの暮レ過ギて[四]朝《あした》の露と消《きへ》にける。程なく来《(きた)》る挑灯《ちやうちん》は此村の五[五]人組。何やらざは〱咄シ合イ。山坂の別《わか》れ途《ど》に[六]庄《しよ》や作《さく》が立留り。「コレ弥助の弥左衛門殿。貴様は鮓商売《すししやうばい》故。念ン押《おす》上に[七]おしかける。今云付《(いひつ)》ケた鎌倉の侍は聞及んだげぢ[八]〱。何やらこなたの耳[九]をねぶつて。兀《はげ》る程云付ケたら。畏《かしこま》つた〱とめつたむしやうに受ケ合たが。何ンと覚《(おぼえ)》の有ル事かや」。「ハテ知レた事。こなた衆も常《つね》からおれが性根《しやうね》を知ラぬか。血を分ケた躮《せがれ》でも見限《かぎ》つたら。門端《かどばた》も踏《ふま》さぬ弥左衛門。[一〇]膝《ひざ》ぶしが砕《くだけ》ても。畏《かしこま》つたら痺《しびり》もきらさぬ。したが跡からの云付ケがもつけ[一一]。嵯峨《さが》の奥から逃ゲてきた。子を連レた女と大前髪。此村へ入込ンだと追手からのしらせ。所[一二]でげぢ殿がねぶりかけて。捕《とら》へたら褒美《ほうび》と有《(ある)》。こりや又格別《かくべつ》よい仕事。皆も油断《ゆだん》せまいぞや」「ヲそれ〱。こんな時こなたの息子《むすこ》の。いがみの権太を頼んでおこふ」と五人組。山

一 全宇宙の好運を借りてきてもこの傷で生きられるはずがない。三千世界は→五頁注二七。
二 臨終の時刻。→二五五頁注一八。
三 この場では六時半頃。
四 死の時刻とされている日暮れの六つ時を過ぎた夕闇の中で、朝露が明け六つの朝日に消えるように、はかなく死んだ。
五 近世、五戸一組を原則とする民間の組織だが、幕府や領主の統制下で、犯罪人の告発、法令遵守、貢租等が支障なく行なわれるよう相互監視を要求された。
※現行、下手の小高い坂道から出る。
六「庄屋の彦作」(田村麿鈴鹿合戦四)の如く、庄屋の名に「作」の字のつくものが多い。
七「念を押す」と「鮓を押す」をかける。→四七二頁六行目。
八 和漢三才図会に「蚰蜒毒有ル如シ。頭髪ヲ舐(ネブ)レバ則毛脱ケル。昔梶原景時ヲ以テ蚰蜒ニ比ス。言フ心ハ、ヤ、モスレバ讒ヲ耳ニ入レテ害ヲナセバ也」。『文楽浄瑠璃集』に、景時(ケイジ)の音を掛け、梶原景時を憎んで言うと。なお梶原善人説の三浦大助紅梅靮(享保十五年、竹本座)三に「万ヅの下知を成つる故名をげぢ〱と云はがせど。誠はぶしの鏡」という。
九 耳をなめて。耳元でよからぬことをささやくさまをいう。
一〇 一度畏まって正座したら、どんなに膝が痛くなっても正座をくずすことはしない。それほど厳格に、初志を貫徹する。
一一 耳よりのうまい話。
※弥左衛門は梶原からの本来の命令については、一言も打明けず、大層な権幕で庄屋・五人組を煙に巻き、跡からの云付けに話をそらす。
一二 例の陰険な話の得意な梶原が、子供にねぶ

道行ば。

弥左衛門坂へ[一三]おりしも行先キの。手負《おひ》にばつたり行当《あた》りはつと飛退《(とび)のき》。気味悪《きみわる》ながら挑灯《ちやうちん》ふり上。そろ〳〵立寄リ。「テモむごたらしう切たは〳〵。旅人そふなが。追剥《おひはぎ》の仕業《しわざ》ならば丸裸《はだか》にしそふな物。路銀《ろぎん》をあてに悪ル者の所為《しわざ》か」と。

悪ルい子を持《(もつ)》親の身は。案《あん》じ過《すご》して。「コレ〳〵手負殿〳〵」と。呼《よぶ》も答《こたへ》も[一四]なきからに。「扨《(さて)》は最早《もはや》息絶《いきたへ》たか。いとしや何国《いづく》の人成ルぞ。見ればふけた角前髪。[一五]袖ふり合《(あふ)》も他生《たしやう》の縁《ゑん》。なむあみだ仏。なむあみだなむあみだ仏」と回向《ゑかう》して。兎角《とかく》浮世は[一六]老少不定《らうせうふぢやう》。哀《あはれ》を見るも仏の異見《ゐけん》。人はいがまず真直《まつすぐ》に[一七]後生《ごしやう》の種《たね》が大事ぞと思ひつゞけて行過《(ゆきすぎ)》しが。

[一八]何思ひけん立留り。とつつ置つの俄《にはか》の思案《しあん》。そろり〳〵と立戻り。辺《あたり》を見廻し〳〵て抜キ身を拾《ひろ》ひ取ルよりはやく。死首ぱつしと打落し。挑灯《ちやうちん》吹キ消《けし》首提《ひつさげ》。

忝《(かたじけな)》いと弥左衛門。[一九]直《すぐ》成ル道も横飛《よことび》に我家をさして　三重

り飴を見せて呼びかけるような話し方で。

一三 「下りる」と「折しも」をかける。

一四 「答も無き」と「亡骸」をかける。

一五 見知らぬ人と袖が触れ合うのも前世からの因縁と聞くから、この路傍の死者に出会うのも、何かの縁であろう。

一六 若者が先に死に、老人が生き残ることもあり、はかなく、定めない。

一七 死後の成仏に繋がる善行を行なうこと。

一八 ↓一五三頁注一五。

一九 正しい人間である弥左衛門が、やましいことをした意をかける。

一 初演者は竹本此太夫。新うすゆき物語では軽い役場であったが、播磨少掾死後は三ノ切語りの名人と呼ばれ、竹本座で菅原伝授手習鑑の「佐太村」、豊竹座で豊竹筑前少掾と改名後「熊谷陣屋」等、並木宗輔(千柳)の複雑な戯曲の長丁場を行届いた語り口で聴かせた、完成期の代表的太夫。

二 世話にくだけて歌で始まる。現行は三下り歌。「風味」で本調子に直す。　三 鮓の材料が混ざり合い、熟し合う加減。男女の親密な仲の「馴れ」にかける。「鮎(あい)みてはなれ〳〵しくも久敷も思ひつるべの鮓よはなしよ」(吉野山独案内)。

四 「風味もよし」と「吉野」をかける。

五 現行、以下十三字、底本通りに語る人と、四七八頁※に記す改刻本により「釣瓶鮓。御鮓所の弥左衛門」と語る人がある。御鮨所は、仙洞御所に献上の鮨を作る所の意で、弥助鮓の一枚看板。なお初献上は四月、それ以前は鮎は禁漁。

六 弥左衛門の妻。「抜目もない」にかける。享保

（鮓屋の段）

〽立帰る。

春はこれ共花咲《さか》す。娘が漬《つけ》た鮓《すし》ならば。なれがよかろと。買《かい》にくる。風味《ふうみ》も吉野《よしの》。下モ市に売弘《うりひろめ》たる所の名物。釣瓶鮓《つるべずし》やの弥左衛門。留主《るす》の内にも商売《しやうばい》にぬけめも内儀が早漬《はやづけ》に。娘お里が肩綿《かただすき》襷裾《すそ》に。前垂《まへだれ》ほや〳〵と愛《あい》に愛持ッ鮎《あゆ》の鮓《すし》。押《おさ》へてしめてなれさする。味《うま》い盛《さかり》の振袖が。釣瓶鮓《つるべずし》とは。物らしし。しめ木に栓《せん》を打込《こん》で。桶片付《おけかた》ケて「中シ嗅《か》ゝさん。きのふとゝ様ンの云《いは》しやるには。あすの晩《ばん》には内の弥助と祝言《しうげん》さす程に。世間ン晴《はれ》て女夫《めうと》になれとおつしやつたが。日が暮レてもお帰りないは虚言《うそ》かいな」。「ヲあのいやる事はいの。何のうそであろぞ。器量《きりやう》のよいを見込ミに。熊野《くまの》参りから連て(つれ)戻《もど》つて。気も心も知ルと弥助といふ我名を譲《ゆづ》り。ぬしは弥左衛門と改《あらた》めて内の事任《まか》せて置ヵしやるは。そなたと娶《めあは》す兼ての心。けふは俄《にはか》に役所から。親父殿を呼《よび》にきて思はぬ隙入(ひまいり)。

時　前の場面とほぼ同じ時刻
所　下市村、釣瓶鮓弥助の弥左衛門の店

五年(一七三〇)の由緒書に、九十年前母方の曾祖母が漬け初め、母方に伝えてきたとあるに依るか。

七　釣瓶鮓の早漬けは「四、五日乃至七、八日で、それも漬けこんだご飯と共にたべるのだから、早ズシとまで行かずとも、明白に早漬ケで、生成(なまなれ)のたぐいである」(釣瓶鮓縁起)。

八　初々しく愛敬のあるさま。このあたり同音を重ね、花やいだ気分で語る。

※現行、姉さん被り、襷がけのお里で母と共に暖簾口から出、人形の客達に竹の皮包みを渡す。

九　いかにも似合わしい。その物にぴったりだ。

一〇　桶の締め木。鮎を十六ないし二十尾ほど、腹に炊飯を詰め、桶の底にも飯を敷いた中に並べ、締木で桶の蓋をし、栓をして重しをかける。

一一　何を言うのですか。そんなことはない、の意。　一二　うちの人本人は。

一三　使用人への敬語、殿付けも普通ではない。

一四　使用人の男の意。「男がかたに堺重。文庫机をになはせて」(菅原伝授手習鑑四)。

一五　身のこなし。　一六　洒落た好みで。

一七　「きみならで誰にか見せむ梅の花色をも香をもしる人ぞしる」(古今集・春上)。

一八　月代を狭く剃り、鬢の毛を多くとって、ふっくりさせた、まじめでやや古典的な髪の結い方。　一九　下男ながら、公家衆のように冠を着けさせても、不似合いではない。

※現行、着流しに袖なし羽織、空き桶をおうこでにない、弥助が下手小幕から出る。

二〇　あれこれ邪推をした。

二一　天川弁財天。奈良県吉野郡天川村大字坪内の坪内弁天社、天川神社。吉野の奥地にあるが、

迎《むか》ひにやろにも人はなし」。「サイナ。折悪ルふ弥助殿も方ゝから鮓の誂《あつらへ》。仕込《しこみ》の桶《おけ》がたるまいと明キ桶取リに[一三]いかれました。もふ戻らるゝでござんしよ」と。噂《うはさ》半《なかば》へ。明キ桶荷《にな》ひ戻る男《(をとこ)》[一四]の取[一五]なりも。利口《りこう》で伊達《だて》[一六]で。色も香《か》[一七]もしる人ぞしる優男《やさおのこ》。娘が好《すい》た[一八]厚鬢《あつびん》[一九]に冠着《かむりきせ》ても憎《にく》からず。内へ入ル間も待兼《(まちかね)》て。お里は嬉しく。「アレ弥助様ンの戻らんした。待チ兼た遅《おそ》かつた。若《もし》やどこぞへ寄ッてかと。気[二〇]が廻つた案《あん》じた」と。女房顔していふて見る。流石《さすが》鮓やの娘迚《(とて)》。早《はや》い馴《なれ》とぞ見へにける。母はにこ〳〵笑ひを含《ふくみ》。「弥助殿気にかけて下さんな。此吉野郷《がう》は弁才天《べんざいてん》[二一]の教《おしへ》によつて。夫トを神共仏共。戴《いたゞ》いて居よと有ル天女[二二]の掟《おきて》。其かはり程悋気《りんき》もふかい。又有リ[二三]やうは親の孫《そん》[二四]。瓜《うり》[二五]のつるにではござらぬ」と云《(いひ)》[二六]くろむれば。「是はまあ却《かへつ》て迷惑《めいわく》[二七]。段ゝお世話《せわ》の上。大切ッなお娘御迄下され。お礼の申シ様もござりませぬ。去《(さり)》ながら兎角《とかく》お前には。弥助殿〳〵と。殿付《(どのづ)》ケをなされてさりとて[二八]は気の毒《どく》。やつぱり弥助どふせいからせいとお心安ふ。ナ申《(まうし)》」。「イヤ〳〵それは赦《ゆる》して下され」。「ソリヤ又

古代以来多くの信仰をあつめた名高い弁財天。世阿弥が「子ながらも類なき達人」と称えた嗣子元雅が、短い生涯を終える前々年（永享二年＝一四三〇）祈願をこめた能面を奉納し、現存。底本振仮名は「べんさいでん」。十行本は「へんざい天」。

二二 ここは弁財天の意だが、吉野の地は、宮中の五節舞《(ごせちのまい)》が吉野宮に天下った天人の舞にちなむと言われ、謡曲・吉野天人などで親しまれ、天女と縁が深い。　二三 打ち明けた話が。

二四 血筋。遺伝。「ゆり姫様も其（親の）そんをつぎ、ねいり給ふとおめのあく事がない」（上方狂言本・上京の謡始）。

二五 「瓜の蔓に茄子《(なすび)》がなったのではございません、茄子（悋気深い母親）のえだに茄子（悋気深い娘）ができたのです」と、諺の言い換えで娘の悋気をかどだたぬように。

二六 言いまぎらして、うまくその場をとりなした。後文にこの母親が戸棚の金を盗み出して権太に与えるところに「跡をくろめて」（四七六頁八行目）とあるのと対応する表現。

二七 当惑いたします、の意。

二八 これは何とも、心苦しいことです。

一 聞いておきなさいよ、と言わぬばかりの。

二 この種の家業では、戸外から入ってすぐの所に広い板敷があって、作業場にもなる。板間に対し一段高くなった座敷が「おうえ」。舞台装置は板間を写実的に作るとは限らない。

三 低い、すごみのある声。現行、権太、頰被りで懐ろ手、足で戸を明ける。

四 現行「あにさん」。初演時もおそらく改まった言い方の「惟盛様」や四八八頁三行目の「親父様」

なぜでござります」。「さればいの。弥助といふ名は是迄連レ合ィの呼名《よび》。殿付ヶせずにどふせいかうせいとは。勿躰《もつたい》なふて云《いひ》にくい。云馴《なれ》た通リ殿付ヶさして下され」と。実《げに》夫トをば大切ッに。思ふ掟《おきて》を幸ィに娘へ是を聞《(きけ)》[一]がしの。母の慈悲《じひ》とぞ聞へける。

お里弥助は明キ桶を板間[二]へ並《ならべ》て居る所へ。此家の惣領《そうれう》いがみの権太門口より乙《おつ》[三]声で。「母者人《(ははじやひと)》〳〵」と。云《(いひ)》つゝ入レばお里は悯《びつく》り。「又兄様[四]かよふお出《(いで)》」ともみ手する。「きよと〳〵[五]しい其頰《つら》何ンじや。よふ来た[六]が悯《びつく》りか。わりや[七]弥助とうまい事して居るそふなが。コリヤ弥助もよふ聞ヶ。今追出されて居ても。竈《かま》[八]の下の灰《はい》迄おれが物。けふは親父の毛虫[九]が。役所へいたと聞たによつて。少《ちと》母者人にいふ事が有ッて来た。二人リながら奥へうせう[一〇]」と睨《にらみ》廻されうぢ〳〵と「是に[一一]」といふて立ッ弥助。娘も跡に引添《そふ》て一間へこそは入にけれ。

跡に母親溜息《ためいき》つき。「コリヤ又留主《るす》を考《かんがへ》無心《しん》に来たか。性懲《しやうこり》もないわんばく者。其儕《(おの)》レが心から嫁子が有ッても。足ぶみ一ト[一二]つさす事ならぬ。聞《き》きや此村へ来て

以外の「様」は「さん」と発音したと思われ、丸本では最初の「とゝ様」「弥助様」に捨仮名「ン」を付し、以後はこれを略したのであろう。
五 お里のどぎまぎしたさまを、罵っていう。
六 「ようおいで」と歓迎する者が、なぜそんなにびっくりする。
七 お前は。
八 正式の勘当ではなく、「勘当同然」だから、こう主張する余地があるが、観客は不孝な子では遺産を受けられないはずと、権太の空威張りを笑って見ている。
九 いやな人間、うるさい相手などをいう。
一〇 さっさと行け。
一一 どうぞ、ごゆっくり。
一二 この家に寄りつかせることもできない。
一三 嫁姑の関係については、互いに目はあっても見えないのと同然で、世間の人には、さぞ愚かに見え、そしられるのが。
一四 目に角を立てて怒る意と、立てかわる、機嫌がいつもとは一変している意とをかける。
一五 どうぞお元気で。
一六 便宜上、「行」に止めの括弧をつけたが、「どふした訳」以下は間接話法。節付けも地色。本作の、特に三段目までは、人物の言葉と地の文の混じり合う文体が、効果的に用いられる。完成期の浄瑠璃文体。
一七 小口。欺される端緒。
一八 箸の片方。他人のものについては、どんなわずかなことでも、不正を働いたことは。
一九 昨夜。
二〇 年貢は田畑を所持する農民の納める税。年貢米の三分の一を銀納するのが年貢銀。分割払いで春の内が年貢皆済期月。翌年夏までに納まらないと田畑を没収される。各地各時期で差異

居るげなが。互ィにしらねばすれ合ッても。嫁姑《よめしうとめ》の[一三]明瞽《あきめくら》。眼コつぶれと人〻に云《(いは)》れるが面目《めんぼく》ない。ヘヱ、不孝《かう》者め」と目に角《かど》を。[一四]立テかはつたる機嫌《きげん》にぐんにやり。直《すぐ》ではいかぬといがみの権。思案《しあん》しかへて。「中シ母者人。今晩《ばん》参つたは無心ではござりませぬ。お暇乞《いとまごひ》に参りました」。「ソリヤ何ンで」。「私は遠《とを》い所へ参ります程に。親父様もおまへにも。随分《ずいぶん》[一五]おまめで〳〵」としほれかければ母は驚《おどろき》。「遠い所とはそりやどこへ。[一六]どふした訳《わけ》で何しに行《(ゆく)》」と。根問《ねどひ》は親のだまされ[一七]こぐち。「サアしてやつた」と。目をしばたゝき。

「親の物は子の物と。お前へこそ無心ン申せ。ついに人の物[一八]箸《はし》かたし。いがんだ事も致しませぬに。不孝《かう》の罰《ばち》か。[一九]夜前ンわたしは大盗人《(おほぬすびと)》に合ました」。「ヒヤア」。「其中に代官所へ上る[二〇]年貢銀《ねんぐがね》。[二一]三貫目といふ物盗取ラれ。云訳《いひわけ》もなく仕様もなく。お仕置キに合ふよりはと覚悟《かくご》極《(きは)》めておりまする。情ないめに合ました」と。[二二]かます袖をば顔に当《あて》。しやくり上ゲても出ぬ涙。鼻《はな》が邪魔《じやま》して目のふちへとゞかぬ舌ぞうらめしき。

があるが、大要は観客の常識。権太に大うそを言わせるのがこの場面の喜劇的趣向。

二一 銀三貫目、三〇〇〇匁。延享四年(一七四七)十二月、大坂の米の相場は一石七一・五匁。一九九〇年現在の米価は、市販のやや高い米でも一石八万円程度であるが、近世と現代では経済生活の規模も、食生活における米の比重も甚だしく相違し、米一石が現在の金額で十万円以下とはみなし難い。こまかい算定は困難だが、仮に比較的低く、一石十一万円とみなすと、三貫目は約四百五十万円。前段(四六一頁八行)の二十両は、延享二年に金一両が六十二匁である故、二百万円程度。権太は勝負事にかかって金遣いが荒いから、このような大金を母からだまし取ろうとした。なお新うすゆき物語三四九頁五行目の二匁四分は、寛保元年も米価はほぼ同じなので、三六〇〇円位。年に一度の祭りの御馳走で魚屋に支払う金額である。

二二 叺(かます)即ち莚を二つ折にした袋の形の袖。広袖を袋のように縫いつけたもの。

一 親は子に甘いものだが、とりわけ母親は甘く。

二 近世には、鬼は内心は正直なものだ、の意に用い、ここは悪者の権太に素直な心根があることをいう。

三 所務分け。遺産分配。弥左衛門夫婦で、店はお里に弥助を聟にして継がせ、権太には、遺産分配、というより形見分け程度の、何がしかの金をやろう、と相談していたという設定。

四 ふっつり。

五 よく締っていない粗末な錠。母の甘さにかける。

あまい中にもわけて母親。実《まこと》と思ひ倶《とも》に目をすり。「鬼神に横道《わうだう》なしと。年ン貢《ぐ》の銀《(かね)》を盗《(ぬすま)》れ死《(しな)》ふと覚悟《かくご》はまだでかした。災難《さいなん》にあふも親の罰《ばち》よふ思ひしれよ」。「アイ〱。思ひしつてはおりますけれど。どうで死ねば成ますまい」。「コリヤやい」。「あい〱」。「常《つね》の儕《(おの)》レが性根《しやうね》故是も衒《かたり》かしらね共。しやうぶ分ケにと思ふた銀。親父殿に隠してやろ。是でほつとり根性直《こんじやうなを》せ」と。そろ〱戸《と》棚《だな》へ子のかげで。親も盗をする母のあまい錠《ぢやう》さへ明兼《(あけかね)》る。「ついがん首でこち〱がよござりまする」としなれたるおのが手業《わざ》を教《おしゆ》る不孝《かう》。親は我子が可愛《かはい》さに地獄《ぢごく》の種《たね》の三貫目。跡をくろめて持ッて出《(いで)》。「何ンぞに包《つゝん》でやりたいが」と。限《かぎ》りない程あまい親。「うまいわろじや」といがみの権鮓《すし》の明キ桶よい入レ物。「是へ。〱」と親子して銀《かね》を漬《つけ》たるこがね鮓。蓋《ふた》しめ栓《せん》しめ「サアよいは。是で目立《(めだた)》ぬ提《さげ》ていね」と親子がぐあいの最中《さいちう》へ。苦《にが》い爺《てゝ》親弥左衛門是も疵《きず》持ッ足の裏《うら》。あたふたとして門口を。「戻つた明ケい」と打たゝく。「なむ三親父」と内には転倒《てんだう》うろたへ廻り「其桶を。爰《(ここ)》へ〱」と明キ桶と倶《とも》にならべて親子

六 きせるの先の煙草を詰める金属の部分。ちょっとたたけば錠がはずれるというのであるが、もちろん芝居のつくりごと。おどけた表現。
七 手のわざ。いつもしつけていること。
八 うまくごまかして。
九 →四六五頁注二〇。
一〇 「うまい」から鮓を連想。
一一 鮓桶に銀を押し込み栓をしたところを黄金鮓とみたてた。
一二 うまく処理する工夫。
一三 現行、ニガーイと顎をつかってにがく語り、それまでの母の甘さと対照。ならず者だが愛すべきところのある権太が、母に甘えて金をせしめるさまを、滑稽に誇張し、観客を喜ばせたところで、下手小幕から包んだ首を抱え、殺気立った弥左衛門の登場。
一四 母と権太は父親に隠れて金を盗んだが、父親も実は疵持つ足、人に知られては困る状態で、足も地につかずに馳せ戻り。「足、あたふた」と韻をふむ。
一五 「其桶を」も便宜上括弧を付けるが地の文に近い。
一六 母は奥へ、権太は口の間に息をひそめてはいって行った。現行、母は上手一間へ、権太はぬき足で、暖簾口に入る。
一七 帰宅した時の機嫌が悪いこと。「内入悪く子供を見廻し。ヱヽ氏より育といふに。繁花の地と違ひ。いづれを見ても山家育」(菅原伝授手習鑑四)。
一八 内大臣。
一九 →四六八頁注二一・※。なお熊野街道から高野へ行く道もあり、吉野の奥、天川弁財天に近い洞川から高野奥の院へ達する道もある。
二〇 月代は成年男子が額際から頭頂にかけて髪

はひそ〳〵。[一六]奥と口とへ引別れ。息《いき》を詰《つめ》てぞ入にける

「なぜ明ヶぬ〳〵」と。頻《しきり》にたゝけば奥より弥助。走リ出て戸を明《（あく）》る。[一七]内入悪く傍《あたり》を見廻し。「コリヤ又どいつも寝《ね》ておるか。云付ヶた鮓共は。仕込ンで有ルか」と鮓桶を提《さげ》たり明ヶたりぐはつた〳〵。「コリヤ思ふ程仕事《しごと》ができぬ。女房共やお里めは何しておるぞ」。「イヤ只今奥へ呼ましよ」と行《（ゆく）》弥助をば引とゞめ。内外《うちそと》見廻し表《おもて》をしめ。上座《（しやうざ）》へ直《なを》し。手をつかへ。

「君の親御。小松の内府《だいふ》[一八]重盛公の御恩《おん》を受ヶたる某《（それがし）》。何とぞ御ン子惟盛卿の御《（おん）》行衛《ゆくへ》をと。思ふ折から熊野浦にて出合《（いであひ）》[一九]。御《（おん）》月代《さかやき》[二〇]をすゝめ此家《や》へお供申シたれ共。人目を憚《はゞか》り下モ部の奉公。余《あま》りと申せば勿躰《もつたい》なさ。女房計《（ばかり）》に子細《しさい》を語《かた》り今宵《こよひ》祝言《しうげん》と申スも。[二一]心は娘を御宮仕《（おん）みやづか》へ。弥助〳〵と。賤《いや》しき我名をお譲《ゆづ》り申シたも。弥《いよ〳〵》助《たす》くるといふ文字《（もんじ）》の縁義《えんぎ》[二二]。人はしらじと存ぜしに。今日《（こんにち）》鎌倉より。梶原《かぢはら》平蔵景時《かげとき》来つて。惟盛卿をかくまへ有《（ある）》とのつ引させぬ詮議《せんぎ》。[二三]烏《からす》を鷺《さぎ》と云抜《（いひぬ）》ヶては帰れ共。邪智《じやち》深《ぶか》い梶原。若《もし》や吟味《ぎんみ》に参ろもしれずと。[二四]心工《だくみ》は致して置ヶ共油断《ゆだん》

を剃り落すこと。武家及び武家の支配する近世四民の風俗で、公家は月代を剃らぬ総髪。

二一 私としては、娘を御伽奉公にさし上げたつもりでおります。

二二 縁起。

二三 →九〇頁注一。

二四 身替りの首を用意していることをさす。

一 弥左衛門の昔の身の上は熊野浦で出会った当初に聞いて承知しているはずを、ここではじめて尋ねるのは不自然ながら、観客に知らせるための慣用手段。

二 中国浙江省の阿育王山（あいくおうさん）の略称育王山（いおうさん）を同音異字で仮構の山号に変えたもの。この一条が平家物語に伝える重盛の育王山奉納金の事の作りかえで、下市のつるべ鮓屋の先祖の実話ではないという一応のことわりの意をこめた。ただしそれでもさらに改修して再版を出すことになったのである。→四七八頁注※。

三 →四六一頁注一五。平家物語三・金渡に、重盛が「如何なる善根をもして、後世弔はればやと被レ思…安元の春の比、鎮西より妙典と云ふ船頭をめし上せ、人を遥に除けて対面有り。金を三千五百両召寄せて、汝は聞ゆる大正直の者なればとて、五百両をば汝に得さす。三千両をば宋朝へ渡し、一千両をば育王山の僧に引き、二千両をば御門へ進（まゐ）らせて、田代を育王山へ申寄せて、重盛が後世弔はすべしとぞ宣ひける。妙典是を給つて、万里の煙浪を凌ぎつゝ、大宋国へぞ渡りける。育王山の方丈、仏照禅師徳光に逢ひ奉つて、此の由申しければ、随喜感嘆して、軈て千両をば育王山の僧に引き、二千

は怪我《けが》のもと。あすからでも我隠居上市村へお越《こし》あれ」と。中上ゲれば惟盛卿。「父重盛の厚恩《かうおん》を受ケたる者は幾《いく》万人。数限《かぎ》りなき其中に。おことが様な者あらふか。[一]昔はいか成《(なる)》者なるぞ」と。尋《(たづね)》給へば。「私めは平家御《ご》代盛《よざかり》の折から。唐士《もろこし》[二]硫《い》黄《わう》山へ。[三]祠《し》堂《だう》金お渡しなさるゝ時おんど[四]の瀬戸にて船乗リすへ。[五]三千両の[六]金わけ取に致した船頭《せんどう》。御詮議《せんぎ》あらば忽《たちまち》命も取ラれんに。有リがたいは重盛様。[七]日本の金唐士へ渡す我レこそは。日の本トの盗賊《とうぞく》と御《(おん)》身の上を悔《くやみ》給ひ。重《かさね》て何ンの詮議《せんぎ》もなく。此山家へ参つて此商売《しやうばい》。[八]今日《(こんにち)》を安楽《あんらく》に暮《くら》せ共。親の悪ク事が子に報《むく》ひ躮《せがれ》権太郎めが盗衒《ぬすみかたり》。人にいはねど心では。思ひ知ッたる身の懺悔《さんげ》。お恥《(はづか)》しうござります」と。語《かた》るに付ケて惟盛も。栄花《あいぐは》の昔父の事思ひ出《(いだ)》され御膝《ひざ》に。落る涙ぞいたはしき。娘お里は今宵待ッ[九]月のかつらの[一〇]殿もふけ。寝《ね》道具《だうぐ》抱《だか》へ立出《(たちいづ)》れば。主ジははつと泣《(なく)》目を隠《かく》し。「コリヤ弥助。今云聞《(いひきか)》した通リ。上市村へ行《(いく)》事を。必《かならず》ゝ忘れまいぞ。今宵はお里と爰《(ここ)》にゆるり。嗅《かゝ》とおれとは[一一]離座敷遠《はなれざしきとを》いが花の。香《か》がなふて。

両をば御門へ進らせて、小松殿の被レ申つる様を、具に奏聞せられければ、御門大に感じ思召し」とある。

四 広島県安芸郡音戸町倉橋島と対岸の呉市警固屋(けごや)町の間の水路。平清盛の開削と伝える。

五 平家物語で金三千両という時の一両は、砂金の目方で室町時代まで四匁五分。

六 蒲冠者藤戸合戦(享保十五年、並木宗助・安田蛙文作)三・小胡麻(おごま)の郡司に同じ言葉がある。「我。其昔資道金。千両をわけ取し。浪人して廿年。ねざめをやすくくらせ共。仏と主の罰当り」。平家の侍小胡麻の郡司と伊賀の平内左衛門が、重盛の命により資道金三千両を唐土育王山へ運ぶ際に悪心が兆し、三千両のうち千両を、書類をごまかし、二人で五百両ずつわけ取りした。重盛は二人を見逃したが、二人は良心の苛責に苦しみ、罪滅しにと、重盛の死後、維盛・六代のために命がけで尽す。義経千本桜では、作者は自身の旧作から設定・文章の一部をそっくりとり入れながら、弥左衛門をもと平家の侍とせず、船頭としたところが、二段目切と一貫する平家物語の本文に則った脚色態度である。※この件り、底本は初刻本であるが、これに左の改刻を行なったものが、一般に「鮓屋」の上演台本として用いられている。「　」内を改刻。「祠堂「金お渡しなさるゝ時おんどの瀬戸にて三千両の金盗とられ。役目の難義切腹にも及ばん所。有リがたいは重盛様。日本の金唐士へ渡す我こそは。日の本トの盗賊と御身の上を悔給ひ。重て何のたゝりもなく御暇を下され。親里へ立帰って由緒ある鮓商売。今日をあんらくにくらせ共。躮権太郎めが盗衒殺生の報ぞと」思ひ知ったる身の懺悔」。『文楽浄瑠璃集』の綱大夫床本はこの改刻本。文楽近年の上演では、昭和四気楽《らく》に有ふ」と打笑ひ。奥へ行のも娘は嬉《うれ》しく。「テモ粋《すい》なとゝさんはなれ座敷は[一二]隣《となり》しらず。[一三]餅《あも》つきせうとヲおかし。こちらは爰に[一四]天井抜《てんじよぬけ》。寝て[一五]花やろ」と蒲団《ふとん》敷ク。

惟盛卿はつく〴〵と身の上又は都の空。若葉の内侍《ないし》や若君の事のみ思ひ出されて。心も済《すま》ず気も浮《うか》ず。打しほれ給ひしを。思はせぶりとお里は立寄リ。「コレナこれなア。ヲ[一六]しんき。何初心《しよしん》な案《あん》じてぞ。二世も三世《(さんぜ)》もかための枕。二つならべたこちやねよ」と。先キへころりと転寝《うたゝね》は。恋のわなとぞ見へにけり。

惟盛枕に寄リ添《そひ》給ひ。「是迄こそ仮《かり》の情《(なさけ)》夫婦となれば二世の縁。結《むす》ぶにつらき一トつの云訳《いひわけ》。何を隠そふ某《(それがし)》は。国に残せし妻《つま》子有リ。[一七]貞女《ていぢよ》両夫《ふ》にま見へずの掟《おきて》は夫トも同し事。二世のかためは赦《ゆる》して」と。流石《さすが》小松の嫡子《ちやくし》迚《(とて)》とけた様でもどこやらに親御の気風《きふう》残りける。

[一八]神ならず仏ならねばそれぞ共。しらぬ道をば行迷《まよ》ふ。若葉の内侍は若君を宿《しゆく》有ル方に預ケ置キ。手負《おひ》の事も頼まんと思ひ寄ル身も縁のはし。此家を見かけ戸を

十五、五十六年など、初版本によることもある。問題は改刻時期であるが、この改刻本で、宝暦六年(一七五六)頃の京都竹本座上演時の太夫役割が刷りこまれたものがあり、初演後十年足らずで改刻が行なわれたことが知られる。釣瓶鮓縁起に詳しく紹介するが、本作初演の延享四年、桜町天皇は桃園天皇に譲位、上皇となられるので、翌寛延元年(一七四八)から仙洞御所への釣瓶鮓献上が復活する。改刻はこのことと関係するのではないか。幕府は享保七年に「人々家筋、先祖之事なとを、彼是相違之儀とも、新作之書物に書顕」(撰要類集)すことを禁じている。仙洞御所御用の弥助鮓の先祖が盗賊まがいの悪事を働いたなどという筋立ては怪しからぬ、との故障が出ても不思議はない。特に弥左衛門のモデルとされる七代目弥助は、政治的手腕の持主だった。

七「小松の執権主馬の判官盛国罷出。…もろこし育王山仏照禅師の御寺へ。資道に御わたし候と。いひもあへぬに(清盛)飛かゝつてしやくび取てひつしき。主が主なればをのれ迄馬鹿りちぎ。目前日本の宝を。見へもせぬ後世の為異国へわたすうつけ者」(孕常盤一)。国性爺後日合戦三ノ切も参照。　八 注六引用の郡司の「ねざめをやすくくらせ共」に対応。観客は権太の、盗術につながる程の金遣いの荒さに思い当る。

九 桂男は月の中の桂に住むという美男で、雲上人の維盛を暗示。　一〇 夫を迎えること。待ちに待った桂男との祝言ということで。

※現行、上手一間の障子が明くと、お里が寝所の用意をしている。

一一「遠きが花の香近きは尿(とし)の香」という諺もあるから、離れ座敷に行っているのが新枕の若夫婦にはありがたい親になるだろう。もう色気のないおれたち老夫婦としても近い部屋でいや

打たゝき。「一チ夜の宿《やど》」と乞《こひ》給へば。惟盛はよい退《のき》しほと表テの方。たゝく扉《とぼそ》に声を寄セ。「此内は鮓商売《しやうばい》。宿屋ではござらぬ」とあいそのないがあいそと成リ。「イヤこれ申シ。稚《おさなき》を連レた旅の女。是非《ぜひ》に一チ夜」と宣《のたま》ふにぞ。断《ことはり》云フて帰さんと戸を押シ開《ひら》き月かげに。見れば内侍と六代君。はつと戸をさし内の様子。娘の手前もいぶかしく[一]そろ〳〵立寄リ見給へば。早くも結《むす》ぶ夢の躰《てい》。表テに内侍はふしぎの思ひ。「今のはどふやら我夫《つま》に似たと思へど形容《なりかたち》。[二]つむりも青《あを》き下モ男《(をのこ)》よもや」と思ひ給ふ中チ。戸を押シひらいて惟盛卿。「若葉の内侍か。六代か」と。宣《のたま》ふ声に「ヒヤア扨《(さて)》は我夫マ」。「とゝ様か」。「ノウなつかしや」と取すがり。詞はなくて三人は。泣《(なく)》より外の事ぞなき。

先ヅ〻内へと密《ひそか》に伴《ともな》ひ。「今宵は取リわけ都の事。思ひ暮《くら》して居たりしが。親子共に息災《そくさい》でふしぎの対面《たいめん》去リながら。某《(それがし)》此家《(このや)》に居る事を誰《(た)》ガしらせしぞ。殊に又。はる〴〵の旅の空供連レぬも心得ず」と。尋給へば若葉の君。「都[三]でお別れ申てより須磨《すま》[四]や八島の軍《(いくさ)》を案《あん》じ。一チ門残らず討死と。聞《(きく)》悲しさも嵯峨《さが》の

な気をまわすよりさっぱりして気楽であろう。この箇所に「香がなふて」だけ「詞」にしているのは、弥左衛門がふとわが身を顧みた意味が掛詞になっていると解釈した太夫の節付けで、恐らく作者の作意にもかなった作曲であろう。

一二 俚言集覧に「至て手軽き婚儀をとゝのほるを隣しらずにするといふ○又ボタ餅を隣シラズと云」。 一三 隣しらずのぼた餅の縁で「餅つき」。情事の意がある。父のことばに対して、まだそんなお年ではありませんのに、という意味の冗談のあいさつ。 一四 底抜け。親達が離れへ遠慮してくれたので、私達はここで思う存分。

一五 派手にやること。「小判四両で花やりしが」(西鶴置土産五)。

一六 辛気。じれったい。

※現行、お里は「二世も三世も」とあどけなく指で示し、「見へにけり」で、一間の蒲団に寝る。

一七 史記・田単列伝「王蠋曰く、忠臣二君に事へず、貞女二夫を更(か)へず」による。

一八 「鮓屋の段」でもっとも親しまれた、文弥調(→解説三)の艶麗な弾き出しで、下手小幕から若葉の内侍、若君の登場。この前後、蒲冠者藤戸合戦三で、郡司の娘若葉が維盛の嫡子六代を恋する件りを踏まえる。「若葉の内侍、若君」と韻。

一 気がかりで。

二 公家は武家の世の風俗である月代頭を蔑んだ。宝暦事件の竹内式部、明和事件の山県大弐、ともに、内大臣や右大臣に任ぜられる徳川将軍が月代頭であることを指弾した。「則ち官は公卿に任じ、職は将相に補せらるるも、また皆髪を

奥。泣ィてばつかり暮《くら》せしに。高野《かうや》とやらんにおはするといふ者の有ル故に。小金吾召シ連《(つれ)》お行衛を心ざす道追ッ手に出合《(であひ)》。可愛《かはい》や金吾は深手《ふかで》の別れ頼みも力ラもない中に。めぐり逢たは五嬉しいが。三位《(み)》中将惟盛様が。此お姿は何事ぞ。六袖のない此羽織《はおり》に。此おつむりは」と取リ付ィてむせび。たへ入給ふにぞ。面《めん》目《ぼく》なさに惟盛も。額《ひたい》に手を当《あて》袖を当テ伏沈《ふししづ》。みてぞおはします。涙の内にも若葉の君伏たる娘に目を付ケ給ひ。「若い七女中の寝入《ねいり》ばな。殊《こと》に枕も二つ有リ。定メてお伽《とぎ》の人ならん。斯《かく》八ゆるかしきお暮しなら都の事も思召シ。九風の便《たよ》りも有べきに。打捨テ給ふはどうよく」と恨《うらみ》給へば。「ホヲ、それも心にかゝりしかど。文の落《(おち)》ちる恐れ有《(あり)》。わけて此家《(このや)》の弥左衛門。父重盛への恩報《おんぽう》じと。我を助ケて是迄に。重〻《ぢう〳〵》厚《あつ》き夫婦が情。一〇何がな一チ礼返礼と。思ふ折から娘の恋路。つれなくいはゞ過《あやまち》あらん。却《かへつ》て恩が怨《あた》なりと仮《かり》の契りは結《むす》べ共。女は嫉妬《しつと》に大事も洩《もら》すと。弥左衛門にも口留メして一一我身の上を明カさず。仇《あだ》な枕も親共へ義理に是迄契《ちぎ》りし」と。語り給へば伏シたる娘。こたへ兼しか声上

斬り頂を露し方髩(ほうびん)月額(げつがく)す。加ふるに無制の服を以てすれば、則ち所謂衣冠の風は化して戎蛮の俗と成れり。醜また甚だしからずや」(山県大弐・柳子新論)。

三 以下、若葉内侍のくどき。

※「鮓屋」の冒頭部分や、この若葉内侍のくどきは初演者此太夫(筑前少掾)の曲風を遺すものとされ、特に内侍のくどきは東風の花やかな節付け。前記、宝暦六年頃の京都竹本座上演の際、座頭格で三段目語りの二代目政太夫が、あえて「鮓屋」を語らず、初演時と同じく二ノ切「渡海屋」と四段目「狐の段」を語っているのも、「鮓屋」には純西風の政太夫とは異質の曲風が確立していたからであろう。

四 一谷や八島の合戦。「すま、やしま」と脚韻。

五 この前後の文、並木宗輔作の安倍宗任松浦簦一「忍び登つたかい有て、まめなお顔は嬉しいが。安倍三郎宗任と。いはれし武士が草履取。此なりはいのとどふどふし」と同趣。

六 守貞漫稿「無レ袖羽織」に「ソテナシ…古今トモニ賤夫ノ布服…近年大イニ癈スレトモ京坂往々着之者アリ…義太夫節千本桜ヲ芝居狂言等ニスル平ノ惟盛鮨屋ノ食客トナリタルニ扮スル者必ラズ袖ナシヲ着ス此浄留里ヲ造ル頃好色人モ専ラ着之也」。

七 女性。

八 ゆったりした。

九 何かの形で音信があってもよいはずですのに。

一〇 このあたり(四七九頁一二行目以下)、「神ならず仏ならねば」「あいそのないがあいそと成り」「額に手を当て袖を当て」「何がな一礼返礼」など、畳語によってなめらかな感触を配慮。

一一 本名を明かさず、仮の姿で契ったことが、妻への言い訳、という。

ゲて「わつ」と計《ばかり》に泣出す。「コハ何ゆへ」と驚《おどろ》く内侍若君引連レ逃ゲのかんとし給へば。「ノウこれお待下され」と。涙と倶《とも》にお里はかけ寄リ。「先ヅヽ是へ」と内侍若君上座《しやうざ》へ直《なを》し。「一私はお里と申て此家の娘。二徒《いたづら》者憎《にく》いやつと。思し召されん申シ訳《わけ》。過つる春の比《ころ》三色めづらしい草中へ。絵《ゑ》に有ルよふな殿御のお出。惟盛様とは露しらず四女の浅《あさ》い心から。可愛《かはい》らしいいとしらしいと思ひ初《そめ》たが恋のもと。五父も聞へず。母様も。夢にもしらして下さつたら。譬《たとへ》こがれて死れば迚《とて》。六雲井に近《ちか》き御方《おんかた》へ鮓やの娘が惚《ほれ》られうか。一ッ生連添《しやうつれそふ》殿御じやと。思ひ込ンで居る物を。二世のかためは叶はぬ。親への義理に契《ちぎ》つたとは。情ないお情に。預りました」とどうど伏シ身をふる。はして泣ければ。惟盛卿は七気の毒《どく》の。内侍も八道理の詫《わび》涙。かはく間もなき折からに。

九村の役人かけ来り戸をたゝいて。「コレ〳〵爰《ここ》へ梶原様が見へまする。内掃除《さうぢ》しておかれい」と云捨《いひすて》て立帰る。人ヽはつと泣目も晴《はれ》いかゞは。せんと俄《にはか》の仰天《げうてん》。お里はさそくに心付キ。「先ヅヽ親の隠居屋敷上市村へ」と気をあせる。

一 以下、お里のくどき。
二 ふしだらな女性をいう。
三 美男の少ない田舎。下市は必ずしも草深い田舎ではないが、都の貴人との対照でいう。
四 現行、「をなご」と語る。
五 父もひどい。
六 雲の上、宮中の高貴の方に。
※哀切を極めるお里のくどき。熱烈な恋をした相手に、妻と定まる人があると知って諦める生き方は、並木宗輔・丈輔作・莠伶人吾妻雛形の初花、並木宗輔・浅田一鳥作・道成寺現在蛇鱗の清姫、並木宗輔・三好松洛作・文武世継梅の玉露姫などと共通。但しそれらの作では、恋人または相手の女性のために犠牲死を遂げる結末。
七 心苦しい思いで。
八 お里の歎きはもっともと、二人ともどもに涙ながらに詫びるのであったが、その涙のかわく間もないところに。
九 ここは村の雑役、触れ役人。現行、ツメ人形の歩きという役柄。
一〇「みれんにも落延て此恥かしめに合ことよ。何おしからん我命。介錯せよと御はかせに。手をかけ給へは」(蒲冠者藤戸合戦三・六代御前)。
一一 この幼い、かわいい最中の子を捨てて死のうなどとお思いにならないで、の意。
一二「後髪を引かれる思い」をかけ、引立てられ、引かされて、決断が実行に移せぬさま。現行、三味線が、低く不気味に、追い立てるように弾く。
一三 お里の悲恋から急転直下、切迫した状況、人々のあわただしい動きを描きながら、語り手の作者は、「其場を落給ふ」と一歩退き、客観視する。地の文が単なる説明でなく、作者の人生

〔詞〕「げに其事は弥左衛門我にも教《おし》へ置キしかど。[一〇]最早ひらかぬ平家の運命《うんめい》。〔地色ウ〕検使《けんし》を引請ケいさぎよふ腹〔ウ〕かき切《(きら)》ん」と身拵《ごしら》へ〔ハル〕内侍は悲しく。「コレ此若〔ウ〕の幼気《いたいけ》[一一]ざかりを思召シ。一ト〔ウ〕先ヅ爰を」とむりやりに引立給へば惟盛〔中〕も。子に〔ウ〕引[一二]カさるゝ後髪《うしろがみ》。是非《ぜひ》なく其場[一三]を落給ふ。〔フシ〕御運《うん》の程ぞ危《あやう》けれ。

〔地色ハル〕様子を聞たかいがみの権太勝手口[一四]より踊出《おどり(いで)》〔色〕。〔詞〕[一五]「お触《ふれ》の有た内侍六代。〔地ハル〕惟盛弥助め[一六]〔ハツミフシ〕せしめてくれん」と尻《しり》ひつからげかけ出すを。「コレ待〔ウ〕ッて」とお里は取付キ〔色〕。〔詞〕「兄様是[一七]は一生《しやう》のわたしが願ひ。見赦《ゆる》して下され」と。〔地色ハル〕頼めど聞《(きか)》ずは〔中〕ね飛《とば》し。〔ウ〕「大金《(おほがね)》になる大仕《し》事《ごと》邪魔《じやま》ひろぐな」と〔ウ〕すがるを蹴倒《けたを》し[一八]はり飛し。〔ウ〕最前《さいぜん》置キし銀《かね》の鮓桶。「〔ウ〕是忘れては」と提《ひつさげ》て跡〔フシ〕を慕《した》ふて追て行。

〔詞〕「ノウとゝ様かゝ様」と。〔地色ハル〕お里が呼《よぶ》声弥左衛門。母もかけ出《(いで)》「何事」ととへば娘は〔色〕「コレ〳〵。〔詞〕都から惟盛様の御台《みだい》若君。尋《(たづね)》さまよひお出有リ。つもる咄の其中へ詮議《せんぎ》にくるとしらせを聞《(きき)》。三人連《(つ)》レで[一九]上市へ落《おと》[二〇]しましたを情ない。兄様が聞て居て討取ルか生捕《いけどつ》て。褒美《ほうび》にするとたつた今追かけて」と。〔地色ハル〕いふより悄《びつく》

観が随所に窺われるのが本曲の特色。
※現行、「御運の程ぞ」で三味線が場内が破れるばかりの激しいタ、キ。三人は下手小幕へ。お里は見送って、一瞬暗然となる。
一四 台所へ通ずる入口。現行、暖簾口から、諸肌脱ぎの裸身、向う鉢巻で出る。
一五 「お触」には一般的なお尋ね者「子を連レた女と大前髪」を捕えよとあるのみ(四七〇頁一〇行目)で、梶原から「内侍六代」を弥左衛門にさし出せとの命令はない。
一六 手に入れてやろう。捕えてやろう。
一七 簡潔な文章の中で、語順を変えて切迫感を出す。
一八 すがるお里を手で張り飛ばす。「はね飛し」「蹴倒し」「はり飛し」「大金」「大仕事」など、動きのある語や頭韻を駆使している。現行、口さばきよく、早いテンポで語る。
一九 底本「て」に濁点なし。現行によって濁点を加える。「しらせを聞」までの叙事文体風、お里の感情を絶した状況を表わすすぐれた表現。
二〇 お落し申したのに。

一 常々携えていく。
二 ぶちこみ。心ここになく、無造作に差すさま。
三 先払いの声。 四 梶原の家紋矢筈の紋入りの提灯。「弓矢の誉矢筈の紋今に。其名を残しけり」(三浦大助紅梅靮三)。
※現行、下手へ権太を追って駆け込もうとした弥左衛門、下手小幕から出た軍兵・捕手のツメ人形に突き当る。
五 梶原平三景時。正治二年(一二〇〇)没。頼朝の重臣。頼朝挙兵の時、平家方に属しながら石橋山

り弥左衛門。「ソレ一チ大事」と嗜《たしなみ》の朱鞘《しゆざや》の脇指《わきざし》腰にぼつ込ミかけ出す向ふへ。「ハイ〳〵」と。矢はづの挑灯《ちやうちん》梶原平蔵景時。家来数多《あまた》にじってい持タせ道を塞《ふさい》で。「ヤア耄《おひぼれ》め何所《どこ》へ行。逃グる迚《とて》逃ガさふか」と。追ッ取まかれてはつとどむね。先キも気づかひ。爰《ここ》も遁《のが》れず七転八倒《しつてんばつたう》心は早鐘《がね》。時に時つくごとく也。

「ヤアこいつ横道者《わうだう》。儕《おの》レに今日惟盛が事詮議《せんぎ》すれば。存ぜぬしらぬと云《いひ》ぬける。其儘《まゝ》にして帰せしは。思ひ寄《よら》ず踏込《ふんごま》ふ為。此家《このや》に惟盛かくまひ有ル事。所の者より地頭《ぢとう》へ訴《うつた》へ。早速《さつそく》鎌倉へ早打取ル物も取あへず来れ共。油断《ゆだん》の躰《てい》は儕レを取リ逃ガすまい為。サア首討ッて渡すか。但シ違背《ゐはい》に及ぶか。返答《へんたう》せい」とせめ付ケられ。叶《かな》はぬ所と胸をすへ。「成ル程一旦《たん》はかくまひないとは申シたれ共。あまり御詮議《せんぎ》強《つよ》き故隠《かく》しても隠されず。早先キ達ッて首討ッたり。御らんに入レんお通リ」と伴《ともな》ひ入レば母娘。どふ成ル事と気遣カふ中チ。鮓桶提《ひつさげ》弥左衛門しづ〳〵出て向ふに直《なを》し。「三位《み》惟盛の首。御受ケ取下されよ」と。蓋《ふた》を取《とら》んと

で頼朝を救い、以後頼朝の信任厚く、鎌倉幕府の要職を勤めた。教養もあり有能だが、弁舌巧みに人をおとし入れるとして憎まれ、二代将軍頼家の時、鎌倉を追放され、乱を企てて討たれた。義経の非運も梶原の讒によるところが多い。近世戯曲では通常敵役、蒲冠者藤戸合戦でも敵役だが、三浦大助紅梅靮では立役、石橋山鎧襲(並木宗輔・為永太郎兵衛作)では、意地悪く見せて実は善意の人物に描く。

六 十手(じって)。近世、与力、同心、その配下が捕り物の際、相手の刃物を防ぐために携えた鉄・真鍮の棒。

※現行、梶原は大舅のカシラ、烏帽子、白髪鬘、黒糸縅の大鎧に白地錦の陣羽織、堂々たる出立ちで下手小幕から出る。弥左衛門は突き当って倒れ、取り巻かれて、進退極まる。

七 現行は「いずく」と読む。すべて梶原は底の知れぬ人物として、重々しく語る。

八 胸のどきっとする状態。　九 災害や緊急事態を知らせるために、続けざまに激しく打つ鐘。半鐘を打つように動悸が激しく打つ。

一〇 胸がどきつくと、時の鐘をつくとをかける。「時に」は早鐘を受ける語で、その時に、すなわち取りまかれた自分の危急のいま爰に、権太への気遣いも重なっているのを、早鐘の鳴っている最中に、打ち数を数えねばならない時刻を知らせの鐘が重なったのにたとえた。

一一 上を恐れぬ不届き者。

一二 地頭は近世には、その地の直接の領主、たとえば藩主からその地を宛て行なわれた重臣などをさすが、下市は天領であり、代官所(四七五頁一〇行目)も存在し、近世的地頭の意とは解しにくい。ここは本来的な鎌倉幕府の地頭。四三八頁九行目の守護と同様、平家物語本文に

する所を。女房かけ寄リちやつと押サへ。「コレ親父殿。此桶の内にはわしがちつと大事の物を入レて置イた。[一七]こなさん明ケてどふするぞ」。「ホわれはしるまい此桶には。最前《さいぜん》惟盛卿のお首を討ッて入レ置イた」。「イヤ〳〵此桶にはこなたに見せぬ物が有ル」と。引寄《よす》れば引戻《もど》し。「儕《おの》レが何ンにもしらぬ故」。「イヤこなたがしらぬ故」と。妻《つま》は銀《かね》と心得てあらそひ[一八]果《はて》ねば。梶原平蔵。「扨《さて》はこいつら[一九]云合《いひあは》せ。しばれく〵れ」と下知《げぢ》の下タ。「捕《とつ》た〳〵」と取まく所に。「惟盛夫婦がきめ迄。いがみの権太が生捕《いけどつ》たり討取ッたり」と叫《よばゝ》る声。はつと計《ばかり》に弥左衛門女房娘も気は狂乱《きやうらん》。いがみの権太はいかめしく若君内侍を[二〇]猿縛《さるしば》り。宙《ちう》に引ッ立目通りにどつかと引すへ。「親父の[二一]まいすが。三位《さんみ》惟盛を熊野浦より連レ帰り。道にて天窓《あたま》を剃《そり》こぼち。[二二]青《あを》二才にして弥助と名をかへ。[二三]此《この》間《あひだ》はほてくろしき聟ぜんさく。生捕《いけどつ》て[二四]頬恥《つらはぢ》と存ジたに。思ひの外手強《ごは》いやつ。村の者の手をかつて[二五]漸《やう〳〵》と討取リ。首に致して持参御実検《じつけん》」と指出《さしいだ》す。「ヲ、成ル程。剃《そり》こぼち弥助といふとは存ジながら。先キ達ッて云《いは》ぬは弥左衛門めに。[二六]思ひ

基づく用例。
一三 馬などで駆けつけ、急用を知らせる使い。地頭から鎌倉へ早打で急報したので、梶原は即座に鎌倉を立って下市へ出向いた。
一四 命令に従わぬつもりか。　一五 かくまっていないの意だが、三行前の「かくまひ有」と対応。名詞化することで、文章が簡潔になる。
一六 梶原の正面。現行、梶原は屋体上手床几にかけた形。
一七「此方様《こなたさま》」の転訛。女性が親しい目上をさす語。
※婆は小さな体で大きな桶を抱えて離さない。夫の忠義や源平の対決より、日常的な三貫目の銀の方が、彼女には重大関心事である。
一八 このいざこざを通じて、一部の観客が桶の中味に疑問を持つことを、作者は妨げない。
一九 魂胆があって、相談ずくで争ってみせている、の意。
※現行、権太は下手小幕から、左手に討首を摑み、右手に縛った縄の端を持ち、二人を引立てて出る。
二〇 捕吏が犯人に縄を打つような正式な形でなく、ぐるぐると括り縛ること。
二一 売僧。商いをする僧。転じて悪徳僧。一般に人をだます者。
二二 前髪を剃り落したばかりで、剃り跡の青い、成年男子としては未熟な若者をいう。
二三 ここしばらくの間は、聟にするの何のと、得意になって、いやらしい話でした。
二四 人中で恥をかかせてやろうと。
二五 借りて。ここまでは口語だが、以下は一種の文語文体の間接話法。翻刻文の形式上、止めの括弧をその特殊な話法の終るあたりに付けておく。　二六 梶原は事情を知らない、と。

違《ちが》ひをさそふ為。聞及《およん》だいがみの権。悪ル[一]者と聞たがお上へ対《たい》しては忠義の者。でかいた〳〵。内侍六代生捕《いけどつ》たな。ハテよい器量《きりやう》。夢野[二]の鹿《しか》で思はずも。女鹿《めじか》子鹿の手に入ルは適《あつぱれ》の働《はたらき》。褒美《ほうび》には親の弥左衛門めが命赦《ゆる》してくれう」。「イヤ〳〵申シ。親の命ぐらゐを赦してもらをと思ふて。此働は致しませぬ」。「スリヤ親の命はとられても褒美《ほうび》がほしいか」。「ハテあのわろ[三]の命はあのわろと相対《あひたい》。私には兎角《とかく》お銀《（かね）》」と願《ねが》へば梶原。「ハテ小気味《きみ》のよいやつ。褒美くれん」と着《ちやく》せし羽織《はおり》。ぬいで渡せばぶつてう頬《づら》。「コリヤ〳〵。其羽織《はおり》は頼朝公のお召シがへ。何ン時でも鎌倉へ持チ来らば金銀と釣《つり》がへ。嘱託《そくたく》[四]の合紋《あいもん》[五]」と聞クより戴《いたゞき》「出来た〳〵。当世衒《とうせいかたり》が時行《はやる》によつて。二重《ぢう》取をさせぬ分別《ふんべつ》。よふした物」と引がへに。縄付キ渡せば受ケ取ッて首を器《うつは》に納《おさめ》させ。「コリヤ権太。弥左衛門一ッ家《け》のやつら暫《しばら》く汝《なんぢ》に預クる」。「お気遣ひなされますな。貧乏《びんぼう》ゆるぎもさせませぬ」。「ハテ扠《（さて）》健気《けなげ》な男め」と。誉《ほめ》そやして梶原平蔵縄付《なは》キ。〽ひつ立テ立チ帰る。

一 ならず者。
※現行、「生捕たな」で太夫・三味線が語ることを中断して待つ、待ち合わせ。権太は、一瞬思入れあって、二人を梶原の前へ突き出すと「ハテよい器量」と語り続ける。
二 「夢野の鹿」は夫(つま)を恋う意の一種の枕詞。先注はいずれも日本書紀・仁徳天皇三十八年の説話を引き、摂津国風土記に一言触れ、梶原の詞と日本書紀の説話を筋の上で結びつけ、「心を懸けてゐた物が思ひ通りに手に入った意」(『傑作浄瑠璃集』)などと解するが、それでは本文の「思はずも」と矛盾する。ここは夫を恋いあてどなくさ迷う女鹿、若葉内侍を表わす修辞として夢野を冠したのみ。同様の例は宗輔の石橋山鎧襲三の色香姫の言葉に「あきらめるより外はなし。得心して逢ますまい。夢野ゝ鹿の妻乞と。くれ〳〵伝へて下さんせ」とみえ、しかもこの色香姫を助けるのが、意地悪と見えた梶原という設定である。なお夢野の鹿のつま恋いの典拠としては、日本書紀より、摂津国風土記の文が近い。「刀我野(とがの)に牡鹿ありき。其の嫡(むかひめ)の牝鹿は此の野に居り、其の妾(をむなめ)の牝鹿は淡路の国の野嶋に居りき。…牡鹿、其の嫡に語りしく、「今の夜夢みらく、吾が背に雪零(ふ)りおけりと見き。又、すすきと曰ふ草生ひたりと見き。此の夢は何の祥(さが)ぞ」といひき。其の嫡、夫の復(また)妾の所(もと)に向(おもむ)かむことを悪みて、乃ち詐り相(あは)せて曰ひしく、「背の上に草生ふるは、矢、背の上を射む祥なり。又、雪零るは、白塩(あわしほ)を宍(しし)に塗る祥なり。汝、淡路の野嶋に渡らば、必ず船人に遇ひて、海中に射死(いころ)されなむ。謹(ゆめ)、な復往きそ」といひき。其の牡鹿、感恋(とひのおもひ)に勝へずして、復野嶋に渡るに、海中に行船に遇逢ひて、終に射

「アヽこれ〳〵其次手（ついで）に褒美《ほうび》の銀《かね》忘れまいぞ」と見送クる透間《すきま》。油断《ゆだん》見合せ弥左衛門。憎《にく》さも憎しとひんだかへぐつと突込恨《つゝこむうらみ》の刃《やいば》。うんとのつけに反《そり》返る。見るに親子は「ハッはつ」と。憎《にく》いながらも悲しさの。母は思はずかけ寄ッて。「天命ィしれや不孝《かう》の罪《つみ》思ひしれや」と云ながら。先キ立ッ物は涙にて伏沈《ふししづ》みてぞ。泣居たる。

弥左衛門はがみをなし。「泣クな女房。何ほへる。不便《びん》なの可愛《かはい》のといふて。こんなやつを生ケて置クは世界《せかい》の人の大きな難儀。門端《かどばた》も踏《ふま》すなと云付ケ置ィたに内へ引キ入（いれ）。大事の〳〵惟盛様を殺《ころ》し。内侍様や若君をよふ鎌倉へ渡したな。腹が立ッて〳〵。涙がこぼれて胸が裂《さく》る。三千世界に子を殺す。親といふのはおれ計リ。適《あつぱれ》手がらな因果《ゐんぐは》者に。よふしおつた」と抜キ身の柄《つか》。砕《くだく》る計リに握《にぎ》り詰《つめ》。ゑぐりかけるも心は涙。いがみにいがみし権太郎刃物《はもの》おさへて。「コレ親父殿。なんじや。こなたの力ラで惟盛を助ケる事は。叶《かな》はぬ〳〵」。「コリヤいふな。けふ幸ィと別れ道の傍《かたはら》に手負《ておひ》の死人。よい身がはりと首討ッて戻《もど》り。此

死されき。故（かれ）、此の野を名づけて夢野（いめの）と曰ふ。俗（くにひと）の説（ことわざ）に云へらく、「刀我野に立てる真牡鹿も、夢相（いめあはせ）のまにまに」といへり」（釈日本紀所収逸文）。なお摂津国風土記の夢野（古名刀我野）は神戸市兵庫区、鳥原貯水地の南方とされる。

三 あの人の命については、あの人と直接御相談下さい。

四 懸賞金を懸けて、犯人を訴えさせること。またはその懸賞金。

五 仲間同士だけに通じる合印（あいじるし）。割符。

※現行、「よふした物」で権太は納得し、裸身に陣羽織を着てみる。「ハテ扠健気な」で、梶原は軍扇で肩を叩いて手なずけ、権太は、てれて頭から羽織をかぶる。梶原は屋体から、二の手へ降りる。

六 「褒美の百町必相違のないやうに」（蒲冠者藤戸合戦三、郡司の言葉）。現行、下手小幕へ引かれて行く二人を見送り、梶原の後姿に呼びかけ、「忘れまいぞ」ではじめて悲痛に声を落す。

※現行、首実検の時、捕手に追っ立てられて奥へ入っていた弥左衛門、暖簾口から窺い出て、権太を刺す。権太仰向けに倒れ、諸肌脱ぎ、髪を掴き、苦しむ。

七 この場合は四五三頁七行目の「天命」とは異なり、「天罰」に近い。

八 前世の悪行の報いを受けた業ざらしの飛切り上等なもの、という名誉を担わせてくれた。

中に隠し置ク。コリヤ是を見おれ」と鮓桶取ッて打明クれば。ぐはらりと出たる三貫目。「ヒヤアこりや銀《かね》じや。こりやどふじや」と軻《あきれ》。果《（はて）》たる計リ也。手負は顔を。打ながめ。「おいとしや親父様。私が性根《しやうね》が悪ルさに。御相談《さうだん》の相手《あいて》もなく。前髪の首を惣髪《そうがう》[一]にして渡さふとは。了簡違《りやうけんちがひ》[二]のあぶない所。梶原程の侍が。弥助と云《（いう）》て青《あを》二才の男《（をとこ）》[三]に仕立テ有ル事を。しらいで討ッ手に来《き》ませうか。それといはぬはあつちも[四]工《たくみ》。[五]惟盛様御夫婦の。路銀《ろぎん》にせんと盗《ぬすん》だ銀《（かね）》。重《おも》いを証《しやう》拠《こ》に取リ違《ちが》へた鮓桶。明ケて見たれば中には首。はつと思へど是幸イ。月代剃《さかやきそつ》て付ケたは。やつぱりおまへの仕込《しこみ》[六]の首」。「ムウ其又根性《こんじやう》で。御台《みだい》若君に縄《なは》をかけ。なぜ鎌倉へ渡したぞ」。「ホ其お二人と見へたのは。此権太が女房躮《せがれ》」。「ヤア、して〱。惟盛様御夫婦若君は何国《いづく》に」。「ヲヽ逢《あは》せませう」と袖より出す一チ文ン笛吹立ッれば。折よしと惟盛卿内侍は茶汲《ちやくみ》[七]の姿となり。若君連レてかけ付ケ給ひ。「弥左衛門夫婦の衆。権太郎へ一チ[八]礼を。ヤア手を負たか」と驚《おどろく》も。「おかはりないか」と恂《びつく》りも一チ度《ど》に。興《けう》[九]をぞさましける。

一　総髪（そうはつ）の意。「そうがみ」の転。
二　考え違い。当局に対する考え方が甘すぎる、もし小金吾の前髪の首を総髪に直し、公家の首のようにして渡したら、たちまち梶原に、贋首と見破られるところだった、の意。
三　月代を剃って町家の成年男子の姿に作ってあること。
四　役所で梶原が言い付けた時に、惟盛の月代姿なのを知っていると言わなかったのが、弥左衛門に贋首を間違えさせるはかりごとだったという意。
五　権太は「惟盛様御夫婦」の存在を認識して後はじめて「路銀にせん」との考えが生じたので、それ以前は、四八九頁八行目にいう如き疑問は湧いていても、基本的には、日常茶飯事の如く母親を欺して金を取ろうとしかけたにすぎない。「盗んだ銀」は、詳しく言えば「先きに自分の欲心で母をだまして盗んだ銀」の意。
六　用意しておいた首。並木宗輔作・丹生山田青海剣三に似寄りの局面があり、「あの首はの。こなたがみやげに持つて戻つた。つとの内な姉が首。ヤア。そりや又どふして」とある。
※この辺、一応謎解き劇の形をとるが、狭夜衣鴛鴦剣翅一—三の如き本格推理劇に比べ、権太の名探偵気取りにもかかわらず、仕込み・ほどきが手軽に作られていることに注意したい。
※権太の人形、笛を吹く。現行、三味線も笛を表わす手を弾く。
七　茶店の女房小せんと同じ姿。
八　よく礼を言ってほしい。→四五九頁注一八。
九　惟盛は権太の重傷に、弥左衛門は三人の無事に、一度に驚きあきれた。丹生山田青海剣四に、殺されたはずの源氏君が「かけより給へばこなたもびつくり。御機嫌さまかおかはりないかと。

母は悲しさ手負に取付キ。「かほど正しき[一〇]性根《しやうね》にて人に疎《うと》まれ譏《そし》らるゝ。身持チはなぜにしてくれた。[一一]常《つね》が常なら連レ合がむさと[一二]手疵《きず》も負《おう》せまい。むごい事を」とせき上《(あげ)》て悔歎《くやみなげ》けば権太郎。「ヤレ其お悔無用《くやみむよう》〳〵。常《つね》が常なら梶原が。身がはりくふては帰りませぬ。まだ夫レさへも疑《うたがふ》て。親の命を褒美《ほうび》にくれう。忝いといふと早。詮議《せんぎ》に詮議をかける所存《しよぞん》。いがみと見た故油断《ゆだん》して。一ぱいくふて帰りしは。[一三]禍《わざはひ》も三年ンと悪ルい性根《しやうね》の[一四]年ンの明キ時。生れ付イて[一五]諸勝負《しよしやうぶ》に魂《たましゐ》奪《うば》はれ。けふもあなたを[一六]廿両。衒取《かたり》ッたる荷《に》物の内に。[一七]恭《うや》〳〵敷ク[一八]高位の絵姿《あすがた》。弥助が顔に生キうつし。合点《(がてん)》がいかぬと母人へ。銀《かね》の無心ンを[一九]おとりに入込《こみ》。忍《しのん》で聞ケば惟盛卿。御《(おん)》身に迫《せま》る難儀《なんぎ》の段〻。此度性根改《あらた》めずばいつ親人の御機嫌《きげん》に。預《あづか》る時節《じせつ》も有ルまいと打ッてかへたる悪ク事の裏《うら》。惟盛様の首は有ッても。内侍若君のかはりに立ッる人もなく。途方《とほう》にくれし折からに。女房小せんが躮《せがれ》を連レ。親御の勘当《かんどう》。古主《こしう》へ忠義。何うろたゆる事が有ル。わしと善太をコレかうと。[二〇]手を廻すれば躮めも。嚊様《かゝ》と一所にと倶《とも》に廻して縛《しば》り縄《なは》。

嬉しさあまりにけふさめて。詞も出ずあきれゐる」。

一〇 「性根」は精神、「身持」は行状。
一一 「常、常、連合」、韻を踏んでさらさら運ぶ。
一二 こう簡単には。
一三 諺、禍も三年置けば用に立つ。「わざはひも三年と。我は残らず聞取て。…清きさいごをとげさせしぞ。我。其昔」(蒲冠者藤戸合戦三、郡司の述懐)。
一四 年季奉公の終る時。「三年」の縁。禍も三年という如く、これまでの行状が幸いして、梶原を欺くことができたが、これが丁度悪い性根から離れる機会となった、の意。
一五 賭け事に凝って、金遣いが荒く。
一六 若葉内侍と六代君。
一七 うやうやしく描かれている貴族の肖像画。「恭〳〵敷ク」は連用修飾語で、下に「描く」を省略した表現。略画でも戯画でもないことを示す意。現行で「うやうやしき」と語るのは誤解。
一八 維盛の父重盛の絵姿。序中、北嵯峨で、重盛の命日に内侍・六代君が維盛の行方を尋ねて旅立った時から維盛親子と、弥左衛門・権太一家を見えない糸で結びつけてきたのは、重盛の絵姿であった。
一九 囮。「招鳥(おきどり)」の転で、鳥を招きよせて捕えるために使う同類の鳥。ここは転じて口実の意。金の無心にかこつけて入り込み、弥助と絵姿の関係を探ろうとした。
※前文の母親だましの条と符合しにくい言葉であるが、ここからさかのぼって筋を通すと、もともと権太は二十両騙りとったその足で、博奕場へ行くところを女房にとめられ、気が変って母親からも金をせしめようと思いつき、また女房子に泣きつかれて家へ帰ったが、どうも先刻

かけても〳〵手がはづれ。結《むす》んだ縄もしやらほどけ。いがんだおれが直《すぐ》な子を。持ッたは何ンの因果《ゐんぐは》じやと。思ふては泣《(なき)》。しめては泣《(なき)》。後《うしろ》手にした其時の。心は鬼でも蛇心《じやしん》でも。こたへ兼たる血《ち》の泪可愛《かはい》や不便《びん》や女房も。わつと一ト声其時に血を吐《はき》ました」と語るにぞ。りきみ返つて弥左衛門。「聞へぬぞよ権太郎。孫めに縄をかける時。血を吐《はく》程の悲しさを。常《つね》に持ッてはなぜくれぬ。広い世界に嫁《よめ》一ト人リ《(ひとり)》。孫といふのもあいつ一ト人リ。子供が大勢《ぜい》遊んで居れば。親の顔を目印シに。にがみのはしつた子が有ルかと。尋《(たづね)》て見ては。コレ〳〵子供衆。権太が息子《むすこ》は居ませぬかと。とへど子供はどの権太。家名《いへな》は何ンとゝ尋られ。おれが口からまんざらに。いがみの権とは得いはず。悪ル者の子じや故に。はね出されておるであろと。思ふ程猶《(なほ)》そちが憎《にく》さ。今直《なを》る根性《こんじやう》が半年ン前に直つたら。のふばゞ」。「親父殿。嫁女《よめんぢよ》や。孫の顔見覚《おぼへ》ておこふのに」。「ヲヽ〳〵おれもそればつかりが」とむせかへりわつと計リ伏沈《ふししづ》む心ぞ。思ひやられたり。

の絵姿が気になり、金も手に入れたいので、結局、親の家に来てしまった。金が手に入ると、絵姿のことなど忘れて、提げて帰る手筈の折柄を、父の帰宅で足どめされ、思いがけなく惟盛の身の上と父親の過去を知って改心することとなった。悪心のままの言動で家を飛び出して行くのは、敵にさとられぬため身内にも明かさない用心。多分に行き当りばったりの権太の行動が、いつの間にか、目に見えぬ糸で手繰られている。

三〇「廻せば」を七五調にはめた文。「手を廻すれば母親は」(双蝶々曲輪日記・引窓)。

一 ずるずるほどけ。※現行「血をハーッ、ハーッ、はきましたっ」と、傷口から血がしたたるように語るのがすぐれた演出。

二 ずばりと。

三 ここから世話風の愁嘆から一転し、時代に引締めて運ぶ。

四 もっともであるが。　五 →四〇六頁注六。

六 主従の意識の違いを鋭く観察した表現。

七 戦争は終っているのに、平家方の者を滅ぼし尽そうとするひどいやり方。

八 陣羽織。陣中で鎧の上に着る袖なし羽織。

九 中国の戦国時代、晋の人。趙襄子に滅ぼされた主君智伯の復讐に心を砕き、襄子に近づくが捕えられる。襄子はその忠節に感じ、「乃ち使をして衣を持し予譲に与へしむ。予譲剣を抜き三躍して之を撃ち、曰く「吾れ以て下り智伯に

[三]内侍は始終《しじう》御ン涙。惟盛卿は身にせまる。いとゞ思ひにかきくれ給ひ。「弥左衛門が歎キさる事なれ共。[四]逢《あふ》て別《わか》れ。あはで死《しぬ》るも皆因縁《ゐんゑん》。汝が討ッて帰りたる首は主馬《しゆめ》[五]の小金吾迚《とて》。内侍が供せし譜代《ふだい》の家来《けらい》。生キ[六]て尽《つく》せし忠義はうすく。死《しし》て身がはる忠勤厚《ちうきんあつ》し。是もふしぎの因縁《ゐんゑん》」と語り給へば。「テモ扨《さて》もそんなら是も鎌倉の。追ッ手の奴等《やつら》が皆所為《しわざ》」。「ヲヽ云にや及ぶ。右大将頼朝《うだいしやうよりとも》が。威《ゐ》勢《せい》にはびこる無得心《むどくしん》[七]。一ト太刀恨《うらみ》ぬ残念《ざんねん》」と。怒《いかり》に交《まじ》る御ン涙。

「実《げに》お道理」と弥左衛門。梶原が預ケたる陣羽織《ぢんばおり》[八]を取リ出《いだ》し。「是は頼朝が着《き》がへ迚《とて》。褒美《ほうび》の合紋《あいもん》に残し置キし。寸許《ずだ》〳〵に引裂《さい》ても。御一チ門ンの数には足《たら》ねど。一ト裂《さき》づゝの御ン手向《たむけ》。サア遊ばせ」と指出《さしいだ》す。「何頼朝が着《き》がへとや。晋《しん》[九]の予譲《よじやう》が例《ためし》を引《ひき》。衣を刺《さい》て一チ門ンの。恨《うらみ》を晴《はら》さん思ひ知レ」と。御《おん》はかせに手をかけて羽織《はおり》を取ッて引上給へば。裏《うら》に模様《もやう》か歌の下モの句。「内や床《ゆか》しき。内ぞ床しきと。二つならべて書イたるは。アラ心得ず。[一〇]此歌は[一一]小町が詠歌《ゑいか》。[一二]雲の上は有リし昔にかはらねど。見し玉簾《たまだれ》の内や床しきと有けるを。[一三]ぞの返《かへ》しとて

報ずべし」と。遂に剣に伏し自殺す」(史記・刺客列伝・予譲伝)。浄瑠璃には忠臣の鑑として、度々引用される。

一〇 謡曲・鸚鵡小町に、「シテいやぞといふ文字こそ返歌なれ。ワキぞといふ文字とはさていかに。シテさらば帝の御歌を。詠吟せさせ給ふべし。ワキ不審ながらも指し上げて。雲の上はありし昔にかはらねど。見し玉だれの。内やゆかしき。シテさればこそ内やゆかしきを引きのけて。内ぞゆかしきとよむ時は。小町がよみたる返歌なり。ワキさて古もかゝるためしのあるやらん。シテなう鸚鵡返といふことは。地この歌の様を申すなり」。

一一 小野小町。平安朝女流歌人。

一二 鸚鵡小町で、陽成院が老衰の小町に、「宮中はそなたのいた頃と変ることもないが、そなたはなれ親しんだ禁中の玉簾の内が恋しいのではないか」と問われた歌。

一三 小町は歌の「内やゆかしき」を「内ぞゆかしき」と一字言い替えて、「私も禁中の玉簾の内が恋しいことでございます」と返歌。

一 同様の説話が、十訓抄では成範卿と内裏女房の贈答歌の話となり、平重盛も登場する。千本桜の直接の典拠は鸚鵡小町だが、作者はまず十訓抄から着想を得たか。並木宗輔は浄瑠璃作者の中では歌物語関係に造詣が深い。

二 沙石集拾遺(以下に引用)や、源平盛衰記に、梶原氏と歌をめぐる説話を収める。「故鎌倉右大将家ノ狩ノ時、狐ノ野ニ走ケルヲ、「シラケテミユル昼キツネカナ」トノ給テ、梶原付ヨトテ仰ケレバ、「チギリアラバ夜コソコウトイフベ

一人も知ッたる此歌を。物ゝしう書ィたは不思議《しぎ》。殊《こと》に二梶原は和歌に心を寄セし武士《もののふ》。内や床しきは三此羽織《はおり》の。縫目《ぬひめ》の内ぞ床しき」と。襟際《ゑりぎは》附ヶ際切ほどき。見れば四内には袈裟衣《けさころも》。珠数《じゆず》迄添《そへ》て入レ置ィたは。「コリヤどふじや」。「コハいかに」と呆《あきれ》る人ゝ惟盛卿。「ホウ五さもそふずさもあらん。保元平治《ほうげんへいぢ》の其昔《むかし》。我父小松の重盛六池の禅尼《ぜんに》と云合せ。七死罪《しざい》に極《きはま》る頼朝を命助ヶて伊東へ流人《るにん》。其恩報《おんほう》じに惟盛を。助ヶて出ッ家させよとの。八鸚鵡返《あふむがへ》し。か恩《おん》返しか。ハア、。敵ながらも頼朝は適《あつばれ》の大将。見し玉だれの内よりも心の内の床しや」と。衣を取ッて「是迚《(とて)》も父重盛の御かげ」と戴《いたゞき》給ふぞ道理なる。

人ゝはつと悦び涙。手負の権太は這出《はひ(いで)》摺寄《すりより》。「及《(およば)》ぬちゑで梶原を。謀《たばか》つたと思ふたが。あつちが何にも皆合点。九思へば是迄衒《かたつ》たも。後チは命を衒《かたら》るゝ。種《たね》としらざる。浅間《(あさま)》し」と。一〇悔《くやみ》に近き終り際《おはりぎは》。惟盛卿も是迄は仏を衒《かたつ》て輪廻《りんゑ》を離《はなれ》ず。離《はなる》る時は今此時と髻《もとゞり》ふつつと切リ給へば。内侍若君お里はすがり「倶《とも》に尼共姿をかへ。宮仕《みやづか》へを赦《ゆる》して」と願へど叶はず一一打払《はら》ひ。〳〵。「内侍は一二高雄《たかを》の

キニ」。奥入ノ時、名トリ河ニテ、「頼朝ガ今日ノ軍ニ名トリ河」ト仰ラレテ、梶原付ヨトアリケレバ、「君モロトモニカチワタリセン」」。

三 先行の相似た局面として、元祖竹田出雲作・諸葛孔明鼎軍談三に「イデ曹操の心の中の謎ときほどき顕はさんと。胡班玲諸共御衣をふたへにときほぐせば。文字もあらぬ一幅のしら絹。是や白紙の簡(ふみ)ならんと瓶にたゝへし水さら〳〵。そゝきかけたる絹の表一点きゑずあり〳〵と。ぬれてうき立文字の墨色」。また、並木宗助・安田蛙文作・後三年奥州軍記三に「鳥羽に書ことのはと云歌も有。氷と云字の謎。…もしとけずは。われと云氷では有まいか。いかさま二つに折て様子見よ。それもそふとて中程をほつちりいはす内に巻文」がある。

四 並木宗助・安田蛙文作・待賢門夜軍二、平治の戦いで敗れた義朝の妻に対する「重盛禅尼のじひ心」「其首桶にはしさい有いづれも披見と…ふたを明ればこはいかに浮世をいとふけさ衣。じゆず一れんは百八の数にまさりし情」の件りを作り替えた。

五 ここは「さもさうず」で、そうあるべきだ、の意。

六 平忠盛の妻。清盛の継母。

七 平治物語三で、池禅尼と重盛が平治の乱で捕えられた頼朝の助命に尽力。浄瑠璃では平家女護島、伊勢平氏年々鑑に脚色。なお平家物語十に、維盛入水の報に頼朝が「あはれ隔なう打向ひても御坐(おは)したらば、さりとも命計をば助け奉つてまし。其の故は、故池禅尼の使として、頼朝流罪に宥められける事は、偏に彼の内府の芳恩也。其の名残にて御座(おは)すれば、子息達をも全く疎に思ひ奉らず」。

八 「鸚鵡、恩」と韻を踏み、滑らかに詞ノリで、

文覚《もんがく》へ。[一三]六代が事頼まれよ。お里は兄に成リかはり親へ孝行《かう〳〵》肝要《かんやう》」と。立出給へば弥左衛門。「女中の供は年シ寄リの。役」と諸共《(もろとも)》旅用意《ようゐ》。手負をいたはる母親が。「ノウこれつれない親父どの。権太郎が最期《さいご》もちかし。死目《しにめ》に逢《あふ》て下され」と。留《とむ》るにせき上《(あげ)》弥左衛門。「現在《げんざい》血を分ケた躮《せがれ》を手にかけ。どふ死目に逢《あは》れうぞ。死だを見ては一ト足もあるかるゝ物かいの。息《いき》有ル内は叶はぬ迄も助カる事も有ふかと。思ふがせめての力草《ちからぐさ》。留《とめ》るそなたがどうよく」と云て泣出す爺《てゝ》親に母は取リ分ケ娘は猶。不便ン〳〵と惟盛の。首には輪袈裟《わげさ》[一四]手《た》向《むけ》の文《(もん)》も[一五]あのくたら。三みやく三菩《ぼ》提《だい》のかどで。高雄《たかを》高野《たかの》へ引わくる。夫婦の別れに親子の名残《などり》。手負は見送《おく》る顔と顔。思ひはいづれ[一六]大和路《ち》や。芳野《よしの》にのこる名物《めいぶつ》にこれもり弥助といふ鮓屋。今に栄《さか》ふる花の里其名も。高くあらはせり

歴史は繰り返す、を語る。助詞「か」を次句頭で言うのは語りの扱い方。「衣、是」も韻を踏む。

九 権太の行為を空しくするこの羽織の件りを、そっくり抜いた台本で演じられた例もある。二ノ切の安徳帝姫宮説、鮓屋の弥左衛門の旧悪、そして権太の無駄死を、カットまたは改変した原作破壊の上演史は、この戯曲の主題を逆反射する意味を持つともいえる。

一〇 現行、以下段切りまで三味線の明るい曲調、「惟盛、是迄」「離れず、離るる」など同音の繰り返しをまじえてさらさらと語る。「宮仕へ」も現行は口拍子を調えるため「御宮仕え」。

一一 数珠を振る。惟盛は髻を切り、輪袈裟をかけた有髪の僧形で、煩悩を払うしぐさ。

一二 現、京都市右京区梅ヶ畑高雄町にある高雄山神護寺を再興した文覚上人。

一三 平家物語十二で、文覚が頼朝に再三願って、六代の助命がかなう。蒲冠者藤戸合戦・三ノ切は、文覚が赦された六代御前を寺へ伴うところで終る。

一四 惟盛が権太への手向の文を唱える。権太の行為は空しいが、平家物語の重要な課題である維盛の出家を成就させたことで、必ずしも無駄死とは言えない。作者の平家物語への一解釈。

一五 阿耨多羅三藐三菩提。「阿耨多羅」は無上、「三藐」は完全な、「三菩提」はさとり。無上正等正覚の仏のさとりの智恵、仏果。惟盛は、阿耨多羅三藐三菩提の句を含む経文を、権太のために唱え、父・母・娘三人を、それぞれに不憫と思いつつ、仏果に至る出家の道を歩みはじめた、の意。

一六 思いは「止まぬ」(あるいは「山の如く積る」)にかける。

第四　道行初音旅《はつねのたび》

恋と。忠義はいづれがおもい。かけて思ひははかりなや。忠と信《まこと》のものゝふに。君が情と預《あづけ》られ。静《しづか》に忍ぶ都をば。跡に見捨《すて》て旅《たび》立チて。つくらぬなりも義経の御ゝ行末は難波津《なにはづ》の。波《なみ》にゆられて。たゞよひて。今は芳野《よしの》と人づての噂《うはさ》を道のしほりにて。大和路《やまとぢ》。〽さして

〽したひ。行野路《(ゆく)のぢ》もなれぬしげみの。まがひ道。弓手《ゆんで》もめても若草《わかくさ》を。分ケつゝ行ば。あさる雉子《きゞす》のぱつと立ッてはほろゝけん〳〵ほろゝうつ。なれば子ゆへに身をこがす我。は恋路《こひぢ》に。迷《まよ》ふ身のアヽうらやましねたましや。はつ雁《かり》金《がね》の女夫連《めうとづれ》。つま持チ顔の羽《はね》ばかま。人よりましの真柴《ましば》さす。宇賀《うが》の御魂《みたま》の御社《やしろ》は。いとうとくも。かう〳〵と霞《かすみ》の中にみかのはらわきて筺《かたみ》の鼓《つゞみ》のかはい〳〵。〳〵のむつ言《ごと》を人にはつゝむふくさ物。それを便《たより》につく杖《つえ》も心。ほそ

時　文治二年一月
所　京都から大和国吉野山の麓へ
人物　静御前、佐藤忠信(狐忠信)

一 原作の設定は、現行のような満山花の吉野山ではなく、春浅く、寒気きびしい野路を、ひたすら義経を思う静御前と忠信が励まし合って行く道行。初演の太夫は「伏見稲荷」と同じ文字太夫がシテ、三味線は初代鶴沢友治郎か。忠信を竹本座随一の吉田文三郎が遣う。この場は一人遣い。平舞台使用の出語り出遣い場。局部には手摺舞台も併用。→解説二。 二 はかりにかけると恋の思いははかりきれないほど重い。 三 忠信・静・義経の名を初めの二行に掛詞風に詠みこむ。「静、しのぶ」と頭韻。 四 簡素な旅装でも、静の容姿は美しい。「なりも良し」と「義経」の掛詞。 五 淀川・神崎川河口付近の船着き場。「難波津、波」と頭韻。 六 枝折。道しるべ。 七 音楽記号を除き、掛詞を補って文学上の句立てを示すと、「大和路さしてしたひ行く。(行く)野路も、なれぬしげみのまがひ道」。 ※フシヲクリで静御前が下手から登場し、色ヲクリに狐忠信が姿をかくしてひそかに付き添っている意をこめる。「さして」までが道行の序段。舞台面は最初に幕を明けたまま。背景は野道に遠山。現行は最初に幕を明けるとその後ろに薄手の簡単な幕が垂らしてある。「したひ。行」でその幕が落ち、杖と笠を持ち紫の風呂敷を背負った静が桜の山中に立ち、六行あとの「見渡せば」へ飛ぶ。静が一人、心細い思いで草道を分けて行く部分を省略、季節・場の設定も変更。 八 道かどうかはっきりしないところを左、右と。「若草、分け」と韻。 九 雉子の鳴き声。「打つ」は羽ばたきする。「き

野《の》を打過ギて。見渡せば。四方《よも》のこずへもほころびて。梅が枝《え》うたふ歌姫の里の男が声〻に。我つまが。天井《てんじやう》ぬけてすへる膳《ぜん》。昼《ひる》の枕はつがもなや。天井ぬけてすへる膳《ぜん》。ひるの枕はつがもなや。「ヲヽ、つがもなや」。おかし烏《からす》の一トふしに。人もわらやの育《そだち》にも春ははねつく。手まりひいふうつく〳〵と聞ケば。こち風音ト添《そへ》て去年《こぞ》の氷《こほり》を。とくわかに御万歳《まんざい》と君もさかへまします。有リけう有や頼もしや。さぞな大和の人ならば御ン隠《かく》。れ家《が》をいざとはん。我レも初《はつ》音《ね》の。此鼓《つゞみ》君の栄《さか》へを寿《ことぶき》て。昔《むかし》を今になすよしもがな。谷の鶯《うぐひす》ナ。初ッ音の鼓〳〵。しらべあやなす音《おと》につれて。つれてまねくさ。おくればせなる忠信が旅姿《たびすがた》。背《せな》に風呂敷《ふろしき》をしかとせたらおふて。野道あぜ道ゆらり。〳〵。かるい取なりいそ〳〵と。

目立ぬやうに道隔《へだて》。「女中の足と侮《あなど》つて。嘸《さぞ》お待チ兼《かね》。爰《(ここ)》幸ィの人目なし」と。姓名添《せいめいそへ》て給はりし。御ン着長《きせなが》を取リ出《(いだ)》し君と。敬《うやま》ひ奉る。静は鼓を御ン顔とよそへて上に沖《おき》の石《いし》。人こそしらね西国《さいこく》へ御ン下向《げかう》の御海上《かいしやう》。波《なみ》風あらく御《(おん)》船を。

じの。涙やほろり。ほろ打つ」(大職冠・道行)。

一〇 「打つ」の縁語「慣れ羽(ば)」に「汝(なれ)は」の掛詞。現行は濁らずに「なれわ」。

一一 お前たち雉子(きぎす)は焼け野で子を探し求めて飛びまわり、平素は打ち慣れた羽ばたきも却ってわが身に火をふりかけて身を焦がす。

一二 秋にその年はじめて北方から渡ってくる雁を意味するはつ雁金を、春二月の帰雁に先立って正月に帰り行く最初の雁に転用して、「初」を正月の事物に付ける慣用語としても利かせた。俳諧類船集一「二月」の付合語「帰雁」。

一三 端がそりかえるほど、糊がよくついて折目のぴんとした袴。雁が夫婦連れで両翼を張って飛行する姿。 一四 柴の美称。「ましの、真柴」と頭韻。女性の稲荷参りに柴に桜の折枝を差し添えて献ずる習俗があった。はやり歌古今集の柴売ぶしに「柴に桜を折添へて稲荷参りの振袖ゆかし」。季節がちがうから単なる修飾句。

一五 倉稲魂。稲の精霊。稲荷の祭神。京を出て程ないうちであるから、この霞の中に神々しくみえる神社は、伏見稲荷であろう。 一六 瓶原。現、京都府相楽郡加茂町。木津川右岸の小盆地。歌枕。実際に瓶原を通るのではなく「見える」にかけ、百人一首「みかの原わきて流るる泉川いつ見きとてかこひしかるらん」(新古今集)から、「わきて」(とりわけの意)を導き出す。

一七 「鼓の皮」と「可愛」を掛け、その睦言を人に秘める意と、鼓をふくさにつつむ、を掛ける。

一八 現、京都府相楽郡精華町祝園(ほうその)かといわれる。木津川左岸。京と奈良を結ぶ要路で、山城・大和の国境に近づく。「心細い」を掛ける。

一九 風雅集・秋「雁がねのきこゆるなべに見渡せば四方の梢も色づきにけり」の末句を、初春に

(五〇〇頁へつづく)

住吉浦に吹キ上ゲられ。それより芳野にまします由《よし》。「やがてぞ参り候はん」と互《たがひ》に筐《かたみ》を取納《おさ》め。「げに此鎧《よろひ》を給はりしも。兄次信《つぎのぶ》が忠勤《ちうきん》也。八島の戦《たゝか》ひ我君[一]の。御ン馬の矢表《やおもて》に駒《こま》をかけすへ立ふさがる」。「ヲヽ聞及《およ》ぶ其時に。平家の方には名高《だか》き強弓《つよゆみ》。能登守教経《のとのかみのりつね》と名乗《なのり》もあへずよつぴいてはなつ」。「矢先キはうらめしや。兄次信が胸板《むないた》にたまりもあへずまつさか様」。「あへなきさいごは忠臣義《ぎ》死《し》の名を残す」。思ひ出るも涙にて袖はかはかぬつゝ井筒《いづゝ》[二]。「いつか御ン身も。のびやかに春[三]の柳生《やぎふ》の糸長《いとなが》く。枝《えだ》[四]を連《つらぬ》る御契《(おん)ちぎ》りなどかは朽《くち》しかるべき」と互イに。諫《いさめ》いさめられ急《いそ》ぐとすれどはかどらぬ。あし原[五]峠《とうげ》[六]かうの里。土田《つちだ》[七]六《むつ》[八]田《だ》も遠《とを》からぬ野路《のぢ》の。春風吹キはらひ雲と。見まがふ三芳野[九]の麓《ふもと》の。里にぞ着《(つき)》にける

（蔵王堂の段）[一〇]

丈六忿怒《ちやうろくふんぬ》[一一]の御ン像《かたち》も花に和《やは》らぐ吉野山。軒《のき》は霞《かすみ》にうづもれて殊勝《しゆせう》さまさる

※現行、「取納め」の後、童謡風の二上り歌につれて二人が踊る「鴈と燕」の件りを挿入。
※現行、「忠勤也」の次六字削り、代りに二人が三保谷、景清の錣引の仕方噺を見せる軍物語を挿入。軍法富士見西行五・源平花合戦の詞章の一部を流用したもの。

一 →四三四頁注二。 二 筒形に丸く掘った井戸の井桁。伊勢物語「筒井筒ゐづつにかけし」の歌から「何時(づい)」を導き出す。筒井村は現、大和郡山市筒井町。 三 春に芽をふいた柳の葉が糸に似て長いように、義経ものびやかな境界となられ。北柳生村は現、大和郡山市横田町。

四 「連枝(れん)」は兄弟(→付録5)。いつかは頼朝の心が解け、御兄弟の契りを全うされる、このまま契りが朽ち果てるはずがない、と。

五 「はかどらぬ足」にかける。現、高市郡高取町の南端で、奈良・郡山方面から吉野へ入る要路。現在芦原トンネル。二人は山道にかかり、浄瑠璃は早いテンポで一気に段切りへ。

六 大和地名大辞典に吉野郡大淀町土田に「ゴノ尻(ゴウノシリ)」とあるあたりかといわれる。

七 現、吉野郡大淀町大字土田。現在は「つった」という。吉野川北岸。吉野山方面へも、下市・五条・紀州方面へも向う起点。 八 現、吉野郡吉野町大字六田。十八世紀以後は「むだ」と呼ぶ。

時　文治二年一月下旬
所　吉野山蔵王堂前

吉野川南岸。北岸の北六田村と柳の渡しで結ばれる。次の麓の野は、六田辺とみてよい。

九 ここは大和吉野の美称。→四五七頁注五。

※都から大和への道行は、新うすゆき物語と似通い、作者も同じの可能性があるが、六年後の本曲は、文章、構成とも格段にすぐれ、近世道

蔵王堂《ざわうだう》。桜はまだし枝〻の梢淋《こずへさび》しき初春《しよしゆん》の空。一ッ山ンの衆徒《しゆと》評定《ひやうぢやう》始メと知行《ちぎやう》[一二]下タの百性等。[一三]お髭《ひげ》の塵《ちり》取ルはき掃除《さうぢ》霊験《れいけん》あらたな仏より。衆徒《しゆと》の罰《ばち》をや恐《おそ》れけん。

名計リは静といへど。急《いそ》ぐ道。忠信が介抱《かいはう》にて義経の御跡を。漸《やう〳〵》爰《（ここ）》に慕《した》ひ来[一四]て弥生《やよひ》ならばと言ながら。見渡す景《けい》も吉野山。

百性共口〻に。「何ンと美《うつく》しい京女郎。花見にはまだ早いなア」。「何ンの花見で有ロぞい。男と女ゴと二人リ連レ。腹が孕《はらみ》でしやうことなふ。[一五]ついとしてござつたか」と問《とひ》かけられて「ア、いやそんな者でなし。[一六]河連法眼殿《かはづらほうげん》へ用事有ッて参る者。是からどふいきます」と。皆迄聞《（きか）》ず早合《が》点《てん》。「ヱ、込《こん》[一七]だ〳〵。妾奉公《てかけぼうこう》にやらしやるの。ヲいかしやればよい仕合《（しあはせ）》。河連法眼《かはづらほうげん》様といふは此一ッ山の衆徒《しゆと》頭《がしら》。芳野中は立《（たて）》ふと伏《ふせ》ふと儘《まゝ》な上に。女房持ッて魚や鳥は喰《くひ》次第。じだらく坊主の様なれど。[一八]妻帯《さいたい》といへば格《かく》がおもい。どふぞ首尾《しゆび》して仕合《（しあはせ）》さしやれ。アこな様は目高[一九]じやの」。「ガ其法眼様には太切なお客《きやく》でもござりますか」。「イヤそ

行の代表曲たるに恥じない。
一〇 初演者竹本百合太夫。
一一 一丈六尺、四・八五メートル。仏像の標準的な高さ。但し蔵王堂の本尊金剛蔵王権現は七・三メートル。↓四五七頁注八。
一二 支配下。蔵王堂周辺は蔵王権現の知行所、金峰山寺領。「衆徒」は興福寺・延暦寺に準じた呼称で、吉野山の住僧・僧兵。百姓達には支配者に当る。 一三 追従する意を、掃除にかけていう。次の「静」「吉野山」も、名前と「静かに行く」「景もよし」をかける。
一四 これが花の三月ならば、さぞ絶景であろうが、初春の今でも見はらす吉野山の景色はよい。
一五 ふと思い立って。 一六 底本振仮名「かはつら」。後文の振仮名に従って「づ」と濁る。現行は濁らない。現、吉野郡西吉野村白銀の湯川に川ツラの地名がある(大和地名大辞典)。↓五〇五頁注二六。 一七 のみこんだ。分った。 一八 ↓四三六頁注一九。同注文中の鳳閣寺は吉野郡黒滝村鳥住にあり、大峰修験道の一開祖とも言われる聖宝理源大師の建立。 一九 美女を売りこむ先が河連法眼様とはあなた様(忠信)は目が高い。

一 現、吉野郡吉野町大字吉野山小字子守にある吉野水分(みくまり)神社。俗に子守明神。子守明神は上の千本の一番上にあり、この先は奥の千本の山道。河連館とみられる吉水院はずっと下で、吉水院に近い所には静御前が舞を舞った伝承を持つ勝手神社がある。子守の上宮に対する下宮で、地理上は勝手神社としたい所ながら、女性への会話で子守明神を選ぶ機転の作意。四段目

んな事は知リませぬ。毎日琴三味線《ことしやみせん》で賑《にぎや》かなとは聞ました。コレ此道をかういてこつちやの方が子《こー》守《もり》明神。女ゴの参らにやならぬ所。それより手前の一ト筋道左リの方につゐ見へる。地色ウ大きな門ンの有ル所」と。ウ教《おしへ》に静が「あい〳〵。ウ忝《かたじけな》ふござんす」と気ハルのせくウ道を二とつかはと打連《うちつれ》ヲクリ。〽てこそ急行《いそぎゆく》。ハルフシ早参会《さんくはい》と中三喚鐘《よびがね》に。ウ四山科《しな》の色法橋《ほつきやう》坊。ウ無道《ぶだう》不敵《てき》の一チ字を蒙《かうむ》り。ハル荒法橋《あらほつきやう》と名を中呼《よば》れ。ハルのつか〳〵とくる跡に。下鬼と名乗ルは五違《ちが》ウはぬ悪ル者。ウ六梅本の鬼佐渡《おにさど》坊七返《かへり》坂の色薬医《やくゐ》坊。八フシハル清イ僧ながら大太刀帯《はき》。九ウ大口の色裾踏《すそふみ》ちらし。道具やハルけふのウ評定真先《ひやうぢやうまつさき》かけ。ウない智恵《ちゑ》ふるはん頬《つら》付キ也。ナヲスフシ

地ハル今迄一〇のふずな百姓共逆様《さか》に這《はひ》かゞめば。ウ鬼佐渡傍《あたり》を睨廻《にらみ》色し。詞「まだ掃除《さうぢ》仕廻《しまは》ぬな。先キ達ッて云渡すに二のらかはいて隙入レる。年貢時分《ねんぐじぶん》に待ッておろ」地色ウと呵付《しかり》ケられ「ハイ〳〵」。一二ハル当リ眼《まなこ》にてんでに箒《はうき》どつさくさ。ウ風上ミから掃《はき》廻せば袈《け》裟《さ》も衣も土ぼこり。ウ一三「ごくどうめらこりや何しをる」と。ウ呵《しか》る程猶遠慮《ゑんりよ》なふ。ウ「掃除《さうぢ》します」と無二無三ほこりかフシ一四づけて逃ゲ帰る。

の作者は吉野山の地理を正確に書く意図はない。

二 ここまでは蔵王堂近くの道。

※舞台は正面奥に蔵王堂の装置。百姓達と静・忠信は前手摺で堂の見えない所という心で演技。ヲクリで静と忠信退場。百姓達は居残ったままで、法師達の登場で堂の前ということになる。

三 喚鐘(かんしよう)。合図のための小さな釣鐘。法会などの開始を告げる。 四 義経記五、忠信と戦う覚範に加勢する衆徒に「医王禅師、日高禅師、主殿助(とのものすけ)、やくいのかみ、かへさかのひじり、治部法眼、山科法眼」とある。法橋は法眼に次ぐ僧。法眼が僧都、法橋が律師に当る。

五 僧兵たちをならず者の悪僧として描く。

六 勝手神社に近い寺院桜本坊からの命名か。

七 注四引用の「やくいのかみ」「かへさかのひじり(かへり坂の小ひじり・版本)」をまとめたか。

八 戒律を厳重に守っている僧。四九七頁一一行目「じだらく坊主」の対。清僧のはずだが、武器を帯し、闘志満々。 九 大口袴。

一〇 「野風俗」の字を当てる。気儘に、横着をきめこんでいた百姓達も額を地につけて平伏。

一一 「のらかわく」は怠ける意。 一二 当り散らす目付きで。当てつけがましく。 一三 極道。始末におえぬ放埒な奴。 一四 被け。かぶらせて。

一五 吉野一山を統括する僧職。

一六 黄と青の中間色の上衣、濃紺の指貫袴。「褐(かち)」と「徒歩」、「来たる」と「着たる」、指貫袴の裾を紐で締め括る意と、押さえるところはきちんと押さえる威厳のある人物の意をかける。

一七 車座になって。

一八 甚だ満足に思います。 一九 取り急ぎ書簡で。

二〇 配符。既に手配書を廻し終えた。文語文体の公式書簡。

二一 鎌倉殿から恩賞を受けられるがよろしい。

爰《(ここ)》に河連法眼《かはづらほうげん》とて一ッ山の検校職《けんげうしよく》。花美《くはび》を好ぬ萌黄《もへぎ》の法服《ほうぶく》。歩路《かちぢ》をきたる指貫《さしぬき》もしめくゝり有ル仁躰《じんたい》。「ホヽウいづれも早かりつ」と。互イに前ン後の挨拶《あいさつ》有。各《おの〳〵》円座《ゑんざ》に列《つらな》れり。

やゝ有ッて河連法眼。「先キ達ッて回状《くはいじやう》を以ッて申せし所。早ゝの参会《さんくはい》近カ比《(ごろ)》祝《しう》着《ちやく》。今日《(こんにち)》の談合《(だんかふ)》余《よ》の儀にあらず」と。懐中《くはいちう》より一ッ通を取出《(とりいだ)》し。「鎌倉殿の家臣。我小舅《こじうと》茨《いばら》左衛門より斯《かく》の如《ごと》き書状到来《たうらい》。文ン言《(もんごん)》を読《よみ》聞《(きか)》さば申さず共様子は明イ白。先《(ま)》ヅ聞《(きか)》れよ」と押シひろげ。「飛札《ひさつ》を以ッて申シ達ッす。九郎判官義経の事弟の身として。舎兄《しやきやう》頼朝追討《ついとう》の院宣《ゐんぜん》を蒙《かうむ》り。剰《あまつさへ》土佐坊正尊を討チ取都を立退《のき》。大和路に徘徊《はいくはい》の由。其聞《(きこ)》へ有ルによつて。鎌倉殿御《(おん)》憤《いきどをり》大方ならず。早く討ッて出すべきの旨《むね》。国ゝへ配府《はいふ》を廻らし畢《おはんぬ》。討チ取ッて恩賞《おんしやう》申シ受ケらるべく候。隠シ置クにおいては一ッ山の滅亡《めつぼう》此時に候也。正月十三日河連法眼殿。茨《いばら》左衛門判。聞《(きか)》れたかいづれも。談合《だんかう》とは此事。元来《もとより》科《とが》なき判官殿。大和路に徘徊《はいくはい》と有レば。一ッ山ンの衆徒《しゆと》を頼来《(たのみきた)》られんは必定《ひつぢやう》也。其時は旁《かた〳〵》頼まれ申

以下五〇〇―五〇一頁

一 吉野衆徒の考えが、ばらばらでは困る。
二 「仕置」は取締り。吉野山の宗教面でなく行政面を司る役の意。
三 「つ」は促音。即ちこうこうだ、と。
四 尊敬して鄭重に養う。 五 底抜けの大喰い。
六 無茶苦茶な奴。 七 →四一三頁注一八。
八 「裾」は後の再版七行本は「鋸」。
九 →四六五頁注二四。 一〇 各寺院で費用を拠出し合い、茶粥の少しの食費で養う方が経済的。
※五段組織の時代物四段目口は、気分転換のため茶利といわれる滑稽な局面を設けるよう配慮。
一一 僧侶。 一二 辱しめや迫害を堪え忍び、怒りの心などを起こさぬこと。そのような修行によって自然と僧侶の身が守られる意から、忍辱の衣という。 一三 仏道を妨げる悪魔や煩悩を降伏させる。修験道ではその面を重んずる。ここは、仏敵を討ち、俗世の悪人を討ち滅ぼすの意。
一四 「名にし負うたる」とあるべきところ。
一五 義経記五に、「その丈六尺ばかりなる法師の極めて色黒かりけるが、装束も真黒にてしたりける。褐の直垂に、黒革を二寸に切つて、一寸に畳みて縅したる鎧に、五枚兜の高角(たかつの)打ちたるを猪頸(ゐくび)に着なして、三尺九寸ありける黒漆の太刀に、熊の皮の尻鞘入れてぞ帯きたりける」「横川より出で来たればとて、異名に横川の禅師覚範と申す」。 一六 露。直垂などの袖くくりの緒の垂れた端。ここは「直垂の露を結んで肩に掛け」(謡曲・鞍馬天狗)に近い恰好。
一七 和州巡覧記・上市の条に「河を隔て妹背山とて両山有。飯貝の方にあるを背山と云。西也。古城の形見ゆる竜門の方にあるを妹山と云。東也。…古今集の歌に、流れては妹背の山の中に落る吉野の河のよしや世中とよめり」として、

てかくまふ気か。又は討ッて出す所存《しよぞん》か。心《(こゝろ)》ゝで済《すま》ぬ事。銘《めい》ゝに遠慮《ゑんりよ》なく評《ひやう》
議《ぎ》有レ」と。聞もあへず荒法橋《あらほつきやう》。「実《げに》尤《(もつとも)》去ながら。我ゝが評定《ひやうぢやう》お尋迄なく。
一ッ山ンの仕置頭《しおきがしら》。法眼殿から了簡《りやうけん》を定メ申さるれば。誰レ有ッて詞を背《そむか》ず一ッ党《とう》
せん。先ヅ御所存ンは」と問《とひ》かへす。「ホヽウ了簡は胸に有リ。まつかく〳〵と云《(いひ)》
聞《(きか)》さば。仮令《たとへ》心に合《(あは)》ず共。よもやいやとは申されまじ。左有レばかへつて不覚《かく》
の基《もとひ》。我ガ所存は跡でいはん先ヅ各《おの〳〵》の思ふ所。真直《まつすぐ》に申されよ」と。いへ共互
に心置キ暫《しば》し返答怠《へんたうおこた》りしが。
返リ坂の薬医《やくゐ》坊遠慮《ゑんりよ》なくぬつと出《(いで)》。「先ヅ愚僧《ぐそう》が存《(ぞんず)》るは。義経をかくまふは二
年ン三ン年ン。乃至《ないし》十年廿年。其間立テ養《やしなひ》。独《ひとり》計リは僅《わづか》でも。弁慶といふくら
ひ抜ケの候へば。いか程くらひ込《こま》んも知レず。と有ッてかくまふまいといはゞ。
彼《かの》弁慶めつそう者。七つ道具の裾《のこぎり》で家尻《やじり》切ラんも知レ申さず。どかと盗《ぬすま》れ申さ
んより。一山ンの出し前にて。茶粥《ちやがゆ》をくはせ養《やしな》ふが勘定《かんぢやう》ならん」と申にぞ。法
眼おかしく思ひながら。「ムウそれも肝要《かんやう》。扠《(さて)》両人は」と云せもあへず「され

袖中抄の妹背山紀州説を斥けている。北岸の妹山は現吉野郡吉野町大字上市、南岸の背山は大字飯貝。但し、蔵王堂の地点から妹山・背山を一望に収めることは不可能。妹山の一部が見える程度。妹背山婦女庭訓で吉野川を隔てて大和の妹山と紀州の背山が向いあう設定と同じく、歌枕に基づく仮構である。

(四九五頁からつづく)

ふさわしい語句に取り換えて梅が枝に続けた。従って歌意も春歌に転化。この歌詞の雁がねは雁の鳴く音。前出の雁金は雁の異称。
二〇 松の葉の端歌「庭の梅がえ命の君に、何が惜しかろぞ」の女の歌の文句を受けて、男の歌「我つま」の文句に転ずる。 二一 歌姫村。現、奈良市歌姫町。山城国即ち京都方面から大和へ通ずる古代の主要道路が歌姫越で、近世には郡山街道と呼ばれた。静はこの道を通って吉野へ向かう。優美な歌姫の端歌に男たちの卑俗な俚謡の対照のおかしさ。 二二 →四七九頁注一四。
二三 とはあきれたものだ。「ヲ、つがもなや」は静のことば、まあ、あきれた。 二四 鶯ならぬ鳥が、人をおかしがらせるような卑俗な唄に。
二五 「人も笑う」と「藁屋」をかけ、こういう在所で育っても、子供はやはり正月がくれば羽根をつく。 二六 羽根や手鞠をつく里童の声をじっと聞いていると、東風も加わって、去年の氷も解け、のどかな春である。 二七 氷を「解く」と、万歳の詞章「徳若」をかける。万歳も正月の景物。
二八 増訂一話一言に、「京大阪へハ大和ヨリ来ル故ニ大和万歳ト云、三河万歳トハ風俗モカハリ

ばく。此事において勘定《かんぢやう》も何ンにもいらず。人を救《すく》ふが沙門《しやもん》[一一]の役。科《とが》なき義経かくまふ迚《(とて)》鎌倉より討ッ手来らば。忍辱《にんにく》[一二]の袈裟《けさ》引かへ。降魔《がうま》[一三]の鎧《よろひ》に身をかため。逆寄《さかよせ》に押シ寄《(よせ)》討チ取リ。直《すぐ》に鎌倉へ追イ上《のぼ》り御身に覚《おぼへ》なき条ミ。申開《ひら》いて讒《ざん》者《しや》ばら一チミに切ならべ。夫レも叶《(かなは)》ぬ物ならば理非弁《わきま》へぬ頼朝を討取ッて。判官殿の天下《(てんが)》とせん。我ミが所存ン此通り。法眼殿の御了簡《りやうけん》承はらん」と申ける。

「イヤく～まだ申されぬ。法橋殿の御懇意《こんゐ》有ル近カ比《(ごろ)》の客《きやく》僧。横《よ》川《かは》の禅師《ぜんじ》覚範《かくはん》此場《ば》へ参り合《(あは)》さず。此了簡も聞《(きか)》ねば云《(いは)》れず。などや遅《おそ》きぞ待チ久し」といふ間程なく山道を。しづく～歩《あゆみ》くる法師《ほうし》は名[一四]にしあひたる横川[一五]の覚範。衣の纐《つゆ》[一六]高く取リ三尺五寸の太刀帯《はき》そらし。末座《ばつざ》にすはれど尺《たけ》高く僧がら。ゆゝ敷ク見へにける。

「ヤア待チ兼し覚範殿。近カふく～」と招寄《まねきよせ》。法眼ずんど立上り。「コレく～覚範。アレ見られよ。霞《かすみ》の中に朧《おぼろ》なる。二つの山は妹兄《いもせ》[一七]山。是合躰《がつたい》の歌名イ所。川を隔《へだて》西は妹《いも》山。東は兄《せ》山。山は二つに別れたり。妹《いも》は妹弟《いもふと》の義。兄《せ》山は元ト

ウタヒモノモ異也、和州ノ万歳ハ大夫才蔵共ニ侍烏帽子素袍ヤウノモノヲ著ス」。近松の天鼓(丹州千年狐)の冒頭に、「徳若に御万歳当みとのさかへまします。ありけうあり新玉の。とし立返るあしたより。水もわかやぎ木のめもさしさかへけるは。誠にめでたう候らひき」。清和源氏十五段の静御前の道行にも同様の詞章がある。「徳若」は「常(とこ)若」の転訛。「有りけう」は「愛嬌」の転訛で、現行「あいきやう」と語る。

二九 万歳は大和から出る由だから、いま吹く東風に乗ってこちらへ聞こえてくるあの万歳の声も、さぞかし大和の人であろう。それならば、義経の御隠れ家も教えてくれるであろうと頼もしく、「さあ問おう」と気持ははずむ。(忍ぶ身ゆえそれはできないが、しかし)と次句へ移る。

三〇 私も、義経の御身に昔のような繁栄が訪れることを予祝して、この春のはじめに初音の鼓を打つことにしよう。

※このところ鼓を打つことをためらいがちだった静だが(五一二頁参照)、心細い一人旅も、里の歌声などで次第に心がくつろぎ、万歳に唱和するように、義経の行末を祝して鼓を打ち、それにつれて忠信を呼び招く心も添える。

三一 義経記六に、静が頼朝の前で「詮ずる所敵の前の舞ぞかし。思ふ事を歌はばやと思ひて、しづやしづ賤のをだまき繰り返し昔を今になすよしもがな」と義経への思慕を表わして舞った歌。

三二 鶯が春はじめて鳴く声と、鼓の名(四三〇頁注五)をかける。「谷の鶯ナ」は当時の歌謡の句であろう。「初音の鼓く～」はこの道行の替え文句で、ここまでは静が小声で口ずさみつつ鼓を打ち出したありさま。以下は叙述句。

三三 「つれてまねく」は静が招く意と、狐がそれに気付く意を併せた表現。「さ」は「ぞ」「よ」など

より兄頼朝。頼朝義経兄弟の中ヵ。芳野川引わかれし。姿は山に異《こと》ならずされば歌にも流レては。妹兄《いもせ》の山の中に落る。吉野の川の。よしや世の中と詠《よみ》だれば。世を捨テ人の我ゝでも。頼ムにひかぬか但シは又。浪の白刃《しらは》で討チ取ル気か。手短《みじか》き返答《へんたう》聞ん。申されやつ」と云ければ。思案《しあん》に及《(およば)》ずずつと立《(たち)》打黙《うなづ》いて。蔵《ざ》王堂《わうだう》にかけ奉る。奉納《ほうなふ》の弓と矢取ッて弦引《つる(ひき)》し。「河連殿御覧ン有レ。手短《みじか》き我返答。山と山との目通りに立たる二木は勝負《しやうぶ》の目当テ。返答御覧ン」と弦《つる》打つがひ。かたむる迄なくぱつしと放《はな》す。白矢は兄《せ》山の印シの木根深《ねぶか》にゆつて立《(たつ)》たりけり。

法眼きつと見。「頼朝に準《なぞらへ》たる兄の山に弓ひかれしは。頼朝に敵対《てきたふ》て義経の味方よな。ムウ／＼」と計リ以前ンの状。ぐる／＼巻《まい》て懐中《くはいちう》し。「山科法橋梅本坊薬《やく》医《ゐ》坊も其通リや」。皆一チ同に「義経の味方／＼」と呼《(よば)》はれば。「ムウそれならば法眼が所存ンも是にて明ヵさん」と。同じく弓矢手に取上ゲ引かためたはいづれを的《まと》。どちらに付クぞと見る中に。かつきと放《はな》すは義経に名ざす妹《いも》山弟の山。

に近い強めの助詞で、狐の独りごとの口調をあらわし、これで狐主体の意味になって次句の「おくればせ」へ続く。　三四 背負って。

三五 おくれていた歩きぶりを静に見せるつもり。実は身をかくして付き従って守っていたのだが、静に不審がられないようにという狐の心遣い。※節付けは現行は本調子のまま。初演は三下りに変えて「谷の鶯ナ。初音の鼓／＼」を歌謡風に、そのあと数句も三下りの調子を続けて歌謡気味の語りと三味線で狐忠信の異様な登場の雰囲気を表現し、「いそ／＼と」のナヲスで本調子に直して平常の忠信の言動になる。人形演出は、現行でこの間に白狐を出すとか小山の陰から突然姿を現わすなど工夫をこらすのと同様に、特殊の手法が用いられたであろう。　三六 遅れているのにふと気付いた様子で急ぐ忠信。

三七 △の記号はツレの太夫のしるしで、忠信役。道行冒頭からここまではシテとツレの同吟。ここから掛合いになる。　三八 →四三四頁注五。

三九 ○の記号は主演の太夫のしるしで、静役。

四〇「置く」にかけ、百人一首の歌で、「人こそ知らね」を導き出す。「我が袖は汐干に見えぬ沖の石の人こそ知らね乾くまもなし」(千載集)。忠信が据えた鎧の上に、鼓を義経の顔になぞらえて置く演出は初演時の絵尽から現行まで同じ。

四一 平家物語十二では、義経一行は、文治元年十一月「四日の日、大物の浦より船にて被レ下けるが、折節西の風烈しう吹きければ、判官の乗り給へる船は、住吉の浦へ打上げられて、其より吉野山へぞ被レ籠ける」。義経記四は、難船前後の平家の死霊のこと、討手との戦い等を詳しく述べ、一行は上陸後、女性達は都へ帰すが、静は同行して大和の宇陀へ向ったとする。

――以上四九五頁

詞「ヤア扠《さて》は法眼頼朝方。義経に弓ひかるゝよな」。「いかにも。落人《おちうど》に組《くみ》せんより。七世に連レて一ッ山ンの。破滅《はめつ》にせぬが仕置キの役目」。「しかとそふや」。「イヤ覚範あぢな所に念が入ル。義経此山を頼《たのみ》なば引かけてかくまはれよ。金輪際《こんりんざい》此法眼。捜出《さがし》して討て見せう。其時は敵味方。無分別《むふんべつ》成ル衆徒原《ばら》に談合《だんかふ》せし隙《ひま》惜《おし》や。けふの参会是迄〳〵。さらば。〳〵」地色ウと云捨《いひずて》に。ハル鴛《が》を待タずして立帰る所存ンの。フシ程ぞ不審《いぶかし》き。

地ハル跡に鬼佐渡口色あんごり。詞「アリヤ何ンの事どふいふ事。云合《いひあは》せたは皆八すまた。覚範はどふ思ふてぞ」と。地ハル山科諸共《もろとも》尋れば覚範ふつと色吹出《ふきいだ》し。詞「其浅《あさ》い了簡《りやうけん》故。法眼が底意《そこゐ》をしらぬ。今の詞でとつくりと。義経をかくまひ居る底《そこ》の底迄皆知レた。法眼も我所存ン。義経の味方とは嘘《うそ》と睨《にらん》で帰つた眼中《がんちう》。事延《のび》ゝに計《はから》はゞ。落トしやらんも計《はから》れず。今宵九八つの手筈《はづ》を定め。夜討に入て討ッて取リ。鎌倉殿の恩賞《おんしやう》に預カれ旁《かたぐ〵》。覚範が夜討のかけ引一〇催促《さいそく》を。地ハル聞ケや〳〵」と大木の。朽根《くちね》にどつかとウフシ腰《こし》打かけ。

一 仲よしのはずが、分れ、対立しているところは妹山背山と同じ。　二 十行本「よみたれば」。この辺「よ」を重ね、韻を踏む。
三 川の縁で白波《しらは》、白刃の波形の刃文と続く。
四 弦を引きしぼり。
五 しっかりと狙いを定める間もない程、即座に。
六 矢の根即ち鏃《やじり》が、深く突きささり、その勢いで矢羽根がはげしく揺り動いた。
七 世間に従い。体制に順応し。
八 当てが外れた。
九 午前二時頃。
一〇 戦さを促すこと。

一 僧侶の身であるが折に触れて。　二 中国春秋時代の兵法家で最古の兵法書「孫子」の著者といわれる孫武と、中国戦国時代の兵法家で「呉子」の著者といわれる呉起。「此絵図こそは孫呉が秘書。我為の六韜三略」(仮名手本忠臣蔵九)。
三 ひた兜即ち鎧兜に身を固めた状態、と同意か。
四 河連館とみなされる吉水院から「町へ出西へ一丁ばかり行ば筒井とて…名水あり同所に灯籠の辻あり」(吉野山独案内)。　五 乱声。鐘を乱打して鬨の声をあげよ。　六 塔尾山如意輪寺。浄土宗。蔵王堂と共に吉野山で最も名高く、特に楠正行の故事で知られる寺院。勝手神社前から谷を下り、向い即ち東側の塔尾山腹にある。
七 吉野山独案内に「子守明神」「廻《まはり》地蔵」「城橋《じやうのはし》」と記すあたりか。「橋を引き」は橋板を取り除き。　八 近世、吉野山の蔵王権現領を三区画に分けた中町に属する一地域。新堀《しんぼ》谷。
九 吉水院の向って左手の小山。→五〇六頁注※。
一〇 →四九八頁注一。
一一 大和名所図会の「吉野山一望の図」に袖振山

「我レ釈門《しやくもん》一のより〳〵に。孫呉《そんご》二が兵書暗《へいしよそらん》じたり。我詞をあやまたず。荒法橋は下タ三兜《かぶと》十騎《き》余り。灯籠《とうろう》四が辻《つぢ》より一チ文字に。彼《かれ》が館《やかた》にひた〳〵と押シ寄て。喚《くはん》鐘《しやう》三つ四つ乱調《らんでう》五せよ。鬼佐渡は又如意輪寺《によゐりんじ》六の裏《うら》の手を真直《まつすぐ》に。六地蔵七の橋を引《(ひき)》。敵逃ゲくる時を待チさん〴〵に射《ゐ》て留《とめ》よ。此覚範は新坊谷《しんぼうだに》八の。坊に火をかけ火を上て聖天山《しやうでん》九より。無二無三にかけちらして勝利《しやうり》を得《ゑ》ん。今夜の勝ッ事手裏《しゆり》に有リいさめ〳〵」と云ければ。

薬医坊頭《づ》を打ふり。「それは味方の思ふ儘《まゝ》。敵強《つよう》して荒法橋が手勢を投退《なげのけ》。かけちらしまつしぐらに討ッて出《(いで)》。勝ッ一〇手の宮を陣《ぢん》所として。門ンをひつしと打タばいかに」。「ホヽウ理《ことは》りにも咎《とがめ》たり。其時は八王寺金剛蔵王《こんがうざわう》一一の袖ふる山一二。峰《みね》に上つてまつ下りに引詰《つめ》一三。指《さし》詰射ルならばそこもたまらず逃ゲ失《うせ》ん」。「ヲヽ其時はまだ咲ぬ桜の木隠《こがく》れ枝隠れ。木の間〳〵の細《ほそ》道を。逃ゲ行先キは天皇橋一四。大将一五軍の多《た》宝塔《ほうたう》一六。時に取ッての角櫓《すみやぐら》一七。追くる衆徒を待チかけて射かくる矢先キは扠《(さて)》いかに」。「小ざかしし荒法橋。何ン条射ル共落人が。持ッたる矢種《だね》は数知レたり。

の箇所に「峇八王金剛蔵王」とある。峇(ね)は小山の高所。袖振山の高所に小祠があったか。

一三 吉野山独案内に「(勝手の)社より右に御影山ひだりに袖振山あり。天武天皇勝手の神前にて白鳳八年八月十五夜月の隈なきに御琴を弾じさせ給ふに、天女あまくだり羽衣の袖を五たびひるがへして…うたひしゆへ袖振山といひ、天女のかげ移りしゆへ御影山といふ。又五節の舞といふも此時よりはじまれり」。 一三 →三九七頁注四一。 一四 吉野山独案内に椿谷椿山寺の条に続き、「道の行手に天皇の橋あり。たかみに大梵天皇の宮あり。ひだりのかたを猿引坂といふ。すこし行は辰の尾とて家居あり。…夢違の観音むかひの方に白山権現のほこらあり。すこし西に大将軍の宮あり」。このさらに上が横川の覚範の首塚、その上が花矢倉となる。

一五 大和名所図会に「花矢倉 此下に禅定寺大将軍社」とあるが、現在は社の跡のみ。

一六 先注は「大将軍の地域内」或いは「世尊寺」にあったか、とするが、前者は吉野山独案内の大将軍の絵からは想定し難く、後者も吉野山独案内(寛文)に「世尊寺とて伽藍あり。炎上し堂はかりたてなり」、大和名所図会(寛政)に「形ばかりなる堂」、延享当時の記録にも多宝塔はない。現在は鐘楼のみ。むしろ吉野山独案内の「飯高(はんかう)山安禅寺宝塔院とて伽藍あり。右の方に多宝塔あり」をさすか。現在の安禅寺跡(愛染)、吉野奥の院と呼ばれ金峰神社よりさらに上。金峰神社境内に義経が隠れたと伝える蹴抜けの塔がある。この辺は吉野山の名所を軍記物風の語り口につらねたもので、現実味は薄くなる。

一七 城郭の隅々に建てた櫓で、物見ともなる。

一八 「恐れな、音すな」と韻を踏む。 一九 →注一二。天女の舞、五節を壬申の乱と結びつけたも引ては寄セ。寄セては引《(ひき)》。矢種尽《つく》させ討チ取ルに何の手間隙《(てまひま)》入べきぞ。一八恐れな音トすな用意《ようゐ》せよ。いそふれ旁《かた〴〵》其昔《むかし》。天武《む》の軍《(いくさ)》有リし時一九乙女《おとめ》下つて舞《まひ》かなづ是。二〇反閉《へんばい》の始メ也。いざ勝チ軍の義を取ッて。踏〻《たう〳〵》登路《とろ》〳〵踏《ふみ》ならす。左リに七足。右七足。左右合して十四足。はた〳〵はつしと踏治《ふみおさ》め。サア行《(ゆけ)》すゝめ」と二一逸参《いつさん》に。いさみ足して立帰る。横川の禅師覚範が勇気《ゆうき》。希《まれ》なる二二三重

（二三河連法眼館の段）

二四鶯《うぐひす》の。声なかりせば。雪消《きへ》ぬ。山里。いかで。春を。しらまし。春は来ながら。二五春ならぬ。九郎判官義経を御慰《なぐさめ》の琴三味《ことしやみ》や。二六河連法眼《かはづらほうげん》が奥座敷《おくざしき》。二七音じめも世上二八忍び駒。二九柱《ことぢ》に立る雁金も。春を。見捨ぬ志《こゝろざし》げに頼。もしきもてなし也。

今朝より他出の法眼心に一チ物《もつ》有顔《(ありがほ)》に。悠〻《ゆう》と立帰れば。妻の三〇飛鳥《あすか》は出向《(いでむか)》ひ。「ヲ、三一異《こと》ない早いお帰り。今日の御評定《ひやうちやう》一山ソのお仕置キか。但シは又奥のお

のに、「五節ハ四十代天武天皇ノ御宇ニ始ル也。帝芳野ニ御坐ス時、大友皇子襲レ之。清見原ノ帝歎テ云ク、王道廃シテ被レ逐ニ臣下ニ天道モ感応ナシトノ玉フ時、天女降リテ羽衣ノ袖ヲ返スコト五度ニシテ慰ニ天武帝ニト故事談ニ見ヘタリ。是五節ノ舞ノ濫觴ト云々」（故実拾要）。

二〇「反閇と云は神拝の時する事也。陰陽師の法也。三足の反閇五足のへんぱい九足の反閇などゝてあり」「五字といふは天(テン)武(ム)博(ハク)亡(ボウ)烈(レツ)なり、陰のかよひとは右より二足陽のかよひとは左よりふむべし、是を天武平眼のあしとも云」（貞丈雑記）。反閇と天武の結びつきは、右の伝承によるか。

二一「いっさん、いさみ」と頭韻。

二二 場面転換の三重で、「希なる」の下に続くはずの結びの句を省略する型。

時　前段の続き
所　河連法眼館

二三 この段全体を、初演時から現在まで三人の太夫で分担。狐忠信の登場前、五一三頁五行目までが、初演者竹本錦太夫。現行では五一二頁七行目の静御前の言葉により「八幡山崎の段」と呼ぶ。

二四 拾遺集、中納言朝忠の歌。優雅な琴三味線の唄として語り、「春は」で本調子に直す。

二五 落人の暗い境界にある。

二六 義経記五・忠信吉野合戦の事に「その日執行の代官に、川つらの法眼と申して悪僧あり」。義経記諸本のうち「川くら」とするものもあり、近松の吉野忠信も同様。先行作品で義経・忠信に敵対する悪僧を、本作で立役方に改め、義経が少年期を過した鞍馬東光坊阿闍梨の弟子と設定（五〇七頁一二行目）。

二七 琴や三味線の糸を巻き締めて調子を整えること。またその音色。

客《きやく》。義経様の御事かは」と尋レば。「ヲ、サ〳〵。義経の事共《こととも》〳〵」。「ム、ウ扨《さて》は吉野一山ン残らずお味方といふ様な品[一]にもや」。「成程〳〵。衆徒の中にも返リ坂の薬医《やくゐ》坊。山科《しな》の荒法橋《あらほつきやう》。梅本の鬼佐渡等《ら》。別しては横川の覚範《かくはん》。一[二]チはな立《だ》ッて義経の味方といふは。我心を捜《さがし》見ると知ッたる故。此法眼は鎌倉方と云放《はな》つて帰つたり」。「ムウ鎌倉方とおつしやるは。衆徒の心をこちからも。捜《さがし》て見る御了簡《りやうけん》」。「イヤ〳〵。法眼けふより心を改《あらた》め。義経とは敵味方」。「ヱ、イ。あのお前は義経様を」。「ヲ鎌倉殿へ討ッて出す気。合点行《ゆか》ずば是見よ」と。懐中《くはいちう》の書翰《しよかん》投ゲ出《いだ》せば手に取上《とりあげ》。文ン言残らず読終《よみおは》り。「ムウ義経公此山に御忍びまします事。鎌倉へ知レたやうな文躰《ぶんてい》」。「ヲ、いかにも汝がいふごとく。天に口[三]なし人を以ッていはしむる。告《つげ》知ラせた者なくて小舅《こじうと》の茨《いばら》左衛門。かくいふて越《こす》べきや。内通《ないつう》せられて知レたる上は遁《のが》れなき判官殿。人に手柄《てがら》させんより。我手にかけて討ッ所存ン」。「アノそれは真実《しんじつ》か」。「応《おう》」。「イヤほん〴〵にこな様は。義経公を切ル心か」「くどい〳〵」。「ハア」はつと。とむね[四]も突詰《つきつめ》し夫トが

二八　三味線の音を低くするための特殊な駒。世間の目を忍び、音が目立たぬように忍び駒で。二九　瑠璃天狗に「空をゆく雁のつらを琴柱に見たてゝ雁は都の春をみすてゝこしぢにかへる物なるに、川つら法眼が義経公を見捨ぬ心さしをほめたることば也」。
※河連館は、義経がしばらく匿まわれていたとの伝承、義経の鎧や弁慶力釘など遺跡の多い吉水院(現、吉水神社)とされる。金峰山寺一﨟の住寺、後醍醐天皇も、当寺の住僧で吉野執行宗信法印が吉野衆徒の賛同をとりつけたことで、ここに迎えられ、吉水院は一時行在所となった。本作の河連法眼には宗信法印が投影されているか。明治の神仏分離令で、後醍醐天皇・楠木正成・宗信を祀る神社となる。聖天山の森にあって、境内から中の千本、上の千本が一望に収められる。
三〇　大和の地名に因んだ命名。　三一　殊の外。

一　次第。様子。
二　率先して。
三　諺。義経記六・忠信都へ忍び上る事に、「天に口なし、人を以て言はせよと、誰披露するともなけれども、忠信が都にある由聞こえければ」。
四　胸がどきっとする、詰まる意の「吐胸つく」と、一途に「突き詰めた心で」をかける。

刀抜《ぬく》より早く。自害《じがい》と見ゆる女房が。持ッたる刃物《はもの》ひつたくり。「こりや何とする何ンで死《（しぬ）》」と。いふ顔きつと打守り。「ヱヽ聞《（きこ）》へぬぞや法眼殿。なぜ隔《へだて》ては下さるぞ。恩賞《おんしやう》の御《み》下し文《ぶみ》。千ン通《つう》万通来た迚《（とて）》も。一ッ旦《たん》の契約変《けいやくへん》ずる。こなたの気質《きしつ》じやない。鎌倉殿の忠臣茨左衛門[五]が妹の飛鳥《あすか》。義経公の御隠レ家。兄の方へしらせたかと。此状が来た故に疑《うたが》ふての心じやの。覚《（おぼえ）》ない云訳《いひわけ》を[六]まだ〳〵としてゐられぬ。疑ふよりは一ト思ひに殺して下され法眼殿」と恨《うらみ》。涙ぞ誠なる。

法眼始終《しじよう》を聞すまし。以前ンの一ッ通取ルより早くずん〳〵に引さき〳〵。「偽《いつはり》に命は捨《（すて）》まじ。女房を疑ふは未練《みれん》には似たれ共。義経公へぬけめなき我《（わが）》忠節。衆徒《しゆと》等が胸中《けうちう》探《さぐり》し次イ手。心引見る此贋《にせ》状。引裂《さき》捨《（すつ）》れば安堵《あんど》して。自害《じがい》を止《とゞま》れ女房」と。[七]解《とく》る詞は春の雪恨《うらみ》も消《きへ》てなかりけり。

「ヤア法眼帰られしな。面談《めんだん》」と義経公。奥の間より出《（いで）》させ給ひ。「鞍馬《くらま》山の好《よしみ》を忘れず。一チゝの御厚志《かうし》祝着《しうちやく》詞に述《のべ》がたし。兼て申シ談《だん》ぜし通リ。今日《（こんにち）》の

五 近松の曾我扇八景に飯原左衛門、浮世草子・鎌倉諸芸袖日記に庵原（いはら）左衛門とある人物によるか。吾妻鏡に盧原左衛門入道（建長二年三月朔日）あり。

六 まだるくも決断できないでいる状態。おめおめと。

七 疑いが「解ける」の縁で、雪、消え、と続く。

衆徒の評定《ひやうぢやう》。委細《いさい》あれにて承知《しやうち》せり」と。地ハル御諚《ちやう》にはつと色頭《かうべ》をさげ。「詞師の坊の命ィと云只《(いひ)》ならぬ御《(おん)》方。疎略《そりやく》なき心底《てい》御存《(ごぞんじ)》の上は身に余《あま》る悦び此上や候べき。武蔵坊は[一]奥州秀衡《ひでひら》方へ遣はされ。御家臣ン迚《(とて)》少《すくな》けれぱ亀井駿河なんどがごとく。地色ウ思召シ下されよ」と申スハル詞の[二]色内使ィ罷出《(まかりいで)》。「詞[三]佐藤四郎兵衛《(しらうびやうゑ)》忠信殿。君の御行衛を尋《(たづね)》御出《(おんいで)》也。通《とを》し申さんや」と窺《うかゞ》ふにぞ。「[四]扠《(さて)》は無事にて有つるな。こなたへ通せ対面《たいめん》せん」と。[五]地ハル仰《(おほせ)》伝《つた》ふる次ギの間へフシ法眼夫婦は立て行。

ハルフシ案内《(あない)》に連レて中入来《(いりきた)》る。ウ四郎兵衛忠信。[六]ウ御座の間のこなたに出《(いで)》。絶《たへ》て久しき主君ンハルの顔。見るもウ無念のあら[七]フシ涙中指《(さし)》うつ。むいて詞ハルなし。

地色ハル[八]大将御機《き》嫌《げん》斜《なゝめ》色ならず。「詞汝に別れ爰《(こゝ)》[九]かしこ鎌倉殿の御詮議《せんぎ》つよく。身の置キ所なかりしに。東光《たうくはう》坊の弟子。河連法眼にかくまはれ。地色ウ心ならざる春をハル向へ。ウ暫《しばらく》の命をつぐ。詞[一〇]我姓名《せいめい》を譲《ゆづ》りし其方。命全《まつた》く有ル事我運《うん》のまだ尽《つき》ざる所。地ハル頼もしし中悦《よろこ》ばし。其ウ砌《みぎり》預ヶたる静はいかゞウ成しぞ」と。ハル御尋《(おんたづね)》有ければウ忠信いぶかしげに色承《うけたまは》り。「詞コハ存《(ぞんじ)》がけなき御ン仰。八島の平家一時に亡《ほろ》び。[一一]天下《(てんが)》一統《たう》

一　陸奥の豪族。鎮守府将軍。奥州藤原氏三代の栄華、義経の保護者として名高い。文治三年(一一八七)没。
二　法眼の言葉の内に内使《(うちづかい)》の者が。
三　この言葉は直接には法眼に向っていう。
四　義経のことば。
五　仰せによって、内使の者は仰せを伝えに玄関へ、法眼夫婦はその場を遠慮して次の間へ、それぞれ立って行く。浄瑠璃特有の省略表現。
※現行、冒頭の「もてなし也」(五〇五頁九行)から すぐ忠信の登場となる省略も行なわれる。
六　義経のおいでになる一間のはるか手前。現行では下手小幕から出て、階下下手寄りに平伏。
七　大粒の涙。
八　甚だ御機嫌よく。
九　義経の大物浦難船以後の動向を、平家物語十二には、四四五頁注一八・四九五頁注四一引用箇所に続き、「吉野法師に攻められて、奈良へ落つ。奈良法師に攻め被れて、又都へ帰り上り、北国に懸つて、終に奥へぞ下ら被ける」、吾妻鏡・文治元年十一月十七日条には吉野山蔵王堂で衆徒が静を捕え、義経を探索、二十二日に義経は多武峰十字坊に至ること(四二七頁注一五引用)がある。義経記四・五では、義経一行は住吉の神主の許からまず大和宇陀へ向い、十二月中旬に吉野山に入る。
一〇　第二、伏見稲荷の段(四三四頁)参照。
一一　天下ことごとく源氏に従う。

の凱歌《かちどき》を上ゲ給ふ折から。告《つげ》来る母が病気聞《(きこ)》し召シ及ばれ。御ン暇《いとま》給はつて本ン国出羽へ帰りしは去年三月。程なく別れし母が中陰《ちういん》[一二]。忌中《きちう》に合戦《かせん》の疵《きず》口お[一三]こづき。破傷風《はしやうふう》と云《(いふ)》病と成。既《すで》に命も危《あやうき》半《なかば》。御兄弟の御《(おん)》中さけ堀川の御所没《ぼつ》落《らく》と承はる口惜《おし》さ。[一四]胸を煎《いる》程重《おも》る病気無念ンさ余つて。腹切ラんと存ぜしかど。せめては主君ンの御顔ばせ。今一チ度拝《はい》し奉らんと。念願《ねんぐはん》かなひて本ン復《ぶく》とげ。[一五]初立《うゐ》チの長ガ旅[一六]忍びの道中恙《つゝが》[一七]なく。此館《やかた》に御入《(おんいり)》と承はり。只今参つた忠信に姓《せい》名《めい》を給はりし。静御前を預ケしなんど御諚《ぢやう》の趣《おもむき》。[一八]かつ以て身に覚へ候はず」と。地ハル 云《(いは)》せもあへず気早《きばや》の大将。色 詞「ヤアとぼけな忠信。堀川の館《やかた》を立退《のき》し時。折よく汝《なんぢ》国より帰り。静が難儀《なんぎ》を救《すくひ》し故。我ガ着長《きせなが》を汝にあたへ。九郎義経といふ姓名《せいめい》を譲《ゆづ》り。静を預ケ別れし其方。[一九]世になき我を見限《かぎ》つて。静を鎌倉へ渡せしな。義経が有リ家捜《(か)さがし》に来たか。只今国より帰りしとは。[二〇]まざ〳〵敷キ偽《いつはり》表《ひやう》裏《り》。漂泊《へうはく》してもうつけぬ義経。[二一]欺《たばか》らんとは[二二]推参《すいさん》也。地ハル 不忠ウ[二三]二心ンの人外《にんぐはい》。色 アレ引くゝつて面縛《めんばく》[二四]させよ。亀井駿河」と腹立の。地ハル 声にかけくる二人《(ににん)》の勇士《ゆうし》。ウ 裾《すそ》はせ

一二 四十九日間。
一三 うずき出し。ずきずき痛み。
一四 胸が煮えかえり、苛立つ。
一五 病後はじめて遠出をしたのが、この長旅で。
一六 義経の臣として世を忍ぶ身の旅路。
一七 連用形中止法。「恙なくて」と同じ。さらに下句「御入り」の修飾語を兼ねる掛詞。旅中無事で来まして、我君が御無事にこの館にお入りになっていらっしゃることをお聞きいたしまして。
一八 決して。一向に。
一九 日陰の身の。
二〇 まことしやかな。
二一 底本振仮名に「が」と濁点あり。十行本「たばからん」。
二二 無礼。慮外。
二三 「二心、人外」と頭韻。鎌倉と内通する二心の人でなし。
二四 両手を後手に縛って顔を前に向けさせること。

折て忠信が。弓ン手馬手《(めて)》に反《そり》打かけ。「[一]委細《いさい》あれにて皆聞《(きい)》た。サア腕《うで》廻せ四郎兵衛」。「静御前の御ン行衛。サア明イ白に白状《はくじやう》せよ」。「踏《ふみ》付ケて縄かけふか」。「拷《がう》問《もん》して云《(いは)》せうかサアどふじや」。「サアどふじや」とせりかけられてせん[二]刀《かたな》。指《さし》添《ぞへ》共に投《なげ》出し「両人待ァ[三]た麁忽《そこつ》すな」。「待テとは但《たゞし》云訳《いひわけ》有ルか。サア聞《(きか)》ふ」「サアなんと」。〳〵に[四]難儀《なんぎ》の最中。「静御前の御ン供申シ。四郎兵衛忠信殿御出也」と。[五]奏者《そうしや》が声に人ゝ仰天《ぎやうてん》。[六]何忠信が又来たとは。合点行《(ゆか)》ずと聞《(きき)》もあへず。以前ンの忠信立上り。「我名をかたるは何ンでも曲者《くせ》。引くゝって大将への[七]面晴《めんばれ》せん」とかけ行を。「ヤアならぬ〳〵。詮議《せんぎ》の済《すむ》迄動《うごか》さぬ」と亀井が向ふをさゝへたり。

「ヤアさなせそ六郎。忠信是に有ル上に。又忠信が静を同道《どうぐ》。何にもせよ子細《しさい》ぞあらん。片時《へんし》も早く是へ通せ」。「あつ」と亀井は次の間へ。我身あやぶむ忠信は黙《もく》して。様子を窺《うかゞ》へば。

別れ程へし。君が顔見たさ逢《あひ》たさと[八]つかはと。河連が奥の亭《てい》。歩《あゆみ》くる間もとけ[九]

一 ここから亀井と駿河が一ことばずつ替りあって言う常用の文型。義経の呼んだ順で亀井から言いはじめるであろう。替りどころは不明ながら現行を参照して仮りに括弧を付けておく。
二 「せん方なし」と「刀」をかける。
三 現行でも、「まアった」と大きく語る。
四 「なんと、難儀」と韻を踏む。
五 取りつぎの者。
六 人々の仰天した心の中の声を叙述した句。現行は義経のことばとする。
七 疑いを晴らすこと。恥をすすいで面目を立てること。
※現行、一二行目の「様子を」から三味線の調子を一全音上げて静の登場。端場には珍しい派手な演出である。これがいつから始まったかは不明だが、もともと「狐の段」担当の二代目政太夫が、地味な西風の語り口で、艶やかな四段目物に必ずしも適していないので、先立つこの段に華やかな節付けをしたことは考えられる。
八 心せくさま。「河連」と韻をふむ。
九 もどかしく。
※現行、静は下手柴垣の陰から出てすぐ本手へ上り、義経にすがる。
一〇 「輪廻」は執着。静への愛着が深く未練だと思われるような。
一一 自分勝手な。
一二 ふざけ、からかうさま。
一三 冗談。ふざけ。
一四 「何気(も)ない」と「なまめく」をかける。同じく話が喰い違っても、男同士の殺伐なやりとりと違い、つやがある。

しなく「ノゥ我君かなつかしや」と。人目いとはずすがり付ｷ恋し床《ゆか》しの溜《ため（だめ）》ゝを涙の色にしらせけり。

「ヲヽ女心に歎ｸは尤《もつとも》。別れし時云聞《（いひきか）》せしごとく。人の情に預ｶる義経。[一〇]輪廻《りんゑ》きたなき振舞《ふるまひ》ならねば。つれなくはもてなしたり。忠信を同道とや。いづくに有リ」と尋《（たづね）》給へば。「たつた今次の間迄連ﾚ立ｯて参りしが。爰《（ここ）》へはまだか」と見廻しく「それくく。ても早ふ爰へ来てじや。一ｯ所にお目にかゝる物を。ちつとの間に先ｷへ抜ｹがけ。まだ軍場《いくさば》かと思ふてか。まんがちな人では有ﾙ」と恨《うらみ》口成ﾙ詞に不審《しん》。一倍晴《ばいはれ》ぬ四郎忠信。「我君も其ごとく覚《（おぼえ）》なき御ｼ尋。拙者《せつしや》めは今の先ｷ。出羽の国から戻《もど》りがけ。去年お暇《いとま》申ｼてからお目にかゝるは只今始ﾒて」。「ヱヽあの人の[一二]じやらくと[一三]てんがうな事計ﾘ」。「てんがうでなし大真実《（だい）しんじつ》」。「アレまだ真顔《まがほ》でだますのか」と。[一四]何気《げ》も媚《なまめ》く詞の中ﾁ。立戻る亀井の六郎。「静様同道の忠信引ｯ立ﾃ来らんと存ぜし所。次ｷの間にも有ﾘ合さず。玄関《げんくはん》長屋所ゝ方ゝ尋ても知ﾚず候」と。中ｽに心迷《まよ》はせ給ひ。

（五二五頁からつづく）なお翁草に、「宝永正徳の頃、京町奉行組同心田村」某が親しく交際する狐の僧から、「官に志て其功積り、白狐と成」るものと、「官位に志なき野狐」の違いなどを詳しく聞く話がある。

一八 狐の眷属の数。天鼓二、芦屋道満大内鑑四では五万五千。　一九 →注一七。

二〇 「云。鳩に三枝の礼有。烏に反哺の孝あり。…鳩は。親の居たる枝を三去て下枝に居となり。烏の子は。おとなしくなる時。必見忘る謂れ有。然れども猶親の恩徳を不ﾚ忘して。やしなひ返さむ事を思へども。何れをか親とも不ﾚ知。深山などに老極りたる烏の。飛えずして飢つまりてあるをみては。若我親にてもやあらむとて。わかき烏ども養ふと也」（慈元抄）。

二一 いわゆる烏の反哺《（ほはん）》。成長した烏の子烏が、親鳥に食物をくわえ与えて、養育の恩に報いること。白楽天の詩「慈烏夜啼」に、「慈烏其母を失ひ、唖唖として哀音を吐き…声中告げ訴ふるが如し、未だ反哺の心を尽さざるを」。

二二 →九六頁注二一・三。

「コレ静。爰《(ここ)》に居るは其方を預ヶたる忠信ならず。只今国より帰りしと物語する中チ。忠信静を同道《どう〳〵》との案内《あんない》。二人リ有《(ある)》中チにも見へざるは不審《しん》者。面躰《めんてい》似たる贋《にせ》者ならずや。静心が付カざるか」と。仰《(おほせ)》の中チに忠信を。つれ〴〵と打ながめ。「ハアどふやらそふおつしやれば。小袖も形《なり》も違《ちが》ふて有《(ある)》。ア、お待チ遊ばせや。ハツアそれか。ヲ、そふじや。思ひ当《あた》る事が有ル。君が筺《かたみ》と別れし時給《たま》はりし初ッ音の鼓。御覧遊ばせ此様に。肌《はだ》身も離《はな》さず手にふれて。忠信の介抱《かいほう》受ケ。八幡山崎《ざき》小《お》倉《ぐら》の里所〻に身を忍び居たりしに。折〻の留主《るす》の内。君恋しさの此鼓。打《(うつ)》て慰《なぐさ》む度〻。忠信帰らぬ事もなく其音を感《かん》に絶《たゆ》る事。ほんに酒《さゝ》の過ギた人同前。打やめばきよろりつと何気《げ》ない顔付キは。よく〳〵鼓が好《すき》そふなと初手《しよて》は思ひ二度三ン度《ど》。四度《たび》めにはてもかはつた事。又五度めは不思議《しぎ》立《(たち)》。六《(む)》度《たび》めにはこはげ立《(たち)》。それよりは打タざりしが。君は爰にと聞付ヶて。心せく道忠信にはぐれた時。鼓の事思ひ出《(だ)》し。打テばふしぎや目の前に。くる共なく見へたるは。女心の迷《まよ》ひ目かと思ふて連レ立。来りしに。又此時宜《ぎ》はどふぞ

一 つくづくと。現行、静はこの時、本手の欄干際から、二の手の階下の忠信を眺める。
二 ここは絹の綿入れ。
三 服装。身のこなしを含め全体の様子。
四 世話。
五 現、京都府八幡（やわた）市八幡町。石清水八幡宮の門前町とその周辺の八幡宮領の村々。↓一三二頁注一一。
六 ↓四二九頁注九。ここは京都府乙訓郡大山崎町とみてよい。近世の山崎村で、大半が離宮八幡宮領。
※八幡の地は淀川・桂川・木津川の合流点で、淀川をはさんで大山崎と対する。大坂方面へも、また大和路へも通じ、古来交通の要路。近世の俗謡や伝承でも「八幡山崎難与平のお婆」(山崎与次兵衛寿の門松)などで親しまれた地名。この箇所は節付けも特に華やかで、その文句の地名がこの端場の通称となった。
七 現、京都府乙訓郡大山崎町字円明寺の小倉神社付近であろう。
八 深く感動すること。「感に耐えず」と同義で、打消し語の脱落した近世語。
九 けろっとして。
一〇 仕儀。成りゆき。
※五一三頁四行目の中ヲクリで義経は上手一間、忠信・亀井・駿河は上手小幕へ入る。後年には静も一旦正面奥に退場。太夫交替。
※「てこそ入にけれ」以下五二一頁七行目までを「狐の段」と呼ぶ。初演者二代目竹本政太夫。初演時から好評を得、早くからこの段単独でも語られ、現在は切場扱い。宝暦五年(一七五五)庭涼操座鋪から、「静は君の」の前に「そのはらや。はゝきゞならでありと見し。人の身の上いぶか

いの」と中シ上れば義経公。「ムウ鼓を打テば帰り来るとは。それぞよき詮議《せんぎ》の近カ道。静そちに云付クる。其鼓を以ッて同道《どうぐ》した忠信を詮議《せんぎ》せよ。奇《あや》しい事あらば此刀で」と投ゲ出《いだ》し。「我手で打タれぬ鼓の妙音《めうおん》。それを肴《さかな》に一ッ献酌《こんくま》ん。早ゝ鼓打テ〳〵」と云捨奥に入給へば。亀井駿河も忠信にひつ添《そひ》へてこそ入にけれ。

静は君の仰を受ケ。手に取リ上て引結《むす》ぶ[一一]しんき深紅《しんく》をないまぜの。[一二]調《しらべ》結んで胴《どう》かけて手の中チしめて肩《かた》に上ゲ。[一三]手品もゆらに打ならす。声清《せい》ゝと澄《すみ》渡り。[一四]心《しん》耳《に》をすます妙音《めうおん》は。世に類《たぐひ》なき初ッ音の鼓。彼《かの》。洛陽《らくやう》に聞へたる。[一五]会稽城門《くはいけいじやうもん》の越《ゑつ》の鼓。かくやと思ふ春風に。誘《さそ》はれ来る佐藤忠信。静が前に両手をつき。音《ね》に聞《きき》とれし其風情。すはやと見れど打止《やま》ず。猶も様子を。[一六]調《しらべ》の音色《ねいろ》。聞入《ききいり》聞《きき》いる[一七]余念《よねん》の躰。奇《あやし》き者とは見て取ル静。折よしと鼓を止《やめ》。「遅《おそ》かつた忠信殿。我君様のお待チ兼。サア〳〵奥へ」と何気《げ》なき。詞に「はつ」とは云ながら。座を立おくれて指《さし》うつむく。油断《ゆだん》を見すまし切付クるを。ひらりと飛退《のき》飛しさり。

しく。うかゞひ出るあしおとも」の詞章を加え、荘重に語り出し、静が正面の帳から出る。

一一 辛気。いぶかしく、すっきりしない気分。韻を踏み、「辛気」を「深紅」により合わせた。

一二 鼓の二面の革の縁にかける緒。革を胴にあて調べを結び、手の中で締め、調子を整えて左手で右肩にかつぎ、右手で表革を打つ。

一三 手の品(しな)。手の様子。手つき。手ぶり。瑠璃天狗に、「万葉集にあしだまも手だまもゆらにおるはたをきみがみけしにぬひあゑんかもといふ歌も有て、手だまはすなはち手じなにて、女の手じなのやさしきかたちをいふ也」。

一四 心を澄ませて聴くこと。謡曲・天鼓に「打てば不思議やその声の、心耳を澄ます声出でて」。李太白の白毫子歌「南窗蕭颯松声起こり、凭り一たび聴けば心耳を清(す)ます」による。

一五 あの数百里も離れた洛陽にまで聞こえたという越国の会稽城門の有名な太鼓はこうであったかと思うほど、初音の鼓の音が遠くまで聞こえたとみえて、遥か向うから春風に吹き送られて帰って来た佐藤忠信。前漢書・王尊列伝、顔師古の注に基づく。洛陽は中国河南省西部の都市。周・後漢など度々都が置かれた。会稽は浙江省蘇州付近。越王勾践(三九六頁注八)の会稽の恥を雪ぐ故事で名高い。

※現行、狐忠信の出、「春風に」の後、白狐が欄間から顔を出し、宙づりで地上へ下り、狐忠信に早替り、静の下手に出て手をつくのが、普通の演出。ほかに、下手小幕前に鼓打ちを出し、鼓を打ち終えると「春風に」で白狐が鼓から出る鼓抜けなどもある。

一六 取り調べる意と、鼓の緒をかける。

一七 「余念なき体」とあるべきところ。

「コハ何ンとなさるゝぞ」と。咎《とがめ》られて気転《きてん》の笑ひ。「ホヽヽヽヲヽあの人の気疎《うと》い顔。久しぶりの静が舞。見よふと御意《ゐ》遊ばす故。八島の軍《いくさ》物語を。舞の稽古《けいこ》」と鼓を早め。「[二]かくて源平入乱《みだ》れ。[三]船は陸路《くがぢ》へ[四]陸は磯《いそ》へ。漕寄《こぎよせ》打出《うちいで》打ならす」。鼓に又も聞入《ききいつ》て[五]余念《よねん》たはひもなき所を。「忠信やらぬ」と又切かくる。太刀筋かはしてかいくゞるを[六]付ケ入リ柄元《つかもと》しつかと取リ。「何科《とが》有てだまし打に。切《きら》るゝ覚《おぼえ》[七]かつつてなし」と。刀たぐつて投ゲ捨《すつ》れば。「贋《にせ》忠信の[八]サア白状。仰を請《うけ》た静が詮議《せんぎ》。云《いは》ずばかうして云する」と鼓追ッ取《とり》はた〳〵。女のかよはき腕先《うでさき》に打立られて「ハアはつ」と。誤《あやま》り入たる忠信に鼓打付ケ「サア白状。サア〳〵さあ」と詰寄《つめよせ》られ。一ッ句一答《たう》詞なく只ひれ。伏《ふし》て居たりしが。漸《やう〳〵》に頭《かしら》をもたげ。初ッ音の鼓手に取上ゲ。さもうや〳〵敷ク。押シ戴《いたゞき》〳〵。静の前に直《なを》し置キ。しづ〳〵立て。広庭《ひろには》へおりる姿もしほ〳〵と。みすぼらしげに。手をつかへ。「[九]けふが日迄隠《かく》しおゝせ人に知ラせぬ身の上なれ共。今日《こんにち》国より帰つたる誠の忠信に御不審《しん》かゝり。難儀《なんぎ》と成ル故拠《よんどころ》なく。身の上を申

一 きょうとい。びっくりしたような。相手がびっくりしているのを、話が通じないのかと意外に思う意。　二 節付けの「舞」は幸若舞系統から義太夫節にとり入れられた曲節。セメは早いテンポで畳みかけて語る。この静の舞は、幸若舞系の女舞であろう。→四一〇頁注一二。

三 船の平家勢は陸地へよせ、陸地にいる源氏勢は磯ばたへ出、漕ぎよせる船、打って出る武者、両軍が打ちならす鉦太鼓。「打ならす」は静の舞の文句と、静が鼓を打ちならす、の地の文を兼ねる。　四 底本「陸ば」と濁点。十行本「くがは」。

五 余念なく、たわいもない。

六 「付ケ入リ」は後の再版本も同じ。十行本は「付入」とあるのみ。現行は「付け入る」で、この方が文意が通る。　七 全く。「かって」と読む。「かつって」を強めた言い方。　八 「偽忠信の不届者」といった文句が略されている。

※現行「ひれ。伏て」で屋体の下に沈み、縁の下から黒地に源氏車の衣装に早替りで出る。源氏車の衣装は道行にも使用、初演者吉田文三郎が政太夫の紋所から思いついたという(浄瑠璃譜)。

九 今日という今日まで。現行、このあたり低音の地色で語り物特有の表現。

一〇 現行、「ハーンネノ。クン。鼓」と語り、ここから、高音の際だった狐詞になる。

一一 現行、「カーンム天皇」と語るのが、本作の狐詞の代表のように名高い。これら狐詞の語り方は初演以来の傾向が次第に強化されているのであろう。

一二 近松の天鼓(丹州千年狐)で「千年の白狐うが作った天鼓を「四松殿の仰にて日本手下の狐三日がはりに番をつと」め、伊賀上野の弥左衛門・

上る始リは。[ウ]夫レ成ル初[一〇]ッ音の鼓。[中][一一][詞]桓武《くはんむ》天皇の御宇。内裏《だいり》に雨乞《あまごひ》有し時。此大和ノ国に。千年ン[一二]功経《こうふる》牝狐《めぎつね》牡《お》狐。二疋の狐を狩出《かり(いだ)》し。其狐の生キ皮《がは》を以ッて拵《こしらへ》たる其鼓。雨[一三]の神をいさめの神楽《かぐら》。日に向《むか》ふて是を打テば。鼓[一四]は元来《もとより》波の音《おと》。狐は陰[一五]《ゐん》の獣《けだもの》故。水を発《おこ》して降《ふる》雨に。民《たみ》百性は悦びの声を初メて上しより。初ッ音の鼓と号《なづけ》給ふ。其鼓は私が親。私めは其鼓の子でござります」と。[地色ウ]語るにぞつとこはげ立《(だち)》。[ハル]騒《さはぐ》心を[色]押シしづめ。[詞]「ム、そなたの親は此鼓。鼓の子じやといやるからは。扠《(さて)》はそなたは狐じやの」。「ハツア成ル程。雨の祈《いのり》に二タ親の狐を取ラれ。殺された其時は。親子の差別《しやべつ》も悲しい事も。弁《わきま》へなきまだ子狐。藻[一六]《も》を被《かづく》程年シもたけ。鳥井[一七]の数《かず》も重《(かさな)》れど。一日親をも養《やしな》はず。産《うみ》の恩《おん》を送《おく》らねば。豕狼《ぶたおゝかみ》にも劣《おとり》し故。六万[一八]四《(し)》千の狐の下座《げざ》に着《つき》。只野狐とさげしまれ。官[一九]《くはん》上りの願ンも叶はず。親に不孝《かう》な子が有レば。畜生《ちくしやう》よ野等《ら》狐と。人間ンではおつしやれ共。[地色中][二〇]鳩《はと》の子は親鳥より枝を[ハル]下ガつて礼儀《(れいぎ)》を述《のべ》。[二一]烏《からす》[ウ]は親の養《やしなひ》を。[ウ]育返《はごくみかへ》すも皆孝行。[ウ]鳥でさへ其通リ。[ウ]まして人の詞に通《つう》じ。[ウ]人の情も[色]知ル狐。[詞]何ンぼ愚痴[二二]無智《ぐちむち》の畜生《ちくしやう》でも。

弥介の親子狐が活躍する。本曲の構想のもと。
一三 続日本紀・文武天皇二年四月二十九日「馬を芳野水分(みくまり)峰神に奉る。雨を祈(こ)へればなり」。水分神社は前記子守神社(四九八頁注一二)。『文楽浄瑠璃集』は、雨の神として吉野丹生川上神社を挙げる(上社は現吉野郡川上村迫(さこ)、中社は東吉野村小(おむら)、下社は下市町長谷)。丹生川上社へ朝廷から、祈雨には黒馬、止雨の祈りには白馬が献じられたのも陰陽の思想による。吉野山の夢違観音(五〇四頁注一四)も丹生川上神社と関係深い。
一四 「もとより鼓は、波の音」(謡曲・自然居士)。
一五 五雑俎に「狐陰類也」。燕石雑志に「万葉集に、野干玉と書きてぬばたまと訓じたるは、狐は陰獣にして夜をむねとすればなるべし」。
※現行、「狐じゃの」で引抜き白地に火焔の衣装。
一六 中国の古典以来、狐は髑髏を戴いて化けると言われた。「狐の怪をなす事、其の妖怪をなす調練は、草深き野原にて霊天蓋(シャレカウベ)を拾ひ、己が頂に載せてあふのき北斗の星を拝す、然れどもあふのかんとすれば頂の霊天蓋忽ち落つる、又拾ひあげて頂に戴き、右のごとくする事数年を積もれば、後は北斗を拝し、跳り廻りても鍛錬にて霊天蓋を落さず、其の時北斗を百返礼して始めて人の形に変化する也」(『広文庫』所引天地或問珍)。また、藻や草、木の葉などを被って化けるとも伝える。
一七 本朝食鑑十一に、「伝ヘ称ス狐ハ稲荷之神使也。天下之狐悉ク洛之稲荷ノ社ニ拝詣シテ、能ク華表(鳥居)ヲ超スレハ能ク妖魅ヲ作ス。其ノ妖術之長セルハ其ノ長セル者ニ従テ神位階ヲ授クル品有リ」。天鼓四に、「番の時たがへば四松明神のとがめをうけ、官をはがれて野狐と成」。
(五一一頁へつづく)

孝行といふ事を。しらいで何ンと致しませう。とはいふ物の親はなし。まだも頼《（たのみ）》は其鼓。千年ン功《こう》ふる威《ゐ》徳《とく》には。皮《かは》に魂《たましゐ》留《とゞま》つて。性根《しやうね》入《（いつ）》たは則チ親。付キ添《そふ》て守護《しゆご》するは。まだ此上の孝行と。思へ共浅間《（あさま）》しや禁中《きんちう》に留《とめ》置キ給へば。八百万神ン宿直《とのゐ》の御番。恐《おそ》れ有レば寄リ付カれず。頼も綱《つな》も切レ果しは。前ン世に誰レを罪《つみ》せしぞ。人の為に怨《あた》する者。狐と生れ来るといふ。因果《ゐんぐは》の経文《きやうもん》うらめしく。日に三度。夜に三度。五臓《ざう》を絞《しぼ》る血の涙。火焔《くはゐん》と見ゆる狐火は胸を。焦《こが》する炎《ほのほ》ぞや。かほど業因《ごうゐん》ふかき身も。天道様の御ン恵《めぐみ》で。ふしぎにも初ッ音の鼓。義経公の御ン手に入《（いり）》。内裏《だいり》を出れば恐れもなし。ハッア嬉しや悦《よろこ》ばしやと。其日より付キ添《そふ》は義経公のおかげ。稲荷《いなり》の森《もり》にて忠信が。有リ合さばとの御悔《くやみ》。せめて御恩《おん》を送《おく》らんと。其忠信に成リかはり。静様の御難儀を。救《すくひ》ました御褒《ほう》美《び》と有ッて。勿躰《もつたい》なや畜生《ちくしやう》に。清和《せいわ》天皇の後胤《こうゐん》。源ン九郎義経といふ。御《（おん）》姓名《せいめい》を給《たまは》りしは。空恐《そらおそ》ろしき身の冥加《めうが》。是といふも我親に孝行《かうく》が尽《つくし》たい。親大事〳〵と思ひ込ンだ心が届《とゞき》。大将の御ン名を下されしは人間の果《くは》を請ケたる同前《どうぜん》。

一 せめての孝行。
二 現行、「はっぴゃくばんじん」と読む。初演からの伝統の読みか。八百万(やおよろず)の神が昼夜禁中を守護なさるので。謡曲・鉄輪の「み幣(てぐら)に、三十番神ましまして、魑魅鬼神は穢らはしや、出でよ出でよと責め給ふぞや」などを踏まえる。
三 誰に対して罪を犯したことか。
四 先注、業報差別経にいう畜生道に生ずる業因の一つ、衆生を悩害することをさすか、とする。業報差別経要解・中「七ニハ衆生ヲ毀罵ス八ニハ衆生ヲ悩害ス」(天和三年版。享保五年版もある)。
五 肝臓・心臓・脾臓・肺臓・腎臓、また内臓の総称。
六 節付けの「文弥」は哀感をそそる古浄瑠璃文弥節風の曲節(→解説三)。五一七頁一一行目、五一八頁二行目のサハリも、一種の文弥の節付け。
七 →一二一頁注三二。
八 ここは現在の苦の因となる、前世での悪しき行為の意。
九 →四三四頁注四。義経記の忠信も、義経にたって願い「清和天皇の御号を預か」ったので、狐の忠信の身にとっては、確かに恐ろしいほどの仕合せといえる。
一〇 現世での善き行為により、来世に畜生の境界を脱して人間に生まれる果報を得ること。
一一 人の目に見えない姿から忠信の姿に戻ること。前の静のことば「帰らぬ事もなく」(五一二頁八行目)に合わせた表現。
※狐が姿を借りていた人物の本物が、たまたま来合わせたために、狐の化身は身の上を明かし古巣へ帰らねばならなくなる、との設定は、芦屋道満大内鑑と同じ。たとえば近松の天鼓の狐達や海音の信田森女占の女主人公などは、これとは別の描き方である。芦屋道満大内鑑制作時に、義経千本桜の作者三好松洛・二代目竹田出

弥《いよ〳〵》親が猶大切ッ。片時《へんし》も離《はなれ》ず付キ添《そふ》鼓。静様は又我君を。恋慕《した》ふ調《しらべ》の音ト。かはらぬ音《ね》色《いろ》と聞《（きこ）》ゆれ共。此耳へは二タ親が言《ものい》ふ声と聞ゆる故。呼かへされて幾《いく》度《たび》か。戻《もど》つた事もござりました。只今の鼓の音は。私故に忠信殿君の御不審《しん》蒙《かうむ》つて。暫《しばら》くも忠臣を。苦《くるしま》すは汝が科《とが》。早ゝ帰れと父母が。教《おしへ》の詞に力ラなく。元《もと》の古巣《ふるす》へ帰りまする。今迄は大将の御《（おん）》目を掠《かすめ》し段。お情には静様。お詫《わび》なされて下さりませ」と。縁《ゑん》の下より延《のび》上り。我親鼓に打向《むかひ》。かはす詞の[一二]しり声も涙。な。がらの暇乞《いとまごひ》人間ン[一三]よりは。睦《むつま》じく。

「親父様。母様。お詞を背《そむき》ませず。私はもふお暇《（いとま）》申まする。とは云ながら。御名残惜《おし》かるまいか。二タ親に別れたおりは何にもしらず。一チ日〳〵立ッに付ケ。暫《しばら》くもお傍《そば》に居たい。産《うみ》の恩《おん》が送《おく》りたいと。思ひ暮《くら》し。泣キ明カし。こがれた月日は[一四]四《（し）》百年。雨乞《あまごひ》故に殺されしと。思へば照ル日がうらめしく。[一五]曇《くもら》ぬ雨は我涙。願ひ叶《（かな）》ふが嬉しさに。年シ月馴《なれ》しつま狐。中に設《もうけ》し我子狐。不便《びん》さ余《あま》つて幾度《いくたび》か。引カるゝ心を[一六]どうよくに。荒野《あれの》に捨《（すて）》て出《（いで）》ながら。飢《うへ》はせぬか。凍《こゞへ》は

雲が、署名作こそ発表していないが、既に竹本座の作者陣に加わっていたことは留意されてよい。なお本集に、狐の化身を扱った二作を収めることになったが、十八世紀の浄瑠璃では、狐の化身や狐つきの局面を扱う場合、実は狐ではなく、人間がある目的のために狐の化身をよそおっていた、という設定が多い(本作四年後、豊竹座の玉藻前曦袂など)。十八世紀浄瑠璃の合理主義により、化身や亡霊の登場は、抑制される傾向にあったが、本作と芦屋道満大内鑑は、狐の化身を登場させながら猟奇趣味や見世物に堕することなく、生きとし生けるものの親子の情という主題の一貫性により、すぐれた戯曲となり得ている。

一二 発声の長く引く末の部分。現行の狐詞は必ずしも末の部分を引く訳ではないが、獣や鳥の鳴き声の哀愁に満ちた尻声と重ね合わせたもの。なお、ここの句点は「涙」という一語中に句切りを入れる形と見られる。改刻本、十行本、後の再版本も同様。

一三 「より」は、よりはるかにの意をこめる。

一四 延暦七年(七八八)から文治二年(一一八六)まで四百年。

一五 日が照りながら雨が降る、狐の嫁入り。

一六 胴欲。冷酷にも。

※三段目切、四七八頁注※に記した改訂以前の初版系本で、五一七頁二行目「音色(ねいろ)と」から五一九頁一二行目「ヤイ源九郎」まで、底本八十九・九十の二丁分を改刻し、文章は同じで、振仮名・濁点等を底本より詳しく付け、節付けに改修を施したものがある。但し位置その他、きわめて微妙な点の改修。現行曲もこの改修本に近い。節付けそのものが初演直後に変えられたのではなく、初版初刻本(底本)の不正確ないし

せぬか。若猟人《もしかりうど》に取ラれはせぬか。我親を慕《したふ》程。我子もてうど此様に我を慕《した》はふがと。案じ過《すご》しがせらるゝは。切ても切レぬ輪廻《りんゑ》のきづな愛着《あいぢやく》の鎖《くさり》に繋留《つなぎとめ》られて。肉《にく》も骨《ほね》身も砕《くだく》る程。悲しい妻子をふり捨て。去年の春から付キ添《そふ》て。丸一チ年ン立ッや立タず。いねと有ル迚《(とて)》何ンとマア。あつと申ていなれましよかいの〳〵。お詞背《そむ》かば不孝《かう》と成。尽《つく》した心も水の泡《あは》せつなさが余つて帰る。此身は何たる業《ごう》。まだせめてもの思ひ出に。大将の給はつたる。源九郎を我名にして。末世《まつせ》末ッ代呼《よば》るゝ共此悲しさは何とせん。心を推量《すいりやう》し給へ」と泣つくどいつ身もだへし。どうどふして泣叫《さけ》ぶは。大和国の源九郎狐と云伝《つた》。へしも哀《あはれ》也。静は遉《さすが》。女ゴ気《(ぎ)》の。彼レが誠に目もうるみ一間の方に打向ひ。「我君夫レにましますか」と。申《(まうす)》内より障子《しやうじ》を開《ひら》き。「ヲヽ委《くは》しく聞届《とゞけ》し。扨《(さて)》は人にてなかりしな。今までは義経も。狐とは知ラざりし。不便の心」と有ければ。頭《(かうべ)》をうなたれ礼《(らい)》をなし。御大将を伏拝《ふしおがみ》〳〵。座を立《(たち)》は立ながら。鼓の方をなつかしげに見返り。〳〵行となく。消《きゆ》る共なき春霞《がすみ》人目朧《おぼろ》に見へざれば。大将哀《(あはれ)》と思《(おぼし)》

不明瞭なところを改刻によって正した可能性が強い。前記※に挙げた宝暦六年頃京竹本座上演時に発行の正本八十九・九十丁目もこの改修本である。従ってこの修正本は初演直後から十年以内に板行され、当然初演者、宝暦六年京竹本座再演者である二代目政太夫の意向も反映されているとみなされる。以下底本と改刻本の、必要と思われる箇所の校異を挙げる。

一 改刻本は「切ぬ」の「切」の脇に「上」、「輪廻」の振仮名の脇に「サハリ」と、位置が少し上にある。
二 「きづな」「鎖」の縁語に象徴される「輪廻」「愛着」の仏語で、業と恩愛の哀しみを語る。
三 かわいい。
四 忠信が出羽へ出発したのが去年の晩春三月(五〇九頁二行目)。義経への初音の鼓下賜は六月頃である。初段とこの段と、作者が異なると考えられる。
五 はい、と言って去ることが、どうしてできましょう。
六 改刻本「泡(あは)。」と句点。なお『文楽浄瑠璃集』の現行曲は、その次「せつなさが余て。かへる此身は何たる業。」と七五調に句点を打つが、底本の句点位置の方が文章としては引き締まる。
七 底本「とうど」。改刻本「どうど」。
八 現、大和郡山市洞山寺町の浄土宗、霞渓山洞泉寺境内に源九郎稲荷神社がある。大和国源九郎狐のことは、和漢三才図会、西鶴諸国咄、近松の天鼓五段目にあり、また寛保三年(本作の四年前)の鎌倉諸芸袖日記に「大和国源九郎が家来青葉半之助」などと見える。本曲は、その由来譚という形。なお吉野の地にも稲荷の社や祠は数多くある。
九 改刻本は「伝」の脇に「ノル」。

召《めし》「アレ呼《(よび)》かへせ鼓打テ。音《(ね)》に連《(つれ)》又も帰りこん。鼓ヽ」と有けるにぞ。

静は又も取上て打《(うて)》ばふしぎや音《(ね)》は出《(いで)》ず。「是は〱」と取直し。打テ共〱こはいかに。一四上共《ちつ》平共《ぼを》音せぬは。「ハア扨は。魂《たましい》残す此鼓。親子の別れを悲一五しんで音《(ね)》を留《とめ》たよな。人ならぬ身も夫程に。子故に物を思ふか」と。打しほるれば

義経公。「ヲヽ我迚《(とて)》も生類《しやうるい》一六の。恩愛《おんあい》一七の節義《せつぎ》身にせまる。一チ日の孝もなき父義朝一八を長田《おさだ》に討タれ。一九日かげくらまに成長《ひとゝなり》二〇せめては兄の頼朝にと。身を西海の浮《うき》二一沈《しづみ》二二忠勤《きん》仇《あた》なる御《(おん)》憎しみ。親共思ふ兄親《(あにおや)》二三に見捨られし義経が。名を譲《ゆづ》つたる源九郎は。二四前世の業《ごう》我レも業。そもいつの世の宿酬《しゆくしう》二五にて。二六かゝる業因《ごうゐん》也けるぞ」と身につまさるゝ御涙に。静はわつと泣出せば。目にこそ見へね庭の面《おも》我身の上と大将の。御身の上を一ト口には勿躰《もつたい》二七涙に源九郎。二八たもち兼たる大声にわつ二九と叫《さけ》べば我レと我《わが》。姿を包《つゝむ》春霞《ハルがすみ》はれて。形《かたち》を顕《あらは》せり。

義経御座を立給ひ。手づから鼓を取リ上ゲて「ヤイ源九郎。静を預カリ長ガヽの介抱《かいはう》詞には述《のべ》がたし。禁裏《きんり》より給《たま》はり大切ッの物なれ共。是を汝に得さする」

一〇 現行は、「おんなぎ」。
一一 改刻本は「色」が「打向」の脇に移動。
一二 改刻本は「頭」の脇に「ウ」を加える。「礼をなし」は礼拝《(はい)》し、の意。
一三 改刻本は「〱」の脇に「ウ」を加える。
※現行、狐忠信は、下りて来た雲霞の中に消える、桜の木または上手小幕へ白狐となって入る、などの演出でみせる。
一四 「ちつ」「ぽを」は鼓の譜。→二六〇頁注一一。
一五 謡曲・天鼓、近松の天鼓を踏襲した設定であるが、天鼓では鼓が鳴らないところから場面が始まるのに対し、ここは、今まで鳴っていた鼓が突然鳴らなくなる。浄瑠璃の演劇性と語り物性を十分に生かした、本作の優れた局面。後の三十三間堂棟木由来(祇園女御九重錦)・和歌の浦の場に、形を変えてとり入れられる。
一六 ここは人倫に対する動物の意。
一七 竹本座系(非並木宗輔系)浄瑠璃のキーワード。
一八 頼朝・義経の父源義朝は、平治の乱で平家に敗れ、尾張の内海で家来の長田忠致に殺された(一一六〇年)。義経は義朝が平治の乱に敗れた平治元年(一一五九)に生まれたので、「一日の孝もなき」と言う。現行、「一日」の読み、「いちじつ」。
一九 日陰の暗い境遇と、義経が少年時代を過ごした鞍馬山をかける。
二〇 改刻本は「成長《(ひとゝなり)》せめては」の「せ」の脇に「中」、「て」の脇に「ウ」と、位置が少し下にある。
二一 「憂き」にかける。
二二 改刻本は「忠勤」の「勤」の振仮名の脇に「ウ」と、位置が少し下にある。
二三 親代りの兄。家長としての兄。
二四 源九郎は前世の業で狐に生まれ、親子の別れに苦しみ、自分も業因深い生まれで、親子の

と指《(さし)》出し給へば。「何其鼓を下されんとや。ハア〳〵有がたや忝《(かたじけな)》や。こがれ慕《した》ふた親鼓。御辞《じ》退《たい》申さず頭戴《てうだい》せん。重《ちう》ゝ深《ふか》き御恩《おん》のお礼今より君のかげ身に添《そひ》。御身の危《あやうき》其時は一方を防《ふせぎ》奉らん。返す〳〵も嬉しやな。ヲ、夫レよそれ。身の上に取紛《まぎ》れ。申ス事怠《おこた》つたり。一山ソの悪ク僧ばら。今夜此館《やかた》を夜討にせんと企《くはだて》たり。押シ寄セさする迄もなし。我転変《てんぺん》の通力《つうりき》にて。衆徒を残らずたばかつて。此館へ引入《(ひきいれ)》〳〵。真向《まつかう》立テ割車切。又一時にかゝつし時。蜘手《くもで》かくなは十文字。或《あるい》は右げさ左リげさ。上を払《はら》へば沈《しづん》で受ケ。裾《すそ》を払《はら》はゞひらりと飛《(とび)》。けいしやう飛術《ひじゆつ》は得たりや得たり。御手に入レて亡《ほろぼ》すべし。必《(かならず)》ぬからせ給ふな」と。鼓を取ッて礼《(らい)》をなし。飛《(とぶ)》がごとくに行末の跡をくらまし失《うせ》にける。

始終《しじう》の様子詳《つまびらか》に。聞て驚《おどろく》四郎兵衛。亀井駿河諸共《(もろとも)》に御前《(おんまへ)》に進出《すゝみ(いで)》。「生類《しやうるい》の誠有ル弁舌《べんぜつ》にて。大将の御ン疑《うたがひ》も某が心も晴《はれ》て。此世の大慶《けい》上なし」と。申ス詞も終《おは》らぬ所へ河連法眼罷リ出《(いで)》。「怪力乱神《くはいりよくらんしん》を語《かた》らずといへ共。彼《かの》源九郎が申せしは一山ソの衆徒。今宵夜討チに来《(きた)》る条。先キ達ッて忍びを入《(いれ)》候所。恰《あたか》も府節《ふせつ》

縁が薄い。
二五 宿執。前世から身についた執念。ここは前世からの業、罪業の意に近い。
二六 源九郎と自分との、業因(→注二四)の深さという点での宿命的な結びつきは、いつの前世から始まったのだろうか。
二七「勿躰ない」と「涙」をかける。
二八「たもち」の節付けについて→解説三。
二九 現行は、「くゎい」と狐の鳴声。下手の雲霞から白狐が出、狐忠信に早替り。

一「○乱序」は、現在でいう下座音楽の指定。乱序は能の囃子事で「獅子」の登場時に演奏。別に能に来序の囃子事もある。乱序が歌舞伎音楽にとり入れられて来序とも呼ばれ、現行文楽の来序も歌舞伎の下座音楽系とされる。狐忠信の動きについて『文楽浄瑠璃集』で、白狐の出、最初の早替りから、段切りまで、再三、ドロドロ入りの来序の鳴物の注記があるが、初演時の乱序と、現行の来序との関係は明確でない。
二 顔の正面から、縦に一刀両断すること。
三 胴を横に真二つに切ること。
四 大勢の敵が一時にかかってきた時は。「かかっし」は「かかりし」の促音便。
五 蜘蛛の手足の如く八方に刀を振りまわすさま。以下軍記物で、太刀などを振るって斬りまくる場面の常套句。
六「香菓泡(かくのあわ)」の略で「角縄」とも書く。紐を結んだような形の揚げ菓子。そのように曲がりくねり、結んだ形に、自由自在の太刀さばきをみせること。
七 体を急に低くし。

を合ハするごとし敵を引受ケ戦《たゝか》はんか討て出《(いで)》申スべきや。賢慮《けんりよ》いかゞ」と伺《うかゞ》へば。四郎兵衛忠信「よき計略《けいりやく》[一一]ごさんなれ。狐に譲《ゆづ》り給ひしも。元トは拙者に給はる姓名《せいめい》。君にかはつて討死せば。一ツ旦《たん》事はしづまらん。[一二]ひらさら御[一三]免ンを蒙《かうむ》り度《たく》存奉《(ぞんじたてまつ)》り候」と。余儀《よぎ》なき願ひに御《(おん)》大将。「我思ふ子細有レば。暫《しばら》く此場は立退《のか》れず。我名を名乗リ衆徒等を欺《はか》れ。汝死すれば我レも死ぬ必《(かならず)》討死すべからず」と。御ン帯刀《はかせ》を給《たび》[一四]てげる。仁ン徳厚《あつ》き御《(おん)》詞に出行《(いでゆく)》跡を見送《おく》つて。「静来れ」と打連レ奥にぞ[一五上]入給ふ。

時も移《うつ》さず入来るは山科《しな》の荒法橋《あらほつきやう》。[一六]我慢《がまん》の大太刀《(おほだち)》[一七]指《さし》こはらし。案内《あない》に及ばずずつと通り。「コレ〳〵法眼殿。只今は直キの御出《(おいで)》近カ比《(ごろ)》祝着《しうちやく》。義経搦《からめ》おかれしとや[一八]お手柄《てがら》といひお使イがら。早速《さつそく》ながら参つた」と。詞に人ゝ目を見合せ。扠は鼓の返礼にきやつをたばかり寄セたるよと。心に黙《うなづ》き「いかにも〳〵。奥の殿ンに搦置《からめ》クサアいざ〳〵」と先キに立《(たち)》。亀井に[一九]目はじき間《(あひ)》もあらせず。[二〇]得たりと利腕《きゝうで》取ル手も早く床《ゆか》も砕《くだ》けとずでんどう。起《おこ》しも立《(たて)》ず踏《ふみ》付ケ〳〵[二一]早縄たぐ

八 軽捷。身軽ですばやいこと。敏捷な動き、早業はお手のもの。
※現行、狐忠信の引込みは、白狐となり(または狐忠信のまま)宙づりで天井へ。
※現行、千本桜四段目の上演は、ここまでで打切られることが多く、以下は、上演される場合も非常に短く刈りこまれる。
九 論語・述而篇「子怪力乱神を語らず」による。
一〇 符節。割符。
一一 「にこそあるなれ」の転で、「…だわい」の意だが、ここは、「…があります」の強め。
一二 ひとえに。
一三 君に代って討死することを御許可いただきたい、の意。
一四 軍記物風に「てんげり」と強め、「仁徳」にかかるため連体形とするが、ややなじまぬ表現。
一五 「ヲクリ」と明記されていないが、初演時は「奥にぞ」までが「狐の段」で、太夫が竹本島太夫に交替して「入給ふ」と語り継いだのであろう。
一六 高慢な顔で自慢の大太刀を。
一七 いかめしく指すさま。「長かたな指こはらし。使者の間にむンずと座し」(井筒業平河内通三)。
一八 「がら」を重ねて韻を踏み、軽快に運ぶ。
一九 ここは、目くばせの意。
二〇 亀井が「心得た」と法橋の右腕を。
二一 捕縄《とりなわ》。

つてくゝり上《(あげ)》。宙《ちう》に引ッ立《(たて)》「大将の見参《[一]げざん》に入レん」といさみ行《(ゆく)》。義経ならぬ源
九郎が。計略《けいりやく》とこそしられたり。
次ギへ来《(きた)》るは梅本の鬼佐渡《おにさど》。何ンでも[二]つかみ喰《くら》はん頬付《つら》キ。眼コに見へぬ源九郎
に。つまゝれくるとは[三]白衣《しろころも》の。袖押シまくつて屋敷キの隈《くま》ゝ。睨《にらみ》廻し。「イヤ法
眼殿[四]只今は早ゝの仕合《(しあはせ)》。まだ帰られじと思ふたに。何もかも[五]手ばしかい。シテ
囚人《めしうど》は」とでかし顔なる[六]鼻《はな》の下タ。[六]長廊下《ながらうか》をやり過し[七]蹴《け》かへす板間《(いたま)》踏《ふみ》すべり。
するく駿河に踏《ふみ》のめされ。「無念ンく」の手間隙《ひま》いらず同じく奥へ引立テ
行。
扠《(さて)》三番めは返リ坂の薬医《やくゐ》坊。[八]くるく道も仏頂面《ぶつてうづら》。「ヤレせはし。はてせはし。
いくはいやい。まあ待テやい。こりや其様に引ずるな。衣や着物《きもの》が破《やぶれ》るはい。
扠ゝ無礼な使イじや」と。源九郎に化《ばか》されて何をいふやら訳《わけ》もなき。中チにし[九]
はさはこもりける。
「ヲヽ待チ兼《かね》し薬医坊。サアくこちへ」と寄ル顔で。小腕《(こがひな)》ぐつと捻上《(ねぢあ)》グれば「ア

一 お目にかけよう。「げざん」は「げんざん」の撥音無表記。
二 鬼の縁で「つかみ喰らう」と言い、「頬(らつ)」と頭韻。
三 「知らず」と「白い僧衣」をかける。
四 只今は早々によいお知らせを頂いて幸いです。
五 敏捷で手まわしがいい。
六 鼻の下が長い(間抜けである意)と、館の長廊下をかける。但し舞台は「狐の段」の続きで、長廊下が通っている訳ではない。
七 駿河が足を蹴ると、鬼佐渡は長廊下の板間を踏みすべって転倒するところを。ここも「する」を重ねて韻を踏み、軽快に運ぶ。
八 「返り」の縁で「来る来る」と言い、化かされて目の廻る様子にかける。
※三人の悪僧が、狐に化かされている滑稽の度合いが、荒法橋、鬼佐渡、薬医坊とだんだんひどくなる。
九 狐に化かされて正体のない言葉の中にも、着物が破れるのを気にする、薬医坊のけちさ加減はちゃんと残っている。→五〇〇頁八行目。再版七行本は「しはざ」とするが、採らない。

イタ、、、こりや何とする」。「ヲ、からうする」と[一〇]それながら大の法師を引かづき。「貴殿《きでん》計リは法眼が手料理の馳走《ちさう》ぶり。義経公の献立《こんだて》を待ッて切《(きり)》かた致さん」と。笑ふて奥に入にける勇気の程ぞたぐひなき。

斯《かく》と[一一]白刃《しらは》の大長刀《なぎなた》[一二]鐏《いしづき》土につきならし。衣の下は[一三]海老《ゑび》胴鎖《どうぐさ》り。[一四]頭《かしら》は袈裟《けさ》に。ひんまとひ。ゆらり。〳〵と入《(いり)》たるは只物ならぬ横川《よかは》の覚範《かくはん》。大庭《には》に[一五]二王立チ。「河連殿はいづくに有《(ある)》[一六]客僧是へ参入《さんにう》せり。[一七]奥へ推参《すいさん》申さんか。とく〳〵対面《たいめん》〳〵」と呼《(よば)》はり。ながら歩行《あゆみ》。

後《うしろ》の障子《しやうじ》の内よりも。「平家の大将能登《のと》ノ守《かみ》。教経《のりつね》待テ」と声かけられ。思はずきつと見返りしが。「ムウ声有ッて形《かたち》なきは。我を呼《よぶ》にはあらざりし。覚へなき名に驚キて思はぬ気おくれ。ハ、、、、人なくて恥かゝざりし」と独言《ひとりごと》して行所を。「ヤア卑怯《ひきやう》な教経能登《のりつねのと》ノ守《かみ》。九郎判官義経がとくより是に待かけたり」と。[一八]障子《しやうじ》をさつと押シひらく見るより覚範望《のぞ》む所。長刀[一九]柄《ゑ》ながくかいこんで飛かゝらんず顔色《(がんしよく)》に。ちつ共憶せず完爾《につこ》と笑ひ。「げに[二〇]紅《くれなゐ》の旗印《はたじるし》は衆徒にやつせ

一〇 そのまま。法眼は右手で小腕をねじ上げたまま、左手を添えて薬医坊を頭上にかつぎあげて退場する。人形でこその演技。

一一 三人が捕えられたとも「知らず」にかける。

一二 石突。長刀の柄の端を包む、とがった金具。

一三 「海老胴」は金胴で海老の殻のように朱塗りにしたもの。金胴は鉄板で作った胴だけの鎧の一種で、金胴の上に鎧を着することもある。「鎖り」は鎖かたびらか。

一四 僧兵は五条袈裟で頭をつつんだ。

一五 仁王立ち。

一六 叡山横川から吉野山に寄寓している僧、横川の覚範の自称。

一七 失礼ながら、奥へ通りましょうか。

一八 義経は上手一間の障子の内から出たのであろう。

一九 長刀の長い柄を脇にかかえこんで。突き出そうとする身構えになること。

二〇 「紅」は紅花。「紅は園生に植ゑても隠れなし」は、優れたものは、たとえ隠し包んでも、頭角をあらわすことのたとえ。義経記一・鏡の宿吉次が宿に強盗の入る事で、少年時代の義経について言われる言葉。ここは紅の旗印、即ち平家の大将をさす。

ど隠れなし。水練《すいれん》に名高き教経。八島の沖に入水《じゆすい》と見せ。底《そこ》を潜《くゞ》つてうかみ出《(いで)》。此世に有《(あり)》とは。とくより知ッてまがひなき面躰《めんてい》。一あらがはれな」と優美《ゆうび》の詞。「ホヽさかしくも云ッたりな。教経にもせよ誰レにもせよ。汝に敵対《てきたう》覚範に物の具《ぐ》もせず出合《いであふ》は。此場《ば》を助ケて囉《もら》ひたさの追従《ついしやう》。地色ウ命惜《おし》さに骨《ほね》折ルは苦労《くらう》。二フシ九郎」とあざ笑へば。

詞「ヤア我三は顔成《(がほなる)》云事《(いひごと)》かな。弓勢《ゆんぜい》には及ばず共。太刀打手練《しゆれん》は負《まく》べきや。四天命イに尽《つき》たる平家の刃《(やいば)》。義経が身に立タば。サア立テて見られよ能登ノ守」と。地ハルいはせもあへず上段《だん》に薙《ない》でかゝるを色小太刀にて。ハルからりてう／＼色はつしと受ケ。詞ノリ五もどく長刀鐏《いしづき》にて。胴腹《どうばら》ぬかんとつつかくるを。はつたと蹴《け》させて付ケ入にぞ。

地ハルあしらひ兼て義経は詞にもフシ似《に》ず逃ゲて入ル。

地ハル遁《のが》さじやらじと奥六の間の隔《へだて》の障子蹴《しやうじけ》はなし／＼。ウかけ行《(ゆく)》向ふにこ色はいかに。玉《ぎよく》ウ座《ざ》を設《もふけ》ウ安ン徳ク帝七﨟《らう》ウハルたけなる御姿。「コハ／＼ウ勿躰《もつたい》なや浅八間しや。ウ何とて爰《(ここ)》にまします」と。フシ胸打。さはぎ奏聞《そうもん》九す。

一 違う、などと言っても無駄ですよ、の意。
二 九郎義経にかける。
三 人もなげな。高慢な。
四 天から見放された。
五 さからう。義経が小太刀で抵抗する長刀。さらばと覚範は逆に持ちかえて石突の方で下から腹を突き破ろうとする。義経はぱっと蹴返すが、やむなくそうさせられたので体勢が崩れる。そこを覚範は付け入って刃の方で斬りかかる。
六 教経は、上手一間へ踏みこむ。
七 ここは、気品高い意の「﨟たけし」と、かわいらしい意の「らうたげ」を一つにした表現であろう。
八 「あさまし」は、あきれるほどひどい状態に対する感慨。敵である東国武士の義経に、幼帝が捕えられているとみての言葉。
九 天皇に申上げる。

君はけだかき御声《み》にて。「一〇尼上《あまぜ》を始メ一チ門ン残らず。海に沈《しづむ》と聞つるに。教経はさはなかりしな」。「はつ」と一一勅答《ちよくたう》黒髪を隠《かく》せし頭巾《づきん》かなぐり捨《(すて)》。鎧《よろひ》の袖かき合せ。「臣が一二乳母子《めのとご》讃岐《さぬき》ノ六郎といふ者。能登ノ守教経と名乗リ。一三安芸《あき》ノ太郎兄弟を左右に挟《はさみ》。海へ飛入《(とびいり)》空《むな》しく成ル。又ッ《(まつた)》此教経は人しらぬ磯辺《いそべ》に上り。祈禱《きたう》坊主の山科《しな》法橋。頼んでやつす姿は覚範。義経に怨《あた》を報《むく》はんとかけ入《(いる)》此間《(このま)》に。玉ク躰《たい》のまします事。擒《とらは》れさせ給ひしか。恐れながら一四勅定《ちよくぢよう》に明カさせ給へ」と。奏《そう》すれば。まだ幼《いとけなき》天皇も。御《(おん)》涙にくれさせ給ひ。

「教経も知ルごとく。八島の内裏《だいり》を遁《のが》れ出《(いで)》。一五頼《(たのみ)》なき世を待チつるに。義経にめぐり逢《(あひ)》。源氏の武士の情有ル。心に恥て知盛は。我事《(わがこと)》をくれ〴〵と。頼《(たのみ)》て海へ入ッたるぞ。夫レより丸《(まろ)》も爰《(ここ)》に来て今教経に逢《あふ》事も。皆義経が計《はから》ひ。日の本の主ジとは生るれ共。天照神《あまてる》に背《そむき》しか。我《(わが)》治《おさめ》一六しる。我国の我国人《(わがくにびと)》に悩《なやま》され。我国狭《せば》き身の上にも。只母君が恋しいぞ。都に有し其時は富士《ふじ》の白雪吉野の春。一七見まくほしさと慕《した》へ共一八小原《(をはら)》の里におはします。母上恋しと慕ふ身は。花も吉野

一〇 尼上は→三九八頁注八。なお平家物語十一に、安徳天皇の二位の尼に対する言葉として「尼前《(あまぜ)》、我をば何地へ具して行かんとはするぞ」。
一一 僧侶覚範から朝廷の臣能登守教経に戻り、被りものを取り、平伏して、慎んで御答えするさま。「鎧の袖」は鎧の肩から上腕にかけておおう部分で、両手を合わせて平伏すると自然に垂れ下がって寄せ合わせた形になるのをいう。平伏と記さなくて平伏を意味する表現。
一二 乳母の子またはもりやくの子。軍記物では、乳母子との主従関係以上の親密さを描く話が多い。平家物語十一で、知盛は乳母子伊賀の平内左衛門と手を取り合って海に沈む。→三九八頁注四。
一三 平家物語十一・能登殿最期。
一四 勅諚。
一五 希望の持てる状態ではないが、平家再興により再び安徳天皇の御代となる日を。
一六 領る。領有する。
一七 見たいものだなあと。
一八 現、京都市左京区大原草生町の寂光院においでになる建礼門院。→三九八頁注九。

も何かせん。[一]あぢきなの身の上を思ひやれ」と計リにて伏まろびてぞ。泣給ふ。御いたはしさ勿躰《もつたい》なさ。「ヱヽしなしたり〳〵。知盛も教経も適《あつぱれ》たくみし計略《けいりやく》智《ち》謀《ぼう》。義経に[二]見さがされしは。よつく武運《ぶうん》に尽《つき》たるな。ヘツヱ是非《ぜひ》もなや口惜《おし》や」と。[三]無念のおく歯《ば》に血をそゝぎ[四]握《にぎ》り詰《つめ》たる掌裏《たなうら》に。爪《つめ》も通らん其気色《けしき》。[五]数《す》百斤《きん》のまぶたのおもり徴《こたへ》。兼て居たりしが。しほれし眼くはつと見ひらき。「ハア我ながら誤《あやま》つたり。八島の戦ひ。[六]義経を組とめんとせし所。船八艘《さう》を飛越《こへ》。味方の船へ引たるは。計略《けいりやく》の底《そこ》をさぐらん為。卑怯《ひきやう》ではなかりしか。今又奥へ逃ゲ込《こみ》しも。我《(わが)》計略を知ッたる故。[七]竜顔《りやうがん》に逢《あは》せ奉るは。武士の情で有たよなア。ムウ今は助《(たすく)》る。勝負《しやうぶ》は重《かさね》ていで帰らん。[八]それ迄は教経が隠家へ[九]遷幸《せんかう》あれ。再《ふたゝ》び[一〇]広き世となして御母君にも[一一]逢せません。いざや御《み》幸《ゆき》の御《(おん)》供」とかき抱《いだき》奉る。馬手《めて》は長ガ柄の大長刀。「浮世を[一二]牛の車共しろしめされ」と奏《そう》しつゝ。

一 生きがいのない。悲しい。
※安徳天皇についても、二段目切の、幼くとも帝王としての身の処し方を弁えた描き方と、親を慕う子の情のみを強調するこの段とでは、質を異にする。
二 見すかされてしまったとは。
三 無念の奥歯を噛み血をそそぎ。無念さを鬱積させる度合いの激しさをいう。
四 無念のこぶしを握りしめ、たなごころ、即ち手のひらに、爪も通るほどの。
五 一斤は約百六十匁であるが、物によって目方の単位が異なり、二百匁以上に当ることもある。ここは涙をためてこらえるまぶたの重さを誇張していう。
六 平家物語十一に、壇の浦の戦いで教経は「判官を見知り給はねば、物具のよき武者をば判官かと目を懸けて、飛んで懸る。判官も、内々面に立つ様にはし給へども、とかう違へて、能登殿には組まれず。されども、如何はし給ひたりけん、判官の船に乗りあたり、あはやと目を懸けて飛んでかゝる。判官、叶はじとや被レ思けん、長刀をば弓手の脇にかい挟み、御方(みかた)の舟の二丈計除(の)きたりけるに、ゆらりと飛乗り給ひぬ。能登殿早業や被レ劣たりけん、続いても飛び給はず」とあるところから、義経八艘飛びの俗説が生まれたが、ここでは、義経が、教経らの脱出計画をさぐるために、平家の船八艘を乗りこえたような、いささか奇妙な解釈になる。
七 天皇の御顔。
八 義経との重ねての勝負を決するまでは。「遷幸あれ」の下に、必ず義経に打勝ってという意味を含めて、「再び」と続く。
九 天子が他所へ御移りになること。

立出《いで》んとする所にゑいと切声《きる》三ふりの太刀音。すはやと長刀引[一三]そばめ見返る間もなくかけ出《いづ》る。亀井駿河川連法眼。面《めん》ゝ血刀首引かゝへ。「卑怯《ひきやう》に候能登殿。一チ味の衆徒等一チゝに此ごとく討チ取たり。天皇をおとりにして後《うしろ》ぎたなき逃ゲ足。門ン打たれば遁《のが》れなし。サア勝負《しやうぶ》有ルか降参《かうさん》有ルか。二つに一つの返答《へんたう》」と。詞を揃《そろ》へて云《いは》せも果ずぐつとねめ付《つけ》。「[一四]頤《おとがい》のあがく儘《まゝ》降参とは。[一五]儕《おの》レ等が性《しやう》根《ね》にくらべてぬかしたりな。汝等が首一チゝ提《ひつさげ》ていなん事。何の手間隙《てまひま》入ルべきや。帝を我に渡したる義経が寸ン志《し》を思ひ助ケ置クを。有リがたいとはぬかさいで。逃グるなどゝは[一六]案外《あんぐはい》千万ン。供奉《ぐぶ》の穢《けがれ》思はずば睨《にらみ》ころしてくれんず奴《やつ》原《ばら》。飛しさつて三拝《ばい》せよ」。「ヤア人もなげなる広言《くはうげん》。組留《くみとめ》て鼻《はな》明《あか》さん」と。[一七]三人ぐのてに追取巻《おつとりまき》砂踏《すなふみ》ちらして詰《つめ》寄レば。上には教経[一八]韋駄天《ゐだてん》立チ見下《くだ》す眼コ角立《かどたつ》て。睨合《にらみあう》たる其中に。帝は[一九]こはさ玉の緒《を》も消《きゆ》る計《ばかり》の御ン風情。「ヤア待《まて》汝等麁忽《そこつ》すな」と声をかけて義経公。烏帽子《ゑぼし》[二〇]狩衣《かりぎぬ》[二一]引繕《つくろ》ひ[二二]物具《ものゝぐ》ならぬ御《おん》出立《いでたち》。「行幸《ぎやうかう》の道をさ[二三]ゝへ。君ン臣の礼を乱《みだる》[二四]其憚リ少《すくな》からず。しづまれ旁《かたがた》いざ

一〇 安徳帝が「我国狭き身」(五二五頁一一行目)とかこつのに対していう。
一一 お逢わせ申しましょう。
一二 憂き世の「憂し」と、「牛」をかける。「世の中にうしの車のなかりせばおもひの家をいかで出でまし」(拾遺集・哀傷)。ここは、私の左腕の上を、かつての行幸の牛車とも思召し下さって…、の意。
一三 引きよせて構える。
一四 あごの動くにまかせて。言いたい放題に。
一五 お前達の卑怯な根性から、英雄の能登守に対しても、降参などと、無礼なことを、よくも言ったものだ。
一六 甚だ無礼だ。
一七 五の手。さいころの目の五(ぐ)で、四隅と中央に点を打ってあるところから、三方から囲むこと。
一八 韋駄天は四天王南方の増長天に属する八将軍の一。甲冑を着け、宝剣を持つ。非常に足が早いことで名高いが、勇壮な立姿も「韋駄天立ち」と呼ぶ。
一九 恐さに生命も。
二〇 平安朝の貴族や身分ある武士の平服。中世には武家の礼服。
二一 整えて着し。烏帽子・狩衣・指貫など狩衣装束を、端然と身につけたさま。
二二 鎧等の武装をしない。義経は、この段の幕明きから、現行では小忌衣、絵尽では丹前風のくつろいだ衣装。ここで武家の礼装に改めて登場する。
二三 妨害し。
二四 それは甚だ恐れ多いことだ。

義経も。天皇を御《(おん)》見送リり[一]奉らん。用意《ようゐ》の装束《しやうぞく》かくのごとし。教経一人ン帰せし迚《(とて)》。天に入ル徳もなく。地に入術《じゆつ》もあらばこそ。何ン条[二]遁《のがれ》なき命。汝等が手にかけず。此所に有合《(ありあは)》さぬ。忠信に討タすれば。兄次信が敵を討《(うち)》。[三]修羅《しゆら》の妄執《もうしう》さんずる道理。[四]教経は世狭《せば》き身。義経も世を憚る身。互に城も楯《たて》もなき戦場《せんじやう》吉野の[五]花矢倉に。勝負《しやうぶ》〳〵を決《けつ》すべし。[六]天皇入水と披露《ひらう》して内裏《だいり》表テ済ンだれば。[七]譬《たとへ》勝《(かつ)》共負クる共。君に過《あやまち》致されな」。「ホ神妙《しんべう》の詞満足《まんぞく》せり。鎖細《さゝい》の事にか〻はらぬ教経。義経計リをねらひはせじ。天下《(てんが)》に[八]倍《かさ》どる頼朝が素頭《すかうべ》取ッて。[九]君が代にひるがへさん。其時は義経には[一〇]庄園《しやうゑん》を申シ下して得さすべし」。「ヤア言《こと》くどし教経。義経を[一一]ねらはゞ其儘。兄頼朝に敵対《てきたふ》とは。聞捨ならず」と御《(おん)》大将御帯刀《(おん)はかせ》に手をかけて。すはやと見ゆる[一二]腹心《ふくしん》に。分ケ入宥《(いり)なだむ》る源九郎狐名をかりの恩《おん》忠信が。ほゐなき思ひしづむるとは目にこそ見へね君の守護《しゆご》。「さらばよ義経去ルにても。帝のお命助ケたる情の礼には教経[一三]共。能登ノ守共名乗ては敵対《てきたは》ぬが我返報《へんぽう》。再会《さいくはい》の名は横川の覚範。吉野山にて忠信に出ックはして勝負《しやうぶ》せん。

一 捨仮名「リ」と送仮名重複。
二 何として一命を全うできようか。
三 修羅道に落ちた者が敵に対して抱く怒りや恨みの念。これは現世に生き残っている敵を討ってやることで、死者の修羅の妄念が散じ、修羅道の苦を脱するとの考え方。
四 義経千本桜の全篇を貫く無常観とものの哀れ。
五 →三九六頁注三。現在花矢倉の地に桜の老木はあるが、義経千本桜には、桜の季節は扱われていない。
六 安徳帝は水死されたと公表して宮廷の公的処理がすんでいるから。近世的な発想。
七 たとえ汝と我との勝負がどちらになろうと、安徳帝が帝位にもどられることもなければ、危害を受けられることもない。それを思いちがえをして、汝が負けた場合に、帝が敵の手にかかられるよりはと汝の手でお命を絶つようなことはされるな。
八 嵩どる。えらそうにする。
九 →五二六頁一一行目。義経のことば通りでなく、必ず元の帝位におもどしするという意志表示。
一〇 自分が安徳天皇に申上げて、貴族なみに庄園を与えよう。
一一 狙う限りでは、そのまま無事に帰すが。
一二 「腹心に…守護」の文意を句順に拘泥せずにたどると、目には見えないが義経を守護している源九郎狐が、義経の心の奥に分け入ってなだめるには、ここで教経を死なせては、私が名を借りた恩のある忠信が、わが手で兄の敵を討たず、さぞ不本意でしょうから、その思いをさせぬように、と義経の思いをその方に向けて静めるので。
一三 名乗って敵対すれば、源平の合戦で勇将能登守教経を滅ぼした義経の武名に傷がつくから。
一四 義経と教経をさす。忠信に勝つことは当然としての教経の豪語。

一四互の命は其時〳〵。一五行幸《ぎやうがう》成ぞ雑人原《ざうにんばら》。一六路次《ろし》の警固《けいご》」と呼《(よば)》はつて。又抱キ上る安ン徳帝。一七君ゝたれど君たらず。臣ゝたれど臣たらぬ横川の覚範一八供奉《ぐぶ》の役。一九敵ゝながら義経が警蹕《けいひつ》の声高ゝと二〇威儀《ゐぎ》有リ。意趣《ゐしゆ》有リ情有リ。河連法眼先駆《せんぐ》の役。駿河の二一仕丁《じてう》亀井の二二六位《ろくゐ》。官ン人ならぬ二三堪忍《かんにん》の二字を守《まも》つてひかゆれど。二四布衣《ほゐ》なさ余つて二五鯉《こい》口のくつろぐ光り二六銀魚袋《ぎんぎよたい》。二七「供奉《ぐぶ》は門ン前人目有リ。赦《ゆる》させ給へ」と敬《うやま》つて頭《かしら》はさげても顔と顔。睨《にらん》でわかるゝ両大将。源九郎義経の義《よし》と。いふ字を二八読《よみ》と音《こへ》。二九源九郎ぎつね附キ添《そひ》し。大和言葉《ことば》の物語其名は。高く聞へける

一五 十行本は「ぎやうかう」。「雑人原」は法眼らを見下した言い方。 一六 みちすじ。
一七 「君君たらずと雖も、臣は以て臣たらざるべからず」(古文孝経)をふまえ、安徳帝は君には違いないが、君主の権力がなく、教経は臣(五二五頁三行目)のはずだが、横川の覚範と名乗れば、俗世の君臣関係を離れた僧侶の身である。
一八 僧が天皇の供奉を勤めるのは、朝廷の儀式としては異常。
一九 「君ゝ、臣ゝ」と語調を合わせて、平家方の天皇と敵対関係にあるはずの源氏の義経が、天皇の行幸の先払いに警蹕の声をかけ。
二〇 「威儀、意趣」と韻を踏み、語義は対照的。
二一 供奉の際に雑役を勤める仕丁に、駿河次郎をもじってかける。
二二 亀井六郎をもじってかける。行幸に供奉し警固に当る近衛府の官人、将監などが六位以下。
二三 「官人と堪忍」、「布衣と本意」、「鯉口と魚袋」など、このあたり、段切りに多い言語遊戯的修辞が特色。 二四 絹に対する布、即ち麻などの狩衣。無紋の狩衣を着する六位以下の者をもいう。「本意なさ」(敵を逃がす残念さ)にかける。 二五 鞘の口をくつろげ、抜きかけた刀身の銀色の光り。 二六 「魚袋」は朝廷の公事で束帯の時、右帯に着けて腰に下げた魚形のある飾り。三位以上は金魚袋、四位以下は銀魚袋。
二七 これから先の御供は、世を忍ぶ身の義経としては、門前の人目がありますので。
二八 訓読と音読。
二九 源九郎義経は、即ち源九郎ぎ(義)つねである、との大和言葉の妙を説きあかす。仮名手本忠臣蔵十段目段切りに天川屋義平(ぎへい)の名を「義平の義の字は義臣の義の字。平はたいらか輒(たやす)く本望」と説くのも同趣。

第五

（吉野山の段）

[一]山々は。皆白妙《しろたへ》に白雪の。梢《こずへ》するどき。気《け》色《しき》かな。佐藤忠信大音ン上《(あげ)》。「清和天皇の後胤《こうゐん》。[二]検非違使《けんびいし》五位《ゐ》の尉《ぜう》源の義経也。兄頼朝が家来の汝等。[三]現在《げんざい》我に敵するは。主《(しう)》に刃向ふ無道人《ぶだうじん》。[四]天狗《ぐ》に習《ならひ》し妙術《じゆつ》にて。一チ々に蹴殺《けころ》して。[五]谷の[六]みくずとしてくれん。観念《くはんねん》せよ」と呼《(よば)》はつたり。右往左往《うわうざわう》に取リ巻イたる。[七]讒者《ざんしや》一チ味の鎌倉勢声々に。「ヤア主従《しうゞ》とは事おかし。主か主であらざるか。討取ッて見せ付ん。かゝれやかゝれ」と一チ面《めん》に。打てかゝるを事共せず。右へなぎ立《(たて)》左リへ払《はら》ひ。切立《(きりたて)》〳〵切立《(きりたつ)》れば。「一先ヅ引ケ」と鎌倉勢。逃グるをやらじと[八]岨《そば》道を足に任せて追ッかくる。平家の大将能登ノ守。忠信に出合《(いであは)》んと。約束違《やくそくちがへ》ぬ[九]衆徒頭巾《づきん》。形《なり》も[一〇]横川の覚範を。人はそれ共[一一]白雪を。踏《ふみ》ならしてぞ歩《あゆみ》くる。

時　前段の同日または数日後
所　吉野山中

一 初演者竹本信濃太夫。
二 尉は判官（令制における第三等官）。衛門の尉であって検非違使を兼ねるのを検非違使の尉という。義経は元暦元年八月に検非違使の尉に任ぜられ、そのことで頼朝の不興を買った。同年九月従五位下となる。
三 自分に敵対するとは、まさしく。
四 鞍馬山で。
五 義経記では、義経一行は蔵王堂の奥、現在の花矢倉の下の中院谷に隠れ、忠信が一人踏み留まることとなり、義経主従は吉野の奥へ、宇陀をめざして逃れる。吾妻鏡では、その後多武峰に滞在と記す。忠信奮戦の場所は、本作でも、義経記、吉野忠信、名所記類をふまえ、上の千本上方の花矢倉から中院谷にかけてを想定した、とみなしてよい。
六 水屑。
七 終局で頼朝と義経の関係に一応の結末をつける伏線として、衆徒ならぬ鎌倉勢との戦いの場面を設けておく。
八 けわしい山道。
九 僧兵の被る頭巾。
一〇 「なりもよし」にかける。
一一 「それ（教経）とも知らず」にかける。

山端《はな》岩角[一二]けしとまず。追ッちらして立帰る佐藤忠信。兼て期《ご》したる約束《やくそく》の。敵は向ふに待かけたり。鎌倉勢のかへさぬ中チに。名乗リ合《(あは)》して勝負《しやうぶ》せんと。立寄ル相手をにつこりと。笑ふて待ッたる勇将義士《ゆうしやうぎし》。互にまねかれ招《まね》き合。「去年[一三]三月八島の磯にて。大将軍の御ン馬の先キに立塞《ふさが》り。[一四]忠心に矢を請とめたる。佐藤三郎兵衛次信が弟。四郎兵衛忠信。兄の敵平家の大将能登ノ守教経。恨《うらみ》のやいば[一五]参らする」とぞ名乗リける。「ヲヽしほらしや忠信。兄の敵と名のるからは。討タれてやるが本ン意《ゐ》なれ共。安ン徳帝を守リ奉りふたゝび天下《(てんが)》を覆《くつがへ》す教経。ふびんながら返り打。冥途《めいど》で兄に云訳《いひわけ》せよ。横川の禅師覚範が。[一六]引導《ゐんだう》してくれんず」と。長刀杖《つえ》につきそらしかんら〳〵とぞ打笑ふ。詞だゝかひ終《おは》つて後《のち》。[一七]まつかうかざしに忠信が。討てかゝる大太刀を。かはしてはた〳〵はつしとあふ。[一八]ひつぱづして忠信が。切身《(きりみ)》に入たる太刀先キを。[一九]もどいて払《はら》ふ長刀の[二〇]薙《なぐ》手。打ッ手に事共せず。右にかゝれば左リへ踊《おど》り。左リに[二一]乗セんと[二二]取リ直《なを》す白刃。鐏《いしづき》[二三]ていから〳〵。[二四]から紅《くれなゐ》の緋威《ひおどし》や。互に[二五]勝色分カざりし

一二 よろめき、つまずきもせず。
一三 史実では、八島の戦いは二月、壇浦合戦が三月。次信討死は八島。
一四 忠義の心と、胸をかける。
一五 受け取れ、の意。相手が大将であるから謙譲語。
一六 葬式の時、導師の僧が、死者を彼岸の浄土へ導く法語を与えることから、「光秀が。此世の引導渡してくれん」(絵本太功記十)など、この世を去らせてやる、の意になる。覚範は僧であるから、「詞だゝかひ」でこの表現が引き立つ。
一七 相手の正面をめがけ刀をかざして。
一八 「合」、語りをとどめて三味線の合の手その他の伴奏で戦いの演技がはいる。以下この種の合が続く。
一九 抗して。
二〇 義経記五・忠信吉野山の合戦の事、覚範が、「逸り切りたる大力の左手も右手も嫌はず薙打ちに散々に打って懸かる。忠信も入れ交《(ちが)》へてぞ斬合ひける」の件りをふまえる。刃で薙ぎ、石突で打つ。「手」は方法。両端を交互に使う技術が薙刀の特色。
二一 「乗せる」は、刃の方を使って横に薙いで切ることの婉曲表現。
二二 刃で切りかかり、持ち直して石突で突きかかる。
二三 「てい」は石突の所の柄と刀の刃との打ち合う音、「から」は両方の刃が触れ合う音。
二四 カラの音で「唐紅」と続き、互いに血潮の紅で緋威の鎧をつけたようだ。
二五 ここは、紅から景気のよい色、勝つ気配、を連想。

に。覚範頻《しきり》に打かくれば。ひらり[一]と飛ンで大木の。桜の梢《こずへ》に身をたもつ。追ッ[二]取リ直して桜の木はすに[三]ずつかと切かけて。

足に任せて踏《ふみ》はなせば木は。めり〱〱と中絶《たへ》し。向ふの岸《きし》に忠信が。木におくられて渡りこす。跡はかけはし丸木橋[四]。是究竟《くつきやう》と踏《ふみ》しめ〱。渡る不敵の勇猛将《ゆうもうしやう》。過《あやまつ》てふみとめし。足場すべつて谷底《そこ》へ。落《(おつ)》れど落《(おち)》ず諸《もろ》足に。枝をまとふてまつさかさま[五]。只一ト刀と討かくる。四郎兵衛が太刀先キをはらふ長刀水車。草摺《くさずり》[六]の音ト鍔《つば》の音ト。ちり[七]ゝんはた〱。しつてう〱げに。目ざましき働《はたらき》也。

追ッちらされし鎌倉勢。「忠信やらぬ」と取ッて返し。又ばら〱と討かくるを。「なむ三宝邪魔《じやま》」と渡り合《(あひ)》。打あふ隙《(ひま)》に覚範が。桜にかけし諸足を。切[八]んとかゝれば木をはなれ。落るを見捨て鎌倉勢皆殺しにと追て行。

谷には教経手練《しゆれん》の早足《さそく》。ひるまず巌《いわほ》[九]に長刀を。突立《つき》〱かけ上れど。雪に凝《いて》たる土くだけ。氷柱《つらゝ》に岩石滑《がんぜきなめ》らかに。上ればすべりすべつても。岨《そば》の梅が枝足代《あししろ》

一 忠信が。　二 覚範は薙刀を。
三 覚範は、はすに切りかけた桜の木の切り口を踏み切ったので、木は音を立てて中で折れ倒れ、梢は向うの岸にかかって、梢の上の忠信は、自然と谷の向う岸に着いた。このあたり義経記の「忠信は二三四段ばかり引いて行く。大の臥木あり。たまらずゆらりとぞ越えける。覚範追い懸かりて、むずと打つ。打ち外して臥木に太刀を打ち貫いて、抜かん抜かんとする隙に、忠信三段ばかりするりと引く。差覗きて見ければ、下は四十丈ばかりなる磐石あり。これぞ竜返しとて、人も向かはぬ難所なり。…磐石へ向いて、えい声を出してぞ跳ねたりける。二丈ばかり飛び落ちて、岩の間に足踏み直し、兜の錣振りのけて見れば、覚範も…えい声を出だして跳ねたりけり」をふまえながら、人形演出に関連した表現。以下、樹木を倒して橋にして対岸に渡るとか、谷底に落ちるなど、舞台装置と機巧技術を応用する場面で、古浄瑠璃・つれ〴〵草(延宝九年刊)をはじめとして先例のある趣向ながら、規模の発達は目ざましい。以下、斬合いの精細な文章表現と番付挿絵とによって三人遣いの演技力の見せ場として知られる。
四 吉野忠信四に、義経主従が忠信の渡した藤かずらをつたって谷を越す件りがある。
五 猛将覚範は渡り着いた足場が悪くてすべって谷底へ落ちかかったが、丸木橋の桜の枝に両足をからませて頭を下にまっさかさまに止まっている。そこへ四郎兵衛が切りかかるのを下から長刀を水車のように振りまわして打ち払う。
六 崖ふちの上と下との斬り合い。逆さまに吊り下がった体勢でも柄の長い薙刀は忠信の腰まで届いて鎧の草摺に石突が当ってはね返る音、忠信の手元へ付け入って来た長刀の刃を鍔元で受

に。半上《なかば》りし岩の上。鎌倉勢を追ッちらし。
弓ン手の方へかけ来る佐藤忠信。「覚範爰《ここ》へ」と招《まね》かれて。のぼるに隙《ひま》の「あ[一〇]
ら遅《おそ》し。[一一]忠信それへ」と云捨て。さしもに高き頂上《ちやうじやう》より[一二]ふはと飛だは飛鳥より。
遥《はるか》に軽《かろ》き其勢ひ。我もと覚範つゞいて飛《とぶ》。[一三]あはや高紐《ひも》[一四][一五]総角《あげまき》が。枝にかゝって
ぶら〳〵〳〵。稚遊《おさなあそ》びに[一六]鞦韆《しうせん》の。戯《たはむ》れなんど見るごとく。
身動《うご》きならぬを[一七]忠信が。切付クるを身を背《そむ》け。くるりと廻れば枝ずつかり。切
はなされしは天命に。尽《つき》ぬ所と[一八]大手《おほで》をひろげ。かゝる相手も太刀投ゲ捨。互に
「ゑいや」とひつ組ンだり。「こりや〳〵〳〵」と忠信が。[一九]毘沙門《びしやもん》腰にて押シか
くれば。ひらりとはづして「どつこい」と。ふみとまつたる[二〇]魔利支天《まりしてん》。雪ふみ
ちらしてあらそひしが。
何とかしけん忠信が。組ンだる小手先キもぎはなされ。又くみ寄ラんとする所を。
ぐつと摑《つかみ》かつぱと投《なげ》。膝《ひざ》に引ッ敷ク折こそあれ。ふしぎや又もかけくる忠信。[二一]
のつかゝつたる覚範が。[二二]具足《ぐそく》の透間《すきま》をてうど切ル。きられてひるまずふり返り。

ける音。
七 以下、刃物や金属の鍔や木製の長い柄や鎧などの打ち合い擦れ合いする音。
八 忠信が覚範の両足を切ろうとするので、覚範は枝にからめた足を離して谷底へ落ちて行く。※木から落ちる覚範は手摺下に落ちて見えなくなる。忠信も鎌倉勢を追って退場し、舞台は空白。ここで舞台装置をせり上げて覚範が立ち上っている谷底の場面になるであろう。
九 薙刀の石突を。
一〇「暇もあらず」と、感動詞「あら」をかける。
一一 忠信がそこへ行くぞ、と。
一二 吉野忠信五に、覚範相手に忠信が、谷に飛び降り飛び上り、飛鳥の早業を見せる件りがある。
一三 あっというまに覚範の鎧の高紐と総角が。
一四 鎧の後胴の先端と前胴の上部をつなぐ紐。肩から背の部分でわな緒になっている。
一五 鎧の背の逆板(さかいた)にある金物の輪についている総角結びの緒。
一六 現代のぶらんこに当るもの。漢事始(和漢事始のうち)に「秋千又鞦韆とも云。古今芸術図に云。北方の戎狄これを愛し…後に中国の女子(メワラハ)これを学べり。別綵(イロトル)縄を以て木に懸て架を立(タテ)。これを秋千と云」。
一七 忠信が切りつけた刀を、身を背け、くるりと廻ってよけると、刀は枝をずっかり切り、覚範は好運にも、木から切り離された。
一八 忠信と覚範の組打ち。吉野忠信にも描かれる。「大手をひろげ」は、覚範のような大男にふさわしく、忠信は敏捷さが身上。
一九 毘沙門天は四天王の一。北方を守護し、仏法を守り、福徳を授ける神。我が国では七福神の一。怒りの形相で甲冑を着け戟を持った立ち姿から、毘沙門立ちとも言い、腰の強さを連想。

見るより恟《びつく》り。「コリヤ忠信こいつ何ンじや」と引しいたる。高紐《ひも》摑《(つかん)》で引上れば。忠信ならず義経の。御着長《(おん)きせ》[一]の鎧《よろひ》計《(ばかり)》「是は」と。軻《(あき)》るゝ虚を窺ひ切付ケ〱切付クる。

深手にさしもの能登ノ守。「サア寄ッて首ヲ取《(とれ)》」と。云《(いふ)》より早く義経公かけ付ケ給ひ。「いかに教経。安徳帝は小原の里にて御《(ご)》出家とげ。御《(おん)》母君の御《(み)》弟子とせん。適《あつぱれ》名高き教経なれ共。通力自在の源九郎狐。忠信に力を添《そへ》たる鎧。軍術《ぐんじゆつ》[二]にも裏かゝず」と。仰《(おほせ)》もあへぬ出合頭《がしら》河越《かはごへ》太郎重頼。左大将朝方を高手[三]にいましめ。「久しう候義経公。給《たま》[四]る鼓に事をよせ。頼朝追討《ついたう》の院宣と名付ケしは。朝方がわざと事顕《あらは》れ。義経に計《はから》はせよと綸命《りんめい》[五]を受ケて参つたり」と。聞クより教経座を立上り。「ホウ平家追イ討の院宣も。朝方が所為《しわざ》と聞ク。きやつを殺すが一チ門ンへの云訳《いひわけ》」と。云より早く首打落し。「サア〱義経教経が首取レ」と云《(いは)》せも果ず。「ヤア能登守教経は。八島の沖《おき》にて入水《じゆすい》せり。横川の覚範が首は忠信に」と。仰の中チにふり上て。兄の敵を討納《おさ》め打治《おさま》つたる君が代に。奥州

三〇　武士の守護神として信仰された。像は女神だが、浄瑠璃では「魔利支天なれば迚。数万騎の其中へ。一騎がけ」(近江源氏先陣館八)など勇壮な姿も想起させる。

三一　忠信が二人になった。どちらが狐かと観客に疑わせておく書き方。

三二　覚範の鎧の鉄板で防備していないところ。

一　ここで組敷かれていた方が狐の忠信だったと観客にわかる。五三三頁一行目「鎌倉勢を追ちらし弓手の方へかけ来る佐藤忠信」というところから狐忠信になっていたはずであるが、本文にはどこからか明らかにしていない。菅原伝授手習鑑・二ノ切、木像の身替りで菅丞相が命の難をのがれる件りに近い構想。

二　教経の軍術をもってしても、刃がこの鎧の裏へ通ることはなかった。「裏をかく」は、特に強弓の矢などが、鎧を貫き、相手を傷つける時にいう。

三　肘から肩まで。朝方の身分を考え、高手小手の縛めほど厳重でない。

四　たまわるの意味の「たばる」の転音。

五　天皇の御命令。ここは実質的には後白河法皇の命令。

へ行《(ゆく)》小原へ行《(ゆく)》。[六]平家の一類《るい》討亡《うちほろぼ》し。四海太平民安全《たみあんせん》。[七]五穀豊饒《こくふによう》の時をゑて。穂《ほ》に穂栄《さか》ゆる秋津国繁昌《はんじやう》。双《ならび》なかりけり

延享四丁卯年

霜月十六日

作者　竹田出雲

三好松洛

並木千柳

六　源氏賛美。二七二頁注五に通ずる。

七　五穀が豊かに実り。この辺、時代浄瑠璃末尾の慣用句。

右[一]之本頌句音節墨譜等令加筆候
師若鍼弟子如糸因吾儕所伝泝先
師之源幸甚

竹[二]本義太夫高弟　（壺印）　［印］

予以著述之原本校合一過可為正本者
也

竹[三]田出雲掾清定

京二条通寺町西へ入丁　正本屋山本九兵衛版　［印］
大坂高麗橋二丁目　山本九右衛門版　［印］

一 この奥書の文は、新うすゆき物語底本奥書と同文。→三九一頁注六―一五。
二 竹本義太夫高弟の署名については解説一参照。下に「竹本」の壺印と、角印がある。
三 本作の作者の一人、二代目竹田出雲。延享四年六月四日元祖竹田出雲没後、竹本座座本となる。

付録

1 太夫役割その他……五三九
2 芦屋道満大内鑑 狭夜衣鴛鴦剣翅 の登場人物……五四五
3 当麻寺来迎会について……五五二
4 刀剣参考図……五五三
5 謡曲「舟弁慶」抄録……五五四

1　太夫役割 その他

所収四作品初演時の役割を『義太夫年表・近世篇』によって掲出する。「義経千本桜」は番付が現存するが、番付の写しのみ伝わる「新うすゆき物語」「狭夜衣鴛鴦剣翅」については、『義太夫年表・近世篇』で二つの文献資料を合成したものを、本書では煩雑を避けて表記に手を加え、太夫役割の手記(『義太夫年表・近世篇』で「祐田『邦』書入れ」と呼ぶ)のみ伝わる「芦屋道満大内鑑」についても、角田の論考(「『芦屋道満大内鑑』初演の太夫役割について」『芸能史研究』一一二号掲載予定)により、改修を加えているので、留意されたい。「芦屋道満大内鑑」には、参考のために、再演時の番付による役割も併せて掲出した。

なお、「芦屋道満大内鑑」「新うすゆき物語」「義経千本桜」の最近上演に用いられた、各役の人形カシラ(首)名を、その上演時発行の筋書の記載によって付記しておく。

芦屋道満大内鑑

享保十九年(一七三四)十月五日、竹本座初演。

太　夫

初段　竹本　文太夫
竹本　七太夫
竹本　喜太夫

二段　竹本　義太夫
三輪太夫事 竹本　内匠太夫
竹本　義太夫
ツレ（竹本　和泉太夫
竹本　内匠太夫
竹本　文太夫

三段　竹本　喜太夫
竹本　文太夫
竹本　義太夫

四段　竹本　七太夫
竹本　義太夫
ツレ（竹本　和泉太夫
竹本　内匠太夫

竹本和泉太夫
竹本義太夫
竹本七太夫
五段　竹本内匠太夫
竹本喜太夫

寛延二年（一七四九）十一月二十二日、竹本座再演。

太夫

初段　竹本土佐太夫
竹本錦太夫
竹本上総太夫
二段　竹本政太夫
竹本長門太夫
竹本政太夫
ふし事物ぐるひ　竹本大隅掾
ツレ　竹本千賀太夫
竹本信濃太夫
三段　竹本土佐太夫
竹本千賀太夫
竹本政太夫
四段　竹本信濃太夫
竹本大隅掾
道行（竹本上総太夫
竹本土佐太夫）
竹本長門太夫
竹本上総太夫

竹本錦太夫
五段　竹本長門太夫
竹本千賀太夫

三味線

鶴沢友次郎
鶴沢義助
鶴沢文次郎
竹沢弥七
竹沢両介
大西藤蔵

人形		現行カシラ名
さくらぎ親王	桐たけ彦七	若男
みやす所	よしだ菊八	
六の君	北まつ文十郎	
左大将	よしだ貫蔵	ロアキ文七
おのゝよしふる	桐たけ源十郎	孔明
榊の前	辰まつ源介	娘
やすのりノ後室	浅た太四郎	八汐
いぬゐ平馬	吉田周蔵	端敵
治部太夫	よしだ彦四郎	虎王
左近太郎	吉田才治	検非違使
花町	よしだ甚五郎	
石川悪右衛門	よしだ文吾	鬼若
しのだノ庄司	土佐三津八	舅
女ぼう	辰まつ源介	婆

くずのは	田中　小　八	娘
あしや道満	桐竹　門三郎	
つくばね	山もと　伊平次	
はやふねちから	あさだ　太四郎	
あしや将監	桐竹　助三郎	
藤治	一のや　九十郎	陀羅助
藤内	よしだ　源　八	
市八	吉たけ　平　八	
源太	笹田　喜　八	
あべのとうし	よしだ　助次郎	男子役
与勘平	桐竹　助三郎	与勘平
与勘平	吉田　才　治	与勘平
やすな	吉田　文三郎	源　太
くずのは	吉田　文三郎	老女形
頭取	桐竹　助三郎	
	吉田　才　治	
おやま 立役人形	桐竹　門三郎	
	吉田　文三郎	

狭夜衣鴛鴦剣翅

元文四年(一七三九)八月十五日、豊竹座初演。

太　夫

初段	豊竹　和佐太夫
	豊竹　湊　太　夫
二段目	豊竹　越前少掾
	豊竹　河内太夫
三段目	豊竹　駒　太　夫
	豊竹　河内太夫
	豊竹　越前少掾
四段目　道行	（豊竹　湊　太　夫
	豊竹　駒　太　夫）
	豊竹　和佐太夫
	豊竹　駒　太　夫
	豊竹　越前少掾
五段目	豊竹　粂　太　夫

人　形

大将たゞよし	瀬川　平三郎
瓜生判官	瀬川　平三郎
脇屋義助	浅田　勘十郎
四郎兵衛高のり	浅田　勘十郎
淵辺伊賀守	浅田　元三郎
薬師寺次郎左衛門	豊松　藤五郎
高師直	中村　勘四郎
狂言師の平	桐竹　助三郎
かに蔵	桐竹　助三郎
犬飼門八	豊松　庄五郎
ゆふなぎ	豊松　助十郎
瓜生の妻	豊松　東九郎
かほよ	豊松　東九郎
侍従	藤井　小八郎
師直妻たへまの前	藤井　小八郎
塩谷判官	中村　勘四郎

塩谷判官	桐竹　助三郎
勾当ないし	豊松　勘十郎
師直母かうしゆ院	中村　彦四郎

新うすゆき物語

寛保元年(一七四一)五月十六日、竹本座初演。

太　夫

上の巻		竹本　紋太夫
		竹本　百合太夫
		竹本　内匠太夫
		竹本　志摩太夫
中の巻		竹本　此太夫
		竹本　播磨少掾
	道行　シテ	竹本　内匠太夫
	ツレ	竹本　紋太夫
	シテ	竹本　此太夫
	ツレ	竹本　百合太夫
		竹本　此太夫
		竹本　内匠太夫
下の巻		竹本　播磨少掾
		竹本　志摩太夫

人　形

		現行カシラ名
北条なりとき	吉田　藤九郎	
かつらぎ民部の丞	浅田　助十郎	検非違使
園部兵衛	桐竹　勘十郎	孔明
同　左衛門	桐竹　門三郎	源太
奴妻平	吉田　才治	源太
幸崎伊賀守	竹川　七郎治	鬼一
清水寺住寺	松本　弥三兵衛	武氏
来国行	竹川　七郎治	定之進
同国とし	浅田　助十郎	源太
刀鍛治正宗	桐竹　勘十郎	正宗
同子団九郎	吉田　才治	小団七
妹おれん	吉田　甚三郎	娘
秋月大膳	吉田　文三郎	ロアキ文七
渋川藤馬	吉田　彦三郎	端敵
弟右内	土佐　市十郎	端敵
はね川兵蔵	松本　吉十郎	源太
地蔵の五平次	吉田　文三郎	
せいしのとち兵衛	桐竹　勘三郎	
月光の久蔵	浅田　太四郎	
ふげんの四郎九郎	植松　半四郎	
五平次女房	辰松　源　助	
園部奥方	吉田　甚三郎	老女形
さいざきの奥方	竹川　七郎次	老女形
腰元まがき	三浦　新三郎	娘
薄雪姫	吉田　文三郎	娘

義経千本桜

延享四年(一七四七)十一月十六日、竹本座初演。

	太夫
初段	竹本此太夫
	竹本友太夫
	竹本錦太夫
二段目	竹本文字太夫
	竹本百合太夫
	竹本政太夫
三段目	竹本島太夫
	竹本此太夫
四段目	道行（竹本文字太夫
	竹本友太夫
	竹本百合太夫
	竹本錦太夫
	竹本政太夫
	竹本島太夫
五段目	竹本信濃太夫

三味線
鶴沢友治郎
鶴沢義助
鶴沢善七
大西藤蔵

人形		現行カシラ名
左大臣ともかた	桐竹源十郎	陀羅助
	(昭和46年上演時にはロアキ文七)	
大内記	よし竹平八	
いのくま大之進	浅田太四郎	端敵
九郎よしつね	吉田才治	源太
かめゐの六郎	土佐市十郎	陀羅助
するがの次郎	よしだ千蔵	検非違使
むさしぼうべんけい	桐竹門三郎	大団七
しづかごぜん	山もと伊平次	娘
きやうのきみ	辰まつ源助	娘
わかばのないし	よしだ甚六	老女形
六代ごぜん	辰まつ咲治	男子役
主馬ノ小金吾	よしだ清三郎	源太
川ごし太郎	桐竹助三郎	孔明
とさぼう正尊	吉田彦三郎	与勘平
はや見ノ藤太	豊まつ九八郎	鼻動き
さがみノ五郎	桐竹彦七	陀羅助
入江たん蔵	杉田甚九郎	検非違使
かぢはら平三	よしだ彦三郎	大舅
まづな銀平	よしだ文三郎	検非違使・文七
女ぼうおりう	桐竹助三郎	老女形
娘おやす	北松文十郎	女子役
すしや弥右衛門	吉田文三郎	正宗
娘おさと	辰まつ源助	娘
はゝ	山もと伊平次	婆
むこ弥介	よしだ文吾	源太

いがみノ権太　吉田才治　小団七
女ぼう小せん　田中小八郎　老女形
子善太郎　山もと藤次郎　男子役
荒法橋　浅た太四郎
鬼佐渡　笹田喜八
薬違坊　一のや九十郎
川連法眼　桐竹助三郎　鬼一
女ぼうあすか　田中小八郎
横河覚範　桐竹門三郎　ロアキ文七

佐藤忠信　吉田文三郎　検非違使・孔明・源太
頭取　桐竹助三郎
　　　吉田才治
おやま人形　桐竹門三郎
立役人形　吉田文三郎
作者　並木千柳
　　　三好松洛
　　　竹田出雲

2 芦屋道満大内鑑
狭夜衣鴛鴦剣翅 の登場人物

「芦屋道満大内鑑」は、十八世紀も半ばの作品であるが、そこには、古代・中世・近世前期以来の、安倍晴明・しのだづまに関わる様々の説話、伝承が尾を引いている。

「芦屋道満大内鑑」の先行作に、古浄瑠璃「しのだづま　つりぎつね付あベノ清明出生」(「しのだづま」と略称)があり、この古浄瑠璃「しのだづま」が、中世陰陽道書『簠簋』の注釈書、近世初期成立の『簠簋抄』から、多大の影響を受けていることは周知せられているが、『簠簋抄』と古浄瑠璃「しのだづま」の間、寛文二年(一六六二)刊仮名草子『安倍晴明物語』の存在に注目し、「しのだづま」を『安倍晴明物語』の浄瑠璃化、という形でとらえたのが、渡辺守邦論文(「清明伝承の展開」「清明伝承の成立」〈『仮名草子の基底』所収〉、「『簠簋抄』以前―狐の子安倍の童子の物語―」「〈狐の子別れ〉文芸の系譜」〈『国文学研究資料館紀要』14・15〉)である。本巻ではこの渡辺説に従い、「芦屋道満大内鑑」の先行作の関係を『簠簋抄』→『安倍晴明物語』→「しのだづま」→「芦屋道満大内鑑」と位置づけて注を施した。しかし、『安倍晴明物語』によって「しのだづま」が成立したとする渡辺説に対し、この『安倍晴明物語』「しのだづま」両作の共通の祖となる語り物の存在を推定する説(加賀佳子「古浄瑠璃「しのだづま」成立考―二人のあべの童子―」〈平成二年度早稲田大学大学院文学研究科修士論文〉も出されている。

安倍晴明、しのだづまをめぐる厖大な先行作品、説話・史書の記述等について述べることは、ここではしないが、「芦屋道満大内鑑」初演時の観客は、安倍晴明、保名、その狐妻、芦屋道満などについて、それらの説話に基くある程度の予備知識を持っていたことは確実である。浄瑠璃作者は、その観客の予備知識を生かしながら、しかも中世及び近世初期の説話や語り物とは一線を画し、まず王代物として朝廷の権力抗争劇の構想を立て、安倍晴明一家と、従来の説話でこの一家の対立者であった道満一族を、それぞれの主家にあたる小野好古と、その政敵左大将元方の対立関係の中に組み込んだ。もともと平安・鎌倉期の歴史物語、説話に登場する安倍晴明(九二一—一〇〇五)は、政変を未然に察知する朝廷の陰陽家であり、『大鏡』花山院の条や『古事談』六、『宇治拾遺物語』(一八四話・御堂関白の御犬晴明等奇特の事)等の晴明説話の背景には、激烈な権力抗争が認められる。が、それらが花山・一条朝の藤原兼家・道長とその政敵をめぐる政権争いであるのに対し、「芦屋道満大内鑑」では、古浄瑠璃「しのだづま」同様、晴明の出生以前から少年期までを扱うために、時代を繰り上げ、朱雀朝における天皇の代行者桜木親王(後の村上天皇。「しのだづま」は村上天皇の御宇)の外戚の地位を、左大将元方、小野好古が争う形に作り変えられた。この点を留意しつつ、史上及び先行説話、先行作に登場する「芦屋道満大内鑑」の主要人物について二、三の説明を補足しておく。

安倍晴明の父保名の主家とされる**小野好古**は、朱雀天皇の天慶四年(九四一)藤原純友追討に功をあらわし、村上天皇の天暦元年(九四七)参議従四位下、安和元年(九六八)参議従三位で没。その娘六の君が村上天皇の寵姫との設定は、仮構である。好古の政敵で、芦屋道満の主君、敵役の中心とも言うべき人物が**橘元方**であるが、左大将橘元方と言う人物は、史上には存在しない。朱雀天皇の天慶二年(九三九)参議、村上天皇天暦七年(九五三)に大納言で没した藤原元方を作り変えたもの。その娘祐姫は村上天皇の女御で第一皇子広平親王を生むが、藤原師輔の娘、中宮安子所生の第二皇子憲平親王が皇太子(後の冷泉天皇)となり、元方は、これを恨んで怨霊となったと『栄花物語』『大鏡』に伝える。

安倍晴明の父で、信太の狐と契る**安倍保名**も史上の人名ではない。安倍晴明の父は尊卑分脈では大膳太夫益材である。『安倍晴明物語』に「和泉の国。篠《しの》田の里ちかき、安倍野といふ所に。(安倍)仲麿がゆかり」の家に、村上天皇の御宇「安倍の安名といふ人、耕作して。身の業とす」。古浄瑠璃「しのだづま」は「せつしうのぢう人、あべのぐんじ、やすあきとて、弓取一人おはします。せんぞのらいかを、たづぬるに、あべのなか丸より、七代のこうゐんたり、…御子一人、もちたまふ、あべの権太左衛門やすな、とて、しやうねん廿三、其かたち、にうわにして、ようがんびれいなり」と述べる。『簠簋抄』『安倍晴明物語』も、安倍晴明の先祖を安倍仲麿とする。**安倍仲麿**(仲丸)は、遣唐使として渡唐し、非業の死を遂げ、赤鬼となって次の遣唐使吉備大臣の危急を助けることになっている。「芦屋道満大内鑑」初段一七頁「安倍の保名。参議好古にみやづかへよせい有ル身にあらねども。先祖は遣唐使に撰れもろこしにて日本ンの名を揚し。昔おもふも身の恥」とあるが、『簠簋抄』『安倍晴明物語』で、日本の名声を揚げたのは吉備大臣の方で、安倍仲麿には相当しない。が、正史の安倍仲麿は、晴明の先祖ではないが、唐朝で重用されたことが有名であるので、浄瑠璃作者がその点を考慮に入れた文章であろう。

本作で保名の師と設定された**加茂保憲**（九一七─九七七）は、史実では晴明の師。加茂忠行の子。朱雀・村上・冷泉・円融天皇の時代に陰陽道に名を得、暦博士、天文博士、主計頭などに任ぜられた。『今昔物語集』などに逸話がみえる。「加茂氏ノ其ノ先ハ孝霊天皇第三ノ子《みこ》、稚武彦命《わかたけひこのみこと》功ヲ以テ備中国ニ封ゼラル、其ノ後胤吉備公霊亀二年ニ中華ニ入リ、五経三史陰陽諸芸コト〳〵ク伝ヘテ帰朝セリ、聖武帝ノ朝右大臣ニ任ズ、孝謙帝姓ヲ加茂氏ト賜フ、七世ノ後胤保憲、勅ヲウケタマハリ暦《れき》ヲ造ルト云々、暦道ヲ以テ其ノ子光栄《みつよし》ニ伝ヘ、天文道ヲ以テ其ノ弟子晴明ニ伝フ」（本朝語園）。なお加茂保憲の娘は平安中期の女流歌人。加茂保憲女集がある。陰陽道をもって朝廷に仕えた加茂保憲の家系は、京都賀茂社神官の家系と系統を異にするが、浄瑠璃では、榊という娘の名も含めて、賀茂社を連想させる。

芦屋道満を安倍保名と共に、加茂保憲の門弟としたのは、本作の仮構である。道満の生国について『簠簋抄』には薩摩の国とあるが、『安倍晴明物語』には「はりまの国、印南郡に、道満法師とて、智人あり、俗姓は、芦屋村主清太《あしやのすぐりきよふと》が後胤なり」とし、古浄瑠璃「しのだづま」も「はりま、いなみの、ぢう人」とする。『古事談』六、『宇治拾遺物語』等に、関白道長を、堀川左大臣顕光に頼まれて道摩法師が呪咀し、晴明がこれを見顕わす話があり、道摩法師は「本国播磨へ、追ひくだされにけり」（宇治拾遺物語一八四話・御堂関白の御犬晴明等奇特の事）とある。『簠簋抄』『安倍晴明物語』等で、道満は晴明との術比べに敗けてその弟子となるが、晴明の妻と通じて秘書を盗み見、晴明を殺す。晴明の師伯道はこれを知って晴明を蘇生させ、道満を討って敵をとる。

「芦屋道満大内鑑」の人物関係を次頁に図示。

左大将橘元方――御息所
朱雀帝――桜木の親王
参議小野好古――六の君
（御息所＝桜木の親王＝六の君）

加茂保憲――榊の前
後室（＝加茂保憲）

岩倉治部ノ大輔国行――築羽根
芦屋将監――芦屋ノ兵衛道満
　　　　　――花町
（築羽根＝芦屋ノ兵衛道満）
（花町＝左近太郎照綱）

信太の庄司――榊の前
　　　　　――葛の葉
安倍仲麿……安倍保名
（葛の葉＝安倍保名）――安倍晴明

○○○○――石川悪右衛門

「狭夜衣鴛鴦剣翅」の主要登場人物は、『太平記』の同人物に関する記述をふまえ、時にはこれを逆転させる形で、造型されているので、それらの人物に関する『太平記』本文等を掲出しておく。

左兵衛督**足利直義**（一三〇六‐五二）に関し、『太平記』三十・高倉殿京都退去事では「禅門(直義)ノ行迹、泰伯ガ有徳ノ甥、文王ニ譲リシ仁ニモ非ズ。又周公ノ無道ノ兄《コノカミ》、管叔ヲ討セシ義ニモ非ズ。権道覇業、両《フタツ》ナガラ欠ケタル人トゾ見ヘタリケル」と否定的な人物評を加えるが、また慧源禅門逝去事では兄尊氏将軍との戦いに敗れ、毒殺される顚末を述べ、「サテモ此禅門ハ、随分政道ヲモ心ニカケ、仁義ヲモ存ジ給ヒシガ、加様ニ自滅シ給フ事、何ナル罪ノ報ゾト案ズレバ、此禅門中サルルニ依テ、将軍鎌倉ニテ偽リテ一紙ノ告文ヲ残サレシ故ニ其御罰ニテ、御兄弟ノ中モ悪シク成リ給ヒテ、終ニ失セ給フ歟。又大塔宮ヲ殺シ奉リ、将軍ノ宮ヲ毒害シ給フ事、此人ノ御態《ワザ》ナレバ、其御憤リ深クシテ、此ノ如ク亡ビ給フ歟」と仁政を志向しながらこれを全うしなかったとも評する。一方、尊氏との二頭政治が成功していた時点で、尊氏・直義に近い筋によって書かれた『梅松論』では直義は「三条殿は…御身の振舞廉直にしてげに〲敷」と称賛されている。いずれにせよ、

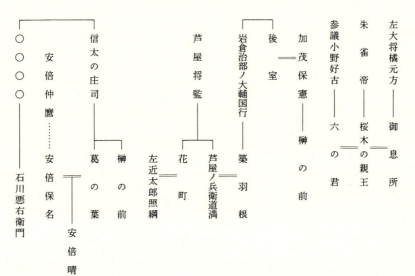

史上の直義には、敵役化すべき要素はあるが、本曲のような遊蕩惰弱な面は認められない。

塩冶判官高貞は、佐々木貞清の嫡子。出雲守護、後に出雲、隠岐守護。暦応四年(一三四一)没。『太平記』では七・船上合戦ノ事に、元弘三年(一三三三)隠岐国から船上山に還幸なった後醍醐天皇の許に馳せ参じた武将の「先一番ニ出雲ノ守護塩谷判官高貞」と記し、以後建武の新政権下で楠正成、名和長年らとともに武家の重要な人材として活躍、建武二年(一三三五)新田義貞が足利尊氏討伐の官軍の大将として鎌倉へ向う時もこれに従ったが、竹下の合戦で「如何思ヒケン一矢射テ後、旗ヲ巻イテ将軍(尊氏)方ニ馳加ハリ、却ツテ官軍ヲ散々ニ射ル」(十四・箱根竹下合戦ノ事)。以後は足利政権下で重用されるが、暦応四年三月に京都を出奔、幕府は叛意ありとして討手をかけ、高貞は自害する。塩冶判官については二十一・塩冶判官讒死ノ事の記事が足利幕府内における分裂、ないし高師直の悪行譚として名高いために、塩冶判官その人も足利方の人物として記憶されがちであるが、後醍醐天皇、新田方から足利方に鞍替えした人物であり、本曲ではその経緯をふまえた脚色がなされている。

高師直は高師重の子。元弘三年(一三三三)、足利尊氏が鎌倉幕府に叛き、後醍醐天皇方として挙兵した時、すでにその側近にあったことが『太平記』九・足利殿篠村ニ着御則国人馳参事の尊氏と高右衛門尉師直の応答などから知られ、代々足利家執事を勤めてきたとされる。建武三年(一三三六)室町幕府創設以後、中枢の地位を占め、権勢をほしいままにしたが、尊氏との二頭政治で政務を司る直義と対立、抗争の末、観応二年(一三五一)尊氏とともに摂津打出浜で直義方と戦って敗れ、武庫川で討たれた。『太平記』に描くところの無教養で従来の秩序、権威を無視し、自己の力を過信して悪行を敢てする高師直像は、必ずしも史実に則ったものではなく、作者並木宗輔は先行作「尊氏将軍二代鑑」以来、その点に注目した脚色を行なっている。

師直の悪行譚として名高いのが『太平記』二十一・塩冶判官讒死ノ事における塩冶の妻への邪恋で、即ち本作の題材である。作者は二段目等で『太平記』の文章を細部にわたって活用している。『太平記』で、師直は塩冶の妻への恋文を吉田兼好に代筆させ、「紅葉重ネノ薄様ノ、取ル手モクユル計ニコガレタルニ、言ヲ尽シテゾ聞ヘケル。返事遅シト待ツ処ニ、使帰リ来テ、「御文ヲバ手ニ取リナガラ、アケテダニ見給ハズ、庭ニ捨テラレタルヲ、人目ニカケジト懐ニ入レ帰リ参ツテ候ヒヌル。」ト語リケレバ」、薬師寺次郎左衛門公義が、話を聞いて代筆を引きうけ、「文ヲ書ケルガ、中々言《コトバ》ハナクテ、「返スサヘ手ヤフレケント思フニゾ我文ナガラ打チモ置カレズ」。押返シテ、媒《ナカダチ》此文ヲ持チテ行キタルニ、女房イカヾ思ヒケン、歌ヲ見テ顔打アカメ、袖ニ入レテ立チケルヲ、媒サテハ便リアシカラズト、袖ヲ引ヘテ、「サテ御返事ハイカニ」ト申シケレバ、「重キガ上ノ小夜衣。」ト計云捨テテ、内へ紛入リヌ」とある。この「返すさへ」の歌は薬師寺次郎左衛門(後、元可)の家集である元可法師集に「ある人、たびたび文をつかはしけれどもむなしくもとの文のみ返し侍ける女のもとへ、又ふみをやるとて歌よめと申侍しに」の詞書で収められている。

『太平記』では、右の件りに続き、「「カクコソ候ヒツレ。」ト語ルニ、師直ウレシゲニ打案ジテ、軈テ薬師寺ヲ呼寄セ、「此女房ノ返事ニ、『重キガ上ノ小夜衣ト云捨テテ立タレケル』ト媒ノ申スハ、衣小袖ヲ調ヘテ送レトニヤ。其事ナラバ何ナル装束ナリトモシタテンズルニイト安カルベシ。是ハ何ト云フ心ゾ」ト問ハレケレバ、公義、「イヤ是ハサヤウノ心ニテハ候ハズ、新古今ノ十戒ノ歌ニ、『サナキダニ重キガ上ノ小夜衣我妻ナラヌ妻ナ重ネソ』ト云フ歌ノ心ヲ以テ、人目計ヲ憚リ候物ゾトコソ覚エテ候ヘ。」ト、歌ノ心ヲ尺シケレバ、師直大キニ悦ビテ、「嗚呼御辺ハ弓箭ノ道ノミナラズ、歌道ニサヘ無双ノ達者也ケリ」」と薬師寺を称賛する。師直が無教養で歌道に暗いことを戯画化した話として名高いが、史実の師直と必ずしも合致しないことは、注にも指摘するごとくである。

『太平記』で師直の恋文の代筆者とされ、本作では足利直義に謀叛をすすめる佞人と設定されるのが**薬師寺次郎左衛門**であるが、史上の薬師寺次郎左衛門公義については『太平記』(日本古典文学大系本)二十一・三五五頁注には「薬師寺次郎左衛門尉橘範隆―同次郎左衛門尉橘公将(後任加賀守、法名元可)」(作者部類)とする橘姓説と、「小山下野守朝政…貞光―公義(次郎左衛門尉入道元可)」(薬師寺系図)とする小山姓説などを示し、二十九・一二九頁注、三十・一五八頁注および二十九・補注三一にも余説がある。『太平記』の記事では、小清水の敗戦後、師直に諫言して容れられず、遁世して高野山に入る。その後薩埵山合戦に薬師寺次郎左衛門入道元可が参加しているが、公義と同一人であるかどうかは本文に触れるところがない。

薬師寺とともに本作で敵役に設定される**淵辺伊賀守**は、相模国高座郡淵野辺村、現在の相模原市淵野辺出身の武士。『太平記』十三・兵部卿宮薨御ノ事付干将莫耶事で、建武二年、直義の命により、鎌倉の土籠《つちろう》で大塔宮護良親王を殺害。「尊氏将軍二代鑑」でも直義の腹心の家臣として登場する。

　本作で複雑な人物関係の中核となる**勾当内侍**は、史上の人物としては世尊寺経尹の娘、一条行房の妹(または行房の娘とも)、後醍醐天皇に仕え、新田義貞に妻として賜わった。『太平記』では義貞が、足利尊氏との天下分け目の戦いに、「此時若《モシ》義貞早速ニ下向セラレタラマシカバ、一人モ降参セヌ者ハ有ルマジカリシヲ、其比《ソノコロ》天下第一ノ美人ト聞ヘシ、勾当ノ内侍ヲ内裏ヨリ給リタリケルニ、暫ガ程モ別ヲ悲シミテ、三月ノ末迄西国下向ノ事延引セラレケルコソ、誠ニ傾城傾国ノ験ナレ」(十六・西国蜂起官軍進発ノ事)と、傾国の美女として勾当内侍を描き出す。　(内山)

3　当麻寺来迎会について

練供養　来迎会の通称。阿彌陀仏を深く信仰した者を、臨終の時、菩薩が雲に乗って迎え、極楽浄土へ導くさまを表す法会。古来、当麻寺で行われるものが最も名高く、二十五菩薩が行道、即ち練りをして、中将姫を極楽へ迎えとるさまを、宗教劇的に演ずる。以前は四月十四日。現行は五月十四日。

中将姫　右大臣横佩豊成の娘。当麻寺において剃髪して法如尼と名乗る。当麻曼陀羅を織り、宝亀六年(七七五)三月または四月十四日臨終に極楽浄土へ迎えられたと伝える。謡曲、「当麻」「雲雀山」等、また近世演劇にもしばしば扱われ、本作の前年、元文五年(一七四〇)豊竹座初演、「鶊山姫舎松《ひばりやまひめすてまつ》」(並木宗輔作)は現行曲。

二十五菩薩　阿彌陀仏来迎に従って来る観音・勢至・薬王・薬上・普賢・法自在・獅子吼・陀羅尼・虚空蔵・徳蔵・宝蔵・山海慧・金蔵・金剛蔵・光明王・華厳王・衆宝王・日照王・月光王・三昧王・定自在王・大自在王・白象王・大威徳王・無辺身の諸菩薩。ほかに地蔵・文殊及び竜樹の三菩薩が加わることもある。阿彌陀仏は現さない。

菩薩講　信徒の組織。現在は一組五軒か六軒で二十数組。各組から一人ずつ出て菩薩の役を勤める。講の所在地は近隣諸地、大阪府にも及ぶ。

練供養次第　二十五菩薩は極楽堂とも称される曼陀羅堂から一二〇メートルの仮り橋を渡って娑婆堂に入り、観音の捧げる蓮台に中将姫の座像を移し、「来迎和讃」の「次には勢至大薩埵《さった》(中略)大定智悲の手を延て、行者の頭を撫で給ふ」という僧侶達の唱歌に合わせて勢至が座像の頭を撫でる。その後、仮り橋をもどって極楽堂に座像を納めて終る。

菩薩面・衣裳　面は室町時代の作。衣裳は江戸時代明治時代の作。元禄六年(一六九三)の資料によればすべて寺内の護念院の管理。現在も同じである。

（角田）

4　刀剣参考図（用語は浄瑠璃本文による）

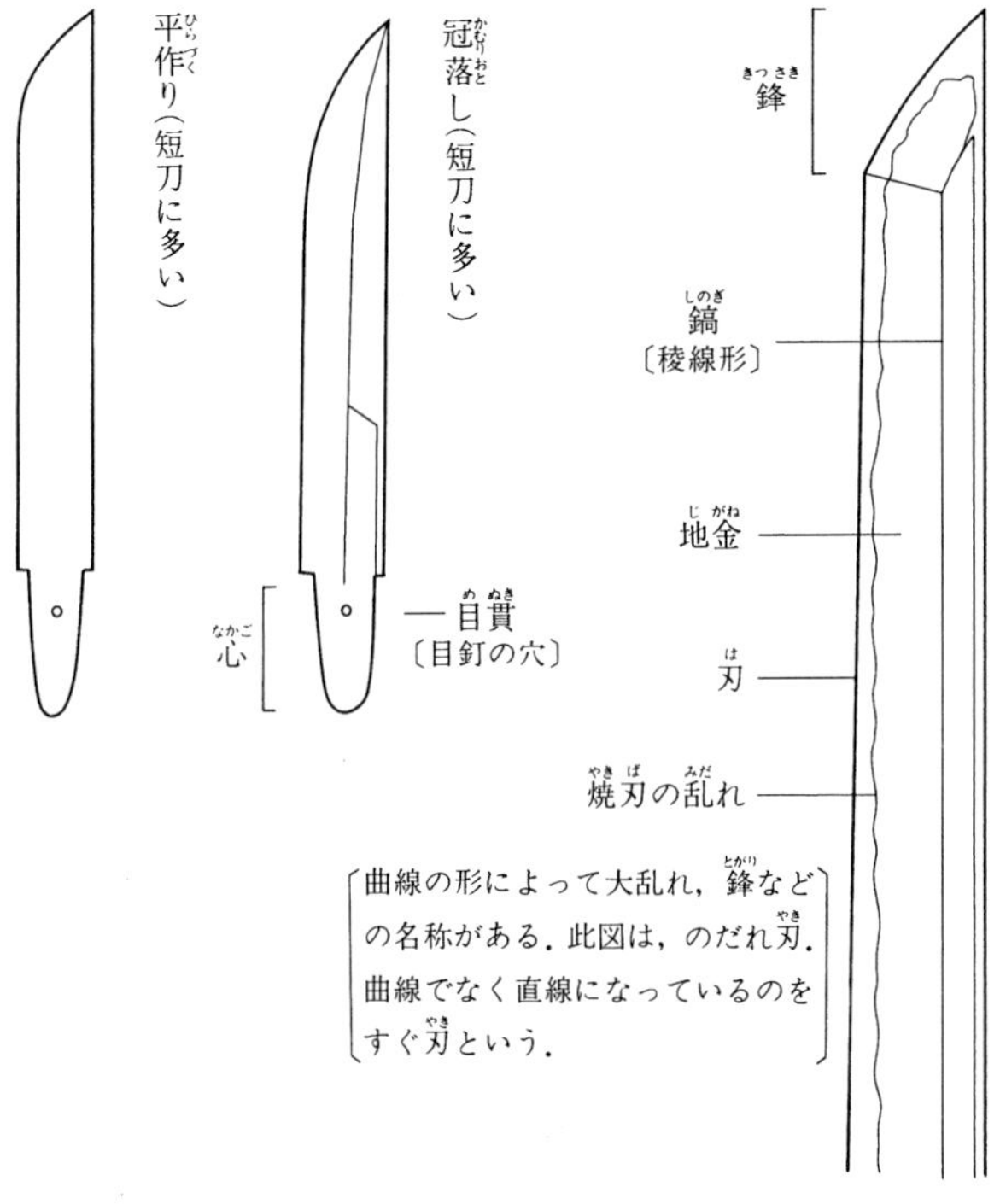

（角田）

5　謡曲「舟弁慶」抄録

「狭夜衣鴛鴦剣翅」「義経千本桜」に謡曲「舟弁慶」をふまえた修辞が多いので、参考のために、同曲の浄瑠璃と関連の深い部分を、日本古典文学大系『謡曲集 下』によって本文のみ掲出する。同書所載の演出関係記述や、アイをまじえた応答部分等、振仮名も、原則として省き、段落も改めたが、各役の詞指定は生かすこととした。

めん。

ワキ ワキ連 けふ思ひ立つ旅衣《たびごろも》、けふ思ひ立つ旅衣、帰洛をいつと定めん。

ワキ 詞 そもそもこれは三塔の傍《かたわら》に住まひする武蔵坊弁慶《むさしぼおべんけい》にて候、さてもわが君判官殿は、頼朝のおん代官として、鬼神よりも手強《てごわ》かりし平家を滅ぼし、今はご兄弟日月のごとくにましますべきを、言ひかひなき者の讒奏により、おん中違《なかたが》はせ給ふこと、返すがへすも口惜しき次第にて候、しかれどもわが君は、親兄《しんきょお》の礼を重んじ給ひ、まづまづ都をおん開きあつて、西国のかたへおん下向あり、おん身に誤りなきよしをおん申しあるべきとのおんことにて、今日夜を籠《こ》め津の国尼が崎大物《だいもつ》の浦《うら》へとおん急ぎ候

ワキ 頃は文治の始めつかた、頼朝義経不会《ふかい》のよし、すでに落居《らっきょ》し力なく、子方 判官都を遠近《おちこち》の、道狭くならぬその先に、ワキ 西国のかたへと志《こころざ》し、子方 まだ夜深くも雲居の月、ワキ ワキ連 出づるも惜しき都の名残、ひと年《とせ》平家追討の、都出《みやこい》でには引き替へて、ただ十余人すごすごと、さも疎からぬ友舟《ともぶね》の　上り下るや雲水《くもみず》の、身は定めなき慣らひかな。世の中の、人はなにとも石清水、人はなにとも石清水、澄み濁るをば、神ぞ知るらんと、高きみ影を伏し拝《おが》み。行けば程なく旅心《たびごころ》、潮も波も共に引く、大物の浦に着きにけり、大物の浦に着きにけり。(中略)

子方 詞 いかに弁慶静《しずか》に酒を勧め候へ　ワキ 詞 げにげにこれは喜びの、行く末千代ぞと菊の杯、節 静《しずか》にこそは勧めけれ　シテ 節 わらはは君のおん別かれ、遣《や》るかたなさにかき昏《く》れて、涙にむせぶばかりなり　ワキ 詞 いやいやこれは苦しからぬ、旅の舟路の門出のわか、節 ただひとさしと勧むれば　シテ 節 その時静《しずか》は立ち上がり、時の調

子をとりあへず
シテ渡口の郵船は、風静まつて出づ、 地波頭の謫所《たくしよ》は、日晴れて見ゆ。 ワキ詞これに烏帽子《えぼし》直垂《ひたたれ》の候、これを召されておん舞ひ候へ シテ立ち舞ふべくもあらぬ身の、 地袖うち振るも恥づかしや。

シテ伝へ聞く陶朱公《とおしゅ》は勾践《こおせん》を誘ひ、 地会稽山《かいけいざん》に籠もり居て、種々の智略を巡《めぐ》らし、終に呉王を滅ぼして、勾践の本意を達すとかや。 地しかるに勾践は、ふたたび世を取り、会稽の恥ぢを雪《すす》ぎしも、陶朱功をなすとかや、されば越の臣下にて、政事《まつりごと》を身に任《まか》せ、功名富み貴く、心のごとくなるべきを、功成り名遂げて身退くは、天の道と心得て、小船に棹差して、五湖の煙濤《えんとお》を楽しむ。
シテかかる例《ためし》も有明の、 地月の都をふり捨てて、西海の波濤《はとお》に赴き、おん身の咎のなきよしを、嘆き給はば頼朝も、終には靡く青柳の、枝を連らぬるおん契り、などかは朽ちし果つべき。 地ただ頼め。〔序ノ舞〕 シテ只頼め、標茅《しめじ》が原《はら》のさしも草。 地われ世の中に、あらん限りは。 シテかく尊詠の、偽《いつわ》りなくは、 地かく尊詠の、偽りなくは、やがておん世に、出で舟の
地舟子《ふなこ》ども、はや艫綱《ともづな》を疾《と》く疾くと、はや艫綱を疾く疾くと、勧め申せば判官も、旅の宿りを出で給へば、 シテ静《しずか》は泣く泣く、 地烏帽子《えぼし》直垂《ひたたれ》脱ぎ捨てて、涙にむせぶおん別かれ、見る目もあはれなりけり、見る目もあはれなりけり。(中略)
ワキ詞あら痛はしや静《しずか》のご心中を推し計《はか》つて涙を流して候、急いでお舟を出だし候へ ワキ連詞いかに申し候、君よりのご諚《じょお》にはけふは、波風荒く候ふほどに、ご逗留とあるべきよし仰せ出だされて候 ワキ詞なにとご逗留あるべきと候ふや ワキ連詞なかなかのこと ワキ詞いやいや推量申して候、これはただ静《しずか》におん名残を惜しみ給ひてかやうに仰せ出だされ候ふと存じ候、まづまづおん心を静めておん聞き候へ、この身におんなりあつてかやうのご心中はご運の末になりたると存じ候、その上ひと年渡辺福島《とせわたなべふくしま》を出でし時以つての外《ほか》に大風《おおかぜ》なりしを、君おん舟を出だし平家を滅ぼし給ふこと、今もつて同じことぞかし、 節急ぎお舟を出だすべし
ワキ連節げにげにこれは理《ことわり》なり、いづくも敵《かたき》と夕波の、立ち騒ぎつつ舟子ども 地えいやえいやと夕潮に、連れて舟をぞ出だしける。
(中略)
ワキ連詞あら不思議や風が変はつて候 ワキ詞げにげにあの武庫山《むこやま》颪《おろしゆずりは》譲葉が嶽《だけ》より、吹き下ろす嵐に、このお舟の陸地に着くべきやうもなし、皆々心中にご祈念候へ ワキ連詞いかに武蔵殿このお舟にあやかりが憑《つ》いて候 ワキ詞ああ暫らく、さやうのことをば船

中にては申さぬことにて候、ただ武蔵におん任せ候へ。（中略）

ワキあら不思議や海上を見れば、西国にて滅びし平家の一門、おのおの浮かみ出《い》でたるぞや、かかる時節を窺《うかが》ひて、恨みをなすも理《ことわり》なり　子方いかに弁慶　ワキおん前に候　子方詞今さら驚くべからず、たとひ悪霊恨みをなすとも、そもなにごとのあるべきぞ

子方悪逆無道のその積もり、神明仏陀の冥感《みようかん》に背《そむ》き、天命に沈みし平氏の一類　地主上を始め奉り、一門の月卿雲霞のごとく、波に浮かみて見えたるぞや。〔早笛〕

シテそもそもこれは、桓武天皇九代の後胤、平の知盛《とももり》幽霊なり。

シテあら珍らしやいかに義経、思ひも寄らぬ浦波の

地声を知《し》るべに、出で舟の、声を知るべに、出で舟の、シテ知盛が沈みし、その有様に、地また義経をも、海に沈めんと、

シテ夕波に浮かめる、薙刀《なぎなた》取り直し、地巴波《ともえなみ》の紋、あたりを払ひ、潮を蹴《け》立て、悪風を吹き掛け、眼もくらみ、心も乱れて、前後を忘ずる、ばかりなり。〔舞働〕子方その時義経、すこしも騒がず、

地その時義経、すこしも騒がず、打ち物抜き持ち、現《うつつ》の人に、向かふがごとく、言葉を交はし、戦ひ給へば、弁慶押し隔て、打ち物業《わざ》にて、かなふまじと、数珠さらさらと、押し揉みて、東方降《とおぼおごお》三世《ざんぜ》、南方軍荼利夜叉《なんぼおぐだりやしゃ》、西方大威徳《さいほおだいいとく》、北方金剛《ほッぽおこんごお》、夜叉明王《やしゃみょおおお》、中央《チウおお》大聖《だいしょお》、不動明王の、索にかけて、祈り祈られ、悪霊次第に、遠ざかれば、弁慶舟子《ふなこ》に、力を合はせ、お舟を漕ぎ退け、汀に寄すれば、なほ怨霊は、慕ひ来るを、追つ払ひ祈り退け、また引く潮に、揺られ流れ、また引く潮に、揺られ流れて、跡白波とぞ、なりにける。

解説

解説

一 作者と作品

本巻には、浄瑠璃の、十八世紀前半の後期(一七三四―四七)、元号で享保、元文、寛保、延享各期における、代表的秀作「芦屋道満大内鑑」「狭夜衣鴛鴦剣翅」「新うすゆき物語」「義経千本桜」を収めた。いずれも、時代物ないしそれに準ずる作品である。

この時期は、人形浄瑠璃の最盛期と呼ばれ、大坂では、人形浄瑠璃の劇場、竹本座、豊竹座が人気を競い、歌舞伎は人形浄瑠璃に圧倒され、「操り段々流行して歌舞妓は無きが如し」(『浄瑠璃譜』)と評されるほどであった。もっとも、歌舞伎と人形浄瑠璃では、劇場の大きさも、劇団、興行の規模も異る。現在、東京国立劇場の、歌舞伎上演を主とする大劇場が、一七四六席、舞台間口二二・一メートル。人形浄瑠璃文楽上演を主とする小劇場が、六三〇席、舞台間口一三・六メートル。この、数字は別として、規模の比率は、近世の劇場街を考える際にも一つの参考となる。人形浄瑠璃が隆盛の極にあった、延享・寛延期(一七四四―五一)といえども、大坂道頓堀(官許の劇場街)における、観客動員数の面で、歌舞伎が浄瑠璃を下まわることはなかったであろう。

が、量より質、現代劇として、人形浄瑠璃は歌舞伎以上に活気に満ち、劇界の首座に立ったので、竹豊両座で初演された浄瑠璃の戯曲は、ただちに、軒を並べる道頓堀の歌舞伎劇場をはじめ、三都の歌舞伎劇場で、俳優によって演じられ、同時に、淡路座を中心とする数多くの人形浄瑠璃劇団によって、全国規模の地方上演ルートにのせられていった。人形浄瑠璃の隆盛は、太夫・三味線・人形遣いによる、演技、演出上の優れた成果と、劇場、劇団経営者の、興行的手腕が、与って力があったが、それにもまして、次々と書き卸される戯曲の優秀さが、決定打となった。

最盛期の浄瑠璃、特に時代物の雄篇は、複雑かつ密度濃く、上演効果の卓抜した戯曲として、今日まで、人形浄瑠璃文楽及び歌舞伎で繰り返し演じられる。所収四作のうち、「義経千本桜」は、本巻発行の前後約一年半の間に、東京で、文楽、歌舞伎で上演され(大阪も同様)、「芦屋道満大内鑑」は一九九〇年七月に歌舞伎(東京)で、「新うすゆき物語」は、文楽で一九九一年四月大阪、五月東京上演が予定されている。

浄瑠璃は、現存作品数が厖大で、名作はここに収めた以外の時期にも、多い。中でも、本巻に先立つ時期、十七世紀末(天和・貞享・元禄)から十八世紀初期(前半の前期、元禄・宝永・正徳・享保前半、本巻所収の「芦屋道満大内鑑」は享保後半)における、近松門左衛門の、世話物を中心とする諸作が、本巻の扱う最盛期の浄瑠璃と並ぶ、日本戯曲史の、最高峰である。

近松は自ら、「昔《むかし》の浄るりは今の祭文同然《さいもんどうぜん》にて、花も実《み》もなきもの成《なり》しを、某出て加賀ノ掾《ぜう》より筑後ノ掾へうつりて作文《さくもん》せしより、文句に心を用《もちい》る事昔《むかし》にかはりて一等高《いっとうたか》く」(『難波土産』)と言い切っているごとく、浄瑠璃を、現代(十七世紀末から十八世紀)戯曲として確立した開拓者であり、しかも、日本文学史上、屈指の名文家であったから、早くから芭蕉、西鶴と共に、近世を代表する文豪としての評価が定まっていた。

が、近松没後の浄瑠璃作者とその作品に関しては、従来、近松浄瑠璃より一段低いものとされ、近松没後に本格化する人形浄瑠璃最盛期も、専ら演技・演出上の工夫、それも局部的効果を狙う工夫、によってもたらされた一時的仇花の繁栄、との評価すら行われてきた。

だがはたしてそうであろうか。確かに文章の美しさという点では、近松は、浄瑠璃史上空前絶後であるが、戯曲構成面での重厚・緻密さに関しては、近松没後の作者が、近松に優る。さらに、戯曲の底流にある、人間観照の深さ、テーマの深刻さ、この点において両者の間に優劣があるとは考え難い。例えば「義経千本桜」で、歴史の大河に、人間の宿命を捉える視点と構想は、近松の浄瑠璃にはなかった最盛期浄瑠璃の優れた達成である。(注1)

浄瑠璃には大きくわけて、徳川時代以前の歴史的事件を扱う建て前に立つ時代物と、同時代、徳川時代の庶民社会、巷間の出来事を扱う世話物がある。ところで、近代、すなわち明治、大正、昭和三十年代(一八六八頃—一九六四頃)まで、文芸の主流は、何といっても、近代文明と揆を一にする写実主義、自然主義的合理主義にあり、その点から、まず人形劇は、人間俳優の演ずる劇より影が薄く、浄瑠璃という語り物の方法も、一人の太夫が一段の登場人物全員を語り分けるのであるから、素朴な写実主義からは、俳優の演技に劣るとみなされ、また、浄瑠璃文体自体も、中世軍記物の伝統に則り、描写より説明を主軸とし、誇張表現等が頻出するために、近代の文章感覚からは、大袈裟で時代遅れと評されがちであった。

浄瑠璃の中では世話物は時代物より、自然主義的合理性が強いので、近代的評価に合致し、世話浄瑠璃の作家として、量・質ともに群を抜く近松の名文と相俟って、近世封建社会の締め付けに抵抗する主人公の愛の悲劇が、一際称えられた。近松の研究は、一世紀間に目覚ましい進歩を遂げ、全集だけでも、影印を含め五種が刊行されている。

他方、近松以後の時代浄瑠璃は、近代的感覚で捉え難い面があるために、内容に立ち入って考察を行なう前に、荒唐無稽、支離滅裂といった、偏った評価によって、一蹴されることが少なくなく、近松没後の最も優れた浄瑠璃作者である、並木宗輔の、重要な作品「狭夜衣鴛鴦剣翅(注2)」ですら、今日まで未翻刻という有様であった。

時代浄瑠璃の筋はわかりにくいといわれる。平安朝時代や鎌倉時代の物語と設定されていながら、実際の舞台は、近世の風俗、言語、生活感情によって組み立てられるのも、当代を脚色する事を禁ずる法令のためとはいえ、近代人には奇異に感ぜられ、たとえ一通り筋立てが理解されても、内容的に近代人に納得し難いところがあるとされ、それが例えば、局部的効果を狙い、技巧を弄し過ぎた作者の欠点、作品の不備と断定されてきた。

一方で、人形浄瑠璃文楽、およびその戯曲を流用して演ずる歌舞伎の舞台に、演技・演出の巧緻、名人芸の光彩を認め、文楽や歌舞伎の時代物は、脚本の価値は低く、芸を鑑賞すべきもの、との通念が出来上った。

脚本で見せるのでなく俳優で見せる。先輩方の洗練された芸で見せてゐられるばかりです。(中略)先頃「新薄雪物語」を拝見しました時、幕あひにあるお客様から「この芝居はどこを見るのだ?」といふ御出問を受けましたので大体のお話をした上、三人笑ひなどは芝居道でもよほど難しいので先人の苦心された事を説き、その芸をみるものといふ事を申しました。このお客様はよく以前から私どもの芝居も見に来て下さる四十年輩の方ですが、猶このやうにお尋ねがあります。

歌舞伎俳優市川寿海の昭和十一年(当時市川寿美蔵)における発言である。当時中堅の寿海は、先輩の名優達(「新薄雪物語」の出演者)への遠慮から、控え目な言葉遣いをしているが、要するに、俳優にも観客にも、「新うすゆき物語(注3)」という作品は、理解されていない、そういう理解し難い作品を、芸で見せる歌舞伎のあり方、を批判するのである。が、

「新うすゆき物語」園辺館の段は、それほどわかり難い、無理な筋立てなのだろうか。

勿論演劇は、人生の重大事件を限られた時間空間に凝縮してみせるので、ある程度の飛躍、誇張表現は、特に古典劇の場合、認める必要があり、この前提は、ギリシャ悲劇でもシェイクスピアでも、同様である。その古典劇一般の前提をはるかに越えて、「新うすゆき物語」はおかしな芝居であろうか。

園辺兵衛と幸崎伊賀守は、鎌倉幕府への謀叛の嫌疑をかけられ、明日にも死罪の裁断が下されるであろう、我子とその恋人、園辺左衛門とうすゆき姫の二人を、何としても助けたい。園辺兵衛と幸崎伊賀守は、それぞれの子を入れ替えて預けられているが、上使葛城民部の好意あるはからいにより子供達を預けられ、兵衛も伊賀守もその時、武士の面目にかけて、私情におぼれず、子供達の謀叛の罪状につき詮議をする、と約束したからには、親達が子を逃がすことは背信行為となる。また、仮に逃がしたとしても、ひ弱な若い二人が、探索の手から逃れおおせるとは考え難い。これが園辺館の段の幕があいた時の、登場人物が直面させられている状況である。

一方、左衛門・うすゆきを、謀叛の企みありとの訴えにより逮捕した、鎌倉幕府の代行機関六波羅としても、二人を謀叛人ときめつけるのには、根拠薄弱であり、葛城民部のような心ある役人は、これが何らかの謀略によるものであることをほぼ察知しているが、謀略の証拠をつかみ、二人の嫌疑を晴らすことは不可能に近く、仮にも、謀叛の嫌疑ある者達の処断を忽せにすれば、鎌倉幕府への忠誠心を疑われる。

そこで、もし親達が、六波羅の威信を傷つけず、子を不注意に取り逃がした申訳に切腹、という名目で、子の科を引き受ける形をとるならば、六波羅も、これを受け容れ、当面一件落着とし、若い二人をそれ以上厳しく追究することはせず、今後、何らかの無実を示す手がかりでも見出されれば、二人が世に出、家も立つように計らうこともありうる、——少なくともそのように情勢を読んだ伊賀守は、どこまでも六波羅を立て、嫌疑をかけられている両家が共同謀議の上子供達を逃がした、などと言われぬように、兵衛と、一切私的な連絡をとらず(この点については兵衛の方が当初判断が甘かった。三三五頁末―三三六頁初)、しかも子供達に寛大な処置がとられる可能性の強い、朝廷の徳日と先将軍の命日が続く時期を選んで行動を起こした。

とはいえ、伊賀守の行動が、娘を思う親心から発したものであるならば、左衛門を逃がしておきながら、謀叛の罪を認めた左衛門の首を討った、と事実に反する事を、表向きの使者の口上で言わせ、姫の身を危険にさらし、伊賀守自身の死をも無駄にするおそれのある行動をとったのは、何故か。現代の観客にわかり難い点があるとすればこのへんであろう。

伊賀守と兵衛には、武士としての立場ないし誇りがある。主君への奉公を第一に考え、忠義と家名のために一命を擲つはずの武士の建て前から言えば、仮にも謀叛の疑いをかけられた子供達を逃がしてよいはずはなく、不肖の子のために命を捨てることも、封建倫理の規準からは愚かな行動である。伊賀守は、やむにやまれぬ親心につき動かされて、その封建倫理の枠を踏み越えた訳だが、武士同士で、他の人間にそれを要求することはできない。兵衛は武士の建て前を守り、仮にも六波羅への不奉公になることはしない、家名を傷つけた不肖の子は、死なせてもかまわない、と考えているかもしれない。いずれにせよ、互いの親の命を代償とすることである。

娘の命を助けてくれれば、あなたの息子も助けよう、という話し合いないし取り引きを、伊賀守は潔しとしなかった。娘を思う故に「聟は子」と思い、無償で左衛門を助け、自分の命を投げ出し、娘については、相手の親心と武士としての配慮の適切さを信じ、そこに賭けたのである。兵衛は当初、左衛門を斬ったとの使者の口上に、うすゆき姫を逃がしているだけに激昂するが、伊賀守が使者に託した刀の謎に気づくと、以後は完全に伊賀守の行動に同調し、園辺館を訪れた伊賀守と兵衛は、一時に空の首桶を開いて、「子を思ふ親心是程わりふがあふものか。御恩は忘れぬ兵衛殿」。「伊賀殿お礼申上る」と、深い信頼感をわかちあう。

演劇は人間関係そのものを扱う芸術であるが、様々の身分・立場によって、縦横に細かく分断される、近世封建社会の人間関係に、近代・現代の、人間はすべて同等の立場で率直に話し合えば、困難な事態も解決される、という考え方は通用しない。近世的建て前論、閉鎖的社会の枠を踏み越えて、人間同士の信頼感が回復されていく過程は、現代人の想像を絶する程厳しく、その形象化には異様ささえ伴う。

いかに親心の発露とはいえ、腹を切った二人の人物が、苦痛をこらえて長い時間歩いたり笑ったりする芝居に、生理的不快感をおぼえる人も少なくないだろう。だが、それは人間の俳優が演ずる歌舞伎の場合である。書き卸しの浄瑠璃では、肉体を持たぬ人形の演技で、歌舞伎におけるごとく、観客の日常的感覚を刺激して、生理的嫌悪感を喚びおこすことなく、重苦しさは伴いながらも、「子を思ふ親心」のテーマが直截に伝わるように配慮されている。「新うすゆき物語」園辺館が、わかり難い無理な芝居である、との先入観を植えつけたのも、おそらく、人形浄瑠璃文楽ほど戯曲を忠実に演ずることをしない歌舞伎上演姿勢のなせるわざであろう。

この解説では、人形浄瑠璃文楽と、人形浄瑠璃、浄瑠璃、および文楽ということばを重ね合わせながら、少しずつ違う語感を持つものとして使用してきた。一般に文楽といえば、現在大阪国立文楽劇場、東京国立劇場を主な拠点として興行が行なわれる古典芸能の現実的なあり方、人形浄瑠璃というと、約四百年の歴史をもつこの芸能の、歴史的側面を指し、単に浄瑠璃というと、この芸能の中の戯曲ないし語り物の側面を指すことが多い。三語とも同じ意味に使われることもあるが、研究者は「文楽」の語のもとになる「文楽の芝居」(芝居は劇場、文楽は経営者名)が、十九世紀以後の事象であるために、近松門左衛門や並木宗輔の戯曲を、「文楽」の戯曲と呼ぶことを好まず、昭和三十年代までに刊行された人形浄瑠璃文楽の翻刻書、校注書の題名には、専ら「浄瑠璃」の語が用いられてきた。

昭和四十年、日本古典文学大系第二期に、「菅原伝授手習鑑」「義経千本桜」「一谷嫩軍記」など八曲の浄瑠璃を、「作品が初めて作られた昔のことよりは、今の文楽で鑑賞する生まの舞台を対象にして」祐田善雄校注『文楽浄瑠璃集』が刊行されたのは、人形浄瑠璃文楽研究史上画期的であった。上演台本としての浄瑠璃、の方針にもとづく校訂、演者(八世竹本綱大夫)、演出、曲節面を専門とする研究者(大西重孝・吉永孝雄・倉田喜弘)との協力体制による精細な注は、文楽を一部愛好家の趣味的対象とみなしがちな学界常識を大きく書き換えた。

但し、題名や校訂方針の緻密・斬新さ、演出専門家との協力体制による注の詳細さにおいて、画期的であるとはいえ、『文楽浄瑠璃集』の「今の文楽」「生まの舞台」を念頭におく校注書として、すでに、昭和二十五年近石泰秋校注『浄瑠璃名作集』(上下)があり、「操浄瑠璃の詞章は、操舞台に上演せられるのを鑑賞すべき性質(中略)のものとしての読解を目標として執筆」された同書もまた、戯曲・演出両面が、一人の校注者によって統一的に把握されている点で、『文楽浄瑠璃集』とは別の優れた成果をあげていた。『浄瑠璃名作集』(近石)、『文楽浄瑠璃集』(祐田)によって、人形浄瑠璃文楽の、演出研究は、進展しつつあった。

だがしかし、この二書が、現在上演されている文楽の実態に即するあまり、所収作品全段を収めることをせず、各作中の昭和期における上演頻度の高い段だけを集める形をとった姿勢には、優れた古典文芸作品を、一般読者に提供する、叢書、大系の性格からいうと、やはり疑問が残る。人形浄瑠璃文楽は、近世のみならず、明治、大正期まで、初段から通し狂言(この呼称は、歴史的用法としては不正確で、祐田は『文楽浄瑠璃集』解説で、その点に注意を払って使用しているが、本書では、現人形浄瑠璃文楽の上演形態との関係をわかりやすくするために、明治、大正以前の上演にもこの語を用いておく)として上演する体制を保ち続けてきた。

もっとも、近世においても常に全段原作通り丸ごと、という訳ではなく、部分的な省略や増補、あるいは三段目までで打切り、等の形も行なわれた。数多い浄瑠璃作品の中には、三段目ないし四段目の一段のみ優れ、あとは凡作、というものも少なくない。また「芦屋道満大内鑑」のように、全体に名作であるが、三段目がやや見劣りする、という場合もある。その場合は、座組や上演事情に応じ、通し狂言(特に三段目で打切りなどの省略の多い通し)の後に、一段ないし二段を、付け物として演じ、基本体制はどこまでも通しを守る。その通しによって、初段大序からクライマックスである三段目に至る統一体としての戯曲の本体が見失われることはなかったのである。

昭和にはいり、松竹は通し狂言を捨て、寄席の素浄瑠璃や素人義太夫の会で行なわれてきた、人気のある場面だけを、よりどりみどりに並べてみせる「みどり」方式に切り替えた。「仮名手本忠臣蔵」「菅原伝授手習鑑」「義経千本桜」など、わずかな有名狂言は、時に通しでも演じられたが、それも通しと認め難い程原作を無視した形が多かった。これは興行会社としての松竹の選択であったが、文楽は「芸を見るもの」とされ、戯曲が、近代文芸の尺度から、過小評価される風潮にあっては、非難されることは少なかったのである。

『浄瑠璃名作集』(近石)、『文楽浄瑠璃集』(祐田)は、この松竹方式による文楽の現状を、そのまま認め、読者に、浄瑠璃の名作を「みどり」の方式で提示した。『文楽浄瑠璃集』では、「菅原伝授手習鑑」と「義経千本桜」は「通し」

で収めるが、それは「義経千本桜」の場合「二、三、四段から抜萃して筋を通したもの」、即ち、初段を全く省き、二段目の渡海屋の段と、三段目全部、四段目の道行と河連館の狐の段関係部分のみの、「千本桜」名場面寄せ集めであり、「義経千本桜」という作品の構想や主題とは無縁の「通し」である。

しかしこれを、現時点から批判することは当を得ていない。昭和二十年代三十年代の、不備な体制においてなおかつ、文楽が持ち続けていた芸の重みと豊かさを、学術的な記述にとどめた二著により、「浄瑠璃」と「文楽」の壁が崩れ、古典文学の読者層は、文楽の舞台の鑑賞を促された。そこに近松校注書の普及、またたとえば、『浄瑠璃集・下』(鶴見誠校注、日本古典文学大系第一期)で、浄瑠璃史上の幻の作品とされていた「太平頭鍪飾」と、読本浄瑠璃「花飾三代記」と文楽の現行曲「鎌倉三代記」が、表裏一体の関係にあることが解き明かされるといった、文学・書誌学的作品研究成果の援護もあって、浄瑠璃と文楽の一体化が進み、本を膝に置いて文楽を鑑賞する読者が増えて来た。古典人形浄瑠璃文楽の、古典芸術としての側面を重視するならば、これを「教養主義」などと冷笑すべきではない。古典文学を鑑賞する知性をもって、文楽を観ると、見せ場、聴かせ所ばかりが並び、ドラマの全体像はおろか、その場の筋も十分に理解できないみどり方式に不満が生ずる。そういう読者の要求に、果断に、時には先取りして、応ずる形で、東京国立劇場では、五十年ぶり、百年ぶりの、復活場面を含む通し狂言を次々上演した。松竹方式以前の、基本的には明治(トップクラスの演者達は、当時の舞台をある程度は憶えていた)あるいはそれ以前の方式により、「菅原伝授手習鑑」「義経千本桜」「仮名手本忠臣蔵」は勿論、「ひらかな盛衰記」「新うすゆき物語」「一谷嫩軍記」「妹背山婦女庭訓」「奥州安達原」「本朝廿四孝」、「近江源氏先陣館」と「鎌倉三代記」(太平頭鍪飾)の二部作、さらに「神霊矢口渡」「彦山権現誓助剣」「生写朝顔話」等々、全段通し、あるいは準通しの上演が行なわれた。先に『文楽浄瑠璃集』で、

「現在の文楽では(中略)五段全部を上演することはやらない。否、やれなくなってしまった」といわれた「菅原伝授手習鑑」も、昭和四十七年に大序から五段目まで丸ごと上演された。休憩や昼夜入れ替え時間を含め、十時間半強。それでも部分的省略が行なわれたところはある。最盛期とその後の浄瑠璃の多くは、合作で、二人ないし三人の作者の執筆部分を接続させる際に、わずかながら不備や無駄が生ずることもあり、他方、初演時より芸が磨かれ長時間を要するにもかかわらず上演時間を、昼の部夜の部合わせて十時間以下に押えざるを得ぬ現実への配慮もあって、全通しと言っても、多少の省略は容認せざるを得ない。本巻所収の「義経千本桜」でいえば、四段目の蔵王堂と五段目が省かれ、四段目の義経と教経の対決の場に、部分的刈り込みが行なわれるのはやむを得まい。それでも「義経千本桜」の作品全体像を、観客が摑む上に、簡単な解説類が用意されていれば、大きな支障はない。が、初段を省き、二段目の後半から四段目の三分の二までで、「千本桜」の全体像を摑むことは不可能である。また、初段から演じても、国立劇場が、昼夜に有名場面を配分することを考えて、昼に初段と三段目、夜に二段目四段目を演ずる方式を採ることがあるが、これも戯曲の流れを乱すものとして容認し難い。

国立劇場の文楽通し上演の個々のケースには、再検討すべき点も多いが、いずれにせよ東京国立劇場、大阪国立文楽劇場、それぞれの場で、年間一本の全通し狂言、二回程度の準通し上演(一九九一年四・五月の「新うすゆき物語」、一九八四年の「芦屋道満大内鑑」などがこれにあたる)が行なわれる体制は、維持されるべきであろう。

「浄瑠璃の詞章は、操舞台に上演せられるのを鑑賞すべき」(近石『浄瑠璃名作集』)であり「文楽で鑑賞する生まの舞台を対象」(祐田『文楽浄瑠璃集』)とする姿勢は、基本的には、少なくとも近松没後のすべての浄瑠璃にあてはまる。ただ、浄瑠璃を演ずる「操舞台」、文楽の「生まの舞台」が、その戯曲本来の優秀性を十分に生かした上演を行なう時にこそ、最も輝かしい成果をおさめるはずである。同時に、「今の文楽で鑑賞する」ことができない「狭夜衣鴛鴦剣翅」のような、優れた作品があることも重視されねばならない。他方、竹豊両座で書き卸される浄瑠璃の丸本は、初演と同時に全国むけに発売され、舞台を観ていない無数の読者にも深い感銘を与え、近世を通じて、おそらく小説類以上に、多くの読者を保有していたとみなされるからには、浄瑠璃戯曲の文学性もそれなりに積極的に評価すべきであると考える。

本巻は、『竹田出雲 並木宗輔 浄瑠璃集』と題し、元祖出雲の単独作「芦屋道満大内鑑」、並木宗輔の単独作「狭夜衣鴛鴦剣翅」、二代目竹田出雲(竹田小出雲と同一人物とされる)が文耕堂を立作者とする合作者陣の一員として執筆した「新うすゆき物語」、並木宗輔(千柳)・三好松洛・二代目竹田出雲合作の「義経千本桜」を取り上げた。「義経千本桜」については、浄瑠璃研究史の上で、立作者を竹田出雲とみるか並木宗輔とみるか、論議のわかれるところである。

並木宗輔が、享保十一年(一七二六)の「北条時頼記」に初めて作者名をあらわし、以後享保後期・元文・寛保期に、豊竹座の作者として活躍、寛保後期から延享初年まで歌舞伎作者に転じ、延享二年(一七四五)に再び浄瑠璃の竹本座に迎えられ、さらに最晩年豊竹座に戻り、「一谷嫩軍記」を絶筆として宝暦元年(一七五一)に没するまで、常に作者陣の中心にあり、名声を得ていたのに対し、竹田出雲の名は、まず竹本座の座本の名義として、十八世紀初頭から一七六〇年代前後まで、竹本座の経営者代々に承け継がれていった。この座本即ち興行主、経営者である竹田出雲が、元祖以来作者を兼ね、合作の場合竹田出雲の名が筆頭に置かれることが多い。竹田出雲とその前名および別名と、座本・作者その他の立場との関わりは複雑である。正本に筆頭の署名を掲げることが、すなわち竹田出雲が作品の実質的立作者であることを意味するかどうか、との疑問が、黒木勘蔵『近世演劇考説』(昭和四年)によって提起されて、園田民雄『浄瑠璃作者の研究』にも受け継がれ、以後、論議のまととなって来た。

「義経千本桜」の正本作者連名には、竹田出雲・三好松洛・並木千柳(宗輔)とある。ところが「義経千本桜」初演番付の連名は、並木千柳・三好松洛・竹田出雲の順で、千柳(宗輔)が立作者となる。これは、正本では出雲が座本の権威を示すために立作者として署名しているが、作者並木千柳(宗輔)の実力と名声を無視できず、番付では宗輔が立作者であることを認めたもの、と解するのが自然と思われるが、近代の浄瑠璃研究書ないし演劇関係出版物で、近松の次に来る作者を竹田出雲とする伝統は強固で、竹田出雲と並木千柳(宗輔)の合作になる、「菅原伝授手習鑑」「義経千本桜」「仮名手本忠臣蔵」の校注書として、『竹田出雲集』(鶴見誠校注、日本古典文学全書)があるが、並木宗輔には、その名を題名に冠した校注書は出されていなかった。

竹田出雲と並木宗輔の経歴に関する研究は、昭和三十年前後に著わされた二つの論考、祐田善雄「竹田出雲の襲名と作品」(『近世文芸』創刊号、『浄瑠璃史論考』所収)、角田一郎「並木宗輔伝の研究—新資料写本『三原集』を中心とする考察—」(『国文学研究』13)により、著しく進展をみた。後者は純然たる実証に基き、並木宗輔が青年時代、備後三原の成就寺の禅僧であったことを明らかにした伝記研究であるが、前者には先人の竹田出雲研究を集大成した上で、漠然と浄瑠璃作者の代表のごとく呼びなされてきた「作者竹田出雲」を、元祖と二代目に分け、二代目出雲清定(親方出雲)は、元祖が没する延享四年六月までは、小出雲と称していたとする仮説が含まれている。本巻所収「義経千本桜」の前年、延享三年八月から竹本座で初演された「菅原伝授手習鑑」の場合、現段階では、初版本と見なさざるを得ない正本(注4)の奥書座本の署名欄に、「竹田出雲掾清定」の署名がある。一方作者署名は、内題下に「竹田出雲作」、文末に「作者連名、並木千柳・三好松洛・竹田小出雲」とあり、祐田説以後、内題下の竹田出雲は元祖、文末の竹田小出雲は二代目の竹田出雲とされている。したがって奥書に清定在名の本が初版であるならば、二代目出雲は延享四年六月以前の時点で、作者としては竹田小出雲、竹本座経営陣にあっては竹田出雲を同時に名乗っていたことになる。「菅原伝授手習鑑」は、元祖没前年の初演である故の、過渡期的現象、として目をつぶることができないのは、横山正『操浄瑠璃の研究』が指摘するごとく、「菅原伝授手習鑑」以前にも、この種の奥書が存在するからである。

まず、本巻所収の享保十九年竹本座初演「芦屋道満大内鑑」の底本が同じ奥書である。もっとも、この底本の「筑後掾高弟」の文字に埋木があるから、初版本と見るには疑いが残る。(注5)が、「芦屋道満大内鑑」以外にも、享保末期竹本座初演作の奥書で、「筑後掾高弟」「竹田出雲掾清定」(埋木でなく)の署名を持つものがいくつかあり、これらがすべて初版本でないとは、現時点では断定できない。

「菅原伝授手習鑑」内題下の作者(元祖)竹田出雲は、「芦屋道満大内鑑」内題下の「作者竹田出雲」であって、享保九年「諸葛孔明鼎軍談」絵尽序文に、近松の、作者竹田出雲への推薦文まで掲げられており、「芦屋道満大内鑑」以前に、数多くの単独作も発表しているので、一応、作者としての実体に疑いを抱く必要はない。この元祖竹田出雲と並木宗輔の間には――ただ一つの合作「菅原伝授手習鑑」における「作者(元祖)竹田出雲」は、竹本座最高権威者としての総指揮をあらわすもので、実際の執筆は千柳(宗輔)を立作者とする、作者連名の三人に委ねていたとみるのが定説であり――合作者問題はない。

次に、作者竹田小出雲についても、元文二年に立作者として「太政入道兵庫岬」を著し、「新うすゆき物語」三四四頁注四に掲げる『瑠璃天狗』の逸話にも、前後の事情から信憑性が認められるので、その実体を疑う必要はないであろう。

しかし、この作者竹田小出雲が、二代目作者竹田出雲となり、しかもそれ以前、元祖竹田出雲の生前から、作者としては竹田小出雲、経営者としては竹田出雲掾清定を、同時に名乗っていたとなると、二代目「竹田出雲」清定の名乗りに関しては、実体のつかみ難い面があるのは否定し難い。並木宗輔との合作者問題の当事者は、この二代目竹田出雲である。

祐田論文発表以前、宗輔と合作した作者竹田出雲が、一人とみなされていた時に、竹田出雲立作者説を採った森修(注6)は、祐田説発表以後も、『橘庵漫筆』に、竹本座における近松門左衛門の執筆の場に、竹田小出雲が立ちあっていることなどに注目して、元祖竹田出雲と、竹田小出雲(二代目竹田出雲)が、常に共同執筆を行なった、との見解(注7)をあらわした。だが、経営者側の人物(小出雲)が、作者(近松)の執筆進行過程で、意見を述べ注文をつけ、時に作品内容を左右するとしても、そのことをもって、彼を作者とみなすわけにはいかない。『橘庵漫筆』の記述が、小出雲が享保中期以来、父元祖出雲と一心同体の作家活動を行なっていたことの、確たる根拠とはなりえないのである。

一方、「新うすゆき物語」三四四頁注四の『瑠璃天狗』の逸話で、小出雲が道行文について、父元祖出雲に添削を乞うているからには、作者として元祖竹田出雲は、大家であり、寛保元年の時点(初作「太政入道兵庫岬」から四年目)で、竹田小出雲は若手作者とみるのが自然であろう。小出雲もすでに大家であったが、父への敬意を表するために、わざわざ江戸へ飛脚をやったのだ、と解するには、この道行の前におかれた、元祖出雲と同格の立作者文耕堂の執筆になる、園辺館の、情理を尽し引き締った文章と、道行(およびこれに続く当麻寺が一まとまりの挿話部分)の散漫な、無駄の多い文章との段差が大きすぎる。補助的な仕事はともかく、小出雲の作者としての正式なスタートは、元文二年であるからには、小出雲は元文元年に、文耕堂との合作に署名する三好松洛と同世代ながら一年後輩であり、作者二代目竹田出雲と改名したからといって、元祖竹田出雲と同世代の大家並木宗輔（年齢は元祖出雲の方がはるかに高齢、作者経歴も出雲の方が三年先輩）に対し、立作者として指導力を発揮できるとは考え難い。二代目竹田出雲の小出雲に、それだけの実力があるならば、「義経千本桜」の二年前の時点で、長年豊竹座にあった敵将並木宗輔を、竹本座に迎える必要はないのである（注8）。

本巻の題名の「竹田出雲」は、「芦屋道満大内鑑」単独作者元祖竹田出雲と、「新うすゆき物語」「義経千本桜」の合作者の一人である二代目竹田出雲（小出雲）を指すと同時に、小出雲時代から二代目出雲に影のごとく添うてきた三好松洛（「義経千本桜」の宗輔の担当部分を除いた部分を、実質的に松洛と出雲がどのように分担したかは検討を要する）、また、竹田出雲父子とは別個に竹本座作者陣の中核をなした文耕堂も含めた、享保後期から延享期竹本座作者の、いわば総称と考えていただきたい。便宜的に竹本座作者を一からげに扱おうということではなく、この作者達は、四人とも、近松の薫陶ないし影響を受け、文体面でも、また内容面でも、近松浄瑠璃の延長線上にある。理想主義を基調に、親子の情愛を最も感銘深い主題として、描く方法も四人に共通して認められるのである。

義太夫節の創始者元祖竹本義太夫（筑後掾）以来、竹本座は常に浄瑠璃界の主流派（注9）であった。作者近松門左衛門の名声は、主流派の権威を一層高め、この浄瑠璃界の主流派たる竹本座の組織の中で、太夫・作者それぞれ師弟関係で緊密に結ばれていた。

これに対し元祖義太夫の門弟初代豊竹若太夫（越前少掾）が、元禄十六年（一七〇三）に独立創設した豊竹座は、座頭太夫であり、座本、経営者である越前少掾個人の芸と人気と興行的手腕で成り立っているので、越前少掾のために作品を書いた作者達も、それぞれ個人的に越前少掾と結び付き、近代の浄瑠璃史で、竹本座の近松に対抗したとみなされる紀海音も、豊竹座後輩作者に対し、竹本座の近松のごとく指導性を発揮したとは考え難い。しかし、並木宗輔は、師の田中千柳（紀海音引退後、並木宗輔登場までの四年間、豊竹座の実質的立作者）と同程度、あるいはそれ以上に海音の影響を受けたようである。横山正は海音の作風に、海音が元禅僧であり還俗して医者となったことの生活経験を、海音作品の「理論を一つ一つ積み重ねて行く非文学者的表現態度」（『近世演劇論叢』）(注10)を生み出した基盤とみている。

並木宗輔の場合「表現態度」が「非文学者的」とはいえないが、豊竹座時代の理詰めに説明し尽す情趣に乏しい文体には、右の海音の作風と類似するところがある。同じく禅僧出身であることが思い合わされるのであるが、その理詰めな文章を、語り物の音楽性、特に高音を聴かせ所とする越前少掾の語り口に、無理にも合わせようとするために、七五調のリズムとメロディに頼らざるを得ず、

文句《もんく》にてには多《おゝ》ければ、何《なに》となく賤《いや》しきもの也。然《しか》るに無功《ぶこう》なる作者《さくしゃ》は（中略）五字《じ》七字等《とう》の字くばりを合さんとする故、おのづと無用のてには多くなる也。たとへば、年《とし》もゆかぬ娘《むすめ》をといふべきを、年《とし》はもゆかぬ娘をばトいふごとくになる事、字わりにかゝはるよりおこりて、自然《しぜん》と詞《ことば》づらいやしく聞ゆ。

と、近松に非難されたような、類型的七五調にはめ込んでいく傾向が、海音と共通するのである。但し、宗輔の場合、文章の天才近松からは「詞づらいやし」と嫌悪されるようなベタヅキの七五調文の随所に、理知的な鋭さが光り、説得力に富む点が、冷やかな「非文学者的表現」にとどまりがちな海音と、大きく相違する点である。

宗輔の「狭夜衣鴛鴦剣翅」なども、お世辞にもうまい文章とはいえず、たとえ散漫でも、「新うすゆき物語」の当

麻寺(小出雲執筆か)などの方が、物語としてすらすらと読み進むには、抵抗が少ない。が、劇としての密度という点では、享保後期・元文・寛保期の作で、「狭夜衣鴛鴦剣翅」一―三段目の右に出るものはない。宗輔は確かに文章家として詞藻の流れの豊かさにおいて、近松には勿論、師の田中千柳にも、あるいは文耕堂、元祖出雲にも劣っていたかもしれない。が、彼の豊竹座時代の文体の窮屈さは、単に名文家の資質に欠けるという消極的理由以上に、語り物の枠の中で、登場人物の劇的行為や、微妙な心理を、徹底的に追求するドラマの手段として、このぎくしゃくした文体によらざるを得ない状態にあったことを考慮すべきであろう。

「狭夜衣鴛鴦剣翅」が、初段から三段目までの単一プロットと、四段目以後の構想と、分裂を余儀なくされ、時代浄瑠璃の五段組織が作者にとって重荷となっていることは、右の文体上の問題と無関係ではない。浄瑠璃の方法でドラマを、それも構想雄大な時代物のドラマを、構築することを困難とする重大な障壁に作者は突き当ったのである。「狭夜衣鴛鴦剣翅」の翌年、元文五年に並木宗輔は、豊竹座の立作者を辞し、その翌々年寛保二年に、歌舞伎作者に転じ、延享二年から再び浄瑠璃界に竹本座の作者として復帰する。浄瑠璃作者並木宗輔にとって、歌舞伎作者としての期間は、二年程であるが、得るところは大きかった。まず、一旦浄瑠璃を離れた宗輔は、改めて浄瑠璃の特性を生かした芝居作りの方法を摑みとった。七五調の桎梏からも解放された。「義経千本桜」のどの段の文章にも、「狭夜衣鴛鴦剣翅」のような硬さがないのは、単に作者が円熟の年代に達した、というだけでは説明し尽されない。

並木宗輔が加わる以前の竹本座の時代物は、近石泰秋『操浄瑠璃の研究』が指摘する通り、武道と義理に生きる男性を主人公とし、播磨少掾(初代政太夫)の小音ながら質実剛健な語り口、人形座頭で立役を本領とする、不世出の名人吉田文三郎と男性路線は一貫していた。義理を重んじつつ、義理と情の調和状態を感銘深く描くことが、竹本座作者の特色で、情の中でも儒教倫理の孝と表裏関係にある、親の子に対する情愛を描くことに非常に優れていた。

親子関係、中でも父親と息子の関係が、近世社会の基本となる家の構成原理として尊重されるのに対し、夫婦関係には、その家の尊厳に多少とも不利をもたらすとみなされる場合、当事者の意志に反して破棄される危険があった。「芦屋道満大内鑑」「狭夜衣鴛鴦剣翅」両作で、夫が義理を立てぬく障害となる妻を離別する局面が扱われるが、近世封建倫理は、夫婦も含め男女関係全般に対し、否定的な厳しい姿勢をとってきた。

豊竹座時代の並木宗輔の浄瑠璃は、親子の情愛よりむしろ、男女間の相克を描くことが多い。越前少掾が女性を語るに適した美声家で、人形にも藤井小八郎・小三郎等、女形遣いが揃っていたためと言われるが、封建社会で、人格を認められない女性の、苦悩や疎外感を扱う豊竹座時代の宗輔の作品は暗く、竹本座の明快な理想主義と対照的である。現実は矛盾に満ち、義理と人情は調和し難く、信頼関係で結ばれているはずの親子・夫婦の仲ですら、国家的社会的目的意識(「義理」と重なりあう)のために、策略が働き、傷つけ合うことがあるとする悲観主義。「狭夜衣鴛鴦剣翅」は、このような豊竹座時代の宗輔の作風の典型である。

竹本座に移ってからの宗輔関係の作品には、こういう心の暗黒面を抉り出す傾向が少なくなり、むしろ、宿命や歴史の必然の前に、人間の主体的行為が、いかに微弱なものに過ぎないかを、一種の諦観をもって描くようになる。

「義経千本桜」三ノ切「鮓屋」(宗輔)と四段目「狐の段」(竹本座系作者)は、どちらも親子関係を扱う優れた戯曲であるが、「狐の段」では、源九郎狐の親を慕う純真さは、義経の切実な共感を喚び起し、四百年間焦がれ続けた親鼓を与えられる。しかし、「鮓屋」における、弥左衛門と権太、権太と善太、惟盛と六代の親子関係には、純真な親子の情などとは別種の、愛と、憎しみ悲しみが絡みあい、過去からの深い傷がある。中では、権太と善太が、最も素朴な恩愛で結ばれているが、権太がその恩愛の絆に締めつけられながら、これを犠牲にして、命も擲って、父親の故主に尽した忠節は、現世的には、無意味な結果しか齎さなかった。

二段目では、歴史を書き換えようとした知盛が、その行為の空しさを悟り、行為を為した自身の存在を否定し、歴史の知盛像にかえっていく。「狭夜衣鴛鴦剣翅」におけるごとき、策略と人間関係のゆがみ、親子・夫婦の心理的葛藤自体にこだわるのではなく、人間と運命、歴史と人間、過去と現在といった、叙事詩的テーマを、並木宗輔は浄瑠璃というドラマの最終的命題に据えた。その際に、二ノ切「渡海屋の段」では、『平家物語』とその派生文学である謡曲「船弁慶」「大原御幸」等の、叙事詩が伝える平家滅亡の歴史(ここで言う「歴史」とか「派生文学である謡曲」とかは、近世の作者・観客の意識に立つもので、近代史学や、文学史上の概念とは別である)を、ついに逆転させることができなかった、との実感を観客に与えるために、流布本『平家物語』をはじめ、「舟弁慶」「大原御幸」の文章が、随所に引用されるのみならず、浄瑠璃文自体が、『平家物語』、謡曲の文体に則って綴られていく。「無用のてには」(注11)の痕跡は、本作にも認められるものの、『平家物語』文体の導入によって、並木宗輔の文章の「詞《ことば》づらいやし」とみなされた欠点が解消される。浄瑠璃の原点である『平家物語』との真の出会いが、歌舞伎作者を経験してはじめて可能となったのである。

文体上、また主題の上でも、近世的ドラマの面を確かに具えながらも、中世叙事詩的色彩の濃い二ノ切「渡海屋」に対し、五段組織浄瑠璃の要めである三ノ切「鮓屋」では、ドラマと叙事詩がより複雑に絡み合う。『平家物語』をふまえることは、二段目と同様であるが、近世庶民が活躍する創作的部分が非常に多いために、『平家物語』文体そのものに依拠することはできない。しかし、人物の詞に、近世口語が生の形で使われることは意外に少なく、間接話法により、文語文脈にくみこまれていく。作者長年の、七五調へのこだわりは、二段目より目立ち、文法的に破格の表現も少なくないが、その七五調が豊竹座時代のごとく、ベタヅキ、類型化に陥らせる温床としてでなく、人物の意志・行為を簡潔かつ明確に印象づける枠組の役割を果しているところに、「鮓屋」の文体上の特色がある。特に、劇的に緊迫する後半に、倒置と省略が非常に多い。例えば、「涙と倶《とも》にお里はかけ寄リ。」(四八二頁二行目)、「惟盛卿は気の毒《どく》の。内侍も道理の詫《わび》涙。」(四八二頁注八)、「兄様是は一生《しやう》のわたしが願ひ。」(四八三頁注一七)、「憎《にく》いながらも悲しさの。母は思はずかけ寄ッて。」(四八七頁三行目)、「ムゥ其又根性《こんじやう》で。」(四八八頁八行目)、「惟盛様御夫婦の。路銀《ろぎん》にせんと盗《ぬすん》だ銀。重《おも》いを証拠《しやうこ》に取リ違《ちが》へた鮓桶。」(四八八頁注五)、「かほど正しき性根《しやうね》にて人に疎《うと》まれ譏《そし》らるゝ。身持チはなぜにしてくれた。」(四八九頁一行目)、「けふもあなたを廿両。衒取《かたり》ッたる荷《に》物の内に。恭《うや》〳〵敷ク高位の絵姿《ゑすがた》。」(四八九頁注一七)、「血を吐《はく》程の悲しさを。常《つね》に持ッてはなぜくれぬ。」(四九〇頁五行目)。

倒置文の場合、一番強調したい人物ないし事柄を、先に出すのが原則である。省略文については、句を隔ててかかわりあう、四六駢儷体等漢文脈の構成法を、作者がごく自然に用いていることを、この三段目校注作業の進行中、共著者から度々指摘を受けた。倒置にも漢文脈とのかかわりは認め得るであろう。

勿論、すべて漢文と結びつけて解すべきでなく、まして、作者の前身が禅僧であることにこだわりすぎる必要もない。和歌に造詣の深い(「狭夜衣鴛鴦剣翅」の構想および「鮓屋」四九一頁注一三)並木宗輔である。

漢籍も和歌も『平家物語』も、中世と現代の演劇(能・歌舞伎)も、その他様々の可能性と手法が作者の中で浄瑠璃の方法として再編成され、七五調の文語文により、間接話法を多用しながら、近世ドラマの真髄に触れ、最終的には

『平家物語』の無常観と一体化する構図ができあがった時、ドラマと叙事詩の接点に立つ十八世紀浄瑠璃は、完成に達したのである。

（注1）　森修『近松と浄瑠璃』「人形浄瑠璃の展開と大成」に「近松の世話物は古今に冠絶するが、時代物はむしろ合作時代のほうが進んでいる」。

（注2）　『日本文学大辞典』（昭和二十六年）の「並木宗輔」の項（執筆守随憲治）に注目すべき作品として言及されている。

（注3）　この『演芸画報』昭和十一年四月号掲載の寿海の発言は、松竹の歌舞伎俳優であった寿美蔵が東宝へ移った（十年。十三年に松竹復帰）時の所感表明である点に留意すべきで、寿美蔵個人の所感とは断定できない。それだけに、「新薄雪物語」に代表される歌舞伎脚本への軽視の風潮がよく表われているといえる。なお寿海は十六年後、昭和二十七年に「新薄雪物語」園部兵衛の初役で好評を博す。

（注4）　『竹田出雲集』（鶴見誠校注）、『浄瑠璃集』（横山正校注）所収の「菅原伝授手習鑑」底本もこの奥書。

（注5）　「芦屋道満大内鑑」底本（国立文楽劇場蔵）には奥書に竹本筑後掾高弟、竹田出雲掾清定とある。また対校本に用いた九十四丁（実丁九十三丁）両山本版七行本（関西大学附属図書館蔵）は、同じく奥書に竹田出雲掾清定在名で、太夫名が竹本義太夫高弟とある。

奥書の太夫名に関し、底本の「竹本筑後掾高弟」とは、初代義太夫竹本筑後掾の高弟の意であるが、対校本の「竹本義太夫高弟」の場合は、二代目義太夫竹本播磨少掾の高弟の意も含まれ、播磨少掾が没した延享元年以後、竹本大隅掾の署名本が出る寛延三年以前（祐田善雄「近松浄瑠璃七行本の研究」『浄瑠璃論考』所収）のものと考えられている。但し底本の「竹本筑後掾高弟」も、埋木とみられることから『浄瑠璃操芝居の研究』で近松関係丸本の奥書に関し、祐田論文を引いて述べる如く、播磨少掾没後の限られた期間のものと考えられる。対校本の義太夫高弟・清定の在名形式は、寛延元年八月の「仮名手本忠臣蔵」初版本と同一である故、対校本は「仮名手本忠臣蔵」初演に引続く、寛延元年十一月の「芦屋道満大内鑑」再演時ないしその直後の刊行と認めうるであろう。しかるにこの義太夫在名の対校本は、八十七丁(第五のはじめ)から八十九丁まで、版木の磨滅が甚だしく、九十丁以下は、一行当りの寸法が底本より短く、振り仮名、捨て仮名等に明らかな脱落があり(例、底本九十オ「長櫃《ながびつ》ウ御前ン色に昇《かき》すへさせ。詞貢《みつぎ》を納《おさむ》る近郷《きんがう》の百性共」。対校本は「御前ン」の「ン」、「近郷《きんがう》」の振り仮名なし)、その前後の字形も底本と一致せず、不自然にみえる。本作が人気曲で初演以来多くの部数が刷られ、寛延期には版本磨滅が甚だしく、カブセ彫りによる補強がなされたことを思わせる。いずれにせよ、対校本即ち寛延期再演時刊行本の版木に手が加えられており、底本の本文はそれ以前の版木による刊行であることが明らかであるからには、底本の刊行年次は播磨少掾没の延享元年から、寛延期の再版以前の間であるとしても、本文版木自体は、初版のものとみなすことができるであろう。

(注6) 「浄瑠璃合作者考」(『近松と浄瑠璃』所収)。

(注7) 「作者たち」(『解釈と鑑賞』昭和四十二年十二月号「「仮名手本忠臣蔵」のすべて」所収)。

(注8) むしろ森修見解を正本書誌調査にもとづいて推し進め、十八世紀前半後期(一七三五–五〇)に、元祖、二代目二人の「作者竹田出雲」が存在し、二代目の前名は竹田小出雲であった、との、祐田説(現在、定説と認められている)自体を再検討すべき段階に来ているか、この点については他日を期したい。

(注9) 森修『近松門左衛門』。

(注10) 正確には第一次豊竹座時代。第二次豊竹座時代(新作は「一谷嫩軍記」のみ)は含まない。

(注11) かつて武智鉄二は、合作者問題解明のために、浄瑠璃における助詞や活用形の使われ方を分析すべきことを示唆した。古典演劇のすぐれた演出者、文楽の名批評家武智鉄二ならではの着眼点、と考える。

(内山美樹子)

二 舞台と人形操法

人形浄瑠璃の舞台は、創始の十七世紀の初め頃から終り頃まで手摺舞台という構造、その後十八世紀の末近くまでは手摺舞台の前に平《ひら》舞台を付《つけ》舞台として常設した構造、その後平舞台を廃して再び手摺舞台だけの構造になって、それが現代まで続いている。本書所収の四曲は平舞台を併設していた時期で、図1と図2はその平舞台を使って上演中の図である。図1は碁盤人形を幕間《まくあい》に演じている所で、平舞台はこういう利用にも便益が多かった。図2は太夫掛合いによる出語り出遣いの劇的場面である。平舞台の後ろには本来の手摺舞台がある。前後二段に構えてある。祐田善雄の用語に従って、前のを前手《まえで》摺《すり》、後ろのを本手《ほんで》摺《すり》と称しておく。図4・5・6は平舞台を廃止した時期で、図4の後ろの手摺を本手《ほんて》、前のを二《に》の手《て》、図5の花道に接した手摺を三《さん》の手《て》と呼ぶようになっていた。図5・6の本手は屋《や》体《たい》の椽側の所。図6の三の手には花道が付いていない。花道は臨時の設置という説もある。

三人遣いは、主遣《おもづか》い、左《ひだり》遣い、足《あし》遣いと称される三人の共同操法で、手摺舞台を使用する。三人遣いは足遣いの姿態が見苦しいので平舞台は使えない。享保十九年(一七三四)竹本座の「芦屋道満大内鑑」の初演に、四段目信太の森の段の乱闘の場で、狐の化けた与勘平と本人が同時に左右から登場して、葛の葉姫と童子の乗った駕籠を安全な所へ移そうと、それぞれ片手で前後の棒端《はな》を差し上げて大見得を切るところが大喝采を博した。その演技に狐の与勘平の方は左手で差し上げるので左遣いが必要になった。足遣いは早く天和三年(一六八三)に京都の宇治座で「世継曾我《よつぎそが》」に使いはじめていたので、ここに左遣いが加わって三人遣いが成立した。左遣いは人形の左腕に差金《さしがね》という木製の道具を付けて、それを右の手で持って操作する。図7に描かれた黒い棒がそれで、現今も目立たないように黒塗りの棒である。人形の演技は左遣いによって格段の写実性を発揮することとなった。ほとんど歌舞伎の俳優と見まがうばかりの動作とともに人形独得の様式美の多様化も著しく、大坂の芝居は人形劇場の竹本座と豊竹座の隆盛に歌舞伎はあるかなきかの状態であったと伝える。本書の「義経千本桜」はその最盛期の作品である。

最初はただ一場面に使われた三人遣いが、その成功によって急速に発達の途につき、主要な役柄の人形に当てられていって、一人遣いは端役《はやく》に残ることとなるが、平舞台を付けている間は、道行舞踊と景事《けいごと》と称する特殊な演出の場に平舞台で全身出遣いの一人遣いが残されて、呼び物の演じどころになっていた。もともと平舞台は一人遣いの名手たちの遣う姿を見たいという観客の要望に応ずるものであったから、年功の人形遣にとってはたいせつな晴れの舞台であった。図2のように屋内の人形遣も戸外に出て歩く演技は図3のようになる。一人遣いの練達の人々が老年になり死没もして減少するにつれて平舞台も廃止に至るのである。本書所収の四曲では、道行は必ず一人遣いの平舞台であったはずであるが、景事にはそれときめにくい場合がある。「狭夜衣鴛鴦剣翅」の景事「湯上恋姫雛」は、その終るところから普通の劇的場面に移るあたりの詞章の様子と掛合い語りでないことから三人遣いの手摺舞台と見ておいたが、一人遣いの平舞台かも知れない。景事には題名が付いているとは限らず、三人遣いの人形役割は番付に主遣い一人の名前を掲げるだけなので一人遣いとの区別はつかない。三人遣いの出遣いも主遣いだけが盛装している。左遣いと足遣いは黒衣覆面で、単に介錯人《かいしゃくにん》とか手伝いとか呼ばれ、黒子《くろご》や黒衣《くろご》とも記す。図6は総稽古のところなので人形遣も太夫も三味線もみな平服である。出遣いと出語りは伴うのがきまりであるが、現今の文楽ではそうとも限らなくなっている。蔭《かげ》語りには図4のように御簾内《みすうち》を使う。

本書所収曲の舞台装置は図2に見る形態から図6の形態への発達途上にあるが、これも直接の資料がない。しかし関連のある資料を総合してみると、よほど図6の形態に近づいているようである。平舞台の前端を引幕でかくして大道具の装置換えをすることは、平舞台を付けた当初からのことと思われる。その引幕でかくさないままで引き道具や吊り道具せり上げ道具などで場面を転換することも行なわれたであろう。前手摺で短少場面を演ずる間は本手摺を幕でかくしておいて、その幕を切って落すと立派な舞台装置のある本手摺が現れて場面転換となる方法もあったようである。「義経千本桜」四段目蔵王堂の段のはじめの部分、まだ堂の見えてこない山道の場面はその方法かとも思われるが、あるいは初めから本手摺をかくさないで、堂の装置が見えているままの前手摺で、堂の見えない所という思い入れで演ずることも考えられる。脚注には後者の方を記しておいた。「新うすゆき物語」中之巻「園辺館の段」で園辺左衛門が裏の小門に忍んで訪れてくる所は、本手摺正面の座敷からは相当に離れているはずであるのを、舞台ではすぐそばの下手際か上手際に作り物の木戸を出しておく程度、あるいはそれも左衛門の登場の時に道具係が持ち出して、退場すると撤去するかも知れない。「芦屋道満大内鑑」三段目「左大将館の段」では終りの方が玄関先での演じどころになるので、それまでの座敷の舞台装置をどうするのかとあやしみたくなるが、玄関の装置はないままで本手摺の座敷の下手の廊下から前手摺を玄関先と見立てて演ずると見てよいであろう。人形の登退場口は、付舞台の左右と二つの手摺の各左右、および正面の室の中央奥である。図5の室の中央奥のアーチ型の錦の戸帳の形式を瓦灯口《かとうぐち》（火灯口）という。そこが民家では納戸《なんど》や台所への出入りの暖簾《のれん》口になる。室の上手側の障子の所を障子屋体《やたい》と称し、その障子内《うち》は、隣室であるのはもちろんのこと、離れているはずの浴室にもなり（「絵本太功記」十段目など）、奥の一間への通路にもなれば、奥の一間そのものにもなり、それらが一場面の中で固定しないで任意に併用されもするであろう。

右のような推察は、図6の舞台装置が現今の文楽や歌舞伎と同様であることから、さかのぼらせるのであるが、しかし中世劇の能楽から近世劇の現代の演じ方への流れの中で当時期の可能性の幅を考慮することが条件となる。図5と6の二の手左右の小幕の形式も、平舞台を付けていた本書四作品の時期にはそこに小幕はなくて、図1と2のように平舞台の左右に小幕があったのである。それによって舞台装置の大道具の使い方もちがってくる。そのほか前代の近松浄瑠璃に盛行したカラクリと手妻による道具立てや人形演出も三人遣い時代には用途も様相も変って行く。ただ、現今の研究段階はまだまだ不十分なので、この解説も脚注も演出や装置には僅かに一端を示すにとどまる次第である。なお、舞台の構造については、人形舞台史研究会編『人形浄瑠璃舞台史』、また中世劇から人形浄瑠璃の演じ方への推移については、筆者の旧著『人形劇の成立に関する研究』の第三部を参照していただければ幸いである。

（角田一郎）

図3　**重井筒容鏡**　享保18年(1733)　番付挿絵　竹本座。図中の文字「吉田文三郎・三浦新三郎」。(義太夫年表近世篇4、影印番号七より、原本高木浩志蔵)

図1　**花洛細見図**　宝永初年(1704-)頃刊　京都宇治座か。図中の文字「こ(と)ばん人形・山本ひた(だ)の掾」。手妻人形の名人飛騨掾の碁盤人形。(新修京都叢書第八より、原本京都大学附属図書館蔵)

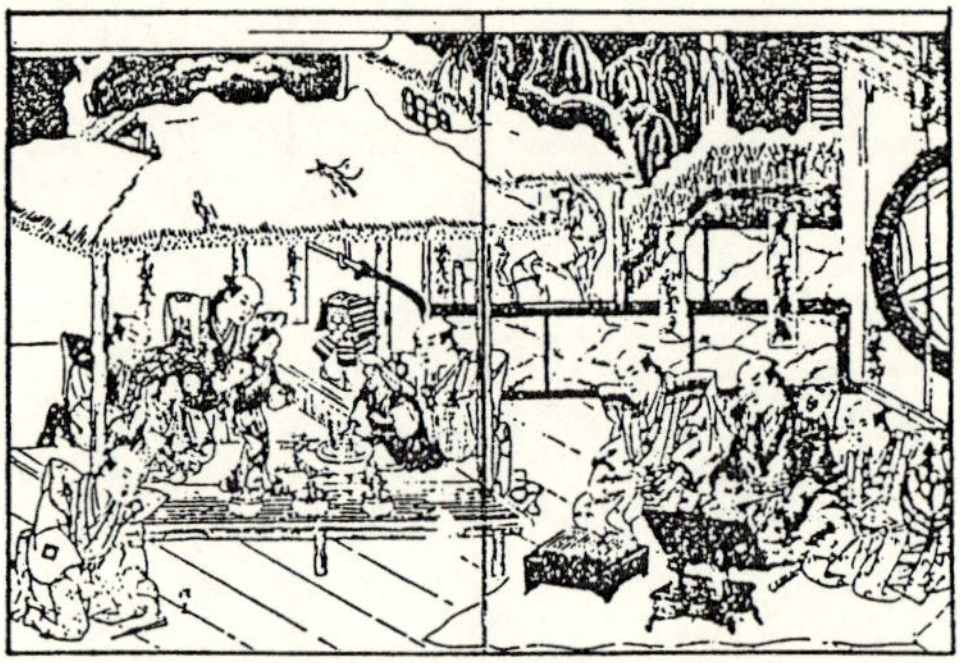

図2　**今昔操年代記**　享保11年(1726)刊　挿絵「北条時頼記」享保11年豊竹座。図中の文字、右から「野沢喜八郎・豊竹上野少掾・豊竹和泉太夫・近本九八郎・藤井小三郎・中村彦三郎・口上人」。(日本庶民文化史料集成第七巻より、原本大阪府立中之島図書館蔵)

図4　**当世芝居気質**　安永6年(1777)刊　挿絵「蘭奢待新田系図」上演年・座名不明。初演明和2年(1765)竹本座。図中の文字、中央「につたけいづ、すみよしまつりの段」、御簾「九郎ほうぐはんよしつねどのはァ」、下「よふおやぢさま、できまするぞ、おやだまおやだま(観客のほめ声)」。(演劇百科大事典4より)

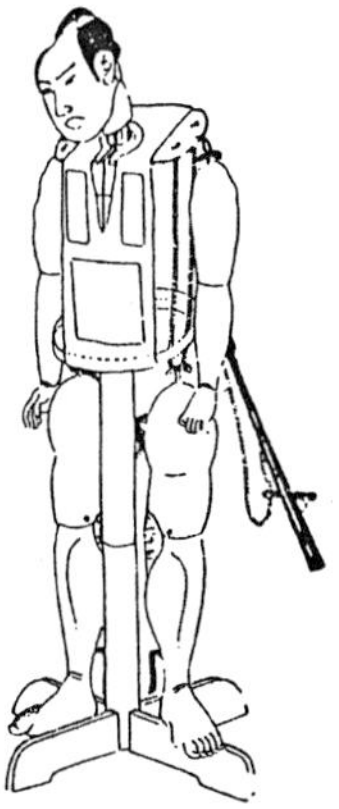

図7　**戯場楽屋図会拾遺**「人形全躰之図」 左腕に付けた黒塗りの差金には長短種々あり、これは長差金(ながさしかね)の図。腕部と脚部には腕先きを肩から、足先きを腰から、紐で吊すなどの形もあり、胴部も張り物の写実型もある。(図5に同じ)

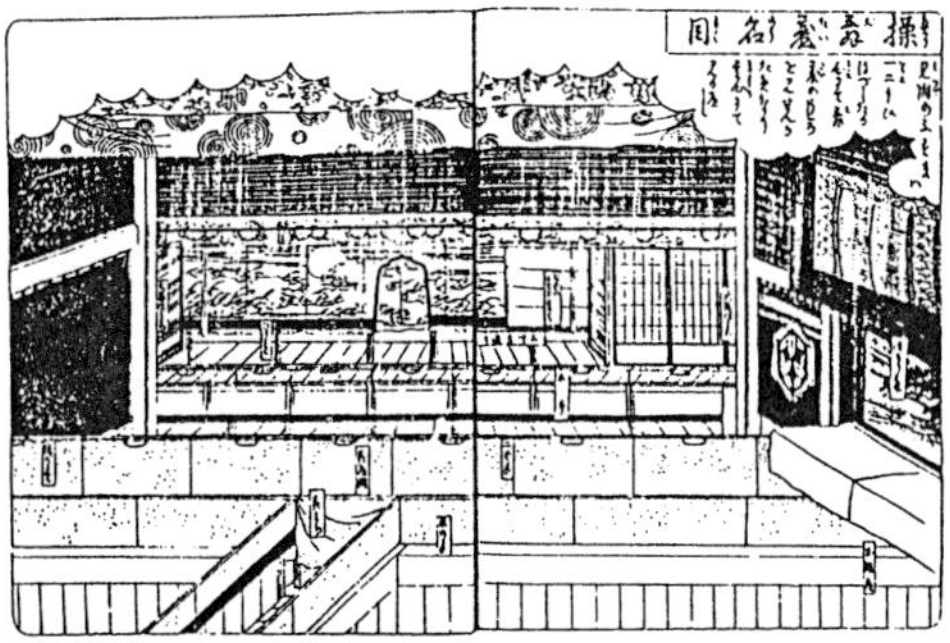

図5　**戯場楽屋図会拾遺**　享和3年(1803)序 「操舞台名目」 座名不明。題下の説明文「見付(つけ)のふすまは一二まひはづしたる心にて舞台のうしろを見せんがためなり其心にて見るへし」。(国立劇場刊影印解説付戯場楽屋図会《しばいがくやずえ》より、原本東京芸術大学附属図書館蔵)

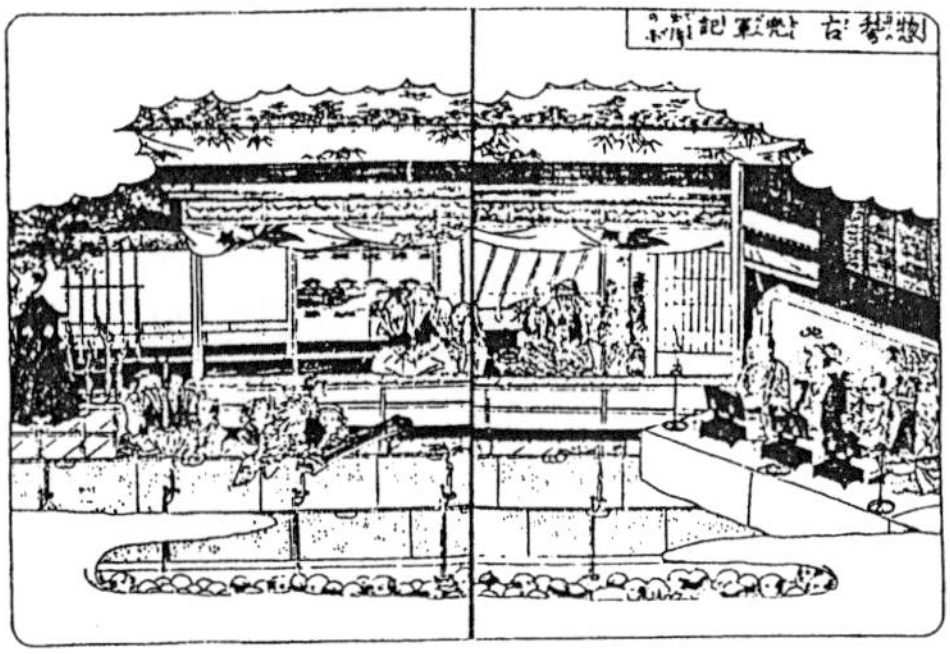

図6　**戯場楽屋図会拾遺**「惣稽古、兜(かぶと)軍記出語の図」「壇浦兜軍記」。上演年・座名不明。初演は享保17年(1732)竹本座で、その時は一人遣い、平舞台の付舞台があり、舞台構造を異にする。(図5に同じ)

(角田)

三　曲節・翻刻付説

浄瑠璃本は五段組織の一段の中に区切りを付けることがなく、場面が変っても続け書きになっている。上・中・下三巻組織ならば一巻の中が続け書きである。ただ道行はその題名を見出しにして区切りをはっきりさせてある。景事《けいごと》という特別場面には同様の区切りのあるものとないものとがある。

続け書きの文章の中で場面の変ることを知るのは、「三重〽」という音楽記号による。この文字譜のところでは文句が「いさみいさんで 三重 」というように途中切れになっている。譜例1がその例で、左にその翻刻部分を掲げる。

譜例1

なく左《ウ》衛門夫婦

の御供し。い《ウ》さみいさんで 三重

（二条河原の段）

新うすゆき物語（三八五―三八六頁）

〽上急行（いそぎゆく）。
地ハル武士《ものゝふ》の義はウ節によるならひ中迚（とて）。父のウ仇にはいたゞ

右の例で三重という曲節は舞台を転じた次の場の語り出しの句まで続いているのであって、つまり「いさみいさんで、いそぎゆく」という七五調十二文字一句が三重である。それを前後の場に分割しているので、研究用語で、「割り句」と称する。文楽の座内では、三重で終れば三重ではじまると言われていて、次場に送られた後半句のことを「三重の返し」と呼ぶ。もともと人形浄瑠璃の最初期からのもので、寛永(一六二四-四四)の正本ではキリという文字譜にしているのが多い。文句が途中で切れる意味であるが、それを同じ頃の正本で曲節名にしたのが三重である。だから切れどころに記す。その頃は舞台装置がなく、幕を引いて舞台を隠して場を転換することもなく、一段の内に小説のように自由に転々と時と所が転ずるが、その個所では太夫が文句の途中で語りを休止して、人形が出替る間を三味線の合の手でつないでいる。そういう演出法の関係で割り句がはじまったが、後代までその伝統による語り方弾き方の型が守られて、独得の効果を挙げている。曲節は流派により時代により変化し、詞句も一様ではないが、重要な扱いになっている。

掲出の翻刻例のように、次場の文意上の起句は「武士の義は」であるから、そこが行頭になるように、返し句で改行することとした。場合によって返し句が懸詞などで文意上の起句とつながることがあるので、それには改行をしない。その例、「芦屋道満大内鑑」初段「間の町の段」から「加茂館の段」に移るところ(一一三頁)。また、文意上の起

句が歌謡曲の導入など特別の場合は、返し句を省略するのが普通である。その例、同曲二段目「岩倉館の段」から「親王御所北門の段」に移るところ(三四―三五頁)。このほか、三重の用途には、戦闘や妖怪変化の局面などがあって、分割個所で三味線の合の手や囃子の演奏を続けるが、この用途の時は本書の翻刻では改行しないのを通例にしておいた。三重の文字譜の下には「〽」じるしがあるが、これは語りの再開がここからはじまるというしるしで、名称はついていない。研究上などではかぎじるしとか垂れかぎとか言っている。翻刻では本行に入れる。三重という字は原本では本行に右寄せの小字になっているが文字譜一般と同じに右外側に小字で入れることとした。

三重と同様に割り句になる曲節にヲクリがある。この文字譜はその曲節のはじまる個所の右外側に付けて、分割個所には〽だけを入れてある。「加茂館の段」に「装束《ヲクリ》〽取リ持チ入リにける」(一九頁)がその例である。三重より少し意味が軽く、場面の時と所が変らないで主要な作中人物が登退場するところが本来の用途であるが、それによって局面には一区切りがつくので、時間が昼から夜に転ずるとか太夫が交替する個所、さらには舞台の転換にも用いられて、音楽的効果による多様な変奏にも発達している。本書の翻刻ではその用い方の様相によって改行するところとしないところを判断している。舞台の転じないところで太夫が交替するのは当期から顕著になるのであって、一場の分量が増大した脚色と出演太夫の数が少しずつ増加してきたのによる。現行の文楽では前半を短く区切って端場《はば》として軽い地位の太夫に当て、後半を長く切場《きりば》にして主要な太夫に当てるが、これは延享元年播磨少掾没後の竹本座ではじまったことなので、本書中三作品には当らない。脚注に端場切場の関係を述べている所はその意をもって見られたい。

三重でもヲクリでも詞句の分割個所は任意になっている。「新うすゆき物語」下之巻「正宗住家の段」から「細工場」に移る個所の「打連《ヲクリ》。てこそ入にけれ。細工場には注連引渡し」(三八〇頁)は、「うちつれ」の四字で語りをとどめ、ヘを省略して太夫交替のない舞台転換を手早く行なって、三味線の合の手も入れないままですぐに語り出すのが「てこそ入りにけれ」であろう。音楽上の句切りと文法上の句切りが一致しない。作者は割り句を予想しての作詞であろうが、分割個所までの指定はしまいと思われるから、作詩リズムは七五調のまま「うちつれてこそ、いりにけれ。」である。翻刻書によってはこういう個所も普通の割り句の個所も七五調句の終ったところで段落をつけて改行し、次場のはじめを「細工場には注連引渡し」と記し起す方針もされる。本書は上演の形態を明らかに示す意味から「打連《ヲクリ》。」で前場を打切り、ヲクリの返し句を次場の語り出しに置き、さらにそこで改行して内容上の起句に移ることとした。

次に、数行ないし二頁か三頁ほどで段落をつけて改行することについてであるが、浄瑠璃の文章は普通の文章のような段落性を具えていない。舞台上の進行の緩急を考慮して作詞されるから、文法上の言い切りをしないで長々と文が続くかと思えば、短い文句で言い切りの形がいくつも重なる。翻刻では通読の便宜をはかって適当の長さで段落をつけたいが、すると文法の終止法でない切り方になる。それ故、原文通り全一段を改行なしで翻刻するのが通例になっていたが、そこを打開したのが文字譜フシを中心とする祐田善雄の段落論で、まず日本古典文学大系の『風来山人集』(昭和三十六年刊)にそれが提示され、次いで同大系の『文楽浄瑠璃集』(昭和四十年刊)に至って厳密に現行曲に立脚した方法の実践がなされた。

フシという文字譜には種々の用途があって、その一種に七五調句からそれ以下四字程度の短句に施されて音楽上の小段落をつける曲節が多用されているが、その場合の詞句に文法上の言い切りでないところが相当にある。祐田説は、それを語り方と三味線の手によって曲節に切れ目のつくものとつかないものに弁別して、切れ目のつくものを改行するという方法である。これによって文法上の終止法でなくても段落をつけることが合理的に可能になったのである。それは現行曲によることながら、文意上のまとまりと合致することが多いので、現行でない作品にも適用されて、フシの文字譜の個所を文意と見はからって段落にするかどうかを判断する方法が取られている。本書もそれに従うものである。ただ幾分か文学面と人形演出など戯曲としての要素を多く配慮する傾向をとっている。しかし実際問題としては、四作品中の同趣の詞章に、段落の取り方が長くなったり短くなったりして、統一のできない状態である。なおなお将来の研究に待つものである。

解説に困難なのは本文に対応する文字譜の位置の問題である。譜例1を見ていただきたい。最初の文字譜ウは本文「左衛門」の「左」の横にあることがはっきりしているので、そのように翻刻している。ところがその下方のウも本文「いさみ」の「み」の横にあることがはっきりしているのに、翻刻では「い」の横にしている(前掲翻刻参照)。それはどうしたことかと、こういう問題なのである。また、下の方にある中という文字譜は「よるならひ」の「る」に付いているのか「な」についているのかはっきりしないが、翻刻で「な」にしている根拠は何かと、こういう問題でもある。そういうことが問題になるのかどうかということも考えてよいであろう。

しばらく右の例を離れて、譜例2のＡＢＣについて見ると、地《じ》という文字譜が原本では句点の上と横と下の三種になっている。それを翻刻では一様に句点の下にしている。

譜例2

A  くだされ」と。た《地ウ》のむ　狭夜衣鴛鴦剣翅（二〇一頁一一行）

B 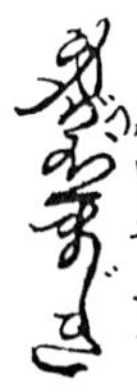 身が。有《地ウ》まじき　同（二一一頁一行）

C  夜をあかさふ。み《地ウ》なこい　同（一九五頁四行）

上と横が例外だからではないのであって、この用例の正本「狭夜衣鴛鴦剣翅」で地および地色《じいろ》の地の本文対応位置を数えると、句点の上が一六九回、横が六十二回、下が二五七回と、三種とも多数の使用例がある。「義経千本桜」では上が三六八回、横が六十八回、下が一〇四回で、上の数の方が多い。古典文学翻刻の文献学的方法としては、その上、横、下のままにしておかねばならない。しかしながら、語り方についてはいずれも句点の下から地および地色になることは疑う余地もないことで、従来の翻刻書は一様に句点下に置き、本書もそのようにする。これは理論上は音楽学的処理の導入なのである。

もう一例、譜例3を見ていただきたい。

譜例3

新うすゆき物語（二八九頁）

一行目は詞《ことば》なので記譜がなく、二行目に詞が終ってからは行間が込み入ってきて、本文と文字譜の対応が見分けられない状態になる。これには本文の方の字詰めが主因になっている。極端に押し詰められていて、字形の大小差が甚だしく、字画の開いたところに下の字が入れ子型になったりして、一字一字の区分がつかない。それに加えて文字譜の方にも板下《はんした》の書き順が強く影響している。本書の四作品の書き順には、板木一枚ごとに本文、捨仮名、濁点、振仮名、句点、ゴマ章、文字譜の順序が普通のように推測される。濁点の付け落ちが多いのもこの書き順から生ずる。文字譜に至っては最終であるから行間にすでに余白がなくなっていることが多い。だから上下にずらしたり、ゴマの上に重なったりすることとなる。文字譜を先きに書くとほかのが書きにくくなって一層困る。これによって、譜例1の問題点「いさみ」の「み」の横にあるウを「い」の横に移して翻刻したのも、句頭にあるべき文字譜が本文の字詰めとゴマ章の関係でずり下ったものと見た処理なのである。句頭にあるべき文字譜については後述を参照されたい。

主因の字詰めの無理は、作品の内容が増大して紙数がかさむので商売上一冊百丁に限ろうとするからである。分量がこれほど多くない近松浄瑠璃中期の作品「用明天王職人鑑」を見ると、よほど字詰めの無理が少なくて、譜の対応見分けの困難度が減ずる。そこでこの版式のはじめとされている延宝七年(一六七九)刊宇治加賀掾正本「牛若千人切」八行本にさかのぼってみると、これはゆったりとした字詰めで、文字譜の記入にも本文との対応がよく配慮されている。一行は平均して約十八字で、「義経千本桜」の一行平均三十六字の半分である。前述の地と句点との関係を見ると、ほとんどが句点の下で、横が少々まじり、句点の上は僅かに二つしか見当らない。だから句点の下が定位置なのである。それならば前述の句点横と上とは位置がずれているわけである。

こうして地に関しては文献面から正しい対応位置が判明するが、何と言っても本書の作品とは半世紀以上の年代差があり、演劇としての様相にも大変化がある。しかも加賀掾は古流の嘉太夫節で本書の当流義太夫節とは流派のちがいもあるから、逐一に参照できることでもない。本書の翻刻としては嘉太夫節正本による判定とはしないのであって、音楽学的処理と前述した所以である。それでもなお判別しがたいもの、たとえばさきに問題とした「よるならひ」の「る」に付くか「な」に付くかのごときは、文学的処理として単語の初字「な」の方に配し、また、感動詞の小字表記のものと文字譜の詞との対応が明確でない場合は小字表記のものを避けてその下の語句のはじめに置くなど、便宜の処理を文学面から行なうこととするのである。

なお、太夫自身の使用本は写本のはずで、字詰めも自由、譜は朱で自分に必要なだけ入れ、対応位置も自分にわかればよいからずれるなどは問題外である。それにつけて正本と記譜の特質について付説を加えたい。

本書所収の原本は、太夫の「正本《しょうほん》」とされるとともに「大字《おおじ》七行《ななくだり》稽古《けいこ》本《ぼん》」とも称されるものであった。本来は素人を対象とした譜を入れたもので、愛好者が玄人について習う時に、視覚的な補助と備忘に役立つように作られた。しかしその書式は、語りの文章を主体としたもので、譜を主体としたものではない。それは浄瑠璃正本の初期以来の性格であって、読み物としての購買層を主対象とする出版であることは一貫しているのである。

浄瑠璃本は元和年間(一六一五―二四)の横本の絵入本にはじまり、寛永年間(一六二四―四四)に縦本の絵入細字本に転じた。その遺存する最古の寛永十一年刊「はなや」六段本(東洋文庫蔵)には、巻頭に「天下無双薩摩太夫以正本開」と大書してあるが、記譜はない。正本が文章を板行することからはじまったことが明らかである。

その後少しずつ譜を入れるようになるが、諸流派で数十種の文字譜が作られるに至って、細字を一頁十六行から十八行にも詰め込んだ本文の行間では処理しきれなくなって、創始されたのが前述の延宝七年刊宇治加賀掾正本「牛若千人切」の大字八行本である。これが稽古本とも称して売り出された最初であるが、稽古用としても文章だけは完全にはいっていなければならないから、読書用も兼ねることができる。絵入細字本の読みにくい書式に比して大字の読み易さもある。稽古本とは称して、記譜に便益をあてがった版式にはしたが、文章主体としての書式は変ることなく、購買層が読み物主体である出版として続く。これがさらに稽古用主体の版式を派生するのが十九世紀であって、素人の稽古事として極盛期に入った機運に添って、流行の場面を抜き出した特大字の五行稽古本、四行稽古本出版となるのである。

さて以上すべての譜の形式は、奏法譜とか唱法譜などと称される記譜で、五線譜とはちがって一々の音高などを表すものでなく、文字譜とゴマ章によって大体の節まわしの種類や音の高低の比較などを示すもので、実際の演奏と対照するか、師匠に習うかしないとメロディーもテンポもわからない。しかしそのうちにも要約法と詳記法の別があって、加賀掾の八行本は要約法である。

加賀掾の譜は、古浄瑠璃諸派の多数の節の名を整理統合して簡略化したものである。基礎として多用するものとそれ以外とを区別して、言わば上位概念と下位概念に分類したような方法である。最初の八行本「牛若千人切」には、本文への漢字のまじえ方をはじめとして、試行の形が多いが、続く天和末(一六八四)までにおおよそ整えられた。基礎としたのは節まわしの有無厚薄による大別の地、フシ、色、詞の四種と、音高の中、ウ、ハルの三種、合計七種で、その単用と複合とでほとんど大部分の記譜が成立する。複合のうちでは、地色が基礎と同格の扱いで、実質は八種になる。その運用の軸となるのが句点であって、七五調十二字標準の句立て二句ごとに句点を大きく句頭に入れる。区切り点ではないので、句末が行末になると、句点は行頭に記す。その形は寛文三年村上勘兵衛板謡本(法政大学能楽研究所蔵)などを参照したものと思われる。その句点の下に右の八種による文字譜を、地ウ、地ハル、地色中、ハルフシ、詞などと記して、次の句点までの曲節を管理させる。句頭に同種目の続く場合は省略するとか、音高の転位だけをウ、ハルなど単用で示す。音高の文字譜は句中の一音対象にも併用して譜名の簡素化をはかる。このような基礎譜に加えて、局所的な各種の音楽要素を意味するヲロシ、三重、ヲクリ、上、ギン、コハリ、ハヅミ、謡、舞、アミドフシなどの文字譜と、要所々々の音の動きを表すゴマ章とを用いる。ゴマ章と音高譜の密接な関係の見られる用法も多く、付記(六〇八頁)に述べている「ヮ」もそれであるが、それよりもむしろハルと中の方がすぐ上のゴマとの関係が多いように見受けられる。

この加賀掾の記譜法を義太夫節は受けたもので、「出世景清」からは行頭の句点を行末に記すなど、近松の助言があったかと思われるような改変はあるが、大要は同じである。その状況は山根為雄によって「貞享の義太夫の記譜法」(『芸能史研究』八九号、一九八五年)をはじめとする諸論文に、近松の正本を対象として文献上の精密な調査が進められている。それには、昭和二十九年に渥美かをるが明らかにした曲節の構成図式(「浄瑠璃の詞章と曲節の関係」『近世文芸』創刊号)に基づき、基本の文字譜の使用数が作品別に数え上げられている。本稿は同様の方法ながら、それをいま古浄瑠璃の記譜発達史から見て、加賀掾創始の統合性要約法の継承発展として取上げているのである。

これに比して、詳記法の最終段階が江戸で宝永期(一七〇四―一一)まで活躍していた古流の有名な土佐節の土佐少掾橘正勝で、その正本には記譜方式を統合分類化しないで、旋律名や発声法や拍子関係など種々雑多な個別性の文字譜と記号を多数作って、ゆったりした字詰めの本文に、ゴマ章とまぎれない形で記入している。一曲習えば他曲の一句一句も大体の見当がつくであろう。義太夫節ではそういうわけにいかない。「義経千本桜」の初段だけで地ウが五十七回、地ハルが四十六回もあるが、その中に土佐節ならば別々の節の名になっているいろいろな旋律形が分類して集められて、地ウとか、地ハルとかの名になっているのであるから、一曲ごとに師匠について習わねば、一句一句は見当もつかない。

ゴマ章は土佐節では、節まわしのあるところにはほぼ一字一字に丹念に付けてあるが、義太夫節では節まわしのあるところでもゴマの付いていない字の方が多い。ゴマのない字にも上げ下げのあることは、土佐節と比べてみれば察しがつく。近松時代の語り方や三味線伴奏は、現代の文楽とは比較できないほど簡単だったであろうが、どの程度かということは、近松の中期と同じ頃の土佐節正本「鈴鹿山大嶽丸」(国会図書館蔵)に、朱書きの口三味線が七五調一句の行間に五手六手は普通で、節どころには十手ぐらいの数は至るところにはいっていることから、あまりに簡素に見過ぎてはならないであろう。三人遣い時代に入ってはなおさらである。右の口三味線の書入れの時期は、本書所収曲の「義経千本桜」の頃がおよその下限である(小稿「古浄瑠璃土佐節の口三味線」『東洋音楽研究』四九号、一九八四年)。

義太夫節の正本は前述の如く大字七行稽古本と称されていても読み物用が主体の出版なのであって、絵入細字本よりは記譜に配慮した版式ながら、稽古用としては簡約性の記譜法がレッスンプロの町浄瑠璃の師匠本位に発達しているのである。その観点からすれば、譜と本文との対応も稽古を受ける者がその場で確認すればよいことなのである。譜の位置に拘泥する必要はないからであろうが、本書所収曲の時期の正本群では、本文の書き方が記譜のことを一応無視して、紙数制限の商策に応じた無理な字詰めの書式になっている。しかしそうではあっても正しい対応位置が望ましいからであろう、記譜に当っては可能な限り正しい位置を求めている。そして止むを得ぬ多くの位置のずれには、ある程度の類型性の配慮がなされているように思われる。はじめに問題とした句点の上と横の地の配置のずれにも色およびウ、中、ハルとの結合書きの形があり、句中のウには字形を長くして本文の二字三字にかかるものがあるなど、種々の様相には、師匠について習う素人の稽古用に何らかの効用が期せられているもののようである。劇場の太夫にとっては、煩雑な個別の節の名に拘束されることなく、自由な作曲と演奏を得ることとなる。初代竹本義太夫はその利点を門人に存分に活用させることによって、洋々たる発展の道を開いたのであった。

浄瑠璃のように長文の語り物は、譜本としても文章を中心に記すのは自然である。そこに音に密着する音楽学的方法による記譜法は、最近の井野辺潔「もうひとつの浄瑠璃テキスト」(『文学』一九八九年二月号)、あるいは蒲生郷昭「義太夫節「一谷嫩軍記」の段構成と「林住家の段」の音楽」(『芸能の科学』18、一九九〇年刊)に注目すべき業績が挙げられている。しかし、古典文学大系として文学を主体とする本書の翻刻は、記譜についても文献学的方法を主とする立場を取ることとなる。その観点から文字譜の本文と対応する位置を可能な限り原本に忠実にすることが根幹であるが、現行の上演から伝統芸能として遡り想定される点も少なくないことであるから、現行に鑑みつつ、音楽学上はもちろんのこと、演劇学上にも、さらにはまた国語学上に当時の上方アクセントなど、ひろく関連諸学の成果を導入して、総合的な処理を目途とせねばならないことであろう。

(角田)

曲節名と用法

義太夫節の節付けは、大きく分けて詞と地から成る。詞が劇のせりふに近い写実的言い回しを原則とするのに対し、地は、何らかの音楽的リズムとメロディを持ち、通常三味線を伴う。詞と地をつなぐ機能を有する曲節を、色と言う。

詞、地、色から成るこの構成の基本は、義太夫節初期の十七世紀末にも、本書が扱う義太夫節人形浄瑠璃の現代劇としての全盛期、十八世紀中期も、また人形浄瑠璃、義太夫節が、洗練を重ね、古典芸能文楽の名で上演されている現代でも、変ることはない。けれども、義太夫節のある部分、たとえば三段目なら三段目の一つの局面がはじまる際のヲクリから、次の小段落(フシなどの曲節が置かれる)までの七、八行分の演奏を、右の三つの時代それぞれの生《なま》の形で、もし聴き比べることができたと仮定するならば、それは甚だしく異る印象を受けるに相違ない。特に、十八世紀後期から十九世紀末までの三味線の飛躍的発達期を挟んで、たとえ同じ「義経千本桜」や「葛の葉狐(こ)別れ」であっても、現行曲と、初演時のものとでは、同じ曲とは思われぬ程変化した部分が、多々あるであろう。

曲節の説明は、何といっても、具体的な演奏、上演と切り離しては成り立ち難く、現在の文楽との関係は無視できない。が、その現在の文楽の、台本、曲節を直接の対象とする日本古典文学大系『文楽浄瑠璃集』に対し、本書は、作品が書き卸され、初演された十八世紀中期の戯曲と、これに伴う節付けを対象とする。また『文楽浄瑠璃集』が現行文楽の演出面に多くの紙面を充てるのに対し、本書は戯曲中心で、初演時及び現行の演出に関する注は、作品を読む上に必要なものにとどめている。もとより浄瑠璃は上演を前提とする戯曲である故、演劇的把握の必要性から、人形舞台の演出面については、初演時の推定等に、ある程度紙面をとり、現行演出の説明も(太夫、三味線、人形を含め)

多少付記しているが、曲節そのものに関わる注は非常に少ない。限られた脚注スペースで、浄瑠璃の戯曲面に重点を置き、音楽学の分野に踏みこむことの多い曲節解説は、わずかにとどめた。

本文を読むための補助として、所収四作に用いられる曲節名とその用法につき、以下、簡単な説明を加えておきたい。

詞《ことば》　詞・詞ノリ・文弥詞《ぶんやことば》・ウタイ詞・狂言詞

詞は義太夫節の演劇的性格を最も顕著に表わすもので、十八世紀中期以後の義太夫節では、劇のせりふに近い写実的言い回しがなされ、原則として三味線を伴わない(ただし、詞ノリには、現行では三味線が入る)。曲節上の詞は、ほとんどの場合、人物の言葉(せりふ)部分に用いられるが、浄瑠璃文中の、人物の言葉(せりふ)がすべて詞で語られる訳ではなく、色、地色、地も併用される。ただ、たとえ地で語っても、各人物の語り分けが強く要求されるのが、義太夫節の特色である。本書では、文字譜と別に、人物のせりふに当る部分に「　」を付した。

文弥詞、ウタイ詞、狂言詞については、それぞれ三五一頁注二八、一七三頁二行目、二二八・二二九頁参照。

色《いろ》

色は、地と詞をつなぐ短い語句に付けられる曲節で現行三味線(六〇七頁「三味線の勘所」参照)は「ツン。ツン」の二ばち(二の絃「か」と「ね」の勘所。気品や重々しさを強調する時「ツン。ツツ。ツン」と「ち」「か」「ね」の勘所を三ばち弾くこともある)にすぎないが、義太夫節における、地から詞への転換箇所は、音楽性、語り物性、演劇性のかみ合う地点として、演者が神経を集中するところである。

地色《じいろ》　地色ハル・地色ウ・地色中・地色ハルウ・地色中ウ

地に含めるべきであろうが、音楽性、語り物性、演劇性の交錯、という点から、色と一緒に述べる。『文楽浄瑠璃集』の「文楽用語」(執筆倉田喜弘)は、現行の地色に関し、「詞と地の中間で、地の要素の強い表現技法」と説明する。

本書の十八世紀中期及びこれに先立つ近松時代の地色は、必ずしも「地の要素の強い」とは言えないように思う。現行の太夫床本を底本とする『文楽浄瑠璃集』の節付けには、初演丸本による本書や近松正(丸)本に比べ、地色部分が少ない。しかし現行床本で地ハル、地ウ、地中などと記された箇所で、詞と地の中間的語り口を聴かせるところは多々あり、現在の太夫・三味線も、この種の地色ないし地色に類する箇所を、非常に重んずる。

地色は十八世紀前・中期における義太夫節人形浄瑠璃の現代劇的性格を、詞とともに支えてきた曲節部門であるが、十八世紀後期以後の、三味線の急速な発達と詞の一部変質により、その機能を縮小せしめられたと考えられる。この点につき、次の地の項でも、少しく補足する。

地《じ》

地にはまず、音高ないし語り方、声の出し方によって、**地上**、**地ハル**、**地ウ**、**地中**、**地下**、**地ハルウ**、**地中ウ**などの区分がある。

「地色ウハテ心よい女中や」と内侍は見色やり。「詞コレ六代爰に大分ン木《こ》の実《み》が有が。ひろふて遊ぶ気はないか。金吾がひらふが大事ないか」と。地ウいさめの詞に〔地〕ハル引立られ。「〔地〕ウおれもひらを」と若君の〔地〕ウ病もわやく半分ンの。〔地〕ウ起《おき》立給へば内侍もとも〲。「色サア〲ひらを」。「詞イヤ拙者が」と小金吾が。地ハル廿《はたち》に近カい大前髪〔地〕ウおとなげないも若君の。〔地〕ウ機《き》嫌《げん》取榧栃《かやとち》の実《み》を。〔地〕中拾《ひろ》ひ集《あつむ》る折からに。

(義経千本桜四五八―四五九頁)

右のうち、〔地〕は、底本に(本書の翻刻にも)略され、いま仮に補ったもの。右に続く

地色ウ若き男の草臥《くたびれ》足是も小ヲクリ。旅立チハル風呂《ふろ》敷包《しきづゝみ》。ウ背負《せおふ》てぶら〲ウ茶店《ちゃみせ》を見付ケ。「ドリヤウ休《やす》んで一ぷく」とウ包《つゝみ》をどつかり床几《せうぎ》に中おろし。「ウ御免ンなりませウ火を一トつ」と

たばこ《ハル》吸付《すひ》ヶ《色》。「コ《詞》リヤ皆様方は開帳《かいちやう》参りでございます
か。

「若《地色ウ》き男の草臥足《くたびれ》」は地色で語られたであろうが、その後、小ヲクリを挟んで、「風呂敷包《ハル ふろしきづゝみ》」「背負《ウ せおふ》てぶら〳〵」以下「たばこ《ハル》」までのハル、ウ、中などが、地ハル、地ウ、地中などであったか、地色ハル、地色ウ、地色中などであったかは、簡単には見極められない。仮に地色が、本来「たばこ《ハル》」まで及ぶべきものと解するとしても、この場合、小ヲクリという、地に分類される旋律型（井野辺潔「義太夫の音楽構造」『日本古典音楽大系・義太夫』所収）ないし、地よりも音楽性の濃厚な一旋律型（倉田喜弘「文楽用語」）の影響を受けて、小ヲクリ以後は、「詞と地の中間」の地色機能は失われ、地ハル、地ウ、地中などとして語られた可能性はあるが十八世紀前・中期の場合、小ヲクリを挟んだ後も「詞と地の中間」たる地色の性質は失われなかった、と考えうる余地も十分ある。因みに『文楽浄瑠璃集』の現行床本では、「若き男の」以下の地色部分は、すべて地になっている（地色をめぐる浄瑠璃史的考察として近石泰秋『続・操浄瑠璃の研究』参照）。

さて、義太夫節の節付けに、頻出する地ハル、地ウ、地中の音高に関し、「文楽用語」は、

ハル　節章用語。義太夫節では声の出し方を、中、ウ、ハルの三つに大別し、張った音をハルと総称している。ハルフシ、フシハル、スヱハルなどのハルは、この張るという意味を現わす。一説にハルは三の音だというが（中略）一概に三の音がハルだとは言い切れない。しかし三の放絃音で始まる曲節だけは、ほとんどハルと記している。

ウ　節章用語。（中略）浮かした音をウと総称している。ウヲクリ、ウキン、ウフシなどのウは、この浮かすという意味を現わす。一説にウは二の音だというが、（中略）ウには絶対的な音高はないようである。

中（ちゆう・なか）　節章用語。（中略）どっしりと沈んだ低い音

を中と総称している。中キンや中フシなどの中は、低い音を意味する。一説に中は一の音だというが、二の音を中と記す場合も多いから、中には絶対的な音高はない。

と説明する。これらは現行曲を対象とするもので、音高の基準となる三味線自体が、現在とは、勘所の使用頻度等、大きく異なっていた十八世紀中期の節付けに、そのまま当てはめることはできないが、一つの目安とはなり得る。本書所収の文字譜としては、ハルより高い音に**上**、中より低い音に**下**、これらの複合形(ハルウ、中ウ等)、そのほか音高ないし言い方声の出し方を表わす文字譜に、**キン**(現在ギンと発音、十七世紀後期から十八世紀前期における文字譜キンと文字譜ギンの関係は、検討課題)、**ヲン**、**コハリ**などがある。キンは気品、優美、余韻などを表わすことが多く、**上キン・ハルキン・ウキン・中キン・下キン**などがある。ヲンは低音で、**下ヲン**もあり、宗教的荘重さなどを表わす用法が多い。コハリ(現在コワリと発音、**ウコハリ**などの複合形もある。一六九頁注二一ウコハはウコハリの欠字か)は、緊迫感や妖気を表わす用法が多い。キンやコハリは三味線の勘所名ともなっているので、六〇七頁「三味線の勘所」を参照されたい。

音高を表わす文字譜の中で、特に問題とすべきものに「ヲ」(ハルウ)があるが、これについては付記(六〇八頁)で説明する。

「文楽の用語」では「地」(地《じ》合《あい》)に関し、「三味線の伴奏によってふし廻しはあるが、語る要素の濃厚な部分。地の基本的な分類は、地中、地ウ、地ハル、地色」とし、このほか「音高あるいは音組織の記号として」下、中ウなど十一種、「間拍子によって、ノリ、ハツミ、ヒロイ。またクル、ユリ、トル、長地、カカリなどの技巧」を挙げ、地に対し限定的な捉え方をする。「義太夫の音楽構造」では、義太夫節を「大きく詞・色・地に分類」し、「義太夫の明らかな旋律部分」をすべて地に含めた上、「地は狭義の地と、節に分けることができる」とし、「狭義の地は義太夫本来の、義太夫固有の旋律部分」、「節は義太夫以外のほかの音楽の旋律を採り入れた部分」とする。いま主として後者の分類を参考に、所収四作品に用いられた地の文字譜を整理すると、左の如くになる。

狭義の地

本フシ・ハルフシ・ウフシ・中フシ・フシハル・長地《ながじ》など、義太夫節の基礎的旋律型（ただし十八世紀前・中期に、どの程度、現行の如く旋律型として固定していたかは、それぞれの場合で異る）。

場面転換、局面転換、段落等に関わる、あるいはその用途から派生した、**ヲクリ**（**ヲクリ・小ヲクリ・ウヲクリ・フシヲクリ・キンヲクリ・中ヲクリ・色ヲクリ・セ*ワヲクリ**）、**三重**（**三重・キヲイ三重**）、**フシ**、**ヲロシ**、**スヱテ**（**スヱテ・スヱ**）、――前節参照。

「声の技巧や間拍子」関係の、**入**、**ユリ**（複雑な屈折を聴かせる**七ツユリ**、高潮した局面の**ツキユリ**などの旋律型へ）、**ノル**（**ノル・ノリ・ノルフシ・ノル中フシ**など）、**ハヅミ**（**ハヅミ・ハヅミフシ**など）、**ヒロイ**、**トル**（**トル・トル三重**など）、**クル**、**引《ひく》**、**ヲス**。

節《ふし》

底本では段落を表わすフシと、こまやかなメロディを意味するフシを、どちらも同じく**フシ**と記す。いま、後者のうち特に他流系のものを「節」と表記した。

サハリ（義太夫節以外の他流浄瑠璃をとり入れた、即ち他流にサワル曲節。原則的には「節」のうち浄瑠璃系のものがすべて含まれる筈だが、実際には主に文弥、一中系の節をとり入れたものをさす。現行曲には「サハリ」という曲節と「文弥」という曲節の中に、非常によく似た、わずかな違いを持つものがあるが、そのような形に定着するのは、本巻が扱うより、ずっと後の年代であろう）、**文弥**（大阪で栄えた古浄瑠璃出羽座系の太夫、岡本文弥、山本角太夫などの、説経風の哀傷味の強い曲風を、義太夫節にとり入れたもの、高音で節まわしの花やかな旋律が、大衆に親しまれてきた。但し、その古風な感傷的曲調が、むしろ滑稽味をあらわすために使われる場合もある)、**冷泉**《れいぜい》(古浄瑠璃の中でも浄瑠璃十二段以来、といわれる冷泉の節を義太夫節にとり入れた優美な旋律。江戸冷泉は、江戸浄瑠璃の土佐節が介在すると見られる)、**表具**《ひょうぐ》(古浄瑠璃表具屋又四郎に発する節)、**道具屋**(古浄瑠璃道具屋古左衛門に発する節)、**半太夫**(古浄瑠璃半太夫に発する節)、**江戸**(江戸節の流派の曲節。江戸では肥前、薩摩、外記、土佐、半太夫等々古浄瑠璃の流派が栄えたが、**江戸キン**、**江戸ハルフシ**、または**江フシ**、**江ハル**などと略記されたものの一々について、流派を特定することは困難)、**説経**(**セッキャウ**、**二上り説経**。説経の曲風を義太夫節化したもの。悲哀を強調する古風な文句に付く)、**タタキ**(「タタキの与次郎」の門付け芸の唄をとり入れた哀調を帯びた曲節)、**万才**、**舞**(幸若舞曲系の曲風をとり入れた曲節)、**平家**、**ウタイ**、**次第**、**一セイ**、**小歌**(小歌、**狂言小歌**)、**歌**(歌、**二上り歌**、**三下り歌**)、**二上りヲンド**、**岡崎**(近世初期に流行した岡崎踊りをとり入れた曲節)。

これら他流系の「節」には義太夫節本来のものとは異る派手な旋律型がみられる。「節」から義太夫節本来の曲調に戻る時に**ナヲス**と記譜する。

道行、景事、節事は、「節」を多用した、音楽性の豊かな部分である。

＊セワヲクリ

「狭夜衣鴛鴦剣翅」(二三〇頁六行目)にみえる。底本では「セツヲクリ」、十行本に「セワヲクリ」。この場合の、「セワヲクリ」は現行の世話物のヲクリとは別であろう。近石泰秋『操浄瑠璃の研究』に本作の三年後、寛保二年、豊竹座、浅田一鳥・並木宗輔作「道成寺現在蛇鱗」五段目「今様乱拍子」に「いかに申候。是は此国の傍に、といふてはかたい。定めてお前方も聞及んでゞござんせう。わしゃ桜子といふ白拍子」という詞章の「といふては」の右肩に「セハ」とあるのが、丸本における「世話」という節付けの初見とされている。

三味線の勘所

『文楽の音楽 第一部 四世竹本津大夫芸話』(四世竹本津大夫竹澤団七談、角田一郎・岸辺成雄監修・平野健次他編)所収の「三味線の勘所(本調子の場合)」を下段に掲出する。

『文楽の音楽』は第一部「竹本津大夫芸話」、第二部「四世津大夫直筆床本 文楽浄瑠璃 陣屋鮓屋」、第三部「(カセットテープ)熊谷陣屋の段 一谷嫩軍記」。なお右引用書のほかに、倉田喜弘「三味線のはなし」(『文楽』所収)、祐田善雄『全講心中天網島』、井野辺潔・横道萬里雄他著『義太夫節の様式展開』なども、参照されたい。

（内山）

付記　「丂」について

「翻刻付説」および「曲節名と用法」で述べた「ウ」のことに関連し、「丂」について補足する。左の譜例で、

譜例　a

b

c

d

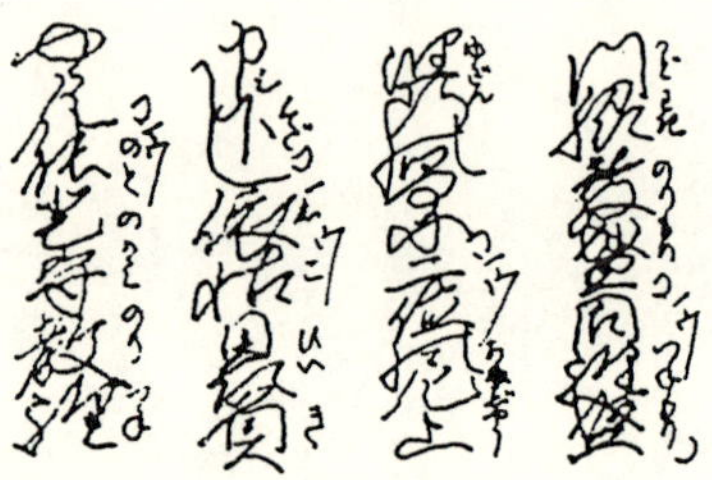

ウとすぐ上の短い横線のゴマ章との関係に、密着して合体の形になっている譜例dと、一字分ほど離れている譜例cとを両極にして、さまざまの接し方が見られる。そのdの密着形は極めて稀れであるが、しかしa・bのようにcほどには離れないでたいへん近く接している形は多い。もともと近松門左衛門の初期の正本のウには密着形も近接形も稀れなのであって、中とハルとに近接形が多数見られる。それが本書所収曲では中とハルよりもウの方に近接形が多くなり、そして現行ではウの場合だけに密着形の意味が太夫間に伝承された様子で、翻刻にも後述のように「丂」という合字が活字化されて多数に使用されるに至っている。この経過を見渡すと、本書にその合字を宛ててよいかどうか、中とハルとにおけるゴマ章との密着形はどうするかなど、まことに困難な問題なのである。これは文献面からの見方であるから、音に即した音楽学からの研究に俟つべきことと思われる。

『文楽浄瑠璃集』の「文楽用語」では、「丂」について、

丂　節章用語。ウクあるいはウキと読むが、単なるウと紛らわしいので、かりに三上（さん かみ）のウクあるいはウキと呼ぶことにする。この丂は、ウとは違ってハルウの代用である。つまり三の放絃音より半音高い浮き音の多い曲節をいう。

と記す。『文楽浄瑠璃集』が文字譜としての「ウ̄」を採用したことは画期的であるが、『文楽浄瑠璃集』では八世竹本綱大夫の底本(写本)を翻刻底本とし、実演者の伝承に基づき、現行曲の「ウ」と「ウ̄」の違いが認定され得たのに対し、初演時の丸本(版本)を底本とする本書では、初演時の「ウ̄」に関し、現時点では不確定要素が多い点に鑑み、「ウ̄」の文字譜を採用せず、すべて「ウ」として翻刻した。

「義経千本桜」四段目「狐の段」を、宝暦六年頃、京都で、初演時と同じ二代目政太夫が語った時の正本、及びこれに先立って出された正本にも、八十九・九十丁の文字譜等に改修が施されていることを五一七頁から五一九頁の脚注で指摘した。その改修箇所の一つ、五一九頁一〇行目「た《ウ》もち」は、初刻本「た《ウ》もち」を改刻本で「た《ウ̄》もち」に改めたとみられるケースである。初演時から十年以内後に行なわれたこの改修で、当時「ウ̄」に注意が払われていたことが窺われる。

今後の研究の進展によっては、本書の翻刻文字譜「ウ」の一部が、「ウ̄」に改められることもありうるであろう。

(この項、六〇八頁下段一一行目まで角田、以下内山)

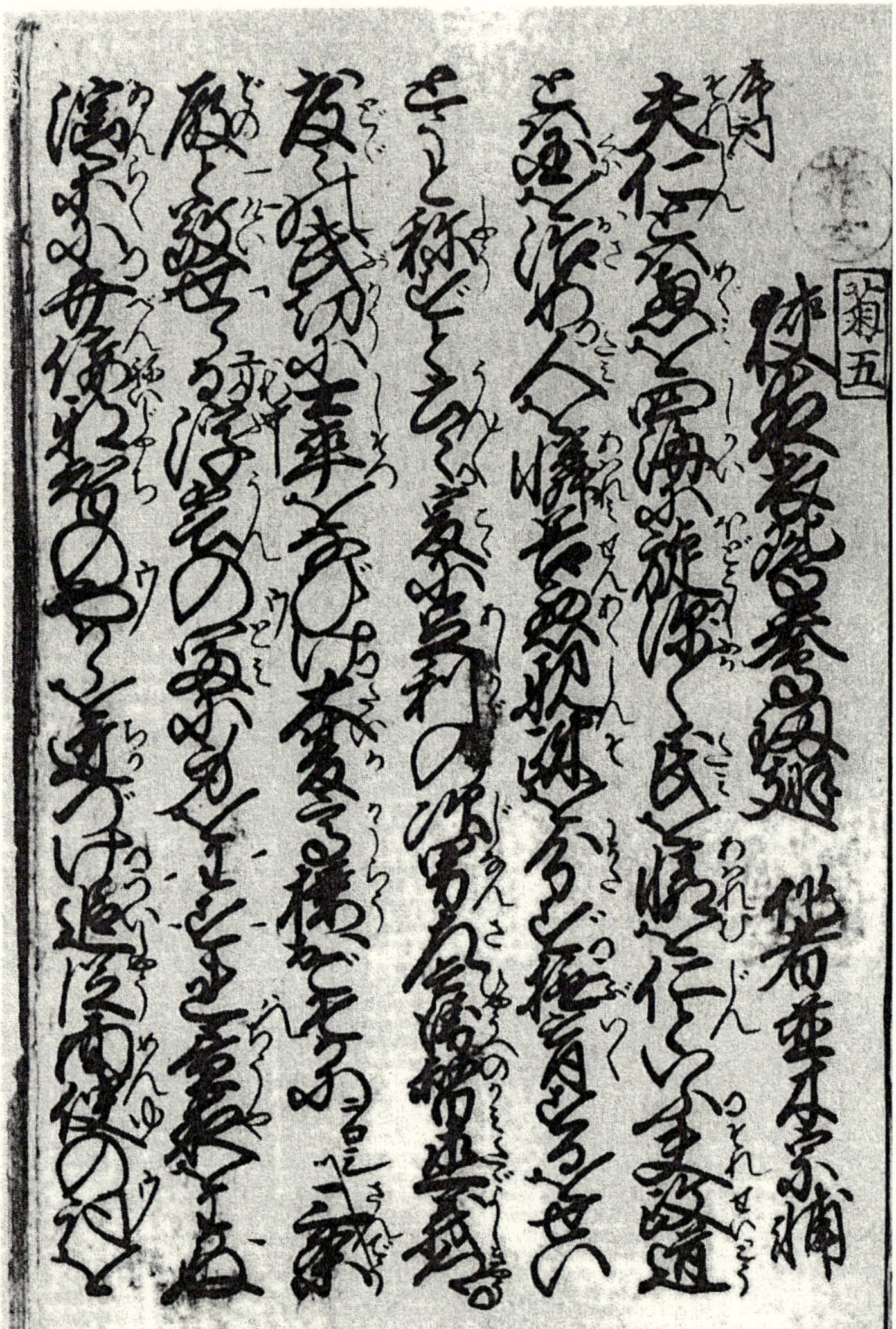

「狭夜衣鴛鴦剣翅」初丁表

おわりに所収四作品の底本使用を許された国立文楽劇場、早稲田大学図書館、千葉胤男氏に御礼申上げる。また対校本の使用、絵尽の写真掲載、その他資料面で、大阪市立中央図書館、大阪府立中之島図書館、関西大学図書館、九州大学附属図書館、京都大学附属図書館、慶応義塾図書館、国文学研究資料館、国立劇場、国立文楽劇場、松竹大谷図書館、信多純一氏、天理大学文学部国文学研究室、天理図書館、東京芸術大学附属図書館、東京大学総合図書館、東洋大学付属図書館、阪急学園池田文庫、広島文教女子大学、文楽協会、早稲田大学演劇博物館、の御高配にあずかった。

校注にあたり、「芦屋道満大内鑑」「狭夜衣鴛鴦剣翅」「新うすゆき物語」三作品には、『難波土産』『瑠璃天狗』に「芦屋道満大内鑑」「新うすゆき物語」の部分的評注が収められている以外には校注書は刊行されていないが、「義経千本桜」については先行の校注書、とりわけ樋口慶千代校注『傑作浄瑠璃集』下、近石泰秋校注『浄瑠璃名作集』下、鶴見誠校注『竹田出雲集』、祐田善雄校注『文楽浄瑠璃集』、景山正隆校注『義経千本桜』から多くの恩恵を受けた。解説三でも触れたが、『文楽浄瑠璃集』は演出注、語釈両面で教えられるところ大であった。

四作品を通じ、関連する浄瑠璃校注書、鶴見誠校注『浄瑠璃集』下、横山正校注『浄瑠璃集』、土田衞校注『浄瑠璃集』、守随憲治・大久保忠国校注『近松浄瑠璃集』下、鳥越文蔵・長友千代治・森修校注『近松門左衛門集』、信多純一校注『近松門左衛門集』、鶴見誠・吉永孝雄校注『女殺油地獄』、及び樋口慶千代著『近松語彙』、また『太平記』『謡曲集』『狂言集』(日本古典文学大系)、『義経記』(日本古典文学全集)、『薄雪物語・新薄雪物語』(菊池真一編)、冨倉徳

次郎『平家物語全注釈』、大西重孝著『文楽人形の演出』、高木浩志編『文楽用語一覧』、同『文楽興行記録——昭和篇』、『定本武智歌舞伎』二、坂梨隆三「「ふ」を「ム」とよむこと——浄瑠璃本の場合——」(『国語と国文学』昭和六十年五月号)、宮地幸一「ずは・なくは考(八)(九)(十)(十一)」(『帝京大学文学部紀要 国語国文学』第十七・十八・十九・二十号)、『義太夫年表』近世篇・明治篇(御霊文楽座舞台図等)・大正篇、『日本歴史地名大系』関係各巻、『日本地名大事典』関係各巻、『国史大辞典』、『仏教大辞彙』、『仏教語大辞典』、『日本国語大辞典』『角川古語大辞典』をはじめとする辞書類、『書言字考節用集研究並びに索引』(影印篇・索引篇)をはじめ節用集影印書類、『古事類苑』『広文庫』等から多くの学恩を蒙った。

また校注にあたって、多くの方に御教示、御協力をいただいた。井口洋氏、稲城信子氏、小川トキ子氏、表章氏、金子和正氏、川中宣匡氏、葛本俊彦氏、小林元江氏、斎藤忠夫氏、坂本清恵氏、桜井弘氏、柴田実氏、高木浩志氏、多治比郁夫氏、武井協三氏、竹本幹夫氏、谷口顕璋氏、辻川敦氏、辻村敏樹氏、土田健次郎氏、土田衞氏、鳥越文蔵氏、中塚喬清氏、長友千代治氏、日置弥三郎氏、福井文雅氏、福永酔剣氏、松井今朝子氏、松崎仁氏、村松茂氏、山本六郎氏、横山邦治氏、渡辺保氏。

翻刻作業で水田かや乃、翻刻・調査作業で村越美穂子、調査・校正作業で川口節子の各氏、また今岡謙太郎、岩井真実、大倉直人、加賀佳子、重野佐喜子、徳丸素子、樋口和宏、渕田裕介、三浦敏子、宮田繁幸、森谷裕美子、和田修の各氏の協力を得た。

右の方々に厚く御礼申上げる。

新 日本古典文学大系 93
竹田出雲 並木宗輔 浄瑠璃集

1991年 3月20日 第1刷発行
2002年 10月10日 第3刷発行
2025年 1月10日 オンデマンド版発行

校注者 角田一郎《つのだいちろう》 内山美樹子《うちやまみきこ》

発行者 坂本政謙

発行所 株式会社 岩波書店
〒101-8002 東京都千代田区一ツ橋 2-5-5
電話案内 03-5210-4000
https://www.iwanami.co.jp/

印刷／製本・法令印刷

ISBN 978-4-00-731518-3 Printed in Japan